大秧歌

郭靖宇
夏仁胜
著

中国青年出版社

（京）新登字 083 号

图书在版编目（CIP）数据

大秧歌 / 郭靖宇，夏仁胜著 .—北京：中国青年出版社，2015.10

ISBN 978-7-5153-2335-0

Ⅰ.①大… Ⅱ.①郭…②夏… Ⅲ①长篇小说 - 中国当代 Ⅳ.①I247.5

中国版本图书 CIP 数据核字（2015）第 231381 号

责任编辑：侯群雄

*

中国青年出版社 出版 发行

社址：北京东四 12 条 21 号 邮政编码：100708

网址：www.cyp.com.cn

编辑部电话：（010）57350401 门市部电话：（010）57350370

三河市君旺印务有限公司印刷 新华书店经销

*

710×1000 1/16 40 印张 744 千字

2015 年 10 月北京第 1 版 2015 年 10 月河北第 1 次印刷

印数：1–12000 册 定价：58.00 元

本图书如有印装质量问题，请凭购书发票与质检部联系调换

联系电话：（010）57350337

第 一 章

一九三五年农历十一月初四，中国工农红军胶东游击队在昆嵛山发动了武装暴动。暴动的枪声传到百余公里外的海阳县境内，虎头湾镇的偌大一片高粱挺起纤弱的腰杆，纷纷举起燃烧的火把，似乎正在欢呼这一壮举。秋风吹来，大片高粱摇头晃脑，发出雷鸣般的声响。

高粱地里的秋虫，诸如蟋蟀、蝈蝈、蛐蛐和纺织姑娘们，不知道是因为秋风渐凉，严冬来临，还是天生的本性使然，不甘寂寞，亮开嗓门儿，争相鸣叫，如诉如歌，一声声，一片片，此起彼伏，忽远忽近，把生命的绝唱推到了极致，演绎出一首壮美的秋天鸣奏曲来。

而在高粱地旁的沟渠间、杂草丛里、灌木林中，趴伏着几十号以一个名唤黑鲨的头目为首，从聚龙岛赶来的海盗。他们屏气凝神，把黑洞洞的枪口瞄准了正穿行在高粱地里的一辆马车。

赶车的车把式叫吴天旺，少言寡语，看上去老成可靠。这时，他抱着鞭杆，斜靠在轿门前，正听着轿内传出来的英语诵读。虽然听不懂，但他也打心眼里愿听。因为那是吴家大小姐吴若云的声音，他听着就陶醉、痴迷，就像喝多了一点酒，眩晕，还有点燥热。

虽然听不懂，却也听得如醉如痴的还有吴若云的丫鬟槐花。她双手托住圆润的下巴，双眼忽忽闪闪地忙着接应主人唇齿间的吐露："Democracy。"

吴若云是虎头湾镇吴家族长吴乾坤的独生女，举手投足，温文尔雅，眉宇间透着一股文艺小清新，一派大家闺秀的做派。她今年虚岁十八，在烟台女子中学读书，眼下学校放假，正归心似箭。可她万万没想到，因为父亲十八年前在虎头湾欠下的一桩血债，如今冤家找到她这个做女儿的头上来了。

正所谓说时迟，那时快，埋在土里的一根绳子被拽起来，兜住了马的双腿，整个马车被兜飞，在半空中翻转、打滚儿。吴天旺虽然是个好车把式，又是吴家大秧歌队的乐大夫，有一身的拳脚功夫，然而，事发突然，他怎么也驾不住辕头，反倒被摔了出去。

轿内，吴若云主仆二人更惨了。她们毫无防备，双双从轿内被抛到了空中。她们尖声喊叫着，像突然间被惊吓的鸟儿，扑棱棱地在空中飞着。英文词典也随之抛到空中，哗哗啦啦地在空中飞着。

吴若云眼前是一片片红似火焰的高粱，像血染的绸缎，又像耀眼的云霞，交替飞舞，旋转飘动着打眼前掠过，嗖嗖作响。终于，她的身体重重地砸在土坎子下的一堆高粱秸上。这下摔得可真不轻，吴若云大声咳嗽着，嘴角淌出汩汩鲜血。没等吴若云定下神来，她身下的高粱秸突然被人拱起，一个邋遢的小伙子捂着脑袋，张口就骂："他奶奶的，砸死你祖宗我了！"吴若云被拱得打了个滚儿，翻身坐起，一头雾水。小伙子年纪轻轻，不过二十来岁，虽然穿着邋遢，人却精神。他起身看见被骂的人是位天仙般的姑娘，顿时有点儿难为情。

那边的吴天旺早被一个彪形大汉拎着脖领儿拽到了黑鲨面前。吴天旺已缓过神儿来，身子一缩，挣脱大汉的手，挥舞双拳直奔黑鲨。黑鲨顺势接住吴天旺的双拳，冲他便吼："告诉老子，你轿里拉的什么人？是不是吴乾坤的独生女？"

吴天旺鼻孔里哼一声，怒道："是又怎么样？我可把话搁在头里，你胆敢动我家小姐一手指头，我就跟你拼命！"

黑鲨轻蔑地笑了笑，说："你这个穷娃子犯不着搭上自己的命！实话告诉你吧，不是我黑鲨不义，实在是我和他爹吴乾坤十八年前的大仇不能不报！"

这时，传来小头目荣七的喊叫声："大哥，在这儿呢！"

黑鲨一听，撇开吴天旺，兀自转身冲了过去，荣七的大砍刀正架在槐花的脖子上，大声喊道："大当家的，您看哪，这吴家大小姐长得还挺俊！您宰她之前，先让兄弟我当回新郎官儿吧！"离槐花不远的土坎下，小伙子和吴若云瞪大了眼睛观察着。

黑鲨冲到槐花面前，打眼一看，骂道："你瞎了眼了！看这打扮，最多是个使唤丫头。刚才飞出去两个，再找，还有一个！"

黑鲨人高马大，嗓门也大，小伙子听见了，顺脚踢了一下倒在身边的吴若云，低声说："找你呢……"吴若云调整着呼吸，擦掉嘴角的血，支撑着想爬来，可是怎么也使不上劲。小伙子见没人搭理，便有些生气，扭过身一脚踢在吴若云的屁股上，说："听见没有，人家找你呢！"话一出口，他发现自己的声音太大了，忙缩了缩头，向远处望去。

黑鲨循声扭过头来，一头长发披肩，双眼充满血丝。吴若云强撑起身体，模模糊糊认出黑鲨，眼睛刹那间布满恐惧。黑鲨也认出了吴若云，手一指，大喊："在那呢，给我追！"

吴若云此刻顾不得疼痛，用尽浑身力气，撑起身子就跑。小伙子不明就里，两边看着，扭头对黑鲨说："嘿，这光天化日的，你们拿着刀要干什么？人家是个姑娘，都摔坏了，你们讲不讲理啊？"

荣七举着明晃晃的大砍刀，一马当先，吆喝着，怪叫着，率领一众人像一群马蜂似的追过去。小伙子突然意识到什么，一跃而起，也不由自主地追去，边追边喊："有理走遍天下，无理寸步难行。嘿，嘿，你跑什么呀？"

被晾在一旁的吴天旺此刻看明白了一切，他一把抓起地上的马鞭，举起来挥舞着，就像平日里扮演大秧歌的乐大夫那样，跃起身跳到一干海盗面前，声色俱厉地喊着："都给我住手，哪个敢追，先问问我手里的鞭子！"

一个小喽啰伸手指着吴天旺，骂道："臭赶车的，给我滚！"

吴天旺瞪大了眼睛，一鞭子抢向小喽啰，那鞭梢便像蛇一样地缠在了他的腿上，吴天旺顺势一拽，那人便仰面八叉摔倒在地。荣七见状，停住脚步，转身对吴天旺说："好你个臭赶车的，敢跟老子使厉害，你活腻歪了是不是！"好虎难抵一群狼，几个海盗三下五除二就把吴天旺打倒在地。吴天旺又咬又踢，真的是拼了命。荣七也不是个善茬，他一个窝心脚将吴天旺踹飞，双手举刀就砍。这时，黑鲨断喝："七儿，他就是个赶车的，别为难他！"荣七的砍刀硬生生地从吴天旺的头顶移开。

就这片刻工夫，小伙子和吴若云蹿进了漫山遍野的高粱地，一前一后，疯狂地窜逃、奔跑。小伙子边跑边喊："你跑什么呀？行走江湖无外乎一个'理'字，你跟他们讲道理呀！你是个小娘儿们，他们好几个大老爷们儿，没道理杀你！"

吴若云只顾逃命，哪有工夫跟他理论，见海盗越追越近，跑得更快了。小伙子却更加得意地说个不停："你呀，这么跑下去也没用，你个小娘儿们跑得过大老爷们儿吗？赶紧停下来跟他们讲理，要真是他们在理，大不了一死！出来混，欠下的早晚得还，这就是江湖！"

吴若云忍无可忍，扭头骂道："滚开！别跟着我！"

小伙子纵身蹿到吴若云身边，说："好心当作驴肝肺！谁要跟着你了，我好不容易找个地儿想睡个舒服觉，你差点没砸死我！你说，那几个拿大刀的跟你什么仇啊，你偷了人家的宝贝，还是挖了人家的祖坟？小娘儿们，你把实话告诉我，我八成能救你的命。我会讲理，就算没有理，我还会搅三分呢！"

吴若云强忍不语，她唯一能做的就是继续疯狂地逃跑！然而，她跑得再快，也跑不过子弹。荣七恼了，也懒得追了，从腰间拽出枪来，瞄准吴若云"砰砰砰"就是几枪。子弹呼啸而来，从吴若云的头顶飞过，她一时间吓得直挺挺地站在那里，一动也不动。小伙子也被吓得抱住脑袋蹲在地上，但他一个大爷们在小娘儿们面前也不能认尿，于是，壮着胆子起身把被吓蒙的吴若云摁倒在地。子弹蹭着他的头皮飞了过去，他甚至闻到了子弹划过头皮烧焦毛发的味道。他连声追问："小娘儿们，你们到底是什么仇呀，怎么都开上枪了？我说不让你跑吧，你偏跑！这下可好了，你一跑，理都讲不成了！"

直到这时，吴若云才正眼看了看他，还好，嘴虽贫，脸却福相，便问道："你跟他们不是一伙的？"

小伙子摇摇头："不是！不是！那哪能呢！"

"那你跟着我干吗，找死啊？"吴若云脸一翻，推开小伙子，继续往前跑。

"哎，你还跑啊？我可不跑了。子弹不长眼睛，万一吃了枪子儿，我可没处讲理去。"恰在这时，一梭子弹打过来，在他屁股底下炸起一串烟泡。小伙子跳着双脚，抱着脑袋，吱哇乱叫，他发现自己已无处藏身，也只得朝吴若云的方向跑去。

吴若云慌不择路，爬上高粱地外的一处黄土坡，但人还没站稳，便一个趔趄摔了下去。小伙子见状也顺势滑下去，不料两只脚重重蹬在了吴若云的身上。吴若云忍痛爬起来，想继续跑，可脚崴了。小伙子刚要要贫嘴数落，海盗的呼叫声传来，只见五六个小喽啰跟在荣七屁股后，呼啦啦卷过来，尘土飞扬。小伙子转过身，突然抱住吴若云的腰，连滚带爬地再一次钻进了高粱地。荣七追到黄土坡前，没见人影，却发现了土坡上的痕迹，便大喊道："弟兄们，准是藏高粱地里了，给我搜！"

密密匝匝的高粱，水泼不进，针扎不透。刚刚还欢唱不止的秋虫们，此时此刻噤若寒蝉，只有地头上的几根高粱秸微微地颤动着，发出细碎的窸窸窣窣的声响。透过高粱的缝隙，隐约可见小伙子把吴若云压在身下。被一个男人压在身上，吴若云确实受不了，她用手推着小伙子的脸，使劲挣扎，却无济于事。吴若云想喊想骂，小伙子竟用他的嘴堵住了她的嘴。吴若云满脸涨红，怒目圆睁，要跟小伙子拼命。小伙子忙用眼神示意，吴若云这才发现一把大砍刀逼近了，呼呼有声，一次次从他俩的眼前划过。

荣七气急败坏地嚷叫着："跑不远，指定就藏在哪儿了，顺着地垄子给我找，我就不信大活人能钻耗子洞！"小喽啰们抢枪托，挥大刀，展开了地毯式搜查。由于恐惧，小伙子的汗水从额头流下来，滴在了吴若云的脸上。

黑鲨站在远处的黄土坡上，打了一声尖利的呼哨，喊道："废物，你们这群废物！连一个小丫头片子都抓不着，还他娘的开了枪！万一县里保安队得到消息，咱们就走不了了！都听好了，给我撤！"

荣七忙说："大哥，别啊！吴乾坤的闺女跑不远，再让兄弟们找一会儿！"

黑鲨训道："混账！我说撤就撤！咱们是在海上干活的，这都钻进高粱地里来了，时间耽搁久了，肯定要吃亏。撤，给我撤！"

终于，海盗们的身影消失在吴若云的视线中，她用力爬起身来，不问青红皂白，抢起胳膊，狠狠地一巴掌抽在小伙子的脸上。小伙子被抽愣了："哎？你个小娘儿们，凭什么打我？"

吴若云没好气地说："你占我便宜！"

小伙子嚷道："天地良心，我是为了救你的命！你讲不讲理呀？"

吴若云自知理亏，语气一缓，问："你是谁？"

小伙子理直气壮地说："我是我！你是谁？"

吴若云针锋相对："我也是我！我问你是干什么的？"

小伙子胡搅蛮缠："我是走路的，累了就躺在高粱地里睡觉的！我都走了两个月了，今天怎么就碰上你了，我长这么大就没跑这么快过！"

"噢，我明白了，这事儿跟你没关系，你在睡觉，我从天而降，偏偏砸在了你身上，对吧？"

小伙子说："对呀，就是这个理儿！"

吴若云说："让你担惊受怕了，对不住啦！"

小伙子立刻露出满脸的笑容，说："嘿，你还挺讲理哩！"

吴若云一本正经地说："那你帮帮我，把我背回到出事儿的地方，找到我的丫鬟和我们家长工。"

小伙子一惊，说："啊？出事的地方？路也太远了吧？"

吴若云不冷不热地说："谢谢你。"

"谢就不用了，还没背呢……"小伙子的脸上露出一丝狡黠，"跑这么半天的路，我都快累死了，哪背得动你呀？"

吴若云心领神会："我给你一块钱。"

小伙子一个鲤鱼打挺蹦了起来："不能让人白受累，小娘儿们，你真讲理！"

吴若云问："你叫我什么？"

小伙子说："小……娘儿们……"

吴若云脸色一阴："你放尊重点，不然我撕烂你的嘴！"

小伙子连忙退后，边退边说："哎呀，哎呀，哎呀，刚才光顾着逃命了，没细看啊，看你穿这身衣服，就知道你是读大书的，对吧？恕我眼拙，读大书的那都是了不起的人，我应该叫您小先生，您贵姓？"

吴若云回道："免贵姓吴。"

小伙子拍着巴掌说："能跟吴小先生共同遇此大难，小的真是三生有幸。"

吴若云发现小伙子是个油嘴滑舌的主儿，便不高兴地说："少废话。"

"是，当着贵人不能说废话，小先生，您请上肩。"

吴若云强忍脚痛，就要趴在小伙子肩上。没承想一只手刚刚搭在他的肩上，小伙子却突然一闪身转了过来，嬉皮笑脸地伸手道："小先生，咱俩萍水相逢，之前没有任何交情，您看，要不您先把脚钱给了吧？见着钱再出力，这也是理呀。"

吴若云厌恶地瞪一眼小伙子，然后在身上摸出一块大洋，放在他手上。小伙子激动不已，连忙去解裤腰带。

吴若云脸一红，怒斥道："你干什么？"

小伙子扭头回答："对不住，小先生，长这么大，这是我自个儿挣到的头一块现大洋，我得把它收好了不是？"

吴若云觉得又好气又好笑，满含羞涩地转过头。小伙子立刻钻进高粱地，慌慌地脱下裤子，将钱藏在了裤兜里。

硬邦邦的现大洋装进贴身的裤兜，立时染上了自己的体温，这让小伙子无比激动。他十分卖力地背着吴若云，手脚并用，吭吭哧哧地爬上黄土坡。吴若云看到小伙子豆大的汗珠往下淌着，不免有些心疼，便问："我是不是太沉了？"

小伙子唱歌似的回答："不沉，不沉！拿了您的钱就得卖力气，一块现大洋呀，小先生，再沉都值！"

吴若云淡淡地笑了起来，仿佛突然意识到了什么。她说不清楚，但没想到在这样的情况下，自己竟然还笑得出来。于是，她低头对小伙子细声问道："我帮你擦擦汗？"

"别！别让我的脏脸脏了小先生的手！"小伙子显然有些惶恐，他头直摇，甩出的汗珠像雨点似的落在了土坡上。其实，吴若云的手已经凑到了小伙子的脸前，却又停住了。她有点心疼，有点感动，有点动情……突然，吴若云看到两把大砍刀从天而降，犹如被人兜头泼了一瓢冷水，全身的血液顿时凝固。

黑鲨的守株待兔之计得逞，海盗们狂笑不已。无奈，小伙子只好背着吴若云冲出包围圈，却不料被荣七抬脚踢在胸口上。小伙子踉跄几步，险些从黄土坡上栽下去。可刚稳住重心，荣七的枪就对准了他的脑袋。

眼见荣七打开枪保险，食指伸向扳机，小伙子突然双手抱住脑袋，一边像狗一样趴在了地上，一边大声喊道："大英雄饶命呀，我就是个路过的。冤有头债有主，杀人你可得讲理啊……"

就在荣七愣怔之际，吴若云冷冷地插言："你们就别杀他了，他不是我们家的人，连个长工都不是，真的是路过的……"此时，脖子被钢刀架住的吴若云很镇定，她扭头看向黑鲨："你就是黑鲨吧？"

荣七大吃一惊："大哥，她认识您。"

"吴乾坤的丫头,当然认得我。"黑鲨上下打量着这个仇人的独生女儿,说,"丫头,你既然知道我是谁,也就该知道自己的下场吧?"

吴若云冷静地回答:"当然知道,你和我们吴家不共戴天,既然我落在你手里,要杀要剐,我绝不眨眼,这个人跟我没有关系,放了他。"

吴若云说罢,用手指着趴在地上的小伙子。此时此刻,在小伙子眼中,吴若云简直就是天上下凡的海神娘娘,镇定而无畏,高大而美丽。

黑鲨没想到吴若云如此仗义,视死如归,不无感慨地说:"佩服!吴乾坤能生出这样的闺女来,令我佩服!好,我给你个面子!荣七,放了那条狗!"

荣七立刻将枪从小伙子的脑袋上移开,随即挥枪指挥两名海盗,架起吴若云的胳膊就走。这时,小伙子的腿虽然还在不停地颤抖,但他一咬牙硬是跃身而起,紧接着大喊一声:"站——住——"

黑鲨和荣七闻声转过身,愣愣地看着小伙子甩着肩膀,大踏步地走来。小伙子瞪大了双眼,看着比他高一头的黑鲨以及拿枪的荣七,腿一软,身形一缩,一下子矮了半截,双手抱拳:"两位好汉爷,刚才一搭话,我全听明白了。这位大小姐的家跟你们有仇,你们抓她是为了报仇,有仇必报,天经地义!江湖嘛,欠的总是要还的,我懂!可我这儿也有个理,吴家大小姐给了我一块钱,让我护送她回家,我收了人家的钱,现在没办成事儿,这可就是我的不对了,再有……"

小伙子指着荣七,以他多年乞讨和摸骨算命积累的经验,继续说道:"刚才这位大英雄,想一枪打碎我脑袋的时候,要不是吴家大小姐开了金口,我就没命了。这可是大恩,知恩不报,那就是不懂天理……"

"你什么意思?想救人?来,你试试!"荣七说着,将枪口戳在小伙子的脑袋上。

本来,顺着刚才的话,小伙子的身形已经慢慢挺直了,一见枪口却又缩了回去:"不敢,不敢,行走江湖最重要的就是知道自己几斤几两,想在各位大英雄手里救人,那不是胡扯嘛。可知恩不报那失的是大义,义要没了,活着就真不如一条狗呢!我打听打听,你们抓她回去,是要千刀万剐啊,还是要点天灯?"

荣七早就听得不耐烦了,想对小伙子开枪,但黑鲨没发令又不敢擅自动手。小伙子见状,心里自然明白"阎王好说,小鬼难缠"的道理。于是,他只管觍着脸讨好黑鲨。最后,小伙子索性要与黑鲨赌一把,他心一横,咬咬牙说:"这么着得了,一不做二不休,你们连我一起带走吧!哪天下手的时候,先宰了我,再杀她,我也就算是报恩了!我拿了人家一块现大洋,不能白拿!"

吴若云万万没想到小伙子会说出这样的话,突然热泪盈眶,继之心一狠,说:"你——别在这儿耍贫嘴了,还不快滚!"

小伙子瞅一眼黑鲨，见他心情不错，便对吴若云轻声说道："我真的不能走，就你这脾气，到了阴曹地府你得吃亏，我跟你一起上路，我比你有眼力见儿，看得出阎王爷的脸色，嘴皮子还比你利落，到了阎王爷那儿我一定帮你好好讲理！"

吴若云眼里淌着泪，嘴上却发着狠："你滚！快滚开！"

黑鲨至此终于明白过来，凑近小伙子问道："你们俩以前不认识？"

小伙子一脸诚恳地说："不认识。"

黑鲨难以置信地追问："就为她帮你说了句好话，你要陪她一起死？"

小伙子不假思索地回答："是啊——不，她还给了我一块钱！"

黑鲨笑了："天下还有你这种傻子？"

小伙子一本正经地答道："我不傻，但我讲理！"

黑鲨听罢，笑了："好，成全你，一起带走！"

海阳县志载：明洪武三十一年设大嵩卫于凤城。清雍正十三年裁大嵩卫设海阳县。海阳县下辖凤城和虎头湾，而凤城与虎头湾相距不过数十华里。神秘而古老的虎头湾自古就是抗倭的前沿，也是兵家镇守之要塞。相传明朝名将戚继光率戚家军戍边，就曾于罢归登州后在这里留下吴、赵两位大将军。这两位大将军的后裔，便是如今虎头湾吴、赵两大家族。

虎头湾依山而建，身后一座光秃秃的青石大山，犹如倒扣着的偌大的头盔，风吹雨打，纹丝不动。镇前那宽阔的海面上，左边一座酷似琵琶的半岛，右边一座状如海龟的孤岛，两岛相望相拥；海神庙拔海而起，巍峨矗立，给这座镇子平添出许多的神秘和威武来。

更加神秘和威武的还有镇中的一块巨石。巨石上书"虎头湾"三个大字，苍劲有力的笔锋仿佛蕴含着无限杀机，即便太阳的光辉洒在上面，依然阴森。以阴森的巨石为界，吴、赵两大家族相对而居：东边吴家族长吴乾坤的深宅大院，紧紧护着海草房的吴姓渔民一族；西边赵家族长赵洪胜的二层小楼，牢牢遮着海草房的赵姓百姓一家。这两大家族因为积怨太久太深，以至于各行各事；进进出出，各走各族的牌楼。只有广场之上斗秧歌，海神庙里供娘娘，他们才能舞在同一个旗杆下，跪在同一座神像前。

眼下，在吴家客厅里，族长吴乾坤端坐中央，七八位吴姓家族中的老者围坐在四周，正在议事。

吴四爷说："林家和吴家本来就有亲，这一次林大少爷家耀与若云小姐订婚，是亲上加亲！虽说是订婚，可是人家既然答应在虎头湾办，就是给足了咱吴家面子。乾坤，咱要操办得像个样子，给林家一个面子啊！"

吴八叔说："关键是订婚那天，林参谋长还要大驾光临。订婚仪式要是办不漂亮，那不是不给林参谋长面子吗？不给林参谋长面子，那就是不给韩司令面子！"

吴乾坤笑着点了点头，说："我吴乾坤六十了，就这么一个闺女，给我闺女找个什么样的女婿，我可以说是千挑万选呀……"

吴八叔说："你这个女婿选得好啊！咱们吴家有了这么硬的靠山，从此以后，看看他们赵家还敢不敢跟咱们争啦！"

并非隔墙有耳，吴若云定亲的事，不知怎么就传到赵家族长赵洪胜耳中。这种时候，他身边也围着本族的几个老者。

赵洪胜眉头紧蹙，一拍红木椅子的扶手，说："订婚？订婚仪式娘家办，新鲜！难道他吴乾坤要招上门女婿不成？"

赵三伯解释道："不是，吴家大小姐要嫁的是林家！"

赵洪胜眉毛一挑："哪个林家？"

赵三伯回答："就是早些年的海阳首富，姓林的那一家呀！"

赵洪胜反问道："二十年前他们不是举家下南洋了吗？"

赵三伯接过话茬："就是啊，也不知道吴乾坤怎么攀上的这门亲。听说林家的长房大少爷林家耀留过东洋，一表人才，已经到了咱们虎头湾啦！"

赵洪胜没好气地打断赵三伯的话，问："你别说那些没用的。我问你，韩复榘身边那个姓林的参谋长跟这个林家耀是什么关系？"

赵三伯回答说："是他的亲叔叔啊！"

赵洪胜一口噎住了，不禁气愤地自言自语："好一个吴乾坤，舍得出去独生闺女，就为了巴结这门好亲戚。说到底，还不是为了对付我们赵家！"

正所谓月有阴晴圆缺，吴乾坤正与人商议自家月圆之事，管家带着从高粱地逃回的吴天旺和槐花匆匆忙忙而进。当听说黑鲨抓走了吴若云后，吴乾坤暴跳不已，大发雷霆。偏在这时，西装革履的林家大少爷家耀在门外求见。吴乾坤说声"不见！"又觉不妥。他快步追上管家，叮嘱道："你告诉他，就说家里出了点儿事，让他好好在屋里歇着，没事别瞎溜达！"

目送管家离开，吴乾坤转身告诫吴天旺和槐花："你们两个废物给我听着，大小姐被海盗劫走这件事，千万不能让林家大少爷知道，听见了没有？"

慌慌退出门外的吴天旺和槐花，恰与庭院里的林家耀撞个满怀。林家耀见二人狼狈不堪，不由得张开双臂拦住他们，正想问个究竟，却被管家揽过话头："两个奴才，老爷说什么你们没记住啊，还不快走！"

吴天旺和槐花急忙溜走，林家耀顿时生疑，回过身来问管家："管家，听说就是他们二人去接若云表妹的，发生了什么事情吗？"

管家支吾好半天，才吞吞吐吐地说："啊，没……没什么，家耀少爷，就请按老爷说的回屋歇着吧，您新来乍到的，别四处溜达。"管家说完，逃似的转身去了。林家耀不禁心中疑云翻卷。

就在此时，吴乾坤匆匆来到赵洪胜的府上，请求赵家出人和吴家子弟联手攻打聚龙岛救吴若云。不料赵洪胜一口拒绝："让赵姓子弟和你一起去聚龙岛打海盗？哼哼，恕我赵洪胜不能从命！"

吴乾坤强压满腹怒火，据理力争："二百年前，吴、赵两家的老祖宗定下的规矩，你赵洪胜不认账了？"

赵洪胜狡辩说："老辈儿的规矩是外敌来犯虎头湾，吴赵两家须联合拒敌，不分你我。你闺女吴若云是在虎头湾地界上被海盗抓走的，又何谈外敌来犯？"

吴乾坤怒道："赵洪胜，二十年前，我们跟黑鲨的仇是怎么结下的，你心知肚明，不是我吴乾坤一个人的事，你赵洪胜也有一份！今天你竟然见死不救？"

赵洪胜说："我们赵家有祖训：子弟练武，保卫乡土。现在你要带着两家的乡勇出海去打聚龙岛，我问问你，这要是海盗的圈套怎么办？你不是置虎头湾的安危于不顾吗？这种蠢事，我赵洪胜绝不会做！"

吴乾坤气得拂袖而去，走到自家院外，见了林家耀，连个招呼都没打，就一头扎进客厅，乱嚷一气，说什么拿不下聚龙岛，砍不了黑鲨的头，誓不为人！吴四爷和吴八叔毕竟都是"扛着犁具上西天——耕过大地"的人，他们力劝吴乾坤三思而行，说什么海盗狡猾，万一设下埋伏，对吴家可就是灭族之灾。

吴乾坤曾是打仗布阵之人，自然明白其中的利害。这仗打也不是，不打也不是，气得连话也说不出来了。正在这时，林家耀冲进来，张口直言道："吴世伯，不要听这些人的迂腐之言，对海盗就绝不能手软！您给我一条枪，再让我带上十几个会用枪的，我一定杀光海盗，救回若云表妹。"

吴乾坤不禁一愣："家耀少爷，谁告诉你若云被海盗抓走了？"

林家耀摇头坦言："世伯，您不必瞒我！事情的经过，我都知道了！事不宜迟，咱们犹豫的时间越久，海盗就越容易做好准备，等他们真的布下圈套，就真来不及了！要不这样，您给我一条船，我先去探探聚龙岛，给您打个先锋。"

吴乾坤恳切地说："家耀，若云被海盗抓走这事，纯属意外，嗯……可千万别跟家里边的长辈说。咱把话再说回来，就算是要打聚龙岛，你也不能去，海盗凶恶得很，你要是有个三长两短，我吴乾坤可对不起你们林家的长辈！"

林家耀心直话快："世伯，都这个时候了，还说这么多干什么，您快找个熟悉路的人给我带路！"

吴乾坤眼珠一转，扭头对身边的乡勇说："来人，先把林少爷送回屋去，不许他离开房间。"

两名乡勇将林家耀强行拽走后，吴乾坤和吴八叔等人反复商量，吴家子弟难敌海盗，赵洪胜又不愿出手相助，事已至此，只好到县城求二老爷吴江海了。吴江海既是吴乾坤同父异母的兄弟，又是海阳县城保安队的队长，让他出兵去聚龙岛救自己的亲侄女，当然再合适不过！

于是，吴乾坤和管家当即策马而去。说来也巧，吴乾坤和管家赶到县城城门下，迎面碰到吴江海正率保安队出城。吴乾坤连忙翻身下马，快步来到吴江海的马前，叫道："江海呀……"

吴江海拿眼傲慢地斜视着吴乾坤，心不在焉地问道："你在叫我？"

吴乾坤尴尬无比："是啊，老二。"

吴江海爱答不理地应着："有事儿？"

吴乾坤忍气吞声地说："有……"

吴江海挥手打断吴乾坤的话："有事儿回头再说，本大队长正在执行抓捕共匪的重要任务，没工夫搭理你，让开！"吴江海一拨马头，扬长而去。

黑鲨命荣七将吴若云和小伙子拉出高粱地，装进捕鱼的老牛网，抬起来便走。他们来到虎头湾的后海边，把捆了手脚的吴若云和小伙子扔到船上，匆匆驶进大海。这时夕阳映红了整个海面，吴若云望着染红的海水一句话也不说；小伙子则趴在船沿上，好一个呕吐。

不知经过多长时间的折腾，船终于靠上了聚龙岛。聚龙岛是一座远离陆地的孤岛，岛不大，却怪石林立，青山绿水的，很是幽静。在这孤岛的山顶上，一座大殿巍然屹立，直插云天！

没等黑鲨走进殿门，荣七的六哥——号称聚龙岛军师的荣六率众喽啰迎出来，一片嗷嗷乱叫："恭喜大哥！恭喜大哥！"

黑鲨脸一板道："恭喜个屁，抓个丫头片子回来，有什么好恭喜的？"

荣六忙嗔怪说："看大哥这话说的，这小丫头片子不是吴乾坤的掌上明珠吗？大哥，您要砍她的头，我来动手！然后给您亲自送回虎头湾，咱倒想看看吴乾坤见到他闺女的脑袋，会是个什么模样。"

黑鲨"哼"了一声，说："杀个丫头片子算什么本事？"

荣六不禁一愣，忙问："大哥，不杀呀？"

黑鲨瞅着荣七说："我压根就没打算宰了吴若云，要不然何必辛辛苦苦把她带回聚龙岛？"

毕竟身为军师，荣六试探性地问道："那，大哥的意思是……"

黑鲨说:"冤有头债有主,该死的是吴乾坤,他不是六十岁就这么一个闺女吗?我倒要看看他会不会拿自己的命来换他闺女的命。"

荣六恍然大悟:"大哥的意思我明白了,兄弟们,虽然大哥这次出岛旗开得胜,可是今天谁也不许沾酒,都把眼睛给我擦亮了,子弹上膛。吴乾坤要是敢来攻咱们聚龙岛,就把他碎尸万段,给大哥报仇!"黑鲨双眼闪着狡黠的光,很明显,他本人就是这个意思。

更有意思的是吴乾坤很想救自己的闺女,却偏偏不让林家大少爷家耀出手。林家耀不解其中原因,使劲地晃着被关的门板,先是世伯世伯地叫,后来直呼其名,一声声"吴乾坤",毫不客气,到最后,他就差张口骂人了。

吴乾坤才不管毛头小子那一套呢!他一边命人看好林家耀,一边给吴家乡勇开会。起初,吴乾坤不想让更多的人知道若云被海盗劫持一事,怕日后遭人嚼舌根。后来得知众人已听说了赵洪胜想看这件事的笑话,又知道了吴江海舍亲情不顾、见死不救的来龙去脉,便索性亮出了攻打聚龙岛,救回大小姐的决心。

众乡勇吃吴家的饭,受主人的恩,自然一呼百应,摩拳擦掌。吴乾坤被感动得老泪纵横,双手抱拳,高声命令:"好!十个人一条船,立刻出发!"

"老爷!"正在这时,一个穿高跟鞋的女人扭着身子来到院子,她是吴乾坤的小老婆春草儿。春草儿伸手拍着吴乾坤的肩头,说:"等会儿再走吧!"

吴乾坤瞟了春草儿一眼,没好气地说:"滚一边儿去,我要办正事!"

春草儿一反常态,说:"可不是我找老爷啊,老太太让你去,你爱去不去!"

吴乾坤浑身打个战:"我娘?"

吴乾坤扔下满院子的乡勇,快步来到八旬老母的床前,轻声问道:"娘,您找我?"

吴母看也不看儿子一眼,指着跟进来的春草儿说:"你,过来。"

春草儿忙走上前来:"哎,娘,干吗呀您?"

吴母瞪一眼春草儿,说:"把我扶起来,让我给咱家的大老爷磕个头。"

春草儿愣了。吴乾坤也愣了:"娘,您这说的是什么话?"

吴母仍然不看吴乾坤,而转头对春草儿厉声喊道:"听见没有?我让你把我扶起来,你个不会下蛋的母鸡,扶我一把你也不会呀?"

春草儿怕挨打,连忙伸手去扶吴母。吴母颤颤巍巍地站了起来:"族长大老爷,老太太我给你磕头!"

吴乾坤扑通一声先跪下了,嘴里连叫:"娘啊娘,有什么话您快说,儿子听着呢!"

吴母说:"噢,知道你是我儿子呀?"

吴乾坤说："我当然是您儿子。"

"那你要去跟海盗拼命你都不跟你娘说一声？"吴乾坤傻了。吴母说："儿子，你多大岁数了？娘要是没老糊涂，你六十了吧？"

"啊，是……儿子六十了，可黑鲨可恶，绑了若云！那海盗窝子是什么地方？我闺女……"

吴母突然大喝："呸！"吴乾坤只能住口。吴母一字一顿地说："我知道是为了你闺女，为个丫头片子去跟海盗拼老命？你烧糊涂了吧你！我知道，你心思算尽，想给你闺女找个好婆家，也算是为咱们吴家找个靠山，这都没错。可你也不想想，那丫头片子既然已经进了海盗窝子，那还能有个好？林家还能认这门亲吗？"

吴乾坤无言以对。吴母继续说道："这门亲事要是黄了，那丫头片子对咱们吴家就一分钱都不值！你都六十了，娘就你这么一个儿子，咱们老吴家就你这么一条正根儿！你要是把命丢了，这么大个家业，还不得落到贼老二手里？贼老二要真掌了这个家，还不得把你娘弄死？"吴母步步紧逼，吴乾坤一句话都说不出来。

"可是娘，若云她……我这个当爹的我不能不去救她啊！"

吴母一顿手里的拐杖，大叫："你敢！你要是敢为了这个丫头片子去跟海盗拼命，老娘我就一头撞死！"

春草儿见吴母真动了气，忙用手拂着她的胸口说："哎哟，娘，您消消气儿。"

吴母一把推开春草儿，喊道："你个不会下蛋的母鸡，给我滚开！"话音未落，吴母看好了一根柱子，嘴里叫着："我这就撞死！"

跪在地上的吴乾坤一把抱住了吴母的腿，大叫："娘，您别，儿子不去了，儿子不去了！"

吴母一脸的跋扈，在别人面前威风八面的吴乾坤，在他娘面前只有认怂。

明白了大当家黑鲨劫持吴若云的用意后，荣六便让荣七带人将她押在大殿外的一个杂物间。因为岛上空闲屋不多，小伙子也被关进了杂物间。能和心目中的小先生关押在一起，小伙子似乎有点儿侥幸，甚至激动。他扭动身躯试图向吴若云靠近，却发现她扑簌簌落下一滴滴眼泪。小伙子心一软，左劝右劝，劝她别害怕，别悲伤，还说人命天注定，该是河里死，井里就一定死不了。没想到他一口一个死的，倒把吴若云说得哭了起来。

小伙子意识到是自己惹了祸，便自我解嘲："也是，我倒不怕见阎王爷，可您不行啊，您是大户人家的千金大小姐，荣华富贵，哪舍得死啊！你哭吧，好好哭哭，哪有谁不怕死的？"

听小伙子这一说，吴若云哭声戛然而止："我不怕死，人间有什么好留恋的？

死了好，死了就能和我娘团聚了。"

小伙子一愣："这么说，令堂大人……"

吴若云直言不讳："我娘已经死了好多年了……"

小伙子正不知道该怎么安慰她，却见吴若云用袖口狠狠抹一把眼泪说："你这个不知好歹的东西，为什么非要跟着我找死呢？"

小伙子一下子被搞蒙了，想了想，不禁脱口而出："找死？我才不找死呢！你娘不在了，我娘还活着呢！我长这么大还没找着娘呢，我可不想死！"

吴若云一时间也蒙了，连连追问："你说什么？没找着娘是怎么回事？"

并非小伙子卖关子，而是这事要想说清楚真不容易，于是他只好说："我的事一句两句说不清楚，再说这也不是说话的时候啊。吴大小姐，咱得赶紧想办法跑啊！"

"跑？怎么可能？黑鲨是杀人不眨眼的魔王，他一定会杀了我。"

小伙子瞅了一眼门外三个看押他们的海盗，凑近吴若云低声嘀咕。没承想话还没说完，吴若云便翻了脸，她指着小伙子的鼻子吼道："你说什么呢？闭上你的臭嘴，你这个醒醒龊龊的东西，亏你想得出来。"

小伙子边示意吴若云门外有人，边压低声音好一阵子劝说。接下来吴若云和小伙子相互配合，先是用小伙子常年藏在身上的麻药麻翻了荣七，后来吴若云以色相挑逗胖子，又以相同的手段麻翻了胖子。

然而，当吴若云和小伙子第三次给瘦猴下麻药时，不幸被识破。正当瘦猴举枪对准吴若云的时候，小伙子急中生智，先开了枪。"砰！"瘦猴中枪，一头栽倒在地。吴若云这才发现，小伙子手里握着一把枪，枪口冒着白烟。吴若云和小伙子还同时发现，瘦猴嘴角往外淌着血。很明显，他已经死了。

"啊，我杀人啦！"小伙子喊叫着，慌乱地将枪扔在地上，埋头就往门外跑。跑了几步又跑回来，一把拽起吴若云的手，边跑边说："跑！快跑啊！"

第 二 章

黑鲨听说看押吴若云和小伙子的三个弟兄，一个被打死，两个睡死过去至今未醒，一时间像掐了腚的蜂子，气得在大殿厅堂团团转。

荣六不愧是聚龙岛的军师，他冷静地分析过后，向黑鲨进言，说是他们上当了，那个小伙子根本就不是过路的，肯定是吴乾坤安插在他闺女身边的保镖！

"没错！"黑鲨一拍脑袋瓜子，抄出枪来，一步便蹿出大殿。

茫茫黑夜之中，小伙子拽着吴若云的手，深一步，浅一步地在聚龙岛上奔跑逃窜。目睹了小伙子的机灵，一团疑云不由得在吴若云心头升起。她问他到底是什么人，出门在外的，身上怎么还会藏着蒙汗药呢？

小伙子有些得意，夸耀地告诉吴若云，人在江湖上行走，害人之心不可有，防人之心不可无。当理讲不通的时候，就得留一手保命！吴若云光顾得听，结果不留神一脚踩空，她的脚再一次崴了。

吴若云双手抱着伤脚，"哎哟"连声，疼得一点也动弹不得。这时，远处星星点点的火把正向他们逼近，甚至还能隐约听到嘈杂的叫骂声。小伙子跺跺脚，弯腰上前，背起吴若云拔腿就跑。跑着跑着，小伙子感到追兵越来越近了；他喘息着，四下里张望，连忙背着吴若云藏到一块大石头后面。

真是天无绝人之路。刚藏好身的吴若云发现不远处的海边停着一条小船，便不由自主地又重新爬到小伙子的背上，一口一个"船、船"叫嚷着，小伙子也不计较，背起她连滚带爬地跑到了小船边。

他解开缆绳，将吴若云扶上船，然后退回身来，腰一弓将船推向大海。顷刻间，船在水里打着旋儿，飘忽不定。小伙子一时傻了眼，撒开双手，真不知如何是好。吴若云毕竟在海边长大，她借着小船转动的惯性，伸手就把小伙子拉到船舱。因为船舱狭窄，两人几乎脸对脸地靠在了一起。

小伙子顿时手足无措，只是傻子一般呆头呆脑地愣着。吴若云见状，把橹把往小伙子眼前一推，说："快划船哪！"

小伙子脸一红，头直摇："哎？划船，不会……"

"这么大的人，连船都不会划？"吴若云一边奚落小伙子，一边独自摇橹划船。船刚刚离开岸边，远处便传来追赶的吆喝声。小伙子和吴若云循声向远处看去，只见灯笼火把染红了聚龙岛的半个海湾。

黑鲨发现吴若云和小伙子已摇船远离海岸，气得抬手就是一枪，子弹打在船帮上，小伙子吓得仰面朝天躺在船上。见大当家的开了枪，荣七指挥小喽啰们好一阵子射击，子弹如雨点般地散落在小船周围。

吴若云顾不得脚伤，双手抓着橹把，拼命地划。船在波峰浪谷中忽上忽下，艰难穿行。这时，小伙子不知怎么就上来了一股子聪明劲儿，跳到吴若云的对面，帮她一起摇橹。两人你推我拽，你拉我送的，配合默契，以至子弹在身边呼啸而过也全然不知。

其实，说全然不知也不尽然。听到子弹的呼啸声，小伙子下意识地用自己的身体挡住了吴若云。此时,两个人的脸凑得更近,她能感受到他嘴里呼出的热气,他能闻到她发际散发出来的香汗。

吴若云突然意识到了什么,一把推开小伙子,说:"你占我便宜!"

小伙子一愣,忙辩白:"没,我帮你挡枪子儿……"吴若云脸一红,愣住了。

在吴若云一愣之间,被吴乾坤关在小屋里的林家耀终于等到有人开门了。来人是吴家长工吴天旺,他是奉老爷之命给林家耀送饭来的。吴天旺把饭菜摆在桌上,神情寡淡地说:"林大少爷,您吃吧。"

林家耀哪有心情吃饭!他双手抓着吴天旺的肩头:"若云表妹有没有受伤?"

吴天旺面无表情地回答:"林大少爷,您就别问了,老爷不让我跟您说,您快吃吧,我走了!"

吴天旺说罢正要退出,林家耀突然将门关住,三下两下就把吴天旺制住。林家耀扭着他的胳膊,厉声问道:"告诉我,若云表妹有没有受伤?伤在哪里?人在哪里?你不说,我拧断你的胳膊!"

吴天旺嗷嗷叫着,只好把自己知道的都告诉林家耀。末了他还说大小姐是他的恩人,他爹死那年,大小姐偷着给钱才让他爹入土为安。他还说海盗劫持的时候,他想跟他们拼命的,可惜海盗人多,又有刀又有枪的,打不过人家。他恨就恨海盗没一刀宰了自己,否则老爷就不会骂他是废物!

林家耀听罢,心生一计。他好说歹说,硬是让吴天旺和自己联手降服了门外站岗的乡勇,然后端着抢来的枪,让吴天旺摇船带路,直奔聚龙岛。

这时,东方已呈鱼肚之色,海上突然起了大雾。起初雾气缭绕如轻烟,不多时雾如浓烟滚滚,几乎伸手不见五指。吴天旺把船摇进烟雾中,在林家耀的声声催促下,东一头西一头地乱撞一气,连方向都难辨清。

其实,难能辨清方向的又岂止吴天旺?此时此刻,吴若云和小伙子就处在难辨清方向的无助之下,甚至绝望之中。人倒霉了,喝凉水都塞牙。小伙子偏在这时又晕船,整个人像一摊烂泥一样,扒在船帮边呕吐。

吴若云心烦意乱,抬起迷离的双眼看着四周,心想:塞翁失马,焉知非福,自己辨不清方向,追他们的人也同样辨不清方向。想到这里,吴若云心中不由得暗喜。她把这满心的喜悦说给小伙子听,小伙子高兴得立即停止了呕吐,双膝跪在船头,仰天大喊:"我的老天爷啊,人算不如天算!您这是派出了哪路天兵天将由此经过,今天怎么闹出这么大动静啊?"吴若云觉得小伙子的话虽然贫了点,可是贫得恰到好处。她想听,也愿听!

今天闹出这么大的动静,不仅有海盗们追赶他们闹出的动静,还有林家耀和吴天旺联手救人的动静,甚至另有吴江海带保安队海上缉捕"共匪"的动静,这三种动静交织纠缠在一起，被云雾遮掩笼罩着，就像七个葫芦八个瓢，这个沉下了，那个又起来了。

在一片混乱和茫茫雾海里，小伙子好像不晕也不恶心了，估计是肚子里没食儿。他这会心情不错，突然想到什么，嬉皮笑脸地对吴若云说："吴大小姐，我也算是你的救命恩人了吧，你还没问我姓甚名谁呢？"吴若云白了小伙子一眼，懒得理他，继续摇橹划船。小伙子说："我免贵姓海，大海的海，可惜了我这姓了，直到昨天才头一回见到大海，还被那些凶神恶煞装到渔网里边，啥也没看清楚……今儿是第二回，可惜这么大的雾，雾要是散了就好了，我也好好看看大海……"

正在这时，浓雾中横插出一条小舢板来。只见一个浑身是血的人立于其上，奋力摇橹。因为雾太大，小伙子和吴若云看到这小舢板时，两者相距已非常近了。在不约而同的惊叫声中，两船便迅雷不及掩耳地撞到了一起。小伙子和吴若云被撞得前仰后合，立脚难稳。再看立于小舢板之上的那人，因剧烈的撞击而跌落船下。

小伙子下意识地要去救那落水的人，却失去平衡，掉进了水里。情急之中，吴若云去抓小伙子的手，却又抓了个空。眼下，船上只剩下了吴若云自己了。她四下张望，不见小伙子的踪影，只见海面上浮出一片血水。

吴若云傻了，两眼呆滞，一脸的泪水，站在船头，茫然地大喊："姓海的——你人呢——你会不会游泳啊？姓海的——"

中国工农红军胶东游击队在昆嵛山发动的"11·4"武装暴动失败后，有一位共产党的领导干部因负伤走散了。这一情报被火速送到海阳县府，县长命吴江海带保安队缉拿。他吴江海从陆地查到海上，箅头发似的那么箅着，真算恪尽职守，尽显其忠了。

此时，吴江海的船队被海上的浓雾包围，和他们一起被包围的还有海盗黑鲨的船队。更有意思的是这两个船队人多目标大，因为身陷浓雾，所以就有了狗咬狗一嘴毛的热闹。

一阵急风暴雨般的枪声过后，这边的保安队员死了两个，伤了不下十数人。由此吴江海推断，对面肯定有昆嵛山游击队的主力部队救援。于是，他找个保存实力的借口，让泥鳅掩护，自己先行撤出战斗。

再说那边的海盗，交战过后，死了一个，伤了仨，他们毕竟都是在海上过活的，有战法，有经验。不过大当家的黑鲨总是不甘心，他问荣六："他吴乾坤救闺女，就是把吴家的乡勇都派上，也没这么多枪啊？"

荣六就是荣六，孙悟空他妈，一肚子的猴，他说："大当家的，您别忘了，吴乾坤的兄弟就是保安队的队长吴江海呀！都说打虎亲兄弟，上阵父子兵，这话不是没有道理！"

"君子报仇，十年不晚！"黑鲨留下一句宽慰自己的话，也撤出了战斗。

于是，枪声停了，海面上恢复了平静。这一切吴若云全然不觉，她慢慢地抬起头来，眼里噙着泪水，自言自语："他姓海，却从来没见过大海，他肯定不会游泳，肯定不会！"

吴若云扒着船帮，向海里喊着："姓海的——你救了我的命，我都不知道你叫什么！你还活着吗？"空旷的海面没有任何回音。吴若云仍在叫嚷着："姓海的——你是我的救命恩人——你不能死呀——"

突然，一只大手从海底伸出，抓到了船帮。中年男人浮出海面，随即，海猫也被他托举出来。吴若云喜出望外。

中年男人喘息着："快，把他拽上去！"

吴若云这才反应过来，连忙伸手抓住小伙子的胳膊。小伙子很沉，吴若云和中年男人一个在水里，一个在船上配合，用尽力气，终于将人弄到船上。

中年男人双手扒住船帮，尽量探过头来，十分吃力地告诉吴若云，把小伙子翻过来，让他仰面朝上躺着，小伙子是被海水呛晕的，所以要用双手反复按压他的胸口，才能把人救活。

吴若云用尽了全身的力气，双手反复按压小伙子的胸口，可是小伙子仍然没有任何反应。吴若云急了，她去拍他的脸，拍重了不忍心，拍轻了又不见反应，最后急得竟嘤嘤地哭起来。

中年男人的眼里饱含着泪水，说："没别的办法了，给他做人工呼吸吧！"

吴若云一愣："什么？"

中年男人重复道："人工呼吸！"

吴若云头一扭说："我不会，你来吧。"

吴若云试图去拉中年男子上船。中年男子有气无力地说："姑娘，我没力气了，上了船也救不了人，人工呼吸很简单，我教你，他还没死，你只要按我说的去做，应该可以把他救活的。"吴若云慌乱中连连点头。

中年男子鼓励说："来吧，姑娘，你吸足一口气，捏着他的鼻子，对着他的嘴吹进去，多重复几次。"

吴若云脸颊绯红："什么……我做不了，还是你来吧，我拉你上来！"

中年男子一愣，想了想，淡淡笑道："上不去了，我中了枪，流了很多血，马上就要死了……"

吴若云睁大双眼，惊恐地看着中年男人，一句话也说不出来。中年男子说："这里只有我们三个，你给他做人工呼吸这件事，绝不会传出去，你就帮帮他吧，这可是人命……"吴若云犹犹豫豫，还是拿不定主意。

中年男子见吴若云衣着不凡，便再次用尽浑身的力气劝道："看你也是读过书、受过教育的，怎么能因为封建思想见死不救呢？"

正说话间，不远处的海面上突然传来激烈的枪声，中年男子几乎用命令的口吻对吴若云大喊："快！快救人啊！"

吴若云好像被吓了一跳，忙俯下身来，嘴对着小伙子的嘴，极其认真地深一口吸气，又郑重沉稳地吐进对方的嘴里。枪声越来越激烈，中年男子浑然不顾，镇定地对吴若云说："姑娘，你别怕，他们是在抓我，子弹都是冲我来的，你什么都别想，专心救人！"

吴若云的泪水淌下来，伴着深深的吸气，一起缓缓地吐到小伙子的嘴里。终于，昏迷不醒的小伙子渐渐醒来。中年男子的脸上露出了笑容，喜不自禁地说："他活过来了……他活过来了……姑娘，你真了不起，冒着枪林弹雨救活了他……"

为了纠正中年男子刚才说过的话，吴若云压抑着救活小伙子的兴奋，神情认真地说："子弹不是冲你来的，我们杀了黑鲨的手下，你受了我们的连累。"

中年男子一愣："黑鲨？黑鲨是谁？韩复榘的手下？"

吴若云皱紧了眉头："韩复榘？"

醒来的小伙子更是不解，他一翻身坐起来说："韩复榘是个啥玩意儿？"

中年男人笑笑说："不重要了，不管冲谁来的，都不重要了……你看，因为我们做了好事，救了这个年轻人一命，那么多子弹都没打到我们……"吴若云和小伙子看着中年男人坦荡的笑，也都跟着笑了。

"姑娘，你是个好姑娘，将来一定能嫁个好人家……"中年男人说着，感到一阵剧痛，忙用一只手去捂伤口。

吴若云和小伙子异口同声地问道："怎么？你怎么了？"

中年男人没有回答。很明显，他的枪伤在胸口，说不出话来了，另一只扒住船帮的手也失去了力气，终于，他一撒手，整个人便沉进了大海。

小伙子用尽力气去抓，可是连续抓了几次都没有抓住。他趴在船帮上一声声呼喊："救他！救他！我要去救他！"

吴若云紧紧拉住小伙子，说："你怎么救他，你会游泳吗？"

小伙子摇着头，可怜巴巴地对吴若云说："可是，他救了我，我不救他，没这个道理，我要去救他……"说着就要往海里跳。

吴若云用尽力气把小伙子拖进船舱，然后一纵身，跳进了大海。

就在吴若云纵身跳进大海的时候，吴江海的保安队和林家耀交上了火。事情是这样的，吴江海带保安队撤退时杀了个回马枪，因为他不相信"共匪"会出动大部队救人，八成是聚龙岛的海盗来凑热闹。人心不足蛇吞象，吴江海想：回去抓到"共匪"，再捎上几个海盗，那可就立大功了！

不料，吴江海的船队刚掉过头来，就挨了林家耀的一梭子子弹。这又是一个巧合，吴天旺摇橹载着林家耀被大雾包裹，正难辨方向，左冲右突之际，吴江海一头撞进两人的视线。林家耀心急眼尖，举枪就打。也该吴江海倒霉，出膛的子弹正中他的胳膊。吴江海疼得嗷嗷乱叫，命令保安队把带在身上的子弹统统打光。

密集而又激烈的枪声把吴天旺吓坏了，他丢开橹把，双手抱着头，像个乌龟似的蜷缩在船舱里，嘴里连声叫着："海盗……海盗……海盗……"

留学东洋、见过世面的林家耀毫无惧色，他施展出自幼跟着参谋长叔叔练就的枪法，沉着冷静地瞄准，适时果断地扣击，一枪一个，弹无虚发。

吴江海仗着人多枪多，那子弹瓢泼似的向对方倾射，林家耀义愤填膺，边还击边骂："海盗也太猖狂了，有这么多枪！"

吴天旺见林家耀越打越起劲，便劝他说："大少爷，好虎斗不过一群狼，他们人多，咱就两个人，打不过他们啊！"

林家耀利用换子弹的空当，问清了吴天旺姓甚名谁了，扭头说道："天旺大哥，你不是说若云小姐对你有恩吗？有恩不报不是大丈夫，你快把船划近点儿，让我把这些海盗全部消灭！"

也许真的是为了报若云大小姐的恩，吴天旺一边挺身摇橹，一边帮林家耀装子弹。林家耀则不慌不忙，打完了这一支枪的子弹，再换一支接着打，从不间断，像流水作业一般，真过瘾！

林家耀过瘾，吴江海难受。眼见保安队员一个个倒下，他终于沉不住气了。这时，泥鳅凑过来说："看这枪法，不像'共匪'，也不像海盗，不知是哪路高人。如果咱这么拼下去，非得赔个底朝天！"

吴江海是个给梯子就下的主儿，他命泥鳅带保安队全力掩护自己撤退。然而，就在此刻，一颗子弹飞来，正中林家耀的大腿。

林家耀虽然摔倒在船上，人却仍然不停地射击。吴天旺托着林家耀的后背，说："林大少爷，回吧，咱回吧，就您一个人，打不过他们的！"

林家耀大喊："打不过也要打，快，给我上子弹！"

吴天旺哭喊着："没子弹了……"

林家耀大叫："那也不行，划船过去，我跟他们拼了！"

吴天旺哀求说："林大少爷，您就饶了我吧！你们林家可太了不起了，比我们老爷家都阔！您叔叔还是大官，老爷都得罪不起！您要是有个三长两短，我们老爷非把我碎尸万段。咱回去吧，行吗？"

林家耀不依不饶："不行！快给我划船！"

吴天旺犹豫了片刻，假意划船，却突然抄起橹把向林家耀的头部砸去。林家耀头一耷拉，晕了过去……

吴若云下海救起了那个中年男子。之后，她和小伙子累倒在沙滩上。他们头挨着头，仰面朝天，不停地喘息着。喘息之余，小伙子说："吴大小姐，你可真了不起，你还会游泳！"

"别叫我大小姐，我不爱听！你要叫就叫先前叫的那个小先生吧，这个称呼挺中听的！"吴若云收敛了气愤，淡淡地问道："你姓海，叫什么？"

小伙子回答说："猫……海猫！"

吴若云说："海猫？这也算个名？"

"这咋能不算名呢？这名多好啊！猫有九条命，你看，你跟着我，净化险为夷了吧！"

吴若云冷笑道："哼，我们也算同生共死了，可你连真名实姓都不告诉我！"

"我告诉你了，我姓海名猫，行走江湖二十年，行不改名，坐不改姓，我真的就叫海猫！"

吴若云还是不信："哪有人叫这种不吉利的名字呢？好吧，你既然不愿意让我知道你是谁，我也不自作多情了。你没见过大海，肯定不是本地人吧，那你打算去哪儿呢？"

海猫说："去海阳，一个叫虎头湾的地方！"

"这儿就是海阳虎头湾啊！你跟我走吧！"

"哎呀，还有这么巧的事儿呀？"海猫惊喜不已，突然又犹豫起来，摇头说，"按说咱俩这么有缘分，我是该跟你走，可是不行，正月十三还没到呢……"

"为什么非得是正月十三？为什么呀？"

海猫答道："说正月十三就正月十三，早一天不行，晚一天也不行！至于为什么，你就别打听了。"

吴若云急了："你这个人真有意思，真名实姓不告诉我，正月十三去虎头湾又不让我打听！好，既然你不愿意交我这个朋友，就当咱们从来没见过吧！"

海猫也急了："那你也别走啊，咱俩得一起把他救活了呀！"吴若云眉头紧蹙，看着躺在地上的中年男人，一时间犹豫起来。海猫说："他虽然死过去了，但说不定跟我一样，还能活过来呢！哎，刚才我死过去的时候，你是怎么把我救过来的？你现在也把他救过来吧！"

"你……"吴若云刚想发怒，但一想海猫根本不知道她给他做人工呼吸的事，便话锋一转，说，"你就是呛了水，跟他不一样，你看他的胸口，他中了枪，我根本救不活他。再说，这兵荒马乱的，万一救错了人，那是引火烧身！"

海猫说："小先生，你要这么说话我就得跟你讲讲理了！他救过我一命，我就算上刀山下火海，粉身碎骨也得救他啊，这是做人的道理！"

"要救你救，我走了！"吴若云不知为什么较起真来，扔下话，扭身就走。

海猫目送吴若云远去，回身抚摸中年男人的胸口，轻轻摩擦着，拍打着，揉搓着，那中年男子的脸上渐渐地泛起浅浅的红晕。突然，一阵剧烈的咳嗽过后，那人吐出几口海水，竟然活了过来。

活过来的中年男子在海猫的搀扶下，偷偷来到城外的一个中医诊所。黑心肠的郎中骗走了海猫平生得到的第一块现大洋，不仅没给那中年男子治伤，反倒向吴江海告了密。于是，又一次身处险境的海猫和中年男子，沉稳冷静，跟吴江海斗智斗勇，双双虎口脱险。脱险之时，海猫还随手顺走了黑郎中的急救药品和中药包子。

吴乾坤倒身窝在黄花梨木的太师椅子里，双眼也没有神采。正忧心如焚，管家气喘吁吁地跑来，大声喊着老爷，说是小姐回来啦！

吴乾坤"腾"地站起身，旋风似的跟着管家来看他的宝贝闺女。这时，吴若云和槐花正抱头痛哭，各自诉说被劫后的经历。

吴乾坤一看，有些不耐烦，冲槐花吼道："槐花，一点规矩也没有了，你个小小的丫鬟，号什么号？赶紧去烧水，马上伺候小姐沐浴更衣！"

槐花忙推开吴若云，连滚带爬地走了。

吴若云从来就看不惯爹对待下人们的方式，她见槐花唯唯诺诺的样子，把一股无名之火兜头泼在吴乾坤的脸上："为什么沐浴更衣？我饿，我要吃饭！"

吴乾坤听罢，便急忙令人端上饭菜。吴若云一阵狼吞虎咽，吃罢了饭，把碗筷一推，说声我累了，转身就进了自己的闺房。

房门外的吴乾坤急了，冲着门内喊道："若云，你赶紧沐浴更衣，快跟爹进城去。南洋林家的大少爷——林家耀来了！上次爹在信上不都跟你说清楚了吗？你俩的婚事谈好了，家耀少爷是专门来虎头湾和你定亲的！"

不知为什么，当吴乾坤提起林家耀时，海猫的身影就会蓦然出现在吴若云的脑海里，活灵活现的；更不知为什么，吴乾坤这时候的每句话，她都会感到心烦，甚至是一种无由来的叛逆。于是，吴若云冲门外没好气地说："爹，你为什么让我嫁给这个林家耀？因为他们家有钱？是，下南洋之前他们家就是海阳首富，怎么，咱们吴家穷得要卖闺女了？这事我早就琢磨了，爹，你这么嫁闺女，闺女瞧不起你！说实话，谁答应和他订婚谁去订，我才不去呢！"

吴乾坤气得双脚一跺："混账东西！婚姻大事，父母之命！我是你爹，这事我说了算。你赶紧沐浴更衣，今儿个由不得你，待会儿自然会有人来捆你进城！"

正在吴若云身旁伺候的槐花被吓得一激灵："小姐，老爷的话说得出，做得到！你别跟老爷顶嘴了，老爷是为你好！"

吴若云眉头一挑："好？他亲闺女被海盗抓了，都不见他去救，好什么好！"

槐花说："小姐，您是不知道，老爷要去救了，把吴姓子弟会打枪的全都叫上了，可老太太寻死觅活不让，才没去成。"

吴若云不露声色地"哼"了一声，示意槐花继续说下去。槐花说："家耀少爷也是为您好。"

吴若云漫不经心地说："好什么好？我又不是没见过。"

槐花摇头说："那都多少年了？那个时候您才几岁呀？家耀少爷也不到十岁吧？现在可不一样了，高大威武，浓眉大眼的，可帅啦！"

吴若云白了槐花一眼，说："徒有其表，有钱人家的阔少爷没好东西！"

槐花说："您可不能这么说家耀少爷。听天旺哥说，他为了救大小姐，都挨了海盗的枪子儿啦！现在正在县城医院抢救呢！"

当吴若云和他爹一起赶到县城医院时，林家耀刚刚喝退了晕血的护士。见表妹吴若云安然无恙，林家耀自然兴奋不已。吴乾坤嫌县城医院条件差，想送林家耀去烟台治伤。吴若云担心失血过多，双腿恐怕会被截肢，建议马上手术。

于是，止痛片代替麻药，林家耀让吴若云做助手，自行手术。他把手术刀插进自己的骨肉里，切割翻转，硬是抠出一颗血淋淋的子弹头儿。他疼得汗珠挂满额头，吴若云的心痛碎了，拿起一块纱布，为林家耀擦汗。林家耀微笑着，彬彬有礼地说了声"谢谢"便晕倒过去。

与此同时，晕倒的还有那位中年男子。在海边一座大山的山洞里，没有麻药，也没有止痛片，更没有手术刀，海猫只是用讨饭讨来的半瓶烧酒清洗了一下伤口，他便疼得晕倒过去。

海猫嘴角上抽着冷气，心疼手颤，真真是没有办法了，只好重新为中年男子包扎伤口。可刚伸出手，晕过去的人便醒了。

中年男子一脸不高兴地说："子弹还在里面呢！你怎么就包扎伤口了呢？"

海猫哭腔哭调地叫着："大哥，不，大叔，什么？子弹？"

中年男子一字一顿地说："子弹还在里面，把它取出来！"

海猫说："这可怎么取啊？"

"你不是从诊所里顺来一个药箱吗？看看里面有什么工具！"海猫连忙打开药箱翻找，只找到一把锈迹斑斑，像修脚用的刀。中年男子叹口气，说："就用这个吧，来！"

海猫吃了一惊，问："你让我拿这个挖你的肉，把枪子儿取出来？"

中年男子用力点点头："对！"

"好！古有华佗刮骨疗毒，今有……"海猫突然之间又泄了气，说，"大哥，不，大叔，可我不是华佗，你也不是关公啊……"

中年男子说："你就不要贫了，快动手吧！死马当作活马医，你权当我死啦！"

海猫几乎哭着说道："可你不是死人啊！"

中年男子厉声大叫："你不动手，我真要变成死人了！快动手！"

许久以后，海猫回忆起这件事，常说他当时手也软了，胳膊也软了，可就是这软胳膊软手把子弹从肉里拽了出来。

第 三 章

虎头湾的除夕之夜，从来都充斥着一股浓浓的火药味儿。吴赵两大家族把燃放烟花爆竹看成是一种炫耀，一种比试。吴乾坤站在吴家的高台之上，一脸霸道，冲吴姓子弟嚷道："都给我把力气使上，把烟花当成炮来放，把爆竹看成枪来打，老爷我要炮炮见彩，枪枪听响！"

话音一落，吴姓乡勇举着火把火捻，一次次穿梭在排排烟花爆竹之间。天上开花，地上落彩，好不热闹。

反观赵洪胜，他斯文地走下赵大家族的高台，对燃放烟花爆竹的本家子弟说："小伙子们，咱赵家的烟花爆竹，不光要图个喜庆，咱还要体现对神灵和祖宗的敬奉，去，到海神娘娘庙前放去！"

赵家乡勇顺着族长赵洪胜的手指方向，一溜小跑地奔向海神庙。在海浪撞击桥堤声中，赵家的烟花在空中绽放，照亮了海神庙。

赵洪胜扬扬得意地回到赵家高台之上，转身朝对面的吴乾坤抱抱拳，说道："过年好！"

吴乾坤觉得自己似乎被动了一些，不好意思地笑了笑，回答道："过年好！"

赵洪胜又说："正月十三见！"

吴乾坤回道："正月十三见！"

正月十三，这对虎头湾全镇的人来说，可是个大日子。然而，大日子里也夹杂着小日子。眼下，赵家长女赵玉梅就没走出自己的小日子。她正心情抑郁之际，丫鬟赵香月快步跑了进来，说："大小姐，放烟花了，咱们的可漂亮了，把海神庙都照亮了，您快到院子里看看吧！"

赵玉梅背对着赵香月，头也不回地说："有什么好看的？放个烟花也比高低！哼，虎头湾为屁大点儿的事，争来斗去好几百年了，他们害死的人还少吗？骨肉分离，人不是人，鬼不是鬼的事还少吗？"

赵玉梅说罢，突然转过身来。她已经有四十多岁了，眼角的皱纹悄然钻进发际，虽然略施了些粉黛，却怎么也遮不住。赵玉梅见赵香月一声不吭地站在那里，便没好气地说："成天疯癫，什么事？"

赵香月小心翼翼地说："大小姐，今天是除夕，按规矩，您得去和族长大老爷一起给祖宗牌位上香、磕头！"

赵玉梅说："我不去，我一个嫁不出去的大小姐，祖宗不愿意见我！"赵香月连忙低下头不敢再说了。赵玉梅嘴不饶人："你给我抬起头来！"

赵香月只好抬起头，赵玉梅盯了老半天才问："今天你怎么这么高兴？"

赵香月扭动着腰身说："我……没有啊……"

赵玉梅脸一板说："没有？你当我瞎啊？一脸的春光你藏都藏不住！你不会偷着出去会汉子去了吧？"

赵香月脸一红，急哭了："大小姐，我没出去，您别说这么难听的话。"

赵玉梅不依不饶地追问："那你就老实说，今儿为什么这么高兴？"

赵香月只好如实回答："大小姐，不瞒您说，我奶奶托人捎话来了，说赵大橹他娘找了媒人，跟我爹提亲了。"

赵玉梅淡淡一笑："噢，有人提亲了，所以这么高兴，你才多大点儿啊，就急着嫁人？我告诉你，你想都甭想，先把我伺候死了再说吧！"

赵香月"扑通"一声跪倒在地："大小姐，您身体本来就不好，这大过年的，你可千万别说不吉利的话！"

赵玉梅沉思片刻，又说："我以前好像答应过你什么，我怎么说的来着？"

赵香月忙说："您说，什么时候您出了门子，就让我也回家去嫁人……"

赵玉梅："就是，我还没出门子呢，你就想嫁人，你这不是打主子的脸吗？"

"是，香月该打！"赵香月说着，照着自己的脸左右开弓地打着。

赵玉梅又淡淡一笑："行了，去吧，跟我哥说一声，就说我累了，先睡了。"

赵香月应声转身走了。赵玉梅目送她的背影，自言自语："看把你给急的！唉，也没准儿，过了正月十三就遂了你的心意了。"

正要跨出门槛的赵香月听了这句话，心里不禁生出一种不祥之兆。但她自知左右不了主子，只好走进深深的庭院，端了一碗参汤，走到赵洪胜的面前说："老爷，大小姐让我给您送碗参汤来，还让我替她给您拜年。"

赵洪胜满脸的不悦，接过参汤，边喝边问："她人呢？"

赵香月说："大小姐说不舒服，先睡下了。"

赵洪胜说："大过年的这么早就睡？咱们赵家的烟花她看了没有？"

赵香月撒谎说："老爷，这事怪我，我忘了叫大小姐去看了！"

赵洪胜明知赵香月这是替赵玉梅遮掩，也不说穿，说："你的主人不管多大岁数，都是赵家没出阁的大小姐。今天是除夕，她该和我一起给赵家的祖宗磕头，这是规矩！"

赵香月小心地说："我提醒大小姐来着，她确实是不舒服。"

赵洪胜长叹了一口气："知道了，你去吧。"

赵香月双腿跪下，说："今天是除夕，香月替全家给族长大老爷磕头拜年！"

赵洪胜眯着眼睛，边看着赵香月磕头，边问："香月，你到我家里也有些年头了吧？"

赵香月回答道："八年了，我是十岁那年来的。"

赵洪胜忽然高兴地说："噢，这么说你今年十八了？真是女大十八变，越变越好看！依我看，你倒是又规矩又懂事，没跟你主子学坏！这样吧，既然玉梅睡下了，你也回家看看去，毕竟是过年嘛！"

赵香月一脸的兴奋，连忙再次跪拜，说："多谢族长大老爷！"

赵洪胜说："哎？叫得这么啰唆，以后叫老爷就行了！"

赵香月没多想，连声答应着，欢天喜地，爬起身就走。赵洪胜的眼睛追出好远，里面藏着许多许多的深意。

像飞出笼子的小鸟儿，赵香月扑棱着欢笑着跑回家。她见奶奶和爹一脸的忧愁，便笑着问他们："奶奶、爹，族长大老爷大年三十发善心，让我回家过年，你们应该高兴，都皱着眉头干吗呀？来，咱快拾掇拾掇吃年夜饭吧！"

赵香月说着把七八岁的弟弟抱上炕，然后灶上灶下好一阵子忙活，饭菜端上炕桌，家里才有了笑声。奶奶边吃边唠叨："都怪我，当年为了还给你娘治病欠下的债，把你卖到了族长大老爷家当丫鬟。现在媒人都上门了，你还不能回来，奶奶不把你这一辈子给害了嘛！"

赵香月的爹赵老气说："娘，可别这么说，都是我这个当爹的没用，窝囊！"

赵香月的弟弟赵发说："都是我害了姐姐！娘是为了生我才得的病，要是没有我，姐姐就不会被卖到老爷家了。"

赵香月摸着赵发的头说："弟弟、奶奶、爹，大过年的说这些干啥？我在族长大老爷家吃得好穿得好，净享福了！再说，放我回家这事儿，也不是一点儿门都没有。"

奶奶和赵老气一齐看向赵香月，赵香月说："大小姐是刀子嘴豆腐心，我临出门的时候听她唠叨了一句，说兴许过了正月十三，就能放我回来了呢！"

奶奶和赵老气满心欢喜，异口同声地说："海神娘娘保佑，谢天谢地！"

吴乾坤坐在客厅，悠然自得，边喝茶边听小老婆春草儿唠叨："老爷，跟咱们吴家的烟花一比，赵家的没法看了，咱花样多，又大又气派！"

吴乾坤说："那比的是烟花吗？比的是银票！"

"是啊，就他们赵家那点儿斤两，还想跟咱们吴家比？我呸！"

吴乾坤突然一皱眼皮说："你，去给娘磕个头。"

春草儿撒娇说："哎哟，今儿是除夕，我哪敢不给老祖宗磕头啊！我叮叮当当磕了十好几个，脑门子都磕红了。"

"那若云呢？给她奶奶磕头去了吗？"

春草儿不敢直说，支吾着："我……这个……"

吴乾坤眼一瞪："没去？那你怎么不去请啊？"

春草儿委屈地说："咱们家的大小姐，我请就能请的动了？"

"废物！"吴乾坤说着起身走出客厅。他来到吴若云小院，咳嗽一声便走进女儿的房间。吴若云和槐花双双下跪，好一个磕头。吴乾坤眯了双眼，拉起女儿轻声问道："给你奶奶磕头了吗？"

见女儿板起脸来，吴乾坤好言好语地说："若云呀，你奶奶快八十了……"

吴若云开口就说："她逼死了我娘！"

吴乾坤说："你娘是自己寻的短见，跟你奶奶没关系！"

吴若云寸步不让："就是她逼死的，我亲眼所见！"

吴乾坤针锋相对："那她也是你奶奶，过年了你也得给她磕头！"

吴若云说："我不去！"

吴乾坤说："我打折你的腿！"

吴若云说："你打吧，打折了我更不用去了！"

吴乾坤气得不行，却女大不由爹，只好退一步说："你又不是不知道你奶奶的脾气，这大过年的你不去给她磕头，你爹我能好过得了吗？就算给爹个面子，我的好闺女，爹求你了！"吴乾坤看着吴若云，她很心疼这个为了女儿低三下四的老父亲。

"爹陪你去，啊，咱爷俩一起！"吴乾坤见女儿有了勉强同意的表情，便牵起她的手，一起来到吴母床前。

吴母沉着脸，接受儿子的跪拜。吴乾坤端端正正地跪倒，说："娘，儿子给您拜年——"

吴乾坤说着瞥一眼女儿，吴若云不情愿地相继而跪："奶奶，给您拜年……"

吴母忙对吴乾坤说："哎哟，儿子，你是咱们吴姓的一族之长，也六十岁的人了，不用老行大礼，快起来吧！"

吴乾坤起身，吴若云跟着起身，吴母立刻板起脸："让你站起来了吗？"

趁吴若云发愣，吴乾坤连忙和稀泥，说："娘！"

吴若云眼一瞪，毫无胆怯地直视着吴母。吴母也毫无退缩："你个丫头片子还敢瞪我？我问你，回来好几个月了，你来看过我吗？花着你爹的银票，到烟台去上学堂，你眼里边就没谁了是吧？你还拿我当你奶奶吗？"

吴乾坤低声却严厉地呵斥说："若云，还不快给你奶奶跪下赔罪？"

"爹，听您劝，头我已经磕过了！"吴若云说罢，转身就走。

吴母气得直哆嗦，双手拍着大腿说："你瞧瞧，你瞧瞧，这是要气死你娘啊！这副德行，跟她那不守妇道的娘一模一样！"

吴乾坤心一急，说："娘，您怎么又说这种话？若云她娘没有不守妇道，您是瞎猜的！再说不管怎么样她是您孙女，大过年的来磕头，您怎么……"

"我怎么了？我还给她准备了压岁钱呢！"吴母说着从袖子里边掏出一个红包拍打着，"你瞧瞧！我这儿都预备出来了！这小丫头片子让你给惯的，眼睛里边连你娘都没有了，你还向着她说话，大过年的你们爷俩想气死我呀！"

吴乾坤一听这话，"扑通"一声又跪倒在地，说："娘，儿子哪敢气您呀？"

吴母不耐烦地说："行了，我知道那丫头片子记恨我，你也记恨我！都是因为那女人上了吊，说是我逼的，我什么时候逼她了？我把绳子套她脖子上了吗？"

吴乾坤忙答："没有！没有！儿子从来没有记恨过娘！"

吴母恶声恶气地说："那你也得敢！去，去，去，给你家姑奶奶送红包去，我这么大岁数了，准备了要是送不出去，不吉利！"

吴乾坤跪着接过红包说："是，是，是，我替若云谢谢奶奶！"

吴乾坤爬起身，大步走进吴若云的房间，将手里的红包往女儿面前一摔，说："这是奶奶给你的红包！"

吴若云看也不看，头一扭："我不稀罕。"

吴乾坤泪花闪烁："好，好，一个老祖宗，一个小祖宗，哪一个你爹都惹不起！"

吴若云见爹流了泪，心疼地替他擦着，说："让爹为难了，以后不会了。"

吴乾坤说："什么意思？"

吴若云趴在吴乾坤的肩头说："再开学，我想去北平读书，以后不回来了。"

吴乾坤一把推开吴若云，说："说什么呢！南洋来信了，过了正月十五家耀就来虎头湾。上次要不是为了救你他受了伤，你们俩早就订婚了！这次他到了，立刻给你们补办订婚仪式，马上就要嫁人了，还读什么书？"

吴若云认真地说："爹，我不想这么早嫁人！"

吴乾坤摇摇头说："早？你多大了？十八了你不嫁人，要让外人笑话的！"

吴若云坚持说："爹，我想再多读几年书，我自己跟林家耀说，让他等我，我想，他会答应的。"

吴乾坤说："我不答应！婚姻大事岂能儿戏？哪能说推就推，说让人家等就让人家等！若云，你娘死得早，为了能让你找个好人家，爹这些年也算是……"

吴若云接道："处心积虑。"

"你说什么？"

"林家耀的叔叔给韩复榘当参谋长，有了这样的靠山，赵家从此就被咱们吴家踩在脚下了，对吗？"

吴乾坤怒道："你是我闺女。吴家的大小姐为娘家做点儿贡献难道不应该？何况家耀的学问、人品，尤其是为了救你，人家可是……"

"我没说林家耀不好。"吴若云把脸转到一边，"他们林家门槛高，规矩大，他们知道我被海盗抓过，还能相信我的清白？与其等着人家悔婚，我还不如多念几年书呢！"

吴乾坤沉思半晌，说："你还别说，爹在这之前也含糊过，可是今天家耀来信了，我这就去拿来给你看！"

吴若云忙说："不用了，爹，只要林家耀相信我，别人怎么看，我不在乎。"

"这可不行，林家不比小门小户。要是让林家的长辈觉得你不清白，以后你的日子就没法过了。上次林参谋长派来的人我都打点过了，我跟他们说，你被海盗抓了，半道上你找准机会就跳了海，九死一生自己游了回来，是刚强烈女。这次家耀来，你也这么说！"

吴若云问道："您让我骗他？"

"爹是为你好，记着，一辈子都这么说！还有，快要出阁的大小姐，你可给我安分点儿，不许出去乱跑，别让人戳你爹脊梁骨。你在家多学学女红，到了婆家别让人笑话！"

吴若云嘴一噘，这让吴乾坤看出了女儿对这门婚事的期待。

有人说，富人过年，穷人过关。海猫却不这么认为。他从小讨饭为生，在他的亲身经历中，过年更容易讨到吃的，所以他就爱过年。眼下，海猫在山洞里架起一口破锅架，锅里炖着杂七杂八的海蛎子、花蛤儿，还有被大风刮到海滩的大海参，香味四溢，千般滋味，真叫一个鲜！

中年男子醒了，强撑着胳膊慢慢坐起来，闻着四溢的香味："今天是什么日子？做了什么好吃的？"

海猫笑道："哥叔，您没听见山下放爆竹吗？今天是大年三十。"

中年男子说："这么说，我们俩一起过除夕夜了！"

海猫从腰间拽出一个酒囊来，放在中年男子耳边晃荡着，说："今后晌我下山要饭，在回来路上碰上一个车把式，我给他鞠躬道好，他一高兴，就把这个扔给我了。你听，不少呢！"中年男子笑了。海猫接着说道："无酒不成席。今天晚上咱俩过个好年，来，哥叔，您先来一口！"

中年男人推开海猫送到嘴边的酒囊，问道："你叫我什么？"

海猫嘿嘿笑着："这些日子吧，我有时候叫您大哥，有时候叫您大叔，都快把自己搞糊涂了。今天想出了个好称呼——哥叔，以后，我就管您叫这个了！"

中年男子边品酒，边自言自语："哥叔？新鲜，不赖！"

这时，山下传来阵阵鞭炮声，海猫凑在洞口听着，发着感叹："呵，这有钱的大地主真是阔气，这炮仗放的，这么老远都能听着！我长这么大，放个草骨节鞭还是捡人家的……"

中年男子应声道："这正是'朱门酒肉臭，路有冻死骨'啊！"

海猫听得似懂非懂，他见洞内沉闷，便自告奋勇要拿个大顶给哥叔看。中年男人说，你表演拿大顶，我就给你表演一个诗歌朗诵。果然，海猫表演了拿大顶，中年男子就对着山洞外面的星空，深情地朗诵：

> 辛苦遭逢起一经，
> 干戈寥落四周星。
> 山河破碎风飘絮，
> 身世浮沉雨打萍。
> 惶恐滩头说惶恐，
> 零丁洋里叹零丁。
> 人生自古谁无死，
> 留取丹心照汗青。

中年男子朗诵得慷慨激昂，海猫用崇拜的目光看着他，缠着他问这首诗的意思。终于，海猫听明白了，他说："有些人连死都不怕，就为了在史书上留个名儿，真了不起！我有一天也要做出惊天动地的大事来，让海猫这个名名垂千古！"

中年男子说："那就和我一起走吧！"

"去哪儿？"海猫问。

中年男子说："先去胶东昆嵛山，然后四海为家。中华大地有许许多多的兄弟，大家正同心协力干着一件惊天动地的大事！你跟我一起，加入他们，未来，一定能名垂千古。"

"可是我哪儿也不能去，就得在这儿等着，等到正月十三。为了这一天，我已经整整等了二十年了。"海猫告诉中年男子，"我是婆婆带大的，我婆婆眼睛虽瞎但是人可好了，特别疼我，可惜半年前，她走了……走之前她才告诉我，二十年前有个约定，就在今年的正月十三，只要到了虎头湾……我不能再说了，反正到了那一天，我就什么都有了……"

中年男人不想打破砂锅问（璺）到底，点点头说："那好吧，祝你心想事成！咱们告个别吧，我的伤好得差不多了，趁保安队过年松懈，我想明天就走，对了，这个给你……"中年男子说着从兜里掏出一个银圆。

不料，海猫双脚直跳："啊？您有钱！哥叔，您也太不仗义了，有钱也不早拿出来，您知道这些日子，为了给你弄吃的，我……"

中年男子耐心解释道："我知道，让你受苦了……可这一块钱，是我的党费……我本来是不应该把它拿出来的，可是你为了给我治伤花掉了一块钱，我们的党要求我们不欠穷苦人的钱。"

"党？你不会真的是保安队天天喊着要抓的共产党吧？"

"正是，我叫王天凯，是一名共产党员！"王天凯说罢，将银圆郑重地放到了海猫的手里，再一次十分真诚地说："拿着！"

晨曦笼罩的海神庙，显得神秘而古老。海神娘娘庇佑的虎头湾，不知从哪朝哪代，也不知在何年何月形成了一个规矩：每年的正月十三，吴赵两家要通过"斗秧歌"争夺这一年出海捕鱼的权力。胜者可以将祖宗牌位供奉在海神庙里，接受两家子孙的共同祭拜；而负者只能在这一年中为对方卖苦力。斗转星移几百年，吴赵两家各有胜负，大秧歌每年都在斗着，斗着……

围绕这一"斗"，吴乾坤处心积虑，谋划了整整一年。今天一大清早儿，他就在老娘面前吹嘘："这回咱吴姓子弟一定斗他个赵家屁滚尿流！"

吴母说："都怪你爷爷，我刚嫁进咱家的时候，正赶上吴家得势，你爷爷那个时候要是抓住了机会，就能把姓赵的全都赶出虎头湾！"

吴乾坤说："娘啊，生我那年爷爷一命归西，我今年已经六十，他老人家升天也有六十年了，您就别再埋怨了！"

"你爹更是个窝囊废，咱们吴家的老祖宗是为朝廷剿倭寇，才到这儿安家落户的，世世代代都应该习武操枪，可是他非要念书考什么功名。呸！长那个脑袋瓜子了吗？"吴母真生气了，"念书，念书，念出个女人的心肠来，光绪年间那是多好的机会呀，可以把姓赵的赶尽杀绝，可是你爹他妇人之仁，错失良机，哎，当时要是让我做主儿……"

"娘，我爹也走了好几十年了，您也别怨他老人家了……"吴乾坤劝道。

"幸好我儿子孝顺，放着大军官不当，掉头回了虎头湾，这才守住了吴家的这份基业！儿子，娘替老吴家的祖宗谢谢你！"

吴乾坤说："娘，您可别这么说，去年赵洪胜请了八卦门的武林高手混在赵家的秧歌队里，才斗赢了秧歌，让咱们吴家蒙羞一整年啊。身为族长，我对不起祖宗。今年，哼，我要让他赵洪胜乖乖地在海神娘娘面前给咱们吴家祖宗磕头！"

其实，吴乾坤在老娘面前的牛皮吹大了，赵洪胜今年虽说没请到八卦门的人，却早早地把赵姓的精壮子弟集合在一起，训练了好些时日。此时，他对赵姓子弟说："去年咱们赢了，祖宗牌位供在海神娘娘身边，那是祖宗的荣耀，是咱们赵姓一族的荣耀！今年吴乾坤抄了咱们的后路，江湖朋友不能前来相助，可是我赵姓子弟绝不能认输！是，他们吴家男丁多，可我们赵姓子弟个个都能以一当十！今天的秧歌要是斗赢了，我赵洪胜挨个赏，谁要是立了功，我重赏！"

赵姓子弟个个摩拳擦掌，站在队首的大个子叫赵大橹，他是赵洪胜千挑万选才选中的乐大夫。为了不辜负族长大老爷和赵姓族人的期望，同时也为了刚刚提亲的赵香月，他背着铺盖卷，晓行夜宿，专门跑到莱阳县城的拳房，学了整整三个月的二林子技击术。俗话说，临阵磨枪，不快也光，赵大橹攒足了劲儿，非要把吴家的乐大夫吴天旺比下去不可。

提起吴家的乐大夫吴天旺，应该说也是族长选中的。吴乾坤起初还保着密，怕别人知道而心生妒忌，散了"斗秧歌"的心。后来他见这个年轻人在族人眼里有缘分，便放出风来，说是今年"斗秧歌"让吴天旺演乐大夫。

最先闻风而喜的是槐花。槐花眼浅嘴碎，心里盛不了事儿，她跑到吴若云跟前，高兴地说："小姐，你知道咱们吴家今天的乐大夫是谁吗？"

"难道是吴天旺？"吴若云说。

"就是天旺哥，老爷亲自点的将！"槐花一脸欣喜。

吴若云说："看把你美的，我就知道是他，说说吧，我走了你有什么打算？"

槐花说："我能有什么打算，爹娘没了，我卖的是死契，这辈子都听小姐的。"

吴若云板起脸，不露声色地说："我记得你没卖到我们家之前，好像定过一门娃娃亲？槐花，你说，定的是谁家呀？"

槐花嗔怪道："小姐念书记性好，怎么这事就忘了，是天旺哥啊！"

吴若云伸手点着槐花的鼻尖："天旺哥，天旺哥，我没忘，我知道！"

槐花这才发现吴若云在戏耍她，于是主仆二人没大没小，好一阵子疯闹。吴若云告诉槐花，如果她真的喜欢天旺，她走之前就跟爹说，让她嫁给天旺。

槐花"扑通"跪倒在地，连说："谢谢大小姐！谢谢大小姐！"

吴若云弯腰扶起槐花："快起来吧，过了正月十五，我就要离开虎头湾了，以后可能一辈子都不回来了……"

槐花一下子哭了起来："小姐……"

"不许哭！今天是正月十三，虎头湾最好的日子，你哭啥？"吴若云叹了口气，"我从小长在虎头湾，眼看要走了，有件事没做成遗憾终生……槐花，你知道吗？我想斗一次秧歌，像他们男人一样，露露脸儿！"

槐花惊得张大了嘴："那怎么行？老祖宗有规矩，女人不能上场扭秧歌啊！"

吴若云说："有什么不行的，我虽然是个女人，可是我有 freedom ！"

"什么？"

"说了你也不懂，槐花，你帮我了了这个心愿吧！"吴若云使出了小姐的性子，对槐花直言不讳，"《水斗》那场戏里不是有个装老鳖的角儿吗？那天我都看见了，老鳖的行头坏了，吴天旺不是让你帮着缝补吗？你去告诉他，马上把老鳖的行头交给我，我今天就扮一回老鳖，你看咋样？"

由不得槐花看不看，吴若云看好的事，从来都是说到做到。这天，当鲜红的朝阳爬上海神庙顶的时候，赵家的祖宗牌位也很醒目地摆在了海神娘娘塑像前，燫了毛的整猪、整羊、鸡、鹅整齐罗列在塑像前。那鸡呀、鹅的燫了毛还不算，一个个张嘴衔枚青菜叶子，死了也不让闭口！

如疾风骤雨，锣槌鼓棒上下翻飞，赵吴两家的响器对敲，震耳欲聋。吴乾坤和赵洪胜作为各家的族长，在自家秧歌队的簇拥下并肩而行。吴乾坤虽然满脸的不服，却因为吴家去年是输家，而今不得不为赵洪胜端着香盘。赵洪胜当然是一副胜利者的姿态，他看似慈善的脸上写满阴谋，每道皱纹都暗藏杀机。

吴乾坤和赵洪胜虽说你不服我，我不服你，私下里暗暗较着劲儿，但是虎头湾的规矩还是要讲的。两人来到海神庙大殿，赵洪胜傲慢地伸出一只手，擎在吴乾坤面前。按祖宗之规，输者一方要为胜者一方取纸钱和香火的。吴乾坤咬着牙，迟迟不肯呈递。吴管家见状，忙替吴乾坤取纸钱和香火。

赵管家伸手挡回："输了就得认输，别坏了规矩！"

"你狗拿耗子——多管闲事！"吴乾坤瞪一眼赵管家。

赵洪胜冷言冷语："输不起就别输！"

吴乾坤从吴管家手里夺过纸钱和香火，赌气递给赵洪胜："希望你笑到最后！"

赵洪胜哈哈笑着："我先笑这一回再说！哈哈……"

笑声中，赵洪胜扬扬得意地踱着方步来到香案前，虔诚地点燃纸钱，又插上三炷香，然后，慢腾腾地退几步，伏下身祭拜。拜罢，他故意对吴乾坤再次笑笑，便转身对自家的乐大夫赵大橹，伸手做了个"请"的手势。

鼓乐刹那间大作，赵大橹跃身一跳，挥动手里的马甩子（在盈尺的桃木细棍上绑一缕马尾，类似拂尘），舞出队列，使出全身招数，闪转腾挪，开口抖出几句秧歌词：

> 燕子钻天云里走，
> 瘸马下山乱点头。
> 猫头鹰枝头声声地叫呀，
> 屎壳郎吴家门口滚绣球。

此时的吴乾坤早已按捺不住了，双眼瞪着吴天旺，似乎告诉他：你小子不把赵大橹压下去，小心我剥了你的皮！吴天旺自然明白主人的意思，也明白吴家的大小姐今天就在秧歌队伍里，他吴天旺如果斗不过赵大橹，从今以后就没有脸再见吴若云了。想到这里，吴天旺一甩马甩子，也抖出了几句秧歌词：

> 隔层肚皮隔层山，
> 隔着烟囱不冒烟。
> 今天我打开天窗说亮话，
> 你赵家再能也翻不了天。

所谓斗秧歌，一开始是斗唱，若有一方接不住对方的词儿，那便输了。但是，如果斗唱难以决胜负的话，接下来就是对扭对舞，争抢挂在高台之上旗杆顶端的绣球，而在这一过程中，双方的马甩子、鼓槌、彩扇，以及货郎担子和箍漏挑子，等等，谁也不许碰着对方，一旦相碰，就要开打。打要打得赢，抢要抢得着，足见智慧和功夫！

吴家的吴乾坤、春草儿和吴八叔等长者站在吴家的高台，而赵家的赵洪胜、赵三伯和赵玉梅等富甲则立于赵家的高台。自古以来，不管议事还是看戏，吴赵两家从来都是分而聚之，井水不犯河水。

吴乾坤看着广场上的形势，侧过头去对吴八叔说："看来今天这番斗唱是扯平了，下面开打是毫无疑问了，你看见没有，赵家的人都背着枪呢，去，让咱们吴姓子弟把子弹都给我上膛！"

赵洪胜看着吴八叔走到吴家乡勇前比比画画，便对身边的赵三伯轻声道："去年吴乾坤吃了亏，今年是势在必得，可咱们赵家的秧歌队他斗得过吗？你去提醒赵家子弟，吴家要是不守规矩，咱们绝不客气！"

吴赵两家的族长，都把气红的眼珠子顶上了火儿，他们双双寻找着机会，一旦瞅准了就会抢先射出决定胜负的第一枪。不过，也有完全不把这胜负放在心上的，如坐在赵洪胜身边的大小姐赵玉梅。此时她欠起身来，正四处张望着，她要找一个人，一个她日思夜想的人。

吴乾坤也在四处张望着找人，他冲台下的丫鬟槐花问："槐花，小姐怎么没来，她干什么去了？"

槐花抬头回答道："回老爷，小姐说她不爱看斗秧歌，在家学做女工呢！"

这时，春草儿不识时务地插话："老爷，待会儿会打枪吗？要是枪响了，您可挡着我点儿，我怕！"

吴乾坤恶狠狠地说："怕？怕就给我滚回去！"

春草儿忙说："啊，不，不，我的意思是，在老爷身后我不怕。"

吴乾坤余怒未消："闭嘴，也不看看今天是什么日子，不多嘴你能死啊？"春草儿连忙闭嘴。

突然，远处一个穿着几乎快成了光板羊皮袄的秧歌疯子手舞足蹈地唱了起来：

> 大老爷门前有棵竹，
> 俺顺着竹节往上数。
> 今年老爷你做知县，
> 明年你一定做知府……

秧歌疯子边唱边从羊皮袄上拽羊毛，把拽下的羊毛粘在自己的嘴巴上，还粘在他周围人的嘴巴上。人们纷纷推搡，呵斥："去，去，你个疯子，族长大老爷说了，你要是再敢捣乱，一年都不管你饭吃，让你饿死！"

秧歌疯子吓坏了，口里喃喃："不捣乱，捣不乱，不饿死，饿不死！"

有道是螳螂捕蝉，黄雀在后。广场上吴赵两家的秧歌斗得正酣，海神庙外屋脊上的黑鲨与荣六却潜伏多时了。黑鲨伸了个懒腰："真他娘的舒坦。"

荣六摇头说："大哥，这么冷的天您居然睡着了，还睡得这么香。"

黑鲨说："香，当然香啦！吴乾坤和赵洪胜做梦也想不到，我黑鲨在海神娘娘的脑袋上睡觉，正等着他们把我叫醒呢！"

荣六瞄着枪："大哥，我瞄准了赵洪胜！"

黑鲨端起枪："那我就瞄准吴乾坤！"

"大哥，什么时候开枪您说一声，我保证弹无虚发！"荣六说。

"不急，兄弟，咱哥俩看会秧歌再说！"黑鲨答道。

正说话间，海猫身着重孝突然闯入广场，他在斗秧歌的人群中钻来钻去，没几步就蹿到了悬挂着绣球的高台上。他手里挥动着哭丧棒，唱道：

> 云从龙，风从虎，
> 海神娘娘驾云来！
> 天雷动，大地摇，
> 虎头湾就要降下大祸灾！
> 唵嘛呢叭咪吽……

不管是高台之上的吴赵两家长者，还是围在广场周围的渔民百姓，一时间全愣了，呆呆地站在原地，茫然的脸上写满了不解。

赵玉梅虽说离得远，但从朦胧中见到海猫的身影，便猜到了事情的七八分，她忙扭头在人群中寻找那个日思夜想的人。那人也在急匆匆捕捉赵玉梅，很快两人的目光相遇了，像触了电一样，浑身的血液直冲脑门。

血液冲到脑门的还有正扮演老鳖的吴若云，她听着念咒语的声音有点儿耳熟，便从吴家秧歌队伍中挤出来，偷偷往海猫这边靠。

吴乾坤稳下神来，一声怒喝："今天是虎头湾祭海神、斗秧歌的大日子。哪儿来的混账竟敢跑到这儿来捣乱，不想活了！"

海猫见有人训斥自己，便大声说："二十年前的正月十三，就在虎头湾出了件大事，连海神娘娘都没弄明白为什么会出这样的事，所以她老人家动怒了，今天要降罪虎头湾！你们整个镇子都要跟着倒霉了，男女老少一个也活不了！"

渔民是最信海神娘娘的，这种诅咒，他们受不了，一个个害怕得瞪大眼睛。吴乾坤和赵洪胜也没想到出来一个捣乱的，还这么大的口气，一时也摸不着头脑。

海猫见已站稳阵脚，话锋一转："幸好，有我海猫在，我可是个热心肠，今

天是专程跑来救你们的！若是有心悔改，站出来认账，我略施法术，跟海神娘娘
禀告清楚，她老人家就能饶了你们！若是没人认账，这么大的事不清不白，报应
说话间可就到了！"

海神庙屋脊上的黑鲨听了，转头对荣六说："他说二十年前的正月十三，那
可是两个老贼把我爹娘沉海的日子啊……"

黑鲨的话还没说完，就被吴乾坤的喝声打断："你小子是什么人？敢在这里
胡说八道！肯定是黑鲨派来的，给我打！"

年轻力壮的人立马冲上高台，追打海猫。海猫没想到形势急转直下，为了活
命，他爬上高高的柱子，伸手就将绣球拽了下来。这可把已经认出海猫的吴若云
吓坏了。因为摘下绣球，秧歌就斗不成了，他肯定会被打死的！

吴乾坤大怒，扭头对赵洪胜高声说道："你姓赵的别充大善人，今儿的秧歌
被这个混蛋搅了，请问他该当何罪？"

赵洪胜故意答非所问："绣球已经落地，今年的秧歌斗不成了，去年是我们
赵家赢了，今年就还按去年的规矩办！"

"岂有此理，我问你这小子该当何罪？"吴乾坤大怒。

赵洪胜慢悠悠地说："按祖宗规矩，绑起来沉海！"

"把这小子沉海，咱接着斗！"吴乾坤说着挥挥手，马上就有人把一根绳子
一甩搭在了海猫的脖子上。接着上去两名乡勇，他们左右一使劲，海猫的脖子立
时便被绳子勒紧了。

高台上的赵玉梅、海猫以及现场的大多数渔民，一齐把心提到了嗓子眼儿，
全都愣在那里。只有吴若云反应神速，她不顾一切，撇下老鳖行头，一个箭步冲
上去，奋力推开拽绳子的两个乡勇。

海猫大口喘着粗气，感激地看着吴若云："小先生……"

吴若云的出现，不亚于看海猫沉海那般惊奇，高台之上，广场之中，唏嘘声、
叹息声，嗡嗡一片。虎头湾的人们从来都是看出丧的不怕丧大的主儿，他们怀着
千奇百怪的心理，既害怕把事情闹大，又担心事情闹不大。这时，春草儿发现吴
若云出现在秧歌队里，便连声惊叫："哎呀，老爷，一个大姑娘抛头露面扭秧歌，
可是坏了祖宗的规矩啊！"

吴乾坤正要开口训斥春草儿，赵洪胜便幸灾乐祸地插进话来："我说吴兄呀，
扮老鳖的那位是令媛吧？你家弟妹说得好，这可是坏了祖宗的规矩啊！"

吴乾坤不敢接赵洪胜的招，便探头指着吴若云，斥道："越发没有管教了，
这里的事不用你管，赶紧给我滚回家去！"

"爹，您放心，家我这就回，但是——"吴若云回头指着海猫说，"您可千万

不能杀了他呀！他是我的恩人，救命恩人！"

吴乾坤惊问："你说什么？"

"真的，上次要不是他，我怎么可能从黑鲨的聚龙岛上逃出来？"吴若云答道。吴乾坤傻了眼，进退维谷，一时无语。

赵洪胜不失时机地咳嗽一声，说："杀不杀那个混蛋小子先不说，自古女子不许扭秧歌是列祖列宗定下的，令嫒今天可犯了大忌，应该怎么处置咱们心里清楚，要是我赵家的哪位女子犯了如此大错，你能让她回家吗？吴兄呀，我知道若云是你的掌上明珠，可祖宗的规矩不能破呀！"吴乾坤脸色更加难看。

赵洪胜故意问身边的赵三伯："按祖宗规矩，女子扭秧歌，该怎么罚呀？"

吴三伯硬着头皮回答："打折双腿！"

赵洪胜乘胜追击："看来吴兄不舍得，那我就替祖宗管教吧！来人，把这个不守祖训的女子吴若云绑起来，打折双腿！"

吴乾坤突然大吼一声："我看谁敢！"

吴姓乡勇立刻亮出家伙，赵姓子弟也不示弱，拉枪栓的声音响成一片。整个场面剑拔弩张，杀气腾腾。

趴在房脊上的荣六不由得骂道："奶奶的，这俩老东西，斗秧歌也带这么多条枪。大哥，赶紧下手吧，时候久了更没机会了，趁他们顶着牛，咱俩一起开枪，一枪一个，干死这两个老东西，没等他们反应过来，咱俩跳海跑了！"

黑鲨看着眼前的海猫，说："我认出来了，他就是把吴乾坤闺女救出聚龙岛的那小子，不是吴家雇的保镖。"

荣六答道："管他是不是呢，先杀了吴乾坤和赵洪胜报了大仇再说吧！"

"再等等！"黑鲨的脑海里萦绕着二十年前爹娘被沉海的情景，面对海猫，心里不禁暗道，"爹，娘，二十年过去了，今天有人替你们鸣冤啦！"

这个替黑鲨鸣冤的海猫，此刻正在吴若云身后嘟囔："小先生，他们讲的是哪门子的理呀？怎么扭个秧歌就要打折你的腿呀？"

吴若云埋怨道："还不是因为你，上次让你跟我来虎头湾你不来，非得今天来捣乱，我看你就是找死！"

突然间，赵洪胜身后的赵玉梅大笑起来，她走到台前说："各位族人都把手里的家伙放下吧！几百年前，咱们吴赵两家的祖宗是一起被朝廷派到虎头湾来守海戍边的。本是兄弟军，何苦闹成这样？再说，今天是祭海神娘娘的大日子，你们这样，不怕海神娘娘怪罪？"赵玉梅转身对吴乾坤说："吴乾坤，我叫你一声吴大哥，你也真是的，闺女年轻不懂事，你让她认个错不就完了嘛，你掏出枪来吓唬谁呀？"

赵玉梅对吴乾坤父女各使了个眼色，吴乾坤在赵玉梅脸上看到了善意，便示意女儿借梯下台，吴若云忙说："各位长辈乡亲，我……我错了……"

"说声错了，就完事啦？"赵洪胜大喝一声，"不行！绝对不行！"

"大哥，有什么不行的……"赵玉梅对赵洪胜低声说，"真打起来，咱赵家能占了便宜？吴乾坤可真是当过军官的，吴家的乡勇个个如狼似虎！"

赵洪胜犹豫之际，吴乾坤拱手道："多谢赵家大小姐说了公道话，今天既然出了差错，秧歌咱也就不斗了。赵兄，今年吴赵两家共享出海权，两家的祖宗牌位一起供在海神庙里，你看如何？"

赵玉梅用手推了一下赵洪胜，低声说道："大哥，得饶人处且饶人，这就不错了，刚才要是接着斗下去，眼瞅着输的是咱们！"

赵洪胜想想也是，只得双手抱拳道："好，就听吴家族长的。今年斗秧歌胜负不分，赵吴两家的祖宗牌位一起供在海神庙，共享出海渔权——"

在掌声和锣鼓声中，吴若云忙对身后的海猫低声说："你还不趁乱快跑？待会儿他们想起你来你就跑不了了！"

"跑？我大事还没办呢！这大事必须得办了，为了今天我等了二十年了！"海猫说着急了，他推开吴若云，"等等！别敲锣打鼓了，我还有话没说完呢！"

鼓乐手们停止擂鼓。吴乾坤转头对赵洪胜说："全是因为这个混账捣乱，咱们虎头湾的头等大事被搅和了，赵兄，你说怎么办？"

"乱棍打死！"赵洪胜瞪着海猫说道。

"先别动手，听我把话说完！"海猫大声地喊道，"二十年前的正月十三，就在这虎头湾发生了一件大事，一个刚出生的孩子，不知道为什么就被送了人。二十年了，这孩子从来没见过自己的亲爹亲娘！"

赵玉梅傻了，人群中一直与她用眼神交流的吴明义也傻了，他们二人不约而同地凑到海猫跟前，又惊又喜地看着他。

海猫突然从怀里拽出一块玉佩，高高地举着："我就是那个没见过亲爹亲娘的孩子！爹——娘——当年你们不是和瞎婆婆说好了吗，二十年后的正月十三咱们一家团聚，今天儿子回来找你们了，你们快出来认我吧！"

第 四 章

在阳光的照射下，海猫手里的玉佩熠熠生辉。赵玉梅和吴明义的眼里绽放出异样的光芒，他们认识这枚玉佩。两人又喜又悲，二十年前的一幕幕在眼前浮现，不堪回首。

"姓吴的这位大爷，刚才您闺女也跟您说了，我还救过她的命呢。就看在这点情分上，您得饶我不死，这个理儿怎么都能说得过去吧？"海猫利用人们的短暂注意，对吴乾坤说罢，又转向赵洪胜，"这位赵大爷，您这面相一看就是个大善人。我要把我是咋回事说出来，您肯定不忍心让您的手下打死我，是不？"

吴乾坤和赵洪胜相视，一时间不知道该怎么回答。海猫又转向围观的两姓族人，四处抱拳："在场的各位大爷大娘、叔叔婶子，我可是个苦命的孩子呀！二十年前我刚出生就被送给了一个行走江湖、算命为生的瞎婆婆。说是会算命，可这兵荒马乱的，哪有人找她算命啊？十顿饭有九顿得靠要着吃，我活到这么大，可真是不容易！我今天这身孝服，就是为瞎婆婆她老人家穿的！从小到大我一直拿她当我的亲奶奶，我以为我没爹没娘哪！直到老人家咽气前，才拿出了这块玉佩，她告诉我，我不是石头缝里蹦出来的，我也有爹娘！她让我拿着它正月十三来海阳虎头湾找我的亲生爹娘！可她走得急，好多事儿都没说清楚，我连我爹娘姓啥都不知道，更不知道我爹娘为啥把我交给了瞎婆婆养活！没办法，我刚才趁着人多站到这高处，就是想把动静闹大点儿，让我爹娘知道他们的儿子回来了！"

一席话，说得赵玉梅泣不成声，赵洪胜仿佛意识到什么，突然皱起眉头。吴乾坤渐渐地听明白了，嘴角不由得露一丝阴笑。装疯多年的吴明义啥都清楚了，他的目光告诉人们他从来没真疯过，痛苦和悔恨猛地向这个汉子袭来。

"爹、娘，其实不管为啥，儿子我都不会怪你们，从小到大我就羡慕别人有爹有娘。说实话，奶奶走的那天我前半宿哭，后半宿就笑，哭是因为老人家走了，笑是因为我海猫也和别人一样，有爹有娘！爹、娘，我回来了！我身上流着你们的骨血，我是你们的儿子！你们快出来认我吧！你们在不在呀？"海猫继续哭诉着，"爹、娘，奶奶走了这大半年，每回看这块玉佩的时候我都会笑，我告诉自己，海猫在这世上不是孤零零一个人，正月十三我就能见着我亲爹亲娘了！"

赵玉梅的感情决堤了，泪如泉涌。她不知不觉向高台下走去，赵洪胜突然一把抓住她的手腕子，低声吼道："你想干什么？"

同一时刻，吴若云挣脱了槐花的手，她要冲到海猫面前问个究竟。这时却见海猫高高地举着玉佩："奶奶临走的时候，就给了我这一样东西，她说我爹娘见了这东西一定会认我。这是虎头湾吧？吴家大小姐，我记得你跟我说过你是虎头湾人，我没找错地方吧？这儿是虎头湾吧？"

吴若云急忙回答："是啊，没错，这就是虎头湾！"

"那？我爹娘没来？……噢，我明白了，我的爹娘大概已经不在人世了啊！"海猫呜呜地哭着，突然又否定自己说，"不会呀！我爹娘岁数应该不大，你们这么多人，总有人该认识我手里这样东西吧？谁能告诉我他们到底在哪儿呀？"

赵玉梅的异常举动让吴乾坤警觉，他保持着冷静，静观其变。而这时的赵洪胜却再也按捺不住了，他压低声音对赵玉梅怒吼："你给我滚回家去！快滚！"

"扑通"一声，赵洪胜吼声没落，海猫跪倒在地："各位大爷大娘叔叔婶婶们，我想我爹娘肯定是没在这儿，要不然他们也不会不认我！求求各位了，你们谁认识我爹娘就请吱一声。二老要真是死了，也请带我到他们的坟前看看，他们虽然没养我，可我这条命是他们给的，我当儿子的得三跪九拜！"

广场一阵骚动，孝子感动了在场的老百姓，就连趴在屋脊上的黑鲨也被感染了，他心里暗道："好小子，是个孝子。"

仍然没有等到回答的海猫焦急地喊道："爹、娘，你们要是还活着，就快出来认我吧！我知道你们的日子过得肯定不富裕，要不当年也不至于把我送给瞎婆婆。可儿子不嫌你们穷，再穷你们也是亲爹亲娘！儿子长大了，不是吃干饭的，这些年走江湖没少长本事，用不着你们给我一个子儿花。我有力气，啥活儿都能干，将来还能给你们养老送终哪！我说的都是真话，爹——娘——你们到底在不在啊——"

秧歌疯子突然跳出来，跟着学道："爹——娘——你们到底在不在啊——你们听到我说的话了吗……"

听到秧歌疯子的学舌，海猫本以为有了希望，可是当他明白这是个疯子的时候，却崩溃了。他对着苍穹撕心裂肺地号叫："老天爷啊，难道您老人家跟我开了玩笑吗？瞎婆婆，我的奶奶，难道您骗了我吗？我海猫没有爹娘！我本来就是石头缝里蹦出来的！我明白了，奶奶，您怕您死了我想不开跟您一起寻死，就编了瞎话，我还当真了！害得我这大半年天天晚上梦见爹，梦见娘，梦见我回到虎头湾，认祖归宗，原来全是假的啊！"

"既然全是假的，没有爹娘认我，我也别等着被乱棍打死了，我自己死！"海猫说着站起身，四处寻找，竖着旗杆的大石礅子映入他的眼帘。于是，他运足力气，就向石礅子冲去，他要以头撞石礅。

吴若云尖叫一声，立刻冲上前去。槐花吓坏了，死死地拉住她不放。一直看着赵玉梅发呆的赵香月，忽然撇开她的主人，同时转身冲上去。这个善良的姑娘担心真的会死人。担心会死人的吴明义和虎头湾的许多渔民们都张大了嘴，他们喊叫着，拥挤着，纷纷向前，试图拦住海猫。但这些声音都被一声声嘶力竭的哭喊淹没，只听赵玉梅大叫："儿啊……"

即将撞石礅的海猫停住了动作，所有试图拦住海猫的人都愣住了，惊呆了。他们齐刷刷地看向赵玉梅。海猫的脸上先是绽放出了兴奋，继而是难以置信，再之后便是更加兴奋，他连忙回头向声音传来的方向望去。他看到这个穿着华丽优雅的女人，简直不敢相信自己的眼睛，他嗓音颤抖："娘！您是我娘？"

赵玉梅哽咽着说："是啊，儿……二十年前的正月十三，就是我亲手把你交给了瞎婆婆……我那是没办法呀……儿啊……"

激动不已的海猫突然笑了出来："娘，没想到您长得这么漂亮！"

"真的？娘都这把岁数了，还漂亮？"

"漂亮！我从来没见过像娘这么漂亮的女人！"海猫认真地回答。赵玉梅与海猫四目相对，仿佛这巨大的广场就只有他们母子二人似的。

"哈哈！赵兄，恭喜你大外甥从天而降啊！"笑声在广场上空回荡，吴乾坤边向赵洪胜抱拳道喜，边转回身追问赵玉梅，"玉梅大小姐，儿子都认了，就快说说你儿子的爹是谁吧！"

海猫不知虎头湾吴赵两家世代为仇的历史渊源，他兴奋地拉起赵玉梅的手，连声问道："是啊，娘，我爹是谁？儿子好想见见爹！知道了爹姓啥我就知道我姓啥了。你不知道，我长这么大，还没有过正经八百的名呢！奶奶管我叫海猫，因为她说我是海边生的，叫个猫，名贱，好养活。可是上回碰见吴家大小姐，她说这个名不好，不吉利。"

吴若云这才明白当初真的冤枉海猫了，但她也同时意识到这个问题会给赵玉梅带来危险。其实，赵玉梅早就把生死置之度外，她首先想到她的那个他，于是果断地对海猫大喊："儿子，你不要再问了，你没爹！"

吴乾坤笑道："什么？你说什么疯话？没有男人你能生出孩子来？"

"疯话，家妹说的是疯话！"赵洪胜突然找到了理由，对吴乾坤说，"实不相瞒，她得了疯病，已经疯了好几年了！香月，快把大小姐带回家去！"

海猫不明就里，冲着赵洪胜大喊道："姓赵的，你看着斯斯文文，怎么胡说八道？我娘好好的，你凭什么说她疯了！"

"谁是你娘？赵家的大小姐，我的亲妹妹她还没出阁呢！"赵洪胜大喊，"你是哪蹦出来的混账东西？要不是你在这装神弄鬼，哭天喊地地要找爹找娘，我妹妹的疯病也不至于犯了！这一年一度的祭海斗秧歌是我们虎头湾的大事，都被你搅了！我说吴兄，你傻呀，你难道听不出来吗？他刚才的那一番胡言乱语，明明是在为二十年前的那个孽障，直到今天还在聚龙岛兴风作浪的黑鲨说话！"

趴在屋脊的黑鲨一听这话，朝着赵洪胜举枪就打。"砰"的一声，子弹一偏打在了他的手腕上。见黑鲨开了枪，荣六也扣动了扳机，他瞄准的是吴乾坤，没承想吴乾坤凭经验身子一歪，子弹正中背后的乡勇。

枪声一响，赵玉梅不顾一切冲向海猫，嘴里大喊："儿啊——"

海猫再次确认赵玉梅就是自己的娘，嘴里也同时大喊："娘啊——"

海猫"扑通"一声跪倒在地，赵玉梅被丫鬟赵香月扶着，拖着，主仆二人双双扑过去，又双双用身体紧紧地护着海猫。

黑云翻卷，怒气冲冲地笼罩在海神庙上空。聚龙岛的海盗连根毛都没伤着，赵洪胜和吴乾坤气急败坏，一个拉着亲妹子，一个喝令亲闺女，各自回家去了，留下孤零零的海猫被绑在庙内。吴赵两家各派一名乡勇共同看守。

海猫用嘴巴指着海神娘娘塑像，没话找话地问负责看守他的赵大橹："这位大哥，这就是海神娘娘吧？海边的渔民都供这个，灵吗？"

赵大橹说："灵！当然灵啦！你连这个都不知道，今天还敢到虎头湾，借海神娘娘的名义招摇撞骗啊？"

海猫笑了："我呀，我到你们海阳好几个月了，一直没敢来虎头湾，就是因为要等正月十三这个正日子。我就是一个臭叫花子，想在这么大的虎头湾找到爹娘，我只能一鸣惊人！我那几句词是跟老道做法事抓鬼学的！"

赵大橹没好气地哼了一声，便和吴姓乡勇溜达到一边说闲话去了。

海猫讨了个没趣，仍厚着脸皮套近乎："这位大哥，为啥我娘认我了也不带我回家，还把我绑在这儿，你说，天底下有这样的道理吗？"

赵大橹说："你没听族长大老爷说吗？把你绑在这里，就是为了让海神娘娘看清楚你到底是不是妖孽！"

"什么妖孽？我怎么是妖孽了？"海猫嚷叫着。

"虎头湾自古只有赵吴两姓，海神娘娘早就降下谕旨，两姓之间不能通婚。如果你娘姓赵，你爹姓吴，你就是妖孽！是妖孽就必须将你和你爹娘千刀万剐，一起沉海，活祭海神娘娘！"

海猫吓了一跳，心想：难怪他们说我娘还没出阁，我怎么这么傻，幸好我爹没出来认我……要不然海神娘娘饶不了我爹我娘……

海神娘娘是传说中的妈祖，她能言祸福，济困扶危，治病消灾，怎么能降赵吴两姓不能通婚的谕旨呢？有人制定这样的规矩，完全是为了维护自己，制约他人。眼下，赵洪胜匆匆包扎好自己的伤口，便把郎中、管家和下人全都轰了下去。他对噙着泪水的赵玉梅训道："赵家祖宗的脸都被你丢尽了，你二十年前是怎么答应我的？你怎么能认这个孽障？"

赵玉梅一反常态："什么祖宗？干我屁事，我就要认儿子！"

"你混蛋！"赵洪胜抡起巴掌来就要抽赵玉梅，但巴掌却抽到了自己脸上。赵洪胜强忍怒火，劝道："我的亲妹子啊，现在你想活命的话，就只有一个法子，你就说当年是吴明义强奸了你！"

赵玉梅斩钉截铁地回道："不！是我强奸了他！"

赵洪胜这一次真忍不住了，一巴掌抽在赵玉梅的脸上，随即大喊："来人！把大小姐给我弄回屋里去，看好了，不许她离开房门半步！"

吴家客厅这时候也像个炸药桶，哪怕有一个火星就会爆炸。管家和几个婆子气也不敢喘地呆立着。吴乾坤指着吴若云鼻子吼道："老祖宗的规矩你都不守了？一个女孩子家去斗秧歌，你也不怕惹怒了海神娘娘？"

"不就是一尊泥塑像吗？我就不明白，为什么每个人都怕她！"吴若云说。

吴乾坤大怒，一拍桌子："你说什么？"

"愚昧，腐朽，封建！这都什么年代了，我看早就应该把那尊泥塑像扔进海里去了！"吴若云执拗地说。

"混账！"说着，吴乾坤冲上前去，"啪"的一巴掌抽在吴若云的脸上。

吴若云顿时被抽傻了，她捂着脸，委屈地质问吴乾坤："爹，你打我？"

"打得好！"吴乾坤正后悔不该对女儿动手时，一个声音突然从外面传来，他循声看去，只见春草儿搀着母亲走进来，便忙迎上去："娘，您怎么来了？"

"春草儿都跟我说了，真是胆大包天啊！"吴母威严地坐下，"出了这么大的事，我能不管吗？你看看你把你家的大小姐惯成什么样了？再这么下去，早晚得跟她那不要脸的娘一样，给咱们老吴家丢人现眼！"

吴乾坤忙忍气吞声地说："娘，我自会教训她的，您快回去歇着吧！"

吴母怒吼："不行！按老祖宗的规矩，女子斗秧歌必须打折双腿。吴乾坤，你身为吴家族长，就因为心疼你闺女错失战机，斗秧歌斗个平手，还要跟他们姓赵的一起出海打鱼，你对得起祖宗吗？"

吴若云恶狠狠地看着奶奶，刚要替父亲辩解，吴母眼一瞪："我听说大庭广众之下，是赵玉梅为她求的情？我问你，吴乾坤，要不是因为你闺女有错在先，她赵玉梅生下孽障这事，你能这么稀里糊涂吗？你糊涂，娘来做这个主！就算老祖宗留下的规矩你们敢破，咱们吴家的家法也不能饶了她！来人！"

话音一落，管家指挥几个婆子抬着家法走进来。很明显，吴母是有备而来。她举起拐杖指着吴若云大喝："把她拖出去，打折双腿！"

"娘，您开恩！要怪都怪我，都是因为我把若云送到烟台去读书，被那些洋先生教坏了，才犯下今天的错，要罚您罚我吧！"吴乾坤边跪倒在吴母脚下央求，边瞪眼命令吴若云："若云，你给我跪下！快和爹一起请奶奶饶恕！"

吴乾坤那目光中，有命令也有请求，吴若云只好跪下，嘴里嘟囔说："若云有错，请奶奶饶恕……"

吴乾坤起身附到吴母的耳边说："娘，若云给您认错了，您消消气。过了正月十五，林家的少爷就要来定亲了，这门婚事对咱们吴家很重要，你把她的腿打折了……她可是你亲孙女啊！"

吴母哼了一声，让春草儿扶着，边走边说："反正出了这么大的事，不能不给祖宗个说法，家法我已经请出来了，你自己看着办吧！"

吴乾坤目送吴母远去，回头指着吴若云怒吼："你……我问你，你哪儿来的秧歌行头？说！谁给你的秧歌行头？你不说，我就只能打折你的腿了！"

站在一旁的槐花犹豫着，想说又不敢说。眼看着吴乾坤命人将吴若云架起，要执行家法的时候，她才下意识地扑到吴若云身上，叫道："小姐！"

正在这时，院门外的吴天旺突然冲进来说："老爷，大小姐的那套秧歌行头，是我给她的……您要打就打折我的腿吧！"

"好你个吴天旺，你好大的胆子！来人……"吴乾坤终于找到一个下台阶的机会，他甚至很高兴地命令道，"给我打折这个狗奴才的腿！"

"爹，干什么？错的是我，为什么要打天旺？"吴若云伸手拦着吴乾坤。

吴乾坤推开吴若云，喝道："谁让他把秧歌行头给了你呢，就该打折他的腿！"

"你还是打折我的腿吧，这事跟天旺没关系，他根本不知道……"

"我知道！我知道小姐想扭秧歌，刚好老爷点了我当乐大夫，我就把老鳖的行头给了小姐，是我的错。老爷，您打我吧，我愿意替小姐受罚！"吴天旺高喊。

槐花以为吴天旺这是在替自己洗脱罪名，顿时感动得直掉眼泪。吴乾坤挥挥手，一根碗口粗的木棍便呼啸着砸在吴天旺的腿上。

吴若云撕心裂肺地喊着："不要——"

撕心裂肺的喊声传到吴母房里。吴母问正在向屋外张望的春草儿："你看清楚了没有，挨打的人是不是吴天旺？"

"还真让您老人家猜对了，吴天旺真的做了替死鬼！"

"这还用猜？我什么儿子我清楚，不一会他会来给我磕头的。"

吴母话音刚落，果然就见吴乾坤走进门，跪在榻前："娘，都是儿子管教不严。若云当着全虎头湾人的面，给吴家丢了人！儿子对不起您，对不起祖宗！"

"对不起谁你也别在这儿跪着呀！多大岁数了你，快起来，快起来！"吴母伸手拉吴乾坤坐在榻上，"你是真疼你闺女啊。吴天旺是个好长工，能干活着呢，你宁可打折他的腿也不肯碰你闺女一根指头。成，我要是摊上你这么好个爹呀，当年没准能嫁到宫里面去！"

吴乾坤赔着笑，说："娘，您的儿子您心里清楚！"

吴母拍着吴乾坤的手背说："我刚才做了个梦，梦见你把赵洪胜的脑袋踩在脚底下了。哎，那叫一个爽快！儿子，你听着，今夜咱们吴家可不能闲着，得防着他们赵家杀人灭口！再有，那赵玉梅能当着那么多人的面认下那个孽种，我就不信她今天夜里能老实。要是能抓个正着，他们赵家就没话可说了！你想想，要是赵洪胜看着他亲妹妹沉了海，以后他们赵家在虎头湾还能抬得起头来吗？"

吴乾坤点头称道："娘，您真是老谋深算啊！"

赵香月忐忑不安地走进赵家客厅，小心翼翼地问道："老爷，您叫我？"

赵洪胜吩咐道："大小姐疯了，今晚你用不着伺候她了。你去给那个绑在海神庙里的野小子送饭吧！"

赵香月简直不敢相信自己的耳朵："老爷，您是说给那个海猫送饭？"

"大小姐今天管那野小子叫了声'儿'，你听到了吧！"赵洪胜长叹了一口气，"那野小子也不知道是哪儿跑来的。听他说的身世，要是真的，也够可怜的。他搅了虎头湾的秧歌会，惹怒了海神娘娘，明天肯定会被沉海，临死了也让他吃顿饱饭吧。饭在那儿，我亲自给他准备的，快送去吧！"

"是。老爷真是菩萨心肠。"赵香月满怀感激之情，提起食盒就走。她走出吴家大院，穿过弯弯曲曲的小巷，再踏上栈桥，远远地就看见看守海猫的赵大橹和另一个吴姓子弟。

狗仗人势，蹲在二人身边的大黑狗嗷嗷地叫着。赵大橹飞起一脚，把大黑狗踹出好远。他问清了赵香月来这的目的，便扭头对吴姓看守说明原委，然后放人进了庙内。

走进庙内的赵香月光顾着向海猫打听那玉佩的来历了，没想到大狗弄翻了放在脚边的食盒，还偷吃了里面的饭菜。但她更没想到的是，不到片刻，那大黑狗便嘴角流血，抽搐着摔倒在地上。

赵香月一时间傻了，海猫也傻了，他的目光从死狗的身上抬了起来，两眼冒火，冲赵香月就喊："你想弄死我？谁让你来的？"

赵香月看着海猫，百口难辩。海猫边沉思，边说："你是我娘的丫头，是我娘派你来的吗？我知道了，是我娘不想要我这个儿子！不想要就不要，我娘她为什么不直接告诉我一声？只要她让我死，我自己会去死，何必要下毒！"

赵香月冲着海猫连连摇头，她惊恐后怕，魂不守舍，浑身颤抖着走出庙门，直奔赵府。她身不由己地来到赵玉梅床前，一头扎进她的怀里，伤心地哭起来。

赵玉梅神情呆滞，心不在焉地安慰她。突然，她跪倒在地，眼泪汪汪地央求道："香月妹子……你是知道的，我没疯！"

赵香月双手搀起她，说："大小姐，快起来，您没疯，我知道！"

赵玉梅说："知道就好！香月，虽说你是我的丫鬟，可按辈分你就是我本家妹子。姐姐求你，你得想办法救我出去。我要和儿子在一起！我们骨肉分离的时候他才那么点儿，统共就吃了我四十一天的奶！二十年了，儿子来找娘，却被他们关在海神庙里，我担心会有人趁天黑害死我儿子！妹子，你快帮我逃出去吧，哪怕只能和我儿子团聚这一夜，也算我没白当一回娘！"

如果不是赵洪胜想借自己的手毒死海猫，如果不是自己刚才耳闻目见，赵香月不会轻易地被赵玉梅说动。此时此刻，赵香月宁愿舍了命也要帮自己的主人逃出去，一定要让他们母子重逢！

下定决心的赵香月撬开后窗，先帮赵玉梅逃出赵家大院，后又劝说赵大橹引开了海神庙门外的吴姓看守。这主仆二人简直不敢相信，事情做得这么顺利。当她们走进庙内的时候，被绑在柱子上的海猫竟没有听到开门的动静。

不过，海猫睁眼发现了赵香月，开口就骂："你个小丫头，你好狠毒啊！你主子交给你的事你没办成，回家挨板子了吧？现在又来耍什么花招？噢，我知道了，你要把绳子给我解开，让我跑，你们在外面早就准备好了，我一出去就得挨枪子儿，对不对？你回去告诉我娘，她要想让我死，用不着这样，我自个儿会死！"

犹如晴天霹雳，海猫的话把赵玉梅震懵了，她转身问赵香月："香月，我儿子这是怎么了，是不是有人吓唬他啦……"

赵香月万般无奈，只好把赵洪胜如何让她给海猫送饭，以及大黑狗偷吃那饭以后吐血而亡的事，从头至尾一股脑地倒了出来："大小姐，对不住，我刚才没来得及，也不敢跟您说……"

赵玉梅气得浑身哆嗦，她咬牙切齿地说："赵洪胜，你这当舅舅的心太黑了，你要毒死我儿子呀！儿子，你等在这儿，娘找他拼命去！"

赵玉梅说着就要往外走，赵香月从身后一把抱住了她，劝道："大小姐，您要是走了，可就回不来了！老爷说了，明天一定会把他沉海，就这一夜了，你们娘俩好好说说话吧！"

赵玉梅回过头来，"扑通"一声跪倒在海猫面前，说："儿子，是娘对不起你！可是娘对着海神娘娘发誓，娘真的没想害死你，你原谅娘吧！"

赵香月见海猫不说话，便数落道："亏你是当儿子的，跟你娘说出这么狠毒的话,还让你娘给你跪着。你这样的不孝之子,还不如刚才替你死了的那条狗呢!"

海猫被赵香月骂得很舒服,因为他相信了赵玉梅,也相信了赵香月,他眨巴着双眼:"这么说,想害死我的是姓赵的那个老头儿,不是我娘?"

"不是娘,真的不是娘!"赵玉梅忙说。

海猫开心地说:"我就说嘛,我这么漂亮的娘,哪有那么狠毒的心肠啊?娘,您快帮我把绳子解开,让我跟您亲近亲近!"赵玉梅破涕而笑,起身给海猫解绳子。

赵香月很知趣地为他们母子掩上庙门,轻手轻脚地来到赵大橹身边,说:"大橹哥,那个姓吴的看守呢?"

"让我哄到一边睡觉去了,你放心,不会有事的。"赵大橹低声回答。

赵香月深情地看了一眼赵大橹,说:"大橹哥,谢谢你啦!"

"谢什么,咱们谁跟谁呀!"赵大橹说着凑到赵香月耳边问,"香月,里边那个叫海猫的,真是大小姐偷人生的孽种?"

"你怎么说得这么难听!"赵香月脸一板。

赵大橹没注意赵香月的脸色,只顾顺着自己想的说:"这下好了,明天大小姐就得陪儿子一起沉海了。她死了,你自然就能回家了,我们就能……"

"赵大橹,我真没想到你是这样的人!"赵香月生气地打断赵大橹的话,把头扭到一边,心想今天是正月十三,还有两天就是月圆之夜了。如果大小姐能坚持过了这个沟坎,一家团圆那该多好啊!赵香月这样想着,再想想赵大橹刚才说的话,越琢磨越不舒服,所以难得凑在一起的两个人,一时间便也话稀了。

赵玉梅母子坐在海神娘娘塑像前的蒲团上,此刻话正稠。她拉着海猫的手,轻声问道:"儿子,饿不饿?"

"饿,可是见着娘就不饿了。能跟亲娘说说话,比啥吃的都顶饿!"海猫望着赵玉梅说。

赵玉梅笑了,说:"儿啊,你不是想知道你爹是谁吗?娘现在就告诉你。"

"不用了,我怕让外面那些人听见,把爹娘都害了!"海猫赶忙回答。

赵玉梅一把将海猫搂在怀里,说:"儿子,娘今天来的时候就想好了。明天你啥也不要说,娘替你去死!他们说我有罪我担着,跟你无关!"

海猫直摇头,说:"当儿子的,哪能让娘替我去死啊?我想好了,明儿一早那些恶人们来的时候您就装疯。我当着他们的面咬舌自尽,你还好好地当你的赵家大小姐,也别连累了我爹了。昨天他既然没站出来,那肯定是怕别人知道他呀。其实,娘不用说我也已经知道了,我爹他指定姓吴……"

"你怎么知道的?"赵玉梅一惊。

海猫有点得意地说:"刚才一个姓吴的,一个姓赵的,俩人看着我,我海猫行走江湖这么多年,别的本事没有,凭三寸不烂之舌,套个话还不容易?"赵玉梅点点头。海猫接着又说:"娘,二十年前您和爹把我给了瞎婆婆,这一点儿错都没有,咋能因为我让您俩丢了性命呢?娘啊,您也真够傻的,您长得这么漂亮,这么多年了,咋还不出阁,在家当老姑娘啊?"

赵玉梅说:"你舅舅没少逼着我出阁成亲。我拿剪子扎伤过媒婆,还用烧红的烙铁往脸上摁,我想给自己毁了容……还有个在县里边当官的,亲自上门来提亲,我端起尿盆子泼了他一身!"

"真的?娘,您也太……"海猫笑得肚子疼,却突然止住笑,忧伤地说,"都是因为儿子耽误了娘……我爹指定是又娶了老婆生了孩子,他不认我,我不会怪他的。本来嘛,该死的就我一个人,我爹老婆孩子一大堆,有了牵挂就贪生怕死,一点儿错都没有!"

赵玉梅忙辩解:"不!你爹不是贪生怕死,你爹是个顶天立地的汉子!这二十年来,你爹不但没有娶妻生子,而且被迫一直装疯卖傻……你爹年轻的时候是虎头湾最俊的汉子,秧歌扭得好,唱得也好,他的乐大夫无人能比。他比我大一岁,我就想嫁给他。只可惜他姓吴,我姓赵……祖宗有规矩,吴赵两家不许联姻。可是我谁都看不上,心里只有你爹。有天夜里我从家里跑出去,摸到你爹住的海草房,问他愿不愿意要我……"

"我爹咋说?"海猫急切地问。

"你爹说要,我们就私奔了!娘把你生在离这里三百里外的山沟里。那年除夕你还没满月,我大哥就是你今天看到的你舅舅,他派人给我送来一封信。信上说,你姥爷快咽气了,临死前就想见我一面。我把心一横,就跟你爹说搬家,换一个让他们永远也找不着我的地方,咱们一家三口哪怕再穷也不回虎头湾!可是你爹……你爹怕我将来后悔,就劝我一个人回来。我说不行,咱们一家三口要在一起,啥时候也不分开,要回都回!后来我想我是族长家的大小姐,再说生米都煮成熟饭了,我就不相信祖宗的规矩能把我怎么样!结果,回来那天正赶上正月十三。恰赶上黑鲨的爹和娘被沉海,他们也是坏了吴赵两家不能联姻的规矩……"

海猫打断赵玉梅的话:"娘,您说的黑鲨,是不是聚龙岛的海盗头子?"

"是的,就是他!"赵玉梅陷在深深的回忆中,继续说,"他爹娘生下他躲了整整十八年。最终,除了让儿子捡了一条命,两个人还是被沉海了。沉海那天我正好碰见了,我和你爹说,他们夫妻躲了十八年都没躲过一死,咱们趁早逃吧,不为自己,也得为你呀!可是,吴乾坤不知怎么得到了消息,他命吴家的乡勇把整个镇子都包围了起来,他就是想把咱一家三口沉海,让赵家永无抬头之日!"

海猫疑惑地说:"不对呀,我爹姓吴,吴乾坤也姓吴,姓吴的难道不是一家?"

赵玉梅冷笑道:"富人和富人是一家,穷人就不是一家了。黑鲨的爹娘也是因为穷人攀了个富亲,才被害死的。虎头湾表面上分吴赵两家,其实穷人和富人永远成不了一家人。你爹穷,他吴乾坤怎么会管他的死活呢?"

海猫恍然大悟:"噢,我明白了,我说他今天一定要逼你说出我爹是谁来,其实是谁不打紧,只要姓吴,他就能治死你!"

赵玉梅说:"没错,就在那年正月十三的夜里,我和你爹走投无路之时,碰见了瞎婆婆,她说她迷路了……不,我至今不相信,一个瞎眼的人,怎么会迷路呢?那是海神娘娘把她送到虎头湾来的,就是为了带走你啊!"

第 五 章

在静静的海神庙内,海猫听娘讲自己的身世,一会儿紧张,一会儿激动。他趴在娘的腿上,看着娘的漂亮脸庞,心里有一种说不出来的幸福。

这时,腰里系着一根绳子,手持钢刀的吴明义从天而降,像天神一样,"唰"的一声落在了地上。赵玉梅目光闪烁,激动地扑上去,喊道:"明义!"

被赵玉梅喊着的吴明义,一改平日里蓬头垢面、装疯卖傻的模样,他刚剃了胡子,嘴巴上泛着青光,一脸的威风,十分精神。吴明义放下手里的钢刀,双手揽过赵玉梅,紧紧地抱在怀里,说:"玉梅,你受苦啦!"

赵玉梅挣脱吴明义的双臂,忙对海猫说:"儿子,这是你爹,快叫爹!"

海猫上下打量着吴明义,突然一头撞进他的怀里,哭喊着:"爹啊!"

海猫的哭喊惊醒了吴姓看守,他从一侧的房间走出来,手里拿着刀,凑到赵大橹跟前问:"我听里面好像有动静,走,跟我过去看看!"

赵香月偷偷拽一下赵大橹的衣角说:"没动静!是不是呀?大橹哥!"

并非赵大橹反应迟钝,也不是不想保护海猫,只是刚才因为一句话,赵香月不搭理他,他心里有了意见,所以他不想配合,一声也没吭。

吴姓看守见赵大橹不吭声,便一把推开赵香月:"你给我滚一边儿去!要是让里边那个孽障跑了,族长大老爷非要了我的命不可!"吴姓看守说着拉起赵大橹,一起冲了进去。

这一切来得是那么突然,那么猝不及防,赵香月都来不及提醒庙里的人,吴姓看守和赵大橹便一步闯了进去。吴明义把海猫和赵玉梅迅速拉到自己的身后，用高大的身躯紧紧地护着他们母子二人，一双大手按在刀把上，岿然不动。

吴姓看守大叫："好一个吴明义！还有你赵玉梅！吴大族长真是神机妙算。你们果然不守规矩，这回被抓个正着，还有什么好说的！"

海猫一声大叫，从吴明义手里抢过钢刀，挥舞着向吴姓看守和赵大橹砍去。跟在这二人身后的赵香月吓得张大了嘴，不知如何是好。

吴姓看守随便挥一刀，就挑飞了海猫手里的钢刀。此时的赵大橹也不便听赵香月说，只好配合吴姓看守，一脚将海猫踢倒。

"儿子！"赵玉梅一边喊着，一边连滚带爬地扑向海猫，用身体护着儿子。

吴姓看守对赵大橹使了个眼色，他们撇开赵玉梅母子，同时举起刀冲向吴明义。吴明义毫无惧色，赤手空拳，左移右挪，毫无惧色。倒在地上的海猫惊讶地发现，原来自己的爹是个武术高手。

吴明义没费吹灰之力，便夺下了吴姓看守和赵大橹手里的钢刀，然后双臂一伸，一拳一个，同时将两人打倒在地。

吴姓看守和赵大橹伤得不轻，看上去比海猫还重，一时半会是起不来了。吴明义抱拳道："二位，得罪了，我只想带老婆孩子走，不想伤人。"

说罢，吴明义转身拾起刀来，对海猫说："儿子，扶着你娘，咱走！"

走到庙门口，海猫突然停下脚步，指着愣在一边的赵香月，问："她呢？"

"儿子，她一个当丫鬟的，没事！"赵玉梅感激地对赵香月说，"香月妹子，谢谢！我走了，你就自由啦！"赵玉梅说着，转身拉起海猫，紧紧地跟在吴明义身后，疯狂地奔跑起来。

吴明义边跑边说："我已经准备好了一条船。只要趁夜出了海，他们就永远也别想抓住咱们。"

海猫崇拜不已："爹，您功夫厉害呀，啥时候教儿子两招吧！"

一家三口说着，跑着，很快来到船靠岸的海边。正在这时，突然十几只火把从礁石后面露出头来，拦住了他们的去路，为首的吴八叔说："吴明义，你别想逃了，我们早就发现了这条船。族长英明，早就知道你今天夜里不会老实！"

吴明义镇定地回过头，低声对海猫说："儿子，带你娘往山上跑，我断后！"

赵玉梅冲上前，一把抱住吴明义："整整二十年哪！咱们一家三口好不容易团聚了。我们谁也不走，一刻也不能分开！"

吴明义只好边护着他们母子，边与吴八叔和吴姓乡勇拼杀。他以一当十，不落下风。只见刀光剑影，上下翻飞，难分难解。

正月十三的月亮当然没有十五圆。残月下的虎头崖清冷、阴森。崖下，百米的陡岩，斧劈刀砍；幽深的大海，惊涛拍岸。吴明义一家被逼上了虎头崖。海猫面对四面八方的火把，大喊："爹、娘，没路了！"

吴明义收住脚步，回身对赵玉梅叹道："玉梅，这二十年来，你我只能深夜在这虎头崖上相见，今天又被逼到这个地方，也是天意啊！"

赵玉梅看着吴明义，埋怨道："明义，二十年都忍了，今天你何苦舍命来救我们？"

"玉梅，我是你的男人，孩子的爹，我怎么能不来？"

"爹、娘，儿子对不起你们！我要是不回来，你们肯定都活得好好的，是儿子害死了你们，儿子不孝啊！"海猫看着双亲。

赵玉梅紧紧地攥住海猫的手说："儿子，你可别这么说，是娘对不起你。如果有来世，娘给你当牛做马，只求你别恨娘啊！"吴明义也附和道："是呀，儿子，是爹娘对不起你，生了你没养你，今天又害得你年纪轻轻的跟我们一起死，儿子，求你别恨爹娘！"

"我不恨！你们是这个世界上最好的爹娘，虽说我们一家三口才团聚了这么一会儿，可是我海猫这辈子活得值了！我知道自己不是石头缝里蹦出来的了，爹娘年轻的时候是月老为媒，给你们成的亲，然后生下了我，生下来爹娘没能养我，那是没有办法，我不恨爹娘！来世我还给你们当儿子！"

不知什么时候，吴乾坤和赵洪胜来到虎头崖下，海猫一眼发现了他们，提高嗓门大骂："要恨，我就恨这两个老东西，是他们硬生生地拆散了咱们一家三口，到了阎王爷那儿我告他们的状，让阎王爷禀告玉皇大帝派天兵天将，把他们一个个地全都杀光！什么吴家赵家，都让他们灭门绝种！"

"混账！"吴明义抬起手来一巴掌抽在了海猫的脸上，"你小子说的都是什么话？你给我记着，你是吴家之后，赵家是你姥姥家，吴赵两家的长辈都是你的长辈；吴赵两家的族人，都是你的亲人！"

赵玉梅抚摸着儿子被打红的脸颊，埋怨道："明义呀，死到临头了你还跟孩子说这些？你以为你这么说，那些老东西就能放过咱们一家三口吗？"

"玉梅，赵大小姐，这辈子是我对不住你啊！"吴明义说着，猛地回过身，双手抱拳，"族长大老爷，各位老爷，我吴明义多年前犯下了大错，今天我得在这儿说明白！二十年前，我贪恋赵家大小姐赵玉梅的美色，就把她从虎头湾掳走了，我用刀架着她的脖子把她带到了一个深山野林，强迫她给我生儿育女！"

赵玉梅瞠目结舌，海猫也傻了，他们不知吴明义为什么要说这些。吴明义又说："后来大小姐找机会抱着孩子逃回了虎头湾，我又追回来想杀了她，可是不知道她把孩子藏到哪儿去了，所以才有了今天这事儿！这一切都是我吴明义对不起赵家，大小姐给我生儿子是被我逼的，她从来就没犯过错！"

赵玉梅已经开始明白吴明义说这番话的寓意了，海猫也同时预感到了不祥。他和娘泪眼相望，一时间不知该如何是好。吴明义说着把刀横在自己的脖颈下："千错万错皆因我吴明义一人而起，是我坏了虎头湾的老规矩。是我，对不起列祖列宗！今日我对赵家以死谢罪！"

"你敢！"吴乾坤大喝，"吴明义，别忘了你姓的是吴，你胳膊肘往外拐，竟敢向他们老赵家谢罪，你对得起吴家的祖宗吗？"

赵玉梅怒道："好一个吴乾坤！你现在拿明义当吴家人了？他自幼没有爹娘，你们吴姓族人有人帮过他吗？他给吴家秧歌队当乐大夫，唱得好扭得好，正月十三多次替你们吴家夺了出海权，可是身为族长的你关照过他吗？"

"大小姐，别光说族长大老爷的不对，你也有不对的地方！谁让你……"吴明义用手指着赵玉梅，似乎疯癫地说，"谁让你长得这么美呢？你美得让我一见着你就起了邪念，动了歹心！赵吴二位族长明察，是我害了大小姐，今天我以死谢罪，请你们不要再难为她和那无辜的孩子啦！"赵玉梅和海猫同时张大了嘴，下意识地向后退了两步。

"玉梅，对不起，我走了！儿子，你一定要记住爹刚才跟你说的话啊！"吴明义说罢，挥刀自刎，像一座山一样倒了下去。

吴若云和槐花刚刚赶到就看见了这一幕。同一时间，赵香月突然流下了泪水。

赵玉梅扑到吴明义的尸体上，大哭："明义呀明义，在儿子面前你应该当个顶天立地的爷们儿，真没想到你到死还要向他们低头！你以为你这么说他们就会放过我们母子吗？你错了！他们是道貌岸然的衣冠禽兽！这几百年来吴赵两家的族长，联手逼死过多少痴情男女？他们凭什么高高在上吆五喝六？还不是因为有钱？有钱就让穷苦人给他们种地、打鱼！他们最怕女人当家，最怕女人不听使唤，所以就借海神娘娘的嘴，规定女人不许划船出海，不许抛头露面扭秧歌！"

听着赵玉梅的一番倾诉，吴若云觉得每一句话都说到了自己的心里去了。她眼前的赵玉梅是那么高大，那么的可亲可敬！

赵洪胜却觉得赵玉梅的话直扎心窝子，他不敢让她再说下去了，忙站出来阻止："大小姐疯了，香月，你还愣着干什么，快把她拉回去！"

赵玉梅一把抓起吴明义的钢刀，横在了自己的脖子上，吼道："你们谁也别过来！我告诉你赵洪胜，我没疯，我从来就没疯过！你是最大的伪君子！当年要不是你写了那封信骗我，我和吴明义怎么可能带着孩子回虎头湾呢！吴家的各位族人，吴明义从来没有强迫过我。当年我们私奔，也是我先提出来的！天下男人有的是，可在我眼里，没有人能比得上吴明义！当年的事我不后悔，再让我活一回我还要嫁给吴明义！"

吴若云傻了，她从来没有想到一个女人的爱竟然可以这样的强烈。赵香月也好像第一次认识赵玉梅似的，她觉得自己的主子真了不起。海猫此刻的心情更是难以平静，他为有这么伟大的娘而自豪，同时又为娘的处境捏一把汗！

赵玉梅扭头叮嘱海猫："儿子，你瞪大眼睛看着这些人，尤其是那些吆五喝六的有钱人，他们个个该死！你记住，是他们逼死了你的爹娘！我想他们也绝不会饶过你的，不过你别怕，爹娘在前面等着你呢！到了阴曹地府，咱们一家三口全都变成厉鬼，一个个地掐死他们！"

海猫撕心裂肺地尖叫："娘——"

赵玉梅在自己的咽喉处轻轻一抹，刀"当啷"一声落在地上，她慢慢地倒下，倒在了吴明义的怀里。

海猫瞪着充满血丝的眼睛冲上前去，用力晃着躺在血泊之中的爹娘，继而他拿起爹娘身边的刀，挥起来砍向吴乾坤，但立刻就有吴姓乡勇拦在他面前。他只好回身去砍赵洪胜，赵姓乡勇不由分说，一顿棍棒就将他打了回去，刀也落在了地上。海猫声嘶力竭地号叫着："爹——娘——"

以往吴家的长者从不在吴母的房间议事，因为今天的事情闹得大，所以大家围在吴母榻前，一个个出谋划策，生怕显不出自己的手段来。吴四爷抢先发言："对海猫而言，就应该将他千刀万剐，切成肉丁肉片，扔到海里活祭。吴明义和赵玉梅都死了，没有活祭，海神娘娘会怪罪的！"

吴乾坤说："我有个主意，先让这孽障替他爹娘活祭，然后把他爹娘碎尸万段，扔到海里再祭海神娘娘！"

吴母附和道："这个主意好！可惜呀，让那赵玉梅抹了脖子，要是把她活活地剐了再沉海，那就解了我的恨啦！"

这时，吴若云一步闯进来，冲着吴乾坤便嚷："爹，听说你们要处死海猫，还要千刀万剐再沉海，为什么要用那么残忍的手段？"

吴乾坤一愣："这么没有规矩，进门怎么不先问奶奶好？"

吴若云看吴母一眼，理也不理地继续嚷："爹，问你呢！为什么要处死海猫？"

"他是孽障，该死！"

吴若云悲怆道："你们已经逼死了他的爹娘，不能再杀他们的儿子啦！"

"该杀当杀！再说，吴明义和赵玉梅犯了老祖宗留下的规矩，自知性命难保，他们自刎而死，怎么是我们逼的？"吴乾坤怒道。

吴若云针锋相对："你少拿这些封建迷信当挡箭牌，你就是杀人凶手、刽子手！"

"臭丫头！有你这么跟爹说话的吗？你爹不舍得打你，我替他教训你！"吴母说着，抓起身边的铁拐杖就向吴若云砸去。

吴乾坤吓坏了，连忙推开吴若云，可是已来不及，铁拐杖打在了他的头上，血顿时便流了下来。

吴母连忙用手绢帮吴乾坤擦拭头上的血，说："看看你这点儿出息，你宁愿自己挨打，也不舍得你闺女！"

吴乾坤央求道："我就这么一个闺女，马上就要出阁了，您就饶了她吧……"

吴若云不领吴乾坤的情，双目圆睁，看看奶奶，又看看爹，毫不在乎。

这时，在赵家客厅，赵香月对族长大老爷却不敢不在乎。她跪在赵洪胜面前，苦苦哀求："族长大老爷，被吊在海神庙前的那人，是大小姐唯一的骨肉，就请您看在大小姐的面子上，留他一条活命吧！"

赵洪胜"啪"地一拍桌子，大喝道："混账！老爷们在议事，你是什么东西也敢插嘴？来人，给我乱棍打出，锁进柴房等候发落！"没等赵香月再说半句话，赵家乡勇便把她连拖带拉地架了出去。

海猫被倒吊在广场高台的旗杆上。因为头朝下，在他的眼里，整个世界是颠倒的。就连吴若云向自己走来，他都分辨不清。吴若云不了解其中原因，有些生气地说："你……你怎么不理我？"

海猫看着吴若云的脚："你站着说话头不晕，我为什么要理你？噢，我想起来了，我认识你，我现在才知道，你是吴家族长吴乾坤的闺女吧？回去告诉你爹，等我变成鬼以后，我第一个来找他，非掐死他不可！"吴若云突然流下了泪水，扭过身跑了。

赵香月哪儿也跑不成了，她一个人被关在柴房里，心里正想着赵洪胜会怎样发落自己。突然，门被推开，赵洪胜反剪双手走进来。赵香月再次跪倒在赵洪胜面前央求："老爷，求求您发发善心，可怜可怜那个叫海猫的吧，再怎么说他也是您的亲外甥啊！"

"是他害死了玉梅，他必须得死。"赵洪胜转念一想，又说，"你敢冒死替海猫求情，说明你不是个忘恩负义之人。玉梅脾气不好，平时也没少骂你，难得你对她这么重情重义。不错，要是赵家的下人都有你这份忠心，就好了。"

赵香月被说得不敢抬头："对不起，老爷，那天您让我送饭，我不小心摔倒了，那食盒的饭菜撒出来，被大黑狗吃了。"

赵洪胜故意轻描淡写地说："送饭？我什么时候让你送过饭啊？"

赵香月在赵洪胜的脸上看不到一丝表情，她立刻明白过来了，别看族长大老爷人模人样的，原来他是一条吃肉不吐骨头的狼！

赵洪胜假惺惺地说："大小姐死了，你以后怎么打算啊？"

赵香月忙说："求老爷开恩，放我回家。"

赵洪胜摇摇头："其实，你也可以永远留在赵家。你知道的，我那三位少爷都早就远走高飞了，现在我唯一的妹妹也走了，夫人你也知道，一直瘫着，今年更是病得厉害，嘴都张不开。我虽说是个老爷，可是这么大一个家里边，连个说话的人都没有，你要愿意留下……"

赵香月吓得哆哆嗦嗦："放我回家吧，求求族长大老爷！"

赵洪胜笑了笑，说："咱们是平辈，你要是愿意给族长大老爷当妾，我可以给你爹一条好船。我听说你还有个兄弟，我可以送他到外面去读书，你们家从此以后可就一步登天了。"

赵香月惶恐万分："族长大老爷，香月不敢！香月做梦也不敢痴心妄想，求求族长大老爷了，就放香月回家吧，香月来生做牛做马报答族长大老爷！"

赵洪胜虽然有些失望，仍平静地说："赵香月，你用不着这样，我赵洪胜是正人君子，你不愿意，我绝不会逼你。既然大小姐已经死了，我就还你个自由身，待会儿你去管家那取回你的卖身契，你可以回家了。"

赵香月"扑通"一声跪倒："谢谢族长大老爷！谢谢族长大老爷！"

"快走，走晚了我会反悔的！"赵洪胜生气地挥挥手。

赵香月忧心忡忡地走出赵家大院，按理说从管家那取回卖身契，她就是个自由人了，应该高兴才是。但是只要想起那天晚上大小姐和她儿子的对话，她心里便刀绞似的阵阵作痛。特别是想起海猫，他那么年轻就要断送了性命，多么可惜，多么可怜啊！赵香月恨自己是个丫鬟，人微言轻，否则，真想救海猫一命！

这样想着，赵香月信步来到广场高台的旗杆前，她围着倒吊在半空中的海猫，边看边转个不停。海猫见了赵香月，依稀想起那天晚上是她把娘带庙里的，心里便有了一丝感激。但在临死前，他又不想让人可怜，于是没话找话地说："是你呀？听说我要被沉海，别人都绕着走，你来干什么，难道你不怕死吗？"

赵香月因为心里装着死去的大小姐，便没好气地说："你才怕死呢！如果你早早死了，说不定大小姐和吴明义就不会死，你为什么不去死呢？"

海猫故意气赵香月："你想让我死，我还偏就不死了，我告诉你，我是猫，我有九条命，他们想怎么做？沉海是吧？淹不死我！一刀一刀割我的肉，那我也死不了，就算把我剁碎了，我的魂也在虎头湾！你就等着瞧吧，天一黑我会爬到你炕上去，我咬你的喉咙喝你的血！"

赵香月气得哭起来，说："你狗咬吕洞宾，不识好人心……"

赵大橹循声跑来，说："香月，你怎么哭了？是不是这个孽障招惹你了？你离他远点，不然会沾上晦气的。"

赵香月不愿听这样的话，转身就走。赵大橹跟在她身后，说："我听说族长大老爷让你回家了？我娘高兴坏了，已经请先生算日子了。"

不知为什么，这话赵香月更不愿听，她莫名其妙地对赵大橹吼道："八字还没一撇呢。你枕着扁担睡觉，想得倒宽！"

吴若云坐在闺房发呆，脑海里一会儿是她跟海猫气喘吁吁奔跑在高粱地，一会儿是海猫背着她东躲西藏，一会儿是海猫示意她给聚龙岛的海盗下蒙汗药，一会儿又是他们二人在海上一起摇橹逃跑……吴若云正浮想联翩，槐花端着个托盘进来，说："小姐，吃饭了。"

吴若云却牛头不对马嘴地吩咐道："槐花，你帮我弄条船，小点不怕，能出海就行。"

"小姐要船干什么？"槐花吃惊地问。

"我要去聚龙岛。"

槐花惊叫一声，低声道："小姐，你不要命啦？"

吴若云一把抓住槐花的手，说："槐花，我知道你有办法。那年我想出海散心，你和天旺不就给我找了一条船吗？"

槐花为难地说："可是偷船出海让老爷知道就是大错了，你还要去聚龙岛，海盗都是吃人的魔王，你可就回不来了。"

"就是死我也得去，这是唯一的机会，我不能眼睁睁地看着海猫就这样被他们残忍地害死。"吴若云坚定地说。

槐花嘀咕着："我就知道你是为了那个野小子。小姐，你好好想想吧，这事儿万一让林少爷知道了，可就不好说了。"

吴若云一愣，说："这事千万不许告诉林少爷，我这一去如果真的回不来了，你就说我是被海盗抓走的。"

槐花劝道："小姐，您是千金大小姐，那个海猫邋里邋遢、油嘴滑舌的，一看就不是个好东西，你这么做不值啊！"

"不，我认为值！我为他说了句好话，他就要陪我去死；他说知恩不报，是不懂道理。可他救了我的命，不止一次，今天我岂能见死不救？他是个要饭的不假，一个大字不识也不假，但却懂得舍身报恩的道理。我五岁起就有三个私塾先生教我读书，又上了烟台最好的女子学堂，难道我连他都不如吗？"

吴若云摆出一大堆理由，终于说服槐花找来一条船，可她摇着船没等靠近聚龙岛，就被海盗捉拿关押起来。在大殿之上，吴若云一身凛然正气，震慑了众海盗，也感动了大当家的黑鲨。她告诉他说："黑鲨，二十年前的正月十三我还没有出生，但是那天的事情我听人讲起过，现在吊在海神庙前的那个人叫海猫，他和你同病相怜，人们都说你仗义，难道你会袖手旁观、见死不救吗？"

随后，在关押吴若云的房间，黑鲨背着众海盗，偷偷给她松了绑，还亲自摇橹把她送出聚龙岛。

当一叶孤舟泛出海面时，黑鲨才告诉吴若云："人说海盗当三年，见个猪八戒赛貂蝉。我所以背着兄弟们送你出来，一是为了你做闺女的清白，二是也对海猫负责。要不然，那么多光棍一时性起，我黑鲨万一挡不住的话，那就真坏了牛郎织女、白娘子和许仙的好故事了。"吴若云的心乱了，脸红了，她意识到自己被黑鲨说中了。

其实，吴若云对海猫的那点心事，槐花嘴里不说，心里早就猜中了。自从把偷来的船给吴若云以后，槐花一直提心吊胆。她怕吴乾坤追问小姐的去向，吴乾坤还真问了。槐花慌里慌张地回答："小……小姐睡了。"

吴乾坤转身要走，突然瞟见槐花惶恐的眼神，便问："那你这是干什么？大小姐早就睡下了，你穿戴这么整齐，在等谁啊？"

槐花撒谎道："我……没等谁啊！"

吴乾坤不置可否地说："把大小姐叫起来，就说我找她有事儿。"

槐花被吓得要哭，突然跪倒在地："老爷饶命！"

吴乾坤一下子全明白了，他冲进吴若云房间，见屋里空无一人，便指着槐花逼问："说！大小姐什么时候走的，去了哪儿？"

"去聚龙岛找黑鲨了？"听槐花如实回答后，吴乾坤大叫一声，一屁股坐在太师椅上，嘴里喃喃，"若云啊若云，你的胆子也太大了，居然敢去求黑鲨来救这个孽障，你要是把命丢在了聚龙岛，可不能怪爹！"

吴乾坤把问题想严重了，他不了解他的闺女若云，更不了解他的对头黑鲨，岂不知这时候的吴若云和黑鲨已经消除误会，双双来到海神庙附近的海域了。

借助一块突兀在海面上的大礁石，黑鲨将小船停靠过去，扭头说："吴大小姐，咱就停靠这儿吧，再往前万一中了你爹的圈套就不划算喽！"

吴若云说："你把船靠这么远，我们怎么救人？"

"你急什么。"黑鲨说着从身后的背囊里拽出个望远镜来，"你瞧瞧，这可是个好东西，我花了大价钱从青岛的德国鬼子手里搞来的！给你看吧，看看你爹怎么把你的情哥哥沉在海里边活祭海神娘娘的！"

吴若云一把抢过望远镜，边放到眼前看着，边说："光看见人被吊在旗杆上，怎么也没个动静啊？"

"没有动静那就说明快了！"黑鲨拿过望远镜观望着，"二十年前的今天，我也被吊在那儿。那年我十一，亲眼看见我爹娘被沉了海……"

吴若云瞟了一眼黑鲨，见他的眼里有些湿润，心头不禁一动。

海神庙外，吴赵两家的鼓手挥起鼓槌，晃开膀子，奋力擂起架在各自高台后的大鼓来。鼓声阵阵，犹如沉闷的雷声，强烈地震撼着虎头湾男女老幼的心。但沉闷并不代表弱音，恰恰相反，弱音到低是高音！

鼓声把倒吊在旗杆上的海猫震醒了，他慢慢地睁开眼睛，隐约地看着颠倒模糊的世界，听着恍若沉闷的雷声。海猫看见一群戴着面具的人手持霸王鞭，像鬼魅一样怪模怪样，好一阵子狂舞乱扭。

舞着，扭着，从吴赵两家秧歌队列里分别走出一个扮演乐大夫的老者，吴家乐大夫举起霸王鞭，摇几摇，唱乐大夫调：

唱天唱地唱大海，
妖魔鬼怪是祸害。

赵家秧歌队的乐大夫同样举起霸王鞭，晃几晃，也唱乐大夫调：

海神娘娘快把海猫降呀，
扒皮抽筋砍脑袋！

吴赵两家的族长、老者以及诸多富甲和渔民百姓都汇集在广场，摩肩接踵，黑压压的一片。大家把海猫沉海看成了一场游戏，心都麻木了。

这时，一个装满了石块的铁篓子顺着海神庙外的木概子放下，吴赵两家选出来的四名大汉走上前来，用绳子把海猫和铁篓子捆在一起，退到一旁，严阵以待，只等吴乾坤和赵洪胜一声令下，便将海猫活活沉海。

因为这次斗秧歌斗了个平手，所以此后年内的一切发号施令，包括这次宣布把海猫沉海，吴乾坤和赵洪胜都要同时发号施令。当海猫沉海时辰已到，吴乾坤从椅子上起身，赵洪胜也从椅子上起身。两位族长跪请海神娘娘保佑虎头湾太平。海神庙前的所有人顿时跪倒了密密麻麻一片。

"跪得好！"海猫突然大喝一声，"你们都给老子磕个头吧！不过，想让海神娘娘保佑你们平安，那是痴心妄想！你们害死了我爹娘，你们全都是杀人凶手。等我到了海里边见着海神娘娘，一定把你们的罪孽好好跟她老人家讲清楚！神仙都讲理，一定会为我报仇雪恨。海神娘娘打个喷嚏，就能把虎头湾全吞到海里去！你们等着吧，海神娘娘很快就会显灵，你们大难临头啦——"

在海猫的诅咒声中，铁篓子被置放在一块大木板之上，木板的一端慢慢翘起，另一端直通海里。海猫意识到，他很快就要通过木板滑入大海了。

海猫使出浑身的劲儿，大声地喊道：

天灵灵，地灵灵，
海神娘娘快显灵！
谁敢把海猫沉了海，
虎头湾永远不安宁！

人群中的秧歌疯子就怕听见秧歌词，海猫这一唱，他立刻跟着唱道：

天灵灵，地灵灵，
海神娘娘快显灵！
谁敢把海猫沉了海，
虎头湾永远不安宁！

一直和秧歌疯子站在一起的海螺嫂吓坏了，赶忙捂住他的嘴。这时，吴乾坤的吼声已经传来："把秧歌疯子的嘴给我勒上！"

就在有人用绳子去勒秧歌疯子嘴的时候，被绑在铁篓子上的海猫缓缓地沉到海里。吴若云目睹这一切，两眼早被泪水蒙住，再也看不下去了。黑鲨跪在船头，双手抱拳说："小兄弟，但凡有点希望，我黑鲨一定会救你性命！可我实在没办法了，你一路走好吧！"

话音未落，吴若云和黑鲨同时发现，就在海猫被沉大海的刹那间，一个穿着鱼皮水衣的人，像幽灵似的游向海猫。这个幽灵就是赵香月，她昨天晚上好说歹说，硬是从赵大橹家里借来了鱼皮水衣。眼下潜水救人，正好派上了用场。

潜入水下的赵香月用一把尖刀割开了捆绑海猫和铁篓子之间的绳索，然后将海猫又系在了自己的背上，两个人背顶着背，游出好长一段距离。担心海猫憋不住气呛水，赵香月把脸埋在水里，用背把他顶着浮在海平面上，远远地看去，海猫以海为床，静静地睡着了。

第一个发现海猫浮出水面的是黑鲨，他放下擎在眼前的望远镜，扭头对吴若云说："哎？你的情哥哥好像没死！吴大小姐，你不会还请了别的帮手吧？"

吴若云一把夺过黑鲨手里的望远镜，从望远镜里她清晰地辨认出是海猫浮在水面上。吴若云兴奋不已，连连惊呼："海神娘娘显灵了！真的显灵了！"

黑鲨说："显没显灵我不知道，但救走小兄弟的肯定不是海神娘娘！"

"那能是谁呢？"

"你知道我为什么叫黑鲨吗？鲨鱼是海里边的霸王，我倒要去看看，还有什么人水性比我黑鲨还好！"黑鲨伸手夺过吴若云手里的望远镜，说，"这是好东西，不能送给你，我知道你会摇橹，对不起，自己回虎头湾吧！"黑鲨说着将望远镜装回背囊，纵身一跃，一头扎进大海。

这时候，海神庙外的人们也发现了浮在水面上的海猫，包括正准备肢解海猫尸首的刽子手。他们一个个吓得魂飞魄散，瞪着惊恐的眼睛，纷纷叫嚷："海神娘娘显灵了——海神娘娘显灵了——"

海猫浮在海面上，嘴里喷出一口水，渐渐地从昏迷中醒来。他仰望着苍穹，从云缝里透出的一缕残阳刺痛了他的眼，他这才发现自己没有死。起初他也认为是海神娘娘显灵搭救，后来觉得背上有一个人顶着自己的背，伸手一摸，原来是一个人。可这人是谁呢？海猫努力回忆被沉海后即将失去意识的一瞬间，这一瞬间刻骨铭心，他永远记住了一个穿着鱼皮水衣的女人游向自己。那女人的脸似曾相识，在水里却又很陌生。

波涛碧水之中，已经游到海猫身边的黑鲨，看到赵香月的脸更是感到陌生。但他却由衷地佩服这个陌生人的胆识和高超的潜水技术。黑鲨游上前去，伸手托着浮在水面的海猫，示意赵香月换口气，还朝她伸出了大拇指。

第 六 章

一个荒无人烟的小岛，虎头湾的人们都称之为竹岛。竹岛不长竹子，漫山遍野的黑松，一棵棵碗口粗，不管春夏秋冬，苍翠欲滴；阵阵风吹来，发出波涛般的响声，与海浪拍打海岸的声音混在一起，不分彼此。

黑鲨趴在地上点火，海猫和赵香月冻得哆里哆嗦，他们戒备地看着黑鲨，始终不敢靠近。火着了起来，释放出灼热的温度，黑鲨招呼说："行了，你们俩快过来烤火吧，我再去找点儿柴火。"

海猫和赵香月目送黑鲨走远，一齐跑向火堆。毕竟大冬天的，他们真是冻坏了。海猫边烤火边说："在海里没淹死，上了岸差点儿被冻……冻死！"

赵香月冻得嘴唇紫了，直发抖，但她烤着火，一句话也不说。

海猫身上一暖和，嘴便闲不住，他一脸感激地对赵香月说："我还以为真是海神娘娘呢，原来是妹子救了我……"

赵香月脸一板："谁是你妹子？"

海猫有些尴尬："你看着比我小啊？"

赵香月白了一眼海猫，身子一扭，不理他。海猫一双眼追着赵香月扭动的身子，有点真诚，又有点讨好地说："妹子，之前咱们也见过，我咋就没觉得你长得这么好看呢？真的，特别好看！我要是能继续活下去的话，我娶你！"

赵香月忍不住瞪了他一眼："你说什么？"

海猫嬉皮笑脸地说："我是说我一定要娶个像你一样漂亮的姑娘！"

赵香月抬起手来一巴掌抽在海猫的脸上："对姑娘说话这么轻浮，在海阳任何一个地方，都会有人打死你！我告诉你，我是替你娘教训你！"

海猫捂着被打的脸颊："你……我想起来了，我知道你是我娘的丫鬟。"

"不光是你娘的丫鬟，我也姓赵，按辈分，我是你小姨！"赵香月白了他一眼。

海猫开心地笑着："嘿嘿，小姨，这个好！我从小就没有亲戚，爹娘死了，现在又来了个小姨，嘿嘿，好，这个好……"

"虎头湾的后人都不缺亲戚。从你娘那论，半个镇的赵姓族人都是你亲戚；从你爹那论，半个镇的吴姓族人也都是你亲戚。"

海猫双脚直跳，嘴里嚷着："什么？我才不要那些亲戚呢！虎头湾，除了你以外全都是大恶人，他们一起逼死了我爹我娘，还要把我扔到海里面活活淹死，再把尸体千刀万剐！那些人全该死！只要我海猫活着，能杀一个我就杀一个，等我死了，变成鬼我也要挨个把他们全都掐死！"

"你……早知道你是这样的人我就不救你了！"赵香月非常生气。

海猫大惑不解："难道我说错了吗？今天那些恶人把我沉海的时候，全镇子的男女老少不是都在吗？他们咋看的，咋说的？"

"我奶奶和我爹也在……看到你娘自杀了，我奶奶哭了半宿，还给海神娘娘磕了九九八十一个头，让她保佑大小姐升天成仙。我爹虽然姓赵，但跟吴明义——也就是你爹，一起被抓到县里做过苦力，知道你爹走了，也掉了眼泪。如果你真的变成了鬼，也会掐死他们吗？"

"那我明白了，冤有头债有主，这才是道理，我知道先对付谁了！"

赵香月忙纠正："谁你也不能对付，我之所以救你，是你娘托付给我的……你娘说，让我救你，然后让你离开虎头湾一辈子不要再回来。听你娘的话，赶紧走吧，趁黑鲨还没回来，他可是杀人的魔王，待会儿你可就跑不了了！"

这时，身后突然传来黑鲨的声音："跑？往哪儿跑啊？"

赵香月和海猫吓了一跳，忙回头看去。只见黑鲨抱着柴火走来，边往篝火上添柴，边说："这是个孤岛，四面都是海。你海猫是旱猫，想出去，除非淹死！"

海猫和黑鲨打过交道，知道他跟吴乾坤那些大财主不一样，所以脸不变色心不慌，正眼直视着黑鲨。赵香月就不同了，以前听人传说黑鲨杀人不眨眼，刚才见他帮自己救人，特别是上岸后的一言一行，又不像坏人。所以她不说话，眼睛也不敢看着黑鲨。

黑鲨瞅一眼赵香月，说："你这么盯着我看，是不是认识我？你是虎头湾的？真是好水性，好胆量，女中豪杰，黑鲨佩服！"赵香月看看海猫，又瞅瞅黑鲨，不知该怎么应对。

黑鲨探过头来，说："我的兄弟们待会儿会到这个岛上接我，你怎么打算？要是回虎头湾，等我兄弟来了，我可以让他们用船送你。"

赵香月开口说道："不必了，我自己能回得去。"

"你是怕我的兄弟们来了你就走不了了吧？海盗见了漂亮姑娘，是得出事！那你就快走吧，待会儿来的人多，我怕我管不住他们！"黑鲨笑了。

赵香月指着海猫，问："那……他？"

"想活命，他只能跟我上聚龙岛！"黑鲨冷冷地说。

赵香月担心地看着海猫，迟迟挪不开脚。海猫却如释重负地示意她快走，他眨着双眼："小姨，谢谢你救了我，我现在没事了，你放心吧，我跟黑鲨大哥有交情，聚龙岛我不是头一回上了，是吧，黑鲨大哥？"

黑鲨指着离去的赵香月，问海猫："你说谢谢她救了你？"

"我说得不对吗？"海猫说着，突然拍着自己的脑瓜儿大叫，"该死，该死！我还应该谢谢您呢，是您救我一命！我给您磕头……"

黑鲨伸出一条腿，阻止海猫："你不用感谢我，救你性命的人，除了刚才离开的那位姑娘，还有一位姑娘你要感谢她！"

海猫一愣，连声问道："还有一位姑娘？她是谁呀？叫什么？"

黑鲨说："你小子交了桃花运了。这人就是两个月前我在高粱地劫的那个，至于是谁，叫什么，你心里比我清楚！"

海猫一听这话，兴奋得双脚直蹦，嘴里叫着："是她呀！她是大财主吴乾坤的独生闺女，叫吴若云！哎？您说她救了我，那她人呢？"

黑鲨如实告诉了海猫吴若云独自进岛，求他相救的经过，末了开玩笑说："富家的闺女视金钱如粪土，为了求我救你，她还拿了两根金条呢！可惜金条掉海里了，我没捞着，所以呀，我也没出手救你！"

海猫改不了讨饭养成的讨好习惯，忙恭维黑鲨说："您说笑了，您是大英雄，大豪杰，哪有见钱眼开的呀！你不想救我，你咋……"

黑鲨不愿听海猫的恭维，打断他的话："我听说虎头湾扭秧歌杀人祭海，我想会有热闹，就来看看，二十年前我跟你一样，也在那根旗杆上吊过。"

海猫恍然大悟："噢，我明白了，我听我娘说过，二十年前的正月十三……"

说话之间，荣六带一伙海盗登上荒岛。他发现黑鲨正和海猫烤火取暖，便走上前来问道："大哥，是您把这个人救出来了？"

黑鲨摇头说："不是，不是我救的，是海神娘娘！"

荣七大步蹿到海猫跟前，说："大哥，让我给瘦猴兄弟报仇吧！"

海猫见黑鲨不说话，急中生智："我大哥不发话，我看你们谁敢动我？"

黑鲨喜欢海猫的能言善辩，他乐滋滋地看他如何应付这个局面。海猫凭着三寸不烂之舌，侃侃而谈："大伙都听仔细了，二十年前的正月十三，黑鲨大哥的亲爹亲娘就是在虎头湾被沉的海！二十年后的正月十三，我海猫刚找到的爹娘，也被虎头湾那些凶神恶煞逼死了！黑鲨大哥当年吊过的那根旗杆上，今天吊的就是我呀！哎？大哥，当年您是怎么死里逃生的？"

黑鲨自嘲地说："就算是海神娘娘显灵吧。那天狂风大作，把旗杆根吹倒了！我在海里自己解开了绳子，游了一天一夜才游到了聚龙岛！"

海猫大喊："哎呀，大哥，我跟您一样啊！要不是海神娘娘显灵，哪儿还有我的小命啊？大哥，我看这样吧，今天咱哥俩就结拜吧！"

黑鲨一愣："结拜？"

"是啊，不拜天不拜地，就拜海神娘娘。咱俩同病相怜，同心相求，就该结为兄弟，这可是人生的大道理呀！"

黑鲨笑了笑，转向荣七："听见没有？就别拿枪对着我的把兄弟了！"

由此，海猫和黑鲨面朝着虎头湾海神庙的方位，三叩九拜，结拜为兄弟。军师荣六嘴上不说，心里明白，这不过是海猫的求生之策。

吴乾坤跪在吴母榻前，轻声嘀咕："娘，儿子有个事得跟您禀告，若云这孩子太不像话了。昨天，她竟然背着我一个人偷了条船去了聚龙岛……"

正在为吴母捶腿的春草儿吓了一跳："啊？有这事儿！"

吴乾坤用手指着春草儿，示意她闭嘴，接着便潸然泪下："娘，我四十二岁才有了这么一个闺女，她是我的心头肉啊！不管她现在是活是死，我都得去一趟聚龙岛。只要她还活着，也不管被海盗糟蹋成什么样，我得把她救回来不是？她要是死了，我这个当爹的，得给她收尸！我知道，娘要是醒着，一定不会答应让我去，幸好您现在睡了，儿告个假，请您恩准。"

趁吴乾坤磕头，春草儿附在他耳边劝道："老爷，你这一去……"

吴乾坤眼一瞪，吓得春草儿连忙收声。吴乾坤忽然有点凄凉地说："春草儿，我这一去，如有不测，你告诉娘，请她老人家原谅！"

春草儿含泪送走吴乾坤，身后一声咳嗽声吓得她浑身颤抖。这时吴母翻身坐起来，说："嗓子眼儿里刺挠得厉害，憋死我了！"

春草儿忙把茶碗送到吴母嘴边，说："娘，您快去拦住老爷吧，他要……"

吴母打断春草儿的话："他要干什么我听见了，不用你多嘴！"

春草儿埋怨道："娘！我不多嘴，那您为什么不拦住老爷啊？"

"拦？大清朝的时候，我儿子在登州府当差，带兵打仗都当上官了，老太爷驾鹤西去，我怕这份家业落在别人手里，活生生把我儿子拦在家里。一拦就是这么多年，我儿子本来是条蛟龙！可虎头湾这滩浅水都把他给困老了，现如今六十了，就那么一个闺女，多可怜！你要是争气早点儿给我生个孙子，我儿子能为那个丫头片子去跟海盗拼命吗？"

春草儿委屈地说："娘，生不生的也不是我一个人的事儿，您不能拿我撒气啊！"

"你敢顶嘴？"吴母说着抄起她的铁拐杖，"咚咚"地捣着地面，"去，到祖宗牌位前去给我磕一百零八个响头，保佑乾坤平安回来！"

在春草儿给祖宗磕头之际，吴乾坤已组织起吴姓乡勇。他从腰间拽出枪说："船都备好了，消灭聚龙岛上的海盗，往小了说是救我闺女，往大了说是为了虎头湾，我吴姓子弟，凡奋勇杀敌者，赏！临阵退缩者，杀！"

话音未落，身后传来吴若云的话音："爹，您又赏又杀的，这是为啥呀？"

"是你？若云，你不是去……"吴乾坤回头打量着闺女，把后半句话吞进肚里，挥挥手驱散了乡勇，然后，急忙拉吴若云来到她的闺房，好奇问，"你不是去聚龙岛了吗？老实告诉我，你是怎么回来的？"

吴若云回答道："爹，槐花没告诉你吗？我和黑鲨有交情，是他把我送回来的。"

吴乾坤不信，忍不住又问："你真的和黑鲨有交情？"

吴若云点点头："对呀，上次他绑了我，还绑了海猫，我们不是都安然无恙地回来了吗？黑鲨不像你们想的那么恶，如果有可能，我想我会和他成为朋友的！"

吴乾坤大怒："岂有此理！吴若云，我看你越来越不像话了！"

吴若云息事宁人地说："好了，爹，我回来了，您就别带着吴姓子弟去冒险了，我已经上了两次聚龙岛了，那地方凶险得很，去了你们根本占不了海盗的便宜！弄不好，一个也回不来……爹，我累了，先回去歇了。"

吴若云说完，转身就走。

吴乾坤气得直哆嗦，对外面大声喊道："管家，马上给我派人，把这房前房后都给我布上岗，没我的命令，不许吴若云离家半步！"

吴若云对她爹的这种做法根本不放在眼里，进屋拉起槐花的手，说："槐花，对不住啊，让你担惊受怕了。哎，吴天旺的腿咋样了？我们去看看他吧？"

槐花说："算了吧，老爷让人把院子围起来了，您呀，哪儿也去不了了！"

吴若云不解："我爹兴师动众的，他为什么要这样？"

槐花有点生气："您说为什么？林少爷马上就要来了，可您为了那个野小子……我看老爷不让您出屋，是为您好！"

"哟呵，你还教训上我了？"吴若云揶揄道。

"您就是不对嘛！我真看不出来那只猫有什么好，您会为了他去求海盗？您是中了邪了，还是让他给您下了药了？"

吴若云故意板着脸："胡说八道！哎？槐花，你不会说我喜欢上海猫了吧？"

槐花忍不住笑道："我要说您喜欢呢？"

吴若云仍然故意说道："那我就掌你的嘴！"

槐花一点都不怕吴若云的巴掌，说："掌不掌嘴都那回事。您要是不喜欢他，您会这样吗？我告诉您，您收收心吧。要我看，林少爷比那只猫强一万倍！"

槐花说完，赌气走了。吴若云看着她的背影，"扑哧"笑了。

不知为什么开始喜欢上海猫的吴若云，打死她都不会想到，这时不知为什么也喜欢上海猫的赵香月正被赵大橹责问："香月，我们从小就一起扎猛子，在水里憋气谁也比不上你，你又借去了我的鱼皮水衣，是不是去救那孽障了？"

赵香月白天了他一眼："他不是孽障，他是大小姐的儿子！"

赵大橹针锋相对："大小姐姓赵，她偷了姓吴的汉子，生出来的孩子就是孽障！难道你看上了那个臭小子了？要不你为什么冒着死救他？"

赵香月早就想好了应对赵大橹的话，理直气壮地说："我是受大小姐之托！大小姐死得可怜，海猫是她留在这世上唯一的后人。再说，按辈分，我是他小姨，难道我不应该去救他吗？"

赵大橹将信将疑："你真的不是看上他了？"

"赵大橹，你心眼儿怎么这么小？我们家还没应你们家的亲事呢，你就这样？

你要不信我，就让你娘找媒人去别的姑娘家说亲吧！"赵香月说着，把鱼皮水衣往赵大橹怀里一塞，委屈地哭着跑了。

自从海猫上了聚龙岛，荣六和荣七处处排挤他。海猫装着不知，只管跟其他小喽啰寻开心。这天，海猫给一个外号叫痦子的海盗看相，说他脸上的痦子长得好，是大福大贵之人。海盗痦子问道："怎么个好法？"

海猫指着他脑门上的痦子说："这个叫天中平起，内有黑痣，是大吉之相。这颗痦子是主父母的，您的二老双亲阳寿少说也得有八十！"

那外号叫痦子的人说："去你的吧，我九岁那年爹娘就死了！"

在哄笑声中，荣六和荣七跟着黑鲨走过来，他们边走边议论，说最近拉稀跑肚的兄弟特别多，有的还打摆子，炕都下不了，不知得了什么病。

海猫一直竖起耳朵听他们的议论，听着听着，突然皱眉喊道："瘟疫！先拉肚子，后打摆子，下不了炕，走不了路，一人传十人，十人传百人，一死一大片，死起来没个完，这叫瘟疫！"

黑鲨神情严肃地对海猫说："兄弟，知道的你就说，不知道的别瞎说。"

海猫脸一板，认真地说："我是大哥的结拜兄弟，我要是胡说八道那丢的是大哥的人，这个道理我能不懂吗？我十二岁那年，跟着瞎婆婆经河南下湖北，路过一个叫南阳的地方。嘿，那地方也在闹瘟疫，无巧不成书，游方的名医又在南阳义诊，其实，我奶奶瞎婆婆也会医术，他们俩一起交流，推敲药方，煎药治病，为的就是救民于水火啊！"

"行了，兄弟，别吹了。你奶奶不就是个要饭的吗？让你吹成圣人了！"黑鲨担心海猫把牛皮吹破。

"大哥，真不是吹，我还没说到要紧的地方呢。最要紧的是，那名医收我为徒，治瘟疫的方子我可学会了。"

"你说什么？你会开方子治病？"荣六怀疑地问。

"那是！"海猫自豪地回答。

黑鲨将信将疑："海猫，军中无戏言，你懂这话的意思吧？如果你懂，那你就去看看几个拉肚子的兄弟，给出个方子，我派人去县城抓药！"

"我可以去看看病人。可是……"海猫为难地说，"开方子，兄弟不会。因为我不会写字，该怎么治病却都在我心里，当年得那名医真传，我也是用心记的！"

荣六看着黑鲨，说："大哥，你还别说，这个听起来八成是真的。要说他识文断字，我含糊；要说这小子脑子好，拿心记住了方子，我信！"

海猫点点头："军师果然明察秋毫，大哥，您想个法子把我送到药店吧。有的药能叫出名来，有的药我得见着才认识。只要到了药店，我啪啪啪一点，回来咱架一口大锅，把抓回来的药都扔在里面一熬，全岛兄弟早上中午各喝一碗，晚上不吃饭空上一宿，连续三天，拉稀跑肚这事儿从此以后就找不着了！"

于是，黑鲨命令荣七、胖子、瘩子带海猫进城。一入城，荣七便迫不及待地见百花楼的小娘儿们去了，独留海猫、胖子、瘩子去药店抓药。到了药店门口，海猫想个法子支开了胖子和瘩子，径直进药店，抓好药，又请郎中代写书信一封，转身便走。海猫来到鱼鲜馆，请门外的三个小叫花子美美地撮了一顿鲅鱼馅的饺子，然后把从药店抓来的药和那封信包在一起，请他们捎给荣七。

之后，海猫离开鱼鲜馆，左拐右拐，过大街穿小巷，挨到天黑发现了县保安队长吴江海。他屁股上挂把手枪，喝得五迷三道，醉醺醺的。海猫趁他不备，一步蹿过去就把手枪抢到手里。吴江海见自己的手枪被人抢去，便大喊一声："那手枪连颗子弹都没装，你要它干什么？"

海猫一听，下意识地低头看枪，却被赶过来的吴江海抬腿踢了个腔蹭，那枪也便呼的一声，飞到了墙旮旯。吴江海一把揪住海猫的脖领子，抓起枪便顶在他的脑袋上："你老老实实告诉老子，你抢我的枪想干什么？"

"大老爷饶命，我想花钱买您一把枪，闲着没事打着玩儿。"海猫忙从兜里掏出买药剩下的两块现大洋。

"把现大洋放爷兜里。"吴江海见海猫乖乖地照自己的话做了，便在他屁股上踢一脚，喊道："滚！"

荣七带胖子和瘩子赶回聚龙岛大殿，把三个小叫花子送上的一大堆药和那封信，一起放到了黑鲨面前，还编出一套瞎话来，说是海猫耍了手段，又给下了蒙汗药，他们才落到这般地步。

荣六大骂："你们这群废物，既然如此，还把这些药拿回来干什么？这药里准是下了毒了，如果让兄弟们都喝了，岂不是不战而屈人之兵了？"

黑鲨蹙眉想想，拿起一包药打开，放在鼻下闻闻，举到眼前看看，随手抓起一样草药就要往嘴里搁。

荣七忙说："大哥，你可别啊，有毒！"

黑鲨将草药递到荣七嘴边："怕我中毒？七儿，那你替大哥试试？"

荣七立刻厍了："哎，我……我……我……"

荣六上前说："大哥，要不我来试试？"

"不用了，没事，我看就是药。"黑鲨将手里的草药放在嘴里嚼了起来，"甜滋滋的，还有点儿苦味，良药苦口，来，把所有的药都给我放到锅里熬！"黑鲨说罢，拿起海猫捎来的信，说："六儿，给大哥念信！"

荣六接过信，展开来就读："黑鲨吾兄，我的亲爹亲娘被害，身为人子，大仇不报，苟且偷生，那就是不懂做人的道理！药是好药，郎中说可药到病除，希望岛上的兄弟们不再拉稀跑肚。义弟海猫拜别。"

话说海猫急匆匆赶回虎头湾。大年正月，昼短夜长，当夕阳沉到海神庙西海岸的时候，海猫怀揣斧子和剔骨尖刀潜到了广场一侧的吴家高台之下。他举目四望，发现秧歌疯子正坐在一块大石头上。海猫便趁机凑到秧歌疯子耳边打听吴乾坤的住处。之后，按照疯子的指示，海猫顺着吴家大院的院墙根，"刺溜"一声，便蹿到吴若云房后。他扒着窗棂子，将剔骨尖刀插进缝隙，轻轻撬开窗户，一翻身，跳进屋内。

借着月光，海猫向床的方向摸去。床上有一人面朝内侧而卧。海猫将刀别在腰间，摸出了斧子。这时床上那人一转身，由侧卧变成了仰卧，海猫立马纵身一跃跳上床去，骑在那人身上，将斧子高高举起。

"啊——"睡在床上的正是吴若云，她尖声大叫。海猫的斧子停在半空，这才发现自己骑着的是吴若云。吴若云的身体下意识地向前倾着。两个人的脸近在咫尺。半晌，海猫从床上跳了下去，拔腿就跑。然而，他一个不小心，撞倒了花架上的花盆。花瓶掉在了地上，被摔得粉碎。响声传到房门外，海猫被吓得瞠目结舌，吴若云也顿时懵了。

门外站岗的两名乡勇听到屋内的响声，不敢贸然问其原因，便立刻报告了吴乾坤。吴乾坤随乡勇走来敲门："若云，出什么事儿了？"

海猫怕吴若云出卖自己，便举起斧子做出要砍人的动作。可吴若云根本没搭理他，冲门外喊道："爹，没什么事，是一只野猫碰碎了花瓶！"

海猫知道是说自己，他也是猫。他举着斧子，一会向吴若云比画着，示意她别耍花招，一会又靠近门边，打算随时砍杀可能进门的吴乾坤。

这时门外又传进吴乾坤的声音："不对，我刚才先听到了你的叫声！"

吴若云在屋内答道："就是啊，爹，这只猫在我屋里抓耗子，四处乱蹿把我吓醒了。我一喊，它就跑，碰了花瓶。"

海猫仍在判断着，他不确定自己会不会被吴若云出卖，只能竖起耳朵，静静地等着门外吴乾坤的反应。

吴若云担心这么相持下去会露馅，便冲门外说："爹，外面冷。您等等，我把衣服穿上给您开门，您进屋暖和暖和吧！"

吴若云这么说，海猫可吓坏了，他又举起斧子示意吴若云。吴若云急了，梗起脖子向海猫示意，让海猫现在就砍了她。

海猫哭笑不得，他不敢砍死吴若云，也不想砍。这时，吴乾坤的声音再一次传进来："若云，你没事，爹就放心了。门你不用开了，外边确实冷。这样吧，你把衣服穿好，到门口来，咱们爷俩说说话！"

"哎，这就来！"吴若云答应着，刚想起身下床，这才意识到自己只穿了一个红兜兜，雪白的肩膀露在外面。吴若云险些气哭了，连忙拉被子盖住赤裸的身子，示意海猫转过头去。海猫虽然转过头去，但手里仍然举着明晃晃的斧子。

在门外等了很长时间的吴乾坤，终于等到穿好衣服的吴若云。吴若云隔着门试探着："爹，您还是进来吧。"

这一句话吓得满头是汗的海猫又一次举起了斧子。他用一双充满血丝的眼睛警告吴若云：你胆敢开门，就非砍了你不可。吴若云用轻蔑的眼神挑逗海猫：我爹就在门外，你敢砍我？借你个胆子吧！

吴乾坤听吴若云让他进屋，觉得闺女大了，这深更半夜的不成体统，便回绝："不了，若云，我今天来只是想问问你，你是不是恨爹？"

吴若云不解："爹，您怎么说这样的话？"

吴乾坤叹道："你是我亲闺女，却一心要与我作对。爹要将那个孽障沉海，你却去求爹的死对头海盗黑鲨，让他来救那孽障，这难道不是因为你恨爹？"

海猫这才明白吴若云是真心想救自己，心头一热，脸上写满愧疚。

吴若云也很愧疚，是因为爹难过。她说："爹，对不起……我不是一心要与爹作对，我只是觉得，那海猫不该死……就算吴明义与赵玉梅生了孩子是犯了祖宗的规矩，可孩子能选择父母吗？是封建思想把一个无辜的孩子说成了孽障。您作为一族之长，要杀死那个孩子，就是封建的刽子手，就是残害无辜！"

听吴若云这么一说，海猫觉得自己特委屈，特想哭。门外的吴乾坤也觉得自己特委屈，他也想哭，但在女儿面他不仅是爹，而且还是一族之长。慈不带兵，兵和带兵的人都要铁石心肠，这是祖宗教给他的。他的吴姓子弟虽说不是兵，在这兵荒马乱的年月却要把他们带成兵。

想到这里，吴乾坤坦然道："说什么都无所谓了，谁让你小时候爹没好好疼你呢！女儿长大了，早晚要出嫁，嫁出去了就是别人家的人了，跟爹就没关系了，可是爹只想告诉你，你恨爹可以，不许恨你奶奶，更不许恨吴家！"

吴若云一愣："老太婆逼死了我娘，我就恨她！我娘错在哪儿了？不就是因为爱听戏，爱在家里学两句吗？老太婆就说坏了吴家的规矩。什么狗屁规矩，我就恨吴家，恨一辈子！"

吴乾坤大怒："你放肆！家无家规，能在虎头湾统治吴姓一族几百年？要不是你奶奶，几十年前咱们家就被姓赵的给算计了！你爹我也得送命，我要是早早地就死了，会有你吗？"吴乾坤突然又软下来，平心静气地说："爹来不是教训你的，也不是听你这些没规矩的话的！林大少爷很快就要来了，你们订了婚你就要嫁到南洋去……爹今年六十了，以后不知道还能不能见到你……"吴若云真想打开房门，扑到爹的怀里，可是身后有海猫，她又不能这样。吴乾坤继续说道："你我父女一场，爹先给你道个歉。你娘的死，爹有错，爹当时要是在家，断不会让你娘寻了短见。人死不能复生，你要恨，就把这笔账记在爹身上。过两年，就是你奶奶的八十大寿，到时候我会给你写信，请你看在我生了你的分上，在南洋也给爹回封信，给你奶奶拜个寿！要是能给老人家捎一份寿礼回来，爹更是千恩万谢了！咱们老吴家规矩多，有些不一定对，可是以孝治家，是错不了的！对吧，若云？"

听着吴乾坤语重心长的话，吴若云有些动容，鼻子一酸，竟落下泪来。吴乾坤似乎说累了，也不愿再说了。这精干的老头一下子显得老了许多。他冲屋里的吴若云说："你睡吧，闺女，爹的话说完了，走了。"

吴若云靠在门上擦去眼泪，这才发现海猫还在原地举着斧子。吴若云没地儿撒气，瞪大眼睛冲向海猫，用手指着他的鼻子，低声叫着："你这个恩将仇报的畜生，你还想对我行凶？你下手啊，来，砍死我！"

海猫手里的斧子掉在地上，吓得连连后退。

第 七 章

吓得连连后退的海猫，"扑通"一声跪倒在吴若云的眼前："小先生……你为救我身入虎穴，舍生忘死，这份恩德我要是不报，那就是一个不讲理的人。不讲理的人也不能算个人，连畜生都不是，你说我说这话对不对呀，小先生？"

一听这称呼，吴若云顿时消了气，压低声音说："起来，小点儿声，外面可有人扛着枪守着，你要是想死就大声嚷嚷！"海猫忙闭上嘴，乖乖地从地上爬起来。

吴若云说："虎头湾都传开了，说是海神娘娘救了你！我不信有什么海神娘娘，你说，你在这里是不是有同伙？你的同伙水性还不错，连黑鲨都很佩服！"

海猫的眼睛不断眨着，他知道这次下水救他的是赵香月，但是，他不知道这两个人之间的关系，不知道就不能乱说。再者，瞎眼婆婆生前说的书里的那些故事告诉他，女人天生爱吃醋，醋坛子要是打碎了对谁都不好。想到这里，海猫嘴上落把锁，只摇头，不说话。

吴若云想得简单，说话也直接："海猫你给我揣着明白装糊涂。告诉你，我刚才要是喊一声，你就死定了。说吧，还不跟我说实话？"

海猫说："真的没有同伙！我也不知道怎么回事，我稀里糊涂地就被人扔上了岸，救我的到底是人还是海神娘娘，我也没看见，她一直没从海底出来。"

吴若云如坠五里雾中，将信将疑，不禁喃喃自语："难道海里边真有神仙？"

海猫忙说："有，有，有，神仙还跟我说了要报仇。"

"所以你就要砍死我？"吴若云追问道。

海猫慌忙说："我不是……我……真的是误会了，小先生，我哪儿知道这是你住的地方啊？我看有人端着枪站岗，我还以为是那老东西呢！"

吴若云脸一板："那是我爹……"

海猫低声吼道："我知道，可他逼死了我爹我娘。大仇不报，我就是不孝！"

吴若云轻蔑地看了海猫一眼："就你这个样子，还想报仇？你别看我爹上了岁数，他可是行伍出身，平时腰里都别着枪呢！"

海猫脖子一拧："那我也不怕，我这条命是爹娘给的，为爹娘报仇我就不能顾这条命！这点儿道理我要都不懂，我还是人吗？"

吴若云心一软，有些心疼海猫："要想伸张正义，光靠自己是不行的。"

"吃根灯草，说话轻巧，不靠自己还能靠谁？"

"靠政府啊！"吴若云轻声说道。海猫不懂，吴若云接着说："我带你去县城告状，让县长为你做主！"

海猫更加疑惑："县长大老爷？他又不认识我，我又没现大洋，他能替我做主？"

此时，吴若云忽然产生一种神圣的责任感，她耐心地教导海猫："现在又不是慈禧太后老佛爷那个腐朽的年代。新时代新政府，一定会为你作主的！知道我们国家叫什么吗？叫中华民国。民国就是人民的国家，县长就是为人民作主的！"

海猫神情认真地问道："那我就是人民？"

"当然，这片土地上的所有人都是这个国家的人民！"海猫聚精会神地听着，痴痴地望着吴若云。吴若云有点不好意思："你这么看着我干吗？"

"我行走江湖这么多年，带我长大的瞎婆婆给人算命靠的都是嘴皮子，我都没少学，我最爱听的就是评书话本，最得意的就是自己这副伶牙俐齿三寸不烂之舌！可我说的没你好，你的话我爱听，那咱就这么定了，告状！"

真是话多夜短，吴若云和海猫说着说着，不觉天就亮了。他们二人使出浑身解数，逃出吴家大院，直奔县政府。

当看到门口站岗的保安队时，海猫的腿肚子便禁不住哆嗦起来，他回身问吴若云："小先生，我这就这么进去吗？万一见不着县长大老爷怎么办？你说我能直接去县衙擂鼓鸣冤吗？那县长大老爷手下的三班衙役好对付吗？我没钱打点，还不得被一顿杀威棒打出来？"

"你真是评书话本听多了，一张嘴就跟说书先生似的。现在哪有三班衙役？谁敢拿杀威棒打你？再说了，你根本不用去擂鼓鸣冤，我既然敢带你来，自然有办法让你见到县长！"吴若云说着便拉着海猫，腰不弯，头不低，目不斜视地走进了县保安队的大院。说来也巧，一进门便迎头碰上了吴江海。吴若云兴奋坏了，嘴里喊声"叔叔"，便张开双臂扑过去。

海阳保安队长吴江海是自己的亲叔叔，吴若云事先没有告诉海猫并不是为了给他一个惊喜，而是想以自己的能力，依靠自己心中的那些"民主"，帮海猫打赢这场官司。于是，她把吴江海拉到一边，一五一十地说出了他们来这里的目的。

突然海猫觉得吴江海有点儿眼熟，但又想不起在哪儿见过。当他看到他屁股上的那把手枪时，脑袋"嗡"地一响，撒腿就跑。门口站岗的保安队立刻拦住了他的去路。一个叫泥鳅的小头目冲上去，一脚将海猫踹倒，接着便拎着他来到吴江海面前。

吴若云吃惊地说："哎，海猫，你这是怎么了？"

吴江海看了一眼吴若云，扭头又问海猫："你就是海猫？你跑什么跑？"

海猫双腿哆嗦，嘴唇也哆嗦："我……您不认识我？"

吴江海回答干脆："不认识！"

海猫这才明白，吴江海早把他忘了。于是，他壮着胆子指着吴江海问吴若云："小先生，他是你叔叔？你叔叔不是你爹的兄弟吗？"

"叔叔是叔叔，爹是爹，理在谁那边我就站哪边，现在是民主社会了，我既然要帮你打赢这场官司，就得讲民主，主持公道！"吴若云回答道。

吴江海对海猫说："你都听到了吧？我大侄女不愧是烟台洋学堂的学生，说出话来句句民主，声声公道。你小子放心，老子也讲民主，也主持公道！"

这时，有个文书模样的保安队员向吴江海报告，说是县长大老爷有请。吴江海交代泥鳅先让吴若云和海猫歇着，抬腿就走。

吴江海来到县长办公室，县长正听电话："是，能遇到您这样的伯乐，我这个小马驹子三生有幸啊！对呀，我全明白，怎么能让您替我破费啊！我在海阳当了这些年的县长，国家给我的俸禄还是积攒了一些的，哈哈！好，好，那我等您消息！"县长毫不避讳，吴江海也就连带听着。

县长挂断电话，转身对吴江海说："兄弟，大哥我有好事啦！"

吴江海奉承道："恭喜大哥！您是不是要升迁了？以您的人品才干，早就该离开海阳到烟台高就了，不提拔您那是上面的人没长眼睛！"

"话是这么说，可事不能这么做，上面的人也不能喝西北风给你办事，我得撒点食儿喂喂才行啊！"县长瞟了吴江海一眼。

吴江海点点头："兄弟明白，不就是钱嘛！"

县长意味深长地说："君子爱财，取之有道。你是保安队长，我可不允许你拿枪杆子去抢！不过话再说回来，大哥要是烟台高就了，我这个位子，可就成了缺儿了。到那个时候，我向上峰保举你……"

吴江海顿时心知肚明，随即附在县长耳边讲了海猫告状的事，末了还得意地说："虎头湾有句俗话，叫搂草打兔子——捎带，大哥的事我顺手就办了。不过，我得借大哥的坐骑一用！"

县长哈哈大笑："不就是一辆汽车嘛！老弟十年没有回虎头湾了，今天荣归故里，光宗耀祖，这点威风派头还是需要的！"

虎头湾那个装疯卖傻的吴明义死了，真正的疯子仍然活着。其实，自从正月十三斗秧歌发生了海猫寻亲的事，接着又是沉海，又是逃命的，一事连着一事，成了男女老少街头巷尾谈论最多的话题。他们看着秧歌疯子从镇外跑来，没人搭理，也没人当回事。但心细的人却听出了秧歌疯子这一次疯唱改了词儿，你听：

> 天灵灵，地灵灵，
> 海神娘娘快显灵！
> 保安队来了虎头湾，
> 这里从此不安宁！

最后一句唱词打着颤音，没等落地，就见汽车扬起的尘土包裹着保安队滚滚而来。坐在副驾驶座上的吴江海走下车，对坐在汽车后座上的吴若云和海猫说："大侄女，你就陪着海猫在这车上坐着。等我把整个虎头湾都收拾老实了，事情有了眉目了，自然会叫你们下车！"

目送吴江海气昂昂地远去，海猫扭头对吴若云说："小先生，我算跟您沾光了，要真能为我爹娘申冤雪恨，这辈子我做牛做马伺候你！"

吴若云嘴一噘："谁用你伺候？"

海猫忙点头："噢，对了，您有使唤丫头。那我怎么报答您啊，反正给我爹娘报仇以后，我的人就是您的了！"

吴若云说："你说话算数？"

海猫拍拍胸脯："我海猫行走江湖多年，讲的是一个'理'字！人生在世最大的理，就是言而有信！"

这边海猫拍着胸脯对吴若云发誓，那边吴母捣着铁拐杖怒斥吴乾坤："你真是娘的孝顺儿子，为了不让我提心吊胆睡不踏实，那个婊子养的当了保安队长你都瞒了！不过你别怕他，怕也没用！他吴江海从小是什么德行，咱们又不是不知道，当上保安队长也是白当，他还敢翻了老祖宗的天是怎么着？"

说话间，外面突然锣声四起，吴母循声望去，虽然嘴硬，可心已经虚了。这时管家跑来向吴乾坤汇报，说是保安队长吴江海有令，吴赵两家有一口算一口，统统到广场集合。吴乾坤气愤地说："家有高堂老母，他老二不先来拜见行孝，就敲锣打鼓瞎诈唬，这成何体统？"

吴母说："乾坤，有你一个孝顺就行了，我不指望他，你快去吧！"

吴乾坤叹口气，问管家："赵家的人都去了？"

"赵洪胜知道你和吴江海不和，他还能不乐意去？早去了！"

的确，赵洪胜早已来到广场，连瘫了多年的老婆都抬来了。他坐在赵家高台之上，和管家、赵三伯侃侃而谈："吴江海虽然姓吴，可他跟吴乾坤不是一个娘生的，老头子死了没几天，五七都没过，吴江海他娘就死了，死得莫名其妙！吴江海一直怀疑是吴乾坤他娘害死了自己的娘，这事儿，你们难道没听说过？"

赵三伯说："倒是听说过，我还听说事后不久，吴江海偷了家里好多东西跑了，结果赌场输得一干二净，没办法又回来了！"

赵洪胜补充道："他不是自己回来的，是带着一大群流氓回来的，想让流氓给他撑腰平分家产，结果差点儿没被吴乾坤打死。为了活命，他在分家的文书上摁下了手印，吴家的家产这才全归了吴乾坤。你想想，他心里能不恨吴乾坤吗？"

赵三伯和管家对视一眼，几乎异口同声："就是不知吴江海这次回来……"

赵洪胜打断二人的话："不瞒各位，从小我和吴江海是一个私塾先生，我跟这位吴家二爷，还真是有点儿交情。大伙都不用怕，是凶是吉还说不好呢！"

这时广场上已经来了黑压压一片人，瘸子、瞎子、抬着的、坐地上的、怀里抱着的，还有正吃着娘奶的，全都被轰到了广场上。赵管家把花名簿呈到了赵洪胜面前，赵洪胜示意给吴江海。吴江海接过扫了一眼："赵姓族人都到齐了？"

赵管家连连点头："到齐了，早到齐了，就等吴家的人啦！"

吴四爷抱着花名簿来到吴江海面前："二爷，咱们吴姓族人也都到齐了。"

吴江海对吴四爷把自己拉进吴姓族人有点不舒服，但又找不出不舒服的理由来，便板着脸站起身，向吴家的人群望了望说："都到齐了，不对吧？"

吴四爷低头翻着吴家的花名簿说："我点过好几遍，齐了。"

"你当我眼瞎啊？还有一个没来！"吴江海瞪了吴四爷一眼。

吴四爷还想争辩，被吴乾坤制止，他对吴江海说："江海，我家小女若云没来，她不知跑到哪儿去了……"

吴江海打断吴乾坤："我大侄女啊？我大侄女来了，我知道她在哪儿，这个不算！"

吴乾坤说："既如此，人就到齐了。"

"到齐了？这么说来，吴乾坤他娘死了吗？"吴江海看着黑压压的人慢条斯理地说。

吴乾坤强压怒火："兄弟，咱娘岁数大了！"

"那是你娘，我娘早就被你娘害死了！"吴江海低声说罢，又高声大叫，"大哥呀，咱娘岁数是大了，可兄弟此次回来是奉县长之命，要查一个惊天冤案！这案子惊动了烟台，惊动了省城，惊动了南京！县长说查这案子的时候，虎头湾有一个算一个，是个人就不能少！咱娘要是不算人口的话，兄弟我岂不是徇私枉法？要不这么的，你先给咱娘报个病故，把她从花名簿上抹去？"

赵洪胜和赵姓族人一片哄堂大笑。吴乾坤气得直哆嗦，但也只好命人去把吴母请出来。

不一会儿，春草儿扭着身姿把吴母搀上了广场的吴家高台。吴母拄着铁拐杖，端端正正地坐下。老太太平时就恶，这会儿一生气，满脸横肉都变了色儿了，秧歌疯子见了，吓得直往海螺嫂身边躲。海螺嫂趁机吓唬他："今天你可管住你的嘴，你要是敢胡说八道让这老太太听见，你的死期可就到了！"秧歌疯子连连点头。

吴江海才不管你吴母生气不生气呢！他只顾用一双色眯眯的眼睛盯着春草儿，还禁不住问吴乾坤："哎，大哥，那谁啊？"

吴乾坤没好气地说："你嫂子！"

吴江海嘻嘻一笑："这么年轻？大哥，你行啊！"

吴江海见吴乾坤不愿搭理自己，便十分夸张地向泥鳅一挥手。泥鳅两脚跟很响地一碰，转身跑向停在广场一旁的汽车，弯腰伸手打开车门。

吴若云和海猫走下车，广场上一片哗然。大家知道海猫没死，可他和吴若云一起，这是所有人都想不到的。

吴母侧头对吴乾坤说："看见没有，这里边有这小丫头片子的事！"

吴江海指着海猫，大声说道："这个人你们认识吗？他叫海猫，状告虎头湾所有人联合谋杀了他爹他娘，并试图谋杀他本人，未遂！海猫，你有什么冤情你就在这儿说吧，我会为你做主！"

海猫的眼里憋出了泪水，大喊一声："我冤哪——我生下来就没见过爹娘，二十年哪，我跟着个瞎老太太吃了上顿没下顿，冬天冻得手脚都生疮，夏天饿得头晕又眼花！好不容易回到了虎头湾，老天有眼让我与爹娘重逢，可是他们——在场的有一个算一个，他们一起逼死了我爹娘，还想让我活祭海神娘娘啊……我现在虽然成了孤儿，也确实是个要饭的，可既然我生活在这片土地上，我就是这个国家的人民！我这个人民要求国家为我做主！为我爹娘报仇！"吴若云没想到海猫现学现卖，话说得这么富有感情，句句在理。

吴乾坤、赵洪胜、吴四爷、赵三伯和吴母，以及槐花搀着的被打断腿的吴天旺等所有的人都震惊了，全场鸦雀无声。

吴江海觉得今天这事已经到火候了，于是，打破全场的沉默，说："行了行了，海猫，已经够了！你小子说得不错，现在我要问你们吴赵两姓人啦，说说吧，都谁犯了杀人罪呀？"

吴四爷咳嗽一声："有人杀人吗？我老眼昏花可是没见着。"

赵三伯说："我年纪不小了可眼神儿还好，那吴明义是自己抹的脖子，我们赵家的玉梅大小姐被吴明义害得疯疯癫癫也跟着自刎了，哪里有杀人凶手啊？"

海猫大叫："你们这两个老头信口胡说，我爹娘是被你们逼死的！"

吴乾坤义正词严地说："吴赵两家不许通婚，通奸、私奔者死，这是老祖宗留下的规矩！好几百年了，坏这规矩的都没有好下场，他们自己还不清楚，用得着谁逼他们？"海猫顿时傻了，吴江海也眨巴着眼，一时间没了对策。

赵洪胜用受伤的手抱拳说道："吴大队长，家妹疯了多年，一直深居简出，就是为了养病。可是这个叫海猫的人，在正月十三搅了虎头湾斗秧歌的大事，还一派胡言编造是非，这才勾起了玉梅的疯病……要说凶手，他海猫才是元凶，请吴大队长做主，枪毙了这个害死家妹的罪魁祸首！"

吴乾坤趁机说道："吴家的玉梅小姐到底是真疯还是装疯，我们不清楚。可要不是这个海猫，吴明义和赵玉梅都不会死，这倒是事实。说他是凶手，元凶，都没错儿！"

吴若云见海猫和吴江海一时无语，便大声喊道："不对！你们说的都不是真相！爹，海猫是受害者，这是起码的事实！"

没等吴乾坤开口，吴母便怒道："什么起码的事实？我全听明白了，这海猫长得就是个孽障的模样！吴赵两家的男女私通生下孩子，那就是悖逆祖宗，海神娘娘一旦怪罪，整个虎头湾都将大祸临头！这种孽障就该除了他！你个丫头片子敢在这儿大放厥词，指着两家的族长吆五喝六，还有没有规矩了？"

吴江海啪地一拍桌案蹦了起来：“规矩？这都什么年代了，你张口规矩闭嘴规矩，这都民国了！中华民国？懂吗？人民的国家！每个人都有尊严，每个人都有自由，每个人都有活着的权利！都是你这老顽固，用封建思想残害人，你就是杀人凶手！”

吴江海想到了自己的娘，径直冲到了吴母的面前。吴乾坤急了，腾地站起身。泥鳅害怕大队长吃亏，随即掏出了枪。然而，正当他们三人僵持之际，海猫突然在后面出了声：“大队长，您弄错了。逼死我爹娘那一天，这老太太没去！”

吴江海迅速回头，这才意识到自己为何而来：“是吗？”

“是，真的，我娘让我瞪大眼睛记住害死他们的人，我看清楚了，真没这老太太。其实吧，我刚才说的也有气话，要说在场的所有人都是杀人凶手，那也不全对。逼死我爹娘的元凶就是吴乾坤和赵洪胜。求大队长把他们俩枪毙了，为我爹娘报仇！”

吴若云一愣，她没想到海猫会要求枪毙自己的爹，忙走到海猫跟前，瞪起双眼：“哎……海猫，人命关天，你可不能说杀谁就杀谁。告状可要有证据的，你想清楚了，你亲眼看见他们动力杀人了吗？”

吴江海哈哈一笑：“大侄女，你这样说可就不对了，人家也没说他们直接动刀子啊！海猫告状告的是吴乾坤和赵洪胜逼死了他爹娘，杀人是犯法，逼死人就不犯法啊？这叫间接杀人，懂不懂？！”

吴若云傻了，吴乾坤傻了，赵洪胜傻了，海猫也傻了，不过海猫的傻是他不理解，吴若云帮自己打官司，为什么还胳膊肘往外拐呢？

吴江海见他一句“间接杀人”震住了所有人，心里自然兴奋不已，但他想起这次来虎头湾的目的，便压抑着兴奋说：“人命关天，我大侄女的话也有道理。这么大的案子，都震惊了全县全省，南京方面也知道了，那是一会儿两会儿就能审得完的吗？我会挨家挨户地走访，慢慢地了解事情的真相。这件事情办不好，我对不起县长大人的信任，对不起山东韩司令官！”

吴若云觉得这事办得和自己想的不太一样，她有些发懵，如坠五里云雾。海猫自信有理走遍天下，无理寸步难行。在他眼里，吴江海就是个英雄。

吴江海对吴乾坤和赵洪胜说：“你们看看，海猫，一个要饭的，可他爹娘都是虎头湾的人，现在刚找到爹娘却成了孤儿，你们这些有钱人不能不管他吧？海猫，说，你愿意住在哪儿？虎头湾这么大，你挑，我给你做主！”

海猫更加感动，吴江海在他眼中犹如神明，他一指海神庙：“庙！”

“好！海神庙，你就住海神庙里！”吴江海又对吴乾坤和赵洪胜说，“吴家管住，赵家管吃。吴家把床啊、被子、褥子、枕头、尿壶都给备上；赵家今儿晚上蒸点儿大包子，炒点菜，两荤两素总得有吧？"说罢，吴江海挺了挺腰杆，扬长而去。

扬长而去的吴江海没进自己的家门，倒先去了赵家大院。赵洪胜恭恭敬敬把他迎进客厅，嘴里忙不迭地套近乎："大队长，这些年我很想你啊，经常想起咱们少年之时一起玩耍。同窗之谊，难忘啊，难忘！"

吴江海笑道："我记着呢，我小你七八岁，我上学的时候还穿开裆裤呢，老往墙根撒尿，你一看见就捂鼻子嘛！"

赵洪胜有些尴尬："有这么回事儿？我这人记性差，也没什么抱负，成家早，得子也早，三个儿子都不小了，全都在外面读书，老三最争气，留了洋。"

吴江海假装恭维："您都仨儿子了，我连媳妇还都没娶上呢。我们是同窗，你看看，这怎么比呀？真是人比人气死人！"

赵洪胜故作惊讶："贤弟还未娶妻？不会吧？"

吴江海顺势说道："我娘死得早，谁疼我啊？现如今虽说我是个大队长，可我这是清水衙门，没钱，谁家姑娘愿意嫁给我啊？"

赵洪胜仿佛明白了什么："噢……我怎么听说有媒人说妥了一门婚事，您二月二龙抬头之日就要成亲啊？"

吴江海傻了："哪有这事啊？"

"我反正是听说了，早就备了一份贺礼，正要去县城给贤弟送去呢，哪承想您今儿就回来了。正好，您等着，我这就去拿，省得我再跑腿了。"说着，赵洪胜便走出门去。

望着赵洪胜离去的身影，吴江海心里已经明白，不禁暗喜："这老滑头，确实书念得比我好，这脑子，转得太快了。"

要说脑子转得快，谁也比不过吴乾坤的娘。母子二人回府后，吴乾坤心里就打定了主意，他告诉老娘说："娘，您别生气，兵来将挡，水来土掩，我马上让吴姓子弟做好准备，他吴江海要真敢放肆，我就跟他拼个鱼死网破！"

吴母冷冷笑道："可别！儿子哎，再混账他也姓吴，你们哥俩拼个鱼死网破，不是把虎头湾白白送给了姓赵的了吗？这个贼老二什么德行打小咱们都知道，别看他现在装得人五人六的，可是他骨子里就是个贪财好色的东西，他想要什么你就给他。识时务者为俊杰，好汉不吃眼前亏，明白吗？"

吴乾坤只好强压着怒火："那好吧，都听娘的！"

这时春草儿进门告诉吴江海去了赵家。吴母明白这是吴江海给的下马威。的确如此，吴江海舍自家家门不进，目的就是以厚此薄彼给吴家一个下马威。当然，这一种手段，还不能充分显示他的狡猾和无赖。

吴江海一进吴家大院的门，迎头便碰上了吴乾坤。没想到他立马变脸，立正，端端正正给吴乾坤敬了一个礼："大哥，刚才在广场上，弟弟身不由己多有得罪，我给您赔礼道歉！"

吴乾坤只能含糊地点头："用不着，用不着。"

"我这个大队长再小也是个官儿吧，我不拿出点儿官威来，让人看不起咱们吴家！再说那么多人看着，谁不知道我是您亲弟弟，不能让赵家的人说出闲话来，那要是传到县城去，他们再告我一个徇私枉法，岂不是……"

吴乾坤只好说："理解，理解，兄弟，进屋。"

"我得先去看看娘，咱娘！"吴乾坤没醒过神来，不由自主地跟在吴江海身后，进了吴母的房间。吴江海见了吴母，双脚跟一碰，又敬了一个礼。这一个敬礼，老太太差点儿没坐住。更让吴乾坤没想到的是，吴江海礼毕之后，"扑通"一声跪倒在地："娘……在上，江海给您叩头……请安！"

趁吴江海磕头之际，吴母与吴乾坤交换着眼神。春草儿却不识相："哟，大队长，您这么大的礼，娘可受不起，快起来吧！"

刚磕了一个头的吴江海立刻板起了脸："嫂夫人，您这可就说得不对了。上面坐着的是我娘，儿子给娘磕头，娘怎么受不起呢？咱们吴家以孝治家，我大哥没跟你说吗？"

春草儿连忙看吴乾坤，吴乾坤恶狠狠地瞪着她，春草儿连忙低头不语了。

"娘，十年不见了，我在这儿给您磕三个头，祝您福如东海，寿比南山！"说着，吴江海又磕了两个头，然后爬起身，看着吴母："是仨了吧？"

吴母不得不说话了："是，是，是，起来吧，快起来！"

吴江海眯起眼睛看着吴母手里的铁拐杖："还拿着它呢？我记着当年您就用它打过我亲娘啊！老太太，这个可是凶器啊！当然，您这么大岁数了，什么凶器不凶器的，我不说您是杀人凶手，谁敢说啊！今天，让您到那广场上风吹日晒的，您辛苦了。这么着，您先歇着，我跟我大哥谈点儿事，走吧大哥。"

吴母的心提了起来，看了吴乾坤一眼，示意儿子要留神。吴乾坤自然领会，引着吴江海匆忙离开，来到客厅。

吴江海大大咧咧地坐在了太师椅上。吴乾坤看着他不顺眼，可也没办法，只好忍气吞声地听吴江海瞎掰："上方有命，这事要是不能抓出元凶来，我是交不了差的！刚才我去了赵家，要说赵洪胜是元凶，好像说不过去呀，哪有亲哥哥逼死亲妹子的？"

"兄弟，你怎么能替赵家说话？做什么事都不该忘了自己姓什么吧？你可是虎头湾吴家的后人！"

吴江海叹道："我这个吴家的后人，名不正言不顺哪！爹就留下咱哥俩，可现如今房子、地、渔船都是哥哥你一个人的，兄弟我地无一垄，房无一间，连媳妇也没娶上！长兄为父啊，你这个当大哥的，对得起吴家的祖宗吗？要说我现在当上了保安队长，也算是光宗耀祖，我也想在海阳县城置处宅子，为的不是自个儿住，我是想有个地方供奉咱吴家的祖宗牌位，时刻提醒自己是吴家的后人！"

吴乾坤已明白吴江海的话外之音，只好点头说："兄弟现在都当上大队长了，没个像样的地方住哪行啊？我这就让他们准备银票，这个钱该家里出！"

"那这么说，逼死人命的不是咱们吴家，是他们赵……"

吴乾坤打断吴江海："就是啊，你想想，二十年前赵玉梅跟着吴明义跑了，那赵洪胜恨吴明义恨得牙根都痒痒啊……"

"所以就逼出了人命！"吴江海补充道。吴若云在外间的角落里偷听到这番对话，顿时懵了。

懵了的吴若云还没回过神来，吴江海又第二次来到了赵家。他甩着手里的枪套子，对站在面前的赵洪胜说："我磨破嘴皮为你开脱，可有人说就在吴明义被逼死的那一天，你老赵炖了一锅毒骨头，想把海猫毒死啊！这事不怕你不承认，我有人证，还有狗啃的骨头，要不把人证物证都带上，抓你回县城三头对质？"

"人证？"赵洪胜脑海里立刻跳出了赵香月，不禁大怒，"这些吃里爬外的下人，他们准是收了吴乾坤的好处……"

"你既然想毒死海猫，就说明你想害死吴明义！你恨他，恨他二十年前把你亲妹子勾搭走了。你们赵家的大小姐做出这种丢人现眼的事你脸上无光，赵氏门庭都跟着蒙羞，没错吧？人家吴乾坤就不恨，他们家一长工把赵家大小姐拐走了，他高兴还来不及呢！现在吴明义死了，你说是被谁逼死的？"

赵洪胜着急了："这……吴大队长，您可不能受吴乾坤的蒙蔽啊。"

吴江海假模假样地说："我怎么会受他蒙蔽呢？可他毕竟是我亲大哥，这不，刚刚派了人去海阳，帮我置办了宅院。"

赵洪胜心里一下子全都明白了，咬着牙根说："吴大队长，有话就请直说吧，还需要再给您多少银票，我才能跟这桩命案脱了干系？"

吴江海笑了："老赵，不愧是在青岛做过买卖的，脑瓜子就是活泛。"赵洪胜也笑了，但他的笑比哭还难看。

如果说赵洪胜的笑比哭还难看的话，那么这时的吴若云真是哭笑不得。因为她又偷听了吴江海从赵家返回到吴家以后跟吴乾坤的一番话。

"大哥，赵洪胜可真舍得花钱，他就是想置你于死地啊！"

"置我于死地？凭什么？"

"他告你养了五六十条枪，都赶上保安队了！"

"他赵洪胜竟告我这个？他赵家就没养枪吗？"

"养了，可是人家没勾结海盗啊！正月十三闹秧歌，海盗黑鲨来了，打了赵洪胜的黑枪，全虎头湾的人都看见了，这可是铁证！"

"他被打黑枪那是他倒霉，怎么能说是我勾结海盗呢？"

"人家说了，去年我大侄女被黑鲨绑了票，又安然无恙地回来了，谁能不怀疑你勾结了海盗呢？"

"兄弟，咱哥俩就别绕弯子了。是，光有了宅子还不能算是置办个家，你还需要多少？给我个数！"

"哎！大哥，我可不是这意思，当年分家的文书上我摁过手印，虽然是娘抓着我的手摁的，尽管那个时候我被打得晕头转向、鼻口蹿血，啥都不知道了。可既然画了押我就认账，我这回回来可真不是跟你重分家产的。"

"这个我明白，你还需要多少？算我当哥哥的送你！"

"长兄为父，咱们老吴家以孝治家，大哥能这么待我，就是对咱爹的大孝，那我就不客气了！"

躲在一旁偷听的吴若云什么都明白了，气得浑身颤抖。

第 八 章

宽阔的海神庙大殿，一尊海神娘娘的塑像正襟危坐，高擎半边天。在海神娘娘的注视下，海猫吃着赵家送来的好菜好饭，身底下铺着吴家送来的新被新褥，觉得像做梦似的，恍恍惚惚，又实实在在。但有一样是刻骨铭心的，那就是他找到了爹娘，转眼又失去了爹娘！

海猫含着悲愤的眼泪跪在海神娘娘像前："爹、娘，儿子就要给你们出气了！吴大队长是好官，代表国家替我做主，肯定会枪毙吴乾坤和赵洪胜这两个恶人，多毙几十个也有可能，到时候我替他点着数儿。那天在虎头崖上逼死你们的那些人我都记住了，我饶不了他们！"

海猫正解着恨，赵香月推门走进来，她质问海猫为什么指认自己的舅舅是杀人凶手？埋怨他忘了他娘让他离开虎头湾以后永远不要再回来的话，还赌气说："早知道会是今天这样，我就不救你了！"

隔墙有耳，赵香月责问海猫的话被吴若云听个正着，她没想到赵家大小姐的一个丫鬟敢教训海猫，便端起吴家大小姐的架子训斥赵香月。赵香月也不买这一套，于是两个姑娘便在海猫面前吵起来。

"你个使唤丫头也敢这样训斥海猫，你有什么资格？"

"我是他小姨，怎么了？"

"小姨？还真没听说，你跟你们族长家是很近的亲戚啊？"

"多近多远是我们赵家的事，用不着你们吴家的人操心！反正我是他的长辈，她娘死的时候把他托付给我了！"

"真新鲜，他爹是吴明义，他应该姓吴，姓吴就不光是亲戚了，他理所应当是我们吴家的人，吴家的人你赵家无权指手画脚的！"

两个姑娘年龄相仿，容貌姣美，吵起嘴来又各有各的厉害，海猫全然不去理会，他心里只想着为爹娘报仇。于是，他对吴若云说："你叔叔可真是好人！要是没他做主，我能住到这儿来吗？还有人给铺床送饭伺候我！哼，今天我站在高处的时候都看出来了，那些害死我爹娘的恶人都吓坏了！小先生，你跟你叔叔说说，让他多枪毙几个。枪毙的坏人越多，我越解气！"

海猫的这番话，两个姑娘也全都没听进去，赵香月心想海猫的娘曾托付过自己，让海猫离虎头湾远远的，永远不要再回来，而海猫却不听话，偏偏又回来了，还要报仇，她有权阻止。吴若云眼下满脑子都是自己偷听来的话，她想帮海猫给爹娘报仇，没想到叔叔竟没有把这件事放到心上，她想把真相告诉海猫，但不知为什么全说了些没用的。

不过，不管有用没用，这两个姑娘对海猫那种发自内心的情愫，是只可意会而不可言传的。心里想的嘴上说不出，嘴上说出的却恰恰又都不是心里所想的。这种尴尬，那般难堪，就像热锅上的烙饼，不论哪一边都经不住折腾。

这时，海神庙外突然传来锣声。原来是吴江海令保安队正组织镇民开会。在阵阵锣声和一片嘈杂声中，赵香月被奶奶和爹拉回到了他们身边。而吴若云也被槐花叫到了吴乾坤面前。"家耀少爷眼看着就要来了，信上说在虎头湾订了婚，之后就想带你去南洋。南洋离海阳千里万里，以后咱爷俩再见一面都不容易了。我原本是打算让你多带点钱，当嫁妆也好，当爹给你留的念想也罢，可这回……"吴乾坤把两只手摊开，相互敲了敲，做了一个没了的手势。

吴若云安慰说："爹，您什么也别说了，叔叔他跟您要钱的事我都听到了……"

"闺女呀，吴江海就是条狼！"

吴若云的心一沉，她暗暗替海猫捏一把汗。

吴若云替海猫捏的这把汗，全洒在了吴江海的脑门上。此刻，吴江海站在广场的高台之上，正说得大汗淋漓："经过本大队长的走访，吴明义和赵玉梅自杀一案已经有了调查结果，这件事起因是这个吴赵两家不能通婚的老规矩。你说吴家和赵家的老祖宗都是为朝廷镇守海防的，一起被封，住在虎头湾这也算是缘分，怎么就定了一个两姓不许通婚的怪规矩呢？而且这么多年，就有老顽固还守着这个规矩。这是封建陋习，大大的陋习！"

人群中的赵香月拿眼看着海猫，她的眼神里，既有同情，又隐约藏着不满和担心。海猫猜不透，读不懂，完全不理解，他认为吴江海要杀人了，要为自己报仇了，不禁抬起头来，挺起了腰杆。

吴江海继续说："民国都二十五年了，封建余毒仍在作祟，这是虎头湾的悲哀！悲哀啊！你们懂吗？我也是虎头湾人，我替你们感觉到丢人！这一次封建余毒害死了吴明义和赵玉梅两条人命啊，教训惨重，在场的每一个人都应该好好地想一想，虎头湾不摆脱这个封建的枷锁，永远不可能迎来美好的未来！哎……"

吴江海搜肠刮肚想词儿，海猫开始觉得有问题了，于是，他装傻问吴江海："大队长……封建余毒是谁呀？"

吴江海压低声音说："这你都不懂？"

海猫说："害死我爹娘的是吴乾坤和赵洪胜这两个大恶人，还有那些跟着他们的小恶人。要枪毙得枪毙他们。封建余毒没害死我爹娘啊……"

"你……也不能怪你！你吧，从小过的就是苦日子，也没读过书也没受过教育，你不懂得这封建余毒的厉害。这么跟你说吧，害死你爹的不是吴乾坤和赵洪胜，就是这个叫封建余毒的东西！"

海猫"扑通"跪倒在地："吴大队长，你可不能说话不算数，你得替我申冤！"

"谁说不替你申冤了？"吴江海对海猫说罢，转过身来对所有在现场的人说，"海猫，冤！这孩子太可怜了，要不是封建余毒，他怎么可能生下来就不能和自己的爹娘在一起啊？过了二十年的苦日子，好不容易团聚了，一家三口，一天好日子都没过上！你们说怎么办吧？"

赵洪胜已经听明白了吴江海的意思，连忙抱拳道："是，吴大队长，您的教诲我们都记住了。具体该怎么补偿海猫，请吴大队长明示！"

吴江海问："赵玉梅大小姐和吴明义下葬了没有？"

赵洪胜回答道："家妹还没有，正打算近日为她发丧。"

吴江海点了点头，转向吴家。吴乾坤、吴母和吴若云已得到吴江海的特别允许，这次没到现场。吴四爷连忙替吴乾坤回答："我们吴家已经给吴明义收了尸，该怎么发送还没商量。"

吴江海说："你们瞧瞧，你们瞧瞧，吴赵两家分头收尸，这就是封建余毒作崇的表现！人家儿子都回来了,给爹娘办丧事这事就应该交给海猫！我看这样吧,虎头湾有一户算一户,都给我出血,用最好的木头做一口棺材,给他爹娘合葬,需要多少钱啊？给我算出来,按户平摊！还有,海猫嘛,总住在庙里也不是回事,你们说他爹吴明义留下房子没有啊？如果没有的话,给他找个房子！"

吴四爷答道："吴明义哪有什么房子。虎头湾有一处海草房是镇上的公产,前些年一个外乡人租了开过捻匠铺,现在倒是空着。"

"好！既是公产,那就说明吴家和赵家都有份,这个捻匠铺要我说从今儿以后就归海猫所有了。谁让你们吴赵两家对不起海猫呢,就算补偿了！"吴江海说罢,回过头来问,"海猫啊,你看这样行不行？"

"我不要补偿！"没等吴江海话音落地,海猫声嘶力竭地喊道,"没房子住我也能活。我什么都不要。这些恶人逼死了我爹,逼死了我娘,我求大队长枪毙他们,为我爹我娘报仇啊——我是这个国家的人民,国家就得为我做主！"

吴江海摇摇头说:"海猫,我已经查清楚了,你爹娘是自杀,没人对他们下刀子,你说我枪毙谁呀？"

海猫大喊:"枪毙吴乾坤和赵洪胜！您说了,他们是间接杀人！"

"这个我已经请示县长了,县长说没有间接杀人这条罪,这可不是我不给你做主啊。"海猫愣了,傻了,一时无语。

这时,整个广场嗡嗡声一片:富人们交头接耳,齐说吴江海这事办得还算公道,如果海猫这么不识抬举地闹下去,肯定没有好果子吃;穷苦的渔民百姓则扎起堆来窃窃私语,说这个国家不是穷人的国家,是有钱有势人的国家！你海猫别拿着棒槌当针纫,早点儿让爹娘入土为安吧！

赵香月搀扶着奶奶,听赵大橹娘对儿子说:"那捻匠铺房子可不错,给了海猫就算虎头湾认下他了,让个孽障认祖归宗,这是多大的恩典啊！"

赵大橹从认识海猫那一刻起,就压根没看上他,所以对娘的话很认可,连连点头。赵香月听了却很反感,她认为两条人命换个捻匠铺也太不值了。再说海猫本来就是虎头湾的人,谈不上恩典不恩典的,于是她狠狠地瞪了赵大橹一眼。

吴江海又说道:"海猫啊,你得体谅国家。让你指认凶手,你指了一大片,难道把整个虎头湾都杀光了,才算给你爹娘报仇了？你呀,赶紧给爹娘下葬,让他们早点儿入土为安,这才算是孝顺儿子。有了捻匠铺,你也就有了安身立命的根本,这可是天大的好事！再这么闹下去,能有什么好下场？等我走了,万一有人害死你怎么办？谁给你爹娘办丧事啊？我这可是为你好！"

吴江海说得好像也有道理,海猫无处辩驳,却还是委屈,嘴里嘟囔:"可是……"

"没什么可是的了,就这么着吧！"吴江海手一挥,转过头来对众人说,"海猫同意了，这个案子就算是结了，希望虎头湾以此为鉴，尽快清除封建余毒！"吴江海话音一落，春草儿便带头鼓了掌，大家也觉得这次风波终于过去，都跟着鼓起掌来。吴天旺和槐花，鼓得很起劲。掌声中，吴江海很受用，他瞟了一眼春草儿。春草儿趁机连连抛着媚眼。

面对这一切，海猫失魂落魄。赵香月看着他，心也被揪着一样。赵大橹隔着人群暗暗观察着赵香月，他发现她的眼神儿有点儿不对，气得血丝蓦然爬进双眼。

在吴家客厅，吴乾坤泪水盈眶，长叹一声说："虽说引狼入室的是你，可是爹不怪你。自从吴江海当上大队长那一天，我就料到会有今日，可没想到海猫成了药引子……哈哈……爹不明白的是，我闺女居然和这么个野小子站在一起，当着全虎头湾人的面跟她爹作对，这到底是为了什么？"

吴若云见爹爹如此伤心，无言以对："爹……"

吴乾坤老泪纵横，捂住脸："我知道你因为你娘的死恨我，恨这个家，也想过你嫁了人，以后就不再回娘家了。可我万万没想到，你要和吴江海一起置我于死地……我不愿意这么想，更希望你是受了吴江海的蒙蔽。要是我吴乾坤唯一的闺女真的要背后对我动刀子，我这六十年可就白活了……"

"爹啊！"吴若云"扑通"一声跪倒在地，磕个头，转身冲出客厅。

吴若云跑到虎头湾广场，迎面碰见志得意满的吴江海，便指着他的鼻子大骂："吴江海，你这个骗子！你说要为海猫申冤，你做到了吗？"

吴江海脸一板："怎么跟你叔叔说话的啊？你让我为海猫申冤，我做到了，虎头湾的老百姓都给我鼓掌了！"

"那我倒要问一问，到底是谁害死了海猫的爹娘？"吴若云愤愤地质问。

吴江海说："封建余毒啊！这玩意儿在虎头湾每一个人的脑子里，我总不能把所有人的脑袋都砍下来吧？再说了，你也知道，他指认的凶手是谁，是你爹啊！你爹是我亲哥哥，你让我把你爹抓起来枪毙？"

"吴江海，你这次到虎头湾的目的就是敛财，我爹给了你多少我知道。我想问问，你在赵洪胜那儿敲到了多少？"

吴江海装傻充愣："你说什么呢，我听不懂。我走了，还得赶回县城跟县长交差呢，没时间跟你在这儿瞎耽误工夫！"

吴江海说着就要上车，吴若云一把拉住了车门，说："我知道法不责众，我也知道没有间接杀人这条罪，但是两条人命啊，你就这么草率地解决了？你这是草菅人命！海猫那么信任你，可是你却拿他当作你敛财的工具！你还配说你代表国家？我以为你当上保安队长改邪归正了，没想到你跟以前一样，还是个流氓无赖骗子！"

吴江海恼怒地吼道："越说越不像话。我是你叔叔，你怎么这么不孝顺！我今天懒得搭理你，回家让你爹好好教育你！"吴江海说罢，一甩手关上车门，汽车扬长而去，扛枪的保安队被尘土裹挟着，尾随离开。吴若云站在扬起的尘土里，气得肺都快炸了。

突然，穿着洋装提着皮箱的林家耀不知什么时候站在了吴若云面前。吴若云下意识地拍打着身上的尘土，忙对林家耀挤出一丝笑容。林家耀也笑了，他边活动着腿给吴若云看，边说："你看，我全好了。你协助我做手术，算是我的护士吧！谢谢你，若云表妹。"吴若云的笑容僵在脸上，一句话也说不出来。

直到走进吴家大院，吴若云的情绪还没调整过来，以至在饭桌上仍然一句话也不说。为了缓和气氛，吴乾坤又端出了林家耀一进来就说过的话："家耀啊，你是我们吴家的贵客，可是上一次我们没保护好你，让你受了伤，我这心里边……"

林家耀出身名门望族，知书达理，说："吴世伯，您快别这么说了。若云表妹遭了海盗，我怎么能袖手旁观？噢，对了，上次和我一起出海的那位大哥呢？如果可以的话，能不能请他来，我想敬他一杯酒，表达谢意。"吴若云有些尴尬地看着槐花，槐花手足无措，眼神瞟向吴乾坤。

每遇这种场面，春草儿倒显得特别机灵，她忙站出来打圆场："林大少爷说的是吴天旺？那就是个臭长工，您不用搭理他！"

林家耀摇摇头，很认真地说："他虽然是个长工，可他和我一起出海，冒着很大的危险。关键时候要不是他把我打晕了，我还会逞强，也许就丢了性命。他算是我的恩人，我应该谢谢他！"

"哟，林大少爷可真是好人，可是他……"吴乾坤咳嗽一声，春草儿忙改口，"噢……他来不了，老爷派他出去办货了，十天半月的回不来，兴许半年都回不来。对吧？老爷！"

"是啊，家耀啊，天旺被我派出去办货了。你的这份好意，我会转达给他。来，世伯替若云敬你一杯，谢谢你舍命相救！"吴乾坤说着，瞟了一眼吴若云，"若云，你一起吧？"

吴若云仿佛这时才回过神来，她点点头，端起了酒杯。可正与林家耀四目相对之际，管家却慌慌张张跑进来说，那个孽障海猫来找吴若云，他已令家丁乱棍打走了。这话不啻晴天霹雳，吴若云把酒杯往桌上一掷，大声指责管家："不问青红皂白，为什么要把人乱棍打走？"

管家诺诺连声，看看吴乾坤，又看看林家耀，见他们一个个都愣在那里，自己也不便多言。吴若云却顾不得许多了，站起身，飞似的冲出吴家大院，刮旋风一样地来到海猫的栖身之地——捻匠铺。

这时候，捻匠铺里的海猫已经没有了先前的那般精神，他木讷地站在院子里。倒扣着的半截舢板，掉了腿的凳子，还有挂在墙头的破渔网，也默然地陪着海猫。尽管大海的涛声一阵阵传来，他毫不动容。

海猫的思绪回到了吴四爷和吴八叔走进捻匠铺的那一刻，吴四爷将一本收钱的名册扔在他的脚下，说："这是吴姓族人二百一十二户给你爹娘凑棺材钱的账本，你好好花吧。有良心就给你爹娘买口好棺材！"

吴八叔和吴四爷前脚走了，赵三伯后脚跟进来，他也扔给他一个账本，说："按保安队大队长的裁定，赵姓族人二百零一户都为你爹娘买棺材出了钱。你不认识字总该认识钱吧，慢慢数，你个叫花子发家喽！"

海猫心里明白，吴赵两家为自己出钱替爹娘买棺材是不情愿的。其实，他也不想连累这么多人。冤有头，债有主，海猫是找吴乾坤和赵洪胜寻仇的，吴江海饶了这两个恶人他想不通，裁定全虎头湾的人都出钱他更想不通。瞎婆婆从小就教育他，欠人债，背座山，海猫掂掂手里的账本和钱袋子，不觉流下了眼泪。

这时，吴若云从吴家大院匆匆赶来，她见海猫孤苦伶仃，一脸的无奈，心里油然而升腾起一种悲怆："海猫，今天的事对不起你，我没想到吴江海……"

海猫摇摇头："挺好的，挺好的，是我异想天开了，天下哪有一命抵一命的道理？国家从来就不是老百姓的国家，何况我一个要饭的……能让我父母合葬，已经是虎头湾吴赵两家天大的恩典了……还给了我房子住，这儿挺宽敞的，长这么大我头一回有了属于自己的房子，以前我做梦都没想到过，这一切多亏了你，要是没有你带着我去告状……"吴若云受不了了，眼泪劈里啪啦地往下掉着。海猫问："小先生，你哭什么？"

吴若云连忙拭去眼泪，为遮掩窘境，连声问道："你还没吃饭吧？饿不饿？你找我有什么事吗？"

海猫拿出账本和钱袋说："这个，他们说是账本，这个，是一家一户凑的钱，不管是吴家给的，还是赵家凑的，我都不要……"

"为什么不要？这是你应得的。他们害死了你的爹娘，就应该受到惩罚，这个太轻了！"

海猫说："吴大队长说虎头湾每家每户都要拿钱，可是我看到有好多穷人，他们穿得比我还破呢。他们也没上虎头崖逼死我爹娘，为什么让他们拿钱？"

吴若云脸上露出不易察觉的一丝惊喜："海猫……你真这么想？"

海猫点点头："再说，我看了，捻匠铺里啥都有。明天我就上山砍树，我可以自己给我爹娘做一口棺材，我要他们的钱干啥？所以我想请你帮忙，这上面的字儿你一定都认识，他们住哪儿你也一定都知道，你就带我先去你们吴家好不好？我挨家挨户地把钱都还给他们。"

吴若云用难以置信的目光盯着海猫："现在吗？"

"对，就现在！早点儿还给他们，省得他们睡不好觉……"

于是，吴若云从海猫手里接过吴家账本，领着他按图索骥，走进了海螺嫂、秧歌疯子、老犟眼子、吴四爷和吴八叔等二百一十户的家门，把他们出的钱又分文不少地退还了回去。最后，吴若云带海猫走进了自家大院。吴乾坤听说海猫还钱，心里也没多想，便打发管家出门应付。但是，万万没想到海猫非要吴乾坤亲自出面，他站在门外大喊："吴乾坤，你给我出来！"

管家一愣，怒斥："族长大老爷的名讳也是你叫的，来人，给我打！"

"我看你们谁敢！"海猫手指着几个冲了过来的乡勇，大喝道，"谁敢碰我一个手指头，吴大队长会替我做主！吴乾坤逼死了我爹，我没让政府枪毙他，是给吴大小姐面子。你们这些狗仗人势的东西，碰我一下试试？"

仔细想想海猫能知趣还钱，尚晓人情世故，吴乾坤起码在这一点上还是瞧得起他的人格，加之闺女吴若云那企盼和鼓励的眼神，吴乾坤只好来到大门口，对海猫不冷不热地问道："你找我？"

"你是族长大老爷，能替没钱的秧歌疯子交一份，说明你人还不错。这是你和他的两份子钱，你都收好了。"海猫说着把钱递给吴乾坤，迅速凑在他的耳边，压低了嗓音道，"你是逼死我爹的凶手，我早晚要你血债血还！"

退还赵家的钱，海猫没让吴若云带他去。因为海猫知道吴赵两家自古结下冤仇，互不来往。于是他告别吴若云，独自一人径直来到赵香月的家门口。这时屋里已经熄了灯，海猫压低声音叫赵香月。可海猫没想到，赵香月家的斜对门就是赵大橹的家。赵大橹"噌"的一声蹿出来，一拳便把海猫打得踉踉跄跄倒在了地上，然后不由分说，翻身骑到他身上，边打边喊："你这个贼！我打死你！"

屋门外的响动惊醒了屋内的赵香月，她开门冲上去拉开赵大橹："大橹，快住手，你认识，他是海猫啊！"

海猫已经被打得嘴角流血，但在赵香月面前没忘了替自己找回面子："我想起你来着，那天我被捆在海神庙的时候，你看着我来的，还跟我爹动过手，你是赵洪胜和吴乾坤的帮凶，大队长怎么没枪毙你呀？"

赵大橹骂道："枪毙我？你小子想进家偷东西，我先打死你再说！"

赵香月拦在赵大橹身前，死死地护住海猫。这时，香月奶奶和赵老气从屋里出来，远处的四五户邻居也都聚了过来，大家七嘴八舌地问着怎么回事儿。

赵香月用眼神逼住赵大橹，然后转身轻声问道："海猫，刚才我听见你叫我，这么晚了你要干什么？"

"我……我想求你帮个忙……"说着，海猫从怀里掏出账本，又从腰间解开装钱的袋子，"这是赵姓二百零一户给我的钱，我不要，我想让你带着我挨家挨户还回去……"

大橹娘说："好啊，先还我，这钱出得冤枉，我正闹心睡不着觉呢，还我！"

海猫打开钱袋子，递向大橹娘："我不识字，您对着账本，自己拿吧！"

大橹娘的手刚要去抓钱，又停住，摇头："哎——不行！钱是保安队长让给的，族长大老爷派人收的，我要是拿回来，那就是对不起族长大老爷！你个孽障，你还嫌害人害得不够啊！"

香月奶奶觉得大橹娘的话有道理，便指着海猫喊道："这深更半夜的来叫我孙女，你让我老脸往哪儿搁呀？丢死人了，我们家可从来没出过这种丢人的事儿啊！她爹，这个孽障是要欺负你闺女呀，打他，往死里打！"

海猫急得双脚直跳："老太太你怎么这么说话啊，谁要欺负小姨了？"

"你叫香月什么？"海猫话音未落，赵老气冲出人堆，劈头盖脸一顿棍子，边打边骂，"你这个不要脸的东西！敢叫香月小姨，你这是找死啊！"

一见未来的老丈人动手，赵大橹来了劲儿，又挥舞起了拳头，周围看热闹的邻居也都吵着嚷着，喊打声不断。赵香月用身体紧紧地护着海猫，一边拦着被激怒的人们，一边回头催促海猫："海猫，你还不快跑，快跑啊！"海猫见势不好，抱头鼠窜。

海猫回到捻匠铺，想了一宿都没想明白，赵家的人为什么不愿要他退回的钱，难道真的认为是他要害他们吗？人说害人之心不可有，防人之心不可无，平心而论，他在这两者之上可都没有啊！这样想着，海猫忽然看见赵香月手挽着竹篮，披一身朝霞正往捻匠铺走来。

隔着捻匠铺的小门，赵香月向里面探着头。海猫刚要起身去迎，又停住了脚步，轻声问道："小姨，你爹和那个大个子没跟着来吧？"

赵香月径自走进了捻匠铺，边从竹篮拾掇出鱼粥，边说："看把你吓得！我背着家里人出来，也拿不出好吃的，就碗鱼粥，快趁热喝了吧！"

海猫饿坏了，捧起碗，"稀里哗啦"喝起来，边喝边说："真好喝，里面还有鱼，有虾。真新鲜，小姨！"

赵香月说："对我们渔民来说，鱼虾没有粮食金贵，卖不出去的用盐腌了自己吃，有啥新鲜的。哎，我还告诉你，以后别叫我小姨，你挨打没挨够是不是？"

"你就是我小姨嘛，不叫你小姨叫你啥？"海猫抬起头看着赵香月说。

"没人的时候可以叫，有别人的时候不许叫！我问你，你昨天晚上是真心还钱吗？你把钱都还了，你拿什么给你爹娘买棺材？大小姐一辈子荣华富贵，你想让她裹张席子入土啊？"

海猫辩解道："小姨，我发誓是真心还钱，您想啊，吴姓的二百一十二户全还完了，赵姓的我能不还吗？至于爹娘的棺材，您不用惦记，这不是捻匠铺吗？干木匠活的家什啥都有，我把推车已经修好了，待会儿我就上山砍木头去，木匠活我跟师傅学过，会干。我要亲手为我爹娘做一口棺材，我娘肯定会高兴的！"

赵香月听海猫这一说，知道奶奶她们误会了海猫，于是她决定和赵家族长说清楚，让他出面劝大家收下海猫退回的钱。不管怎么说，海猫这样做就说明他这个人还算识大体，懂事理，有情有义。

赵香月怀揣一颗纯净的心，回到赵家大院，见了赵洪胜，从头至尾讲了海猫想还钱的事。没想到赵洪胜一拳砸在桌子上："他们这是既当婊子又立牌坊！我告诉你吧，这个海猫跟吴江海就是一伙的！你以为他们这么兴师动众就是为了一口棺材钱？你知道吗，吴江海在我这儿敲走了赵姓族人半年出海打鱼都挣不着的钱！大钱拿走了，他们分了，送这点儿小钱回来收买人心，什么东西！"

赵香月愣住了，她万万也没有想到会有这样的事情。赵洪胜走近香月，说："你跟我说实话，那锅骨头的事，你有没有报告保安队？"

赵香月"扑通"一声跪倒在地："族长大老爷，没有，真的没有！"

赵洪胜心存疑虑："那海猫为什么不找别人，专找你？"

赵香月急中生智说："是……是大小姐临走的时候，把他托付给了我……"

赵洪胜用怀疑的眼神拷问半晌，然后恶狠狠地说："你原本是卖身的奴才，我却让你回了家。你要是勾结外人祸害赵家，我会让你不得好死的！"

赵香月顿时吓哭了："族长大老爷，香月不敢！老爷恩重如山让香月回家了，香月怎么能做出这种事情来？"

赵洪胜冷冷一笑："谅你也不敢，滚吧，以后别再带那个孽障到我家里来！"

赵香月灰溜溜地回到捻匠铺，她不敢把赵洪胜的话全给抖搂出来，只是和海猫一味解释说："那钱我不能带你挨家挨户还回去，我不敢，我算什么呀？我最多就是给玉梅大小姐当过丫头，谁会给我面子？有钱的大老爷们都恨你，万一人家放出恶狗来咬死你呢，你不是白吃亏吗？"

正当海猫不知如何是好的时候，香月又说："我最后问你一句，你必须给我实话，你跟吴江海是不是一伙的？就是吴若云她叔叔，县城保安队的大官！"

海猫眼珠子一转，心里思忖，他曾拿吴江海唬过吴乾坤和吴家的人，为什么不拿出他来再唬他们赵家一下呢？想到这里，海猫便说："是啊，是一伙的！如果哪个有钱的大老爷招惹我，放狗咬我，我就让吴大队长枪毙他们！"

赵香月手指海猫大吼："海猫！你……我真不该救你，你这个孽障！"赵香月说完，扭头跑出捻匠铺。

海猫望着她远去的背影，思虑半晌，一跺脚，自言自语："我就不信了，没有你我还还不了钱啦！"

海猫拿起账本和钱袋，赌气来到一座高门楼的大户人家，边举手敲门，边大声地喊着："开门，我是海猫，我来还钱！"

门开处，两只大狗猛地冲出来，朝着海猫又扑又叫，吓得他撒腿就跑。

第 九 章

虎头湾后山已是白雪皑皑，好像整个夏天的雨都变成了雪，一股脑地泼到了山的沟壑岔道、杨树松林间。海猫把最好的红松砍下来，放到自己刚修好的车上，然后在肩膀头上套根绳子，扶着车把拉着车，一步一滑地向山下挪动。

有道是，上山容易下山难，加之车上新砍下的红松又太沉，海猫脚底板一滑，这一来不是他拉车，而是车推他，因为车已失去控制，便由慢到快，呼啸而下。海猫感到不妙，双臂挂在车把上，龇牙咧嘴，嗷嗷乱叫。

在危险一触即发之际，林家耀突然赶来。他飞快地拾起拖在车尾部的绳子，用力拽着，车子下滑的速度顿时缓下了，很快得到了控制。海猫知道有人帮了他，气还没喘匀就转回头来致谢："兄弟，谢了啊！"

"举手之劳，不谢！"林家耀扔掉绳子，擦去额头惊出的冷汗。

海猫从车的一侧探头看清是林家耀，吓了一跳："哎哟哟，你看我这张臭嘴，上来就叫兄弟，真是该死！您是富贵人啊，这位大少爷，要不是您帮忙，这车上的木头非把我碾成肉饼儿！我怎么谢您啊，我给您磕一个吧？"

林家耀西装革履，看上去确实很高贵，但他平易近人，忙拦着海猫，满脸都堆着笑："这活儿就不是一个人干的，你怎么不叫个帮手？"

海猫顿时板起脸来："帮手？我呸！虎头湾有一个算一个，全是混蛋杀人犯，我用他们帮？"

林家耀忙问："看来你和虎头湾有仇，怎么回事？能不能说来听听？"

"说来话长……"海猫叹口气，潸然泪下。接着，他把为什么来到虎头湾，如何找到了亲生爹娘，爹娘又怎样被活活逼死的经过，全都告诉了林家耀。

林家耀这才恍然大悟："我明白了，你就是他们说的那个孽障海猫吧？"

"没错！他们说我是孽障，就是想把我沉到海里淹死喂鱼！"

林家耀又问："我问你，吴家的族长吴乾坤也参与了逼死你爹娘的事儿？"

"什么叫也参与了，他就是罪魁祸首！"海猫气愤地说。

林家耀愣了："你说虎头湾人人都是杀人犯？难道吴家大小姐吴若云也是？"

海猫摇摇头："你说她啊？她不是，吴若云和我同生共死过，她要是也跟着那些坏人害死我爹娘，那也太没良心了。"

林家耀大吃一惊："吴若云和你同生共死过？这话从何说起呢？"

由此，海猫打开话匣子，把他和吴若云经历的事一五一十全部告诉了林家耀。听着听着，林家耀的脸色不那么好看了，突然气愤地说："欺骗！这个世界就是这样，充满了欺骗……"

海猫随声附和："就是啊！那个吴江海吴大队长他就欺骗了我，说什么自己代表国家要替我做主，他以为我是傻子？我不傻，我什么都明白，我装糊涂的！他是吴乾坤的兄弟，肯为我枪毙他亲哥哥？那不可能！要不是他包庇，罪魁祸首吴乾坤就应该被枪毙！可惜呀，吴若云也被她叔叔骗了，还替他说好话呢！"

林家耀惊问："照你这么说，吴若云支持你告状，枪毙她爹？"

海猫一愣："也是啊，吴若云怎么可能为了我……要枪毙自己的亲爹呢？天下没有这样的理儿啊！难道这也是欺骗……"海猫真的糊涂了，等缓过神来，才发现林家耀已经走了。

林家耀独自来到吴乾坤的面前，直言不讳："吴世伯，任何事实我都可以接受，但是我不能接受欺骗！刚才我在附近的山上碰到了一个人，叫海猫。他说他去年秋天就认识了若云表妹，他们二人在海盗窝子里曾同生共死过……"

吴乾坤脸色陡变："贤侄，那个孽障怎么说的？你说给我听听。"

林家耀一脸的气愤："若云表妹到底有没有进过海盗窝子，对我来说并不重要，但是我不希望被欺骗！您上次对我说的那些话，我都已经跟家中长辈禀告过了，若不是事实，我岂不是欺骗家长！"

吴乾坤强作镇定："家耀，你好糊涂，连那个孽障的话也信？他来虎头湾就是想置我于死地，未能得逞，现在又来败坏若云的名声！我明白了，他一定是拿了赵洪胜的钱，姓赵的最怕我们吴、林两家联姻。他可真够狠的，连自己亲妹妹的性命都舍得搭上！"

林家耀有些不解：“吴世伯，您是说……”

吴乾坤打断林家耀：“贤侄你有所不知，我们虎头湾四百多户只有吴、赵两姓，几百年前两姓的老祖宗就闹掰了，几百年来势不两立！这个海猫应该是赵家族长赵洪胜花钱雇来的骗子，专门对付我们吴家的！”

林家耀难以置信地看着吴乾坤：“会有这样的事？”

“他们还勾结了海盗，你想若不是相互勾结哪有这么巧的事？若云从马车上摔下来，就正好砸在他身上，说书先生也编不出这样的故事来吧？”林家耀彻底傻了。

吴乾坤察言观色，他觉得正是时候，便一拍桌子，高声说道：“林家耀，我知道你们林家有权有势，可我吴乾坤绝不是攀附富贵之人。你要是想悔婚，少找托词！我闺女若云不愁找不到好婆家！你连那个骗子的话都信，可就别怪我这个当长辈的不讲情面了，送客！”

林家耀急忙争辩：“世伯，世伯息怒，我不是这个意思。家耀被那个骗子蒙蔽了，我向您赔罪！”

吴乾坤哼了一声，春草儿连忙上前抚摸着他的胸口，说：“哎呀呀，老爷息怒，家耀少爷宅心仁厚，上了骗子的当也是情有可原。”

林家耀向后退了一步，面对吴乾坤单膝跪地：“家耀糊涂，正式向您赔罪！”

吴乾坤一把扶住了他：“家耀啊，你向我赔罪没有用，这事要是让若云知道了，她那个性子……”

林家耀自然明白吴乾坤的意思，忙应允说：“我刚才说的那些糊涂话，请吴世伯千万不要告诉若云表妹！”

“我当然不会说。”吴乾坤对诚惶诚恐的林家耀说，“自从接到你的信我就一直在想，这订婚仪式在吴家举行，其实不妥当。原本这么安排是林家长辈给我面子，可我吴乾坤不能不知轻重！就在正月十三，海盗黑鲨偷袭了虎头湾，那天夜里，虎头湾又出了两条人命，这都是不祥之兆！我现在就写一封信给林参谋长，请他代为转告林家长辈，订婚这么大的事，还是等你和若云回到南洋再办吧！”

林家耀点点头：“也好，一切全听世伯的！”

吴乾坤已胸有成竹：“不是我要撵你走，如今虎头湾不太平，我总预感着还要出事。你是林家的长房大少爷，去年在我这做客之时就受了重伤，这一次若再有个三长两短……我可实在是担待不起呀！我的意思是你尽快带着若云回南洋，拜见令尊令堂，争取早日完婚！”

吴乾坤刚目送林家耀离去，春草儿就扑到他面前：“之前呀，我只知道老爷是武将会带兵打仗，今天我可领教了，老爷还是个文才，刚才那瞎话编的，我要是林少爷，也以为是真的呢！"

吴乾坤眼睛一瞪："混账东西，谁编瞎话了？"

春草儿嘴一噘："是，咱们家的千金大小姐，哪进过海盗窝子啊，吴若云可是贞洁烈女，被海盗抓了拼了性命跳海，淹死都不怕，在大海里边游了一宿，游回虎头湾了，行了吧？"

吴乾坤怒道："管住你这张臭嘴！你给我记住，若云和家耀的婚事要是不成，这个家就要败了！"

春草儿故作惊讶："哟，这么邪乎啊？"

"你看不出来吗？贼老二一门心思想回来祸害这个家呢。哼！先让他蹦跶两天，只要若云和家耀一完婚，我立刻去见林参谋长！咱们的亲家可是韩复榘司令官身边的大红人，收拾他一个小小的保安队长不费吹灰之力！收拾完吴江海，我就收拾赵洪胜，虎头湾有我们吴家，就不能有他们赵家！"

春草儿酸溜溜地说："听老爷这么一说，那咱们家大小姐嫁林少爷可就嫁值了！"

赵管家附在赵洪胜耳边嘀嘀咕咕说了好半天，起初赵洪胜无动于衷，听着听着便皱起了眉头，最后，他腾地从太师椅上站起来，急赤白脸地连声问道："什么？穷鬼们要见我？他们见我有什么事？"

"他们说那个孽障挨家挨户还钱来着，穷鬼们想要又不敢。"赵管家回答。

赵洪胜一拍椅子扶手："好啊，看来赵氏一族的人心都散了。去，把三伯他们，还有那个孽障还钱的人家都给我请到院子里来。"

族长大老爷的话就是圣旨，没多大一会儿，赵三伯、九老爷等几个赵姓有钱的族人，大橹娘、香月奶奶和赵老气等好多个穷苦人都聚集到了院子里。

赵洪胜走到院子里，微微地笑了笑，说："那个孽障说要还钱，你们动心了，想收下，是不是？"

香月奶奶从连连点头的穷人堆里站出来说："是啊是啊，族长大老爷，那点儿钱您是不当回事儿，可对我们穷人来说可不少啊。听说那个孽障把吴家的钱都还了，连吴乾坤和秧歌疯子的也还了，族长大老爷，咱们赵家……"

大橹娘接过话茬说："咱们赵家也收了吧。那钱可是我儿子出海半个月挣的工钱呀！再说，买啥棺材用这么多钱？吴赵两姓私通的男女，没沉海就便宜他们了，还让大伙儿凑钱买棺材！"

"放肆！"赵三伯大喝。

大橹娘吓了一跳，连忙说："对不住，族长大老爷。我忘了，要埋的是您家的大小姐，是得买口好棺材……"

"你以为我赵洪胜没钱给我亲妹妹买棺材？"赵洪胜含着眼泪抬起头来，"赵家的老祖宗啊，看看您后代的这些族人吧，只算着自己家里的那几个钱，把赵姓一族的安危全忘了！我告诉你们，我妹妹赵玉梅从来就没有做过对不起祖宗的事！二十年前，她被吴明义强奸才生下了那个孽障！吴明义把她带到一个深山老林里用铁链子锁着她，好不容易才逃回了虎头湾，却得了疯病！这一次那孽障回来寻亲，玉梅的疯病被勾了起来，才会当众认子，结果被吴乾坤那老贼抓住把柄，活生生地给逼死了！"穷苦人们本来不信，但是他们相信族长眼睛里真诚的泪水。

赵洪胜又说："我赵洪胜只有这么一个亲妹妹，我真恨不得跟吴家拼命。可是你们也都知道，吴乾坤年轻的时候打过仗，他们吴家人多枪多，为了赵姓一族的安危，我只能忍下这口恶气，哪承想昨天吴江海又回来了……你们真以为他是要为海猫做主吗？你们做梦吧！他就是想利用那个孽障置我赵姓一族于死地，让你们买口棺材才出了几个钱？你们知道他在我这里敲诈走了多少钱吗？"穷苦人们面面相觑，赵洪胜回头招呼，"管家，拿账本来，念给他们听！"

赵管家早有准备，他拿出账本翻了翻，说："还用念吗？白纸黑字写着呢，老爷三年收上来的鱼税钱都打水漂了。"

"这个钱我如果不给，你们挨家挨户都得有人被吴江海拉去枪毙！"赵洪胜转向赵大橹他娘，"我问你，那天夜里是不是你儿子负责看守海神庙？"

大橹娘浑身哆嗦："是。"

"因为让那孽障逃跑了，吴江海指名道姓要绑你儿子去枪毙！"

大橹娘瞠目结舌："啊？"

赵洪胜又说："香月奶奶，还有赵老气，你们给我听着，那日我可怜孽障海猫，就让香月去给他送点儿吃的，哪承想，那孽障诬告我下毒！我赵洪胜是正人君子，怎么可能用这种下三烂的手段？因此，吴江海想把罪名加在香月的身上！要不是我拿了钱，吴江海早就把她抓走枪毙了！"

香月奶奶和赵老气跪倒在地，异口同声地说："多谢族长大老爷！"

赵洪胜丢个眼神给赵三伯，赵三伯马上会意："你们光说谢有个什么用？吴江海敲诈走的这些钱，不能让族长自己担着！族长，我看这么办吧，咱们赵姓一族有一户算一户，平摊，把这钱兑上！"大橹娘、香月奶奶、赵老气以及所有的穷苦人们，一个个都傻了眼。

赵洪胜故作姿态，说："有一户算一户平摊，那穷人就更吃不上饭了。谁让我是族长呢，我出一半，剩下的再平摊吧！"

包括赵三伯，到场的人们纷纷跪倒，齐声喊道："多谢族长大老爷！"

香月奶奶和赵老气满怀感恩之心回到家，见了赵香月就念叨族长大老爷的好。赵香月问清事情的原委，不禁瞪大了眼睛："什么？族长大老爷是这么说的？"

香月奶奶说："可不是，你这辈子可得记着族长大老爷的好！以后逢年过节你都得去给族长大老爷磕头，人家不但让你回了家，还救了你的命！这份大恩大德，你这辈子要是敢忘了，海神娘娘都会怪罪！"赵香月哭笑不得，心里五味杂陈，她想说出赵洪胜下毒的真相，可是又不敢。

赵老气叹道："又要拿钱了，族长大老爷人真好，自己出了一半，可那一半摊在咱们家头上也不会是小数啊，娘啊，这回只能把房子抵给族长家了。"

香月奶奶说："抵了房子咱这一家子人去哪儿住啊？我孙子将来咋娶媳妇？这事我想了，赵大橹不是要娶咱家香月吗，跟他家要聘礼，把这份钱要出来！"

赵香月忙阻止："奶奶，这可不行！"

香月奶奶不理不睬："婚姻大事轮不到你个丫头插嘴！"

俗话说，树老根多，人老话多。这话多倒也罢了，她们说出来的话还都自认为正确。香月奶奶是这样，大橹娘也是这样。这时她正数落儿子赵大橹："叫你逞强，我都跟你说了在族长大老爷家做事能溜边儿的就溜边儿，出力气的事儿多干，露头的事儿少干！你倒好，族长给你脸让你扮乐大夫你还真敢扮！还自告奋勇去看守那个孽障。这回好了吧，险些掉了脑袋！"赵大橹不服，吭哧吭哧，憋了一肚子气没法出。

大橹娘抹着眼泪说："咱们娘俩过天日子容易吗？好不容易才从嘴里省下这几个钱，想的是将来给你置上条船，这下可好，都给了那孽障啦！"

赵大橹安慰道："娘，您别哭，我有的是力气，我多出海多打鱼，再挣！"

正在这时，香月奶奶进了门，她一句客套的话也不说，开口就抖出了要聘礼的事。大橹娘守寡多年，早就练出了嘴皮子的功夫："啥？你孙女是摇钱树呀！咱两家早把亲事说好了，你们现在还要加这么多彩礼？"

香月奶奶说："我也是没办法，今天在族长大老爷家你也都听清楚了，马上就要挨家挨户摊钱，我们家穷谁不知道，哪儿弄这份钱去？香月她爹有病干不了活，她弟弟将来也得娶媳妇，我们这一家子不指着香月还有别的指望吗？"

大橹娘被噎得一时无语，赵大橹早就憋得两眼发红了，他顺手抄起摇船的橹，起身冲出门去。刚一出门，赵大橹碰到赵香月，稍愣了一下，闷闷地奔向捻匠铺。赵香月意识到不好，悄然跟在他身后。

这时，在捻匠铺里，吴若云正轻声细语地安慰给爹娘做棺材的海猫。海猫终于擦去脸上的泪水，说："我不哭了，听你的，我得有骨气，不蒸馒头争口气！我现在有了房子，是我爹娘用命给我换来的。我以后就要靠双手干活，在虎头湾给自己成个家，让我爹娘在天之灵看着，我一定娶个像我娘一样漂亮的媳妇，她老人家准保喜欢。只可惜她看不见了，爹也看不见了呀！"

刚刚擦干眼泪的海猫又落下泪来，为人儿女者，最大的悲哀莫过于难能和父母共享自己的骄傲。吴若云似乎理解这一点，她走向海猫，心疼地将一只手放在了他的背上，海猫抓住了吴若云的手，进而将吴若云拉向自己。吴若云被海猫的悲痛所感染，也没有在意，用另一只手扶住了海猫的头。不料，林家耀突然一步闯进，抬手一拳砸在海猫的脸上。

吴若云尖声叫着，来不及阻拦，林家耀一把将人摔出门去。海猫一个跟跄倒在地上，还没等缓过神儿来，恰巧被刚赶到的赵大橹一橹拍在背上。

当赵大橹再次抢起橹，赵香月已从后面冲过来，大喊道："大橹哥！"与此同时，吴若云双手拽住了还想继续攻击海猫的林家耀。

海猫在地上打着滚儿，嘴里直叫唤："救命啊，杀人啦——"

自从林家耀拳打海猫后，吴若云便对他产生了一种陌生感。她不明白一个高贵门第的子弟为什么心会那么硬，出手会那么狠。吴若云将自己的疑问说给槐花听，不料槐花一语解开心结："我看是小姐的心乱了。你一边想嫁给林少爷，一边又对那个海猫……"

"我对他怎么了？"

槐花说："你心里有他了！"

"你胡说！我掌你的嘴！"吴若云说着举起手来，吓唬槐花。

槐花和吴若云很亲，两人私处的时候，没有什么小姐丫鬟的规矩，所以仍然直言："有了就是有了，人家说破了你还要打人！我从小就跟着小姐，你心里是怎么想的我一眼就能看出来！小姐，这样不行，你赶紧把那个叫海猫的孽障忘了，以后再也不许去见他。林少爷多好啊，天下再也没有比他好的人了，你要是错过了，会后悔一辈子的！"

吴若云愣愣地看着槐花，脑子很乱，一时间说不出话来。她让槐花陪她到大院的长廊走走，却不料迎面碰上了林家耀。林家耀是个直肠子的人，见了面，开口就说："若云表妹，我想跟你谈谈。"

吴若云不冷不热地说："有话你就说吧！"

林家耀说："我知道，你是个善良、有同情心的女孩子，可是你也要知道站在你对面的那个人是谁！海猫是个骗子，他拿了赵家的钱勾结海盗，到虎头湾来就是专门对付吴世伯的，你怎么能对他……"

吴若云眉头紧锁："你说什么？谁跟你说的这些？海猫什么时候变成了骗子？

他还拿了赵家的钱，勾结海盗？真是可笑！我告诉你，林家耀，海猫是个好人，也是个可怜人。他是我的救命恩人，我不允许有人诋毁他，更不允许有人伤害他！不管出于什么原因，如果你再对海猫动手的话，我以后就再也不会理你了！"吴若云说完，看也不看林家耀，赌气拉着槐花就走。

在虎头湾前海边的沙滩上，赵大橹和赵香月也在为海猫争论不休。赵大橹说："你说打死人要偿命，这个我懂！但是，好汉做事好汉当，打死海猫我是为虎头湾除害，就是枪毙我也不怕，省得他再祸害别人！"

赵香月反问道："他祸害谁了？他的爹娘都被祸害死了，他比谁都可怜！"

"香月，你这是怎么了？为什么总是替那个孽障说话？"

赵香月掩饰着内心的情感："我知道，我奶奶跟你娘说了啥，她也是怕我爹卖房子急的。你就压不住火了？你也不想想，咱们两家街坊邻居住着，咱俩从小一起长大，我能跟你要那么多彩礼吗？你个傻子，白长这么大个子了，一点儿心眼都不长，跟你要了彩礼，进了门我不得跟你过穷日子？"

赵大橹摸着脑袋说："可也是，但你娘走的时候欠下的债，你们不是到现在还没还清吗？这次赵族长摊下来的钱咋办？"

赵洪胜摊钱的事，赵香月早已心生怀疑，但又她没法跟赵大橹说明白，只好含糊其辞："凭啥族长说摊钱就摊钱？我找他评理去！"

赵香月自认为她给赵玉梅大小姐当过丫鬟，更因为她和赵洪胜都清楚给海猫下毒的事，就凭这两点，她大着胆子来到赵洪胜面前，正言相告："族长大老爷，我爹有病干不了活，我奶奶年纪大糊涂了，我们家的事，现在就我做主，您摊下来的钱，我们家不出，如果海猫退还的话，我要了！"

赵洪胜从椅子上起来，一步步逼近赵香月："我知道你们家穷，但我也跟你说过，你可以留在我家不走……"

赵香月连连后退，避开赵洪胜那可怕的目光："族长大老爷，我说我们家不出钱，不是因为穷。我听说吴江海诬蔑我给海猫下毒，是族长大老爷出钱才救了我的命，就为这个事，吴江海敲诈的钱我们家得出一份对不对？那行，我到保安队找吴江海去，谁给海猫下的毒我不说，让他回来查！"

赵洪胜笑了："我说的嘛，自从你一进我家的门，我就喜欢你。你跟一般的丫头可不一样，性子够刚烈，嘴够厉害，这样吧，摊下去的那份钱你们家免了。"

赵香月不懂得要挟，也没想到要挟会这么灵验，所以仍然不动声色地说："族长大老爷吐口唾沫砸个坑，您说话可要算话！"

赵洪胜一本正经地说："香月啊，我什么时候说话不算数了？想当初我想留你你没答应，现在你是自由身了也不耽误。你要愿意，可以再回来，坐着轿子回来！"

涉世未深的赵香月一时不解："坐着轿子回来？"

赵洪胜色眯眯地盯着赵香月："你知道的，夫人瘫了多年，身为族长大老爷，我可从来没纳过妾。香月啊，你要是愿意……以后谁还敢说你们家穷啊？"

赵香月恍然大悟："族长大老爷，您别说这种话了，香月已经许了人家！"赵香月说完，转身就走。赵洪胜想追，又顾忌体面，只能作罢。

赵洪胜那副色相虽然吓得赵香月出了一身冷汗，但是给她家免了摊下来的钱，她多少感到有些意外。她小鸟似的飞回家，告诉了奶奶和爹，还告诉了一直在沙滩上傻等的赵大橹。大家不知内情，一个个满心欢喜，都说赵洪胜是个大善人。

有道是，可怜之人必有可恨之处，大橹娘就是这样的人。当赵大橹把赵香月家免钱的事告诉她以后，大橹娘脸一板，问儿子："香月是什么人？凭啥她一说，族长大老爷就给她免了？"

赵大橹凭着自己的猜测，说："娘，您多心了。香月是大小姐的贴身丫鬟，大小姐死了，族长大老爷自然对香月格外开恩吧？"

大橹娘一巴掌拍在赵大橹的脑袋上："你这里边是死葫芦，不透气吧？我说最近怎么一看见她就不顺眼呢，走道还会扭腰。小时候是个憨厚孩子，自从进了赵家，你看把她给骚的！我明白了，她这是白天伺候大小姐，晚上伺候族长大老爷呀！"

赵大橹争辩道："娘，您说啥呢？您不相信香月就算了，但您不该怀疑族长大老爷啊，他可是咱虎头湾出了名的大善人啊！他……"

大橹娘打断赵大橹："什么善人不善人的，天下没有不吃腥的猫，娘的话错不了，要不然，凭啥给她免了呀？你以为那是小钱啊？儿子，你出海打鱼半年挣的钱，她个小丫头片子一句话就能免了，有这么便宜的事吗？香月要是不清不白，可不能让她进咱家的门，我就你一个儿子，不能让人糊弄了！"

捻匠铺里，海猫已把从山上砍下的红松锯成了板材，他又找来一条长凳，用斧子在长凳的一头钉个木橛，然后将板材顶在木橛上，便弯腰撅腚推起了刨子，那刨花犹如翻卷的浪花，层层叠叠。

赵香月鬼使神差地来到捻匠铺门外，她从生活中学会了谨慎小心，于是，四下里好一阵子观察，确定了没人注意，才蹑手蹑脚进了铺里。

海猫从刨花中抬起头，一见赵香月便不由自主地抄起斧子，明晃晃地举在半空，说："小姨，那个大个子来了没有，我跟他拼命！"

赵香月哭笑不得："就你？拼命，你也不是他的对手！"

海猫心服口不服："哼，那会我是没有防备，等明天让我逮着机会，我非给他一斧子，让他知道知道他爷爷的厉害！"

"你跟谁充大辈呢？他姓赵，跟你娘也是一辈的！"

海猫一脸的不忿："跟这样的人论辈分，真是倒霉！"

赵香月寻思半晌："海猫，听我一句劝好吗，你赶紧走吧！"

"我不走！"海猫说着又去刨木板。

赵香月指着海猫手里的刨子问："你这是干吗？"

海猫头也不抬地回答："给我爹娘做棺材，做一口世上最好的棺材！"

"赵家的钱不是没让你退吗，不够你买棺材？"

"赵家的钱我早早晚要退，我不用别人的钱！我就要亲手给我爹娘做一口最好的棺材！他们二老活着的时候我不能尽孝，死了我也要尽孝！"海猫边刨木板边说。

赵香月心头一阵热浪翻卷，嘴上却说："那你做到什么时候啊？海猫，整个虎头湾没人不恨你。你若不走，早晚得被人害死！"

海猫一斧子砍在木板上，那斧柄颤抖着，铮铮作响，他神情激愤地说："我凭什么走？凭什么走啊？二十年了，我好不容易有了家，我不走！我已经跟我爹娘发了誓，我就要守着虎头湾的这个家。房子是我爹娘用命给我换来的，我要用我自己的双手养活自己，我还要娶一个和我娘一样漂亮的媳妇，我要让我爹娘在天之灵看着我成家立业，好好过日子！"

赵香月吃了一惊，双目圆瞪："你疯了吧，你不要命啊？你还认不认我这个小姨啦？"

海猫抬眼看着赵香月："认，你救了我，整个虎头湾，我就欠你一个人的情！"

赵香月顺势说："那你就听我的话，快走吧！我知道你把吴家的钱都还了，可是赵家的钱也不少，你就知足吧，拿着钱快走！"

"你真是为我好？"海猫笑着问，随后，眼珠一转，说，"那你嫁给我吧！"

"你……"赵香月抬起手来要打，却又不忍。

海猫把脸伸了过去："来，再打我一巴掌。上次咱俩在那个荒岛上，你打得我心里直痒痒！"

赵香月气得一甩手："可笑，大小姐怎么生了你这么个儿子，真是个孽障！"

"我没跟你说笑话，你嫁给我吧，我们今天就成亲，我一辈子好好对你！"

赵香月板着脸说："不许你再胡说！"

海猫一本正经地说："小姨，就算你帮帮我，我真的想成个家，我就是要让虎头湾那些恨我的、想撵走我的人看看，我海猫不是好欺负的！"

赵香月觉得又气又好笑："你这只不知死活的猫，你爱走不走，我可告诉你，你死了，我不会为你掉一滴眼泪！"说罢，赵香月头也不回地离开了捻匠铺。

海猫望着赵香月远去的背影，呆呆地愣在那里，好半晌才俯下身来，继续刨木板。然而，他可曾料到他的这个玩笑会改变赵香月的一生呢？

岂不知世事变化多端，接下来海阳县长的一个动议，也同时改变了海猫的一生。话说自从吴江海离开虎头湾，把所有的敛财交给县长以后，他的腰杆挺得更直了，说话的嗓门更粗了，简直就是一个春风得意。

这天，吴江海奉命来到县长办公室，进门就抱拳："大哥叫我来，是不是要告诉兄弟，您高升的事有眉目了？"

县长一巴掌拍在了桌子上："哎，不瞒兄弟你，这年月想当个官真他奶奶的难！光有钱还不好使，上面还要跟我要人哪！"

"要人？男的女的？"吴江海笑着继续说道，"大哥，您是知道我的，我在那条门路里面是最有人缘的，上峰要是喜欢娘儿们，你交给兄弟我办这差事准没错！"

县长一拍桌子："混蛋！什么娘儿们，上面跟我要共产党！他们也不知是怎么得到的消息，说共产党昆嵛山游击队的头目王天凯在咱们海阳出现过，而且你们这群废物还没抓着，让人跑了！上面说了，既然王天凯在海阳出现过，那海阳共产党就少不了，限期十天，如果交不出共产党来，那就是我无能。甭说提升了，连县长这顶乌纱帽都保不住！"

吴江海一脸的无奈："如果不是要娘儿们，那兄弟就无能为力了……"

县长"啪"的一巴掌抽在吴江海的脸上，说："你混蛋！你这个保安队长是吃屎的啊？你早知道没本事抓到王天凯，你别把消息散布出去呀，这下倒好，连我都跟着你倒霉！"

吴江海忍气吞声："对不住大哥！"

"对不住有个屁用，赶紧去给我抓共产党！上次虎头湾那个案子，为什么平白无故死了人，而且连凶手都找不着，这一听就是共产党干的呀！"县长气急败坏地说。

吴江海肯定地说："不是，是封建余毒干的！"

县长大怒："封建余毒是刀子还是枪啊？封建余毒能杀人？只有共产党才神出鬼没，杀了人没有影儿，就算不是共产党直接杀人，也一定是幕后指使！"

吴江海恍然大悟："兄弟明白！"

县长语气一缓："你这就去虎头湾，还坐我的汽车去，抓共产党要大张旗鼓，抓住了要公开枪毙，动静闹得越大越好，最好让上面知道，这叫政绩！还是那句话，我要是高升了，这张椅子就留给你。我的乌纱帽要是保不住了，你这个保安队长也就甭想当了！"

第 十 章

平时，吴若云很少在自己的闺房里吃饭，自从吴乾坤不让她出门，她就推说身体不舒服，让婆子下人们把饭菜送到房里。吴若云把送来的饭菜装进食盒，让槐花送给海猫。

槐花直撇嘴："我不去！要是老爷知道了，准得打我板子！"

吴若云吓唬槐花："你不去也行，那我可告诉你，出了正月我就要和林少爷去南洋了，我记得我以前答应过你，走之前求我爹把你嫁给吴天旺。你现在这么不听话，我可就没办法帮你啰，我答应你的事也就不算数了！"

槐花被击中要害，急得要死要活："你不是不知道，人家和天旺哥从小就定了娃娃亲，他为了开脱我，替我顶罪，腿都被打断了。小姐不看我的面，也该看天旺哥的面呀！"

吴若云心一横："我谁的面都不看，我就问你，去还是不去？"

槐花无奈："去还不行吗？"

槐花说完，弯腰整理着食盒里的饭菜，看着有银白色的煎鲥鱼，金黄色的炸黄花，还有鲜味扑鼻的鲅鱼馅的蒸水饺，心里便突然想起了吴天旺。眼下他的腿已经好多了，虽说伤筋动骨一百天，但因吴若云请来的郎中手艺好，再加上照顾周到，他可以用一只手扶着炕沿慢慢挪动了。想着，槐花便拐进吴天旺的长工屋，把应该送给海猫的食物送给了吴天旺，做了个顺水人情。

离吴家长工屋不远的赵香月的家里，赵香月趁奶奶不注意，偷偷从灶上的锅里铲下焦黄的玉米饼子，转身装进小竹筐里，让弟弟赵发给海猫送去。

赵发不去，说道："我才不去呢！他是孽障，孽障会害死人的，虎头湾的小孩都怕他！"

赵香月哄着赵发："别听他们瞎说，没啥可怕的。按辈分啊，他得叫你好听的呢，你就帮姐一回，把这两个饼子送去，让他吃顿热乎的。回来，姐给你一块糖，姐的糖都是族长家的大小姐赏给我的，可金贵了！"

"现在就给！"赵香月无奈，拿出自己的小包来，包里边只有四五块糖。她拿出一块给了赵发。

赵发提起小竹筐，蹦蹦跳跳来到捻匠铺。这时的捻匠铺满屋子的刨花，棺材虽然做得歪歪扭扭，却已成形，孤单单地摆在那里，看着有些瘆人。

赵发小心翼翼地走进门，只见海猫正抡着斧子钉棺材板，心里已有三分胆怯。海猫已发现赵发，冲他就问："你是谁家的孩子？"

赵发向着门外退缩："我是来给你送饭的。我不是孩子，我是赵香月的兄弟，按辈分你还得管我叫好听的呢！"

海猫笑了："噢……那我得管你叫小舅！"

"小舅？好听，给，吃吧！"赵发笑了，说着，就把小竹筐递到海猫眼前。海猫放下手里的斧子，掀开盖着小竹筐的布，抓起一个玉米饼子就往嘴里塞。

赵发看海猫吃饼子吃得那么香甜，流出了口水。海猫看见了，不忍再吃下去，于是从小竹筐里拿起另一个玉米饼子说："小舅，你还没吃饭吧？给，你吃这个！"

赵发伸出手，又缩回来："不行，我拿了我姐一块糖，答应给你送饭还答应了全都送到，半路上不偷吃。"

"言而有信。小舅，别看你岁数小，你可真懂得做人的道理，这……你将来要是行走江湖，那一定是个了不起的人物啊！"海猫竖起大姆指夸道。

赵发笑了笑："你说话好听。"

"是吗？我好像有几天没说过话了，你知道吗？这几天我没出过门，也没人来过我这儿，所以今天我特高兴，你要是觉着我说话好听，你天天来吧！"

赵发摇摇头："那可不行，你是孽障！"

"嘿，你这死孩崽子！"海猫顿时急了，说着，下意识地抄起了放在身边的斧子，吓得赵发扭头就跑。

海猫端着斧子追出来，却与正站在捻匠铺门前的林家耀撞个满怀。林家耀伸手将海猫推个趔趄："你真有本事，跟一个孩子抢斧子。"

海猫攥紧手里的斧子，指着林家耀虚张声势："你来得正好，我告诉你，那天我是看在你帮过我的分上才饶你不死，要不然就凭你，能占了我的便宜？"

"这么说那天你让着我了？"

海猫神情傲骄地说："那是，你爷爷我行走江湖这么多年，不是白混的！我手里这把斧子挨着的就死，碰着的就亡。不信试试！"

林家耀笑了，将外套脱掉，搭在平板车上，摆出格斗的姿势："好，那就试试！"

海猫举着斧子，双腿发软，但嘴上却硬："我……你爷爷手下不斩无名之辈，你报上名号来，你到底是谁？”

"你知道的，我姓林，名家耀。"

"你姓林？虎头湾只有吴赵两姓，你不是虎头湾的人，我没得罪过你，那天你凭什么打我？"

林家耀义正词严地说："你也不是虎头湾的人，你为什么要来这里招摇撞骗？我警告你，天网恢恢，疏而不漏。你这样做，不会有好下场的！"

海猫收起斧子，给自己找了一台阶下："你说什么乱七八糟的，听不懂！爷爷没工夫搭理你！"

林家耀见海猫回了屋，想了想，拿起外套跟了进去。他看着歪歪扭扭的棺材，感到奇怪："你在做棺材？给谁做？那天你跟我讲的那些是真话吗？"

海猫低头推刨子，那刨花弯曲着挤出来，就像林家耀的一个个问号，海猫不理睬，也不想回答，但又架不住连声的追问，最后还是告诉这是为他冤死的爹娘准备的。林家耀看到了海猫的真诚，松一口气："如此说来，你不是骗子！"

海猫"腾"地站了起来，再次抄起斧子："原来你把爷爷我当成了骗子啦？你别以为我怕你，刚才是在外边，我跟你动手师出无名；现在你进了我的家，我随时都可以把你赶出去，我砍死你白砍！"

林家耀笑道："我根本不会跟你动手，因为我答应了别人。"

"别人？你说的别人是谁？"海猫疑惑地问道。

林家耀故作神秘地说："每个人有每个人的秘密，我没有权力告诉你。"

"你不告诉拉倒，我也没空听你的秘密。木料不够了，我还得上山去砍去，你走吧！"说着，他便收拾东西往门口走。

林家耀跟上去说："上山砍木料不是一个人能干的活儿，要不要我帮你？"海猫虽然在林家耀的眼神中看到了善意与关怀，他还是犹豫该不该答应。

秧歌疯子永远穿着那件快要被拔光毛的羊皮袄，在虎头湾的广场上，模仿扭秧歌的乐大夫，挥舞起手中的一截马尾松枝，闪腾挪移，又唱起了秧歌调：

> 天灵灵，地灵灵，
> 海神娘娘快显灵！
> 保安队来到虎头湾，
> 这里从此不安宁！

正在补渔网的海螺嫂一听吓了一跳，她顺着秧歌疯子手指的方向看去，只见保安队迈着肃杀的脚步，簇拥着行驶缓慢的汽车，像一群漫天飞舞的蝗虫，遮天蔽日而来。顿时，虎头湾的大街小巷尘土飞扬，一片嘈杂。声音传进吴母的屋内，吴老太太抓起铁拐杖，说："龟儿子又来了？别等贼老二当着全虎头湾人的面点我老太太的名。走，我倒要看看，他这回想干啥！"

一直站在吴母身边的吴乾坤说："娘，您不用出去了。刚才我已经见着人了，他说天凉，就不劳驾您老人家了。"

吴母一跺铁拐杖："黄鼠狼给鸡拜年，这回他没憋好屁。儿子，你可得见机行事，当心中了他的奸计！"吴乾坤心里自然明白。

与吴乾坤深有同感的还有赵洪胜，他对闻风报信的赵三伯说："这才把瘟神送走几天啊，没料想他又回来了。可是，来了我们又能怎么样？自古民不与官斗，我们只能忍气吞声。只要不让他们抓住把柄，还能将我们赵姓一族全灭了不成？"

赵洪胜和吴乾坤各怀打算，先后来到早已聚满人群的虎头湾广场。这时，吴江海正站在高台之上，大放厥词："去年秋后，共匪在昆嵛山暴动了，他们想翻天啊。韩主席司令长官很生气，蒋委员长也很生气，我也很生气。我为什么生气啊？是因为共匪到了虎头湾。"

坐在吴乾坤身后的春草儿，一见到吴江海就眉飞色舞。她偷偷看一眼正襟危坐的吴乾坤，悄悄挪动了一下身子，好让吴江海看到自己。这一细微的动作，没逃过赵洪胜的眼睛，但他全然不去理会这些。此时此刻，赵洪胜心里正琢磨吴江海为什么提到了"共匪"，他要闹什么幺蛾子。

吴江海继续讲道："我吴江海可是虎头湾人，这是我的家啊！共匪都闹到我家里来了，这么大的事儿，你们怎么不告诉我啊？不过我这个人吧，碰到什么事儿都愿意往好处想。我这几天就琢磨，之所以没有人告诉我，可能是你们都无知，不认识共匪。我现在给你们讲一讲，共匪，首先是匪，比海盗还要凶恶，比鲨鱼还会吃人！他们还要共房子、共地、共产、共妻！总之，要是让这共匪在这虎头湾祸害下去，我们人人都不得好！所以，我这次回来就是要把共匪全抓出来，还虎头湾太平！当然了，这共匪都很狡猾，也不是那么好抓的。你们回去都给我好好想想身边谁是共匪，赶紧供出来。若有包庇，被我抓到了，株连九族！"

吴江海一翘尾巴，吴乾坤就知道他拉什么屎，他已经猜到他此行的目的，不由得后脊背直冒凉气，脸色铁青。赵洪胜虽然不甚了解吴江海，但他了解吴乾坤。他见他铁青着脸，便预感到了此后不尽的麻烦。

只有春草儿一无所虑，什么共匪不共匪的，她才不管呢！在春草儿的眼里和心里全是吴江海，她感到自己的小叔子挎着手枪，戴着大盖帽，威风凛凛，能说会道，真长吴家的脸。

站在台下的赵香月、赵大橹、大橹娘，还有海螺嫂和老犟眼子等渔家百姓，也看不透吴江海的阴谋，他们只关心自家过日子。

吴江海一改常态，先是出人意料地给吴母磕了头，接着便提出就住在吴家的西跨院。这西跨院正住着林家耀呢，吴乾坤亮出林家耀和吴若云的姻缘关系，想让吴江海有点儿收敛，不料他竟来了个老虎拉碾——不听那一套。

"大哥，清缴共匪可是天下头等大事，就算是到了林参谋长那儿，还能因为他的侄子跟若云成亲，就不让我剿匪了呀？"万般无奈，吴乾坤只好就范，遂了吴江海的愿。

吴母气得直杵铁拐杖："他不是要住在家里吗？好，给他下毒！机不可失，时不再来。这条狼不死，咱就得死！"

吴乾坤好言抚慰："娘，您先咽下这口气，忍一忍。等若云和家耀完了婚，我借着会亲家去找林参谋长，立马收拾了这个畜生！"

你恨你的，我行我的，吴江海找到了住处，转身就去找吃。他带小喽啰泥鳅来到赵洪胜跟前，开口就说："老赵啊，我记得小时候咱们一起读私塾，你们家的管家每天给你送饭都有扣肉，那叫一个香哎，闻着我就流口水。这么些年过去了，我梦里边都想吃这一口！"

"大队长，我这就吩咐他们设宴，备酒……"

吴江海挥手打断赵洪胜："吴乾坤是我大哥，一见我回来了，就把最好的西跨院腾出来给我住了，我也不能不给他面子，从今往后，我住在他们家，吃你们家的饭，要不然一定会有人说我断事的时候不公道！"

赵洪胜明知自己吃了个苍蝇，还要伸脖子咽下去："大队长说得是，您的饭我赵家包了。您爱吃扣肉不要紧，我让他们顿顿给您送过去。"

"光给我送不行，还要给我的这些弟兄们送！你别忘了大事，记住共产党！共产党的事不是儿戏，无论如何，我这次回来都得抓走十个共产党，你们赵家起码得有五个吧？这可是县长的意思，老赵啊，你赶紧跟他们商量商量谁是共产党吧！"

赵洪胜的头"嗡"的一声响，顿时傻了。

虎头湾南临大海，北靠青山。特殊的地理位置，营造了特别的气候特征。这里的冬天，下雪不冷雪后冷，西伯利亚的寒风越过群山，打一个旋儿冲过来，专钻骨头缝儿，那真叫个冷！

就在这样一个寒冷的天气里，林家耀和海猫前拉后推地控制着满载红松木的架子车，现在已气喘吁吁，大汗淋漓。

"林大少爷，您累了吧，咱歇会儿？"

"不啦！海猫，看来我误会你了，这个世界对你不公平。"

"啥公平不公平的，我海猫就是这个命！"

"离开虎头湾吧，很多人对你有误会。对你来说，这里不安全。"

"不行！三十里地撵个蚂蚱，不为口肉为口气。我已经对爹娘发过誓了，今生今世我一定要在这里成个家，我还得娶个媳妇呢！得像小先生或者是像小姨那么漂亮的女人！"

"谁是小先生？谁是小姨啊？"

"林少爷你说过，人都有自己的秘密，我的秘密不能告诉你！哎，对了，那天你打我的时候吴家大小姐是和你一起来的，你跟她怎么回事儿啊？"

"你说的是若云吗？她是我的表妹。"

"咱俩这叫不打不相识！对了，你是不是以后就住在虎头湾了？"

"不，我很快就要走了。"

"噢，好不容易碰上一个能说话的人，还要走了。"

"还有几天，我可以帮你打完这口棺材。反正闲着也是闲着，我帮你，也算为上次的误会道歉吧。"

"你是有钱人，我哪能让你跟我干这种活呢？更不能让你道歉啦，我行走江湖这么多年都没遇上过你这样的人，真新鲜！"

"你别这么说，人和人都是平等的，尤其是在虎头湾，这里除了姓吴就是姓赵，你姓海我姓林，只有咱们两个是外姓人，交个朋友也未尝不可。噢，今天时候不早了，我先回了，明天我再来。"

林家耀告别海猫，漫步回到赵家大院。刚一进门，一个声音从身后传来："林少爷留步！"

话音未落，吴江海满脸堆笑地追了上来："是林大少爷吧？我是吴若云她叔叔，我叫吴江海，海阳县保安队大队长。"

林家耀不紧不慢地说："噢，吴大队长，从若云表妹那边论，我该叫你叔叔吧？"

吴江海觍着笑脸："不客气，今儿我刚一回来就听说家里来了贵客，把我的西跨院都给住了。"

林家耀一愣："噢，我住了您的房子？"

吴江海恭维地说："也不能算，那西跨院以前是我娘住的，我从小就在那院里长大。你要是不来，我回来自然是要住那儿的，可既然你来了，我住客房也没关系！"

"不，不，不，叔叔，我搬到客房去住。"

吴江海就坡下驴，说道："那也好，我毕竟是长辈嘛，你们小辈给长辈腾地方，也是应该的。林大少爷果然是大家公子，不光一表人才，还知书达理，懂得尊敬长辈，可喜可赞啊！"

林家耀不愿与吴江海多寒暄，立马走进西跨院，弯腰便收拾起自己的行李。吴江海站在一旁，边看边说："若云这丫头啊，我看着她长大的，聪明又伶俐，人长得也漂亮，只可惜太毛躁，办事不动脑子。你就说前两天吧，她带着一个叫海猫的外乡人，到县城里去找我。就为了那么一个野小子，非要跟她爹作对，巴不得让我判她爹杀人之罪，你说这姑娘……哎，也不知道她爹是怎么教的！"

林家耀抬头问道："有这样的事吗？海猫我认识，他倒是个很可怜的人。"

吴江海故作惊讶："他可怜？可怜之人必有可恨之处，挺好的个小伙子不务正业，光在女人身上动脑筋，他不可恨？"

"叔叔的意思我不懂，怎么叫专在女人身上动脑筋？"吴江海见林家耀来了兴致，接着胡扯，"有些男人专门练这功夫，那眼神只要一看女的，女人的心就被他勾搭住了，海猫就是这种人，而且功夫了得。要不然我大侄女能为他……家耀贤侄啊，你别往心里去，我也是生气，恨自己家的孩子没管教好。等她嫁到你们家，你对家里的长辈说，把她看严点儿，应该不会出什么不守妇道的大错！"

林家耀脸憋得通红："叔叔，你是说海猫和若云……"

吴江海添油加醋道："他们之间早就认识，好像去年秋天还一起去过海盗窝子。"

林家耀松了一口气，说："这些我都知道，那不过是一次偶遇，他们联手智斗海盗，能活着从聚龙岛逃出来实属不易。"

吴江海阴声阴气地说："啊，就是啊，不容易啊，一个男人和一个女人在一起历经生死，发生了什么事情都有可能……"

林家耀不知怎么收拾好的提箱，也不知怎么离开的西跨院。说来真是巧了，在吴家后庭院的长廊，他迎面碰上了吴若云。林家耀已经领教过她的脾气，尽管被吴江海搞得自己一肚子问号，他还是绕个圈子，说："若云表妹，你知道吗，我跟海猫交了朋友。"

吴若云很意外，笑道："噢，是吗？"

林家耀继续试探道："他跟我说你们曾经同生共死过。"

"就算是吧，要是没有他，我真的不知道能不能活着离开聚龙岛。"

林家耀不想再绕圈了："所以为了他，你宁愿跟吴世伯闹翻？有人说一个女儿为了一个男人背叛她的父亲，那么她和这个男人之间一定……"

吴若云心里不设防，随口说道："不管怎么样，作为吴姓族长，吴明义和赵玉梅的死，我爹有错。"

"若云表妹，请允许我不做任何判断，我只是想了解你和海猫之间到底是怎么回事儿。你们真的是偶然认识的吗？也太巧了吧，你从马车上跌下来就正好砸在他身上？你们双双被绑到聚龙岛，他当着那么多海盗，连性命都不顾愿意陪你一起去死？听起来太像编故事了吧？"

吴若云吃了一惊："林家耀，你到底想说什么？"

林家耀接着说道："我说了我不做任何判断，只是想了解真相。你要知道，上次在虎头湾我受了伤，我叔叔和我父母都有很多疑问，是我说服了他们，但是我希望我告诉家人的是真相，而不是被欺骗的结果。"

吴若云急了："我从来没有欺骗过你，我也没有必要欺骗你！是，我父亲答应了这门婚事，可我从来没有说过我一定要嫁给你。你们林家的门槛高，规矩多，你要是觉得我配不上你，这回你根本就不用来虎头湾！我吴若云难道嫁不出去了吗？别以为你们家有钱有势就有什么了不起！亏你长这么大个个子，你的心眼还没有海猫的大！还说什么跟海猫交了朋友，你就是不相信我想去打听消息！结果怎么样啊？你觉得我和海猫之间不那么简单？对呀！我们同生共死过，感情当然不简单！你要是不能接受，这门婚事，我吴若云还不认了呢！"

管家急步走进客厅，说："老爷，赵家送来一桌酒席，说是二老爷点的，您看怎么办？"

春草儿说："哎哟，二老爷可真威风。回来了，都不带端自个儿家饭碗的，让赵家送！"

吴乾坤瞪一眼春草儿，说："既然是送给他的，那就送到他客房去！"

管家点点头："老爷，还没跟您回禀呢，二老爷已经住到西跨院了……"

吴乾坤一愣："什么？那林少爷呢？"

"好像是林少爷知道二老爷回来了，主动给他腾了房。"

吴乾坤没好气地说："那就让他们送到西跨院去！"

"别价！"吴江海一步跨进客厅，"我让老赵送饭过来就是想请大哥你也尝尝他们赵家的饭，尤其是扣肉，可香了。管家，就让他们送到这儿来，我跟我大哥好好喝两盅。哎，嫂子也在呢，嫂子可否赏光一起喝两盅？自打您进门，兄弟我还没跟您在一张桌上吃过饭呢！"

春草儿一听，巴不得呢，媚笑道："看您说的，叔叔，一家人就该在一张桌上吃饭嘛，是吧老爷？"

吴乾坤沉着脸："那就在这儿吃吧。"

管家要出去，吴江海又把他叫住："等会儿，叫我大侄女还有林大少爷都一起来！咱娘就不叫了吧？她气性大，要是知道饭菜是赵家送来的，那还不得气得——万一一口气没捯上来再憋出个三长两短，咱这饭还咋吃啊，是吧大哥？"

管家看着吴乾坤的脸色，吴乾坤一挥手，他便退了出去。

吴乾坤铁青着脸说："老二，既然你叫一声咱娘，就请你说话放规矩点儿。我知道你是大队长，可是在吴家，你要是对老人说话不恭，可别怪我动家法！"

吴江海说："大哥，您既是族长又是家长，教训得对！兄弟我早早地被赶出了家门，在外边可没怎么学好，说话不规矩，您多原谅！"

春草儿怕哥俩闹翻，背着吴乾坤，一直对吴江海挤眉弄眼。

这时管家又走进门来说："林大少爷说累了，饭就不过来吃了。"

"那我大侄女呢？去叫她过来呀！"

吴江海的话音一落，槐花走进门来，说："大小姐说她不舒服，就不过来吃了。"

吴江海一见槐花，眼睛立刻直了："大哥，这谁呀？"

"若云的丫头，槐花。"

没等吴乾坤声音落下，吴江海便色眯眯地说道："槐花？哎，我记得你啊，几岁就进了我们家的门，小时候跟柴火似得，现在出息成这样了，你多大了？你先别说，让我想想，比若云小一岁，十七了，哎，真是女大十八变……"吴乾坤板着脸，朝槐花一挥手，槐花逃也似的走了。

槐花逃回吴若云的闺房，捂着"怦怦"跳的心，过了好半晌才对躺在床上的吴若云说："小姐，我告诉老爷了，那个二老爷……我不说他了。我跟你说，小姐，刚才我碰见林大少爷，他说他想约你去老地方。他说您知道是哪儿。我跟林大少爷说您还没吃饭呢，让他多等一会儿。小姐，您快吃吧。"

吴若云无精打采地说："我没胃口，你都拿去给天旺吃吧。"

"真的？小姐，那我替天旺哥谢谢你！"槐花欣喜不已。

槐花飞快地收拾好食盒，刮旋风似的来到吴家长工屋。吴天旺见槐花送来这么多好菜好饭，有些感动："槐花妹子，这两天你老给我弄好吃的，我的腿也好得快了。你看，都能着地了。"

吴天旺强忍着疼痛站直了，走给槐花看。槐花心疼，忙扶他重新坐下："天旺哥，等你好了，也像林大少爷对小姐那样对我好吧，我来给你送饭之前，林大少爷又约小姐去老地方了。"

吴天旺问道："啥叫老地方？"

"就是人家两个人总见面的地方呗！我想啊，老地方肯定是个能看见月亮的好地方，他俩肯定是手拉着手，头挨着头……天旺哥，就快出正月了，咱俩也快成亲了，我也想咱俩就像大小姐和林少爷那样！"槐花说着将手伸到了吴天旺的手边，吴天旺一把将她的手抓住。槐花顺势倒进了吴天旺的怀里："哥，你的心跳得真快……今儿晚上大小姐去见林少爷了，一时半会儿回不来，我也不用着急回去伺候，要不然你把灯吹了呗！"

吴天旺喘着粗气，咬咬牙："不行，这要让老爷知道了，咱俩都得掉脑袋。小姐不是说过了正月就成全咱俩吗，妹子，再等等吧，咱们都是吴家的下人，可不能做破格的事儿！"槐花含羞带笑点点头。

就在吴天旺和槐花说话之际，春草儿和吴江海已经喝得满脸通红，两个酒杯落地，春草儿又去拿酒壶。吴乾坤咳嗽了一声，对春草儿说："你吃饱喝足了就赶紧回去吧！"

春草儿浪声浪气地说："哎，叔叔，那嫂子就不陪了啊！你们哥俩好些年没一个桌上吃饭了吧，多唠唠，都是一家人，可别弄生分了，让外人笑话。"

吴乾坤眼一瞪："哪儿这么多废话，滚！"春草儿吓得屁也不敢放一个，乖乖地走了。

吴江海借着酒劲儿说："大哥，你知道我为什么让赵家来送这桌酒席吗？告诉你吧，我是怕咱们家做饭，大哥你给我下毒。话再说回来，咱们是亲兄弟，就算大哥舍不得下手，咱娘可就说不准了。老人家恨我，要是一时糊涂……我这条小命……关键是我公务在身，要是抓不着共产党就被毒死了，那可对不起县长大哥对我的一番栽培呀！"

吴乾坤开始意识到了吴江海的厉害，便以攻为守："老二，直说吧，你这次回来想要啥？是，当年让你按了手印，放弃了家产，老太太做得过分了点。现在你想要啥，尽管张嘴，能满足你的，大哥我全给。"

吴江海说："嫂子挺好……大哥你别瞪眼啊，我是说嫂子人挺好，酒量也不错，女中豪杰，我要是有这么好个女人就心满意足了……"

吴乾坤打断吴江海："少来这一套，你什么德行我不知道？你小子身边断过女人吗？"

吴江海又说："是，妓院的头牌、戏班子的角儿，那都是我相好的，可没一个是正经女人啊！兄弟我到现在连一个黄花闺女都没碰到过啊……这辈子活得可真够冤的。槐花十七了，大哥，要不你把她给我吧！"

吴乾坤生气地说："你说什么啊，槐花到我们吴家来卖的不是死契，到了十八就得让人家回家的。"

"这我不管，反正我可是真看上她了！"

"你要娶槐花？"

"娶？那就算了吧，我一个大队长娶个使唤丫头也说不过去啊，那不是给老吴家丢人吗？我的意思是今儿晚上你就让她去西跨院，回头也不耽误她回家……"

听着这样混蛋的话，吴乾坤"啪"的一巴掌拍到桌子上："你拿我吴乾坤当什么人了？你想在我家里欺男霸女？吴江海，别以为你带着保安队回来我就怕你，我什么脾气，你也不是不知道！"

吴江海忙说："别，别，别，大哥，你不怕我，我可真怕你，你一瞪眼睛，我就哆嗦，不行就算了。县长说了，虎头湾出了共产党，一共十个，我和老赵说了，他们家五个，你这儿五个，这五个共产党你什么时候交给我，我什么时候走。"

"五个共产党？狗屁，一个也没有。"

吴江海威胁道："没有？那我可就走不了了，我带回来这几十号兄弟，个个如狼似虎。他们住在海神庙里，日子久了，对海神娘娘不恭那是难免，谁家的大姑娘小媳妇要是出点事儿，我可也管不了。"

吴乾坤拿手指着吴江海："你别欺人太甚！"

吴江海没有回避，继续说道："咱们吴家也好几十条枪，吴家子弟个个练武，这全海阳可都知道。时间长了，要是抓不住共产党，县里说我包庇换个别人来抓，弄不好得说你勾结共匪，私设武装要暴动，那虎头湾这二百多口吴姓人家……"

吴乾坤强忍一口气，狠了狠心，说："别跟我废话了，我知道你为什么来！爹死之前，原本留给你那一房二十条渔船，因为你不务正业，成天赌博嫖娼，把家底都败光了，我才把船收回来。现在你当了大队长，有了正业，那二十条船我还给你，明天一早带着你的人滚蛋。"

"二十条船？我现在是保安队的大队长，我要船干什么？我要共产党！五个！"吴江海伸出右手，比画着。

吴乾坤喝道："虎头湾没有共产党！"

"县长说有那就有，如果交不出来你这个族长就是包庇罪。株连九族不是我说的，那是县长说的，吴乾坤，你看着办吧！"说完，吴江海迈着醉步朝西跨院走去。

这时，一直躲在门后偷听他哥俩对话的春草儿扭动着腰肢迎了过来："叔叔，叔叔沉着脸干什么呀，跟你大哥生气了？你大哥就这样，他不是族长嘛，槐花不是也姓吴，他就护着呗。兄弟，你也别生气，伤了和气就不好了，不就那么点小事儿吗，嫂子做主了。"

吴江海喜出望外："嫂子做得了吴乾坤的主？"

春草儿朝吴江海飞了个媚眼："放心吧，你回西跨院等着，一会儿槐花准到！"

吴江海听着这话有意思，仔细打量春草儿："行啊，嫂子，你不是虎头湾人吧？看样子也是见过场面的，要不然怎么这么善解人意？"

春草儿故作生气："去，我是你大嫂，你说话放规矩点，嫁到吴家之前我可是清白人家的大姑娘，什么场面世面的，是个女人就知道你们这些男人的心，不善解人意那是装傻！我呀，就一个心思，不想让你们哥俩闹掰了，你和你大哥可是一个爹生的，打断骨头还连着筋哪！你们要是手足相残，到头来，吃亏的可是吴家，捡了便宜的是他们赵家！"

吴江海欣喜若狂："嫂子深明大义呀！"

"行了，想要那小丫头，就回西跨院好好等着！"

春草儿来到吴若云闺房门外，正看到槐花拎着食盒回来，便指着她的鼻子问："黑灯瞎火的，你干什么去了？"槐花误认为春草儿发现她跟吴天旺送饭的事了，结结巴巴，一脸的紧张。

春草儿不耐烦地说："行了行了，爱干吗干吗去吧，今天我没心思收拾你。去，把这壶茶送到西跨院去！"

槐花不知林家耀已搬出西跨院，随口问道："给林大少爷吗？"

春草儿愣了一下，立即反应过来："对啊，就说是小姐给他送的。"

槐花接过茶壶，转眼来到西跨院，她见屋里亮着灯，便轻声喊着："林少爷，林大少爷？"

槐花推门走进屋里，屋里空无一人。她正纳闷时，一身酒气的吴江海突然从她身后蹿出，将她拦腰抱住。槐花吓得大叫一声，回头见是吴江海，连忙喊道："二老爷，您要干什么？你快松开我，再不松开，我可就喊人了！"

吴江海哈哈笑着："喊啊，你使劲喊，我就喜欢女人喊。"

槐花拼命想挣脱吴江海，可刚冲出屋门，便被春草儿拦住："你跑什么？"

槐花忙说："夫人救命，二老爷，他……"

春草儿低声吼道："你给我小点声，要是让老爷听见，打断你的腿！"

这时，吴江海举着枪从屋里冲了出来，见到春草儿不由得一愣。春草儿给吴江海丢个眼神，他立刻心领神会，站在那里笑呵呵地看着槐花。

槐花看到吴江海手里的枪，顿时吓蒙了，只听春草儿说："槐花，二老爷看上你了，是你的福分。老爷有话，让你今天晚上陪二老爷，回头重重地赏你。"

槐花急了："不行啊，求求夫人了，真的不行，我许过人家了。"

春草儿唬道："你敬酒不吃吃罚酒，是不是？"

槐花哭道："夫人，我卖给你们吴家又不是死契，我是来当丫鬟的，你凭什么逼我干这种事？我死也不干！"

春草儿冷笑道："哟呵，你个小丫头片子，还敢跟老娘嘴硬！别以为我不知道，正月十三那天晚上，吴若云划了一条船去了聚龙岛。我问问你，那条船是谁给她弄的？这事儿往小了说，是你瞒着老爷偷船出海。往大了说，就是你私通海盗。"

吴江海拉动枪栓，喝道："通海盗？谁通海盗？我毙了他，毙他全家！"

"你听见了吧？槐花，我知道，你爹死了，你娘带着两个兄弟改嫁了，可是她嫁的那个汉子又死了，她们娘仨在外面也挺可怜的，可通海盗不是小罪呀，你们全家都得跟着枪毙！"听了这话，槐花吓得浑身哆嗦，一句话也说不出来。

"女人啊，也就是那么回事，二老爷稀罕稀罕你，也不耽误你将来嫁人。"春草儿说着扭头走了。吴江海迫不及待地冲上去，将槐花拦腰抱起，向屋里走去。

第十一章

春草儿回到寝室，把她让槐花陪吴江海睡觉的事儿，一五一十告诉了吴乾坤。吴乾坤抡起巴掌向春草儿的脸上抽去，抽罢，掏出枪来就要往西跨院冲。春草儿连忙追上去跪倒在吴乾坤面前，说："老爷，息怒啊，这可使不得！您听我说三句话，等我说完了，就算老爷真的枪毙了我，我也认了！"

吴乾坤用枪指着春草儿的脑袋，说："我让你个臭娘儿们说，说完老子一枪崩了你！"

"头一句，我知道老爷不怕吴江海，可现如今保安队大军压境，识时务者为俊杰，老爷，这个时候让着他点儿不丢人！第二句，虽说槐花姓吴，可她毕竟是穷鬼家的丫头片子，老爷犯不着因为她跟亲兄弟动枪啊！您要是一枪崩了他，老太爷在天有灵能答应吗？第三句，春草儿嫁给老爷之前是跟着戏班子跑江湖的，老爷说我是正经人家的好闺女，春草儿对老爷感恩涕零，可是进门七八年了，一直没能给老爷生个孩子，我对不起老爷！这一回是我头一次替老爷做主，我为什么要做这个主？我心里想的是老爷的安危，吴家的安危！这个主要是做错了，老爷一枪毙了我，我也不怨您！"吴乾坤手里的枪慢慢地垂了下来。他知道，春草儿说得句句在理。

春草儿从怀里掏出一个金镯子，说："老爷，我都想好了，待会儿我就把这个给槐花，封住她的嘴！吴江海得了便宜，这次肯定能放您一马，忍一时风平浪静。等您攀上林参谋长这门亲家，立马就收拾他，到时候威风的还是老爷！"吴乾坤长长地叹了一口气，活生生地把这口气压了下来。

半月钻进云层，不知是半月走，还是云在飘，把个虎头湾弄得忽暗忽明。吴若云靠在床上，伤心地掉下了眼泪。她想起自己帮林家耀做手术的情景，又想起和林家耀反目的事。吴若云叹了口气，小姐脾气也终于压下来。她决定出门去找林家耀，给他赔礼道歉。这时住在吴家客房的林家耀，也陷于深深的悔恨之中，他在心里责备自己，不应该听信别人怀疑吴若云。想到这里，他便起身穿上外套，奔向吴若云住处。

吴若云摸黑走进西跨院，发现门没有关，便推门走进去，只听"啊"的一声，头发凌乱、衣服都没穿好的槐花从屋里跑了出来。她刚要去追，却又听到身后传来吴江海的声音："小娘儿们，你别走啊，二老爷还没稀罕够呢……"

吴若云一惊："叔叔？"

衣衫不整的吴江海发现吴若云，连忙裹好衣服扭头回屋。这突然的变故让吴若云不知所措，她连忙转身去追槐花。

吴若云追到自己的小院，见槐花跪倒在地上，对着天上的半月喃喃自语："月亮婆婆，槐花没法活了，我对不起天旺哥，对不起我爹，对不起我娘，对不起我那俩兄弟！求月亮婆婆做主，来世千万别让我托生为女人！"

槐花说着，一头撞向小院的门垛。吴若云快步冲上去，一把抱住她的腰。槐花在吴若云的怀里哭着挣扎："小姐，放开我，让我死吧！"槐花从吴若云的怀里挣脱出来，又一次向门垛撞去，不料却撞在刚进门的林家耀身上。吴若云见是林家耀，忙喊道："林少爷，拦住她！"

林家耀立马双手抱住了槐花，可槐花也不知从哪来了那么大的劲儿，她拼命掰开林家耀的双手，发疯似的冲出小院，径直奔向吴家长工屋，又一头撞开了吴天旺的门。披头散发的槐花吓了吴天旺一跳："槐花，你咋啦？"

一直跟在槐花身后的吴若云说："天旺，你帮我看着槐花，千万别让她寻死！你放心，我一定为她讨个公道，我对天发誓！"

吴天旺傻了，他紧紧地抱着槐花，连声问道："槐花，槐花你咋啦？"

槐花倒在吴天旺的怀里哭着，喊着："天旺哥，我对不起你啊……"

见槐花暂时不会寻死了，吴若云转身出门，林家耀跟上来，边走边问："若云，表妹！你这要干什么去？"

“我去找我爹，身为族长，家里出了这样的事情，他应该替槐花主持公道，开祠堂用家法打死吴江海！”吴若云气愤地说。

林家耀阻拦道：“开祠堂用家法？不行！你这不是让吴世伯背上了杀人之罪吗？”

吴若云一愣：“那怎么办？”

“用不着吴世伯，我们就能为槐花做主！我押着他去省城找我叔叔，定他的罪，枪毙他！”正在这时，两个巡夜的乡勇扛着枪走来。林家耀走了上去，说：“借我一把枪！”

两个乡勇异口同声地说：“林少爷，您要枪干啥？”

林家耀懒得解释，三下五除二便夺过了一名乡勇的枪。

吴若云大惊：“林少爷，林少爷你要干什么？”

闻声赶来的管家发现大事不好，急忙跑去向吴乾坤禀报。

林家耀并不急着回答吴若云的问话，转过身大步流星，直奔西跨院，见了正要逃跑的吴江海，端起枪“哗啦”一声推上子弹，大喝：“站住！”

“你要干什么？”吴江海说着就要掏枪。

“你的手再动一动我就一枪崩碎你的脑袋，把手背到身后去！”林家耀呵斥着吴江海，

吴江海害怕了，壮着胆说：“我知道你是个有钱有势有靠山的大少爷，可这是在我们吴家，我吴江海可是保安队队长，你敢对我动枪？还有没有王法了？”

林家耀冷笑道：“王法？身为保安队长你奸宿民女，哪朝哪代都是死罪！你说对了，我是有靠山，我叔叔是参谋长，一定会主持公道枪毙你这个败类！”

吴若云追了进来：“林少爷——”

林家耀将背枪的皮带解下扔给吴若云：“若云，接着，把这个恶棍捆起来！”

吴江海眼睛一瞪：“吴若云，我是你叔叔，你敢和外人一起算计我？”

吴若云一巴掌抽在了吴江海的脸上：“你个畜生！”

“好哇，你两个小孩伢子要造反啊！我还真不信了，你敢对老子开枪，你开枪试试！”吴江海说着，伸手掏出枪来，对着林家耀。林家耀眼疾手快，举起枪托向吴江海砸去。吴江海的枪响了，但打空了。

林家耀扔掉长枪，双手握住吴江海持枪的手，一个翻腕将他摁倒在地，扭头对吴若云喊道：“若云，快，给我皮带！”

没想到林家耀如此神勇，吴若云连忙把皮带递过去，帮忙捆绑吴江海。

吴江海杀猪似的嚎叫：“来人哪——救命啊——”

吴乾坤快步走进院子，说：“林少爷，你松手吧！”

吴若云忙对吴乾坤说："爹，吴江海耍流氓，不能放了他！"

"大哥呀，咱们吴家以孝治家，你养的这闺女不孝顺啊！她和外人合起伙来算计我，刚才还给了我一个大嘴巴呢！"

跟着进来的春草趁机搭腔："哎哟，大小姐，这可就是你的不对了，你这是以下犯上，怎么能打叔叔呢？"

吴若云不理春草儿，扭头看着吴乾坤，吴乾坤瞪一眼春草儿，对林家耀说："家耀贤侄，你放开他，这是我们吴家的家事，用不着外人管！"

林家耀气愤地说："家事？他强暴民女，犯的是国法，我要让他接受审判！"

吴乾坤故作糊涂："哎？什么强暴民女？我们吴家怎么会发生这样的事情？"

吴若云将槐花被强奸一事禀明装作毫不知情的吴乾坤。听完此话，吴乾坤呵斥道："你给我闭嘴！有你说话的分吗？槐花去陪你叔叔，我是知道的！"

吴若云和林家耀四目相对，一时间愣了。正在这时，泥鳅带着几十个保安队员循着枪声冲进院子，泥鳅发现吴江海被绑，掉转枪口指着林家耀："你敢动我们大队长？兄弟们，给我崩了他！"

林家耀拿枪对准吴江海的脑袋："我看哪个敢？"

吴乾坤厉声说："都给我把枪放下！这是在我们吴家，家事不用外人管，林家耀，你是我们家的客人，请你守我们家的规矩！"

吴若云急了："爹，你可不能袒护吴江海，你得给槐花做主啊！"

吴乾坤喝道："你给我闭嘴，还不快带家耀少爷离开这儿！"

吴若云这才发现，泥鳅一挥手，十几条枪都逼向了林家耀。

吴若云拉起林家耀的手："林少爷，我们走，你放心吧，我爹是最讲公道的，你是客，别跟着捣乱了。走！快走呀！"

愤怒的林家耀不情愿地将枪扔在了地上，狠狠地瞪了一眼被绑的吴江海，然后气呼呼地随吴若云离开。

春草儿忙给吴江海松绑："哎哟，叔叔，让您受委屈了！"

吴江海活动了一下胳膊，整了整衣襟，对保安队一挥手，便大模大样地离开了。

吴乾坤望着吴江海远去的身影，虽然气得牙根发痒，但回到客厅，还是好言相劝林家耀："家耀贤侄，不怕你笑话，槐花家里穷，穷丫头想翻身还能有什么办法？她拿了若云她叔叔的钱，又是心甘情愿的事，可被若云撞上了，磨不开面子就哭哭闹闹的让你们误会了！"林家耀不相信吴乾坤的话。吴乾坤笑笑，继续说道："你们林家大富大贵，没听说过这种事倒也不奇怪，虎头湾穷乡僻壤什么事儿都有，我见多了，早就见怪不怪了！家耀啊，你是我们吴家的贵客，刚才世伯对你过于严厉，请你见谅，早点儿回去歇着吧！"

大秧歌　　118

林家耀一时无语，只能转身离开。吴若云目送林家耀悻悻而去，扭头对吴乾坤说："爹，吴江海糟蹋了槐花。你是一族之长，你可得替槐花做主啊！"

吴乾坤说："吴江海就是条狼，这条狼是谁引回来的？今夜当着林少爷的面，咱们吴家的脸都丢尽了，你还跟着不依不饶，你是不是想让林家退婚啊？"

一席话把吴若云噎着了，她顿时愣了，完全傻了。

趁吴若云和吴乾坤在院子里说话的机会，春草儿把槐花叫到寝室，从怀里掏出金镯子递给她："槐花，快拿着，你要是不要，便宜可就白让吴江海占了！"

槐花连连摇头："夫人，我不要！我要请族长替我做主，替我申冤！"

春草儿冷笑一声："替你做主？你是谁呀？吴江海是族长大老爷的亲兄弟！他不替他兄弟说话，替你个穷鬼做主？你是不是想让我提醒老爷，你偷船出海该剁双手啊？老爷会跟吴大队长说你通海盗，你娘和你那俩兄弟都得跟着你被枪毙！再说了，深更半夜的你不在你屋里好好睡觉，跑西跨院干吗去？你是不是知道吴大队长没娶媳妇呢，送上门去，你想变主子呀！"

槐花争辩道："夫人，我认为林少爷还住西跨院呢！再说，是你让我给他送茶的，这才多大一会工夫，难道你忘了吗？"

"谁看见了？"春草儿扭头问身边的刘婆子，"刘婆子，你看见了吗？"刘婆子头直摇。春草儿又扭头问槐花："你听见没有？人家啥也没看见！"

槐花的眼睛里面充满了仇恨："夫人，你和吴江海为什么要害我啊？"

"害你？你有没有一点儿良心啊？你去外边打听打听，买个黄花大闺女回来用几个钱？你看看我给你的是什么？这是金的，金的，金的！槐花啊，我也是女人，我要是你，这事儿我可不往外说去，你不说谁知道？要真传得沸沸扬扬，那你可就真没法活了！"

槐花瞠目结舌，半晌无语。

春草儿趁机将金镯子塞到了槐花手里："快拿着吧！咱槐花不傻，难道能放着金子不要，非得让老爷剁了你的双手？还有你娘和你那俩兄弟的命哩……"

正在这时，吴若云跟在吴乾坤身后，走了进来，咆哮道："不行！爹，槐花从小就跟着我，无论如何你要替她做主，你要是不管，我就到县里，不，我去省城告状！我就不信了，天下没有替穷苦女人做主的衙门！"

春草儿丢开槐花，迎着吴若云的面，说："哟，大小姐发起脾气可真不得了哎，啥事要去省城告状啊？"吴若云对春草儿从来就没有好印象，背过脸去，不愿搭理她。

春草儿并不在意，转到吴若云对面又说："大小姐，你误会了，刚才我已经问过槐花了，你叔叔跟槐花一个有情一个有意，再说人家也没白占她便宜……"

吴若云一愣："你说什么？"

春草儿转向槐花："告诉你家小姐，二老爷想跟你好，是不是你答应的？"

槐花默默看着吴若云，春草儿从吴若云的背后，恶狠狠地瞪着槐花。槐花低下了头，她的手里紧紧地攥着那个金镯子，沉思许久才说："小姐，这事您就别管了，是我答应二老爷的！"

一直躲在角落里偷听的吴天旺，眼泪"唰"地流下来，他咬紧了牙关，瘸着腿，扭头就走，但是不小心撞倒了门一侧的花瓶，发出"咣当"一声脆响。

吴乾坤大吼一声："谁在那儿？给我站出来！"

摔倒在地上的吴天旺只好一瘸一拐地走到吴乾坤面前。槐花一见吴天旺，也顾不得吴家的规矩了，连忙上前搀扶着他，张口叫了一声："天旺哥！"

吴天旺甩开槐花，忍着满腔怒火，低声叫道："老爷！"

吴乾坤板着脸："作为男人要堂堂正正，别学女人听墙根，去吧！"

槐花想要搀扶吴天旺，吴若云上前拉住她的手，说："走，到我屋去！"

槐花回到吴若云的闺房，一头扎到床上，放声大哭起来，她边哭边说："完了，天旺哥不会原谅我了，天旺哥一辈子也不会原谅我了……"

吴若云拍着槐花的后背："你还有脸哭哩，别哭啦！谁让你没骨气的？你说，你刚才为什么要说是你自愿的？"

槐花举着泪眼，委屈地说："小姐，你是不知道呀，我要不说，老爷会剁掉我的双手，我娘和我俩兄弟也要跟着我一起被枪毙啊！"

吴若云明白了事情的真相，安慰道："槐花，坚强一点儿，你的命够苦的了，如果自己不坚强，别人没法帮你……从现在开始，你要是再敢寻死觅活的，我就永远也不管你啦！"

槐花可怜兮兮地说："可是天旺哥……"

"你放心，我会跟他说明白的，你就在我屋等着，哪儿也不许去！"吴若云说罢，转身走出屋门，直奔大院里的长工屋。

这时，吴天旺正在磨刀，发出霍霍的声音。吴若云推门而入，说："吴天旺，你要干什么？我告诉你，吴江海他是保安队长，带着好几十个人；你瘸着一条腿，就用这把破刀，你这是找上门去送死啊！"

"就是死，我也要宰了那个畜生！"吴天旺恶狠狠地说。

"你就忍了这口气吧，是我把吴江海这条恶狼引回虎头湾的，要不然槐花也不能被他糟蹋了！天旺，你别怪槐花，是我对不起你们。"说着，给吴天旺深深地鞠了一躬。

吴天旺连忙把刀扔到地上，颤声说道："小姐，这可使不得，你怎么能为我一个下人，还有那个下贱的女人鞠躬呢？"

吴若云眉一皱："你比我大，我也叫你一声天旺哥，你不能这么说槐花啊。你跟她从小定了娃娃亲，你难道不知道她是什么人吗？六岁那年她爹出海翻了船，她娘为了养活俩兄弟把她卖到了我们家当丫鬟。正月十三，是我让槐花帮我偷船出海的，坏人就是利用这一点要挟槐花。她有苦衷啊！天旺哥，你为人厚道，最懂道理，你可千万不能嫌弃槐花，那样的话，她就没法活了！"吴若云说着跪倒在地上，恳切地说，"求你了，天旺哥，你不答应原谅槐花我就不起来！"

吴天旺诚惶诚恐，也忙跪倒在地上，双手抓住了吴若云的胳膊："大小姐快起来，大小姐快起来！"

吴若云用手紧紧地握住吴天旺的手，吴天旺浑身都在颤抖，心里蓦然生出一种似乎渴望已久的感觉，像燃烧的火炭那样烙着胸口。他觉得嗓子发干，眼睛潮湿，满口应承："我答应你大小姐，我什么都答应你！"

吴若云接着说："要说有错全是我的错，是我害了槐花。槐花为了保全她娘和俩兄弟，才被坏人给算计了……你就原谅她吧，天旺哥，等出了正月我就带着你和槐花一起下南洋，到了南洋，我再求林少爷给你和槐花安个家。我向你保证，这辈子我一定不会亏待你和槐花的！"

吴天旺瞅着吴若云那细润的脸颊，鸡啄食似的频频点头："全听大小姐的，全听大小姐的！我这一辈子都跟着大小姐，好好伺候大小姐！"

天知道，吴天旺想的和吴若云想的完全不是一回事儿。

伴随着尖厉的哨声，保安队跑过栈桥，跑向海神庙前集合。吴家一夜的折腾，并没影响吴江海睡个饱觉，他精神十足地讲着："弟兄们，你们都给我听好了。虎头湾一共有十个共产党，这消息是县长他老人家给我的，错不了！可是虎头湾吴赵两家，全他妈的不识抬举，都不肯把共产党交出来，怎么办哪？养兵千日，用兵一时，吴家的二百多户，赵家的二百多户，给我挨家挨户地搜，就是挖地三尺也得把这十个共产党搜出来。"

泥鳅和另一个小队长双脚跟一碰，应声转过身，各带一队人马分别朝着吴赵两家的方向奔去。虎头湾顿时被保安队搅得鸡飞狗叫，孩子哭大人跳。

泥鳅带人进了吴家大院，没搜也没查，直接把吴乾坤带到了海神庙。吴江海坐在海神娘娘塑像前的供桌上，对吴乾坤撇撇嘴："请坐！"

吴乾坤没理，只是压低嗓音说："槐花的事儿放你一马，你别不知好歹！"

吴江海冷笑道："你逼死吴明义和赵玉梅，海猫指名道姓点你是凶手，要不是我放你一马，咱哥俩还能在这儿聊天吗？谁都得知道好歹啊……"

吴乾坤强忍住气："二十条渔船你嫌少？好，我再给你加十条，三十条渔船什么价，你应该知道！"

"三十条渔船？不少！不过我不要。十个共产党，虎头湾必须交出来，赵家五个，吴家五个，抓不到共产党，我只能秉公办事，一搜到底！"

吴乾坤习惯性地把手伸进腰里："你！"

吴江海笑笑："怎么？大哥想掏枪？我知道你的枪一直别在腰里，掏出来吧，抓不着共产党我回去没法交差，也得掉脑袋，还不如你现在就一枪崩了我。"

"三十条渔船，你要不要？"

吴江海不知廉耻地说："既然你给我不要不是傻子吗？可是共产党……让你交出五个，确实有点多，可你也得表示俩吧，要不然我可不能走。"

"俩？我到哪儿找啊？"

吴江海再次松口："一个！一个总行了吧！上峰说了，海阳出了共产党，点名说就在虎头湾，你们吴家怎么也得出一个吧？要不然我可真没法交差！大哥，就这么说定了，三十条船我收了，今儿天黑之前，你再交给我一个共产党，我立马撤兵！"

吴江海走出海神庙大殿，一步三晃地走向竖着旗杆的广场。秧歌疯子远远看见吴江海，被吓得慌不择路，一头撞进了捻匠铺。

捻匠铺里到处是木屑、刨花，一宿没睡的海猫已给爹娘做成了两具棺材，虽然歪歪扭扭，但长短尺寸合适。海猫脸上露出了很久未见的微笑，他双手合在一起，举在眼前，说："爹、娘，今天是你们的头七，儿子把棺材给你们做好了，待会儿我就去找吴赵两家的族长，接你们二老入土为安。"

撞进门的秧歌疯子一见海猫，连忙抓住他，并将他藏到门后，连唱带说："保安队来了虎头湾，这里从此不安宁！"

"你这是要救我？我听他们都叫你秧歌疯子。你是吴家的？嘿嘿，我住这儿七天了，有来给我送饭的，有来打我的，可你是来救我的？"秧歌疯子胡乱点点头，一双惊恐的眼睛不断瞅着门外。

海猫饶有兴致地欣赏着秧歌疯子："也不能说虎头湾没好人啊，你就是好人！哎，咱俩你大还是我大啊？"秧歌疯子挺了挺腰杆，他确实比海猫高出个头来。海猫笑道："我不是说个头，我问你几岁了？"很明显，秧歌疯子不知道。"看你这模样应该不比我小，不过你半精不傻的心眼儿肯定没我多，我上次给你还钱的时候，小先生告诉我你是个孤儿，要不然这的，你管我叫大哥吧，以后在虎头湾我罩着你！"秧歌疯子憨厚地笑着。海猫拍拍他的肩膀："兄弟，看你个头大有点力气，今天哥哥要给爹娘下葬，你帮我抬棺材咋样？"

秧歌疯子连连点头，海猫高兴极了，拉着他的手说："走，兄弟，跟我找吴乾坤要我爹的尸首去！"

海猫和秧歌疯子推着板车，迎头碰上从海神庙大殿走出的吴乾坤。海猫向他要吴明义的尸首。吴乾坤脑子一激灵，突然想起吴江海让他交出一名共产党的事，不由得在海猫身上打起了主意。

打海猫主意的还有赵洪胜，当海猫拉回他爹的尸首以后，再返身找赵洪胜要他娘的尸首时，赵洪胜正为吴江海的事犯愁呢！他想起五年前穷鬼们在牟平造反，县里边非说带头闹事的共产党是虎头湾的人。当官儿的敲完吴家敲赵家，拿了钱不走还非逼着交人，幸好有个外乡来的捻匠老斧头，赵洪胜和吴乾坤一合计，就让老斧头顶了共产党的名，送进了县大牢。眼下，海猫闯进了赵洪胜的眼里，他想这不是现成的吗？

当二人打定主意，向吴江海交差时却不料又发生了一场狗咬狗的较量。吴乾坤认为海猫的爹是吴明义，应该算吴家出的"共匪"；而赵洪胜反驳说海猫是妹妹赵玉梅的儿子，自然应该算作赵家人。二人互不相让。

都说天下穷人是一家，这话一点也不假。海猫给他爹娘下葬这天，赵香月、赵大橹、香月奶奶、大橹娘、老犟眼子、海螺嫂、秧歌疯子、赵老气，当然还有挤在穷人堆里的吴若云和林家耀，大家七手八脚帮着入殓盖棺，好一阵子忙。

两具棺材被抬到了平板车上，海猫把套在车上的绳子往肩头一拽，对秧歌疯子说："兄弟，起灵了。我在前面拉，你在后面推，卖点力气啊！"

秧歌疯子一听来了劲，突然唱起了秧歌调儿：

　　爹死了，娘没了，
　　老天爷你眼瞎了。
　　刮风了，天阴了，
　　海神娘娘就要显灵了！

悠扬凄美的秧歌在海神庙前的广场上空回荡着，漫天飘零的纸钱纷纷扬扬落了下来，海猫一步一挪，一挪一回头，号啕大哭。周围的人们目送着这孤单的人，不由得一个个泪洒衣襟，呜咽声声。海猫看到虎头湾这么多人为他爹娘送葬，悲痛中又生出许多的欣慰。然而，他哪里知道，自己的命运却被他爹娘各自属于的家族共同出卖了……

话说趁吴江海离开的机会，正与吴乾坤针锋相对的赵洪胜突然退一步说："老吴大哥，虽说我们吴赵两家势不两立，可是祖宗是留下过规矩，外敌来犯虎头湾，两家须联合拒敌，不分你我。"

"那是当然，祖宗留下的规矩，我吴乾坤从来不敢忘！"

"好，那如今保安队来了虎头湾，他们和倭寇海盗有什么两样？吴江海这两次回来，我们赵家可被敲诈了不少。虽说他是你的亲兄弟，可他对你一直怀恨在心，这不假吧？我不好过，你恐怕也好不到哪儿去！"

吴乾坤不耐烦地说："哪来这么多废话？海猫是我们吴家的人，你没份儿跟我争！"

赵洪胜忍住气说："你呀，如果这个时候咱再一味斗下去，那吴江海会说海猫既不属于吴家，又不属于赵家，是他们自己抓到的共产党，他还会要我们两家再各交出一个人来……那时候你怎么办？"

吴乾坤一愣："你的意思是？"

赵洪胜咬牙说："咱们两家只能联手对付保安队了。"

赵洪胜话音刚落，吴江海回来了，瞟了一眼赵洪胜和吴乾坤，说："你们两个争吵完了？都打算就交出海猫是不是啊？"

吴乾坤瞅一眼赵洪胜，说："我们两家都挨家挨户地查过了，绝对没有共产党。这海猫正月十三从天而降，搅得虎头湾不得安宁，还逼死了两条人命，必定就是共产党，我们联合把他交给你，请保安队为虎头湾除此大害！"

吴江海生气地说："我从海阳出来的时候，县长可和我说得清清楚楚，虎头湾出了十个共产党，你们一而再再而三地求我，一边说是本家，一边说是同窗，我面子给得不小了，我让你们天黑之前各交出一个共产党来，结果你们不识好歹，还串通在一起了！就打算交出海猫这一个来糊弄我啊？"

赵洪胜耐心地解释道："大队长，虽然虎头湾就这么一个共产党，但是他作恶多端，罪大恶极，他一个就能顶得上十个。"

"别蹬鼻子上脸！"吴江海一拍腰间手枪，"一家一个，少一个也不行！"

吴乾坤大怒："老二，别给脸不要脸，刚才我们俩已经头碰头了，你这两次回来在虎头湾敲走了多少，我们心里可都有数！"

吴江海愣了，他看了看赵洪胜。赵洪胜脸一阴，也没给他好脸色。

"是，你现在是保安队大队长，手里攥着枪，我不和你计较！你说要抓共产党，我们就只有这一个。你带走就算了事了，如果你还纠缠不休，你就掂量掂量……你大哥我也是当过兵的，好多同僚故旧都在省城担任军政要职，比你官大的有的是；赵族长就不用说了，他在青岛、济南都读过书，做过生意，他的很多同窗故友随便搬一个出来恐怕也够你喝一壶的！"

吴江海犹豫了，但仍然硬着头皮说："远水解不了近渴，我管你们认识谁，老子的保安队大兵在此！"

吴乾坤眼里闪着凶光："你也不是不知道咱吴家子弟手里也有枪，你不是说我私养武装打算造反吗？我弄死你是吴家的家事，我倒要看看谁敢说我造反！"

吴江海努力回避吴乾坤刀子一样的眼神，头转向赵洪胜："老赵……"

赵洪胜毫不留情："吴族长说的是。虎头湾的老祖宗早就说过，外敌来犯，吴赵两家不分你我，联合拒敌！我们赵家，也有枪，怎么样？"

吴江海一下子软了，说："大哥、老赵，这是干什么呀？刚才你们一说海猫，我就琢磨他真是共产党，这个共产党还小不了哪！你瞧他把虎头湾给折腾的，一个顶十个，就他了！请二位族长写个证词，再按上个手印，枪毙海猫的时候也得有个旁证啊！"

吴乾坤和赵洪胜相互看看，不知是因为联手对付吴江海初战告捷，还是因为他们共同出卖了海猫而不知廉耻，两个人的脸上都挂上了一丝不易察觉的微笑。

林家耀和赵大橹已经为海猫的爹娘挖好了墓坑，吴若云和赵香月一人扶着海猫的一只胳膊，一起帮他下葬。按照海阳的民俗，死者入土为安，因此，墓地除了赵香月、吴若云、赵大橹、林家耀和秧歌疯子几人，大橹娘、海螺嫂、赵老气和香月奶奶等众乡亲便四下散去。

磕头谢过大家，海猫抱着一块用木板做好的碑，手里拿着个碗和一支破旧的毛笔叫住吴若云："小先生，你先别走，这是吊线用的墨，这还有笔，请你帮我爹娘写个墓碑吧，就写我爹吴明义，我娘赵玉梅之墓就行了。"

"那怎么行，墓碑没有这么写的。赵玉梅既然是你娘，就不能写她的名字，只能写吴赵氏。"

赵香月听了吴若云的话，"呼"地转过身来："不行！我家大小姐是被吴明义抢走的，他们没有婚约，哪来的吴赵氏？那天虎头崖上我可听得一清二楚！"

吴若云看着赵香月，说："那天我也上了虎头崖，吴明义那么说，是想救赵玉梅的性命，你当真啊？既然是夫妻合葬，墓碑就得这么写！"

赵香月坚持道："我说不能这么写，就不能这么写！如果这么写了墓碑，早晚得被人砸了，弄不好，连坟都得扒了！"

正当二人争执不休时，保安队迈着整齐步伐，扬尘而至。吴江海坐在车里，头探出车窗，冲泥鳅喊道："泥鳅，去！"

泥鳅带人跑到海猫跟前，喝道："海猫，跟我们走吧！"

海猫愣了："走哪儿啊？等会儿，我要给我爹娘竖个碑，还没完事呢……"

"我们大队长，还有县长大老爷有工夫等你？给我走！"泥鳅说着，手一挥，几个保安队员冲上前来，伸手摁住了海猫。

林家耀、吴若云、赵香月和赵大橹纷纷上前阻拦，保安队员纷纷拉动枪栓，乌黑的枪口一齐指向了他们。秧歌疯子想逃，被泥鳅一脚踹倒在枪口下。

海猫大惊："别，别，别！别难为他们！小先生、小姨，还有你们大家都别急，一定是我爹娘那个案子结了，县长和吴大队长请我到县里边问问我满意不满意。我也想了，从我娘那边论呢，赵家全是我亲戚；从我爹那边论呢，吴家全是我亲戚，枪毙谁都不合适。现在吴大队长给我做主让我给我爹娘合葬，这就挺好了，我满意了，我跟他们一说，他们马上就会放我回来！"

话还没说完，海猫已经被泥鳅等人拖着要走。海猫从怀里掏出账本和钱袋子，扔向赵香月："这是赵家二百零一户给我爹娘出的棺材钱，棺材我自己做了，用不着了，求小姨帮我还回去……"赵香月接过钱袋子和账本，不知所措。

海猫又对吴若云说："小先生，墓碑的事就拜托你了，你看着怎么写都行啊！小姨，识文断字的事就交给吴大小姐吧，你别挑眼了！我走了你们俩可千万别打架，你们一个是我爹的同族大小姐，一个是我亲小姨，都不是外人，求你们了……"

泥鳅不耐烦了，将海猫生生拖走了。

第十二章

海猫被关进了海阳县城的一间单独牢房，高高的窗户泻下些许光亮。借着亮光，他见锁门的狱警转身要走，便吆喝道："哎，大哥，别走啊，你见着吴大队长说一声，就说我这案子他断得挺好，我满意了，其实用不着还把我请到县城来……给我的那个捻匠铺也挺好，我回头干捻匠活赚了钱，还要请他喝酒呢！"

狱警摇着头，理都不理地走了。海猫知道再喊也没有用了，他看着身边的环境，有点心虚，不太确定自己是被请来的还是抓来的。这时，满头乱发的老斧头提着一个破桶走过来，他递给海猫一个碗，舀一勺烂糊糊的糙米菜叶子倒在里面，说："这是你的，吃吧！"

海猫鼻子凑到碗边，闻了闻："还挺香的，你们吴大队长真讲待客之道。哎，你认识他吧，你帮我谢谢他，我们俩是有交情的！"

海猫所以这么说，一是给自己壮胆，二是担心新来乍到的吃了亏。可是老斧头没理他，径自走了，海猫有些失落，蹲在地上，抓起碗里的饭就往嘴里塞，不料老斧头突然回头问道："哪儿来的？"

海猫一愣："哟！你会说话啊？我还以为你是哑巴呢，我虎头湾来的。"

一听"虎头湾"三个字，老斧头睁大双眼，仔细辨认着："虎头湾？我怎么没见过你？你姓吴还是姓赵？"

"我既不姓吴也不姓赵。哦，不对，我既姓吴也姓赵。也不对，那都是将来的事儿，到底姓什么我还没想好呢，那要看将来是我爹他们家人对我好，还是我娘他们家人对我好。现在我姓海，我叫海猫。"

老斧头又问："那你在虎头湾住在吴家还是赵家？"

"我住自己家，就是虎头湾那个捻匠铺，我爹娘用命给我换来的房子，挺宽敞的，还有干捻匠活的家伙，我海猫这辈子有着落了。"

听了海猫的话，老斧头吃了一惊，可能他在监狱待惯了，脸上并没有显露出任何表情，只是轻声说："捻匠铺？嘿，咱们俩怎么这样有缘啊？"老斧头哪里知道，这个缘是吴江海让他跟海猫结下的。

话说吴江海离开虎头湾，一边命人将海猫送进大牢，一边向县长做了汇报。不料县长听罢，眼睛瞪得溜圆："废物！你保安队全军出动，这么大的动静，去了两天，就给我抓了一个共产党回来？"

吴江海解释道："虎头湾总共两千六百四十三口，我按着人头篦头似的篦了好几遍，真就一个共产党。不过，这个共产党一个顶十个……"

县长打断他的话："你放屁！除非他是王天凯。"

吴江海阴笑着说："他可以是王天凯啊！"

"别他娘的放屁了，虎头湾都是老坐地户，谁不知道谁呀？都沾着亲带着故的，你抓回谁来不得有一堆人做证，他怎么能是王天凯呀？"

"县长大哥，您有所不知，这个人他不是虎头湾的老坐地户，没爹，没娘，还没姓，您说他是王天凯，他就是王天凯。"

县长听到这句话一下子来了精神："你让我想想，哎，有点儿意思……"

循着县长想出来的那点"意思"，吴江海亲自提审海猫。海猫仿佛见到了亲爹似的，说："吴大队长，我一直找您呢，您是知道的，我跟吴大小姐同生共死过，那交情还有的说？您是她叔叔，那就是我叔叔，咱们爷俩之间有啥事用不着到这种地方来说啊……"

吴江海说："你别害怕，我就是问问你过得好不好，但是我们这儿有规矩，都得在这里边问，你坐吧！"海猫坐在吴江海指着的对面的椅子上。"我上次在虎头湾给你做主以后，吴家和赵家都给没给你钱？听说你没拿这钱去买棺材，自己给你爹娘各做了一口？后事料理完了吧？"

海猫讨好地答道："还没完利落呢，就差竖碑了，我让您家大小姐给写碑，她识字断文，保证能写好了！您赶紧放我回去吧，人家帮我忙，我总得谢谢吧？"

"你别着急，既来之，则安之嘛。我这也是公事公办，你就把这些日子在虎头湾发生的事从头到尾地好好说说，本大队长听听，文书记记，也就算这个案子了结了，好吧？"吴江海指了指一旁的文书。

海猫来了精神："哎，您走了以后啊，我海猫冥思苦想，那是三天三夜没睡觉啊，一口水我都没喝，滴米未进，我算是想明白了。我好歹一百多斤，五尺汉子，爹娘虽然死了，可是我得好好地活着，活出个人模样来！"

海猫激动了起来，一会儿站，一会儿坐，连说带比画，吴江海向文书瞟了一眼。文书开始记录。海猫说得唾沫星子乱飞，文书记得手腕子酸软。最后，文书起身拿着记录好的纸给吴江海看。

吴江海接过看了看，点了点头，将口供递给海猫："你就画个押吧！"

文书指导海猫在大拇指上蘸满了印泥，摁在了摞好的几页纸的缝隙上和落款处。落款处白纸黑字写着"王天凯"三个字，可惜海猫一个字也不认识。他很满意自己的手印摁得不偏不斜，清清楚楚。

海猫没想到自己又被送回牢房，更没想到竟和老斧头关在一起。他有些纳闷地问："你不是送饭的吗？怎么也进我这屋了？"

老斧头苦笑道："我跟你一样，也是犯人，就住这屋，该送饭的时候送饭，没事的时候就在这儿等死……"

海猫急忙撇清关系："等死？那你犯的可是重罪！我跟你不一样，我是吴大队长请来的！"

"请来的？到这种地方还用得上请吗？"老斧头打量着四周，"哎，小兄弟，你刚才过堂过得怎么样？"

海猫立时神气起来："过堂？根本没人问我话，就让我一个人说，我这副伶牙俐齿三寸不烂之舌算是派上用场了！叽里呱啦，叽里呱啦，我那是口若悬河啊！旁边那家伙一直用笔记，洋洋洒洒好几张大板纸啊！我就是不认字，真可惜了！那几张大板纸要是交到说书先生手里，稍微编一编就能说上一段好戏！其实我海猫的身世，比说书先生说的还像书啊！"老斧头看着海猫眉飞色舞的样子，知道这又是一个被骗了的无知青年。

谁承想他的无知，险些要了自己的性命。他的所谓"供词"放到县长的案头，一支毛笔蘸着朱砂在王天凯的名字上画了一个圈，旁边写了四个字"立即枪毙"。县长把笔一放，站在一旁的吴江海说："县长大哥，我现在就去安排，天黑之前就毙了这小子！"

县长摆摆手："那不行，咱们抓到的可是共匪要犯王天凯，你们把口供都整理好，报到省里去。等上峰看到这些文书，也就是看到了大哥我的政绩！"吴江海立刻心领神会。县长又说："告示要贴出去，咱们抓到了共匪要犯，得让全县城的老百姓都知道，他们知道了，才会为本县长歌功颂德啊！"于是，写着枪毙共匪王天凯的告示张贴在县城的大街小巷。一个穿长衫戴礼帽的高个子看着告示慢慢地转过头来，他正是王天凯。

当王天凯回到他藏身的货物仓库时，一个名叫苏岩的小伙子长松了一口气："哎哟，政委，原来您没事啊？我还以为您被捕了，趁保安队不注意，揭下了这张告示。本打算开会的时候让同志们看，组织营救呢！"

王天凯接过苏岩手里的告示说："是要组织营救，这告示上说我化名海猫在虎头湾被捕。其实，虎头湾真有一个人叫海猫，他是我的救命恩人！"

枪毙海猫的告示也被贴在了虎头湾镇的大街小巷，赵洪胜看过后，抬脚来到赵家的祖宗祠堂，祠堂的供桌上除了列祖列宗的牌位，还有一个写着赵玉梅的名字的小牌位。赵洪胜跪倒在地，双掌合十："玉梅，告诉你一声，那个叫海猫的不是你儿子。你被骗了！他是共匪，共匪的头目，他叫王天凯。政府已经贴出了告示，判了他枪决！唉，想当初答应让你和吴家的那个穷鬼吴明义合葬，那是万不得已！我知道，你可能会很高兴，可是我不痛快！所以你的坟地我是不会去的，一辈子都不会去！今天我在这儿给你摆个牌位，给祖宗摆供烧香的时候，也带你一份……"

吴乾坤不像赵洪胜那么虚情假意，他在客厅扯出一条直肠子，当着吴家人的面大叫："枪毙海猫太好啦！这个孽障闹得咱们吴家不得安宁。不枪毙，难解我心头大恨！"

吴四爷随即附和："是啊！尤其是被当作共产党枪毙，这个理由好啊！自从上次老二带着海猫回来一闹，让吴明义和赵玉梅合葬，好多穷鬼们就私下议论，甚至开始怀疑老祖宗留下的规矩。现在清楚了，这是共匪搞的鬼。搞鬼的人会被枪毙，看那些穷鬼们以后还敢不敢议论，还敢不敢怀疑祖宗！"

吴八叔也说："咱吴家的族长就是高人一筹，您把海猫当作共产党送出去，这主意实在是太高了，我们这死脑袋瓜子，打死都想不到啊！"

吴乾坤侧脸与春草儿交换了一个眼色，很明显，他对她出的这个主意比较满意。春草儿还了吴乾坤一个眼神儿，喜形于色。

吴乾坤哈哈大笑："不管怎么样，孽障就要被枪毙了，飘在咱们虎头湾空中的阴云就要散了，我吴乾坤也算出口恶气呀……"

一直待在天井里的吴若云一听这话气坏了，她刚要冲进客厅，却被身后的林家耀一把拉住："若云，你要干什么？是不是因为海猫？"

吴若云一愣："不关你的事！这群老封建为了自保，合伙出卖了海猫，我要找他们理论！"

林家耀劝道："枪毙海猫的告示我也看到了，你进去理论也没用，你们吴家不是以孝治家吗？你当着那么多人的面跟吴世伯争吵，起不了任何作用，反倒会让别人笑话！"

吴若云气愤地说："我咽不下这口气，海猫对我有救命之恩，我不能眼睁睁地看着他被当作共产党枪毙！"

"我们当然不会眼睁睁地看着，告示上不是说要等省城的批复吗？我这就去找我叔叔，把真相告诉他！"听了此话，吴若云喜出望外。林家耀又说："去省城来回大概需要两天，我这就动身。"

"家耀少爷，我替海猫谢谢你！"为了海猫，吴若云动了真情。

对海猫动了真情的还有赵香月。她是听人念了告示才知道海猫要被枪毙的。她回到家，冲着奶奶就嚷："奶奶，海猫什么时候成了共产党了？那天在海神庙他和大小姐说的那些话我听得一清二楚。他从小就被大小姐给了一个瞎老太太，之后二十年一直跟着瞎老太太四处流浪要饭，他咋就成了共产党了呢？这明摆着就是那些大老爷们恨他，想让他死，就勾结保安队，编出的瞎话！"

香月奶奶没好气地说："你朝着我嚷什么嚷，又不是奶奶要枪毙海猫！再说啦，那告示都贴出来了，告示上说的还能是瞎话？"

"告示上说的就是真的啊？这些年收捐收税，哪回告示上不是写着收了钱，让保安队保护咱们老百姓？可结果呢？保安队来了虎头湾，连下蛋的母鸡他们都抢，那告示上写的能信吗？"

一提到钱，香月奶奶不禁打个寒噤："你不提钱我倒还忘了，在坟地里海猫交给你的那些钱，你赶紧还给族长大老爷！"

"凭什么还他？钱又不是他给我的，该还给谁账簿上记着呢。等我找个认字的人帮着，一家一户还给他们。海猫交代的事，我得办好！"赵香月说着，收拾了几件衣服，用包袱一卷，起身就走。

香月奶奶拉住她说："你个死丫头，你上哪儿去？"

"去县城！找海猫！"

听完赵香月的话，香月奶奶马上说："那海猫马上就要被枪毙了，你去哪儿找他呀？"

赵香月说："不还没枪毙吗？不都说死刑犯临死之前得让家人见上一面吗？我是他小姨，我去看看他！"

香月奶奶哭道："哎呀！你疯了吧？你啥时候成了他小姨啦？他爹啊，都赖你没本事，一早她要去给大小姐披麻戴孝，你这当爹的拦也拦不住。你瞧瞧，你瞧瞧，这下好了，这是中邪了呀！准是赵玉梅的魂儿附了她的身哪！你快拿绳子把她捆了，赶紧请道士到家里把她的魂儿招回来吧！"

"奶奶，我好好的，拿绳子捆我干吗？请道士不用给钱啊？你们要有钱你们就请吧，我走了。"说着，香月就要走。

半天没说话的赵老气突然大喊："你给我站住！香月，你老实地说清楚，你和海猫到底咋回事儿？"

赵香月停下脚步，说："爹，什么到底咋回事儿啊？"

"那个孽障沉海的那天，你一早就出去了，晚上才回来。你说，是不是你在海里救了那个孽障？还有，你没事就往捻匠铺跑，宁可自己饭不吃也要给他送去，还让你兄弟给你跑腿，你跟他之间到底是咋回事儿？"

"您别瞎猜了，我跟他什么事都没有！爹，您就放心吧，我有分寸，办完了事我就回来！"赵香月说完，挟起包袱，拔腿就跑。没想到刚一出门，就跟赵大橹撞个正着。

赵香月怒道："赵大橹，你在偷听？"

赵大橹忙答道："我……我没偷听！我来是想找你商量事儿的，正赶上你们说话，我听见了，咋了？你真想进县城见海猫？那孽障是被保安队抓走的，保安队的人都是畜生，你个姑娘家，你把自己往畜生窝里送啊！"

赵香月一字一顿地说："赵大橹，我告诉你，偷东西的是贼，偷听人说话的也是贼，你少跟着我！"

赵香月脚步匆匆地走在山间小路上，满脑子都是海猫。未出年正月，天气依然寒冷，西北风就像千万把小刀片，"刺刺啦啦"划在赵香月裸露的脸颊和手心手背上。但她心里揣着一团火，倒也不觉得冷，额头上香汗津津。

海猫正在牢房里想三想四，五脊六兽，突然门被推开，老斧头把一个托盘端到海猫眼前。托盘上有几碟炒菜，还有一个小酒壶和一个小酒盅。海猫以为这是吴大队长送来的，他不明白，他已经死到临头了。

为了赶在临死前看海猫一眼，赵香月换上一身破烂衣服，还把头上的长辫子藏在了一顶破毡帽里，粉嫩俊美的脸上也抹上了一层黑糊糊的泥巴。她学着小要饭的样子，晃起肩膀走进了保安队大院。

泥鳅听站岗的喽啰报告有人想见海猫，便大摇大摆地来到赵香月面前盘问："什么海猫？那是共匪要犯王天凯，你要见他？你谁啊？"

赵香月说："我是个要饭的，我跟他一起要过饭，他就认了我这个弟弟，我听说他被你们抓起来了，想看看他，不行吗？"

"不行！"泥鳅说着不由得打量起赵香月，"哎，你是个女的吧？"

赵香月愣了一下神儿，急中生智，说："我……我也不知道自己是男还是女，我生下来就半男不女的，所以我爹娘不养活我，把我扔出了家门我才要饭的！"

"半男不女？那你说说，你找你哥哥干吗？"泥鳅问道。

"我找我哥哥送钱，我哥哥走的时候把一笔钱放在我这儿了。"

"送钱？哈哈……你个小叫花子可乐死我了，你想进监狱见他给他送钱？笑话，你要是给大爷我送钱，八成还能见他；给他送钱，滚！"泥鳅说罢，掉头就走。

赵香月跟在他身后，紧追不舍，边追边说："这位大官儿，您说给您送钱，就能见到海猫，是真的吗？"

"你有多少钱，拿出来让老子看看！"

赵香月解开背在肩上的包袱，咬咬牙，拿出一大撮钱塞到泥鳅手里："就这些了，全给您！我哥要饭要了二十多年，就攒下这么点儿。钱都给您了，您可得说话算数，带我去见我大哥呀。我打眼一看就觉得您是好人，您帮了我，准能升官发财，娶漂亮媳妇，生一堆儿子！"

泥鳅笑道："你个半男不女的夹生货，嘴倒挺甜的。行了，跟我走吧！"

赵香月紧紧跟着泥鳅来到关押海猫的监狱。这时，海猫已经吃饱喝足，老斧头告诉他，被判了死刑等着挨枪子儿的人才会有这种待遇。他还告诉海猫，他的案子报到省城去了，就等着批复了。按规矩这几天顿顿好吃好喝，从古至今，这叫上路饭，断头酒。

海猫绝望之余，心想老子光好吃好喝还不行，还得加个好睡才对。于是，他倒头就睡。正睡得天昏地暗，牢门被打开了，泥鳅冲着老斧头喊道："老东西，出来，给这个小叫花子腾个地方，让他们说会儿话！"昏暗的灯光下，老斧头看一眼呼呼大睡的海猫，木讷地起身跟着泥鳅走了。

赵香月见老斧头跟着泥鳅已经远去，便迫不及待地对蜷缩在地铺上的海猫低声嚷叫："海猫，是我，我是你小姨……"

海猫猛地惊醒，他发现一个叫花子站在牢房门口，立即冲了过去，仔细地辨认着，但还是没有认出来。赵香月索性把毡帽摘掉，长长的头发像瀑布一样飞泄在肩头。

海猫眼睛一亮："小姨，真的是你？你怎么成这样了？你就为了见我，把自己弄成了这副样子，是我害了你！"

赵香月没好气地说："我不这样能见到你吗？你少假惺惺的，我问你当时让你离开虎头湾，你为什么不走？"

"我……我要为我爹我娘申冤报仇啊！"

赵香月打断海猫："所以你就和吴若云勾结了吴江海祸害我们赵家？你娘可姓赵，你这么做对得起你娘吗？"

"我没跟他们勾结！我要跟他们是一伙的，我能被判死刑吗？我都要挨枪子儿了，小姨你还怀疑我？"

赵香月愣住了，一下心疼了起来："你知道了？我还以为你被蒙在鼓里呢！"

"我本来是不知道的，可是他们给我鱼吃，给我肉吃，还给我酒喝，我一打听就知道了……我海猫白活了二十多年，被吴江海这个狗杂种骗了！我好不容易有了自己的房子，是我爹我娘用命给我换来的捻匠铺！可是在那房子里我连一个整觉我都没睡过，就要挨枪子儿了。小姨，我冤哪！"海猫越说越伤心，满脸是泪。赵香月更是泪如泉涌，一时不知该如何安慰。

海猫呜呜地哭着："我都答应我爹我娘了，我要娶房媳妇，好好过日子，给他们生孙子，再让他们的孙子生重孙子！可是现在……到了阴曹地府我咋跟他们交代啊……"赵香月正疑惑他什么时候答应他爹娘的，海猫缓缓道出昨天的梦。赵香月才明白这原来是他做的梦。只听海猫哭道："其实挨枪子儿没啥可怕的，死了就能跟我爹娘一家团聚，多好啊，可我就是觉得冤，我白活了二十年，连媳妇都没娶上……"

赵香月制止住他，不让他再哭下去。当海猫问她为什么来看他时，赵香月也不知道为啥，寻思半天才找了个借口："那些钱，咋办？"

"不跟你说了嘛，让你挨家挨户地帮我还给赵姓的族人。"

听了这话，赵香月气愤地说："你到现在还这么想？虎头湾把你当了共产党卖给了吴江海，你还还他们钱，你可真够没心没肺的！"

"噢，我明白了，说我是共产党？嘿，我还真认识个共产党，我要是能变成他就好了！"海猫心有向往，转头对赵香月说，"我就觉得哪儿不对劲儿呢，怎么一下把我抓到这儿了，还要枪毙，原来是虎头湾把我给卖了！呵呵……那也得还钱！算计我的，准是吴乾坤和赵洪胜，还有那些有钱的大老爷们。就说你们姓赵的吧，我娘的穷亲戚也不少，他们看我的眼神儿都挺和气的。不说别人了，起码小姨对我恩重如山！小姨家的钱，我必须得还！还有帮我娘挖坟的大个子，虽说他打过我，可他人不错。因为我半年都白干了，那我还能贪下他家的钱？还求小姨挨家挨户都还给他们！死，我也不能欠下这些人情！"

"好样的！"香月赞道，又为难地说，"可是……为了能见到你，我花了不少，没剩那么多了。"

"那就拣穷的还，谁家穷先还谁，虎头湾的好些穷苦人，过得比我还不如呢，我自己给我爹娘做了棺材，就是为了把钱还到他们手里！小姨，这件事就拜托你了！"

赵香月点了点头："好，你放心吧，就算是族长大老爷知道了要打我板子，我也帮你把钱还回去！"

海猫笑嘻嘻地瞅着赵香月："小姨，你真好，其实你就是和我娘一样漂亮的女人，我这辈子要是能娶你当媳妇就好了！"

赵香月嗔怪道："不许胡说八道，我是你小姨，没大没小的！"

"小姨，我都死到临头了，你就别糊弄我了，我知道你就是我娘的使唤丫头，不是啥近亲。我娘要是还活着，我一定求她做主把你嫁给我！"

赵香月羞得脸颊透红："死海猫，你再胡说，我走了啊！"

海猫忙说："别、别、别，好不容易花钱进来的，再陪我说两句话呗，我多可怜……我还不如我爹娘呢，他们走了，好歹有我给他们收尸，我死了，八成得被野狗叼走，那可就惨了！要是被野狗叼走了，下辈子我就托生不成人了……"

"你放心，你死了我给你收尸！我赵香月说话算数！"赵香月保证道。

海猫感动得泪眼婆娑，愣愣地看着赵香月。这时，牢房门口也有人愣愣地看着，不过他看的是赵香月的一头长发。这人就是泥鳅！

一钩银月挂在天边，赵香月离开海猫，心里淌着泪，脚下坠了铅，在县城街巷踯躅而行。突然，赵香月意识到身后有人，忙将毡帽扣在脑袋上，不由得加快了脚步。泥鳅一把从后面抱住了赵香月的腰："你别走呀，你以为你把头发藏在毡帽里，我就认不出是男是女啦？告诉你，小娘儿们，跟大爷回家，从此以后让你吃香的喝辣的，你再也不用要饭了！"

赵香月尖声大叫，赵大橹突然从黑暗处蹿了出来。他抡起拳头向泥鳅的脑袋砸去。泥鳅被打得一个趔趄，手一松放开香月，扭头吆喝："你找死啊？"

赵大橹不愧是大秧歌队的乐大夫，他曾得到过莱阳二林子技击术的真传，身手确实了得，三拳两脚就把泥鳅打了个狗啃泥。然后，他拽起赵香月的手便跑。泥鳅在地上喘息着摸出枪，枪口直对着落荒而逃的赵大橹和赵香月。

说时迟，那时快，就在泥鳅扣动扳机之际，苏岩一脚踩住了他握枪的手。泥鳅声声惨叫，苏岩低声吼道："叫？再叫一声我拧下你的脑袋！"

说话之间，两名大汉将泥鳅装进麻袋，扛进一个货物仓库。穿着长袍的王天凯走了出来，说："哎，不是跟你们说我要跟泥鳅兄弟交朋友吗？你们怎么这么对待贵客？来，来，来，给他松开。"苏岩把泥鳅从麻袋里掏出来，泥鳅睁眼一看，他的枪在苏岩的手里端着，两名大汉立在眼前，便意识到自己跑不了，连忙赔笑："各位好汉，哪条路上的？"

王天凯说："旱路水路都蹚，大路小路也走，人在江湖混碗饭吃，哪条路不重要，关键是交朋友最重要！来，来，来，坐！"

泥鳅看着桌上的饭菜，有些胆怯："各位好汉，咱们一没怨，二没仇，天不早了，放我回吧？我可是上有八十老母，下有孩子嗷嗷待哺……"

王天凯慢条斯理地说："哎，泥鳅兄弟，这就是你的不对了，我真心想跟你交朋友，你咋不跟我说实话呢？据我所知，你泥鳅上无老，下无小，媳妇倒是不止一房。我诚心跟你交朋友，能不打听打听兄弟的底细？坐吧！"

泥鳅只好坐下，王天凯示意他坐到自己身边来，泥鳅不明就里，动都不敢动。苏岩一步蹿过去，用枪顶住泥鳅的后背："离我大哥近点儿！"

泥鳅吓了一跳，只好坐到了王天凯的身旁。王天凯扳起他的肩膀："泥鳅兄弟，再靠近点儿，咱们哥俩今天交个朋友，拍张照片留个纪念！"

话音一落，"啪"的一声，镁光灯一闪，泥鳅和王天凯的笑容便被照片记录了下来。王天凯转身倒了两杯酒，一杯递给泥鳅，一杯擎在眼前："好了，泥鳅兄弟，我王天凯敬你一杯！"

"王天凯？"泥鳅吓得"腾"地站了起来，却被苏岩的枪又逼到座位上。

王天凯品着酒，说道："看来泥鳅兄弟对我的名字很熟悉啊。但是，我绝不是被你们关在监狱里的那个替死鬼，我是真的，如假包换！"

第十三章

海阳保安队大队长吴江海的办公室，虽比不上县长的宽敞阔气，但也是大清朝传下来的紫檀桌子、红木椅，很是气派。此时，泥鳅立在吴江海旁边砸核桃，吴江海坐在红木椅上，享受着核桃仁。

就在这时，门"哐当"一声被踹开了，吴若云大步冲进来。泥鳅立马用枪指着吴若云："好大胆子！进我们大队长的办公室，为什么不喊报告？"

吴江海抽了泥鳅后脑勺一巴掌："混蛋！把枪给我收起来。这是我侄女，你不认识啦？给老子滚出去！"泥鳅见吴江海瞪大了眼睛，连忙把枪收起来，乖乖退出。

"若云大侄女，找叔叔玩来了？"吴江海觍着嘴脸说道。

吴若云冷笑道："你觉得我还会有这种心情吗？是，从小在家里，咱俩也算是同病相怜，可我万万没想到你竟然做出那种畜生的事儿来！"

"嘿，骂你叔叔？"

听了此话，吴若云怒道："骂你是轻的，赶紧让我去见海猫，不然有你好看的！"

吴江海装作糊涂："你要见谁？哪有什么海猫，海里面要是有猫鱼还活的了吗？那是共产党王天凯，政府的要犯！是你想见就能见的吗？"

"吴江海，我不是三岁的孩子，你少糊弄我！我不信！一定是你们抓不到共产党，拿海猫顶罪，我难道看不出来吗？实话告诉你，林家耀已经去省城找他叔叔林参谋长了，他可是韩司令身边的。如果你现在让我去见海猫，等参谋长来了，看在你是我叔叔的分上，我不让他枪毙你就算给你面子了！"

吴若云的话顿时把吴江海震住了，他忙对门外喊道："泥鳅，快领我们家大小姐去见海猫。你要是怠慢了，看我怎么收拾你！"

泥鳅点头哈腰地把吴若云带进监狱，指了指关押海猫的牢房，知趣地离开。吴若云透过铁栅栏看到里面的海猫像条狗似的趴在地上乱涂乱画。她隐约地看到他画了一个跟自己身体一样大小的女子轮廓。只见他侧身躺在了地上，好像跟那个人并排躺着。海猫看着身旁的人形笑了，自言自语："嘿嘿，你是谁呢？你最好是她！"

吴若云双眉一挑："她是谁？"

海猫突然听到女人的声音，吓了一跳，正眼一看，见是吴若云，蹦了起来，手背揉着眼睛："我没做梦吧？吴大小姐，你怎么来了？"

吴若云板着脸说："你先告诉我，你画的是谁？"

海猫慌手慌脚，擦着地上的人形："让你笑话了，这……"

"不要擦，告诉我是谁？你刚才说……最好是她，她是谁呀？"

海猫吞吞吐吐，支吾着："她……她……她就是你呗！"

"你画我干什么？"

吴若云看着海猫，只听他说道："我……我刚才闲着没事就想起你了。这不是要挨枪子了吗？我就一下想起来去年秋天跟你……那回也是要死了，可是我一点儿都不害怕，就是因为和你在一起……你说咋那么巧呢？我正在高粱地里睡觉呢，你就从天上飞下来正好砸我身上了……听说过天上掉馅饼的，哪听说天上掉大姑娘的？嘿嘿……那天那么多海盗在后面追咱俩，我拉着你的手，对了，那是我有生以来头一回拉女子的手，咱俩在高粱地里跑，后面是追兵，枪子儿嗖嗖地飞，可是我一点儿都不害怕，想起来还觉得挺美！不瞒你说，这半年来我经常做梦就梦见那天，我真希望就那样一直拉着你的手跑下去，多好啊……"

吴若云把手透过铁栅栏伸进去，海猫不解，说："吴大小姐，你这是……"

"别叫我吴大小姐，你知道我喜欢让你叫我什么。"

海猫脱口而出："小先生。"

"海猫，把你的手给我。"海猫怯生生地把手伸过去，吴若云一把抓住。刹那间，海猫浑身像过电一样，热血都沸腾了。他渴望已久的那种亲近、那种温馨，交织缠绕，难分难解。只听吴若云说："这次你也不用怕，你死不了，我发誓，一定会救你出来！"

海猫感动得眼泪汪汪："小先生，你的好意我心领了。我也知道你跟你叔叔吴江海不是一伙的，你也是被他骗了，是你爹还有赵洪胜那俩老混蛋和吴江海勾结在一起，把我给卖了。共产党是咋回事儿，我行走江湖这么多年能不知道吗？枪子儿我是挨定了……这就是我的命，我不认也得认！但是能认识你，能跟你同生共死一回，也算我这辈子没白活了！"

吴若云打断他说："海猫，你别瞎说，你真的死不了！你听我说，林少爷已经去省城了，他亲叔叔是省里的大官，一定能救你的！"

"算了吧，小先生，上次你带我来县城告状的时候，也跟我说过你叔叔是县里的大官，一定会为我做主，替我爹娘申冤的。可结果呢，把我的小命也搭上了……"

吴若云听得心疼，流着眼泪："海猫……你别怪我好不好？"

"小先生，我可没有怪你的意思。"海猫立马否认，随即安慰道，"你别哭！我是说就这样吧，挺好！啥时候死不是死啊，早点儿死不是早点儿和爹娘团聚吗？今天你能来看我，我就知足了，我刚才画了她……不是，我刚才画了你，就是想和你一起躺会儿，你别骂我是流氓啊！我这一辈子最遗憾的就是没娶上媳妇，我本来想我要是能不死，就好好干活，多挣点儿钱，娶小先生……"

吴若云强忍眼泪："海猫，你听着，这次你一定要信我，我准能救你的命！"

"你这么说我也很高兴。要是他们枪毙我的时候你再能去送送我，我就更高兴了！我想挨枪子儿的时候看着你，我的瞎奶奶跟我说过，这样的话，来生就能认出你来。"海猫双手握住吴若云的手，"最好下辈子咱俩一起托生，这样打小就在一起，定娃娃亲最好，不定娃娃亲也行，反正长大以后我娶你！小先生，我一个要死的人了，快活快活嘴，你别生气啊。我知道，下辈子我也高攀不上你，但是我真的做过这样的梦……在梦里，我们成亲了，你打扮成新娘子的样子可好看了……"吴若云哭得稀里哗啦，一塌糊涂。海猫连忙安慰："小先生，你别哭了，我心里的话说出来了，就痛快了。你今天要是不来看我，我这辈子就再也没机会把这些话告诉你了……"

吴若云坚定地说："好吧，既然你不相信我，就记住我的话，如果我救不了你，他们枪毙你的时候，就是我嫁给你的时候！"

海猫不相信自己的耳朵："啊？你说啥？"

吴若云再次重复："我说他们枪毙你的时候，就是我嫁给你的时候！"

海猫张大了嘴，半晌才说："这话当真？"

吴若云斩钉截铁："一言为定！"

泥鳅送走了吴若云，心事重重地回到吴江海办公室，他听说吴江海去了县长那里，心里不禁打个冷战，于是转身追进县长办公室，假装汇报。不料吴江海一把将泥鳅推到一旁，依然在县长面前喋喋不休："奶奶的，这可如何是好？千算万算我怎么也没算这里边还有林参谋长的事！"

县长气急败坏，骂道："你混蛋！你侄女要嫁给林参谋长的亲侄子你都不知道，你算个什么东西，简直就是一头蠢猪！你他娘的还向我保证，这个人既不姓吴又不姓赵，在虎头湾没人认识他，没有人会为他做证！蠢猪，现在出了证人了，还是你亲侄女，还能直接告到林参谋长那儿，你这是成心想害死我啊！"

吴江海低声下气地说："县长大哥，您息怒，无毒不丈夫，我倒有个主意！"

县长一脸的不耐烦："有屁快放！"

吴江海紧皱八字眉："从虎头湾到济南，再快也得两天打个来回，我估摸还来得及……趁姓林的小子没回来之前就把海猫给毙了，反正有口供，白纸黑字还按了手印。到时候死无对证，他林参谋长能把咱们怎么样？"

县长脸上的乌云顿时散去："这倒是个好主意，那今天吃完中午饭就把海猫押到虎头湾，先枪毙了再说！"

泥鳅一听，差点吓瘫了，他冷不丁瞅个空子，撒腿就跑。正在门口摆摊卖糖人的苏岩有些惊讶，伸手招呼："来，来，来个糖人！"

泥鳅从苏岩的小摊上拿起一个糖人，说："枪毙，今儿个就要枪毙，我可把话传到了啊，这里边再没我的事了！"

苏岩一把抓住泥鳅的手："今天就要枪毙，为什么这么突然？"

泥鳅贼眉贼眼地四下里瞅着："谁知道啊？昨天还说等上面的批复呢，刚才县长说了，吃完中午饭，把人押回虎头湾，先枪毙了再说！"

苏岩打开小摊上装钱的盒子，盒子里是泥鳅和王天凯的合影。他示意泥鳅看，声色俱厉："你可看清了，如果敢耍花招的话，你们哥俩的照片明天就会摆到吴江海和县长的桌子上！"

泥鳅嘴直咧："哎呀呀，我要撒谎，天打雷劈！"

苏岩喝道："权且信你，原方案不变，你必须配合！"泥鳅连连点头，拿起一个糖人，扭头就走。

苏岩也忙收拾摊子，然后大步流星回到货物仓库。他向王天凯汇报了情况后，立即召集几名同志，催促王天凯赶快下达营救命令。王天凯冷静地看着自己亲如兄弟的同志，再一次强调："同志们，我是政委，但是我必须承认，这次营救海猫跟组织工作没有关系，是我的个人行为。所以，大家如果有异议，可以否定我，也可以不参加这次营救活动。"

王天凯的话，就像油锅里撒了一把盐，劈里啪啦，好一阵子炸。苏岩说："王天凯同志，您说什么呢，我们共产党员也是人，是人就应该讲报恩！海猫救过您的命，现在恩人被冤枉了，而且国民党反动派要拿他当您枪毙，岂有见死不救的道理？和您说吧，我已经告诉泥鳅，原方案不变，您就快下命令吧！"王天凯点了点头，下达了营救命令。

营救海猫的命令很快传给了监狱里的老斧头。老斧头本是在虎头湾落户的一个卖手艺的外乡人，却不明不白被吴赵两大家族当作共产党送进了县大狱，而今老斧头为共产党人做事，用他自己的话来说，这是因祸得福。此时，老斧头奉命端着好饭好菜送到海猫的面前，说："快吃吧！吃完饭就带你上路。咱俩住在一个号里，真是缘分不浅，记住我的名字，我叫老斧头。"

对于死，海猫虽然早有思想准备，但是当听到真的要死的消息后，心里不免凄楚悲凉。海猫苦笑道："我就要去见我爹我娘了。全监狱的人就数您对我好，等见了我爹我娘，我向他们念叨念叨。刚才你说你叫老斧头，这不像个正经八百的名啊？"

"是啊，就像你叫海猫一样，所以我说咱俩有缘分嘛！你就要上路了，我送你件衣服穿。"老斧头说着，就把一件大破棉袄穿在了海猫身上。破棉袄很大，不太合身，刚一上身，海猫就被压得矮了一截："什么衣服这么沉？"

海猫说着就去摸前胸，老斧头忙按住他的手："别摸，再沉你也挺着，千万别露了马脚，这件衣服兴许能救了你的命！"

"大爷，你为啥帮我？"

老斧头压低嗓音："受人之托。我一个朋友，他姓王，叫王天凯。"

正在这时，外面一阵丁当乱响。两个保安队员进了牢门，押起海猫便走。就在海猫与老斧头擦肩而过的一瞬间，老斧头使了个眼色。

海猫被装在一辆马拉的囚车里，一路颠簸，马不停蹄地来到虎头湾广场。其间，保安队刚出县城的时候，就碰上了四处游荡的秧歌疯子。他一路快跑，扎到镇子的街巷，又一次唱起《海神娘娘快显灵》的秧歌调。秧歌疯子的秧歌调，实际上给虎头湾的人们报了个早信。所以，当保安队把海猫押到虎头湾广场时，这里已经是人头攒动，摩肩接踵了。

吴江海从车上走出来，环顾四周，骂道："他奶奶的，看丧的不怕丧大。人都来了，省得打锣敲鼓再招呼了，给海猫找个行刑的地方吧！"

这时，赵洪胜和吴乾坤的管家不约而同地来到吴江海面前，给他建议行刑的地方。最终，赵洪胜提议在海神庙前搭个台子，海猫被枪毙后直接扔到海里，全当祭海神娘娘了。吴江海认为甚好，于是两家齐心协力在海神庙外伸进海里的位置搭建起了平台。

这时，躲在街巷深处的王天凯低声问苏岩："怎么样？泥鳅答应配合了？"

"泥鳅临到虎头湾之前，我还警告过他，如果不配合，就把照片直接送到县长手上，只要有那张照片，我料他百口莫辩，不敢不配合！"苏岩说。王天凯点了点头，抬头向虎头湾广场看去。

苏岩瞅着正搭建的平台，扭头说："政委，您真是料事如神啊！您怎么就能猜到他们会搭个平台枪毙人呢？"

"你别忘了，我是老斧头的入党介绍人。我之所以了解他，是因为他被关进监狱刚好和我一个牢房。老斧头曾经在虎头湾当了十年的捻匠，他告诉我，这儿的人们最信海神娘娘，而且认为只有活人祭海，才算真正孝敬海神娘娘。"

苏岩叹道："封建迷信真是害人！"

"啊——"苏岩和王天凯的对话被海猫一声呐喊打断。"海神娘娘——我跟您一个姓，我也姓海，您就给我海猫做一回主儿，张张嘴把吴家赵家那些人五人六的有钱人全都吞到肚子里去吧——"

吴江海转身站在车门的踏板上，说："大家听见了没有，这就是共匪，他们恨不得把所有人都害死！共匪不除，国无宁日，虎头湾就更没好日子过！"

海猫大吼："吴江海——你这个人面兽心的畜生！你口口声声说要为我做主伸冤，却骗我在那些纸上画了押，诬陷我是共产党！你不得好死，你断子绝孙！海神娘娘，您快先吞了这个吴江海吧，最好把他的骨头都嚼碎了！"

吴江海不理海猫，继续说道："嘿嘿，你们听见了吗，共匪不光要杀人啊，连全尸都不给人留。太可怕了！你们虎头湾算是积了德了，要不是县长大人明察秋毫，识破了他是共产党，以后他不定害死多少人哪！"

虎头湾的老百姓们一会儿看吴江海，一会儿看海猫，不知道该听谁的。

海神庙前的平台搭好了，几个保安队员打开囚车，伸手拽出海猫。海猫大喊大叫："海神娘娘，我爹娘死得冤，我死得更冤！请您千万别收走我的魂儿，就让它留在这儿，我要看着害死我们一家三口的这些人是什么下场！我咒虎头湾从今天起，种啥啥不长，出海就翻船，年年闹瘟疫，三伏下大雪！"

秧歌疯子不知怎么从人缝里挤到海猫跟前，说："大哥，下雪我不怕，我穿羊皮袄。你再向东看啊，海神娘娘坐天上，雷公电母伺候着，还有那吕洞宾……"

海螺嫂一把拉住秧歌疯子，捂住他的嘴："疯子啊疯子，你一下子疯死算了，这都啥时候了，你还管他叫大哥？你想跟他一起被枪毙啊！"

看到秧歌疯子，海猫猛地想起了吴若云和赵香月。他举目在广场上寻觅着，却没有看到她们的身影。海猫想着在监狱里吴若云对他说的话以及赵香月说要为他收尸的情景，不禁自言自语："海猫你是个什么东西。小先生说你挨枪子儿的时候就是她嫁给你的时候，你也信？谁能嫁给一个死人啊，更何况有钱有势念过书的大家闺秀？小姨说要来给你收尸，你也敢当真？小姨是个好姑娘，马上就要嫁给那个大个子了，她来给你这个孽障收尸，怎么跟婆家交代？"

海猫的自嘲在天海之间回荡，虎头湾的人们都被这声音震撼了，一时间有木讷的，有惶恐的，更多的是疑问。他们交头接耳，议论纷纷，把偌大的广场吵得沸沸扬扬，就像大海的波涛伴着暗流，电闪雷鸣一般。

确认海猫马上要被枪毙的消息以后，吴若云和赵香月显得异常冷静。她们都以不同的方式，各自准备着各自的答卷，下决心在他临死之前兑现自己的应允，给海猫一个无悔的交代，为他画一个最终的句号。吴若云头戴金钗玉坠，穿上了准备出嫁时的大红喜袍，赵香月则穿上孝服。二人各自准备好之后，以不同的时间直奔广场。

泥鳅主动请缨要枪毙海猫。两名保安队员一人挽着一条胳膊地架起海猫，走上平台。突然，广场上传来一阵骚乱声。只见赵香月穿一身孝服，快步穿过人群，径直朝海猫走来。

海猫惊喜万分："小姨？"

因为事情发生得太突然，一时竟没有人阻拦赵香月。赵香月很快走到了离海猫近在咫尺之地，异常平静地说："海猫，我答应你的，我来给你收尸！"

海猫傻了："谢谢小姨……"

没等海猫话音落地，赵大橹、赵老气，还有香月奶奶、大橹娘发疯似的挤出人群，跑到赵香月面前，却又一时不知所措。还是站在吴江海身边的赵洪胜沉得住气。他冷笑一声，厉声问道："好一个不知廉耻的赵香月，你要干什么？"

赵香月大义凛然道："我要为海猫收尸！他是个可怜的人。他的爹娘都被逼死了，今天他又要被枪毙，您不是经常说我们赵姓一族以仁义为本吗？我为这个可怜人收尸，有什么不知廉耻的呢？"

赵洪胜凶相毕露："你混账！你凭什么给他收尸？他根本就不是什么海猫，我妹子玉梅根本就没生过孩子！保安队已经查清楚了，他是共产党，叫王天凯！"

赵香月淡如止水："不管他是谁，我答应给他收尸，就得说话算话！"

赵洪胜气急败坏："不行，你是我赵姓族人，我绝不允许你给他收尸！"

"请问族长大老爷，什么人能给他收尸？"赵香月反问。

"除了赵姓族人，不管什么人给他收尸我不管！"

赵香月冷静道："赵姓的女人要是嫁给外乡人，就不再是赵姓族人了。老祖宗的规矩是这么定的，对吧？那告诉你赵洪胜，我赵香月早已与这个人定了终身，我不管他叫海猫还是叫王天凯，他死了，我就是他的未亡人！"

赵洪胜愣了，所有的赵姓族人都愣了。恰在这时，穿着大红喜袍的吴若云如开屏的凤凰，落落大方地朝海猫走来，人们不由自主地让出一条路，所有人的目光都聚焦在她一个人身上。

海猫的目光聚焦在吴若云那鲜红的双唇上："小先生？"

吴若云笑了："海猫，我来了，差点儿来晚了。我说了，他们枪毙你的时候，就是我嫁给你的时候！我们成亲吧！"

海猫下意识地看一眼赵香月："这……"

吴若云这才发现穿着孝服的赵香月："哎？你这是怎么回事儿？"赵香月冷眼相看，爱答不理。

吴江海转着圈儿瞅着吴若云身上的大红喜袍："吴若云，你要干什么？"

吴若云大声说道："我要嫁给海猫！"

吴江海大吼："你胡闹！"

"你是我什么人？你凭什么教训我，你就是个流氓、无赖、强盗、骗子！你敲诈钱财、奸宿民女、无恶不作、罪该万死！你一定会受到惩罚的！"这话气得吴江海嘴直哆嗦。

这时，吴乾坤甩掉一拐一瘸的吴天旺，抢先一步赶来，大声喝道："若云，看你穿成这个样子，你胡闹什么！"

吴若云转着圈用手点指着吴乾坤、吴江海，以及吴四爷和吴八叔等有钱的人："我在替你们赎罪！海猫的身世你们谁都心知肚明。他爹吴明义年轻的时候与赵家的赵玉梅有情，两个人曾经离开虎头湾一年之久，在外面生下了海猫，这是不争的事实！正月十三，海猫回到虎头湾，他是来寻找亲人的，他想找到属于他的家！可是你们和赵家一起逼死了赵玉梅和吴明义，还把海猫活活地沉了海！你们这是在犯罪，是在杀人！……都怪我轻信了吴江海，又带着死里逃生的海猫回到了虎头湾，哪承想你们勾结串通，竟要把他当作共产党枪毙！……在场的父老乡亲们，你们相信海猫是共产党吗？"

吴乾坤气得直哆嗦，却又一时无法制止吴若云。不过，虽然也同时挨了骂，赵洪胜却笑着，他要看吴乾坤最后的笑话。

吴若云看着渔民百姓一张张木讷的脸，有些失望，见跟在吴乾坤身后的吴天旺也不作声，失望中还增加了许多的愤懑。她正思忖着如何唤起人们的同情心时，突然听到老犟眼子愤愤不平的声音："小姐说得对，说海猫是共产党，我就不信！"

吴乾坤终于等到了发泄的机会，立时瞪眼道："老犟眼子，你好大胆子！"

老犟眼子毫不畏惧："我说句话还不行啊。是，你是族长，可你姓吴我也姓吴，按辈分我还是你叔爷爷呢，我就不相信海猫是共产党，我不信，打我我也不信！你们还能枪毙我是咋的？"

吴乾坤大怒："来人，把这老混蛋给我押到祠堂打二十板子！"

吴若云大喊："吴乾坤，仗着你是族长，你就可以滥用私刑，连长辈你都打，这就是压迫！海猫的爹娘就是这样被逼死的。他这个孤儿，是腐朽封建的虎头湾制造出来的！现在你们这些害死他爹娘的凶手，又要害死他。你们扪心自问，天理何在，良心何在？"

吴乾坤一巴掌抽在了吴若云的脸上："你……你混蛋！"

海猫大吃一惊："小先生……"

吴若云看着吴乾坤，冷笑着："打得好，吴乾坤，当着全镇人的面，你打了我这一巴掌，从此以后，你我就再无父女之情了！"

"你说什么？"

"国家是人民的国家，给每个人自由的权利。我现在正式和吴家断绝关系，我要嫁给海猫！"

"你……"吴乾坤抢手又要打，哪承想吴天旺从后面冲了上来，一把抱住他央求道："老爷，别再打了！"

吴乾坤怒斥："臭瘸子你给我滚开！"

赵洪胜"咳嗽"一声，鼓起掌来："好，若云小姐不愧是受过教育的新女性。听你说话，我觉得好痛快啊！"

吴乾坤扭过身来，气急败坏地吼道："赵洪胜……我他奶奶的毙了你！"吴乾坤说着从腰间抽去枪来。春草儿吓坏了，所有人都傻了。

赵洪胜转身说："吴大队长，你可看见了，吴乾坤他要当众杀人！"

赵家的乡勇迅速围在了赵洪胜的前后左右。但是吴乾坤的枪已经掏出来了，收不回去了。吴姓的乡勇也都聚在了吴乾坤身旁，等着枪一响就与赵姓族人拼命。

这时枪确实响了，开枪的是吴江海，他用嘴吹了吹冒烟的枪口："都看见了吧？这就是共产党，闹得族人要反族长，闺女要反她爹！纲常伦理都不讲了，这不是要毁天灭地吗？"

春草儿连忙上前去拉吴乾坤持枪的手，吴乾坤赶紧找了一个台阶将枪收了起来。

这一番乱吴若云恍若未闻，她始终看着海猫："别管他们，我们成亲吧！"

海猫哭丧着脸说："小先生……"

"不许哭丧着脸，结婚是喜事，笑！"海猫强挤出笑容，笑得苦瓜一般。吴若云又说："来，我们拜堂！"

只听站在一旁的赵香月大喊："不行！"

吴若云转头看着赵香月："轮到你说话了吗？"

赵香月针锋相对："你没看我披麻戴孝吗？我是作为海猫的未亡人等着给他收尸的！"

吴若云一愣："什么？"

赵香月指着海猫说："你告诉吴若云，我们是不是说好了，我给你收尸？"

"说过……"海猫无力地说道。

听了海猫的回答，吴若云说道："收尸就收尸，你凭什么说自己是海猫的未亡人？"

赵香月也不由得一愣："海猫，你告诉吴若云，你有没有说过要娶我？"

海猫见赵香月拿眼瞪着自己，人先软了一圈："我……"

吴若云立刻明白了是怎么回事儿："好吧，我管你是什么人。今天一早我就和海猫说好了，他被枪毙之日就是我们成亲之时。海猫，你说，有没有这回事？"

海猫只好承认。吴若云有些得意地把头转向赵香月："听见了没有？"

赵香月毫不示弱："今天一早说好的，那你可晚三秋了！海猫，你告诉吴若云，你什么时候说的要娶我，说了几回？"

海猫又口吃起来："我……"

赵香月目光直逼海猫："别我我我的了。我替你说，你娘死的第二天你就说过要娶我，你一共说过两回！就算要成亲，也是我先她后！"

吴若云冷笑道："赵香月，你也不看看你是什么身份，跟我争？"

赵香月眉一扬:"我就争了,我跟海猫都是穷人,我们门当户对,怎么了?"

"你不要脸,你们差着辈分呢!"

"对不起吴大小姐,我已经不是赵家的人了,还有什么辈分?"

吴若云气坏了,不再理香月,转头看向海猫:"海猫,不许你再看这个疯女人,今天我穿了喜袍,咱俩这就拜堂成亲!"

赵香月寸步不让:"海猫,我是你的未亡人,你不能娶别的女人!"

"这……哎呀,你们俩别争了!"海猫突然想起什么,"这稀里糊涂的好像我真的要死了似的,我怎么记着谁跟我说过要救我来着,也许我死不了呢。我是猫啊,你们别忘了猫有九条命,万一我死不了咱们仨再慢慢商量行不行啊?"

泥鳅最怕海猫这么说,喝道:"这太不像话了,大队长,您快下令枪毙吧!"

吴江海早就不耐烦了,为一个将死的人争来争去,他气坏了:"枪毙!"

两个保安队员架起海猫就走。赵洪胜对赵姓乡勇大喊:"来人,把这个丢人败兴的赵香月拖回去,等候处置!"与此同时,吴乾坤也对吴姓的婆子们下令:"你们愣着干什么?还不快把小姐弄回家去!"于是,赵姓乡勇和吴姓婆子,分头拽起赵香月和吴若云的胳膊。在这两个挣扎着的女人身后,赵大橹和吴天旺都以不同的眼神,心疼地看着各自心上的人。

吴若云大喊:"海猫,我们拜堂,一拜天地——"

海猫泪花盈眶:"小先生……海猫谢谢你……"

赵香月大叫:"海猫,你别忘了给你收尸的人是我——"

海猫泪水成行:"小姨,我也谢你……"

吴若云高喊:"二拜高堂——"

海猫哭道:"别拜了小先生,咱们进不了洞房!"

赵香月高叫:"海猫,你一路走好——"

海猫呜咽:"来生再见——"

其实,海猫这话是对赵香月和吴若云俩人说的,说完他就被拖到了台上。

吴江海举起手,用眼神示意泥鳅准备行刑。泥鳅两腿颤抖着,举枪对准海猫的胸口,心里暗道:"我的小祖宗,你可千万别乱动呀!否则,我的枪要是打偏了,你没命了,我也没命了啊!"

吴江海发现泥鳅两腿颤抖,开口就骂:"你个㞞玩意儿,又不是枪毙你,你腿哆嗦什么?给老子听好了,倒记数,三——二——"

海猫不再挣扎,他盯着泥鳅的枪口,想起老斧头的叮嘱,硬是挺起胸膛。

没等吴江海的嘴里吐出个"一"来,泥鳅便扣动了扳机。"砰"的一声,子弹打在海猫的胸膛上,发出了一声沉闷的碰撞声。不过,这声音响没人注意,人们只见海猫的身体向后一仰，随即跌进大海。

吴江海骂道："奶奶的泥鳅，怎么不听口令啊，老子才喊两个数你就开枪？"

第十四章

在海猫坠海的那一瞬间，吴若云瞪大了眼睛，赵香月停止了挣扎，整个虎头湾广场的注意力都集中到了海猫身上，此刻却没人注意到一辆汽车已经驶入。

汽车停在人群之外，林家耀从车上下来，他不知道发生了什么事，正欲打听，只见赵香月挣脱了赵姓乡勇，径直冲向海神庙前新搭起的平台，喊着："我是海猫的未亡人，让我把尸体捞上来，我要为他收尸——"

喊声未落，吴若云在吴家婆子和春草儿的拦阻中左冲右突，大喊大叫："你们放开我，我要和海猫拜堂成亲，放开我——"

吴乾坤已忍无可忍，不料身后传来林家耀的声音："若云表妹，发生了什么事？"

吴若云的大红喜袍被弄皱，金簪玉坠凌乱。她循声回头，面对林家耀那质问的眼神，只能躲躲闪闪。但是，吴若云回避了林家耀的眼神，却回避不了他本人。林家耀捉住吴若云的手，向她介绍与他一起下车的中年人："若云，这位是咱家叔叔林参谋长的机要秘书。"

没等吴若云回答，吴乾坤忙上前抱拳："啊，这位长官，怎么称呼您呢？"

"我姓何，为了避嫌，这次特意穿了便装，也请你不要声张，什么县长啊，当地的保安团长啦，就别通知他们来见我了！"吴乾坤没想到一个秘书架子竟这么大。他带他回到吴家客厅，寒暄之余，何秘书突然把话收了："林参谋长的命令再小也是军令，恕我就不详说了！请问，今天庙门口那个新娘子，可是吴若云？"

吴乾坤有些尴尬："啊……正是小女。"

"今天她嫁人啊？已经嫁了人，那和家耀少爷的婚事又是怎么回事儿？"

吴乾坤搪塞说："这个……请何长官千万不要误会，小女今天穿了那身衣服，但不是嫁人。这丫头任性，闹着玩呢！"

何秘书嘲笑说："闹着玩？这事还有闹着玩的？新鲜！这穷乡僻壤的，什么新鲜事都有啊！"何秘书的傲慢气得吴乾坤直哆嗦。"吴乾坤，实话告诉你吧，自打去年秋天家耀少爷在这儿受了伤，我前前后后派过三四拨人来打探消息，当然，你说侦察也行。林参谋长上次派人来，你说吴若云被海盗抓了，半道儿就跳了海，游回了虎头湾，咋听着倒像是个宁死不屈的烈女，可我的人侦察的情报和你说的大相径庭啊！"

吴乾坤有些心虚："有什么……不一样的？"

"要真像你们说的那样，那个叫海猫的，是怎么跟吴若云认识的啊？被抓到海盗窝子里的女子，还清白的了吗？这种烂货，还想塞给林家的大少爷，真是痴心妄想！"

听了何秘书的话，吴乾坤"啪"的一拍桌子，生气道："姓何的，请你说话放尊重点儿！"

"哟，不爱听了？我是林参谋长的秘书，林参谋长交代我的事，我可半点儿不敢作假对付，我也得如实向林参谋长汇报！"何秘书起身说，"告辞！"

吴乾坤抬手，冷冷地说："不送！"

撇开吴乾坤和何秘书的僵局不说，回头再说林家耀。此时，他正对坐在闺房一言不发的吴若云说："若云，对不起，我一看今天的阵势，就知道自己回来得晚了。海猫被枪毙了，我也很伤心，可是吴若云，请你给我个解释，你穿成这个样子到底是怎么回事儿？我曾经听信了别人的话怀疑过你和海猫，为此我道过歉，可现在事实摆在面前你让我怎么想，难道别人说的是真的吗？你真的和那个海猫……"吴若云脸一耷拉，转过身给了林家耀一个后脊背。

林家耀急了："吴若云，你倒是说话啊！我们之间是有婚约的，不是说好过了正月我就带你回南洋举行婚礼吗？我未来的新娘难道不应该把她第一次穿这身衣服的样子留给他的新郎吗？"

吴若云流着眼泪说："对不起……"

"对不起？这三个字有什么用？"林家耀非常生气，"我想起来了，海猫曾经跟我说过他要娶小先生的。那个时候我还纳闷儿，小先生是谁？那天在墓地，我清清楚楚地听到他叫你小先生，你们是不是早就私订终身了？那你为什么还要骗我？"吴若云只能默默流泪。

林家耀说不下去了："吴若云，请你回答我。你总该给我个解释吧？我也要跟我的家人解释，难道跟他们说我娶了一个寡妇回去吗？"

吴若云猛地站起身，扭头说："你爱怎么说，就怎么说好了！我已经这么做了，我不后悔，你以为我吴若云一定要嫁给你吗？不要以为你们林家有钱有势，就有什么了不起！你嫌弃我，你可以立刻就走。我穿这身衣服和海猫拜了堂，我现在就是寡妇了，怎么样？"吴若云的情感决堤了，伏在桌子上，伤心地哭起来。

林家耀愣怔片刻，随后靠近吴若云，双手搭在她的肩头上，说："若云表妹，你别哭，是我刚才态度不好，但是直到现在我并没有怀疑你跟海猫真的有什么，我只是想听你解释……到底发生了什么会让你做出这样的选择？"

吴若云哭得更厉害了，她转过身来，一头扎在了林家耀的怀里，边哭边说："都怪我想救海猫太心急，我万万没想到，我想见了他那一面却提醒了恶人，让他们提前下了手……"

林家耀恍然大悟："我明白了，你在监狱里说要嫁给海猫，是为了安慰他，可没想到他真的被枪毙了，你不得不兑现诺言……"吴若云抬头看着林家耀，连连点头。

林家耀油然心生敬意："我知道你善良，但没想到你会如此大爱，牺牲自己的名声，不畏惧流言蜚语，去关怀一个含冤而死的弱者！若云，你让我无比敬佩！你不止善良，而且勇敢。"

"家耀少爷，你不怨我了？我知道林家门槛高，规矩多，我已经做出了这样的事情，就不指望你原谅，我不想让你在林家为难……"

林家耀摇头说："若云，你怎么老叫我少爷？听着太别扭了！从今以后，就叫我家耀吧，我能娶到一个如此善良，有爱心又勇敢的新女性，是我的福分！"

意外的幸福滋润着吴若云的脸颊，她不好意思地转过头去。林家耀趁机从背后环抱住吴若云的双臂："你放心，我不会让家里知道的！"

吴若云和林家耀的重归旧好，也给了槐花意外的幸福。吴天旺一给她松了绑，槐花便喜不自禁："林少爷回来就好了，小姐跟你说过了吧？过了正月她跟着林少爷下南洋的时候会带着我，还会跟老爷说让你也跟我们一起走！"

吴天旺却怎么也高兴不起来，他把手里的绳子随便一扔，抬脚就要走，却被槐花从后面抱住："天旺哥，你别不理我啊！是，我对不起你，可那是被坏人算计了呀！我好后悔啊，那天你要是要了我，可能就不会出那种事了……"吴天旺犹豫着，喘息着，却不说话。

"哥，我向你发誓，这辈子我一定对你好，往死了好，报答你！"

吴天旺一咬牙，掰开槐花的手："行了，快去伺候小姐吧……"

吴天旺终于肯跟自己说话了，槐花破涕为笑。

正当林家耀和吴若云尽释前嫌之际，何秘书一步闯进来，拉起林家耀就走："少爷，光天化日之下，吴若云身穿大红喜袍，死乞白赖地要跟一个将被枪毙的人成亲，这成何体统？走，咱们回去！"

林家耀甩开何秘书的手："回去？一个流浪孤儿被当作共产党给枪毙了，这摆明了是有人为了邀功欺上瞒下，草菅人命。你不该调查清楚再回去吗？"

"人都死了怎么查啊？再说，咱们从省城出来时林参谋长交代得清楚，那个人犯是不是共产党是小事，弄清楚吴若云的清白才是大事！"

林家耀问道："我若云表妹有什么不清白的？"

"她今天都嫁人了还清白得了？"

林家耀针锋相对："难道穿上那件喜袍就是嫁人吗？"

何秘书说："穿上喜袍不是嫁人又是什么？家耀少爷，你年轻，千万不能被这些乡巴佬糊弄了！"

"我的婚事就不劳你操心了，何秘书回去也不必跟我叔叔汇报！"林家耀脸一板，"你要是敢告诉叔叔，别怪我对你不客气！叔叔从小最惯着我，我想我要是在他身边净拣你的坏话说，你这个机要参谋，可就当到头了吧！"

何秘书忙说："可别，家耀少爷，我权当什么都不知道还不行吗？"

林家耀不依不饶："还有，叔叔让你跟我来，是来查海猫这个案子的。何秘书，你拿着国家的俸禄，不管官大官小，都应该为国家做事，为人民做主！我请求你，迅速查清冤案，为死者昭雪，让草菅人命的贪官污吏受到应有的处罚！"

何秘书无奈地点点头："好吧，家耀少爷，我这就去县城调阅卷宗！"

林家耀没好气地说："那好，我就在这儿等你的调查结果！"

林家耀看着何秘书上车离去，回头拉起吴若云的手，径直向海神庙走去。走到栈桥尽头，林家耀从怀里掏出一叠纸币，面对还未散去的人群大声说："各位乡亲，刚才有个人被枪毙沉海了，我想把他的尸首捞上来，谁愿意干这门差事，这些钱就是他的了！"渔民百姓纷纷围上来，但又一个个畏缩不前。

"怎么？嫌我出钱少吗？也是，这大冷天的下海捞人不容易，那我再加双倍的钱，有没有人敢接这个活呀？"林家耀说着又掏出一沓钱来，擎过肩头晃着。

这时，海螺嫂拉着闺女吴天霞趋步向前，问道："大少爷，你为啥要捞那个孽障啊？"

"他不是什么孽障，这个世界就没有什么人生下来是孽障的。他叫海猫，我是他朋友。"

海螺嫂低头嘟囔："从正月十三到今天，海神娘娘她老人家就没得消停，还敢捞尸首，这不是从海神娘娘嘴里掏食吗？天霞，走，咱回去吧！海神娘娘要是动怒了，不定还要出什么大乱子呢！"听到海螺嫂嘟囔，人们从林家耀身边陆续散开，却又不离开，不远不近地在海边继续看热闹。林家耀看着身边一直无语的吴若云，显得很无奈。吴若云急了，脱下外衣，往林家耀怀里一塞，说："我来！"

无巧不成书，就在这时，赵香月从栈桥尽头的水里突然冒出来，头上顶着浪花，大口地喘息着，吴若云不禁失声大喊："赵香月！"

赵香月仿佛什么也没听见，也没看见，她深吸了一口气，身子一缩，再次潜入水里。水面上顿时升起一串串水泡。

海螺嫂回头看了，拍巴掌打手说道："这个死闺女呀！听说赵家族长刚刚让人把她打了个半死，大橹他娘还堵上门去要回了娶媳妇的聘礼，好好的一门亲事说吹就吹了。她怎么还敢下海捞尸，是不是中邪了呀？"

林家耀紧紧拉住吴若云的手："若云，天冷水冷且不说，她会水吗？"

"要说会不会水呀，"老犟眼子接过林家耀的话茬，"虎头湾没有人能抵得过她赵香月的。这丫头从小水性最好，在水底下能憋一炷香的工夫呢！"

说话之间，太阳的最后一抹余辉退去，夜色降临了。林家耀和吴若云手拉着手，茫然地看着深不可测的大海。好像熬过了漫漫长夜，赵香月终于浮出水面，艰难地向岸边爬着。林家耀一见，忙跳下栈桥跑过去，想帮忙拉她一把，却又怕男女授受不亲。正犹豫时，吴若云抢前一步，向赵香月伸出了手。

赵香月几乎筋疲力尽，却仍然不肯借助吴若云的力量，她拖着疲惫的身体爬上岸，扶着礁石，上气不接下气地喘息不停。吴若云只好把伸出的手又缩回来，她有些恼羞成怒："费了这么半天劲，你找到他没有？"

赵香月无力地摇摇头，泪水夺眶而出。吴若云突然来了大小姐的脾气："没这个本事，你逞什么能？要不是你装模作样，我早就下去捞人了。"

赵香月冷笑一声："吴大小姐，在海里我赵香月找不到的，虎头湾没有第二个人能找到！卷走了……肯定是海神娘娘把海猫的尸体卷走了。"

赵香月说罢，蹒跚着朝前走了两步，朝着海神庙的方向"扑通"一声，双膝跪倒在沙滩上："海神娘娘，既然您把海猫带走了，就别让他变成孤魂野鬼，求您帮他们一家人早日团聚，海猫和他娘不能再分开了啊！"

吴若云转过身去，望着茫茫大海："你这条死猫，你太可恨了！说走就走，走得倒是干净，连尸体都不留下……"吴若云嘴上这么说，可泪水也不由得夺眶而出。

老子曰："祸兮福之所倚，福兮祸之所伏。"人间诸事就是这样，既变化莫测，又有规律可循。所谓人算不如天算，还在海猫被押出牢房之前，老斧头奉昆嵛山胶东游击大队政委王天凯之命，把胸前衬着一块钢板的破棉袄穿在了海猫身上。也是奉了王天凯之命，苏岩买通了保安大队的泥鳅，令他枪毙海猫时必须对准胸口。于是乎，泥鳅的枪一响，便发出了一声不该发出的声音。

枪声就是命令，海猫跌入大海那一瞬间，游击大队两名身穿鱼皮水衣的"水鬼"，齐刷刷，一个猛子扎过去，拉着毫发无伤的海猫，一起游到了大海深处。

当朝阳露出海面，晨光初照海滩之际，躺在篝火旁的海猫迷迷糊糊醒来。他觉得浑身无力，头昏脑涨，却又下意识地想爬起来。一直守在海猫身边的王天凯忙按住他说："别动，别动！"

海猫一听这久违而又熟悉的声音，赶忙睁开双眼，见是王天凯，喜出望外："……哥叔？王天凯！"

王天凯开心地笑了："你还能认出我？"

海猫一个鲤鱼打挺坐起身："我是被当成你枪毙的。当时我还想来着，肯定是因为他们抓不着你才让我当替死鬼，你肯定活得好好的。能替你死也算是咱俩的缘分，可是……你咋也——你早来了？"

苏岩一听有些不太高兴："你呀，都说啥呢，乱七八糟的！"

海猫仿佛突然魔怔了："阎王爷呢？我要见阎王爷。"

苏岩觉得不可思议："你还越说越来劲了，你找阎王爷干什么？"

"他不讲理！二十年了，我从来都没和爹娘在一起过，现在好不容易我们一家三口都到了这儿，我这一睁眼睛阎王爷就应该先让我看见我爹娘！可看到的是你们，所以我要找阎王爷评理去！"包括王天凯和苏岩，所有在场的人都哈哈大笑起来。

"你们笑什么？"海猫挠挠头。

王天凯告诉海猫他还活着，是他们救了他。海猫不禁想起他听到枪声响过以后，自己跌入大海的那一刻，他曾下意识地摸了摸胸口，发现那里虽然疼痛，却并没有中枪。他想起来有人救了他。海猫还是不相信，抬手打了自己一个耳光，确信觉得疼。突然，他爬起身，撒腿跑起来。

王天凯边追边问："你要干什么？"

海猫头也不回地回答："我得回虎头湾！"不料，海猫没跑出多远，便一个跟头栽倒在地。毕竟，他的身体还没有恢复。王天凯和苏岩跑上前来，一人挽起一条胳臂，双双将海猫重新扶到篝火旁。

王天凯拍拍海猫的肩头："你呀！你回去干吗？"

海猫自言自语："我……还有两个姑娘等着我呢！"

"嘿，我们冒着生命危险把你救出来。你倒好，不说声谢谢倒也就罢了，刚喘过气来就想着姑娘。"苏岩生气地说。

海猫泪眼汪汪地看着王天凯："真的，哥叔，她们俩一个要给我收尸，一个要嫁给我，我就这么走了，她们在虎头湾以后的日子可不好过啊！"

"忘了她们吧。如果你这个时候回到虎头湾，她们不会觉得你是死而复生，只会觉得你是鬼！你想吓死她们吗？海猫，我劝你忘记虎头湾，让那个地方在你的记忆里彻底消失吧！"

海猫一屁股坐在地上，他彻底绝望了。他是个聪明人，明白了王天凯的意思，他明白他需要与虎头湾永世隔绝。然而，海猫虽然明白，但是虎头湾的两个好姑娘却永远记在了他的心里。赵香月和吴若云虽然亲眼看见了海猫的死，但是，海猫却永远活在她们的心里。

赵香月因为下海打捞海猫的尸体，被赵姓族人认为她是被大小姐赵玉梅的鬼魂附了体，请来道观的肖老道念咒驱邪，好一番折腾。吴若云和林家耀坐在庭院，双双遥望夜空，陷于久久的沉默。其实，夜并不"空"，从来也没"空"过。在最远的地方，有密密麻麻的星星；在最近的地方，有一弯月亮挂在海神庙的屋脊。渐渐地，吴若云和林家耀还发现了云，那种由浅云和浓云、低云和高云、浮云和重云组成的无限纵深，它们或扯成线，或搅着团，悄然袭来，翻越群山，掠过大海，最终遮住了月亮。

"家耀，你相信这个世界上真的有海神娘娘吗？"

"我不信，任何神都是人类想象出来的。"

"就是。若真有善良公正的海神娘娘，又怎么会眼睁睁看着虎头湾变成人间地狱？"

"人间地狱？这可是你的家啊！"

"是啊，我就出生在地狱里……记得那个时候我还小，我娘只不过对穷人好一点儿，跟长工多说笑了几句，就被我奶奶说成了不守妇道，被活活逼死了……如果不是地狱，会发生这样的事情吗？"林家耀用同情的目光愣愣地看着吴若云。吴若云继续说："海猫自小孤苦伶仃流落江湖。他回虎头湾，为的是认祖归宗，找到自己的父母，有个家。可是，他爹娘刚刚认了他，就被活活逼死了……家耀，你知道吗？那天我也在场，海猫的爹娘用同一把刀自刎，血都溅到了海猫的脸上。就是这么一个可怜的孤儿，又被他爹娘的族亲联手出卖了。出卖他的是吴赵两家的族长，道貌岸然的富户，是手里攥着财富和权力的长者们！如果拿出家谱来去查、去论，每一个人都是海猫的亲戚……亲戚呀！多么荒唐，多么可笑，多么残酷！如果不是地狱会发生这些事情吗？"

林家耀被吴若云的话震撼了："如此说来，确实是地狱……"

"家耀，不怕你笑话，你知道我是多么渴望你早点把我带走吗？带我离开这个可怕的地狱，给我一个新的生活！"

林家耀被深深感动了，他上前紧紧地抱住了吴若云："我会带你走！虽然我也生活在一个封建的大家庭中，但是我可以向你保证，在我们的小家庭里，我一定会给你平等、自由。其实我们也可以不回南洋，我想我们可以一起去任何能让我们快乐生活的地方。"在庭院深处，吴天旺正屏住呼吸，暗自偷听。

林家耀说："明天我们离开！"

吴若云用力地点点头："明天你再帮我做最后一件事，我们马上离开虎头湾，我一天也不想多待了！"

"好，你说，你让我帮你做什么事？"

仍在偷听的吴天旺，怕听不清，伸长脖子，恨不得再长出一双耳朵。

第十五章

吴家庭院洒满晨光，下人们有挑水的，有扫地的，还有抱着柴草准备烧火做饭的。他们不慌不乱地各自忙着，有规有矩，一派井然。只有瘸着一条腿的吴天旺一反常态，就像热锅上的蚂蚁，惶恐不安，四下里转悠。

吴乾坤走进庭院，伸胳膊踢踢腿，正做每天必练刀枪剑戟的热身活动，吴天旺趁机凑上前去："老爷……"

吴乾坤见是吴天旺，一脸的嫌恶："有事儿？"

吴天旺贼眉鼠眼地看着院里穿梭的下人，用眼神向吴乾坤示意。吴乾坤会意，说："跟我进客厅说吧！"

一进客厅，吴天旺双膝跪在吴乾坤面前："请老爷恕罪，昨天晚上我偷听大小姐和林少爷在庭院说话了。"

吴乾坤眼一瞪："你好没出息！他们说什么了？"

吴天旺站起身，附在吴乾坤耳边，一五一十地告诉他，大小姐求林少爷到外乡请人打捞出海猫的尸首，把他和他爹娘葬在一起，入土为安。吴天旺说罢，又小心翼翼地试探说："老爷，如果让一群外乡人兴师动众，在海神庙底下打捞那个孽障的尸首，不但会让赵家抓了把柄，而且还会触犯祖宗的规矩，这对咱们吴姓一族，尤其是对老爷您，那可是大不利啊！"

"岂有此理！"吴乾坤大怒，他起身走出客厅，不管吴天旺跟得跟不上，立即招呼管家和吴八叔，率二三十吴姓乡勇，气势汹汹，直奔镇外。

镇外，林家耀和十多个外乡人分坐两辆马车迎面而来，与吴乾坤率领的乡勇撞个满怀。林家耀令车把式勒住马，忙探身惊问："吴世伯，您这是……"

吴乾坤一脸的怒气："你别装糊涂，家耀，你是我家的客人，可是你做事情应该知道分寸，你带着这么多人来虎头湾要干什么？"

　　没等林家耀回答，后面一辆马车上的外乡汉子高声喊道："这位老爷，东家出了大价钱，让我们下海去捞个尸首，难得的好活啊！"

　　"不知者不罪，你们赶紧回去，我就当什么都没发生过！"吴乾坤摆摆手。

　　"不能回！"林家耀对外乡汉子喊一声，转身对吴乾坤说，"吴世伯，恕家耀不能从命！他们是我花钱雇来的，不能您说回去就回去！家耀虽然是客，可海猫是我的朋友，何况我已经答应若云表妹，今天一定要帮她找到海猫的尸体，入土才为安！"

　　"家耀，若云不懂事你也跟着捣乱，那孽障被沉了海就是活祭海神娘娘，你们去捞尸体是要得罪海神娘娘的！海神娘娘动了怒，那还了得？"

　　林家耀笑道："吴世伯，我听家父介绍过，您饱读诗书，还带过兵当过官，怎么能这么迷信呢？什么神哪，娘娘啊！活祭就是迷信！所谓的规矩都是陋习，这些迷信与陋习已经逼死了海猫一家三口，我希望你不要一错再错！"

　　吴八叔摩拳擦掌："族长，这小子给脸不要脸，我来替你教训教训他！"

　　吴乾坤挥手制止吴八叔，转脸问林家耀："家耀，我再问你一遍，你打发不打发这些穷鬼们回去？"

　　林家耀寸步不让："我已经付了他们工钱，为什么要让他们走？伙计们，我答应你们的工钱再加一倍，第一个找到我朋友尸体的，再加一百块的赏钱！"

　　两辆马车上的外乡汉子齐声喊："好，谢谢东家！"

　　吴八叔大叫："奶奶的，穷鬼翻天了？谁敢进虎头湾，我把他大卸八块！"

　　林家耀冷眼逼问："这个国家难道没有法度了吗？虎头湾并非是某一个人的虎头湾，大海也不是某一个人的私产！下海捞尸首也不需要请示哪位族长富豪吧？大伙谁也别怕他们，走，我看哪个敢动你们一指头！"

　　两辆马车的车把式同时"啪啪"地甩起鞭子，赶起马车就要走。

　　吴乾坤一甩袖子，闪身站到路边。管家和吴八叔立即明白了族长的意思，二人冲着吴姓乡勇喝道："还愣着干什么，上！"

　　林家耀还没弄明白是怎么回事儿，高举着鱼叉的、挥舞着木棍的，还有端着枪的二三十个吴姓乡勇，一齐上前拦住马车，更多的人围住了林家耀。

　　林家耀镇定自若："大家不要慌，光天化日之下，我看哪个敢胡作非为！"

　　管家看一眼吴乾坤，得到默许后，转头大喊："给我打！"于是，木棍、鱼叉和枪托雨点似的落在了外乡汉子的身上。跟在队伍最后的瘸子吴天旺没有动手，他的眼睛一直死死盯着林家耀。林家耀为了保护外乡汉子，只能出手还击。他的格斗是经过训练的，吴姓乡勇岂是对手。就连会些拳脚功夫的吴八叔也难抵挡。林家耀一个黑虎掏心，将他打得鼻口蹿血。吴八叔急红了眼，夺过一个乡勇的枪，"哗啦"一声推上子弹，枪口直指林家耀。

林家耀厉声喝道："我看谁敢开枪？"

就在这时，一根木棍重重地打在林家耀的后脑勺上。他一侧歪，倒在了地上。地上正好有一块石头，他的头重重地磕在上面，鲜血顿时流了出来。吴八叔看到打倒林家耀的是吴天旺。他扔了棍子，眼睛里充满了仇恨。

片刻，林家耀摸着后脑勺艰难地站了起来。吴八叔一见，枪口重新对准他："你个小兔崽子，我崩了你！"

吴乾坤闻声喝道："行了，老八！"

话音未落，突然"砰"的一声枪响，吴乾坤惊出一身冷汗。所有人循着枪声看去，只见一辆鳖盖小车开过来，何秘书伸出车窗外的手枪枪口正冒着白烟。他收回枪，从车上跳下来，连声质问："你们想干什么？干什么？"吴八叔连忙将枪还给乡勇，站在了吴乾坤身旁。

何秘书走到林家耀面前，指着他流血的后脑勺，大叫："岂有此理！你们竟敢在光天化日之下谋害林少爷？"

吴乾坤辩解道："林家耀要到虎头湾去捣乱，我要拦他，可他不听劝！"

何秘书指着吴乾坤说："好你个吴乾坤，不听你的劝你就杀人？还带了这么多条枪，你这是私养武装！来人，把这老东西给我捆了！"

两名副官正要捆绑吴乾坤之时，二三十个吴姓乡勇一齐冲了上来，把包括何秘书在内的所有人团团包围。何秘书见状，立时矮下身来，话也说不囫囵了。

林家耀忙出面解围："何秘书，看来你是误会了……"

"他们要对你开枪，是我亲眼所见！"何秘书回头指着高大威猛的吴八叔说，"尤其是这个胖子！"

林家耀赶忙说："你真的误会了，他是若云表妹的堂叔，是我的长辈。昨天晚上喝酒，我们俩约好了今天要比试身手，这不，我们俩不相上下，都挂了彩。"

何秘书不信："比试身手还用带这么多枪吗？"

"我们早就说好的，比完拳脚比枪法。所以，我才请求吴世伯帮我找了几条枪。你不知道，虎头湾自古海盗猖獗，吴世伯身为族长，养几条枪也是为了保护老百姓不受海盗骚扰。"听林家耀这么说，吴乾坤只能默不作声，尽量回避。毕竟，他不想把事情闹大。何秘书也觉得眼前的形势对自己并不是很有利，也打算息事宁人，就此罢休。

可偏偏就在此时，吴若云穿一身孝服，带着槐花快步跑来。她拨开人群，扑到林家耀身前，连声喊道："家耀！家耀！怎么回事儿，谁打了你？"

吴天旺心虚地往后退了两步，他发现吴乾坤正用异样的眼神看着自己，不由得悄然躲在槐花的身后，两腿筛起糠来。

吴乾坤的眼神从吴天旺的脸上移到吴若云的身上："若云……你这……"

吴若云低头看着自己身上的孝服，正不知如何回答，就听何秘书以嘲弄的口吻问吴乾坤，"哎，吴乾坤，你们家死人了？"

吴八叔大吼："你胡说八道什么？"

何秘书指着一身孝服的吴若云说："没死人他闺女怎么穿成了这样？"

吴乾坤扭头低声喝道："若云，快把这身衣服给我脱下来！"

"不，我穿成什么样是我的自由！"吴若云脖子一拧，目光慢慢转向林家耀，"家耀，咱不是说好了吗，让你雇的人呢？"

林家耀抬头一看，见那些外乡人不知什么时候已作鸟兽散，便摊开双手苦笑着，没有回答。吴若云立马明白了，说道："好吧，不用雇人了，我自己去找！"

林家耀急忙上前拉着转身要走的吴若云："若云表妹，我帮你。"

何秘书伸手拦住林家耀："林少爷请留步，知道我为什么来虎头湾吗，我就是来接你的！今天一早我就接到了林参谋长的电报，现在他已经在来海阳的路上了，我估计这会儿就要到了！"

林家耀立马说道："他来得正好，让他到虎头湾来，查清案情真相，为海猫昭雪！"

"那是后话，林少爷，你在虎头湾出了这么多的事，头都被打出了血，你不应该到海阳先见见你叔叔，说说清楚吗？"何秘书不容置否地把手一挥，"快带林少爷上车！"

两名副官应声上前，不由分说地架起林家耀。林家耀意识到挣扎也是徒劳，便回头说："若云，我很快就回来。"吴若云只好点头，目送何秘书带林家耀上了汽车，绝尘而去。

林家耀走后，吴若云仍然坚持自己下海打捞海猫的尸首，却被吴乾坤强行拉回吴家客厅。他压着满腔怒火，对吴若云说："你没听那个姓何的秘书说，林参谋长来了海阳吗？他是家耀的亲叔叔，你未来的长辈！这个时候你不规规矩矩地在家待着，为什么非要下海打捞海猫的尸体呢？"

吴若云重申："爹，我不是已经说过了吗？我要把海猫和他爹娘埋在一起，我已经跟他拜了堂，这是我的责任。"

"你混账！"吴乾坤抬手要打吴若云，又不舍得下手，便冲槐花嚷道，"槐花，赶紧把小姐身上的衣服给我扒下来，快点儿！"

吴若云一把推开想给她脱孝服的槐花："爹，你要是不想让我自己下海，就派人把海猫的尸首打捞上来吧。我今天要干的事儿做不成，绝不善罢甘休！"

"你个死丫头片子，你今天就是想咒老太太我死啊！"没等吴乾坤说话，吴母带着几个沉着脸的婆子，在春草儿的搀扶下，进门就嚷，"吴若云哪吴若云，你太歹毒了，临要出门非得先妨死我！我是你亲奶奶，你爹怎么能生出你这么个不孝的闺女？"

吴若云反问："我什么时候咒你死了？谁又在你面前挑拨是非了？"

吴若云说着瞪眼看看春草儿，春草儿嘴一撇："哟，大小姐，我可是你妈，你跟我瞪这么大眼睛干啥？我啥都没说！"

"你不是想咒我死你穿这身衣服干啥？"吴母说着转对吴乾坤，"吴乾坤，你要还是个孝顺儿子你就给我打她，打折她的腿！"

吴乾坤低声下气："娘，您老别生气，若云这丫头八成是撞上鬼了，昨天无缘无故地穿了喜袍，今天又……唉！娘，您别搭理她！"

"噢！撞了鬼了呀？那我更得管！"吴母命令春草儿，"你赶紧去把肖老道给我请来，给她驱鬼！"

吴若云制止道："用不着，我好好的请什么道士。奶奶你听着，我昨天已经嫁给了海猫，今天我这个寡妇要给我的夫君收尸下葬！跟你，跟吴家没半点儿关系！"

吴母惊道："什么？！这……这……成何体统！吴乾坤，你都听见了吧，她说她已经是寡妇了！好，你不舍得打我来打，给我抓住她！"

春草儿一使眼神，两名婆子立刻上前摁住吴若云，吴若云拼命挣扎。吴母抢起拐杖打向吴若云打去。这时一直躲在角落里的吴天旺蹿了出来，一把架住了拐杖，"扑通"一声跪倒在地。

吴母怒喝："狗奴才，滚一边儿去！"

吴天旺央求道："老太太，您可千万别打小姐，小姐不是成心气您老人家，她确实是撞见鬼了，昨天晚上我亲眼看见那个刚被枪毙的海猫来着，就在咱们家院子里转悠，槐花，是不是？"

槐花见吴天旺对她使着眼色，连忙跪到地上："是……您千万别打小姐啊！"

吴母这回信了，春草儿却半信半疑："吴天旺，你真的看见那孽障的鬼魂儿在咱们家转悠？"

"那是，看得清清楚楚的，吓得我差点儿没尿了裤子！"

春草儿一听毛骨悚然，吴母也没心思喊打了："鬼魂儿在她身上。快，把她关她屋去，屋门院门全给我锁上。春草儿，快，速请肖老道！"

春草儿应声指挥槐花和婆子，将吴若云拖出客厅。厅外，吴若云挣扎着，喊叫着："放开我！放开我……"

吴母怒对吴乾坤："你怎么连个屁也不放啊？"

吴乾坤长长地叹了一口气："关起来也好，省得她出去丢人现眼，要是让贵客撞上可就不好解释了……"

"哪儿来的贵客呀？"

"林家耀的叔叔，林参谋长。"

直到这时吴乾坤才记起何秘书说过的话，他估摸这位贵客林参谋早该到了海阳城了。然而，吴乾坤压根就不会想到，他这老鹰竟被小家雀啄了眼，何秘书说林参谋长来海阳就是一句谎话。

在海阳县长办公室，何秘书对林家耀说："实话跟你说，参谋长根本不会来！"他说，林参谋长虽没有来，但是命令他即刻带林家耀回济南。林家耀不从，扭头要回虎头湾，何秘书上前阻拦，林家耀猛地回身出拳，一下击中他的要害，当场晕倒在沙发上。当他醒来时，林家耀早已不在跟前。何秘书揉着腰眼，对县长自我解嘲说："我就奇了怪了，这林参谋长怎么会有这么个不懂道理的侄子？我明明是为他好啊，他怎么还动手打我呢？哎，林家耀他人呢？"

县长赔着笑脸："他逼我派车送他回虎头湾了，没办法，恭敬不如从命啊！"

何秘书自言自语："吴若云我也见了呀，就是个普通的小丫头，论长相论门第，哪点配得上林大少爷？再说还被抓进了海盗窝子，那不定出过什么事呢！昨天我亲眼见她穿着喜袍把自己嫁给了要枪毙的共产党，今儿又穿着孝服要给死鬼收尸，你说林大少爷怎么就能看上这个不清不白的女子？像是被勾了魂儿似的，我怎么跟他说他都不明白，这又回虎头湾干什么？"

站在一旁的吴江海嘀咕道："我也不明白，林家耀为什么执迷不悟，八成他是被鬼勾了魂儿了！"

何秘书瞅着吴江海问："你嘀咕什么呢？"

吴江海说："我说林家耀大概是被鬼勾了魂儿了……"

何秘书转头问县长："他是谁呀？"

县长告诉何秘书他是吴江海，虎头湾人，本县保安队队长。吴江海立马朝何秘书点头哈腰："正是，我从小生在虎头湾，长在虎头湾，对那个地方，我再清楚不过了。那地方的人吧，最擅用邪门歪道，像林家耀这种大少爷，在虎头湾被鬼勾了魂儿，那还不是……"

何秘书"忽"地站起身："你是说有人对林少爷用了妖术？"

吴江海说："十有八九。"

"你们县城有多少兵力？"

吴江海和县长对视片刻，回答道："不算多，但也不算少。"

何秘书突然问道："大炮有没有？"

　　法事仪仗在吴若云小院门口飘舞。时值冬日，道士们穿着棉服，装模作样地念着咒语。居中的肖老道一看长相就知道不是善类，他舞动桃木剑，摇着镇魂铃，把骗术表演得淋漓尽致。突然，肖老道浑身一哆嗦，仿佛过了电似的大叫："呀呀——哒！本尊太上老君是也，速将那鬼附身的人带过来！"

　　管家一听，忙命两个婆子："快着，快着，快将小姐请出来。"

　　两个婆子应声冲进小院，不管吴若云怎么挣扎，硬是将她拖了出来。槐花跟在她们身后，连声嘱咐："慢点儿，慢点儿，别弄伤了小姐！"

　　吴若云知道胳膊扭不过大腿，不再徒劳反抗。肖老道用桃木剑挑着一道画得乱七八糟的符，嘴里念念有词，运足力气向符吹去，那符竟着起火来，纸灰飘扬，落进铜盆。肖老道抓起铜盆里的纸灰扔到一个盛着清水的碗里，让婆子们将"神水"给吴若云灌下去，说这样鬼魂自会脱壳而出。没容得婆子靠近，吴若云猛然发力，抬起胳膊将碗打飞。她夺过肖老道的桃木剑，边骂边一阵乱砍。不料，不知从哪里蹿出来的吴天旺，瞅个空当冲向吴若云，突然从后面抱住了她的腰。

　　婆子们趁机上前架住了吴若云，肖老道又从铜盆里抓出一把纸灰扔进碗里，转手递给吴天旺："你灌！灌！灌！一定要灌下去！"

　　恰在这时，林家耀闯进来，大喊："住手！你们在干什么？"

　　肖老道喝道："哒！这是何方妖孽？徒儿们，把他给我拿下！"

　　几个小道挥起拂尘上前比画，林家耀正窝着一肚子火没处发泄，见了这几个小道分外眼红。他三拳两脚，劈头盖脸，将他们打得满地乱爬。肖老道见碰到了硬茬，也连忙抱着脑袋钻到了神案下面。

　　林家耀回头夺下吴天旺手里的碗，一翻手腕扣在他的头上，拉起惊魂未定的吴若云说："走！若云，我们回屋去！"

　　一回屋，林家耀便伸手揽起吴若云："若云表妹，这一路上我都想好了，我们今天就结婚吧！你只要变成了林太太，就不会再受吴家规矩的约束了，那个时候我们再去给海猫收尸，安葬他，谁也管不着。"

　　吴若云惊愕不已："你这是在向我求婚吗？"

　　林家耀说："婚事不早就定好了吗？"

吴若云轻轻推开林家耀："可是……谁说今天了？再说，我们在哪儿结婚啊，难道在我的娘家不成？"

"在你娘家又有何不可？我这就去求吴世伯，让他为我们做主！"

林家耀说罢，掉头来到吴乾坤的客厅，一进门便说："吴世伯，您不能这么对待若云，她做的一切都是因为她善良，她想给屈死的可怜人海猫一个交代，有什么错？"

吴乾坤有些不耐烦："好了，家耀，我不想跟你争论了，这些日子让你看的笑话也不少了，我只希望林参谋长来的时候，贤侄能给我留点儿脸面。"

林家耀冷笑一声："我叔叔他不会来了。"

"刚才何秘书不是说……"

林家耀说："别提他了，他不光骗了我们，还把在虎头湾看到的都添油加醋地汇报了。实不相瞒，吴世伯，我叔叔现在不赞成这门婚事了。"

吴乾坤急了："什么？这么大的事，怎么能出尔反尔呢？"

林家耀突然单膝跪在吴乾坤面前："吴世伯，请恕侄儿鲁莽，我恳请您马上在虎头湾为我和若云表妹完婚。"

吴乾坤寻思半晌："贤侄，国有国法，家有家规，这事我要禀报你们的奶奶。"

吴乾坤抬脚来到吴母面前，从头至尾给他娘讲了事情的经过，然后说："是福不是祸，是祸躲不过，娘，咱就从了他们吧！"

吴母迟疑半晌："在娘家办喜事？我可从来没听说过！"

"娘，听说老林家要反悔，这门婚事他们不想认了！"

吴母一惊："啊？这死丫头，都是她自找的！"

吴乾坤说："您先别着急，林家耀是个洋派的，他看上了若云，不顾家里反对，求我做主今天就想在虎头湾和若云完婚，这是好事啊。娘，您想想，一来生米煮成了熟饭，姓林的参谋长他再反对，咱们也是亲戚了；二来若云昨天穿了喜袍，今天又穿孝，若是和林家耀的婚事成不了，传扬出去谁还敢来提亲？老道不是说了，若云要是不出门子，我媳妇就生不出儿子来嘛！"

春草儿在一旁不怀好意地帮腔："就是啊，娘！"

吴母决心已定："也是，那咱就别怕丢人现眼了？"

吴乾坤赶忙说："闺女要嫁的是林家的长房大少爷，有啥丢人现眼的？"

吴母突然笑道："哈哈……对呀，那就这么定了！"

吴乾坤和春草儿也跟着吴母哈哈而笑。然而，屋内的笑声刚冲出门外，就被管家的叫声打断："老爷，不好了，好多大兵开进了镇子，您快去看看吧！"

吴乾坤应声跑到门外，转念一想："我明白了，肯定是林参谋长的大驾到了。

看来那个姓何的没骗人，是家耀他年轻脾气大，没听人把话说明白！"

管家说："不是参谋长来了。当兵的好像是来打仗的，他们还架着大炮呢！"

说话间，镇上传来秧歌疯子的秧歌调：

身子短，脖子长，

屁眼长在脑袋上。

这个玩意叫大炮，

打个嗝儿震天响。

歌声中，三门大炮调整着角度，一齐对准了吴家。这时，吴乾坤一马当先，带着管家和吴姓一族中的长者们匆匆赶来。他见吴江海正对炮手指指点点，顿时大怒："吴江海，你个畜生，竟敢把炮口对准自己的家！"

"哎，吴乾坤，你可别张嘴就骂街啊，我身为保安队队长，一贯秉公办事！大炮要往哪里轰可不是我说了算的！"吴江海说罢，迅速跑到县长身边，"县长，那个就是吴乾坤，我大哥。"

县长伸手指着吴乾坤大喊："吴乾坤，你快把何长官要的人交出来，不然何长官要是动了怒，把你们家炸成坟圈子，可别怪我这父母官没护着你！"

吴乾坤一愣："姓何的，你要什么人？"

何秘书说："林家耀！吴乾坤，快把林家大少爷给我交出来！"

"交出来，难道我把林家耀绑票了不成？我告诉你姓何的，林家少爷与小女若云早有婚约在先，这次来虎头湾就是带小女回南洋完婚的。他是我们家的客，也是我未来的女婿，我凭什么交给你？！"

何秘书大叫："林参谋长有话，婚事不算数了，他命我把林少爷带回去！"

吴乾坤冷笑道："林参谋长不过是林家耀的叔叔。婚姻大事，父母之命，媒妁之言，没听说当叔叔的一句话说不算数就不算数的！"

何秘书大怒："吴乾坤，我不跟你废话，你交人还是不交人？"

吴乾坤也大怒："我说了，我没绑谁的票，无人可交！"

吴乾坤和何秘书寸步不让，针锋相对，而在吴若云的闺房里，林家耀和吴若云却耳鬓厮磨，谈得热热乎乎。林家耀说："若云，你放心吧，刚才吴世伯已经答应，他去禀报奶奶了，两位老人家如果同意的话，今天就在家里摆喜酒，为我们完婚。"

"太突然了，人家心里一点儿准备都没有。"吴若云怅若有失，反倒羞涩起来。

"那岂不正好，没准备才有惊喜。我也觉得惊喜，要不是有这么多突然的变故，婚事不定拖到哪一天呢！"林家耀站起身来，"我很喜欢这儿，待会儿咱俩一起动手，贴上喜字，这就是我们的洞房了。"

一听这话，吴若云的魂儿仿佛出了窍，心里闪电一般掠过她和海猫在监狱里说的情话，还有她趴在海猫肩头那一瞬间的无比幸福。

林家耀拍拍吴若云的手："若云，你怎么了，为什么不说话？"

吴若云这才回过神儿来："噢，没怎么。突然，就是觉得太突然了，家耀，我怕我一时不能全心全意地对你……"

林家耀打断吴若云的话："你这是什么意思？噢，我明白了，你心里还想着海猫对不对？"

吴若云急忙辩解："不，不，家耀，你千万别误会。我只是同情他，可怜他，答应了他的事没有做到，所以才无法全心全意面对你！"

"明天，等你成了林太太，我们正大光明打捞海猫的尸体……"

林家耀话音未落，槐花一头扎进来，招呼林家耀就往外面跑，吴若云不明就里，也紧紧跟在二人身后。

到了门口，吴乾坤正与何秘书唇枪舌剑，林家耀先来到吴乾坤面前，问道："吴世伯，这是怎么回事儿？"

吴乾坤笑着对林家耀说："真是可笑，何秘书让我把你交出来呢！"

何秘书看到林家耀，赶忙说道："林少爷，你可出来了，急死我了！快过来，别再让他们算计你了！"

林家耀说："哪有什么人算计我，我凭什么听你的指挥？我有我的自由！"

何秘书着急了："哎呀，林少爷，我可是奉了参谋长的命令，参谋长可是你的亲叔叔啊，他还能害了你不成？"

林家耀吼道："住口，你张嘴参谋长闭嘴参谋长，难道是参谋长让你对着老百姓住的房子架起的大炮？我今天打了你一拳你不长记性是不是？赶紧给我滚蛋，不然我要对你不客气了！"

吴江海在最恰当的时机嘟囔着："中邪了，一看就中邪了，吴家这手儿防不胜防，请道士一作法，让谁中邪谁就中邪！"

何秘书是个迷信之人，他瞪大眼睛看着县长："你看见了吧，林少爷中邪中得厉害呀！不把他带走，我对不起参谋长的信任，来人，把他给我绑了！"

林家耀面对冲上前来的副官和士兵大喊："我看谁敢！"

何秘书对畏缩不前的副官和士兵骂道："你们这群废物，看不出他中了邪吗？这个时候不用当他是参谋长的亲侄子，给我一起上，把他抓起来！"于是，副官和士兵重振精神，纷纷冲上前来。林家耀使出浑身招数，拳打脚踢，但终因寡不敌众，被反剪双臂，强行塞进了拉炮的汽车。

林家耀从车厢探出身来，拼命大喊："若云，等我回来！"

吴若云泪水奔涌，追在车后，声嘶力竭："家耀——"

何秘书钻进鳖盖小车，回头对吴乾坤嚷道："吴乾坤你听着，林家与你们吴家的婚事不作数了，从此以后你不许打着参谋长的旗号招摇撞骗！"吴乾坤望着扬长而去的鳖盖小车，气得七窍生烟，浑身哆嗦。

一直站在吴乾坤对面看热闹的赵洪胜，眼看着大军们收了枪，撤了炮，纷纷跟在何秘书的车后回去了，他心有不甘："好大的阵势啊，这三门大炮要是一起拉响，虎头湾从今以后可就没有吴家了！"

太阳从海里跃出水面，一片耀眼的霞光染红了庙后的巍巍群山。那些不畏寒冷的喜鹊成群结队，一会儿飞上蓝天，一会儿落在枝头，尽情享受着它们的自由。王天凯和昆嵛山红军游击队的同志们像一家人似的陪海猫坐在马车上，在鞭声的欢唱声中，把阵阵说笑撒了一路。

马车来到山间的一个三岔路口，苏岩"吁"的一声勒住马，扭头向王天凯请示："政委，就请海猫在这儿下车吧？来，咱们跟他道个别！"

海猫一愣："道别？"

王天凯点点头："是啊，送君千里，终须一别。你看，这条路是通往烟台的。烟台是个好地方啊，早在1861年就开埠了，那里有天然的海港码头，有很多洋人开的工厂，还有咱中国人自己办的酒厂、锁厂，招工干活的地方很多，好讨生活！"

海猫不解："哥叔是让我到烟台去讨生活？"

"对呀，你年轻聪明，又舍得出力，饿不着，将来混好了，自己置份家业都不是难事！"

海猫迟疑地说："……我想跟着哥叔。"

"这不好吧，你也算是死过一回了，跟着我太危险，你还是走吧。好好地活着，娶妻生子，才是对得起你爹娘。"王天凯也有些迟疑。

"不，从小把我养大的瞎婆婆死了，好不容易找到的爹娘也死了。我没死，是哥叔救了我的命，你现在就是我在这世上唯一的亲人了，我哪儿也不去，我就跟着哥叔！"

苏岩冲王天凯坏笑："坏了，赖上你了！"

王天凯笑了笑："跟着我？"

海猫有点儿嬉皮笑脸："哥叔，我看出来了，你们干的都是惊天动地的大事，我海猫鬼门关都去过一回了，往后也不能白活，我也想干惊天动地的大事，所以，我要跟着你！"

王天凯认真地说："可是，你想跟着我，就必须脱胎换骨！"

"脱胎换骨？好啊！我之前那副臭皮囊早就不想要了，哥叔，你这就给我脱胎换骨吧！"

听了这话，王天凯笑了，海猫也笑了，笑得很开心。然而，一声尖厉的哨声传来，却又生生打断了他们的笑。海猫循声看去，马车陡然停在了山崖口的险要之地，一群端着枪的人拦在车前。苏岩不禁惊叹："呵，同志们怎么迎出了这么老远？"

端枪的游击队员跑过来，走在最前面的白队队长老白上前打量着海猫："政委，这就是你们救回来的那个小兄弟吧？"

王天凯点了点头，说："海猫，这是专程从昆嵛山赶过来迎接我们的同志们，你别愣着了，快和大家打个招呼吧！"

海猫双手抱拳："大家好，兄弟我姓海，单名猫，日后请诸位多多关照！"

战士们看着海猫，觉得很有意思。海猫从车上跳了下来，碎步跑到王天凯面前，又一抱拳单膝跪地："大当家的在上，请受海猫一拜！"

王天凯忙扶起海猫："起来，起来，你这是干什么？"

"过去我有眼无珠，不知道您是这昆嵛山大当家的，还没大没小地管您叫哥叔，您说我这不是欠抽嘛！现如今大当家的亲率英雄好汉去虎头湾救出我这个无名小卒，我真是诚惶诚恐啊！这么的，我给您磕一个，从此以后鞍前马后报答您的大恩大德！"海猫说着就要磕头，可是磕到一半便停住了，因为他看到大家哄堂大笑，一个个前仰后合，有的眼泪都笑出来了。

海猫不由得抬起头："诸位英雄笑什么？难道昆嵛山上不是这规矩？大当家的，要不然您点化点化我，我海猫虽然不认识字，可行走江湖二十年，各种道理我都懂，我刚才什么地方做得不周全了，惹得英雄们这般笑话？"

苏岩忍住笑："行了，行了，什么乱七八糟的，你管谁叫大当家的呢？"

海猫莫名其妙地看着王天凯，压低了声音："哥叔，您不是大当家的？那大当家的……噢，他还坐镇昆嵛山没下来吧？那您是几当家的？"

王天凯笑道："几当家的也不是，你以为我们这是土匪的山头啊。告诉你吧，这儿没大当家的，你没听他们叫我政委吗？"

"政委？这名号新鲜，以前真没听说过，那我这就算入伙了吧？"

苏岩急了："入伙？跟你说半天了，你怎么还拿我们当土匪啊？我们是昆嵛山红军游击队，跟土匪两码事！"

海猫自作聪明："那是，那是，我看出来了。贵山兵多将广，英雄好汉无数，跟一般的土匪那肯定是两码事啊！"

苏岩大怒："你怎么还拿我们当土匪呀？"

王天凯也耐心解释："海猫啊，记得你在山洞为我治伤的时候我就告诉过你，我是共产党。"

海猫点点头："我知道你是共产党，我就是被当你枪毙的，我能不知道吗？"

王天凯说："那你怎么老拿土匪跟我们比呢？"

海猫被弄糊涂了："不都是说共……我还认为你们是姓共的共匪呢！"

"国民党反动派叫我们'共匪'，那是他们怕我们，污蔑我们是匪，吓唬老百姓的！走吧，先上山，慢慢地你就知道共产党是咋回事儿了！"说完，王天凯便向山上走去。海猫跟在后面，学着战士们走路的样子，抬腿甩胳膊，煞有介事地迈步向山上走去。为了活跃大家的情绪，王天凯说："来，苏岩，你起头，拉个歌吧！"立时，战士们嘹亮的歌声在山谷回荡：

> 同志们，你拖枪，我拉炮，
> 一齐向前扫！
> 阶级敌人真万恶，
> 努力去征讨！
> 同志们，争自由，向自由，
> 保我苏维埃！
> 帝国主义反革命，
> 打倒国民党！

就像飞出笼子的鸟儿，海猫一身的轻松自由。他听着歌儿，迈起脚步，虽然懵懵懂懂不太懂那歌词的意思，却很快适应了节奏，浑身都是劲儿！

何秘书率保安队带走林家耀以后，虎头湾平静中仍有不平静。不说吴乾坤一怒之下将吴若云送进闺房，只说心有不甘的赵洪胜丧心病狂。他把赵老气叫到赵家大院，指着鼻子好一阵子臭骂。无奈，赵老气回家来就罚赵香月跪在院门口，说什么时候认错了，什么时候才能起来吃饭。天如墨，月如钩，赵香月在院门口跪到第三天凌晨时，香月奶奶实在心疼不过，便央求赵老气，赵老气不听，气得香月奶奶赌气说也不吃饭了。

香月奶奶其实是刀子嘴豆腐心，嘴硬心软，她拿出一件大棉袄，走出屋给赵香月披在身上："你个傻闺女，好歹给你爹认个错吧，要不然你跪到啥时候啊？"

赵香月执拗地说："奶奶，我没错还认什么错？我爹不原谅我，我就夜夜跪！"

香月奶奶无奈："说你傻，你还真傻呀！你看不出你爹恨不得你死吗？"

赵香月赌气说："那我就跪死！"

"一个要跪死，一个要饿死。哎呀，我老太婆先死行不行？"香月奶奶说着便要走。

赵香月赶忙双手抱住奶奶的腿："奶奶，千错万错都是我的错。您可别死呀！我知道我给您和爹丢脸了，我这就去跳虎头崖。我死了，就没人戳脊梁骨了！"

这时，赵香月的兄弟赵发跑出屋来，边哭边说："奶奶和姐姐都不要死，我替你们去死，我去跳虎头崖！"香月奶奶和赵香月拉住赵发，三人抱头大哭。

香月奶奶冲着屋里的赵老气大吼："你个没人味的倔驴，你非要逼死我们娘仨是不是？你倒放个响屁呀！"

赵老气在屋里吭哧半天，没头没脑扔出一句话："除非他赵大橹家不退婚！"

赵香月爬起身，边走边说："行了，爹，我明白了，您先吃饭吧！"

赵香月两脚踩棉花似的，东倒西歪地来到赵大橹家的院门口，她伸手拍了几下门，"扑通"一声跪下："大婶儿，香月求您来了！求您别退婚好不好？"

大橹娘端着一盆脏水出来："哟，你还敢觍着脸来求我，你个伤风败俗的破烂货，你进我们家门我都嫌恶心！快滚，给我滚得远远的！"

赵香月忍气吞声地说："大婶，求您了！"

大橹娘抬手将一盆脏水泼在了赵香月的脸上，赵大橹隔着门缝见了，急忙跑出来，冲着他娘就喊："娘！你这是干什么呀！"

赵香月抬起挂满脏水的脸："大橹哥，我是来求大婶别退婚的，她既然不待见我，就让我去跳虎头湾吧！"

"香月，你别走！"赵大橹一把拉住赵香月，转身回到屋里，从灶上拿起一把菜刀，"呼"的一声架在自己的脖颈上，说，"娘，揭人不揭短，打人不打脸，您再这样对待香月，我就死给您看！"

大橹娘一巴掌抽在儿子的脸上："你个没出息的货，族长大老爷怎么说的，他要重赏你，要出钱给你娶最好的清白女人！"

赵大橹晃着手里的菜刀："我什么女人都不要，我就要娶香月！"

大橹娘被儿子吓呆了："大橹，娘求你了，你可千万别做傻事啊！"

赵大橹又晃了晃菜刀："您要是不答应我和香月的婚事，儿子这就抹脖子！"

大橹娘忙说："我答应，我答应还不行吗？不过婚可以不退，可是彩礼我们就不给了！赵香月已经给海猫当过未亡人了，未亡人叫什么？就叫寡妇！寡妇想进我们家的门，不光不给彩礼，他们还得陪送才行！"

赵香月问陪送多少，大橹娘寻思半天："船！啥时候有一条船，啥时候过门，没有船你甭想！"

赵大橹又晃起菜刀，还想以死跟他娘讨价，却被赵香月拦住："大橹哥，求你别跟大婶争了，谁让我有错在先呢……行，大婶儿，咱说好了，一条船，啥时候我们家有了一条船的陪送，我就过门。"

赵香月说话算话，她当即借来赵大橹的鱼皮水衣，拎起来就朝海边走去。赵大橹跟在她身后，一个劲地嘟囔："香月，你不该轻易答应我娘，你一个姑娘家，凭什么本事能挣一条船啊？"

赵香月告诉赵大橹，她听说城里人兴吃海参，一斤海参能卖好些钱，而且她水性又好，可以捡海参卖钱。从此以后，日出而作，日落而息，赵香月一门心思下海捡海参。她把捡上来的海参用盐水煮了，再搓上草木灰放在海滩上晒干了，然后托人送到城里卖了，不知不觉就积攒了成摞的钱。不知为什么，赵香月常常会觉得这钱攒得太多太快了，有时眼前还会浮现出海猫放荡不羁的谈笑。伴着那些谈笑，她的泪水便无声无息地淌个不停。

第十六章

胶东昆嵛山素有"秀拔于群山之冠"的美誉，古往今来，这里吸引了无以数计的帝王将相、文人墨客和僧家道众。他们或吟诗作赋，或铭碑刻石，或凿洞建庵，但红军游击大队却没有这等闲情逸致，只是安营扎寨于此。海猫跟王天凯来到昆嵛山根据地，上级安排让他在红队当炊事员。他心不甘，成天抱着一根木棍练刺杀。

有一天，海猫练刺杀着了迷，结果把锅里的饭给烧煳了，惹得白队队长老白对他们红队队长苏岩好一个嘲讽。苏岩虽说笑耍赖替海猫开脱，但恨他也恨得牙根儿痒痒。躲在溪水一边的海猫羞得把头扎进裤裆，看都不敢看苏岩一眼。

苏岩走进平地搭起的临时帐篷，举着碗里的煳粥放到海猫鼻下："你闻闻，红队的脸都让你给丢尽了。你说你连个饭都做不好，还干得了什么？"

"麻袋片做龙袍，我本来就不是做饭的料。我跟你说，我是小李广花荣转世，你要是给我一把枪，我百步穿杨，指哪儿打哪儿！苏队长，你不能天天让我做饭啊，你到底啥时候给我发枪啊？"

听了海猫的话，苏岩眼一斜："枪？你不是有枪吗？"

海猫将木棍削成的枪拿出来比画着："这玩意儿它不会响啊！我能拿着它找吴乾坤、吴江海还有赵洪胜报仇去吗？"

苏岩说："枪，你还没资格有！"

海猫急了："你再说一遍，我凭啥没资格？"

"说八遍都行，我告诉你海猫，同志们的枪都是从敌人的手里抢过来的，每一条枪上都沾着敌人的鲜血，你说，你有资格拥有吗？哼，射击训练还没过关，就想要真枪？做梦吧你！"海猫被说愣了，他拿起用木棍削成的枪看着，一脸的郁闷。已经转身离去的苏岩，回头看看一直坐在那里的海猫，开口喊道："海猫，还愣着干什么？快做饭去，我可告诉你，你要是今天再把饭做煳了，明天就关你禁闭！"

海猫不情愿地回到灶台前。他见老战士王大壮背着枪正从水缸里舀水喝，便凑过去想摸摸枪，不料被发现。海猫只好动起心眼来，绕了好多弯子，说是要给王大壮相相面。

王大壮摇摇头："你还会相面？革命队伍不兴看这一套，你离我远点！"

海猫磨磨叽叽，故弄玄虚："心诚则灵，信不信由你，反正我看你这几天面相变化厉害，凶多吉少，不信你就打鼻子眼前过，三天以后便见分晓。"

王大壮被海猫纠缠不过，便答应帮他做饭，说着把枪放在灶台旁边，边忙着刷锅炒菜，边催海猫说个究竟。海猫哪有心思给王大壮相面？他伸手去摸那枪，觉得真枪就是比自己的木头枪强，手里正过着瘾，没承想又被苏岩发现："海猫，你不好好做饭，挤眉弄眼地跟王大壮嘀咕什么呢？"

海猫吓了一跳，慌忙从王大壮手里抢过炒勺："说闲话呢！没嘀咕什么，队长放心，今天这饭肯定煳不了，煳了您关我禁闭！"

海猫见苏岩走了，便瞟一眼王大壮："咱晚上细说！"

晚上，皓月当空，繁星满天。战士们躺在铺上，每个人的枪都在身旁放着。海猫和抱着枪的王大壮胡吹乱侃："提起我的瞎婆婆，来路可大了。那是鬼谷子第九十八代传人，我是她老人家的后人，正好是第九十九代。俗话说九九归一，传到我这儿，你想还得了吗？"

王大壮马上拉回跑偏的海猫："你别扯远了，快给我相面吧！"

海猫煞有介事："蛟龙出海脑门红，印堂宽广气运生。看你现在的面相，好运气马上就到，但在这个节骨眼儿上，凡事你可得小心点儿。"

王大壮问："我都得小心啥啊？"

海猫闭上眼睛，摇头晃脑："海神娘娘说，最忌铁家伙！"

王大壮不解："你怎么又扯到海神娘娘啦？最忌铁家伙是啥意思啊？"

海猫解释道："你真是笨到家了，最忌铁家伙你都不懂啊？比如你怀里抱的这个，铁家伙！成天挨着它睡觉，容易冲了你的好运气了！"

王大壮看着手里的枪，有些为难："那咋办？"

"这样，咱俩换，你不就是爱抱着个玩意儿睡觉吗？你就抱着我这个，你那个我先替你保管几天。等你这蛟龙彻底出了海，运势的大局定下来，我再把这铁玩意儿还给你！"

海猫说着边把自己的木棍递向王大壮，边伸手去抓他的枪。但是，就在他要得逞的一瞬间，王大壮突然回过味儿来，一把将枪夺回来："去你的，臭猫，你小子没憋好屁，今儿你从训练场就开始算计我，闹了半天，是想拿你的破棍子换我的真枪啊！"

睡觉的战士们都惊醒了，七嘴八舌地问道："怎么了？你们俩吵啥呢？"

王大壮说："你以为我王大壮是两岁孩子呀？我是在革命队伍里受了三年教育的老战士，能信你这一套？什么蛟龙出海，老虎拉碾，我不信那一套！"战士们哄堂大笑，海猫羞愧难当。

羞愧难当的海猫辗转反侧，难以入眠。挨到夜深时分，他趁大家睡得正香，把自己的木棍枪轻轻塞到王大壮的怀里，换下了他的真枪。海猫兴奋不已，蹑手蹑脚走出帐篷，径直来到月光下的训练场。他激动得整个人都在颤抖，利索地拉动枪栓，瞄准远处的稻草人，嘴里念叨："吴乾坤！赵洪胜！吴江海！我一枪打你们仨……"

海猫扣动了扳机，"砰"的一声，子弹打在了稻草人的肚子上，炸开了花。海猫一下子慌了神，将枪扔在地上，哆里哆嗦不知道如何是好。这时，王天凯和苏岩，以及在帐篷里睡觉的所有战士一个个手里端着枪，循声追出来，异口同声问道："怎么啦？什么情况？"

王大壮从人群后面挤过来，匆忙捡起海猫扔在地上的枪："我的枪！海猫，好呀！你……你偷了我的枪？"王大壮气坏了，冲上去一拳捣在海猫前胸。海猫顿时一个趔趄，倒在地上。王天凯喝退王大壮，扶起海猫，一起来到他的帐篷，问："说，咋回事儿？"

海猫泪眼汪汪："哥叔，不，政委，我都到队伍里好几个月了，一直没摸过枪，我就是想找条真枪练习练习射击，谁承想王大壮的枪里压着子弹啊！"

王天凯说，战争时期，枪里压子弹是最起码的常识，又问："你急于练习射击的目的是什么？"

海猫一跺脚，眼都红了："那还用说吗？大仇不报非君子，我枪毙吴乾坤和赵洪胜，还有吴江海，扒他们的皮，抽他们的筋……"

海猫话音未落，苏岩一步闯进来："报告政委，红队的同志们一致要求，把海猫退给您，这个人我们不能再要了。咱们昆嵛山根据地红、白、明、亮四个大队齐头并进，我们红队不能因为他拖了后腿！"

王天凯叹道："海猫，你都听见了吧？你们红队不要你了，我也没有地方安置你。当初我让你去烟台谋生你不肯，非要跟着我来根据地，现在后悔了吧？如果真要后悔也不晚，那你就下山，随时可以走。"

海猫急了："政委，不是，哥叔，您别撵我走啊！我生是红队的人，死是红队的鬼，只要不撵我走，怎么罚我都行！"

王天凯说："人家说了，怎么罚都行，你这个队长就看着处置吧！但是罚不是目的，你要对他说清楚参加革命的目的是什么，抽空我也和他进一步聊聊这个问题。好了，你别再磨叽了，把人带回去！"

苏岩决定关海猫半个月禁闭，说着便拉起海猫就走，把他推进一间狭小的禁闭室，"咔嚓"一声落了锁。

可是谁也没想到，就在海猫被关进禁闭的第二天，便有战士向王天凯报告山下发现了保安团的大部队。苏岩说："过得了初一，过不去十五，准是海猫昨天晚上开枪暴露了营地的位置！"

王天凯白了苏岩一眼："马上集合队伍，准备战斗！"

随着声声集合的哨音，红军游击队在王天凯的率领下，迅速进入隐蔽地带。战斗打响了，子弹呼啸，硝烟滚滚。王天凯一边射击，一边判断着敌情。很明显，对面的敌人无论在火力上还是兵力上都要强于游击队。红、白、明、亮四个队的队长集合在王天凯身旁。王天凯果断下令："这样打下去咱消耗不起。立即通知部队，放弃营地，全体转移！"

于是，游击队向大山深处且战且退，退到峰崖九龙池边，苏岩突然站住了脚步，海猫还在营地呢。王天凯马上组织营救。然而，王天凯率游击队紧赶慢赶，还是晚了。营地的帐篷被子弹打得千疮百孔，关海猫的禁闭室也被烧得面目全非。苏岩流下悔恨的泪水，耷拉着脑袋说："政委，您处分我吧！"

王天凯异常气愤："处分你还不是时候。海猫是个孤儿，他从小四处流浪，既然进了我们队伍就是我们的同志，就是牺牲了也不能暴尸荒野！同志们，我们分头找一找，看敌人把他的尸体扔在哪儿了。"战士们饱含热泪，默默地四处寻找起来。

早在海猫听到集合哨音时，他便试图打开门，却总也打不开。不一会枪声响起来，海猫感到大事不妙。他拼命砸门，疯狂地敲着，喊着。突然门被拉开，几条黑洞洞的枪口同时指着海猫。保安团夏团长的亲信侯麻子脸上绽开了花："嘿，团长，还有个俘虏，怎么办？"

夏团长吼道："俘虏有个屁用，毙了！一个赤匪的尸首最少换一百块现大洋！"

侯麻子听后立即将枪口抵在了海猫的脑门上，海猫意识到死亡将至，可他也没有惊慌，却突然大喊一声："别开枪，是我——兄弟，你们可来了！"

侯麻子满脸麻点陡然集合在一起："你个小兔崽子，管谁叫兄弟呢？"

海猫一挺胸脯："管你叫兄弟是抬举你，怎么着，给你脸还不要了是吧？"

侯麻子一下糊涂了："你谁呀？"

海猫给了他一个白眼："连我是谁你都不认识？你们不知道我是谁怎么打到这儿来了？难道不是我叔叔让你们来救我的？老子被他们抓来好几天了，怎么才来救我啊？奶奶的，饿死我了，有吃的没有啊？"

夏团长问："你叔叔，你叔叔是谁呀？"

海猫装模作样地说："亏你是个当官的，我叔叔是谁你不知道？老子给你提个醒，我叔叔在韩司令官身边当差，官儿得往大了想啊，我叔叔姓林！"

夏团长一愣："姓林？林参谋长啊？您是林参谋长的……"

"我管他叫叔叔，当然是他亲侄子了，老子叫林家耀！"

就这样，海猫大着胆子蒙过这一关，回到保安团驻地，越发张狂，要吃要喝，肆无忌惮。然而他手撕鸡腿，大快朵颐的吃相引起了夏团长的怀疑。侯麻子却不以为然，说："团长，宁可信其有不可信其无。万一要是通过他，能攀上林参谋长的高枝，您可就是平步青云了。"

夏团长一想也是，便命人顿顿美酒佳肴伺候海猫。一天，侯麻子给夏团长出主意，说他自愿将林少爷送到济南去。都说侯麻子一个麻点一个心眼，其实，夏团长也是孙悟空他妈，一肚子的猴。他派自己的勤务兵备一份厚礼，带足了盘缠，跟侯麻子一起陪海猫上了路。侯麻子之所以煞费心机要送海猫去济南，主要是想途经烟台时到朝阳街妓院会会他的老相好。海猫毕竟闯过江湖，侯麻子尾巴一翘，便知他拉什么屎。

话说三人心照不宣，快马加鞭，天没黑就到了烟台。他们在桃花街小客店开了房间。刚落脚，侯麻子就推说去朝阳街见个朋友，先要离开。海猫哪里肯让，嬉皮笑脸地说："大哥，心急吃不了热豆腐，二位不妨在房间一歇，我去买点酒菜回来。等酒足饭饱以后，大哥您会会您的朋友，我俩睡我俩的觉，岂不更好？再说大白天你去朝阳街，要是让夏团长知道了也说不清不是？"

海猫说着给侯麻子递个眼神，侯麻子自然心领神会。也是因为心急所致，他不假思索地说："那就有劳林少爷，快去快回！"

海猫对勤务兵说:"本大少爷身上不方便,给我来两块现大洋。等我回到济南,一块还你一百块,你们俩二一添作五,留着零花!"

想着团长临行前的吩咐,勤务兵本不想让海猫单独行动,但听到有一百块现大洋的外快,觉得不捞白不捞,当下放松警惕,从腰里掏出两块现大洋递给海猫:"林少爷说话可要算话啊!"

"放心,一言既出,驷马难追!"海猫把现大洋往兜里一搁,转身就走。他先用一块大洋买了蒙汗药,用剩下的一块买了酒和菜。之后,海猫用蒙汗药放倒侯麻子和勤务兵,跑向了昆嵛山。

昆嵛山的小路曲折不平,两边杂草丛生,偶尔还会看到几株不知名的野花儿,迎着早春的寒风含苞欲放,频频抖动,就像欢迎行者进山似的。

海猫走在路上,一手摸着腰间的枪,一手摸着后腰的手榴弹,想到自己回到根据地将赢得同志们赞赏的目光,一颗心就像那野花儿,一阵阵激动。

然而,当海猫星夜兼程,走进被烧得破烂不堪的游击队营地时,他难过得直想哭。正茫然无措,海猫听到身后一声断喝:"不许动!"

海猫吓了一跳,猛地回身,发现有四五名战士冲出来,一齐举枪走来。为首的是王大壮,其余几人也都是曾和他朝夕相处的同志们。

海猫兴奋不已,张开双臂扑过去:"王大壮,是我啊!"

"海猫?"王大壮说着拽起海猫的手,欢天喜地,兴冲冲。一阵小跑,转眼间便来到了扎营在峰崖九龙池边的王天凯面前。

像见了离别三年的亲人,海猫双手捉住向王天凯的手:"政委,我回来啦!"

不料,苏岩一把拉过海猫,上上下下打量半天,然后指着他的前胸问:"腰里别了个什么?"

海猫嘻嘻笑着:"苏队长真是好眼力,这么快就让您看见啦。这可是我的,是我自己从敌人手里边夺来的!"

苏岩冷若冰霜:"把手举起来!"海猫一听,下意识地将手举了起来。苏岩一把拽出别在海猫前腰间的枪,"啪"地打开弹夹,边检查边说:"子弹是满的,还压上了火。"说罢,他熟练地将子弹卸了下来,又一阵"喊里咔嚓"好一个察验,然后,扬手将枪扔给了身边的队员。

海猫急了:"苏……队长,你别拿走我的枪啊!这可是我的,我亲手从敌人手里抢过来的!您不是说每个战士的枪,都是从敌人手上抢来的吗?我自己抢的枪,就应该是我自己的!"

海猫发现苏岩根本不理他,便转头对王天凯说:"政委,你可看见了,他简直是明抢明夺，这不是欺负人吗？"

王天凯表情很严肃，说："海猫，整整三天，你们苏队长一直带着战友们在寻找你的尸体，没想到你还活着。"

海猫嘿嘿笑着："你们以为我死了呀？我海猫可是扛着驴具上西天——耕（经）过大地，见过大世面的。他一个保安团就想要我的命，哪有那么容易？"

苏岩眉头紧蹙："行了，你就别耍贫嘴啦！老实交代，这几天都发生了些什么，都见过哪些人？你是怎么从保安团跑出来的？从头至尾，给我说仔细了。"

海猫这才意识到问题的严重性。吃过晚饭，走进临时营地的帐篷，他发现王大壮坐在自己面前，瞪着大眼睛眨都不眨一下，心里不禁直犯嘀咕。

其实，因为海猫的突然现身，真正心里犯嘀咕的是王天凯和红、白、明、亮四个队的队长们。除了王天凯和老白，其他队长都怀疑海猫叛变，于是苏岩决定再次搜查海猫。

果然，海猫酣睡之际，苏岩突然撩起他的衣服，从后腰间搜出那颗手榴弹，开口就问："这东西哪来的？"

海猫一愣："啊？我……我从他们保安团的勤务兵手里缴获的呀！队长，枪你都拿走了，这你可得留给我。"

苏岩冷笑道："那今天让你交代的时候，你为什么不说？把他给我绑起来！"

不容海猫解释，一根粗大的绳子已经套住了他的脖子。海猫被带到王天凯面前，苏岩摇晃着手榴弹汇报："政委，虽然我有所怀疑，但我非常不愿意相信他叛变了革命，可这颗手榴弹就是铁证，我认为应该立刻枪毙海猫！"

王天凯连忙解开绑在海猫身上的绳子："苏岩，你这是干什么？难道你就这么对待自己的同志？"

"那要看他还是不是同志！"苏岩扭头问海猫，"你说，私藏手榴弹是什么目的？是不是想趁天黑暗杀政委，好在你的保安团主子面前邀功请赏啊！"

"苏队长，你，你怀疑我当了叛徒？"

苏岩反问道："难道不是吗？就凭你，狗屁本事没有，如果不是当了叛徒，能从保安团活着回来？你说，他们许诺你什么好处了？你都答应他们什么啦？刺杀政委是吧？说，他们给你多少赏钱，将来给你当什么官？"

一向巧舌如簧的海猫顿时哑口无言，委屈得像个孩子，眼泪汪汪地看着王天凯："政委，苏岩他不讲理……"

王天凯说："光凭一把枪、一颗手榴弹，你就断定海猫叛变革命了？这也太武断了。这样吧，苏岩，你先给他松绑，一切从长计议。"

苏岩直摇头："不行啊，政委！害人之心不可有，防人之心不可无啊！"

王天凯大怒："什么狗屁话！现在的首要任务是重建根据地，这一仗我们牺牲了两名同志，也有不少同志负了伤，而唯一被抓走的海猫却活着回来了。只有把根据地建起来，才能给伤员治好伤，才能安定军心。海猫的事就不要纠缠不休了，现在我命令你，马上放人！"

雨过天晴，海猫的枪和手榴弹虽然缴了公，他也被调出炊事班，天天跟着同志们参加训练，心里还是蛮高兴的。一天，海猫见接替自己当炊事员的王大壮正在新砌起的灶台上炒菜，便凑上去想帮着打打下手。没想到王大壮一把将他推开说："你给我离饭锅远点！万一你再下了蒙汗药，我可就没法向苏队长交代了！"

海猫这才蓦然意识到自己被苏岩调出炊事班的原因。从此他恨苏岩恨得牙根痒痒，心里暗暗发誓：好一个苏岩，你缴了我的枪和手榴弹，还不信任我。骑驴看唱本，咱走着瞧！

又一天，海猫见一个卫生员打扮的女孩挎着苏岩从伤员的帐篷里走出来，说说笑笑，很是亲热，便一路跟踪，半路上被王大壮截住，海猫告诉王大壮苏队长和卫生员之间的事。

王大壮听后说："你别胡说！要是让苏队长听见了，非撕烂你的嘴不可！"

"哼！你说我胡说？刚才我还看见他们俩亲嘴了呢！"

这话恰被独自折返回来的苏岩隐约听到，他指着王大壮逼问："大壮，刚才海猫说谁跟谁亲嘴了？你给我说清楚！"

王大壮只好如实回答："他说……新来的卫生员是您相好，他是我们的大嫂对不对？你们俩亲嘴了是不是？"

苏岩脸色陡变，瞪大了眼睛："海猫……你敢胡说八道？"

海猫心虚，有些害怕，但他一咬牙，倒驴不倒架："谁胡说八道了？你敢做就得敢当。你和你相好的靠得那么近，还能不亲嘴？"话音未落，苏岩冲上前去，一拳砸在海猫的脸上。顿时，海猫鼻青眼肿，嘴角上也流出了鲜血。

于是，苏岩和海猫撕扯着，推推搡搡来到王天凯面前，异口同声，要死要活地请他评理。王天凯说："我不说你们谁是谁非，我先要批评你这红队队长。都是革命同志，你怎么能把他打成这样啊？"

海猫更觉得委屈了："就是，政委，您可得替我做主啊！"

"你造谣，打你都是轻的，我恨不得毙了你！"苏岩眼睛眨也不眨地瞪着海猫，说着就去腰里摸枪。

海猫冷笑道："等会儿，你要想枪毙老子，就用老子的枪！"

苏岩的手在两把枪之间徘徊着，他腰间的枪确实有一把是海猫的。王天凯"啪"

地一拍桌子："海猫，你跟谁称老子呢？"

海猫满脸不服气："哼！我对同志绝不称老子。苏岩不算同志，他就是为了我那把枪……他陷害我，还怀疑我会给同志们下蒙汗药。我告诉你苏岩，你不相信我就拉倒，那把枪是我拼了命得来的，还有手榴弹，你还给我！"

王天凯怒道："你海猫真是胡闹！我和你讲过多少遍了，中国共产党的领导人毛泽东同志早在1928年就提出了三大纪律六项注意，你怎么一点也不往心里去呢？苏岩没收你的枪和手榴弹是我同意的。谁跟你说过，你的战利品就归你自己所有啊？革命者的一切都是组织的，都是革命队伍的！"

海猫突然愣住了："我……"

王天凯怒气未消："海猫同志，为了让你长长记性，这回我王天凯关你的禁闭，你服不服？"

第一次听王天凯称呼自己同志，海猫心里不禁一热，但他仍然口不服心也不服地说："关就关，大不了再让保安团抓走我一回。"海猫说完，径直来到刚又搭建的禁闭室，抬脚踢开门，一头钻进去。

第十七章

海猫一头钻进禁闭室，回头关门时见通讯员带着一个胸前别着大烟袋的老乡正走向王天凯帐篷，下意识地瞟了一眼，但也没太在意，便狠狠地将门关上，并对跟在他身后的王大壮吼道："把门给我锁上！"

"哐当"一声，禁闭室的门毫不客气地落了锁。白队队长老白见了，点着王大壮的鼻子说："你们红队这群小子，怎么能看自己战友的笑话啊？"

老白说罢，上去就敲禁闭室的门："海猫！海猫！"

禁闭室里，海猫只顾埋头生气，也不答话。他听老白在门外说，你要是觉得在红队窝囊的话，就到我们白队来吧！海猫眼里立时泛起泪光，老白这句话对他来说，无疑是最大的安慰。然而，他却执拗地喊道："我不去，我生是红队的人，死是红队的鬼！"

老白在门外嘿嘿地笑了："难得，难得！我要是苏岩，就凭你这句话，也得对你好点儿！海猫，你在里面别太着急啊，政委说了，就关你到晚上，让你反省反省。回头你出来了好好训练，好好干活，再跟你们队长好好谈谈，有什么大不了的呀，今儿瞪眼睛明天红脸的，那还叫战友啊？"

禁闭室里，海猫仍然憋着一肚子气，他鼓着腮帮子，还是一声不吭。

门外的老白又说："不是我说你，你这人就是想逞强，老想让人瞧得起，对不？我是你老大哥，我得教教你，你要想让人瞧得起，你就得立功！你知道苏岩怎么当上队长的吗？那还不是因为每回打仗他都立功吗。哎，你要是也能立个功啥的，苏岩自然就看得上你了，战友们也更不用说啦……"

总听不到海猫的回声，老白觉得没太大意思，便起身来到王天凯的帐篷。只见在帐篷的地上，一张界石镇地图铺了开来。大烟袋锅子指着那上面标出来的保安团驻地说："那姓夏的团长最近攀上了高枝，马上要被调到县里当大官去了。保安团里面有一大半都是他的亲信，都会跟着他去县里。新来的保安团长怎么也得个把月才能到任。也就是说，这个把月，整个保安团里超不过四十人。"

趴在地图一端的苏岩抬头说："政委，这可是难得的好机会啊！"

王天凯说："可惜姓夏的走了，我们就算端了保安团也没太大意思。老百姓会说我们避开老虎打狼，不是好猎人！"

大烟袋锅子用烟袋锅子继续戳着地图："那就不等他走就下手！"

走进帐篷的老白插话说："团长要不走，敌我兵力太悬殊了吧？"

大烟袋锅子说："我打听了，保安团这帮小子一听说姓夏的要高升，一个个都美上天了，他们抢了老乡一百多只鸡，还有两头猪，说要大宴三天给他送行！光牟平老烧，就拉了两马车，估计今儿晚上就能开喝！"

老白和苏岩的脸上立刻放出光来，一齐拿眼看着王天凯。王天凯一拳砸在地图上："太好了，大烟袋锅子，这回你可立了大功了！"

大烟袋锅子满脸朴实诚恳的笑容变成了一副阴险狡猾的面孔，他对保安团的夏团长说："错不了，今天晚上这群共匪就来偷袭！"

站在夏团长一旁的侯麻子说："团长，您升官发财的机会可要来啦！"

夏团长扭头鄙视地说："这儿有你说话的份儿吗？奶奶的，好不容易抓了个共匪，愣是活生生让他给骗了！要不是你这个废物，本团长能上得了他的当？"

侯麻子立时就像霜打的茄子，蔫头耷脑，心里暗暗发誓："晚上要是能把共匪装进口袋，一定掏出那小子，活扒他的皮！"

晚上，月黑风高，游击队的营地静悄悄。熟睡中的海猫被一阵细碎的脚步惊醒。他揉着眼睛判断着，嘴里直嘟囔："怎么一关我禁闭他们就有行动啊？"

在夜幕的掩护下，红军游击队借着月色，急匆匆，悄然奔袭。走在队伍前的王天凯问苏岩："伤员和根据地的保卫工作就交给王大壮一个人了？"

苏岩回答道:"一个人就足够了!王大壮是个老同志,靠得住!再说,保安团不是正在喝酒给姓夏的送行吗,这个时候根据地应该最安全!"

王天凯点了点头:"禁闭室里还关着海猫呢,你没忘了吧?"

苏岩笑了:"同样的错我哪能犯两回呀?放心吧,我反复嘱咐过王大壮!"

游击队一出发,王大壮便打开了禁闭室的门,放出了海猫。走出禁闭室的海猫,发现整个根据地鸦雀无声,不由得连声问道:"嘿,人呢?人呢?我刚才听着吹集合号了,是不是都紧急出发了?"

王大壮的话就像扔石头一样,一句一块:"出发了!都是你!要不是因为你,我也跟着队伍一起出发了。"

海猫愣了:"因为我?"

王大壮说:"就是!要不是因为你不清不白,队长能留下我看着根据地吗?我心里明白得很,面儿上说是让我保护伤员,实际上就是为了防着你!"

海猫真生气了:"王大壮!我在根据地跟你铺挨着铺,脑袋挨着脑袋,你……你的臭脚丫子我都闻了半年了。我跟你说实话,这里除了我哥叔,不,除了政委以外就数跟你最亲了,你怎么能这么怀疑我?"

王大壮不理会他的话:"我也跟你说实话吧,你刚来那些日子我对你还真有点同情,自从你胡说八道编排咱队长以后,我就烦弃你了,怀疑你了。"

海猫急了:"我什么时候编排他了?他就是跟那个卫生员亲嘴来着!"

王大壮举起拳头就要砸向海猫,却在半空停住了:"哎,真亲了?"

海猫一咬牙:"就是亲了!我要是说半句假话,那说明我眼瞎了!"

王大壮甩了甩胳膊:"就算亲了又怎么样?革命队伍也没说不让娶媳妇啊,咱们队长要面子,你瞎嘚嘚啥啊?"

"行了,这事以后我不嘚嘚了还不行吗?"海猫点点头,然后又问,"你快告诉我,根据地有什么重要行动,为什么大半夜的集合出发?"王大壮不理他,命令海猫给留在驻地的七个人做饭去。

与此同时,王天凯率领游击队已经来到保安团的驻地外围,他也发出命令:"同志们,我们得到了准确的情报,保安团正在大摆筵席,为他们的团长送行。我现在命令你们,立即把自己隐蔽起来,谁也不准弄出声响,等敌人喝酒喝得差不多了,我们打他个措手不及,一举端了保安团的老窝!"

游击队的同志们异口同声,回答干脆:"是!"

海猫近似乞求地说:"我不是抗命,你也知道我到根据地都半年多了,可到现在了我连把真枪都没混上。这大半夜的紧急出发,肯定是要打仗啊。好不容易有了立功的机会，我又被关了禁闭……我求你了，王大壮，你告诉我，队伍去哪打仗了？我得追他们去！"

王大壮脖子一梗："这是军事秘密，我不能告诉你！"

海猫急中生智，突然使出激将法："这有啥秘密？我看你压根就不知道！"

"谁说我不知道？界石镇保安团的老窝……"王大壮发现自己上了海猫的当，便连忙补救，"当然，我也是猜的，集合队伍的时候，政委和大队长可都没说。"

海猫故意嘲笑："那你咋猜的？噢，原来你是瞎猜啊！"

王大壮性子直："谁瞎猜了？今儿我看见通讯员从山下带着那老乡来，那老乡我认识！我王大壮可是根据地的老战士，政委最信任我了，去年政委亲自去界石镇跟那老乡见面，就是我给站的岗！那老乡就是政委安插在界石镇的眼线！"

"眼线？老乡？"海猫细一琢磨，表情突然凝固了，"哎，王大壮，不会是今儿跟着通讯员来的那个脖子上挂着个大烟锅子的人吧？"

"就是他，他外号叫大烟袋锅子！"

话音未落，海猫蓦然想起第一次被关禁闭的那天晚上，保安团踹开门抓他的时候，在侯麻子一侧就是老乡打扮的大烟袋锅子。想到这里，海猫猛地一声大喊："不好！"

王大壮被吓了一跳："深更半夜的你瞎叫唤啥，你想再把狼招来？"

海猫不容置疑地说："那个大烟袋锅子我见过，我敢肯定，上次保安团来袭击咱们根据地，就是他带的路！"

王大壮训斥道："胡说八道！保安团来袭击咱们，那是因为你偷了我的枪，大半夜的走了火，暴露了根据地的位置！你别自己犯了错，往别人身上赖啊！"

海猫焦急地说："真的！我跟你说，打小我跟着瞎婆婆练就了过目不忘的本事，肯定就是他，错不了！王大壮，快，快，快，你跟我一起把政委他们追回来，别让他们中了保安团的圈套。"

王大壮懒得理海猫："你少扯淡，哪有什么圈套？政委是什么人啊？如果有圈套政委看不出来，还让等着你？你以为你是神仙啊？"海猫不理王大壮，转身就要追。王大壮一声断喝："你哪儿也不许去！"说着便举枪对着海猫，"你老老实实给我待着，我算看明白了，你就是敌人的奸细！我刚才什么都不应该跟你说，你知道游击队要下山端保安团的老窝，现在急着要去给他们报信是不是？"

海猫愣住了："王大壮，你怎么跟苏岩一样冤枉好人啊？"

王大壮没有放下枪的意思："实不相瞒，苏队长走的时候特意跟我交代了，不要轻易怀疑自己的同志，但也绝不能马虎大意！最重要的就是不能放你下山给保安团通风报信！你敢跑，我立马开枪！"

看着王大壮认真而严肃的脸，海猫彻底绝望了。片刻，他眼珠一转说："好你个王大壮！我瞧不起你，我要跟你比试比试！"

王大壮不解："比试？"

"对！这么的行不行，咱俩打一场，你把我海猫打倒了，我就听你的好好做饭；我把你打服了，你就听我的，赶紧去追政委，别让他们吃亏！"

王大壮笑了："就你，还想跟我打一场？"

"怎么的吧，你敢不敢？"海猫说着就将外套脱下扔在一旁。

王大壮也不示弱，他不屑地将枪戳在树干上，又从腰间解下了一串手榴弹放在一旁："来，来，来！"

海猫怒叫着冲上来，王大壮侧身一躲，抓住他的后脖领子顺势一推，海猫一个仰面八叉倒在地上，王大壮抬脚踹在他的胸口，冷冷笑道："你个新兵蛋子，平时不好好训练，还敢跟我叫板！"

情急之中，海猫一个鲤鱼打挺跃起身，大喊一声："师父——"

王大壮一愣："你管我叫什么？"

海猫恭恭敬敬给王大壮鞠了个躬，双手抱拳说："师父，我从一上山就看出来了，咱根据地里边就你是条真龙。今儿个一比试我就更服气了，正好他们都走了，我就正式拜你为师！"

王大壮一脸的得意："革命队伍里不兴这个！那这么的，等他们回来，咱们还叫同志，背地里你管我叫师父！"

"行！"海猫话锋一转，"师父，我刚才没骗你，那大烟袋锅子我真见过，他确实是保安团的奸细。师父您可不能犯糊涂，你必须得相信徒弟，咱们赶紧去追队伍吧，别让政委他们吃亏！"

王大壮"啪"的一巴掌抽在了海猫的脑袋上："好小子，敢情管我叫师父就是为了骗我啊。我告诉你，我的任务就是负责保卫根据地，保卫伤员，看着你！我还是那句话，你想离开这儿半步，墙上挂门帘——没门儿！"

海猫硬是忍下一口气："听师父的，我给您做饭去。五个伤员，一个卫生员，再加上您，七个人的饭！"海猫转身朝灶台走去，边走边在心里嘀咕："错不了，准保是一个人，根据地一定中了他的奸计！王大壮你这个笨蛋，不听我的，整个游击队的同志都得死光！"

海猫心里嘀咕着，眼里便淌出泪来。他望着黑黢黢的山野，嘴上喃喃自语："哥叔……政委……你给了我一次重生的机会，可是我……我现在明知道你们有难，可我帮不了你们啊……"

灶里的火焰翻卷蹿动，好像海猫一颗焦虑的心，一会儿"噼啪"作响，发泄着满腔的愤懑；一会儿伸出红红的火舌，急躁地舔着灶口。火光映照着海猫脸上的汗水，一闪一闪的，阴晴不定。

锅里的水开了，海猫把野菜撒进去，久久地搅拌着，思考着，终于，他下了很大的决心，才将手塞进怀里，掏出了剩下的蒙汗药，边提防着远处站岗的王大壮，边颤抖着手向锅里匆匆抖落着。突然，一个女人的声音从海猫身后传来："你在干什么？"

海猫吓得打个激灵，回头一看，是跟苏岩很亲密的女卫生员。海猫紧张起来，把药包里剩余的药末扬手全都撒在了锅里。

"难道苏队长的怀疑都是真的，你真的是奸细？"女卫生员说着，四处张望着。她看到远处的王大壮，刚要张嘴叫他，海猫一个箭步冲过去，伸手捂住了女卫生员的嘴，就势抱在怀里，双双滚倒在地上。

女卫生员挣扎反抗，海猫死活不肯放手。为了防止被王大壮发现，海猫抱着女卫生员连拖带拽地向灶台后面挪动着，女卫生员双腿直蹬，却无济于事。海猫藏好女卫生员后，便给王大壮送饭吃，王大壮吃完后便昏睡过去。之后他拿过王大壮的枪和手榴弹，不顾女卫生员像刀子一样的眼神，转身影消失在夜色中。

夜已经很深了，保安团驻地的灯光忽明忽暗，估计敌人喝酒正酣，王天凯一挥手，按事先做好的战斗部署，红、白、明、亮四个队从不同的角度冲下山去。然而，当他们进偌大的院落后，却没有发现一个人影。

王天凯疑惑片刻，不禁大叫："不好！我们中计了。"话音未落，枪声陡然四起。保安团在夏团长和侯麻子的带领下，从天而降。王天凯立即率领大家奋力突围。终于，他们突围到院落深处的一个相对隐蔽的地带，六十多名游击队员利用残墙断壁，拼命抵抗。

这时候，海猫出现在街头石碾子旁，惊恐地看着眼前的一切。他还清楚地看到墙角的夏团长踹了大烟袋锅子一脚，说："大烟袋锅子，你不是跟王天凯熟吗？你快劝降，让他们全出来投降！"

大烟袋锅子边点头哈腰，边大声地喊道："王天凯，你听着，我是大烟袋锅子，我奉夏团长之命劝你，识时务者为俊杰，你马上带着你的赤匪兄弟放下枪出来投降，夏团长开恩放你们一条活命，如果继续抵抗没有好下场！"

"大烟袋锅子？原来他当了叛徒！"王天凯大吃一惊，起身就开枪，正打在大烟袋锅子面前的墙上，火光四射。

大烟袋锅子吓得连忙缩回头去："团……团长，要我说别劝了，赶紧架炮轰吧。

凡赤匪没有一个会投降的，真的，我太知道他们了！"

"放你娘的屁！老子的保安团哪来的大炮？去，把新发下来的那两箱手榴弹都抱过来！"接到命令，大烟袋锅子转身招呼一个小兵，带着他趔趄地跑了。

躲在石碾子旁的海猫强迫自己边冷静观察，边向夏团长的墙角处悄然移动。这时他隐约听到王天凯的自言自语："没想到这么好的一支队伍，就要在我的手里丢了！都怪我，麻痹大意，我怎么就轻信了大烟袋锅子这个奸细的话呢？"

海猫一阵心酸，抬头看见大烟袋锅子带着小兵把两箱手榴弹放在夏团长身后。夏团长指挥保安团的士兵说："来！五个人一排，站好喽，我喊一二三，一起拉弦往里边招呼，把这群赤匪全他奶奶的给我炸死！"

站在夏团长身后的五个士兵，一人手里拿着一个手榴弹。另外两个箱子里还有十几颗手榴弹，摆在一旁等着第二轮轰炸。

海猫绕过石碾子，三拐两拐，终于找到了一个相对近的地方。他扒着墙头，刚好看到敌人准备用手榴弹袭击游击队。只见王天凯举手敬礼："同志们，我给大家行最后一个军礼，这次战斗失利我承担全部责任。现在我命令红、白、明、亮四个队队长和我一起正面突围，其他同志等待机会再突，哪怕能活着出去一个，也要继续战斗，一定要把红色的种子留在昆嵛山！"

战士们眼睛都红了："不行啊，政委！要死我们一起死！"

王天凯不容置否："不，这是我的命令，服从命令！"

保安团五个准备扔手榴弹的士兵已经拉出了各自手榴弹的弦儿。在这千钧一发之际，海猫迅速拽出一颗手榴弹，拉了弦就往外扔。

墙角处的夏团长高喊："一二……"

海猫的手榴弹在空中飞翔着。

夏团长高喊："三……"

然而"扔"字还没出口，一颗手榴弹落在了夏团长的脚下。他一见，魂飞魄散，尖声叫着，抱头鼠窜。五个士兵反应迟，刚一回头，"轰"的一声爆炸，全被炸倒。

王天凯和游击队员们被爆炸惊呆了，但是，他们很快发现被袭击的并不是自己，不由得一个个你看我，我看你，又惊又喜。

海猫笑了，他发现手榴弹很好玩，接着又拽出一颗，蒙头再次向那个方向扔了出去。而被放置在地上的两箱手榴弹，刚好被这颗手榴弹砸中，巨大的爆炸声响起，顿时，保安团的士兵断腿断臂，四处乱飞。

老白喜出望外："有救兵！"

苏岩连连摇头："你做梦吧，全根据地的人都来了，哪来的救兵？"

老白肯定地说："真的！肯定有救兵。"

王天凯眯起眼睛观察着，判断着，冷静得就像做手术的外科大夫。

夏团长却没这般冷静，他抖落掉浑身的土，骂道："他奶奶的，这手榴弹怎么还没扔出去就炸了？"

侯麻子从被炸起的尘土里钻出来："团长，这是有人向咱扔手榴弹啊！"

夏团长大惊："有人向咱扔手榴弹？谁？谁干的？"

侯麻子眼尖，突然发现海猫正扒着墙头朝这边笑，便伸手一指："这不，在那儿呢！"

夏团长和刚从死人堆里爬出来的大烟袋锅子，以及所有保安团的人，立即举起长枪短枪，一齐对准了海猫。

第十八章

面对这么多黑洞洞的枪口，海猫惊恐不已。他从墙头上溜了下去，一把拽出个手榴弹来，刚想扔又没扔，心想："这玩意好使，不能瞎整了。"

海猫想着，便弯腰向游击队员藏身的方向跑去。跑到胡同口，他见王天凯带着同志们冲过来，不由得一阵狂喜："政委、队长，我来救你们啦！"

硝烟弥漫，加之相距甚远，王天凯眯起眼睛高声问道："是海猫吗？"

没容得海猫回话，胡同口的一侧便冲出了保安团。海猫眼尖，急忙缩身躲到了墙角。于是保安团立刻掉转枪口，一齐向游击队开火。很明显，敌人的火力比游击队的猛烈，王天凯和游击队顿时被压制住了。

海猫从墙角探出头来，紧张地观察着形势。看来夏团长被手榴弹的袭击气坏了，他发现保安团已经与游击队正面交上了火，便厉声嚷叫："机关枪，机关枪！把赤匪给我统统突突了，一个也不剩！"

两挺重机枪喷吐着火舌，保安团的另一支队伍也从背后包抄过来。游击队只得与敌人打起巷战来。但他们腹背受敌，形势岌岌可危。此时，海猫掂掂手里的手榴弹，运足力气，闪身将手榴弹扔出。爆炸声起，毫无防备的保安团被炸得鬼哭狼嚎。夏团长躲在士兵腔后，惊魂未定，循声窥测。

海猫向王天凯高喊："政委、同志们，你们别着急，大队红军马上就到，我这就给他们带路去！"海猫说着，故意蹦了几下，才掉头跑去。

夏团长顿时懵了："大队红军？"

侯麻子更是丈二和尚摸不着头脑："赤匪还有大部队接应？怎么办？"

夏团长转身踹了侯麻子一脚："赶紧给我追那小兔崽子，别让他报信！"

侯麻子连忙带保安团冲向海猫的背影，边追边开枪。一时间，敌人的所有火力全都集中在了海猫身上。

望着渐渐远去的保安团，老白凑到王天凯身边说："政委，撤吧，现在不撤就没机会了，敌人的兵力和火力起码是我们的两倍！"

没等王天凯说话，苏岩就急了："不行！我们撤了，海猫怎么办？要撤你撤，红队的同志们跟我去救海猫！"

红队的战士虽然多数人都已负伤挂彩，但他们却异口同声地答道："是！"

王天凯思忖片刻，说："苏岩，你冷静点，海猫是来救我们的。如果没有他，我们就全军覆没了！现在海猫为我们争取了撤退的时机，如果我们不利用，怎么对得起他？不许意气用事，全体撤退！这是命令！"

此刻，海猫端着王大壮的长枪，一枪又一枪地向敌人还击。他明明瞄准了，可打出去就是不着边际。海猫埋怨着："奶奶的，你这枪不好使啊！"

撤退中的苏岩趁机冲进一个马厩，伸手就解下那匹枣红马的缰绳。海猫这时已经陷入敌人的重重包围之中，他打光枪膛里的全部子弹，又拽出了最后一颗手榴弹，不禁笑了，喃喃自语："哈哈！刚才那四个手炮最少也炸死十来个，我海猫这条小命也算够本儿了……唉唉，可是我就这么死了，小先生吴若云，我的亲小姨赵香月呀，我还想活着见见你们呢！我这辈子没娶上媳妇，到了那边见着我爹我娘咋交代啊……"

绝望中，海猫握紧手榴弹，语无伦次："孙子们，爷爷就算上西天，也得多拉几个陪葬的！……小先生，小姨，海猫上回没死成，这回可是真的要……"

"死"字还未说出口，海猫便将手榴弹狠狠摔进敌群，在飞扬的烟尘中，马蹄声骤起，只见苏岩策马而来，他冲海猫大喊："海猫，快，上来！"海猫兴奋不已，跃起身来，伴着嘴里的一声"队长"，猛地弹起身，落到了苏岩身后的马背上。那枣红马忽然感到背上增加了分量，条件反射似的四蹄腾空，跑得越发快了。

夏团长眼看海猫被救，举枪就打。海猫和苏岩的背后，就像横扫而来的冰雹，响声一片。突然，"砰"的一枪，子弹擦着海猫的头皮，正打在苏岩宽厚的后背上。苏岩闷闷地哼了一声，海猫一抬头，鲜血喷在了他的脸上。海猫吓坏了，连忙伸手去捂住苏岩的伤口，嘴里大叫："苏队长！你中枪啦！"

苏岩一咬牙，边策马向根据地飞奔，边回头对海猫喊道："我知道，死不了，抱紧了！"

苏岩的鲜血从海猫的指缝里涌出来，海猫吓得面如土色。当跑回根据地时，苏岩勒住马，一歪身从马上掉了下来。满手是血的海猫，也随之坠落在地上。

海猫抱着浑身是血的苏岩，朝着王天凯又哭又叫："哥叔，您快来看看吧，苏队长……苏队长他中枪啦！"

王天凯和游击队的同志们连忙围着苏岩，喊声一片："苏岩！苏岩！"

喊声引来了王大壮和女卫生员，他们俩人一前一后，飞似的冲进人群。王大壮一眼发现了海猫，不管三七二十一，拦腰将他抄了起来，在半空中抡圆了，就要扔出去。海猫吓得满脸苍白，连话也说不出来了。

王天凯见状，急忙制止。王大壮不从。王天凯再次提高了嗓音，王大壮只好将海猫放下，转身冲进人群。他见女卫生员摇着昏迷不醒的苏岩，哭得泪人似的，刚想安慰几句，不料被凑上前来的海猫一把推开："大嫂，都是我的错，苏队长是因为我才挨的枪子儿，是我害了他呀！"

女卫生员一见海猫，分外眼红，"嗖"的一声抽出苏岩腰间别着的枪，抬手对准了海猫。恰在这时，苏岩睁开了眼睛："你干什么？"

女卫生员紧盯海猫，头也不回地说："我枪毙了他！他刚才说是他害了你，其实不用听他说，我就知道一定是他害了你！"

苏岩笑了："你说什么呢？海猫他那是跟你说笑话！"

海猫急忙辩解："我没说笑话，真的，队长，咱们俩骑在马上那会儿，我要是不缩脑袋就好了。我要不缩脑袋，就能帮您把枪子儿挡住了！"

苏岩说："你呀，真能瞎说，你救了根据地所有同志。你是英雄，你要是不缩脑袋，我就成了罪人了！海猫，你是红队的好兵！"

王大壮难以置信："队长，你说他是好兵？"

王天凯和老白几人一齐说："苏岩说得没错，海猫是个好兵！"

苏岩转头迎着女卫生员诧异的目光说："你是怎么回事啊？枪口不能对着自己的同志，还不快把枪收回来？"卫生员不情愿地收起枪，重新别在苏岩的腰间。

"海猫挽救了整个根据地，我能替他挨这一枪，是我的光荣……"也许是因为激动，或许是因为疼痛，苏岩话没说完便昏厥过去。

王天凯急忙令女卫生员细查苏岩的伤情。查了半晌，她长长地松一口气，说应该没有生命危险。王天凯让老白组织人手把苏岩搬到帐篷里去，然后，转过身把海猫拉到路边，问："海猫，我问你，你怎么知道我们中了埋伏？"

"我……我认识那个大烟袋锅子，知道他不是好人。上次根据地被偷袭就是他带的路，所以我一听王大壮说他上山来送消息就觉得不对。政委，对不起，我又犯错误了，我……我在营地……"海猫吞吞吐吐，把如何算计王大壮，又如何袭击卫生员的经过，一五一十地告诉了王天凯。

王天凯拍着海猫的肩头说："行了，海猫，这一次你立了大功，犯再大的错误都可以被原谅！"

所谓"乱世英雄起四方，有枪便是草头王"，在上世纪三四十年代，只要手里有几杆枪，还有那胆子大的，用木头做几门炮，再套几匹骡子拉着，就敢招摇过街，称王称霸，保安团的夏团长就属于这种人。

话说夏团长吃了败仗，回到驻地就给他的友军徐团长摇电话："徐团长吧，我是界石镇的夏团长。今天给你打电话，是要跟你共谋大计，昆嵛山的赤匪不除，你我都无宁日。昨天晚上我布了一个口袋阵，连我的驻地都给搭上了，没承想半路杀出个程咬金，竟然救了他们，一个个脚底板抹油，他娘的都跑了……"

徐团长对着话筒，毫不客气："不是我说你，你就是贪功。既然给赤匪布下了口袋阵，干吗不叫我来帮你啊？现在吃了亏，想起我来了？"

夏团长满口软话："老徐，兄弟，咱哥俩的队伍挨得近，这些年擦枪走火的时候也不少，过去都是我不对，兄弟可得拉我一把！这次跟赤匪交火动静闹得太大，要是让上峰知道了，丢脸不说，估计这顶乌纱帽都得被撸了！"

徐团长十分狡黠："你是想两个团联合起来？可是你我的势力咱都哑巴吃饺子——心里有数呀！如果就这么贸然攻山，赤匪怕也不好对付吧？"

夏团长瞅一眼灰头灰脸的大烟袋锅子："实不相瞒，盘踞昆嵛山的赤匪，我摸得了如指掌。这回咱兄弟二人携手端了他们的老窝，报功的时候你记头功！"

"好说，好说，什么时候行动，我听你的信！"徐团长放下电话，转过身对他的副官和士兵们说，"兄弟们，听见没有，夏团长愿意把头功记到咱们这儿，挣现大洋的机会到啦！"

那边两个草包团长正集结队伍，准备联合攻打昆嵛山游击队根据地。这边在伤病员栖身的帐篷里，女卫生员已经将子弹片从苏岩的后背取了出来。王天凯和同志们长舒一口气，个个欢欣鼓舞。

突然，海猫"啪"的一巴掌抽在自己脸上。王大壮忙问："你抽自己干啥？"

"我抽我这张胡说八道的臭嘴，前两天我还背后编排队长来着，说他把自己媳妇接到根据地来冒充卫生员，没想到咱大嫂还真有本事，连子弹都能从肉里挖出来！我跟你说，这事儿可难了，这叫做手术。我给我哥叔，就是咱们政委王天凯同志，也做过一回手术！我一个大老爷们，那手吓得都直哆嗦，咱们大嫂又瘦又弱的，了不起，佩服，佩服！"听了海猫的话，所有的人都七嘴八舌地表达着对女卫生员的钦佩，没人再怀疑她跟苏岩不是两口子。可就在这时，老白一步闯进来，他向王天凯汇报说，在山上发现了保安团，看样子那姓夏的找了帮手，兵力起码二百多人，轻重机关枪也有十来挺。

亮队队长孙大亮听了，胸脯拍得"砰砰"响："政委，苏岩受伤了，这回打先锋的机会交给我们亮队吧！"明队队长李明也不示弱。

王天凯严肃地说："谁说要打了？老白刚才不是说了吗，保安团有二百多人，轻重机关枪十几挺。我问问你们，咱们手里还剩下多少弹药？听我的命令，避其锋芒，暂时放弃营地，集体转移！"

海猫第一次参加这样的军事行动，听着王天凯嘴里吐出一串串的"锋芒"、"放弃"、"转移"等词，觉得真新鲜，真长见识，浑身不由得鼓满了劲儿。他有些兴奋，又有些紧张，跟着部队向大山深处转移。

海猫发现王大壮和另一名战士抬着苏岩的担架，步履艰难，气喘吁吁，便来到王大壮身边，要求抬担架。王大壮将担架交了海猫，然而，系着绳绊的担架一搭上肩，他就被压得东倒西歪，龇牙咧嘴，看得出比王大壮还吃力。一直在苏岩身边守护的女卫生员瞪了海猫一眼。海猫不敢正视，连忙低下头，硬着头皮抬着苏岩紧走慢赶。

在部队的行进中，王天凯跑前跑后，很快布置了红、白、明、亮四个队的伏击地和转移路线。当保安团走进白队的伏击处时，老白打响了第一枪，顿时枪声骤起。听到枪声，昏睡在担架上的苏岩醒了。他挣扎着起身，非要下来率他的红队掩护部队转移不可。说话间，老白带白队追上来，他告诉王天凯说，他们的子弹都打光了，这样下去不行，带着伤员行进的速度没有敌人快。没等王天凯说什么，苏岩便要求带领伤员给部队打掩护，争取时间。王天凯扭头去看苏岩，却见海猫累得呼哧带喘，头上冒出的热汗，就像开锅的馒头，蒸汽升腾。他连忙去替海猫，王大壮却抢过担架，抬起来就走。

王天凯边追在担架后面，边说："苏岩，让伤员打掩护，那是红军的耻辱！你现在是重伤员，要做的就是服从命令听指挥，什么都不要想！"

正在这时，追兵的脚步声隐约传来，在阵阵枪声和喊叫声中，苏岩不停地在担架上嘟囔："听动静，敌人用不了十分钟就追上来了！……王大壮同志，你放下担架！听到没有？"

王大壮一声也不吭，埋头抬着担架，快步如飞。海猫也不知哪来了股劲儿，扶着担架，连拉带拽，硬是不肯松手。

苏岩再次命令王大壮停下，集合红队战士。听了命令，王大壮不知所措。女卫生员忙附在苏岩耳边问："你要干什么？"

"我们红队永远是冲锋在前，撤退在后。让别人给我打掩护，我不习惯！"苏岩说着扭头对海猫咆哮道，"海猫，你听我的命令，快去！"

海猫用眼神请示王大壮，王大壮只好点头同意。海猫连忙离开担架，紧跑几步追上队伍，在每个红队队员耳边传达着队长的命令。于是，在苏岩的指挥下，红队避开王天凯和其他队的同志们，一齐聚拢到前面的拐弯处。苏岩趴在担架上传达命令。之后，苏岩忍着疼痛从腰间拽出了一把枪递给海猫，让海猫参加战斗。命令一出，各人分头找个沟坎将自己隐蔽起来，排成一字长蛇阵，等待政委和大部队走后，打保安团个措手不及。此时苏岩的担架被王大壮和女卫生员拽到一个崖下，苏岩翻身滚下担架，拔出手枪握在手里。

女卫生员趴在苏岩的身边，说："刚做完手术，你不能参加战斗！"

苏岩看一眼女卫生员："你怎么还跟着我？刚才说让红队的同志们打掩护，不包括你。你是根据地的卫生员，快去追部队！"

女卫生员执拗地说："不行，就算死我也要跟你在一起！"

海猫嘴欠，凑过来说："队长，就听大嫂的吧，你身上有伤，不能参加战斗！"女卫生员转过头来，目光又像剑一样刺向海猫。

苏岩满脸冷酷地说："你是我们昆嵛山根据地唯一的卫生员，请你立刻去追部队，这场战斗你不能参加！"女卫生员抹着眼泪就是不走，也不说话。

苏岩万般无奈，只好转头对海猫说："海猫，现在我命令你，马上带着卫生员去追部队！"

海猫忙说："队长，这可不行，您还是派别人吧，我就盼着立功呢，这好不容易有个机会，眼看着要开战了，我怎么能临阵逃脱呢？大嫂，要我说你就听队长的，你快走吧，别让他着急！"女卫生员急了，回手就给了海猫一巴掌。

海猫刚要急，便传来王大壮低沉的声音："敌人上来了！"

于是，所有人都将注意力集中到了保安团身上。海猫捂着脸揉了两把，也连忙端起枪来。苏岩目光炯炯地布置着："同志们，一定要稳住，我不开枪谁也不许开！还有，这次阻击不要把子弹打光，每个人起码要留两颗子弹。海猫，你用的是手枪，射程比长枪短，你要瞄最近的目标，没有绝对的把握不要开枪。每一颗子弹对我们来说都很珍贵！"

海猫端枪的手虽然在抖，话却不抖："队长，瞧好吧您！"

苏岩瞟一眼海猫："如果一只手握不住枪，就用两只手。"海猫马上改成两只手握枪，果然手不抖了。他透过枪的准星看去，敌人越来越近，已经可以清晰地看到他们头上戴的大盖帽了。

苏岩找准了时机，大喊一声"打"，那子弹就像爆炒黄豆一般，"砰砰"作响。

海猫双手握枪，枪口瞄着夏团长，可是目标不断移动，总是找不到开枪的机会。射击中的苏岩说："海猫！你怎么还不开火？"

海猫紧紧盯着目标，继续瞄准："对不起，队长，我还没瞄好！"苏岩见海猫屏住呼吸，两眼眨也不眨的神情，不由得笑了。渐渐地，枪声稀落，就像一挂清脆的爆竹放完，偶尔有一两个哑火的，不知怎么被那余火又一次点燃，突然发出一声声闷响，孤零零，短暂而又孤独。

海猫默不作声，终于找到了机会，他慎重而又认真地扣动了扳机。"砰"的一声，子弹划破空气，跟在夏团长身边的大烟袋锅子应声倒在了地上。

海猫赶紧对苏岩解释："队长，对不起，我瞄的是夏团长，怎么打偏了呀？"

苏岩笑了："好小子，开了一枪就消灭了大烟袋锅子这个叛徒，打得好！"

海猫直摇头："啊？打偏了还好？"

大烟袋锅子被击毙，那夏团长吓得脖后直冒冷风。他立刻就地趴下，大气也不敢喘。真是兵熊熊一个，将熊熊一窝，所有的保安团员一齐趴在地上，头不抬，眼不睁，浑身哆嗦。趁这个机会，王大壮一把将苏岩推到担架上，招呼人抬起来就跑。苏岩猛回头，不禁愣住了。他发现海猫没有跑，依然原地认真瞄准。当夏团长再一次出现的时候，他听到"砰"的一声响。然而，子弹还是打偏了。中枪的不是夏团长，却是侯麻子。这一次夏团长吓得更不轻，他像死了亲娘老子似的直嚎："妈呀，赤匪出了神枪手啦！谁灭了他，老子赏一百块现大洋！"

王大壮惊叫："是海猫！"

苏岩大喊："快，叫他撤！"

王大壮扯起嗓子高喊："海猫，快撤！"

"奶奶的，又打偏了。"海猫收起枪，垂头丧气地追到担架旁，"队长，对不起我错了，两枪我都打偏了！"

苏岩艰难地抬起胳膊，拉着海猫的手说："你小子，得了便宜还卖乖，两颗子弹消灭两个敌人，还说打偏了？"

海猫认真地说："我每一次瞄的都是那个姓夏的大鱼，可是打死的都是小虾米。"

"大小都是敌人，你已经立功了，真是好样的！"苏岩称赞道，突然又说，"红队的同志们都给我听着，我现在正式任命海猫同志为红队临时队长。"

所有人都愣住了，海猫也睁大双眼："啊？让我当队长，那您呢？"

苏岩没有回答海猫，继续吩咐着："作为红队的老队长，我最后一次下达命令，待会儿敌人来了，每人都打光子弹，然后在海猫同志的带领下，跳后边的山崖撤退！翻过东边的一座山，应该就能追上部队，这条路敌人不熟悉，不敢轻易追。海猫，请你见到政委的时候跟他说，让你接替我当红队队长是我的意见，请他批准！"

海猫连连摇头："队长，要走一起走，要活一起活，要死一起死！"

苏岩板起脸说："说的什么狗屁话，你是新任命队长，带着同志们安全撤离追上部队，这是你的任务。除了我以外再牺牲一名同志，我都要关你的禁闭！"

海猫真诚地说："我……我啥也不会，当什么队长啊？我师父功夫枪法都比我厉害，又是老同志，要不然您让他当得了！"

苏岩问谁是他师父，海猫一指王大壮。苏岩说："王大壮同志，我任命海猫当临时队长，你服不服？"

王大壮点点头："海猫拯救游击队的事我都听说了。虽然他用蒙汗药把我蒙倒了不太仗义，但是我明白，如果他不用这招儿就离不开根据地，也救不了部队！海猫这家伙有脑子，他当队长，我服！"

"海猫，你听见了没有？你师父也拥护你。"

听了此话，海猫一转眼珠子，突然想到了什么，高声嚷道："好！我当咱红队的队长，当队长就得身先士卒是不是，我打掩护，其他同志带着苏岩同志赶快转移！"

苏岩一翻身，把被血洇透的后背转给大家看："海猫、同志们，我自己的伤我自己清楚，你们什么也不用说了。后边那个崖子我去过，你们从上面跳下去绝对没有问题，可是我不行了。要是被我拖累，红队的同志就一个也走不了，这是革命战斗，不是儿戏，请大家以大局为重！"

苏岩又转头对早已满眼泪水的女卫生员说："你听我说，待会儿，你跟着海猫同志一起撤离，一定要听他指挥……"

女卫生员哭泣道："不，你在哪儿我在哪儿，就算死我也要跟你死在一起！"

海猫和所有人听到这样的生死告别都低下了头，苏岩微微一笑："那好，我们就死在一起！哎，我记得你有一颗手榴弹，对吧？"

女卫生员从腰间搜出手榴弹。苏岩平静地说："等我打光子弹，你就拉响手榴弹，咱们一起死。"女卫生员潸然泪下，苏岩给她擦着眼泪并把她紧紧地搂在了怀里。突然，他将举枪的手高高抬起，重重地在卫生员脖子后面一砸，女卫生员登时被砸晕过去。

所有人一时间愣在那里，海猫全然不解："队长，你对大嫂……"

苏岩神情自若而又威严："不许你再胡说八道。我现在告诉你们，新来的卫生员叫苏菲娜，是我妹妹，亲妹妹！海猫，我把我妹妹交给你了，无论怎样，你都要带着她安全撤离！"所有人愣在那里，海猫也不知道该说什么，只是下意识地点着头。

这时，保安团已经蜗牛似的爬上山来。他们一个个瞻前顾后，生怕死在赤匪神枪手的枪口下，但为了得到那一百块现大洋，又不得不冒死拼命。

苏岩把苏菲娜手中的那颗手榴弹拿在手里,随即命令:"准备战斗!"

海猫突然喊道:"等一等!我命令王大壮背着苏菲娜同志先走,不然待会儿战斗打起来就不好走了!"

王大壮回头看着苏岩。苏岩说:"你看我干什么?海猫队长想得周到,王大壮同志,服从他的命令!"王大壮应声背起苏菲娜,弯腰就向后山崖跑去。跑到后山崖,他用绳子将苏菲娜紧紧地捆在自己身上,然后顺着藤条溜下了悬崖。

敌人越来越近了,苏岩碰了碰正在瞄准的海猫,把自己的枪放到他面前,说:"海猫,这把枪跟了我三年了,比你那把准多了,咱换换。"

海猫一愣:"队长,你啥意思?"

"我知道,现在你的枪里面还有八发子弹,可我这里面就一发了。换了吧,八发子弹我能为你们争取到更多的时间。"海猫顿时什么都明白了,他鼻子一酸,眼泪直流。

"不许哭,别影响同志们的战斗情绪。"苏岩说着把枪交到了海猫手里,"兄弟,来了红队这半年,在我手底下没少让你受委屈,对不住了。"海猫哽咽着,苏岩无限深情地说道:"海猫啊,我比爱自己的命还爱这把枪,希望在以后的战斗中你能用好它,让它一辈子跟着你!"没等海猫回话,苏岩转身挥枪,打响了第一枪,接着所有的战士都打完了最后一枪。在保安团纷纷还击的枪声中,苏岩最后命令大家撤退。海猫和红队的所有同志一齐向后山崖撤退。

临行前,苏岩一把抓住海猫的手说:"兄弟,红队交给你了,苏菲娜也交给你了!"

海猫含泪咬牙:"请队长放心,我生是红队的人,死是红队的鬼!苏菲娜是您的亲妹妹,也是我的亲妹妹!"海猫说完,转过身来最后一个跑向后山崖。

苏岩也转过身来,他微笑着面对敌人,一枪又一枪,认真完成着每一次射击。保安团虽然人多枪多,却被苏岩精确的射击暂时压制住了。然而,苏岩最终还是打光了枪膛里的所有子弹。枪声戛然而止,夏团长举起望远镜观望,知道只有苏岩一个人。夏团长和徐团长各自带人,争先恐后地冲到苏岩面前,齐刷刷举起几十条长短枪。然而,这两个草包团长却同时愣住了,他们发现了苏岩手里的手榴弹。说时迟,那时快,苏岩含笑拉响了手榴弹。爆炸声响起,苏岩曾经生活战斗的地方,变成了一片黑黢黢的焦土。

似乎是爆炸声把苏菲娜惊醒了,她挣扎着坐起来,面对床前的王天凯、海猫、王大壮和李明队长等同志们,放声大哭:"哥啊——"

王天凯俯身沉痛地说:"苏菲娜同志,苏岩同志用自己宝贵的生命,争取了游击队全体同志的撤退时间。他永远活在我们心里!"

一九三八年的春天，仿佛是受到了台儿庄大捷的鼓舞，虎头湾的每一个角落都充满了春的气息。杏花谢了，桃花开了，海神庙前的浪花天天凑热闹，一会儿迈着细碎的脚步跑到沙滩嬉戏，一会儿唱着欢快的歌儿返回大海撒娇。以打鱼为生的小镇百姓，难得有这一隅的宁静，他们小心翼翼，战战兢兢，在冥冥之中祈祷海神娘娘，虔诚地寻找着自己想要的生活。

都说穷则思变，那么富呢？骄奢淫逸之余，他们总想生出点事来，借以填补寡滋乏味的空虚。眼下，在吴姓族长吴乾坤的偌大客厅，这些大户富甲们就在用昔日的冤仇做酵母，酝酿是非，制造祸乱。因为赵家撞翻了吴八叔的渔船，死了一个长工，吴八叔不依不饶，要向赵家讨个说法。

如果说吴家那边正酝酿是非的话，那么，赵家这边却喝上是非酿成的酒。他们在赵姓族长赵洪胜的二层小楼上讨论着此次撞船事件。他们不仅没有忏悔之心，反而召集赵姓乡勇，并配发手枪，美其名曰保赵姓一族的平安。

此事传到吴管家的耳边，他急步跑到吴乾坤面前禀报。吴姓族人一致认为此次撞船事件出于正月十三被鬼子搅得没斗成秧歌一事，于是便撺掇吴乾坤向赵家下战书。赵家接下战书。两家决定四月初八，以斗秧歌决定出海权。其实吴乾坤认为日军大兵压境，随时可能来犯。外敌来犯，吴赵两家须联手拒敌，不分你我，此时不应该窝里斗。但他还是不敌吴姓族人。

第十九章

吴母当年可是名门望族的大家闺秀，只因嫁给虎头湾吴乾坤之父，便始终称吴，从不言自己姓甚名谁，好一个"义"字了得，演绎了她一生的忠魂。

这天，吴母心中抑郁，见瘸着腿的吴天旺低头进门，就命他套一架马车上山，把道观的肖老道接来，帮她化解愁闷，拨云见日。

吴天旺应声离去，春草儿走上前来，给吴母揉背："娘，您心里有什么愁闷，说出来，儿媳妇先帮您化解了好不好？"

吴母没好气地说："滚一边儿去，还不是因为你不生养？我要是早早地抱上了大孙子，心里边能有愁闷吗？滚，没事少在我这里碍眼！"

春草儿讨了个没趣，只好溜进吴乾坤的客厅。这时吴乾坤正讲得兴起，见春草儿进来也不怪罪，继续讲道："既然赵家应战，四月初八斗秧歌那就见个高低！"

吴四爷应声道："不用斗咱就赢了。四月初八，族长的掌上明珠若云大小姐出阁，借着这个喜气，咱吴家子弟的秧歌还不得耍疯了？他赵家肯定不是对手！"原来吴乾坤的闺女和海阳城东徐员外家的老三定了亲。

吴乾坤大笑，春草儿和众人也都笑。笑声中，管家兴冲冲地跨进门，说徐员外家的定亲大聘送到了，他请示先送给老太太过目呢，还是马上送给大小姐看看。吴乾坤说先给若云吧。原来自从上次她闹着要给海猫收尸以后，吴乾坤关了她三年。

吴若云看着聘礼，很高兴，也似乎很得意："老徐家真够舍得下本儿的，下这么重的聘礼，我吴若云还是蛮值钱的嘛！"

站在吴若云身边的槐花，鼻子一酸，说："大小姐，你也太没心没肺了，我不是都帮你打听了吗，徐员外的三儿子是个傻子，一句整话不会说，满嘴淌哈喇子！他们哪是让你嫁人呢，这是让你跳火坑，你还笑得出来？"

吴若云微微一笑："腿长在我身上，他们让我跳，我就跳啊？"

槐花担心地说："人家大聘都下了，你不跳也得跳！到时候花轿进了门，你还敢不上？恐怕老爷绑也会把你绑上花轿的呀！"

"三年过去了，我没说跑也没跑，这回见了老徐家的聘礼我也不说不闹，你说我爹会不会就大意了？你明白我为什么高兴了吗？"

槐花摇摇头，吴若云解释道："兵法有云：明修栈道，暗渡陈仓！"槐花仍然摇头。吴若云再次解释："我这样啊，我爹就会觉得我认命了，不再没黑没白地派人看着我，防着我跑了，咱们远走高飞的机会也就有了。我正愁逃出去没盘缠呢，老徐家就给送来了，你说我能不高兴吗？"

槐花张大了嘴："小姐，你……你要卷了聘礼跑啊？那老爷怎么跟老徐家交代？"

"那我就不管了，人活在这世界上，最重要的就是自由！谁让我爹限制了我的自由，他这叫自作自受！"

吴若云哪承想到她高兴得太早了！有道是螳螂捕蝉，黄雀在后。其实在吴若云的身后，不仅有黄雀，还有两只老鹰呢！话说肖老道坐在马车上，瞅着蔫头耷脑的吴天旺说："看你这个样子，心里必定有事。这几年你也没少给我赶马车，咱俩也算有交情，这么的吧，你把心里的事说出来，我给你算一卦。"

吴天旺从马车上跳了下来，迫不及待地说："那就请您算算，我家大小姐和老徐家三傻子的婚事到底能不能成，求您了，道长！"

肖老道一皱眉头，双眼射出一道阴险的光："你看你，你看你急成这猴样！你给我说实话，这算不算你自个儿的事啊？"

吴天旺脸一红："啊？算……也算是我自己的事！"

肖老道转动着小眼珠子，思忖良久才说："我说瘸子，你不会是癞蛤蟆想吃天鹅肉，惦记上你们家大小姐了吧？"

吴天旺的脸由红变白："没有！没有！哪有的事儿啊？道长，您可千万别跟老太太说，也别跟我家老爷说，不然我就没命了！"

肖老道哈哈一笑："还真是这么回事儿啊，好你个瘸子，我还真没看出来！噢，我想起来了，谁跟我说来着，你这条腿就是因为吴若云才被打折的，你小子可真能委曲求全，叫我看这是色胆包天啊！"

吴天旺急忙辩解："我哪敢呢，没有，没有，真是没有的事。"

肖老道眼一瞪，凶相毕露："知道我是谁吗？我是神仙！神仙识破了的事你还不承认？你叫什么名来着？"

"吴天旺。"

肖老道闭上眼睛，屈指掐算，若有所思："吴天旺……"

一个可怕的念头在吴天旺的心里掠过，他从腰间抽出一把匕首，大着胆子向肖老道的后背逼近。正当吴天旺想下手之际，肖老道突然睁开眼睛，高声叫道："吴天旺，好小子，你有种！"

吴天旺吓了一跳，连忙把刀藏了起来。肖老道慢慢转过头，满面笑容地看着他："哎呀！我怎么早没发现，你是个人才啊！"

吴天旺因为心虚，不敢正视肖老道："道长，您的话我听不懂。"

肖老道一把拉住了吴天旺的手："天旺，你我结拜成兄弟如何？"

吴天旺傻了："我就是个长工，高攀不上啊！"

肖老道笑了："今儿个你是长工，他日你就是虎头湾吴家的掌舵人！"

吴天旺一愣："道长，这话您可不能乱说，让族长知道了非宰了我不可。"

肖老道紧追不舍："你怕你们族长吴乾坤，那你还敢打他闺女的主意？"

吴天旺语无伦次："我怕……我也没有……"

肖老道突然问道："你愿意一辈子当长工？"

吴天旺认命地说："我就是长工的命！"

"那你愿意看着吴若云嫁给老徐家的三傻子啦？"听了这话以后，吴天旺两腿虽然哆嗦，心里却充满了贪婪。肖老道已经在他的脸上读懂了一切，于是说："天旺老弟，俗话说得好啊，英雄都是美人儿逼出来的。今日你我结拜，我保你心想事成，不光抱得美人归，就连吴乾坤的家业……"

恰在这时，一声鞭响打断了他们的话，肖老道和吴天旺循声看去，只见赵洪胜的马车迎面而来。当两辆马车交会之际，春风掀开门帘，让肖老道看见了赵洪胜和赵三伯阴了天的脸，不由得狂笑不已。

吴天旺转过头去："大哥，你这是笑什么呢？"

肖老道忍住笑，说："如果我没猜错，赵洪胜准是到徐员外家搅事没搅成，碰了一鼻子灰。他哪里晓得，虎头湾吴赵两家结怨多年，赵家去说吴家的坏话，那是他的算盘没扒拉明白。狗咬狗一嘴毛，这个理谁还不懂？"

"那，大哥，这号事你是怎么看出来的？"吴天旺崇拜地看着吴老道。

肖老道沾沾自喜："你忘了你大哥是干什么的了？我是神仙！实不相瞒，徐员外早就到道观里找过我了。他把吴若云和他那傻儿子的生辰八字让我看了好几遍，求我算算俩人成亲合不合。这老东西太抠门了，就带来那俩钱儿，我没搭理他，也没算。今儿个不一样了，事儿变成咱们哥俩自己的事了，你就瞧好吧！"

吴天旺忙问："大哥，瞧什么好？你算他们合还是不合？"

肖老道笑笑："为了兄弟你，他俩就是合我也说不合！走，赶紧让马车掉头，咱去找徐员外，看你大哥把这事怎么给他搅和黄了！"吴天旺满心兴奋，一马鞭甩出去，那声脆响，差点儿把天炸个窟窿。

吴若云小院里一棵几十年的丁香，花开正盛，就像雪花飘落在树冠上，散发出阵阵清香，沁人心脾。吴乾坤抽动着鼻腔走进院来。槐花见了，连忙迎上前去："族长大老爷，您来了，屋里请。"

吴乾坤问："若云在干什么呢？"

槐花赶忙回答："啊，小姐正看徐家送来的聘礼，高兴着哩！"

吴乾坤笑了，让槐花把吴若云叫出来。吴若云走出门，满面笑容："爹，您来了，咋不进屋里去坐？"

"丁香花开了，挺香的，就在院子里说吧，也好让你透透气。"吴乾坤看着丁香花说道。

"爹怕我闷？"

吴乾坤睁眼仔细打量着吴若云："爹关了你三年，你恨不恨我？"

"不恨，冤有头债有主。"

听了此话，吴乾坤赶忙劝道："若云，你奶奶岁数大了，你恨爹可以，绝不能恨她老人家！"

吴若云摇摇头，说道："我恨海猫！要不是他，我怎么会被害得这么惨，林家家大业大，家耀少爷对我有情有义，大好的姻缘全让他给毁了！"

"闺女，你终于想明白了？"吴乾坤欣喜若狂。

只听吴若云说道："想明白了，都是我自作自受，刚才您说奶奶，我怎么会恨她呢？虽说从小奶奶对我没那么好，可她是我爹的亲娘。咱们吴家以孝治家，要是连奶奶都恨，我也太不像话了！"

吴乾坤感动起来："哎呀，若云啊……"

吴若云仍然笑模笑样："爹，刚才我看见徐家送来的聘礼了，挺好！我记得上次您跟我说，日子定在了四月初八？"吴乾坤点头。吴若云接着说道："那没几天了。爹，徐家虽然比不了林家，可跟咱们家也算是门当户对。我听说徐家的老三有点儿傻，傻好啊，将来还不得什么都听我的。再说了，走到今天都怪我犯了那么多错，在别人眼里我是个死了男人的寡妇，人家徐家老三能娶我就不错了，对不对？"

吴乾坤老泪纵横："若云啊，你这么通情达理，爹真是……谢谢你了！还有个事爹要求你，你奶奶虽说嘴上厉害，可心里边也疼你。去年她八十大寿，你不肯去给她磕个头，这马上就要出门子了，你能不能……"

吴若云接过话茬："爹是想让我去给奶奶磕头？"

吴乾坤说："你奶奶说了，不磕头也行，去看看她就好。她还要送你礼呢，你奶奶手里可都是好东西，能传家的宝贝！"

吴若云笑了："行，我收拾收拾就去给奶奶磕头。"

吴乾坤也笑了，笑得金光灿烂："闺女，爹先谢谢你！"

吴若云含笑送走了吴乾坤，转身回到闺房，扑到床上就哭。槐花激将道："小姐说过的话转眼就忘，你说韩信受胯下之辱才成大将军。你倒好，成了泪人了！"

这一激将还真管用，吴若云擦去眼泪，催槐花帮自己梳妆打扮："为了能获得自由，磕个头算什么，她还说要给我礼呢，我们的盘缠呀，更厚了！"

吴若云来到吴母面前，喊一声"奶奶"，跪下就磕头。吴母倒一时手足无措，忙说："行了，人到礼数到，快起来吧，到奶奶跟前来。"

吴若云站起身来，面带笑容走到吴母面前。吴母一把把她的手拉在了自己手里："就要离开家了，奶奶给你留个念想，你可别看不上啊。"说着，吴母就拿出个大珍珠戒指给吴若云戴在了手上。

吴若云故作高兴："哎呀，奶奶，这可是值钱的宝贝，我哪能看不上呢？谢谢奶奶！"

吴母鼻子一酸，差点儿没哭了出来，她不敢看吴若云，背过身去擦着眼泪。

吴若云告辞吴母，刚出院门，正赶上吴天旺引着肖老道走来。一见肖老道，吴若云便气不打一处来，肖老道连忙退让："无量天尊，小姐好。"吴若云强压着怒火，也不回话，狠狠瞟了肖老道一眼，气昂昂地走了。

吴天旺低眉顺眼地带肖老道来到吴母面前，吴母开口就埋怨："肖老道，我一早就让瘸子去接你了，你怎么才到啊？"

"无量天尊！昨日我夜观天象，就料到您今天会派人去接我，于是一大早我就焚香入定，先去见了太上老君……"

吴母赶忙问："噢，你师父他老人家怎么说的？"

肖老道慢条斯理地说："我师父说了，让您心烦的事才刚开始，而且化解起来不易呀！"

"你知道是什么事让我心烦吗？"

"是大小姐的事啊，没错吧？"

吴母一拍巴掌："神仙，你确实是神仙！不过这次你说错了，今儿一早我确实心烦来着，可这会儿已经化解了！哪有什么不易啊，容易得很！"

肖老道一愣："是吗？这不可能，怕就怕节外生枝啊！"

吴母嗔怪道："你个臭老道，你多想我点儿好，行不行？"

肖老道赶忙说道："老祖宗您别生气，我先把话放在这儿。"

吴母余兴未消："我说化解了就化解了，老太太我今儿高兴，你来得正好，过来，陪我喝两盅！"

肖老道单手立掌："无量天尊，如此甚好。"

吴天旺见他新结拜的大哥肖老道与吴母对酌，便知趣地退下。经过吴家客厅门外时，他见吴乾坤正怒冲冲对徐员外的管家发火，不由得闪身躲在门楼底下，就像王八探头似的伸长脖子，边偷看，边偷听起来。

吴乾坤指着徐员外的管家吼叫："岂有此理！吃了灯草，放屁轻巧，大聘都送齐了，你们要退婚？"

徐管家说："吴老爷，您可别误会，我家老爷是要退婚，可是没说让您家退还聘礼。我们老爷特意说了，我们徐家不在乎这俩钱！"

吴乾坤眼一瞪铃铛大："你说什么？你再说一遍？"

徐管家连连倒退："吴老爷，您这是要干啥啊？买卖不成仁义在，啊，不对，亲事不成了，您跟徐员外还是朋友啊！"

吴乾坤"呸"了一声："谁他娘的有他这种朋友？我闺女……我闺女还配不上他的傻儿子吗？他凭什么要退婚，你给我说清楚了！"

徐管家嘟嘟囔囔地说："吴老爷，这个我说不清楚，我家员外就说让我来退婚，别的什么也没告诉我啊……"

吴乾坤气得抬手向外一指："滚！"

徐管家把手里的退婚文书慌忙塞给吴管家，转身就走。他在门楼底下发现吴天旺先一拐一瘸地走在前面，不由得回头轻蔑地瞥了一眼吴家客厅。

显然，徐管家那轻蔑的一瞥是送给吴乾坤的。但是，他轻蔑谁都行，可不能轻蔑眼前一拐一瘸的吴天旺。有道是，大石头不绊脚，小石子打死人。眼下，吴天旺这个小石子被肖老道攥在了手里，真要打死人啦！

喝退徐管家以后，吴乾坤没被人打死，倒给气了个半死。他在客厅就像一头发怒的狮子，边踱步，边吼叫："气死我了，气死我了！他姓徐的三小子不就是个傻子吗，居然还敢退我家的婚！"

管家迟疑地说："老爷，有件事我不知道该不该说，我认为徐家提出退婚事出有因，我听说今天赵洪胜去了徐员外家来着。"

"原来是这样啊！"吴乾坤气得浑身颤抖，他从后腰间拽出枪来，"哗啦"一声推上子弹，边走边骂，"赵洪胜，你这个老王八蛋，你这招太阴了！就怕我们吴家斗秧歌借了喜气，你居然干出这种缺德事来！"

管家一把拉住吴乾坤，急忙劝道："老爷，老爷，您可不能单枪匹马，要不我把四老爷和八老爷他们都叫来，您再跟他们商量商量？"

吴乾坤怒气未消："去，连咱吴家乡勇一块叫来。"

吴乾坤目送管家退下，起身来到吴母面前，把事情禀报老娘，不料吴母居然不提赵洪胜干的缺德事，反倒顾及起吴家的面子来。她蹾着手里的铁拐杖，大声嚷叫："退婚了？好不容易给她找到了婆家，人家怎么又退了呢？这是多么丢人现眼的事啊！全虎头湾都知道四月初八咱们家要嫁闺女，这可怎么好啊？唉！咱吴家的脸都让那死丫头丢尽了啊！"

吴乾坤瞥一眼站在吴母一侧的肖老道，咬牙切齿，无言以对。

吴母扭头对肖老道说："对了，肖老道，你刚才说什么来着？"

肖老道一字一顿："节——外——生——枝！"

吴母惊道："啊呀，神仙，还真让你给说着了，快帮我想办法化解！"

肖老道装作高深莫测的样子："无量天尊！难哪……不过，按大小姐的生辰八字推算，贫道倒有一策，不如赶紧找个有妻室的人家嫁了吧！"

吴母一愣："你说啥？让我孙女去找个老头子给人家填房、做妾？我可舍不得！我说肖老道，亏你还是个神仙，这种馊主意你也能出得出来？"

肖老道不置可否："老祖宗，不能怪我，只能怪咱家大小姐的命太硬，谁娶了她，爹娘就得死，您不找个有妻室的人家，找谁去呀？就连徐员外的傻儿子都退了婚，还有人会干吗？"

吴母一听，顿时哑口无言，而吴乾坤却不由得怒从心生："什么他奶奶的生辰八字，老道，你赶紧给我滚，少在我们家胡言乱语！"

吴母瞪一眼吴乾坤："肖老道可是娘的客人，你这么说话不合适吧？"

"吴老爷，您撵走我可以，我再给您提个醒，四月初八可是最后的日子了，过了这天，大小姐要是还不出阁，吴家恐怕就得断后了！"

吴母摇摇头："断不了，只要我老太太有一口气在，就不能看着吴家绝后！吴乾坤，赶紧找媒婆，甭管什么岁数的，死了老婆续弦的最好，没合适的给人家当小老婆咱也认了！"

吴乾坤"扑通"一声跪倒在地："娘，儿子没给您生出孙子来是儿子的错，这可不能怪若云啊！"

"不怪她怪谁？不孝有三，无后为大！"吴母说着就要给吴乾坤下跪，"你对不起祖宗，娘替你下跪请罪行吗？"

吴乾坤连忙将吴母托住，泪如雨下："娘，我就若云一个闺女，她娘死得早，我真不想委屈了孩子。求求您，您就饶了她吧！"

吴母也动了感情，老泪纵横："儿呀，你这是想气死娘啊！"

面对此情此景，肖老道有些得意，但又不敢掉以轻心，他高呼一声："无量天尊——"便装神弄鬼，闭目入定，说是魂上九天，面见太上老君。

趁那肖老道闭目入定，吴天旺按照他事先给自己谋划出来的连环计，不顾一切地冲进吴若云的闺房，槐花拦都没拦住，只听他一进门就低声叫道："大小姐，不好了，徐家那边退婚了……"

吴若云淡定自若："他们家退婚了，这不是喜事吗？你没头没脑白急什么呢。天旺，徐员外的三儿子是个傻子，这消息可是你告诉我的，你难道想让我嫁给一个傻子啊？"

吴天旺急忙争辩："我才不想让大小姐嫁给那个傻子呢，可是……小姐刚才你也看见了，臭老道又来了，他就没给老太太出好主意！"

"他都说什么了？"

吴天旺嚷道："这个该死的臭老道，他说给您找个有妻室的人嫁了……"

这时，门"咣当"一声被撞开，吴若云和吴天旺都吓了一跳。只见槐花站在门口喊道："天旺哥，你听清楚了没有？没听清楚你可不能乱说啊！老爷拿小姐当掌上明珠，怎么可能……怎么可能……"

"小姐，我也希望我听岔了，可是……那个臭老道太坏了！"

吴若云冷笑道："我再问你，那个臭老道出了这个主意，我爹答应了没有？"

吴天旺摇头："可是老太太……"

"你不用说了，我什么都明白了！老太太恨不得我死，把我送别人做妾，又有什么舍不得的？"

吴天旺双眼直勾勾地看着吴若云，脑子里不断萦绕着肖老道的话："你如果不把吴乾坤逼到绝路上，他眼皮子里绝不会夹你这个穷鬼，关键是得让吴乾坤觉得你对吴若云好，他才能放心地把闺女交给你啊……"想到这里，他狠了狠心，"扑通"一声跪倒在吴若云脚下，给吴若云出了个主意。他说今天他看守院子，到时候想办法把吴若云送出去，她就获得自由了。

吴若云听后，仍然不动声色："你要送我走？那你自己呢？他们要是知道是你放走了我，可不是打折你腿那么便宜的了。"

吴天旺刹那间热泪盈眶："我爹的棺材是小姐给钱买的，只要小姐能逃出火坑，就算老爷要了吴天旺的命又算得了什么？"

吴若云很是感动："天旺，还有槐花，咱们仨打小一块长大，难得你们对我这么好，大家一起走吧。正好，老徐家送来的聘礼都在这儿，咱们再多带点儿现大洋，等找到落脚的地方，我就先给你们俩成个家！"

槐花立刻娇羞起来，吴天旺用眼角瞟了一眼，很激动："太好啦，小姐，全听您做主！"

吴若云拉住槐花的手说："那就这么定了！今夜咱们三个一起走！"

吴天旺说："你们先收拾好东西，今夜二更听我敲院门为号！"

中国人习惯创造神仙来吓唬自己，也吓唬别人。当这个神仙无能为力，特别是感到难以控制他人之时，所谓的神仙就会创造出另外一个神仙来，借助他来实施惩罚和报复。多少年来，吴母把肖老道创造成了神仙。但每当这个神仙力不从心或者为了实现更大的阴谋，他就会闭目入定，魂上九天，面见太上老君。

大概是肖老道这个神仙面见太上老君的时间太久，吴母竟迷迷糊糊险些睡着了。肖老道突然打个响亮的喷嚏，气贯苍穹似的，把吴母吓了一跳，她连忙瞪大眼睛："哎哟，神仙，你的魂儿可回来了，见到你师父了？太上老君咋说？"

肖老道又来一个单手立掌："天机不可泄露。"

吴母急了："你别给我卖关子行不行？"

肖老道笑道："要不这样，把吴老爷请来一起说？"

吴母即刻就朝门外吆喝："来人！去把你们老爷请来！"

不大一会儿，吴乾坤没好气地走进门来。肖老道弯腰打拱："恭喜吴老爷，恭喜老祖宗，您的乘龙快婿今夜从天而降，四月初八完婚，之后可就是吴家添丁进口的大喜事了！"

吴乾坤眼一瞪："放屁！老徐家才退了婚，哪儿来的乘龙快婿？还从天上掉下来，简直是胡说八道，我看你是活腻歪了！"

吴母忙说："儿子，你这是咋说话呢？哎？神仙，快说说喜从何来呀？"

"娘，姓肖的不是什么好玩意儿，这些年没少骗您的钱，今儿个算是到头了！"吴乾坤对吴母说罢，转身用手指着肖老道，"臭老道，不是今夜从天而降吗？好，我就等到天亮，要是我女婿没来，我立马毙了你！"

肖老道一脸微笑："好吧，等着，我也等。"

夜本来不长，因为等就显得长了。好容易等到更夫敲响二更，按照事前的约定，吴天旺带着吴若云和槐花在黑暗中悄然出逃。三人经过小院尽头的长廊时，不料与巡夜的管家不期而遇，管家大喊："有贼！"

立刻就有人敲锣。锣声传进吴母耳边，她打个愣怔："哟，这是怎么了？"

肖老道说："吴家的乘龙快婿来了！"

吴母面对肖老道，双手合掌："神仙，你真是神仙啊！"

"什么呀，乱七八糟！"吴乾坤紧皱眉头，大踏步地出了门。这时，满街满院的灯笼火把已将吴若云主仆三人团团围住。管家发现是吴若云，刚想凑上去问个明白，没想到吴天旺端着枪挺身而出，虽然一脸的惊恐，但看他那架势，大有视死如归的英雄气概。

管家喝道："吴天旺，你好大的胆子，拐人拐到族长家了。你说，你要把小姐拐到哪里去？来呀，把吴天旺给我拿下！"

"我看谁敢！"吴天旺说着就拉开了枪栓，举枪对着走上前来的家丁。

"怎么回事儿？"吴乾坤走来，看了一眼吴若云和躲在她身后的槐花，转身问道，"吴天旺，你想把小姐带到哪儿去呀？"

话淡，脸色不淡，吴天旺见吴乾坤铁青着脸，一步一步逼近自己，心里早就怯了，但他想起肖老道的连环之计，不禁胆从心中生，突然掉转枪口对准了吴乾坤，大声喊道："别过来！"

吴乾坤是什么人？狼虫虎豹都对付过，还在乎一条瘸腿的家狗吗！他伸手攥住吴天旺举起的枪："好你个狗奴才，我看你敢不敢对我开枪！"

吴天旺颤抖着，但还是坚定地说："老爷，你别这样好不好，大小姐对我恩重如山，今天我要不带大小姐逃出火坑，我就不是个东西！"

吴乾坤立眉瞪眼："你说什么？！我们家什么时候成火坑了？"

吴天旺说："老爷，您别逼我，我知道老徐家退婚了，那个臭老道出主意，要把小姐嫁个有妻室的人当妾！我不能眼睁睁地看着小姐落到这个下场啊！老爷，求求您，您就放小姐走吧！"

"我要是不放呢？"吴乾坤直视吴天旺。

"小姐对我有恩，你要是逼着小姐跳火坑，我就跟你拼了！"吴天旺说着抖抖枪，食指一弯就要扣动扳机。

吴若云大喊："天旺，你干什么？你疯了，他是我爹！"

吴天旺疯了，假戏真做了。他边用枪顶着吴乾坤的头，边对吴若云说："小姐，看来我是不能再保护你了，我这就一命换一命，你趁乱跑吧！"

吴乾坤突然哈哈大笑："吴天旺！难道你刚才真是从天上掉下来的？你对若云还真是一片忠心哪！我问你，为了小姐你真的连命都舍得？"

吴天旺毫不犹豫地点头。吴乾坤欣喜地看着吴天旺："好样的！我记得你爹娘已经……"

吴天旺迫不及待地说："早死了！我吴天旺自幼父母双亡！"

吴乾坤好像吃了定心丸："好，好得很，跪下！"

吴天旺一阵狂喜，他想起肖老道的连环之计到此应该有这个结果，但没想到结果来得这么快，应验得这么准。为了把这个结果砸实了，弄得更准，吴天旺立刻又强横起来："不！放小姐走，不然我可不管你是不是老爷。我真要开枪了！"

吴乾坤笑道："吴天旺，你跪下给我磕个头，四月初八我就把若云嫁给你！"

闻听此言，吴若云傻了，槐花也傻了，所有在场的人都傻了。在一片傻愣之中，不知什么时候赶来的肖老道挥一下拂尘，单手立掌，高声唱喏："无量天尊！乘龙快婿从天而降，贫道恭喜老爷，贺喜老爷！"

肖老道边唱喏，边冲吴天旺使一个眼色。吴天旺连忙把枪丢在地上，双膝一弯，"扑通"一声跪倒："老爷，我给您磕头！"

吴天旺的脑袋咚咚地叩在了石板地上，声音传到吴母耳边，吴母便跟吴乾坤说："儿子哟，事到如今咱们也顾不得什么门当户对了，吴天旺跟你闺女岁数倒是合适，只不过他就是太穷了……"

"穷怕什么，难道咱们家还缺他的聘礼不成？我想了，干脆招他当上门女婿！"

吴母眼睛一亮："嘿，这个好，上门女婿就是儿，可惜他是个瘸子呀！"

吴乾坤继续说道："细想起来，这个奴才对若云还真是一片忠心。他那条瘸腿，就是当初被我打折的，我明白他那是替若云挨得打。今天看来，肖老道也算是个神仙，他说吴天旺从天而降就从天而降。娘，这是天意，就请您准了这门婚事吧！"

吴母满心欢喜："哎哟，我的儿子呀，婚姻大事父母之命，我一个当奶奶的，有什么准不准的。你还别说，吴天旺瘸是瘸，可长得还算是一表人才，又对丫头这么好，咋着也比去给人当妾强多了，婚事就这么定了！"

吴乾坤要招吴天旺当上门女婿，吓坏了槐花，她一个丫鬟连哭也没地方哭，只能躲在墙旮旯儿偷偷抹眼泪，吴若云见了问："你哭啥？"

槐花哭哭啼啼："小姐，老爷要招天旺哥当女婿，那我咋办呀……"

吴若云"扑哧"笑了："你有点儿出息行不行？你觉得我跟天旺能真成亲吗？天旺给我爹磕头，那是缓兵之计，所以我也没反对啊！这次没跑成，早晚还有机会！自由是属于我们自己的，凭啥我爹不让我走我就得留下？凭啥他让我嫁给谁我就得嫁给谁？再说了，天旺跟你从小定过娃娃亲，我又怎么能拆散你们呢？"

槐花破涕为笑，吴天旺也笑了。不过他是笑在心里，脸上却装着惊魂未定地和肖老道商量。他担心吴若云会跑，肖老道出计谋说先编点儿瞎话稳住她，等拜堂成亲之后就好说了。

吴天旺言听计从，当即溜进吴若云的闺房，顿足捶胸说："大小姐，实在对不住，天旺无能，没能把你救走！刚才看见管家在加派人手巡夜，这些日子要是再想跑恐怕就难了。"

"那你有什么打算？"吴若云问道。

吴天旺佯装反复思考："想来想去，只能委屈小姐等到四月初八了，四月初八我们假装拜堂，成亲之后老爷就不会防着小姐跑了，趁那天夜里族人们喜酒喝多了，咱们说走就走！"

吴若云看一眼槐花："也只有这样了，不过委屈槐花了……"

吴天旺这才意识到吴若云的意思，眼珠一转，扭头对槐花说："是啊，槐花妹子，为了救小姐逃出火坑，也只能委屈你了。"

吴天旺这么一说，槐花立刻羞涩起来："天旺哥，看你说的，你和小姐成亲又不是真的，我有啥委屈的？"

吴若云拉着槐花的手说："等咱们逃出去以后，我让你天旺哥天天守着你，好好待你，你委屈点也值了，是吧，槐花？"

槐花娇羞地笑了，吴若云笑得很天真，吴天旺的笑却是那样的尴尬而狡诈！

第二十章

吴乾坤压根也没想到，招吴天旺当上门女婿，吴若云竟痛痛快快地应允了。起初他还有些半信半疑，后来春草儿吹枕边风说，不凭别的，单凭吴天旺心甘情愿被打折一条腿，就说明二人已有瓜葛，也说不定他们早睡一块了。吴乾坤抬手要打春草儿一个耳光，但转念一想，如果二人真有这份情，倒不用防着他们再跑了。这样想来，春草儿逃过一个耳光，吴乾坤心里也自然高兴。

其实，吴天旺的心里更高兴，他努力压抑着满心的激动，在吴乾坤面前依然唯唯诺诺，不笑不开口，一口一个老爷地叫着。

这天，吴乾坤又听吴天旺叫老爷，便嗔怪道："我说过三媒六聘全不算数了。既然婚事已定，你怎么还叫老爷啊？从今儿起你得改口，就管我叫爹！"

吴天旺感激涕零，倒头便拜："岳丈大人在上，吴天旺给您磕头！"

吴乾坤笑着蹲下，拍着吴天旺的脑袋说："我记得你没几岁就来我们家当长工，一天书都没念过吧？还能叫出岳丈大人来，不错呀！"突然吴乾坤想起来打断他腿的事情，赶忙问道："那年我打折了你的腿，你不记恨我吧？"

"那是我该挨……能替小姐挨打，是我的福分。"吴天旺低头答道。

吴乾坤拍着吴天旺的肩膀："好！天旺，你现在腿瘸了，还耍得了秧歌吗？"

吴天旺点点头。吴乾坤又说四月初八想让他这个新郎官扮乐大夫，与赵家斗秧歌，一决雌雄。吴天旺连忙答应。

吴乾坤大喜过望，当即便令管家把吴四爷、吴八叔和吴家子弟秧歌队召集起来，他一把拉过吴天旺说道："忘了跟诸位说了，四月初八，我要给若云招上门女婿。女婿就是吴天旺，斗秧歌那天我让他来扮乐大夫，大家说行不行？"

众人纷纷道贺。吴乾坤一脸的得意，扭头对管家说："每人两块现大洋，先给我发到大伙儿手里！等胜了他们赵家，我再赏！"

吴乾坤的话传到赵洪胜耳边，他又使出老办法，立即召集赵家大户富甲分摊出钱，也想重赏赵家子弟秧歌队。不料话一出口，就被赵三伯堵了回去："洪胜啊，你别说了，谁出钱，出多出少都不在乎，可是他们吴家办喜事，放花放炮敲锣打鼓，那海神娘娘听到了动静自然会关照他们吴家。有了海神娘娘的庇佑，那就不是多花几个赏钱的事啦！"

赵洪胜一听泄了气："那怎么办？还没斗呢，难道咱们就认输不成？"

赵三伯似乎胸有成竹："话也不能这么说，不就是敲锣打鼓嫁闺女，闹个动静借个喜气吗，他们吴家能办的喜事，咱们赵家也能办！"

赵三伯出主意让赵洪胜续弦。赵洪胜长叹一声："我的三伯呀，你只知其一，哪知其二啊……"赵洪胜说着便陷于深深的回忆中。那还是在今年刚开春，赵香月下海捞了三年海参，终于凑足钱买了一条破渔船当陪嫁送到了赵大橹家。没想到大橹娘嫌弃船破故意刁难，说是必须请赵家族长赵洪胜出面主婚，才肯让赵香月嫁给赵大橹。

万般无奈，赵香月仰仗着曾给赵家大小姐当过丫鬟的旧情，硬着头皮去求赵洪胜。赵香月把事情的原委告诉了赵洪胜，双膝跪在地上，头也没敢抬，说："香月万求族长大老爷，请您开恩给我和赵大橹主婚。"

赵洪胜淡淡一笑："那大橹他娘怎么不来求我啊？你不用说我也知道，因为三年前的事，她故意难为你，对吧？这穷人嘛，永远都是穷人，心眼窄，眼皮子浅，河沟里的泥鳅，成不了大气候！"

赵香月仍然不敢抬头，双眼只盯着赵洪胜的鞋："族长大老爷，穷人有穷人的活法，我不嫌弃大橹，也不嫌弃他娘。"

"天下穷人是一家，我没有要怪罪你的意思，我是心疼你！"赵洪胜说着便蹲在了赵香月的面前，伸出手来，试图去拍她的肩膀。赵香月吓得连忙往后挪着身体，说："族长大老爷，请您自重！"

赵洪胜的手停在半空："我对你的一片好，你怎么就看不见呢？"

赵香月心冷话不冷："族长大老爷对我恩重如山，香月心里永远不敢忘。不过，既然我和大橹的婚事已经定下来了，就改不了。"

"有这样的婚事吗？你如花似玉不要他们家的彩礼，他们还让你陪送一条船，我听了都替你鸣不平！"

赵香月再次恳求。赵洪胜起身道："你说你这是何苦啊？我记着三年前我跟你说过……那个时候太太还活着，是有点儿委屈你。现在不一样了，你知道太太一瘫就瘫了十几年，去年腊月她终于死了，你要是答应，我明媒正娶！"

"族长大老爷，您如果为这事再逼香月，我就出家当尼姑。我最后一次求您，给我和赵大橹主婚吧！"赵洪胜冷笑，拒绝了赵香月。

……赵洪胜闪电一般想到这里，不禁心里暗自叫苦，要知今日何必当初？可当初他也没征服赵香月。然而，赵洪胜虚伪的心有些怪异，就像一只老虎把玩一只被抓到手的小鹿，小鹿猛地挣脱开跑了，老虎自知再也抓不到了，却很想看着小鹿逃走的样子。于是，赵洪胜把打碎的门牙咽到肚里，假意对赵三伯说："这续弦也不能随便续嘛，我自己倒还没这个打算。但是，我知道谁家要办喜事，管家，去，把赵大橹给我叫来！"

赵管家转眼就把赵大橹叫到赵洪胜面前。赵大橹早就听说了赵香月求他主婚遭到拒绝，所以只是鼻子不是鼻子，脸不是脸的杵在那里。吴三伯不知事出有因，开口就骂："看你个穷鬼，一点规矩也不懂，见了族长还不下跪请安？"

赵洪胜自然清楚个中原因，所以他并不怪罪赵大橹，更不拐这个弯，也不绕那个圈子，张口就说："赵香月来求过我，说你娘想让我给你主婚，我没答应她。你知道为什么吗？这么大的面子我不能送给一个女人呀！要送我得送给你这个大丈夫啊！要不，你以后说话谁听？怎么当家主事？等会儿你回去告诉你娘，还有赵香月他们全家，就说主婚这事我答应了！"赵大橹惊喜交加，连忙磕头道谢。

赵洪胜继续说道："赵大橹，日子定在四月初八，我还要告诉你，我不光给你主婚，我还要出钱出人，雇八人抬的花轿，帮你们把喜事办得热热闹闹！"

赵三伯低声道："洪胜啊，你是一族之长，可不能随便开这个先例，回头穷鬼娶媳妇都来让你族长出钱，哪还有规矩了？你得有个说法才行。"

赵洪胜寻思半晌，说："是要有个说道……对了，赵大橹，你媳妇赵香月从小在我家给玉梅大小姐当丫鬟，我就这么一个亲妹妹，没出阁就死了，可惜玉梅走了以后，魂儿还附过香月的体，这你，还有大伙都知道吧？"赵大橹、赵三伯和大户富甲们一齐点头。

"所以说，我要给赵大橹主婚，要出钱给他们办喜事，我会像嫁自己的亲妹妹一样，把喜事办得红红火火、热热闹闹的！"赵洪胜越说越激动，对跪在面前的赵大橹郑重其事地说："赵大橹，这回斗秧歌还让你来扮乐大夫，咋样？"

赵大橹兴奋得像打了鸡血一样，一个响头磕下去，声大嗓门也大："族长大老爷信得过我，就算是粉身碎骨我也绝不会给赵家丢人！"

赵洪胜大叫："好，我看你是个汉子，是咱们赵家的好汉子！人争一口气，佛争一炷香，今年能不能拿到出海权，逢年过节的时候，咱们赵家的祖宗牌位能不能供在海神娘娘的面前，就看你和你们在场的诸位啦！"

赵大橹和在场的所有人齐声应道："请族长大老爷放心，我们绝不给赵家丢人！"

"还是以往的规矩，你们出面召集赵家子弟秧歌队。从今儿个起到四月初八，专心练秧歌，每天三倍工钱，都在我赵洪胜自家的账上支！"从来没见赵洪胜在自己身上放这么多的血，众人欢欣鼓舞，纷纷退下。

赵洪胜走到赵大橹面前，居高临下，让他站起来。赵大橹又一个响头磕下去，额头差点磕出血来，磕完了，他爬起身就跑。

赵大橹一口气跑回自己家，将族长大老爷主婚以及出钱的事告诉他娘，大橹娘顿时傻了，一屁股坐在地上。

赵大橹顾不得扶起娘来，转身就跑，一头冲进赵香月家。只见香月奶奶和赵老气正面对着面地生闷气，谁也不理赵大橹。赵大橹发现在一边玩耍的赵发，便连忙过去问他："兄弟，快告诉我，你姐姐呢？"

赵发趴在赵大橹耳边悄声说："我姐说她要出家当尼姑，往竹林寺那边走了，你要跑得快的话，说不定还能追上！"

赵大橹放开赵发，出门又跑。去竹林寺的路弯弯曲曲，早春的气息已把路边的小草染绿，有几株性急的无名野花，穿上粉红的、嫩黄的嫁衣，引来无数蜂飞蝶舞。赵大橹如蜂似蝶，一阵快跑便追上了赵香月，从身后将她抱住，兴奋地抢起来，旋转着，旋转着……直等到他们二人一起眩晕，双双倒在野花丛中，赵大橹才对赵香月说："妹子，族长大老爷答应主婚了，还要出钱让你坐八抬大轿！"

坐落在大海里的海神庙，阅尽了虎头湾祖祖辈辈的恩怨情仇，波涛高一声低一声地拍打着岸堤，不断诉说着这里永远也讲不完的故事。农历四月初八，又是一年一度的祭海节。

一大清早儿，大橹娘摸着放在炕上的红衣红裤新郎装，脆生生地嚷道："哎呀，这衣服可真好！儿子，你快穿上，让娘看看新郎官有多威风！"

大橹娘没听到回应，回过头一看，见赵大橹正在往身上捆绑尖刀利刃，不禁愣住了。赵大橹说他作为秧歌队的乐大夫，必须豁出命去以报答族长的恩情。听后，大橹娘说："族长又主婚又出钱，敢情咱得豁出命来换啊！"

吴天旺也在往自己身上捆绑利剑匕首，他伸伸胳膊，踢踢腿，不敢有半点马虎。肖老道见了，问吴天旺干什么。吴天旺说今天斗秧歌是场恶斗，得带家伙。虽然肖老道极力劝阻，吴天旺还是喜滋滋地带上家伙，为吴家拼命。

如果说吴天旺把当上门女婿看成了福分，那么吴若云却把做新娘视作逃走的机会。她让槐花把给自己梳妆的丫鬟婆子轰走，让槐花收拾好东西，等酒酣之时，趁夜逃走。

槐花压抑着内心的激动，问道："那就是说从今以后，小姐就自由了。我也就能跟天旺哥在一起了，是吧？"吴若云点头。槐花忽然又悲观起来："可是我心里边还是有点儿打鼓，自从上回……这都三年了，天旺哥好像从来都没拿正眼看过我，连我的手都没有拉一下。小姐，你说他是不是嫌弃我了，不肯原谅我啊？"

吴若云安慰道："不能！我跟你说过，天旺都答应我了。放心吧，这不是在家里嘛，只要咱们离开了虎头湾，到个没人认识我们的地方，就获得了真正的自由。你的天旺哥会好好疼你的！"

吴若云和槐花正说着悄悄话，吴乾坤踱着方步走进院来。院里的丫鬟婆子们见了，一个个连忙行礼。

吴乾坤进屋打量吴若云，夸道："我闺女漂亮！"

吴若云故作羞涩："爹看自家的闺女，都觉得漂亮。"

"不是爹吹，在虎头湾你是真漂亮，像你娘……今天是你大喜的日子，你娘的在天之灵要是能看见，多好啊！"听后，吴若云心头一酸，低下了头。

"你看我，今天是大喜的日子，不提你娘了。"吴乾坤笑了笑，接着又问，"那天我也没跟你商量，就定了招吴天旺当上门女婿，你为什么一字不吐，一句话也不说呀？"

吴若云赶忙回道："婚姻大事，父母之命，哪轮得到我说啊……"

"闺女，你这是……爹怎么好像都不认识你了？"

吴若云赶紧解释："天旺挺好的，我们俩从小一起长大，他那条腿也是替我被爹打瘸的，爹让我嫁给他，我愿意！"

"可他毕竟是个长工，穷鬼出身……爹总觉得对不起你啊！"

吴若云笑道："长工怎么了？穷鬼出身怎么了？林家耀倒是有钱有势，留过洋的大少爷，可我不是没那个福分嘛！爹，天旺真的很好，比林家耀强！林家耀就是个伪君子，嘴上说得好，让我等着他，三年了，他人在哪儿？"

吴乾坤皱了皱眉头："哎，你可不能这么说家耀，都是他那个叔叔，仗着自己位高权重，活生生地把这桩姻缘拆散了。"

吴若云接着说道："他叔叔再霸道，还能枪毙了他不成？说到底，他还是嫌弃我了……可是我要给海猫收尸，他是知道的。当时他口口声声地答应了我，说好了一辈子不会怨我，可到头来……我算看透了，有钱的男人靠不住！爹为我选的天旺，就是再好不过的如意郎君……"

"你真这么想爹就放心了，这些年春草儿也没给你生个兄弟，也许这就是爹的命。现在挺好，招了上门女婿，嘿嘿，爹就等着你生个男丁，给咱们吴家传宗接代了！"听了吴乾坤的话，吴若云假装娇羞。吴乾坤哈哈大笑："时候差不多了，好多人来道喜，爹去应承应承。"

望着吴乾坤离去的背影，吴若云慢慢地跪在地上，嘴里喃喃："爹，没想到今天您能过来跟闺女说会儿话，这可能也是天意吧……爹，今夜我就要走了，今生咱们爷俩恐怕再也见不着了……我给您磕个头，谢谢您的养育之恩！"说着，吴若云磕了一个头，已经泪如泉涌。

这时，大红花轿来到了渔民街巷最前排的赵香月家门口，大橹娘隔着院子矮墙看过去，惊讶不已："还真是八人抬的大轿呢，这个赵香月可占了咱家的大便宜了！"

站在大橹娘身后的赵大橹说："娘，您咋说这话呢？"

"你说咋说话？要不是因为让你扮乐大夫，族长大老爷能给这么大的脸，出钱雇八抬大轿抬她？"大橹娘瞪了赵大橹一眼。

赵大橹留了个心眼，说："族长大老爷可不是这么说的，族长大老爷说香月伺候过玉梅大小姐，他要当亲妹妹一样送香月出阁，是咱们家沾了香月的光！"大橹娘不服气归不服气，但在众人面前再也不敢肆意张狂了。

所谓秧歌，最初起源于南方插秧时，人们在水田里劳作而唱的插秧俚曲，后来这种俚曲传到北方的海阳来，又因为海阳有绵延二百三十多公里的海岸线，所以这种俚曲又被糅进了海上号子的诸多元素，这便形成了闻名遐迩的海阳大秧歌。海阳大秧歌能歌能舞，以歌为主，但最为隆重的歌舞之日，当是一年一度的祭海。如果再逢婚嫁喜事，那便最盛了。

为了借这个最盛的日子挣回面子，香月奶奶和赵老气一大清早就站在门外迎客。穷人的亲戚虽说不常走动，但听说族长大老爷出钱操办喜事，并且亲自出面主婚，客人还是络绎不绝，人来人往，好不热闹！

门内的梳妆镜前，赵洪胜派来的婆子们忙手忙脚地给赵香月梳妆打扮。都说人随衣裳马随鞍，穷人家的丫头穿上大红喜服，也显得富贵光鲜起来。婆子们啧啧称羡。赵香月听了，只在镜子里凄美地笑笑，一颗心早已麻木了。

吴若云的一颗心也早已麻木，但是麻木过后是紧张，一想起晚上逃走的事心里就不安，于是她只有催着槐花："时辰到了没有？到了那就走吧！"

一旁伺候的两个婆子听到吴若云的话，立刻抻平了盖头："新娘子盖盖头啰！一盖黄金万两，二盖吃穿不愁，三盖多子多福！"

吴家豪门有豪门的讲究，两个婆子用盖头在吴若云的头上抖了三抖，那大红的盖头才缓缓飘落。槐花和一个婆子搀扶着盖着红盖头的吴若云出门，上轿。

赵家寒门有寒门的规矩，香月奶奶把平时过年才能吃到的白面饺子用筷子夹着，一个个填到赵香月嘴里，人说滚蛋饺子迎客面，女人出嫁不就是滚蛋吗？

吴家的花轿穿过吴家看热闹的人群，在写着"吴家"字样的牌楼前狂舞。

赵家的花轿穿过赵家看热闹的人群，在写着"赵家"字样的牌楼前劲扭。

两顶花轿同时经过各自姓氏的牌楼，在各自秧歌队的簇拥下，一齐来到虎头湾广场的高台前。这时，吴乾坤和赵洪胜早就并排站在了高台两侧的矮台之上。

赵洪胜一抱拳："吴兄，令千金出阁，恭喜啊！"

吴乾坤也一抱拳，眉头一皱："多谢！怎么，你们赵家也办喜事？"

"那是！你嫁闺女我嫁妹子！"

"妹子？你妹子不是早死了吗？"

"我赵姓一族不分贫富，只要是同辈的都是兄弟姐妹！赵香月伺候玉梅多年，今天她要嫁人，我就当是我亲妹妹出阁！"

"噢，为了借喜气，你可真够下本儿的，连穷鬼的喜事你这个族长都包办了？"

"这算得了什么，吴兄把自己的亲闺女嫁给了个瘸子，本儿下得比我大啊！"

吴乾坤脸色一变，冷哼一声。赵洪胜占了上风，微微冷笑。

说话之间，吴赵两支秧歌队分别在乐大夫吴天旺和赵大橹的指挥下，翻腾飞跃，闪转挪移，各自围着各自的花轿，很快在人群中打开了场子。

吴天旺虽然瘸，可今天格外精神。赵大橹春风得意，更是英姿飒爽。

锣鼓声声，笙簧齐鸣，一阵紧似一阵，吴赵两家两支秧歌队，恰如二龙吐珠，擎天舞地，腾云驾雾一样冲向旗杆上的彩球。

吴天旺向吴若云的花轿里喊着："大小姐，稍微等会儿，等我把赵家的乐大夫踢到海里边去，把绣球摘下来，咱们就拜堂！"

花轿里，吴若云无奈地摇了摇头："悠着点儿，别逞能，小心别伤着自己。"

吴天旺仿佛根本没听见，他高声唱起秧歌调：

马甩子一甩登上场，
扭落了太阳吼月亮，
装闺女的扭成了麻花腰，
演小伙的吼出了叫驴腔！

锣鼓震天，掌声雷动，吴姓的族人叫好声一片。

赵大橹人高马大，马甩子一挥，令人眼花缭乱。他一个箭步蹿到赵香月的花轿旁，探头大叫："香月，瞧大橹哥的好吧，吴家的乐大夫是个瘸子，哥我一个拳头就能把他打趴下！"

花轿里，赵香月急忙劝道："大橹哥，斗秧歌可别斗出人命来！"

赵大橹眼瞪绣球："那得看哥摘绣球的时候，姓吴的有没有人上来找死！"

赵大橹说罢，挥动马甩子令秧歌队停下鼓乐，也高声唱起乐大夫调：

马甩子一甩舞乾坤，
敢上那九天揽星辰，
彩扇耍得就像蝴蝶翩翩飞，
鼓声脆得比黄瓜打驴都过瘾！

赵家族人的笑声此起彼伏，就像大海里的波浪，汹涌澎湃。

此时此刻，赵洪胜和吴乾坤，你瞪着我，我瞪着你，互相以眼神较着劲，以气势抖威风，谁也不服谁。

两支秧歌队由文斗开始，先比秧歌调，再看扭秧歌。一对一地比试着。赵大橹的马甩子上下翻飞。吴天旺的马甩子左右开弓。这里边的规矩是甩子不能打着人，一旦碰上了，文斗立刻改武斗。

看那架势，赵大橹和吴天旺都有挑衅的嫌疑，所以他二人的一招一式，都牵动着所有人的心。

恰在这时，一辆鳖盖小车顺着海边的土路驶来。声声喇叭顿时让鼓乐声乱了节奏，也分散了众人的注意力。吴家花轿里的吴若云、赵家花轿里的赵香月，同时侧耳听着外面的动静。

只见随着一声打开车门的脆响，戴着前进帽的司机低着头跑向车的另一侧，恭恭敬敬，弯腰拉开车门。车门开处，先是崭新的皮鞋踏在了地上。继之，西装革履，戴着墨镜与礼帽的人走出来。走出来的人一个箭步蹿上了高台，将礼帽摘了下来，又摘掉了墨镜，此人正是海猫。他比三年前白皙了许多，从满脸高粱红的乞儿变成了干净利落的翩翩少爷。

吴乾坤、赵洪胜和所有人都瞪大了眼睛努力辨认着，整个虎头湾广场一片寂静。其实，这时候人们都辨认出了海猫，只是有人惊讶，有人惶恐，有人愣怔，有人因为种种顾虑不愿先开口罢了。然而，只有秧歌疯子无畏，他一眼认出海猫，张口就把心底的记忆全喊了出来："棺材——糖——大哥——"

海猫朝秧歌疯子一抱拳："兄弟，三年不见了，你一向可好啊？"

海螺嫂突然声嘶力竭地大喊："鬼呀——"台上吴赵两家族长和大户富甲，台下吴赵两家百姓和各自的秧歌队，不管老幼，不分男女，纷纷大呼小叫，一片大乱。

轿里的吴若云问道："怎么了？槐花，外面发生什么事了？"

槐花吓坏了："不知道发生什么事了，大小姐，你可别出来！"

同在轿里的赵香月只能下意识地掀起头上的红盖头，露出一张惊讶的脸，表情茫然。

为了打破短暂的沉寂，也为了尽快拉近和虎头湾广大渔民百姓的关系，海猫朝台下微笑着打趣："又斗秧歌又抬花轿，今天是虎头湾的好日子呀！"

海猫见四周仍然哑然无声，便分别向吴家和赵家，最后又绕着虎头湾广场抱了一圈的拳，说："吴姓族人都是我爹的宗亲，赵姓族人都是我娘的宗亲。在场的所有人都是我海猫的亲戚。三年了，我又回家了，你们想我了吗？"

第二十一章

海猫的话在虎头湾广场上游荡，众多渔民百姓双手捂着耳朵，眼神一直躲着海猫。就连站在台上的赵洪胜也都慌起来。有道是，不做亏心事，不怕鬼叫门。

赵洪胜大概想起平日里做下的亏心事，所以怕得要死。

碰到这种事，吴乾坤倒是无所畏惧。不说他行伍出身练就了一身的胆子，就是仗着眼下腰间别着的枪，他也不是吃素的。吴乾坤伸手指着海猫，大喝一声："呸，哪儿来的混账装鬼吓唬人？来人，把他给我毙了！"

吴天旺和赵大橹一见要开枪，连忙跳下高台。吴姓乡勇趁机冲上前，枪口一齐对准了海猫。海猫不慌不忙，向吴乾坤和赵洪胜双手抱拳道："吴家族长乾坤大老爷，从我爹吴明义那论，我得叫您大爷！赵家族长洪胜大老爷，从我娘赵玉梅那论，您是我亲舅舅，都是实在亲戚啊！我在外面闯荡江湖玩耍够了，回家了咋能一见面就开枪呢？"

吴乾坤说："你不可能是海猫，那个孽障三年前已经被枪毙了，就在海神庙前，全虎头湾的人都亲眼看见了！你说，你冒充那个孽障是何居心，是谁派你来的？"

海猫对着太阳张望着，又回过头来俯身看着自己投在高台上的影子，说："噢，对了，这事我是得解释清楚了，要不然你们以为我是冒充的，还拿我当鬼！各位亲人，你们看看，我有影子，鬼是没有影子的，你们知道吧？"赵洪胜和几个胆儿大的老百姓循着话音来看，果然，海猫的影子清晰可见。

海猫撬动三寸不烂之舌："吴大族长说我冒充就更不会了，我海猫三年前在虎头湾是个不招人待见的无名小卒，承蒙二位族长大老爷开恩，赏我那么一个破捻匠铺，四处漏风，院子里摆了一条破船，还不归我，那船帮子上写着字呢，吴四爷家的，你说我啥都没有，谁冒充我呀？"

吴乾坤坚持道："人死岂能复生？这不可能！大家都给我听着，这个人绝不是海猫，保安队那日枪毙他我们都是亲眼所见，子弹打在胸口没有不死的道理！"

海猫又一抱拳："吴家族长乾坤大老爷，我的大爷，您说得对，我当时确实死了，可是后来真的又活过来了！"

吴乾坤呵斥："信口胡言！"

"您这么说我理解。要不是亲身经历，别人给我讲，我也得以为他是胡说，可这是真的呀！是我娘她把我救活了！"听了海猫的话，吴乾坤一愣，连忙看向赵洪胜。

赵洪胜大怒："一派胡言！你娘早死了！"

海猫说："噢，对了，我娘是赵姓族长洪胜大老爷的亲妹子，我记得三年前你不承认来着，这回你可认了啊！"赵洪胜意识到自己失言，一时无话可说。

海猫突然提高嗓音："是，我在凡间那个娘赵玉梅是死了，在虎头崖上被好多她的亲人逼死的，包括她亲哥哥呀！可我刚才说的把我救活了那个娘，不是凡间的那个娘，是我仙界的那个娘！"虎头湾广场似有轻雷滚过，又如大海中的暗涌，声响不大，却撼天动地。

海猫转身指着身后的海神庙："那个庙里边供的就是她的像，我仙界的这个娘啊，咱虎头湾的亲人们个个都认识！我这个娘，就是海神娘娘！"

在一片哗然之中，吴若云一把掀开红盖头，冲槐花就嚷："槐花，是海猫吗？我怎么听见他的声音了？"

槐花连忙说："海猫早死了，小姐，这个八成是鬼，或者是他的魂儿找回来了！"

吴若云命令将轿子放下来。槐花赶忙制止："可不能啊，小姐，你先等会儿，我去看看他是人是鬼再说吧！"

吴若云跟前有个使唤的丫鬟，能跑前跑后看看海猫是人是鬼，赵香月就没有这个方便了，赵洪胜派来的婆子都是跟自己一样的下人，谁能指使得动谁呀？所以赵香月一听到海猫的说话声，顿时傻眼了，她在心里暗暗叫道："不可能……不可能是海猫，怎么可能呢？海猫死了呀！"突如其来的变化令赵香月泪如雨下，她不顾一切地掀开轿帘，探头向广场看去，隐隐约约看到海猫站着挥舞胳膊，滔滔不绝。

只听海猫说："我这么乍一说啊，你们肯定是听不明白，也不会相信我……哎，我说你们几个端枪的，先把那铁家伙都收起来，听我给各位亲人们好好讲讲，把来龙去脉从头到尾说清楚了！"端枪的乡勇不知所措，将目光投向吴乾坤。吴乾坤有些含糊，眼一眯，没表示反对，乡勇们便不自觉地就把枪口放低了。

"这就对了，放下放下，再放低点儿。"海猫来了个自来熟，像唠家常似的，"三年前保安队枪毙我那天，正月还没出呢，那海水特凉。胸口刚挨了一枪，热血'咕咚咕咚'地往外涌，掉进海里一冷一热，我是钻心地疼啊！可没疼多大工夫，我就啥都不知道了。死了嘛。不知道过了多久，我就又醒过来了，我觉得自己睡在一个暖乎乎的地方，身上哪儿也不疼了，我再低头往伤口上一看，有一只手就捂在那儿。血就一直往回流，被打烂的肉一点儿一点儿就长上了！我这才明白，这暖乎乎的地方原来就是海神娘娘的怀抱啊……"

香月奶奶、赵老气、老犟眼子、海螺嫂、秧歌疯子、大橹娘，还有吴赵两姓的族长、管家和富户，以及两支秧歌队的人们，都被海猫的故事深深吸引了，更有那年长的善男信女，一个个神情虔诚，已经开始相信海猫的话了……

海猫借机又说："我想问问，你们谁亲眼见过海神娘娘？你们谁被她老人家抱过？她老人家跟我说，海猫这个名字，就是她给起的！她给我起这个名的寓意是，我有九条命，凡人杀不死我！你说海神娘娘她老人家为啥对我这么好？那是因为我是……我实话告诉你们吧，海神娘娘告诉我，我是她的儿子……"

尽管那些善男信女是那样的虔诚，尽管他们已经开始有些相信海猫的话了，但是听海猫说他是海神娘娘的儿子，大家着实不敢相信。

为了尽快控制虎头湾的局势，顺利完成王天凯交给的任务，海猫和同行的王大壮来时曾反复商量，这一次只能借钟馗打鬼，以其人之道还治其人之身，否则便很难把他们团结在一起。于是，海猫真真假假，夸夸其谈："我今年周岁二十三，我想问一下，二十三年前，虎头湾是不是经历了一场大劫？"

吴八叔不禁随声附和："二十三年前？没错，那一年狂风大雨，巨浪滔天，海神娘娘发威，险些把虎头湾全都吞了！"

赵三伯说："我记得二十三年前咱们赵家的船队有六条被大海吞了，二十几口男丁一个也没活着回来……"

渔民百姓中的老者也都知道这段典故，一时间七嘴八舌，议论纷纷。大橹娘说："没错，大橹他爹就是那一年出海没的，那个时候大橹还在我肚子里。"

站在高台两侧的吴乾坤和赵洪胜四目对视，当然，他们也都知道这段历史。不过他们信不过海猫，却又没有理由反驳，只好姑妄听之了。

海猫见搬出的这段典故已经奏效，接着顺风顺水，继续往下编道："海神娘娘她老人家跟我说，虎头湾吴赵两家年年打，天天斗，没完没了，她不高兴了。二十三年前就惩罚了虎头湾一下，可是罚了不能白罚啊，总得让你们明白道理吧？于是把我托生给了我凡间的娘！赵洪胜，就是你亲妹子！"赵洪胜被直呼其名，很不自在，他把黑眼珠翻成白眼珠，死死盯着海猫。

海猫扭头又对吴乾坤吼道："还有你，吴乾坤！你身为吴姓族长，二十三年前虎头湾遭此大劫，你难道就不想想是为什么吗？我爹吴明义和我娘在一起了，那是海神娘娘的旨意，为的就是让我托生在凡间！"虎头湾广场顿时像煮沸的开水撒进一片盐粒，"噼啪"作响，要声音有声音，要动静有动静，一片大乱。

海猫占据了主动权，越说声越高："你们一个个不识好歹，三年前又逼死了我爹我娘，还和保安队串通一气，让我挨了枪子儿！我实话告诉你们吧，我娘，我说的是海神娘娘啊，她老人家真生气了！把我救活以后，她就问我，怎么给我报仇我才解恨，她本来是想一口把整个虎头湾全吞了，甭说是人，就连只鸡，连条狗都不给你们留！可是，偏偏在这个时候，我凡间的爹站出来说话了……"

人们都不约而同地抬起头，迫不及待地催促海猫："你爹都说什么了？快接着讲呀！"

海猫卖个关子："我在凡间的爹叫吴明义，你们都认识吧？他在临死前告诉我，你是吴家之后，赵家是你姥姥家，吴赵两家的长辈都是你的长辈，吴赵两家的族人，都是你的亲人！这话我没说错吧？我爹还说，虎头湾是我的老家，活着，不管走到哪儿我都是虎头湾人！死了，不管是见了玉帝还是阎王爷，我都得说虎头湾的好，让他们保佑虎头湾吉祥平安！我爹娘被逼死的那天，你们很多人都在场，我爹的话你们也都听见了吧？"

人群中有人点头，有人议论，有人昂起了头，有人耷拉着脸。

"我想，我要是为报私仇让海神娘娘把你们全吞了，有点儿对不起我凡间这么好的爹！所以我就跟海神娘娘说，他们都是一时糊涂！"海猫说着，特意指了指吴乾坤和赵洪胜，"整个虎头湾都是我海猫的亲人，哪能让他们全死光了呢？我就求海神娘娘不要惩罚虎头湾，还求她保佑虎头湾这几年风调雨顺。哎，我不在家这三年咋样？没天灾吧？海神娘娘没发威吧？那可都是我的功劳！"

人群中一阵哗然，但细想起来，这三年光景过得又确实不错，许多人已经开始相信海猫的话了，虽然有些半信半疑。

海猫突然提高了嗓音："天灾是没了，可是你们却酿起了人祸！我实话告诉你们，我离开我娘海神娘娘以后，根本就懒得回虎头湾，我不愿意搭理你们！我在外面游山玩水，日子过得好得很！可前两天，我娘又派她的人把我找回来了，她跟我说，你们吴赵两家在海上打鱼，见了面就斗，不是吴家撞翻了赵家的船，就是赵家扯碎了吴家的网，回回都死人，有这事儿没有？"吴四爷和赵三伯相互对视，尴尬不已。

"所以，我娘才让我回来，把前前后后的事都跟你们说清楚了，让你们从今以后好自为之！吴乾坤、赵洪胜，你们俩听清楚了没有？还有你们……"海猫又用手指着吴赵两家的有钱人，"你们这个大老爷，那个大老爷的，都给我听着。从我这儿论，当然，从我这儿论，就是从海神娘娘那论，吴赵两家全都是亲戚，你们别争来争去了！出海一起打鱼，打回鱼来一起换粮食换钱，有啥不好的？从此以后，秧歌再也不用斗了，吴赵两家共享出海权，这是海神娘娘的旨意！"

海猫挑战的毕竟是虎头湾几百年来的老规矩。富人有富人的想法，穷人有穷人的心思，现场不由得一片骚动。共同的利益又令吴乾坤和赵洪胜的目光相聚。两人短暂对视之后，不约而同地决定一起反击海猫。

吴乾坤断喝一声："孽障！我明白了，一定是当年那枪打歪了，掉在海里面他没死！今天又回来妖言惑众，还敢冒充海神娘娘的儿子，你好大的胆子！"

赵洪胜高声大叫："人死岂能复生？普天之下根本就没有这个道理，你们几个手里的枪是柴火棍吗？还愣着干什么，赶快开枪毙了他！"

海猫手指重新举起枪的乡勇："我看你们谁敢开枪，实话告诉你们，只要枪声一响，我娘海神娘娘立刻会一声长啸，一口吞了虎头湾，不信你们试试！"

正在乡勇犹豫之际，吴天旺打袖口拽出寒光闪闪的匕首，一个箭步蹿到台上。头戴鸭舌帽的王大壮早就有了防备，他一个扫堂腿将吴天旺横扫在地，弯腰又将他抡到自己的肩头，在半空中旋转起来。

王大壮正想把吴天旺狠狠扔出去，海猫阻拦道："且慢！我娘让我回虎头湾是给他们带话的，没说要大开杀戒。"

王大壮会意，将吴天旺放下，伸手一推，吴天旺便从台上滚了下去。海猫冲吴天旺一抱拳："这位，看你这身打扮像新郎啊！刚才多有得罪，他是我娘海神娘娘给我派来的护卫，下手狠了点，对不住啊！"

吴乾坤心里明白，海猫这是打人一巴掌，又给个甜枣吃，既笼络人心，又施下马威。他气不过，刚要发怒，没想到海猫又向他发难："吴乾坤，你刚才说什么？你说当年那枪打歪了，我掉在海里没死是不是？好，要真是像你说的那样，我身上一定有枪眼儿，对吧？我让你们看看！"海猫说着，当着吴乾坤和众人的面，拉掉了西装衬衫上的领结，然后不慌不忙，逐个地解开了衣服上的扣子。

一直坐在花轿里的吴若云，像做梦一样听海猫滔滔不绝地诉说，虽然梦境中云里雾里听不太清，但毕竟真真切切地感觉到了那是海猫的声音，因此她忐忑不安的心似乎还有点底儿，可这时突然没了声音，她就真的没着没落了。

于是，吴若云顾不得让轿夫落轿，径自起身，掀开轿帘跳了下来。吴天旺见吴若云下了轿，知道大事不妙，便像影子一样靠近了他的新娘子。

这边的赵香月犹豫再三，也揭掉了盖头。就像吴天旺知道大事不妙一样，赵大橹也快步靠近了自己的新娘子。

海猫将衬衫的所有扣子解开，猛地一拉，高声嚷道："看见了吗？吴乾坤、赵洪胜，你们睁开眼睛都看清楚了，我身上根本没枪眼儿！告诉你们，要不是海神娘娘摸过我的胸口，能这样吗？"吴乾坤和赵洪胜，一个个都愣了，傻了。

海猫倒背着双手，在高台上踱了两步："吴家族人，赵家族人，在场的有一个算一个全给我听着，我刚才说的那些话是海神娘娘亲口跟我说的，我今天来到这儿，也是她老人家让我来的！你们若信，就听她老人家的话！若不信，我立马走人，再有多大的灾祸降临虎头湾，我不再管了！"

老犟眼子和香月奶奶等百姓完全听信了海猫的话，突然纷纷跪倒在地，边磕头，边七嘴八舌地说："海神娘娘的儿子，那也是神仙啊！求神仙保佑，保佑虎头湾吧——"

海猫已经找到了胜利者的感觉，扬扬得意，一脸的骄傲。恰在这时，吴若云和赵香月几乎同时确认了海猫，一齐喊出了他的名字。

两个女人的喊声来自两个不同的方向，虽然都很短也很轻，却宛若在海猫耳畔呼唤。海猫浑身打一个激灵，连忙循声看去。海猫根本没有机会选择，这是一种冥冥之中的本能。他先将头转向了赵香月的一面。

海猫喜出望外，他看到了赵香月，看到了在大红喜袍的衬托下，"小姨"是那么的喜庆，那么的美丽。赵香月也看清了海猫，他变得越发白皙，越发英俊了。

海猫走过去，微笑着："小姨……"赵香月迎上来，虽然没说话，却满面的幸福。

吴若云蓦然发现此情此景，双眼的泪水便"唰"地涌了出来。她不由得大声喝道："海猫——"

他循声转过头，面对吴若云冷若冰霜的脸，他立时感到自己闯祸了。他慢慢地向前走了两步，脸上充满歉疚地说："小先生……"

这三个字就像炒热的三颗黄豆，没等蹦出锅口，吴若云转头就跑。一直站在吴若云身边的吴天旺意识到不好，急忙伸手去抓她的手，却只拽下了吴若云手里的红盖头。

"小先生——"海猫嘴里喊着，不顾一切地去追吴若云。只见吴若云冲过秧歌队和鼓乐班子，径自向海神庙的前廊跑去。

吴乾坤从高台一侧跳下来，大喊："拦住她！"然而，看到吴若云一脸的愤怒，又有谁人敢碰，谁人敢拦？相反，众人不自觉地闪开一条路。吴若云转眼间就跑过了栈桥，站在了海神庙的前廊，纵身一跃。于是，波涛汹涌的大海便染上了一抹红色。

一抹红色很快变作一缕红丝，又很快消失在深深的大海。海猫挤到前廊的栏杆后，环视着围观的人们："你们愣着干什么？还不赶紧跳下去救人！"

"谁也不准下去！"老犟眼子边挥手阻止众人，边向海猫说，"神仙，今天是祭海的日子，谁下水谁就得被海神娘娘吞了啊！"

吴乾坤无助地看着大海，槐花举起泪眼看着海猫，吴天旺双手攥得紧紧的，很明显，他想去救，却又不敢。

海猫一拍脑瓜子："噢，是这么回事啊，今儿个的日子有说法，嘿，我娘咋早没告诉我啊？我去！我去跟她老人家把吴家的大小姐要回来！"

海猫说着脱下西装，顺手撇给槐花，毫不犹豫地跃身跳进大海。紧紧跟在海猫身后的赵香月也要往下跳，却被赵大橹拉住："香月，你想干啥？"

赵香月拉着赵大橹说："大橹哥，快，跟我一起去救海猫，他不会游泳！"

"救他，凭什么？"

赵香月急忙搪塞："他……他是海神娘娘的儿子！"

赵大橹压低声音问道："你信吗？这个孽障从来没有一句真话，三年前他被沉海，是你救了他，回到虎头湾他就说是海神娘娘把他扔上了岸，你忘了？"

赵香月无言以对，只是声声央求："大橹哥，我求你了，快跟我去救他吧，他真的不会游泳，不管怎么样，既然他没死，能活下来就不容易，别让他淹死！"

赵大橹眼中充满了嫉妒："淹死活该，他早就该死！"

赵香月心里一急，猛地推开赵大橹，俯身还要跳，被赵大橹拦腰抱住。赵香月边挣扎，边喊："海猫不会水，快让我去救他呀！"

赵老气气得咬牙切齿，从赵大橹怀里拽过赵香月，举手要打，赵香月却乘机又要跳海，却被大橹娘和香月奶奶一齐用身体挡住。赵香月知道自己跳水去救海猫是不可能的了，只好转身向海滩跑去。

海猫以自己在游击队当侦察排长期间练就的水里功夫，如一条鱼似的，边游边瞪大眼睛寻找着跳海的吴若云。终于，他发现已经昏厥过去的吴若云，正慢慢地沉入海底。海猫急忙游过去，把嘴里憋着的一口气吐到了吴若云的嘴里。吴若云睁开双眼，她发现自己和海猫的脸紧紧地贴在一起。吴若云奋力推开海猫，海猫却不由分说，硬是拉着吴若云的手，浮上海面。

海神庙四周一片惊呼，人们七嘴八舌，这个说："他说的是真的呀，他真的是海神娘娘的儿子！"那个说："没错，要不然海神娘娘怎么没吃了她，还把人还回来了！"槐花一激动，竟在众人面前摇着吴天旺的胳膊说："天旺哥，你看，大小姐没事了，她得救了呀！"人群中只有吴乾坤和赵洪胜没说话，他们两人各怀疑虑，各自盘算接下来如何收场。

不管惊呼，还是无言，海猫把吴若云拉到浅水的岸边，抖了抖脑袋上的水珠，说："吴乾坤，我娘海神娘娘说了，把吴若云还给你，她老人家还让我给你们带个话，说今天的秧歌你们不用斗了，以后你们两家一起打鱼。只要你们和和气气的，从此以后她保你们风平浪静，鱼虾满舱！"

老犟眼子接过海猫的话茬："族长大老爷，海神娘娘发话了，咱们得给她老人家叩头谢恩吧？"

海猫见吴乾坤不表态，又说："哎，我说，我娘都发话了，你们不叩头谢恩也就算了，总得下来几个人帮我把她拽上去吧？"

赵洪胜也不说话，他独站高台之侧，静观其变。赵家的大户富甲一齐拿眼光和赵洪胜交换着意见，赵洪胜示意谁也不要轻举妄动。

吴乾坤见海猫拉着奄奄一息的吴若云，心疼得再也看不下去了。他以求助的目光看向吴天旺。吴天旺顿时会意，一条瘸腿往庙前栏杆上一搭，翻身就要往下跳。却被一声断喝生生拦住。

"任何人不许下海！"发话的人是赵洪胜。他抬手一会儿指着吴天旺，一会儿指着海猫，一会儿又指着众人，大喊大叫："今天是祭海的日子，几百年来在这个日子从来没有人敢下海。海猫，我不管你是人是鬼，你信口胡说的那些话我不会信的！谁敢下海去帮他们，惹怒了海神娘娘降罪于虎头湾，他的全家都会不得好死！"

吴乾坤知道赵洪胜是针对他的，气得刚要发作。海猫的嘴却更快："哎，我说赵洪胜，你见吴家的大小姐在海里边，你成心见死不救啊！"

吴四爷虽然比吴乾坤长一辈，但他平日里不敢正眼看他一眼，却又不愿在这个露脸的机会让族人瞧不起，于是，在吴乾坤进退两难之际，吴四爷硬想挺身做一回主，他拉住吴天旺："天旺，可不能啊，祭海的日子下水是犯了祖宗的大忌啊！不过你放心，和你的新娘子在一起的那个是海神娘娘的儿子，他下水没事，你是凡人，下去了回不来不说，就怕虎头湾也跟着遭殃啊！"

吴乾坤横眉冷对吴四爷，刚要训斥，却听赵洪胜大喝："吴乾坤，祖宗留下的规矩你都不顾。为了救闺女，你想让整个虎头湾都遭殃，你还配做吴家的族长吗？"

吴乾坤一时语塞。确实，对他来说，祖宗规矩大如天，这是吴乾坤统治族人的底线，哪怕自己的闺女处在危难时刻，他也是不敢轻易突破的。

只听雷声响，不见雨点下，想寻死的吴若云，最终还是想求生的。此时此刻，她在海猫的怀抱中挣扎归挣扎，却十分在乎吴乾坤和吴天旺，以及吴姓族人对自己的态度。眼下，吴若云看到他们被祖宗规矩吓退了，心里真的就想死了，更何况她看到海猫的眼里已经没有了自己！想到这里，吴若云万念俱灰，突然用力推开海猫，声嘶力竭地吼道："放开我，让我死！"

因为在海里的好一番折腾，海猫早已有些体力不支，伸手去抓竟没抓住，眼睁睁地看着吴若云转身又扑进大海深处。

赵洪胜不禁大喜："老辈子祭海的日子本来就是要给海神娘娘活祭的，这两个人自己跳了海，那就是虎头湾的活祭了！谁去救他们，谁就是从海神娘娘嘴边夺食，天理难容！"赵洪胜的族人听族长这么说，都纷纷跪倒在地，双手合十，跪拜海神娘娘。

吴姓族人见赵姓族人都跪下了，也无可奈何跪倒了一片，有的默默祈祷，有的狂躁不安。吴乾坤虽然最终守住了祖宗规矩的底线，但却没有跪下。他老泪纵横，一脸的悲哀。

海猫在昆嵛山游击队东拼西杀，练就了铁打的身板。他抖擞起精神，很快地游到吴若云的身边。吴若云浑身发冷，已经没有多少力气了，她上气不接下气地喘息着，任凭海猫托起自己的身体，也全无力挣脱。

海猫把吴若云举在头顶，边踩着水，边在海面上寻觅。突然，他在起伏的波浪中发现有一条小船正向他们摇过来，惊喜万分地说："小先生，你快看呀，有人来救咱们了！"

吴若云的视线由模糊变得清晰起来，她看到撑船的是赵香月，默默闭上双眼。赵香月摇到二人身边，将手伸向海猫："海猫，把她的手给我！"

海猫将奄奄一息的吴若云的手递给了赵香月，两个新娘子的手握在了一起。赵香月用力一拉，将浑身淌水的吴若云拉上小船。海猫上了船，抱拳就说："多谢小姨搭救之恩，快靠岸吧，今儿水真凉啊！"

赵香月一声不吭，刚要操橹划船，吴若云突然睁开双眼："不许靠岸！"

海猫为难地说："小先生，都这个时候了，你还要什么小姐脾气呀！"

"往大海里划，有些话必须先说清楚，要不然我绝不上岸！不听我的，我现在就再跳下去，谁救我我就拖着谁一起淹死！"听了这话，海猫转头去看赵香月。

"好啊，是有些话得先说清楚。离岸远点儿，省得别人听见。"赵香月说着就摇橹向大海深处划去，船划出去很远很远。

海猫见吴若云不语，又见赵香月高高在上，他便柿子先拣软的捏，转头问吴若云："你为什么要寻死啊？你是不是看我还活着你不高兴啊？"

吴若云头不抬，眼不睁："那要问你自己，你为什么先看她？"海猫一头的雾水。"我们见了你的面，你为什么先看她？为什么先跟她说话？"

海猫下意识地回头看了看赵香月，似乎明白过来了。赵香月见吴若云生气，反倒更加得意。她得意在族长家的大小姐面前，终于占了上风。

吴若云生气地说："她就是个丫鬟，一个穷人家的穷鬼，她对你到底有什么好？你居然不先看我，先看她！居然先和她说话，把我冷在一边！"

海猫语无伦次："不是……你别生气呀！我也不知道你们俩都在花轿里边，谁在哪头啊……我刚好……"

赵香月接过话茬："刚好先看到我，那就是我们的缘分，你以前说过，如果你还能活着，就娶我！说吧，我们什么时候拜堂成亲，我愿意随时跟你走，离开虎头湾！"

海猫边看着吴若云，边支支吾吾："啊……啊？我……"

"你什么你？你告诉吴家大小姐，你有没有跟我说过这样的话？"

海猫面对吴若云质疑的目光，一脸的尴尬，尽量回避开赵香月的目光："小姨……你看你……"

赵香月不理海猫，接着说道："我们离开虎头湾，去哪儿都行。我能干活，能下海捞参，这条船就是我捞参换来的，我不靠你养活，我还能养活你！我愿意为你生儿育女！"

海猫被深深感动，却一点也不敢出声，他的后脖颈子已经感觉到了吴若云那目光中的锋利。果然，吴若云话若利刃："赵香月，你穷鬼家的女子真是不要脸啊！逼人娶你的话，你也有脸说得出口？"

赵香月寸步不让："我就说了，你能怎么样？这三年来因为海猫我吃了多少苦？遭了多少罪？只有我自己知道！海猫，既然你还活着，就赶紧带我走吧！我今天划船来救你，赵洪胜一定会迁怒我们全家的，我得带上我奶奶、我爹、我兄弟和你一起走！请你放心，他们我一个人全都养活得了！"

海猫没有想到赵香月竟这么豁得出去，又感动又满怀歉意："小姨……"

吴若云猛地转对赵香月："赵香月！你听见没有？你是她小姨，乱伦啊！你个穷鬼家的贱女人，连伦理纲常你都不顾了？"

赵香月反驳道："是，我们家穷，可穷人实在，没那么虚伪，按辈分我是她小姨，但就算有亲戚也早就出了五服了，跟什么伦理纲常没关系！"

吴若云没想到赵香月如此不好对付，只好扭头对海猫说："海猫，三年前在监狱里我就跟你说过，如果我救不了你，他们枪毙你之时，就是我嫁给你之日！结果真枪毙你那一天，我跟你拜了天地！难道你忘了吗？"海猫眼前闪过吴若云凤冠霞帔、大红喜袍的情景，不禁潸然泪下。她又接着说："我兑现了我的诺言，他们向你开了枪。这以后整整三年，你知道我这三年是怎么过的吗？三年来，我像一只被关在笼子里的小鸟，我爹把我关在自己家的监狱里啊！今天我第一次出了监狱，你头一天回到虎头湾，你们见了面，你却先看她，先跟她说话！"

海猫彻底明白了吴若云跳海的原因，说："小先生，你听我解释……"

吴若云张口打断了他的话："我没心思听你解释，我也用不着带上一家老小，就你和我，我们俩早就是夫妻了。我们现在就走吧，借她的船，在别处上岸，你跟我去上海，我有很多同学都在那里，那里是自由的王国，是人间天堂，我们厮守终生，白头到老，一辈子也不分开！"

猫心情感的天平开始偏向吴若云，但他又不忍心看到沉下的另一端。双眼就像天平上的两个铅坠，生怕多看一眼就失去了平衡，硬是愣在那里，动也不敢动。

赵香月从沉默中醒来，她以自己的柔韧，力克吴若云的刚性："海猫，你是不是被海水灌晕了？你忘了三年前你是为什么被枪毙的吗？枪毙你的保安队可是她引来的。吴江海是她亲叔叔，你是不是都忘了？你好好用用脑子吧，三年前害死你的就是吴若云，她才是杀你的凶手啊！"

吴若云刚要反驳，赵香月又说道："谁是杀人凶手咱先不说，是我救了你的命你知道吗？当年你被沉海，是我憋了一口气才从海里把你救出来了呀！三年前你被枪毙那天，还是我穿着孝服给你当了未亡人，收了你的尸啊！"海猫眼前闪过赵香月白衣白帽，披麻戴孝的情景，不由得饱含热泪。"我说话算数，你被枪毙坠海，那么冷的天我背着人跳进海里捞你的尸首，差一点没被冻死。如果冻死倒也一了百了，可是从此以后，我挨了多少人的骂，受了多少人的气，你都知道吗？"

海猫仿佛看到了赵香月的一片真心，他感激涕零："小姨，你听我说……"

吴若云再次打断海猫的话："你什么也不用说，你看看她今天穿的这身衣服，你就什么都明白了，赵香月，你不是已经嫁人了吗？见海猫回来又想改嫁是不是？你还要不要脸了？"

"你才不要脸呢！我这是没办法，要不是我爹以死相逼，我怎么能穿这身衣服呢？哎，你别光说我呀，你看你穿的是什么？"赵香月指着吴若云的红嫁衣。

"我……我是假的！为了逃出虎头湾，我迫不得已！告诉你，我认识海猫在前，我们俩同生共死过！"

"我是海猫的救命恩人，他的命都是我给的！"

"我没见过你这么不要脸的女人！"

"这句话说你自己更合适！"

海猫挥舞双手，头直摇："行了，行了，别争了！都怪我回来的不是时候。我看见了，有两顶大红花轿，你们俩都穿成这样，今天是你们成亲的好日子，真对不起，全都被我搅了……"吴若云和赵香月低头看看各自身上的喜袍，一时无语。

海猫说："小姨，你要嫁的那个人我跟他打过交道，是个厚道人，有把子力气，你嫁给他错不了！"没等赵香月反应过来，他又对吴若云说："小先生，不管咋的，是我对不起你，这三年来让你受委屈了。你要嫁的那个人我也见过，门当户对，也错不了！"

赵香月和吴若云一人抓住海猫的一只胳膊，异口同声地说："你听我说！"

海猫甩开两人的手，突然嬉皮笑脸地说："哎呀，我谁的也不听！是这么回事儿，那个什么，我挨了枪子儿，不是我仙界那个娘，是海神娘娘救了我！她老人家说我降生到凡间重任在身，所以这辈子她不让我娶妻生子……"

话音未落，二人毫不犹豫一巴掌抽在了海猫的脸上。

海猫挨了打，无比沮丧："小先生、小姨，你们……你们怎么不信我呀？"

吴若云怒气未消："你信口胡说，糊弄愚昧的老百姓还差不多，我压根就不信！"

赵香月一本正经地说："吴大小姐连海神娘娘都不信，真是了不起。我信海神娘娘，但我知道海神娘娘只保佑好人，不保佑恶人！海猫，我也算是冒充过海神娘娘救过你命的恩人，你却这么对我？你说，你是不是早就在外面有了人了？"

赵香月的话提醒了吴若云："对呀！她虽然是个穷丫鬟，说的话可有道理！海猫，你是不是早就在外面娶妻生子了？"

海猫哭丧着脸，百口莫辩："哎呀，我……"

这时，船身突然一阵剧烈摇晃。情急之中，海猫试图拉住吴若云，赵香月想去拉海猫，结果你拉她拉，三拉两拉，小船终于被掀翻，三个人同时落水，又同时发现四个水鬼近在咫尺。海猫偷眼观察水下形势，他见吴若云被一个水鬼抓住，向一个方向游去。又见赵香月被两个水鬼架着，向另一个方向游走。

海猫拳脚相加，奋力与自己眼前的水鬼拼杀搏斗，一来二往，海猫拽下了水鬼头上的面罩，竟是海盗荣六。荣六趁海猫愣怔的空当，抬起脚一脚踹在了他的胸口。海猫强忍疼痛，当他再回过神来的时候，荣六已经指挥水鬼们带着吴若云和赵香月消失在大海深处。

尽管海猫已经没了力气，但他仍然憋足了一口气，急忙沉到水下。水下，赵香月和吴若云双双没了踪影。只见一支金簪在水中缓缓下落，海猫伸手抓住，他又见一只玉镯相继沉到水底，又在更深处抓住。

第二十二章

虎头湾广场的人看着海猫、吴若云和赵香月三人消失在大海的深处，一个个束手无策，都作鸟兽散。吴乾坤仿佛从梦中醒来，赶紧命管家率领吴家乡勇分头寻找自己的女儿，还放出狠话说，活要见人，死要见尸！

管家和乡勇们竟然真的见到活人了，不过这个活人不是别人，他就是自称海神娘娘儿子的海猫。他们把他押到海神庙大殿，用绳子牢牢地捆在一条椅子上。

海猫大骂："你们这帮混蛋！老子在海里游了好一个时辰，刚上岸就被你们捆了，让我好好睡一觉行不行？"

吴管家抄起鞭子在海猫眼前晃着："我们家小姐呢？把人交出来！"

"叫吴乾坤来，我懒得跟你们这些喽啰说话！"吴管家气坏了，举起鞭子就要打。海猫大喝一声："我看你敢打我一下，你敢在我娘眼皮底下打她儿子？"管家真的不敢下手了，他心怀畏惧，侧眼看着大殿之上的海神娘娘的雕像。

这时，吴乾坤踏进大殿，吴管家连忙迎上来："老爷，我们刚在岸边抓到的。这个孽障自己游上来了，死活不说小姐的下落！"

吴乾坤走上前来，一把摁住海猫的脑袋，恶狠狠地瞪着他。海猫毫不示弱，却突然又笑了："离近了看你也没那么凶啊。娘，吴家族长虽然恶，可他毕竟是吴若云的爹，您老人家先别发威惩罚他啊！"

吴乾坤着急地问："别再装神弄鬼了，快说，我闺女呢？"

"想知道吴若云的下落？"海猫看着吴乾坤的眼睛，"好，你让他们都出去！"

吴乾坤冲吴管家示意退下："说吧，我闺女呢？"

"我要说让我娘——海神娘娘请到她的仙宫赴宴去了，您信吗？"

听了这话，吴乾坤伸手从后腰拽出枪来："放屁！一定是你的同伙掀翻了船，劫走了若云！我不管你们想干什么，赶紧把若云还给我。不然，我一枪打碎你的脑袋！"

面对吴乾坤的枪口，海猫狡黠地眨着双眼，用挑衅的口吻说："算你说对了，我确实有同伙，而且枪比你出得快，不信你转过头去看看！"

吴乾坤一愣，转头看去，只见王大壮和昆嵛山游击队的新战士李敢从隐蔽的暗处走来。他们每人端着一把枪，正对着吴乾坤。

海猫对惊愕不已的吴乾坤说："吴乾坤，您千万别喊人，他俩脾气都不好，万一枪走火了，什么事都会发生的！实话告诉你，我恨你！你逼死了我的爹娘，我恨不得将你千刀万剐，我每天晚上做梦都梦见我亲手打碎了你的脑袋！"

"要报仇找我，把若云还给我！"

"你这么在意你女儿，那你为什么把她关起来，而且一关就是三年？"吴乾坤一愣，海猫接着说道，"刚刚在船上小先生告诉我了。噢，对了，我跟吴若云有交情。她喜欢我叫她小先生，你应该知道我是你女儿的朋友，好朋友。我们同生共死过，就凭这一点，我也不可能伤害她！"

吴乾坤有些不耐烦："少说这些废话，我女儿她人呢？"

"你想要你的女儿，乡亲们怎么想？大伙是不是更愿意相信是海神娘娘发威，把她当了活祭了？吴乾坤，我想告诉你，我猜吴若云她应该还活着，掳走她的那个人我见过。"说着，海猫示意吴乾坤松绑。吴乾坤心里焦急，也顾不得多想，忙给海猫松了绑。

海猫活动着被绑麻了的双臂，边踱步边说："这人我见过，很面熟的，可到底是在哪儿见过呢？"海猫努力回忆着，他想起他在水里撕下水鬼面具的一刹那，荣六的脸突然和聚龙岛大殿的那张脸碰在了一起。海猫不由得大叫："我想起来了，我在聚龙岛见过那个人，他应该是黑鲨的手下！"

吴乾坤大吃一惊："黑鲨？黑鲨的手下？海猫，你是不是早就和海盗勾结在一起了？你到底想干什么？"

海猫冷静地说："吴乾坤，都到这个时候了，你问我想干什么顶什么用？你闺女让海盗抓走了，至今生死不明。你还不赶紧想办法救她？……好！你不救她我救她，还有我小姨呢！再晚了我怕海盗对她们不利！"

海猫说着要走，却听吴乾坤大喝："给我站住！你甭耍花招，外面都是我吴家的子弟，你想活着离开虎头湾，门儿也没有！"

"你不让我走啊？那好！"海猫回身又坐在了椅子上，"我不去聚龙岛，吴若云这辈子怕是再也回不来喽！"

"你知道我跟黑鲨有仇，你在编瞎话骗我是不是？你就不怕我一枪毙了你？"

只听海猫慢悠悠地说道："骗你？怕死？我要是怕死，还用得着费这么大劲游回虎头湾吗？我回来，就是要告诉你一声，吴若云还活着，你也一把年纪了，我怕你急！"

吴乾坤被海猫的淡定镇住了："你说的是真话？若云真的被黑鲨抢走了？"

"你可以不相信我，我也没有十足的把握能救出吴若云，但是我想去聚龙岛试一试，让外面的人放我们哥仁走吧，再晚了真就不赶趟了！"

吴乾坤心一急，伸手推开庙门。门外，吴管家和乡勇们拥上来，一齐举枪对着海猫和海猫身后持枪的王大壮与李敢。吴乾坤对众人挥挥手，示意让他们走开。海猫冲吴乾坤拱了拱手，招呼王大壮和李敢转身离开。

三人一路小跑，经过赵家牌楼时，赵大橹手持鱼叉冲到海猫跟前，不问青红皂白，举叉就叉。王大壮和李敢同时出枪顶在了赵大橹的腰际。

海猫说："你来得正好，我小姨家里还有奶奶、爹和兄弟，你去帮我告诉他们，我小姨还活着，让他们别太着急。都怪我没看皇历，早不回晚不回，非赶上今天回了虎头湾，搅了你的喜事，对不住啊！"

赵大橹还没回过神来，海猫就带王大壮和李敢来到海边礁石丛。三人用头拼个"品"字，匆忙开起小会来。

海猫问李敢："你在虎头湾附近排查得怎么样？"

李敢说："沿着海边，能去的地场我都去了，没有藏船的地场。"

海猫说："我寻思，最大的嫌疑就是聚龙岛，看来这回我要三上聚龙岛了！"

王大壮说："不行，岛上的海盗恨你恨得咬牙切齿，你去了还不是送死？"

海猫说："所以需要你们配合我，李敢，你是新兵，但你最像我，脑瓜活泛，嘴皮子也好使，敢不敢去海阳县城会会县长大老爷啊？"

李敢说："那有啥不敢的，我编瞎话的本事不是得到了您的真传吗？"

一朵朵浪花在礁石丛中飞溅，陪着王大壮和海猫笑个不停。

海阳自古有一山一岛闻名于世，陆上的山叫招虎山，海上的岛叫聚龙岛。不说招虎山巍峨挺拔和苍翠劲秀，单说聚龙岛其势峻峭，悬崖峭壁之上一块偌大的巨石赫然而立，就像蛤蟆舌尖上的一只多彩的瓢虫，险得让人把心提到了嗓子眼儿。此刻，黑鲨就站在这块巨石上，凭高载酒，宛在席间独饮一般。

　　走惯了山路的荣六，一蹿三跳地来到黑鲨面前，双手抱拳道："大哥！"

　　黑鲨问荣六一大早去哪儿了，荣六满面笑容："大哥，今天是您的生日，半月前哥几个就合计给您办寿礼。思来想去，大哥最缺的就是大嫂！我就自作主张，到虎头湾给您接亲去了！"

　　黑鲨脸一板："你这唱的是哪出戏啊？你接的什么亲？"

　　荣六谄媚道："这之前我就打探到了消息，说吴乾坤的独生女吴若云今天要嫁人。上次她到岛上来的时候，我见大哥看她的眼神跟看一般人不一样，我就想啊，让大哥另眼相看的女人嫁给别人那不是可惜了吗？"

　　"所以，你大白天的就把人抢到岛上来了？"

　　荣六点点头："正是！今天是他们的祭海节，渔民都不敢下海，正是好机会啊！我就带了仨兄弟从海里摸到海神庙底下，本想耗到天黑，趁他们放烟花放炮仗的机会摸进洞房，把人给大哥抢回来，哪承想踏破铁鞋无觅处，得来全不费工夫，我们不仅看了一出好戏，而且还见到了海猫！"

　　黑鲨一惊："海猫？他还活着？"

　　荣六如实禀告黑鲨。黑鲨眉一皱："当年保安队拿他当共产党枪毙了，他怎么活下来的呢？"

　　"那我就不知道了，我就记着大哥曾经说过，凡是聚龙岛的兄弟只要见到海猫，立刻就把他宰了！我就在海里边跟他动了手，没想到这小子水里的本事见长，我愣是没收拾了他！"

　　黑鲨眉又紧蹙，嘴里自言自语："真邪了门了，他居然还活着……"

　　山上的黑鲨和荣六正为海猫还活着的事纳闷，山下的聚龙岛大殿却热闹非凡，海盗们围着被掳上岛的两个新娘子吱哇乱叫。吴若云和赵香月吓坏了，她们谁也无法制止海盗们动手动脚。正在这时，荣六和黑鲨一前一后走进，荣六大喊一声："都干什么呢？"

　　黑鲨接着问道："荣六，怎么两个？"

　　荣六嘿嘿笑道："刚才忘了禀报大哥了，本来就想抓吴若云一个，这不是赶巧了嘛，俩新娘子上了同一条船！我们就搂草打兔子，捎带着抓了俩！"

　　荣七淫笑道："俩还不好？大哥，您留一个当大嫂，剩下一个赏给兄弟们啊！"

　　在海盗们的怪笑声中，吴若云认出了黑鲨，大喊道："黑鲨，快放了我！"

"你先等会儿！"黑鲨对吴若云说罢，转头问赵香月，"你也是虎头湾的？叫什么？噢，我想起来了，我认识你，你的水性好，上次在海里边，我还给你竖过大拇哥呢……"赵香月似乎也认出了黑鲨，上次她救海猫时，毕竟和黑鲨有一面之识。

荣六没想到黑鲨还认识赵香月，不由得感叹起来："大哥，芝麻粒掉在针鼻里，这也太巧了吧？俩新娘子你全认识，这就是缘分吧！要我说啊，好事成双，你是我们聚龙岛的一岛之主，也该享享齐人之福啊！她们俩一个是吴家的，一个是赵家的，就是他们吴赵两家联手逼死了您的爹娘，现在让他们一家出一个漂亮娘儿们给您当压寨夫人，就算替他两家还债了！"赵香月从未经过这种场面，她有些惊恐，大张着嘴，却说不出话来。

吴若云是见过世面的，冷笑一声说："哼，海盗就是海盗！黑鲨，快让他们放我回去！否则，我爹杀上岛来，一定会将你碎尸万段！"

荣七呵斥道："嘿！小老鼠打喷嚏，好大的口气，你敢跟我大哥这么说话？"

吴若云毫不理睬："呸！你是个什么东西？我跟黑鲨说话，你插什么嘴？"

荣六看一眼被骂愣的荣七，不禁笑着对黑鲨说："大哥你看看，这还没拜堂呢，她就摆上大嫂的架子了！"

黑鲨忍不住也笑了，饶有兴致地看着吴若云。

荣六说："大嫂，实不相瞒，上次你到岛上来，兄弟都看出来了，我大哥喜欢你，所以这次才去把你接来。今天是我大哥的生日，择日不如撞日，正好你还穿着新娘子的衣服呢，待会儿摆上喜酒，你跟我大哥就把堂拜了吧！"

吴若云想了想，明白走是走不了了，索性说："拜堂？行！"

"嘿！大哥，您听见了吧？她答应了！"

吴若云接着说："那你们得先帮我办一件事。那个女人是我最讨厌的，我要她死，死得越惨我越解气！等她死了，我就跟黑鲨拜堂！"

赵香月顿时愣了，呆呆地看着吴若云。很明显，在海盗面前，赵香月完全不是吴若云的对手。黑鲨不由纳闷了，说："哎，你个小姑娘，怎么这么狠？她怎么得罪你了？"

吴若云不理会黑鲨，径直问道："这件事你到底办不办？"

"荣六，你不是说了让我享齐人之福吗？"黑鲨说着，示意荣六跟他出去一下。

荣六边跟在黑鲨腚后往外走，边回头对荣七和海盗们说："大哥的意思你们都听明白了吗？这两个今天晚上都是咱们大嫂了，你们都给我老实点儿啊！离两位大嫂远点儿！"

海盗们哄堂大笑，笑声中，赵香月气愤地怒视吴若云。吴若云故意昂着头，理都不理，她把在海猫跟前丢失的脸面，全都找了回来。

黑鲨来到大殿外的树下，和荣六商量，黑鲨确实有点喜欢吴若云，加上荣六的撺掇，便决定与吴若云拜堂成亲。至于赵香月，黑鲨敬佩她，让人送她出岛。

吴母是个大事清楚，小事也不糊涂的人。早年间吴大老爷花大价钱给她雇了两个使唤婆子。但是一个人能干的活她决不用两个人，闲下来的那人就用手掌打磨自己土炕的炕沿。炕沿是上好的花梨木镶嵌，因为年复一年的揉搓摩抚，竟然包浆如漆，光亮照人。

吴母精于对下人算计，当然，对自己的儿子也洞若观火，明察秋毫。当她听了吴乾坤禀报了吴若云走失的情况后，心里自然有自己的主意，说："你千万别听那小孽障胡说八道！船翻了人掉海里了半天不见上来喘气，还能活着？憋也憋死了呀！"

"可是万一……"

"没什么万一！"

吴乾坤哀求道："娘，我就这么一个闺女！"

"我就知道你会说这句话，我还知道你想干啥？想带着吴姓子弟去打聚龙岛，门儿都没有！只要我还有一口气，就不会让你去！"吴乾坤心有不甘，吴母接着又说："这就是命啊……这是吴若云的命啊！她准是给海神娘娘当了活祭。我说我前些日子心里那么闹腾呢，我就知道我这辈子再也见不着她了！也好，也好，这是她最好的归宿。她的命硬，在这个家里边，我就抱不上孙子。这下好了，你现在要干的就是给咱们吴家留个后！"

吴乾坤本想解释，想了想，便换了一种方法，顺着他娘说："行。"

"好儿子，掉眼泪的时候偷着掉，别让娘看见了！"吴母这么说着，仿佛动了恻隐之心，自己止不住呜呜地哭起来，"我这孙女哎，她的命怎么这么苦啊！"

吴母这是怕他去拼命。但是，为了自己的闺女，他是一定要去拼命的，哪怕丢了自己的命。吴乾坤打定了主意，离开吴母以后，起身带着管家快马加鞭，飞奔海阳县城。他想豁出自己的老脸，再去求一次吴江海。

吴乾坤一步闯进吴江海的办公室，拿出随身携带的房契、地契和厚厚的一摞银票往他面前的桌子上一拍，说："老二，你帮我办件事。办成了，咱们吴家的家业，你我一人一半！"

吴江海看都不看吴乾坤一眼："什么事让你下这么大本儿？"

吴乾坤告诉吴江海，聚龙岛绑走了吴若云，希望他出兵攻打。救出吴若云后，家业一人一半。

吴江海看一眼房契、地契和银票，转身来到县长办公室。当提出要去攻打聚龙岛时，县长大吃一惊："什么？这个节骨眼上去打海盗，你疯了吧？日本人的大部队连烟台都占了，你还有心思打海盗？"

　　吴江海说："报告县长，聚龙岛非得打下来不可，这可是您建功立业的好机会啊！因为日本人占了烟台，随时都可能打到海阳来，咱们应该有个长远打算。一旦海阳也被日本人占了，聚龙岛就是我们的退路。等到蒋委员长派大兵反攻之际，我们就可以据守聚龙岛，配合中央军一起行动。到那个时候，南京方面还不得直接任命您当烟台市长啊？到省里边去当个大员都有可能！"

　　一席话说得县长晕头转向，连连称道。但县长问有十足的把握没，吴江海刚想信口再编一套瞎话，被进来的秘书以及跟在秘书身后的李敢打断了。只听李敢进门就说："县长大老爷，我是被海盗抓去的！那聚龙岛可真不是人待的地方啊，我就想凭自己的双手混口饱饭吃。我实在是饿呀……"

　　县长对连说带表演的李敢说："行了行了，待会儿给你吃的！"

　　李敢假装止住饿相："我算着日子呢，今天是大好时机，是黑鲨的生日呀，海盗们早就把酒备齐了。我给你们带路，今天去聚龙岛，保准连个站岗的都没有！他们全都变成醉鬼了，您拿着枪随便突突啊！"

　　吴江海掏出枪来："我先突突了你，别以为我看不出来，你是个奸细！"

　　"别啊！"李敢说着捋起袖口，露出了曾在战场上与敌人拼杀时留在胳膊上的一个伤疤说，"县长大老爷呀，您看，就因为我想跑没跑成，黑鲨就掏出刀子把我这块肉片下去了，片下去他直接塞在嘴里吃了啊！"

　　县长感到一阵恶心："敢吃人肉，什么人哪！"

　　"他哪是人啊，他就是条鲨鱼啊！我听说去年也有一个被他们抓上聚龙岛的海盗想跑，那比我还惨哪，一片，一片，全给片了吃了！"听了李敢的话，县长又一阵恶心，差点儿没吐了，便吩咐秘书把李敢带下。转头和吴江海商量："就看他胳膊上的那块大疤，这人我看靠得住，机不可失，时不再来，你说呢？"

　　吴江海立马立正："只要县长大哥一声令，兄弟我一定帮您建功立业！"

　　海猫摇橹直奔聚龙岛，船到岛滩前，他发现船底有异动，不一会儿，船便左右晃动起来。海猫明白，海盗来了。他放下橹，趴在船帮上喊道："嘿，嘿，聚龙岛的兄弟们，别费劲了。我是黑鲨的拜把兄弟，你们用不着非把我弄水里去！你们现身吧，我没带枪！"

　　话音未落，"哗啦"一声，从水里同时冒出四个海盗，他们翻身上船，押着海猫就送到了黑鲨和荣六面前。海猫想抱拳，可双手被绑着，只好大声嚷叫："大哥，三年不见了，我想死您了！咱们岛上的兄弟也太不讲交情了。我说我是来看您的，可他们还非要绑我，您快帮我解开，见了面我得给您行个礼啊！"

黑鲨冷笑一声："老六，我说过什么来着？"

荣六重复道："聚龙岛上的兄弟，见到海猫一律格杀勿论！"

"那还愣着干什么？"

听了黑鲨的话，荣六立刻掏出枪来，海猫突然大喊一声："关老爷呀，您快显灵吧，黑鲨要杀了他的结义兄弟，您老人家用青龙偃月刀劈了他！"

"你还有脸提关老爷，你杀了我聚龙岛上的兄弟，我为了保你性命，才和你结拜，可你呢？你骗了我！"

"骗你？我什么时候骗过你？"海猫冤枉得直叫，"我领了您的命去县城抓药，药有没有给您抓回来？"

"可是你人跑了！"

海猫立马接过话茬："那是因为我要找吴乾坤和赵洪胜报仇，我不想连累大哥！如果您连这一点都不理解的话，就请您看在关老爷的面子上，咱俩借一步说话。"

黑鲨令荣六退到远处，然后对海猫说："说吧，我看你能不能说出个大天来！"

"大哥，当着真人不说假话，当年我压根没挨枪子儿，是共产党救了我。我现在是共产党八路军的侦察排长……"

听了此话，黑鲨眉一扬："那你是来攻我聚龙岛的？我一听什么党什么军的我就恨。你既然当了官，就更该死！"

"官儿？"海猫笑了，解释道，"大哥，你真的不知道共产党八路军是怎么回事儿啊？在那些当官的眼里，我们跟您是一样的，他们叫你们海盗，叫我们'赤匪'！现在才好一点儿，这不是小鬼子来了嘛。我们想打鬼子，他们才给了我们一个番号，叫八路军。大哥，现在全国的英雄好汉都在打鬼子，您要是愿意，我帮您介绍，您也参加我们八路军吧！"

黑鲨一脸的匪气："想收编我？"

"大哥要是不愿意，再看看也行，我想用不了多久，您就能了解共产党八路军是怎么回事儿了！咱不叫收编，到时候您愿意参加，我们欢迎！"海猫真诚地说。

黑鲨打断他："别把话扯远了，你先说说你这次来是干什么的。"

"那好，我也实话实说，我想跟您要船！有一条大船，上面装满了物资，主要是救治伤员的药品，就在您的眼皮底下找不着了。我想八成是让大哥扣下了，您快给我吧，我们共产党讲交情，将来一定报答！"

黑鲨摇摇头："什么大船小船的？我不知道！"

"大哥，我长话短说，那条船关系着很多人的生命，甚至关系到咱们中国人能不能打赢日本鬼子啊……"

黑鲨打断海猫，说道："打赢打不赢跟我一个海盗有关系吗？我说不知道就是不知道，再说，即便我真的劫了你们的船，就凭你空口白牙上嘴皮一碰下嘴皮我就还给你了？你不拿出真金白银的赎金来，我们还叫海盗吗？"

海猫试探地问："这么说那条船真的没在大哥手上？"

"没在，你走吧！"黑鲨说着掏出匕首来，割断捆住海猫的绳索，"看在关老爷的分上，我再饶你一回，别等着我的兄弟们宰了你！"

黑鲨说完转身就走，海猫喊道："等会儿大哥，要是没船，您把人还我得了。"

黑鲨转过头来，愣道："什么人？"

海猫立马说道："新娘子啊。你们的人在海里劫走的。大哥，这个您可不能不认账！"

黑鲨虽沦为海盗，但他讲情重义。因此海猫没费多少口舌就见到了被绑在聚龙岛大殿的吴若云和赵香月。

两个女人一见海猫，眼睛全都红了起来。海猫顿时傻了眼，浑身的血液直往脑袋上冲，只觉得口干舌燥，一句话也说不出来了。

黑鲨指着赵香月说："你来得正好。这个，你带回去！"

"哎！"海猫一边答应着，一边给赵香月松绑。被晾在一旁的吴若云急了，想说什么又不好意思说出来，只顾得劈里啪啦地往下掉眼泪了。

黑鲨挥手对海猫和被松了绑的赵香月说："你们俩走吧！"

赵香月扯着海猫的后衣襟，连拽几下，巴不得立刻跟他走，可是海猫却没有要走的意思，他指着吴若云问："大哥，还有一个呢？"

吴若云狂喜不已，一颗心仿佛从胸膛里蹦出来掉在了海猫的面前，咕咕直叫，鲜亮得晃人眼睛。

见黑鲨拒绝，海猫只好说："这个是我媳妇，您弟妹！常言道，朋友妻不可欺，更何况咱俩是拜过关老爷的兄弟？大哥这么对自家弟妹，不合适吧？"

黑鲨急了："什么？我拿你当兄弟，你拿我当猴耍啊！你满嘴胡说八道，吴若云什么时候成了你媳妇？"

"大哥您忘了，头一回上聚龙岛，就是我们小两口一起来的呀！再说啦，大哥您既然知道兄弟我被保安队枪毙了，您难道就没听说，枪毙我的时候，我媳妇跟我拜了堂？那场面，连我娘海神娘娘见了都掉了眼泪！"

"你少提海神娘娘，我不信！"黑鲨怒道。

"您不信归不信，但我跟您说的是真的。大哥，在我挨枪子儿的时候吴若云跟我拜了堂，差点儿没把她爹气死。这以后吴乾坤就把她关了起来，在自己家里像监狱一样关着她，一关就是三年！"黑鲨将信将疑，瞟了一眼吴若云。"为了让她对我死心，吴乾坤逼着要把她嫁给自家的长工。那长工还是个瘸子，她本来不想嫁，可是吴乾坤说，不嫁就把她打成瘸子。大哥，你想想，你弟妹为了我受了多少苦？大哥……"海猫嘴里叫着，一抱拳单膝跪倒："求大哥放了她吧！"

海猫虽然有瞎话，但说得真诚。吴若云听着更加控制不住自己的泪水了。而赵香月听到这一切，却有些伤心，她感觉到海猫还是更爱吴若云多一些。

黑鲨转头问吴若云："吴若云，他说的都是真的吗？"

吴若云咬紧了牙关，点着头，泪水仍劈里啪啦地往下掉。

黑鲨命令荣六松绑，荣六不愿意，但无奈，只能给吴若云松绑。

见此场景，海猫又一抱拳："多谢大哥！大哥的恩情，兄弟终生不忘！"

黑鲨叹了口气："实不相瞒，今天是我的生日，兄弟们也是好意，想让我成个家，还好，带回来了俩！这样，你和你媳妇也别着急走了，留下来喝喜酒，那个从此以后就是你大嫂了！"黑鲨说着指向海猫身后的赵香月。赵香月吓坏了，紧紧抱着海猫的大腿。

海猫也没想到黑鲨会这样："大哥，那个我也得带走，她也是我媳妇！"

黑鲨一愣，荣六趁机冲到海猫跟前，拔刀架在了他的脖子上："你真是海猫不识潮水，我大哥这么讲义气，把喜欢的女人让给你了，你却给脸不要脸！"

海猫不理荣六，双眼只盯着黑鲨说："大哥要是生气，就宰了我吧，但我没骗你，她真的也是我媳妇……实不相瞒，按辈分她是我小姨，可我也没办法，我娘临死之前把我们俩的手放在了一起，说我要是不娶她，就合不上眼。我不得不答应……保安队枪毙我那天，她拿自己当未亡人，为我披麻戴孝，这三年她受过的苦都不是个女人该受的啊！"

赵香月被海猫的话感动得掉下了眼泪："海猫你别说了，你怎么这么傻呀？黑鲨都放你走了，你就走吧，能活一个是一个！"

海猫假装呵斥赵香月："你闭嘴！你女人家懂什么？我与黑鲨是结拜兄弟，我大哥什么人品我清楚，你是我媳妇，我要不跟我大哥说清楚了，那就是陷大英雄于不义！"

赵香月说道："你跟海盗讲情义，你不是找死吗？你活到今天不容易。你走吧，别管我了，我死了也算对得起你娘了！"

第二十三章

海猫既不想放弃吴若云，又不想放弃赵香月，这可惹恼了荣六，他朝黑鲨又嚷又叫："大哥，给您娶媳妇也不是光为了您自己，兄弟们主要想要个压寨夫人。您要是这么就让他海猫把这俩娘儿们给带走，我们不服啊！"

荣七插话说："大哥，海猫要是个正经东西，兄弟我也不多嘴，可这小子就是个骗子，您一声令下，我抹了他的脖子，俩娘儿们都是我们大嫂！"

黑鲨沉下脸来："海猫，你别蹬鼻子上脸，我让你带走一个。你快点儿选，赶紧走，待会儿我要是变了卦，兄弟们就会要了你的命！"

海猫眉头紧蹙，像热锅上的蚂蚁，在聚龙岛大殿转来转去。他看看吴若云，又看看赵香月。显然，海猫不是在痛苦中抉择，而是在求生中寻思突围。

赵香月突然退一步说："海猫，你给我听着，我跟你说你娘把你托付给我的事，是我编的瞎话。黑鲨让你走，你就快点儿走吧，带着吴家大小姐。"

海猫不容置否："那不行，就算你编了瞎话，我说的可都是实情。我娘走之前确实为咱俩订了终身，我答应她老人家的，不娶你，那就是不孝！"

赵香月对海猫使个眼色："就算是你娘的意思，可我也没说要嫁给你啊！"

海猫不理解赵香月用意似的，给个梯子偏不下："你已经嫁了！三年前我被枪毙的那一天，你披麻戴孝给我当了未亡人，你敢不承认？你如果不是我媳妇的话，凭什么给我披麻戴孝，凭什么给我收尸？"

没想到赵香月突然以攻为守："那吴若云呢？你跟她是怎么回事？"

海猫愣了，脱口而出："她也跟我拜了堂，你不是亲眼看见了……"

"那不就完了？既然你们拜了堂，还管我干什么？快带她走吧！"赵香月进一步用眼神示意海猫赶紧走。海猫早就明白了她的意思，但两个女人他是绝不肯放弃其中任何一个人的。海猫回过头去看吴若云，正考虑如何全身而退，不料，吴若云朝赵香月吼道："赵香月你什么意思？你在海盗面前逞什么英雄？你就是个穷鬼家的闺女，我用得着你了？还有海猫，我问你，你娘死之前真的把你们俩的手放在一起了？"

海猫不假思索地说："是啊，千真万确！"

"你胡说八道。那天我也在虎头崖，玉梅大小姐自刎之际，吴赵两家有头有脸的人都在场，还轮到穷鬼家的闺女往前凑乎了？她能知道什么？"

海猫近乎乞求地说："小先生，我求求你了……"

吴若云不管不顾："就算你们俩相好了，也是私订终身，令堂已经去世了，你还编她老人家的瞎话，这合适吗？"

海猫赶紧解释："不是，小先生你误会了。我说的不是在虎头崖上，我说的是之前在海神庙，我娘真的把我们俩的手放在一起了。"

"她赵香月大你一辈儿，玉梅大小姐难道会像这个穷女人一样，连伦理纲常都不顾吗？"吴若云转身对赵香月说，"你听着，就算海猫认你，你也是名不正言不顺！"

吴若云趁海猫和赵香月一时哑口无言，转身指着黑鲨说："告诉你，我和海猫已经拜过堂了，就算她也是海猫的女人，最多也就是个小妾，没听说过生死关头让一个小妾出头的！不是必须要留下个女人吗，你带着她走吧，我留下……"

海猫和赵香月全愣了，没想到吴若云绕了半天是为他们两人脱身。黑鲨自然明白吴若云的用意，也很欣赏这三个人的侠肝义胆。

吴若云频频向海猫递着眼神："快走啊！黑鲨为人仗义，说话算数，你快带着这个女人走吧，他会让你安全离开聚龙岛的！"

海猫已经明白，吴若云是真心真意想让自己和赵香月走，他更加深情地望着吴若云，斩钉截铁地说："不行，要走一起走，要死一起死！"

吴若云心急如焚："糊涂，糊涂，你真糊涂！三年前为了救你的命，我一个人来过聚龙岛，黑鲨也没把我怎么样，你忘了？快走啊！"

荣六见黑鲨默不作声，便凑在他耳边说："大哥，看出来了吧，他们仨给咱们唱大戏呢。海猫先跟这个女人挤眉弄眼，又给那个女人使着眼色，他这就是逗引这两个女人说好听的，让大哥你心软啊！跟这种人结义兄弟，太危险了，早晚有一天他得害死你！你可别忘了，他今天是一个人摸上聚龙岛的……"

荣七也随声附和。黑鲨终于发话："海猫，我一言既出，驷马难追。刚才已经说了让你带一个女人走，你快点儿选！再这么没完没了，我可真的翻脸了！"

海猫为难地说："大哥，我没法选，你要认我这个兄弟，两个女人都让我带走！"

"我要是不答应呢？"黑鲨也真是恼了。

"你放这两个女人走，我留下！"

听了这话，黑鲨生气了，"啪"地一拍面前的桌子说："我他娘的要你有个屁用，快来人，把海猫给我宰了！"

荣七应声冲过来就要下刀子。吴若云忙喊："等一等！黑鲨，你放了他，我愿意留下给你当压寨夫人！"

黑鲨哈哈大笑："可惜现在我信不过你了，吴若云，你个丫头鬼得很，我要是留下你当压寨夫人，早晚你得害死我！再来人哪，把吴若云和海猫一起杀了！"

荣七和三五海盗立刻把刀架在了吴若云的脖子上。赵香月见状，挣扎着挺身喊道："连我一起！"

吴若云怒道："你凑什么热闹？不想死，赶紧求海盗让你当压寨夫人，然后把你爹、你奶奶、你兄弟接到岛上来，都当海盗总比在虎头湾饿死强！"

"凭什么？我和海猫一起死，到阴间让大小姐做主给我们成亲！"

"谁做主你也是小妾！"

海猫突然大声喊道："行了，行了，你们俩女人别吵了，烦不烦啊？再吵用不着七哥下刀子，我自己咬舌自尽！"

"谁是你七哥？"荣七说着，抡起刀子来就要向海猫的咽喉刺去。

海猫头一歪躲过，随即大喝一声："保安队！"趁荣七一愣，海猫忙说，"吴江海的保安队马上就要攻上聚龙岛了。大哥，你现在让他们杀了我，聚龙岛就要大难临头了！"

黑鲨一把抓住海猫的脖领子，拎着他就向大殿的供桌走去。供桌之上立着一个小小的牌位，牌位上写着"义弟海猫之灵位"。黑鲨指着牌位上的字说："我知道你小子不认字，我告诉你这是什么……"

海猫向后退了半步，双手抱拳道："不，大哥，我以前是睁眼瞎。可自从当了红军，在队伍里，我识了字。大哥的这一片情，兄弟我真没想到……"

"可是你呢？我黑鲨只跟你一个人拜过关公，真心实意地拿你当兄弟，你骗了我逃出聚龙岛也就罢了，今天你还竟然勾结了保安队！"黑鲨撩起衣襟，拽出了内衣，"既然拜了关公，就得给关老爷一个交代，杀你之前我先跟你割袍断义！"

海猫一把抓住黑鲨的刀："等一等，大哥，您听我把话说明白……三年前我骗了大哥，心里一直愧疚，今天上岛来要人，我自知理亏，所以就给大哥准备了一份厚礼。实话告诉您，保安队就是我送大哥的见面礼。"

正说话间，一个放哨的海盗闯进大殿，高喊："报——"

海猫一听，忙对黑鲨说："大哥，如果我没猜错的话，保安队已经到了。我想给大哥送礼，可没想到正赶上您的生日。这真是天意，也是缘分啊！"

黑鲨脸色阴沉地说："什么天意和缘分？你把保安队招来了，却说要给我送礼，我倒要听听你这个礼怎么送法？"

"这个我不敢骗您，保安队确实是我招来的。他们武器精良，短枪长枪，轻重机关枪要啥有啥，我估摸这回少说也得来四五十号人，保安队带的所有家伙，就是我给大哥您送的礼！"

黑鲨皱了皱眉头，搞不懂海猫葫芦里到底卖的什么药："你送的是这个礼呀？"

海猫解释道："对不起大哥。我现在是八路军的侦察排长，既然要上聚龙岛，我就得知道大哥的底细。您的老家底儿是十年前在海上劫了一条运军火的船，这些年各路人马都来攻过聚龙岛，尤其是去年，附近三个县的保安队趁着过年偷袭聚龙岛，您的军火耗费的可不少，现在剩的不多了吧？"

荣六插话道："这小子连咱们的底儿都摸清楚了，大哥，留他必成后患！"

黑鲨不理荣六，接着问道："既然你知道我现在手里缺枪，尤其是缺子弹。你还把保安队引到岛上来，说是送我的礼物，我问你，我拿什么接这份礼？"

"大哥要是信得过我，我就帮你指挥这一仗，全歼保安队，缴获的家伙我一样不跟你分，都给你留下，怎么样？"

黑鲨眼珠一转："先把那两个女人捆起来再说！"

吴若云和赵香月抬头看着海猫，不知他要干什么。

残阳如血，聚龙岛被海浪渲染得像吃人的魔鬼，张着血盆大口，"咯吱咯吱"，声声磨牙，令人毛骨悚然。正在这时，保安队的船队跳进黑鲨的望远镜。黑鲨边从制高点上俯瞰着山下，边问趴在自己身边的海猫为什么他在聚龙岛待的时间不长，却如此熟悉地形。海猫告诉黑鲨，由于小时候要饭，为了能够挨打时逃跑，锻炼了一身记路的本领。

此时，海盗们四下里散开，围成了一个半圆。这半圆的下方有一个很深的水泡子，就是海猫早为吴江海设计好的葬身之地。黑鲨下达命令："兄弟们，一定要稳住神，沉住气，听我号令再开枪。谁要是走了火，我饶不了他！"

保安队刚刚爬上聚龙岛岸边，李敢便在吴江海的耳边嘀咕："大老爷，这次大功告成以后，您能赏赐我个官儿当吗？"

吴江海用枪顶着李敢的后脑勺，大吼："你啰唆个屁？告诉你，你如果敢耍花招，老子就一枪打碎你的脑袋！快走，赶紧带路！"

为了让海猫及早地发现自己，也为了报告保安队已中圈套的消息，李敢假装胆小害怕，十分夸张地对吴江海又是立正，又是敬礼："是，是！"果然，不用说海猫，就连黑鲨也已经在他的望远镜里看出了端倪。黑鲨扭头问海猫："那个带路的是你的人？他胆子够大的！"

海猫不无自豪地回答："我带的兵个个不孬！不是吹，这小子脑瓜好使，连日本话都会说。去年我奉命从招远运黄金到前线去支援抗战，就靠他的日本话，骗过了鬼子好几次盘查。"

黑鲨不屑："你就吹吧！从招远运黄金支援抗日？你口气可真不小！"

海猫笑了:"大哥,这几年没见,兄弟的变化确实很大。共产党八路军的队伍,是个改造人、锻炼人的地方。我真的希望大哥能到我们的队伍里去看看。"

黑鲨再次制止:"你又来了,给脸不要脸是不是?就凭你也想收编我?"

海猫趁黑鲨心情好,忙凑到他跟前说:"好,好,好,我不说了还不行吗?哎,大哥,我说的那条船,真的不是您劫的?"

黑鲨看都没看海猫:"你当我是你啊,满嘴胡说八道?"

海猫自言自语:"真是奇了怪了,在这个地盘上,除了聚龙岛,谁还有实力劫下那么大一条船?大哥,您一定知道谁劫了船!"

黑鲨想了想:"打完这仗再说,我也是猜。"海猫一激灵,脸上露出了希望。

躲在海猫身后的荣七,却一脸的绝望。他眼见保安队进入海猫划定的伏击圈,手里的枪不由得哆嗦起来。荣六一见,问:"你哆嗦什么?"

荣七故作镇定:"没有!我没哆嗦!"

荣六边看着山下,边说:"你还别说,海猫这小子真有两下子,居然把吴江海骗进了口袋阵。这么多好家伙,咱们聚龙岛以后兵强马壮了!"

荣七心怀鬼胎,点点头。荣六接着嘱咐荣七,等会打扫战场时,背后给海猫一枪,以防大哥心软,还说大哥要是怪罪,他替他担保。

伏击战前,短暂的等待,变成了酝酿各种阴谋、确定各种计划的黄金时刻。黑鲨对身边的海猫交代:"海猫,待会儿真打了胜仗,宰了吴江海,给死去的兄弟们报了仇。我会召集大家喝酒庆功,你就趁机带着那两个女人走。兄弟们毕竟是海盗,海盗劫了娘儿们可是不会轻易放走的。"

海猫很感动,又有些不好意思。因为他在上聚龙岛之前,早就布置王大壮救人了。此刻王大壮已经将人安全救走了。

这自然是后话。且说李敢带着保安队越接近伏击地,荣七也越受不了。他满脸的汗水伴着满腹的心事一齐涌了出来。那是在海阳县保安队的审讯室,为了活命,荣七向吴江海保证,早晚一定献上黑鲨的脑袋。想到这里,他咬紧牙关,擦去满脸的汗水,把满腹的心事嚼碎了,终于打定主意。没等黑鲨开枪,他首先打响了第一枪。海猫和黑鲨试图阻止,可是已经来不及了,随即枪声"砰砰啪啪"响个不停。还没有进入伏击圈的保安队虽然一片慌乱,却并没有伤亡。

慌乱之中,吴江海大喊:"中计了,海盗有埋伏,快撤!"

海猫和黑鲨看到,在撤退中吴江海一枪打中李敢的胸口,他便轰然倒下。

"李敢——"海猫撕心裂肺地大叫,不顾一切地向山下奔跑着。荣七的子弹追赶着海猫,海猫却浑然不顾,他的眼里只有倒在地上的李敢。

荣六冲上来一把推开荣七,荣七不解,他循着荣六的目光向身后看去,发现远处的黑鲨正狠狠地盯着他。荣七心里有鬼，连忙收了枪，海盗们都停止了射击。

海猫扑倒在李敢的身前，把他紧紧地抱在怀里，泣不成声："李敢……李敢同志，我对不起你……"

黑鲨和海盗们围上来，黑鲨从人群中拽过荣七："是不是你先开的枪？说，为什么不听我的话，不是让你们等我的号令吗？"

荣七鼻涕一把，泪一把："大哥，我恨哪！见着保安队我就恨！"

海猫冲向荣七，双手掐住他的脖子。荣六举枪顶住海猫的脑袋："放开我兄弟，不然我一枪崩了你！"

黑鲨上前掰开海猫的双手，说："海猫，你兄弟死了，算聚龙岛对不起你。我把两个女人还给你，也就算是扯平了，你走吧！"

正在这时，在聚龙岛大殿看守吴若云和赵香月的海盗跑来说两人被救走了。

黑鲨问海猫："是不是你让人干的？"

海猫点头："是，是我让人把那两个女人救走了。"

黑鲨质问："你为什么要这么做？"

海猫伸手指着荣六和荣七咆哮："因为我不相信你们海盗！你问问他们，就算你答应放我和那两个女人走，他们会答应，会善罢甘休吗？"

海猫说罢，弯腰抱起李敢的尸体，昂头走到岸边，拽过一条小船放上去，头也不回地摇橹就走。荣六扭头问黑鲨："大哥，真的就这么放海猫走了？"

黑鲨长叹了一口气："这一回是我当大哥的对不起他……"

荣六说道："可是保安队是他引来的，他和他的手下都能摸上咱们的聚龙岛，还不止一个！这以后，咱们可就……这聚龙岛还能住吗？"

黑鲨没有回答荣六，只管顺着自己的心思问道："海猫说他们有一条船在附近被劫了，是怎么回事儿，你知道吗？"

荣六摇头："我不知道，要是咱们聚龙岛的兄弟干的，咋会瞒着大哥您呢？大哥，那海猫的话你可不能全信啊，他胡说八道惯了，也许压根就没船呢！"

"不可能。他今天跟我说了很多，连他是什么党，什么军都说得一清二楚。这条船的事，他不会骗我，在这附近的海里，除了咱们聚龙岛，还有谁劫得了那么大一条船呢？"

荣六想了想，用手做了一个蛇的动作："除非是……"黑鲨点了点头，很明显，荣六的猜测正是他之前所想到的。

黢黑的大海上，海猫脱下衣服裹住李敢的尸体，含泪将船摇到岸边。王大壮飞奔而来，他一见牺牲的李敢，开口便骂："该死的海盗！老子饶不了你们！"

海猫悲伤地说："害死李敢的是我，别骂了……快帮忙……"王大壮只好帮忙将李敢的尸体从船上抬了下来。

这时，赵香月和吴若云一前一后跑来。两个人几乎同时叫着："海猫——"

海猫转头问王大壮："怎么回事儿，我交代你的事你忘了？"

"没忘，让她们俩回虎头湾，她们俩都不回啊！"王大壮话音未落，一阵刺耳的锣声传来。吴家乡勇在吴八叔和管家的带领下打着火把出现了。海猫只好和王大壮放下李敢的尸体，抬脚迎上去。

吴八叔大叫："好啊，在这儿呢，把这两个活着的宰了扔海里边去！"

吴若云挺身拦住就要动手的吴家乡勇："住手！八叔，他们是我的救命恩人！你没看见吗，为了救我，他们还死了一个兄弟！"

吴管家赶忙说："小姐，这里的事您就别管了，听说海上有船回来，老爷立刻派我们来看，他要是知道小姐还活着，准会高兴的，请您赶紧跟我们回家吧！"

"不！管家，你回去告诉我爹，就当他这辈子没生我这个女儿！"

吴管家看一眼吴八叔，大喊道："来人，把小姐架回去！"没等吴若云反应过来，吴家乡勇将她押了起来。

吴若云在半空中边挣扎边喊叫："海猫，你快救我啊！海猫，你带我走！"

然而，海猫没有任何反应，他又冷冷地迎着从另一个方向赶来的赵大橹、大橹娘和赵家九老爷。赵大橹抢先一步，举枪对着海猫："你不是海神娘娘的儿子吗？你不在海里好好待着，上岸来干什么？"

赵香月忙用身体挡住赵大橹的枪口："赵大橹，海猫和他的人把我从聚龙岛的海盗手里救出来。你不谢谢人家，你想干什么？"

赵大橹说："香月，你别听他的，黄鼠狼给鸡拜年，他没安好心！"

大橹娘挎起赵大橹的胳膊，往回拽："大橹，他安没安好心咱管不着。赵香月进了海盗窝就不干净了，我不让你娶这个贱货，跟我回去！"

九老爷咳嗽一声："大橹娘，你儿子是奉族长大老爷之命跟我一起巡夜的，你又哭又闹的像什么样子？"

大橹娘顿时收敛："九老爷……"

九老爷指着海猫和王大壮问他俩是不是海盗，赵香月忙摇头，说："是他们把我从聚龙岛海盗手里救回来的。"

九老爷说："既然不是海盗同伙，那就暂且放过他们。你跟我们回去吧！"

"我哪儿也不去，"赵香月转向赵大橹，"你忘了我吧……请你转告我爹和我奶奶，就说我赵香月死在海里了……"

九老爷大喝一声："赵香月，你别忘了你姓赵！你是赵姓族人，虎头湾老祖宗留下的规矩你都忘了？你说你淹死在大海里了，今天是什么日子？祭海的日子！你下了海没被海神娘娘吞了，这里边有蹊跷！跟我们回去，听从族长的发落，明天海神娘娘要是发威，就得把你沉海，让她老人家消气！"

海猫大怒："你说什么？"

"这没你说话的分，族长大老爷说了，你冒充海神娘娘的儿子，妖言惑众，其罪当诛！如果你再敢踏进虎头湾一步，饶不了你！"九老爷说着一挥手，立刻有人上前去抓赵香月。海猫冲上前去阻止，四五条枪便一齐顶在他的头上。王大壮刚要掏枪，海猫急忙示意他冷静。

赵香月用求助的眼神看着海猫，海猫回避着。赵大橹跟在押送赵香月的人们的身后，回头恶狠狠地瞪着海猫。海猫不得已又回避着目光。

一轮弯月，把吴家后花园照得斑驳陆离。吴天旺舍不得脱下新郎的衣服，他对站在阴影里的肖老道顿足捶胸："大哥，吴若云掉海里了，准是淹死了啊！"

肖老道出主意说："她既然上了花轿，你就是吴乾坤的女婿了。去，现在就找吴乾坤，就说女婿做不成给他当干儿子！当了干儿子，未来这份家业还是你的！"

吴天旺泪如雨下："我不！我不要家业，我要小姐！"

肖老道劝道："大姑娘要饭吃，你死心眼！你有了钱娶谁家的小姐娶不上啊？"

吴天旺执拗地说："我就要若云大小姐！"

肖老道生气地说："你腿瘸，脑袋也瘸啊，你疯了吧？"说话间，家丁传话说小姐回来了，老爷找。

吴天旺一听，撇开肖老道，撒腿就跑，瘸子急了跑得比常人还快。他不顾一切地冲进吴家客厅。吴乾坤开口说道："天旺，你来得正好，话我先跟你说清楚了。若云今天掉进海里，那是海盗搞的鬼，海盗为了找我报仇，把若云抓到了聚龙岛上，若云她叔叔带着保安队去岛上营救，海盗怕了，就把她放了。你这个当新姑爷的，不会嫌弃她吧？"

没等吴天旺说话，吴若云抬头说："不对，从聚龙岛救我回来的是海猫，吴江海的人影我都没见着。"

吴乾坤懒得搭理吴若云："天旺，你甭管谁救的她，总之你的新娘子被海盗抓走一回又回来了，你嫌不嫌？"

吴天旺"扑通"一声跪倒在地："老爷，我不嫌！"

吴乾坤称声好，忙让人把四爷和族中长辈请来，让吴若云和吴天旺拜堂成亲。

吴若云大喊："等一等！我不嫁了……"

吴乾坤一拍桌子："你大胆！见着那个海猫你就神魂颠倒了，上了花轿不拜堂，咱们老吴家没听说过这种事！今天就成亲，由不得你！"

吴若云凤眼一瞪："八叔、管家，你们都先出去，我跟我爹说点儿家事。"

人们从来没见吴若云如此激动，一个个悻悻而退。虽然春草儿、吴天旺和槐花各有各自不愿离开的理由，但见吴若云连看都不看他们一眼，也只好退了。

吴若云见众人退下，便端端正正地跪在吴乾坤面前："爹，女儿不孝，这些年净惹您生气了，今日女儿恳求您，放我走吧……"

吴乾坤立马打断吴若云的话："走？你要往哪走？难不成那孽障到哪儿你就跟他到哪儿？"

吴若云有气无力地说道："爹要是这么想，就算是吧！只要离开虎头湾，天涯海角去哪儿都行……"

吴乾坤大怒："你混账，你还嫌那孽障把你祸害得轻吗？"

吴若云据理力争："爹，海猫对我有情有义，您是不知道！在聚龙岛上他要拿自己的命换我的命，这种男人可以托付终身！"

吴乾坤懒得理吴若云："我的眼还没瞎，比起林家耀来，他是个什么东西？"

"是，林家家世显赫，家耀少爷人品端正，学识渊博，可是三年了，他再也没有回来过。"吴若云动情地说，"而海猫呢？三年前，我不管他是死了还是娘娘让他重生，还是他根本没死，侥幸活命。今天他再回到虎头湾，他难道不知道你、赵洪胜、虎头湾所有的有钱人都恨他入骨？可是他回来了……爹，不瞒您说，我在花轿里听到了他的声音我就明白，我这辈子只能做他的新娘！爹，就求您开恩，让我走吧！从此以后我就再也不会惹您老人家生气了……"

听了吴若云的一席话，吴乾坤依然不为所动："吴若云，国有国法，家有家规，我岂能允许你与一个孽障私奔？你已经上了花轿，咱家要招的上门女婿是吴天旺。你要还拿我当爹，就乖乖地拜堂成亲，入洞房！"

吴若云坦白了以嫁吴天旺之名，趁机逃离这个家的事。吴乾坤听了之后气疯了，但仍然坚持成亲。吴若云不从，吴乾坤便请出了家法，威胁要打折吴若云的腿，吴若云仍岿然不动。由于爱女心切，吴乾坤退步了，说可以不成亲，但绝对不能离家。

然后，一瞬间老了很多的吴乾坤让门口的人进来。他对众人挥挥手："把小姐请回她屋里歇着！"

槐花急忙扶着吴若云走出去，除了吴天旺和春草儿，所有的人纷纷跟在她俩身后，大气也不敢出一声，悄然离开。

突然，吴天旺双膝跪地："老爷……不，爹，求您为我做主，您已经将大小姐许配给我了，既然她没死，就得拜堂成亲啊！"

吴乾坤抡起胳膊，把气全撒在了吴天旺身上。吴天旺被打了一个跟头，但他咬紧了牙关，一声不吭。吴乾坤大吼："你混账！癞蛤蟆想吃天鹅肉，你也不撒泡尿照照你自己！滚！滚出去！"

　　春草儿也为吴乾坤帮腔："哎呀，你个狗奴才，还不滚下去？"

　　吴天旺没有走，他起身一步一步地爬向了吴乾坤："老爷，我已经管您叫上爹了，就算大小姐看不上我了，您也嫌弃我了，我也已经拿自己当您的上门女婿了。今儿一天，您又急又气，我给您捶腿解乏……"

　　吴乾坤一巴掌拍在自己的脑门上，又拍了拍吴天旺的肩膀上，然后把他的脑袋按在自己的大腿上："你倒是个孝顺孩子，我……我对不起你啊！"

　　吴天旺赶忙说道："爹，您千万可别这么说，我就是个狗奴才，能管您叫一声爹，一辈子都没白活！"

　　"好小子！从今儿起，你就是我干儿子了。"吴乾坤吩咐春草儿，"去，把镇子西头那小院的房契拿来，再加三条船，都送给我干儿子！"春草儿哪里舍得。嘴里"哎哎"地应着，脚下可就是不挪窝。

　　吴天旺直摇头："不，我不要！我吴天旺虽然穷，可我绝不是为了您的房子和船。只要您别把我赶出吴家，管我吃管我喝，让我在您身边尽孝就行了！"

　　吴乾坤感动地说："此话当真？那好，将来爹给你娶房最好的媳妇！"

　　吴天旺真诚地说："这个我更不要！我这辈子不娶媳妇了，就等着小姐回心转意！"

　　吴乾坤叹道："天旺，若云她看不上你，你这何苦呢？"

　　吴天旺回答道："是，小姐现在看不上我，那是因为海猫那个孽障又回来了。小姐为了他宁愿寻死，可是他那边还勾搭着赵家的赵香月！这种男人靠不住，就算是小姐有朝一日跟他私奔了，也早晚后悔。我就等着，等着小姐哪天后悔了，哪怕是成了寡妇，我……再给您当上门女婿！"

　　吴乾坤没想到吴天旺能说出这样的话来，"腾"地站了起来，上下打量着吴天旺："就这么定了！就这么定了！"

　　"我现在就去给小姐护院，从此以后我夜夜给小姐站岗！"听后，吴乾坤激动地拍着吴天旺的肩头，春草儿却气得不行，她担心吴天旺得宠。

　　那边吴若云回到自己的闺房，无异于被关进了自家的牢房。这边赵香月还未进家，却被关进了像牢房一样的海神庙大殿。香月奶奶心疼孙女，她指着躲在炕尾的赵老气说："她爹呀，你在家蹲着算个啥？快去求求族长大老爷，把闺女要回来呀……你不去我去，豁出这条老命，我也要把我孙女换回来！"

赵老气眼睛红了："娘，您不许去！咱们家是穷，可是咱们老祖宗也是给朝廷立过军功的！我太爷爷在大清朝也当过把总！要不是咱们家就我一个儿子，我早就当兵光宗耀祖去了！不能光宗耀祖，也绝不能给祖宗丢人！赵香月，我就没生过这样的闺女，您要是再敢把她领回咱们家，我就一头撞死你信不信？"

香月奶奶哭了："哪有你这么当爹的，我孙女那也是你的骨肉啊……"

赵发也哭了："爹，我要姐姐，把我姐要回来吧！"

赵老气满腔悲愤："哭？再哭我摔死你个小兔崽子！"赵发连忙止住哭。香月奶奶也一下子哑了火。

大橹娘可不会哑火，她对赵洪胜不依不饶："族长大老爷必须给我做主！是，我们孤儿寡母，家里穷得丁当响，可是我们从来没给赵姓家族丢过人！赵香月这个狐狸精祸害我们家，败坏我们家的名声，我受不了！"

赵洪胜慢条斯理地说："那怎么着你才算是解了恨哪？"

大橹娘恶狠狠地说："把那个赵香月沉海，把他们全家都轰出虎头湾！"

"我还以为你半夜来求我，是想让我继续给你儿子主婚呢？"大橹娘连忙否认。赵洪胜说："这之前她给那个孽障披麻戴孝，你不是也应了那门婚事吗？还讹了人家一条船，对不对？"

"族长大老爷，我不是贪财之人，我也不是为了那条船，是因为我儿子被那个小狐狸精勾了魂儿。我没办法，就想难为难为她！族长大老爷，您是最为族人着想的，这次您要是不给我做主，我……我就跪这儿不起来了！"大橹娘说罢，"扑通"一声跪倒在赵洪胜的脚下，"要是不把那赵香月沉了海，我儿子不会死心。把他们全家都轰出虎头湾，我看见他们家人就恶心！"

"你都说了，我是最替族人着想的。是，赵香月犯了错，罪不可赦，可她毕竟是个女孩子，又一直服侍玉梅。自从玉梅死后她就像被鬼撞了一样，她做的错事恐怕不能全怪她！至于他们家，她奶奶那么大岁数了，她爹是个病秧子，她兄弟才那么大一点儿，把他们轰出虎头湾，你想让他们全家饿死啊！"

"族长大老爷，您怎么净替他们家说话啊？我儿子受了这么大的冤，请族长为我做主啊！"大橹娘虽然愤愤，但不敢在族长面前表现出来。

"好，身为族长我就给你们家做主。不是有一条船吗？赵老气他们家对不起你们家，我就判他们把那条船赔给你们家！至于怎么处置赵香月，你就不用管了。"

赵管家插话说："知足吧你，大老爷做主让他们家赔你一条船，还不谢恩？"

大橹娘无奈："多谢族长大老爷……"

没等大橹娘把话说完，赵洪胜起身来到海神庙大殿。他径直走到被绑在柱子上的赵香月跟前，说："香月，你这是何苦啊……那天我那么劝你，你就是不听，非要嫁给那个穷鬼，那穷鬼他娘就是个泼妇，刚才到我那里又哭又闹，非要把你沉海，还要把你全家都撵出虎头湾，你知道吗？"

赵香月对赵洪胜已经有了认识，眼里露出了警惕的目光。

赵洪胜接着说道："你们两家的恩怨，我已经断过了，我判你们家把那条船赔给他们家，你可服气？……当然，我知道那条船得来不易，我听说你大冬天的下海去捞参，我好心疼啊！实不相瞒，自从太太死后，媒人把我们家的门槛都踢破了。海阳县城的、烟台市里的，凡提亲的都是大家闺秀，可是我就一个都没看上。真是怪了，自从你长大成人以后，我就看你顺眼，现如今你想活命，只剩下一个办法了，给我续弦吧。只有这样，才能封住那些族人们的嘴，保你全家活命！"

赵香月笑了："族长大老爷，您可真是好人哪，那年海猫回虎头湾认亲，族长大老爷亲自下厨房给他炖了一锅骨头，香喷喷的，都怪我一时要性子，上了小脾气，把那么好的一锅骨头扣在了地上，就在这儿，毒死了一条大黑狗！赵洪胜，知人知面不知心，你可是他的亲舅舅啊！"

赵洪胜脸一翻："没有这样的事情，你别胡说！"

赵香月执拗地说："我胡说？想封住我的嘴，你就杀人灭口吧！不是要把我沉海吗？好！我到了阴曹地府见到大小姐，我把一切都跟她说清楚！"

"是！我恨那个孽障，想毒死他！我那是为了玉梅的清白！"

"大小姐当年和吴明义早已远走高飞，要不是你谎称老太爷病重把她骗回来，怎么会有后来的事？自从那天起，我就再也不相信你了，我现在想起来了，大小姐早就说过你是道貌岸然的伪君子！"

赵洪胜气急败坏地骂道："你……你不识好歹！"

"你说我下海捞参你心疼？别以为我不知道，你跟海阳城里的所有饭馆都打了招呼，不允许他们收我的参！要不是你从中作梗，以我的水性，换一条船用得着三年？"

赵洪胜辩解道："我不让他们买你的海参，我是想断了你的念头，不嫁给那个穷鬼受罪！香月，我真的喜欢你，我五十岁的人了，三个儿子都不肯回这穷乡僻壤，你嫁给我，再给我生个老四，等我百年之后，这么大个家业不都是你的吗？你傻呀？"

"对不住，我就是个不识抬举的东西，请您不要再费口舌了！"赵洪胜彻底撕破了脸皮，他双手扳过了赵香月的脸，就要去轻薄她。赵香月大喊："来人哪——"

赵洪胜连忙松手，这时九老爷、赵管家和几个乡勇闻声冲了进来。赵洪胜一下慌了，浑身颤抖着，看着进来的人不知如何是好。

赵香月眼珠转着，急中生智："快给我松绑，我要给族长大老爷叩头谢恩。族长大老爷念我无知，念我奶奶岁数大了，爹有病，兄弟还小，恕我无罪了！"

赵洪胜被解了围，连忙说："啊，是啊，看赵香月今天的这番行动做派，一定是被鬼魂附了体，明天去请道士为她作法驱邪，松绑……"赵洪胜说着瞟了一眼赵香月，赵香月则回敬了一眼的轻蔑。

第二十四章

四个婆子和槐花陪吴若云进了闺房，没想到吴若云心情并没有那么沉重，却如久旱逢甘露，宛若重生。她命人把屋里的大红喜字撤了，然后梳洗干净，换上了要休息的衣服坐在床头，"扑哧"一声笑了。

槐花撇着嘴："小姐，你可真行，这一天死了好几回，你还笑得出来！"

吴若云高兴地回答："不死，我又怎么能重生？槐花，我觉得我又活了，这才是活着！我觉得我的心跳得比以前踏实了。哎，我美吗？跟赵香月比，我们俩谁更美？"

"那还用得着比吗？当然是小姐更美了！"

吴若云开心的笑声传到小院门外，那守夜的吴天旺听了煎熬难挨，他想起肖老道"霸王硬上弓"的话，眼里顿时充满了邪恶。吴天旺见四下没人，便掏出钥匙，打开了小院的门。

吴天旺插好门，正赶上槐花从闺房出来。槐花一见他，惊喜万分："天旺哥，我本来以为你跟小姐假装拜了堂，晚上趁他们放花放炮的时候，我们三个就能逃出虎头湾了呢！可是……都怪那个孽障海猫，他就像个鬼魂一样，气死我了，小姐一见着他还跟换个人似的高兴起来了，真是……"

吴天旺陡然喘着粗气，一把薅住槐花就往她住的小屋里走。槐花不解，连声问道："天旺哥，你干啥？你这是干啥呢？"

进了槐花的小屋，吴天旺便不由分说，边捆绑着槐花的手脚，边低声吼道："你老老实实的，不许出声，你要喊一句，我宰了你！"

吴天旺扔下又惊又恐的槐花，转身出了门，径直摸进吴若云的闺房。吴若云听到脚步声，还认为是槐花回来了："槐花，不是让你睡了吗？怎么又回来了？"

见没人应声，吴若云翻身坐起来，看到是吴天旺，便不经意地问道："天旺，怎么是你？你咋了？病了？"

吴天旺颤抖着，凶相毕露："小姐……今天可是咱俩的好日子呀，我们洞房吧！"

吴天旺说着，就像饿狼似的扑向吴若云。吴若云闪身躲开，大声斥责："吴天旺，你疯了？你再恬不知耻，我可要喊人啦！"

"家里的人都防海盗去了。你喊吧，你喊再大声也喊不着人！就剩我一个，老爷专门让我给你站岗护院的。小姐，今天本来就是咱俩大喜的日子，我们干什么都是应该的，小姐——"

吴若云难以置信地看着吴天旺："吴天旺，是谁给了你这么大的胆子？你说和我拜堂成亲再带我离开，难道都是骗我的？"

面对吴若云剑一般的目光，吴天旺有些心虚："不是不是，我从来没骗过小姐，我心里真的全都是小姐啊！小姐，今天你穿上新娘子的衣服真漂亮，你那是给我穿的，我是你的新郎啊！"

吴天旺说着，又想去抱吴若云，吴若云大怒："吴天旺，你想逼我死给你看是不是？你要再动手，我就咬舌自尽！"

"别啊，小姐，今晚是你我的好日子啊！"吴天旺害怕了。

吴若云"呸"一声："吴天旺，亏我们从小一起长大，我信任你！没想到你跟那些臭男人、臭海盗没什么区别！来吧，你不怕我吐你一脸血，你就动手！"

吴天旺突然抽了自己一巴掌,语无伦次："我这是怎么了我,我叫你糊涂。小姐，都怪我一时糊涂，小姐，你可千万别记恨天旺，我也老大不小了，突然一下穿上新郎子的衣服就以为自己当上新郎官了，我就魔怔了。小姐您大人不记小人过，千万别告诉老爷，我走，我立刻走，请您原谅！"

吴天旺说着，连滚带爬地离开吴若云的闺房。吴若云连忙插好门，背靠在门上，心"怦怦"狂跳，惊魂未定。

吴天旺跑了出来，气喘吁吁，浑身抽了筋似的瘫在了地上。应该说，人有七情六欲，也有善恶因果，后者有敬畏，夹起尾巴来做人做事，前者本无可厚非。反之，想入非非，恣情纵欲，无异于禽兽。也是吴天旺本性使然，他想在吴若云身上发泄兽欲的希望落了空，便决定从槐花那里寻找快慰。吴天旺见四下没人，像发情的疯狗一样，又一头钻进槐花的小屋。

见吴天旺埋头冲进来，槐花吓了一跳："天旺哥，我没喊，我一直都没喊。"

吴天旺眼里充满了欲火，他顾不得搭话，蹲下身就给槐花解绳子，然后抱起来扔到炕上，手忙脚乱地去撕槐花的衣服。已经有过一次这样经历的槐花，惊恐之余，便把幸福和渴望写在脸上，她低声地呻吟着，配合着。

月亮钻进了云层，偷偷摸摸地奔跑着，也许是累了，乏了，它躲进厚厚乌云里，把所有的光亮全都隐藏了起来。

吴天旺起身系好衣服，抬脚就要走，却被槐花从后面拦腰抱住说："天旺哥，我不让你走……"

吴天旺有些不耐烦，但又不好表示出来："放开，待会儿管家带人巡夜。要是看见我不在，就坏事了！"

槐花恋恋不舍地说："那，哥明天还来？"吴天旺敷衍着。槐花忽然天真地说："天旺哥，咱俩私奔吧，不等大小姐了。我看出来了，海猫一回来，大小姐就顾不上咱俩了，咱走吧！找个没有人认识咱们的地方过日子，哥你有力气，啥活都会干；我也会种地、做饭，我多给哥生几个娃！"

吴天旺冷笑一声："别做梦了，咱俩离开虎头湾，哪儿来的地种？"

"你等会儿！"槐花说着，连忙从炕头的暗洞里掏出了那只金镯子，"哥，你看！有这个咱们就能有地种。"

吴天旺吓了一跳："金的？你敢偷主子的东西？"槐花愣了，顿时无语。吴天旺一把抓住她的手："走，跟我见管家去！"

槐花忙说："不！不是我偷的，是太太给的。"

吴天旺眉一皱："太太？那个恶婆娘能给你这么贵重的东西？凭什么啊？"

槐花想编个理由，可她编不出来。支吾半天，惊愕的眼神终于露出马脚。吴天旺恍然大悟："我明白了，三年前根本就不是二老爷强暴你！你这个贱货，为了这个金镯子，你跟那个恶婆娘商量好的，她是老鸨子，你就是婊子！"吴天旺用手点着槐花的脑门儿，恶言恶语地骂完，一瘸一拐地走了。槐花吓得哆里哆嗦，无声地哭泣着，但那只金镯子却依然紧紧地攥在手里。

夜深了，月亮不知什么时候又从乌云里钻出来，把斑斑点点的光亮洒在了赵香月家的海草房上。赵大橹对着海草房的门缝轻声叫道："香月……香月……我求你了，求你开开门吧！我好不容易等到我娘睡着了，才偷偷跑出来的，你让我看看你！"

许久，许久，赵香月才回声："赵大橹，你还不知道吧？族长大老爷已经做主，我们家赔你们家一条船，你我的婚事不作数了。你赶紧回去吧。这大半夜的在我们家门口喊我的名字，你不怕别人听到了，给你娘丢人啊！"

赵大橹忙说："不，香月，你先等等，我问你几句话，你如实答给我，第一，你到聚龙岛那些海盗把你怎么样了没有？"

赵香月感到莫名其妙："什么怎么样了？你瞎想什么呢！"

赵大橹判断着赵香月的语气，一听这话便兴奋了起来："那就是没怎么样！

对吧？太好了，太好了！还有，你跟那个海猫到底有没有过那种事啊？"

赵香月感到这话是对自己的污辱，她强压着怒火："你胡说！哪种事？"

赵大橹又兴奋起来："那就是没有！太好了，只要海盗没把你怎么样，你跟海猫又没有那种事，我就不在乎了！不管乡亲们说啥，我都娶你！你把门打开，咱俩现在就去给海神娘娘磕个头，就算拜了堂了！明儿个我就跟我娘说，你是我的媳妇了，我再给她磕头赔罪，反正咱们生米煮成熟饭了，她会答应的！"

赵香月肺都气炸了似的大喊："赵大橹——你给我滚！快滚！我这辈子都不想再见到你了，滚！"赵大橹傻傻地站在月光之中，他根本不知道怎么就得罪了赵香月。

就在月亮从云层里钻进钻出的同一个晚上，留学日本的赵子轩回到了虎头湾。他是赵洪胜的第三个儿子。父子见了面，少不了一阵寒暄。寒暄过后，赵子轩告诉赵洪胜，他现在是大日本皇军特邀的翻译官兼联络官。

赵洪胜直皱眉头："什么？你给日本人干上了？"

"那是，大年初四，大日本皇军攻下烟台，我可是立过大功的！"

赵洪胜开口就骂："混账东西！送你去东洋读书，让你光宗耀祖，没想到你当上汉奸了你？你口口声声说什么先国后家，你这是卖国败家啊！"

赵子轩直呼其父之名："赵洪胜，你怎么跟我说话呢？你可别不识抬举！"

"你是我儿子，我要怎么抬举你？我他娘的打死你！"赵洪胜大怒，转身拿出赵家的家法，高举在头顶说，"家法在此，不孝孽子给我跪下！"

赵子轩掏出枪，不屑地笑了："家法？还有我这玩意儿厉害？告诉你，我刚才说你不识抬举，说的不是你不给我面子。你是我老子，你对我怎么样，我都拿你没办法，可我是代表皇军回来的，你要是不给皇军面子，那就是不识抬举！"

赵洪胜一愣，目光中先有了几分胆怯。正在这时，有下人端茶进来，一见赵子轩手里拿枪，吓了一跳，茶杯掉在了地上。

赵子轩呵斥："有什么好大惊小怪的，给我滚出去，告诉外面，谁也不许进来！"下人连忙退出。

赵子轩的态度完全像一家之长："爹，您坐。"

赵洪胜有些心虚地坐下："你说你代表日本人回来是什么意思？"

赵子轩耐心解释道："爹，我是您儿子，我最了解您了，您从小发奋读书，就想考取功名，以您的学问人品，考个举人算个什么？可就要考了，大清朝亡了，再也没有考功名这回事儿了！您是迫不得已才出去做了生意。生意做得好，可是您呢？心里面还想着仕途，一直就想着弃商从政。您在青岛把人脉都铺得差不多了，钱也都撒出去了，马上就有个不小的官要落在您的头上了，可就在这个时候，我爷爷死乞白赖非把您叫回了虎头湾。弄得您这么大一身学问就在这儿守着祖宗牌位，唉，可惜啊……"赵洪胜被儿子说中了要害，他叹口气，低头不语。

赵子轩接着说："爹，我是您亲儿子吧？我是不是都说到您心坎里了？爹的心事就是儿子的心事。在儿子眼里，爹，就凭您，当个市长都屈才，在省里当个大员也绰绰有余！现在机会来了，跟日本人打进烟台的满洲国军赵保原赵旅长，我跟他搭上关系了。一笔写不出两个赵来，我跟他一套近乎，就认了个三爷爷！"

赵洪胜脸色陡变："混账！在咱这方圆几百里，谁不知道赵保原是出了名的大汉奸，你怎么能认这种贼人当三爷爷，你真是糊涂啊！"

赵子轩一瞪眼："什么汉奸啊？你会不会说话啊？赵旅长那是识时务者为俊杰！我实话告诉您吧，明天一早，皇军就会攻打海阳城，我已经托我三爷爷保举您当海阳县长，日本人都点了头了。您要是干，就给个痛快话；您要是不干，就权当没我这个儿子！等大日本皇军打到虎头湾的时候，您就等死吧！"

赵子轩说着把枪插回腰间，拎起脚下的皮箱就要走。赵洪胜伸手拦住："等一等，你说日本人要打海阳城？"赵子轩说千真万确。赵洪胜担忧地说："那……他们还会打到虎头湾？"

赵子轩大笑："真是可笑至极，您以为虎头湾是什么了不起的地方吗？皇军只要派一个小队就能杀个鸡犬不留！"

"你别长他人志气，灭自己威风，我们赵家子弟可有几十条枪呢！"

"嘿嘿，你们那些破枪也敢跟皇军的比？我不跟您废话了，您要是不愿意当这个县长，谁也不求您。我要不是嫌官儿小，我就自己当了！"

赵洪胜有点儿回心转意了："他们真的说了要让我当县长？为什么？"

"还不是因为您学问好，在海阳是个名人啊。再说您平日里对那些穷鬼不错，皇军也想找个能服众的人嘛！当然了，最主要的还是因为我在我三爷爷那儿替您说了好话！"

赵洪胜做梦似的，仍然有些不放心："你真的跟赵保原认了亲？"

赵子轩心中暗喜："认了。您不当这个县长，我也会把我跟赵保原认亲的消息传到虎头湾来。到那个时候，赵洪胜你个老东西……"

赵洪胜嚷道："你放肆！认亲这么大的事，你怎么能不告诉为父呢？"

赵子轩自知失口，以为赵洪胜要骂他，没想到赵洪胜脸色一变："你什么时候走？回去能见到赵旅长吗？"

赵子轩说："我连夜就得走，要不刚才我怎么不让他们做饭呢？皇军天一亮就要攻打海阳城，他们还等着我带路呢！至于见赵旅长，能！"

"那你等一等，我备上一份厚礼，你帮我转给赵旅长。认亲有认亲的规矩，人家是长辈，你怎么能红口白牙光凭张嘴呢？"

赵子轩笑了："哎呀，您不愧是我爹，等明天皇军占了海阳城，我就给您捎信，您就等着当县长吧！"赵洪胜面对赵子轩的嬉皮笑脸，心里不禁有些忐忑不安，心神不定。

听说日本人要攻打海阳城的消息以后，昆嵛山游击队政委王天凯连夜赶到虎头湾，正碰上海猫给牺牲的李敢下葬。王天凯站在新坟前，无比沉痛地对海猫说："入土为安，就不要给李敢同志立碑了。万一敌人知道他是一名八路军战士，会把坟刨开的……"

海猫垂下头，泪水盈眶："李敢同志的牺牲都是因为我，请政委处分我！"

"事情的整个过程王大壮同志都向我详细汇报了，我确实应该处分你，而且要严肃处理！"突然王天凯话锋一转，"可现在不是时候，我们已经得到了准确的情报，天一亮鬼子就会对海阳城发起进攻！"

海猫一惊："他们要打海阳？怎么之前一点儿风声都没有？"

王天凯告诉海猫，不光海阳，招远、栖霞、黄县、蓬莱、文登都是鬼子的蚕食目标，他们害怕胶东的抗日根据地连成一片。海猫立马请缨上战场。

王天凯拒绝了，说道："你是怎么立的军令状啊？那条船上的药品关系到成千上万战士的生命！可至今下落不明，你找回来了吗？船上还有我们二十几位同志生死未卜，你不仅要找到他们，而且还要把他们救出来啊！"

海猫捶着自己的脑袋："我……我以为劫那条船的一定是聚龙岛上的黑鲨。我知道黑鲨和虎头湾有仇，只要虎头湾有大事发生，黑鲨一定会派奸细去虎头湾打探，我就想先在虎头湾露面，让黑鲨知道我还活着，然后再去聚龙岛找他套交情，要回那条船。唉！我真是没想到，我恨不得牺牲的是我！李敢同志，我对不起你啊！"海猫说着又跪倒在李敢坟前，呜呜地哭了起来。

"行了，别哭了。我知道李敢是你招的兵，你对他有感情，可是眼泪解决不了问题，你要马上振奋起来，继续开展工作，尽快找到那条船！"

"那海阳城呢？就让日本鬼子……"

王天凯说："但愿友军能够有效地阻击敌人。我分析过，海阳城里的部队，加上警察和保安队，兵力还是蛮充足的，日本鬼子想打下海阳没那么容易！"

一九四〇年二月，日军妄图扩大他们在胶东的地盘，巩固胶东半岛这块日本与中国大陆之间的跳板，于是集结起一个中队的鬼子向海阳逼近。在尘土飞扬中的日本军旗下，翻译兼联络官赵子轩队前带路，日本青年军官麻生少佐骑马护在指挥官藤田大佐轿车旁。他们一个个趾高气扬，不可一世。

山雨欲来风满楼，日本侵略者的嚣张气焰吓破了吴江海的胆，然而，县长的声声责怪又令他惊慌失措。吴江海如丧考妣，耷拉着脑袋任凭县长怒骂。

县长又"啪"地一拍桌子："吴江海，你个废物，你口口声声说拿下聚龙岛，就算小鬼子来了，咱们也可攻可退。结果呢？你他娘的被海盗打得稀里哗啦，现在日本人大军压境，你让我拿什么对付？你这个饭桶！老子枪毙了你！"县长越骂越来气，他掏出枪来，指着吴江海，"老子今天不毙了你，我他娘的就白当一县之长了！"

吴江海大惊："别——大哥，兄弟确实该死！可是日本人大军压境，您就留着兄弟这条小命，让我跟鬼子去拼命，战死沙场吧！"

县长把枪一扔，气得一屁股坐在椅子上："你这倒还算句人话！吴江海你听着，小鬼子来的可是大部队，占领烟台最大的鬼子藤田隆一都亲自来了，号称一天就要攻下海阳城。要是让他得逞，那老子这个县长不是白当了吗？当兵的兄弟可全都顶上去了。你除了保安队之外，在海阳不还认识一些地痞流氓什么的吗？凡是不怕死的，都集合到一起，加上警察给我组织起一支队伍。万一当兵的兄弟们顶不住，就全靠你了！"

吴江海逃过一劫，松了口气："是！……哎，大哥，您是真要打呀？"

县长瞪了吴江海一眼："废话，鬼子来了不真打，还他娘的假打啊？"

吴江海觍着嘴脸："不是有句老话叫留得青山在，不愁没柴烧，还有句老话叫君子报仇，十年不晚。大哥，刚才您不是也说了嘛，占领烟台的最大的鬼子头带着鬼子的大部队来了。人家那什么家伙，天上飞的地上跑的，那全是铁疙瘩。咱们这肉乎身子哪打得过他们啊？要我说，兄弟我护着您，咱跑吧！小鬼子兔子尾巴长不了，最多十年八年，就算咱们不拼命，也早晚会有人把他们都收拾了！到那时候咱哥俩再回来，您接着当县长，我还给您当兄弟……"

吴江海正白话得起劲，冷不防县长抡起巴掌，"啪"的一下抽在了他脸上，再次拿起枪，对吴江海吼道："我就知道你小子是个尿包，再说废话，老子立马毙了你！"

吴江海害怕了："别——大哥，我不是想跑，我这可都是为您着想啊，您千万别开枪，千万别开枪。咱哥俩有话好商量，有话好商量啊，大哥！"

县长余怒未消："闭嘴，谁是你大哥？你听着，老子在海阳当县长也有些年头了，没赶上好时候，仕途不顺，直到今天也没能升官，可是官再小老子也是一县之长，我他娘的要是跑了，对得起党国吗？对得起祖宗吗？"

吴江海见县长流下了眼泪，立马改了主意，说："县长对党国的忠诚，兄弟佩服得五体投地。既然您的心意已决，兄弟还有什么好说的？兄弟这条命，早就是大哥您的了！您放心吧，要是让鬼子打进了海阳城，我绝不活着回来。我这就去集合队伍，跟小鬼子拼了！"

县长眼泪流得更厉害了。他打开抽屉，从里面拽出一打银票来拍在桌上："吴江海，你永远都是我的好兄弟！实不相瞒，这些年官我是没当上去，可银子划拉了不少，全在这儿呢！你现在就去给我招兵买马，把所有带响的家伙全都给我发下去！跟兄弟们说，打赢鬼子守住海阳城，这些银票全是大伙的，战死沙场一家老小我全都养！"

吴江海偷眼瞅着桌子上的银票，又"啪"的一个立正："多谢县长！"

吴江海从县长办公室退出来，回到保安队下令给警察和一群地痞流氓发了真枪真弹。泥鳅清点完人数，请示吴江海什么时候发钱。吴江海说："打完了仗再给钱，现在就给，全他娘的打死了，还有命花吗？"

泥鳅不无担心地说："那不给钱，我怕他们不往前冲啊！"

"不往前冲你就在后面开枪，看他们冲不冲？"接着吴江海又看明白一切似的，对泥鳅说，"大哥跟你说实话，咱们那些当兵的是拦不住小鬼子的。等小鬼子破了城，指着外面那些歪瓜裂枣就是送死。到时候你得留着点心眼，躲着点子弹，护着点你大哥。"

关键时刻得到吴江海的信任，泥鳅挺起胸脯："放心吧，大哥！"

正在这时，有保安队员报告，当兵的没顶住，小鬼子马上就要进城了。吴江海对泥鳅低声问道："大哥刚才跟你说的都记住了吗？"泥鳅点头。吴江海吼道："那还愣着干什么？让弟兄们给我冲啊！"

就这样，在泥鳅的督战下，保安队员和临时集合起来的地痞流氓，赶鸭子上架似的往前冲，乱哄哄，死伤遍地。吴江海和泥鳅则逃到城街的小巷深处。他们发现一个鸡窝，便争先恐后地挤了进去。因为吴江海太胖，在狭小的缝隙中连气都喘不上来，汗如雨下。

日本兵踏着保安队和老百姓的尸体，终于攻进了海阳城。几个日本兵追进来寻找着。发现鸡窝不对劲，干脆挑翻，把烂草破筐全扔在一旁。吴江海和泥鳅再也无处可躲，二人抱着脑袋嗷嗷乱叫唤。

一个日本兵操着日语说道："这个好像是当官的，请翻译官过来。"

赵子轩应声跑来，抬起大皮靴踢了踢吴江海和泥鳅，上下打量着："你是……你是海阳县保安队的大队长吴江海吧？"

吴江海一愣："这位长官您认识我？我……不是大队长，我……"

赵子轩踢了踢泥鳅："你说他是不是大队长？说实话饶你不死，不说实话立刻枪毙！"立刻有一名日本兵端着枪逼向了泥鳅。

泥鳅吓得直哆嗦："是……是我们大队长……"

赵子轩得意扬扬："怎么着？吴江海，你还不承认？我从小生在虎头湾，长在虎头湾，我能不认识你吗？告诉你，本人是赵大族长家的老三！"

吴江海如同抓住了救命稻草："哎呀！原来是洪胜家的三少爷啊，大侄子，你不知道，我跟你爹是同窗，我俩亲如兄弟呀……"

"放屁！谁是你大侄子？吴赵俩家自古势不两立，哪来的亲如兄弟？"赵子轩说罢，转身点头哈腰地对麻生操着熟练的日语说："麻生少佐，这个人我听家父说起过，他是海阳县保安队的大队长，进城以后武装反抗大日本皇军的全是他的部下。我觉得这个人应该枪毙，立刻枪毙！"

"哟西！"麻生一挥手，转身就走，立刻就有日本兵举枪对准了吴江海。

吴江海大喊："日本大老爷饶命啊！日本大老爷饶命啊！赵小三，三少爷，你快跟他说别让他杀我，我要戴罪立功！"

麻生停住脚步："他说什么？"

赵子轩忙说："您甭听他胡说八道！"

麻生看着赵子轩，虽然眼神温和，但是自带威严："赵桑，你别忘了，我是听得懂中国话的，他说他要戴罪立功。"

赵子轩无奈，又转身对吴江海说："说吧，你能立什么功？"

有阎王不点小鬼，吴江海用巴结的眼神看着麻生："我是该叫您太君吧？我听东北回来的老乡都说，我们应该管叫您太君……"

赵子轩生气地打断吴江海："少废话，快说！"

吴江海依然用巴结的眼神看着麻生："太君，我可以带你们活捉海阳县长！"

麻生大叫："很好，活捉！一定要活的！"

于是，吴江海把夹在腚沟里的狗尾巴抬起来，带着日本兵便冲进了县政府。吴江海冲在最前面，一脚踹开了县长办公室的门。他刚要迈腿走进去，不料，当头打来一枪，吴江海吓了一跳："别开枪，是我！"

县长的枪口冒着青烟，他愣了愣："是你呀！我刚才听到外面全是枪声，还以为是小鬼子打进来了呢！"

吴江海惊魂未定："没有，还没有。兄弟们浴血奋战，都死得差不多了，看来海阳是守不住了，我也尽力了。大哥，兄弟是担心您的安危才回来的，要不然我早就战死沙场了！您跟我走吧，我给您护驾，留得青山在，不愁没柴烧。"

县长长叹了一口气："也好……咱们逃出海阳城，到外面找个山上招兵买马，再打回来也不晚，走！"县长说着，拎起他的公文包，抬脚就走。当走过吴江海，吴江海转身就把枪对准了他的后背。走过屏风，走进院子，县长傻眼了。

院子里，一大片的日本兵一齐拿枪对着县长。县长难以置信，猛然回头，发现吴江海的枪已经对准了他。吴江海一脸巴结地看着麻生："太君，您看我给您抓着活的了吧？"

　　麻生喜形于色："哟西，很好，你立功了。这个，应该就是海阳县长了，召集所有的老百姓都出来，我们公开枪毙这个县长。这个县长看上去，一定会很怕死，他一定会投降。他投降了，老百姓就不敢反抗！如果在枪毙他的现场，他投降了，跪在我的脚下，是不是很好看的一出戏？"

　　县长咬牙切齿，怒视吴江海："吴江海，我怎么认了你这么个兄弟！"

　　"对不住，大哥，你也别怪我。刚才太君说的话你也都听见了，只要枪毙你的时候你认怂，给太君下跪，太君就不会真枪毙你的！"

　　县长破口大骂："我日你祖宗！"县长骂着，掏出枪就对吴江海扣响了扳机。吴江海猝不及防，险些被打中。

　　一枪响起，一名日本兵用长枪击中了县长的后背。县长转过身来，看着他面前的一堆日本兵，毫不屈服地抬起枪射击。令人没有想到的是，县长居然屹立不倒，又连续开了三枪，竟还打死了一名日本兵。

　　赵子轩吓得连忙趴在了地上。麻生毕竟久经沙场，他沉着地举枪射击，一连数枪，枪枪击中县长的要害，县长倒在地上。早就滚在地上的吴江海，与县长来了个面对面。吴江海吓得魂飞魄散，嗷嗷直叫。

第二十五章

　　山东半岛有一条胶莱河。胶莱河以东，三面环海，背依群山，这里从古至今被人们称为胶东。它交通发达，土地肥沃、物产丰富，尤其以盛产黄金而闻名于世。日本侵略者早就虎视眈眈，馋涎欲滴了。还在攻打海阳县城之前，日军的军营里就有"烟台苹果莱阳梨，海阳樱桃最好吃"的传言。

　　藤田隆一大佐是个中国通，他深谙"樱桃好吃树难栽"的道理，因此在日军攻下海阳县城之后，藤田就告诫麻生，要想永远占领并统治这里，就要像大日本帝国统治满洲一样，必须依靠海阳人治理海阳人。

　　麻生也是一个中国通，上司的告诫他自然心领神会，因此在吴江海投靠日军的当天，他便委任他为海阳县侦缉队的大队长。

同是卖身求荣的狗，本性都是相近相通的。赵子轩见吴江海当了侦缉队的大队长，不无羡慕，又不无讥讽地说："行啊，吴江海，你脑子够灵光的，没让皇军给毙了，还当了大队长。嘿，不愧是咱虎头湾出来的啊，有两下子！"

"让三少爷见笑了。咱们以后都是同僚了，还请三少爷在大日本皇军面前多多美言，多多美言！"

"好说，我给你个表现的机会，后天跟我回一趟虎头湾吧？"

"回虎头湾？回虎头湾干吗去？"

"迎接新任的海阳县长啊？"

"什么？新任的海阳县长在虎头湾？谁呀？"

"我爹！没想到吧？实不相瞒，我爹当县长的事，早就定下来了，你当皇军是过家家啊？要打这么大的县城，之前不做点儿准备？"

"恭喜，恭喜了！"

"恭喜我有什么用啊，后天跟我回虎头湾，恭喜我们家老爷子得了！告诉你，他在皇军面前替你美言，比我管用呢！"

吴江海思忖半天，说："后天我就不回了吧？皇军对我不薄，让我当侦缉队大队长。可是，我之前的兄弟都被皇军给突突了，我这手上没人，没法为皇军效力啊！我得招兵买马，赶紧把队伍拉起来。皇军刚刚进城，这几天正是最要紧的时候，再说你我现在算是麻生太君的左膀右臂了，对吧？这你要回虎头湾，我也跟着去，那太君身边不就没人效力了吗？"

赵子轩看着吴江海，说："你这是不给我面子啊！你不是号称和我爹是同窗好友吗？怎么着，我爹来当县长，让你带着侦缉队回虎头湾接一接都不干？"

吴江海连忙解释："不是，不是，三少爷，你可千万别往这儿想！"

赵子轩阴阳怪气地说："得了，你无情，我无义！骑驴看唱本，走着瞧！早晚有一天我在太君面前参你一本，让你吃不了兜着走，你可要把脖子上那玩意儿看好了！"

吴江海假意挽留："哎，三少爷，你看你……"

站在吴江海身边的泥鳅急眼了："翻译官有话好说，您别啊！"赵子轩甩开泥鳅，推开门，气昂昂地走了。

泥鳅埋怨道："大队长，翻译官是皇军面前的红人，你得罪他不是要掉脑袋吗？我看他那架势，咱确实得罪不起！"

"屁！"吴江海在泥鳅脸上吐了一口，开口就骂，"你个废物，什么红人不红人的，我看他活不过后天！别看他爹满嘴的仁义道德，敢情早就投靠日本人当了汉奸了。嘿，还要回虎头湾迎接？我倒要看看他们爷俩能不能活着回来！"

泥鳅丈二和尚摸不着后脑："大队长，您看您这话说的……"

吴江海白了泥鳅一眼："你懂个屁，得罪他赵小三算什么？我们吴赵两家势不两立好几百年了，赵洪胜要当了县长，我还能有好果子吃？你，赶紧跑趟虎头湾，把赵洪胜要给日本人当汉奸县长的消息给我散布出去。这颗炸弹扔响了，比日本人攻下海阳城都厉害！"

泥鳅疑惑地说："这有啥用啊？要我说，您还是跟着翻译官回虎头湾接赵洪胜吧！"

"你别看虎头湾穷乡僻壤，一盘散沙，族长一瞪眼睛老百姓就跟着哆嗦！你要是知道那些人的老祖宗都是干啥的，你就明白了！小子，赶紧去，赵洪胜死了，我看谁还敢给日本人当县长。到时候，得让他们求爷爷我！"

吴江海说得没错，他深知虎头湾祖祖辈辈以抗击倭寇为己任，血管里流淌的全是保家卫国的血液。诚然倭寇不犯，他们会窝里斗，但是一旦来犯，一定会齐心枪口对外。如果有谁软了骨头当汉奸，哪怕是掉了脑袋，也决不肯善罢甘休。应该说，他们恨外贼，更恨内贼！就连聚龙岛的海盗也不例外。

日军攻下海阳城的当天，聚龙岛的海盗们还在以旁观者的身份说些笑话和气话。当真有人当了汉奸，为日本人做事，那就两说了。当歪脖海盗告知黑鲨，赵洪胜要进城去给小鬼子当县长，赵洪胜他儿子赵子轩则将日本人引到海阳城，黑鲨气得七窍生烟，双脚直跳。他传令下去："见了赵洪胜格杀勿论！"

看来吴江海说得还真没错，赵洪胜进城当县长的消息无疑如一颗炸弹，扔进聚龙岛炸得黑鲨七窍生烟，扔进虎头湾的赵家大院也响声不断。

赵三伯带几十号大户富甲到赵家大院吵吵嚷嚷，大兴问罪。赵洪胜自知众怒难犯，匆忙走出客厅解释："哎呀，这个老三真是嘴上没毛办事不牢。谁答应他要去当县长了？他就那么一说，我也那么一听罢了，随声附和而已。这个消息传出来了，让族人怎么看？让我跟族人们怎么交代？"

赵管家一愣："族长大老爷，您的意思是您不会进城去当县长？"

赵洪胜审时度势："我嘛……我当然不去了！我要是去给日本人当了什么县长，怎么对得起赵家的祖宗？"

赵管家把赵洪胜拉回客厅，悄声说："族长大老爷，话可不能这么说。您当了县长是光宗耀祖的事，怎么能说对不起祖宗呢？"

赵洪胜很意外，说："你觉得我应该去？"

赵管家附和道："当然了，您年轻的时候就一直在外面，要不是因为老太爷非得让您回来守这份家业，您现在也许早就当了大官了。虽说这回进城是给日本人当县长，可那又怎么样？整个东北现在不都是日本人的了吗？我听说再过些年，整个中国都是人家的，就像满人入关，明朝当官的也没都上吊自杀啊，这叫改朝换代。您有三少爷帮着引荐当了县长，这就叫抢占先机。就算是为了虎头湾赵家的基业，您也该当这个县长。这些年表面上看吴赵两家是不分上下，可实际上咱们赵家一直被他们吴家欺负。您要是当了县长，不正好把吴家踩在脚下了。老祖宗要是知道了，肯定得给您竖大拇指！"

赵洪胜重新打量着赵管家："噢……管家，看你平时少言寡语的，没想到你是哑巴吃饺子——嘴里不说，心里有数啊！"

赵管家受宠若惊："我说得不对的地方，还请族长大老爷原谅。"赵洪胜并不在意，示意管家接着说。"带头闹事的就那么一两个，其他人都是听风的。族长大老爷，您在族中德高望重，只要您把意思跟他们说明白了，哪个还敢不听您的呢？"赵洪胜心里有了定计，拍了拍管家的肩膀，转身走出客厅。

院子里立刻安静了下来。赵洪胜底气十足地说："这大冷的天，大伙儿怎么都在院子里站着啊？三伯，您老来了，屋里请……"

赵三伯摆摆手："等一等，今儿来的人多，就不进屋了。洪胜啊，听说你要进县城去给日本人当县长，有没有这么回事儿啊？"

"就是啊，族长，有没有这么回事儿啊？"众人齐声说。

赵洪胜一副襟怀坦荡的样子："有。"所有的大户富甲一下子都炸了锅。

赵三伯愤然不平："赵洪胜，你……你怎么能干出这种事来？你们家小三从小就不学好，留学又去的东洋，他跟了日本人我们也就不管了，可你身为一族之长，你怎么能置祖宗的规矩于不顾呢？"

赵洪胜不慌不忙地说："三伯，你急什么，我说有，是说日本人是要请我去当县长确有其事，可是当不当我还没想好呢！"

赵三伯坚决反对："这还用想吗？这种差事你不能干！"

"诸位来得正好，我正想跟大伙商量一件事，你们都是赵姓族中有头有脸的人，就请大家都回去，有枪的就把枪都捐上来，没枪的就把老辈子留下的刀啊、长矛啊、鱼叉啊也都拿出来，赵姓族人连男带女，也甭管什么老弱病残了，每人手里都发上家伙，准备好跟日本人和吴家拼命吧！"众人不明就里，议论纷纷。赵洪胜见时机成熟，说："你们只知道日本人占了海阳城，也只知道日本人要让我去当县长，可是你们不知道，吴家二老爷吴江海现在已经当上了日本人侦缉队的大队长！侦缉队是干什么的？专门抓反对日本人的，比以前的保安队厉害多了，日本人给他们的权力，可以先斩后奏！我还听说，为了能够借日本人之手灭掉咱们赵家，吴乾坤答应重新分他们吴家的家产，这一回，他可是真要拿吴江海当他们家老二了，要分一半的家产给他呢！"

赵三伯难以置信："这……这是怎么回事啊？"

赵洪胜接着说："吴乾坤为什么下这么大的血本，啊？咱们吴赵两家斗了好几百年了，现在日本人来了，他们算是找着机会了！"

九老爷说："族长，要说咱们举全族之力跟吴家拼命，可能还能拼个你死我活，可是再加上日本人，咱们岂不是要被灭族啊！"

赵洪胜装模作样地说："不然还能怎么样？身为族长，我也不愿意看到赵家灭族，所以你们才听到了我要去给日本人当县长的传言，这可是权宜之计！"

九老爷恍然大悟。赵三伯大喊："赵洪胜，你确实书读得多，有学问，三句两句就变成你要当汉奸是为了赵姓一族着想了，什么权宜之计？你糊弄得了别人，你可糊弄不了我！"

赵管家不失时机地插话："吴江海给日本人当了侦缉队大队长，这事可是真的。我都听说了！噢，大伙还不知道吧，三少爷跟吴江海已经闹翻了，为的就是咱们赵姓一族的安危啊！"

众人议论声又起，这个说："三伯，好汉不吃眼前亏，你岁数大了，活够本儿了，我们可还没活够呢！"

那个说："识时务者为俊杰，族长大老爷心里边一直揣的都是族人，在这一点上几十年了，大伙都看在心里！"

九老爷说："就是，三老太爷，你就别在这儿指手画脚了。咱们赵家要是真出了个县长，那也不是什么坏事，起码吴家想对付咱们，他得掂量掂量！"

赵三伯气得说不出话，一甩手，走了。赵洪胜眯着双眼，踌躇满志，有些得意。

日上三竿，灼热的强光穿透乌云，倾泻在吴家大院。吴家所有的头人和乡勇齐刷刷地站在院子里，一个个身上都镀满了金黄色的光泽。

吴乾坤面对众人，鞠躬抱拳说："诸位吴姓族人，我们家出了逆子，大逆不道！尽管多年前我已经将他逐出了家门，可是毕竟他是我兄弟。有些话我还得在这儿跟大伙说一遍，吴江海给小鬼子当了侦缉队大队长，这是我吴家的耻辱。身为族长，我给各位族人鞠躬请罪！"

吴四爷连忙说道："你不用这样，你跟吴江海不是一种人，大伙心里都知道！"

"多谢四叔体谅，多谢各位族人理解。既然吴江海当了汉奸，从今以后我跟他见面，就只能刀枪相向，再不能以兄弟相论了！我吴乾坤此言一出，驷马难追，请各位族人做个见证！后天，对虎头湾来说可能是个特别的日子，请吴姓子弟把枪都擦亮了，把刀都给我磨出刃来，配不配做吴家的爷们，后天就是见分晓的时候！"吴乾坤说着，眼里流出了一股决绝的神情。他转身来到吴母面前，双膝一跪：“娘，儿子给您请安。”

吴母赶紧扶起吴乾坤：“儿子，我听说小鬼子打下海阳城了？”

吴乾坤点头：“娘，我这正要跟您商量呢，昨天又收到表弟的来信了，他在香港那边混得不错，想把您接过去看看。”

“香港？太远了，我这把老骨头到了香港，还不颠得散架了？”吴母摆摆手。

“娘，还是去吧，海阳不太平，兵荒马乱的我要顾及您的安全……”

吴母打断吴乾坤：“得了，我说不去就不去。你就别劝了，那小日本鬼子是人，又不是真的鬼。就算他是鬼，要吃人，咱拿穷人喂他们，等吃到咱娘俩还早着呢！”

吴乾坤一愣，跟站在吴母身旁的春草儿交流着眼神。

吴母眼尖嘴快：“你们俩当着我的面使什么眼色呢？春草儿，你下去，我跟我儿子说点儿私房话！”

见春草儿走了，吴母挥手示意吴乾坤离自己近点儿，说：“别怪你媳妇多嘴，她都跟我说了，你个族长大老爷了不起啊！听说你又把枪都发给族人了？咋着？要跟小鬼子拼，犯不上吧？不是还没到虎头湾呢吗，就算来了，咱惹不起还躲不起他啊？那东三省都让他们给占了，这个大帅，那个少帅的都跑了，你何苦跟他们拼命呢？”吴乾坤长叹了一口气。“我知道，因为老二，我听说那王八蛋一扭身又给日本人当上大队长了，听着就让人生气，早晚他不得好死。可是你也用不着跟他置气。儿子，你也六十岁的人了，别意气用事！”

吴乾坤点了点头：“噢……那有个事我可得跟娘禀告清楚，我发枪是因为后天日本人可能要来虎头湾。”

“啊？这么快，后天就要打来？”

“他们不是来打仗，是来接人，接赵洪胜去海阳当县长！”吴母瞠目结舌。吴乾坤说：“娘，您说，我该咋办？”

吴母倒吸一口凉气：“不好啊，赵洪胜跟日本人勾搭在一起了，这回咱们就是想躲也躲不了了啊！这虎头湾自古就是吴家的地盘，赵家是后来的。来了以后吴赵两家就水火不容，打了几百年没分胜负，愣是没把他们姓赵的赶走！就为这事，咱们吴家的列祖列宗没有一个是闭着眼睛咽气的。现如今，赵洪胜勾结了日本人，他想干啥？他不是号称读书人吗？他不要那张脸皮吗？他无外乎就是想借日本人的枪，灭了咱们吴家，抢占虎头湾哪！”

吴乾坤笑了：“娘，别看您八十岁了，真是耳不聋，眼不花，心里边敞亮！一句话您就说在点儿上了，他赵洪胜当汉奸，恐怕就是为了跟咱吴家作对，抢咱祖宗留下来的虎头湾！”

吴母长叹了一口气：“这回我是拦不住你了，你是怎么打算的？”

入菅新

夏目漱石 著
郭清华 译

吴乾坤将他的计划告诉吴母。他说当日本人迎赵洪胜当县长时，直接杀掉赵洪胜以及接他的一小队人，然后将姓赵的全都赶出虎头湾，吴姓子弟个个变成守虎头湾的兵丁，让虎头湾变成真正的吴姓。

听到此，吴母伸出大拇指："好，儿子！可有一件事你得想好了，万一你自己有什么闪失，咱们吴家可就断了根了！"

吴乾坤一愣："就是这件事对不起祖宗了！"

吴母出主意让吴乾坤在宗亲中多认几个干儿子，这样就为吴家传宗接代了。

吴乾坤母子越说越投机。不料，隔墙有耳。一直在门外偷听的春草儿倒吸一口凉气。她转身走出吴家大院，雇一辆马车直奔县城。原来，春草儿是给吴江海通风报信，将吴乾坤的计谋全盘告诉了他。

听后，吴江海大怒："吴乾坤好大的胆子，还要拉起队伍造皇军的反？他真是不知死活啊！皇军有飞机大炮，他见过没有啊？虎头湾还进可攻退可守，他以为皇军打不过来了？虎头湾有东三省大啊？还是有热河、北平、天津、烟台大啊？"

春草儿随声附和，说吴乾坤假如有个三长两短，财产都给了干儿子们，她将来怎么办。

吴江海忽然笑了："所以你就来投奔我了？这就对了，肥水不流外人田嘛，毕竟咱们是一家人！"

吴江海说着，伸手将春草儿搂在怀里。春草儿连忙推开他："叔叔，您不能这样，我来找叔叔可不是这个意思！叔叔，虽然我不招老爷和老太太待见，可我毕竟是明媒正娶嫁给老爷的人，我对老爷可是一心一意……"

吴江海恼羞成怒："你对他一心一意，来找我干什么？"

春草儿双膝跪地："叔叔，你们是打断骨头连着筋的亲兄弟，再怎么着也不能看着老爷犯糊涂！老爷说要跟日本人拼命，其实他恨的是赵家，他怕赵洪胜当了县长，对吴家不利啊！请您在日本人面前多帮老爷美言几句。兄弟，嫂子求你了，只要能压倒赵家，给不给日本人做事，老爷八成也不会在意！"

吴江海心烦："什么乱七八糟的？你个臭娘儿们，滚！滚！滚！"春草儿不知道自己错在哪儿，见吴江海一脸的怒气，吓得落荒而逃。

泥鳅从外面进来，笑道："大哥，这么快就完事了？我这还给您站岗呢！"

吴江海渐渐消了气，自言自语道："嘿，好啊，我就料到吴乾坤不会让赵洪胜轻易当了县长，没承想他骨头这么硬，要跟日本人对抗到底！好啊……后天有戏看了，泥鳅，吴乾坤和赵洪胜要是都死了。我是吴家二老爷呀，虎头湾吴家就归我了！有日本人撑腰，这应该不是什么难事吧？哈哈……"笑声缠绕在屋顶的房梁上，房梁上的海猫手里握着枪，但是他没有要开枪的打算，很明显，从海猫那犀利的目光可以看出，他正在思量着什么。

　　打扮成人力车夫的王大壮，拉低帽檐依在扶手上。但帽檐拉得再低，也遮不住他那双机警的眼睛。还在奉命潜伏海阳县城之前，王大壮就和海猫达成共识，这次锄奸行动，先从吴江海开始，因为他以前是保安队的队长，现在又给鬼子当了侦缉队的大队长。杀了吴江海，就能造成最大影响。然而，时间一分一秒地过去了，王大壮却始终听不到海猫的枪声，正在焦虑时，吴江海和泥鳅便从茶楼走出来，海猫跟在他们身后，一副若无其事的样子。王大壮不解，也不敢妄动，只好拉着车跑向海猫。

　　海猫一坐上车，王大壮便忍不住低声问道："怎么没下手啊？排长，你不会是枪里边没压子弹吧？"

　　"哪儿那么多废话，拉车！"

　　王大壮无奈，拉车就跑："您去哪儿啊？"

　　只听从海猫嘴里蹦出三个字："虎头湾！"

　　王大壮一愣："啊？凭两条腿跑到虎头湾，那天黑之前咱可到不了！"

　　"怎么着？我没说不给你脚钱啊？"

　　王大壮气坏了："不是，老板，咱天黑之前可真到不了啊！"

　　海猫若有所思地说："天黑之前到了也没用。"

　　天黑了，虎头湾广场一片通明，吴乾坤带着吴八叔一行人登上了平时斗秧歌的平台："打仗不是好勇斗狠的事。这一仗咱们必须得胜，得打出咱虎头湾的威风，打出咱胶东人的志气来！"

　　吴八叔应和："大哥，您带过兵，打过仗，怎么个排兵布阵，全听您的！"

　　吴乾坤指着虎头湾的几个制高点："这里，那里，特别是海神庙屋顶。打仗最重要的是占领有利地形，最有利的地方，就是高处！后天一早，在这几个地方，各埋伏上五个枪法好的，发他们快枪！"

　　吴八叔老当益壮，激情满怀："明白！"

　　吴乾坤分析道："小鬼子来接赵洪胜当县长，大不了也就派十个八个鬼子兵，鬼子兵不是会打仗吗，我们先让他们掉以轻心，然后请君入瓮！"

　　吴管家问："老爷，怎么让他们掉以轻心，请君入瓮？"

　　"赵洪胜要当县长，咱们吴赵两家是虎头湾的邻居，这是多大的事儿啊？他要上任咱得送啊，咱到镇子口去敲锣打鼓，首先欢迎日本兵进镇子！这不就请君入瓮了吗？然后，赵洪胜要走，我总得端上一碗送行酒吧？到时候就以我摔酒碗为号，一齐开枪，枪一响，咱们下面的人就拔枪，连鬼子带赵家的那些老少混蛋，全他娘的一窝端了！"

吴八叔兴奋地说："嘿，大哥，甭说打了，光听您这么说我都觉得痛快！"

吴乾坤一脸的跋扈。很明显，他已成竹在胸，为后天的这一仗做好了准备。然而，吴乾坤万万没有想到，他做好的准备却落了空。而此人却是他最瞧不起，最令他心烦，也最使他无奈的人。

话说海猫和王大壮连夜赶回虎头湾，他让王大壮找个僻静处隐蔽起来，便只身来到吴若云闺房的窗外，透过窗棂，低声唤道："小先生……"

一声小先生叫得吴若云立刻心花怒放，她喜鹊登枝似的跳到窗前，喜不自禁地问道："海猫，是你吗？"

海猫嬉笑道："除了我，还有人这么叫你吗？"

吴若云打开了窗户。海猫身如轻燕，"嗖"地飞身进来。吴若云关好窗户，她本想和海猫亲近，却又转身给了他一个后脊背。

海猫笑了："怎么了？"

吴若云不肯回头："我问你，那天你去聚龙岛，是不是根本想的就是救她？"

"甭管为了救谁，我兄弟李敢死在了聚龙岛上。如果可以，我们不要再提那件事了好吗？"

吴若云的心立刻柔软了起来，她转过头来："你是专门来看我的吗？"海猫认真地点点头。吴若云迟疑地说："那你告诉我，你有没有……先去看她？"

海猫愣了："你说……赵香月？"

吴若云酸溜溜地说："当然，除了她还能有谁？"

海猫无奈地笑了："没有。"

"没有就好。海猫，我跟你说，那天成亲是假的，那是为了打着嫁给天旺的幌子，离开虎头湾。当时我以为你已经死了，我想开始新的生活，幸好我还没走……幸好你及时赶回来了……幸好海盗把我和她都抢到了聚龙岛……幸好你今天又来看我，要不然真怕哪天我忍受不了这种监狱的生活逃了出去，但是，我担心逃出去却不知道去哪儿找你……海猫，带我走吧！带我去任何你想去的地方，我们永远在一起，好吗？"

海猫一把拉住吴若云的手："小先生，你听我说，你被关起来了，可能有些事情还不知道，日本人……"

吴若云打断海猫的话："别跟我说什么日本人，日本人跟我没有什么关系！你赶紧告诉我，你带不带我走？"

海猫耐心地安抚吴若云："小先生，你别急，你听我把话说完……"

吴若云执拗地说：“不，我不听，我只问你带不带我走！”

窗外，吴天旺像个影子似的贴过来，他屏住呼吸，暗暗偷听着。

海猫嗓音一高：“日本人打进海阳城啦，后天就来虎头湾！”

吴若云一愣：“是吗？那你来得正好啊，我们今天就走，我们离开虎头湾，离开海阳，走得越远越好！”

“可是我现在不能说走就走，三年前我们分手以后，我参了军，以前叫红军，现在叫八路军。我是个军人……”

吴若云张大了嘴：“你……你胡说，我不信！你别以为我被关在屋里什么都不知道。槐花三天两头买报纸来给我看，红军、八路军是怎么回事我心里清楚得很。那天你是坐着小汽车来的，西装革履的，我才不相信呢！”

“我说的是真的，我在执行一项特殊的任务。”

“那你今天来找我，也是在执行特殊的任务？”

海猫详细地讲起了今天的事。当讲到春草儿找吴江海时，吴若云气坏了，说着就要找她去。海猫急忙拦住，让吴若云耐心听。最后，海猫想让吴若云劝他父亲不要盲目行动。此时，窗外偷听的吴天旺一脚将门踹开，端着枪便闯了进来。海猫和吴若云毫无防备，二人都被吓了一跳。

吴天旺将枪对准了海猫，吴若云横身挡在海猫面前：“天旺，你要干什么？”

吴天旺双眼潮红：“小姐你让开！这个贼人深夜进了小姐的闺房，他想干什么？小姐你让开，让我一枪打碎他的脑袋！”

吴若云解释道：“天旺，他是来找我说话的。你别管，你出去！”

吴天旺固执地说：“不行！老爷让我给小姐站岗放哨，就是防着这种贼人的，深夜潜进族长大老爷的家，还进了你的闺房，甭管是谁，都得死！”

海猫连忙说道：“这位大哥，你真的误会了，我来找你家小姐确实是有事情，很重要的事情，关系到你刚才说的族长大老爷家以及吴姓所有族人的安危……”

吴天旺大怒：“你给我闭嘴！我知道你会花言巧语。要不是这样，怎么能骗得小姐都已经上了花轿，却不跟我拜堂？”

吴若云高喊：“吴天旺，你太不像话了，我让你出去，你还拿我当不当小姐？”

“吴若云，是，你永远都是小姐。”吴天旺话锋一转，“可是今天我绝不能走，我必须宰了这个贼人，我才对得起老爷对我的信任！”

吴若云生气了：“你少张口一个老爷闭口一个老爷，你根本就不是为了什么老爷，我看你是得了失心疯了你，你出不出去？”

吴天旺牙一咬，不管不顾：“我不出去！吴若云你给我让开，我今天要杀人，不宰了他，我就不是个人！你给我让开！”

吴若云心一横，径自走向枪口："好，你不是要杀人吗？你现在就开枪，先打死我再打死他！"吴天旺的枪抖动起来，他愣了，也怕了。

吴若云一字一顿地说："我告诉你，就算死我也要跟海猫死在一起，你听见没有？有本事你开枪啊！开枪啊！"

吴天旺一脸的尴尬，他不敢直视吴若云冰冷的目光，怯懦地向后退了一步，突然"扑通"一声跪倒在地："小姐，我求您了，我跟您从小一起长大，我对您忠心耿耿，您就信我一回行吗？这个人是个孽障，他满嘴胡说八道，没有一句真话的。肖老道说了，您之所以愿意信他，那是因为他对您施了什么巫术！"

吴若云一愣："你说什么？你怎么能信那个臭老道的话？"

吴天旺连忙改换语气："好，我知道小姐不信我，我也知道小姐恨我，可是肖老道为咱吴家也出了不少力。小姐您想想吧，自从您认识这个孽障以后，您好过吗？咱吴家好过吗？您就让我一枪打死他，以后您就全好了。"

吴若云一把抓住吴天旺的枪口顶在了自己的头上："你说的都是狗屁话！我让你出去，出去！听见没有？立刻出去，不然你就开枪打死我！"吴天旺万般无奈，只好扭头夺枪而去。

海猫松了一口气："小先生……"

吴若云猛地回过头来："有什么话快说，说完快走，等会吴天旺叫人来了，你就走不了了。"

海猫着急地说："我来找你是想让你阻止你爹。如果他真的杀了赵洪胜，袭击了日本人，那么结果只有一个，就是所有的敌人将会集中兵力，把他们的飞机、大炮、机关枪，全都对准虎头湾，那时，虎头湾的老百姓都将面临被屠杀的命运！"

吴若云打断海猫："你不是恨虎头湾逼死你爹娘吗？现在怎么来的这份好心。"

"是，我曾经恨过，我恨逼死我爹娘的人。可是我爹娘死前说的话，我一直都记着，虎头湾吴赵两家都是我的亲人，我不能眼睁睁看着我的亲人变成被侵略者宰杀的羔羊，不能眼睁睁地看着我的亲人变成侵略者的靶子。小先生，我想只有你可以阻止你爹，不让这美丽的小镇血流成河！"

吴若云反问道："可是，我凭什么相信你？天旺说的没错，也许你就是个骗子，也许你为了取得我的信任施了什么巫术。的确，自打认识你，我就没有一点好，我们吴家就没有一点好。"

海猫看着吴若云的眼睛："你必须相信我，我本来也想过自己去找吴乾坤谈，但是我知道那样是没用的。我以我死去爹娘的名义发誓，我没有骗你，想要打败侵略者，必须从长计议。我们现在还没有做好准备，虎头湾还没有做好准备，如果因为一时意气杀了日本人和赵洪胜，结果真的不堪设想。"

吴若云看着海猫："我还是不能信你。"

海猫越发着急："我要怎样你才能相信我呢？"

吴若云说："你说你三年前离开我当了红军，现在又成了八路军，我怎么觉得这么可笑！我现在反倒有点相信肖老道的话了。你说，你是不是会什么巫术？你还有哪些事骗了我？你去聚龙岛是不是根本就不是为了我，是为了救赵家那个穷丫头？我明白了，穷人啥都干得出来，你跟她是不是早就勾搭在一起了？"

海猫一本正经地说："你可以怀疑我，但是你不要侮辱我香月小姨。"

吴若云嘴角一翘："小姨？我说的嘛，我最近听说她赔给了赵大橹家一条船，她一个穷丫头哪来的一条船，是不是和你睡觉你送给她的？"

海猫脸一翻："住口！你有钱有什么了不起，有钱就可以随便侮辱人吗？"

吴若云一愣："急了……你因为她跟我急了。你居然因为她跟我急了，这三年你把我害得有多么惨你知道吗？你现在却这么对我？"

海猫赔着笑脸："对不起……对不起，小先生！"

吴若云泪水盈眶："你曾经跟我说过什么话你还记得吗？你这个骗子，你根本就是个骗子。你滚！我永远不会再相信你！"

海猫忍住气："对不起，小先生，你可以不相信我，但是你得好好想想我刚才说的话，劝劝你爹吧，为了虎头湾几千号父老乡亲！"

吴若云狠狠擦一把眼泪："想让我相信你，除非你证明给我看。"

"我怎么证明？"

吴若云说："你不是八路军吗？你不是参加了打鬼子的队伍吗？鬼子进了海阳城，你给我杀两个鬼子，然后留下你海猫的名字，如果明天晚上之前，我能得到这个信，我就信你！"

"一言为定！"海猫说罢，跃起身跳出窗户，转眼便消失在夜幕之中。

几乎与此同时，吴天旺带着吴乾坤和荷枪实弹的乡勇匆匆赶来。吴若云假装睡眼惺忪地站在门前："爹，您来啦，带这么多人干什么？还都端着枪？"

吴乾坤开门见山："海猫呢？"

吴若云淡定自若："哪有什么猫？对了，管家，要是有好猫帮我抱一只来，我这屋里闹耗子闹得厉害。"

吴天旺上前推开窗户，说："老爷，准是从这儿跑的，他就是从这儿来的。"

吴乾坤下令道："赶紧去给我追呀！"吴管家和乡勇扭头就追，吴天旺也要去追，却被吴若云叫住。吴乾坤见吴若云怒视吴天旺，便说："你想对天旺怎么样？是我让他看着你的，贼都进了你的闺房了，你还不让天旺开枪毙了他，你到底想干什么？"

吴若云说："根本没有什么贼，都怪我当时想离开咱们家没办法就答应了嫁给天旺，其实这本来就是我们商量好骗爹的，没想到天旺假戏真做了，我看他是被逼出疯病来了，胡说八道！"

吴天旺急了："老爷，没有啊！海猫来了，我看见了，我不会骗老爷的！"

吴乾坤制止吴天旺："行了，你们俩谁说的真话，我心里有数，你去吧。"

吴天旺看了一眼吴若云，吴若云没理，他只好忍气吞声地退了出去。见吴天旺退出，吴乾坤指着吴若云的鼻子，气得说不出话来。

吴若云说："爹，您老别生气，海猫确实来过……"

"确实来过？那你刚才为什么撒谎呢？"

"当着下人的面，我当然不能承认，我是个大小姐待嫁闺中，我怎么能说有人深夜进了我的闺房呢？"吴乾坤觉得她说得有道理，一时无语。吴若云凑到吴乾坤跟前说："爹，海猫跟我说了很多事，是真是假我不知道。但是，明天夜里我就会知道，我猜爹后天一定有大事情要做。"

吴乾坤一愣："你怎么知道的？谁跟你说了什么？"

吴若云也很惊诧，惊诧之余，她问："这么说，您是真的有大事情要做？"吴乾坤哼了一声，算是默认了。之后，吴若云请他爹明天晚上来房里说会儿话。吴乾坤不知道吴若云究竟是什么意思，他透过窗户，凝视着黑黢黢的夜，只见一钩弯月躲在云层中奔跑，匆匆忙忙。

月儿跑，王大壮也在跑，他边跑边对坐在车上的海猫发牢骚："排长，你溜傻小子呢，这不是三里地五里地，我这两条腿跑回去，八成天也亮了。"

海猫说："你最好趁天黑把我拉到海阳城，不然我大白天的杀鬼子，要是暴露了，牺牲了，政委和同志们不会原谅你的。"

王大壮高兴了："你要杀鬼子啊？嘿，那好办，放心吧，最多俩时辰，我准保给你拉回海阳城去。"

然而，俩时辰过后，因为夜间一律宵禁，王大壮却不能拉海猫进城了。海猫叹口气，心里暗道："看来我得大白天的杀小鬼子了。"

第二十六章

古希腊哲学家赫拉克利特说："太阳每一天都是新的。"其实，人生每一天也都是新的。从海神庙方向照射过来的晨光，正是崭新一天的标志，是从黑暗走向光明的使者。吴若云起床打开窗户，一道阳光先声夺人，明亮而温暖，她一晚上阴霾的心情也随之晴朗起来。

吴若云津津有味地吃着槐花端来的早饭，似乎一夜太平，槐花倒是沉不住气了，她边观察吴若云的脸色，边问："小姐，你昨天晚上没事儿吧？"

吴若云淡定自若："没事儿啊！"

槐花涉世不深，心是装不下事儿："我看见天旺哥拿着枪……他拿枪的样子可凶了，我问他干什么，他也不让我管，逼着我回屋去。"

吴若云一愣："好你个槐花，你的天旺哥让你回屋你就回屋，连你家小姐的死活你都不管了。哼，有了男人就顾不上我了，是不是？"

槐花急忙辩驳："不是，不是，家里上上下下都传开了，说昨晚海猫来了，又让您给放跑了，是不是真的啊？"

吴若云点点头："是真的，我让他回海阳县城杀两个鬼子，还让他留下名姓！"

"杀鬼子？留下名姓？"槐花吃惊之余，心里还是把主子的事儿放在了首位："这我就放心了，我还以为大小姐喜欢上那个孽障了呢，原来你恨他呀！"

吴若云立眉瞪眼："谁说我恨他啦？"

槐花说："你让他杀两个鬼子，还留下名姓，那就不是让他去送死吗？"

"我跟海猫是老相识了。头一回见面的时候，我们俩赤手空拳上了聚龙岛，面对那么多海盗，他都能带我逃命回来，这证明他有两下子。再后来你都知道了，我们眼睁睁见他被枪毙了，可他居然没死，活着回来了，还混得挺好。你想他难道不是一个有本事的人？再说，小鬼子再凶也不是真鬼子，无外乎就是人。以我对海猫的了解，杀两个鬼子活着回来，应该没问题。"

槐花不解，吴若云接着解释："我要考验考验他说的是不是真话。如果他说的是真的，我必须劝阻我爹，暂时不要跟日本人作对。海猫走后我一直在想，他说得很有道理，小鬼子刚占了海阳城，跋扈得很，如果谁公开跟他们作对，一定会遭灭顶之灾。"

槐花心里仍然惦记着主子的事，其实惦记主子就是惦记自己，她拐弯抹角试探说："那……万一他说的是真的，小姐以后有什么打算？"

吴若云直言不讳："那样我就让海猫带我走。"

槐花惊叹："他会答应吗？"

"之前他没答应我，找了一堆理由，说在海阳还有事做，可是这回他不答应我也不行了，我让他杀两个鬼子还把名姓留下，你想在这个地方他还待得下去吗？"

槐花恍然大悟："噢！海猫在这待不下去就只能带你走了，海猫再鬼，也没小姐鬼。小姐，可是我还是觉得，海猫比起林家大少爷来……"

吴若云打断槐花的话："你别提那个林家耀了，山盟海誓说得好听，一走就好几年，杳无音信！不管海猫当年是怎么逃生的，可是他明知回到虎头湾凶多吉少，人家还是回来了。林家耀呢？他在哪儿？我想好了，海猫要是真能杀两个鬼子还全身而退，我今天夜里就用死来劝我爹，如果能劝住他，也算是我尽了一回孝，然后我就跟海猫远走高飞。"

槐花忙问自己怎么办，自己和吴天旺又何去何从。在吴若云的追问下，槐花全盘托出她和吴天旺的事情。

因为夜间一律宵禁，海猫好不容易挨到天亮才混进城来。王大壮等一队日本兵挑着太阳旗走过，扭头对海猫说："排长，要说大白天的杀两个鬼子也不是什么大事儿，可是吴大小姐还让你把姓名留下，这可就不得了了。你是侦察排长，你把身份暴露了，以后怎么开展工作？再说，政委交代我们最重要的任务是找到那条船，这都多少天过去了，一点音信都没有，你还有心思管这样的闲事，真让人不理解。"

"是，是让人不理解。我们最重要的任务是找到那条船，找回对我们至关重要的药品，救回船上的同志。可是我总觉得，那条船就是在虎头湾附近海域丢的。虽然我们上了聚龙岛，但在那里没有得到任何线索。你说，想开展工作我们该怎么办？咱俩总不能划一条船，在茫茫大海中找去吧？要真是能在大海中找得到，那船上的同志们怎么会不跟组织联系？"

王大壮不解："那，为了取得吴若云的信任，你也不至于冒这个险吧？"

海猫郑重地说："吴若云让我大白天的杀两个鬼子，还得把名姓留下，说穿了是在考验我，但这并不过分。只要取得她的信任，她就会劝她爹不做傻事！我是虎头湾人，我不愿看到我的亲人被敌人当作靶子！王大壮同志，请你理解！"

王大壮点头："行，行，行，我说不过你……不就杀两个鬼子嘛，我帮你一起，我就不信鬼子没有落单的，下了手咱就赶紧走！"

海猫没有同意，他让王大壮找个地方睡觉，说："我答应的事儿，我自己能行，我不想骗吴若云。"

王大壮调侃道："你呀，一口一个吴若云，有了新的丢了旧的。我问你，你是不是把苏卫生员都给忘了？"

海猫急了："你……你胡说什么？我答应吴若云杀鬼子，也不证明我跟她有什么。再说，我跟苏卫生员那是同志关系。"

"同志关系？"王大壮说，"苏队长走的时候，可把他妹妹托付给你了。你们俩在根据地，你来我往，眉来眼去，谁看不出来你们俩有意思啊？"

海猫一脸的正经："不许胡说八道！苏岩说把卫生员托付给我，也没别的意思，那是让我照顾她，保护她。再说了，卫生员去了延安学习，将来肯定能有大出息，指定不会回咱们这儿了！就算回来了我们也是同志。现在战斗形势这么紧张，我身为侦察排长，不定哪天就死在战场上了，我能让人家等着我吗？"

王大壮调侃道："你……说了半天，你还是有意思呀！那你说清楚喽，你到底是对吴若云有意思，还是对苏卫生员有意思？还是对姓赵的那个……你管她叫小姨的那个姑娘有意思？你……你总不能仨人都占着吧？"

海猫急了："滚！这仨人我对谁都没意思。"

"行，行，行，没意思，没意思，我走，我走！"

望着王大壮离去的背影，海猫云里雾里一般。在他的幻梦中，这仨女人一个个都像天仙，那样美丽漂亮，可亲可敬。特别是吴若云，那样一个有文化的大家闺秀，能把一个靠乞讨长大的人看在眼里，一点也没有瞧不起自己的意思，心里平添了许多的自豪。为了取得她的信任，别说是大白天的让他杀俩鬼子，就是立马要他去死，他海猫也绝对不会皱一下眉头！

正当海猫信马由缰、海阔天空地放纵自己的思想时，突然间三五个醉酒鬼子映入眼帘。他们正调戏临街二楼的一个小媳妇。海猫身如轻燕，翻身上楼，一把夺过一个鬼子的日式军刺，反手捅进他的胸膛。那鬼子块头大，身子往后一仰，竟撞断了木栏杆，从楼梯上栽了下来，重重地摔在地上。

说时迟，那时快，海猫头戴早就准备好的"猫脸"面具，手一抖，一条五尺长的大白布单子随之展开，三下两下就被他系在了栏杆上。白布上"杀人者海猫"五个大字，从天而降，赫然映衬着楼下那血淋淋鬼子的尸体。

这时，剩下的几个日本兵已经缓过神来，他们纷纷举枪向海猫射击，海猫就地打滚儿，爬起来就跑。不料，一颗子弹呼啸而来，擦着海猫的肩膀飞过。海猫吓了一跳，意识到危险来临，便闪身躲在街道尽头一堵矮墙后。海猫摸出枪将子弹推上膛，等追击敌人露出头来，他"砰"的一枪正中跑在最前面的日本兵的前胸。海猫欣慰地笑了，嘴里嘟囔着："两个，够数了。"

海猫这才运起气来，边拼命射击，边疯狂奔跑。身后一队巡逻的日本兵堵住了他的退路，又一颗子弹呼啸而来。这次没上次幸运，一朵红色的血花在海猫肩头绽放开来。他顿时疼痛不已，忙用手去捂，沾了满手的鲜血。

海猫连续射击，又打中了一名鬼子。可是不幸的事发生了，他没子弹了。面对蜂拥而上的鬼子，海猫抽出匕首，对准了自己的咽喉哽咽道："小先生，鬼子我杀了，不止两个，海猫的名姓也留下了，你也该信我了吧？可是……今生今世恐怕没法再跟你见面了，但愿你能劝阻你爹别干傻事，别让虎头湾血流成河。这辈子，你就好生保重吧！"海猫说着，挥刀就要抹自己的脖子。正在千钧一发之际，他的眼前突然横插出一辆黄包车来。拉车的是王大壮，他大喊一声："海猫，快上车！"海猫跃身跳上黄包车，王大壮拉起来就跑，边跑边回身扔出一颗手榴弹，借着爆炸的烟雾，两人便很快地消失在街巷深处。

赵家客厅比平日冷清了许多，这倒不是因为赵洪胜要去县城赴任，而是因为这个时候赴任当县长，总不是什么光宗耀祖的事儿。凡有良知和血性的赵姓族人心里都明白，赵洪胜这么做，就是卖身求荣当汉奸。

然而赵管家却不这么认为，他打心里赞成赵洪胜的抉择。人生在世，不是流芳百世，就是遗臭万年，人活的是个过程，什么汉奸不汉奸的，他比任何人都看得开，所以赵管家一如既往，凡是赵洪胜的事，他都尽心竭力。这时，赵管家进门禀告赵洪胜所有的事情都准备好了，就是赵三伯不服。赵洪胜虽然也很气赵三伯，但当官的喜悦将愤怒压了下去。自从管家上次极力赞成他当伪县长，他就对管家另眼相看。赵洪胜将自己想娶赵香月的烦恼告诉管家，赵管家拍着胸脯打了保证。赵洪胜更满意了，亲自给赵管家沏一杯茶，东拉西扯地说些闲话，话里有话地示意为这等区区小事，千万不能搞得鸡飞狗跳。赵管家心里自然明白，赵洪胜这是既想当婊子，又想立牌坊。

《道德经》曾曰："欲取之，必先予之。"赵管家拿先贤圣人的话为自己的主子卖力。他离开赵家客厅，随即命乡勇把赵香月的爹赵老气请到自己面前，假意赏赐十斗高粱米骗得赵老气在赵香月的卖身契上画押。赵老气全然不知，带着对族长大老爷的感激之情喜滋滋地回到了家。当他把事情告诉家人时，赵香月极力反对，硬是逼着她爹送回去。还说他这是黄鼠狼给鸡拜年，没安好心！他当了汉奸，以后人人都会戳他脊梁骨，往他脸上吐吐沫。的确，赵洪胜当了汉奸，不仅重新激起赵香月的满腔怒火，就连赵大橹与同族的几个穷兄弟也要起义反抗。但碍于大橹娘以死威胁，赵大橹只能屈服。

夜幕降临虎头湾，吴若云迎来了一个企盼的夜晚，这企盼中有她的许多寄托和希望，当然也充满了焦虑。吴若云焦急地一个劲儿问槐花是否有海猫刺杀鬼子的消息。正在这时，海猫戴着猫脸面具，浑身是血地从后窗户一头扎了进来，吓得槐花大叫。叫声引来了守夜的吴天旺，他一个箭步冲进小院。屋内的吴若云连忙冷眼制止槐花："你给我闭嘴，喊什么喊？"

槐花惊恐地指着倒在地上的海猫："他……他……他……"

海猫摘下面具，收起枪："对不起，我是怕碰到人，有危险才……"

话音未落，门外便传来吴天旺的敲门声和问话："槐花，怎么了？快开门。"

没容得槐花开口，吴若云便喊道："砸什么门？这么大声，有没有点规矩？"

门外的吴天旺只好压低了声音："小姐，对不住，我刚才听见槐花在喊，怎么样了？您没事儿吧？不会是贼又来了？"

屋内的吴若云看一眼海猫，又看一眼槐花，然后说："哪有什么贼？槐花你这个丫头，胆子也真够小的，一只耗子就把你吓成这副德行，滚出去！"槐花不知吴若云说的是真是假，一时间愣了，也不知该走还是不该走。

吴若云一把拉住槐花，吩咐她把吴天旺轰到院外面，然后打盆热水，拿点酒和棉布送进来。海猫目送槐花走出屋门，扭头看着吴若云，会意地笑了。不一会儿，槐花就把热气腾腾的水，还有棉布和酒，一一送进吴若云的屋内。之后，吴若云动手给海猫包扎伤口。

只听吴若云边包扎边说："瞧你这点出息，让你杀两个鬼子没杀成，还受了伤。没有这金刚钻就别揽瓷器活。受了伤还敢回来见我，你脸皮真够厚的。"

海猫龇牙咧嘴道："对不住了，小先生。你让我杀两个，可这数太难凑了，我一不留神就多杀了一个。我兄弟还向敌人扔了一颗手榴弹，我估计少说也得再炸死俩。这俩不算，但之前那三个鬼子确实是我亲手干掉的，没有别的帮手。"

吴若云轻蔑地说："你吹牛呢吧？那我怎么一整天都没有听到任何消息？"

"鬼子警惕性高，夜里搞宵禁我根本进不了城，大白天的下手又找不到落单的，所以一直等到下午才下手。估计因为晚了消息还没有传过来吧？"吴若云半信半疑。海猫接着说："小先生，我行走江湖是会说些瞎话糊弄人，但我只糊弄坏人。你我曾经同生共死，你又救过我的命。在我心里你是好人，我不会糊弄你的。你也知道我这个人最讲理，我也希望你也能讲理，你让我做的我做到了，你可得兑现诺言。快去劝劝你爹，别让他做傻事！"

吴若云又问："就算我相信你说的是真的，可是你留下名姓了吗？"

海猫指着扔在一旁的面具说："留了，我想全海阳县城的人恐怕都在议论，杀人者海猫。奉小先生之命，我这个贱名算是传扬出去了。"

吴若云突然笑了："你说什么？杀人者海猫？你会写字？海猫，你连编瞎话都不会编。你不认字你忘了吧？当年你爹娘的墓碑都是你求我写的！"

"小先生，借你笔墨一用。"说着，挣扎着来到书桌前，提笔写下"抗日救国"四个字，"说实话，先生，'杀人者海猫'五个字，写得没这四个字漂亮，因为自从打小鬼子以来，教我写大字的老师一直让我写这四个字。所以'抗日救国'四个字是我写得最好的。"的确，吴若云也认为这四个字写得异常的漂亮。

海猫又补充说："不过，我再说句实话，我拿你这么好的笔，在这么好的纸上写这四个字，还是第一次，平时我学写字都是拿木棍子在地上画的。"

吴若云肃然起敬："这么说你真的杀了鬼子？"海猫点点头。吴若云骤然激动了起来："天哪！那你怎么还敢来虎头湾，你还不直接跑啊？"

海猫大叫："跑？言而无信那怎么行？我做这笔买卖就是个跑腿的，你是东家，买卖做成了，哪有不跟东家交差的道理？"

"行，我信你了，你在屋里等着。"吴若云说罢，转身就走。门被猛然打开，吓了偷听的槐花一跳。她有些不好意思："小姐，你……"吴若云顾不得计较，让槐花看住门，谁都不许进来。

吴若云走出小院，吴天旺连忙迎了上去："小姐，贼人没伤了您吧？"

吴若云呵斥："哪有什么贼？吴天旺，你怎么成天说疯话？"

"大小姐，您心里清楚，天旺做任何事情都是为小姐好，小姐你就让我进去吧，让我一枪打碎了那个孽障的脑袋，省得他祸害您，祸害咱吴家。"

吴若云立眉瞪眼："吴天旺，我再说一遍，没有什么贼人，也没有什么孽障。我爹不是让你保护我吗？走，跟着我去见我爹。"吴若云说着径自头前走去。吴天旺回头望着院子，他有些不甘心。吴若云回头训道："跟着我啊，你不怕我趁这个机会跑了吗？"

吴天旺无奈，这才快步跟着吴若云来到吴乾坤客厅外。这时，客厅正好传来吴乾坤的声音："什么？你再说一遍。"吴若云和吴天旺不由得驻足细听。

客厅里的吴管家说："在大街上动的手，戴了一个猫脸，杀完鬼子兵以后还留下了名姓，那白布单上写得清清楚楚，'杀人者海猫'！"

吴乾坤难以置信："杀了几个？"

吴管家说："具体不清楚，有人说是五个，还有人说是五十个，传得沸沸扬扬，把海猫都给传成神仙啦！"

"你说这个杀鬼子的海猫，和那个孽障海猫是一个人吗？"

"这我就不知道了。这么怪的名字，您说还会有别人叫吗？"

吴乾坤十二分的费解，一时无语。趁这个机会，客厅外的吴若云回头看了一下吴天旺说："天旺，你等在这儿，哪也不许去！"

没等吴天旺回答，吴若云一步闯了进去。吴乾坤有点诧异，旋即目光严厉地问："谁让你从房里出来的？"

吴若云笑模笑样地说："爹，闺女想您了不能来看看您吗？"

吴乾坤生气地吼道："我让你一辈子不许出屋！我留下人站岗了，站岗的人都死了？"

吴若云笑笑："爹，我是您的亲闺女，掌上明珠，咱们家唯一的大小姐。我要出来见爹，谁能拦得住啊？管家你下去，我跟我爹有话说。"

吴管家转身退下。吴若云忙凑近吴乾坤说："爹，我刚才恍恍惚惚，好像听管家说，海猫杀了鬼子，还留下了名姓？"

吴乾坤头也不抬："谁知道是不是那个海猫？"

"爹，就是海猫，是我让他杀的鬼子。"

听了这话，吴乾坤恍然大悟："海猫就为了让你来劝我，去杀了鬼子？哼，我不信！"

吴若云告诉吴乾坤，起初她也不信，但海猫跟她说他是八路军。他们杀了鬼子，抗日救国。她相信了海猫。吴乾坤听到"八路"，"噌"一下火了。吴若云耐心劝道："海猫说得有道理，咱还没有做好打鬼子的准备，您不能贸然行事，虎头湾几千人的命不是儿戏。"

听了女儿的话，吴乾坤说："虎头湾原本是吴家的，几百年前老祖宗犯糊涂，才让赵家掺和进来了。尽管吴赵两家争争抢抢几百年，可都是中国人，再争再抢也出不了虎头湾。现如今小鬼子来了，不管他占哪儿，就是占了紫禁城，占了南京政府，都跟我没关系，但要占我虎头湾绝对不行！虎头湾是老祖宗留给我们的。若云，你知道咱们的老祖宗为什么到胶东吗？虎头湾原本就是咱老祖宗镇海戍边的营地。明天倭寇就要到咱们营地来了，我不灭了他们，我对得起祖宗吗？"

吴若云轻轻鼓掌："好！这才是我心目中的爹哩！您说出这番话来真让女儿钦佩。可是，爹，您知道吗，鬼子人多势众，军事实力非常强啊！"

"狗屁人多势众！我已经掐指算过了，来接赵洪胜的人最多也超不过二十个，这也算军事实力？你爹我带过兵打过仗，我倒要看看谁比谁更强！"

吴若云耐心解释道："爹，眼前可能就这二十个鬼子，可您知道他们身后会有多少人吗？那可是成千上万！他们还有飞机、大炮、坦克、机关枪，您有什么？"

吴乾坤瞪了吴若云一眼："你别长敌人志气，灭自己威风！你爹我有不怕死的心，有同心协力的吴家子弟。若云，你不要再劝了，爹的决心已定！"

吴若云双膝跪地："爹，这几年咱们爷俩一直闹别扭。我从心底里一直恨爹，前一阵子我答应嫁给吴天旺，其实是骗您的，我就是为了逃出虎头湾，一辈子不再回来，永远不再见您，永远不再叫您爹。可是我发现我错了，自从海猫跟我讲清了道理以后，我心里就一直揪着。我怕您一时冲动送了命。爹，我知道，为了杀鬼子你劝我奶奶，让她去香港找表叔，可是奶奶没答应。您是最孝顺的了，没送走奶奶之前您不能跟小鬼子硬拼。您再想想海猫说过的话，万一贸然行事，吃亏的不光是咱们吴家，还有整个虎头湾啊！"

吴乾坤被说动了，他掉转话题问道："闺女，你说你一直恨爹，是吗？"

吴若云点头："是，恨！您现在要是不犯糊涂，我就不恨了。"

吴乾坤鼻孔里哼了一声，随即又问海猫还说什么了。吴若云见事情有了转机，连忙起身："爹，海猫说即便您不贸然行事，他也怕赵洪胜借着日本人的力量算计咱们吴家。所以海猫建议，等明天小鬼子来接赵洪胜的时候，咱们吴家也应该出面欢送他，这叫迷惑敌人，麻痹敌人。等平安地过了明天，送走了奶奶，要想打鬼子再从长计议。"

"嗯，说得有道理。那我要是听了你们的劝，之后你有什么打算？"

吴若云难为情地低下了头："我……我想跟海猫……走……"

"啊？海猫他会带你走吗？"

"我也怕他不答应，所以才给他出了这个主意，让他杀鬼子还得留下名姓。您想啊，出了这么大的事儿，鬼子能饶了这个叫海猫的吗？我不相信他敢继续留在海阳，甚至继续留在胶东。"

吴乾坤由衷地点点头："行啊，丫头，真有你的。"

吴若云深情地说："爹，我这也是被逼出来的法子。只是……我这一走不知道什么时候还能回来，我想请爹先答应我……"

吴乾坤爽快地说："你爹不是不懂道理的人，爹答应你！"

吴若云喜出望外："真的？爹答应了？"

吴乾坤无奈地叹口气："你瞧瞧你这几年干的这些事儿，一桩桩一件件，我吴乾坤的闺女都嫁不出去了，好不容易赶上天旺忠心耿耿愿意娶你，可你压根就没真想嫁给人家。你毕竟是个姑娘家，我不能让你一辈子留在家里。既然你愿意嫁给海猫，海猫又能带你走，那当爹的凭什么不让你走啊？"

吴若云激动不已："谢谢爹！"

吴乾坤笑了："闺女，你过来。如果我没记错，你娘死了以后这十多年，就今天你管我叫爹叫得最多，最脆生。"吴若云拉住吴乾坤的手，不好意思地笑了。

吴若云的笑，令在客厅外偷听的吴天旺潸然泪下。他咬牙切齿，端起枪转身冲到吴若云闺房门外，却被槐花死死拦住。吴天旺急红了眼，他把槐花拖进自己的小屋，将她绑成个粽子扔到床上，说："你再敢出声，我就先开枪结果了你！"

吴天旺说罢，一瘸一拐地冲进吴若云的闺房，举枪对准海猫，熟睡中的海猫浑然不知。吴天旺拉动枪栓，"哗啦"一声推上子弹。海猫闻听，突然睁开眼惊叫："哎哟！这位大哥，看你一脸的杀气，昨天你就用枪对着我，我想知道我跟你无冤无仇，你为什么一定要我的命啊？"

吴天旺没头没脑地说："你毁了我！我要杀了你！"

海猫蹙眉沉思："我想起来了，我回来的那天你穿着新郎官的衣服。小先生跟我说过，她为了逃出虎头湾，假意要嫁给她们家的长工，就是你吧？我明白了，你是娶媳妇没娶成，所以就恨上我了……哎？不对呀，小先生跟我说，她说嫁给你本来就是假的，你怎么能怪是我毁了你呢？"

吴天旺大吼："你胡说，凭什么小姐能跟你这种人……为什么就不能跟我呢？我是长工不假，可我从小跟小姐一起长大，小姐一直对我好。如果不是你回来，我们早就拜堂成亲了，是你毁了我……你毁了我！我今天就要杀了你！"

吴天旺正要开枪，突然身后一声断喝："吴天旺！住手！"

吴天旺循声回头，见吴若云和吴乾坤四目圆睁，便不顾一切地就要扣动扳机。就在这千钧一发之际，海猫一侧身，一把抓住枪口。子弹"砰"的一声打了出去，打在了墙上，打出了一个洞。

吴乾坤一步跨到吴天旺面前，抬手就是一巴掌："混蛋！你个狗奴才，你想造反哪？小姐的话你听见没有？"吴天旺惊恐万状，面如灰土，慌慌地连连后退，枪也脱了手。海猫这才发现枪口是烫的，匆忙把枪扔在地上，频频吹着手。

吴乾坤对手足无措的吴天旺呵斥道："你个狗奴才，还不快给我滚出去？"

"等一等，你的枪！"海猫弯腰捡起枪，交给转身要走的吴天旺。就在这一瞬间，吴天旺与海猫对视良久。吴天旺的眼神里充满了仇恨，海猫却报以善意的微笑。而在这二人的身后，吴若云和吴乾坤也对视良久，这父女俩却都会心地笑了。当然，他们的笑，自然各有各的想法，各有各的笑的理由。

一时间的冷场，让海猫很尴尬，他忙对吴乾坤抱拳："吴家族长，多亏您来得及时，救了海猫一命。"

吴乾坤说："少来这一套，救你？哼，我恨不得抽了你的筋，扒了你的皮！要不是听若云说你杀鬼子负了伤，我才懒得来看你呢！"

"不管怎么样，既然小先生把您请来了，这就说明您同意我的建议了？答应了就好，多谢吴家族长深明大义，让虎头湾的百姓免遭涂炭！"

吴乾坤一挥手："我听若云说了，你连字都会写了，不过用不着在我这儿咬文嚼字，讲什么大道理，该怎么办，我心里有数！我现在就问你，你打算跟我闺女怎么样？"

海猫一头的雾水："吴家族长，您的意思我没明白……"

吴乾坤硬生生地说："有什么不明白的？三年前我闺女为了你就穿了喜袍，这次你回来，正赶上她出阁，可是婚事却硬生生地被你搅了。要不是你，我闺女也不会跳海，不会跳海就不会被黑鲨抓到聚龙岛去。她毕竟是个闺女家，这终身大事都被你耽误了，你说吧，你要把她怎么样？"

海猫含糊其辞："都是我对不起若云小姐，该怎么样我也不知道。"

吴乾坤急了："这还用我教你吗？你深更半夜到这儿来，我闺女都没让人拿你当贼毙了，你难道不明白她的心意吗？我知道，你是因为杀鬼子才受了伤，不光杀了鬼子，还留下了名姓。就凭这件事，我可以当着吴姓族人的面赐你吴姓，你姓了吴，就可以跟我闺女成亲了！愿意留下给我当女婿你就留下，不过最好别留，你杀了鬼子留在虎头湾，同样也会给虎头湾带来一场浩劫！干脆，我连夜召集族人赐你姓，就算你跟我闺女拜堂成亲了！你立刻带她走，走得越远越好！"

海猫顿时张大嘴巴："吴家族长，这……恐怕不行吧？"

"什么？不行？我闺女配不上你吗？"

话音未落，海猫忙说："不是，您误会了，我跟小姐说过，我现在是队伍里的人……"

"我知道，不就是八路嘛，带着一群穷鬼有什么前途？我不会让闺女白嫁给你的，你连夜带她走，我多给你带盘缠，就算嫁妆了！"

"不，真的不行，我们的队伍不光是要带着穷人翻身，闹革命，现在国难当头，我们的队伍最重要的任务是要团结一切可以团结的力量，打击日本侵略者！在这个时候，我是没有权力成家的！"

吴乾坤疑惑："权力？你爹娘都死了，谁还会不给你这个权力？"

"是我们的队伍，队伍上有规定……"

吴乾坤打断海猫："混账队伍！我刚才不说了吗，跟那些穷鬼没什么好混的！我把闺女嫁给你，你还一口一个队伍的，我问你，连夜带若云走，你干不干？"

海猫看一眼吴若云，想让她帮自己解围，吴若云却拉下脸来，她打心眼里希望海猫能够答应吴乾坤的要求，立刻远走高飞。

海猫无奈，只好说："吴家族长……"

"混蛋，你要是干，就痛痛快快地改口，叫我一声岳丈大人！你要是不干……"吴乾坤说着从腰间掏出枪来，"我就一枪毙了你，明天把你交给日本人。你不是给若云出主意，让我在日本人面前唱一出戏吗？好，我现在就毙了你，明天把你交给日本人，你可是他们的要犯，我这样做总可保虎头湾吴家的太平了吧？"

海猫突然狂笑起来，笑罢了，淡定自若："吴家族长，您不会这样做的。说实话，您逼死了我爹娘，我恨您。可是自从我知道了您要打鬼子，我就对您由衷地敬佩，您怎么会亲手打死一个刚刚杀了鬼子的英雄呢？"吴乾坤被海猫的淡定震慑了。"既然吴家族长想明白了，明天不会跟日本人蛮干，那我就放心了,告辞！"海猫不敢久留，说完拔腿就走。

吴若云挺身阻拦道："海猫，你给我站住！你怎么这么不识抬举？我爹要为我们做主，你居然不干，让他老人家伤心，从此以后你不要再来见我了！"

海猫牙一咬："小先生，请您原谅吧！"

吴若云泪流满面："爹，不能就这样让他走了。他进我的房间是为了轻薄我，爹要替我做主，您快叫人来，把他碎尸万段！"都说爱能生恨，可海猫没承想吴若云竟这样恨自己，不知所措地看着她。

吴乾坤暗笑："海猫，你现在看明白了吧？这才是我吴乾坤的闺女，你当我闺女是绵羊啊，由着你欺负？你跟我来！"

吴乾坤一把拽起海猫，直奔院子里的回廊。他把他揪到墙角，逼问道："海猫，你跟我说实话，你到底对我闺女啥意思？"

海猫诚恳地说："我绝无假话。我曾经与小先生同生共死，小先生重情重义，对我恩重如山，她是我心里最尊敬的人之一……"

吴乾坤打断他："什么乱七八糟的，我问你，愿不愿意娶她？是爷们你就跟我说句利索话，愿不愿意？"

海猫脱口而出："愿意！"

吴乾坤脸色缓和下来："那不就完了，看你刚才支支吾吾的，顶个屁用？"

"吴家族长，您听我把话说完。假如我现在不是一名八路军战士，可能我可以考虑成个家。那样的话，能娶到像小姐这样的女人，真是我海猫的福分！但是，毕竟她是您府上的千金，现在她要是嫁给了我，我能给她什么样的日子呢？假如我不是海猫，她不是吴若云，我们之间才有可能……"

吴乾坤不耐烦了："你他娘的一个叫花子磨叽啥？是，若云是我府上的千金，可是这些年让你害的，连老徐家的傻儿子都不愿意娶她。闺女嫁都嫁不出去，我还哪有脸见人？我迫不得已把她锁在屋里，你以为我愿意啊？我给你挑明了，你现在娶了她就是救了她，你明白吗？"

"吴家族长，您的心意我都明白了，可是我现在真的不行！"海猫为难地说。

吴乾坤逼问："那你什么时候行？"

"吴家族长，您不也想打鬼子吗？我海猫虽然从小是个叫花子，可是我心里的血是热乎的，但凡是个真爷们，这个时候咋能想着娶媳妇这种美事呢？这样吧！等把小鬼子赶出中国，我一定登门求亲！"

吴乾坤愣了片刻："看不出来啊，你小子现在嘴皮子的功夫又见长了！"

"太好了，我终于说服您了，海猫告辞！"海猫说罢，转身蹿上墙头，纵身一跃，逃之夭夭。

吴乾坤想喊住海猫，还没等张口，吴八叔便气喘吁吁地跑来："大哥，在制高点负责打枪的人都挑好了，都是百里挑一的神枪手，保证不会给您丢人！"

吴乾坤断然决定："老八，让吴姓子弟都把枪刀交回来入库吧！"

吴八叔不解地说："啊？那明天这仗不打了？"

吴乾坤胸有成竹："不打了……对了，咱们不还准备了大戏吗，要敲锣打鼓地欢迎鬼子来虎头湾，欢送赵洪胜去海阳当汉奸县长。明天，咱们吴家就给他们来个假戏真唱！"

第二十七章

大概是人的劣根性吧，太容易得到的东西反而会让人不知道去加以珍惜，而千辛万苦仍然得不到的却是拼了命也要去追寻。眼下，吴若云就处在这种奇怪思维的纠结之中。她越是想得到海猫，终究越是没有得到。她的心里就像打碎了的五味罐，酸甜苦辣咸，什么滋味都有。她独坐闺房，一副失魂落魄的神情。

而蹲在吴若云闺房门外的吴天旺，此刻怎一个"苦"字了得。人说苦尽甘来，他却苦尽生恨。他最恨海猫。如果没有他从中捣乱，这时候早就跟吴若云同床共枕了。同床共枕那该是他多么渴望的呀！想到这里，吴天旺真是饥渴难耐了，他不由得想到了槐花。吴天旺打定主意，轻手轻脚地越过吴若云的闺房，径直向槐花的小屋摸去。被绑成粽子的槐花一见吴天旺，又惊又喜："天旺哥，你没事吧……"

吴天旺的目光中充满了占有的欲望，他一句话也不说，扑上去就给槐花解绳子。脚、腿、屁股、腰肢，吴天旺从下往上，一道道解着，又一遍遍摸着，他实在忍不住了，像头发情的牛一样将槐花扛起来扔在了炕上。吴天旺将槐花的两只手举过头顶，迫不及待地扒了她的衣服。槐花浑身发烧似的滚烫滚烫，痛并快乐地叫着："天旺哥，哥……"

正失魂落魄的吴若云隐约听到槐花的叫声，她打开院门，发现吴天旺没在门外站岗，心里一下子全明白了。吴若云快步走出小院，一脚踢开了槐花小屋的门。槐花惊恐地从吴天旺赤裸的身下探出头来，吴天旺也要起身，却发现自己没穿衣服，又连忙趴下。槐花和吴天旺被捉奸在床，两人只能靠一条被子遮盖。

吴若云怒斥："好啊，吴天旺，在族长大老爷的家里你敢强暴小丫头？我这就去问问管家，按老祖宗的规矩，你该怎么个死法！"吴天旺蜷缩在被子底下颤抖，吓得一句话都说不出来。

槐花扯过被子的一角，遮掩着自己的羞处，一脸的乞求："别啊！大小姐，天旺哥他没有强暴我！求求您了，您就饶了天旺哥吧！"

吴若云大怒："什么？事情都这样了，你还帮他说话？告诉你槐花！你说不是强暴也行，那就是你们两个通奸。通奸怎么惩罚法我可知道，我爹会让人用铡刀铡掉你们双腿的！"

槐花急忙改口："不是通奸，不是通奸，大小姐，要惩罚就惩罚我吧，是我勾引的天旺哥！要铡就铡我一个人的腿吧！"

吴若云气急败坏，骂道："好你个槐花，那好，你就这样不许动，我这就让我爹来看一看，看你这副样子像不像勾引人的！"

不知什么时候，吴天旺已经穿上了短裤，一骨碌滚下床，双膝跪在吴若云脚前，捣蒜一般地磕头说："大小姐饶命！大小姐饶命！天旺再也不敢了，看在我对您忠心耿耿的分上，您就饶我一条狗命吧！"

吴若云压下满腔的怒火："吴天旺，你要是有良心就好好想想，槐花是怎么对的你。你这么对她，她还想替你开脱罪名，你就一点也不动心？好吧，你穿上衣服，拿着你的枪，跟我到院子里去！"

吴天旺只好穿好衣服拿上枪，跟吴若云来到院子。吴若云站定，双眼恶狠狠地瞪着他："吴天旺，今天的事要是让我爹知道了，不管槐花说什么，你怎么都是个死。不过，你也可以不死，你手里不是有枪嘛，你刚才不也开了枪嘛，你现在再开一枪，杀了我灭口吧！"

吴天旺把枪"啪"地扔在地上，又扑通一声跪在吴若云脚下："小姐，天旺不敢，天旺不敢！"

"你这么对槐花不是一回了吧？连这种苟合之事都做得出来，你还有什么不敢的？"

吴天旺抬手抽着自己的嘴巴："大小姐，天旺该死，真该死！"

吴若云吼道："行了！我不愿看你这个窝囊样！我问你，你以后怎么打算？"

吴天旺一愣："怎么打算？我一定对老爷、对大小姐忠心耿耿，绝无二心！"

吴若云不耐烦了："谁问你这些了？我问你，以后要怎么对槐花？"吴天旺一时被问住了，他不知道该如何回答。

"槐花全都跟我说了，三年前吴家出了件丢人的事。可那事不赖槐花，是吴江海和春草儿合伙算计了她！槐花是个受害者，她一个卖了死契的丫头，为了活命还能怎么样？你们从小一起长大，也算青梅竹马，可这以后你又是怎么对槐花的？你别以为我不知道！这三年来，我很少在槐花的脸上看到笑容，吴天旺，我实话跟你说吧，你要是不想让今天的事情败露，让我爹宰了你，就给我一个准话，这辈子你打算怎么对槐花？你给我说清楚！"吴天旺听明白了，吴若云是在逼他表态。吴若云进一步说："槐花对你这么好，愿意替你死，你还嫌弃她吗？"

吴天旺终于开口了："不，不，天旺是个什么东西，哪敢嫌弃……"

"那就好，虽说槐花是我的丫头，但是我拿她当我的亲妹妹看。我今天就要你个准话，你说，你会不会娶槐花？"

吴天旺低着头，支吾着："我……娶！"

"娶了以后，这辈子能不能拿她当人，好好地疼她？"

吴天旺迟疑着，艰难地说道："我……能！"

吴若云让吴天旺对天发誓，吴天旺又羞又恼，拖起枪，逃也似的跑了。吴若云旋即回到槐花的小屋，一把抱起还在发愣的槐花说："你个死丫头，被人卖了，还帮人数钱呢！"

槐花不明就里，心里仍然放不下吴天旺："大小姐，求你了，今天的事千万别告诉老爷，别告诉管家。要是让他们知道了，天旺哥就没命了！"

吴若云板着脸："干出这种龌龊事来，他还想要命？"

槐花泪如泉涌："小姐，看在槐花跟了您这么多年的分上，你就饶了天旺哥吧。我愿意替他接受惩罚，真的是我勾引天旺哥，真的！"

吴若云没好气地说："你个傻丫头！你当我愿意来抓你们这种脏事啊？我是在替你做主，你难道就不明白吗？"

穷人的夜晚，有月光的时候，人们就着月光干些粗活，没月光粗活就干不成了。为了省那一星半点的灯油，一家一户便早早地睡下了。香月奶奶、赵老气、赵香月和弟弟赵发，一家三代同炕，睡得正香，却突然被赵管家的敲门声敲醒。

赵香月打开家门，赵管家冲她就嚷："香月，快叫你爹出来说话！"

赵香月问原因。赵管家只找他爹。赵老气一声接一声地咳嗽着走出门来："哎呀，管家大老爷，这么晚了您找我有啥事啊？"

赵管家说："我是告诉你一声，你闺女香月我们带走了。"

赵老气惊问："为什么啊？"

赵管家没好气地说："废话，你闺女打小就卖给族长大老爷家了，难道你不知道？"

赵老气争辩："不……不对呀，三年前香月就回了家。卖身的契约族长大老爷都给我们了，我都一把火给烧了呀！"

赵管家冷笑说："什么？卖身契还给你们了，凭什么呀？你卖闺女卖的是死契，一辈子就是族长家的人，凭什么把卖身契还给你呀？"

赵香月大喊："这个错不了！你要是糊涂了，你去问族长大老爷好了！"

赵管家看着赵香月："好你个丫头，你嘴硬什么！是，三年前族长把你放回家了，那是因为大小姐死了。你是伺候大小姐的丫鬟，家里嫌你晦气！哪承想，你不好好在家待着，竟然和孽障海猫勾搭上了。更不像话的是，祭海那天你竟敢撑船下海，坏了虎头湾的规矩。按赵姓的族规，早就该把你扔到海里去见海神娘娘了。你能活到今天，都是族长大老爷一再开恩。族长大老爷说了，让你赶紧回去，省得在外面给族人丢人现眼。来呀，把她给我绑了带走。"

赵香月怒视拥上前来的家丁："等一等，你这是要强抢民女啊。卖身契早就还给我了，我是自由身，你们凭什么抢我？"

还在赵管家刚敲赵香月家门时，就被住在对门的赵大橹听到了，他几步冲到赵管家面前："管家大老爷，怎么回事儿啊？这深更半夜的，你们为什么要带走香月？"

赵管家怒斥："滚一边去，关你屁事！你跟她的婚约不早就解了嘛。你可看清楚了，这是香月她爹卖她时跟族长大老家签的卖身契，手印还在这儿呢！"

赵老气睁大眼睛："啊？这……这不可能啊！香月的卖身契我确实烧了，三年前我就烧了，我亲手烧的。"

赵管家抖着手里的那张字据："废什么话！这不是你按的手印吗？"

赵老气想起他背回十斗高粱和按手印的经过，骤然明白了真相："好你个管家，你……你拿十斗高粱算计我，我跟你拼了。"

赵老气埋头撞向赵管家，赵管家身子一闪，就势抬起一脚，正端在他的胸口。赵老气一个趔趄倒在地上。赵大橹吓坏了，连忙上前去拉，香月奶奶、赵香月和兄弟赵发一齐扑在赵老气身上，哭的哭，叫的叫，周围邻居闻声赶来围观，一个个交头接耳，议论纷纷。

赵管家高声嚷道："都别看啦！赵香月是族长大老爷家的家奴，谁不知道从小卖的就是死契。这有卖身契为证，现在我奉命把人带回去，有什么好看的？"

赵管家说着挥挥手，两名家丁拉起赵香月就走，赵香月拼命挣扎。赵大橹抢上前来，双拳齐出，一拳打倒一个家丁。赵管家火了："赵大橹，你要干什么，给我住手！"

赵大橹攥紧双拳："三年前，香月回了家，确实是自由身了，要不然我们家怎么找媒人下聘礼？过了这么长时间，你们又强抢民女是何道理？"

赵管家轻蔑地看着赵大橹："狗拿耗子——多管闲事，滚开！"

"不行，香月上了我的花轿，就是我媳妇！"

赵管家冷笑一声："你的媳妇？你娘认吗？这门亲事早就不算数了，族长大老爷做的主，她们家赔了你们家一条船。你要是再捣乱，别怪我不客气，走！"

赵大橹急了，一个箭步冲了上去，挥起拳来又打。先前两个家丁吃过亏，他们躲躲闪闪，只有招架之功，没有还手之力。赵管家对另一个家丁使个眼色，那家丁从赵大橹身后袭来，突然举起枪托，只听"咚"的一下，赵大橹就被砸倒在地，顿时晕了过去。大橹娘从屋里冲出来，抱住倒在地上的赵大橹，大声哭喊着："大橹——"

趁这个机会，赵管家指使他带来的家丁，有的架起赵香月，有的驱赶人群，像打劫的贼人，仓皇而退。退到赵家大院，赵管家令家丁将赵香月五花大绑，不由分说便关进了柴房。赵管家和家丁前脚走去，赵洪胜后脚走进来。赵香月一见赵洪胜，张口就骂："赵洪胜，你个人面兽心的畜生！"

赵洪胜觍着脸："我是一族之长，你居然敢骂我？"

赵香月大吼："我骂你了，你禽兽不如。当年，你把卖身契还给我，让我离开赵家，你就是怕我把你下毒想要害死海猫的事捅出去。赵洪胜，我听说你要当汉奸了，居然还强抢民女，连脸皮都不想要了，对不对？"

赵洪胜抬起手，一巴掌抽在香月脸上："不识抬举的东西，我赵洪胜马上就是一县之长了，太太死了我要续弦，哪一家的大家闺秀找不到？你从小在我们家，我看着你一点点地长大，一点点地熟了，能说会道有眼力见儿，我看上了你完全就是恋旧。你想想你给玉梅当丫鬟的那些年，她脾气不好，每回她难为你责罚你，不都是我替你开脱的。吃的、穿的、用的，我没少赏你吧？你难道就不明白我的一番好心？是，我是要离开虎头湾了，也顾不上什么脸皮了，我就看上你了，要带你走，怎么样？你本来就是卖给我们家当奴才的嘛！"

赵洪胜捧起赵香月的脸，又色眯眯地说："赵家的族长大老爷，未来的县长大人喜欢你，对你一个穷丫头来说是多么好的福分啊，你还不珍惜？"

赵香月气红了脸："赵洪胜，你敢轻薄我，我就死给你看，你信不信？"

赵洪胜哈哈大笑："死？你急什么？就算是我要收了你，也不会是今天。明天我就要去海阳城高就了，好几年我都等了，难道这一天我还等不了吗？"

赵香月又恨又急："赵洪胜，你要是个明白人你就别带我走，不然明天我喊破了嗓子，也得把你这个人面兽心的畜生强抢民女的事告诉乡里乡亲！"

赵洪胜在赵香月脸上捏了一下："真是怪了，我怎么就稀罕上你了呢？不过你别痴心妄想，我知道你嗓门大，有力气，你还是留着劲，将来在床上喊吧！明天我会带你走的，管家跟我说了，他不会让你喊出声来的！"

不让赵香月出声，是赵管家的主意，第二天一大早，他令家丁将赵香月的嘴用布条勒紧了，装进一个偌大的箱子。这个偌大的箱子和所有运往县城的箱子混在一起，摆满了赵家大院。赵洪胜走来，边巡视边说："带这么多东西？"

赵管家毕恭毕敬地说："您是去高就的，什么时候再回老家还不一定呢！春夏秋冬，吃穿用项，当然，您最稀罕的东西也得装箱带着不是，您瞧……"赵洪胜顺着赵管家的手指看去，那偌大的箱子似有活物在动。他点了点头，眉宇间流露出一股按捺不住的兴奋。这兴奋里既有他即将上任当县长的春风得意，又有他马上进洞房做新郎的满心愉悦。

见赵洪胜心里高兴，赵管家趁机又报一喜："三少爷昨天捎信来了，说他一大早就带着日本兵来接您。"

赵洪胜辛辣老到，说："小心乐极生悲，吴乾坤那边你可要盯紧了。"

赵管家赶忙回答："我一直派人盯着呢！就怕那老东西捣乱，没承想他还挺知趣，我听说他们吴家把锣鼓家什都搬到镇子口去了，说要欢迎皇军到虎头湾来，欢送您去当县长！"

赵洪胜将信将疑："什么？不可能吧？"

"也没什么不可能的，吴家那边八成是听说了三少爷跟日本人近乎，您这又当了县长，他们还不得掂量掂量呀？我倒觉得，他们这是怕了，那吴乾坤是想拍您的马屁呢！"

赵洪胜说："会吗？这倒不像他了，他吴乾坤也有怕的时候？"

还真让赵洪胜说对了，吴乾坤从来就没有怕的时候！清晨醒来，他该练拳练拳，该舞刀舞刀，雷打不动，泰然自若。热身之后，吴乾坤刚回屋里，春草儿就"扑通"一声跪在了他面前："春草儿求老爷了，您这把岁数了，可千万别蛮干啊！日本鬼子的枪炮大飞机可厉害了，您可千万别跟他们……"

吴乾坤假意一愣："哎，你怎么知道你家老爷今天要收拾小鬼子呀？"

春草儿据实禀告："不瞒老爷，您跟老太太说话，我偷偷地听到的……"

吴乾坤接过话茬："然后，你就跑到县城去找老二了？"

春草儿吓了一跳："老爷，您怎么知道的？"

"哼！跟了你家老爷这么多年，不知道你家老爷三只眼吗？"春草儿看着吴乾坤瞪得吓人的眼睛，一时不知道该怎么说。"告诉你吧，我的那只眼睛一直跟着你来着！"

春草儿吓哭了："老爷……春草儿可全是为了老爷……"

吴乾坤没好气地说："你个笨娘儿们！他吴老二是个什么东西，我没跟你说过吗？你去求他？亏你想得出！要不是有人告诉我你还算是守妇道，我一枪毙了你！"

春草儿忙说："老爷饶命！老爷饶命！"

吴乾坤不耐烦地说："行了！行了！你家老爷今天要敲锣打鼓地欢迎日本人，

欢送赵洪胜去当汉奸县长！这么大好的日子，你哭丧啊？别搅了我的雅兴，滚！"春草儿一时没听明白，愣愣地看着吴乾坤。"你发什么愣啊？噢，明白了，你净偷听我跟日本人拼命了，昨天我又改主意了。你放心，只要我不开火，我估计今天虎头湾乱不了！"

吴乾坤估计错了，他万万没有想到，聚龙岛的海盗今天会来凑热闹。黑鲨和荣六早早地和初升的朝阳一起爬上了海神庙的屋脊之巅。黑鲨摆正了射击姿势，拿出望远镜来向下张望着。荣六有些迟疑胆怯，但见黑鲨决心已定，也不敢多说，只能从高处远远地俯瞰着虎头湾广场。

这时的虎头湾广场，吴赵两个姓氏的族人，一个个扶老携幼，提心吊胆地聚拢过来。有那胆大的抬起头四处张望，寻觅着；那胆小的则双眼低垂，瞅着自己的脚尖，连大气也不敢喘一声。他们以各种各样的心理，各种各样的神态，一起演绎出了惊恐之下的肃静。

人群中的秧歌疯子却兴奋不已，一见人多就想唱秧歌调似乎是他的本能，只听他扯着嗓子唱道：

> 赵家族长要把县长当，
> 抢个汉奸帽子戴头上。
> 吃人不吐骨头的小鬼子，
> 赏他一根哭丧棒！

肃静的虎头湾广场，顿时一阵哄笑，全乱了起来。吴家族人鼓掌叫好，一片嘲讽。赵家嘟嘟囔囔，想反驳又找不到理由。

海螺嫂急忙上前，一把捂住秧歌疯子的嘴："疯子，你咋又来疯劲了？小心赵洪胜当了县长让小鬼子一枪毙了你！"

秧歌疯子甩开海螺嫂的手："我不怕，我姓吴，他姓赵的管不着。"秧歌疯子说着，干脆跑到广场中央，双脚直跳，唱得更欢了。

赵家的九老爷快步冲过去，伸手指着秧歌疯子高声吆喝："奶奶的，我们赵家族长要当县长了。你他妈的一个秧歌疯子竟敢侮辱县长，来人，给我打！"

老犟眼子挺身挡在秧歌疯子面前，怒道："我看你们谁敢？谁不知道他是个疯子，说几句疯话，唱几句疯调，关你们什么事儿？再说了，他虽然是个疯子，可也是我们吴家的人，就算管教也自然由我们吴家族长管教！"

九老爷趾高气扬地喝道："甭跟他废话，给我打。"一时间，吴家的族人和赵家的族人真的打了起来，你来我往的很快有人被揪下了一撮头发，有人被打出了鼻血，秧歌疯子则被人用木棍打在了头上，顿时鼓起了一个鸡蛋大小的包。

一片混乱之中，吴管家和吴八叔簇拥着吴乾坤大步走来。吴管家站在高处大喊："吴家族长有令，吴姓族人全都住手，统统退后！"

老犟眼子走到吴乾坤跟前禀告实情。吴乾坤说："我都看到了，也都听见了，疯子刚才唱的是个啥呀？这么大好的日子，他骂人家赵家的族长，人家赵家的族人能干吗？"

秧歌疯子捂着头上鼓起的包，龇牙咧嘴："族长大老爷，他们打我！"

"我看你该打！"吴乾坤说着，又转身对赵家的九老爷说，"您这脾气见长啊，怎么？赵洪胜到县城高就，这赵家的族长要由您来当吗？"

九老爷一愣："这个……哪里的话呢？"

"既然您还不是族长，就这么吆五喝六的，让你们赵姓的族人欺负我们吴家的一个疯子，不太合适吧？"九老爷低下头，不再言声。吴乾坤继续说道："好了，刚才你们也听到了，疯子编的秧歌词里边提到了赵家族长，这不合适，回去我自会管教他。今天是咱们虎头湾的好日子，赵家的族长要到县城里去给日本人当县长，这么大的事，你们赵家族人都应该高兴才对嘛！干吗跟个疯子过不去呢？都散了吧，别等着日本人来了看笑话。对了，我们吴家的锣鼓已经到镇子口去欢迎日本人了，我这就是亲自来欢送赵家族长的。"

此言一出，整个虎头湾广场一片哗然。吴赵两家的族人有的摇头，有的冷笑，还有的拍巴掌打手，可着嗓门叫好。这时，人群里早有人抽身跑出来，直奔赵家大院。

那人跑进赵家大院，鹦鹉学舌似的向赵洪胜复述了吴乾坤的话。赵洪胜诧异。他得意忘形的脸上充满了桀骜，心里想着："哼！斗了这么多年，我们吴赵两家从来都没分过胜负。没想到三儿从东洋一回来，这虎头湾的天就变了，哈哈……"

都说会笑的笑到最后，这一次赵洪胜却笑早了。正当他狂笑之际，香月奶奶、赵老气和香月兄弟赵发，一家三口哭叫着冲进来要人。谁知人没要成，却被当成疯子关了起来。在挣扎的嘶喊声中，赵洪胜令人不易察觉地看了一眼脚前脚后一大堆箱子中的那个偌大的箱子。那个偌大的箱子蠕动着，震颤悠悠，不可名状。

一大清早，吴江海便哼上了小曲儿。他心里无比得意。赵子轩接赵洪胜进城当县长的消息，他早就派人传出去了。吴江海想象着吴乾坤听到这个消息以后暴怒的样子，又解恨又过瘾，好不惬意！可他突然又想到，皇军要是派个十个八个的日本兵回虎头湾，这要打起来，谁输谁赢可不一定！如果争取带着麻生少佐同去，把吴赵两家凡能扛枪的全都杀了，那他就坐收渔翁之利了！他想只要吴乾坤一死，虎头湾吴家所有家产都是他的了！赵洪胜和赵小三再一死，将赵家赶出虎头湾，再用吴赵两家财产孝敬皇军，那他……

吴江海想着便来到麻生少佐指挥部，把此行的风险向麻生从头至尾，说了个明明白白，分析得透透彻彻。在吴江海的煽动下，麻生少佐重新召集大队人马奔赴虎头湾。

此时，十几个日本兵已经先期来到虎头湾镇外。突然一阵"劈里啪啦"的声音响起，紧接着就是鼓乐齐鸣。日军小班长忙问身边的翻译官赵子轩："什么情况？"

赵子轩起初被吓了一跳，当他发现原来是放鞭炮和敲锣打鼓，皱紧的眉头这才松开："是吴家乐班子敲锣打鼓放鞭炮，准是欢迎皇军的。"

在鞭炮和锣鼓声中，吴乾坤、吴四爷、吴八叔和吴姓族人站在虎头湾广场中央的平台旁，眼看着赵子轩像条狗似的带着耀武扬威的日本兵开进。这时，赵洪胜带着赵管家、九老爷和赵姓族人也早已恭候在平台的另一旁。一时间，吴赵两姓族人和赵子轩带来的日本兵，三拨人汇聚到了一起。

赵子轩走下车，一见吴乾坤便问："吴乾坤，你想干什么？"

吴乾坤脸上有些挂不住："哎，你是赵小三儿吧？按辈分我好歹也是长辈。这么多年没见了，你上来就直呼其名，不好吧？"

赵子轩一脸的跋扈："我可告诉你，少给我来这一套，我们吴赵两家势不两立，你他娘的跟谁充长辈啊？今儿我是代表大日本皇军来接我爹进城当县长的。你要是敢捣乱，看见我身后的机关枪了吗？"

吴乾坤努力压着心中的愤慨："看见了，什么都看见了。我知道你是代表日本人来接你爹去海阳当县长的！我刚才派了乐班子在镇子口放鞭放炮、敲锣打鼓地欢迎你们，你没看见？本人率吴姓族人，也早已在此恭候多时了，为的就是送你爹赵姓族长——洪胜先生去海阳高就。不信你问你爹！"

赵子轩一愣，连忙看了看父亲。赵洪胜伸手示意赵子轩不要再说，他向吴乾坤一抱拳："吴姓族长，既然你是来送赵某的，那赵某这里就谢过了。"

吴乾坤哈哈大笑："不客气，希望赵姓族长从此以后官运亨通。有时间常回虎头湾老家来看看。"

赵洪胜拱手道："好说，好说。"

赵子轩难以置信吴乾坤会这么顺从，他凑在赵洪胜耳旁说："爹，这……"

赵洪胜低声说："今儿且不与他理论，以后收拾他们吴家的机会有的是。"

"行，都听爹的。这吴赵两家的族人都到齐了，您不说两句，给咱们赵家长长脸？"

"有什么好说的，快走！"赵洪胜说着给赵管家递个眼神。赵管家一挥手就令人从大院里往外搬行李，大箱小箱，还有那偌大的箱子，一样样装满了几马车。

趴在海神庙屋脊的黑鲨，从望远镜里看见了吴乾坤和赵洪胜，不由得义愤填膺："看意思，这两个狗东西是穿一条裤子了。好啊，好啊，平时是渔霸恶霸，日本人一来，吊着膀子的想当汉奸。六儿啊，今天咱们哥俩是来对了，这两个老贼，还有这么多的日本鬼子，咱非杀个痛快不可！"

荣六吓了一跳："别，大哥，咱可说好了，每人只开一枪，然后立马走人，不然可就不好走了。"

黑鲨只好说道："好吧，原计划不变，就让小鬼子多活几天，先选要紧的干，吴乾坤我可瞄了半天了。"

"赵洪胜我也瞄好了，就听大哥下令了！"

就在黑鲨即将下令开枪之际，他突然发现广场里跑进一个疯疯癫癫的老头子。那老头子白须白发，身披孝服，肩上扛着个木杆子。木杆子上面写着"赵家败类，欲为汉奸，祖宗不容"几个大字。

扛着木杆子的正是赵三伯，他威风凛凛，高声喊道："赵洪胜，你敢去当汉奸，你就不怕老祖宗们惩罚你吗？"赵洪胜万万没想到，赵三伯会在这关键的时候让他下不来台，顿时愣了。

赵三伯手扶木杆，转身面朝众人，大声说："赵姓族人们都给我听着，我老头子是赵姓一族辈分最高的。今儿个赵氏门庭不幸，出了这样的败类，还背着族长之名，丢尽了咱们族人的脸面，我老头子不认他了。赵姓族人有一个算一个，都给我往这汉奸的脸上吐口吐沫。谁不吐，谁就不是赵姓族人！"赵家的族人们全都傻了，一时不知该如何才好。

"怎么，你们不敢哪？好，我老头子先来。赵洪胜，你对不起祖宗，我替祖宗教训你。"赵三伯说着，举起木杆子，颤颤巍巍，一步一步地向赵洪胜走去。这个意外，让一直藏在暗处观察的海猫震惊了，他陡然眉头紧锁。

吴乾坤也同时被震惊了，不过他不像海猫那样紧锁眉头。吴乾坤笑了："没有想到啊，看来今儿真是好日子呢！"

站在吴乾坤身旁的吴八叔也幸灾乐祸："嘿！我看他赵洪胜怎么收场。"

赵洪胜指着渐渐走近自己的赵三伯，说："三伯，你给我站住！当着这么多人的面，你老人家可别犯糊涂。"

"糊涂？哈哈，我糊涂不了。你也别想拿花言巧语糊弄人，你难道没看见吗？我老头子自己给自己穿了孝，就算是死，我也得替祖宗收拾你这个败类。你想当汉奸，给赵家祖宗丢人，我不答应！"

日军小班长不明就里，说：“翻译官，怎么回事儿，他说的是什么？”

“你等会儿！”赵子轩说着，转身问赵洪胜，“这谁呀？”

赵洪胜忙说：“这不是你三爷爷嘛，你不认识了？”

“三爷爷？这老王八蛋，真是不识抬举。”赵子轩说着上前一步站到了赵三伯面前，说：“老头子，我告诉你，别给脸不要脸。再往前走一步，我要你的老命！”

赵三伯轻蔑地看了一眼赵子轩：“小兔崽子，你就是赵洪胜的三儿子吧。我早就听说你他娘的当了汉奸，就是你带着人进了海阳县城。我先在你爹的脸上吐一口痰，然后掐死你个小兔崽子。”

赵子轩掏出枪来：“你他娘的真是找死！”

日军小班长问：“翻译官，他说的到底是什么？”

赵子轩说：“这老王八蛋在骂你，骂大日本皇军，我替你毙了他！”

日军小班长大怒，他将子弹推上王八壳子的枪膛，几乎和赵子轩同时向赵三伯开了枪。两枪正好打中了赵三伯的左胸和右胸，两汪鲜血涌出来，浸透了老人家的孝服，像绽开的两朵鲜红的花朵。

吴赵两姓族人一片惊愕，大呼小叫。吴八叔脾气大，骂骂咧咧，挺身向前，被吴管家一把拉住。两人不约而同地看向吴乾坤。吴乾坤攥紧了拳头，咬牙切齿，但是他一句话也没说，只是热泪盈眶。吴乾坤抬起头无比崇敬地看着赵三伯杵着木杆，慢慢地倒在了地上。

黑鲨气得双眼冒火：“奶奶的，先干了这两个开枪的！我打翻译官，你打那个小鬼子！”荣六应声便移动枪口，瞄准了那个日军小班长。黑鲨也随之移动枪口，瞄准赵子轩，低声喊道：“杀！”黑鲨和荣六同时扣动了扳机。两枪打爆了赵子轩和日军小班长的脑袋。

虎头湾广场一片大乱，所有人都向海神庙的方向看去。只见黑鲨站起身来，又向赵洪胜打了一枪。赵洪胜一抱脑袋，子弹打空了。黑鲨跟在荣六的身后纵身跳入大海。所有人都清楚地看到了跳入大海的是黑鲨和荣六。

吴八叔扭头对吴乾坤说：“是黑鲨。”

吴乾坤点点头：“我看见了。”

慌乱中醒悟过来的日军立刻架起机枪，朝着海神庙的方向扫射起来。虎头湾广场又一片大乱，人们尖声叫着，缩起脖子，抱着脑袋，四下里逃窜。赵洪胜趴在赵子轩的尸体上号啕大哭：“三儿，儿子，我的三儿啊！”

正在这时，吴江海骑马带麻生少佐和大队日本兵冲进虎头湾。转瞬之间，广场上的所有人都被日本兵的枪口威逼着回到广场。

吴江海跑到吴乾坤跟前，手指日军小班长的尸体吼叫：“吴乾坤，你敢谋杀皇军？”

吴乾坤镇定自若："吴江海，你可是我亲兄弟，怎么红口白牙胡说八道啊？所有人都看着呢，我身为吴姓族长，今天一大早就派族人到镇子口放鞭炮，敲锣打鼓地欢迎日本人光临虎头湾。我还亲自出面欢送赵洪胜去当县长，你怎么能说我杀了日本人呢？"吴江海一愣，他四处看着，是没有人发出反对的声音。

吴乾坤又说："刚才开枪的是海盗黑鲨，这里好几千双眼睛都看得一清二楚。我听说你不是又当了什么大队长吗？还不赶紧去剿杀海盗，保我虎头湾平安？"

吴江海刚想对吴乾坤发火，却见麻生少佐向他招手，便屁颠屁颠地跑过去，弯腰听命。麻生少佐问道："哪个是赵洪胜？"

吴江海一指号啕大哭的赵洪胜："他，那个哭丧的干活！"

麻生少佐走上前去，说："你是赵洪胜？"

赵洪胜仍然沉浸在悲痛之中："我的儿呀！"麻生少佐问谁谋杀了赵子轩和大日本皇军，赵洪胜泪眼婆娑，说海盗黑鲨！

"吴桑，看来你的哥哥没有说谎。不管黑鲨白鲨，凡是反对大日本皇军，统统的死啦死啦！"麻生少佐的喊声震耳，他抽出军刀，寒光闪闪！

潜伏在远处的海猫，耳闻目见，眉头又锁，锁得更紧了！

第二十八章

躲在海神庙屋脊的晨光送走了麻生少佐率领的大队日本兵，也送走了死了儿子去海阳县城赴任的赵洪胜。晨光还透过窗子，洒进赵大橹的家。赵大橹在晕晕沉沉中醒来，晃了晃头，突然想起昨天晚上赵香月被抓走时的情景，刚要起身，却发现自己被绑在一把破椅子上。

赵大橹心急力气大，浑身一使劲儿，连椅子带绳子全立了起来。却不料背后传来"哎哟"一声。他回头看去，发现绑着绳子的另一端，一直被连到了炕上。炕上，一个绳套正套在大橹娘的脖子上。

大橹娘大声吆喝："挣，使劲挣！你想去找那个狐狸精，就勒死你娘吧！"

赵大橹不敢再动，连忙慢慢地坐下，急得满眼都是泪水地央求他娘。大橹娘以死相逼。最后赵大橹用计，骗他娘，跑了出来。他先去了赵香月家，见没有人，掉头便跑到广场，躺在地上浑身是血的赵三伯把他吓了一跳。

赵大橹发现赵氏族人都远远地看着赵三伯，竟无人敢上前一步。站在近前的吴乾坤以及吴家的各位长辈，一个个低垂着头，像行注目礼。吴四爷双手抱拳，嘴里喃喃："他赵三伯，你都这把岁数了还能有这番风骨，我吴老四佩服！我们俩在虎头湾嘎伙七十多年，一直是冤家对头，可是今天我得给你鞠个躬。"

吴四爷说着，面对赵三伯的尸体深深地鞠了一躬。吴乾坤和他身边的吴家长辈们，以及吴姓的所有族人也全都鞠了躬。

"四叔，天儿凉，您老岁数大了，回吧……"吴乾坤说着，转身对站在远处的赵姓族人喊道，"你们赵姓族人，三老爷都走了这么半天了，怎么就没有人给他老人家收尸？三老爷家里的人呢？"

赵三伯的管家向前走了两步："实不相瞒，吴家族长，我们家的三老爷昨儿个就把家里人都赶走了。"

吴四爷立眉瞪眼："那你呢？你是谁？"赵三伯的管家据实回答。吴四爷大喊："当管家的还不给你的主子收尸？"

赵三伯的管家看着赵三伯的尸体，连连后退："啊？我？我可不敢……三老爷不光得罪了我们族长大老爷，还得罪了日本人。我要是给他收尸，我脑袋丢了，老婆孩子谁养活呀？三老爷，我对不住您老，我……"

吴四爷见状，气得直哆嗦，对赵姓族人大声吆喝："你们赵姓族人难道都是怕死鬼托生的，就没人给你们的三老太爷收尸吗？"赵姓大户富甲和所有的族人，都低下头来，一声不吭。

在一片掉根针都听得见响声的寂静中，海猫突然拉着一辆平板车出现在广场上。吴管家和吴八叔一齐看着吴乾坤说："海猫……"

吴乾坤对二人点点头。赵大橹也发现了海猫，瞪大了眼睛，想说什么又把话咽了回去。

海猫将车拉到赵三伯的尸体旁，对站在不远处的秧歌疯子招呼："来，疯子，三年前给我爹娘出殡的时候，是你帮的忙。兄弟，今天还请你搭把手，帮我给这老爷子收尸。"秧歌疯子欢喜雀跃，跑过来就给海猫帮忙。

吴四爷有点犯糊涂："你是海猫？你……你要干什么？"

海猫淡定自若："是我！我是海猫，我要给这老爷子收尸啊！"

吴四爷脸色一变："你，你给他收尸？你算什么东西？"

"哈，您是吴家的四老太爷是吧？多谢今天您没叫我这个东西孽障！大伙都知道我娘姓赵，叫赵玉梅。如果我没弄错的话，按辈分我娘应该管这老爷子叫三伯吧；我娘叫三伯，那他就是我的三姥爷，是该这么论吧？我这个当孙子辈的，给老人家收尸，不行吗？"海猫边说边和秧歌疯子抬起赵三伯的尸体，放在了平板车上。

吴四爷大声喝道："你等一等，你给他收尸，我问你，你拿什么安葬他？"

海猫一愣说："四老太爷，您忘了？我不是有个捻匠铺嘛，我爹娘的棺材就是我亲手做的。不瞒各位，这些年我做木匠活的手艺比三年前强多了，大不了我再亲手给他做口棺材。"

"赵家三老太爷大富大贵一辈子，临了，走得光明磊落，你随便做口棺材能对得起他吗？"吴四爷说着，转身对管家说，"管家，把咱们家那口楠木棺材，送给赵家的三老太爷使。"

吴四爷的管家吓了一跳："四爷，这可不行吧。那是给您老人家自己预备的寿材啊！"

吴四爷高声说："少废话，抬出来送给三老太爷。就凭临了三老太爷这副英雄气概，就对得起我那口楠木棺材。就算我自己走了用席子卷，也舍得把这口棺材送他。送，直接送到坟地！"

"吴四爷，我替我三姥爷谢谢您了！"海猫对吴四爷双手抱拳，一脸的感激。说罢，他从容不迫地拉起平板车就走。

吴四爷目送海猫，脸上流露出对他的许多佩服。吴乾坤何尝不是如此。今天跟赵洪胜、日本兵的较量，他吴家不费一枪一弹，没用一兵一卒就大获全胜，细究起来，还多亏海猫的提醒呢！吴江海那条狼，带着那么多小鬼子，如果真是带着吴姓子弟跟他们硬拼，那后果真不堪设想啊……想到这里，吴乾坤对海猫佩服的眼神之中，又生出一种连他自己都难说清的欲望来。于是，吴乾坤转身对吴管家"咬了咬"耳朵，吴管家便立即招呼几个家丁找来一根绳子，神神秘秘地尾随在海猫身后，匆匆而去。

一直躲在人群里的槐花，当她确认了替赵三伯收尸的人是海猫，又看到吴管家和家丁们的神秘行动时，身子不由得一缩，转头回到吴若云的闺房，并把海猫替赵三伯收尸的事以及吴管家和家丁们的神秘行动都告诉了吴若云。

太阳躲进了云层，把清冷的阳光洒落在一个新堆起的坟包上。就一个帮海猫安葬赵三伯的秧歌疯子还被海螺嫂强行拽走了。海猫兀自站在坟前,心里暗道："老人家，我本来以为劝阻了吴乾坤，就能避免虎头湾的一场浩劫，哪承想您老人家却身遭横祸！……不过，您这叫舍生取义，晚辈佩服！"

海猫心里想着，便跪在坟前，恭恭敬敬磕了三个头。可他刚起身，就被迎面飞来的拳头打倒在地。挥拳的人是赵大橹，海猫一个鲤鱼打挺站了起来，才看到原来是赵大橹。在与赵大橹过招的同时，海猫得知赵香月被赵洪胜掳到县城了。赵大橹说着要去县城要人，转身就跑。海猫只好追，不料身后飞来一块黑布，严严实实地罩在他的头上。海猫试图挣脱，可是已经来不及了。吴管家一挥手，两个拿绳子的家丁迅速将海猫捆绑结实，扛起来就走。

天色暗了，黑布也是暗的，吴管家率家丁把海猫关进了黑暗阴森的吴家柴房。也不知过了多长时间，罩在头上的黑布终于被一个乡丁拽开。海猫眨着双眼适应柴房的暗光："这是哪儿啊？你们要干什么？有话好说，别玩真格的呀！"

吴管家拔出枪对着海猫："你再敢废话，我立马崩了你！"

海猫连忙认屃："好好，全听你的。我不废话，我闭嘴！"

吴管家见海猫被绑得结结实实，这才放下心来，示意家丁们出去。海猫见人都走了，满脸堆笑："管家老爷，他们都走了，就剩下咱们爷俩了，咱好好唠唠呗。您这个人哪，看着就面善，不像你们老吴家其他那些大老爷，个个凶神恶煞似的。我想请问，你们抓我干啥呀？"吴管家瞅了海猫一眼，理都不理。海猫只好又说："这样，您老人家开恩，把我放了呗。我还有正经事儿要办呢，真的！"

吴管家一脸的冷漠，仍然不理。海猫一绷脸，说："管家，你也知道我和你家大小姐有交情，我们俩互相都救过命！是，现在吴乾坤生他闺女的气，把他闺女关起来了，可是毕竟吴若云是吴乾坤唯一的骨肉，这个家早晚是吴若云说了算，你现在这么对我，将来你家小姐知道了，可轻饶不了你呀。要我说，你还是把我放了吧，我自然会在你家小姐面前多多替您美言的。"

吴管家吃了秤砣——铁了心似的，仍然不理。海猫耐着性子，说："哎，我说了这么半天你怎么假装没听见呀？我跟你说，你这就是不识时务……"海猫话还没说，就被一声威严的咳嗽声打断。

吴乾坤迈步走到海猫跟前："好你个海猫，我还活着呢！这个家怎么就轮到个丫头片子说了算了？"

海猫声调一变："吴家族长，您来了？原来是您请我来的呀！想让我来，您说就行了，何必这样呢？您快让人帮我松松绑，这勒得也太狠了，疼啊！"

吴乾坤伸手从腰间揣出匕首来："松松绑？好啊！我来帮你松。说吧，你想先松哪儿啊，肋骨？胳膊肘？还是嗓子眼儿啊？"

吴乾坤的匕首在海猫胸前和咽喉处比画着："你以为你是谁啊？虎头湾出了你这样的孽障，没把你碎尸万段，海祭海神娘娘，让你侥幸活到今天就是个错！"

面对寒光闪闪的匕首，海猫异常冷静："吴家族长，这是干啥呀？咱爷俩有话好说，你怎么又提起这档子事儿了……"

吴乾坤恶狠狠地说："我知道在你的心里是我逼死了你爹娘，你我的仇不共戴天，今天我要不宰了你，早晚你得杀了我报仇。我吴乾坤不傻，我不能让你这只野猫活着长成老虎吃人！哼，我有些年没亲手杀人了，孽障，今儿个就拿你开荤！"

海猫心里害怕，嘴上却说："吴家族长，昨天咱爷俩聊得不是挺好的吗？你咋说翻脸就翻脸啊？"

吴乾坤大怒："谁跟你个孽障论爷们？告诉你，除非你立马娶了我闺女！"

海猫苦笑："吴家族长，昨天不是跟您解释了吗？等把小鬼子赶出中国……"

"放屁！那要等到猴年马月啊？"吴乾坤掂了掂手里的匕首，毫不客气地打断海猫的话，"昨天你小子一跑我就明白了，你就是找借口骗我想活命！你说实话，你是不是早就在外面娶了媳妇了？娶了几个？"

海猫笑得比哭都难看："哎呀，没有，真的没有！"

"没有就好。说吧，你要想活，就立马点头娶若云；要是想死，你摇摇头，我现在就给你捅刀子！"

海猫不点头，也不摇头，脖子一拧："我当然想活了，我得留着我这条贱命打鬼子啊！"

吴乾坤说："少拣好听的说，娶了媳妇就不能打鬼子了啊？你看看你把我闺女害的，茶不思饭不想的，我不杀了你，我还算个爹吗？"

海猫辩道："我昨天不是跟您说了吗？我就是个叫花子，配不上大小姐！"

吴乾坤"啪"的一巴掌抽在海猫的脸上："你混蛋！配不上我闺女，当年为什么要勾搭她？"一时间，海猫被抽傻了，哑口无言。"我知道你当了什么八路，你们当官的不让你娶媳妇，是吧？那你就别当了，带着若云到一个太平的地方好好地过日子去，从此以后你什么冒险的事儿都不许干，一辈子好好照顾我闺女。"

海猫连连摇头："吴家族长，这怎么行啊？真的不行！"

吴乾坤不耐烦了："这有什么不行的？打鬼子就凭你这样的小猴崽子，行吗？下回鬼子再来虎头湾，我就让你见识见识什么叫打仗！你给我记着，娶了若云，这辈子还不准让她守寡，要不然我就一刀一刀地剐了你！"海猫实在是无法回答，他咬了咬牙，闭上了眼睛。

海猫的临危不惧，还真让吴乾坤打心里喜欢，他耐着性子，进一步威逼："看来你是铁了心了找死是吧？"

海猫平静地说："吴家族长，不是我找死，是您让我死，您让我死我不得不死！您说得对，我海猫年少轻浮，让若云小姐误会了，耽误了她的终身大事，我该死。吴家族长，您是她爹，要替她解恨杀了我，这没什么错，您动手吧！"

吴乾坤大怒："好小子，若云明明对你有情，你也对她有意，可你就是不娶她。你真是找死，这可就怪不得我吴乾坤了。"吴乾坤说着，抖动匕首，虎虎生风，真要往海猫身上捅。

正在这千钧一发之际，吴若云突然冲了进来，大喊："爹！"

跟在吴若云身后的吴管家也冲了进来："老爷，小姐她……我拦不住啊！"

吴乾坤一看就明白是怎么回事儿了，他示意管家出去，转身对吴若云说："若云呀，这个孽障该死！三年前要不是他，你早就嫁给南洋林家少爷了，怎么会节外生枝闹到了今天？我是你爹，今天我替你宰了他。你出去，别让血溅你一身。"吴若云伸手要刀子。"你要干什么？"吴乾坤不解。

吴若云说："他把我害得这么惨，就是宰了他我也要亲自动手！"

吴乾坤摇摇头："不行！"

"爹，我求您了！"吴乾坤看了看海猫，又看了看吴若云，思前想后，犹豫不决。吴若云从吴乾坤手里夺过刀，央求他出去。吴乾坤愣怔半晌，拂袖而去。

海猫喜出望外，急忙凑近吴若云："小先生，幸好你来了。不然的话，你爹就真的对我下手了。你快放了我吧！"

吴若云开口说道："不忙！我问你，你昨天不是跑了吗，为什么不走？"

海猫叹了口气："不让你爹跟日本人硬拼，这个主意是我出的。我也知道你爹命令吴姓子弟把枪都收了起来，可是万一我想得不周全，小鬼子来到虎头湾还是肆意屠杀呢？所以我没敢走，我想真要有这样的事情发生，我就陪着你爹和吴姓子弟一起死，谁让我爹也姓吴呢！"

吴若云淡淡一笑："我知道你的命贱不怕死，少在这儿跟我逞英雄。我问你，我真的就配不上你吗？我爹那么逼你，你都不肯娶我？"

海猫很是尴尬："不……不是，小先生我跟你是朋友，你我确实同生共死过，你救过我的命是我的恩人，你拿我当人看。为了替我申冤跟你爹都闹翻了，你重情重义。三年前我要被枪毙的时候，你穿个大红喜袍来送我，这些我都记在心里。可是，婚姻大事我真的没想过。再有，小先生你自己说，我海猫配得上你吗？"

吴若云毫不客气，十分自负："当然配不上。"

海猫脸一红，有些难为情："那不就得了。林少爷我也见过，跟他比我简直什么都不是，小先生是大家闺秀……"

吴若云打断海猫："你闭嘴，我就看上你这只癞蛤蟆了，怎么样？"

海猫笑了："那是我这只癞蛤蟆的福气。"

"这么说你答应了？"

海猫又连连摇头。吴若云急了。海猫赶忙解释："不，承蒙若云大小姐不弃，能看上我海猫，真的是我的福分。可是我跟你说了我是一名八路军战士，现在日本侵略者的铁蹄在中华大地上践踏，我们的同胞不断被杀戮，作为一名战士，我这时候真的不能娶媳妇。小先生，你读了那么多的书，这个道理你应该会懂的。"

吴若云天真而又认真："真的是因为这个，不是因为别的？"

海猫固执却也认真："当然。"

"好，我信你一回。那我问你，等仗打完了，把小鬼子赶出中国的那个时候呢？"吴若云不好意思地问道。

"那个时候，如果我还活着，如果小先生觉得我还能配得上你，那就是老天爷眷顾我海猫。"

听了这话，吴若云突然笑了："这几年没见，你的嘴越来越甜了，话说得还挺中听。那你刚才为什么不跟我爹说？我爹看上去凶，其实是个通情达理的人，这个道理他能想明白。"

海猫无奈地摇了摇头："可是他老人家真没明白！"

吴若云说："我才不信呢！准是你嘴笨，听着，我现在就放你走。不过你得答应我，打仗的时候多留点心眼，把命留着，将来好娶我，你答不答应？"

海猫笑了："答应，多谢小先生。"

吴若云瞥一眼海猫，有些害羞。她走上前来，给海猫松绑："来，我给你松绑，然后你就从后窗户跑。我知道你会爬墙上树，翻过这后墙去，你就自由了。我爹也就是吓唬你，其实我能看得出来，这次你出的主意，救了我们吴家。我爹从心里是感谢你的。"

"小先生，你来得可真是时候，实不相瞒，我还真有急事呢！"海猫着急地说。

吴若云用匕首割着绳子，问："什么急事儿啊？"

海猫骂道："赵洪胜这个老混蛋，不光给日本人当汉奸县长，他还强抢民女！赵大橹那个傻大个子，已经到县城找他算账去了，我担心他鲁莽丢了性命！"

吴若云一愣："强抢民女，怎么回事儿啊？"

"你不知道啊，赵洪胜把赵香月绑走了。"吴若云一听赵香月的名字就急，她割绳子的匕首又被紧紧地攥起来。海猫突然意识到自己说错了话，想解释，可那匕首已经抵在了他的喉部。吴若云大怒："好啊，海猫！你花言巧语骗我，就是为了让我放了你，你好去救那个女人，是不是？"

海猫口不择言："是……不是……不是啊！"

吴若云眼含泪花，用力向前推动匕首，可是她再使劲也下不了手。吴若云气得"当啷"一声扔掉匕首，冲外面就喊。吴乾坤带着管家从外面进来，看到这种情景，吴乾坤心里已经全明白了。

"爹，我不想再见到他了，该怎么处置，您就怎么处置吧！"吴若云说完，转过身头也不回地走了。

吴若云打吴乾坤身边走过时，吴乾坤清晰地看到了女儿眼里溢出的泪水。他心软了，也心疼了，上前用手指点着海猫，陡然火冒三丈："给你脸你不要，你这是自己找死啊！管家，好歹他今天也算是救了咱们吴家一回，我就不亲手宰他了。让这孽障怎么死，就交给你办了。"吴乾坤像吴若云一样，也转过身头也不回地走了。刹那间，海猫傻了，傻得好可怜；吴管家笑了，笑得很阴冷。他从地上捡起匕首，一步一步逼近海猫。

海猫大喊："管家，你可想好了，你家小姐刚才说的可都是气话，你要是行凶当这个恶人，将来她后悔了可饶不了你！"

吴管家冷笑道："你这个孽障，你以为我会亲手对你下刀子？笑话！小姐我是打小看着她长大的，她什么脾气我最清楚。老爷说了，怎么弄死你就交给我了，你等着吧，我们吴家看家护院的两条狗三天没喂了，它们会咬断你的喉咙，掏了你的心肝肺，把你身上的肉吃得一口都不剩！"

吴管家说完扭头就走，门外很快便传来了狗叫声。接着，两条大狗蹿出来，汪汪叫着扑向海猫。海猫吓得魂飞魄散，因为被绑着双手绳子还没解开，他毫无反抗之力。正在这时，王大壮突然从后窗户跳进来，他迅速地用刀割断捆绑海猫双手的绳子，异常兴奋地说："报告你个好消息，那条船有了下落了！"

海猫也异常兴奋："那条船有下落了？在哪？"

"行了，别问了，先逃命再说吧！我实话跟你说，刚才我可是壮着胆子进来的，我他娘的打小就怕狗！"三天没喂的两条饿狗，不知是因为多了一个人而庆幸可以更好地饱餐，还是因为担心两个人联起手来更难对付而感到害怕，它们双双伸出前爪，在地上挠着抓着，做着进攻前的最后准备，叫得越来越凶了。

饿狗的凶叫声传到吴若云耳边，她"腾"地站起身，甩开槐花和闺房门外所有人的层层阻拦，快步冲进柴房，进门就喊："海猫！"吴若云惊讶地发现，后窗户开着。两条饿狗正对着大开的后窗户空叫。她捂着胸口长长地喘着气，不知道是仍在生海猫的气，还是有些后怕。

赵洪胜赔了儿子，当了县长，心里一直郁闷。麻生少佐多次安慰他，赵子轩是大日本帝国的好朋友，他们一定调集军舰和部队，清剿海盗抓住凶手，为他报仇！赵洪胜却像霜打的茄子，蔫头耷脑，怎么也振作不起来。

麻生少佐生气了，训斥赵洪胜道："你的亲戚，你们的赵保原将军，不日即将到达海阳。他是在我们的安排下，专程来看你的，你必须好好表现！"

赵洪胜一听赵保原要专程来看他，立即打起精神给麻生少佐出谋划策，说是要想清剿海盗，必须要由侦缉队大队长吴江海打先锋，因为就在不久之前，吴江海曾带领他的保安队，攻上了海盗黑鲨所在的聚龙岛。

麻生少佐向赵洪胜保证，三天以后，他一定让吴江海带路，一举拿下聚龙岛，消灭海盗，为赵子轩报仇。赵洪胜心里暗自叫好，如果能借海盗的手杀了吴江海，倒也除了他的心腹大患。国民政府的基本国策不就是"攘外必先安内"嘛！

吴江海接到麻生少佐让他带队攻打聚龙岛的命令，心里一直犯着嘀咕。吴江海不是一盏省油的灯，他心里比谁都清楚，海盗头子黑鲨不好对付。聚龙岛他又不是没去过，上回中了海盗们的埋伏，险些送了性命，至今想起来还尿裤子。小鬼子怎么了？小鬼子上去一样得送命！可小鬼子不傻，他们送命先找个垫背的，不用说，他吴江海就是垫背的王八。

吴江海转念又想，王八就王八，翻过来覆过去都是个"王"。人不为己，天诛地灭，上回攻打聚龙岛，根本就是为了吴乾坤答应自己的那一半家产。他奶奶个熊，吴若云没救出来，那一半家产也没捞着。现在聚龙岛攻不攻得下来是小日本的事，跟他本人无关，关键是趁机把吴乾坤给灭了，起码能在虎头湾称王！

想到这里，吴江海起身来到县长办公室。见了新任县长赵洪胜，开口就说："洪胜仁兄……不，现在应该称您县长先生了，对不对？"

赵洪胜白了吴江海一眼："你少给我虚情假意的，有什么话就说！"

吴江海故作着急地说："县长先生，您得赶紧想办法给三少爷报仇啊。实不相瞒，刚才麻生太君已经找过我了，说三天之后要去荡平聚龙岛，专门为了给赵子轩报仇呢！"

赵洪胜心里一喜："这么说皇军说话算话，还是够朋友的。"

吴江海不知赵洪胜话里有话："够朋友是够朋友。不过，有句话我不知当说不当说……我觉得洪胜仁兄和皇军，都没看清楚今天在虎头湾发生的一切，到底是怎么回事儿。"赵洪胜一愣。吴江海神秘兮兮地说："是，我知道，你们都亲眼看见了海神庙房顶上黑鲨冲小三儿开的枪，可这件事有这么简单吗？恐怕另有主谋吧……"

赵洪胜问："你什么意思？"

"什么意思？您好好想想吧，他吴乾坤今天是怎么做的？敲锣打鼓欢送您来当县长，这是他平时的做派吗？"

听了吴江海的话，赵洪胜喃喃自语："这是有点不对劲儿！"

吴江海继续说道："我这个亲哥哥什么脾气，您恐怕比我还清楚吧？您不觉得他今天太反常了吗？要我说呀，这黑鲨恐怕就是他请到虎头湾的！"

赵洪胜摇着头："不能，不能吧？黑鲨的爹娘是在虎头湾被沉的海，黑鲨一直视吴乾坤和我为仇敌，这吴乾坤怎么可能和黑鲨勾搭在一起呢？"

吴江海笑了："嘿嘿，县长先生，您这辈子是真的尽读圣贤书了。有些事儿您可真是看了表皮，没看见里边的瓤儿。您仔细想想，吴乾坤跟黑鲨勾结在一起，恐怕不是一年两年了吧？黑鲨是海盗，可是吴乾坤的闺女上了好几回聚龙岛，每一回都是顺顺利利地到，平平安安地回，难道您就不觉得蹊跷？"

赵洪胜眉头紧皱。吴江海又说："只有一种可能，吴乾坤跟黑鲨本来就是一伙的。这回他看您要来县里边当县长，怕以后您独霸虎头湾，把他踩脚底下再也翻不过身来，所以就想加害于您，但他又不敢自己动手，怕日本人杀他个片甲不留，于是他以借刀杀人之计，把黑鲨请到了虎头湾，真目的就是为了打您的黑枪。哪承想小三儿替您死了，就是这么个理儿，千真万确！"

赵洪胜恍然大悟，他一拳砸在桌子上："好他个吴乾坤，真是条老狐狸呀，这招太狠了，太绝了！"

吴江海又拍脑袋又跺脚："我呀，真是恨不得把这里边的道理，掰开揉碎了告诉麻生太君，可是麻生太君他一个日本人，虎头湾咱们吴赵两家这几百年的恩恩怨怨，他听不明白呀……"

赵洪胜点点头："这个不难，我跟他说明白。"

吴江海趁机煽风点火："那就太好了，县长先生您告诉麻生太君，反对大日本皇军的不光是海盗，海盗的主谋就是吴乾坤，而且吴乾坤手上有好几十条枪呢，现在不灭了他，早晚要给皇军捣乱！您就给麻生太君出个主意，三天后就别打什么聚龙岛了，直接去虎头湾，灭了吴乾坤得了。"

"咱就先这么定了！今天我一直纳闷，吴乾坤怎么会敲锣打鼓地欢送我来当县长呢？这老狐狸真是心狠手辣，不杀他我对不起我们家小三儿！"

吴江海谄媚地附和："就是，就是，这么着县长先生，杀了吴乾坤，您帮帮我，让我当上吴家的族长。我保证十年之内，虎头湾的出海权全交给您赵家。额外我再送给赵家二十条渔船，咋样？"

"你是吴乾坤的亲兄弟，他死了，族长当然由你当。"吴江海立马道谢。赵洪胜拍着吴江海的肩头："这有什么好谢的？你我打小就是同窗，现在又一起给日本人做事，以后自当一条心才对。"

吴江海笑容满面："您说得是……您说得是……"

第二十九章

海阳境内"壮于山而雄于海"，形势险要。明设大嵩卫，清裁卫设县，均重此地利。中共党组织审时度势，早在创建之初就在这里设立了秘密据点。

海猫和王大壮逃出吴家大院的柴房，连夜来到秘密据点。一头长发的老斧头陪着月光，早就等候多时了。他听王大壮介绍，海猫正是自己要见的侦察排长，不由得喜出望外。海猫更是喜不自禁，双膝跪倒在老斧头面前说："大叔救命之恩，海猫磕头叩谢。"

老斧头连忙扶起海猫："快起来，快起来！现在咱都是同志，不论这些。我早就听说了，这几年你海猫可有出息了，也算我老头子没白救你一命。"

海猫起身拉着老斧头的手："我也一直听说，这些年海阳的监狱里有个老斧头同志，利用特殊的身份掩护和营救了很多同志。"

老斧头嘿嘿一笑："我做的这点事儿，算得了啥？跟你们昆嵛山红军游击大队任何一个同志比起来，都不值得一提！"

海猫把话引到正题，指着身边的王大壮问老斧头："老斧头同志，听这位同志说，我们失踪的船已经有了下落？您快说说，这船在哪儿？是什么人劫的？"

老斧头说："船的下落还不知道，是什么人劫的也不知道。"

王大壮一听急了："哎，老斧头同志，说船有下落了，可是您亲口告诉我的。"

老斧头笑了："你这个同志呀！一口喝不出个豆来就摔碗，听我把话说完嘛！"王大壮偷眼看看海猫，见他并没有怪罪自己的意思，便尴尬地咽了口唾沫，静静地听老斧头说。老斧头说，监狱里今天新来了一个八路军战士，说是刚从海里游到岸上，就被巡逻的日本兵和保安队发现了。他们把他押到监狱审讯室，严刑拷打，那八路军战士始终不说一句话。最后，敌人凭借从他身上搜出来的被水淹过的几样东西，综合截获的情报分析认为，这位战士就是那条被劫船上的人，他们还猜到了那条船要运送的是我们非常重要的物资。老斧头最后说，这个情报他是冒着生命危险才搞到的，看来日本人的情报组织还真的挺厉害，我们在找那条船，他们也在找。

海猫思虑半晌："老斧头同志，您能安排我见见咱们那位同志吗？"

老斧头面有难色："他现在被单独关押，我也曾想过组织营救，但是挺难的。而且一旦采取营救措施，我的身份就彻底暴露了，对以后的工作……"

海猫点点头。又问日本人来了以后，监狱谁管。老斧头告诉海猫现在的监狱是日本人和侦缉队在管。侦缉队，就是吴江海新招募的一群地痞流氓，这群家伙太坏了，比之前那些人还要残忍。

"吴江海的侦缉队？"海猫眼前一亮，转头对王大壮说，"王大壮，你还记得那天咱俩吃馄饨碰到的那个人吗？"

王大壮点点头："记得，吆五喝六的，长那副德行就欠揍！"

海猫说："我跟他打过交道，那个人叫泥鳅，贪财好色。你想办法找到他，看看他能不能带咱们进监狱？"

接着他们兵分三路。王大壮负责找到泥鳅，想办法买通他；老斧头同志回监狱，想办法照顾好受了酷刑的那位同志；而海猫则去见新任县长——赵洪胜。

海猫的亲舅赵洪胜今非昔比，一块"赵宅"的牌匾，挂在县城新宅院门的上方，虽不能谓之熠熠生辉，看上去却也有几分气派。在这气派的牌匾之下，手持钢刀的赵大橹躲在门垛后，由于高度的紧张，汗水落在刀背上，又扯成丝，颤颤悠悠地挂在刀尖上，风一吹，剪不断，理还乱。

正在这时，一辆鳖盖小车屁股冒烟，戛然停在门前。赵管家连忙上前拉开车门，疲惫而忧伤的赵洪胜走下车，但他脚还没站稳，赵大橹便一声大叫，从门垛后里蹿出来。赵洪胜一愣，赵管家用自己的身体护着主子。两名家丁闻声从院里冲了出来，他们手里拿的都是铁家伙，铁家伙里装的是子弹。面对赵洪胜和管家身后的赵大橹，他们竟不知该如何下手。

这时，开车的司机从车上跳了下来，他对天鸣枪，"砰"的一声脆响。赵大橹是渔村汉子，虽然摸过枪，但那都是族长发的，需要他卖命的时候就发，不需要卖命的时候就收，所以赵大橹实际上没有任何战斗经验，一听枪声他便浑身哆嗦，一时间傻呆呆地愣住了。

司机的枪声惊动了附近正在巡逻的三个日本兵。他们循着枪声追过来，立即端枪对准了赵大橹。赵管家趁此机会一挥手，两个家丁扑上去便摁住了他。

赵洪胜惊魂未定，赵大橹开口便向他要人。赵管家趁机说："县长大老爷，您跟这穷鬼讲什么道理啊？干脆毙了算了！"

"是的，县长先生！"刚才对天鸣枪的司机一张嘴，才知是个日本人。他对赵洪胜说，"你不用跟他废话了，麻生少佐让我专门保护你，就是为了防范这种人，你把他交给我吧！我汇报麻生少佐之后，会立刻枪毙他的！"

赵管家一愣："哎哟，县长，皇军对您可真好，给您派的司机还兼保镖啊！"

赵洪胜对司机拱了拱手："这位先生，你有所不知，这个人是我的族人。就算让他死，也是我一句话的事，就不劳驾你们处决了。今天幸好有你在，多谢你及时出手救我呀！"司机听了赵洪胜的话，立即收枪，并示意三个日本兵也收起了枪。赵洪胜转身说："赵大橹，念你是我的族人，我不杀你，你回去吧！告诉赵姓族人，我虽然当了县长，可是我心里边还是惦着你们的！"

赵大橹大叫："呸，你个汉奸！你给日本人当了狗了，还敢说你是我的族长？你丢的是全族的人，我今天非杀了你不可！"

赵大橹拼命挣扎，边挣扎边骂，粗话脏话，一齐向赵洪胜泼去。赵洪胜实在听不下去了，伸手夺下赵大橹手里的钢刀，把平日里的斯文和伪善抛到了九霄云外，抡起刀来就要劈死赵大橹。就在这血光之灾初降时，早已藏身人丛黑夜的海猫迫不得已，连忙朝天打了一枪。这一枪，让赵洪胜即将砍下的钢刀停在了半空中。在场的人，包括众多围观的平民百姓，大家一齐循着枪声看去。只见海猫身影一闪，趁着夜幕的包裹，立刻消失得无影无踪。

　　赵管家大喊："有刺客，抓刺客！"

　　顿时，日本司机、日本兵，还有赵洪胜的家丁，乱哄哄，一齐向黑暗中的身影追去。赵洪胜被枪声吓软了手，手上的钢刀掉在地上。赵大橹却被枪声壮了胆，破口大骂："赵洪胜，狗汉奸，你不得好死！"

　　赵洪胜气愤地看着赵大橹，却再也无心无力反驳了。赵管家急忙出面收拾残局，双手搀扶着赵洪胜，说："县长大老爷，君子不跟小人置气，您把赵大橹交给我，我马上替您千刀万剐行不行？"

　　赵洪胜瞅一眼围观的人群，不由自主地换上一副仁慈的伪装："不行！亲不亲故乡人，先把他押回去再说吧！"

　　赵管家连连点头，转身吩咐家丁们将赵大橹押下去。

　　黑夜沉沉，身也沉沉。赵洪胜回到自己的新家，顾不得看一眼新家具，新摆设，一把撕开仁慈的伪装，冲着赵管家就嚷："气死我了，气死我了！我当了这么多年的族长，我对那些穷鬼们恩重如山，遇到荒年灾月，谁家出海翻了船，哪户死了男人，我都给他们救济钱、施舍粮，到头来，居然这样对我！管家，你今天晚上就把那个赵大橹给我剐了，不杀他难解我心头之恨！"

　　"县长大老爷，您且息怒，赵大橹早该剐了，千刀万剐都不过分！"赵管家话锋一转，"不过，再让他多活一天，咱后天剐他如何？"

　　赵洪胜一愣："为什么要等到后天？我好好的三儿子都当上翻译官了，一眨眼就没了命！他赵大橹敢辱骂族长，罪不可赦，我为什么还要让他多活一天？"

　　"是啊，您刚才也说了，三少爷死了，后天就是第三天，总得让三少爷入土为安吧？下葬的时候剐了赵大橹，给三少爷当活祭，不是正好吗？"

　　赵洪胜有气无力地说："我怎么没想到呢？真是把我气糊涂了。也好，这事就交给你了！"

　　赵洪胜说着一屁股坐在椅子上，赵管家连忙将一杯茶递到他面前："多谢县长大老爷的信任，那个……那个女人怎么办呀？"

　　"女人？什么女人？"

赵管家满脸堆笑："看来还真把您气糊涂了，您都忘了，您不是看上了那个穷丫头吗？我给您带到县城来了，直到现在还给您关着呢！"

赵洪胜一拳砸在了桌子上："噢,对了,还有香月！要不是因为她,我一族之长、一县之长,也不至于被一个穷鬼指着鼻子骂！不是活祭吗？正好,后天连这个香月一起,都给我们家小三儿当活祭！"

"也好，就照您说的办，那今天晚上……要不先让她给您压压惊？"赵管家说着，起身打开通往卧室里间的门。只见穿着大红喜袍的赵香月双手被绑，头上还盖着红盖头，正"哼哼唧唧"地在床上挣扎。赵洪胜顿时春心摇动，难能自抑。

赵管家又将门关上，来到赵洪胜面前："县长大老爷，不管对不对，我是这么想的，今天因为三少爷的事儿，让您受了惊吓，所以我就想抬举这丫头，毕竟是黄花大闺女嘛，您就拿今夜当洞房花烛夜，过了今夜，您身上的晦气，也就跟着这个女人一扫而光了！"

也许平日伪善多了，赵洪胜常常假戏真演，即使对心腹之人也不肯轻言心声，他瞅了瞅赵管家："我小三儿今天刚走,你让我今夜……"

赵管家就是赵洪胜肚子里的蛔虫，想吃啥不想吃啥，拿得最准，他故意顺杆就爬："都怪我妄自做主，您别生气，我这就把她扔到柴房去！"

赵洪胜从戏中醒来："等等，你说得也有道理。我赵洪胜前半辈子为了赵姓一族、饱读诗书、吃斋念佛……结果我得到什么好下场了吗？就说这个香月吧，我早就看上她了。三年前她就是我家的奴才，按说我要怎么样就能怎么样！可是我就是在乎我这个脸皮，在乎我族长的尊严，我左护她，右护她，还把她放回家了，结果呢？她念我的好了吗？今儿个我赵洪胜当了县长，明儿个我就去跟麻生太君说，让他派兵去虎头湾，先把吴乾坤和吴家的人全杀光了，后天再给我儿子下葬，我要亲手杀人活祭我儿子！我后半辈子再也不能像以前那样窝窝囊囊地活着了！就照你说的，今天晚上我就把这小丫头收拾了，先压压惊，再让她把我这一身晦气全带走，我赵洪胜以后就重新活过来了！"

赵洪胜给自己找足了强占赵香月的理由，便示意赵管家退下，迫不及待地推开了那扇门。大概听到了脚步声，床上蒙着红盖头、穿着大红喜袍的赵香月不再挣扎了，似乎在静静地等着这一刻的到来。

赵洪胜冷笑道："你个臭娘儿们，不就是个穷丫头嘛！啊？我抬举了你这么多年，一而再再而三地跟你说我的心思，可你就是给脸不要脸！哼，现在好了吧？你还是要做我的女人！而且后天我还要亲手剐了你，给我儿子做活祭！我告诉你，赵香月，这一切都是你自作自受，你自己作的，别怪我！"赵洪胜说罢，饿狼似的向床上扑去，他一把抓住红盖头，猛地一掀，可那脸立马僵住了。盖头下坐着的根本不是香月，而是海猫。

海猫怪笑着，黑洞洞的枪口对准了赵洪胜："你别喊人，你的喊声肯定没有我的枪快。你要不想去追你的三儿子，你就老实点……"

赵洪胜被镇住了："你……你怎么会在这儿，香月那丫头呢？"

打死赵洪胜都不会知道，就在赵管家推门让他看过在床上挣扎的赵香月，又重新关门的那一刻，海猫推开后窗户，身轻如燕地落在床前。他掀开蒙在赵香月头上的红盖头，撕下勒在嘴上的烂布条，边示意她不要出声，边解开捆住赵香月双手的绳子，脱下她身上的大红喜袍。海猫举动忙而不乱，干脆利索，赵香月满眼的惊奇，同时又充满了期待。海猫自然明白赵香月期待什么，但此时此刻他只能全然不顾。海猫弯腰抱着赵香月的双腿，把她的前半身一举举到后窗窗口，然后告诉她爬出后窗就是后院，找个地方藏起来，哪也不要去，等着他。

赵洪胜的不知道都在海猫的计划中，当然，更多的不知道和计划仍在进行。海猫用枪将赵洪胜请到床边的一张桌子旁，见桌上有酒有菜，便笑着说："舅舅，来得早不如赶得巧，咱甥舅俩边喝边谈如何？"

赵洪胜颓然坐下，眼睛一直盯着海猫手里的枪。海猫似乎善解人意，把枪放在桌子上，拿起酒壶给两个酒盅里斟满酒。海猫端起酒杯："舅舅，按说咱们是一家人，可是这么多年从来都没有机会近乎过。今天既然坐在一起了，外甥先替我娘敬您一杯。"

赵洪胜不寒而栗，却又不得不端起了酒杯。于是，两只酒盅碰到了一起。海猫一饮而尽。赵洪胜也一口干了，他是拿酒给自己壮胆。

酒真给赵洪胜壮了胆，他放下酒盅就问："你……你到底是什么人？"

海猫嘻嘻一笑："您还没弄清楚吗？我是您的亲外甥啊！我娘是您的亲妹妹赵玉梅，我爹是吴家的吴明义呀！"

赵洪胜并不满意这个回答："可是，你到底是人是鬼？"

海猫笑着笑着严肃起来："我当然是人了！我天生就是命大。当年您让香月小姨给我送了一盆骨头，我知道我吃了就没命了，可是我没吃成啊！再后来，我知道您亲眼见我挨了枪子掉到海里了。这事儿，我跟虎头湾的父老乡亲说我是海神娘娘的儿子，是她老人家救了我。我估计，您老八成不信。今儿个我也实话实说，没那么回事儿，就是命大，我又没死成。再后来，我被海盗抓到聚龙岛上去了，还是命大，海盗们也没杀我。这不，今天就坐到您对面嘛！我真的是人，指定不是鬼。您看，我的影子还在地上呢！来，外甥再陪您喝一个。"

赵洪胜又气又恼："我不喝了！"

"别呀！舅舅，这一盅就算替我那走了的三兄弟敬您的。实不相瞒，今头晌我也在虎头湾，我亲眼看见我三兄弟走了。按说，我俩是表亲，可惜连面都没有来得及见。我看我俩年纪相仿，我就替他敬您一盅……"赵洪胜被说到了痛处，他流着眼泪端起酒盅，一口干了。海猫又给赵洪胜的酒盅斟满了酒。

赵洪胜连连摇头："不喝了，不喝了！我知道你神通广大，你还有枪。你要杀就下手，我赵洪胜不怕你！"

海猫说："娘亲舅大，您是我舅舅，您怎么会怕我呢？来，外甥我再敬您一盅！这一盅我是替我自己敬的，您刚才不是想知道我到底是什么人吗？您喝了这盅酒，我就跟您说明白！"赵洪胜将信将疑，他端起酒盅，又一口喝干。

海猫将酒盅端高，以示尊重长辈，然后将酒慢慢地喝下去，这才说道："真是好酒，舅舅您听好了，您外甥海猫，是共产党！"

此言一出，吓得赵洪胜"腾"的一下站了起来："什么？你是共产党？"

海猫看着赵洪胜笑了："舅舅，您坐嘛！怎么？您不信？您不该不信呀！三年前，您和吴乾坤可就是把我当作共产党，卖给了吴江海，当着你们的面枪毙的呀！我再告诉您，我不光是共产党，我还是日本人眼里的共产党要犯，就在您没进海阳城之前，我亲手杀了三个鬼子，还专门扯了块大白布留下了名姓，'杀人者海猫'，这件事您还没听说吧？"赵洪胜慌张地摇着头，冷汗如雨，左一阵右一阵地甩来甩去。

海猫说："舅舅，没听说不要紧，明儿一早您到您日本长官那儿去问问，有没有这么回事儿，我的亲舅舅！您可不能糊涂了啊，您是我的亲舅舅，整个虎头湾无人不知无人不晓。我是共产党杀了那么多日本人的事儿，要是让您的那些太君们知道了，以后您这县长可就不好当了呀……"

赵洪胜瞅了一眼桌子上的枪："你在威胁我，你到底想干什么？"

海猫端起酒盅喝一口酒说："舅舅，您说我能干什么呀？我就是丑话说在前头，别哪天我被日本人抓着了连累了您！"赵洪胜趁海猫不注意，一把抓过放在桌子上的枪，枪口直指海猫。

海猫吓了一跳："舅舅！"

赵洪胜厉声呵斥："闭嘴！谁是你舅舅？你个孽障！想威胁我？你以为我赵洪胜还是当年的赵洪胜吗？我已经决定了要脱胎换骨！好吧，今天没亲手杀了赵大橹，现在换你海猫也不错！"赵洪胜说着，近乎疯狂地连续扣动扳机，可是枪里根本没有子弹。

海猫一步步逼近赵洪胜："你的心可真狠啊！我是你亲外甥，你就能下得了手？你就不怕你睡着了我娘来找你算账？"

赵洪胜连连向后退着："外甥……饶命！外甥，我对你娘最好了！你不知道，我和你娘是一个爹一个娘的亲兄妹。我娘她死得早，你娘从小就跟着我长大，我对她格外的照顾，你可别……"

海猫摇了摇头，他从赵洪胜手里一把抢过枪来，从衣兜里取出弹夹，"哗啦"一声将子弹推上枪膛，立眉瞪眼："我娘怎么会有你这么一个亲哥！"

赵洪胜见海猫面露凶光，整个人矮了半截："海猫啊，对不住，刚才舅舅一时糊涂！这样，你今天来到底有什么事儿，你到底想让我干什么，你……你就直说吧，只要你不杀我，我一定尽量帮你！"

海猫强忍怒火："赵洪胜，我真心实意地来找你认亲戚，陪你喝酒说话，哪承想你这么对我！好，我不杀你，看在我娘的面子上我不杀你！今天这笔账，我先给你记上，你我以后打交道的时候多了。我实话跟你说吧，我今天来就想在你这儿带走一个朋友。可是没想到刚才在屋里，听到你跟那个管家说了好多话。怎么，你要让日本人去虎头湾替你们姓赵的出气，把吴姓族人赶尽杀绝？"

赵洪胜倒打一耙："海猫啊，我跟你说吴乾坤可不是个东西，其实逼死你爹你娘的是他呀。要不是他死死地抓住你娘和吴明义的事，哪至于把他们逼上绝路啊……"

海猫打断赵洪胜："行了，你别说了，当年我也在场，逼死我爹我娘，你和吴乾坤都有份儿。吴乾坤到底是什么人我了解，我也知道你们吴赵两家的仇有几百年了。但是，赵洪胜我提醒你，你现在给日本人当了县长，你就是汉奸，是海阳的首席大汉奸，你知道吗？不管你是为什么来当这个汉奸，总之你已经当了。现在我只想劝你一句，希望你还能做一个有良心的中国人。虽然你已经当了县长，可到现在为止，你的手上还没有沾中国人的血。也就是说，有一天日本鬼子被赶走了，人民审判汉奸的时候，可能会对你从轻发落。可是如果，明天你去日本主子面前挑唆，让他们把大炮、机关枪开进虎头湾，把吴姓族人都赶尽杀绝，那你的身上可就背了血债了！血债是要血偿的呀，赵洪胜，我希望你想一想未来……"

赵洪胜眨着眼，面色阴晴不定。

海猫又说："我，海猫，你认也好不认也好，我是你的亲外甥。看在我娘的面子上，我给你提个醒，该怎么做，你自己决定吧！我以共产党员、八路军战士的名义警告你，如果你真的敢挑唆日本人，去屠杀虎头湾手无寸铁的老百姓，我们也绝不会袖手旁观！"赵洪胜面色如灰，不得不点头。

海猫换了一种口吻："那里毕竟是你的家乡，你在那里生活好几十年了，你不是读了很多圣贤书吗？你应该不愿看到那里血流成河对吧？好了，赵洪胜，今儿咱爷儿俩就先聊到这儿，我走了！"

海猫说着起身就走。赵洪胜想送，海猫一挥手："你别送了，我从哪儿来的从哪儿走。噢，还有，赵香月和赵大橹是你的族人。如果你真的亲手杀了他们，我想你再也没有可能回虎头湾了。”

赵洪胜心虚："我……我……我本来说的也是气话。既然是你的朋友，我这就让管家放了他们！"

海猫眼一瞪："用不着，我自己会把他们带走的。"

海猫说罢，一纵身从后窗跳进后院。躲在暗处的赵香月急忙低声喊道："海猫，我在这儿呢！"

海猫几步跨到赵香月跟前："小姨，你没事儿吧？"

赵香月赶忙说道："我没事，人家就是担心你呢！真的，我刚才看见有好几个人扛着枪巡逻，我真怕他们发现你，吓死我了！"

海猫告诉赵香月，赵大橹为了救她也被赵洪胜关起来了，所以还要去救他。

正当海猫要救人去时，赵香月叫住海猫："你等等！有一句话，我得先跟你说清楚。是，我是上了花轿，要不是你回来了，我就和赵大橹拜堂成亲了，可这里边是有原因的。因为我以为你死了！我爹、我奶奶成天寻死觅活的，我被逼得没办法了……"

海猫听出了赵香月的弦外之音，打断她说救人要紧。然而赵香月固执地说："不行，现在就咱们俩，你必须让我把话说清楚！三年前我为你披麻戴孝，是什么意思你应该知道，当年你跟我说过的话，既然你没死就得算数。还有，你从小就是个叫花子，吴乾坤的闺女跟你不合适！"

海猫笑了："行，你这些话我都记住了，我先去救人好不好？"

赵香月说："再待会儿，还有最后一句话。救出赵大橹以后，就让他回虎头湾帮我给我爹、奶奶捎个信儿，然后你就带我走，我再也不回去了，行不行？"海猫一脸的难为。赵香月追问："我就问你行还是不行？你给个痛快话，你要说不行，我还就不走了。赵洪胜对我也挺好的，他现在又当了县长，我就给县长当个小媳妇！"

海猫笑了："你说的是真话呀？他可还说要剐了你，给他儿子当活祭呢！"

赵香月负气说："那我也认了！这些年我受了那么多的罪，那么多的委屈，还不如死了呢！你说，你带不带我走？"

海猫说："小姨对我的好，我心里清楚，可是……"

赵香月转身就走，边走边说："那我这就回去找赵洪胜！"

海猫急了，一把拉住赵香月的手。赵香月一激灵，她看着海猫的手。海猫下意识地急忙松开，没想到赵香月却紧紧攥起海猫的手不放。

赵香月深情说："你不让我去找赵洪胜，就是答应了？"

海猫无奈地说："行，让赵大橹给你家里捎信儿，我带你走！"赵香月的脸上立刻绽放出了笑容，却又突然不好意思起来，她扭过身去，抬头看着天上的月亮。月光中，赵香月的脸颊泛起一片潮红，她感到无比的幸福。

海猫拉着赵香月的手，悄然离开赵洪胜的后院，找了一条小巷深处让她等着，然后独自来救赵大橹。

赵大橹又倔又硬，不让海猫救他，说不想欠他人情。海猫只好哄她说赵香月在等她，他去了才能救走她。而且海猫知道赵香月同样倔，还给赵大橹准备了黄包车和绳子。

于是赵大橹跟在海猫身后，三转两转，很快就和赵香月见了面。几句寒暄后，赵香月拉着赵大橹的手，扭头对海猫说："海猫，你在这儿先等着，我跟他说两句话我们就走。"

没等海猫应声，赵香月就把赵大橹拉到一边说："大橹哥，海猫都跟你说清楚了吧？我走了，这辈子还能不能见面就说不准了。我知道，这几年因为我，你没少让你娘骂，我也知道那些难为我们家的主意，都是你娘出的，所以我不恨你，从来没恨过……我们打小一起长大，走到今天都是缘分。你就对我好，我心里明白，其实，我一直是拿你当哥哥待的。希望你以后找个好女人，好好过日子！"

赵大橹低声吼道："不，香月，除了你我谁也不要！"

赵香月咬紧牙关："可是，我就要跟海猫走了，我们这辈子不可能了，这事儿你也别恨我，就这样吧……"

赵香月说着转过身来，却傻了，她发现巷子里早就没了海猫的身影。赵香月惊愕不已。赵大橹告诉她海猫早走了。说着，他便把赵香月扛到小巷的拐弯处，摁在了黄包车上，用绳子捆住，拉车离开。躲在一旁的海猫长长地松了一口气，脸上出现了一丝别样的神情。

海猫在另一小巷与王大壮碰了头。他见面就问："怎么样？找到泥鳅了吗？"

王大壮回答说："找到了，真让你说着了，这小子贪财好色，我是在妓院找着他的。听大茶壶说有人要给他送钱，高兴得屁颠屁颠的就答应了！"

海猫笑了笑："约在哪儿见面了？地方安全吗？"

"放心吧，排长，万无一失。"

说话之间，王大壮带海猫来到茶楼的一个单间。一进门，王大壮就向泥鳅介绍海猫说："泥鳅队长，他就是我们老板，大名海猫。"

泥鳅吓了一跳，伸手就从腰里掏枪。海猫一步跨上来，"啪"地按住了他的手。

泥鳅惊魂未定："你……你是哪个海猫？"

"天下还有第二个人，能叫这么奇怪的名字吗？"

"我看着你面熟。"

海猫看着泥鳅："能不熟吗？当年要不是泥鳅队长网开一面，我哪能活到今天啊？"

泥鳅吃惊地说："真的是你？掉进那么深的海水，你居然能活？"

海猫笑了："这么巧，我就活了！"

"前两天在县城里杀皇军的……"

海猫气愤地打断泥鳅："不是皇军，是鬼子！我杀了三个，还留下名姓，戴着猫脸的那个海猫就是我。后来扔手榴弹又炸死俩鬼子的，就是带你来的这个人，我们应该是老相识了吧？"

泥鳅渐渐软下来："是啊，是老相识了。当年我也算放了你一马，说是救你一命也不为过，你可别恩将仇报啊！你说，你找我来有什么事儿？"

海猫说明来意，说想见见今天抓的人。泥鳅连连摇头拒绝。海猫拿他救了这个共产党人威胁他，他迫不得已答应。

夜色仍然笼罩在吴家大院，派出去追海猫的人一个个垂头丧气地赶回来，脸阴得比夜色都黑。自从救了吴家一族，吴乾坤一改对海猫的看法，甚至有点佩服他，也觉得吴若云嫁给他也是一个不错的选择。但吴管家再次提醒，海猫母亲是赵玉梅，他的舅舅就是赵洪胜；父亲是穷鬼吴明义。这话让吴乾坤心里一惊。

心里一惊的还有吴乾坤同父异母的兄弟吴江海。当泥鳅告诉吴江海海猫就是谋杀皇军的那个海猫时，吴江海也震惊了。泥鳅又把当年共产党胁迫他救海猫的事也一并告诉了吴江海，吴江海不但没有怪罪泥鳅，还把泥鳅当作他的接班人。吴江海最后决定让海猫见那个同伙。

海猫早就想到了这一点，但没想这一点里有诈。在海阳的秘密据点，王大壮催促海猫赶紧去，说泥鳅在监狱门口等着呢。海猫深信不疑，便和王大壮脚步匆忙地走在黑夜沉沉的街道上。走着走着，一个拎着筐的老人突然摔倒在他们的身前。两人不约而同地上前搀扶，透过老人的一头长发，海猫看清了老斧头那张写满有话要说的脸。在日本巡逻兵的注视下，他们扶着老斧头回到秘密据点。一进门，老斧头就告诉他们吴江海早已布好埋伏，就等海猫入瓮了。海猫决定除掉泥鳅这个恶贯满盈的汉奸，并从赵洪胜入手，去见监狱里的同志。

朝阳已怯怯地升起，东方露出了鱼肚白。不说吴江海的阴谋落空，也不听他大骂泥鳅八辈祖宗的脏话，单说赵洪胜听了海猫的一席话，辗转反侧一整夜，觉得兔子还是不吃窝边草的好，虎头湾他惹不起还躲得起。心里拿定主意，赵洪胜一大清早便来到麻生少佐指挥部。

麻生少佐一见赵洪胜的面，开口就问："赵县长，我听吴桑说，发生在虎头湾的事情里边还有蹊跷。除了海盗，背后还有真凶？"

赵洪胜顺杆就爬："有！我赵洪胜虽然跟海盗有仇，可是冤有头债有主，他们为什么不对我开枪啊？想来想去我就想明白了，我们这里闹赤匪闹了很多年了，现在那些赤匪变成了八路军，听说专门跟你们日本人作对，我想海盗后面的真凶可能就是八路军。所以麻生少佐要剿海盗，替我儿子报仇我支持，但是，一旦海盗跟八路勾结在一起，那就不好对付了。"

"赵县长说得对。共产党、八路是我们最大的敌人！既然海盗跟他们有勾结，那就发兵虎头湾，统统清剿！"

赵洪胜摇头说："太君，中国人有两句俗话，'打蛇打七寸'，'擒贼先擒王'。您可不能茄子葫芦一锅烩啊！"

麻生少佐不解："你的，什么意思？"

"虎头湾是穷山恶水之地，不用说那里藏不住八路，就是藏还能藏得住几个？八路主要在城里，先把城里的清剿了再说。"早就躲在屏风后的吴江海听了，眨巴着双眼，不知赵洪胜葫芦里卖的是什么药，刚想继续听下去，不料被门外的一声"报告"打断。

喊报告的是麻生少佐新派给赵洪胜的秘书，他递给赵洪胜一张名片说："赵县长，外边来了一个客人要见见您，他是我们大日本帝国的人，这是名片。"

赵洪胜接过名片，见上面写着日本字，便知趣地交给麻生少佐："太君，这上面写着贵国的文字。鄙人不识日文，请您代劳好吗？"

麻生少佐接过名片念道："大日本帝国驻青岛特别商务代表……好的，和我们交朋友的好！大大的好，你去吧！"赵洪胜点头哈腰，连连称是，像条狗似的跟在秘书身后退出。

吴江海装了一肚子问号，腔跟腔地追到赵洪胜的办公室，进门就嚷："我的县长大老爷，你怎么了？昨天咱不是说好去虎头湾的吗，你怎么说变卦就变卦？你不是最恨吴乾坤吗，借此机会你不斩草除根，那就是养虎为患啊！"

赵洪胜被一张日本人的名片打足了气，脸一板："哼，本是同根生，相煎何太急？吴乾坤是你的亲哥哥，你这么迫不及待地想对他下手，看来你们吴家的老祖宗可是真不积德呀！"

吴江海气急败坏："你……不是，赵县长，你别说这种风凉话行不行？吴乾坤恨我恨得牙根都痒痒，咱俩不借日本人的力量把他给宰了，将来死的不光是我，还有你赵洪胜啊！"

赵洪胜一拍桌子："岂有此理！我赵洪胜好歹是一县之长，该做什么怎么做，用得着你教啦？你真混蛋，给我滚出去，我要见客！"

灰溜溜的吴江海退出门来，正好和赵洪胜的秘书引着的一个穿大衣戴礼帽的人打了个照面。这人就是化了装的海猫，他摆出一副高傲的姿态，大踏步地跟吴江海擦肩而过。望着海猫走进赵洪胜办公室的后身，吴江海心里直犯嘀咕，突然觉得这人有点面熟。但刚刚挨了赵洪胜的训斥，又不敢妄加猜疑。

海猫一进赵洪胜的办公室，就用日语劝秘书回避。秘书离开后，海猫转身便叽里呱啦对赵洪胜说了一堆日本话。赵洪胜已经认出了海猫，但他不知道他会说日语："我早就认出你来了。别装了，你说的什么呢？"

海猫笑笑："日本话，我刚才说，我是大日本帝国驻青岛的商务代表，生于显赫的家族，连小鬼子的天皇都得给我面子。"

赵洪胜嗤之以鼻："你一个叫花子，还学会了说日本话？"

海猫说："是，我曾经是个叫花子，要了二十年的饭。可是我已经告诉你了，我参加了共产党八路军的队伍，所以，海猫今非昔比，说几句日本话，对我来说算不了什么！"

赵洪胜懒得理他："反正我也听不懂日本话，你就糊弄我吧！我希望你以后不要到我这儿来。万一你糊弄不过去露了馅，你害了自己不说，你还要害了我呀！"

海猫表明来意，说想让赵洪胜带他去监狱里见一个同志。听了之后，赵洪胜气愤地说："去监狱？我身为一县之长，我去监狱干什么？你快走吧，再不走，我可没法保你活命。"

海猫笑了："我看见你那几个岗哨了，想留住我的命？没这么容易吧。我警告你，赵洪胜，我们共产党无所不能！"赵洪胜又在海猫的眼里看到了那种威逼，情不自禁地耷拉下了脑袋。海猫接着说道："赵洪胜，我已经说了，我要去监狱里见一个人，你必须帮我。不然我就去找那个麻生少佐自首。我就说，我海猫是共产党人，亲手杀了好几个日本鬼子，还留下了名姓。本人就是汉奸县长赵洪胜的亲外甥！"赵洪胜无奈，只好打起神情，带着海猫来到监狱。

然而，他们前脚出门，吴江海和泥鳅后脚就赶了进来。原来吴江海回到自己的办公室，嘀咕来嘀咕去，突然就想起了那人海猫，于是他叫上泥鳅，进门就找赵洪胜。那秘书告诉吴江海县长陪大日本帝国的贵客到监狱去了。吴江海一听，对泥鳅说声"坏了"，便双双拔出枪，直奔监狱。

在监狱门外望风的老斧头，远远发现吴江海和泥鳅发疯似的跑来。凭着多年的经验，他二话不说，转身冲进监狱走廊，大声咳嗽着，向正与那年轻的八路军战士交谈的海猫递了一个眼神。海猫便明白了怎么回事儿，匆匆告别那名战士。

这时，赵洪胜还在监狱走廊溜达，吴江海带着泥鳅冲进来，劈头盖脸地嚷道：

"赵洪胜，你怎么跑到监狱里来了？"

赵洪胜呵斥："放肆！我是县长，我哪儿不能来？"

"好哇！不见棺材不落泪。算你硬，等我抓到了共产党海猫，咱到麻生太君那儿三头对质！"吴江海说着，招呼泥鳅一头闯进审讯室。这时，审讯室里的海猫已了无踪迹，只有那遍体鳞伤的战士被吊在半空中。赵洪胜不放心也随之走进来，见此情景，心里不禁暗暗松了一口气。

吴江海扭头大叫："赵县长，海猫呢？"

赵洪胜奸笑道："我怎么知道？哪儿来的什么海猫！"

吴江海怒道："你……赵洪胜，你可别忘了啊，我是认识他的。今天在你门外我看得一清二楚，那个人就是海猫，他粘了胡子，当时我没认出来！"

"什么乱七八糟的，我听不懂你说什么！是，我刚才是带了一个人来过，可是你知道吗？麻生少佐亲口给我读了他的名片，他是大日本帝国驻青岛的商务代表，我，一个小小的海阳县长，我得罪得起他吗？"赵洪胜说完拂袖而去。

吴江海愤恨不已，他冲到吊在半空中的战士跟前，想把火发在他的身上，却又忽然忍住了："兄弟，受苦了吧？日本人下手黑着呢，我跟他们不一样，我不是日本人，我是中国人。咱们都是中国人，我说，刚才那个姓赵的县长带来的那个人，是不是你同伙，是不是叫海猫？"

那战士的目光显得很温柔，还有些笑意，他静静地看着吴江海。吴江海一时得意："我跟你说，我叫吴江海，我是侦缉队大队长。我在日本人面前有面子，你只要当着日本人的面，指认那个姓赵的县长带着你们共产党的同伙海猫来这儿见过你，我保你活命！我不光保你活命，我还让你到我侦缉队来当差，一个月我最少让你挣十块现大洋！"那战士的笑容更加灿烂，他运足了气力，狠狠地将一口吐沫吐在了吴江海的脸上。吴江海气得双脚直跳："泥鳅，宰了他，给我宰了他！"

泥鳅从腰间掏出匕首来，"噗"的一声扎进他的胸膛。

第三十章

泥鳅在海阳县城的笑霖酒馆喝酒喝高了，一步三晃地来到大街上，七八个也喝高了的侦缉队员，众星捧月似的围着他，异口同声地嚷叫说，英雄自有英雄胆，一刀就要了那个八路的命，而且脸不变色手不颤，将来必定成大事！已经换了行头的王大壮，紧紧跟在这些醉鬼们的身后，他双眼饱含泪水，瞅个空当冲到泥鳅跟前，当胸就是一刀，泥鳅便一摊烂泥似的萎在地上，一命归西。还没等那些侦缉队员们反应过来，王大壮早已消失在深深的夜幕之中了。

麻生少佐闻听泥鳅被杀，拍着桌子训斥吴江海。吴江海指出凶手是那个"杀人者海猫"的海猫。还栽赃赵洪胜，说是他将海猫弄到海阳县城，也是他将海猫带到监狱，见那个共产党的。麻生少佐疑惑，便派人叫来赵洪胜对质。

赵洪胜早有准备，他从上衣口袋掏一张名片，双手递给麻生少佐说："我是带人去过监狱，但不是海猫！这是那个人的名片，上面写得全是贵国的字，太君曾亲自念给我听的。他说他是驻青岛的商务代表，还说连你们的天皇陛下，都非常尊敬他的家族。请问他让我带他去监狱看看，我该怎么办？"麻生少佐看着手里印着日文的名片，哑口无言。

吴江海见此路不通，又告诉麻生少佐海猫是赵洪胜的亲外甥。赵洪胜忙说："没有的事儿。几年前有一个叫海猫的，突然来了虎头湾，不知道是受了何人的指使，居然冒充我妹妹的儿子，我妹妹从未出阁，而且一直有疯病，就是因为这个海猫对她叫了一声娘，无知的穷鬼就真的怀疑了我妹妹的清白，以为她跟人偷生下了那个孩子，结果我妹妹被活活地逼死了。吴江海，请问这件事情的主谋应该是你们吴家人没错吧？"

吴江海一愣："我离开虎头湾多年，你们两家那些事儿，我什么都不清楚！"

赵洪胜以守为攻："不清楚？哼，先前那个叫海猫的人，被众人当作孽障沉了海，可是没过两天，你这个时任保安队队长吴江海，马上就带他回了虎头湾，还说要为他做主申冤,这么多事儿难道你都忘了吗？"吴江海头冒冷汗，百口莫辩。

赵洪胜紧逼不舍："还有呢，麻生太君您有所不知，三年前也是吴队长，他查明那个孽障不是什么海猫，而是共产党。于是就判了死刑，在虎头湾的海神庙前当众执行。虎头湾几千号人，都亲眼看见他的部下，对了，就是那个刚刚被杀的泥鳅，亲手对海猫执行了死刑，一枪正中胸口，当时就坠沉大海。可是没想到，三年后那个叫海猫的又活着回来了，虎头湾所有人都心知肚明，是吴队长有意做假，放了他一条生路。如果这个谋杀泥鳅和皇军的人，真是当年的那个海猫，那麻生少佐想要找到他，就只能跟吴队长要人了。"

吴江海词穷了："我……赵洪胜，算你会说，我说不过你……"

赵洪胜喝道："吴江海！我乃堂堂一县之长，你竟敢直呼我的名字，太放肆了！你别忘了，我提醒过你！请问麻生少佐，你们请我来，是真的让我当这一县之长，还是拿我当个傀儡呀？"

麻生少佐也乱了方寸："当然是要请您当县长的。"

赵洪胜余怒未消："那就请您管教一下吴江海，告诉他该怎么跟县长说话。"赵洪胜说罢，抖起胆子，拂袖而去。

吴江海一脸的无辜，可怜兮兮地看着麻生少佐："太君，麻生太君，我说的都是实情，我对皇军一片忠心啊！"

麻生少佐皱着眉头："可是照你说的，当年是赵洪胜和吴乾坤逼死了海猫的爹娘，那么他们应该是仇人。既然是仇人，赵洪胜是不可能帮海猫的！"

吴江海满腹委屈："谁知道这里边是怎么回事儿啊？按说他们俩本来是有仇的，可是这时候为什么又勾搭在一起了呢？"

麻生少佐思忖半晌："在没有查清真相之前，请不要怀疑赵洪胜。你有所不知，为了选择这个县长，我们费了很多脑筋。你们中国人实在是很奇怪，他们并不尊重有力量有计谋的人，而是尊重有德行的人。我们是按照你们中国人的标准，才选择了赵洪胜的。"

吴江海嘴一咧："他还有德行？笑话！实不相瞒，太君，虎头湾里都传来信儿了，大家都骂死他了，都说他是汉奸。"吴江海发现麻生少佐的脸色很难看，突然感到失言，他抽着自己的嘴巴："您看我这臭嘴，尽胡说八道了。"

麻生少佐鄙视吴江海："既然虎头湾的人都骂赵洪胜，更说明他是大日本帝国的朋友。如果他不来当这个县长，会有人骂他吗？还有，藤田大佐的朋友——你们中国人的赵保原将军，是赵县长的亲戚，他一再向我们保举赵洪胜。藤田大佐曾经对我说过，统治中国要靠中国人，统治胶东要靠胶东人。所以赵洪胜对我们很重要，你的明白？"

昆嵛山红军游击大队的营地，因为抗日战争全面爆发，已经今非昔比了。孤零零的几座帐篷被错落有致的砖房替代，这样就更像正规的军营了。海猫以最快的速度走来，他与一个个擦肩而过的八路军战士频频还礼，就像一个将军检阅自己的部队，举手投足，充满自豪。

海猫走进王天凯的住处，连句寒暄都没有，张嘴就向他汇报，那条被劫的船虽然有了线索，但却不知道下落。据那位冒险逃出来的八路军战士说，为了护送这条装满救护器材和药品的船安全抵达胶东野战医院，组织上专门成立了一个由二十三名战士组成的临时小分队，却没想到被一群女人一弹不发地给劫持了。按他的说法分析判断，这伙海盗绝不是聚龙岛上的海盗，她们的武器不是枪械，而是训练有素的大批毒蛇。船上所有的同志一被咬，立即就昏睡过去。那战士还回忆，当他们醒来的时候，整条船已经被人家拖到一个不知名的岛上了。分队长命令他们不要贸然反抗，试图与海盗头目谈判，但她死活不见。在整个护送分队，他的水性最好，蛇毒咬得也最轻，因此找个机会就跳了海。本想游上岸找组织汇报，没承想却被日本鬼子抓到了。

海猫想到那战士被敌人严刑拷打的样子，忍不住眼泪直流："政委，我们的那位八路军战士很顽强，宁死不屈，可惜他牺牲了。不过，血债血还，我已经同意王大壮同志刺杀凶手泥鳅，说不定我来的那天晚上他就动手了。"

王天凯沉声说："海猫同志，有革命就会有牺牲，我们要打倒一切侵略者和反动派，就必须踏着烈士的鲜血不断前进。现在我命令你，立即再回海阳，尽快想办法找到那条船的下落！"

海猫重振精神，连夜赶回海阳秘密据点。他把老斧头和王大壮找来，梳理着一条条线索，设想着一个个可能。

王大壮开玩笑说："排长，猫的鼻子最灵，既然你能闻到吴家大小姐和赵家赵香月的女人味儿，难道一大群女人的味儿你都闻不出来？"

"王大壮同志，亏你还是我师父呢！你就一点儿都不理解你徒弟是吧？你当着老斧头同志的面，一口一个女人……"

正在沉思的老斧头突然一拍脑瓜儿："等一等！女人，女海盗？不会是传说中的寡妇岛吧？"

海猫忙问："寡妇岛？还有传说？我怎么从来没听说过呢？"

"我也是在虎头湾那几年听说的。有人说是有那么一个村子，突然有一天，全村的男丁说要一起出海打鱼，他们还都把家里的男孩全带上了，说是有什么讲究，带着所有的男丁出海能打到大鱼，这样整个村子就发达了。结果一出海就再也没了音信，村子里的女人就想啊，没听说过有什么大风大浪，这咋全都不回来了呢？她们就摇船去找。一年、两年，找了好几年都没有找到。后来得到了消息，那些男人哪是出海打鱼了，而是带着儿子下了南洋了，把媳妇闺女全都扔在了老家。女人们一生气，也不再回村子了，就占了一个海岛，当了海盗。渐渐地，人们就把那个岛叫寡妇岛。"

海猫追问道："寡妇岛？有点意思！老斧头同志，你能不能告诉我，这个传说你在虎头湾是听谁说的？"

老斧头有些为难："这……也罢！我竹筒倒豆子——痛痛快快告诉你吧。虎头湾赵家，赵家有个寡妇，叫什么名字我也不知道，好像也没什么人知道。不过，她有个儿子，人高马大。我被抓来坐牢的那一年，应该有个十七八岁吧，如今算起来已经二十好几了，她儿子的名字叫大橹！"

"赵大橹？明白了，给您讲寡妇岛的是赵大橹他娘！得嘞，我去会会这位大婶，她应该会给我面子！不瞒您说，前两天我刚刚救了她儿子的命！"

海猫说罢，信心十足地上了路，不到半天就敲开了赵大橹家门。然而，一见大橹娘的面，他却被骂了个狗血喷头。

因为海猫刚刚救了自己和赵香月，赵大橹一时拉不下脸来："娘，打人不打脸，揭人不揭短，您这是干什么呀？"赵大橹说着，偷偷给海猫丢个眼神，示意他有事儿快说，没事儿快走。

海猫忙对大橹娘说："大婶，您别忙赶我走，我有个事儿想问问您呢！"

大橹娘没好气地说："有屁快放！"

海猫问她是否还记得老斧头。大橹娘立刻警觉起来，瞥了一眼赵大橹。赵大橹立刻又摇头又摆手，意思是说这件事与自己无关，他没和任何人提起过。

海猫没有察觉到这一细节，说："都说两座山难碰面，两个人常碰头，今天我就在城里碰见老斧头了，他跟我提起了您……"

大橹娘脸色陡变："你说什么？他还活着？他提起了我？"

"对呀！他不光提起您了，还说听您讲过海上有个岛叫寡妇岛，我就想跟您聊聊寡妇岛的事儿！大婶，那个岛在哪儿，上面到底住着些什么人？"

大橹娘突然抄起桌子上的一个破碗，猛地向海猫脑袋砸去。幸好海猫躲得及时，那个破碗摔在地上，"当啷"一声碎响。

海猫吓了一跳："大婶，有话好说，您这是干什么？"

大橹娘指着海猫，大声吼道："你个孽障，我平时不招灾不惹祸，你为什么寒碜我？是谁跟你说了闲话？老斧头死了多少年了，他还阴魂不散哪！今儿个让你拿着他来说道我，笑话我，我跟你拼了！"大橹娘说着，起身拿头向海猫撞去。赵大橹急忙将她拦腰抱住。

海猫告诉大橹娘老斧头真的没死，今天也不是笑话她的。他就想知道寡妇岛。大橹娘拒绝。海猫万般无奈，只好从赵大橹家退出来。他懊恼不已，拖着沉重的脚步在夜幕下徘徊。这时，赵大橹追出来。他拉着海猫来到一堵矮墙后，蹲下身来说："对不住了，我娘就这个脾气，一阵风一阵雨的，你别往心里去！"

海猫真诚地说："我说的都是真的，我跟你娘无冤无仇，我不可能编瞎话成心气她！再说，我也不知道我怎么笑话她了，总之我实在是对不住，让她老人家发了这么大的脾气，我实在没想到。"

赵大橹问："你说老斧头还活着是真的？是他跟你说我娘提过寡妇岛？"

"可是老斧头不知道寡妇岛到底是怎么回事儿。我这次来找你娘，就是想问清楚。我们有一条船，很可能是被寡妇岛给劫了。"

赵大橹双眼瞪着海猫："你想打听寡妇岛对吧？好，我告诉你。海上确实有这么个岛，上面住的全是女人，不过，她们到底是不是海盗我就不知道了。"

海猫喜出望外："真的有个寡妇岛？可是我之前为什么没有听说过？"

赵大橹告诉海猫，他两岁时，他爹出海就再也没回来。人们都说他爹遇了海难，可是他娘死活不信。于是趁黑夜自己绑了条筏子出了海。她在海上漂了一天一夜，大风把她刮到一个岛上。那个岛上全是女人，她们对她娘说，岛上的女人都跟她同病相怜，就让我留在那个岛上。但他娘放心不下他，就又趁黑夜跳了海。她在海上又漂了一天一夜，她以为自己在海里淹死了，没想到被浪头冲到虎头湾海神娘娘庙旁的岸上。

海猫听后推测这个岛应该离虎头湾不算很远。又问赵大橹他们平时出海打鱼，有没有遇到过她们。赵大橹说没有。

海阳县城老凤祥银楼第一代传人费汝明老掌柜喜欢热闹，他在楼前修整了一个宽阔偌大的广场，平日里不论有什么集会，也不管是扭秧歌还是斗秧歌，人们都愿在这里举行。其实这也是买卖人的精明，人气就是财气嘛！然而，眼下这里的财气却荡然无存。三个小队的日本兵和整整一个侦缉大队的人，就像煮饺子似的在这口广场的大锅里直扑腾。

麻生少佐对站在"锅沿"的吴江海说："吴桑，这次清剿聚龙岛海盗，由渡边中尉配合。希望你的侦缉队像一支真正的军队一样，冲锋在前！"

吴江海点头哈腰。麻生少佐又说："帝国海军支援的军舰，已经准备好了，希望你们抓紧时间出发，打海盗一个措手不及！"

渡边中尉和吴江海立正挺胸："是！"

这时，躲在围观人群中的王大壮转身就走。同时转身就走的还有一个全身渔民打扮的人。王大壮瞥了他一眼，也没在意，自顾自地跑起来。

王大壮一口气跑回秘密据点，正好海猫脚前脚后地跟进来。一见海猫，王大壮瞪着大眼就吼："你这一宿没回来，去哪儿了？"

海猫说："虎头湾，别忘了我海猫在虎头湾可是有个家的啊！"

王大壮不屑地说："不就是那个破捻匠铺嘛！"

"捻匠铺就捻匠铺，你还加一个破字损人，真是的！昨儿我在捻匠铺里想明白了好多事儿。请你马上帮我解决一条船，我还得再上趟聚龙岛！"王大壮直嚷嚷。海猫解释道："没办法，我想来想去，寡妇岛应该离虎头湾并不远，可是为什么没人知道呢？只有一个可能，就是因为它离聚龙岛很近，虎头湾的渔民出海打鱼有固定界线，为了避开聚龙岛，实际上也就避开了寡妇岛。但是，聚龙岛上的海盗却不能不知道吧？他们那么大的一股势力怕什么呀，哪儿不能去？哪儿又不敢去呢？我认为只要上了聚龙岛，再顺藤摸瓜，就不难找到寡妇岛……"

王大壮双脚直跳："我可告诉你，小日本和侦缉队在老凤祥银楼前可都集合好了。听说还有日本海军的军舰，他们马上就要去攻打聚龙岛了呀！"

海猫思忖片刻："正好，我去给黑鲨报个信，卖个人情！"

"你的船能快过小日本的军舰？"

海猫冲王大壮一笑："他们人多船大，行动迟缓。不是说船小好掉头吗？咱们到虎头湾找条船，马上下海直奔聚龙岛，半道上再弃船登岛，估计在时间上还来得及。"

王大壮大惊："什么？弃船登岛？你要跳海游过去呀？这大冷的天儿，你不要命了？"

海猫一想，也觉得浑身发冷："王大壮同志，不，我叫你声师父！师父，你要是心疼徒弟，就给我弄瓶白酒去，喝了暖和！哎呀，只能游过去了，要不然对不起教我游泳的师父，浪里白条白大队长啦！"

王大壮无奈，只好说他也去。谁知海猫拒绝，说因为王大壮在聚龙岛救走过人，恐怕他们不会让他活着回来。王大壮还想争取去，海猫起身就走，边走边说："我不听你磨叨，快点吧，我担心如果晚了，那黑鲨他们可要吃大亏啦！"

其实，海猫的担心是多余的。都说"狡兔三窟，贼有飞计"，海盗即是海上的贼。自从在虎头湾枪杀赵洪胜的三儿子和日军小班长以后，黑鲨就一直派人盯着敌人的动静。为防反扑寻仇，黑鲨和军师荣六早已定下脱身之计。

王大壮在老凤祥银楼前看到的那个全身渔民打扮的人就是他们派出的眼线，这人不是吃干饭的主儿，他转身来到海边的礁石丛，立即点燃了事先准备好的一堆狼粪。狼烟袅袅，很快就飘进了黑鲨的望远镜。

站在聚龙岛大殿门后的黑鲨放下望远镜，回头问身边的荣六儿："六儿，狗日的小日本果然要攻打我聚龙岛了，问问弟兄们，都准备好了吗？"

荣六儿说没问题，兄弟们随时准备撤出聚龙岛。

黑鲨环视聚龙岛："哎呀，老子在这里苦心经营了这么多年。这说走就走，心里还真有点舍不得呢！"荣六儿点头。

黑鲨问："怎么？荣六儿，你后悔啦？我可不后悔，那天都怪你，要不是你着急催着走，我真想多干死几个鬼子！"

"行了大哥，本来说好只要赵洪胜和吴乾坤的脑袋的，可您临时改了主意，竟跟日本人干上了。您还非得站起来，让别人看见你不可，弄得日本人把咱们聚龙岛看成眼中钉肉中刺了！兄弟们都议论，说您这么做不值！"

黑鲨豪爽地说："值不值得都干了，这世上有卖后悔药的？"

荣六儿无奈，随即问："大哥，您一直保着密，咱离开聚龙岛去哪儿？"

黑鲨给了他一个眼神："你是军师，你说呢？"荣六儿摇头。黑鲨笑笑："还能去哪儿啊？只能去投靠咱们的'邻居'了。"

荣六儿胳膊弯曲着，比画了一个蛇的动作："您是说……那姑奶奶脾气可是厉害呀，万一不让咱们上岛呢？"

黑鲨自负地说："不能，她不就是脾气大嘛！我之前确实也得罪过她。这回我诚心诚意告诉她，我黑鲨上岛就是为了给她磕头赔罪的，她指定高兴。"

荣六儿乐得合不拢嘴："要是那样，兄弟们可就美了。"

"什么意思？"

"大哥，您不是不知道，咱们岛上全是些傻老爷们，她们岛上全是那如花似玉的大姑娘，两个瓢扣在一起就是个葫芦，这不正好嘛！你娶了姑奶奶，兄弟们自然也都有了媳妇了，那以后也省得别人管她们蛇岛叫寡妇岛了！"

黑鲨脸一板："别胡说八道，这玩笑不能瞎开，当心人家放蛇把弟兄们全都咬死！还有，上次海猫来，说他们丢了一条船，既然不是咱们劫的，我想八成这条船在蛇岛。那姑奶奶最不愿意让人说她是海盗，也是，她好几年都干不上一桩买卖，也算不上什么海盗，所以咱们的人千万不要提这条船的事儿，别让她误会了，以为咱们知道她劫了船得了油水，要去分她一杯羹呢！"荣六儿点点头。黑鲨又吩咐道："狼烟都飘了好一会儿了，招呼弟兄们麻利地撤！"

荣六儿说："大哥，您带着兄弟们先撤，我带一条小船断后。"

黑鲨两个手指便插在嘴里，打一个响亮的口哨，像出笼的鸽子，"扑棱棱"飞到山下海滩。

山下海滩，海猫浑身湿淋淋地爬行着。因为天冷，他喝光身上带来的最后几口酒，仍然上牙磕下牙，"咯咯"直响。

突然，海猫发现荣六儿带着几个喽啰走来，边走边嚷嚷："殿里殿外，该毁的毁，该砸的砸。既然撤退，就不能留下任何蛛丝马迹，你们都做到了吗？"

喽啰们异口同声说："放心吧，六哥，一二三五六——没四（事）！"海猫一听，急忙连滚带爬地把自己藏起来。他见荣六儿带喽啰们走到海边，解开缆绳上了船，便急中生智，又一头扎进海里。荣六儿的船在水里打了个旋儿，很快驶离海岸。船后，一条缆绳垂下来拖到海里，却被一只手抓住，渐行渐远。抓住缆绳的正是海猫，他太累了，只好借了这条船的东风。

这时，日本海军的军舰满载他们自己的三个小队和侦缉大队的所有人，吵吵嚷嚷地停在了聚龙岛百米之外的深水之中，然后又乱哄哄地从军舰上放下几条小筏子，接着下了军舰上小筏子，又是好一阵子折腾，这才乌龟似的登上岛来。

渡边中尉和吴江海率领队伍小心翼翼，好不容易摸到聚龙岛大殿，却不见一个人影。吴江海大叫："准是海盗狡猾，知道太君要来剿灭他们，全给吓跑了。"

渡边中尉脸色蜡黄，头直摇："大日本帝国又派军舰，又派兵，满城风雨，尽人皆知，这个样子是不可以的，绝对不可以这个样子！"

渡边中尉话中有话，吴江海深谙其意，他立马大喊："来呀，给我搜，我就不信海盗没留下什么蛛丝马迹，就算是挖地三尺也得给我找着！渡边太君要将他们全部歼灭。他们跑了，那绝对不可以，绝对不可以！"

渡边中尉命令吴江海："开枪，统统地开枪！"

吴江海心领神会："是，开枪，统统地开枪！"吴江海说着，自己首先开枪，接着一撅腚，带领他的侦缉队冲在了最前面。三个分队的小鬼子还没弄明白是咋回事儿，一听枪声，也漫无边际地打起枪来，刹那间"劈里啪啦"，枪声不断，直打得聚龙岛天昏地暗。

枪声中，渡边中尉对吴江海说："吴桑，既然海盗是逃走的，就绝不会给我们留下任何线索。但是，枪声能证明我们的一切！我会在写给藤田大佐的报告中说，我们乘坐帝国的军舰攻上了聚龙岛，一举全歼了这里的海盗。你的，明白？"

吴江海一脸的谄媚："明白！我的明白！您放心，我手下这些兄弟的嘴全是我的嘴。全歼海盗！全歼海盗！"

渡边中尉点点头，拍了拍吴江海的肩头，狡猾地笑了。

第三十一章

蛇岛并非因为其状如蛇，才得其称谓的。而是因为这个岛上有成千上万条毒蛇繁衍生息，最终成了名副其实的蛇岛。只是蛇岛又名寡妇岛名存实亡，因为岛上虽有几十上百号的女人，却不尽是寡妇，还有许多年轻貌美的姑娘哩！

荣六儿的船靠上蛇岛时，岸边已经停泊了很多条大小船只。前来接应的荣七一见荣六的面，便指着在蛇岛周围站岗的诸多年轻女子说："大哥，咱以前光说蛇岛是寡妇岛，我还以为都是好几十岁的寡妇老娘儿们呢！敢情这么多如花似玉的姑娘，真喜煞个人啦！"

荣六告诫弟弟，注意自己的嘴，小心被毒蛇咬。荣七好像没听到似的，一脸的色相，说："咱大哥不是跟这儿的大当家竹叶青有点儿意思吗？正好他俩拜堂成亲，我也找个俊的入洞房！咱俩岛合一岛，多美的事啊！"

荣六再次压低声音警告荣七。荣六既恨自己的亲弟弟不争气,又拿他没办法。说着便向或站或坐的一堆海盗走去。趁此机会,海猫偷偷从船后浅水又回头扎进深水。

黑鲨站在大殿之内,四五个海盗骨干跟在他身旁。大殿的各个角落里,都站着蛇岛上年轻貌美的女人,她们个个冷若冰霜。

荣七带荣六一进山寨大门,黑鲨便对一位看似小头目的女人抱拳说:"大姐,我聚龙岛上的兄弟全都到齐了。请通报大当家的,这会儿该见我了吧?"被黑鲨称为大姐的女子也不说话,扭身向山寨帐后走去。不一会儿,她带另外两位女子搬着一把椅子来到了大厅之中,摆在黑鲨面前。

黑鲨笑了:"这是什么意思啊?"

"赏你把椅子坐坐!"说话的是一个身材姣好,貌若天仙,打扮很特别的女子。她正是蛇岛大当家的竹叶青。竹叶青从帐后来到帐前,指着黑鲨面前的椅子说:"你坐,这是我们蛇岛的待客之道!"

屁股刚刚沾上椅子的黑鲨,"腾"地站了起来,双手抱拳道:"大当家的,这一晃,咱俩有四五年没见了吧?"

竹叶青不冷不热地答道:"五年。"

黑鲨笑道:"还是我竹叶青妹子的记性好。对,五年,没错,整五年!"

竹叶青脸一沉:"谁是你妹子?竹叶青的名字是你随便叫的吗?"

荣七抢话说:"哎,我说,我们黑鲨大哥,可是号人物!你是谁啊?有什么了不起的?你对我们大哥不客气,可别怪我们聚龙岛不客气!"

竹叶青凤眼一瞪:"你们聚龙岛的不客气什么样?你拿出来亮亮!"

荣七伸手撸胳膊,刚要冲上前来,却被黑鲨喝退:"七儿,我跟大当家的说话,有你插话的份吗?快滚!"荣七见黑鲨一脸的怒气,便连忙往后退了一步。

黑鲨又对竹叶青抱拳说:"大当家的,这个兄弟没管教好,您别跟他生气!"

竹叶青没理黑鲨,转头对身边的中年女子说:"姑姑,他们来了多少人?"

那姑姑回答说:"连这个黑鲨在内,一共七十七。"

竹叶青说:"呵,这是倾巢出动啊?黑鲨,你想干什么?嫌你的聚龙岛种地不长粮食,打鱼没有鱼,不想要了,来抢我们蛇岛是不是?"

黑鲨忙说:"哪儿的话,大当家的,我黑鲨得罪人了,聚龙岛住不了了,万般无奈才来投奔您。您妹子心够细的,把我的家底儿查得一清二楚啊!没错,我们聚龙岛加上我一共七十七号人,人是多了点儿,还都是大老爷们儿,能吃能喝的。不过,我们不能在您这儿白吃白住,您请看——"

黑鲨对身边的几个海盗挥挥手,一个装满现大洋的盒子打开来。黑鲨有点得意地说道："大当家的，实不相瞒，我们聚龙岛上还有点存货，粮食我可没少带，够我们几十条汉子吃上个把月的了。这还有这些现大洋，权当是见面礼，请大当家的笑纳！"

山寨内的气氛似乎缓和起来，然而山寨外却仍然剑拔弩张。竹叶青的手下不远不近地盯着聚龙岛的海盗们，脸上充满了警觉。这时，海猫从山寨后的深水里偷偷爬上岸，浑身打着哆嗦，悄然钻进了山寨的夹墙，又顺着夹墙攀上了房梁。这地儿比冰冷的海水暖和多了，海猫身体蜷缩着，咬着牙，屏住呼吸，尽量让自己不发出丝毫声响。他从空中俯瞰着黑鲨和竹叶青。

竹叶青突然大笑："哈哈，得罪了人？这些年你黑鲨得罪的人还少吗？多少人想端你的老窝，要你黑鲨的命，可你不都是安安稳稳地在那儿住着吗？算了吧，黑鲨，你少找借口，我是不会上你的当的！别看你们好几十个大老爷们手里都有枪，可是我们蛇岛上的姑娘们不怕你！"

黑鲨说："我知道，大当家的厉害我领教过。您听我说，我真的得罪人了，这回得罪的可不是一般有钱有势有枪有炮的主儿，我得罪的是小鬼子！"

因为竹叶青几乎常年与世隔绝，所以她没听说过"小鬼子"这个词儿，不禁愣道："小鬼子是什么东西？是人吗？"

黑鲨解释道："噢，小鬼子就是日本鬼子，日本人！"

竹叶青又说："日本人？小时候我倒是听说过，他们不是在很远很远的一个岛子上住吗？"

黑鲨告诉竹叶青，日本确实也有自己的岛，但是他们偏不好生待着，偏要进咱们中国。占了东北，还占了热河，去年他们又找个借口，跟咱们中国人开了火，现在胶东也被占去了。

竹叶青皱了皱眉："就算他们那个岛子大，能有多少人，占得了半个中国？"

"要说还真是这么回事。说我是海盗，嘿嘿，小鬼子就是比我还凶，人比我还多的海盗！我呀，有吃有喝的时候，绝不让兄弟们出来劫船！他们倒好，见啥抢啥，见男人就杀，见女人就祸害。要不然，咋能管他们叫鬼子呢？"

竹叶青愤然说："听你这一说，日本鬼子真不是人，连猪狗都不如！黑鲨，你真是因为得罪了日本鬼子，才来投奔我的？"

黑鲨央求道："大当家的，咱们虽然五年没见了，可也有十来年的交情啊！您说良心话，我啥时候骗过您啊？这么些年了，为啥你们岛上这么消停？还不是因为有我聚龙岛在前边给您挡着？所以，人们只要提起海盗，只知道聚龙岛上有我黑鲨，哪知道蛇岛上有您竹叶青啊！大当家的，我好歹也算是帮你背了这些年的罪名，现在落了难，将心比心您也得救我一回吧？"

房梁上的海猫听得入了神，被海水浸湿的衣服也不争气，偏偏这时落了泪，晶莹的泪珠滴下去，令竹叶青的眉峰轻轻抖动。

黑鲨见竹叶青眉峰抖动，还认为她被自己说动了："咋样？大当家的，给个痛快话儿吧，我的兄弟们还都饿着呢，给做顿热乎饭吃呗。"

黑鲨的话音还没落，竹叶青手一扬，一颗石子便从她的衣袖"嗖"的一声飞出去。石子正中抓在房梁上的一只手腕，海猫"哎哟"一声，从房梁上一头栽下来。

竹叶青怒喝："拖出去，剁了喂鱼！"那姑姑和女海盗们应声上前，拖起海猫就走。

海猫只得将目光投向黑鲨："大哥，救命啊！"

竹叶青扭头问黑鲨："什么？他是你的兄弟？"

黑鲨回答道："大当家的，要说是也行……"

没等黑鲨说完，竹叶青便喝道："好你个黑鲨，口口声声说自己前来投奔，却让你的兄弟暗中埋伏。你说，你是何居心？"黑鲨顿时懵了，张口结舌。竹叶青大怒："你想抢我蛇岛，直接动手不就完了，还编出什么日本鬼子的谎话来？哼！你以为我们岛上没有男人就好欺负了？你还埋伏了多少兄弟，让他们赶快现身吧，咱们今天就拼个你死我活！"

荣六挺身向前，急忙抢过黑鲨的话头说："蛇岛大当家的，您误会了，这个人可不是我们聚龙岛上的兄弟。"

竹叶青扭头又问黑鲨："你又撒谎是不是？"

黑鲨有些尴尬，但他真不想让海猫就这么不明不白地死了："大当家的，您听我解释……"

荣六掏出枪来，枪口对准海猫，说："大哥，还有啥好解释的？我毙了这小子，咱们的心意大当家的不就全明白了吗？"

荣六刚要扣动扳机，竹叶青又一抖手，荣六一声大叫，只见一条碧绿的小青蛇正缠绕在他的手脖子上。

黑鲨连忙大喊："六儿，别动！"荣六双眼紧闭，一动也不敢动。黑鲨再次抱拳："大当家的，快饶他一命吧！"

竹叶青一挥手，押着海猫的一名女子，抓住青蛇抛给竹叶青。竹叶青伸手一比画，那条青蛇就钻进了她的袖口。

荣六吓得一身大汗。黑鲨立眉瞪眼："六儿，还不谢谢大当家的不杀之恩？"

荣六不得不抱拳道："多谢大当家的不杀之恩。"

"哼！这是在我的岛上，就算要杀人也轮不到你！"竹叶青训完荣六，又转头对海猫说，"你说，你是不是聚龙岛上的？"

海猫摇头："不是，刚才那位小哥说的没错，我真的不是聚龙岛上的。如果因为我您误会了我黑鲨大哥那就不对了。"

"既然不是聚龙岛上的，你为什么管他叫大哥？"

"说来话长，我曾经落了难，上过聚龙岛，我跟黑鲨拜过把子……"海猫两边都要讨好，又转头对黑鲨说，"是吧？大哥？我这么说没错吧？"

黑鲨只好点头。竹叶青又问："那我问你，你到我蛇岛来，是不是帮黑鲨打策应？"

海猫忙说："不是，绝对不是！是我自己要来的，我大哥可不知道！"

竹叶青笑了："哼哼！自己来的，算你运气好赶上了这个季节。要是天暖和点儿，你私闯蛇岛，我不相信你能活着爬上山寨的房梁！"

黑鲨低声问道："海猫，你怎么来了？"

海猫告诉黑鲨他是来通风报信的，谁知晚了一步，刚好赶上最后一条船，他便拽着船后的缆绳，稀里糊涂跟到了这儿。荣六这才发现海猫一身是水，不禁惊问："你拽着我船后的缆绳？哎呀，不可思议，难道你一直泡在冰冷的海水里？"

海猫连忙点头："可不，真把我冻坏了！黑鲨大哥，这就是传说中的寡妇岛吧？我看你跟这大当家的有交情，您跟她说说，给我熬锅热汤……"

黑鲨脸色陡变，还没来得及制止海猫，竹叶青便气得一脚踢翻了他的椅子："我告诉你黑鲨，这个人得死，无论如何得死，而且死法没得选。你要不想让我跟你翻脸，你就别求情，不然别怪我不客气！"

黑鲨对海猫吼道："你呀你，你胡说八道些什么呀！你从哪儿听了这么个难听的名字啊？这么漂亮的岛能叫那个名吗？这里叫蛇岛！"

海猫立即明白了"寡妇岛"三个字是竹叶青的忌讳，忙赔笑说："对不住，大当家的，不知者不怪。您看您这么年轻漂亮，咱们这个岛也漂亮，都怪我耳朵长，听了这么个难听的名，您可千万别动气呀！你没听大哥叫我名字吗？我叫海猫，猫和蛇是朋友啊，我上了蛇岛就等于来朋友家做客啊……"

竹叶青怒气未消："哼！谁跟你是朋友？只听说过龙虎斗，没听说猫和蛇是朋友，更何况你犯了我蛇岛的大忌，押下去！"

海猫还想争辩，却被两个年轻的女海盗押起来就走。

海猫只得向黑鲨求救。黑鲨一时动了恻隐之心，他走近竹叶青，刚想张嘴求情，就被竹叶青一句话噎了回来："你要给他求情就滚回你的聚龙岛！"竹叶青说罢，一甩袖子，扬长而去。

离蛇岛山寨不远，有一个用碎石砌成的石屋，屋中间生着一堆火。火苗跳，海猫的心也跳。因为他发现自己被四周的毒蛇包围起来，不由得惊慌失措，心里暗暗叫苦："我的天老爷，这屋里点着火，弄得这么暖和，原来是怕毒蛇冬眠呀！好有心计，好狠毒的女人，你这是要拿我喂蛇呀！"海猫叫苦不迭，突然想起荣六被毒蛇缠绕手脖子的一刹那，是黑鲨让他不要动才幸免于难的。于是，海猫只得原地打坐，动也不动地闭上了眼睛，嘴里嘟嘟囔囔说个不停。

闭上眼睛的海猫最终没有遭到毒蛇的袭击，而睁着双眼的黑鲨却遭到了竹叶青的戏谑。那是吃过蛇岛海盗送来的饭菜之后，黑鲨想起海猫刚刚说过，他是报信的。天这么冷，水那么凉，把小命丢了都不顾，这是多大的情分啊！想到这里，黑鲨对那姑姑说："你去转告竹叶青，她要是敢杀了我那兄弟，我黑鲨就跟她拼了。"

那姑姑冷笑道："哼！我侄女早就料到你会这么说。她让我告诉你，想拼命随便，反正饭里边下了毒，她要是不赏解药，你们聚龙岛来的人谁也别想活！"话音一落，黑鲨和所有聚龙岛的海盗嗷嗷乱叫，有的吐，有的呕，霎时炸了营。那姑姑仍然声声冷笑："怕了吧？怕了就少管闲事，特别是你这个傻子！"那姑姑说着，对黑鲨投一眼友善的目光，转身走了。

黑鲨一拍脑袋瓜儿："奶奶的，一句话就把咱吓唬得半死。"

荣七没听懂："啊？大哥，您……您说这话是啥意思呀？"

黑鲨一笑："没意思！吃你的吧。人家是拿话吓唬咱呢！"

一群老爷们被一个女人吓唬了，大家都觉得很没面子。黑鲨面朝石屋喃喃自语："海猫兄弟，大哥对不住你啊。你也真够傻了，这大冷的天儿，把自己投进海里，拼死拼活地跟着来这儿干什么？"

黑鲨正自我解嘲，竹叶青飘也似的来到他面前说："黑鲨，走，跟我去看看你的那个兄弟，估计这会儿应该被我的小青们咬死了。"

黑鲨嘴里嘟囔："我不去，最毒莫过女人心……"

竹叶青眉梢一挑："说什么呢？如果你兄弟是条汉子，他就能躲过这一劫，如果是个怂包，死了就死了，没什么可惜的！你不去算了，我自己去！"竹叶青说罢，便独自来到石屋前，伸手推开石门。海猫恍如隔世，慢慢睁开眼睛。这才发现屋中间的火已经熄灭，四周的毒蛇也不见了踪影。他下意识地用手摸摸自己的腿、胳膊、屁股和腰，浑身竟完好无损。竹叶青一声咳嗽，吓得海猫"腾"地站了起来。心有余悸地环顾四周。

竹叶青嫣然一笑："别找了，它们都被我收了。哎，我问你，你真的叫猫？"

海猫长长地出了一口气："啊？是啊！"

竹叶青跷起大拇指："海猫，你是头一个！我的小青们是我从小训大的，性子跟一般的蛇不同。只要你不动，它们绝不会咬你。可是见了它们有几个人能有胆量不动的？这么多年，我一个都没见过。猫，你的胆子真不小啊！"

海猫终于缓过神来，一开口就滔滔不绝："我呀，胆子也不大，为了打鬼子，前一阵子我奉命从咱胶东招远往延安运黄金，单枪匹马，晓行夜宿，不料在一个山沟沟里跟六个搜山的鬼子狭路相逢，当时吓得我腿肚子都哆嗦了……"

竹叶青兴致盎然："那你还活着？"

海猫兴奋地说道："腿肚子哆嗦归哆嗦，可是下手的时候不能哆嗦呀，我左右开枪，捎带着扔手榴弹，还是把他们全干掉了！"

竹叶青问："照黑鲨的说法，日本鬼子不是东西，连吃人都不吐骨头，你一个人干掉了他们六个，不是吹牛吧？"

海猫点点头："是，人们都说我爱吹牛，可这件事我真没吹过。不瞒您说，大当家的，我们部队首长问我的时候，我都没跟他们说我遇上鬼子了。"

竹叶青一愣："部队？你是当兵的？"

海猫告诉她他是共产党领导的八路军。竹叶青摇摇头："没听说过，不管你是八路军还是九路军，什么军我都不想知道。我感兴趣的是你面对小青它们几个，竟能一动没动，你是怎么做到的？"

海猫笑了："嘿，刚开始，我也想动来着，可是我一琢磨，拼是拼不过的了，干脆等死得了。我就闭上眼睛，盘腿打坐，眼不见心静嘛！"

竹叶青追问："然后呢？一动不动，那可不是一般的胆量，你靠什么壮胆？"

海猫说："我双眼一闭，满脑子都是我自己入党时候的事儿。您呀！连八路军都不知道，估计共产党是咋回事儿您也不知道。我这闭上眼睛以后，就一直背我的入党申请书，还有党章，党的纪律，翻来覆去背了好几百遍，再睁开眼睛您就进来了。"

竹叶青笑了："八路军，共产党，有点意思，今天净听新鲜词了。说说吧，你是在哪儿听说过这儿叫寡妇岛的啊？"

海猫心有余悸地说："哎，大当家的，这话你不是不让说吗？"

竹叶青命令道："我说可以，你说不行。我问你呢！在那儿听说的？"

"嘿，我是跟人打听的。"海猫打开话匣子，从老斧头说起，一直说到赵大橹的传说。不过他尽拣中听的说，生怕把竹叶青惹恼了。

竹叶青黯然神伤："他们的传说也对也不对。哪儿有什么村子，哪儿有那么多傻女人摇船到大海去找那些负心的男人？告诉你吧，这件事儿就发生在这个岛上。有一天岛上的所有男人，带着他们的儿孙突然走了，包括我爹，我叔叔，我爷爷，他们带走了我的哥哥和兄弟。一夜之间，整个岛上再也没有一个男丁，一眨眼二十二年过去了，那时候我还是个小姑娘。"

海猫察言观色，硬是讨好说："现在您也不老，看上去仍然像个小姑娘。"

竹叶青瞪他一眼："又说谎了不是？我都快三十的人了，你还说我像个小姑娘。睁眼说瞎话，谁信啊？你就是个骗子！"

海猫忙说："大当家的，您怎么能说我是个骗子呢？咱们今儿才认识啊！"

竹叶青慢慢说道："是，我从小就在这个岛上，没见过什么世面。但是我要是听不出你说的话是真是假，我有什么本事担当一岛之主？你刚才为了让黑鲨救你的命，你是怎么说的？你说你是得到了消息，要去给他报信，然后跟着一条小船稀里糊涂地来了。那我问你，你跟别人打听我这岛的底细，是怎么回事儿？"

海猫一愣，没想到竹叶青这么精明，一瞬间理屈词穷。

竹叶青嫣然一笑："你刚才不是说你是共产党八路军吗？实话跟你说吧，一个月以前我确实不知道共产党八路军是怎么回事儿，可是后来我劫了一条船，共产党八路军这些名号我听得满耳朵都是。"

海猫暗喜："这么说，我们那条船真的在您的岛上？大当家的，船上的货还在吧？我们那二十多名同志，他们……"

竹叶青哈哈大笑："露馅了吧，黑鲨刚来的时候，我还以为他是得到了消息，要来我这儿分赃呢！没承想他说的倒真是实话，比你可信多了。哼！船上的东西我一样没动，人跑了一个，不知死活的东西，八成在海里喂鱼了！"

海猫眼前立即浮现出那年轻的八路军战士被敌人严刑拷打的情景，不觉潸然泪下："大当家的，您知道吗，我们的那位同志已经牺牲了呀！"

"这么说，我劫了你们船的消息，是他传给你的吧？"

"大当家的人精明，脑子灵，眼观六路耳听八方，您说对了！"

"你少给我戴高帽！告诉你吧，你的那个什么同志，实际上是我故意放他走的。你也不想想，没人通风报信，我劫了那条船不是白劫了吗？我蛇岛上这么多人，吃什么？喝什么呀？"

海猫恍然大悟："这么说您劫了我们的船，是想要赎金？您说，要多少？"

竹叶青不假思索："五十条枪，五千发子弹，五十根金条。见了这三样东西，我竹叶青二话不说，立马放船放人！"

海猫疑惑地说："这岛上都是些姑娘家，您要那么多枪，那么多子弹干什么？"

竹叶青白了海猫一眼："废话，手打鼻子眼前过，日本鬼子既然能打上聚龙岛，就能打到我蛇岛来。我们女人想不被人欺负，没枪没子弹行吗？金条我要得不多吧？"

海猫摇摇头："也不少。"

竹叶青继续说道："那也没办法，谁让我是海盗呢！实话告诉你吧，我都三年没开张了，好不容易劫了这么大一条船，又是什么共产党八路军的，你们当兵的既有枪又有子弹，更有的是钱。我指望着这些赎金，养活蛇岛三年五载呢！"

海猫商议道："大当家的，您也知道我是一个人来的，身上啥也没有，您要的三样东西，我一样也没法给您。这样吧，您先让我见见我的同志们行不行？"

竹叶青断然拒绝："不行！五十条枪、五千发子弹、五十根金条，三样东西到了手，我自然放人放船。你走吧，身上没带，找你们当家的要去。"

海猫大叫："这位姑娘！"

竹叶青一愣："你叫我什么？我给你脸了吧，连声大当家的都不叫了吗？"

海猫连忙解释："在我的眼里，您就是个姑娘，年轻漂亮的姑娘！您刚才说了，这岛上的男人把所有的女人都撇下走了，应该说这么多年你们也受了不少的苦，为了生存你们被迫当了海盗，我理解。可是你们真的劫错人了，我们共产党八路军是穷人的队伍，那一船的药品和医疗器械，为的是给上前线打鬼子受伤的伤员救命的啊！实不相瞒，我们队伍里有枪有子弹，可那必须得用在战场上！如果我把枪和子弹都给了您，我们的同志们就只能赤手空拳去跟小鬼子拼命了，那不是送死吗？另外，金条我们有，就在咱们胶东。刚才也跟您说了，我自己就从招远往延安运过黄金。延安，您知道那是什么地方吗？那地方是我们共产党的根据地，他们把收到的黄金，全都用于抗战了。所以我不能给您，现在大半个中国都被小鬼子占了，打不赢小鬼子，我们所有中国人都要给日本人当奴隶！这些您懂吗？"

竹叶青不理海猫："我不懂，我只知道这岛上的所有女人都没了男人，她们选我当大当家的，我就得让她们活命。"费了那么多的口舌，讲了一大堆道理，竟被竹叶青三言两语挡了回去。一向口若悬河的海猫，顿时无言以对。

海猫双腿像灌了铅，一步一个深深的脚印。深深的脚印不知不觉延伸到蛇岛山寨，黑鲨见了海猫，喜出望外："海猫，你还活着？"

海猫惨淡一笑："没死成，多谢大哥救命之恩。要不是大哥的提醒，我早就被那些毒蛇咬死了。"

黑鲨有些诧异："我的提醒？"

海猫告诉黑鲨，刚才黑鲨不让荣六动，这句话提醒了他。

黑鲨欣慰地说："兄弟啊，让你受惊吓了。真没想到你得到日本人要去攻我聚龙岛的消息，居然能冒着风险给我送信儿！"

海猫坦白道："大哥啊，说来惭愧，还是蛇岛大当家的有眼力见儿。说实话，我今天到这岛上来，还有别的目的。大哥，可否借一步说话？"

黑鲨看了看身后的荣六和荣七等人，爽快地答应了。黑鲨和海猫信步来到一块礁石前，面对大海，席地而坐。黑鲨告诉海猫上次他提到船的事，他就琢磨是竹叶青劫的。

海猫略一思忖，说："大哥，想必您跟这个竹叶青熟？"

"那是，熟得很。这些年我可没少替她背黑锅，哼！不过我也不在乎，谁让我是海盗呢！十年前她劫了一条船，那船也够肥的，她说她是个女人家不方便抛头露面，就让我们聚龙岛出面帮她要赎金，然后跟我三七分账，这样一来二去就熟悉了。可她从来都是派个老女人给我们捎信儿，直到五年前我才见到了她的真容，一见面吓我一跳，她竟是一个漂亮的姑娘。"

"敢情大哥喜欢上了这个竹叶青。其实您和她挺般配的，两个岛离得这么近，又都被迫当了海盗，互相还有照应，大哥干吗不干脆向她求亲呢？"

黑鲨笑了："求过。那年我一见她的面，立马就动了心了。可能也是我太心急了，跟你今天一样说了声寡妇岛，她一听就跟我翻了脸，之后再有生意也不请聚龙岛出头露面了。有几回在海上，聚龙岛的兄弟和她们蛇岛的女人们碰了面，以为好欺负，想占人便宜，结果……一个一个差点儿没让蛇咬死！"

海猫突然笑了："冤家宜解不宜结，大哥，我觉得这亲事还有门儿！"

黑鲨一听这话便来了精神："怎么个有门儿法？"

海猫分析道："您七八十号大老爷们上了人家的岛，她们好吃好喝地招待您，还看在您的面子上，饶了我一条命，这说明什么？她竹叶青对大哥有情有义啊！刚才她跟我说过，男人们离开这个岛是二十二年前的事儿了，那么，竹叶青少说也有二十七八了。快三十的女人了，再不嫁人她这辈子就过去。话又说回来，如果蛇岛上的女人都不嫁人，那再过些年，这个岛可真就成了寡妇岛了！竹叶青是个聪明的女人，我想她不会看着蛇岛走到那一步。大哥是大英雄，她竹叶青怎么说也是个海盗，一个女人当了海盗，这名声可就不好了，她不嫁给您，恐怕再也找不到更好的如意郎君了。要不这么着，大哥您要信得过我，兄弟我给您当一回媒人怎么样？"

黑鲨点头称赞："你还别说，你小子嘴皮子溜，是个当媒人的料！"

海猫试探性地说："这么说，大哥答应了？"

黑鲨笑了："成！这门亲事说成了，大哥送你个大猪头，割了尾巴就算头！"

海猫起身就来到山寨门前。他让把门站岗的小姑娘进去通报，说是要见一见她们大当家的。

这时，山寨内那姑姑正跟大当家的竹叶青耳语："七十七个加海猫，总共七十八人。再加上咱们劫的那条船上的二十二人，不多不少，正好一百。百里挑一，侄女呀，我不相信你选不出一个如意郎君！"

竹叶青说道："岛上二十二年没有男人了，最小的姐妹也二十二岁了，早就过了嫁人的年龄了。如果我不嫁，姐妹们就都不敢嫁，再过上十年八年，蛇岛就真的成了寡妇岛了！哎，姑姑，假如是你，黑鲨和海猫，你会选谁？"

那姑姑脸一红："黑鲨凶巴巴的，我怕你嫁给他将来受欺负。海猫比黑鲨顺眼多了。再说，咱们当海盗那是被逼无奈，我这个当姑姑的不想让你嫁给海盗。你要是嫁了黑鲨，养儿生女还是海盗，咱不能辈辈世世都当海盗啊！"

竹叶青蹙眉深思，那把门站岗的小姑娘进门通报："大当家的，那个叫海猫的要见您。"

竹叶青说："快，让他进来！"

海猫进门就抱拳："大当家的，我本来要走的，走前跟我大哥黑鲨道了个别，没承想他求我……我就有话直说了，请大当家的恕我贸然之罪，我大哥想求我当个媒人，他说他与大当家的您认识好多年了，聚龙岛和蛇岛之间也一直相互有着照应。他爱慕大当家的人品和相貌，想和您同结百年之好。"

竹叶青掩饰不住内心的惊喜："他真的是这么说的？他黑鲨好歹也是个堂堂的爷们，连这种话自己都不敢说吗？还请你来当媒人，哼，你给我滚出去，有话让他自己来说！"

话音未落，黑鲨一步闯进来："说就说！我黑鲨今天就向你求亲。其实，妹子你也知道，五年前我就有这个意思，可是大哥嘴笨，说的话不好听，让妹子生气了。这婚事一耽误就是五年，现如今我也一把岁数了，妹子你也快三十了吧？再不成亲，这辈子就过去了。妹子，如果你乐意，那就赶紧把日子定下来吧！"

竹叶青眉梢一挑："我乐意？你黑鲨说得对，我竹叶青是老大不小了，再不嫁人这辈子就过去了，可是不巧，今天我看上的男人不止你一个！"

黑鲨一愣："不止我一个，还有谁？"

竹叶青指着海猫："我还看上了你的兄弟海猫，你说怎么办哪？"

海猫顿时傻了："大当家的，这种玩笑千万不能开，开不得啊！"

竹叶青认真地说："不是开玩笑，是动真格的！我有个主意，比武招亲，你们俩比试比试谁更是个爷们，谁赢了我就嫁给谁！"

海猫巧舌如簧："大当家的，你这不是陷我于不义吗？黑鲨是我的结义大哥，哪有兄弟跟大哥争媳妇的呀？干什么事儿都得讲个理，朋友的妻不可欺，何况是兄弟之间呢？说实话，我大哥对您有意思，不是一天两天了，五年前他就想向您求亲。我跟您今天是初次见面，我到您的岛上是想干啥的，您也都问清楚了，您找谁跟我大哥比武招亲，您也不能找我呀，天下哪有这样的道理？"

海猫的一席话，令黑鲨感动不已："我兄弟说话在理，妹子，你……"

竹叶青挥手打断黑鲨的话："就这么定了，我竹叶青一向吐口吐沫是个钉，你说比不比吧？不比就算你输了，带着你所有的兄弟，赶紧给我滚出蛇岛！"

海猫格外小心地说："大当家的，您听我说嘛……"

竹叶青同样挥手打断海猫的话："我不听你说！你就直说比还是不比？你可听好了，你要是打败了黑鲨，我除了嫁给你，还可能会好好想一想，要不要把那条船还有那二十几号人还给你。"

海猫张大了嘴巴看着黑鲨，黑鲨也嘴巴大张看着海猫。万般无奈，他们只好按照竹叶青划定的比赛程序和规矩，先比拳脚，再比棍棒。结果两个回合下来，二比二平。这其中没有谦让，更没有欺诈。因为竹叶青有言在先，两个人比试只要有一人玩手段，就全砍了两个人的头。

最后是比试枪法，一局定胜负。比赛场远处的桌子上，一溜摆了十个酒坛子。黑鲨举枪先打，十发九中。海猫借过黑鲨的枪后打，最终也是十发九中。 竹叶青把海猫带进山寨，冲口就说："你最后一枪是成心打偏的，你当我瞎吗？"

"大当家的好眼力，您说得不错，我是成心打偏的。"

"为什么？你就不怕我把你们两个人的头都砍了？"

海猫淡定自若："宁拆一座庙，不毁一桩婚。我大哥和您是多好的一桩姻缘，我要是给搅和了，那我也太缺德了。"

"可我要说我就看上了你呢？"

海猫避重就轻："我大哥杀过小鬼子，那是大英雄，您会看上他的。"

竹叶青又问："你是嫌我长得丑吗？还是嫌我老？"

海猫赶紧拍马屁："大当家的美若天仙，天仙永远不会老的。"

"那你为什么要故意让着黑鲨？"

海猫笑了："我记得刚才我跟您说来着，我从小行走江湖，总讲一个理字，有这么个道理叫先来后到，大当家的听说过吧？我之前……"

竹叶青打断他："之前，你已经讨过老婆了？"

海猫嘟囔："那倒还没，不过……"

竹叶青接过话茬："不过已经有了相好的了，对不对？"

海猫不好意思地说："也可以这么说吧！"

竹叶青蛮横地说："那我不管，只要没娶媳妇就行，娶了媳妇又怕什么，你今天一上我的蛇岛，我就看上你了，你要留下来给我当上门丈夫。就算你外边有十个八个老婆，我都不管！"

海猫赶紧表明："十个八个倒是没有，不过有一年我要被枪毙，一个女人为我穿上了大红喜袍，她是个大家闺秀，她要把自己嫁给一只死猫。还有另外一个女人，按辈分我是应该管她叫小姨的，可是那一天她为我披麻戴孝，她说她愿意做我的未亡人，为我收尸。大当家的，您要有空，我给您讲讲这两个女人的故事吧？"

"我现在就有空，你讲。"

于是，海猫绘声绘色地讲起了吴若云和赵香月对自己的百般呵护，千般情意。一次次死里逃生，一个个柳暗花明，就像潺潺溪流，蜿蜒过远滩，委曲穿深林，唤起藏在他心底的许多感慨。也许讲得兴致浓了，海猫还顺口说出在了昆嵛山和苏菲娜一起扭秧歌的情景，话里话外，充满了对她的仰慕。

竹叶青勃然大怒："混账！吃着碗里的，占着盆里的，你到底想娶几个呀？"

海猫蓦然醒来："就是，我不就说嘛！我一个男人只能有一个女人，我从小逃荒要饭，这辈子能有人嫁给我，我就心满意足了。可是老天爷眷顾，让我碰上了这么多好女人。说实话，这些日子我正愁着呢！我跟大当家的讲这些，其实就是想告诉您，我不值得大当家的喜欢。我已经欠了不止一个姑娘的债，我这辈子还不知道该怎么还呢！可是我大哥就不一样了，我大哥心里只有大当家的！"

竹叶青暗喜："你怎么知道他心里只有我一个？"

海猫拍拍胸脯："我当然知道了，就在前不久，吴若云和赵香月一起被抢上了聚龙岛，岛上的兄弟们想给黑鲨大哥找个压寨夫人，可等我追到聚龙岛的时候，我大哥把两个女人都还给我了，那两个姑娘跟大当家的一样……不，不，肯定是没有您漂亮，但也都长得不难看。我当时就琢磨，我大哥可真行，见了这么两个漂亮姑娘，居然没动心，我就问他这是为啥。那时候大哥就跟我提起了您的名字，他说他心里只有竹叶青。我还想呢，这竹叶青不是一种蛇的名字嘛，没想到是大当家的您的名号。"

几乎常年与世隔绝的竹叶青从来没听人讲过这么多话，而且句句顺耳，声声入心，她被深深感动了："那黑鲨他真是这么说的？"

海猫信口开河："那是。他还说了，五年前第一眼见到您，就一辈子也忘不了，而且当时就发誓这辈子非您不娶。"

"没看出来，他黑鲨还这么重情重义！"竹叶青转念一想，突然立眉瞪眼，"猫，不是你编的吧？"

海猫双脚直跳："没有，没有！我敢对天发誓，绝不瞎编！"

竹叶青见海猫一脸的认真："那好，你去把黑鲨给我叫来。"

海猫答应一声，拔腿就去叫黑鲨。一路上他怕说大话露了馅，对黑鲨千叮咛万嘱咐："大哥，有些话我说大了，还掺了点假，您可别较真。善意的撒谎可不是欺骗，我都是为了你们的姻缘。您说话的时候留意点儿，该顺竿爬就顺竿爬，可不能把我送上去，您在下面抽梯子啊！"

黑鲨大嘴一咧："你小子，孙悟空他妈——一肚子猴！放心吧，我心里有数！"

黑鲨兴奋得像个孩子，他快步走进山寨，见了竹叶青就叫妹子。竹叶青脸一舰，问道："我问你，五年前你第一次见到我的时候，就发誓这一辈子非我不娶？"

亏得海猫事先的嘱咐，黑鲨脸不变色，心不跳："那是！"

竹叶青脸一绷，又问："那前些日子，你为什么还让人把叫吴若云和赵香月的两个女人抢到你的岛上去，你要挑哪一个做你的压寨夫人？"

黑鲨故意大叫："这个海猫，他成心跟他哥哥我作对呀，这事儿跟你说干啥呀！我心里就妹子一个人，无论是谁，即便是天上的七仙女，我都不稀罕！"

竹叶青高兴地笑了，黑鲨也笑了，但他多半是因为海猫提醒的缘故。其实，这也是干柴碰到烈火，一点就着的事儿。

竹叶青兴致盎然："过去的事就让它过去吧！你不是说过吗？你都这把年纪了，再不娶媳妇这辈子就过去了，但我就容你一回。我可把丑话说在前头，从今以后，你要是再敢对别的女人动心思，我非让我的小青们咬死你不可！"

黑鲨"嘿嘿"直笑："不敢，妹子。我知道你厉害，绝对不敢。"

竹叶青长松一口气："那你就定个日子吧，这事儿得听男人的。"

黑鲨不解："选日子？啥日子？"

竹叶青对黑鲨飞个媚眼："废话，成亲的日子。"

黑鲨双脚一跳："那还选啥呀，择日不如撞日，就今儿吧！"

都说性子急了吃不了热豆腐，竹叶青和黑鲨性子虽急，却偏偏吃上了热豆腐。当喜宴散去，月上蛇岛之时，他们双双走进山寨洞房，竹叶青一头倒在黑鲨的怀里："黑鲨，刚才在喜宴上，你那兄弟海猫一口一个大嫂地叫我，一连喝了三大杯酒，好说歹说让我放出他们的二十多个同志也出来喝杯酒，我没同意。"

"老婆，害人之心不可有，防人之心不可无，你这么做就对了。不过，你应该打发人送点好酒好菜过去，给海猫一个面子。"

竹叶青又说："这个面子我给了，不过海猫要求亲自去送，我硬是没同意，他当时眼泪都掉下来了，我还是没同意，你说，我的心是不是太狠了？"

黑鲨沉思半晌才说："知人知面不知心，你我认识海猫才几天？就算咱俩了解他点底细，他那二十多个同志可一个也不了解啊！你不让海猫和他们见面，这也做对了，你用不着责备自己。"

竹叶青如释重负，欢天喜地，抱起黑鲨的头就亲："咱俩心能想到一块，话能说到一块，谁也离不开谁，注定了一辈子在一起！"

挂在蛇岛的一钩弯月，似乎有些疲倦了，悄然躲进云层休息，只留下几颗星星在放哨。和星星一起放哨的还有那些男女海盗们，因为平生第一次和异性低头不见抬头见，她们心里都揣着一头小鹿似的，埋头乱撞。

第三十二章

斗转星移，月落日出，蛇岛一片欢笑。男女海盗们才不讲祖宗留下的那些千年规矩哩！什么男女授受不亲，什么女人不能上船，去他娘的！他们同船出海打鱼，浑身都有使不完的劲儿。有人带头喊起了拉网号子，高诵低吟，一唱一和：

> 一拉金，二拉银，
> 三网拉个聚宝盆。
> 四拉五拉六七八，
> 九九一心往前奔！

此起彼伏的拉网号子传进山寨，黑鲨听了，对正在梳妆的竹叶青说："老婆，我好久没见兄弟们这么高兴了，他们能有今天，都是你那些女人引诱的！"

竹叶青面对镜子里的自己，瞅着脸颊尚未褪去的红润，说："去你的，你折腾人家一晚上，难道也是我引诱的？"

黑鲨无比幸福地笑笑："算了，咱破唇说豁嘴，谁也不用说谁！"

竹叶青起身点着黑鲨的脑门儿说："我可告诉你，黑鲨！你得把你的那些兄弟们都管严了，别蹬鼻子上脸，惹人讨厌！"

黑鲨为难地说："他们一个个孤男寡女，如果谁跟谁对了眼儿，你情我有意的，也不是不可以谈婚论嫁，对不对？"

竹叶青说："那咱得立个规矩。如果有想成亲的，男女双方，你我主事，必须明媒正娶拜天地，一点都不能含糊！否则，我让我的小青们主持公道！"

黑鲨说："行了，行了，都听你的！这大喜的日子，咱别咸吃萝卜淡操心了，走，出去遛遛，找海猫聊聊，这小子走南闯北见识多，我就爱听他说话。"

"我也爱听他说话，听他说话长见识！"竹叶青说着，跟在黑鲨身后就出了山寨的门。这二人如胶似漆，黏到一起就分不开了。真是话有多长天有多短，他们哪还顾得找海猫聊聊，自个儿说着说着天就黑了。

黑夜无痕，那些鸡鸣狗盗之徒，所以在这个时候出没，大概正是因为如此缘故吧。聚龙岛的荣七也不例外，他趁天黑摸到离山寨不远的一个叫英子的姑娘门外，偷眼看她脱衣上床。英子面容姣好，皮肤白皙，令荣七馋涎欲滴。

　　环顾蒙蒙黑夜，荣七抖起色胆，闯进门就饿狼似的扑到英子身上。英子吓了一跳，伸手就要打开床头上的木匣，那里面养着一条训练多年的毒蛇。不料荣七眼尖手快，他一把就摁住了木匣的盖子说："你小娘儿们好大的胆，你想放出你的毒蛇咬我啊？告诉你，白天下海打鱼的时候，我早就摸到你们防身的底细了！"

　　英子急了："你再敢无理，我就喊人啦！"

　　荣七倒过手来就去掐英子的脖颈："你放老实点儿，我相了一天了，寡妇岛上就数你嫩。你今年二十二吧？从来没让男人碰过对不对？这也就是在寡妇岛，这要是在陆上，你早就是孩子他娘了。来吧，哥我教教你怎么着才是女人！"

　　英子拼命大喊："来人哪——"

　　荣七一慌，双手用力，越掐越紧，英子渐渐失去反抗的能力。荣七兽性大发，掀开被子，手忙脚乱地将英子的内衣内裤撕开。

　　蛇岛的冯四姨和英子同住一个草房，她下了头班岗哨，手持大刀推门进屋，见英子衣衫凌乱，掩面大哭，便厉声问道："英子，你怎么啦？"

　　英子指着躲在门后的荣七大叫："四姨，他强奸了我！"

　　冯四姨膀宽腰圆，一身的男子气概，她二话不说，挺起手里的大刀便砍向荣七。荣七魂飞魄散，低头躲过大刀，掏出枪来就打，"砰"的一声，正中冯四姨的胸口。冯四姨身体晃了晃，像个草垛似的倒在地上。

　　英子见荣七开枪打死了冯四姨，捡起地上的大刀砍伤了荣七左臂。荣七抬起右手又打一枪，英子便一头倒在了血泊之中。

　　枪声传到山寨帐内，黑鲨和竹叶青"呼啦"一声掀开大红喜被，跃身而起。枪声也同时唤醒海猫，他一个箭步冲出来，直奔山寨。正在这时，那姑姑慌慌跑来，上气不接下气地对竹叶青说："不好了，大当家的，英子和冯四姨被人给杀了！"

　　竹叶青立眉瞪眼："是谁干的？"

　　那姑姑手指黑鲨说："有人看见了，凶手就是他带来的那个瘦高个儿！"

　　闻声赶过来的聚龙岛的海盗们议论纷纷："瘦高个儿，那准是荣七儿啊！""这王八蛋，从一上蛇岛就没安好心！"

　　竹叶青冷眼看向黑鲨，她抬起袖口，小青探出头，吐着鲜红的芯子。

　　黑鲨满腔怒火烧红双眼，一声断喝："给我追！抓住荣七，碎尸万段落！"黑鲨从腰间拽出枪，一马当先，杀气腾腾。聚龙岛的海盗们争先恐后，纷纷跟在他的身后疾步追去。

已经逃到蛇岛滩头的荣七，突然被横在眼前的荣六挡住去路。荣七惊魂未定："哥……哥……你怎么在这儿呢？"

"黑鲨大哥命我巡逻，我刚才听到枪响，怎么回事儿？"

荣七吞吞吐吐："我……我也不知道怎么回事儿，让你巡逻你就巡去吧！"

荣六顿时起疑，一把抓住荣七的领口："站住！看你慌里慌张的样子，你老实告诉我，是谁打的枪？是不是你，为什么打枪？"

荣七只好招认："哥，我没想杀人，本想那小娘儿们不好惹，我不来点儿硬的她不从。哪承想又来了个岁数大的，她二话不说就抡起了砍刀。那小娘儿们也不是善茬儿，她趁我不备，从地上捡起砍刀又给了我一下，你瞧，我差点儿被砍断一条胳膊，要不然我哪能对她开枪啊？"

荣六大怒："你个畜生，你居然还敢先奸后杀？告诉你，给你一刀是轻的，怎么不把你一刀劈死，你个混账东西！哥再三叮嘱……"

荣七央求道："你别埋怨了，哥，我就你一个哥，兄弟今儿惹了事了，咱就一起逃了吧！我不是早就跟您说过吗，海阳县保安队的吴队长，现如今又跟着日本人当了侦缉大队的大队长，咱哥俩投奔他去，以后的日子错不了！"

荣六举枪对准荣七："你混账！我一枪毙了你！"

荣七心一横："哥，你让我挨枪我就挨！我一生下来就没了爹娘，就你这么一个亲哥哥，还从小跟你当海盗，什么福都没捞着享，净受罪了！现如今你六亲不认要毙我，那就来吧！一枪打碎我的脑袋，我到阴曹地府找爹娘告你的状！"

荣六的手颤抖着："你……你给我滚！快滚！"

荣七爬起来就跑，荣六快步追上去，指着滩头一块突兀的礁石大喊："你昏头了你，往那边跑！礁石后边有条小船，是我专门留着断后的，快去！"

荣七径直跑去，跳上礁石后边的小船，三下五除二地解开缆绳，摇起橹便消失在茫茫大海。

荣六折转身，向着相反的方向，边跑边向自己的胳膊打了一枪。循着枪声，黑鲨和聚龙岛的海盗，以及海猫和竹叶青她们便先后聚集到荣六跟前。

荣六捂着胳膊上的枪伤，对黑鲨说："大哥，小七儿他不听大哥的话，糟践了蛇岛的女人，还杀了她们，刚才被我撞见，我本想毙了他，可没想到这小子歹毒，打了我一枪就摇橹逃了……"

黑鲨怒道："逃了？就是逃到天涯海角，我也得把他追回来！"

"大哥，别追了，他摇橹没走多远，就被我一枪打在腰上掉到海里去了，我估计他逃不掉，就算是不死，也得被鲨鱼咬死！"

竹叶青举枪指向荣六："你是凶手他哥？那好，你就替你兄弟偿命吧！"

黑鲨大喊："别价，老婆，他们虽是兄弟俩，可不是一种人！这个荣六跟了我十来年了，他还是我的左膀右臂呢！不看僧面看佛面，你饶他一命吧！"

"我不管他们是不是一种人，也不管你什么左膀右臂，他兄弟杀了我的人，他当哥的就得替他兄弟偿命！"竹叶青说着，刚要扣动扳机，却被黑鲨举手抬起枪身，子弹"砰"的一声打空了。竹叶青另一袖口一甩，小青眼睁睁地就要蹿出。与此同时，所有在场的女海盗们纷纷亮出各自的家伙，有砍刀，有弓箭，也有零星火枪。当然，更多的是缩在袖口，缠在脖颈上的各种各样的毒蛇。虽说它们正处在蛰伏的冬季，却被一个个女人的人体温暖出不减平素的锐利和杀气。

聚龙岛上的海盗们手里拿的全是长短枪械，有打单子的慢枪，也有连发的快枪，还有一挺从没听过响的歪把子机枪，不管这枪那枪，他们"哗哗啦啦"一齐拉动枪栓，煞是威风，气氛顿时紧张起来。正是针尖对麦芒，剑拔弩张，一触即发。

海猫见状不妙，赶忙对竹叶青抱拳："大嫂……"

竹叶青眼一瞪："别叫我大嫂，你给我让开，不然我连你一起杀！"

海猫无奈，只好转对黑鲨抱拳："大哥，无论怎么说是你聚龙岛上的兄弟杀了人，你就不能先给大嫂认个错吗？"

黑鲨见海猫给自己搭个下台的梯子，急忙顺坡下驴："老婆，都怪我管教兄弟不严，我有错，请恕罪！"

竹叶青余怒未消："我不是你老婆了，黑鲨，带着你的兄弟们，立刻给我滚！不然，我就下令放蛇，有一个算一个，把你们全都咬死！"

海猫急了："别，大嫂，你们刚刚拜堂成亲，千万不能反目成仇啊！"

"闭嘴！"竹叶青大吼一声，移动枪口对准海猫。

黑鲨一见，单膝跪在竹叶青面前："大当家的请息怒，我聚龙岛的兄弟干出这种丢人现眼的事，怎么还有脸留在这里呢？聚龙岛上的兄弟们听着，都给我上船，马上走！"

船就在眼前，黑鲨挥手带着聚龙岛上的海盗上了船，纷纷掉头驶进大海。船上，荣六捂着还在流血的枪口问："大哥，咱们去哪儿啊？"

黑鲨叹口气："还能去哪儿，回聚龙岛，我就不信小鬼子敢在岛上驻扎！再说了，咱还能有别的去处吗？饥困吃鼻涕，没办法！"

"都怪我，都怪我！大哥曾经提醒过我……可是我就这么一个兄弟，平时对他实在是管教不严哪！"

黑鲨没好气地说："行了，别再提你的狗屁兄弟了，你当我看不出来？"荣六心虚，一脸的惶恐。"别以为我不知道，你是故意放他走的！"

荣六放声就哭："大哥……哎呀……大哥啊，我简直无地自容了，您就一脚把我踹进海里，让我喂了鲨鱼吧！"

黑鲨紧皱眉头："算了……我知道你们俩从小就是孤儿，你不忍心杀了他，也是怕对不起你们死去的爹娘，看在一个'孝'字上，我这次饶了你，但是从今往后你得给我记住了，如果再有机会见到那个畜生，聚龙岛上下人人得而诛之！我必须用他的脑袋向竹叶青赔礼道歉，不然，这个疙瘩永远也解不开！"

一钩弯月钻出云层，把怯怯的银光洒下来，竹叶青一脸的惨白，她对海猫声声哀叹："猫，你说我是不是错了？"

海猫赔着小心："大当家的，您何出此言啊？"

竹叶青苦笑："明眼人都能看得出来，要不是你让着黑鲨，比武你就赢了，既然说好的比武招亲，我为什么要嫁给他黑鲨，为什么不嫁给你呢？"

竹叶青的话让海猫很是尴尬："您可别这么说啊，大嫂……"

"你不许再叫我大嫂，如果再叫，我就放蛇咬死你！"海猫越发尴尬，一时间无言以对。竹叶青恶狠狠地说："上梁不正下梁歪，聚龙岛既然能出荣七这种猪狗都不如的畜生，说明他黑鲨也不是个好东西！"

海猫劝道："话不能这么说，大当家的。我这人凡事都讲个'理'字。俗话说，五根手指伸出来还不一般长呢！我大哥一向重情重义，是个了不起的爷们，那聚龙岛上小一百号兄弟呢，咋能个个都像他似的？人说五官不正，气死祖宗，那荣七长得尖嘴猴腮，一看就知道不是什么好玩意儿，哪能和我大哥相提并论呢？"

竹叶青伤心地说："我对不起冯四姨和英子啊。你知道那英子是我们岛上年纪最小的姑娘吗？那些负心的男人抛下我们的时候，她娘还不知道已经怀上她了。后来大伙得知她怀了孕，都对英子她娘说，你要是生出个男的来，就扔到海里喂鱼！她娘怕啊，天天对着大海祈祷，就怕生出个男的来。到了临盆又赶上难产，还来不及知道是男是女，生下英子就死了。就这样东家一口，西家一口，英子好不容易长这么大，就……哎呀，我这个大当家的真对不起她啊！"

竹叶青说罢，哭罢，长长地叹口气："唉，幸好有你在，如果没有你在，我这番话跟谁说啊？蛇岛上的所有女人都跟冯四姨和英子同病相怜，她们一定都在恨我，恨我贪图嫁给黑鲨，害死了姐妹的命！"

海猫轻言轻语地安慰："大当家的，您这岛上甭管年纪大的大婶大姨，还是年轻的姐姐妹妹，我看着都挺面善的，她们都是明事理的人，也都知道大当家的嫁人是为了蛇岛的未来，您不用过多地责备自己，大家不会怪您的！"

竹叶青擦着脸上的泪痕："跟你说说话，我心里舒服多了。好了，过去的就让它过去吧！猫，你知道我为什么把你留下来吗？"

海猫一愣："不知道。"

竹叶青笑了："说实话，要是没有先前你讲的那两个女人，我说什么也要嫁给你的。你这只猫真聪明，拿两个女人摆在我前面，结果让黑鲨钻了空子了。"

海猫脸一红，忙说："大当家的，这种笑话就请您别再讲了，我大哥可是个重情重义的好人，是个值得您信赖的真爷们！"

竹叶青一脸的灿烂："你放心吧！我既然跟黑鲨拜了堂，就绝不会做对不起他的事儿。告诉你吧，昨天我们俩聊了一天，黑鲨拐弯抹角地求我，好话说了好几船，他让我放了你的船和你的同志们，我一高兴，就答应了。"

海猫激动万分："真的？那太好了！多谢大当家的！"

竹叶青说："谁让你跟黑鲨是一个头磕在地上的结拜兄弟呢？我蛇岛再穷再苦，也不能敲小叔子的竹杠啊！"

海猫泪光闪烁，双手抱拳："多谢大嫂！"

竹叶青脸一板："我不是说过吗，你现在不许叫我大嫂！"

海猫恍然大悟："小弟明白，大当家的，等我见到我大哥，一定督促他尽快抓到杀人凶手，把那个畜生的脑袋砍下来，再到蛇岛跟您好好认罪。到那时候，我是不是就可以叫您大嫂啦？"

"你少贫嘴，还想不想要你的船啦？"

"当然想啦！"海猫高兴地蹦了一个高儿，跟在竹叶青的身后就走。他们来到蛇岛的半山腰，竹叶青指着一个天然的小港湾里的那条船说："船上的东西一不能当饭吃，二不能当衣穿，所以我一样没动。我也知道绑票的规矩，除了我故意放走的那个人，其他人不少胳膊不少腿，你去那边的岩洞带他们走吧！"

海猫跑进岩洞，用力推开一道厚厚的石门。他透过奇形怪状的栅栏，看到二十几名负责押船的同志一齐用警惕的目光看着自己。海猫也同时看到岩洞里生着火，炽热而潮湿的岩壁上爬满了毒蛇。他心有余悸地对跟在身后的竹叶青说："大当家的，您快让毒蛇别动，我得带同志们走啊！"

竹叶青骄傲地对负责看押的女海盗做了一个手势，她们纷纷上前，嘴里打着呼哨，像在海滩上捡石子似的，抓起一条条毒蛇，丢进背在身上的鱼篓里。

海猫向竹叶青报以感激的目光，转身说："请问，哪位是护送队长王永辉？我是八路军山东人民抗日游击队第五支队侦察排排长海猫。"

立刻有个胡子拉茬的年轻人挤了过来说："海猫同志，我就是。"

海猫紧紧抓住王永辉的手说："对不起，让同志们受苦了！"

话音未落，有人突然喊道："海猫？是你吗？"

海猫循声看去，只见又一个胡子拉碴的年轻人挤过来。不过这人又高又瘦，目光深邃，可能关押时间太久，面目全非，海猫一时不敢相认："你认识我？"

那人高声大喊："我是林家耀呀！"

海猫简直难以置信："林大少爷？"

当众人剃去一脸的胡须，扫尽满身的风尘，一个个顿时恢复以往精神，尽显阳刚之气。蛇岛的女海盗们突然刮目相看，用各种各样的表达方式，制造出一阵高过一阵的欢声笑语。海猫一口一个大姨大婶，姐呀妹地叫着，对竹叶青更是言出必称大当家的，千恩万谢。

风扫残云，化干戈为玉帛。竹叶青令女海盗们拿出蛇岛最名贵的鲎鱼，最肥硕的鲅鱼，还有特产牡蛎、蚬子、螺蛳、花蛤等各种小海鲜，亲自掌灶，做了一顿热腾腾的饭菜，为海猫和他的同志们送行。

海猫没费一枪一弹，没花一块银圆，就把失踪的人和船带回昆嵛山八路军根据地。王天凯双眼闪烁着泪花，紧紧地握着海猫的手说："海猫同志，你完成任务了，你立功了！"

海猫却心有惭愧："政委，过了这么久才完成任务，有啥功可立的啊？"

王天凯笑了："你不光完好无损地把人和船带回了根据地，更重要的你还带回了上级派来了的医疗专家林家耀同志，这可真是意外之喜呀！你知道吗，林家耀同志对我们很重要，非常重要啊！"

海猫不以为然："这个林家耀就是个大少爷，我好几年前就认识他，他对咱根据地有什么重要的？"

王天凯告诉海猫，林家耀是欧洲战场反纳粹的战士，又是医疗专家，有很丰富的战地医疗经验，上级派他来就是为了在胶东组建战地医院的。海猫将信将疑。王天凯还告诉海猫，他和林家耀根据交通和地理状况以及目前敌我双方的形势，决定把胶东地区第一个战地医院建在海阳的虎头湾，还决定让他积极配合林家耀同志完成胶东地区第一个战地医院的筹备和创建工作。听了这话，海猫心尖一跳，吴若云和赵香月的影子顿时浮现在他的脑海。他想推托，但为了革命，硬着头皮答应了下来。

古人云：不孝有三，无后为大。吴乾坤身后无子，已占了一大不孝，所以他不敢再丢了后两孝。当然，此两孝的第二孝，吴乾坤自感无可厚非，身为人子，他毅然辞官回家，床前床后侍奉母亲，有钱有地位，光宗耀祖，成就了第二孝。然而，若不懂得顺从母亲的意思，违背母亲的心意，陷母亲于不义，是为不孝。吴乾坤深谙其意，他知道母亲对吴若云有成见，不待见，于是设法周旋，唯恐失去了这一孝。

话说自从吴乾坤把吴若云关进闺房，她三天粒米不进，他当爹的也三天滴水未沾。吴乾坤长吁短叹，愁肠百结，来到吴母的床前，一五一十地说给娘听，既是为了博取她的同情，又想给自己讨个良策。

吴母听罢，眉头紧皱："三天不吃饭，这丫头片子作死啊，哎，儿子，她关键是为个啥呀，还想嫁给那个小叫花子？"

吴乾坤将海猫这次回来的表现以及海猫是八路军的事都告诉吴母。末了，吴乾坤假意惋惜没有杀了这个孽障。吴母听后，忙说："可别！儿啊，娘昨天做了个梦，本来想请肖老道帮我解解梦来着，后来我一琢磨，甭请他了，我自己都能解。我这个梦啊，是说天变色了。而且天上飞着好几条龙，还有三四个太阳呢！"吴乾坤只是笑笑，也不吱声。

吴母接着说："醒了我就琢磨，这不是如今天下之大势吗？日本鬼子，蒋委员长，这一支队伍，那一支队伍，还有你刚才说的穷鬼的队伍。乱世出枭雄啊！你知道哪根苗能蹿成棵大树啊？要我说，你那丫头的婚事一波三折，这个不成那个不成的，没准就是等着他海猫呢！海猫命大福大造化大，要说也算是奇人了。据我所知，在虎头湾就是九死一生，这样的主儿没准将来就能成个刘邦、朱元璋啥的人物。你要再能抓住他，就把他送到娘这儿来，娘好好跟他聊聊，这些日子我也想了，虽说这丫头不算孝顺，可毕竟是你吴乾坤的独苗，她的归宿娘心里面也着急，她要是真稀罕海猫，也不是什么坏事。"

吴乾坤长出一口气，顺了娘的心，他心里高兴："娘，原来您是这么想的啊，不过，我估摸海猫被狗咬过也长了心眼了，他不敢再回虎头湾了。"

吴母断言："不能，昨儿个那个梦，天都换了色儿了，又是龙又是太阳的，挺新鲜。你娘我是笑醒的，照我看最近准有好事要发生在咱们家。你要是希望那海猫回来，他没准就能回来。"

话音未落，吴管家通报林家耀少爷前来拜访。

吴母看一眼吴乾坤："林家耀？那也好，就请他进来吧！"

"等会儿！"吴乾坤拉住吴管家，说，"娘，这林家耀当初背信弃义，又三年不见音信，把咱闺女害得够惨的啦！"

吴母说道："是啊，可好歹他是个大少爷，总比那个孽障强吧？你现在不是闺女砸在手里嫁不出去了嘛！林家耀来了正好，让他带着小祖宗赶紧回南洋，省得你成天跟着不吃不喝的，你认为我不知道啊！"

吴乾坤告诉吴母如今林家和以前不同了，他叔叔在韩复榘死后投靠了日本人。吴母听后不再说话了。

吴乾坤转身说："管家，不管怎么样，远道而来就是客，请他到我的客厅吧，我倒是想问问，他打算给若云个什么样的交代。"

槐花就是个鬼机灵，林家耀还没进客厅，她就把话传给了自己的主子吴若云。吴若云开始光听槐花喊，她还认为是海猫回来了呢，平静的一颗心立刻起了波澜。细一听是林家耀，又不由得风平浪静了。

回头再说林家耀，吴管家带他来到客厅外，正巧与吴天旺打了个照面。林家耀眼尖，一见就认出了吴天旺："这位大哥……噢，对了，你叫天旺……吴天旺！对不对？好多年不见了，你还好吧？"

吴天旺表情复杂，心想才赶走了海猫，又回来一个林家耀，便脱口说道："你真会凑热闹，又来干什么？"林家耀深感诧异，愣愣地看着吴天旺一拐一瘸，头也不回地走去。

林家耀走进客厅，见了吴乾坤就鞠躬行礼："吴世伯，别来无恙？"

吴乾坤不冷不热："还好！"

林家耀又问："那若云表妹呢？她可也好？"

吴乾坤瞪了林家耀一眼："你还记得小女啊？"

林家耀歉意地说："吴世伯，您这话从何说起，是，我没有按约定来虎头湾和若云表妹完婚，即便我能说出一千种理由，但终归是我的错，我就不解释了。好几年过去了，我想，若云表妹，应该……已经嫁人了吧？我只想问问，她现在还好吗？婆家在哪里，我可以去看看她吗？"

一股怒火在吴乾坤心中燃起："嫁人？哼！都怪我吴乾坤不自量力，高攀你们林家了，说退婚就退婚，连个招呼都不打，我们吴家的脸算是丢尽了！也罢，我是自作自受，门牙咬碎了我咽到肚里，跟你没关系！"

林家耀心怀侥幸："吴世伯，这么说若云表妹她还没有出阁？"

吴乾坤没好气地说："废什么话？都是被你搅的！"

林家耀激动不已："太好了，这也许就是缘分，真没想到若云表妹还没嫁人！吴世伯，您听我解释，当年我被送回南洋，本想把事情给家人讲清楚，我就可以重返虎头湾，迎娶若云表妹的，没承想……"

不知什么时候，吴若云带着槐花躲在客厅窗外偷听。她们断断续续听林家耀一口气讲了家父家母如何听信了他叔叔的谗言，他本人又如何据理抗争的，以及为了不让若云着急他还坚持每个礼拜写一封信，可是，到头来所有的信都被人交到了他父亲那里而付之一炬了……

林家耀的解释似乎打动了吴乾坤："你给我个痛快话，你这次回来，是不是打算来和小女完婚的？"

窗外偷听的吴若云把心提到了嗓子眼，但她却不知此刻在门外偷听的吴天旺也同时把心提到了嗓子眼。两个人的嗓子眼里的两颗心，都等着听到自己的答案。不料林家耀支吾半天，一脸的难为情。

　　"我知道了，有你叔叔在，想让你们林家的长辈答应这门婚事，那是没门儿了。事已至此，我吴乾坤也不讲究这些了，我不管你们家认不认这门亲事，只要你认，我就做主在虎头湾给你们操办婚事，成了亲，你就带着若云立刻走，爱去哪儿去哪儿！"

　　吴若云的心情很复杂，她不知道这一切会是什么结果；吴天旺想得倒是简单，他知道如果她俩成了亲自己就没路走了。但是不到黄河不死心，他们二人还是很希望听听林家耀的最终答复。

　　林家耀解释："吴世伯，我这次来先向您道个歉，再向若云表妹道个歉，我还有几句话要单独跟她解释，成亲之事，我一时……"

　　吴乾坤不禁一愣："什么？真是岂有此理！你不来找若云成亲，还用得着你大老远地跑来说声对不起？"

　　林家耀忙说："请吴世伯息怒，成亲是人生大事，还须从长计议，现如今国难当头，也不是时候啊！"

　　吴乾坤大怒："什么叫不是时候？国难当头关我屁事？我闺女等着嫁人！你要是不想跟若云成亲，就给我滚！"

　　林家耀摇头："不，我有很多话要说，有些事还要当面跟若云表妹说清楚，请吴世伯让我见一见若云表妹吧！"

　　吴乾坤手一甩："不行！管家，给我轰出去！"

　　吴管家应声上前，正要动手去推林家耀，没承想吴若云甩开槐花，只身闯进来。她冷冷地说道："爹，他不是有话要跟我说吗？这么大老远的来了，就让他说吧！我听听他说些什么，不过爹，请您回避一下。"林家耀惊喜地看着她，想搭话，却被吴若云避开。她转身又对吴管家说："吴管家，对不起，请您也回避一下。"吴乾坤和管家横竖不说一句话，两人一前一后，转身离开。

　　吴若云从容地坐在椅子上，看也不看林家耀："有话你就说吧！"

　　林家耀一步跨到吴若云面前："若云表妹，这些年来你可还好？"

　　吴若云淡淡地说："好还是不好，人在这儿，你看不见吗？说吧，你有什么话想单独跟我说？"

　　林家耀兴奋之情仍然不减："若云表妹，你还没出嫁，真好！我真怕我们这辈子再也没有机会了。若云表妹，我希望有一天我能够娶你，像我们当年一起憧憬的那样，好吗？"

吴若云内心突然掀起阵阵波澜，她尽量控制着，硬是不想表现出来。然而，一滴眼泪从眼角爬出来，暴露了这个秘密。确实，曾经的他们还是很相爱的。

　　林家耀说："若云表妹，有件事我必须要提前和你说清楚，而且我们只能单独谈，千万不能让吴世伯知道。"吴若云不知林家耀想说什么，用急切的眼神表现着内心的催促。

　　林家耀似乎难以启齿："那年我被我叔叔强行抓走，到了南洋之后我决定彻底跟家族决裂，可偏在这时候祖母大人病了，作为长孙，我又是医生……"

　　吴若云打断他："我能理解，刚才我在窗外都听到了，你还跟我爹说你写了很多信，反正我也没收到，这我也可以理解，你又有什么不能当着我爹的面说？"

　　"令我没有想到的是祖母根本就是装病，她们就是为了拖住我，居然没有经过我同意，很快就为我跟一位姓高的小姐举行了婚礼……"

　　吴若云"腾"地站了起来："你说什么，你已经成亲了？"

　　林家耀眼含热泪："所以，若云表妹，这事我必须跟你说清楚，我虽然跟她结了婚，可没过两个月，我就找机会逃出了那个家。那时候我觉得很对不起你，我实在没有脸面来找你向你解释，因此我就去了欧洲参加了反纳粹的战斗。这几年我心里一直很内疚，也一直很想念你，我想把这一切都跟你说清楚了，相信你会理解的，让这一切成为我们之间相互保守的一个秘密吧！无论如何都不能跟吴世伯说，如果让他老人家知道了，他一定不会再让你嫁给我，那我们之间就一点未来也没有了。"

　　吴若云淡淡地，却字字掷地有声："林家耀，我告诉你，你已经是有妇之夫了，我也嫁过人了！当年我身穿大红喜袍嫁给了海猫，你也亲眼看见了！就在前不久，我又嫁了一回！哼！未来？我们两个本来就不会有未来！"一直躲在门外偷听的吴天旺，脸上顿时充满了无比的幸福。对他来说，只要吴若云不嫁，他就还有希望，这个希望是他活下去的唯一理由。

　　吴若云走出客厅，说："爹，您回客厅吧，林大少爷的话跟女儿说完了，他还在那等着您呢！"

　　吴乾坤观察着吴若云的脸色，不放心地问道："若云，你们谈得还好吧？"

　　吴若云淡定地回答说："没什么好不好的。"

　　吴乾坤劝道："若云啊，爹劝你一句。是，林家耀这小子一走好几年，一点音讯都没有，不像话！可他毕竟是个有家势的大少爷，书读得又多，而且当年为了救你，孤身去闯聚龙岛，还受了重伤。说起来他跟你也算是郎才女貌，说实话，依爹看，跟那个海猫比起来，他还是强多了吧？"

　　吴若云脸一板："爹，请您别拿他跟海猫比，他比不上。"

吴若云说完，扭头就走。吴乾坤望着她的背影若有所思，想来想去也没想出个头绪，只好转身走进客厅，见了林家耀就问："若云好像生你的气啊？"

"是，若云表妹她恐怕一时不能原谅我，还好，还有时间。"

吴乾坤不解："还有时间？什么意思？"

"本来我也没指望着她能一下子就原谅我，毕竟这也不是成亲的时候，刚才我话说了一半，国难当头嘛！日本侵略者在我中华的土地上肆意践踏，有志男儿当先国后家，即便若云表妹原谅了我，我暂时也不可能和她成亲。"

吴乾坤一听这话就来气："不成亲，那你来干什么？"林家耀告诉吴乾坤，他现在是国际反法西斯联盟的战士，回来抗日的。吴乾坤皱紧了眉头："什么意思？反法西斯？你也打小日本？你蒙谁啊？你那个叔叔早就他奶奶的当了汉奸了。"

"不错，当我知道他当了汉奸以后，就立刻写信跟他断绝了关系。如果在战场上相遇，我不会拿他当我叔叔的，而是会拿他当作我的敌人！"

吴乾坤厌烦道："你拿他当不当敌人跟我没关系，你说这些干什么？"

"打败日本侵略者需要更多的力量团结在一起。有一支队伍他们的力量很薄弱，但是在抗日救国的道路上他们一直在发挥作用，而且力量越来越强大，这就是共产党八路军，我现在跟他们在一起。"

吴乾坤惊叹："你说什么？你也参加了穷鬼的队伍？"

"不能说参加，我只不过是和他们在一起。我刚才说了，我是国际反法西斯联盟的战士，我这次来胶东的任务就是帮共产党八路军建立他们自己的战地医院，救治那些在抗日战场上受伤的将士们！"

吴乾坤重复道："战地医院？"

林家耀兴奋地说："对，战地医院！我最重要的任务就是在胶东建立一个战地医院。我在地图上分析了很久，这个医院建在虎头湾最合适。虎头湾的陆路和水路交通都非常方便，即便日本人得到了消息想来袭击，我们也能迅速转移撤退，而且在未来的战斗中，虎头湾附近的很多地方可能成为重要的军事要地。战地医院必须跟战场保持一定的距离，不能太近，也不能太远。这些条件虎头湾都符合，更重要的是虎头湾我了解，幸好我在您家里住过，身为吴姓族长，您在这里很有号召力，光您自己家的房子就有好多，宽敞、明亮、通风性好，适合改造成医院。"

吴乾坤嘴一咧："你说什么？你敢打我吴家大院的主意？"

"抗战救国，是我们每个中国人的责任。吴世伯，如果您愿意，我就建议把医院建在虎头湾，您的吴家大院将变成最主要的治疗区。这可是您为抗日救国做贡献的大好机会啊！"

吴乾坤眼一瞪："放屁！你他娘的是替穷鬼的队伍来抄老子家的啊，滚！"

林家耀不亢不卑地说："吴世伯，事关抗战救国，请您三思！"

吴乾坤顺手从腰间搋出枪来："你滚不滚？不滚我毙了你！"门外仍在偷听的吴天旺忍不住笑了，这回他算彻底放心了。

山路崎岖，快马扬蹄。王大壮将马鞭甩出一个个花样，又响又脆。他和海猫在根据地又打又闹，好一阵子疯。直到日上三竿，这才坐着马车来到虎头湾。

秧歌疯子一见海猫，也顾不得唱秧歌了，丢下一大堆围观的男女老幼，几步就跑到海猫跟前，一声声"大哥"，叫个不停。

海猫从兜里掏出零钱交给秧歌疯子说："兄弟，去给哥置办点儿吃喝，我那捻匠铺，锅碗瓢盆啥都有，铺的盖的我自己带着呢！"

秧歌疯子头一点，转身跑了。老犟眼子凑过来问："海猫，你这是……"

海猫笑容可掬："大爷，我回家了！我娘跟我说，噢，就是海神娘娘，她跟我说了，别四处乱逛荡了，她让我回虎头湾的家，哪儿都不许去了。所以以后啊，我就留在虎头湾了！各位街坊邻居、叔叔大婶，反正吴家的人都是我爹的亲戚，赵家的人都是我娘的亲戚，全镇子的人都是我亲戚，我家在哪儿你们也都知道，捻匠铺，啊，随时到我家来玩啊！"海猫说着，边从马车上卸行李，边对王大壮使个眼色："多谢了，车老板！"

王大壮一挥马鞭，甩个脆响，赶着马车走了。

围观的人们指指点点。海螺嫂凑到老犟眼子身边："他到底是人是鬼呀？看样子要在虎头湾住下了，我咋觉着后背直刮凉风啊？"各种各样的议论在海猫耳边嗡嗡作响，他权当没听见，笑呵呵搬着行李走进捻匠铺。这时，秧歌疯子买来油盐和一瓶大嵩卫，两人便灶前灶后忙活起来。不知何时，赵香月把一篮子小海鲜放到灶上说："海猫，你来了也不跟人家说一声？"

海猫调皮地说："小姨，不说你这不是也来了吗？"

赵香月不好意思地瞥一眼海猫，弯腰就把正在灶口烧火的秧歌疯子推到一边："你看你，连个火都不会烧，快躲一边去！"

赵香月手脚麻利，一边续柴烧火，一边掌灶煎炸。她把篮子的海螺和花蛤儿等小海鲜一一洗净，该煮的煮，该煎的煎，不一会儿满屋就充满了一股香味儿。

海猫和秧歌疯子欢天喜地，打开大嵩卫，对着瓶口便大口小口地喝起来。海猫把恰到火候的海螺肉填到嘴里，边咂嘴边说："一样的小海鲜，不管是啥，一经小姨的手就特别好吃！"

"好吃我就顿顿给你做！"

听了这话，海猫立马推辞："不用，不用，我从今以后就在虎头湾常住了，哪能天天麻烦你呢？我自己做个什么样算个什么，不管生熟，吃到肚子里不饿就行了。"

赵香月嗔怪道："哪个大男人自己做饭？没听说过。"

"不是，小姨，我不是这个意思！我怕那大个子，就是赵大橹，我担心他碰见了产生误会……"

赵香月捂住耳朵："我不听这些，我就知道我的命差点丢在城里，是海猫救了我。"

海猫赶忙说："小姨，这事你别总放在心上，哎，谁叫你是我小姨呢？"

"你别叫我小姨，叫我香月好了。我早就想好了，你不是有队伍吗？我也参加你们的队伍，你到哪儿我就到哪儿。"海猫没想到赵香月竟如此的直白。正不知该怎么回答，赵老气一步冲进来，拽起赵香月的手就走，边走边说："你还要不要脸啦？你凭啥给他做饭？走，你不去赶海，就跟我上山干活去！"海猫一时手足无措，眼睁睁地看着赵老气拽着赵香月走出了门。

秧歌疯子望着赵老气和赵香月上山的背影，开口就唱：

锅腰上山嘴啃地，
锅腰下山腚朝天。
锅腰碰见下大雨，
脊梁湿了肚皮干。

秧歌疯子这一唱，海猫回到虎头湾的消息很快传遍了全镇。消息传到吴乾坤耳边，他不由得一愣："嚯，今天是个什么日子，刚刚撵走了一个林家耀，又回来个海猫，真是邪门了！"

吴管家告诉吴乾坤，海猫说他这次回来就不走了。

"新鲜，这孽障有点儿胆子呀，我吴乾坤要弄死他，他居然还敢回来。走，我也去他那捻匠铺开开眼。"吴乾坤说着便往门外走。

门后的吴天旺走出来跟着，说："老爷，我跟您一块儿去。那海猫不是个好东西，我跟着您，给您护驾。"

吴乾坤轻蔑地看一眼吴天旺，打心里烦他，但又觉得他的话很是受用："嗯，再招呼几个人，带上家伙。"

吴乾坤带着吴天旺和管家，以及几名吴姓家丁来到捻匠铺。捻匠铺里的海猫正在收拾碗筷，见吴乾坤一伙人手里都端着枪，便突然笑了："吴家族长，你们这是干吗？光天化日之下，要无端杀人啊？"

吴乾坤冷笑："无端杀人？你这个孽障，我杀你有一百个理由！"

海猫阿谀道："我猜您肯定不舍得！上回您说要亲手杀了我，不是干打雷没下雨吗？管家也是好人，还放了狗来款待我，结果还不是瞎子点灯——白费蜡吗？"吴乾坤和管家一时间气得脸色铁青。吴天旺一直在察言观色，一见吴乾坤变了脸色，冲上前来就要开枪。

海猫大喊："嘿，你要干什么？我可告诉你，是我娘海神娘娘让我回到虎头湾的，你要是打死我，不但跟海神娘娘过不去，就是吴家族长也过不去！到时候虎头湾要是遭了大报应，吴家族长一定会拿你是问！"吴天旺顿时不知如何是好，转头看着吴乾坤。

吴乾坤大喝："你们全都出去！"吴天旺只好和管家等人一起退出。

吴乾坤发现搁在灶台上的酒瓶，不无嘲讽地说："嗬，还喝上大嵩卫了？"

海猫拿起酒瓶晃晃："来得早不如赶得巧，还剩多半瓶呢，吴家族长，您来几口，这可是咱海阳有名的大嵩卫啊！"

吴乾坤脸一板："你少跟我嬉皮笑脸的！你不是有队伍吗？你不是要杀鬼子吗？回虎头湾来干什么？"

海猫一下子变得正经了起来："是这样，吴家族长，现在全国都在打仗，杀鬼子也不光是战场上的事儿。您老人家带兵打仗当过团长，眼睛雪亮，我可不敢瞒您，我回虎头湾也是有任务的。"

吴乾坤突然用手指着海猫："你等会儿，我想起来了。你小子是跟那林家耀一起回来的，对吧？"

海猫一愣："林家耀？"

"没错，刚才林家耀说来着，他现在跟你们什么共产党八路军一伙的了，要在虎头湾建什么医院，还惦记着我吴家大院呢！"

海猫"啪"地一拍大腿，表情立刻发生了变化："看您老人家说的，我怎么能跟林家耀是一伙的呢？他是什么人，我又不是不知道，他不是曾跟若云小姐订过婚，后来又反悔了，对不对？"海猫一番话，弄得吴乾坤一头雾水。

海猫以神秘的口吻说："我这次回来真的有任务。我们上级领导害怕小鬼子再打虎头湾的主意，就派我回来打探消息。他们说了，要是小鬼子敢把大部队开到虎头湾，我们的队伍就会尽全力保护，不管吴家还是赵家，都是中国人，我们有这个神圣的义务和责任！"

"此话当真？"

海猫认真地说："当着真人不说假话，不过话又说回来了，这话我可只能跟吴家族长您一个人说，您可不能跟别人说。我在虎头湾广场上都说了，我说是我娘海神娘娘派我回来的。一般老百姓，不懂共产党八路军是干吗的，所以不能告诉他们，您老人家心里有数就行了。"

吴乾坤眉头一皱："你们连自己的坟都哭不过来，还能哭乱葬岗？还能顾着保护虎头湾？你糊弄我吧？"

"我真没糊弄您。您想啊，我上回得罪了若云小姐，您要跟我动刀子，管家还牵了两条大狗想活活撕了我，我的小命差点没丢在这儿。要不是上级领导有这么重要的任务交给我，打死我，我也不回来呀！"

吴乾坤似乎有些信了："那好，我倒要看看，你说的是真话，还是假话。我可告诉你，海猫，你要是敢糊弄我，当心我随时要了你的命！"

海猫点头。

"你在家里开火，缺东少西的，怎么填饱肚子？"吴乾坤起身要走，扫一眼灶上灶下，朝着门外就嚷，"管家，抱一坛子油，再割块肉，还有你看他这儿还需要点什么，把咱们家玉米和地瓜啥的，都给他弄点来！"

吴乾坤说着，跨门出去了。海猫慌慌追出来，朝着吴乾坤的背影喊道："多谢吴家族长光临寒舍！哎，管家老爷，肉多给我切一块，我馋。"

吴天旺回头看着海猫，双眼射出恶狠狠的凶光！

第三十三章

说是夜黑无痕，其实，夜幕里的痕迹都是被早起的朝阳打扫干净的。当灿烂的阳光射进吴若云闺房的时候，她彻底驱除了林家耀在自己心里留下的阴影，整个人变得轻松多了，连走路都有飞起来的感觉。

好事成双，这时槐花像报春鸟似的飞进来，她叽叽喳喳地告诉吴若云，说是海猫又回来了，就住在捻匠铺。老爷不但没宰了他，还让管家给他准备了好多吃的用的，刚才亲眼看见她的天旺哥奉管家之命，正往捻匠铺走呢！

吴若云凤眼一瞪，赶紧吩咐槐花梳妆打扮。槐花先是一愣，当她回过神来，便又拿胭脂又拿粉，欢天喜地。主仆关系就是这样，槐花心里明白，大小姐脸上的晴云表，就是她手里的温度计，理应先小姐之忧而忧，后小姐之乐而乐。

然而，同是奴才的吴天旺却时时心藏叛逆。他背着吴管家给海猫准备好的高粱米、地瓜干，还有一大块肉和一坛子油，有些不情愿地送到了捻匠铺。

海猫一脸的感激之情，不住声地道谢。吴天旺默不作声地看看海猫，然后一瘸一拐地将门关上。这才流着眼泪对海猫说："我刚才……还有上回我真想杀了你，那是因为你把小姐害得不轻啊！"

海猫顿时乱了方寸："天旺兄弟，你别啊，有话慢慢说嘛！"

吴天旺告诉海猫他从小就在老爷家当长工。小姐对他最好，他见不得小姐受一点委屈。还说要不是他回来，他和小姐早就是夫妻了。

海猫看着吴天旺说："是！天旺兄弟，都是我耽误了你的好事。不过，我听你家小姐说过，那也不是真的，就像唱秧歌戏一样，她答应和你成亲是为了糊弄她爹好逃出去。天旺兄弟，咋着，你还信以为真，假戏真做了？"

"这个用不着你管，反正我就想告诉你，我之前想宰了你，都是为了小姐，为了我家老爷。现如今既然老爷不想杀你了，那我以后也用不着那样对你了。要说咱俩也算老相识了，你现在一下成了老爷的贵客，看，老爷还白送你这么多好东西，以后也希望你在老爷面前多为我说说好话……"吴天旺说着，突然哭起来，"我是个苦命的人，我这条腿就是替大小姐顶罪被老爷打折的。可你倒好，皮毛没伤就变成老爷的贵客了。"

海猫顿时乱了阵脚："天旺兄弟，你别哭啊！哎，我给你盛碗鱼汤喝吧！"说着就去盛汤，锅旁边有勺子，却没有碗。海猫东找西寻，好不容易找到碗又嫌太脏。他忙着到捻匠铺外找水，找到水又去找抹布擦。就在海猫忙里忙外的时候，吴天旺迅速从腰间搜出一包药，抬手抖落进汤锅。

海猫拿着洗净擦干的碗，弯腰从锅里盛了一碗鱼汤，双手端给吴天旺。吴天旺推开碗："行了，你自己喝吧！老爷家有饭吃，我就不跟你争了。"

吴天旺说完转身就走，海猫连忙将碗放在灶台追出去。他追上吴天旺，仍心存感激地说："天旺兄弟，真没想到你能跟我说刚才那番话。既然这样，以后咱们就是朋友了。我这回想在虎头湾长住，我也是个穷苦人，咱互相帮衬，成吗？"

吴天旺点头答应，催促他赶紧回去趁热喝鱼汤。海猫一脸灿烂地回到灶前，端起搁在灶台的那碗鱼汤就递到了唇边。恰在这时，门被吴若云撞开，她看着海猫，怒目圆瞪。

海猫有些尴尬："那天我嘴太笨，惹得你生气了，非要了我这条贱命。你叫人放狗咬我，可你不知道我小时候要饭就怕狗啊？我这一怕不要紧，我娘……就是海神娘娘，她老人家一发善心就把我带走了。刚才我听你们家管家说，那两条狗死了。对不住啊。我娘可是神仙，她一现身那狗肯定活不成！"吴若云并不搭话，她的眼泪开始在眼眶里打转儿。

海猫一见便没了主意，立马道歉。吴若云噙着眼泪："你还敢回来，你就不怕死吗？"

"没办法，死我也得回来。"

可吴若云不这么想："那是为啥？"海猫不能实话实说，也不愿扫了吴若云的兴。"那就是因为我。因为我在这儿，所以死你也得回来！"

海猫善解人意地笑。吴若云潸然泪下："海猫，我就说你比他林家耀强多了。"

海猫眉一扬："林家耀？那是！"

吴若云一头扎进海猫怀里，双拳直捣："臭猫，你个臭猫，你坏！你坏！"

这一瞬间，海猫虽有些尴尬，却也感受到了一生一世的幸福。他心里明白，他真正渴望并苦苦追求的爱人，就是吴若云！

吴若云放纵泪流，倾情诉说："我就说嘛，你比他强多了，他家的祖宗能绊住他的脚，你却连死都不怕，他比起你来算什么东西？一个天上，一个地下，海猫，你就是我这辈子要嫁的人！"

海猫不知所云："不是……小先生，你听我解释……"

"你什么都不用解释了。我知道，你不是不喜欢我，你就是现在上边有人管着不让你娶媳妇。你不是答应我爹了吗？说把小鬼子赶出中国再娶我吗？好，我等，我能等！在烟台上学的时候，我也经常参加反帝反封建的游行，我见过你这样胸怀大志的热血青年。我根本不着急出嫁，其实，只要能和你在一起，你娶不娶我又能有什么呢？"吴若云说着，把海猫搂得更紧了，"海猫，这样真好！你终于回到了虎头湾……你知道吗？三天前，我就想离家出走找你去，可我爹不让，他不让我就开始绝食，我已经绝食三天了。你要是再不回来，估计我非饿死不可。"

海猫一惊，急忙推开吴若云，起身端起自己刚才要喝的那碗鱼汤："快快快，我摸着这碗还热乎呢，我刚炖好的鱼汤，你先喝了吧！"

"哎呀，太好了！"吴若云接过碗，低下头来张口就要喝。就在捻匠铺门外偷听的吴天旺见状，脸色陡变，毫不犹豫地冲到吴若云跟前，抬手将碗打飞，碗里的鱼汤洒了一地。

吴若云一愣，问吴天旺干什么。吴天旺慌忙说："小姐，他做的汤您怎么能喝呢？别脏了您的胃！"

吴若云怒斥，说着就拿勺子找碗，把半个身子探到锅口，弯腰再次去盛。海猫悄然而立，不露声色地观察着吴天旺。吴天旺见大事不好，冲上去就将整个一口铁锅从灶台上撬起来，他双手抓着锅沿，跑到门外把半锅的鱼汤全泼在了院子里。吴天旺担心被海猫抓到证据，又随手找到铲土的铁锹，三下两下用土了埋起了那些鱼汤。吴若云几次想去阻拦，却硬是被海猫暗暗制止了。吴若云看着海猫，似乎从他的眼神里读懂了什么。

"小姐，您真的不能吃这些东西啊。您想啊，他这房子又破又旧，也好几年没人住了，头一回开火，干净得了吗？您要是吃了他的东西，准得拉稀跑肚！"

吴若云眉一皱："你说些什么呢，真叫人恶心！"

海猫不想揭穿吴天旺："若云小姐，他这也都是为你好，你就别责怪他啦！"

夜色笼罩的大海神秘而恐怖，掀起一排排巨浪，万马奔腾似的咆哮着扑向岸边礁丛，被撞个粉身碎骨以后，仍然不甘心，又重新聚集酝酿更大的巨浪，疯狂地一次又一次反扑，而又一次再一次以失败告终。眼下，蜷缩在礁石丛中顾自独饮的吴天旺，就处在这种悲痛欲绝的境地。

常年生活在海边的人们，每当临海喝酒，常常不带任何菜肴，他们在礁石丛中或剥开几枚牡蛎，或捉几只小虾，运气好时再逮些许螃蟹，就是下酒的上等佳肴。正所谓生吃螃蟹活吃虾，这种豪放不羁，是他们几辈人养成的习惯。吴天旺当然谈不上这一点了，但他就地取材吃小鲜，倒是自己把自己灌个半醉。

海猫来到吴天旺身旁，一把夺过他手里的酒瓶："天旺兄弟，你喝酒也不叫我一声，想被窝里放屁，独吞是不是？"

仇人相见，分外眼红，吴天旺才没心思跟你海猫开玩笑呢！他一声大叫，饿虎扑食似的向海猫扑去。海猫就地打个滚儿，一个鹞子翻身，三拳两脚，一会儿便把吴天旺骑在胯下。

吴天旺瘦驴拉硬屎，挣扎哭号："我要杀了你，我要杀了你！"

海猫一时间犹豫不决，是该再出重手彻底制服他呢，还是让他一马此放过。最终，海猫选择了后者。然而，海猫双胯刚一松动，吴天旺便随手抄起一块大石头，举手就向海猫头上砸去。令吴天旺没有想到的是，海猫既不躲闪也不还手，眼睁睁被他砸得头破血流。

海猫摸一把额头渗出的鲜血，目光炯炯："兄弟，我什么都明白，我欠你的，我对不住你。来吧，要想解恨，今个儿你敞开打，我绝不还手！"吴天旺惊恐地躲避着海猫的目光，弯腰拾起扔在沙滩上的酒瓶，"咕咚咕咚"，拼命地往嘴里灌。

海猫夺过吴天旺手里的酒瓶，抬手就往自己脑袋上淋，不禁疼得龇牙咧嘴。海猫忍着剧痛说："我知道我耽误了你的好事，你恨不得弄死我。可是你总该想一想，你配得上配不上吴若云呢？人家读过书，又是大小姐，你从小就是个扛活出苦力的，别痴心妄想了！"

吴天旺咬牙切齿："我配不上你就配得上了？我是扛活出苦力的，可是我好歹是个正经八百的吴氏子弟，你呢？你就是个孽障！"

海猫说："我也没说我配得上啊！不瞒你说，我确实觉得小先生挺好的，可是我也不敢痴心妄想啊，再说，人家不是还有林家大少爷嘛！"

吴天旺气愤地说："狗屁！我早就看出来了，大小姐跟林家大少爷是不可能了。今天我全听见了，林家大少爷在南洋都娶过媳妇了，我家小姐怎么可能给他做小呢？小姐心里只有你，要是没有你，她一定会跟我拜堂成亲的！"

"啊？他林家耀娶过媳妇了？"海猫心里一阵窃喜，他想起吴若云白天趴在自己怀里说的那些话，脸上不由得绽开了灿烂的笑容。

吴天旺妒忌成恨，恨之入骨："笑，你还笑？你得意了是吧？我告诉你，我不会让你得意，也不会让你得逞的。我现在就宰了你！"

吴天旺说着重振精神，拳打脚踢，拼命地跟海猫厮打起来。正在这时，突然传来一声断喝："住手！你们这是干什么呢？"海猫和吴天旺这才发现，吴家管家带着巡夜的乡勇，已经将他们团团包围。

海猫急中生智，忙撒谎说他约吴天旺喝酒。光喝酒也没啥意思，于是他们就比画比画，活动活动筋骨。吴天旺瞪眼看着海猫，声声喘息，并不说话。

吴管家拉下脸来："天旺，族长大老爷都没为难海猫，还给他送了吃的用的，这是什么意思你还不清楚？海猫这次回来跟以前不一样了，族长大老爷今儿还吩咐了，以后任何人都不许再提'孽障'二字。你，下手可得知道轻重！"

吴天旺张口结舌："是……管家大老爷，我……我知道了……"海猫瞅一眼吴天旺，忍不住低头笑了。

吴天旺可笑不出来，他憋着一肚子气，一瘸一拐地转身走了。走到吴若云小院拐角，槐花突然闪身挡住吴天旺。吴天旺目光呆滞地看着她，槐花这才发现吴天旺额头受了伤，惊讶地问道："天旺哥，你咋受伤了？"

吴天旺一肚子的火正没处撒，他一把拉起槐花，顺着吴若云闺房的墙脚，悄然来到槐花的小屋。进了屋，也没容得槐花说句话，吴天旺便将她按在了炕上。他用对海猫的妒忌之火点燃自己心中的欲火，一齐发泄在槐花身上。槐花就像一堆干柴，助燃了熊熊大火。火势越来越旺，她幸福地尖叫……

海猫拖着疲惫的身躯回到捻匠铺，他摸摸脑袋上的伤口，发现还在汩汩流血，便从灶口掏出一把草木灰按上去，还没来得及包扎，就见黑夜里一个人影子冲向自己。海猫刚意识到危险，那人影就从背后锁住了他的脖子，接着一把匕首顶在了咽喉。赵大橹质问海猫为何又回来，海猫连忙保证自己回来与赵香月没有关系。赵大橹本就是个有血性的汉子，当海猫问起以后怎么办时，赵大橹告诉海猫要是日本人再来，他和几个赵家后生们就抢了族里的枪跟他们干。如果不行，他们就离开虎头湾，跟着打鬼子的队伍。海猫敬佩赵大橹是条汉子，并安慰他，如果他这么做的话，赵香月铁定能看上他。赵大橹听后，腰杆不觉硬起来。对他而言，赵香月对自己的态度太重要了。

送走赵大橹，海猫更加疲惫不堪。可他刚转身进门，一支乌黑的枪口便又指向他。海猫吓了一跳，借着月光，他发现端枪的是王大壮。海猫气坏了，王大壮赶忙赔着笑脸。

王大壮告诉海猫，赵洪胜当了傀儡县长，日本人让他干啥他就干啥，但是对中国人没做出什么出格的事。吴江海就大不一样，他带着日本人拿下了聚龙岛，消灭了海盗。二人暂时都没再打虎头湾的主意。海猫寻思虎头湾还是相对安全的。上级领导决定把胶东八路军的战地医院建在这儿，确实是比较合适的选择。想到这里，海猫"腾"地站起身，让王大壮回根据地，向政委汇报，抓林家耀。因为林家耀不按部署，先行来到虎头湾，直截了当地把创建战地医院的老底抖落了出去，还要征用吴乾坤的房子，结果被一口拒绝。

县城应该是乡村进步向上的集中体现，而19世纪40年代的海阳县城，则成了藏污纳垢的地方。不说日本鬼子、伪县政府、汉奸二鬼子和地痞流氓各霸一方，耀武扬威，单讲各种各样的妓院妓女就数不胜数，四处招蜂引蝶。

清晨的阳光透过浑浊空气，照在蹲在妓院门旁的荣七身上。很明显，荣七在这里等了一宿，他破衣邋遢，一副穷困潦倒的样子。当荣七看到吴江海睡眼惺忪、东晃西晃地从妓院走出来时，他立马迎上去。他自报家门，说自己是帮助过他的荣七，结果引来吴江海的一巴掌。看在荣七曾帮助过他的份上，再加上自从泥鳅死后，他就没了左膀右臂，于是任命荣七为副大队长。

就在吴江海和荣七勾搭成奸的当天，麻生少佐召集了一个日中亲善座谈会。会上，麻生少佐宣读了藤田指挥官写给他的一封亲笔信。信中说，他们到海阳的第一仗是借助大日本帝国的军舰，全歼了聚龙岛上的海盗，他为此感到高兴和骄傲，并提出他要亲临海阳看大秧歌，借此为他们庆祝胜利。

憋屈了好多天都没说话的赵洪胜，一听大秧歌便打开了话匣子，他从海阳大秧歌的起源说到这种民间艺术的魅力，口若悬河，滔滔不绝："海阳有胶东有名的招虎山，还有最长的海岸线，山上干活的农民累，海里打鱼的渔民苦，他们累了苦了就寻乐子打破孤独和寂寞，都说人间千苦万苦人最苦，其实人最苦的莫过于孤独和寂寞！俗话说，穷扭秧歌富唱戏，那是有一定道理的！"

吴江海仗着和麻生少佐在聚龙岛上的一次狼狈为奸，腰杆硬了许多，他冲着赵洪胜就嚷："道理个屁！让你深山里砍柴，汪洋里打鱼试试，你还有心思唱秧歌？告诉你吧，穷鬼们唱秧歌，那是自己给自己壮胆！"

赵洪胜不想和吴江海争宠，所以并不计较吴江海的狗仗人势，只顾自顺着自己的思路说："你说的这一点也不无道理，海阳大秧歌粗犷豪放，随心所欲，不拘于形式，也正是因为这个原因。"

麻生少佐对赵洪胜肃然起敬："赵县长不愧是海阳最有文化的人，对大秧歌有研究，有见识，非常地了解。"

赵洪胜有点忘乎所以："那是当然，虎头湾的大秧歌在海阳是头份的，我们赵家的大秧歌队在虎头湾也是头份的，远近闻名。"

麻生少佐竖起大拇指："赵桑，你的好，太好了！藤田指挥官亲临海阳看大秧歌，请你出面组织，现场就定在虎头湾，好不好？"

赵洪胜没有想到自己给自己惹了麻烦，一时间愣了。吴江海却乐了。

海神庙在朝阳的光辉中显得无比的宏伟。宽阔的广场上有孩童玩耍，他们有玩抽皮猴的，还有玩捉迷藏的。赵香月的弟弟赵发正跟人玩"打皇帝"，这个游戏规定四人参与，其中设"皇帝"和"犯人"各一人，"衙役"两人。其规则是：将假"皇帝"的砖头置于最难以击中处，"衙役"则放在较易击中的地方。最终，凡是既打不倒"皇帝"，也打不倒"衙役"者，便是倒霉的"犯人"了。

游戏开始前，先以"手心手背"和"石头、剪刀、布"的方法决定比赛次序。当名次决定后，那些平素保守又胆小的参赛者，往往采取保险系数最大的做法，首先去击打"衙役"的砖头，如此是担心一时的失手而沦为"犯人"。

但赵发从来不这样做。不管按名次排序先打或后打，每次出手只打"皇帝"，只要做了"皇帝"，他便按游戏规则，充分施展自己的权力，常把"犯人"折腾得大呼小叫，连连告饶才作罢。当然，有时海螺嫂的女儿吴海霞会出面替"犯人"求情，赵发也常大赦天下，免除对"犯人"的刑罚。

孩童们彼此不分姓吴还是姓赵，童言无忌，正玩得高兴，忽然就听得锣声响起，只见赵家的两个族人敲着锣奔跑而来。正在灶口烧火做饭的赵香月一愣神，只听族人喊着族长大老爷从县城派管家回来传口信了。

锣声和喊声也同时传到吴乾坤的耳边，他扭头问站在身旁的管家怎么回事。吴管家告诉吴乾坤，赵洪胜从城里为他的族人谋了一份好差事，正召集他们训示。

吴乾坤冷笑道："好差事？哈哈，给小鬼子干事，能有什么好差事？走，叫上老八看看热闹去。"

正在睡梦中的海猫也被锣声和喊叫声惊醒，他一骨碌爬起身，急忙走出捻匠铺。海猫追上一个敲锣的赵姓族人问："哎，这位大哥，请问啥事啊？"

那人瞥一眼海猫："赵管家召集赵姓族人训话，跟你个孽障没关系。"

"嘿！你怎么说话呢？我可告诉你，你别一口一个孽障的，你们族长可是我亲舅舅，我回头跟我舅舅说了，他非打碎你的脑袋不可！"那人毫不理会，敲着锣转身走了。海猫望着他的背影，一时间陷于沉思。

不到一炷香的工夫，赵姓一族的男女老幼便被召集到了虎头湾广场。按平日的规矩，他们站在约定俗成的赵姓区域，听赵管家站在高台上训话。

赵管家开门见山，张口就说："藤田指挥官要亲自来海阳视察了，他非常喜欢咱们的大秧歌。你们也都知道，海阳的秧歌队村村都有，那可不是谁都能演给皇军看的，要不是因为族长大老爷是一县之长，这么美的差事可落不到咱们头上！县长大老爷说了，咱们赵姓族人露脸的机会到了。只要把大秧歌扭好了，唱好了，藤田指挥官高兴了，赵姓族人有一户算一户，族长大老爷挨家挨户赏！"就像油锅里撒了一把盐，赵姓族人高一声，低一声，七嘴八舌，议论纷纷。

站在吴家高台的吴乾坤仰天大笑："哈哈！我当什么美差呢，原来是给小日本卖唱啊！"

吴八爷说得更直接："什么卖唱？我看就是给小日本舔屁股！"

赵姓九老爷听了，脸上顿时挂不住了，但他又没理由反驳，只好冲着赵管家大声嚷道："吃根灯草，放屁轻巧，你以为秧歌就那么好扭的啊？"

"我知道扭场秧歌不容易，族长大老爷说了，这次秧歌唱哪几出，都由谁来扮演乐大夫，大伙都要好好议一议。"

赵大橹忽然在人群中大吼："没什么好议的，这场秧歌不能演！"

赵管家吓了一跳："赵大橹，你想干什么，你想造反啊？"

赵大橹说："汉奸才给小日本扭秧歌呢，我才不演乐大夫！"

赵管家一脸的轻蔑："你还不演乐大夫？呸，轮得到你吗？族长大老爷点过两回让你演乐大夫，那是抬举你！你不感恩倒也罢了，可你居然跑到县城去行刺族长大老爷。本来被我抓了，可是不知道谁又把他给救了。没想到你还敢回虎头湾，还敢顶撞本管家？来呀，把他给我绑起来！"赵姓子弟面面相觑，没有人上前。

赵管家看形势已经发生了变化，只好自己给自己找了个台阶下，说什么看在姓赵的份上，他娘又是个寡妇，就先饶他一命。

赵大橹看一眼人群中的赵香月，不禁又吼道："我谅你也不敢不饶！"

赵管家为掩饰心里的惊恐，连忙转头对九老爷说："九老爷，县长大老爷说了，藤田指挥官要看扭秧歌是个大事，要不您抻个头？"

九老爷没好气地说："往年召集秧歌都是族长出面，他家人多，想唱哪出唱哪出。我们家只扮过几回《水斗》，抓螃蟹啥的。你让我抻头，我就给日本人演螃蟹！"

"演螃蟹？我可从没听说过。"

九老爷笑了:"小日本还不是螃蟹呀,在我们中国的地盘横行霸道!"

赵管家生气地说:"你敢辱骂皇军?这话我要是跟县长说了,皇军要治你的罪,砍你的脑袋的!"

九老爷满不在乎:"那有什么,大不了我去跟赵三伯做个伴儿!"

赵管家凑到他的耳边,压低声音说:"好死不如赖活,你说什么呢你!当着这么多穷鬼的面,你这不是要给族长大老爷下不来台嘛。"

九老爷义正词严地说:"他当汉奸县长才下不来台呢!我实话告诉你吧,赵三伯死是死了,可落着一个族中上下敬重,你知道吗,赵氏祠堂里,大伙给他立了忠义碑,族人们天天去烧香磕头。"

赵管家气得咬牙切齿,嚷道:"好啊!我算看明白了,族长大老爷把这么好的事交给你们,你们竟不识抬举!都等着,你们早晚会后悔的!"赵管家说着,回头招呼从城里带来的两个族人便走。当他经过赵大橹脚前时,赵大橹突然一伸腿,赵管家吧唧一声,摔了个狗啃泥,众人哄堂大笑。

赵管家火了,爬起身,从腰间拽出枪就对准赵大橹:"好你个赵大橹,你居然敢戏弄我!我告诉你,我可不是从前的管家了,县长大老爷已经答应,过两天就派我到警察局替皇军效力,我他奶奶的在当警察之前,先为皇军立一功,我毙了你这个捣乱分子!"

大橹娘吓坏了,疯狂地扑过来,"扑通"一声跪在赵管家面前,赵香月在人群中紧紧抓住奶奶的胳膊,所有在场的人也都惊呆了。可没想到赵大橹一把将赵管家的枪举起,枪声响了,在空中久久回荡。

站在高台正看热闹的吴乾坤说:"看吧,好戏还在后头呢!"

吴管家说:"族长大老爷,这叫官逼民反,民不得不反啊!"

这时,只见赵大橹一手紧握赵管家的手腕,一手挥舞着冲大家喊道:"姓赵的老少爷们,我赵大橹人穷骨头硬,我是不会给小日本唱秧歌的,你们呢?"

赵姓族人齐喊:"不唱!不唱!……"赵香月抓起弟弟赵发的手,也跟着齐喊:"不唱,不唱!"

赵大橹偷眼看了,满心自豪,手上一用力,差点没拧断赵管家的手腕,枪也掉在地上。偏在这时,赵香月笑了。赵大橹仿佛得到了鼓励,二话不说,弯腰捡起枪,一下顶在赵管家的脑门上。大橹娘吓坏了,声嘶力竭地阻止。

赵大橹正犹豫不决,只听海猫大喝一声:"赵大橹,不要开枪!"海猫拨开人群,一步冲到赵大橹跟前,伸手夺过他手里的枪。

赵大橹怒道:"你干什么你?把枪还给我,我要毙了他!"

海猫压低声音说:"你不能杀人啊。你毙了他,你就闯大祸了!"

赵大橹大喊："我不怕，昨天晚上你跟我说什么来着，我都记着呢！"

海猫苦笑一声："你别逞强了，当着这么多人的面，等回去我再跟你说！"

赵大橹越发理直气壮："怕什么？天塌下来，我一个人顶着！"

九老爷不由得插话："一人做事一人当，你跟着掺和什么？"

海猫转头说："九老爷，我海猫是怎么回事大家都知道。海神娘娘是我娘，她老人家让我回虎头湾来住了。我仙界那个海神娘说了，她说一家人就是一家人，一笔写不出两个赵来，咱们都是一家子可千万不能乱杀人，乱杀了人，灾祸马上可要降到虎头湾了！"

九老爷不耐烦了："什么乱七八糟的，那管家狗仗人势就该杀！"

"不能杀啊，尤其是赵大橹，他无论如何不能杀人！他本来就犯过错，您还不知道吧？他去城里刺杀赵县长以后，不是他自己逃出来的，是我跟我舅舅求情把他放出来的。"九老爷看着赵大橹，又看了看海猫，将信将疑。

"他犯过一回错了。他这回要再杀了人，那他还能活得了命吗？他娘就他这么一个儿子，赵大橹要是没了命，他娘还活得了吗？这一来二去就是两条人命啊！"

赵大橹不知哪来的一股豪气："杀人偿命，自古就是这么个理儿，我杀人我偿命。来，把枪给我，我毙了这个狗汉奸！"

海猫晃了晃手里的枪："你也不行。大家都想想三老太爷吧，说没命就没命了，真不值得！我海神娘娘说了，'心'字头上一把刀，能忍就忍！哎，你们都还愣着干吗，想活命还不快滚？"海猫的后半句话是说给赵管家听的，他说罢边给他递眼色，边把枪塞到了赵管家手里。赵管家找个空子，一头钻进汽车，仓皇逃窜。海猫吓出了一身的冷汗，他知道他制止的是即将在虎头湾发生的一场血案。

赵管家逃回县城，吓得连裤子都尿了。他跑到赵洪胜跟前哭诉今天发生的事情，提议将九老爷和赵大橹抓起来。赵洪胜觉得甚好，因为将二人交上去，他就可以交差了。赵姓族人愿不愿意给藤田指挥官唱秧歌，与他无关。管家还告诉赵洪胜，海猫在虎头湾。二人密谋派人将海猫杀人灭口。

第三十四章

自打海猫住进捻匠铺，吴若云和赵香月争着抢着给他送菜送饭。吴若云里出外进，吴乾坤睁一眼闭一眼；赵香月偷偷摸摸，就怕奶奶和爹阻拦。吴若云有丫鬟槐花帮衬，厨房的好菜好饭管挑管拣；赵香月有兄弟赵发暗助，全是亲自下海捞的海鲜。有时两人相逢，少不了争风吃醋，闹个不欢而散。

这天晚饭时节，赵老气突然闯进捻匠铺，抢起一条棍子就打赵香月，恰被吴若云碰上了，他只好把赵香月拉回家痛打。海猫看到这一切，真替她揪心。吴若云反倒高兴了，她打开红漆描金的食盒催促海猫快吃。她抬手把赵香月送来的一碗清水煮爬虾，"咣"地扣在灶台上。

海猫急了："哎，你这是干吗？"

吴若云蛮横地说："这根本不是人吃的东西。"

海猫生气了："你真是的，人不吃我吃！"

吴若云把一碟油煎黄花鱼递到海猫唇边："你吃这个，又香又鲜！"海猫被迫吃一口，觉得没滋没味。

没滋没味地吃过晚饭，海猫找了好多借口才把吴若云打发回去。吴若云前脚刚走，王大壮便后脚跟进来，他横竖不说一句话，找个枕头匆匆塞进海猫的被窝，拉起他来就走。

朦胧的夜色中，赵管家带两名大汉悄然摸进捻匠铺，三人举起手里的匕首，"刺啦刺啦"一齐扎进被窝里的枕头。赵管家觉得不对劲，一把掀起被窝，这才发现海猫逃过一劫。他牙根一咬，决定先带回九老爷和赵大橹。于是，不一会儿，停在镇口的两辆马车便飞奔起来，马车上有两个大麻袋，麻袋里有人挣扎蠕动。赵管家全然不顾，只是声声催促两名大汉赶车。

镇口的一棵古槐后，闪出了海猫和王大壮。海猫蓦然皱眉，忽然想起蒙着红盖头的赵香月，挺身便要追，却被王大壮一把拉住。海猫揣着一肚子疑虑，刚走进镇街，就听大橹娘哭天抢地，说他儿子被抓走了。海猫正寻思另一个人是谁，只听围观的人群中有人说什么九老爷被抓走了，夫人一着急就上了吊。

海猫哄散了围观的人群，又劝赵香月把大橹娘扶回家，然后回到捻匠铺就和王大壮商量，说："要想在虎头湾建立战地医院，最重要的根本不是林家耀说的什么海陆交通，什么房子宽敞啥的，最重要的是民心。赵洪胜抓走了赵家的九老爷和赵大橹，对我们来说是个机会，虎头湾就吴赵两家，这件事情处理好了，首先就赢得了赵家的民心。"

"你又想救人啊？这赵大橹和九老爷也不是咱队伍上的同志，政委会派人帮你救人？"

海猫摇头："当然不会，我们八路军游击队也没有那么多兵力，可是我总觉得会有别的办法，而且我想赵洪胜抓走这两个人，并不一定就是为了要他们的命，也许他就是为了找个借口，好在日本人面前交差呢！总之，你先回根据地，把虎头湾发生的事情向政委做一个汇报。"

第二天一大早，吴若云便碎步走进来，笑盈盈地问海猫："怎么样？赵香月没来给你送饭吧？"海猫没心思笑，头直摇。

吴若云幸灾乐祸："我就说嘛，听说赵大橹被抓走了，那可是她哭着喊着陪送一条船要嫁的人呀！我就不信她还有心思给你送饭，指着她你非得饿死不可！"吴若云一边从食盒里往外端着饭菜，一边说："哎，海猫，我昨天让你想的事儿你想好了没有？"

海猫疑惑。吴若云说："你别揣着明白装糊涂。我问你，你到底是要我，还是要她？如果要我，以后你不许跟她见面；如果要她，你我这辈子就永远不要再见面了。"

"哎呀，我的吴大小姐，你怎么弄得跟争风吃醋似的，不是这么回事儿。她是我小姨，就像你说的似的，她不是还有赵大橹嘛！"

吴若云一下高兴了："这话可是你说的，你心里只有我没有她！"海猫目光呆滞，稍微有点犹豫。吴若云大叫："你说是不是？"

海猫十分无奈："她救过我的命，在我最难的时候对我挺好的，我跟她和跟你不一样。"

吴若云笑了："你早这么说，我不就明白了嘛！不过，我可得把丑话说在前头，你是这么想的，她不一定这么想，你瞧她昨天那个架势，就是要跟我抢你。那些穷鬼丫头胆子都可大了，什么都豁得出去。对了，我昨天怎么没想到这一辙呀，我走以后，她没又回来吧？"

海猫傻了："啊？你走的时候都什么时辰了？天都黑了啊！"

吴若云又问："穷鬼家的女人没羞没臊，她不会等我走了，又跑回来陪你睡觉吧？"

"哎呀，没有啊，你想到哪儿去啦！"

"我不信，我得看看去！"吴若云说着就走到了海猫的床前，她发现两个枕头摆在床头，还有被匕首划破的被子，便厉声责问，"这是怎么回事儿？"

海猫只好道出了实情。吴若云一听，转身跑回家，告诉吴乾坤昨晚的事，请求让海猫住到他们家来。

吴乾坤骂道："赵洪胜这个老王八蛋，海猫好歹是他外甥，亲外甥。他赵洪胜要杀的人，我吴乾坤是该护着。对了，管家，你赶紧派几个人去，到海阳县城打听打听，这赵洪胜到底想干什么？还有，打听打听鬼子要来虎头湾看大秧歌到底是咋回事儿？"吴管家应声退了出去。

吴乾坤转头对吴若云说："闺女，海猫的事儿你别急，你爹我心里有数！"

海阳县城赵洪胜新家虽不及虎头湾老家那般奢华，却也是紫檀桌椅罗汉床，尽显县长的地位和荣耀。赵管家禀告赵洪胜，他已抓了赵大橹和九老爷，但海猫逃过一劫。赵洪胜决定暂时不管海猫，先将赵大橹和九老爷送到吴江海那里去，说这两个人聚众闹事，还辱骂皇军，鼓动赵氏族人死活不给皇军唱大秧歌。

随后，赵洪胜起身来到麻生少佐指挥部。麻生少佐听了他的汇报，眉头紧皱，疑惑地问道："不会吧？据我所知，你在赵姓族人中，甚至在整个海阳都是很有威望的，这也正是我们请你当海阳县县长最重要的原因。"

赵洪胜回答道："是啊，这不是他们都受了人们的蛊惑嘛！"

"我想请问，是赵县长亲自回的虎头湾吗？"

赵洪胜愣了一下："这个……我倒是没有。"

麻生少佐笑了："赵县长，要知道藤田指挥官是非常重视中国传统文化的。请赵县长拿它当一件大事情来办，亲自回去动员你的族人。我相信以你的威信，他们一定会答应给藤田指挥官表演大秧歌的。"

赵洪胜顿时老泪纵横："麻生少佐，我是万万不能回虎头湾的。您是知道的，就在生我养我的家乡，我们家子轩从小玩大的地方，'砰'的一枪，当着我这个父亲的面，我的儿子就被打碎了脑袋，那一幕一直在我的眼前，我天天都做噩梦。麻生少佐，这件事发生才几天？现在您让我回虎头湾，不是在我的伤口上撒盐吗？请您体谅我作为一个父亲的心情吧！"

麻生少佐深深地鞠了一躬："赵县长，对不起！请恕我年轻，考虑得不够周到。可是，藤田指挥官去虎头湾看大秧歌的事情，我已经向他汇报过了，现在还有什么别的办法吗？"

赵洪胜正等着这句话呢，他边拭泪，边回答："有，有啊！那天我话只说了一半，我们家的秧歌队确实远近闻名，可吴家的秧歌队更了不起！"

麻生少佐一愣："吴家的？"

赵洪胜赶紧说道："对呀！就是吴江海他们家的呀，他哥哥吴乾坤，就是吴家的族长。我们吴赵两家都住在虎头湾，每年都要斗秧歌，而且还都要分出个输赢来。最近二十多年，如果我没记错的话，他们吴家胜了十二回，我们赵家才胜了八九回。您想这大秧歌，是不是他们吴家的更好啊？"麻生少佐若有所思地点了点头。赵洪胜乘胜追击："原本我曾经想过，吴乾坤这个人有些不识好歹，我怕他们会与皇军为敌。可是现在，这种顾虑也打消了。要知道，皇军派人去虎头湾接我来当县长的时候，他们吴家敲锣打鼓欢送，他吴乾坤还亲自到场了，这表明他吴乾坤想与皇军交好啊！我也不怕您笑话，虽然我赵洪胜的威望确实高了一些，可是吴乾坤在海阳那儿也是举足轻重的人物，他年轻的时候还带过兵打过仗。如果他成为皇军的朋友，那对皇军自然会很重要；如果他要与皇军为敌，那皇军也自然会感到很头疼的。以我之见，干脆您就把这次为藤田指挥官表演大秧歌的机会让给吴家，从长远利益着眼，也是为了海阳的中日亲善嘛！"

麻生少佐喜不自禁："很好，既然是这样，那就让吴家去唱大秧歌。你是县长，你通知他们。"

赵洪胜连连摆手："不不不，凡事岂可越俎代庖？我去不合适，吴江海是吴乾坤的亲兄弟，这事儿理应由他去！"

吴江海被赵洪胜画了个圈，已经套进脖颈还浑然不知，这时他正跷着二郎腿对赵管家说三道四："你们族长是怎么搞的，九老爷和赵大橹以前不是都很听他的话吗？现在当了县长了，为什么反倒不给面子了？"

赵管家说："人心隔肚皮，谁知道为什么？反正县长说了，这两个人就交给您发落了。对了，县长还说了，该怎么发落就怎么发落，绝对不要因为是赵姓族人而手下留情！"

"知道了。来人，把他送来的那两个人先关到监狱里！"吴江海话音未落，桌子上的电话便响起了铃声，他抓起听筒，顿时一惊一乍："哎哟，是麻生少佐呀！是！好好，我马上就过去，马上过去！"

吴江海一溜小跑来到麻生少佐面前，听说让他们吴家表演大秧歌，他脚尖蹭着地面，一言不发，显得无比为难。

麻生少佐好生奇怪，问道："吴桑，你为什么不说话？这很为难吗？我就不明白了，表演秧歌而已，为什么你和赵县长都这么为难？"

吴江海终于开口道："太君有所不知，虽然吴乾坤是吴家族长，也是我的哥哥，可是我们哥俩一直不和，我担心……"

麻生少佐说："没什么好担心的，赵县长已经跟我分析过了，你哥哥他愿意跟皇军交朋友。"

吴江海假装疑惑："是吗？这事难说了，吴乾坤的心思谁也猜不透，您看要不这样，这海阳大秧歌扭得好的地儿多了，不然咱别去虎头湾了，换个地方吧！"

麻生少佐摇头说："不行，要在虎头湾为藤田指挥官表演大秧歌的事，我已经向他汇报过了，藤田指挥官非常高兴。因为赵翻译官和田中班长就是在虎头湾被海盗谋杀的，现在我们剿灭了海盗，为了庆祝胜利，藤田指挥官才到海阳来的，他要看大秧歌，当然是在虎头湾最合适不过了。吴桑，我希望你不要耍滑头，这件事情没有那么难。你必须让你们吴家的秧歌队为藤田指挥官表演大秧歌！"吴江海见麻生少佐决心已定，只好硬着头皮答应。

赵洪胜见吴江海臊眉耷眼地走出来，便在他身后喋喋不休："江海呀，给藤田指挥官演秧歌戏的大好机会就让给你们吴家了，你回去可要跟吴乾坤说，本来这露脸的事儿，应该是我赵家的，可是我身为县长，不能什么好事儿都往自己家敛啊。你也看到了，我是极力举荐吴家的。不管怎么样，咱们吴赵两家，都在虎头湾住着，远亲不如近邻嘛。再说，我来海阳当县长那天，吴乾坤可是很给面子的，敲锣打鼓亲自出来送。我赵洪胜是心里有数的人，我这也算是把面子还回去了。"

"赵洪胜，你别得了便宜卖乖！"吴江海气得咬牙切齿，边说边走，"你鼓动麻生少佐让我回去，是诚心让我难堪！"

赵洪胜紧追一步："还有件事儿我得告诉你一声，海猫在虎头湾！"吴江海一惊，暂停了脚步。赵洪胜看着吴江海，说："对，人家光天化日之下，大摇大摆地回虎头湾长住了。他可是共产党，谋杀日本人的凶手，杀完人还扯了旗子留下了名姓的！"吴江海顿时后脊梁直冒凉风。

赵洪胜继续说道："我得知这个消息，那叫个气啊！我原本是想派人回去，把他抓过来交给你的，可是这小子狡猾，跑了。再说我手下那几号人，毕竟不能跟你侦缉队大队长比呀，所以，这件好事儿也得交给你了！"

吴江海疑惑地问："你有这么好心，就不怕我活捉了海猫，在日本人面前抢你一功？"

赵洪胜答非所问："活捉呀？哎哟，那你可得掂量掂量。虽然有人说他管我叫舅舅，可我跟他绝对没有半点瓜葛。倒是海猫跟吴大队长一来二去的，有不少交往。想当年你可是带着他回虎头湾，当着好几千人的面，替他做过主的。而且，认定了他是共产党，枪毙的时候，你还手下留情，才让他活到了今天，惹出这么多大事儿来。这些要让日本人知道了，会有你的好果子吃吗？"吴江海后脊梁冒出的凉风刹那间变成一把把刀子，剥皮断筋似的疼痛难挨。

赵洪胜又补充道："再说，那小兔崽子坏得狠，而且油嘴滑舌，还会说日本话。万一他见自己落在日本人手里边，没准会拽着咱们俩垫背呀。"

吴江海愣愣地问道："那你的意思是？"

赵洪胜终于亮出底牌："活捉他是立功，一刀宰了他也是立功，你看着办吧！不然，早晚是咱们哥俩的心腹大患！"

吴江海一听便明白，急三火四跑回侦缉大队，立即召集人马，荷枪实弹，杀气腾腾，直奔虎头湾！

海猫被吴管家请进吴家客厅时，吴乾坤已为他沏好了一杯茶："你先喝杯茶，不急。听说吴江海带侦缉大队奔虎头湾来了，我想听听你的意见，当如何应对？"

海猫并不客气，边喝茶边说："吴家族长，兵书上说，知己知彼，方能百战百胜。咱应该先弄清他们来了多少人，吴江海为何而来，才能谋其对策啊！"

吴乾坤脸露赞赏之情："你小子当了几年八路，还真出息了。管家，把你打探的情况，全都告诉他！"

吴管家告诉海猫，整个侦缉大队的人都来了，八九十条枪，还有两挺歪把机枪。至于为什么，不清楚。

吴乾坤担心地说："无风不起浪，他现在是日本人的侦缉大队的大队长，我吴乾坤没得罪日本人啊？不过，我听若云说，昨天晚上有人摸进了你的破捻匠铺，想要你的命，是有这回事吧？"

海猫满不在乎地说："小事一桩。还好，我命大！"

"小事一桩？恐怕不小吧？我认为八成他们是要你命来的！"海猫皱了皱眉头，一时无语。吴乾坤又说："你别忘了，几年前你就是被当作共产党枪毙的，而你现在又真的当了共产党，我听说小鬼子最恨的就是共产党，你明目张胆地出现在虎头湾，还成心招惹是非？昨天你又掺和他们老赵家那些闲事儿，这下引火烧身了吧？赵洪胜准是把你在虎头湾的消息告诉了日本人，所以才派吴江海回来抓你的！"

站在吴乾坤身旁的吴若云大惊失色："海猫，你快跑吧！"

"跑？往哪跑？你们听，他们的人已经来了！"

这时，阵阵杂乱的脚步声和秧歌疯子的秧歌调同时传进客厅：

> 天灵灵，地灵灵，
> 海神娘娘快显灵，
> 吴江海当上了二鬼子，
> 虎头湾又要不安宁。

吴若云又跺脚，又摇吴乾坤的胳膊："爹，那咋办呀？"

吴乾坤镇定地说："你别慌，回你闺房，学女红去。"

吴若云大叫："啊？"

"啊什么啊，有你爹在，别人想弄死海猫没门。就算是要他死，我还得亲自动手呢，你跟我来！"吴乾坤说着一把抓住海猫，拉着他来到吴母房间。吴若云放心不下，也跟了进来。这时，吴母正颤颤巍巍地跪在祖宗牌位前磕头。吴乾坤示意海猫和吴若云放轻脚步，不要打扰老太太。

哪知吴母头也不抬，问道："儿子，你自己来就来吧，怎么还带了人来？"

吴乾坤见瞒不过吴母，只好如实回答："是啊，娘，还是个生人，娘您心里有个数，可千万别吓着。"

老太太回头看去，见是海猫，便说："这人不生，我认识他，海猫！"

海猫一愣："老人家，不会吧？您真认识我？我怎么没见过您的面啊？"

"放屁！三年前，要不是因为你个小兔崽子，我能被他们逼着抬出去，抛头露面？"

海猫突然想起他第一次回虎头湾的情形，忙赔笑说："哦，我想起来了，对对对，那天是有您在。敢情是因为我的事儿，才把您劳驾出去的呀。我真不知道，不知者不罪。老人家，您多担待，多担待。"

吴母伸出俩大拇指在吴乾坤眼前晃着："儿子，咋着，你闺女还是打算嫁给这个孽障？你这是应了，要让他们俩给我磕个头，就远远地滚蛋，是吧？"

海猫连忙解释："不不不，老人家您误会了，不是这么回事儿，吴家族长，我也含糊着呢，您说您咋把我拽这儿来了？我可不敢打扰老人家。老太太，我这儿给您作个揖，我先告辞得了。"

"你给我闭嘴！"吴乾坤说着便凑到吴母耳畔，嘟嘟囔囔好一阵说。

吴母听罢，一瞪眼睛说："不行，他是个孽障！"

吴乾坤耐心地说："娘，您说得是，按老祖宗的规矩，他是个孽障，可他爹他娘都自杀死了，而且他也被咱们沉过海，孽障那码事儿就算过去了。您也知道，当年若云被黑鲨抓上了聚龙岛，就是他冒着风险把人救回来的。前些日子，赵洪胜要给日本人当县长，老二就派人回来散布消息，挑唆我跟赵洪胜干。其实，他就是想借日本人之手，要我好看。我记得那天，我来给娘磕了头，要跟赵洪胜和日本人鱼死网破的。"

"你娘还没糊涂，我记得有这么回事儿。"

吴乾坤又告诉他娘他之所以改变主意是海猫冒死拦住了他。为了让若云相信他，他还扯着自己的名号，在海阳城里杀了三个鬼。

吴母说："照你这么说，他还是你们爷俩的救命恩人啊？"

吴乾坤点点头："娘，您的脑子真快，儿子就是这个意思。今天老二带着他的侦缉大队，杀气腾腾地来了，我琢磨了半天，不是为了别人，准是为了他。咱们吴家向来恩怨分明，我怎么能眼睁睁地看着咱的救命恩人丢了命呢？"

吴母摇摇头："可是不对呀，前两天我听说，你们爷俩被这小子气坏了，都想要他的命来着。"海猫看着吴若云，吴若云有些不好意思。

"是，这个海猫是可恨，恨得我咬牙切齿。可就算是要了他的小命，那也得我和若云下手，他吴老二是什么东西，怎能让他……"

吴母摆摆手："行了，行了，我心里明镜似的，你别解释了。你说老二带人带枪回虎头湾，就是为了要他的命？……哎，我怎么觉得不大对劲啊？"

吴乾坤肯定地说："娘，错不了，这里边的事儿多着呢，我就不跟您多解释了，吴老二八成已经来了，再耽误就来不及了，您让我赶紧把他藏进去，免得……"

吴母一蹾拐杖打断吴乾坤的话："等等，昨儿一宿我就没闭上眼睛，死活睡不着。我就老觉得有什么大事儿要发生，吴乾坤，老二不会是奔咱们娘俩来的吧？你光想着藏这个外人，可别轻了敌呀！"

"放心吧，娘！我早就让老八和管家他们布置下去了，虎头湾犄角旮旯四处都是枪口，想占到我的便宜，门都没有！"

"那成吧！"吴乾坤一听兴奋不已，拉起海猫就要往里间走。"再等会儿！"吴母突然断喝，她指着海猫说，"你，过来，再近点！"

海猫愣愣地来到吴母面前。吴母突然抓住海猫的手，"啪"一下用一只手搭在了他的腕子上说："我要给你摸摸脉，不过你这姿势我摸着也不舒服呀！"吴母说着就往下拽。海猫迫不得已，双膝给她跪下了。吴母瞥了一眼海猫："嗯，这还差不多。我说海猫啊，你小子还有点斤两。你要是坏人吧，我这一搭你的脉，你的心就得乱，慌慌张张，劈里啪啦跟那小兔子蹦跶似的。可是你倒还挺坦然，像个正人君子。邪了，你可不像是个孽障，更不像从小要饭，二十岁都没见过爹娘的主儿！"

吴若云微微一笑，心里有点高兴，却并不说话。吴乾坤倒忍不住了，不禁喜形于色："是吗？"

吴母不显山不露水："行了，让他去吧！"

"跟我来！"吴乾坤拉跪在地上的海猫想走，又被吴母喊住。吴乾坤父女和海猫同时愣了，脸上露出焦急的神情。

吴母指着海猫说："你说你都给我跪了，要不然就给我磕个头吧！"

海猫一愣，见吴母不依不饶的样子，忙说："不管怎么的，您都是长辈，晚辈给长辈磕个头，有啥不能磕的？"海猫说罢，恭恭敬敬地跪下，郑重其事地磕了一个头。

吴母笑了："哈哈，那行，去吧！"

吴乾坤拉着海猫来到祖宗牌位面前，将盖供桌的布"哗"地撩开。他在牌位后的墙上摸了一摸，突然"嘎吱"一声，地上裂出一道缝来。原来祖宗牌位下是个看不出任何玄机的地道。

吴乾坤对海猫一摆头："钻进去！"

吴乾坤告诉海猫，这地道只有他和吴母知道，还嘱咐他无论听到什么动静，都不许上来。海猫不同意，说他要从后墙翻出去，直接上后山，想来吴江海区区侦缉队不能把他怎么样。吴若云也威胁他，让他赶紧进去。海猫见吴乾坤父女二人都急了，连忙钻了地道。

钻进地道的海猫发现油灯昏暗，他找到调节油灯的机关，稍微一拧整个地道便亮了起来。地道里很宽敞，在一个方向有一个偌大的铁门，偌大的铁门上了一把大铜锁。地道的一侧有炕，炕上有茶壶和杯子一应日常用品。很明显，吴乾坤经常下来，把这里打理得井然有序。

果然不出吴乾坤所料，海猫的捻匠铺被打成了筛子。荣七带人冲到铺内，发现海猫不在，便快步向站在虎头湾高台的吴江海报告。吴江海一听，破口大骂，并派人接着搜。吴江海则带着荣七，耀武扬威地向吴家大院走去。

吴江海径直闯进客厅，吴管家回答说，现在老爷有事，不方便见客。吴江海则让人沏了壶茶，等吴乾坤。

这时，侦缉大队的三个小队长先后进门向吴江海报告，说是找遍了整个虎头湾，就连海边都搜了，就是不见海猫的影子。

听后，荣七掏出枪来大叫："管家，你说，海猫藏在哪儿啦？不说，老子毙了你！"

吴管家一怒之下，双手扒开胸前的衣服："你小子有种，就朝这儿打！"

恰在这时，吴乾坤走了进来。吴江海见了，依然坐在椅子上，一动也不动。

吴乾坤扫了一眼吴江海，扭头看着拿枪指着管家的荣七，双眼射出两道凶光，就像寒光闪闪的利剑，又如云层中的闪电，直逼荣七，吓得他手一软，枪口垂了下来。

吴江海见状，也忙收敛了自己："大哥，来了？你可让兄弟我好等啊！"

吴乾坤余怒未消："真是越来越没规矩了，竟敢在我的家里动枪！"

吴江海吊儿郎当说："你这话我就不爱听了，动枪怎么啦，今儿我是公务在身！"

吴乾坤问："什么公务，还用得动枪啦！"

吴江海指着吴管家大喊："来呀，把这个人拉出去毙了！"

吴管家一愣，迅速拔出枪来，与此同时，从客厅门外立刻冲进吴家的七八个持枪的乡勇。荣七也从地上捡起枪来，指挥侦缉大队的三个小队长一齐举枪与吴管家和乡勇们对峙，一时间剑拔弩张。吴乾坤纳闷了，他看看吴管家，又看看吴江海。

吴江海说："大哥，我没说错吧？你看，私藏武装对抗本大队长，是不是该枪毙？"

吴乾坤恍然大悟："咱们家有枪，不是昨天和今天才有的，老辈子就有。这虎头湾海盗猖獗，家里没枪，难道指着你们保护我呀？"

"哦，看来私藏武装的不是他，是您哪！哎呀，兄弟们，他可是我亲大哥，怎么办呀？我是大队长啊，我只能大义灭亲啦。吴乾坤，我要是为这事把你拿下问罪，你觉得冤不冤？"

吴乾坤大喊："我看你敢？"

吴江海鼻子一哼："有什么不敢的？跟我要横，我告诉你，我今天可带了八十个兄弟，还有两挺机关枪。你有多少家伙我知道，要不咱们试试？"

吴乾坤针锋相对："试试就试试，大不了鱼死网破谁也别活，反正我比你多吃好几十年饭，我活够本了。"

吴江海笑了："哈哈……何必呢，其实家里养几十条枪也不是什么大事儿，我可以不治你的罪，但你得把海猫交给我！"

"海猫？你跟我要海猫，你要得着吗？"

"是，我也没想到，我以为我带着这么多人，到捻匠铺把他擒住了，脑袋割下来，回去交差就完事儿了。哪承想，听说我来之前，你把他给藏起来了。快告诉我吧，藏哪儿了？把人交给我就算完事儿了，咱俩和和气气地接着聊，我还有别的公务呢！"吴乾坤根本不理他，端起茶杯喝一口，"噗"的一声喷到地上。

吴江海逼问道："你不交是不是？有人可亲眼看见你的管家把海猫带到这儿来了，你想抵赖也抵不了。"吴管家有些神色慌张地看着吴乾坤。

吴乾坤不动声色地说："是赵家的人跟你说的吧？你打小生在虎头湾，吴赵两家世世代代为敌，你不是不知道，你听赵姓人家的话，来自己家里要人，你他娘的还配姓吴，你对得起祖宗吗？"

吴江海一摆手，说："你别跟我提什么祖宗，我是来办公务的。咱俩说的不是家里话！"

吴乾坤看着吴江海的眼睛："好，办公务。那我告诉你，今儿一大早我是让管家把海猫叫到我家来了。你知道，我逼死了他爹娘，他恨我恨得要命，现在他明目张胆回了虎头湾，害得我睡不着觉啊。我昨天好意给他送了些吃喝，就为了今天把他骗到我的家里来，我本打算他一进家门就下手，把他脑袋割下来以除后患。可哪承想这小子太滑了，连屋都没进，就找个机会跳墙跑了。"

吴江海大叫："你说什么？"

"跑了，不信你搜。这个家有多少间房子，哪间屋子住的是谁，你都知道，你随便搜。可有一点，你要搜不出人来，可别怪我不客气！"

吴江海再次追问："吴乾坤，他真的跑了？"

吴乾坤肯定地说："跑了就是跑了，哪会有假？"

吴江海一眨眼睛说："你还别说，哥，我信你的了。"

"为啥？"

"因为你跟海猫的事儿我都知道，你说他回来了，你怕他找你报仇，你睡不着觉我也信，你想弄死他我也信，这小子狡猾会跑我也信。你看兄弟我不错吧，你说啥我信啥。得嘞，这事儿就算是过去了，哥……"

吴乾坤脸色一变："怎么又叫上哥了？你不是说公务吗？"

吴江海讨好地笑着："公务谈完了，就海猫这一件事。现在咱哥俩说说私房话吧！"吴江海一个三百六十度的大转弯，弄得吴乾坤有些不适应。吴江海喝退荣七和三个小队长，吴乾坤也只好示意管家退下。

吴江海这才说："刚才当着兄弟们我也是没办法，谁让我是大队长呢！日本人说要抓海猫，我总得装腔作势吧？那么一个孽障，我真不愿意因为他伤了咱哥俩的情分。哎呀，大哥呀，最近我还真挺想您的。"

吴乾坤冷笑一声："哼！"

"你看，你看，还不信。真是挺想您的，尤其是赵洪胜当了县长，我就更想您了。在海阳，咱们虎头湾那是首屈一指的大镇，虎头湾就咱们吴赵两家，那赵洪胜跟您比起来，您是真龙啊！他最多就是条泥鳅。可是他当了县长，这不是把咱们老吴家一脚就给踩到脚底下去了嘛！其实，论威望、论能耐，哥您比他赵洪胜强太多了，您又带兵打过仗。他要是能当县长，我看您都能当市长了。就是什么呀？就是咱朝里边没人。您不知道，这赵洪胜也不怎么着，就跟那个什么赵保原套上亲戚了，他这个县长就是靠赵保原捞来的。不过，您也别丧气，他们赵家想把咱吴家踩在脚底下那不能，这不，兄弟我就给咱们吴家找了个露脸的机会了。日本人的大指挥官藤田大佐要来海阳看大秧歌，人家指名点姓要来虎头湾，因为咱们虎头湾的秧歌，那是名扬四海，威名在外嘛！我就想，我得把这好事儿揽到咱们吴家来！"

吴乾坤大笑："绕了半天弯，原来是这事儿啊，是你揽到吴家来的？那是他们赵家不干吧！你糊弄三岁孩子呀，赵洪胜不敢自己回来，派他的管家回来，险些没被他们赵家的穷鬼打死。你哥哥我能不知道？我告诉你，我亲眼看见的！"

吴江海一惊："有这么回事儿？"

"赵家的穷鬼都有骨气，不给日本人唱大秧歌。你还觍着脸回来，觉得是什么好事儿，让咱们吴家露脸。我呸，咱爹是个顶天立地的汉子，怎么就生出你这么个杂种来！"

吴江海急了："你怎么骂人啊？"

吴乾坤也急了："骂你？骂你是轻的。我真恨不得一巴掌拍死你。咱爹他老人家要是知道你今天会当汉奸，生出来就应该把你扔尿盆里淹死！"

吴江海气得直哆嗦："吴乾坤，你个老东西，你是给脸不要脸是吧？我跟你好言相劝你不知好歹。你是等着本大队长收拾你，是不是？"

"收拾我？哼，就靠你外边那几个虾兵蟹将？笑话！"

"知道我为什么把兄弟们支出去吗？我就是想跟你单挑。老东西，我告诉你，我早就想好了，我知道你不会乖乖地给皇军唱大秧歌，可是只要我抓了你当肉票，吴姓子弟就得乖乖就范，来吧！"吴江海说着，从腰间拽出枪来，然后伸手就去捞吴乾坤的脖子。吴乾坤一低头，吴江海搂空了。吴江海回头一拳，吴乾坤推出掌头，两人顶在了一起。吴江海的大肉拳头又大又沉。吴乾坤的小手青筋暴露。毕竟吴乾坤是个六十多岁的人，而吴江海正值壮年。可没承想两人一较劲，吴江海竟然不是吴乾坤的对手。吴乾坤猛地一使劲，吴江海趔趄了两步。吴江海抬起枪口指向吴乾坤，吴乾坤眼尖手快，把枪掏出来，闪电般地顶在了吴江海的脑袋上。吴江海真没想到，连续三招，根本不是比他大二十多岁的吴乾坤的对手。

此时，一直在外边瞪大了眼睛暗中观察的荣七等人，连忙端枪冲了进来。吴管家也带着乡勇们冲进来。枪对枪，一触即发。

吴江海倒驴不倒架："吴乾坤，敢跟我动枪？我可是皇军侦缉大队大队长！"

吴乾坤大怒："我呸！我这就替吴家的祖宗毙了你这汉奸！"

"你杀了我，日本人就会把虎头湾夷为平地！"

"不肖子孙，你忘了咱们吴家为什么到虎头湾来了？老祖宗是奉朝廷之命，到这儿来杀倭寇的。来吧，小鬼子来多少我灭多少。我吴乾坤几十年没打仗了，这把枪也几十年没沾过血了。真没想到，今天从我的亲兄弟开始。吴姓子弟都给我听着，杀了吴江海，我们就扯一面旗子跟小鬼子干！"

吴姓乡勇异口同声喝道："干！跟小鬼子干！"齐刷刷的喊声吓得荣七和三个小队长完全没了气势。

吴乾坤用枪顶着吴江海的头，一直把他逼到牌位跟前，说："爹，老二这畜生当了汉奸，我现在就替您毙了他！"

吴江海脸色大变，大声央告："别呀，哥，我可是您的亲兄弟呀，打小我就没娘。自打咱爹死了，我就拿您当爹呀，长兄为父，您咋对我下得了手啊？"吴乾坤又气又恨，鼻尖一酸，老泪纵横。

吴江海连哭带喊："哥，您饶我这一回吧！我再不济也是您的亲兄弟，爹他老人家就生了咱们哥俩。是，咱们老吴家规矩严，凡是犯错的都得惩罚，可是您翻翻家谱，从来没听说过兄弟相残的呀！"

吴乾坤内心最脆弱的地方被触动了，他收起枪，大喊道："滚！永远别再回虎头湾，再回来，你就是把天说破了，我也饶不了你！"吴江海连滚带爬，一挥手，带着荣七几人就往外跑。

吴管家来到吴乾坤面前问道："老爷，您没事儿吧？"

吴乾坤抖了抖手腕，连连咧着嘴说："人说曲不离口，拳不离手，这要跟小鬼子干起仗来，我还真得好好活动活动筋骨啊！"

第三十五章

吴乾坤将海猫藏进自家地道，回到客厅还在和吴江海较量的时候，吴若云就一直坐在吴母的床前。说实话，自打长大记事那天起，吴若云从未和吴母这么面对面地坐着，心平气和地交谈过。

吴若云有些心不在焉，目光一直瞅着祠堂那边，因为那边的地下正藏着海猫，她是在替他担心。担心地道通不通气儿，会不会把人憋坏了呀！

也不知过了多久，春草儿扭着腰肢走进来，一见吴母的面，便大呼小叫："哎呀，老太太——可是不得了了，老爷可真厉害。那把年纪了，一伸手就把老二打得屁滚尿流，吓得他带着他那些孬兵立马滚蛋了。"

吴母精神一振："是吗？俩人动了手了？哎哟，我儿子伤着没有啊？"

春草儿急忙说："没有，没有，好着呢，好着呢！"

吴母眉一皱："他把吴江海那畜生赶走了，咋还不回来让他娘看看呀？"

春草儿告诉吴母，说姓赵的出卖了他们家，他生气了，带着人收拾他们去了。

春草儿这才发现吴若云也在，便说："呀，大小姐也在老太太这屋呢。"

吴若云刚才一直在认真地听着，听说爹没事，便放下了心来。见春草儿跟自己套近乎，她头一扭，没搭理。

春草儿继续说："前些日子听你爹说呀，你好几天没吃饭。哎哟，把我心疼得够呛，我年纪再小也是你娘不是，我可一点假话没有，我是真心疼你，大小姐！"

吴若云白了她一眼，连话茬都不接，还是没搭理。

春草有些不自在了，拍手打巴掌："老太太，你看，咱们家大小姐也太不给我面子了，这还当着您老的面呢！"

吴母有些心烦："行了行了，叽叽喳喳真烦人，出去，出去，出去！"春草儿被噎得够呛，一扭身走了。

吴母朝吴若云探探头说："孙女哇，你看不上她，是吧？不愿搭理她就甭搭理，我也看不上，你这来大半会儿了，也没跟奶奶说句话……"

吴若云顿时觉不好意思："奶奶，您想说啥您就说吧！"

吴母满脸是笑："嘿嘿，叫了我声奶奶，不错不错，若云啊，你来，离奶奶近点儿……唉，丫头啊，我是不指着你对我这个奶奶咋样了。你恨我我知道，我也没几天就得去见阎王爷了，你对我咋样不咋样的，我也不在乎。可是我想跟你说几句话呀，你爹可真拿你当心头肉啊！万一他这辈子再也生不出个儿子来，你要还有良心，到老了回虎头湾看看他，他准能高兴。"

吴若云一愣："您咋知道我要走？"

"唉，我啥不知道啊？你的事你爹天天在我耳边磨叨，你知道刚才……你那个孽障，我为啥让他给我跪下吗？"吴若云摇了摇头，她当时心里七上八下的，哪还顾得上想那么多！

吴母叹道："我算是看明白了，你这辈子呀，就这个命，八成得跟了这个海猫啊！我还想指着你们俩一起给我磕头？唉，你是大小姐嘛，架子大，可能我指不上，我就先让他给我磕一个，也算我没白当回奶奶不是？"

吴若云有些腼腆："奶奶，您怎么能说这样的话呢？再说了，谁说这辈子就要跟他了？"

吴母笑了："哎哟，你还跟我这儿不好意思了。我听说前两天家耀少爷回来了，结果被你骂得狗血喷头，你爹还让人拿棍子把他打出去了，你们爷俩都做得这么绝，你不是要嫁给海猫，还是要嫁给谁？"

吴若云嘴硬："天下又不是就海猫一个男人。再说了，我这辈子兴许不嫁呢！"

"还嘴硬，你不嫁了，进庙里边当姑子去？你爹刚才说得不错，海猫也算是你们爷俩儿的救命恩人，而且这小子现在长本事了，我刚才搭过他的脉。再说了，这小子现在比以前出息了，看着还一表人才的，你能嫁就嫁了吧，好歹比嫁不出去强！我听说年前，连徐员外家的傻儿子都不愿意要你，这样好歹不也算是有个归宿嘛！"

吴若云嘴一噘："奶奶，我知道您就是嫌我碍眼，想让我赶紧离开吴家。"

吴母急了："哟！你个丫头，你奶奶我好歹也是八十岁的人了，你就这么想我？我心眼再坏，也虎毒不食子。你好歹还叫我声奶奶呢，我至于吗？"

吴若云一看吴母急了，有些不好意思："奶奶，您别生气。"

吴母长叹一声："哎呀——什么生气不生气的，我现在多少有些后悔了。你是知道我的，这辈子我头回说后悔。自打你娘死了之后，你爹，哎，他就……他就不再娶了，被我逼急了才娶了春草儿，可我看得出来他不喜欢。他不喜欢女人，女人能怀孩子吗？要说吴家的香火断了，兴许就断在我这老太太的手里了，我这不成了吴家的罪人了吗？"

　　吴若云忙宽慰道："奶奶，您可千万别这么说，我娘她不也没给我爹生个儿子吗？就生我个丫头片子。"

　　吴母径自哭了起来："谁说不是呢？你娘死的时候，她是怀着身孕的，而且是个儿子，你说她也不说，我也不知道，要不然哪有……"

　　吴若云惊问："奶奶，还有这样的事？我怎么从来没听我爹说过？"

　　"哎呀，你不是不知道，你爹最孝顺不过了，他哪能说我半句不是？我现在想想，哎呀，没准还真的就是我把你娘给逼死了。若云哪，奶奶岁数大了，你也要离开吴家了，奶奶这句话再不说就没机会了。我……我对不起你娘，对不起你，我也对不起你爹。我……我老太太要强了一辈子，今个儿给孙女低个头，认个罪吧，不然到了阴曹地府你爷爷他不原谅我啊！"说着吴母就要起身，"来，大小姐，我给你鞠个躬。"

　　吴若云吓得连忙后退，扑通一声跪倒在地："可别！奶奶，事都过去那么多年了，您就别再想。不管咋样，您都是我奶奶，这些年我对您不尊敬，也有错，您说对了，是，我想好了，我就要跟海猫走了，也就要离开这个家了。今儿是个机会，总算能让咱们娘俩儿在一起说了这么半天话。说实话，这些年咱娘俩儿处得不好，要说有错，那肯定是我的错。您是长辈嘛，我给您磕个头，奶奶，以后您可别记恨我了。"

　　吴若云说着就给吴母磕了头，吴母高兴极了："哎哟，我的大孙女哎，有你这几句话，行嘞，死，奶奶都不怕了。快起来，快起来！"

　　吴母说着就把吴若云拉起来，紧紧地抱在怀里。这一老一少泪眼婆娑，奶奶长孙女短的，好一个絮叨。可絮叨归絮叨，吴若云仍然放心不下地道里的海猫，忍不住央求吴母："奶奶要不放他出来吧，这么长时间了，我怕他在里面闷死。"

　　吴母伸手剜了吴若云一指头："哎呀，你个傻丫头，你尽管放心，闷不死他，里面豁亮着呢！"地道里不仅豁亮，而且有吃有喝。海猫吃饱喝足，正手擎油灯，四下里观察研究地道的构造哩！

　　话说吴江海灰溜溜地逃出吴家，转眼来到虎头湾广场。他眼珠骨碌碌乱转，突然计上心来，下令队伍撤退。于是，这边的侦缉大队"吵吵嚷嚷"刚刚撤出，那边的吴八叔便带着乡勇"呼呼啦啦"拥上来。吴管家迎面抱拳："八老爷辛苦了，不劳您出手，族长大老爷一个人就把吴江海给收拾了，收拾得那叫一个惨哪，您见了保准得笑三天！"

吴八叔说："是吗？咱族长大老爷英雄不减当年哪！"

说话间，吴乾坤反剪双手，跟着两个随从走来，他边走边说："奶奶的，我越想越气，赵家什么人跟吴江海说我把海猫藏起来了？去，打听清楚了，就拖出来给我打！他们赵家族长当了汉奸，那就让我替他管教管教他的族人！"

"窝里斗"是虎头湾多年养成的恶习，吴家子弟一听说要打赵家的人，全都来了劲儿。吴八叔摩拳擦掌，对吴乾坤说声"放心"，掉头就蹿了出去。

吴乾坤一脸的霸道，他远远看到吴八叔带着吴家子弟和秧歌疯子、海螺嫂、老犟眼子等赵家族人扭打成一团。刹那间，哭喊嚷叫，此起彼伏。

已终撤到镇外的吴江海闻听，立即让侦缉大队的人马停下来，他幸灾乐祸地嚷道："吴赵两家打起来了，走，给老子杀他个回马枪！"

荣七撒欢撩蹄，掉头就跑。吴江海一把揪住他的后衣领，让荣七和他一起。吴江海带着荣七顺着吴家大院的后墙根，悄然摸到吴母房后，他让荣七蹲在地上，双脚踩着他的肩骑上墙头，然后又伸手把荣七拉上来，两人一起跳进了吴母的院子。

吴江海指着吴母的住房，低声对荣七说："吴乾坤他娘就住这儿，待会儿咱俩冲进去，你用绳子把她绑了。只要绑了她，比绑了吴乾坤还管事。他拿他娘当命根子似的，我就不信他敢不给藤田指挥官唱大秧歌！"

荣七点点头。这时，吴母泪眼蒙眬，正在房里拉着吴若云的手说小时候她是怎么细心照顾吴若云的，听了之后，吴若云满怀深情地依偎在奶奶怀里。

就在这时，吴江海一脚踢开门，端枪冲进来。吴若云吓得跳起身，下意识地护着祖宗牌位，大声喊道："吴江海，你想干什么？"

吴江海牙一龇："呀，奇怪了，吴若云？你怎么在这死老太婆子的屋里？"

跟在吴江海身后的荣七，像条寻屎吃的狗，满屋搜了个遍，然后才对吴江海说："大队长，没别人。"

吴江海吩咐荣七把门守住。荣七应声"是！"立即将枪对准了门口。

吴江海看着吴若云："不对呀，小丫头，你身后是不是藏了人了呀？"

吴若云立刻明白自己的行为太过暴露，有些慌，用求救的眼神看着吴母。

吴母毕竟经过大事，神定自若："哼！死丫头，亏着我还是你奶奶，恶人端着枪进来了，你不护着你奶奶，你护着祖宗牌位干啥呀？"

吴母说着，随即给吴若云使了个眼色。吴若云领会，迅速来到吴母面前，说：

"吴江海，我告诉你，不许你伤我奶奶。不然，我爹饶不了你！"

"嘿！啥时候你跟这死老太婆成一伙儿的了？噢，有人跟我说海猫被吴乾坤藏起来了，开始我还没理会，现在我明白了，他肯定是藏在这屋了。"

说着，吴江海端着枪就去祖宗牌位底下，上上下下搜。吴若云忍不住又慌慌地一声大叫。吴江海循声看着向吴若云，双眼死死盯着不动。

关键时刻，吴母仍然神定自若："啊个屁！别看我天天在那儿跪着磕头，我心里明白得很。所谓祖宗牌位，那不就是几块破牌子嘛！咱吴家的老祖宗，早就个个升天了，就在天上看着呢！看看这个孽障畜生，敢不敢砸了他们的牌位！"

吴江海听说老祖宗在天上看着，不禁有些忌讳。其实他也确实没有看出任何异样，于是便放弃搜寻，转身对吴若云说："吴若云，你别怕，我知道你跟海猫相好。我实话告诉你，我今儿不是奔着海猫来的，你靠边，靠边站。"

吴江海说着，一把将吴若云扒拉到一边，掉转枪口对着吴母说："死老太婆，走吧，跟我进县城享两天福去。"

吴母哈哈大笑："县城？享福？小兔崽子，你这是想绑我的票啊！"

吴江海蛮不讲理地说："是又怎么样？谁让吴乾坤不识抬举呢？我好不容易给咱们吴家找了个露脸的机会，让他抻头给皇军的藤田指挥官唱大秧歌，可是他不识好歹，还把我骂了一顿。"

吴母一脸的轻蔑："骂？哼！我怎么听着是动了手了呀。三下五除二，把你收拾得跟条狗似的，跪地下直磕头求饶啊！"

吴江海气得双脚直跳："行，你爱说什么说什么，你有什么话到县城跟我说去。兄弟，动手！把她给我绑了！"

荣七应声扑上来就要动手。吴若云细看荣七，不禁大喊："海盗！"荣七下意识地一愣。吴若云指着吴江海说："好啊！你居然勾结海盗，还要绑架奶奶。这个人我认识，他就是聚龙岛上的海盗，最坏的海盗！"

荣七顿时结结巴巴："我……是！我以前是聚龙岛的海盗，可我早就不干了我。我现在跟着吴大队长，我现在是副大队长。"

吴母又一阵哈哈大笑："吴江海呀，你个贼老二，长本事了？不光跟着日本人当了走狗，还收编了海盗，你爹要是知道，准得夸你有出息！"

吴江海不想拖延时间，对荣七吼道："你他娘的快点动手啊！"

吴若云一步抢在荣七前面，张开双臂护着吴母："等一等，吴江海，你不是抓个人质要挟我爹，给日本人唱大秧歌吗？你别抓奶奶了，你抓我，我跟你走！"

荣七色眼眯眯地说："大队长，这个也不错，好歹年轻啊！"

吴江海破口大骂："混蛋，你知道个屁呀。这死丫头片子在家里不招待见，打她生下来，老太太就怀疑是她娘跟别人偷奸的野种，恨不得掐死她，你抓她有个屁用？吴若云，你要不想死就给我让开！"

吴若云大义凛然："那好吧，除非你先一枪打死我，要不然，你别想带走奶奶！"

"我给你脸了是不是？"吴江海绕过荣七冲过来，"死丫头，上回当着那么多人的面你骂我，我就没收拾你，我是看在打小在这个家里边，你我都可怜兮兮，相依为命才饶了你。我告诉你，你别蹬鼻子上脸！"

吴若云大喊："吴江海！你当了汉奸大队长，你连个畜生都不如！"

"你个死丫头片子，我懒得理你，你给我让开！"吴江海说着又去扒拉吴若云。吴若云紧紧护着吴母，硬是不让。吴江海大怒，举将枪顶在吴若云的脑袋上，"你疯了吧你？她逼死了你娘，你还护看她？"

吴若云一下软下来说："求你了，叔叔，别抓奶奶了，她这么大岁数，禁不起你折腾。叔叔，她好歹是你大娘，你怎么这么狠？"

吴江海恶狠狠地说："活该！散架了拉倒，我把她扔到山上喂野狼去！再说了，要不是她挑唆，你爹能狠心把我逐出家门，霸占了我的家产？死老太婆，你早没想到会有今天吧？没想到我吴江海能当上皇军的大队长吧？我告诉你，要不是皇军非要来听大秧歌，我就根本不费这劲了，我一声令下，皇军就会踏平虎头湾，把你和吴乾坤，还有虎头湾的人全都杀得一干二净！"

吴母不屑地"哼"一声："你一口一个皇军，说的就是小日本鬼子吧？"

荣七捅了肺窝似的大叫："你说什么呢你？死老太婆，你敢说大日本皇军是小鬼子？就凭这个，我就能崩了你！"

吴母理也不理荣七，她双眼盯着吴江海："吴江海呀吴江海，你真是忘了祖宗了，我记得你小时候，你爹教过你呀！咱们的老祖宗是奉了大明皇帝的圣旨镇守这大嵩卫的，就是为了抓倭寇！杀倭寇！现如今倭寇又回来了，身为吴姓子孙，你不拿起枪来跟他们干，还要抓我老太太，逼着你大哥带人给他们唱秧歌。我呸！我现在断定你根本就不是我们吴家的种，你娘一定偷了哪个畜生，才生出你这个小畜生来，因为我们吴家不可能有你这样的败类！"

吴江海气得七窍生烟，他掉转枪口，又顶在吴母的脖子上："我他娘的真想一枪打碎你的脑袋！"

吴若云转过身紧紧抱住吴江海的腰，拼命向外求救。

荣七一听急了，冲向前去，一把捂住吴若云的嘴，活活把她拽开。然后拔出刀对吴江海说："大队长，我先抹了她的脖子吧？"

没容得吴江海回答，吴母厉声大喊："慢着，你不是要抓我嘛，放开我孙女！"

荣七不见吴江海回话，既不敢动手，又不肯松手，死死抓着吴若云。

吴母说："老二，虽说我岁数大了，挣巴不过你们了，可是我要是不听话，你们想绑了我带走，也没那么容易吧？啊？我要是一头撞死在这儿，你们俩还能活着出去吗？"吴江海顿时愣了。吴母接着说："你不是想留着活的老太太要挟吴乾坤吗？那你放了那丫头！"

吴江海示意荣七松手，荣七一松手。吴若云扑到了吴母怀里就哭。

吴母摸着吴若云的头："丫头，没什么大惊小怪的。别看他拿着枪凶巴巴的，可他毕竟是你叔叔。刚才我是说了几句气话，我告诉你，你爹长得一点都不像你爷爷，这小兔崽子才像呢，要不然你爷爷能那么喜欢他吗？一笔写不出两个吴来，他身上跟你和跟你爹都流着一样的血，他不能伤害我老太太，丫头，出去！"

吴若云哭着："奶奶！"

吴母严厉地说道："我让你出去！出去，出去！"

吴若云在吴母三个"出去"中判断着她的动机。吴若云明白这是吴母的缓兵之计，就是让自己走。于是，她从吴母的怀里抬起头，想走，却被荣七拿枪拦住。

吴母不动声色："老二，让你的狗腿子让开，让这丫头出去，然后你就动手，爱怎么绑就怎么绑，我乖乖地听你的话，咋样？"

吴江海想了想，示意荣七让开。荣七立即闪身躲开，吴若云飞快地看了吴母一眼。吴母眼里射出一道闪电，示意她快走，越快越好。吴若云心领神会，转身走出房门。

吴母这才松了一口气："老二啊，我就说嘛，打断骨头连着筋，你是丫头的亲叔叔，咋能不放她走呢？来来来，老二，你再凑近点，让我看看你的模样。"

吴江海不耐烦地说："行了，死老太太，别演戏了，我没工夫搭理你。荣七，快绑！"

吴母忙说："急啥呀，这屋里就咱们仨人，就算有人来了，还能救得了我吗？你这兄弟枪口往门外一对，这不是一夫当关，万夫莫开吗？"

吴江海连想也没想："也是啊，你倒是挺明白。那你就别耍什么花样了，谁来了也救不了你！"

"是啊，我知道，快快快，让大娘好好看看。我刚才说的是真话，就你像你爹，我看着你的模样，就跟看着我的老头子一样，来，看看，看看。"

吴江海凑近吴母。吴母的手在椅子上摸着，把一只锥子紧紧攥在了手里。说时迟，那时快，没等吴江海反应过来，那细长锃亮的锥子一下子扎进了他的眼珠子。

吴江海"啊"的一声惨叫，鲜血喷出来。吴母挺起身，还用力把锥子往前一送，大声骂道："狗汉奸！我扎瞎你的狗眼！"

吴江海嗷嗷直叫，疼得连连倒退好几步。荣七一见，举枪就打，"砰"的一声，吴母觉得天旋地转，身体晃来晃去。

不说地道里的海猫听到枪声的反应，只说刚走出屋外的吴若云听到枪声后，不由得一愣，她顾不上去给吴乾坤报信了，转身就向吴母的房间跑去。边跑边喊："杀人啦——来人啊——"

吴若云一头撞进吴母房间，只见吴母用手捂着胸口，血已经从她的指甲缝渗了出来。

荣七一手扶起吴江海，一手指着吴母说："大队长，您看，我替您报仇了！"

"我他娘的用得着你报仇？"吴江海说着，用力推开荣七，举起枪对着吴母，"砰砰砰"，连续打了三枪。吴若云不顾一切地扑到满胸是血的吴母身上，放声大哭。

吴母见了吴若云，努力抬起手来，吴若云急忙双手托住。可就在这一瞬间，吴母的手软绵绵地躺在了吴若云的掌心。吴若云撕心裂肺地大喊："奶奶——"

吴江海捂着被捅瞎的一只眼大叫："荣七，你他娘的还愣着干什么？老的死了，就给我绑这个小的，不然咱们俩就走不了！"

荣七这才反应过来，上前掐住吴若云的脖子，说："别号了，起来吧你！"

吴江海气急败坏："押着她，给我开路！"

荣七和吴江海押着吴若云，刚走到门外长廊，没想到吴天旺"噌"地从旁边的角落里蹿了出来。他举枪大喊："站住！"

吴天旺"哗啦"一声推上子弹，刚要开枪，没想到对方绑架的是吴若云，顿时傻了眼。荣七可不管那一套，抬手就是两枪。吴天旺险些被打中，连滚带爬倒在地上。槐花不知从什么地方冲出来，一头扑过去。吴天旺根本不理槐花，对吴江海连连喊叫："放开大小姐！放开——"

吴天旺举枪瞄准吴江海，想开枪，又害怕伤到吴若云，正犹豫不决，吴江海回过手来，"砰砰"就是两枪。子弹在吴天旺和槐花身边迸出了火花。

吴江海顾不上打没打中，命荣七捂着吴若云的嘴，夺路而走。正在这时，吴乾坤和春草儿，还有一群丫鬟、婆子、下人和长工纷纷从四处跑来。荣七一见，威胁道："吴乾坤，告诉你的手下，谁要敢开枪，我就先崩了吴若云！"

遇事不慌，临危不惧，是吴乾坤年轻时带兵打仗练就的气概，他冷冷地看一眼满脸是血的吴江海，镇定地问："若云，怎么了？"吴若云被捂着嘴说不出话来，眼睛里迸出了泪水。

一种不祥的念头在吴乾坤的脑子里浮出，他有些疑惑地问："你奶奶呢？"

吴若云虽然被捂着嘴说不出话来，但她用眼神和泪水告诉了吴乾坤真相。吴乾坤似乎不敢相信，扭头问吴江海："老二，你把我娘怎么样了？"

吴江海根本不敢回答："吴乾坤，你娘扎瞎了我的眼珠子，你把路给我让开，不然我就豁出去了，我毙了你闺女。"

娘在吴乾坤的心中比天都大，他用眼神示意一直拿枪瞄准吴江海的吴天旺，又对身后的人说："给他们让路，别让他们伤着若云！"吴乾坤说罢，急不可耐地径直冲向吴母房间。趁这个机会，荣七和吴江海押着吴若云便走。

当海猫在地道里又听到连续响过三枪以后，他似乎明白了外面发生的事情。海猫连忙起身爬到地道的口出处，却发现地道门关得死死的，怎么推也推不开。海猫顿时急得像热锅里的蚂蚁，团团转。他突然看到一个很像机关的按钮，于是三弄两弄，只听"嘎吱"一声，地门大开，海猫手脚并用，顺势就爬出来。

海猫从祖宗牌位底下钻出来，不禁目瞪口呆。只见房内一片凌乱，吴母仰面躺在血泊之中。几乎与此同时，吴乾坤一步跨到门口。海猫一见，忙迎上去说道："吴家族长，我在底下听见了动静，我就上来了。"

吴乾坤边探头环顾房间，边问："我娘呢？"

海猫挺身挡在门口："吴家族长，您千万要冷静呀！"

吴乾坤猛地推开海猫，一头撞进房间，这才发现，吴母已经直挺挺躺在血泊里了。吴乾坤老泪纵横，双膝跪倒在吴母身前，号啕大哭："娘！娘啊——"

闻声赶来的吴管家、吴八叔、春草儿、吴天旺和槐花，以及吴家所有的人，门里门外，跪成了一片，哭成一团。

许久，许久，吴乾坤像一头发怒的老狮子，一把拽出腰间的枪，高高举过头顶，大声呐喊："啊——"

吴江海和荣七押着吴若云，已经逃出吴家大院，直奔虎头湾广场。吴江海一声令下，侦缉大队八十多号人里三层外三层，紧紧护着三人走上高台。突然的变故让广场上的吴姓老百姓惊慌不已，整个广场顿时乱成一片。

一直在广场等着看热闹，却没看够的秧歌疯子一下来了劲。他挥起快要被拔光毛的羊皮袄的破袖子，高声地唱出了四句秧歌词：

> 鸡也飞，狗也叫，
> 亲叔叔咋就绑了亲侄女的票？
> 咦呀呀，呀呀呀！
> 这汉奸的狗眼珠子怎么冒血泡？

秧歌疯子边唱，边向高台走来。老犟眼子和海螺嫂连忙上前去拉，却没拉住。吴江海气坏了，对秧歌疯子抬手就是一枪，子弹正打在他的胸膛上，秧歌疯子的巨大身躯便像座小山似的倒在地上。

恰在这时，吴乾坤带着众人赶过来，他听到枪声，不管三七二十一，"砰砰砰"，一连还了三枪。三声枪响，引来吴家乡勇疾风骤雨般的枪声。因为有围观的吴姓百姓在场，所以枪大都是朝天放的。侦缉大队的枪声更急，但因为他们的人和群众混在一起，再者分不清枪声的方向，所以也只能朝天乱打一气。

然而，阵阵枪声中，吴天旺却一弹不发，他瞪大双眼寻找着吴若云的踪影。吴天旺见吴江海和荣七为了躲避子弹，拉着吴若云连滚带爬地躲在了高台后写着"虎头湾"的大石头背后，猫起腰就向前靠拢，不料槐花一把拉住他。吴天旺低声吼道："我去救大小姐，你给我滚开！"槐花还是死死拽着吴天旺硬是不肯松手。

此时此刻紧紧跟在吴乾坤身后的海猫，一直冷静地观察着这场瞬间发生的战斗，劝道："吴家族长，不能打呀！他是你的亲兄弟，煮豆燃豆萁，相煎何太急啊？"

吴乾坤打红了眼，对海猫大吼："你奶奶个球啊？我知道你能认字念书了，一共就四句诗，你就会个头尾，你还在这儿跟我显摆？"吴乾坤说着，狠狠推开海猫，腾地冲出了掩体。

躲在大石头背后的吴江海一见，急忙探出头来大喊："朝吴乾坤开枪，给我打！"

于是，所有的火力都集中到吴乾坤身上，一挺机关枪掉转枪口，枪手扣动了扳机。海猫一跃而起，猛地将吴乾坤扑倒在地。几乎与此同时，子弹呼啸而过。跟着吴乾坤冲出来的几名乡勇被击中，当时毙命。

吴乾坤急了，想爬起来往前冲，却被海猫紧紧压在身下。吴乾坤大吼："你混蛋，你想干什么？"

海猫火了："你没看见吗？对方火力比我们足，你这样冲上去就是送死。"

正说着，吴江海和荣七躲在吴若云身后，将她推在高台前，吴江海喊话："吴若云，跟你爹喊话，告诉他别没完没了了，那死老太婆死有余辜。她要是不扎我眼珠子，我能毙了她吗？让你爹叫人都退下，放我走，他死了老娘，我丢了眼珠子，谁也不欠谁的！"

吴若云吼道："你这条狼，还想活着离开，你做梦吧！我爹一定会杀了你，替奶奶报仇的。爹，他在这儿呢，开枪打死这个畜生！"

吴乾坤听了，又想爬起来，海猫用尽浑身力气，牢牢将吴乾坤压在身下。

吴乾坤肺都气炸了："来人哪，把海猫给我收拾了，省得他在这碍事！"

吴八叔和吴管家带着十几个乡勇应声赶来，但没走几步，一梭子弹热炒黄豆似的响起，两名乡勇当即毙命，吴八叔的肩头也挨了一枪，倒在地上嗷嗷直叫。

海猫一拳砸在地上："看见了没有，人家有机关枪，你以为你能占着便宜啊？"

吴乾坤大吼："我知道他娘的有机关枪，可是我们吴家族人多。我倒要看看他有多少子弹，等他子弹打光了，我吴姓族人一起上，就算掐也得掐死他们！"

海猫说："等他们子弹打光了，你的吴姓族人也死光了！"

吴乾坤恼了："你再胡说八道，我先毙了你！"

海猫索性说道："好，你开枪吧！打死我就不拦你了，你带着你的吴姓族人跟吴江海拼命吧！你们闹个两败俱伤，他赵洪胜才高兴呢！"

吴乾坤一愣，又怒吼道："狗屁，你少在这儿说风凉话，都这个时候了，我还管他赵洪胜家笑话不笑话？"

海猫苦笑："好，你说得对！其实，吴赵两家有什么大仇恨啊？都在虎头湾，好歹还是街坊邻居呢！更何况不管姓吴还是姓赵，我们都是中国人。可是吴家族长你想过没有，吴江海为什么来虎头湾？他肯定是奉日本人的命令来的，他带的那些人再可恶，可也都是中国人。子弹都打光了，人都死光了，死的也都是中国人！会打枪的男丁都死光了，小鬼子再来虎头湾怎么办？"

吴乾坤气急败坏地说："我顾不了那么多了，杀母之仇不报，我吴乾坤还是个人吗？"

吴乾坤说着，用力把压在身上的海猫拱翻，爬起身就要往外冲，海猫死死抱住他的大腿不放。吴乾坤回头大喊："混蛋，你再拦我，我真的宰了你！"

海猫喊声比吴乾坤都高："好，我再说一句，你吴乾坤可要想好了，你要是死了，谁给老太太披麻戴孝？"这句话如雷灌顶，吴乾坤刹那间愣住了。

海猫见有成效，赶紧说道："想一想吧！赵家的三老太爷死了，临了还是我这个外姓人给他收的尸。你要是死了，你身后的吴姓子弟，都得跟他们拼命。是，你的人多，心齐，吴江海的侦缉队占不了什么便宜。可结果呢？结果就是虎头湾尸骸遍野！"

吴乾坤一腚坐在地上，号啕大哭。海猫借机回头大声喊："吴姓子弟都给我听着，族长大老爷有令，别打了，谁也不许再开火了！"一时间，所有吴姓子弟都停了火。

海猫转头又对吴江海大喊："吴江海，我是海猫，我今天做个说客，吴家族人已经停火了，快叫你的手下马上停火！"

荣七一听乐了："大队长，是海猫！派人把他抓回去，找皇军请功啊！"

吴江海抬腿踢了荣七一脚："放屁，你没听他要做说客吗？这个时候还他娘的找皇军请功？没个说客，咱们他娘的能走得了吗？"荣七摸着屁股，顿时傻了。

吴江海躲在吴若云身后喊道："海猫，你跟吴乾坤说，我不是有意要打死老太太，是她太狠毒了，她一锥子扎在我眼珠子上，我的枪走火了！"

吴乾坤刚张口就要大骂，海猫急忙制止，抢过话头大喊："吴江海，你听着，不管怎么样，吴乾坤是你的哥哥，你杀了他的亲娘，你会遭报应的。按说杀人偿命，吴家族长是绝不应该放你离开虎头湾的，可是看在你也姓吴的分儿上，先放你一马。你把若云小姐放了，带着你的人赶紧滚蛋！"

吴江海大怒："海猫，你少跟我耍花招！你跟吴乾坤是一伙的，你让我放了吴若云，我他奶奶的还走得了吗？"

喊话之间，吴天旺瞅个空子，一把推开槐花，突然向高台冲去。荣七抬手一枪，子弹正打在吴天旺那条瘸腿上。吴天旺抱着腿，嗷嗷乱叫。

海猫见状，有些惊讶。然而更令他惊讶的是，这时槐花突然哭着叫着就要往吴天旺身边冲。

"那丫头，你再往前走一步，你家大小姐就没命了，滚回去！"海猫见槐花退回来，又对吴乾坤说："吴家族长，你也看见了吧，咱们想抢回若云根本没有机会，要不就让他们带着若云走吧，吴江海不敢把若云怎么样。"

吴乾坤又上了犟劲："不行，想带走我闺女，没门！"

海猫耐心地劝道："吴家族长，你先忍一忍，这么拼下去，咱们占不到便宜。就算是真要杀吴江海，也得送老人家入土为安以后呀！"

吴乾坤欲哭无泪，很明显，他让步了。海猫转身对吴江海就喊："吴江海，吴家族长说了，你走吧！可有一样，你要敢伤若云小姐一根汗毛，我海猫一定割下你的脑袋！"

荣七说："大队长，让咱们走呢！"

吴江海喊道："海猫，可我怎么能信你呀？我一走，你们开枪咋办？"

"那好办，我先站起来。如果这边开枪，你们可以打死我！"海猫说着，起身站起来，为了取得吴江海的相信，还向前走了几步。他看到了吴若云，吴若云也看到他。两人快速地交流着眼神，千言万语说不尽。

一场相互屠杀终于平息了，吴江海和荣七挟持着吴若云，在侦缉大队的护卫下，一齐从虎头湾撤退。

一辆马车飞驰而来，赶车是王大壮，马车上坐的是林家耀，还有一位年轻漂亮的女子，她正是久违了的苏菲娜。

马车赶到虎头湾广场的时候，吴家族人已布置好灵棚，他们把被打死的乡勇一个个抬进来，该焚香的焚香，该烧纸的烧纸，殡葬程序不乱，人们的哭声却乱。林家耀第一个跳下马车，他挨个检查每一具尸体，脸上浮现出阵阵失望的表情。

苏菲娜和王大壮跑向海猫，海猫招呼道："苏菲娜？你们怎么来了？"

"是他让来的！"王大壮一指远处的林家耀，"排长，我把你的话原封不动传给政委了，政委找林家耀谈话，他不服气，非要回虎头湾来。正赶上卫生员刚回昆嵛山，不对，现在得叫苏医生了。听说在这儿能见着你，就跟着一起来了。"

海猫转身对苏菲娜说："苏医生，好几年不见了，正好有几个伤员，你帮着看看，抓紧时间抢救吧！"苏菲娜点点头，几步跑到嗷嗷直叫的吴天旺跟前，弯腰检查他的伤势。

在高台一侧，林家耀把手搭在秧歌疯子的手腕上，发现人还有气，便起身跑到吴乾坤面前说："吴世伯，能不能把这些伤员抬到您家里去，我带着手术器械呢！我可以帮他们把子弹取出来，有的也许还能救活！"吴乾坤瞥了一眼林家耀，扭头就往回走。

林家耀追在吴乾坤身后："哎，吴世伯，你到底答应不答应啊？吴世伯，我到底能不能把这些伤员抬到您家里去呀？吴世伯，这可是救命的大事啊！"

海猫见林家耀磨磨叽叽，气便不打一处来，对他吼道："喊什么喊？这都什么时候了，这种事你还用得着问族长？"

林家耀一愣，海猫冲吴管家就喊："管家，请你叫一些人手，把所有伤员全都抬到族长家里去，这有两名医生可以为他们做手术，救他们的命！"

吴管家看一眼吴乾坤，吴乾坤点点头，转身往家走去。很快，吴管家招呼人们把吴八叔和吴天旺几个受伤的人抬进吴家大院。

林家耀指着奄奄一息的秧歌疯子说："这还有一个呢！他伤势最重，快抬到屋里去，我先要给他做手术！"

已经被人抬上担架的吴八叔听了，大喝道："他一个疯子，你急什么？先给我做，疼死我啦！"

林家耀扶着抬秧歌疯子的担架，扭头对吴八叔说："疯子也是人，你还知道喊疼呢，不急！"

尽管吴八叔吵吵闹闹，不依不饶，林家耀只是不理，他和苏菲娜分头先给重伤员做手术，童叟无欺。不用说，林家耀首先做的是秧歌疯子的手术。因为子弹打在吴天旺的瘸腿上，旧伤又添新伤，伤势相对重，苏菲娜虽然有槐花跑前跑后帮忙，仍然是累得满头大汗。

话说吴乾坤让人把吴母的尸体停在炕上，用一张白被单子盖好，他便跪在一旁守起灵来。海猫行过三拜九叩之礼以后，双膝跪在吴乾坤身旁说："族长大老爷，人死不能复生，您可要节哀啊！"

"海猫，我思前想后，吴江海今天来虎头湾根本就不是冲你来的，他的目的就是为了绑架我，结果没得手，又想绑我娘，还是没得手，就大开杀戒了，他的目的就是想要挟虎头湾给他的日本主子唱大秧歌！"

海猫分析道："谢谢族长大老爷能这么想。其实，吴江海也有冲我来的目的，他巴不得一箭双雕，既想杀了我，又逼您就范！他之所以不肯放若云大小姐，也有想继续逼您就范的目的。"

吴乾坤气愤地说："这个畜生，我娘戳瞎了他的眼珠子，他都不忘他是汉奸，还在给他的日本主子卖命。"

海猫如实禀告："吴家族长，听您这么说，那我得赶紧赶到海阳城去，不能让吴江海把今天在虎头湾的事告诉鬼子。不然，他们的大部队马上就会开过来，虎头湾的老百姓将面临被全体屠杀的命运。"

吴乾坤一惊："什么？屠镇？我虎头湾两千多号人，他们不敢轻举妄动！"

海猫摇摇头说："吴家族长，您难道不知道南京发生的事吗？小鬼子连续不断地杀人，杀了整整四十二天，老百姓的尸体把整个南京城都堆满了，虎头湾镇区区两千多号人，他们还有什么不敢的？"

吴乾坤似乎没有意识到问题的严重性，海猫继续说："我现在马上就回海阳城，尽量阻止这场血腥屠杀！不过，吴家族长，怎么也得做好最坏的打算。万一我去晚了，没能阻止鬼子，那我也会派人捎信回来，那时候就请吴家族长带着全镇的老百姓，包括赵家的人全部退出虎头湾，暂时躲到山里去。"

吴乾坤火了："那哪儿行啊，老祖宗给我们留下的虎头湾，难道就由着小鬼子糟蹋？万一他们放火呢？"

"房子烧了可以再盖，人要是死了可就活不了了。吴家族长，万一我派人带回不好的消息，请您无论如何带人退出虎头湾，就算我海猫求您了！"海猫说罢，匆匆走出吴家大院。当他赶到海阳县城时，太阳还没落山。这时吴江海的一个眼珠子已被海阳日军医院的医生摘除，赵洪胜装模作样来看他，两人少不了讥讽嘲骂，狗咬狗一嘴毛。

赵洪胜满怀胜利者的微笑，出了医院的门就一头钻进自己的汽车。他头也不抬地对坐在驾驶座位的司机说："老罗，开车！"

开车的"老罗"问："回家，还是回办公室？"

赵洪胜一听声音不对，趴在司机后座背上问道："你是谁呀？"

被叫做"老罗"的司机转身用枪抵着赵洪胜的脑袋说："你说呢？"

"海猫？"赵洪胜吓得魂飞魄散，"你想干什么？老罗呢？"

海猫枪身一摆说："你往你右手边的胡同看看。"

赵洪胜顺着海猫的枪身看去，只见王大壮用枪口顶着司机老罗的腰眼，老罗正战战兢兢，两腿筛糠。

海猫对赵洪胜说："舅舅，我车开得挺好的，咱先说会话儿，待会我送你！"

赵洪胜无可奈何："海猫，你究竟想干什么？你说吧！"

"嘿，我本来是想来看吴江海的，可是这医院门口有日本人站岗，我进不去呀！真是天无绝人之路，正好看见你的车，我就跟你的司机说我是你外甥，让他歇会儿，我给你开车。这不，我就上车了。"

"我还是那句话，有什么你就说吧！"

海猫点点头："好吧。你怕我带你到荒山野岭对你下黑手？不能！你不知道，我从小以为我是石头缝儿里蹦出来的，后来活到了二十岁才知道自己还有爹娘，我多高兴啊！那个时候我就发誓，我一定要做个孝顺孩子。现在我爹娘都死了，是你这个亲舅舅下手的，我要是以怨报怨，那不是不孝嘛！你知道我从哪来吗？"

"哪儿？"赵洪胜着急地问。

"虎头湾！舅舅也真是，你要想我了，派个人说一声，我就来看你了，你何必深更半夜派好几个人去呢？唉，我想啊，你准是又忘了，我除了你亲妹妹赵玉梅之外我还有个娘，就是海神娘娘。以后你别背着我干那些不光彩的事儿。我那个神仙娘都能告诉我了。"赵洪胜心虚了，浑身直冒冷汗。海猫接着说："还有句话我没有说清楚！舅舅！你最近有几个事办得不太漂亮，虎头湾的赵姓族人都恨你哪！他们听说我要来见你，呵，这家伙，好几十人要跟我一起来。非说宰了你不可！你说你也是，你的日本主子不就是想看大秧歌吗？这个事情好好商量，大伙能答应。关键是你压根不拿你的族人当人，派个管家回去吆五喝六的，那大伙能干吗？你这么着，舅舅，我就有话直说了啊，你能不能把你抓的那两个人还给我？如果你能，我让大伙成全你，给日本人演一场秧歌戏！"

赵洪胜火了："你以为你是谁？你算老几？他们能听你的？"

海猫笑了："哈哈，你爱信不信。反正我来之前大伙都答应我了。他们说了，只要你放人，他们就给日本人唱戏。不就是唱个戏嘛，热闹热闹，有啥难的？"

赵洪胜一甩脸子："用不着了，藤田指挥官不会再去虎头湾看热闹了，机枪大炮倒是很快就要到了。"

海猫惋惜地说："这个也被我猜着了，舅舅，你就真忍心看着日本人对你的族人下手？你是一族之长啊，当了好几十年了呀！"

赵洪胜得意地说："这还用你说？我早就让管家派人回去送信儿了，我让赵姓族人都到山里躲几天，等日本人把姓吴的全灭了，虎头湾就是我们赵家的天下了。"

海猫笑笑："你送去的信儿，大伙还能听吗？要是听你的，能闹到今天吗？"

赵洪胜哑口无言，他也一直琢磨这事，赵姓族人不可能再听自己的话了。海猫趁机又说:"舅舅,放人吧。你放人,虎头湾就唱戏。再说了,即便大伙听你的,全都跑到山里去了,可日本人不傻啊,他们到虎头湾一看,姓赵的一家不剩全跑了,就留下姓吴的了,这不明摆着是你借日本人的手替你自己报仇嘛!难道日本人鼻子下面没长嘴?他们不会打听打听?只要他们一打听,谁不知道虎头湾吴赵两家世代为仇,好几百年了。那个时候,舅舅,你恐怕吃不了兜着走!再说了,姓吴的就不是人了,上千口子哪!要是被日本人全灭了,这一千多鬼魂肯跟你善罢甘休?"赵洪胜不寒而栗。

"舅舅,放人吧!你放了人,虎头湾的事儿全交给我。我保证让你们的日本主子在虎头湾看一场最热闹的秧歌戏。他们看高兴了,你以后的日子不也就好过了吗?"

赵洪胜为难了:"可是,人我已经都交给吴江海了,我放不了。"

海猫出主意道:"没有你的话,吴江海更不会放人了。赵姓族人都死绝了他才高兴呢!走吧,带我进医院。咱俩找吴江海好好商量商量。"

赵洪胜被海猫用枪逼着下了车,他不由得向司机老罗的方向看了一眼。只见老罗浑身哆嗦,仍然老老实实地站在原地。王大壮按着腰间的枪,大摇大摆地来回踱步,不可一世。赵洪胜只好硬着头皮,带海猫走进日军医院。

躺在日军医院病床上的吴江海,突然睁开眼睛,他一见赵洪胜就问:"你……你怎么回来了?"

一直站在赵洪胜身后的海猫,一闪身绕到吴江海病床前说:"看来一只眼就是顾不过来,我海猫也回来了!"

"海猫?"吴江海吓了一跳,翻身就要下床。

海猫伸手摁住了吴江海的肩头:"你刚做完手术,眼珠子都摘了。你千万别急,你这一着急啊,血从伤口蹿出来,你的小命可就没了。"

吴江海低声吼道:"赵洪胜,你把他带来干什么?我告诉你,这可是日本人的医院,里外全是皇军。你们害了我,你们也跑不了。"

海猫笑道:"瞧你说的,他是我亲舅舅,我是他亲外甥,你看我们像是来害你的吗?啊?吴大队长,我们甥舅俩是来跟你商量事儿的。"

当海猫和赵洪胜演戏似的说出他们要和吴江海商量的事儿以后,吴江海两腿在病床上直蹬:"让我放人?不行!不行!门都没有!我就这么两只眼珠子,被死老太婆戳瞎一只。我他娘的亏了。我绝不能让吴乾坤占这个便宜。他闺女吴若云的命搭上,也赔不过我一个眼珠子!"

海猫强压满腔怒火:"怎么?你要杀死你的亲侄女?你还嫌你作孽不够啊?我告诉你,日本鬼子为什么要在虎头湾看大秧歌?还不是因为你把牛吹大了,你说你们把聚龙岛上的海盗全都消灭了？万一秧歌演不成，日本鬼子就会知道你给他们撒了一个弥天大谎。敢欺骗藤田指挥官，你还想活命啊？"吴江海瞅一眼低头不语的赵洪胜，立马傻了。

海猫又说："我实话跟你说吧，我来之前已经跟吴乾坤商量好了，只要你放人，吴赵两家，一共三口，全放了，虎头湾就成全你们，热热闹闹地排场大秧歌，给你们的日本主子看。你们俩也就算都立了功了。"

"你能做得了吴乾坤的主？你算老几啊？"

海猫说："我算老几你不用管，我说的可是实话，吴乾坤真的答应了，而且赵姓族人也答应了。只要你们放人，吴赵两家各出一个秧歌队，联合唱一出大秧歌。你可以不信我，但结果我都已经跟你们说明白了，就是死路一条。要想活命，我觉得你们可以考虑相信我一回！"

说话之间，一名侦缉大队的队员走进病房报告说，麻生少佐正在跟值班医生打听吴大队长的病情，马上就过来。

吴江海大笑："好你个海猫，这回你跑不了了吧？"

"我跑什么啊？我为什么要跑？"

"你是共产党，日本人不会饶了你的。"吴江海转过来对赵洪胜说，"赵洪胜，这小子没带枪，你快把他摁住。麻生少佐来了，咱俩就算是立功了。"

海猫伸手掏出腰间的枪来："谁说我没带枪？不过，带枪我也不用，我不用跟你们拼命，你们要把我交给日本人，现在就把我绑上，我绝不还手。哼！赵县长是我亲舅舅，你是我亲叔叔，我是共产党，我就跟日本人直说呗！"

吴江海愣了："你说什么？我啥时候成了你亲叔叔了？"

"你还不知道吧？你哥哥都答应了，让吴若云嫁给我。"吴江海皱紧了眉头，海猫接着说道，"你的亲侄女婿，听说您受伤了，这光天化日之下还来看你。当然，咱俩之前就一直交情不错。你还专门回虎头湾给我做过主，连我住的那破捻匠铺都是你成全我的。三年前我是共产党就已经被发现了。当时你那个县长大哥不是要枪毙我嘛，就是你派你手下的泥鳅做的假，所以我才活到今天。哎，叔叔，这日本人要是知道他们的侦缉队长有个共产党的亲戚，会怎么想啊？你要是把我交给日本人，我可得跟他们好好聊聊。我就跟他们说啊，你之所以投靠他们，给他们当这侦缉队长，就是跟我商量好的，要跟我里应外合……"

吴江海大喊："你胡说八道！"

"嘴长在我鼻子下边，说什么我随便。反正，路我都给你指明白了。要么你们放人，我回虎头湾保证成全你们；要不然，大家就都别得好！"

吴江海有些气短了："你这是在吓唬我！"

海猫用枪点着赵洪胜的脑袋说:"你问他,我吓唬他了没有?识时务者为俊杰,叔叔,他可不像你!你知道我从小行走江湖,最讲的就是个理儿,你要是拿我当亲戚,我就拿你当亲戚。你要想置我于死地,那就别怪我先一口咬死你!"

恰在这时,病房门外传来麻生少佐的脚步声,海猫不慌不忙地说:"怎么着?不绑我了?那我就找地儿躲躲了,我就是一只猫,趴床底下就好。"海猫说着,"刺溜"一下,钻到了床底。

麻生少佐进门一见赵洪胜就说:"赵桑,你也在?"

赵洪胜忙说:"吴大队长受伤了,都是一个镇的,理应过来看看。"

麻生少佐转身对吴江海说:"吴桑,你辛苦了,我已经调集了部队,即刻出发去虎头湾为你报仇!"

吴江海和赵洪胜几乎异口同声喊道:"等一等!"

麻生少佐一愣:"怎么?你们商量过了是不是?"

赵洪胜立马解释:"是!刚才商量过。都怪我,我家老三不是死在虎头湾吗?我不想再回那个令我伤心的地方,就派管家去了。这管家也是老糊涂了,连个话都没传好,也是,虎头湾穷乡僻壤,孤陋寡闻,不知道大东亚共荣是什么意思,也根本不知道皇军来胶东是帮助他们的,所以才闹出了误会。现在已经有人给我传话了,都说愿意给皇军演大秧歌了。"

麻生少佐又说:"吴桑,你伤了一只眼,就不想报仇雪恨吗?"

吴江海赶紧说道:"太君,这是个意外,是意外。我哥哥刚才也派人传信了,说吴家也愿意为皇军演大秧歌。"

麻生少佐看看吴江海,又看看赵洪胜:"你们说的是真的?"

两人同时点头。麻生少佐两眼紧紧盯着吴江海:"可是吴桑,你一定在说谎!你的眼睛瞎了瞎了的,怎么可能是意外呢?"

躲在床下的海猫的心一下子提到了嗓子眼里,赵洪胜吓得全身直哆嗦,他们都怕吴江海说砸了,闹个前功尽弃。

不料吴江海脸一红,难为情地说:"太君,您就别问了,我说出来丢人啊!我……哎呀……我嫂子她年轻漂亮跟我有一腿,我想借着回虎头湾的机会,跟她……哪承想被我大娘发现了,就是我亲哥哥他亲娘。我是二娘生的,老太太一见我跟她儿媳妇……她一生气就把我眼睛戳瞎了,这事都怪我……"

麻生少佐哈哈大笑:"原来吴桑还有这个风流事呀,中国有句话叫'牡丹花下死,做鬼也风流'。为了你的相好的,丢了一只眼珠子,也值了!"

"我后悔啊,就剩一只眼睛了,我不能好好为皇军效力啊!"

麻生少佐安慰道:"大日本帝国的很多优秀将士也有只剩下一只眼睛的,但是他们仍然勇猛作战，冲锋陷阵。吴桑、赵桑，藤田指挥官十天以后就会亲临虎头湾看大秧歌，到时候咱们一起去，欣赏你们吴赵两家的大秧歌戏。"

吴江海和赵洪胜点头哈腰。躲在床下的海猫，双眉紧蹙，眼珠直转。他心里暗暗谋划着怎样才能打好这场没有硝烟的战斗。

第三十六章

仍然是日本侵略者攻占海阳县城的那座监狱，也仍然是海猫曾经住过的那个房间，清冷的月光从窗户泻下，给眼下被关的吴若云罩上了一身银白。吴若云抱着膝盖坐在地上，脑海里一会儿浮现出吴母平日里对自己的跋扈，一会儿又被她浑身的鲜血替代。吴若云想起吴母软绵绵的手躺在自己手心的情景，不禁潸然泪下。

吴若云脑子里正翻江倒海，一声像艄公的呼哨在耳畔响起，她循着哨声看去，只见海猫扒着铁栅栏轻声叫道："小先生！"

吴若云快步冲向海猫，担心地问："你也被抓了。"

海猫笑了："你见过哪个犯人，可以在监狱里随便溜达的？"

吴若云愣了："那……那你来干什么？"

"当然是接小先生的呀！"海猫说着挥挥手，一个狱卒屁颠屁颠跑来打开门，"我不说了嘛，你给狗扔块骨头，它就会听话，你这就跟我走吧！"

海猫拉着吴若云走出监狱，东拐西转，很快来到停在胡同口的一辆马车旁，他指着赶车的王大壮说："小先生，这人是我兄弟，叫王大壮，他送你回去！"

吴若云惊问："什么？他送我？那你呢？"

海猫告诉吴若云他还得救赵大橹和赵九爷呢。一听赵大橹，吴若云以为赵香月让救的，火一下上来了。海猫一见吴若云要发脾气，忙解释他代表虎头湾来的。当吴若云听说海猫答应赵洪胜和吴江海唱一场大秧歌给鬼子看并让吴若云劝吴乾坤时，吴若云气得鼻窍生烟。海猫耐心解释，吴若云将信将疑，但她已经感到，海猫胸有成竹。

海猫送走了吴若云，转身又回到监狱的牢房，不知他采取什么办法进了关押赵大橹和九老爷的审讯室。听有人进来，九老爷头也不抬地跪倒在地，边哭边说："官老爷，您开开恩放我回去吧，我上有老下有小，一大家子人等着我呢。我错了，你们罚我多少钱都行，我交银子，我交银子！"

赵大橹一脸的轻蔑，他从九老爷的身上抬起头一看，立马惊叫："海猫！"

跪在地上的九老爷急忙站起身，万分尴尬："海猫，是你呀！我还以为是……不都说钱能消灾嘛，我就想花钱买条命……我刚才，是不是太丢人了？"

赵大橹双眼盯着海猫："怎么是你？"

海猫眨眼一笑："就是我呀，我来接你们回去。"

九老爷喜出望外："真的？海猫，你不是蒙人吧？接我们回去？"

海猫点点头："对呀！不过，回去之前，有些事儿咱得先说明白喽，你们族长给日本人当了县长，三老太爷也死了，现在赵姓族人中谁说了算我不知道，但是为了救人，我就撒了一个谎，我代表吴赵两家跟他们谈判了。"

九老爷问："跟谁谈判的，谈判的啥呀？"

海猫将给日本人演秧歌的事告诉他俩。九老爷立马同意，并答应帮海猫说服其他的赵姓族人。赵大橹则死活不同意。海猫耐心地劝赵大橹。赵大橹告诉海猫他们老祖宗都是为朝廷镇守大嵩卫的将士。他们也要像祖先那样，抗击倭寇。海猫听着很激动，但由于海猫还没想好怎样给日本人唱秧歌，虽然有些想法，但也不成熟，再说，在这种场合又一时说不清，他愣愣地看着赵大橹，一时哑口无言。最后，他搬出赵香月，赵大橹终于被说服了。

当海猫带着赵大橹和九老爷匆匆离开审讯室，在监狱门口正好碰见老斧头。老斧头把海猫拉到门后说："哎呀，你这盘棋下得太大了。海猫，你有把握吗？远的咱不说，眼下，吴赵两家能给小鬼子唱秧歌吗？"

海猫烦恼地说："吴家我倒是不愁。愁就愁在赵家，赵家的族长当了汉奸，德高望重的三老太爷又让小鬼子打死了，现在没个人说了算，关键是穷人和富人还不是一条心。老斧头，你在虎头湾住的年头比我长，你有啥主意？"

老斧头说："赵姓穷人这边，我倒是熟悉。那些年我在虎头湾开捻匠铺，没少帮他们修船，还有几个小伙子跟我学过手艺呢！那个赵大橹就是其中的一个，至于能不能帮上你的忙……"

没等老斧头说完，海猫就紧紧地握着他的手说："那太好了，老斧头同志，你跟我一起回虎头湾吧！"

老斧头担心地问："我回得去吗？瞅空出去一两个时辰还行，再长了我怕……"

海猫回答道："没什么可怕的，现在监狱归日本人管，你是之前被抓进来的，早就应该放你了。再说，我现在掐着赵洪胜和吴江海的软肋呢，让他们多放个人，也不算个什么。"

老斧头眼睛一亮："能回虎头湾，我老斧头一直盼着呢！"

吴家客厅塞满了轻重伤员，苏菲娜正在给秧歌疯子输液。

吴八叔嚷道："丫头，这玩意儿能不能给我来点儿啊？我疼得厉害呀！他都不会喘气了，你还为他忙活什么啊？"

苏菲娜给吴八叔鞠了一个躬："药品紧缺，我只能给危重病人输液。其实，如果条件允许的话，你也应该得到这样的治疗，可是我们的药品实在是太少了，真对不起，请您原谅！"

苏菲娜这一鞠躬，令吴八叔彻底折服，他对站在病床前的吴管家竖起大拇指："瞧瞧人家！给我保住了这条胳膊，还给我鞠躬，不得不服！"

林家耀终于完成了对吴天旺的最后手术，又忙着为他测量血压、检查心跳，有条不紊。苏菲娜赶过来帮忙，向林家耀投去赞许的目光。

林家耀看到了那目光，但是视线飘忽不定，乾坤颠倒，周围的世界一下子变得模糊起来，最终"咣当"一声倒在地上。槐花撒开吴天旺的手，扑到林家耀身边大叫。

"不要动他！"苏菲娜说着就给林家耀号脉，然后寻找穴位，边掐他的人中，边说，"他就是太累了，应该不会有太大的问题！"

渐渐地，林家耀长吐一口气，睁开眼睛说："对不起，我怎么……"

苏菲娜赶忙打断林家耀："林大夫，别说话！你不吃不喝，连续做了三台手术，叫谁谁都受不了！"苏菲娜说着，扭头对吴管家说："大叔，我听他们叫你管家，是吧？能不能赶紧派人给林大夫做顿饭？做有营养的，如果能给炖只鸡就最好了！"

吴管家说："炖只鸡算啥？我们家厨房随时都有，来来来，快去给林大少爷做饭，炖只鸡！不光林大少爷，还有这位女先生，啊，多做点儿！"下人答应着，匆匆跑去了。

吴八叔在远处关切地看着林家耀，从他的眼神里可以明显看出，先前的敌对情绪已荡然无存。

林家耀请苏菲娜帮他照顾一下病人，他出去一会儿。原来林家耀是想看吴若云。当他问起吴若云时，吴管家欲言又止。

林家耀不知就里，说："怎么？若云表妹不在家吗？"

刚做完手术的吴天旺突然插话说："林大少爷！我知道你有个叔叔有权有势很厉害，你快让他救救大小姐吧！"

林家耀忙问："若云表妹她怎么了？"

吴天旺发现吴管家瞪圆双眼看着自己，想说又不敢说。

林家耀转脸问槐花："槐花，你告诉我，若云表妹怎么了？"

槐花只好说："林大少爷，就在您来之前，小姐她……被吴江海绑走了！"

林家耀大怒："什么？吴江海？吴江海不是她叔叔吗？"

槐花生气地说："谁说不是？他不光绑走了大小姐，他还开枪打死了老太太！"

"这个畜生！他跑到哪里去了？"

吴管家回答说吴江海现在是日本人侦缉大队的大队长，应该在海阳县城。

林家耀咬牙切齿："枪，给我一把枪！"

林家耀发现吴八叔的枪就放在右手边，拿起来就往外冲。苏菲娜挺身拦住他。林家耀推开了苏菲娜。两人正争执，突然门口走进一个人来。所有在场的人都愣了，他们的目光全集中到走进来的吴若云身上。

吴管家连忙对槐花说："槐花，快去告诉老爷，小姐回来了！"槐花应声，忙不迭地跑了出去。

林家耀喜出望外："若云表妹，听说你被绑了，我正要去救你呢！"

吴若云冷冷地说："你？救我？你有这个本事吗？"林家耀愣了，他不知该如何回答。

吴管家忙打圆场："啊……小姐，林大少爷医术高明啊，这一天一直在忙活，还有这位姑娘，他们一起给所有受伤的吴姓族人做了手术，我们都以为秧歌疯子没救了，林大少爷好一个抢救，兴许他还能活！"

没想到吴若云不阴不阳地说："做手术是吧？那去医院啊！在这里干什么？管家，你真老糊涂了，我奶奶归西，这里应该为她设立灵堂的，你难道不知道吗？瞧瞧你们，弄得四处血赤呼啦的，她老人家看了能高兴吗？滚！把他们都抬出去！"

吴管家觉得吴若云说的有道理，连忙指挥下人说："大小姐说得对，快，快动手往外抬人，这里马上设灵堂！"

苏菲娜蚕眉一扬："等一等！病人刚做完手术，现在挪动他们有生命危险的！这位小姐，看来您是这个家的主人吧？刚才我也听您说了，家里刚有老人亡故，我们却在这里做手术，实在是对不起。但是事情已经发生了，就请您继续支持我们吧！每个伤员都是一条生命，而且你们好像都姓吴，都是一家人嘛！"

吴若云凤眼一瞪："你是谁？"

苏菲娜转脸看着林家耀，显然她以为他能说明白。林家耀简单介绍说："噢，若云表妹，她是和我一起来的苏医生。"

吴若云大吼："你们都给我滚出去！"

苏菲娜急了："我不走！林医生也不能走，我们要跟伤员在一起！"刹那间，凤眼看蚕眉，两个女人僵住了。

就在这时，只听"咣当"一声，吴天旺从床板滚翻到地上，他一边拖着伤腿，一边说："我家小姐让你们滚出去，你们没听见啊？这里要腾出来给老太太做灵堂，我是这家的长工，我听小姐的话，我爬也要爬出去！"

吴天旺的伤口迸裂开来，鲜血汩汩，留下一道长长的血痕。吴若云低头瞥了一眼，眼圈潮湿，仿佛被他的忠诚打动了。

病床上的吴八叔忍痛欠起半个身子说："若云，对不住了啊，八叔也在这儿治的伤。你说得对，老太太驾鹤西去了，这儿应该做灵堂，我们咋能死皮赖脸占着不走呢？管家，你快到外面招呼人，把这些受伤的全抬我们家去！"

吴管家双拳一抱："如此，那就多谢八老爷了。"

也许为了跟吴若云套个近乎，吴八叔朝着吴管家离去的背影喊道："啊，对了，连秧歌疯子一起抬我们家去啊！这个死疯子，本来都咽了气了，林医生费了好大的工夫才救过来，这位苏医生还给他用了上好的药，看看能不能救活吧，活了就算是这个疯子的造化了！"

云起云涌，潮涨潮落，虎头湾夜色蒙蒙，涛声阵阵，夜色和涛声制造出一种恐怖气氛，把大橹娘重重包围起来。大橹娘不知听何人说，她的儿子赵大橹死在了海阳县城的监狱，尸体被小日本的大狼狗撕了。

大橹娘哭得死去过好几回，这一次醒过来就不再哭了，她找来一把扫帚，把大橹平日穿的一件衣服搭在上面，颤颤巍巍来到海边，拖着扫帚便给赵大橹招起魂来。因为在海阳当地有个传统说法，人死在外面是要把他的魂招回家的，否则，那魂就会四处飘荡，变成孤魂野鬼了。

夜深了，大橹娘在海滩上拖动扫帚，走一步喊一声："大橹，回来吧！跟娘回家，啊？咱回家！回家……"

大橹娘喊着，走着，还不时地将搭在扫帚上的衣服拿起来，双手扯着，在夜空中挥来挥去，口说"来了来了"，然后托起衣服，真像赵大橹回来似的，头也不回地领着他往家里走去。经过赵香月院门口时，大橹娘突然朝院内喊道："赵香月，你个臭狐狸精，我儿子回来了，你给我出来接驾！"

喊声把赵香月一家吓得缩成一团，大气不敢出一声。赵老气毕竟是个大老爷们儿，又是一家之主，他听大橹娘一声接一声在院门口喊，一气之下，顺手抄起顶门的杠子，挥舞起来就要往外冲。

赵香月"扑通"一声跪在赵老气跟前，苦苦央求说："爹，求求您别出去好不好？赵大橹被抓走了，这都一天一宿了，八成也活不了了……大橹娘就赵大橹一个儿子，赵大橹死了，她这辈子就无依无靠了。让她骂吧，如果她骂骂心里能好受一点儿，就让她骂，咱有啥不能忍的啊？"

香月奶奶对赵香月说："唉，你能忍，我老太太可忍不了！"

赵香月回身又劝："奶奶，咱虎头湾谁不知道您是好脾气呀，今儿这是咋了？不就是骂几声嘛，这才哪儿到哪儿啊？自从那年我给海猫披麻戴孝之后，骂我的人还少啊？冲我吐吐沫的都有，我要是不能忍，早就活不到今天了……"

大橹娘是个寡妇，为了不被人欺负，练就了一张骂人的嘴皮子，她见赵香月一家不露面，也不吭声，越骂越难听："赵香月，你个破鞋，你个丧门星，你个狐狸精！你等着，我儿子是死了，你也别想好好活。只要你敢出门，我天天往你身上泼屎泼尿，还有你那死爹，你那死奶奶，你那死兄弟，你们要不想死得难看，就都在家里吃毒药，一死死一窝子！"

赵老气、香月奶奶和赵发实在听不下去了，三人把跪在地上的赵香月一齐推倒，争先恐后要开门出去，赵香月一手拖住一人的腿，剩下的赵发她伸出腿去挡着，大声哭道："你们谁敢出去，我立马撞死！"三人顿时愣了，你看我，我看你，大眼瞪小眼。

显然，赵香月已经考虑过，她开口就说："有个事我想先跟二老，还有赵发兄弟打个招呼，明儿我就搬到他们家去住……大橹娘骂得没错，要是没有我，赵大橹不会落到今天这个下场，不管怎么样，我毕竟和他有过亲事，赵大橹死了，他娘无依无靠，我应该到他们家去，替大橹给他娘养老送终。"

香月奶奶反对。赵香月无奈地说："那我也认了，怎么死都是死，想想赵大橹，那么壮实的汉子，就这么说没就没了……这罪过在我，这就是我的命！"

赵发一头扑到赵香月身上，搂着她的脖子说："姐，你不能去，我不让你走！等我长大了，我替你报仇！"

赵香月悲喜交加，双手抱着赵发的头，放声大哭。赵老气和香月奶奶见了，也不由得掉下泪来，一时间，一家人高一声低一声，哭成一团。

院门外的大橹娘听到传出来的哭声，不好意思再骂了，但是守着围观的街坊邻居，她又觉得下不来台，只好拍打着托在手里的衣服，自言自语："儿啊，我的儿啊，咱不做孤魂野鬼，你回来吧……"

大橹娘正嘟嘟囔囔，悲悲切切，赵大橹从围观的人群中挤到她跟前说："娘，黑灯瞎火的，您在人家院门口干什么呢？"大橹娘和所有围观的人一齐看着赵大橹，一个个又惊又喜。

大橹娘"腾"地站了起来："大橹，你……你是人是鬼？"

赵大橹一笑："我当然是人啊，哪有啥鬼呀？"

大橹娘犹豫片刻，一把抓住了赵大橹："哎呀，我的儿，原来你没死呀！"

赵大橹一头雾水："不是，娘，你这是干啥呢？"

街坊邻居们见赵大橹没死，对大橹娘的同情一下子减了一半。有人插话说："她还能干啥啊？给你招魂，还骂对门呢！"

赵大橹回头看看赵香月的家，顿时明白了："娘，你骂人家干啥？"

大橹娘强词夺理："骂他们怎么了？要不是那个臭狐狸精，你能装大尾巴狼，跟管家大老爷叫板？都是她把你害得，害得你差点儿死在外面！"

赵大橹双脚直跺："你说啥呢娘？我的事，跟香月有啥关系？"

这时又有人插嘴说："就是，大橹娘，要说以前你骂也就骂了，这回你儿子被抓大伙儿都亲眼看见的，跟人家赵香月可真是没关系！"

赵大橹忙对众人道歉说："各位街坊邻居，对不住了啊，我娘有说得不对的地方，大伙多担待吧！"见赵大橹这么说，人们也不再计较，一个个悄然散去。

大橹娘心有不甘，还想争个理儿，被赵大橹阻止，他拉起她的手，边走边说："娘，快回家吧，别在这儿丢人现眼啦！"

赵大橹的话音传到屋内赵香月的耳朵，她说声"大橹回来了"，便一把拉开屋门，不顾赵老气的阻拦，拔腿追出来。

赵香月追到赵大橹的身后，大喊一声："赵大橹！"

赵大橹回头望着赵香月："香月！"

赵香月很快又收敛了那笑容，因为在街坊邻居的注视下，赵香月确实不应该露出笑容。全家人刚刚被人家骂完，她哪还有脸笑啊！

二人正四目相对，赵老气便追过来，二话不说，拽着赵香月就走。

赵大橹尴尬地把娘扶进自家屋里，牛眼珠子瞪得溜圆："娘，你这样不对！"

大橹娘明知自己有错，可醉死也不认半壶酒钱，仍然怪罪香月。赵大橹告诉他娘是香月求的海猫，海猫把他救回来的。大橹娘虽有不甘，但是儿子毕竟回来了。当赵大橹要把船还给香月时，大橹娘勉强答应，甚至同意赵香月过门。赵大橹的脸上终于绽放出幸福的微笑，他转身冲出家门，一头闯进斜对门赵香月的家，告诉赵香月他们可以结婚了。赵香月拒绝。最后，赵发见赵大橹磨磨蹭蹭不想走，便夺过赵老气手里的顶门杠子，不管三七二十一，兜头就打，吓得赵大橹撒腿就跑。

话再说回来，海猫从监狱里不仅救出了赵大橹和九老爷，他还开动三寸不烂之舌，顺势把老斧头也救了。九老爷回家同样上演了一场起死回生的戏不说，只说老斧头回到捻匠铺，又是理发刮脸，又是换洗衣服的好一阵子忙。王大壮开他的玩笑，说是老斧头在虎头湾准有相好的。海猫抿嘴而笑，有没有相好的，那相好的是谁，海猫心里已经猜出了七八分。

三人正有说有笑，赵大橹埋头冲进来，一见刮了脸、理了发，又换了一身干净衣服的老斧头，顿时吓了一跳："哎呀！你……斧头大叔，你还活着？"

老斧头热泪盈眶："活着哩，大橹，你在监狱那会儿我就认出你来了。刚才在回来的马车上，你光急着回来见你的香月了，这一道上我也没好意思相认啊！"

赵大橹懊悔地说："都怪我，您留那么长的头发，还穿一身囚衣，我连想都没敢想，原来是您啊！哎？斧头大叔，要是知道您真的还活着，我娘……"

老斧头打断赵大橹的话："你娘……她咋了？"

赵大橹告诉老斧头自从他被抓走以后，她娘嘴上不说，心里可老惦记着他。还给他偷偷立了个牌位，年年上香烧纸，嘴里念叨他的名字，一哭哭半天。听着，老斧头潸然泪下。

赵大橹本来是来追究海猫对赵香月撒谎的事的，见了老斧头早把这事抛到了九霄云外，他只是兴奋地说："斧头大叔，您先在这歇着，我回去跟我娘说一声，告诉她您还活着，真的还活着！"

目送赵大橹高高兴兴跑去的身影，老斧头陷于沉思。以至海猫和王大壮挤眉弄眼地议论半晌，他才醒过神儿来。

三人又一番说笑之后，老斧头一本正经地说："海猫同志，咱言归正传，虎头湾这场秧歌到底该给小日本怎么演？你下命令吧！"

海猫不假思索地说："我已经想好了，吴家的工作我去做，赵家的工作就麻烦老斧头了。至于王大壮同志，你还是干老本行，留意县城那边的动静，及时提供情报，不打无准备之仗！"说罢，吹灯上炕，三人头挨头，背贴背，倒头就睡。

然而，为吴母守灵的吴乾坤和吴若云却彻夜未眠。吴若云跪在吴乾坤身边，一直喋喋不休："爹，给小鬼子演秧歌的事，您就信海猫一回吧！您想啊，他能够通过谈判让赵洪胜和吴江海把我放回来，就说明了他的本事啊！海猫说得有道理，现在对咱们家来说，最重要的就是让我奶奶入土为安，这个时候如果我们不跟日本人妥协，跟他们硬干的话，那丧事指定是办不成了！不就是唱个秧歌吗？反正您又不用亲自上，就让那些穷鬼给小鬼子演去呗！只要他们不找咱们的麻烦，咱把奶奶的丧事办好了，要报仇再从长计议也不晚啊！"

吴乾坤假意应付："也是，给你奶奶治丧是头等大事。好，我知道了，丫头，你这一天一宿连惊带怕的，累了吧？回去早点儿睡吧！我一个人在这儿待会儿，跟你奶奶说说体己的话……"

吴若云见吴乾坤坚持，只好爬起身："那好，爹，您别太难过……"

吴乾坤目送吴若云走出灵堂，抬头一看，天已经亮了。他也只好爬起身，招呼吴管家和四五个乡勇跟着他，信步向捻匠铺走去。

捻匠铺门外，老斧头呼吸着久违的虎头湾的气息，正兴致勃勃地鼓捣趴在地上的一条破船。走在吴乾坤身前的吴管家见了，不禁脱口叫道："老斧头！"

老斧头一见来人，为给铺内的海猫报信，故意大喊："你们要干什么？"

吴乾坤明白老斧头喊声的用意："堵上他的嘴，别让他乱叫唤！"

立刻就有两个乡勇把老斧头的嘴堵上了，吴乾坤并非善茬，他迅速从腰间掏出枪来，一脚踢开了捻匠铺虚掩的门。

躺在炕上的海猫刚爬起身，吴乾坤的枪口就对准了他的脑袋。海猫连忙保持安静，一动不动："吴家族长，这大早上的，您开啥玩笑呢？"

吴乾坤气愤地说："开玩笑？我跟你开玩笑？你是个什么东西？"

海猫疑惑："我说，您老人家这翻脸翻得也太快了。"

乾坤鼻子一哼："不是我翻脸翻得快，是我压根就不该拿你当好人！你小子倒真是滑头得很啊，见日本人势力大了，立马就随了你舅舅当了汉奸了。"

"当汉奸？吴家族长，你这话从何说起？"海猫大惑不解。

"还不承认？我问你，你是怎么把若云领回来的？就凭你红口白牙一张嘴？我不信！你还编了一堆谎话糊弄我那傻丫头，你糊弄她可以。想糊弄我，没门！说到底，你不就是想撮合虎头湾吴赵两家联合给小鬼子演秧歌嘛！说说吧，赵洪胜给你什么好处了？让你跟他去县城当官，还是给你金条啊？"说着，吴乾坤加重了拿枪的力道。

海猫笑了："你这老头也真够怪的，我把你闺女救出来了，你不谢我，还怀疑我当汉奸！若云小姐是怎么跟你说的啊？"

吴乾坤说："她说得一清二楚，我一听就是你小子的阴谋诡计！"

海猫突然换了一种口气说："老头，你把枪收起来，上炕坐。"

吴乾坤一瞪眼睛："你管谁叫老头呢？"

海猫慢悠悠地说："人不敬我，我不敬人！再说，你都这么大岁数了，可不就是老头呗！我知道你不会一个人来，外面带了几条枪啊？我今天身上可没家伙。你把枪收起来，我也不能把你怎么样，看来若云小姐没把话说清楚，你就坐到炕上来，我再说一遍。其实，这也不能怪她，有些事我压根就没跟她说，她是个女孩子，这排兵布阵的事儿，我怕说了她也不懂。"

吴乾坤鄙夷地说："哼！她不懂，你懂？你个臭叫花子还懂得排兵布阵？"

海猫得意地撇着嘴："嘿嘿，我跟你说啊，我这回还不光是排兵布阵，我这里面什么都有，你刚才说的阴谋诡计也有。我要给小鬼子设个圈套，大圈套里套小圈套，小圈套里套更小的圈套。你坐上来，坐上来，我好好给你讲讲。"

日上三竿，当吴乾坤走出捻匠铺的时候，脸上的阴云已经散去，虽不能说阳光灿烂，却也舒眉展眼。也许是爱屋及乌的缘由吧，他走到铺外，见他的两个乡勇仍然勒着老斧头的嘴，便让他们放了他，并对老斧头歉意地一笑说："行啊，老斧头，命够大的，居然还活着，好好活着吧。"

吴乾坤说完，刚要转身离开，就见吴若云迎面走来，大老远地就喊："爹！您没把海猫怎么样吧？"

吴乾坤懒得理吴若云："嚷什么嚷？你自己瞧去！"

吴若云进了捻匠铺，一见海猫就扑进他的怀里。海猫大惊，双手推开她说："哎……小先生，你别这样，外面还有人呢！待会儿进来了……"

吴若云撒娇，把海猫抱得更紧了："我不管！"恰在这时，老斧头推门走进来，他一见这情景吓了一跳，转身就走。

海猫一脸的尴尬，吴若云忙回头去看，见是老斧头，这才松一口气说："哎呀！吓死我了，我以为我爹呢！"

海猫得意道："你爹怎么了？他能宰了我？"

吴若云欣喜地问："他没宰你，是不是因为你答应我们的婚事了？"

"你想哪儿去了？今天压根就没顾上谈这事！我们哥儿俩聊的是大事！"

吴若云一拳捣在海猫的胸口上："你说什么呢？"

"我说什么？我说错什么了？刚才你爹在的时候，我也管他叫老头了啊，他刚想发脾气，被我一句话堵回去了，噎得这老哥根本没敢接招！"

吴若云嗔怪："你混蛋！你成心想占我便宜！"

吴若云说着抡拳就向海猫打去，海猫一把抓住她的手腕，两人脸对着脸，相互拉扯着，谁也不肯松手。正在这时，赵香月一步闯进来，海猫下意识地推开吴若云，转脸对赵香月说："哎？小姨……"

赵香月板着脸："海猫，我问你，你跟赵大橹说什么了？"

海猫装糊涂："啊？小姨，你看我这记性，我说什么了？"

赵香月生气了："你少跟我装糊涂！我知道你想干什么，你就断了这个念头吧！我告诉你，我不会嫁给赵大橹！你编瞎话骗他，没有用！"

海猫忙说："小姨，你别误会，你听我说，赵大橹……我觉得他还真是个爷们儿，难得的真爷们儿！"

赵香月双眼瞪着海猫："难道你不是爷们儿？告诉你，海猫，我就想嫁给你这样的爷们儿！"

吴若云急了："哼，真是不要脸！"

赵香月笑了："我是穷人家的闺女，本来就没脸！海猫，你说过，你娘临死前把你的手和我的手放到了一起，就是要让我们结为夫妻！当年保安队要枪毙你，是我披麻戴孝做的未亡人，你忘了吗？"

海猫惊慌不已："不是，小姨……"

赵香月大喊："别叫我小姨！我跟你娘玉梅大小姐本来就是八竿子打不着的亲戚，你就给我个痛快话吧，你到底娶不娶我？"海猫一下子傻了，他真不知道该如何回答。

海猫身后的吴若云却气坏了："海猫，你告诉她，你根本不会娶她，让她死去！这种不要脸的女人，死了才好呢！"

海猫大声喝道："吴若云，你这是什么话？"

吴若云的眼泪劈里啪啦地往下掉："海猫，你混蛋！你怎么可以对我这样？就因为赵香月来了吗？就因为她……你就这么对我？"海猫一下子慌了手脚，顿时语塞。吴若云声泪俱下："海猫，为了你我失去了三年自由，我是堂堂吴家族长的大小姐，连徐员外家的傻儿子都不肯娶我，我还差点儿嫁给一个瘸了腿的下人，你是没听人说，还是没亲眼见？你是耳朵聋了，还是眼睛瞎了？"

海猫没想到吴若云会这样激动，说："不是，小先生……"

吴若云吼道："有外人在不许叫我这个，这个称呼只属于你和我！告诉你，三年前你被枪毙的时候，我就已经为你穿上了大红喜袍，拜了堂，我们早就是夫妻了！你想嫁给他？除非等我死了！"

海猫简直崩溃了，正当他左右为难之际，苏菲娜一身疲惫地推门走进来，她连连打着哈欠，对全屋的人挨个给一个歉意的微笑，脱了鞋，爬上炕，头一靠枕头，很快就睡过去了。

海猫知道坏事了，他忙转过身对赵香月和吴若云解释："我和她在游击队就是战友，她叫苏菲娜，是个医生。哎？她准是给人做手术累坏了……"

赵香月对海猫骂声"你个陈世美"，扭头就走。

吴若云瞪一眼海猫，连句话也不说，拂袖而去。

海猫急忙追出来，他追上落在后面的吴若云说："小先生，你千万别误会呀！哎？对了，麻烦你回去转告族长大老爷，刚才我忘了说了，吴家秧歌队的乐大夫他就不用找了，到时候我来扮演！"

吴若云满脸嘲讽："你？你就会吹牛！"

海猫十分自豪："没有金刚钻，不揽瓷器活！我实话告诉你，想当年我在游击队扭秧歌，可是拜过师的……"吴若云才不听海猫胡吹乱编呢，头也不回地径自走了。

海猫目送吴若云和赵香月远去的背影，摇着头，皱着眉，一步三回头地走进捻匠铺，他呆呆地看着睡在炕上的苏菲娜，脑海里不由得浮现出根据地那片"千树梨花千树雪，一溪杨柳一溪烟"的茫茫梨园。梨园深处，一溪烟中，苏菲娜手把手地教他识字，一招一式地教他学扭秧歌……

然而，现实中可没那么浪漫，海猫心里明白，苏菲娜的到来，将令他在虎头湾的工作纠葛不断，雪上加霜。

第三十七章

吴家客厅的灵堂已经设置停当，偌大的"奠"字挂在帐幔的中央，两边是用彩纸扎的童男和童女，桌子上供奉着鸡鸭鱼肉和各种各样的面塑。香炉里香烟缭绕，肖老道带着他的四个徒弟口中念念有词，一片嗡嗡嘤嘤的声音，不断制造出许多的庄重和神秘。

披麻戴孝的吴乾坤跪在地上，老泪纵横。吴若云冲进灵堂，不管不顾地对吴乾坤说："爹，您赶紧去帮我杀了他！"

吴乾坤举着泪眼问："谁？"

吴若云余怒未消："海猫！碎尸万段！"

吴乾坤眉头紧皱："先跪下给奶奶磕头！"

春草儿闻听，连忙带着两个婆子走上前来，匆匆为吴若云披孝服，穿孝鞋。春草儿还亲自帮着系孝带，穿戴停当，春草儿又推着她的后背跪在吴乾坤身旁。

吴乾坤说："娘，儿子不孝，一直没给吴家传宗接代，这一把年纪膝下只有这一女，现在我带着闺女若云，一起给您老人家磕头！儿子发誓，一定给您老人家报仇！"

吴乾坤说罢，恭恭敬敬地磕了三个头。吴若云也跟着磕了三个头，当她抬起头时，已泪水盈眶，喉头哽咽。

吴乾坤瞅一眼吴若云："海猫不能死……"

吴若云一愣："爹，你怎么向着他说话！你也不问问他怎么欺负我了！"

吴乾坤再次申明："用不着问，不管发生了什么事，他都不能死！等咱们爷儿俩让你奶奶入土为安以后，一切从长计议！"

吴若云哭了："爹，我咽不下这口恶气啊！"

吴乾坤见若云哭了，赶忙劝道："若云，就算想让他死，也用不着咱们动手，日本人会替你出这口恶气的……"

一听这话，吴若云反倒紧张起来："您说什么？爹，日本人？对了，今天早上您跟他一起都商量了什么？海猫会有危险吗？日本人真会杀了他？"

吴乾坤摇了摇头："看你风一阵，雨一阵的，丫头大了，就会口是心非！我可告诉你，这几天你哪儿也不许去，就在这儿好好给你奶奶守灵，替我尽孝！"

吴若云想到刚才的失态，只好点头。

吴乾坤看着灵堂，叹了口气："唉，还是有孙女好啊，知道给她奶奶把设灵堂的地方腾出来。哎？闺女，我听说是你把那些人轰走的？"吴若云想起当时的情景，不禁觉得自己有点过分了，悄悄低下了头。

吴乾坤明白吴若云当下的愧疚，便边起身边说："不管怎么样，他们也都算是为了咱们家受的伤，我得去看看他们，尤其是天旺，为了救你，真是不怕死！呵，真是个忠心的奴才。他是咱们家的人，不能让他在别人家养伤，让人笑话。"

这父女俩的一言一行，都被肖老道收进眼底，他眼珠一转，摇动手中的铜铃，他的四个徒弟像被蜂子蜇了似的，急忙蠕动嘴唇，乱哼一气。

吴乾坤径直走进吴八叔家的卧房，拉着他的手说："兄弟，让你受苦了！"

吴八叔赶忙说："您哪儿的话，这点儿小伤算不了什么！"

吴乾坤看着吴八爷的眼睛说："好样的！老八，我问你，要是小鬼子来了，你敢跟着大哥冲锋陷阵吗？"

吴八叔头一昂："那有啥不敢的？我这身膘可不是白长的！小鬼子不是会什么拼刺刀吗？嘿，我前两天净在家练我那把大斧子了！我就不信他刺刀能拼得过我斧子！"

吴乾坤哈哈大笑："你以为你是李逵啊？还练上斧子了！哎？老八，刚才我可不是跟你说笑话，我是铁了心要跟小鬼子干了！"

吴八叔当了一辈子渔霸地主，突然觉得要杀敌立功，报效祖国，他顿时精神抖擞："我也没跟你说笑话，咱吴家的老祖宗是干啥的？小鬼子不就是倭寇下的小崽子嘛！祖宗杀倭寇，咱们杀鬼子，正对路子！"

吴乾坤拍了拍吴八叔的肩膀："好兄弟！还是咱们吴姓子弟靠得住啊！哎？对了，伤员在你家哪个屋养伤？领我去看看，还有，吴天旺是我家的人，怎么能在这里麻烦你呢？"

吴八叔说："大哥，您这说哪儿去了！什么你家我家的？都是吴姓子弟！"

吴乾坤到吴八叔的上房看过伤员后，就命吴管家带人把吴天旺抬进自家大院。

槐花抱着一大堆东西跟在后面，吴管家扭头对她说："槐花，族长大老爷交代了，给天旺单开伙！"

槐花点头如捣蒜。吴天旺被送到了自己的房间，槐花让下人们退出后，双手端一碗水递到吴天旺面前，吴天旺将碗推开："不喝！你老腔前腔后地跟着我干啥？"

槐花心疼地说："你受了这么重的伤，总得有人伺候你啊！"

吴天旺心烦："我用得着你伺候？你是干啥的你不知道？你老跟着我，小姐谁伺候啊？你眼珠子是俩玻璃球啊，啊？当着管家大老爷的面，你叫我天旺哥，你成心想害死我吧？"

槐花惶恐万分："不是，天旺哥……"

吴天旺大吼："滚滚滚，赶紧去伺候小姐！你要想让我多活两天，就少到我面前来！"

槐花急忙点头。槐花说着便将水放在床边，刚转过身要走，突然觉得一阵恶心。她强忍着跑到门外，扶着墙角便干呕起来。肖老道正好从此经过，他一见这个情景，忙对槐花竖起单掌道："无量天尊。"

槐花吓了一跳，匆匆整理着衣衫说："道长，您来了？"

肖老道亲切地问："你是槐花吧？哪里不舒服？"

"没有！没有！"槐花一个劲地掩饰，逃也似的走了。

肖老道看一眼槐花的背影，紧皱眉头走进吴天旺房里。肖老道开门见山地说："兄弟，你傻啊？有枪子儿的地方你不躲远点儿，还往前冲？你忘了大哥跟你说了什么了？吴家这么大的家业，你说你要是丢了小命……"

吴天旺抢过话尾："大哥，家业再大关我屁事，小姐看不上我，她要嫁给海猫！"

肖老道伸出手指比量个"八"字说："海猫？我听说他是这个……"

吴天旺问："您咋知道？"

肖老道洋洋得意："我肖老道上得了天庭入得了地府，什么事还能瞒得了我啊？我告诉你，当八路掉脑袋是早晚的事！吴若云就算嫁给他，也得成个寡妇！只要你忍得住，这份家业迟早是你的，大哥还等着分你一杯羹呢！"

吴天旺丧气地说："我？老爷根本不拿我当人！就算海猫死了，我看也轮不到我！"

肖老道阴险地说："谁说的，刚才我在灵堂还听吴乾坤夸你来着！兄弟，你的机会来了，吴乾坤不是认过你当干儿子吗？你现在就去给吴乾坤的老娘守灵去！"

吴天旺指着自己的伤腿说："我的腿都这样了，怎么去？"

肖老道看着吴天旺："就算是爬，你也得爬到吴乾坤跟前，这时候说一句话，顶你平时说一百句！"

吴天旺咬咬牙，一翻身滚到地上，一步一步向灵堂爬去。他腿上的伤口再次迸裂，鲜血顺着裤脚淌下来，浸湿了好大一片地皮。春草儿腋下夹着几刀纸钱，正好从吴天旺身边经过，捏着鼻子，嫌弃地尖叫："哎呀呀，吴天旺，你这血赤呼啦的干啥？赶紧滚回你屋去！"

吴天旺理都不理，倔强地向前爬着。吴管家听到春草儿的尖叫，急忙赶过来问："天旺，你这是干啥？"

吴天旺喊着："管家大老爷，我要见老爷，让我见老爷！"

春草儿连声抱怨。这时槐花也闻讯赶来，她看到吴天旺腿上淌出的鲜血，心疼不已，想上前扶他，又怕挨骂，只好眼泪汪汪地看着吴天旺继续在地上爬。

吴天旺终于爬进灵堂，正为奶奶守灵的吴若云见了，不禁惊讶："天旺，你干什么？"

没等吴天旺回答，已经回到灵堂的肖老道竖起单掌："无量天尊……"

仿佛得到肖老道的提示，吴天旺对吴若云说："大小姐，您别嫌我脏，我给老祖宗磕头！"吴若云连忙上前要搀扶。

"大小姐，您可别扶我，别沾您一身血！"吴天旺拼命挣扎，好长时间才站起身，可他的腿根本无法撑起，一个趔趄摔倒在地。吴天旺就势来了一个五体投地，整个身子扑在地上，磕了一个很响很大的头。

吴若云和吴乾坤见了很是感动，春草儿却不屑，鼻子里轻蔑地"哼"一声。

吴天旺又要起身磕头，吴乾坤说："行了天旺，磕一个就行了，你的心思老太太领了！"

吴天旺问老祖宗哪天出殡，还说出殡的时候，他想扛幡！吴乾坤反对，说这幡应该他这个做儿子的扛。肖老道和吴天旺串通一气，说吴乾坤这么大年纪扛幡不吉利，于是只好同意吴天旺扛幡。

站在一旁的槐花听了，又惊又喜。她忙把吴天旺扶出灵堂，边走边说："天旺哥，以后我得管你叫少爷了！到时候他们也得管我叫少奶奶了！"

吴天旺掩饰着内心怒火，回到自己的屋就翻了脸："槐花，不准你胡说八道！"

槐花委屈地说："天旺哥，你当了干少爷就烦我了，你想反悔是不是？"

吴天旺眨了眨眼："我没反悔，但你也不能太着急，我是说老太太归西了，等老爷办完大事，倒出空来给咱们成亲的时候……"

槐花突然含羞地说："可是，恐怕等不到那时候了。"

吴天旺问："你啥意思？"

槐花吞吞吐吐："天旺哥，我八成是……有，有喜了……"

吴天旺一惊："有喜了，什么喜？"

槐花不好意思地说："哎呀，就是有了你的孩子了！我最近老恶心，身子也不对劲儿，快两个月了……"

吴天旺吓得张大了嘴："这……这事你都告诉谁了？"槐花摇头。吴天旺长松一口气，并告诉她谁都不能说。

真是无巧不成书，槐花说她有喜了，春草儿也说自己有喜了。那是因为春草儿眼气吴天旺扛幡，怕他继承了吴家的家业，就和吴乾坤争吵起来。吴乾坤一气之下，抬手抽了春草儿一巴掌，为此，春草儿拍着自己的肚子说："打，往这打！先打死你儿子吧！"

吴乾坤一愣："你说什么？"

春草儿这才说："我自己有喜了还不知道？我早就觉得不对劲了，可是胎没坐稳当我没敢说！今儿早上刚找郎中号过脉，郎中说是儿子，有本事你就打！"

吴乾坤追问："你说的可是真的？"

春草儿哭了："我根本就不想跟你说，咱娘刚走，我怕我说出来不吉利。再说了，我这么多年都没怀上，说了你也不信！"

吴乾坤温柔地看着春草儿："哎？这是好事，你早说才对！"

春草儿哭了："什么好事？我好不容易怀上了，你却让那个死瘸子扛幡，这不是抢我儿子的福分嘛……"吴乾坤想哄，可是春草儿哭得更厉害。

吴乾坤紧板着脸，却绷不住笑了："我吓唬吓唬你，你还哭个没完了！行了，我当年娶你没看走眼，你还真争气！我乾坤老来得子啦！听着，你赶紧收拾你值钱的东西去！"

春草儿问为什么。吴乾坤告诉春草儿虎头湾不安全，得给她找个安全的地方。

听后，春草儿哭道："我不去，我不能离开老爷！娘刚走，我知道老爷伤心，这个时候我咋能离开啊，我得在你身边伺候！"

吴乾坤欣慰地说："有这份心就行了，但是你必须走，这里很快就要血雨腥风了，为了我儿子，你得给我找个万无一失的地方养胎！"

吴乾坤说罢，立刻就让吴管家备好马车，他亲自将春草儿送到城外的一套私宅，嘱咐说："春草儿，这儿太平，没小鬼子！你就在这儿给我好好养胎，我儿子出世之前，你哪儿都不要去！听见没有？"

春草儿点点头，突然意识到什么："那老爷呢？"

吴乾坤说："我这就往回赶，天快黑了，我得回去给娘守灵去！"

春草儿问："那明儿老爷还来吗？"

吴乾坤摇摇头："这可就说不好了……"

春草儿"扑通"一声跪在吴乾坤面前："求老爷别走！我知道老爷肯定要杀了吴江海给娘报仇，可是吴江海是日本人的大队长啊！老爷，您可不能跟日本人玩儿命啊！您要是有个三长两短，抛下我们孤儿寡母可咋办啊？"

吴乾坤想发火，可这生死离别的心里又不是滋味，他严厉的目光中饱含温馨："你个傻娘儿们，小鬼子想占你家老爷的便宜，没那么容易！我回去不跟他们玩命，可总得让咱娘入土为安吧？等给咱娘出了殡，我就来陪你过小日子！"

吴乾坤说罢，走出门来坐上马车，一路上对吴管家反复交代："管家，现在这边有徐婆子伺候春草儿，你不用操心，等我娘出殡那天小鬼子就来了，到时候你躲远点儿……"

吴管家忙问："老爷，您这是说啥话呢？"

吴乾坤回答："后话！我要是被放躺下了，你得活着，把这娘儿俩给我照顾好了！"

吴家长廊被挂在天边的弯月亮照着，显得更长。吴若云披麻戴孝地走在长长的长廊上，突然被不知什么时候跟在她身后的林家耀叫停了。

吴若云转身说道："我不是让你滚了吗？这天都黑了你怎么进来的？来人！"

林家耀忙说："等一等，看在当年的情分上，请若云表妹再给我一个单独解释的机会。"

吴若云用蔑视的眼光逼得林家耀半晌才说："都是我的错，我负了表妹的情意……如果你一辈子不肯原谅我，我也无话可说……但是，我只想告诉你，我做错的那一切绝非我的本意，是封建的枷锁捆绑了我！我奶奶和母亲以死相逼，父亲扬言登报和我断绝父子关系，我当时实在没办法……我抗争，一直在抗争！那是因为我的心里只有你，若云表妹，我向你发誓……"

吴若云冷笑："不必！高家小姐一定系出名门吧？比我漂亮多了，对吧？留学过欧洲？还是东洋？比我这个乡巴佬洋气多了吧？恭喜你们呀！你们结婚的时候，她穿的是西洋婚纱吧？婚礼是在教堂举行的？不过，你已经娶了媳妇，还来找我干什么？是，我嫁不出去了，可是难道我会给你做妾？你别以为你有什么对不起我的，告诉你吧，当年我也没看上过你，我心里早就有别人了，你忘了？你见过我穿大红喜袍的呀！"

林家耀木讷地说："海猫？"

吴若云点头："对，就是他，他是个孤儿，从小要饭，可他比你这个大少爷强多了！"吴若云说罢，转过身，头也不回地走了。林家耀满心惆怅，两脚踩棉花似的，深一步浅一步地走进虎头湾的小酒馆，要了一壶大嵩卫酒，一杯接一杯地喝起来。

正当林家耀喝醉的时候，睡在捻匠铺的苏菲娜也睡醒了。她坐起来伸着懒腰说："今天早上我来你这睡觉，是不是来得不是时候啊？"

海猫有些尴尬："噢，稍微有点儿。你也真是，你没看屋里有俩女的吗？"

苏菲娜点头。

海猫埋怨道："那你还为什么进门就上炕啊？好像轻车熟路似的。"

苏菲娜调皮一笑："我故意的。"

海猫双脚直跳："啥？我还以为你没点儿眼力见儿，什么都没看出来呢！"

苏菲娜撇撇嘴："我是假装没看出来，老斧头同志不是说，如果我不来，她们俩就打起来了吗？我帮你解了围了，你该谢我才对啊！"

海猫惊问："什么？连这个你也听见了？"

苏菲娜承认："听见了，可我假装没听见，这是老斧头同志教给我的。"

海猫嘴张得老大："好个老斧头，你这是出卖我啊！"

苏菲娜不想和海猫再纠缠下去，突然大声喊道："海猫同志！"

海猫习惯性地双脚跟一碰："到！"

苏菲娜忍住笑："你来虎头湾是执行任务的吧？但是，有你这么干的吗？两个女人在你的家里争风吃醋，还有个地主家的大小姐！我一定把我的所见所闻汇报给政委！"

海猫央求道："别啊，我跟那两个女人是参加革命之前的事，那时候我还不认识你呢！"

苏菲娜疑惑："那跟我有什么关系？我跟你只有同志间的革命互助和革命友谊……"

海猫愣了半晌："噢，那就太好了，我还怕你……说实话，小苏……就那两年吧，苏队长不是对我有托付吗？那时候我想我这辈子肯定不会再回虎头湾了，我就……同志们不是也老拿咱俩开玩笑吗？那玩笑开的，有时候我心里也美滋滋的。可是后来我发现就是个梦！你有文化，上过大学，都被选送到延安去了，我哪儿高攀得上啊？再说啦，接到了任务回到虎头湾我才明白，虽然当年稀里糊涂，误打误撞，可我不知不觉已经……"

苏菲娜接过话茬："已经欠下了债？而且是女人的债，对不对？"

海猫心悦诚服："大概是这意思吧。我还想着要跟你说对不起呢，没想到你从来就没那个意思，这真是太好了，太好了。"苏菲娜勉强挤出笑容，那是多少有些尴尬的笑容。

海猫也有些尴尬,但他不愿表现在笑容里。海猫起身整理着炕上的被子说:"苏医生,这个家我就让给你了。睡觉时别忘了插门,虎头湾情况很复杂,尤其是我住的地方。噢,我把枪也给你留下,以防万一!"

苏菲娜问道:"你把家让给了我,你住哪儿?"

"我一个大老爷们儿,哪不能对付一宿啊?你别管了!"说完,海猫放下枪,逃也似的出了屋。海风吹拂,虽说有些凉意,但他心里却感到暖烘烘的。海猫信马由缰,在镇里转了一圈,没见着能睡觉的地方,便又折转身,蹑手蹑脚回到捻匠铺外,他也是困极了,钻进倒扣在墙根边的破船,倒头就睡。

海猫正在睡梦中游走,一只大手突然掐在了他的脖颈上。海猫险些窒息,他看到原来是满脸通红的林家耀,抬脚就踢。不料林家耀顺势抓住他的脚腕,像提条口袋似的把整个人提了起来。然后抡个圈儿,再一松手,海猫就被重重地摔在地上。

林家耀紧攥拳头,在海猫眼前比画来比画去,冷风嗖嗖。海猫大叫:"你想打架是吗?偷袭算什么本事?你让我起来,咱俩好好打一场!"

林家耀恶狠狠地看着海猫:"你个骗子,无耻之徒!当年我拿你当朋友,你却勾搭我的未婚妻!你说,你怎么骗走了她的芳心?因为你她居然从来没对我动过情!你到底对她做过什么?"

"那就让我的拳头告诉你吧!"海猫说着,一个鲤鱼打挺跃起身,以在部队上练就的擒拿格斗,招招拆散林家耀的西洋拳法。林家耀仗着人高力大,劈头盖脸,打得海猫头也抬不起来。

两人正难分难解,门突然被拉开了,一支乌黑的枪口突然对准了他们:"都不许动!"

端枪的苏菲娜发现是林家耀和海猫,顿时诧异:"林医生?海猫?你们这是干什么?"

林家耀不禁愣怔:"苏医生,你怎么在这儿?"

海猫大叫:"小苏,开枪,这个混蛋差点儿没掐死我!"

苏菲娜却把枪指向海猫:"海猫,他是国际反法西斯组织派来的医疗顾问,你让我对他开枪?你还是不是我的同志啦?"

海猫连忙举起手来:"对不起苏医生,我糊涂了。"

林家耀一步跨到苏菲娜面前:"把枪给我!"

没想到苏菲娜迅速将枪口转向林家耀:"林家耀,虽然你来头不小,可海猫同志是侦察排长。咱们离开根据地的时候政委同志找你谈过话,你对胶东的抗战形势不了解,到虎头湾以后一切要听从他的命令!如果你想抢我的枪对付我的革命同志，我会毫不犹豫地消灭你！"

林家耀喘着粗气，他累坏了，扶住身后的船帮，一出溜坐在了地上。海猫瞪着眼，他也累坏了，见自己已经安全了，一屁股坐在地上。

"不打了？"说着，苏菲娜收起枪，抬脚就走。走了两步又回头说："我去看看伤员，你们都在这儿好好检讨！上级要求我们在这里建战地医院，第一步还没有走成，你们俩有什么权力打架？"

苏菲娜走了。月光惨淡而明亮。半晌，海猫说："苏医生说得对，上级交给我们的任务还没完成呢！你脑子里装的都是啥？什么表哥表妹男情女爱的，以后你少跟我说这些！"

说实话，刚才林家耀是借着醉酒才和海猫交手的，眼下酒劲已过，他清醒了许多。没等林家耀回话，海猫继续道："你知道吗？都是因为你未经组织批准，就向吴乾坤泄露了咱们要在虎头湾建战地医院的想法！我真就不明白了，在哪儿建战地医院的事为什么要征求你的意见，你算老几啊？"

林家耀气鼓鼓地说："我算老几且不论。但是，我的家在南洋，我是在欧洲加入的共产党，可我就生在胶东！在提出建议之前，我认真地分析这里的抗日形势，以及每一个村镇的地理位置。作为东京大学医学部的优秀毕业生，我的专业水准是毋庸置疑的！我凭什么就不能提出我的建议，你们本来就应该尊重我的建议！"

海猫一愣："你……等等，你刚才说你在哪儿学的医？东京？对吧？小鬼子的地盘！那你鬼子话一定说得不错吧？"

林家耀白了海猫一眼："当然。"

海猫突然来了精神，他在林家耀对面盘腿坐下："太好了！千军易得，一将难求，我正缺个会说鬼子话的呢，就你了！林医生，你知道吗？我要给日本人唱出戏，唱出大戏！你配合我，这出戏唱好了，战地医院的事保准能成！还不光是医院，这样……"

海猫想说这样还能解放整个海阳，可话到嘴边又收住了，他警觉地四下观察着，一把拉起林家耀，说："走，咱俩到屋里说去！"

屋里很快点起了油灯，灯尖跳动，一直送走了黑夜。

清晨，林家耀离开捻匠铺以后，老斧头一脸焦虑地走进来说："真没想到，赵大橹以前挺听话的小伙子，现在竟变成刺头了！道理我讲了大半天，我劝他们忍下这一时的气，将来就会打得鬼子狗啃地！可他赵大橹不依不饶，偏偏要附加个条件！"

海猫问："什么条件？"

老斧头说："要枪！"

海猫又问："唱秧歌就是唱秧歌，要枪干啥啊？"

老斧头说："我也是这么问的呀！可赵大橹说，手里没家伙，等着日本鬼子突突啊？除非我们手里有枪，到时候和他们拼个你死我活，打个痛快！"

海猫深思半晌："他们一群打渔汉，有枪他们也得会用啊！"

老斧头纠正道："哎？海猫，这话你说得可就不对了，虽说他们平时打渔，可这虎头湾附近自古海盗猖獗，吴赵两家都有乡勇，不能出海的日子里，小伙子没有不练枪的！"

"对呀，他们有枪啊，有枪还跟我们要啥？"

老斧头说："那枪哪是穷人的呀？枪是族长大老爷家的！自从赵洪胜当了汉奸，赵大橹他们这些愣小子就琢磨着砸开仓库，抢了族长家的枪。可是没等他们下手，就在赵大橹和九老爷被抓走那天夜里，赵洪胜派他的管家把所有的枪都运到县城了。"

海猫双眉紧蹙，一副为难的神情。

老斧头试探地问："要不，你跟政委请示请示？"

海猫叹息："请示政委有什么用？赵大橹他们又不是八路军战士！随便给老百姓发枪，政委也犯错误！再说了，你当咱们政委是大财主啊？我告诉你，我当兵前一年都拿个木棍子练瞄准！队伍里哪有富余下来的枪啊！"

老斧头难为情道："都怪我跟你说话说得太满了，我答应你赵家的事包在我身上，可现在……哎，要不然算了吧，你的计划本来就悬乎，一大堆弯弯绕，都把我绕糊涂了。"

海猫一脸的严肃："老斧头同志，你是个老党员，怎么遇到点儿困难就当缩头乌龟呢？"海猫决定会会这个赵大橹！

虎头湾的前海滩有一块巨大的礁石，看上去瘦骨嶙峋，却很是了得，任凭海浪千年撞击，岿然不动。赵大橹听老斧头传话，海猫约他在这里见面，便早早地来了。他见了海猫便开门见山地说："咋着？啥时候给枪啊？我要二十条！"

海猫笑了："好大的口气，二十条在我们的队伍里能武装一个排了！"

赵大橹撇着嘴："我们赵姓乡勇打海盗的时候，五六十条枪呢！跟你要二十条，还是便宜你了呢！想要我们给小鬼子唱秧歌，你就麻利地给枪！"

"大橹兄弟……"

赵大橹打断海猫："少套近乎，我知道你小子嘴皮子好使，死的都能说活了！我今天琢磨了一天，你就是在糊弄我，香月压根儿没求过你，你说瞎话就是为了让我信你，听你调遣，带着姓赵的兄弟们替你们共产党八路军堵枪眼儿！"

海猫急了："你说啥？让老百姓替我们堵枪眼儿？你拿我们当军阀啊？"

"啥叫军阀我不懂，好铁不打钉，好人不当兵，反正你们当兵的没好人，打不过小鬼子就巴结人家，让我们给小鬼子演老祖宗传下来的大秧歌，你缺不缺德？"

"你怎么骂人啊？"

赵大橹不理会："我骂你咋了？我还打你呢我！你个撒谎撅屁的东西！煮烂鸭子煮不烂你嘴，害得我在香月面前净丢人现眼了我！"

赵大橹说着，一拳打在海猫的脸上，海猫重重地倒在了沙滩上，嘴角都流了血。但他躲都不躲，只是冷眼看着赵大橹。

赵大橹慌神了："哎？你……你咋不躲啊？"

海猫抹着嘴角的血："行，你恩将仇报，我这就告诉香月去，我让她知道，你是怎么对自己的救命恩人的，像这种人还想娶我小姨？连我都不答应！"

海猫说着爬起身就走，赵大橹连忙阻拦："海猫，别呀！我求你了，你可千万别去告诉香月，她虽然是个女人，可最讲义气了，她要是知道我把我的救命恩人打了，我就更没指望了！"

海猫反客为主："那你还敢对我动手？"

赵大橹无奈，抓过海猫的拳头说："海猫，你给我一拳，打回来还不行吗？我让你打三拳！"

海猫甩开了赵大橹的手："我先饶你一回，我问你，为啥非得要枪？"

赵大橹说："吃大烟，拔豆棍——一码归一码，这事含糊不得。要枪可不是我一个人的主意，是我们姓赵的父老爷们儿一起商量的！吴家族长把枪都发下去了，可我们赵家的人一个个都赤手空拳，小鬼子来了我们得先躺下。再说啦，小鬼子不来姓吴的早晚也得灭了我们呀！只要你给枪，我们赵姓族人以后就听你的！没枪，我也没办法，虽然你是我的救命恩人，可我做不了那么多人的主儿！"

海猫问："有了枪你就能动员大伙儿配合我？"

赵大橹拍着胸脯："那是，虽然我赵大橹穷，可就因为上回的事，大伙儿现在可信我了！"

"好，一言为定！"

赵大橹伸出俩手指头："二十条！"

海猫摇头："太少了，你不说你们打海盗的时候有好几十条枪呢嘛，你就要二十条，那些没枪的给你堵枪眼儿啊！"

赵大橹傻了："不是，海猫，你啥意思？你能给我们多少条枪？"

海猫高深莫测地笑了："那要看你自己！"

海猫说着，便和赵大橹蹲在巨大的礁石旁边，把一块块鹅卵石、海螺皮、牡蛎皮，还有海星和螃蟹盖摆来摆去，移东挪西，好一阵子推敲商议。他们计划连夜潜入海阳县城，奇袭赵洪胜的巢穴，就像三国里的诸葛亮东风借箭，出其不意，空手套白狼。

说干就干，海猫和赵大橹来到海阳县城，先打探到了赵洪胜藏枪的偏院，然后又找王大壮备好一辆马车，三人趁黑夜摸到了偏院门外。门上落着一把特大号的大锁，赵大橹从腰里拽出一把斧子，运足气，举手就要劈下去。海猫急忙拉住赵大橹："你干吗？"

赵大橹双眼一瞪："劈锁，锁不劈了，你怎么进去抢枪？"

海猫低声说道："你没看见大门口有站岗的狗腿子呀？你闹出动静来，还能抢枪？"

赵大橹问："那咋办？"

海猫说："这里肯定归管家管，找他要去！"于是，两人旋即翻墙破门，双双冲到赵管家床前。赵管家刚要起身，被赵大橹一把摁住。

赵管家惊恐万状："赵大橹，你们想干什么？"

赵大橹低声吼道："要你的命！"

"他现在还不能死！"海猫忙扯扯赵大橹的衣角，又转身对赵管家说，"你把偏房的门钥匙交出来，我刚去问过我舅舅，他说钥匙在你这儿。"

赵管家眼睛一亮："怎么，是县长大老爷……"

海猫点头："没错，就是我舅舅让我来找你的！快点儿，我要那些枪有正经用处！"

赵管家狡猾地转了转眼珠子："好好好，钥匙在柜子里，我给你们拿！"说着赵管家从赵大橹的手里挣脱出来，他走到柜前，打开柜门找出一串钥匙，递给海猫。赵大橹兴奋坏了，抢过钥匙转身就要走。

"等一等！"海猫边阻止赵大橹，边说，"赵大橹，你真是白长了这么大个子，他骗你呢，你没见过那把大锁吗，这几把小钥匙根本打不开！"

赵管家慌了，夺路而逃，边逃边喊。赵大橹一把捂住赵管家的嘴，摁着他的头就向墙上撞去，只听"咚"的一声，赵管家顿时头破血流，一翻白眼就死了过去。

海猫俯身摸着赵管家的脉："死了！赵大橹，你下手也太狠了！"

赵大橹一想："死了活该！这些年被他逼死的穷苦族人可不少！这老东西还好色，为了娶人家的黄花大闺女，连人家的亲爹亲娘都逼死了！"

"既然是作恶多端，咱们就算是为民除害了！"说罢，海猫和赵大橹急忙四下寻找，终于找到了一个特大号的钥匙。两人欢天喜地，跑到偏房就打开了门上的那把大锁。他们叫来王大壮，二话不说，把码放整齐的枪，一一搬到马车上。海猫这才说："你们俩先走，我去跟我舅舅说一声！"

赵大橹不明就里，愣愣地站在原地不动。王大壮捅了他一鞭杆说："快走呀！你放心，海猫就是个猴精，一根猴毛的心眼比你满头的头发都多！"

海猫轻车熟路，返身来到赵洪胜的卧室。他摸出赵洪胜枕头下的枪，嬉皮笑脸地说："舅舅，你应该醒醒了。"

赵洪胜"腾"地坐了起来："海猫？怎么是你？"

"是我，你的亲外甥。"海猫笑着说。

赵洪胜下意识地把手伸到枕头底下，海猫掂着手里的枪说："不用摸了，在我手上呢！你别着急，我把我的给你！"

说着，海猫"啪"地翻腕将枪把递给了赵洪胜。赵洪胜刚要接，又突然感到不妥，他用手指着海猫："你什么时候进来的？啊？！你还偷走了我的枪你？"

海猫看着手里的枪："王八盒子？这可是好枪，日本人给您配的吧？我没打算偷走，就是想看看我舅舅用什么防身。给……"

海猫说着又将枪把向前递了一下。赵洪胜将信将疑，瞅准机会一把抓过枪来。枪在自己手里，赵洪胜一下子踏实了很多，但他却将枪摁在了炕上，并没有对准海猫，他心里明白，海猫并没有那么好对付。

赵洪胜恢复了自信："说！你来干什么？"

海猫套近乎道："外甥想舅舅了，还不兴来看看呀？"

赵洪胜无奈地说："吴赵两家的人都放了，连你提出来的老斧头都放了，你还来干什么？对了，你可别忘了你答应让皇军去虎头湾看演的秧歌的，你可不许反悔！"

"不反悔，已经说好了，吴家秧歌队的乐大夫我扮演，您看咋样？"赵洪胜见海猫挤眉弄眼地模仿乐大夫，脸阴着，没接话茬。海猫又说："可是你们赵姓子弟不听话，非要附加个条件。"

赵洪胜气急败坏："哼！什么条件？"

海猫假装不好意思地说："他们想要你二十条枪，所以，事先我也没告诉您，就到您府上拿了二十条，不，大概不止二十条，我这人太好说话，一高兴就全让他们拿走了。"

赵洪胜气急了，抓起炕上的枪，突然对准了海猫。海猫吓了一跳："别，舅舅，当心枪走火儿！"

赵洪胜大叫："谁是你舅舅？你个孽障！那几十条枪是我赵姓族人的全部家

底，你居然都分给了穷鬼！你们共产党就该挨枪子儿！哼哼，今天你送上门来了，枪毙了你，在皇军那儿我也算立了功了！"

赵洪胜说着，连连扣动扳机，可是枪根本没响。赵洪胜这才知道自己又上了海猫的当了。他把枪扔在地上，连忙哀求："啊！外甥！对不起，你饶了舅舅吧！"

海猫捡起地上的枪，从衣兜里掏出一个弹夹，"咔嚓"一声顶上子弹，举起枪就对准了赵洪胜："小鬼子真是笨蛋，既然给你配了枪，也不教教你怎么使，现在我就来教教你吧！"

海猫说着就把枪口抵在了赵洪胜的太阳穴，吓得赵洪胜双膝跪地，鸡啄食似的磕头说："外甥饶命，外甥饶命，我不敢了！再也不敢了！"

海猫慢慢地说："还有个事我要告诉你，刚才出了点儿岔子，你那个管家不肯交出钥匙，又不经打，头一碰到墙上就死了。不过，我听说他作恶多端，还好色，他是死有余辜！"兔死狐悲，赵洪胜闻听，号啕大哭。

海猫说："行了，行了，你别哭了，他该死！告诉你，是我宰了他！另外，我还要告诉你，你的日本主子去虎头湾看大秧歌的时候，你赵洪胜得陪着一起去。"

赵洪胜面如土灰："什么？不行！不行！说什么也不行！"

海猫斩钉截铁："我什么也不说，你不去，我就让你跟你的管家做个伴儿！"

第三十八章

虎头湾广场刀光剑影，杀气腾腾，赵洪胜和戴着黑色眼罩的吴江海像太监一样伺候在藤田大佐两旁，黑压压的日本兵和侦缉大队如临大敌，正万分警惕地观看吴赵两大家族斗秧歌。突然，吴乾坤率吴家乡勇杀上高台，一齐开枪，枪声响处，血肉横飞，一片鬼哭狼嚎……

吴乾坤大笑不已，正在灵堂守灵的吴若云和赵管家，以及所有的亲戚故交顿时愣了，他们的心头不禁掠过一丝悲凉：他吴乾坤这是疯了吗？

吴乾坤从梦幻中蓦然醒来，面对众人惊愕的目光，他哭笑一声："咳！刚才做了一个梦！他娘的，老了老了，倒经不住事了！"

肖老道捧着一本老皇历凑到吴乾坤身边："老爷，出殡的日子该定了，您看看这两个日子的时辰，请您在中间选一个。"

吴乾坤伸手推开皇历："不用选了，十三……这月十三，小鬼子要来虎头湾看咱的大秧歌，我娘就这一天出殡，小鬼子什么时候到，那就是最好的时辰！"

吴乾坤他娘出殡的日子定在正月十三，这是海猫和吴乾坤事前已经商量好的，但是，并没说最好的时辰就是小鬼子到来的时候呀！

老斧头说："海猫，你说一大早出殡，是不是记错了？吴乾坤和肖老道讲得明明白白，小鬼子什么时候到，那就是最好的时辰！"

海猫回头对老斧头说："他答应我以大局为重，我也把道理给他讲明白了。小鬼子要打，可现在不是时候，这次好好地唱秧歌，为的就是麻痹鬼子，争取时间。等咱们有了必胜的把握，再收拾小鬼子！他怎么会出尔反尔呢？"

老斧头摇了摇头："海猫，你八成还不太了解吴乾坤，他老谋深算，诡计多端，可不是个善茬，你不应该相信他。"

海猫点头："我承认，吴乾坤不是个善茬，他是逼死我爹娘的主凶，刚到队伍那段日子，我做梦都想杀了他报仇。可是现在我们最重要的任务就是团结一切可以团结的力量打鬼子！吴乾坤手里有枪，有好几十条，而且吴姓乡勇对他们的族长忠心耿耿，要是真能争取过来，就是一支打鬼子的好队伍！"

老斧头担心地说："我就怕他说一套做一套，十三那天趁着出殡跟日本人硬干！"

海猫皱着眉头思忖半晌，起身来到吴家灵堂。见了吴乾坤，开口就问："吴家族长，都说君子一言，驷马难追，您之前答应我的，不会出尔反尔吧？"

吴乾坤双眉一竖："你什么意思？"

海猫神情严肃："十三那天，咱可说好的，您带人给老太太出殡，我带人给鬼子唱大秧歌，可千万不能动武！"

吴乾坤嘴巴一翘："我答应过你吗？"

海猫一愣，刚想跟吴乾坤急，吴乾坤笑了："我还没老糊涂，答应过你的事我不会忘！"

海猫又说："我估计那天吴江海也会来，您老可千万压住火气，一旦动手……"

吴乾坤点头："后果不堪设想，人头落地，血流成河！你放心，我不傻！"

海猫将信将疑："您能记住这一点这就好……吴家族长，那一言为定？"

吴乾坤痛痛快快："一言为定！"

吴乾坤守灵守到天黑时分，吴管家从后面快步走进，他凑到吴乾坤耳边说："老爷，全都到手了，短家伙一条黄货一把，三十把外加五百发子弹，一共花了您三十五条黄货！"

吴乾坤说："好样的，管家！这年头能搞到这么多家伙，甭说几十条黄货，再多几倍，我都舍得！"

吴管家又说："按您的吩咐，人我也都挑好了，他们知道是要给老祖宗报仇，没有装熊的，都愿意！待会儿我就把安家的现大洋和短家伙一起发下去。"

吴乾坤点了点头："好，给我麻利点。哎？赵家那边呢？"

吴管家禀告说赵家穷鬼们拉起了一支秧歌队，正练着呢。还说海猫本事不小，赵家的穷鬼好像都听他的了！吴乾坤又问海猫这几天都干了些什么。吴管家又说他听说海猫一个人去了趟聚龙岛，当天去当天回的，反正神出鬼没的。

吴乾坤长长地叹了一口气："海猫，唉……明儿个我的枪一响，你怕是要跟着倒霉了！算我老头子欠你的，黄泉路上我给你赔罪！"

说到这儿，吴乾坤突然愣住了，他发现棺材后面闪出吴若云的身影。只见她目光呆滞，愣愣地看着自己。显然，吴若云听到了刚才的谈话，吴乾坤对吴管家说："管家，你不是还有事要去做吗，去吧！"

他们父女的话吴管家是应该避着的，他知趣地退下以后，吴若云急忙来到吴乾坤面前问："爹，明天您要干什么？您不会是背着海猫要和小鬼子动手吧？您要是真这么干，那就是让他白白送死，我告诉海猫去！"

吴乾坤伸手拉住吴若云："闺女，你这是干什么？明天才是正日子，就算你要给他报信，也不差这一会儿啊，走，陪爹喝一口去！"

吴若云着急地说："爹，都什么时候了，您还有心思喝一口？"

"闺女，这么多天了，我连顿囫囵饭都没吃过，这会儿我就想喝一口，你就不愿陪陪爹？"吴若云有些意外，看到吴乾坤那乞求的目光，心一软，只好跟他来到吴母曾经住过的房间。吴乾坤也不言语，直接走到祖宗牌位前，伸手启动了机关。

吴乾坤指着露出的地道口说："闺女，咱爷儿俩下去喝，酒菜我都准备好了。"

吴若云无奈，又只好跟着吴乾坤钻进地道。这个地道，吴若云从来没进来过，她边四下观察，边走到摆着酒菜的桌前坐下。吴乾坤给吴若云倒了一杯酒说："若云，刚才爹不知道你在灵堂……"

吴若云忙说："爹，您不用解释，我刚才也不是故意偷听您说话的。"

吴乾坤摇了摇手："咱爷儿俩有什么藏着掖着的？就算你刚才不在，有些话我也得跟你说清楚。明天小鬼子要来虎头湾看大秧歌，吴江海那狗贼是鬼子的侦缉大队的大队长，肯定得陪着一起来，正赶上咱们给你奶奶出殡，我要趁这个日子替她老人家报仇，顺便再干掉几个小鬼子，就算给你奶奶陪葬了！"

吴若云劝道："爹，您想的太简单了吧？日本人来虎头湾，能没有防备？我刚才听见了，您让管家买了几十把手枪，为的是方便藏，对吧？就算您偷袭得手了，可结果呢？小鬼子有三八大盖，有机关枪，还不定得害死多少人呢！"

吴乾坤说："我想你最担心的，是怕我害死海猫吧？你那天不是叫着嚷着想让他死吗？怎么，什么时候又改主意了？"

吴若云一愣："我的担心跟他有什么关系？我是不想让爹冒险！"

"好闺女，不管你说的是真是假，有你这句话，爹这辈子就算没白活！你看——"吴乾坤指着那扇被锁的门，"这地方你从来没下来过吧？告诉你，咱们老吴家的家底儿都在那扇门里边！钥匙在这儿，过了明天，就都交给你掌管了！"吴乾坤说着就将装钥匙的盒子推到吴若云眼前。

吴若云又将装钥匙的盒子推回去："爹，我不要，我也不允许您去冒险，坚决不允许！我这就去告诉海猫，他一定有办法阻止您的！"

吴乾坤一脸的失望："哎，真是命啊，六十了，不想活了，想拼上老命杀了吴江海报仇，结果还让你听到了……也罢，既然我的宝贝闺女知道了她爹的计划，不想让她爹死，那她爹我就听闺女的话，当一回听话的老头。"

正想起身离开的吴若云喜出望外："爹，您说的是真的？"

吴乾坤点点头："我不听话又有什么用？你跟海猫一说，他还不把事都搅黄了？"

吴若云天真地笑了："这就对了，爹，咱是要给奶奶报仇，可是海猫说得对，要从长计议。我们忍下这一时之气，早晚会找到更好的机会！"

吴乾坤举起酒杯："对，君子报仇，十年不晚，来，陪爹喝一口！"

说着，吴乾坤亲手为吴若云斟酒，然后端起酒杯送到她的手上。吴若云双手接过，感动得泪水直在眼眶里打转儿。她恭恭敬敬给吴乾坤敬酒："爹，我敬您！"

吴若云一饮而尽。可能是因为喝得太急，也可能因为酒劲过大，没等放下酒杯，吴若云的视线便模糊起来。吴乾坤慈祥的笑容停在脸颊，他心疼地看着女儿。吴若云突然觉得有点儿不对劲儿，她想站起身，眼前一黑，竟晕倒了。

吴乾坤闭上了眼睛，长长地叹了一口气："若云，对不住了，爹这一辈子头一回给人下药，就是自己的亲闺女。爹的药下得猛，就是想让你好好睡，一直睡过明天。明天，就算上面血雨腥风你也听不着！等你睡醒了，估计小鬼子也走了，你上去给爹收尸，不用棺材，拿草席子一裹，埋在你奶奶脚底下就得。咱们吴家的这些家底儿，爹就全交给你了！以后你会知道，你那小妈怀了我的儿子，我相信你这个当大姐的，不会亏待亲兄弟！"吴乾坤说着，起身整理好吴若云的睡姿，还给她盖上了被子。

吴乾坤拍着吴若云的肩头："若云，不是爹不听你的劝，也不是我活腻了，偏要找死，是吴江海狡猾，如果明天不宰了他，恐怕今生再也没机会给你奶奶报仇了！海猫主意出得不错，他让我忍下这一时之气，等着他们穷鬼的大部队，还要联合海盗，一招连一招，一环套一环，我跟听天书似的，都点头答应了。我答应了，就是为了小鬼子能来，我知道海猫是个人精，插上毛比猴都精，可是我信不过他们穷鬼的队伍！指着那群乌合之众打鬼子？哼！连国家的大部队都败了，他们又算得了什么？你爹我年轻的时候带过兵打过仗，知道什么叫擒贼先擒王，要来虎头湾看大秧歌的那个鬼子头，听说官不小。我吴乾坤往大了说是一族之长，往小了说就是个打渔的！我要是能亲手毙了那个鬼子头，那是为国立功了！将来能写进史册，也算对得起跟着戚继光戚大人杀倭寇的老祖宗了！"

吴乾坤说着又给自己倒了一杯酒，一饮而尽。

吴乾坤又说："闺女，好好睡，这地方谁也找不着，就算是小鬼子真的禽兽不如，把虎头湾人全杀光了，我吴乾坤的闺女也会睡得舒舒服服的；我吴乾坤的儿子也还在他娘的肚子里，稳稳当当，太太平平！"

吴乾坤心里痛快，又连续喝了三杯酒。这时，熟睡中的吴若云已经发出了轻雷般的鼾声。吴乾坤闻听，老泪纵横。

滚滚尘土，蔽天遮日，裹挟着藤田大佐指挥官和他的随行队伍。赵洪胜和吴江海真像吴乾坤幻梦中的那样，寸步不离地伺候在他的两旁。突然，麻生少佐快马加鞭，斜刺里赶过来，他拉开车门，向端坐在后座的藤田大佐报告，说是有一个共产党八路军的红色大队潜入了海阳县城，他们三支巡逻队都遭到了攻击，死了四个人，重伤六人，建议立即取消今天的行程。

藤田问道："海阳有很多共产党八路军吗？"

麻生回答："不，没有！所谓的大队，应该就是几个流寇。"

藤田放下心来："既然这样，你一定要把他们统统消灭，我要去看著名的海阳大秧歌，任何人都阻止不了我！"

坐在赵洪胜身旁的林家耀听了，心里暗暗替海猫捏了一把汗。那还是在头天晚上，他听他说借助给藤田表演大秧歌的机会，在羞辱日军的同时，进一步激发虎头湾群众的斗争热情，便不无担心地说："海猫，你的计划太冒险了吧？"

"没办法，只有这样才能得到老百姓的心。虎头湾人的祖先都是打过倭寇的军人，他们骨子刚强，咱们不冒这个险，以后在虎头湾就寸步难行了。"

林家耀惊叹有声："你真异想天开，想羞辱小日本？他们又不是聋子！"

海猫说："我知道，麻生是个中国通，他要是跟着藤田来虎头湾就坏菜了。据我所知，小鬼子把整个海阳都交给了这个麻生，我已经安排王大壮潜伏进了海阳城，让他冒充我们八路军红色大队打他个晕头转向，人仰马翻，拖住日本大部队的后腿，这事你就不用担心了，王大壮是我们的老战士了，他一定会以一当十，把声势搞大的。只是你，可要沉着冷静，一定得当好藤田的翻译官呀！"

林家耀皱了皱眉头："情况瞬息万变，我可没有十分的把握。"

海猫认真地说：“没有十分，五分也行！你的身手我领教过，一旦出了差错，你就给我来个挟天子以令诸侯！”

想到这里，林家耀看一眼赵洪胜，他知道是他保荐自己当了藤田的临时翻译官，便忍不住偷笑。这一偷笑，引起了吴江海的注意，他探过头来，指着林家耀问赵洪胜：“我说赵县长，这个人我怎么看着眼熟啊？”

没容得赵洪胜开口，林家耀便说：“我看您也眼熟，不过在我印象中，吴家叔叔不是独眼龙！”

赵洪胜笑了：“家耀，吴大队长是前些日子才受的伤。”

吴江海惊道：“家耀？真是你啊，林家耀！”

赵洪胜说：“林大少爷是我特意为藤田指挥官请来的翻译官。”

吴江海一愣：“啊？林家耀，你……你给藤田指挥官当翻译官？”

林家耀骄傲地说：“是的，吴家叔叔，我少时留学东洋，毕业于东京大学，而且生在海阳，对大秧歌这门艺术很了解。我相信海阳不会有比我更好的翻译官了。”

吴江海为难地说：“啊，不是……赵县长，我可提醒你啊，这小子他……”

赵洪胜脸一板：“哎？吴大队长，你说话客气点儿，家耀少爷的亲叔叔在济南，以前是韩大帅的参谋长，现在可是日本人的红人。”

吴江海咧着嘴：“啊？是吗？林家耀，你叔叔那么大官，他也当了汉……”

林家耀眼一瞪：“吴家叔叔，你是想说汉奸吗？这个词儿，好说不好听啊！识时务者为俊杰，我叔叔不过是和您一样，都是聪明人而已。”

吴江海十分尴尬：“那是，那是，小子，咱俩过去也算是有过交情，我给你提个醒，今儿个你这个翻译官当得可是俏，要是藤田指挥官看上你，那么你将来的前途就不可限量了！你好好翻译，可别胡说八道啊！”

林家耀微笑着抬起头，他见麻生已策马掉头，被马蹄踏起的尘土追赶着，屎壳郎滚粪球似的滚下山去，突然又哈哈大笑起来。

在林家耀的哈哈大笑声中，虎头湾吴赵两家临时组织起来的大秧歌队的队员，三个一堆，五个一簇，分头在广场四周找个角落，有的拿烧火棍的余炭描眉画眼，有的用贴对联的纸片在脸颊上抹红，还有的在嘴巴上粘胡子，往光头上戴假发，你争我抢，乱哄哄，各自整理着各自的行头。

海猫一手举着一块二指宽的碎镜片，一手照着碎镜片里的自己，正勾勒绘画大秧歌队的乐大夫的脸谱，一身老鳖装扮的老斧头凑过来说：“不对劲啊，海猫，好多赵姓年轻力壮的小伙子都不知道去哪了！”

海猫问：“是不是少了好几十人？”

老斧头回答：“少说有五十！”

海猫说：“从赵洪胜那儿抢回了五十条枪，当然得少五十个汉子了！”

老斧头担心地问：“那……他们？”

海猫安慰老斧头：“别担心了，斧头叔，只要这里能够控制住局面，他们绝对不会出来跟日本人拼命的。只要有赵大橹和他的几十个兄弟就够了。”

这时，赵家大秧歌队的乐大夫赵大橹，也正在装扮自己。已打扮成渔童的赵发从人缝里钻到赵大橹身边叫道：“赵大橹！”

赵大橹一愣：“看你没大没小的，叫我大橹哥！”

赵发头一抬：“凭什么？”

赵大橹欲言又止：“凭我和你姐姐香月……算了，算了，我没工夫跟你计较，你说，你找我有什么事儿？”

赵发问：“什么时候才能轮到我唱秧歌调？”

赵大橹嘱咐赵发：“听我的，我叫你什么时候唱，你就什么时候唱！哎？唱什么词你知道吗？”

赵发点头：“我姐姐早就教给我了，不过我没有她唱得好，她也没有奶奶唱得好，奶奶说虎头湾的人从一生下来就会唱秧歌。可老祖宗有规矩，女人唱秧歌，海神娘娘会降罪的！”

赵大橹低头一想，正要说出自己的看法，只见海猫大步走来，冲他低声问道：“大橹，估计小日本很快就要来了，你是赵家的乐大夫，你打算唱啥？”

赵大橹说：“我想唱啥就能唱啥吗？我想骂鬼子！”

海猫赞成：“好，你敞开了骂！”

赵大橹高兴：“你说的是真的？”

海猫解释：“我一直在琢磨，这场秧歌不好唱，咱哥儿俩是乐大夫，要是给小鬼子歌功颂德说拜年话，以后虎头湾的老百姓指定戳脊梁骨骂咱们！我实话告诉你吧，想听秧歌的老鬼子藤田听不懂中国话，翻译官是我专门给他派的，你尽管敞开了骂，杀杀鬼子的威风，让咱虎头湾的乡亲们解解恨！”

赵大橹笑了：“我骂！骂他们个狗血喷头！”

海猫笑了：“吹牛不算本事，我可告诉你，我小姨就等着听你怎么骂呢！”

“哼，就算是香月不听，我也得骂！小鬼子打上门来了，我要是低眉顺眼给他们演太监，那我不丢死人了啊？”赵大橹虽这么说，可很明显，在赵香月面前逞英雄，是他最想干的！甚至他更想真刀真枪和小鬼子干一场，非在赵香月面前争口气不可。

人山人海的虎头湾广场四周架起了机枪，日军和侦缉大队围起一道人墙。赵洪胜和吴江海簇拥着藤田指挥官从人墙内登上高台，紧跟在他们身后的林家耀，转动一双机智的眼睛，暗暗与大秧歌队里的海猫交流着目光。

荣七狐假虎威，双手叉腰，他站在高台一侧大声喊道："虎头湾的老少爷们儿、娘们儿、孩崽子们都给我听着，大日本帝国大东亚共荣的干活，皇军今天来虎头湾看你们唱秧歌，这是给你们长脸，都卖把子力气演好了，开始！"

话音一落，锣鼓声大震。吴赵两家的两支秧歌队从左右两端鱼贯而出，他们挥舞起马甩子，上下腾跃，左移右挪，擎天扑地，撒着欢地开始了表演。

藤田指挥官手扶日本军刀，俨然一尊泥塑的凶神恶煞，看得津津有味，满脸堆笑。他不停地跟两边陪同他的高级指挥官用日语交流着。吴江海用他的独眼偷瞄着，趁人不注意，忙问身边的赵洪胜："哪个是海猫？他扮什么角儿？"

赵洪胜手一指："那不是？扮乐大夫呢！"

吴江海疑惑："他个外乡人，怎么会秧歌，还扮乐大夫，这小子要搞什么鬼？"

赵洪胜瞥了一眼吴江海："你甭没事找事，要不是海猫，虎头湾能唱起这场大秧歌？别忘了，是他给咱俩解的围。"

吴江海老觉得有点儿不对劲儿，可是又说不出啥来。正在这时，开场秧歌跳完了，锣鼓点一停，赵大橹腾云驾雾似的舞出赵家秧歌队的队列，把那桃木柄的马甩子一甩，开口唱道：

> 大东亚，共荣圈，
> 黄鼠狼给鸡来拜年。
> 都说兔子尾巴长不了，
> 秋后蚂蚱还能蹦几天？

整个广场上鸦雀无声，围观人群中的赵香月，没想到赵大橹会这么唱。大橹娘吓得面如死灰，两腿筛糠。香月奶奶和赵老气，还有吴家的老犟眼子和海螺嫂，一个个相互交流着眼色，一齐愣在那里。

站在日军队列的一个耳朵上长着黑痣的士兵和小野三郎傻了，他们似乎听懂了秧歌词的内容，两人交流了一下眼神，想向坐在高台之上的藤田大佐汇报，又怕扫了他的兴，只好忍了下来。

荣七急了，掏出枪来，直看吴江海的眼色。吴江海也坐不住了，他刚想起身制止，却被赵洪胜一把拉住："吴大队长，你着的什么急？那有翻译官，用不着你插嘴，你会说日本话吗？"

吴江海刚一愣，正赶上藤田用日语询问："他唱的是什么？"

林家耀回答："指挥官阁下，他在颂扬大东亚共荣圈，并欢迎阁下您来到虎头湾。"

藤田高兴极了："嗯，很好！看他的样子像个英雄。"

赵大橹的样子确实像英雄，他一个雄鹰展翅，示意吴家秧歌队的乐大夫接唱。于是，骤雨般的鼓点落在鼓面，引出了此起彼伏的笙箫唢呐声，扮演吴家秧歌队乐大夫的海猫，踩着音律节奏，又蹦又跳，嬉皮笑脸地唱道：

> 嘴馋了，说实话，
> 生吃螃蟹活吃虾！
> 鲅鱼饺子紫菜汤，
> 热锅里头煮王八！

没等林家耀翻译，藤田已经笑了起来，他指着海猫说："这个是小丑。"

围观人群中的老犟眼子对海螺嫂说："这不是海猫吗？他一个外乡人也会唱秧歌？你看，跳得不赖，唱得也不赖呢！"

海螺嫂嘴里啧啧称奇："没有比他再能的了，难道他真是海神娘娘？"

唯独赵香月一声不吭，在她的心目中，海猫虽然不是海神娘娘，但他有海神娘娘一样无所不能的本领。赵香月屏气凝神，静静地等待着看下文。

只见赵大橹忽然蹲下身来，弯曲着双腿，快速地挪动到海猫跟前逗唱道：

> 热锅里头煮王八，
> 王八好吃鳖难抓！

海猫将马甩子的缨穗往肩上一搭，双手抱拳，以赵大橹同样的姿势疾唱：

> 不信你且看《水斗》，
> 小小渔童把鳖叉！

扮老鳖的老斧头和扮渔童的赵发先后出场亮相。老鳖顶着鳖盖，鳖头一伸一缩。渔童手持鱼叉，上下挥舞，两人你来我往地对唱起来。

老斧头首先样子很狼狈又滑稽地唱道：

> 水里藏，沙里躲，

我是王八我是鳖！
今天我从东洋来，
爬上岸边歇一歇！

赵发接着威风凛凛、激情高涨地唱道：

叉老鳖，抓王八，
鱼叉一抖嗓门大！
抓抓抓，杀杀杀，
老鼠过街人人都喊打！

演出一下子被推到了高潮，赵发无畏无惧的情绪感染了在场围观的所有人，他们合着赵发的节拍，纷纷举起拳头，齐声合唱：

叉老鳖，捉王八，
鱼叉一抖嗓门大！
抓抓抓，杀杀杀，
老鼠过街人人都喊打！

没承想，藤田指挥官被人骂了还叫好，他从高台上站起身，把日本军刀平举在头顶，一边狂笑，一边用日语说："这个的，我看懂了，这是斗王八！"

吴江海实在受不了了，他"忽"地从椅子上站起来，却又被赵洪胜一把摁下："我警告你，吴江海！台下一半是我赵家的人，一半是你吴家的人，你甭给我惹是生非，要是让指挥官知道他们唱的是啥，你我谁也别想活！"

说话之间，已经笑罢的藤田问林家耀："他们唱的是什么？"

林家耀用日语说："那个老头演了一只王八，那个小孩扮的是个渔童，渔童要捉王八，然后放在锅里煮，送给虎头湾最尊贵的客人，也就是指挥官阁下。"

"哦？是吗？好！很好！"

正在这时，三声枪声响起，身穿孝服的送殡队伍不知道什么时候已经来到了广场。瘸腿的吴天旺扛着幡立在吴乾坤身旁，在他们身后是十六人抬的棺材，再后面打幡的、撒钱的，个个都是精壮的汉子。

荣七发现吴乾坤，连忙看着吴江海，吴江海又连忙看着赵洪胜，赵洪胜也被搞得丈二和尚摸不着头脑，一时间愣在那里。

藤田一愣："这是怎么回事儿？"

林家耀忙说："是有人家出殡。"

藤田气愤地说："看演出为什么会碰到这样的事儿？"

说着，藤田"嗖"的一声从刀鞘里抽出他的军刀，所有的日本兵立刻端起了枪。侦缉大队的人一见，也都纷纷端起了枪。机关枪的枪手拉动枪栓，"哗哗啦啦"，响声一片。

吴江海冲上前来大喊："吴乾坤，你诚心跟太君作对？"

吴乾坤眉峰一扬，目光像刀子一样锋利，吴江海惶恐不安地躲躲闪闪。现场死一般的寂静，彼此都能听到对方的呼吸。吴乾坤幻梦中的场景一触即发！

恰在这时，海猫突然来到吴乾坤面前，开口就唱：

得饶人处把人饶，
列祖列宗有教导，
吴家族长且息怒，
入土为安才是尽孝道！

听海猫唱罢，吴乾坤转头看着他，双眉紧蹙。海猫心里已经清楚，只要吴乾坤能把头转向自己，形势就有可能缓解。他连忙对藤田用日语说道："皇军长官阁下，请您不要生气！"

藤田把举起的军刀插进刀鞘，问道："你会说日语？"

海猫一时没有听懂藤田说的是什么："您说啥？"

林家耀连忙在一旁翻译："藤田指挥官问你，是不是会讲日语？"

海猫回答："我就会说两句，多了就不行了。这样，我还是说中国话吧，指挥官阁下，您太会选日子了。您今天来虎头湾看秧歌的日子选得实在是太好了！中国人最讲究好日子，这不，吴家族长给他们家老太太出殡，也看中了今天的良辰吉日，两件事凑到一起啊，这叫碰喜！"

在海猫说话的时候，林家耀凑近藤田，低声地做着同声翻译。与此同时，林家耀的一只手渐渐靠近了藤田的军刀。海猫很快注意到了这一点，他更加充满底气地说道："指挥官亲临虎头湾看大秧歌，这是大喜，吴家族长给他们家老太太出殡，也是大喜！都是喜事，撞到一起，叫喜上加喜。"

藤田听完林家耀的翻译，勃然大怒："混蛋！你胡说八道，死人怎么可能是喜事？"

林家耀翻译道："指挥官问你，出殡怎么会是喜事？"

海猫说："这个您有所不知，这棺材里面躺着的是虎头湾的老神仙，她活到了一百岁，人活七十古来稀，这老人家活到了一百岁才升天，能不是喜事吗？"

藤田边听林家耀翻译，边侧脸看着吴乾坤，见他脸上布满杀气，便呵斥林家耀道："你让他住口，叫这个人自己说！"

林家耀表面看来是对吴乾坤，实际上他是在向海猫翻译："藤田指挥官说，让你住口，叫他自己说。"

吴乾坤大怒，他瞅一眼浑身颤抖的吴天旺，又看向临危不惧的吴八叔和吴管家，以及出殡队伍中的乡勇，手刚要伸进孝服掏枪，海猫突然大喊："他现在不能开口说话！"

吴乾坤和所有准备开火的人愣了，他们一个个大眼瞪小眼，不知如何是好。

海猫对藤田说："指挥官有所不知，吴家族长今天是孝子，行孝之时，不能开口说话，一张嘴棺材里的老神仙会诈尸的。"吴乾坤闻听，气得满脸青筋暴突，他简直想骂海猫。

海猫"扑通"一声跪在吴乾坤面前："吴家族长，天大地大死人最大，忠义之上还有个孝字，今天您是孝子，不能说话，就让我替您动动嘴皮子吧？"

吴乾坤看到了海猫眼里的泪水，那是一种暗示的泪水，一种乞求的泪水。吴乾坤咬咬牙，努力压住火气。

海猫起身对藤田和林家耀说："这之前，吴家族长跟我商量过，他要给老太太出殡，用不用错开您来虎头湾看大秧歌的日子？我说不用，您是来大东亚共荣的，共荣嘛，先得入乡随俗啊！这两喜相碰，是喜上加喜，一说您准就明白，所以才有了今天这个场面。"

藤田听完林家耀的翻译，转对赵洪胜操着生硬的中国话说："吴桑，你的，你的说！"

赵洪胜忙点头哈腰："指挥官阁下，这个年轻人说得对，这是当地风俗！"

林家耀翻译说："赵县长说，这个年轻人说得对，这是当地的风俗！"

吴江海再也听不下去了，朝着藤田大喊："指挥官，别听他胡说八道，他们没安好心，来人，把海猫和吴乾坤全都给我拿下！"

荣七闻听，刚要冲上前来，海猫一声呐喊："吴江海，你给我跪下！"

荣七急忙看着吴江海，吴江海顿时愣了。

海猫对藤田双拳一抱："指挥官阁下，您有所不知啊！棺材里装的这位老神仙，就是吴江海的娘！这个娘不是他亲娘，是他亲爹的正室夫人。吴江海是小老婆生的，对他大娘怀恨在心，老人家就是被他害死的！本来吴家族长是要杀了他报仇的，可看在皇军的面子上，今天不打算找他算账。现在灵柩在此，吴江海，你还不赶紧下跪磕头赔罪！"

藤田问林家耀："什么意思，他在说什么？"

林家耀"叽里呱啦"地翻译着，好一番添油加醋。

吴江海不会日语，在旁边干瞪眼，直着急。

吴乾坤冷冷地看着这一切，他知道海猫用心良苦，强忍满腔怒火。

藤田问吴江海："吴桑，你杀死了你亲生父亲的正室夫人？"

林家耀问："吴江海，指挥官问你，你是不是杀死了你亲生父亲的正室夫人？你要老实回答，如果有半句假话，立即枪毙！"

吴江海张口结舌："我……不是……我……"

藤田"嗖"的一声抽出军刀："不孝者该杀！"

吴江海吓得双膝跪地："指挥官，太君，您可不能听他们挑唆啊！指挥官阁下，您听我说，我做的一切……我做的一切可都是为了皇军啊！"

林家耀根本不给他翻译。吴江海说："林家耀，你倒是给我说话呀！"

海猫趁机喊道："吴江海，你说你一切为了皇军，皇军让你杀你娘了？"

吴江海气坏了，掏枪指着海猫喊："海猫，我毙了你！"

海猫佯装害怕，抱着脑袋用日语喊："指挥官救命啊！"

这一切不用翻译，藤田全看明白了，他大声喝道："混蛋，住手！"

海猫突然发现吴乾坤将手伸进孝服，连忙声嘶力竭地大喊："吴家族长，你千万别急，我一定让那个畜生给老太太磕头，给您出气！"

海猫说着，连忙从藤田的身后绕到身前，双手又一抱拳道："指挥官，孝子吴家族长和吴江海是一个爹的亲兄弟，一个是正室夫人生的，一个是小老婆生的。小老婆生的吴江海嫌分家不均，就记恨吴家族长，趁着您要来虎头湾看秧歌，他就打算报复吴家族长，还想把屎盆子都扣在您身上！吴江海杀死他亲大娘的事，在场的大伙儿都知道，大伙说是不是？"

在林家耀给藤田翻译的同时，围观的人们异口同声："是！没错！错不了！"

海猫又趁机抢话道："吴江海，今天指挥官来虎头湾为的是看大秧歌，不是看你们哥儿俩打架。过去的事不管谁是谁非，现在棺材里面躺着的是你娘，你不敢不认吧？指挥官，昨儿我跟吴家族长商议了，只要吴江海给他娘磕了头，吴家族长今儿就给您个面子，不跟他计较。俗话说，清官难断家务事，您要是把这桩事给断好了，那才叫真正的大东亚共荣呢！"

藤田听了林家耀的翻译，说："噢，请我断家务事！我虽然不会说中国话，但是中国历史我是研究过的，告诉你们吧，我是包公，很公道！吴江海应该给他娘磕头赔罪，不然，我就刀劈这个不孝之人！"

围观的人们听了林家耀的翻译，一齐喊道："磕头，叫吴江海磕头赔罪！"

赵洪胜幸灾乐祸："众怒难犯呀，吴大队长，还不磕头去？"

吴江海只好灰溜溜地走到棺材前跪下来磕头。一个头磕在地上，他抬起头正遇上吴乾坤那凶狠的目光，吴江海牙一咬，并不躲避，两人一时间较上了劲儿。

海猫见了，朝鼓乐班子一挥手，顿时锣鼓齐鸣，惊天动地。海猫挥舞起马甩子，急忙对吴乾坤和吴江海开口唱出四句秧歌词：

人间百善孝为先，
人死入土早为安，
同父异母两兄弟，
手足相残为哪般？

海猫唱罢，压低声音匆匆对吴乾坤说："吴家族长三思啊，就算你们下手再快，最多干掉十个八个鬼子，可之后呢？虎头湾吴赵两家两千多条人命，才换他十个八个的，咱们吃大亏了！"

吴乾坤咬紧了牙，抬头恶狠狠地瞪着藤田。藤田似乎从吴乾坤的目光中看到了敌意，他问林家耀："怎么？他不满意？"

林家耀给海猫使眼色，翻译道："指挥官问吴家族长为什么老板着脸啊？"

海猫忙对藤田说："不是板着脸，吴家族长他长的就这样，看着让人有点害怕，其实人很善良！噢，对了，指挥官阁下，入乡随俗，您也增点儿寿吧！您给老神仙鞠个躬，就能添福增寿，她活了一百，您能活九十九！"

藤田听了林家耀的翻译，说："活到一百岁的人，是应该受到尊重的。"

说罢，藤田转身对随行的日军喊道："全体都有了，立正，鞠躬！"

然而，只有耳朵上长着黑痣的士兵和小野三郎没有鞠躬，他们的眼里同时闪烁着狡黠的目光。这目光在后来差点给海猫和虎头湾招来灭顶之灾！

第三十九章

不知从哪朝哪代起，也不知自何年何月始，海阳大秧歌从来就不拘泥于内容和形式。不论是其唱中有戏，还是扭起来带舞，也不管红白喜事，婚丧嫁娶，凡是遇到场面上的事，唱可南腔北调，扭能五花八门，成了有很大包容性的习俗。

　　吴乾坤给吴母送殡，虽然有肖老道和他的徒弟一路诵经，却比不上秧歌队的高唱劲舞。吴乾坤和藤田大佐面对面地较量过后，仍然余怒未消，他让吴管家给每个前来送殡的人赏了一块现大洋。

　　鼓声和歌声越过高山，蹚过大海，飘进了吴八叔家的客房。一直昏迷不醒的秧歌疯子闻听，忽然睁开了眼睛，他嘴唇翕动，轻轻哼起了秧歌调：

　　　　咱的天，咱的地，
　　　　咱的秧歌咱的戏……

　　正在一旁给秧歌疯子擦拭身体的婆子海螺嫂喜上眉梢，她连忙喊来苏菲娜，抑制不住内心的激动："苏医生，苏医生，你快过来，秧歌疯子醒啦！"

　　苏菲娜应声跑到秧歌疯子床前，低头就给他检查生命体征。然而，秧歌疯子仍然气若游丝，昏昏欲睡，怎么叫他都不吭声。

　　海螺嫂急了："苏医生，我刚才明明听他哼秧歌调来着！"

　　苏菲娜将信将疑："他人一醒就哼秧歌调，这可能吗？你是不是听错了？"

　　海螺嫂告诉苏医生他是个秧歌疯子，平时疯疯癫癫的，除了爱唱秧歌，别的啥都不会。苏菲娜笑笑："海螺嫂，我刚才说了，可能你听错了，他能活下来就是个奇迹了，怎么可能醒了就哼秧歌调呢？"

　　海螺嫂见苏菲娜不信，趴在秧歌疯子耳边就唱：

　　　　咱的天，咱的地，
　　　　咱的秧歌咱的戏……

　　不料，秧歌疯子听了，很快蠕动嘴唇，接着哼起来：

　　　　上山咱就唱山歌，
　　　　下海咱就喊号子……

　　秧歌疯子哼着哼着就睁开了眼，他一见海螺嫂和自己对唱，不由得一阵狂喜，忽地坐起半个身子，挥舞着双手，胡乱打起节拍来唱道：

　　　　锅碗瓢盆谱成曲，

酸甜苦辣填作词。

演自己来唱自己，

人生就是一台戏！

苏菲娜简直惊呆了，她一把抓住秧歌疯子的手腕就给他号脉，边号脉边对海螺嫂和围上来的其他伤员说："这真是天大的奇迹，一曲秧歌唤醒了他！"

一曲秧歌不但唤醒了秧歌疯子，还唤醒了虎头湾的穷苦百姓。隐藏在赵家大院的赵家子弟将赵大橹围拢起来，七嘴八舌地嚷叫不停。

这个说："赵大橹，你今儿个真争气了，把小鬼子骂了个狗血喷头！"

那个说："打小鬼子没用上你给咱的枪，听你羞辱王八蛋们也过瘾！"

赵大橹自豪地说："赵家三老太爷死了，族长当了汉奸，九老爷逞强一回，坐两天牢就吓得再也不敢出头了。现如今咱手里有了枪，今后打鬼子就靠兄弟们了！"

而此时此刻，老斧头心里的烈火却烧得正旺。他反剪双手，在捻匠铺走来走去，边走边说："太好了，太好了，这场秧歌唱得好啊！海猫同志，你不是想要虎头湾的人心吗？有了，全都有了！看着小鬼子出丑，大伙儿高兴，真高兴啊！"

海猫一瓢冷水泼来："高兴？恐怕今儿夜里就高兴不起来了。"

老斧头一愣："咋了？"

海猫摇摇头："你想啊，日本人占领东北好几年了，今天来了那么多日本兵，就没一个人听得懂咱们唱的是啥？那藤田老鬼子一旦知道咱们一直在骂他，能善罢甘休吗？所以，今天夜里我们必须动员大伙儿撤离虎头湾！"

老斧头说："撤离？都谁撤呀？"

海猫不假思索："全体撤离，虎头湾所有的人，连老带少，有一个算一个！"

老斧头说："啊？这么多人，往哪儿撤啊？"

海猫似乎早有打算："那是后招，先撤出去再说，你负责通知赵家，我这就去找吴乾坤商量，明天天亮之前虎头湾一个人都不许剩！"

海猫来到吴家客厅，一见吴乾坤抱拳就说："吴家族长，您今天能以大局为重，真可谓大英雄！"

吴乾坤板着脸："狗屁！要不是你小子，我倒是真想当一回英雄！"

海猫说："此话差矣，您要是真掏出枪来毙了吴江海，杀了藤田，您就不是英雄了，就成了千古罪人了！"

吴乾坤自知理亏："是英雄是罪人不是由你说了算！说正事，找我干吗？"

"按那天咱们已经商量好的计划，老太太入土为安后，您该带着族人们撤出虎头湾了。"

吴乾坤大喊："往哪儿撤啊？实话告诉你，那天你说的那些狗屁计策我根本没往心里记，虎头湾是老祖宗留下的，我能撤吗？我撤了，让给小鬼子？身为一族之长我对得起祖宗吗？哼！你小子要是怕了，就赶紧滚蛋！姓赵的要是怕小鬼子更好，也让他们滚蛋！我吴乾坤带着族人就守在虎头湾不走了！"

"您要真守在虎头湾，那我得算算您的实力。吴姓乡勇厉害，远近闻名，为了防海盗，您平时就养着几十条枪。这回，为了杀鬼子，您又置办了三十支短枪，这我都知道，现在您手上最少得有一百条枪了吧？"

吴乾坤一脸的傲慢："那是！牛皮不是吹的，我吴姓男丁个个从小练武，有这一百条枪，我还守不住个虎头湾？"

海猫转身就走，边走边说："好，这下赵洪胜可高兴了。"

吴乾坤大喝："你说什么？你给我站住！"

海猫转过身来："吴家族长，您想想，日本人受了戏弄，能不来报复？他们找到赵洪胜，赵洪胜会怎么说？他肯定会添油加醋，巴不得借日本人的手灭了吴家！是，您有一百条枪，可您都是什么枪？日本人用的是什么枪？他们还有大炮、坦克、飞机，能从天上往下扔炸弹！咱们骂的藤田老鬼子，手下能调动的部队你知道有多少人吗？三五千都不止。您觉得以您的实力能守住虎头湾吗？"

吴乾坤眉宇间忽明忽暗，阴晴不定。海猫趁机又劝："吴家族长，你们吴赵两家斗了几百年了，今天这样的结果，倒是赵洪胜梦寐以求的。您是明白人，个中原因还用我说吗？"

吴乾坤埋怨道："都是你逞能，如果不唱秧歌，哪会有今天？"

"不唱秧歌？那若云小姐被关在监狱可就回不来……要不，您再仔细想想？那天我费了那么多唾沫星子，把怎么排兵布阵，怎么以不变应万变，从头至尾都给您讲了呀！您要是真忘了，我再说一遍。"

吴乾坤不耐烦地说："去！什么排兵布阵，什么以不变应万变，你以为打仗是小孩子过家家啊？我带人撤出虎头湾，鬼子来寻仇见不着人，放火烧房子怎么办？烧光了房子，我吴姓族人住哪儿？吃什么？喝西北风都没地儿刮！"

海猫淡淡地一笑："只要人活着，住哪儿吃什么都是小事，不是吗？我海猫从小跟着瞎婆婆要饭，从来没有过家，不也长这么大？再说了，您也得替若云小姐想一想，她是您闺女，您最了解她的性子，您要是不撤，她会走吗？您带着一百条枪守住虎头湾还好，万一守不住，咱们大老爷们儿都无所谓，脑袋掉了碗大的疤，二十年后又是条好汉，可若云小姐落在小鬼子手里会怎么样？"

吴乾坤心如刀绞，突然打断海猫的话："行了，你什么也别说了！"

"我就说一句！"海猫神情严肃，"你们撤出虎头湾，我一个人留下！"

吴乾坤大叫："你一个人留下来？一个人给鬼子唱空城计？这也太悬了！不行，我不同意，要撤一起撤！"

海猫耐心地说："吴家族长，你甭着急，听我慢慢说嘛！"

吴乾坤眉一扬，头直摇："不听不听，我不听！我知道你小子嘴皮子溜，可小鬼子压根不会听你的，他们会把你的脑袋割下来当球踢的！虽说你是个孽障，可你爹娘已经受到了惩罚，我也早就想让你认祖归宗了，你既然姓吴，你就是我吴姓族人了，我绝不能让我的族人留下来冒这个险！"

"认祖归宗？多谢吴家族长，我爹他老人家要是听到，肯定高兴。"海猫义正词严，"可我不仅是吴家族人，我还是一名共产党的八路军战士！"

"你少来这一套，这是虎头湾，你得听我的，要走一起走，要留一起留，就这么定了！"吴乾坤说罢，双眼眨也不眨地盯着海猫。

海猫眼珠一转，计上心来："吴家族长，真要说起来，我一个人留在虎头湾，是有点儿冒险，可是我这么做的目的……也是为了若云小姐啊！"

吴乾坤惊问："你说什么？"

海猫假装难以启齿的样子说："吴家族长，我有点儿不好意思开口，承蒙您看得上我，小姐也……看上我了。可我不识抬举，没答应婚事，其实……不是我不想答应，是我不敢答应。我们的队伍有规定。像我这样没立功的不让娶媳妇，所以，我想了，就算冒险，我也要拼上一回。因为这样我可以立功了，立了功上面就会论功行赏，我和若云小姐的婚事，就能被批准了！"海猫说罢便低下了头，因为怕被吴乾坤看出自己撒谎，所以他又急忙转移话题说："对了，吴家族长，今天出殡这么大的事，怎么没见着若云小姐啊？"

话音未落，吴若云从地道口钻出来，张开双臂扑到吴乾坤怀里。其实，吴若云早就醒了，她觉得头晕，便在地道口歇了一会儿，正好听到了海猫和吴乾坤的谈话。吴若云不愿和海猫表达自己的感情，只好在吴乾坤怀里流着眼泪说："爹，我怎么觉得有好多天没见您了？头还老晕乎，我这是咋了呀？"

吴乾坤急忙咳嗽一声，示意吴若云有些事情不能让外人知道，他也答非所问："若云啊，你奶奶已经下葬了，顺顺当当，都挺好！我听槐花说，你这几天着急上火，一直没睡好觉，就没让她叫你。出殡这种事女孩子本来就不能去，爹就让你在家好好睡了一觉。"

海猫看看吴若云，又看看吴乾坤，发现这父女二人有意避着自己，便知趣地说："吴家族长，那件事就按咱俩说的办。若云大小姐，我这里就先告退了。"

海猫说着，转身便走。吴若云想叫住他，可是纵有千言万语，话到嘴边却总也难以开口，只好含情脉脉地目送海猫独自离去。

见屋里再无别人，吴乾坤拉着吴若云的手说："闺女，爹对不住你，我是迫不得已啊！爹这儿给你赔罪了！"吴乾坤说着，退后一步，深深地给吴若云鞠了一躬。

吴若云吓了一跳："爹，你这是说的什么话？我知道，爹不管做了什么，都是为了我好！爹……我好怕呀，我梦见您跟小鬼子拼命去了，浑身都是血，我还以为这辈子再也见不到爹了呢！"

吴若云满眼的泪水，她紧紧地抱住吴乾坤，号啕大哭。

吴乾坤老泪纵横："闺女，别怕！不为别的，为了闺女爹也得好好活着。"

日军耳朵上长黑痣的士兵和小野三郎来到麻生少佐指挥部，两脚跟一碰，齐刷刷地站在一边。麻生用日语说："你们两个要向我汇报什么？说！"

耳朵上长黑痣的士兵指着小野三郎说："我和他都是昭和八年到满洲的，中国话我们听得懂，虎头湾的人借演秧歌之机，一直在侮辱指挥官，侮辱帝国军人！"

麻生脸都被气得扭曲了，他抽出日本军刀，双手挺着，径直来到侦缉大队办公室。吴江海面对寒光闪闪的军刀，恐怖万分地说："麻生太君饶命，饶命啊！"

麻生大叫："你的良心大大的坏了，你让藤田指挥官蒙羞，让大日本帝国蒙羞！我要亲手把你劈成两半！不，碎尸万段！"

吴江海"扑通"一声跪在地上："麻生太君冤枉啊，我对皇军忠心耿耿，绝无二心，天地可鉴！不信您看——"

吴江海说着，一把将戴在那只瞎眼上的黑色眼罩翻过来，令麻生没想到的是，吴江海的黑色眼罩的背面，居然是一面小小的日本膏药旗。

吴江海泪流满面："太君，我这只眼睛就是为了皇军丢的！可我不后悔，皇军的军医给我治好了伤，我感激不尽，为了永远记住皇军对我的恩德，我睁着这只好眼看着大日本帝国的国旗，瞎了的这只眼也看着大日本帝国的国旗啊！"

麻生放下挺在手里的军刀，拍着吴江海的肩头说："你的吴桑，大大的好！"

吴江海趁机说："太君，赵洪胜大大的坏了坏了的！"

麻生又一次挺起军刀："赵洪胜？"

仿佛有某种心灵感应似的，赵洪胜在办公室打了个冷战，他焦虑不堪，不断探头门外。恰在这时他的翻译官一步闯进来说："县长大老爷，真让您猜对了，麻生少佐提着军刀，正往这里赶呢！"

赵洪胜大惊失色："不好！快，带我去见藤田指挥官！"

赵洪胜慌忙跑到藤田大佐指挥部，进门就哭，边哭边说："指挥官阁下，今天在虎头湾让您受到了莫大的侮辱，我有罪，我有罪啊！可我也是万般无奈，您不知道有多少把枪对着咱们，我也是为了您的安全才忍辱负重呀！"

在翻译官翻译之际，麻生到赵洪胜的办公室没找到人，转身又追到了藤田的指挥部。显然，藤田已经明白了事情的真相。他刚抽完赵洪胜的耳光，见麻生进门，便又对麻生左右开弓，"噼噼啪啪"好一阵子抽。不过，麻生可不像赵洪胜，抽一个耳光就捂着脸，"哎哟哎哟"叫声不断。麻生则以武士道精神，抽了左脸耳光给右脸，抽一个耳光立一次正，而且一口一个"咳"，越抽声越高。

藤田抽耳光抽得累了，端起桌子上的一杯酒，一饮而尽，然后把酒杯摔得粉碎，声嘶力竭地大叫："杀，虎头湾唱秧歌的人太可恶了，人人都该杀，还有那些看热闹的刁民，我看见他们一直在笑，现在我终于明白了，他们是在嘲弄大日本帝国的军人，羞辱我们是从东洋来的王八啊！"

麻生咬牙切齿，脚跟碰脚跟，声声脆响。他发疯似的咆哮："是！杀！全都杀光！虎头湾的人一个不留！统统杀光！"

仿佛也有某种心灵感应似的，吴天旺想起白天的事，浑身颤抖，后背直刮凉风。这时肖老道推门而进："兄弟，事办完了，我也该走了，来跟你道个别。"

吴天旺眼睛里顿时透露出无限仇恨，仇恨很快变成了行动，他猛地起身将肖老道摁在墙角，低声咆哮："你个臭老道，我掐死你——"

肖老道被掐得满脸通红，为了求生，他抬起脚来向吴天旺的伤腿踢去。吴天旺"噢"的一声，仰面躺在地上。肖老道用拂尘狠狠地抽了他一下："你疯了？"

吴天旺大骂："你个臭老道出的什么狗屁主意，让我扛幡，老爷今天是要跟鬼子拼命的，数我离他最近，真打起来，机关枪一突突，我得第一个死！"

"你不是没死吗？"

"剃头刀擦腚——险！"

"后悔了？吴家这么大的家产，你不想要了？"

"我不稀罕！"

"哟呵？穷还要横啊！那……吴若云你也不要了？"

吴天旺回避肖老道的目光，无言以对。

肖老道说："俗话说，富贵险中求，美人儿也一样，你个土鸡想娶金凤凰，还不想冒险，你白日做梦啊？"

吴天旺悻悻地说："这个梦我不做了，我虽然替老爷扛了幡，可他不会看上我的！他更中意海猫！我到吴家二十年了，从来没见过老爷听过别人的，可他对海猫却言听计从，他一定会把小姐嫁给海猫的！"

肖老道瞥了吴天旺一眼："瞧你这副窝囊样，吴乾坤看得上你看不上你已经没用了！扛了幡，你就马上要当老爷了！你怎么这么傻呀？"

"你说什么？我当老爷？"

"虽说我一大早就去了祖坟，可我留下了眼线，他们都干了些什么我一清二楚，这出秧歌唱得太大了，敢骂日本人？这还了得？用不了几天，海猫和吴乾坤的脑袋都得搬家！只要吴乾坤一死，你这个干儿子……"

吴天旺叹息："你说得容易，族里那么多老爷呢！连管家都不拿我当人，就算族长大老爷真心认我当干儿子，他们也不会让我捞到半点儿家产！"

肖老道阴险地笑着："不是还有贫道吗？吴乾坤归西，指定得请我超度亡灵，到时候我自会说老太太显灵，指认你当孝子！只要你给吴乾坤摔了丧盆，这份家业就是你的！"

"还有小姐呢！"

"对呀，吴若云坐过你的花轿，本来就应该是你的媳妇！我上次不是让你霸王硬上弓吗？"

吴天旺摇摇头："我做不来，也下不去手啊！"

肖老道恨铁不成钢，骂道："你可真窝囊，到时候我帮你。"

吴天旺赶紧凑上前："怎么帮？"

肖老道出主意："给她下药，把她麻翻了！只要你钻进她的被窝，生米煮成了熟饭，她就嫁不出去了，只能对你服服帖帖！到时候你就是干儿子加女婿，继承家业名正言顺！"

吴天旺仿佛看到了希望，却又突然灰心丧气："还有个事……万一出了娄子，我可真就白日做梦了。"

肖老道问什么事儿，吴天旺告诉肖老道他和槐花从小就订过娃娃亲。肖老道明白了怀孕的丫头就是槐花，给吴天旺出主意要打掉槐花肚子中的孩子。

清晨，一轮朝阳怯怯地在群山的树丛中偷看，虎头湾镇吴赵两家的马车、平板车、独轮车，还有驴驮马拉和肩挑手提的人群，乱哄哄，搅作一团。几百年来，由斗秧歌引起的恩恩怨怨，吴赵两家族人虽在一个镇上住着，却一直鸡犬之声相闻，老死不相往来。眼下，为了躲避日本鬼子的大屠杀，他们不知不觉走到了一起。一会儿吴家帮赵家推车，一会儿赵家又为吴家牵马，悄然达成默契，处处看到了一种和谐中的驳杂，驳杂中的和谐。

在转移的人群中，吴天旺躺在一辆马车上，手里紧紧地攥着一包药。那药是肖老道硬塞给他的，说是找个机会给槐花灌下去。吴天旺有些害怕，肖老道告诉说，那是打胎的药，死不了人，不过肚子里的孩子可保不住了。

想到这里，吴天旺长吁了一口气，他睁开眼发现槐花站在自己面前，笑盈盈地说："天旺哥，噢，不对，天旺少爷，腿还疼不？"

吴天旺见槐花身上背着好多东西，便说："槐花，你背了这么多东西，累不？要不你也坐上来吧！"

"那怎么行？这马车是老爷吩咐给你套的，老爷对你真好！"

吴天旺尴尬地笑了笑，不由自主地瞅着槐花的肚子。

槐花报以幸福的微笑，一拍肚子说："放心吧，天旺哥，好着呢，啥事没有！"

吴天旺吓了一跳，他不是怕槐花拍坏了肚子里的孩子，而是怕被人看见，因为在自己坐的马车旁也有一辆马车。马车里，吴若云正看着闭目养神的吴乾坤问："爹……您跟海猫定的什么锦囊妙计呀？"

吴乾坤不愿意正面回答："到时候你就知道了！"

"爹，你现在就告诉我吧。我想知道你们怎么对付小鬼子。"

"不是一句两句能说清楚的，"吴乾坤问，"哎，你打听这个干吗？"

"我打听打听海猫在哪儿，他是跟着咱们吴家的队伍呢，还是在赵家那边……我一直没看见他，是不是跟着赵家走了！爹，你知道海猫为什么不答应婚事吗？就是因为赵家的那个赵香月。"

"若云，你是大家闺秀，跟一个穷鬼家的小丫头争风吃醋，不嫌丢人？我实话告诉你，海猫根本没走！"

吴若云大惊："什么？他留在虎头湾了？不是说鬼子马上要来报复吗？是他们八路军的大部队到了吗？那他们有多少人？能不能打得过鬼子？"

"什么大部队？没有，就他自己，留下给日本人唱空城计。"

吴若云焦急地说："不能让他一个人留在虎头湾，我得回去陪着他！"

吴乾坤劝道："你回去也没用，他非要逞强，我拦都拦不住。我劝你别去了，他这么做都是为了你，为了你们的婚事！"

吴若云想起在地道口听到海猫对吴乾坤说的话，急忙从马车上蹦下来说："海猫为了和我成亲……我不能让他为了我送命！"

吴若云说罢，转身就往回跑。吴乾坤并不拦她，只是对身边的吴管家说："让她回去跟海猫说说话也好，不然将来她会恨我一辈子……管家，你带几个人跟着，等小姐跟海猫告了别，就带她回来。她要是不听话，就捆，把她捆回来！"吴管家应声拔腿就追吴若云。

吴若云拼命地奔跑在崎岖的山路上，她越过沟坎，爬上陡坡，穿过空无一人的虎头湾广场，在通向海神娘娘庙的栈桥上，吴若云愣住了。她远远看到海猫跪在青石板铺成的桥面磕头，仿佛在用额头亲吻，是那样的虔敬，那样的深情。

海猫抬起头，遥望着巍然屹立的海神娘娘庙大喊："海神娘娘，我是您的儿子！"

喊罢，海猫笑了："海神娘娘，我是共产党八路军战士，我不迷信，但为了让乡亲们信我，我可没少把您老人家搬出来，虎头湾的老百姓都信这世上有您这尊神，我爹我娘也信，今天我再给您磕三个头，也就算给爹娘磕了！"

海猫第一个头磕罢，说："爹，娘，儿子今天要干件大事，要是败了，老祖宗留下的虎头湾可能就没了，我也就……呵呵，就能和二老团聚了。"

海猫第二个头磕罢，说："爹，娘，今天的事要是干成了，就能消灭好多鬼子！鬼子就是咱们老祖宗当年打过的那些倭寇的后代，他们在咱们的地界里四处烧杀抢掠，无恶不作，不杀光他们对不起老祖宗！"

海猫第三个头磕罢，刚要抬头说话，就被一声撕心裂肺的呐喊打断，他循声看去，只见吴若云边喊边跑，一头扑到了海猫的怀里，紧紧地拥抱着他说："你个死猫，抱紧我！"

海猫的反应有些慢："小先生……"

吴若云幸福地笑着，她又一次命令海猫："抱紧我！"

海猫这一次的反应非常敏捷，他紧紧地拥抱着吴若云，看天天蓝，看海海阔，看海神庙，海神庙恰似出水芙蓉，端庄而美丽！

海猫突然抱着吴若云旋转起来，吴若云双脚乱蹬，就像多褶的裙边，把海猫团团围绕。许久，许久，海猫才将吴若云放下，深情地看着她。

不料，吴若云"腾"的一拳砸在海猫身上："我恨你！"说着，吴若云又重新扑到海猫的怀里，她将耳朵贴在了海猫的胸口，仿佛要倾听海猫的心跳，嘴里喃喃诉说："我以为你不喜欢我，不愿意娶我呢！刚开始我以为是因为赵香月，后来又以为是那个姓苏女医生，现在我明白了，你不答应婚事不是不喜欢我，也不是因为别的女人，而是你们那些混蛋当官的不让你娶媳妇！你个死猫，傻子，疯子，为了我你居然要冒这么大的险？你想过没有，万一你有什么闪失，我怎么活？"

海猫终于说："小先生……"

"你闭嘴！"吴若云捂住海猫的嘴唇，"你什么也别说，听我说！海猫，你犯不着冒这个险，当官的不让你娶媳妇？你不干不就得了吗？为了立功把命丢了不值！走，我们离开虎头湾，离开胶东，走得远远的！到一个你们当官的找不到我们的地方，咱过小日子去！我不要什么富贵，只要和相爱的人在一起，受苦也甜！

我们男耕女织，生儿育女，白头偕老，自己养活自己！"

海猫感动得流下了眼泪。

吴若云在泪水中看到了海猫的爱意，娇嗔地说："哟，哟！你还哭了，你是不是个爷们儿？麻利点儿，快带我走啊！你不是说小鬼子今天来虎头湾报复吗？你磨磨蹭蹭，想让我陪你一起死啊？"

"小先生！我得到了准确情报，鬼子已经出了海阳城奔这儿来了。"海猫指着远处的管家，"你看，管家他们也回来接你了，你快走吧！"

吴若云回头一看，只见吴管家赶着马车来到了吴家牌楼下，直向她招手。

吴若云说："那你呢？"

海猫坚定地说："我不能走。"

"为什么？"

海猫咬咬牙，只好豁出去说实话："对不起，小先生，我骗了你爹……是！我们队伍上有纪律，可没有哪条纪律说战士不准娶媳妇，更没有立了功才能娶媳妇这样的规定，我撒谎了，撒谎就是怕你爹不让我留下，打乱了我的计划！"

吴若云一脸阴冷："你的计划？什么计划？！一个人留下来对付鬼子的大部队？你说你撒谎了，难道你想立功不是为了娶我，那是为什么？"

海猫语塞，他没法回答。吴若云追问："难道还有什么比我们在一起更重要的吗？既然你不需要立功就可以成亲，那为什么不赶紧娶我？为什么？"

海猫木讷地低下头，瞅着自己的脚尖。

吴若云哭着说："你抬起头来，看着我，看仔细了，我吴若云配不上你海猫吗？"

海猫愣了，呆呆地看着吴若云。吴若云突然大喊："回答我，我配不配得上你？"

海猫慌忙说："配得上……"

吴若云又问："你心里还有别的女人比我更重要吗？女医生还是赵香月？"

海猫摇头："都不是……"

吴若云坚定地说："那就好，我配得上你，你也没别的女人，从此以后我们就是夫妻了，反正三年前已经拜过堂了，快跟我一起走吧！"

海猫赶忙拒绝："不，不，小先生，这样不行，鬼子快来了，你先跟管家走，如果我还活着，以后我慢慢跟你解释，现在真的不能走！"

吴若云声嘶力竭："为什么？"

海猫一字一顿："为了尊严！"

吴若云重复："尊严？"

海猫点头："对，尊严！这个词儿，到队伍以后我才学会的。小时候跟着瞎婆婆要饭，想的就是这一顿怎么吃饱，下一顿去哪里讨。'尊严'二字，离我太远，我听都没听说过。后来当了八路军战士，我就把我的故事讲给大伙儿听……当然，也讲咱俩的故事，比如我稀里糊涂跟你上了聚龙岛，还有在虎头湾死活想讨说法。别人就问我，你当时咋想的？我说就是心头一热，啥也没想！后来政委告诉我，那不是心头一热，我之所以不要命地去冒险，为的就是做人的尊严！那是我第一次听到这两个字。我问政委，尊严是不是就是面子？他告诉我，是，也不是。慢慢地我明白了，尊严绝不仅仅是个面子，一个人活着最重要的也不是吃饱穿暖，有房子住，娶得上媳妇，而是要活出尊严来！"

吴若云刹那间愣了，她万万没想到海猫会讲出这一番话来。

海猫接着又说："在部队，我从一个最怂的兵，变成了一名侦察排长，其实我早就该升官了，以我立的功，当个连长、团长都富余，可是我就愿意当排长，因为当这个官，能冲在最前面，能去最危险的地方完成最艰巨的任务，能用我的生命，换取我的尊严！"

吴若云惊愕半晌才说："海猫，你以后不用再叫我小先生了，我该叫你先生，因为你不是从前的那个叫花子海猫了。你懂得讲尊严了，讲得真好，像学校里的高级教授。好，好，好，你已经得到了尊严，我爹一向说一不二，现在什么都听你的，你说不让跟日本人干，他就没干，你说让他带着族人们撤出虎头湾，他就撤了，你多有尊严！对了，他们告诉我你昨天编了好多秧歌词骂鬼子，真了不起，小鬼子那么凶残，全中国再没有第二个人敢干出你干的事了，够尊严了！现在你该为你的小命想想了？不光是你一个人的，还有我的！我们走吧，再晚就来不及了！命没了，以后你还去哪里讲尊严？"

海猫坚定地说："小先生，请原谅，我今天确实不能跟你走。"

吴若云大叫："你一个连尊严都懂的人，难道不知道留下来就是死吗？"

海猫看着天空："也许会，但是生命和尊严比起来一文不值，这一次我不是为了我一个人的尊严，我是为了咱们整个虎头湾的尊严！如果我留下，大伙的撤离就不是落荒而逃了，按政委的话说，这叫战略转移！虎头湾虽小，咱们这两千来人，也是中华民族的一部分！我们怎么能让几个小鬼子吓跑了呢？所以为了我们民族的尊严！我绝不离开虎头湾！"

吴若云一巴掌抽在海猫的脸上，泪水狂奔："你混蛋！我也是民族的一个分子，你有没有想过我的尊严？你要拿你的命换民族的尊严，那我呢？我爱你……"

海猫泪水盈眶："对不起，若云，请允许我这么叫你一次，能遇上你，是老天爷对我的好，我谢谢你……可我昨天，真的是骗了吴家族长，我从来没想过和你成亲，因为我没有这种权利，我是一名战士，我早晚会死在战场上，我不能害了你。林家耀不是回来了吗？前两天为了你，他还来找我打架了。说实话，他比我强多了，高大英俊，是有钱人家的大少爷，和你门当户对。再说，你们本来就有婚约，当年要不是因为我，你早就嫁给他，一起去南洋了。若云，忘了我吧……你长得美，人好，即便你不嫁给林家耀，将来也一定会找到一个更好、更配得上你的如意郎君！"

海猫的每一句话都像是一把刀子扎在吴若云的心口，她慢慢地向后退着，泪水狂奔不息，伸手指着海猫大喊："海猫！我恨你！我恨你！你最好死了！最好让小鬼子千刀万剐了！我永远不想再见到你了！"

吴若云说罢，转头就向吴管家跑去。吴管家让她上车，她哪里肯上，只是埋头疾跑。海猫久久地望着吴若云远去的背影，突然想到了一个词，他双手卷成个喇叭，套在嘴唇上喊道："我——爱——你——"

麻生少佐亲率大批日本兵，气势汹汹地开进虎头湾。侦缉大队也倾巢出动，接踵而来。穿黄皮的狼和披黑皮的狗混杂在一起，一声狼叫一声狗吠的，就像被捅了一棍子的马蜂，"嗡嗡"乱飞，四处蜇人。

然而，这些马蜂想蜇人却找不到人蜇。吴江海见麻生皱起眉头，忙对荣七喊道："荣七，快叫咱们的弟兄去搜！"

麻生冷笑一声："不用了，很明显，人都跑光了！"

吴江海忙赔笑脸："八成是吓跑了，都让太君的神威吓跑了！"

麻生用日语大喊："烧！"

日本兵应道："是！"

吴江海不懂日语，没听明白。当日本兵点起火把的时候，才恍然大悟。他凑到麻生跟前问道："麻生太君，您这是干啥啊？"

麻生愤愤地说："让这个地方从世界上消失！"

吴江海忙说："太君，别啊！您看这么好的房子，烧了多可惜啊！我跟您说，要烧您烧这一半啊，那一半是我们吴家！"

麻生"噌"地拔出军刀来："我知道是你们吴家！告诉我，那些侮辱藤田指挥官的人有没有你们吴家的？"

吴江海张口结舌："啊？有！不是，不是……唉！他娘的，全都烧了吧！"

麻生刚要下令烧房子，荣七手一指，大喊："麻生太君，您看！"

顺着荣七手指的方向，麻生和吴江海同时发现，海猫正站在高台之上，宛若一个镇守天庭的大将军，昂首挺胸，威风凛凛。

吴江海和荣七一齐叫道："海猫！"

麻生紧握军刀："海猫？杀人者海猫？"

海猫狡黠地微笑着说："皇军，你们可来了！"

海猫跳下高台就往麻生这边跑，麻生断喝："站住，别动！"

海猫连忙驻足，他心里明白，麻生怕中了埋伏，便说："皇军，我是大大的良民，我盼你们盼得俩眼都直了，你们怎么才来呀？"

没承想，麻生突然举起军刀大喊："射击！"

话音一落，立刻就有四五支乌黑的枪口喷出火舌。

海猫急忙扑倒在地，子弹在头顶上飞过后，他便"叽里呱啦"地用日语喊着："饶命！饶命！不要开枪！"

麻生一愣："他会说日本话？"

曾向麻生汇报藤田受辱的小野三郎凑了过来说："是的，他会说日本话，昨天就是他带人表演的大秧歌！"

趴在地上的海猫忙说："太君，您听我解释啊！"

麻生犹犹豫豫："你的，站起来说！"

海猫故作胆小："不敢，怕您开枪……"

麻生一挥军刀，两名日本兵立即冲了上去，架起海猫来到麻生面前。海猫吱哇乱叫："啊，放开我，别杀我！"

麻生大瞪双眼："你的，什么的阴谋？"

海猫头摇得像拨浪鼓："阴谋？没有，没有，噢！我明白了，您是怕我给您设圈套，怕这里边藏着千军万马，是吧？您放心，没圈套，这里的人统统的走光了，虎头湾就剩下我一个人了！"

麻生四下观察着，他对这诡异的局势一直在怀疑，但他更怀疑海猫为什么会一个人留在这里，于是问道："你在这里干什么？"

海猫号啕大哭，边哭边说："我等太君啊！为了投奔太君，这些日子我苦啊！刚才听您说杀人者海猫，我什么时候杀过人？我跟您说，那个海猫可真的不是我呀！您也别难为我叔叔，我叔叔当时也是误会！"

吴江海一听气坏了，抬腿踢了海猫一脚："谁他娘的是你叔叔！"

海猫无比真诚地说："叔叔，这就是你的不对了，你是长辈啊，你虽然跟我老丈人有仇，可咱们也是实在亲戚，你赖也赖不掉啊！"

吴江海掏出枪来，直指海猫："我……我毙了你我！"

海猫急忙躲在麻生身后："救命！皇军救命！"

麻生对吴江海喝道："吴桑！"

海猫忙说："皇军，您听我解释，我也知道县城里边出了一只海猫，可那只猫他不是我这只猫啊，不对，我不是猫，我叫海猫！他可把我害惨了……你说他杀人就杀人吧，他干吗用我的名啊？弄得我叔叔都误会了。对了，皇军，我是吴大队长的亲侄女婿，赵洪胜赵县长是我亲舅舅！虽说都是亲戚吧，可我叔叔跟我舅舅不对付，也不是有仇，主要是因为一个姓吴，一个姓赵啊，这里边的故事说起来可长了，这虎头湾几百年前……"

海猫正想滔滔不绝地讲下去，却被麻生打断："闭嘴！我只问你要干什么？"

海猫点头哈腰："我要投奔太君，我要建功立业！太君，虽说咱俩是头一回见面，可是您知道吗？我已经为皇军出过好多力了！"

吴江海不知海猫会编出什么瞎话来，想制止又不敢插嘴。

海猫说："就说皇军看大秧歌的事吧，我亲舅舅派人回了虎头湾，他还是族长呢，可他的族人根本不给他面子，没一个愿意唱的！后来我叔叔回来了，想让我老丈人答应唱秧歌，结果……您看，那不是丢了一个眼珠子吗？"

麻生看一眼吴江海。吴江海十分尴尬。

海猫接着说："我当时就想了，我想我要是能把这活揽下来，那皇军就瞅得着我了，我就连夜赶奔海阳城，在我舅舅和我叔叔面前打了包票，我说我一定能让虎头湾吴赵两家合在一块给皇军演一出最好的秧歌戏！有这事吧，叔叔，您那天躺在医院里，我去求的您，您忘了？"

吴江海一愣，不由自主："是有这么回事儿。"

海猫瞅着吴江海埋怨道："那时您是怎么答应我的？您说等我把这活干漂亮了，就给我引见麻生太君，让我有机会出人头地！可是到现在我连麻生太君的人也没见着啊我！你知道我费多大劲吗？为了让那些穷鬼答应唱秧歌，我可没少花银子啊！"

麻生扭头问吴江海："吴桑，唱秧歌的事情是这样吗？"

吴江海无奈："差不多吧……"

麻生一把抓住海猫的脖领："唱秧歌？你根本不是在唱秧歌，你在辱骂藤田指挥官，辱骂大日本帝国的军人！"

第四十章

麻生少佐是个中国通，对兔子尾巴、黄鼠狼、螃蟹、王八这些骂人的话自然是心知肚明。

海猫答非所问："哎呀,昨儿来的那个皇军原来是藤田指挥官啊?他可是个好人!还是个聪明人!那眼神儿,毒!那心眼儿,快!要是搁在三国,他老人家就是诸葛亮呀!"麻生感到莫名其妙。海猫双手比画着:"当时我在那儿,藤田皇军他在高处,我跟他使的眼神儿,他看得一清二楚!那么大的场面,那么多八路,要不是他老人家审时度势,顾全大局——那要是开了火,后果真不堪设想啊!"

麻生忙问:"你说什么?有很多八路?"

"是啊,好几百。哎,我二叔没跟您说吗?"海猫转身对吴江海说,"二叔,你不会没看出来有八路吧?你肯定看出来了呀!要不然,秧歌词里一会儿骂皇军是兔子尾巴黄鼠狼,一会儿又骂是螃蟹,最后还装成了王八,你咋忍住火的呀?"

麻生凶光毕露,吴江海不由怯了,不得不回答:"是,昨天我也觉得情况有点儿不对,所以,听到他们辱骂皇军就没敢轻举妄动,为的就是藤田指挥官的安全啊!"

麻生脸一阴,说:"那么,我昨天问你的时候你怎么不说?"

吴江海尴尬万分,说:"太君,您当时动气了,拿军刀要劈了我,我哪敢啊!再说,您也没让我说啊!"

麻生紧握军刀,低声吼道:"嗯?"

吴江海吓得连连后退:"太君,别!麻生太君,您别生气,您听我……"

海猫夸张地打断吴江海的话:"麻生太君,您就是麻生太君啊!哎呀,我可见到您了,我跟您说,麻生太君,我为皇军做的一切,可都是为了您哪!我早听说了,您是伯乐,专识千里马,连我二叔他……都给您当上大队长了,我要是早认识您,我早就光宗耀祖了呀我!"

麻生语气有点儿缓和了,说:"你说实话,昨天到底怎么回事儿?"

海猫一本正经地说:"昨天不是正日子嘛,本来我们秧歌练得都妥妥的了,可前天夜里我正在睡觉,突然两把钢刀架在我脖子上,我睁眼一瞧,坏了,八路!他们把我揪到这儿来,我再一瞧,哎哟喂,坏大了,哪儿哪儿都是八路,把这儿全给站满了,黑压压一片!"麻生望着广场,有些将信将疑。海猫接着说:"八路有个当官的,听说是我带头唱秧歌,就把我抓到娘娘庙里边,想弄死我!您知道为啥?他们想换他们的人扮乐大夫!真是老天爷有眼,八路没人会唱秧歌,我才保住这条小命啊!八路开会我一直在偷听,他们的意思就是要改秧歌词骂皇军,我赶紧说,别杀我了,我骂!……我这也是没办法呀!所以昨天时辰一到,大秧歌就开了锣鼓,我偷眼往下看去,惊了一身冷汗哪!看秧歌的哪有老百姓啊,连男带女都是八路扮的!所以一开唱,我就赶紧给台上的藤田太君使眼色,我得告诉他有危险啊!真是老天爷保佑,他看明白了。不光他看明白了,我二叔和我舅舅全都看明白了，所以大家伙都装糊涂，谁也没先动武！是这么回事吧二叔？"

麻生看着吴江海，吴江海眨巴着眼，他真不知道该怎么回答。

海猫口若悬河，像讲评书一般："八路开会都说了，他们也怕皇军，可是他们又想骂人解气，他们的意思，只要小鬼子……不是，刚才那话可是他们说的，不是我说的啊！他们的意思是只要皇军没听出来，不先动手，解了气也就算了，他们好到外面吹牛去，说骂了皇军，皇军都不敢言语！我一想，不言语就不言语吧，藤田太君在明处，八路在暗处，打起来咱们吃亏啊！所以我才一直跟藤田太君眉目传情，那眼神儿，你来我往的，把意思全都说明白了！不信您回去问藤田太君！……哎，二叔，你该给我作证啊，我也没少跟您使眼色啊！"

吴江海见海猫把谎编圆了，为了保命，也只能配合，忙说："没错没错，这小子是给我使了眼色，再有，之前在海阳城里杀人的那个海猫，确实不是他！开始我也以为是他，后来发现是误会，误会！"

麻生似乎又对海猫起了疑心，说："那——这里的人呢？"

海猫说："年轻力壮的，男的都跟八路走了；女的，还有老弱病残都跑散了，整个虎头湾就剩我一个了。"

麻生问："那你为什么不跑？"

海猫说："我？我可是冒着掉脑袋的危险为皇军效了力呀！我跑什么啊我？我在这里等着麻生太君您来给我论功行赏！"

"好，你先等着！"麻生把吴江海拉到一边，低声问道，"吴桑，昨天的事情你不用解释，我只问你，我该不该相信这个海猫？"

吴江海眼珠骨碌碌转着，轻声说："这小兔崽子不是好东西，皇军可千万不能相信他，他是八路！"

麻生点点头，转身抽刀走到海猫面前站定，摆出一副刺杀的架势。海猫忙说："麻生太君，您这是要干什么？"

麻生说："不要再油嘴滑舌了，我知道你是八路！"

"我是八路？"海猫哈哈大笑，笑完了又号啕大哭，"太君，我要是八路就好了我！我哪至于在虎头湾受这么多气呀！"麻生不理，举起军刀就要劈向海猫。海猫尖声大叫："刀下留人！"

麻生的军刀停在半空，盯着海猫。海猫立刻换了一副笑脸，说："麻生太君，我还给您老准备了一份厚礼呢！俗话说，当官的不打送礼的，您就算要杀我，您也得先看看我的礼够不够厚实啊！"

麻生犹豫着，海猫趁机凑上前说："我二叔说我是八路对不对？他为的是家产！我们家上辈就哥儿俩，一个是我老丈人族长吴乾坤，一个就是他。我老丈人没儿子，就一个闺女，老祖宗留下规矩，家业传男不传女！所以他一直等着我老丈人咽气，好回虎头湾继承家业！哪承想我老丈人招了我这个上门女婿，所以他恨我，他就污蔑我是八路，就是想让您一刀劈死我！"

麻生似信非信，说："你是上门女婿，为什么不跟着吴乾坤走？"

海猫说："我不稀罕什么上门女婿，因为他们瞧不起我，不拿我当人！我听说麻生太君是伯乐，我就想立功，以后好跟着麻生太君混，等混出个人样来我再回来！您说，我要是混上个小队长大队长的，我腰里也别把枪，那在我老丈人面前，啊，他还敢小瞧我？我那媳妇还敢在我面前耍大小姐脾气？"

麻生在海猫的目光中看到了一个小人的真诚，收起军刀，眼露贪婪："你说有礼物？什么礼物？"

老斧头曾告诉过海猫，麻生贪婪自私，曾经私带亲信去招远金矿偷抢过黄金。为此，他做了最坏的打算，事前专门找到吴乾坤，磨破了嘴皮才说服他，关键时刻可以动用藏在地道密室的黄金。吴乾坤从来视金钱如粪土，他跟海猫开玩笑说，为了救你的小命让你在地道里藏了一回，你就看到了我密室的黄金了！都说不怕贼偷，就怕贼惦记，什么关键不关键的，你想用黄金保命，尽管拿就是了。人生在世，命比金子贵！

想到这，海猫直接就把麻生带进了地道密室。麻生见到摆放在铁架子上的一百多根金条，立刻惊呆了。他让海猫找来一个箱子，把所有的金条都装了。突然，他挺起军刀指着海猫："海猫，尽管你能说会道，又非常的狡猾，可我仍然可以看得出，你是八路！"海猫身子一缩，双手抱着脑袋，故作胆怯。麻生眼里闪着狡诈的目光，问道："你，为什么不反抗？这里只有我们两个人。"

海猫说："反抗？跟皇军反抗？我红了毛了呀我？不敢！麻生太君，您别杀我，我还能接着给您立功哪！"

"你的，还能立什么功？"

"我知道八路当官的在哪儿！有个姓王的，是八路最大的官，我听别人管他叫……好像是王天凯！啊，对了，还有那个杀过皇军的也叫海猫的八路，他们都在一起！那天开会我不是偷听来着吗，他们说要去……"海猫故意停顿了一下。

麻生说："要去哪儿？快说！"

海猫胆怯地说："我不说了，我怕我都告诉您，您该杀我了！"

麻生神色松弛下来，笑了笑："你果然狡猾。好，如果你能带我抓到王天凯，我不但不杀你，我还让你当官，当大队长！"

海猫狂喜："真的？我当大队长？嘿嘿……那吴江海咋办？"

麻生说："他是个废物，胆小愚蠢！如果你真的能带我抓到王天凯，我就撤了吴江海，让你当大队长！"

海猫又是一阵狂喜："真的？一言为定！"

愚蠢和贪婪从来都是一对孪生兄弟，愚蠢能把人变得越来越贪婪，贪婪也可以把人变得越来越愚蠢。麻生听海猫说八路军的王天凯隐藏在蛇岛，还听说岛上的海盗扣押了八路军一条运送医疗器械和药品的船，便立即命令吴江海找来十多条船，借口剿灭蛇岛上的王天凯，还偷偷地把一百多根金条装在其中的一条船上——他想把金条运往日本，急不可耐地催船下海了。

茫茫大海，波涛汹涌。海猫和麻生同坐一条船。五花大绑的海猫，心却信马由缰。为谋划这个终极计划，他忙里偷闲，曾专程去聚龙岛拜见过黑鲨。

当时听了海猫的计划，黑鲨将信将疑，说："既然你有本事，为啥不把小鬼子骗到聚龙岛上来？"

海猫说："聚龙岛？麻生带小鬼子和侦缉大队来过，我怕他不信。"

一提麻生，黑鲨就怒火中烧："要不是他们来过，我也不至于像丧家犬似的被竹叶青撵回来。亏得小鬼子撤了，我才又有了立身之地！"

海猫说："你是因祸得福，又占岛为王了。"

黑鲨说："什么因祸得福呀，都过去了。哎，那你说蛇岛小鬼子就信了？"

海猫说："我嫂夫人不是劫了一条船吗？那条船小鬼子也听说了，我想，麻生上回带人攻上聚龙岛，目的也是想找那条船来着，可他没找着！这回我就告诉他，胶东附近海域，除了聚龙岛之外还有一拨海盗住在蛇岛上，而且跟我们的队伍有联系，我就拿那条船当引子，麻生一定会上当！"

黑鲨有些担忧，说："蛇岛上都是女人，枪又不多，你引那么多鬼子兵去……"

海猫说："我自然不能让大嫂对付那些鬼子兵，所以我先来找你啊！大哥要是想杀敌报国，就跟我上一趟蛇岛，给嫂子负荆请罪，如何？"

黑鲨虽为海盗，却是仗义之人。他还真就背上捆绑荆条，登上蛇岛，一见竹叶青就抱拳赔罪。声声怒斥，句句埋怨，一阵暴风骤雨过后，竹叶青便邀海猫和黑鲨喝酒。

酒席间，海猫以三寸不烂之舌，很快说通了竹叶青。其实，竹叶青想的也不全是打鬼子，她问海猫："别的我不管，我只想知道，害死我姐妹的荣七会不会来？"

海猫说："他现在是侦缉大队的副队长，有立功请赏的机会，他会不来？"

黑鲨说："请媳妇放心，到时候我一定当着你的面，宰了这个王八蛋！"

海猫说："大哥大嫂，杀一个荣七容易，对付一群小鬼子和侦缉大队可不是玩笑，咱得好好谋划一下。蛇岛是大嫂和姐妹们的家，我们要做到万无一失！"

竹叶青瞥了一眼黑鲨，又和海猫碰了一下杯，说："都听你的！"

坐在另一条船上的吴江海和荣七气得七窍生烟。荣七说："大队长，海猫这小子，脑袋像个蜂窝，全是心眼儿，麻生太君怎么净听他的啊？去什么蛇岛，那岛上娘儿们有的是，可哪有八路啊！"

吴江海一愣，说："你怎么知道蛇岛上都是娘儿们？"

荣七说："我就是在蛇岛上弄死了俩娘儿们，才得罪了黑鲨啊！"

吴江海说："这么说，蛇岛你熟？"

荣七说："熟！"

吴江海说："不会跟上回上聚龙岛一样，中了埋伏吧？"

荣七说："那谁说得准啊，万一海猫跟黑鲨勾结好了，可就悬了。您快去劝劝太君，如果中了埋伏，就得全军覆没！"

吴江海说："狗屁！这时候他能听我的吗？你岛上熟，可得护着哥！"

说话间，十几条船靠上了蛇岛。麻生命人给海猫松了绑，海猫跳上岸来，活动着肩膀。麻生用望远镜观察地形边说："吴桑，带领你的侦缉大队，前面探路！"

吴江海说："啊……麻生太君，是这样啊，这地方我也没来过，我手下都是怂兵，前面探路万一打草惊蛇，让八路当官的跑了，那可就麻烦了！要不这样吧，您带着精兵强将去抓八路，我在海边给您打接应……"

麻生回身抽了吴江海一个耳光，骂道："八嘎！吴桑，你的良心坏了！"

海猫忙跑到麻生面前，谦卑地说："麻生太君，我愿意给您探路，这岛上我来过，他们的山寨在哪儿我找得着！"

麻生摇了摇头："不，绝对不行！你在前面，万一跑了怎么办？"

海猫说："您就给我个立功的机会吧！这四面都是海，我往哪儿跑啊？太君，我就是想立功啊！"

"闭嘴！"麻生训道，转身对吴江海说，"你的探路，不然，你和八路就是一伙的！"

吴江海摇摇头又点头："不是不是，您这话怎么说的，我哪能跟八路一伙啊？前面探路是吧，好好，我探路，侦缉大队集合！"

侦缉大队迅速集合起来，海猫说："二叔，您在前面，别一个人把功都抢了啊，还有我呢！"

麻生冷冷地看着，吴江海气得咬牙切齿，一挥手，带着侦缉大队出发了。

在蛇岛的最高处，荣六瞪大了眼睛，他看到荣七走在最前面，身后是猫着腰的吴江海。荣六心里清楚，吴江海是拿荣七当挡箭牌。

离荣六不远，是隐蔽在岩石旁的竹叶青和黑鲨。竹叶青也发现了荣七，她端起枪就瞄准："荣七？你这王八蛋还真来了！英子、四姨，今儿我给你们报仇了！"

黑鲨一把抓住竹叶青的枪身，说："媳妇，别急，海猫不是说了吗，麻生很狡猾，绝不会轻易进咱们的圈套，他会让吴江海先来探路，即便见了仇人，你把牙咬碎了也得忍着，这叫诱敌深入！"竹叶青放下手枪，眼睁睁地放过吴江海和荣七，还有他们的侦缉大队。

离吴江海和侦缉大队百米之后，是麻生和他率领的日本兵，海猫紧跟在麻生的身后，寸步不离。他瞅个机会，请求说："太君，我走前面吧？"

麻生皱着眉头，说："万一有埋伏，走在前面最容易被子弹打中！"

海猫说："我不怕，我这辈子再想找给皇军立功的机会就难了，您就让我在前面吧，子弹来了我替您挡着！"

"好，你的前面！"麻生说着挥刀砍断眼前的一棵小树，"不许超过这把刀的距离！"

海猫故作惊吓，说："哟，您可慢点儿，我这细皮嫩肉的，您这刀忒快了！"背着一箱金条的日本兵也给吓了一跳，因为麻生少佐也这么跟他说过。

麻生军刀的寒光被太阳光折射到黑鲨的望远镜里，黑鲨骂道："你小鬼子欺人太甚，我兄弟一会儿就让你吃西瓜！"

竹叶青说："什么西瓜，是他们八路的地雷！"

黑鲨说："我看那玩意儿像西瓜，铁西瓜！"

竹叶青、黑鲨对视一眼，会心而笑。两人不由得想起海猫给他们讲海阳人用地雷打鬼子的故事，什么天女散花、母子同心，什么不见兔子不撒鹰、不见鬼子不拉弦，就像秋天里的满架葡萄，一嘟噜一串，听起来真过瘾！不过也有不过瘾的，海猫这次让王大壮只带来了两颗地雷，还是他好不容易申请来的。但海猫答应了，下次派个专家来教他们做地雷！

终于，王大壮看到了麻生率领的日本鬼子，还有海猫。控制地雷的战士急了眼，说："班长，咱排长在里面呢，我们可怎么下手啊？"

王大壮不假思索地说："小鬼子不还没进雷区吗，你急什么？再说，咱排长是什么人？海神娘娘的儿子，他一定有脱身之计，你就瞧好吧！"

海猫见侦缉大队已经全部越过雷区，便对麻生说："太君，一直没听着动静啊，我二叔够厉害的，八路和海盗到现在都没发现他们。您给皇军下命令快速前进吧，别让我二叔落咱们太远！"

麻生挥舞军刀，大声命令："快速前进！"

吴江海回头见日本兵加快了前进速度，便也放开胆子，带着侦缉大队就向蛇岛山寨发起了冲锋。

吴江海冲进山寨大殿，见空无一人，便一屁股坐在门口的一把椅子上，气喘吁吁地说："奶奶的，累死老子了！"

就在此刻，麻生也率日本兵踏进了雷区。王大壮见海猫和麻生越过了雷区，一声令下，那战士快速拉弦，一个地雷爆炸了，中心开花，小鬼子毫无防备，被炸得血肉横飞。

麻生回过头，抢起军刀就朝海猫头上砍去。海猫大喝一声："太君，趴下！"他纵身一跃，将麻生扑倒在地。与此同时，王大壮也拉响了他控制的地雷。地雷爆炸过后，麻生抬起头来，发现海猫正护着自己，但他还是一把抓住海猫的脖领，怒道："你的，奸细！"

海猫说："太君，我怎么成奸细了？就算有奸细也是我二叔啊！你想啊，他刚从这儿过，什么动静都没有，咱们一来，就炸成这样了！您刚才说对了，他准跟八路是一伙的！"

麻生气急败坏地怒吼："八嘎！"

说时迟那时快，黑鲨和竹叶青一声令下，两个岛上的男女海盗纷纷开火，打得小鬼子鬼哭狼嚎，死伤惨重。

站在蛇岛最高处的荣六恨透了海猫，他的枪一直瞄着他打。海猫全然不顾，继续给麻生演戏，一次次挡在麻生身前，一次次叮嘱："麻生太君小心！"当又一颗子弹飞来的时候，海猫再一次将麻生扑倒。说来也巧，这颗子弹正中麻生身边的一名日本兵，血溅了两个人一脸。

麻生这回相信了海猫，感激地说："海猫，你的良心大大的，我要杀了吴江海，让你当大队长！"

海猫说："多谢太君栽培！太君，咱们中了埋伏了，快往海边撤吧？"

麻生想也没想，起身大喊："快，撤回海边！"

海猫跟在麻生身后，带着被打得七零八落的日本兵匆匆向海边撤去。隐蔽在山后的王大壮见了，好生纳闷，海猫这是怎么回事儿，怎么跟鬼子一起撤走了呢？他到底想干什么？事先可没有说啊！

吴江海屁股还未坐稳，突然就听到了地雷的爆炸声，他惊得跳起来，惊慌失措地问道："什么玩意儿，这么大的动静？"

刚进大殿的荣七说："大队长，是大炮吧？"

吴江海感到不妙，说："这荒岛子上哪儿来的大炮啊？"

荣七说："那咋办？也不知道是八路在打皇军，还是皇军在打八路啊？"

吴江海说："管他谁打谁呢，兄弟们，保命要紧，赶紧跟我往后山跑，我就不信没有别的道儿可以下岛！"

吴江海说罢，荣七和侦缉大队的喽啰们便跟在他的腚后，一窝蜂似的往后山跑去。这正中海猫的下怀，他嘱咐过黑鲨和竹叶青，只要开火把小鬼子逼回海边，他们就可以到后山收拾吴江海和荣七。

蛇岛后山对于岛上的女海盗来说再熟悉不过，哪一棵树杈枪能架得稳，哪一块岩石可以当武器用，哪一堆灌木丛藏着毒蛇，她们都记得滚瓜烂熟。侦缉大队的小喽啰们跑到哪，哪就是他们的坟墓。

吴江海和荣七见手下的人死的死，伤的伤，便慌慌张张地躲在一处悬崖峭壁下，像鸵鸟一样，顾头不顾腚地扎进一个土坑里。荣七惊魂不定，说："大队长，咱俩怎么办呀？"

吴江海说："先他娘找地儿藏会儿，大不了猫到天黑再跑！"

然而，还没等到天黑，侦缉大队就被消灭干净。打扫完战场，黑鲨看少了吴江海和荣七，便命令道："活要见人，死要见尸，兄弟们接着搜！不杀荣七，绝不收兵！"

竹叶青说："剩下的这两个狗汉奸，就交给我的姐妹吧！想在岛上藏，门儿都没有！来呀，给我放蛇搜山！"

岛上姐妹应声放蛇出笼。那蛇都是她们亲手调教出来的，很是通人性，一条条昂头甩尾，争先恐后，转眼钻进了山里。

黑鲨眼界大开，赞叹道："媳妇，你这玩意儿好，抵得上千军万马！"

竹叶青笑道："只可惜就剩这几十条了，其他的都让海猫借去了。"

黑鲨说："我知道，海猫说让你的心肝宝贝开开洋荤呢！"

有几条蛇很快就爬到了吴江海、荣七藏身的土坑。吴江海一见大惊，屁滚尿流地爬上一处悬崖，一头扎进了滔滔大海。荣七也想跳海，但手脚慢了些，竹叶青和黑鲨一齐射来的子弹，硬是将他又逼回土坑。

被逼回土坑的荣七喘息未定，噉的一声，伸手从脚底下拽出一条蛇来。荣七掐着蛇身，蛇向荣七吐着芯子。荣七吓尿了，大声喊着："哥，我的亲哥啊！兄弟在这儿呢，你快来救我啊！"

当枪声响起的时候，荣六便带着三四个兄弟循声赶来。他听到荣七的喊声，倒吸一口凉气，心里暗叫："兄弟！"

荣七费了好大的劲，才把蛇甩到了一旁。黑鲨和竹叶青早已带人围在土坑四周，好几十条枪一齐对准了他。荣七吓坏了，扑通一声跪倒在地："黑鲨大哥，饶命啊！看在我和哥哥跟你多年的分上，你就饶我不死吧！"

黑鲨大喝："闭嘴，你个畜生！"

荣七仍不甘心地号叫着："大哥，您饶命啊，我那天也是喝多了，一时糊涂啊！我毕竟是跟过您的兄弟，这么多老兄弟都看着呢！"

黑鲨从腰间拔出匕首，喝道："荣七，你听着，杀人偿命，这是天理，更何况你奸淫妇女，罪该万死！看在你跟我多年的分上，我让你自行了断！"说着，黑鲨一甩手，匕首飞去，插在荣七的面前。

荣七哭道："黑鲨，你真这么狠心哪？"

黑鲨将枪机保险打开，对准了荣七，说："我数到三。三个数以内你自行了断，不然……"

荣七四下看了看，大声喊着："哥，荣六，兄弟我在这儿呢，你快来呀！"

荣六大步跨到坑沿，大声喊道："兄弟，哥哥来了！"

黑鲨面若冰霜，冷声数道："一……二……"荣七拿起匕首，慢慢举起。黑鲨冷然数着："三……"

突然，荣七举起匕首向黑鲨刺来："我跟你拼……"

没等黑鲨动手，竹叶青扣动了扳机。砰的一声，荣七腿部中弹，身子一歪，倒在地上。竹叶青怒道："老黑，你不是要亲手杀了这个畜生，为英子和四姨报仇，给我赔罪吗？还等着我自己动手！"

荣七疼得直叫唤，他抓紧匕首，突然朝竹叶青甩过来。就在这千钧一发之际，黑鲨一伸手，竟在竹叶青眉间接住了飞刀。荣七一愣，黑鲨回身甩手，匕首飞了回去，正中荣七的咽喉。竹叶青和身边的姐妹们愤怒地射击，顿时把荣七打成了筛子。

海风吹来，一片凌乱。荣六抱起荣七的尸体，老泪纵横："兄弟——我的亲兄弟呀——"因为常年生活在岛上，荣六年纪不大，头发和胡子却都白了。

黑鲨上前拍了拍荣六的后背，轻声道："老六，这个畜生实在该死，你也别太难过了，找条船把他运回聚龙岛，好好地埋了吧！"

"不用了，既然该死，还埋什么？这荒山野岭的，让他喂蛇吧！"荣六说着抬头看向苍天，那目光冷得吓人。

麻生率残余的小鬼子撤回海边，匆匆等船。他站在船头前，回望着蛇岛，歇斯底里地号叫着："好你个蛇岛……我一定让指挥官派帝国战无不胜的军舰来，把你炸成平地！"海猫一副十足的汉奸相，鸡啄米似的频频点头。

麻生最后一个站到船头，突然，周围的船上发出阵阵惨叫，藏在船舱的毒蛇一齐出动，蠕动翻卷，大开洋荤。很快，蛇也纷纷朝麻生爬来，他吓得连忙用军刀胡乱划拉着，双脚直跳，躲来躲去。他对抱着箱子的渡边大喊："渡边，抱紧箱子，快，弃船跳海！"话音未落，他自己先跳进了大海。

海猫急忙拉住也要跳海的渡边，说："哎，箱子挺沉的，快给我吧！"

渡边看看箱子，又看看海猫，纵身也跳进了大海。

海猫环顾四周，所有的小鬼子都像下饺子似的在水里乱扑腾，便微微笑道："这大冷天，非得让我也下水，亏了亏了。吴乾坤，你可得记着我的好啊！"说着，他一个猛子扎进海里，径直向渡边游去。他操起一把落在水里的"三八"大盖，猛地一刀刺进渡边的胸膛，然后夺过箱子，艰难地在水里游着，游着……

离虎头湾不远的三岔路口，有一条官路直通海阳县城，其余两条小路，一条通往海边，一条的尽头就是虎头湾。林家耀拿着个铁皮喇叭筒，站在三岔口，静静地等待着。他是听了海猫的战斗部署后，专门在这里配合王大壮、老斧头和赵大橹等阻击小日本撤退的。

果然不出海猫所料，败退的二十几个日本兵陆续游上岸来，叽里呱啦地乱叫着。林家耀看准时机，举起喇叭筒用日语喊道："你们都听着，我奉藤田指挥官之命前来接应，请大家集合，逐一确定身份！"

林家耀标准的日语让小鬼子失去了警觉，他们迅速集合，列队，清点人数。林家耀又用日语大声喊道："靠近我！靠近！再靠近！"

当连小鬼子嘴巴上的小胡子都看得清的时候，王大壮大喊一声："打！"一阵密集的枪声响过以后，二十几个小鬼子齐刷刷地倒在地上，无一幸免。

众人兴高采烈，王大壮和老斧头催促大家赶紧打扫战场，快点隐蔽，以防后边还有小鬼子。林家耀缴获了一条长枪，几个手雷，还顺手捡了一把日本军刀。

三岔口的枪声和欢呼声先后传到坐在虎头湾高台之上的吴乾坤的耳朵里，有族人向他报告，说是林家耀诱敌，帮老斧头和赵家子弟打死了二十多个小鬼子。吴乾坤硬是不信，说："哼，真刀真枪杀鬼子，得看我们吴家！"

吴乾坤是在海猫的反复劝说下才从大山深处连夜赶回虎头湾的，就是为了亲手杀尽这批小鬼子。赵家子弟打死了二十个鬼子，他不是不服气，而是有些不舍得，鬼子都死了，他的气往哪撒？

这时，麻生带着四十多个小鬼子从海里爬上了海神庙边的滩头，他们一个个狼狈不堪，筋疲力尽。麻生远望着虎头湾广场，心有余悸，吩咐说："虎头湾，这里是虎头湾，很可能会有新的埋伏，所有人检查枪支！"

小鬼子无精打采地检查枪支，哗哗啦啦地把子弹推上枪膛。麻生大声骂道："都打起精神来，失败并不可怕，像狗一样爬才是军人的耻辱！"麻生四处瞅了瞅，像是在寻找什么，他突然嚷道："渡边！渡边在哪里？"队伍里没人应答。麻生又是心疼，又是恼怒，突然跃起身，挥舞军刀，发疯似的带着队伍冲上虎头湾广场。

面对空旷的广场，麻生不由笑了，自言自语："哈哈，敌人还是不够狡猾，如果他们真是军事家的话，就应该在这里布下埋伏的！哟西，我明白了，真正的敌人是海猫，是他先用生命又用黄金让我相信了他！烧！放火烧！统统烧光！"麻生的话音一落，立刻就有两个士兵跑了过来，打开随身携带的油布包，取出火种，点燃火把，向吴家大院冲去。

麻生没有注意到，站在虎头湾广场高台一侧的吴乾坤，一直冷冷地看着他。吴乾坤见麻生要烧房子，便举起左手的小旗，大院墙内立马伸出二十多条枪来。

吴管家喝道："打！"枪声霎时响成一片，手持火把的两个士兵应声毙命，其余的士兵也顷刻倒成一片。麻生也险些中弹，他连忙带领残军边还击边向广场外沿撤退。这时，吴乾坤又举起了右手的小旗，赵家大院的外墙边，负责指挥的吴八叔抡起大斧子，带着吴家乡勇斜刺里杀出来。麻生腹背受敌，肩膀中弹，跟在他身后的十多个日本兵，拼命保护他向虎头湾镇口撤去。

吴八叔让一个乡勇背着他的大斧子，骄傲地来到吴乾坤面前，说："老爷，痛快呀，咱们连个受伤的都没有，不费吹灰之力，干死了十几个小鬼子！"

吴乾坤面不改色，压着心里的高兴，说："我给你们数着呢，都快三十多了，比赵家那边干得多了去了！"

吴八叔说："可惜跑了一个当官的！"

吴乾坤说："那可不成，跟我追！"

吴八叔从那乡勇身上取过斧子，说："老爷，这手下败将还用得着您出马？您这边歇着，兄弟我去去就行！"说着，吴八叔高举斧子，带着乡勇就追了出去。

吴乾坤从一具死尸手里抓起一条枪来掂着，说："奶奶的，小鬼子的家伙是好啊，掂着比咱的枪沉！管家，把小鬼子的枪都给我收了，还有枪子儿，一颗都不许瞎整！"

麻生一行惶惶逃到虎头湾镇口，他见镇口空无一人，不由得又笑了："华容道，如果这里有个关云长，我今天必死无疑，哈哈！可是土八路毕竟是土八路，真正军人的不是……"

麻生的话音未落，王大壮举枪就打。枪声就是命令，林家耀、老斧头、赵大橹和赵家兄弟一齐开火。麻生头皮都炸了，带着士兵掉头就跑，没走几步，又被吴八叔和吴家乡勇堵住了退路。前后夹击，剩余的日本兵很快就被消灭了。

麻生从死人堆里伸出枪射击，可是枪里没有子弹了，他只好拔出军刀，站立起来，做出一副决斗的架势。赵大橹举枪要打，被老斧头一把拉住："等一等，他没子弹了，看着像个当官的，抓活的！"

麻生大喊："你们的，卑鄙的中国人，统统的混蛋，有本事一个一个地来，像武士一样跟我决斗！"

吴八叔说："哟嗬，你小鬼子这是不想认输啊？你说我们人多欺负你是吧，你没子弹了是不是？那老子也不用枪！赵家的穷鬼你给我听好了，这个小鬼子的头谁也别跟我抢，让爷的斧子开开荤！"

吴八叔说着抄起斧子径自冲向麻生。吴八叔人高力大，斧子耍得煞是花哨，眼花缭乱地乱砍一气。可他伤不到麻生，麻生是个训练有素的武士。麻生瞅准时机，一刀挑飞吴八叔的斧子。吴八叔打个趔趄，倒在地上，麻生冲上前去，挥刀就刺，吴八叔吓坏了。砰的一声枪响，麻生下意识地收了军刀，循声看去，只见开枪的是林家耀，便大叫道："无耻！有本事用武士的方法决斗，用枪是卑鄙的懦夫！"

"好！"林家耀说着将枪扔在一旁，从腰间抽出他刚缴获的军刀。不料，赵大橹先一步抢在他的身前，端着鱼叉便与麻生拼打在一起。麻生虽然肩膀受伤，但也确实训练有素，又来刀往，几番拼杀，麻生的军刀在赵大橹的背上留下道道血痕。

林家耀见状，一把推开大橹，举起军刀摆出一副日本武士的架势。麻生一惊，用日语问道："你学过剑道？"

林家耀冷冷一笑，也用日语说道："是的，但我是中国人！"

麻生说："你的日语说得很好，昨天藤田指挥官被辱骂的时候，那个翻译就是你吧？"

林家耀说："没错。"

"该死！我杀了你——"麻生吼叫着冲上前来。林家耀不慌不忙，沉着应战。刀光剑影骤起，所有人都看傻了，屏气凝神，目不暇接。突然，林家耀刀锋横扫，麻生立时僵住了。林家耀冷冷说道："你的剑道虽然厉害，可你终将失败，因为你是侵略者！"麻生跪倒在地，绝望地看着鲜血汩汩地从被划开的腹部流出。

刀斩麻生和全歼小鬼子的消息传回虎头湾的时候，吴乾坤正在海神庙的前廊远眺大海，他神情庄重，若有所思，若无所思，让人猜不透。

夕阳西照，晚霞如血，海猫终于游到海神庙的海滩。他手里拖着个箱子，一步一跛，疲惫不堪。爬上岸，他仰望着海神庙，自言自语："海神娘娘，我海猫没白给您磕头，有您的保佑，我们终于大获全胜！"

吴乾坤听得有人说话，循声看来，见是海猫，不禁问道："怎么是你？为什么才回来？"

海猫指了指箱子，说："还不是因为你的金条，有借有还，再借不难。老头，总算是又见着你了，你赶紧拿走，我完璧归赵！"

吴乾坤看也不看那箱子一眼，朝身后挥挥手，吴管家和几个家丁快步走上前来。海猫喜出望外，笑道："你老头够意思，是不是早就在这儿等着我呀，快让他们下来，扶我回家暖和暖和，我实在是太冷啦！"

吴乾坤脸色一翻，厉声说道："把海猫给我捆起来！"

第四十一章

虽然在队伍上海猫就曾听苏菲娜说过"战争让女人走开"的说法是大男子主义，但他才不管这主义那主义呢！在筹划跟小鬼子拼杀的战斗前，海猫硬是避开了吴若云和赵香月。不让女人参加战斗，苏菲娜没意见，但是不让她本人参加就真让人生气了。其实，苏菲娜主要是担心海猫一个人去太冒险。

看来这个担心还真不是多余的，天都这么晚了，海猫仍杳无音信，苏菲娜一颗心就像月光洒在临时搭建的帐篷那样斑驳陆离。她看护着重伤员睡下以后，独自一人来到帐篷外，想着想着，眼泪便劈里啪啦地淌起来。

吴若云来到苏菲娜身后，蓦然问道："你哭什么呢？"

苏菲娜吓了一跳，连忙回身说："我是替我的一个战友惋惜，他太年轻了……我一想他一人去虎头湾冒险，心里就七上八下，他要是牺牲了……"

吴若云说："你说的是海猫吧？你是他什么人，咋还哭上了？"

苏菲娜已经感觉到吴若云的醋意，忙说："我们俩是战友，我刚才说过。"

吴若云说："不对，那天你进门就上了他的炕，你别以为我看不出来！你说，你们是不是早就好上了？在你们穷鬼的队伍里，男男女女的事不是很随便吗？"

苏菲娜一听就来气了，严肃地说："首先，吴小姐，我们是共产党八路军，我们确实是穷苦人的队伍，但我们在打鬼子，保卫祖国！请你给予我们应有的尊重！"吴若云没想到苏菲娜口齿这么厉害，一时不知该如何回答。苏菲娜又说道："再有，我告诉你，我非常喜欢海猫，但我们之间从来没有发生过你想象的那种事！我们是纯洁的战友，相互帮助的朋友。我也曾经想过，如果能嫁给他，那该多好啊！可是他心里已经有了别人了，是他亲口告诉我的！"

吴若云心头一动，说："那你为什么还替他掉眼泪？就这种男人，值吗？"

苏菲娜说："他是个很好的男人，优秀的八路军战士，战友之间的情感有时候可以超越男欢女爱！吴小姐，你是读过书的人，应该不难理解吧？"吴若云无

.451

言以对，一屁股坐到帐篷外的石头上。苏菲娜说："那天你们在屋里吵架，我都听见了，我知道，你和那个姑娘都很喜欢海猫，海猫心里的那个人，也一定就是你们俩中间的一个。可惜……真的太可惜了……他这次单枪匹马去冒险……这么年轻……也许已经牺牲了……"

吴若云听得心烦意乱，说："都是他自找的！我绝不会为他掉一滴眼泪！"

苏菲娜说："爱有多深恨就有多深，你这么说说明你心里一直在为他流泪！"

吴若云说："他居然为了什么民族的尊严去白白送死，他就是个大傻瓜！"

苏菲娜一愣，说："尊严？是他跟你说的吧？我想起来了，这两个字从写到其中的意思，还是我教他的呢！吴小姐，我很羡慕你，如果海猫心里的那个人是我，我会很幸福。如果我爱的人为了民族的尊严牺牲了生命，我会为他骄傲！"

吴若云笑了："你是诗人吗？你们共产党说话比诗歌上的词儿还好听！"

苏菲娜也笑了："算你说对了，其实，我们共产党做得比诗歌上的词儿更好！海猫同志就是我们的榜样，我已经看出来了，吴小姐嘴上不承认，可是心里佩服，而且也一直为他担心，是不是？"

吴若云叹道："不瞒你说，这只死猫把我害得太惨了，他要是真这么死了，我想我永远都不能原谅自己！我就不该自己回去找他，我应该让我爹派人把他抓走！唉，现在说什么都晚了……他怎么还没有消息啊？折磨死人了！"吴若云说罢，突然一把抓住苏菲娜，说："苏医生，我有事求你。如果海猫真的死了，你能不能跟你们当官儿的说说，别把他的尸体带走。你大概还不知道吧，我跟海猫是拜过堂的，全虎头湾的人都是证人。今天我已经想好了，等得到确切的消息，我就去虎头崖……苏医生是外乡人，不知道那个地方，虎头崖……悬崖峭壁，风景好极了，只要从上面跳下来，就可以去陪海猫了……我想，我爹会把我和海猫埋在一起的，我们也就一辈子不用分开了……"苏菲娜被吴若云浓烈的情感感动了，双手紧紧地握住了吴若云的手！

正在这时，吴管家兴冲冲地赶来，开口就说："大小姐，咱们打了大胜仗，老爷带着吴姓子弟杀了好几十个鬼子，比赵家那边多出一倍呢！"

吴若云不愿听这些，直截了当地问道："那海猫呢？他有没有事儿？"

吴管家有些尴尬，支支吾吾地说："他没事，活着呢，也没受伤！您回去看看就明白了……"

"苏医生，那我回去了！"吴若云高兴极了，跟在吴管家身后，像小鸟一样飞走了。

吴若云来到客厅，见海猫被绑在椅子上，正呼呼大睡，她伸手去摸他的脸，海猫便醒了，睁眼看见她，开口就问："你怎么回来了？"

吴若云说："这是怎么回事？你怎么被绑起来了？"

海猫说："说的就是嘛，那老头儿……不对，你爹脾气可怪了，稀里糊涂就把我给绑起来了！小先生，你快让人给我弄点吃的吧，我饿，饿死了啊！"

吴若云有些慌，忙说："啊？吃的？我这就给你去弄！"

"不用了！"吴乾坤走到海猫面前，"饿了是吧？酒菜我已经备好了！"

海猫说："太好了，还有酒！您老人家快给我松绑，我陪您喝两盅。"

"喝两盅？我没空。"吴乾坤不再搭理海猫，转头对吴若云说："若云，回你屋里去。今儿是个特别的日子，回你屋里去，一会儿你就全明白了，去吧！"

吴乾坤目送吴若云回屋，转身从腰间搋出一把锋利的匕首，割断了捆绑海猫的绳子，说："海水凉吧，难为你了，金条我数了，一根不差！你小子水性不错啊，抱着那么一大箱子黄货，能从蛇岛游回来，虎头湾怕也找不出第二个了！"

海猫说："您别夸我，您能舍得把您的家底儿拿出来帮我，海猫感激不尽！要不是您那一箱子金条，麻生不会信我，我的小命也就没了！我谢谢您！"

吴乾坤说："怎么谢啊？走，陪我洗个澡去，给我搓搓背！"

海猫捂着饿瘪的肚子，陪着吴乾坤泡在浴缸里，用毛巾给他搓背。吴乾坤眯着眼睛喊道："舒服！真他娘的舒服啊！"吴乾坤又摆摆头示意海猫，"看见那把刀没有，你伸手就够得着。"海猫探头看去，浴缸旁边的桌子上放着那把锋利的匕首。

"拿起来！听见没有？我让你拿起它来！"海猫无奈，只好伸手拿过匕首，"按你的话说，我是逼死你爹娘的主凶，想为你爹娘报仇，你现在就动手吧！"

海猫摇摇头说："冤家宜解不宜结，事情都过去了！"

吴乾坤说："杀父之仇不报，你就不是个孝顺儿子！动手吧！"

海猫说："我爹临死前说过的那些话你也听到了，这些年我经常想起，今天我要真拿这把刀杀了您，那才是不孝儿子！"

吴乾坤说："你不动手，以后可就再也没这样的机会了，后悔都来不及了！"

海猫扬手甩出匕首："我不后悔，进了共产党的队伍，我才明白，逼死我爹娘的是封建迷信。"

吴乾坤冷笑道："说得好听，你敢说你不恨我？"

海猫说："恨过，做梦都恨，我恨不得掐死你，用机关枪突突了你！不过，就算要报仇，梦里我都报过无数次了，早就解恨了。"

吴乾坤说："这可是你说的，那我们俩的恩怨以后就算一笔勾销了？"

海猫说："一笔勾销！"

"好！击掌为证！"吴乾坤和海猫伸出手，连击三掌。

吴乾坤突然说道："叫我声爹！没听清楚啊？叫我声爹！"

海猫说："别啊，吴家族长……"

吴乾坤说："少废话！刚才你帮我搓了背，就算是给我磕头了，洗完澡，你和若云就入洞房，从此以后你就是我女婿了！"

海猫一愣："不是……"

吴乾坤说："不是什么？你不是要立功吗，今天你已经立了功了，消灭了鬼子一个中队，在你们穷鬼的队伍里还不是大功一件？"

海猫说："可那也得请示首长啊，我们队伍里是有纪律的。"

吴乾坤说："我等不及了！你别以为我是个傻瓜，闹出这么大的动静，小鬼子能善罢甘休？他们要是吃素的，能打下我们半个中国？开弓没有回头箭，过了今天晚上，虎头湾天天都得是战场！我就这么一个闺女，她娘死得早，我这个当爹的要不做主让她完婚，我还算什么爹！"

海猫说："可是，吴家族长……"

"你少给我装糊涂，我让你叫我什么来着？等我喊进人来，用枪指着你脑袋逼你叫是不是？要是让别人听见了，以后你赖账可都赖不掉了。"海猫一时无言以对。吴乾坤说："叫！这是咱们爷俩的事，你叫了爹，进了洞房和若云完了婚，回到队伍里，你可以不说，你不说谁知道啊？"

海猫说："吴家族长，您听我说……"

吴乾坤脸一板，说："看来我只能喊人了。"

海猫忙喊："爹……"

吴乾坤忍住笑，说："再叫一声！"

海猫又喊了一声："爹，老丈人爹！"

吴乾坤哈哈大笑，笑得老泪纵横，伸出手将海猫的脑袋搂在怀里："我真没想到会把闺女嫁给你啊！好了，我这辈子的心愿也算了了，听着，若云房里好酒好菜早就准备好了，你快去吧，你的新娘子等着你呢！"

海猫说："可是……"

吴乾坤说："没什么可是，你担心的事爹都替你想到了。小鬼子被灭了一个中队，能善罢甘休吗？我这就带人去半路上打他们的埋伏，放心吧，有爹在，保你洞房花烛夜太太平平！"海猫还想说什么，吴乾坤已经起身离去。

海猫推门走进洞房，满眼尽是一片红，大红的喜字、大红的窗花、大红的枕头、大红的被褥，就连洗脸的铁架上也披红挂彩。大红的饭桌上摆满了美酒佳肴，一对高脚玻璃酒杯被镂空的大红喜帖盖着，喜气盈盈。

吴若云端坐床头，披着大红盖头，低眉垂首，羞羞答答，不见脸似桃花的双颊，单见唇如樱桃的小口，那双匀称小巧的脚上穿着绣花鞋，蜂飞蝶舞，鸟语花香。

烛尖跳，海猫的心也跳；烛光摇曳，海猫的眼也朦胧。他禁不住心荡神驰，难能自已，步若轻云，笑微微地伸手就去掀盖头。

吴若云突然说："等一等，你不是饿了吗，先吃饭去。"

海猫说："我不饿。"

吴若云说："撒谎！回来的路上管家都跟我说了，你抱着一箱子金条在海里边游了大半天，能不饿？快去吃！"

经吴若云这一说，海猫还真饿起来了，他返身冲到饭桌前，好一阵狼吞虎咽，大快朵颐，吃着吃着，他哽咽着哭了起来。吴若云觉得有些不对劲儿，说："海猫，你怎么了？你在哭吗？我爹逼你入洞房，你委屈了？如果委屈，你立刻滚蛋，我吴若云还不至于抢个男人回来成亲！"

海猫说："我是高兴的。"

海猫抑制着情绪，吃完饭，就去洗手洗脸。他洗得十分认真，用一辈子也没用过的毛巾把手和脸都擦干净，又整了整衣襟，这才来到吴若云面前。

吴若云说："你想干什么？为什么不说话？"

海猫轻轻地掀开盖头，见吴若云娇艳的脸上也挂着泪珠，便说："还说我哭了，你这是什么？为什么掉眼泪？"

吴若云边用手背拭泪边说："谁……谁掉眼泪了？"

海猫拉起她的手，说："你真好看，哭也好看！咱们拜堂吧，三年前的那回不能算，拜堂要夫妻一起磕头。也没个吹唢呐的，真委屈你了。"

海猫说罢和吴若云手牵着手，面对着面，一连磕了两个头。等夫妻对拜磕第三个头时，海猫单腿跪地，说："第三个头你不用跪！"

吴若云说："哪有这样的道理，不是夫妻对拜吗？"

海猫说："我对不起你，所以我跪着你站着。"

吴若云说："你怎么对不起我了？"

海猫说："咱这的规矩我知道，夫妻对拜之后就得入洞房。你爹的意思我也明白，他是想让咱们今天就成了夫妻，可是我做不到……"

吴若云愣住了，说："为什么？"

"说实话，这次和小鬼子开战，太顺当了，我真没想到我能活着回来，所以，在此之前我也根本没想过后果……可既然消灭了鬼子我还活着，我就不能不想，现在的海阳城估计乱成一锅粥了，小鬼子派出一个中队，一个都没回去，他们能不急吗？"

吴若云说："你在找借口？"

海猫说："不是，不是借口。我知道你见多识广，通情达理，为了民族的尊严，我还有大事要做，你一定会让我走的，对吗？"

吴若云突然从身上掏出枪来，咔嚓一声将子弹推上枪膛，对着自己的脑袋，说："我也有我的尊严，你走吧，别管我！"

海猫忙说："你快把枪放下！"

"这就是我的命，从我第一天遇上你，就注定了。你快走吧，不然枪一响，你就走不了了！"

海猫大喝一声："媳妇！"吴若云一愣，转过身来，已经是满脸泪水。海猫说："对不起，如果你不爱听，我可以不这么叫。我知道你是大家闺秀，可你嫁给了我，就是我媳妇……我叫得不对吗？"

吴若云冷笑道："谁嫁给你了？连夫妻对拜都没拜，我怎么就嫁给你了？"

海猫忙说："你快把枪放下，咱马上对拜，夫妻对拜！"吴若云摆弄着枪，犹豫着。海猫一把将枪夺下，说："你子弹都上膛了，太危险了！这是谁给你的枪？都学会用了，还这么熟练，你真有本事！"

吴若云说："我爹给我的，也是他教会我用的。"

海猫退出枪膛里的子弹，把枪放在一旁，说："媳妇，什么也不说了，来！咱们夫妻对拜吧！"

吴若云一脸娇羞，说："不拜了，我都哭得不好看了！"

海猫拉过她，久久地看着："我说过了，我媳妇哭也好看，笑也好看，我媳妇是天下最好看的媳妇！"海猫说罢把吴若云拉到对面，两人双双跪下，神情庄重地行了夫妻对拜大礼。

行完礼，海猫说："这回算数了吧？媳妇。"

吴若云满脸幸福地点点头，说："你不是要走吗，快走吧！"

真说要走，海猫反倒恋恋不舍："其实，我真的不想走，洞房花烛夜，金榜题名时，我又不傻，我干吗要走啊？可是……媳妇你知道吗，为了让咱俩能在这里洞房，你爹他亲自带人去打小鬼子的伏击了，他老人家是在替咱们守夜啊！"

吴若云说："让爹守夜，那可是咱们的不孝！"

海猫说："就是啊，所以今夜……我真的不能陪你了，请媳妇恕罪！啊，对了，还有，咱俩成亲的事能不能先不让外人知道？"

吴若云说："行，当着外人的面，你也别叫那俩字，真是羞煞个人了！"

海猫把嘴巴凑到吴若云耳边，轻声亲昵地喃喃着："就叫就叫，媳妇，媳妇，媳妇……"

夜深沉，日军指挥部灯火通明，藤田已经得到确切消息，麻生的一个中队全被歼灭，这是他们自侵略胶东以来损失最惨重的一仗。藤田暴跳如雷，调动驻扎在海阳的所有日军，扬言要用刺刀和大炮，一举踏平虎头湾，报仇雪恨！

藤田集结部队之际，海猫已潜进赵洪胜的新家，义正词严说："赵洪胜，你放明白点儿，既然我们能全歼麻生的一个中队，藤田的残兵败将也绝不在话下，接下来我们要收拾的就是他们！如果你不愿意继续配合，等我们的队伍解放海阳城的时候，自然会有人找你这个大汉奸清算的！"

赵洪胜两腿筛糠似的，结结巴巴地说："别——别呀，海猫，我可没少帮你，我是你舅舅啊！"

"好！你能认我这个外甥就好。我再给你一个将功赎罪的机会，你赶紧去找藤田……"海猫接下来的一番话，吓得他出了一身冷汗。等海猫交代完，他爬起身，撒腿就去找藤田。

藤田刚坐上了汽车，见赵洪胜气喘吁吁地跑来，便问："赵桑，你的，什么事的说！"

赵洪胜说："太君，您这是要去虎头湾吗？我愿意给您带路，我是虎头湾人，熟悉那里的地形！"

藤田用锥子一样的目光审视了老半天，才让赵洪胜上了车，坐在他前排。不一会儿，马达轰鸣，摩托车、卡车、炮车缓缓启动，一支浩浩荡荡的日军大部队径直向虎头湾进发。

赵洪胜回身对藤田说："太君，听说消灭麻生皇军的可是共产党八路军的大部队，他们一个个神勇无比，当官的使双枪，当兵的也不含糊，那枪打得叫一个准，百步穿杨，百发百中！"

藤田眼一瞪，斥道："嗯？你长敌人志气，灭我威风吗？"

赵洪胜忙说："不敢不敢，我也听人传的！"

藤田说："我身经百战，打出去的子弹，比你吃的黄豆还多！我听说了，这次和麻生开战的都是些乌合之众，没有什么了不起的！"听藤田这么说，赵洪胜也不多言，他谨记海猫的话，察言观色，步步紧逼，温火炖肉，火候到了肉自然烂。

吴家乡勇在日军必经之路的阻击点上构筑起工事。还真不是吹，吴乾坤毕竟带兵打过仗，在他的训导下，临时战壕挖得中规中矩，宽一尺，深一米，有依托，有射口。

工事还没完全修好，吴若云跌跌撞撞地跑来，说："爹，快给我点水喝，我这一路是跑着来的，可累死我了！"

吴乾坤拿起身边一个盛水的葫芦，没好气地递到她手上，说："你个傻丫头，海猫我都给你送进洞房了，你还是让他跑了，对不对？"

吴若云说："爹，您小点儿声，是我让他走的，连您给我备的马也让给他了。海猫有大事要做，人家不是不懂事的人！"

吴乾坤说："我准知道，这小子又拿瞎话哄你了。"

吴若云笑了："行了，爹，这个不重要，您女婿让我给您带话来了。"

吴乾坤心头一乐，说："女婿？你们俩洞房了？"

"爹，看您——"吴若云脸一红，撒个娇，立刻又一本正经地说，"您女婿让我告诉您，只要一开火，就把所有的劲儿都使上，别怕浪费子弹！"

吴乾坤眉头一皱，说："那怎么行？这年月枪子儿多珍贵，我已经跟大伙儿说好了，看准了再打，每个枪子儿都给我铆在小鬼子身上！"

吴若云说："海猫就怕您这么打，他说您这是拼命的打法。一旦跟小鬼子短兵相接，咱们一定会吃大亏的！"

吴乾坤说："打仗哪有不吃亏的？想当年老子带兵打仗的时候还没他呢！在穷鬼的队伍里混了个芝麻大点儿的小官，就想教我怎么打仗了？把他能的！"

吴若云说："您就会这么说，他早猜到了。所以，他让我待在您身边，您要是舍得闺女跟您一起死，那您就别听他的！"

正说话间，藤田率领的日军大部队出现在他们的视线中，吴乾坤急忙跳进战壕，对吴若云低声吼道："我的姑奶奶，我听他的还不行吗，马上就要开火了，你给我躲远点儿！"

吴若云从怀里掏出枪来，趴在吴乾坤身边，说："海猫说了，要让鬼子觉得我们是大部队，多我一把枪，就多一声动静！"

吴乾坤无奈，只得咬牙忍着，吩咐族人不要吝惜子弹，等鬼子近了，放开了打。日军渐渐地近了，吴乾坤一声令下，双枪齐射，战壕里的吴家乡勇也一骨碌射击起来。枪声密集，日军顿时大乱，开路的两辆摩托先后趴了窝，大卡车里的小鬼子纷纷跳下来，四处乱窜。藤田下车督战，赵洪胜趁机说："太君，您听这枪打的，肯定是共产党八路军的大部队！"

藤田大吼："不可能！这是群乌合之众，我的情报从来没出过错！"

赵洪胜说："您是不知道啊，这八路现在全都穿老百姓的衣服，您忘了那天唱秧歌吗，来看热闹的有一半都是八路！咱们出发之前，我家下人刚从虎头湾回来，说虎头湾聚集了一千多人哪！"

藤田一愣："一千多人？"

赵洪胜遵照海猫的交代，硬着头皮回答："说不定还不止一千多人啊！"

趴在战壕里的吴乾坤命令吴家乡勇可劲打，不用节省子弹，谁打出去的子弹多，回去有赏。众人一个个一枪接一枪，枪管都打红了，那子弹就像遮天蔽日的蝗虫，满天乱飞。

藤田思忖着，突然大声嚷叫："停止射击！统统撤退！"

吴乾坤耳闻目见，不由得惊叹："海猫这小子神了，小鬼子果然撤退了！"

其实，海猫还有更神的，他告诉吴若云，如果小鬼子撤退，必须让她爹也往后退，小鬼子有大炮，需要一定的射程，就得离远一点儿，要不然就得挨炮弹！吴乾坤听了，嘴上不服气，说："哼，看在我闺女的面子上，我再听他一回！"他立即命令吴家乡勇撤退，刮旋风似的，转眼间走得无影无踪，一点也不敢含糊。

藤田指挥炮兵撤到炮击的最佳位置，又命令其他士兵就地隐蔽起来。然而，狐狸再狡猾也敌不过好猎手。海猫事先早就组织了一支以林家耀和赵大橹为骨干的敢死队，他和王大壮带领他们迅速逼近了炮兵位置，以迅雷不及掩耳之势，缴获了一辆汽车和两门大炮。

然而，当林家耀带人打扫战场的时候，没想到汽车副驾驶的日本兵装死，突然开枪打中了林家耀的胸膛。王大壮怒火中烧，对小鬼子的脑袋连开三枪，打得脑浆飞溅。王大壮不敢久留，背起昏迷不醒的林家耀，拔腿就走。

就地隐蔽的藤田发现炮兵挨了伏击，便循着枪声冲了过来，正好跟老斧头带领的赵家子弟迎面碰上，狭路相逢，打得天昏地暗。久攻不下，藤田心虚，掉头就跑，却被吴乾坤等人切断了退路。藤田腹背受敌，被打得晕头转向，屁滚尿流。他气得满脸发青，拔刀指着赵洪胜大吼："混蛋，你带的什么路！"

赵洪胜惊恐万分，忙说："太君，这与本人带路无关啊！啊……海神娘娘！对……一定是海神娘娘的原因啊！"

藤田一愣，说："海神娘娘？什么的海神娘娘？"

赵洪胜点头哈腰，说："海神娘娘，一定是因为海神娘娘啊！太君，八路虽然厉害，可是跟大日本皇军的精兵强将比起来，那算个狗屁啊！一辆大汽车，两门大炮，说没就没了，这一定是海神娘娘显灵啊！啊，对了，海神娘娘就是虎头湾的保护神，我现在终于想明白了，麻生太君可能也是被海神娘娘给收了！海神娘娘可厉害了，三十年前我亲眼见到她一发怒把十几条船全吞了，好几十口子啊，连尸体都没找着，船也不见了！连块木头都没剩啊！海神娘娘准是知道您带着大炮要来打虎头湾，她老人家就生气了，所以今天就给您来个下马威！藤田指挥官，为了您的安全，请您一定要慎重，慎重啊！"

听翻译叽里呱啦好一阵子翻译，藤田慢慢地听明白了，脸上渐渐露出恐惧的神情。

第四十二章

东方日出，金光灿灿。虎头湾迎来了有史以来最匆忙的一个早晨，苏菲娜双肩斜挎两个药箱，策马直奔广场而来。她在广场飞身下马，匆匆向捻匠铺跑去。紧跟在她身后的一匹快马也相继赶来，骑马的吴姓子弟下了马，直奔吴家大院。他跑到在院门外等候的吴管家面前，匆匆耳语，吴管家频频点头。

苏菲娜快步走进捻匠铺，海猫连忙含泪迎上，说："小苏，你快看看林医生，看他伤重不重，还有救没有……都怪我，这回犯错可大了去了，政委反复强调林家耀对我们很重要，当初我压根就不应该让他参加敢死队！"

苏菲娜顾不得看海猫，从肩上卸下药箱，抓起听诊器，一边低头听林家耀的心跳，一边用手去试他的脉搏。围在一旁的王大壮和老斧头几人，屏息静气，谁也不敢吱声。

吴管家走进客厅，向吴乾坤报告说："老爷，我们派出去的人说了，小鬼子直接撤回了县城里，直到现在，头也没敢露。"

吴乾坤说："敌中有我，我中有敌，这是最起码的军事常识。管家，你多费点心，花银子咱不怕，再多安插几条眼线，以备不时之需。"

吴管家说："我已经安插好了，只要小鬼子一动，我们就会得到消息！"

吴八叔打个哈欠，说："大哥，折腾了整整一宿，我回家睡个好觉去了！"

吴乾坤说："老八啊，睡觉还是别在这儿了。族人都睡在山里，咱们当老爷的，是不是应该跟他们在一起，大家心里才更踏实啊？"

吴八叔说："大哥说的也是，那我就跟你到山里睡去！"

吴管家插话说："还有件事，老爷，海猫和赵家那帮穷鬼夺了小鬼子两门炮，还有一辆汽车。听说林大少爷也受了伤，挺重的，现在被他们抬回了捻匠铺。"

吴乾坤听了面无表情，只催吴管家和吴八叔招呼族人赶快回山里，然后自己一个人走进庭院。吴若云迎面走来，问道："爹，不是要回山里吗，啥时候动身？"

吴乾坤不动声色地说："林家耀受伤了，你要不要去看看他？"

吴若云先是一惊，然后脸色又一变，说："我看他干什么？我已经跟海猫拜了堂了，现在是有夫之妇了！"

吴乾坤说："我听说他伤得挺重……反正人就在那个破捻匠铺，去不去随你吧！"

吴若云心里咯噔一下，待吴乾坤走远了，便赶忙来到捻匠铺。这时，苏菲娜已检查完毕，说："如果能马上手术，也许还有救，不过一旦动手术，十天之内伤员绝对不能挪动，你们能保证这里的安全吗？"

海猫嘴一咧："十天？"

赵大橹说："小鬼子吃了大败仗，十天之内能不来报复？"

苏菲娜说："你们必须马上给我提供一个安全的地方，不然就来不及了！"

海猫急得直拍脑门："先别急，让我想想！"

吴若云突然开口说："跟我们走吧，我爹说了，吴家现在住的地方很安全！"所有人都把目光集中到吴若云身上，海猫也看着吴若云。海猫没注意到吴若云是什么时候进来的，但这并不重要，关键时刻她能挺身而出，他就已经很高兴了。

然而，苏菲娜却说："不行，山路坑坑洼洼，伤员经不起颠簸，再说路也太远了，他根本坚持不到那个地方，必须马上手术！"

吴若云扯扯海猫的衣襟，把他拉到捻匠铺门外，说："现在只有一个办法，就是到我们家的地道里做手术！"

海猫一惊，说："这怎么行？你爹不会答应的！"

吴若云笑笑："那就不让他知道！"

海猫还是犹豫："可是，我担心……"

吴若云说："救人要紧！刚才苏医生不是说了，必须马上手术，就去那个地方吧！管家已经套好了马车，吴家的人马上都会跟着我爹到山里去的。我们一走，你就带人把他抬过去！"

海猫万分感激，说："也只有这样了……媳妇，谢谢你！"

"谢什么？没有我，林家耀不会来虎头湾。"吴若云突然变得满脸忧伤，说，"这也许就是命……要不是因为你，我早就是林家媳妇了……算了，不说了，我赶紧回去催我爹走，你们快点抬他过去！"吴若云说完就走了，海猫愣愣地看着她的背影，思绪万千。

吴若云回到家里，急三火四地催促快走，吴管家站在已经套好的马车旁说："大小姐，再稍等一会儿，老爷去海神庙了，等他回来，咱马上走！"

此刻，吴乾坤正跪在海神庙前，自言自语："海神娘娘，请您跟我娘说一声，我虽然没有亲手宰了吴江海，可那混蛋已经葬身蛇岛了，我当儿子的也算是给娘报了仇了！还有就是海神娘娘……您老人家在这里端坐了几百年，如今小鬼子恐怕打过来要烧您的庙了，列祖列宗给您塑了金身，很可能要毁于一旦。对不起，靠我吴姓族人挡不住他们，我这儿……先给您磕头赔罪了！"吴乾坤说着，头磕在地上，久久不起。恰在这时，吴江海像条狗一样，手脚并用，爬上海神庙下的海滩。他抬头发现吴乾坤，吓得魂飞魄散，又像条狗一样连滚带爬，偷偷躲在桥墩一侧。

吴乾坤磕完了头，起身走上栈桥，大老远就看见吴若云站在桥头，又向他招手，又对他召唤："爹，您快点吧，真急死人了，大家都等着您哪！"

吴乾坤急忙加快脚步，走到吴若云近前，问道："他怎么样了？"

"好像活不成了，也许死不了……唉，管他呢，爹，咱们快走吧！"吴若云似乎有些心不在焉。

吴乾坤发现吴若云似乎有意回避他的目光，也没多问，便急匆匆上了马车，一行人急匆匆吆喝着上了路。吴江海见人已远去，这才从桥墩一侧爬上岸来，直奔海阳县城。

吴乾坤一回大山深处的住地，便被吴家族人围起来，白发苍苍的吴四爷跷起大拇指说："乾坤，你打小鬼子有勇有谋，一仗就干掉了他们好几十人，没辱祖宗先人的脸面啊！"

吴乾坤说："干掉好几十，也不是我一个人的功劳，都是我吴家子弟英勇无敌，敢打敢冲。再说，打仗也不光靠个'勇'字，还有个'谋'字呢！"

吴若云一听乐了："爹，那个'谋'字，是您一个人写的吗？"

吴乾坤冲吴若云一笑："嫁出去的闺女，泼出去的水。你连个远近都不顾了，成心过河拆桥不是？"

在众人的一片喝彩和哄闹声中，突然，一个婆子满手是血地从帐篷里冲出来，喊道："快来人哪，槐花不行了！"

吴若云听了，连忙拨开人群，一头扎进帐篷。帐篷内，槐花躺在临时支起的木板床上，脸色惨白。吴若云拉着她的手，问道："槐花，你怎么了？"

槐花疼得大叫："疼啊！小姐，我疼啊！"吴若云低头一看，吓了一跳，只见槐花的下身流出一大摊鲜血。

帐篷外，吴乾坤板着脸问那婆子："说老实话，到底怎么回事？"

那婆子颤声答道："我看像小产——"

吴乾坤怒眼一瞪："什么！"

吴四爷说："哎，这话可不许胡说，槐花是个丫头，要真是小产，那就是偷了人了，按族规是要处死的！"

那婆子连忙说："我只是觉得像，说不准，族长大老爷，我说不准啊！"

吴乾坤皱紧了眉头，抬头发现吴天旺在另一个帐篷前，正拄着拐，神色慌张地向这边张望，便低声吼道："不管怎么回事，一定给我弄明白了，在我的家里要是有人胆敢干出醒醒的事来，连奸夫带淫妇，都得处死！"

藤田气急败坏地走进指挥部，一名颇有风度的中年日本人起身向他报告："大佐阁下，承蒙不嫌，三浦向您报到！"

藤田转忧为喜，张开双臂拥抱住他："三浦君，你来得正是时候，我需要你！"

三浦从怀里取出一本《海阳县志》，说："我已经研究了这里的县志，据文字记载，海阳大秧歌的历史可以追溯到五百八十年前的明朝初期，很有意思。"

藤田脸色一变："怎么，你在取笑我？"

三浦微微一笑，说："当然不敢，不过既然有人敢用大秧歌取笑指挥官，我就必须了解大秧歌是怎么回事。知己知彼，才能百战百胜。"

藤田说："现在的关键不是大秧歌，是麻生中队，整整一个中队全消失了！"

三浦说："我听说已经与指挥部失去联系二十四个小时了？"

藤田说："没错！他们的电台也失去了信号！有人告诉我，是被什么该死的海神娘娘吞掉了，可笑可怕，简直气死我了！"

三浦说："海神娘娘？这个问题我也认真研究过，那只不过是中国民间的一个神话传说而已，指挥官不可相信。"

正在这时，有人走进指挥部报告，说是侦缉大队大队长吴江海回来了。藤田怒道："他回来了？快给我带进来！"三浦指了指指挥部的里间，示意自己回避一下。藤田点头会意，三浦便拿起那本《海阳县志》，转身走了进去。

狼狈不堪的吴江海一进指挥部，便扑通跪倒在藤田脚前："太君，我可见到您了，就像儿子见到亲爹，我打心眼里感到高兴啊！"

藤田冷笑一声："是吗？老子怎么高兴不起来呢？"

吴江海说："我是九死一生，您没这个经历呀！"

藤田说："我没这个经历，那就听听你的经历吧！"

吴江海壮着胆子说："我们侦缉大队和麻生的皇军一登上蛇岛，就被共产党八路打散了，我宁死不屈，翻身就从万丈悬崖上跳下来，要不是海神娘娘保佑，我肯定被摔个粉身碎骨。亏得我落在了海水里，游了一天一夜……"

藤田气得浑身哆嗦，刚要张口痛骂，三浦从里间出来，走到吴江海面前，用标准的中国话说道："你这个混蛋！一丈相当于三点三米，一万丈，就是三万三千米，如果你从三万三千米的高度上跳下来，你可能是现在这个样子吗？再有，这个世界上根本没有什么海神娘娘，她不可能保佑你！你也不可能在海里游了一天一夜！"

吴江海顿时傻了眼，嗫嚅着："不是……我说万丈悬崖，就是打个比方……那个……海神娘娘，您不信啊？反正我信！还有就是，我确实没游一天一夜，我被海浪拍晕了，被浪头带到了一个荒岛上，缓过来我才往回游的。"

三浦冷笑道："指挥官阁下，这是个骗子，是敌人的奸细，您可以枪毙他了！"

藤田大喊："枪毙！拉出去毙了！"立刻就有两名日本兵上前架起吴江海。

吴江海拼命挣扎着哭喊："别啊！藤田指挥官，您别听他的，我对皇军绝对忠诚！您不信——"吴江海挣脱两名日本兵，又拿出在麻生面前表演的那一套，摘下戴在眼上的黑眼罩，一下子翻过来给藤田看："太君，您看！我睁眼……"

吴江海话没说完，就被三浦的笑声打断，他指着眼罩上的日本国旗厉声问道："这是谁给你出的这个主意？"

吴江海说："我自己想的，我以此表达对大日本皇军的忠诚！"

三浦说："我知道你姓吴，你的家在虎头湾，这次麻生中队是在虎头湾消失的，而你是直到现在为止才被发现唯一活着的人，你怎么解释？"

吴江海说："我……我……我解释什么啊？"

三浦突然咆哮起来："从藤田指挥官去虎头湾看秧歌到现在，你一直在欺骗皇军，这里穷乡僻壤，根本没有共产党，更没有八路军！如果不是你的欺骗，麻生少佐不可能上当，你的哥哥是虎头湾的吴姓族长，他手里有武装，对吧？"

吴江海说："您……您是什么人，您怎么什么都知道？"

三浦逼问道："回答我的问题！"

吴江海说："啊……他有枪……那是过去为了对付海盗的。"

三浦从腰里掏出枪，抵在吴江海的太阳穴。他扣动扳机的同时，从嘴里发出"啪"的一声，吴江海吓得一腚坐在地上，哭喊道："娘啊……"

三浦鄙夷地看了一眼坐在地上的吴江海，扭头对藤田用日语说："我们暂时可以相信他的忠诚，他的表现不像一个奸细。阁下，让他带我去一趟虎头湾，尽快查清麻生中队失踪的真相。"

吴江海被三浦手里一根非常别致的文明棍驱赶着，走了一条山路，向虎头湾进发。都说狗到天边都改不了吃屎，这便是秉性难移。吴江海像狗一样在前面带路，小心地讨好三浦："太君，您可真了不起，您没来过这地儿，怎么知道山上这条路？"

三浦说："我有地图。"

吴江海谄媚地说："啊，连虎头湾都有图啊，了不起！实不相瞒，这条路我有三十年没走了，还是我小时候走过呢！"

山路崎岖不平，吴江海气喘吁吁，一不小心，差点摔倒。三浦忙用文明棍扶他一下："吴桑，小心一点。"

就像给狗扔过来一根骨头，吴江海赶紧接住，感激涕零："多谢太君，多谢太君！我就是不明白，放着好好的大道不走，您干吗非走山路啊？"

三浦说："这叫出其不意。如果走大道，没等我们到，敌人就知道了！"

吴江海忙不迭地说："太君高人，高人，实在是高人！"

吴江海带三浦和十几人的小分队，从后山绕到虎头湾广场。三浦驻足观察，确定没有人之后，他抬起文明棍指着广场上的高台问："这里，应该就是藤田指挥官看大秧歌的地方了吧？"

吴江海连忙点头："是。"

三浦说："他们用中国话辱骂藤田指挥官，你之所以没有揭穿，是因为他们都是你的亲戚？"

吴江海说："啊……这个……您也知道？"

三浦说："这个，是猜的。"

吴江海说："……这个，不能怪我啊。"

三浦一挥文明棍："我不会怪你的，'这个'已经过去了，希望你以后立功赎罪，不要让我再想起'这个'！走，带我到你娘的屋里看看！"

吴江海觉得三浦在学自己说话，很是尴尬，也领会错了三浦的意思。这本是一句骂人的话，吴江海却领会成是让他带三浦到吴母的房间看看。在这间房里，吴江海被吴母捅瞎了眼，他又开枪打死了吴母。这是一个充满晦气的地方，吴江海很不情愿进来。

在吴母房间的地下密室，苏菲娜正在给林家耀做手术，海猫忙前忙后张罗着。手术终于做完了，苏菲娜用带血的钳子夹着一颗子弹头说："真险呀，如果子弹再偏一点，林大夫就牺牲了。"

海猫呼出一口长气，说："小苏，这么说林大夫有救了？"

苏菲娜说："手术还算成功，但他最终能不能活过来，我还不敢确定。"

海猫说："都怪我……当初我就不应该让他参加敢死队！"

"你再自责还有什么用，我现在急需药品。"苏菲娜说着找出钢笔和纸，急促地写下几种药品的名字，说，"请你抓紧时间回一趟根据地，帮我把这些药品尽快拿回来！"

海猫说："是，那他就拜托给你了。吃的和用的东西，都搁这密室了。如果没有紧急情况，千万不要上去。"

吴母的房间里乱七八糟，一片肃杀之气，三浦和吴江海都没什么兴致，转了一圈就走了。说来也巧，他们前脚刚离开，海猫就按动机关，开启地道的门，神不知鬼不觉地钻了出来。

来到虎头湾广场，三浦遥望海面上矗立的雄伟挺拔的海神庙，不觉心旷神怡。他叹道："吴桑，这里风水很好，我猜，如果我们在这里隐蔽起来的话，一定可以捞到大鱼！"

吴江海看了看四周用海草伪装起来的日本士兵，说："太君英明，用我们中国人的话说，您这是守株待兔，是不是啊？"

三浦笑了："对，你说得很好。我们今天就要守株待兔，以逸待劳！"

俗话说，螳螂捕蝉，黄雀在后。今天在这守株待兔，以逸待劳的还有黑鲨和他率领的四个海盗兄弟，他们趴在海神庙的房顶等候多时了。一个又高又瘦，绰号叫"带鱼"的黑盗眼尖，他一见三浦和吴江海的背影便说："大当家的，这两个人肯定不是好东西，咱盼的吴乾坤没来，他们倒送到枪口上了！"

黑鲨举起望远镜观察着："他奶奶的，从他们的背影看，一准不是好东西，老子想杀吴乾坤报仇，怎么碰上了这两个送死的？"

带鱼举枪瞄准，说："大当家的，有毛不算秃子，先毙了这两个玩意儿再说！"

黑鲨急忙制止："不急，先看看再说。这么多年都等了，我就不信我不能亲手宰了老贼吴乾坤，为我爹娘报仇雪恨！"

正说话间，海猫已经走出吴家大院。身为侦察排长，行动前先看三分，再抢一秒，他早就养成了这个习惯。海猫躲在院门墙的拴马桩前观察了好一会儿，直到确定空无一人后，才顺着墙根悄然而行。然而，海猫再谨慎也没想到，此时此刻，一双双眼睛和一个个枪口正对着他呢！

也许是一种心灵感应，第一个发现海猫的是吴江海，他惊恐万分地扭头对三浦低声吼道："太君，您看您看，海猫！海猫！"

三浦皱眉看去："噢，原来他就是海猫啊！他跟你描绘的可不一样，是个很正常的中国人，并不像你嘴里的穷鬼和孽障什么的，你对他有偏见？"

吴江海拔出枪来，说："还偏见呢？我恨死他了！"

三浦说："吴桑，不要着急，我要抓活的！"

吴江海一扭头，正好被黑鲨认了出来。黑鲨惊道："吴江海？！这个兔崽子还没死啊？"

带鱼说："就是，我眼见着他从悬崖上跳下去了，那么高居然没摔死，这二鬼子命够大的！大当家的，要不要干死他？"

黑鲨忙说："先不急，你看清没有？他旁边的人是个小鬼子，他们想干什么？"

也是当侦察排长养成的习惯，海猫从不走直线，他走进广场，左拐右拐正跑得急，用海草伪装起来的七八个日本兵仿佛从天而降，一齐围上来用枪对准了他。

海猫掉头想跑，身后又突然冒出个吴江海。吴江海对天打了一枪，高声喊道："海猫，你敢跑？你跑皇军就会把你打成筛子，还不快点投降！"

不远处，穿着黑色风衣，戴着礼帽，手拿文明棍的三浦迎面走来。因为距离太远，海猫一时还看不清三浦的脸。

趴在海神庙房顶的黑鲨，见海猫被包围，立即命令道："海猫是我兄弟，大家一起开枪，救他！"黑鲨说完瞄着一个日本兵就是一枪，其他几人也相继开枪，三四个日本兵被射中，当场毙命。

吴江海抱着脑袋循声看去，大叫一声："黑鲨！"三浦下意识地也向黑鲨望去。海猫趁机钻出包围，掉头就跑。第一个反应过来的是三浦，他举枪射击，一串子弹追在海猫身后，溅起一溜尘土。见海猫已跑进小巷深处，顺利脱身，黑鲨也不恋战，打一声呼哨，几人跃身跳进大海，消失在远方。

一匹快马扬鬃奋蹄，裹着满身尘土跑进大山深处，一个乡勇翻身下马，直奔吴乾坤，见了他倒头便拜："族长老爷，小鬼子进了虎头湾，海盗黑鲨跟他们开了火了，正好救了海猫一命！"

吴乾坤转身对吴管家说："进了虎头湾？怎么回事？"

吴管家说："不可能啊，从县城到虎头湾，我安排了四道眼线啊！"

吴四爷若有所思，突然说："会不会走的山路？"

吴乾坤说："山路？小鬼子怎么能找到山路呢？"

吴八叔抽出枪来大叫："管他什么来路，兵来将挡，水来土掩，我带人去干了他们！要不放火烧了咱老祖宗留下的房子，可就麻烦了。"

吴乾坤说："等会儿，让我想想。既然四道眼线都没发现，来的应该不是大部队，要是让他们活着离开虎头湾，也显得咱吴家爷们儿太无能了。集合队伍！"

三浦从突袭的惊慌中回过神来，说："海神庙的房顶没有检查，海盗藏在那里不足为怪，你他娘的屋里我们去看过，也没发现什么，大街小巷都派人伪装观察着，那个海猫怎么会出现呢？"

吴江海说："就是，我也留意了吴家大院，里里外外都关门上锁的，他娘的海猫难道会从地里头蹦出来？"

三浦目光一闪，说："从地里……哎？这可说不准！吴桑，你家里有地道！"

吴江海说："有地道？哎呀，太君，我们家连八辈祖宗都不知道啊！"

三浦更坚定了自己的判断，说："你八辈祖宗不知道，我知道！海猫一定是先藏在地道里，然后才钻出来的。走，带我再到你他娘的屋里去搜！"

吴江海只好跟在三浦屁股后面，重新回到吴母的房间。三浦用文明棍漫不经心地四处乱敲。吴江海触景生情，叹道："太君，这就是吴乾坤他娘住的屋，这死老太太，我这只眼珠子就是……"吴江海的声音传进地道密室，苏菲娜不由一愣，苏菲娜立即警觉起来，她摸摸腰间，没有带枪，便抓起一把手术刀，紧紧握在手里。炕上的林家耀气息游离，若有若无，正昏迷不醒。

　　三浦的文明棍仍在漫无边际地敲来敲去，一声声，令人心惊肉跳。突然，文明棍停在牌位前，三浦似乎发现了什么，他一边侧耳细听，一边移开牌位，轻一下，重一下，不停地试探着。

　　这时，虎头湾广场骤然响起枪声，吴乾坤和吴八叔率吴家乡勇赶来了，他们来势猛，性情也猛，老虎拉碾不管那一套，先开枪打死了两个放哨的小鬼子，接着就和其他隐蔽在大街小巷的日军小分队开了火。枪声传到三浦耳边，他顾不上寻找地道了，用文明棍顶着吴江海的腰眼，转身就跑到吴母的屋外。

　　剩下八九名残余的日本兵跑来，用日语叽里呱啦地嚷着："不好了，虎头湾一下子来了好多人，不是军队，也不是八路，但是火力非常猛！"

　　三浦扭头问吴江海："这里有没有后门？"

　　吴江海说："有！"

　　三浦用文明棍顶着吴江海的后背："快！快带我们从后门撤！"

　　吴江海带着三浦和八九个残兵刚从后门撤走，吴乾坤和吴八叔就双双大步闯进来了。吴乾坤不知吴江海还活着，更不知他带三浦从后门撤退了，于是大声命令道："小鬼子跑不远，快到镇外去追，宰一个赏二十块现大洋！"吴八叔带着嗷嗷大叫的吴家乡勇，争先恐后地冲向镇子。

　　吴乾坤抬头见目前的房门敞开着，心里不禁咯噔一下，下意识地抬腿走了进去。他一眼发现祖宗的牌位被移动过，便急忙启动机关，打开地道口的门，走了进去。苏菲娜听到嘎吱一声，便抓起手术刀，瞪大双眼循声看去。她看到一双快靴踏着台阶走了下来，接着又看到了吴乾坤的脸。吴乾坤打个激灵，刚要厉声质问，见是苏菲娜，口吻立即缓和下来："你这个女医官，是谁让你藏到这里的？藏到这里干什么？"苏菲娜指着昏迷不醒的林家耀，刚想解释，吴乾坤一挥手打断她："你什么也不用说了，我心里什么都明白，是海猫带你下来的？"

　　苏菲娜说："是……林医生伤得很重，需要一个安全的地方做手术。"

　　"这个兔崽子！噢，我不是说你，你好好给他治伤吧，救人一命，胜造七级浮屠，我走了！"吴乾坤说罢，走出地道，把门仔细关严。

　　回到大山深处的驻地，水还没沾唇，吴乾坤便找到那婆子，问道："小姐呢？"

那婆子有些胆怯，答道："她……跟槐花在一起。"

吴乾坤眼珠一转，压低声音说："你去，给我听听，槐花跟小姐都说些啥！"

那婆子一愣："啊？偷听？"

吴乾坤说："槐花从小跟着小姐，小姐容易袒护她，不跟我说实话。可要槐花真是个淫妇，我身为族长绝不轻饶！你去给我听听，明白吗？"

那婆子无奈，只好转身来到槐花住的帐篷外偷听。帐篷里，槐花一边哭一边说："孩子……我的孩子……就这么没了……"

吴若云心疼地抱着槐花，说："槐花，你还真有了孩子呀？多长时间了？"

槐花说："都两个多月了……大小姐……"

吴若云说："你个死丫头，你咋不早跟我说啊！"

槐花说："这两个月这么乱，我哪顾得上跟您说啊。我对不起天旺哥，本来说好了，过了这个坎，就请您帮我们去求老爷，让我们成亲的！"

吴若云叹一口气："你也太不小心了，准是跑了这么远的路给累的。"

槐花说："没有啊，我来来回回都跟您坐马车，一点儿都不累。"

吴若云说："那你瞎吃了什么东西没有？"

听吴若云这一说，槐花突然想起吴天旺那天让她喝海参汤的事来。药味刺鼻，槐花本来不愿喝，可吴天旺说是安胎药，她只好硬着头皮把汤全都喝了。

吴若云听了大怒："准是吴天旺给你下了药！这个混蛋，我找他算账去！"

槐花忙说："别啊，小姐，兴许不是，兴许就是我走多了累的！"

吴若云说："你傻啊！在早我奶奶喝海参药汤，你也不是没闻过，哪有你说的那么大的药味？这里边有鬼，一定有鬼！"

槐花说："那你也别去找他，就算天旺哥不想要这个孩子，他也另有苦衷。你现在去找他，让老爷知道了，他就没命了！"

吴若云说："可是你要是说不清楚，你就没命了！"

槐花哭道："我宁愿我死，我本来就是该死的人。那年被吴江海祸害了，我就该去死！我知道了，天旺哥不想要这个孩子，他是嫌我脏……"

吴若云叹道："你呀……你个不争气的东西！"

槐花说："小姐，我求你了，无论如何别告诉老爷，千万不能连累天旺哥！"

帐篷外，那婆子听罢，回去就鹦鹉学舌一般全告诉了吴乾坤。吴乾坤勃然大怒，叫上吴四爷、吴八叔、吴管家和其他几位长者，怒气冲冲地来到吴天旺住的帐篷。吴天旺一个激灵，翻身坐了起来："爹，您来了？"

吴乾坤面无表情，说："还起得来吗？"

吴天旺这才意识到，忙抓住拐杖撑起身子："起得来，起得来！"

吴乾坤一挥手，吴管家便上前掀开吴天旺的被子、席子，很快找到了一个纸包，他转手交给吴乾坤。吴乾坤拿过纸包闻了闻，又转手交给吴四爷："四叔，您老懂，您给闻闻。"

　　吴四爷接过药包，放到鼻下闻着，说："麝香味好重啊！错不了了，乾坤，这个兔崽子先偷奸，又给槐花下了打胎的药！"

　　吴天旺满头大汗，已经吓得两腿筛糠，站都站不稳了。吴乾坤双眼一瞪，大声喝道："吴天旺！"

　　吴天旺顾不得腿伤，扑通一声，双膝跪倒，喊道："爹，饶命啊……"

　　吴乾坤抬起一脚将吴天旺踹倒在地："谁是你爹？把他给我拖出去！"立刻上来两名家丁拖拽吴天旺。

　　吴天旺拼命挣扎着，哭叫着："饶命，饶命啊！爹，爹，您听我解释……"突然，喊声戛然而止，吴天旺看到吴乾坤已经掏出了枪，咔的一声推上子弹，枪口就抵在他头上。吴天旺双眼充满了恐惧，突然歇斯底里地大喊："小姐救我啊——"

　　吴若云应声闯进来，身后跟着披头散发的槐花，两人一齐跪在吴乾坤面前。吴若云死死拉着吴乾坤握枪的手，恳求道："爹，闺女求您别开枪好吗？"

　　槐花也抱着吴乾坤的腿，声声哀求："族长大老爷，您饶了天旺哥吧！"

　　吴乾坤厌恶地抬脚踢开槐花，喝道："滚一边儿去！我先毙了他，然后再收拾你这个淫妇！"

　　槐花仍苦苦哀求着："老爷，都是我的错！我愿替天旺哥死，您枪毙我吧！"

　　吴若云说："爹，您就消消气，饶了他们吧！"

　　吴乾坤掉转枪口，指着槐花，说："你……你也难免一死！"

　　槐花双手拉着吴乾坤的手，枪口直指自己，哭道："老爷，那您就先打死我吧！"

　　吴若云说："爹，您就消消气，饶了他们吧！"

　　吴乾坤说："我是一族之长，族里出了这种丑事不惩罚，我怎么面对族人？"

　　吴若云装糊涂，说："哪有什么丑事啊？准是婆子们弄错了，槐花她压根……"

　　吴乾坤喝道："闭嘴！我知道你想遮丑，我已经专门找人去听了！再说，这个畜生给槐花下药的证据我都拿到了，你还要替他们狡辩吗？"

　　吴若云倒吸一口凉气，眼神都直了。槐花瞅一眼吴若云，又瞅一眼吴天旺。吴天旺怎敢与槐花对视，他慌忙躲避着槐花的目光。突然，槐花大叫起来："不！老爷，不怪天旺哥，刚才我跟小姐说了谎话。那药是我自己要喝的，是我怕出丑，求天旺哥帮我找来的药！"

　　吴乾坤大惊："你说什么？"

　　槐花说："老爷，我不怕您笑话，自从三年前……三年前我就不是姑娘身了！我怕这辈子没人要，我就勾引天旺哥，可是天旺哥从来都不理我。没办法，我就出去勾引野男人，我肚子里面的种就是在外面怀上的！我怕过些日子肚子大了让人看出来，这才求天旺哥帮我弄点药。我说的都是真的呀，老爷！"

这件事吴若云心里最清楚，但没有想到槐花会这么说。她走上前去，满含泪水对槐花说："槐花，为了这种男人，值吗？"

"小姐，你说啥呢，天旺哥是天下最好的男人！这辈子我脏了，是我对不起天旺哥！"说罢，槐花回头对吴天旺说，"天旺哥，我先去了，希望我下辈子能有福气嫁给你！"

吴天旺满眼都是泪水，他张了张嘴，想说什么又说不出来。槐花又对吴乾坤说："族长大老爷，您快开枪吧，让我死个痛快的，可是我得说好了，真的没有天旺哥的事，您可不能冤枉他！"

吴乾坤心里自然明白其中的真相，他以目光示意槐花，这么做必死无疑。槐花冷冷一笑，说："开枪啊，族长大老爷……噢，我知道了，您是怕我的血脏了您的手是吧？那行，给您省颗枪子儿，我自己死去！"槐花说罢起身就向帐篷中的树干撞去。吴若云和吴天旺伸手去拦，但都没拦得住。吴管家就在树旁，他身子轻轻一移，槐花撞在了他身上。

吴四爷说："管家，拦着她干吗？这种东西就让她死了算了！"

吴乾坤一时不好回答吴四爷，便转头骂道："吴天旺，你要是个爷们儿，你就挺起胸膛来认账，别让女人为了你要死要活！"

吴天旺心惊肉跳，惶恐地睁大眼睛看着槐花。槐花大喊："天旺哥，你可不能胡说啊，这里边没你的事，都是我的错！老爷，你就让我死吧，别难为天旺哥了！"

吴乾坤怒道："管家，把她的嘴给我勒上！"见吴管家勒上了槐花的嘴，吴乾坤再次质问吴天旺："吴天旺，我再问你最后一回，说，你认不认账？"

吴天旺神情恍惚，支支吾吾："爹，我没……我没……"

吴乾坤大怒："你个狗奴才！你还说没有？"

吴若云忙插话："爹，天旺和槐花在进咱们家之前订过娃娃亲——"

显然，吴乾坤不曾知道这一过往，不禁一愣："真的？"

吴若云说："这种事我能撒谎？再有，三年前槐花是怎么回事，您忘了吗？没有那件事，她就不会觉得对不起吴天旺！"吴乾坤犹犹豫豫，不禁皱起了眉头。吴若云趁机说："各位老爷、叔叔，是，槐花说得没错，三年前她就不干净了。可大家知道吗，她是被吴江海那个混蛋祸害了！吴江海打着抓共产党的名义，死逼着槐花跟他睡觉，不然就要抓走咱们吴姓族人中的十个男人哪！"

前来围观的族人议论纷纷，吴四爷、吴八叔也劝吴乾坤，都说祖宗的规矩归规矩，但要一事一论才好。吴若云赶紧趁热打铁，说："爹，虽说家丑不可外扬，但这件事关系到槐花的生死，你是一族之长，总得说句公道话吧！"

吴乾坤被吴若云将了一军，脸色铁青，不得不说："说句公道话，确有此事！我吴乾坤丢人，连自己家的丫头都没保住！"

吴四爷说："乾坤，这个事情说开了大家都明白，我以前也风言风语听说过，这不能怪你，都是吴江海那个龌龊东西造的孽！"

"那个时候槐花就想寻死，是我拦着她没让她死！如果没有三年前那件事，就没有今天！谁敢说槐花是淫妇，我吴若云就不答应！槐花从小和我一起长大，我最清楚了。我知道，咱们吴家的族规严，出了这样的事情是要处死的，可槐花实在是冤啊！四爷爷、八叔，还有各位长辈、乡亲，我吴若云在这儿替槐花求大伙了，请大伙饶她的性命！"吴若云说着，"扑通"一声跪倒在地。

一时间，吴四爷、吴八叔，以及在场的所有族人齐声来劝吴乾坤，都说吴家族规虽严，可事出有因，得饶人处且饶人。

吴乾坤怒气未消，说："不行！饶了槐花可以，可吴天旺非死不行！"

吴天旺可怜巴巴地看着吴若云这最后一棵稻草："小姐救我！"

吴若云又气又无奈，央求道："爹，他是个瘸子，三年前他是替我受罚，才让爹打折了腿。这一回也是为了我才挨了枪子儿，要不您就……"

吴乾坤大喊："不行！"

吴八叔说："哎呀，大哥，你看若云都给大伙下跪了，不看僧面看佛面，您也给小姐个面子吧。再说了，大敌当前，现在不正是用人之际嘛，这小子虽然瘸，可他会打枪啊！"

吴天旺忙说："对呀！爹，您饶我一命，让我跟着您杀敌立功！"

"不许再叫我爹！"吴乾坤咆哮一声，转身对众人说，"大伙都知道，是，我收过他当干儿子，给我娘出殡，他替我扛过幡，可是今天这个畜生造了孽，从此以后，就不再是我的干儿子了！"

吴乾坤抬起枪指着吴天旺的脑袋："你这条狗命我先记下，你好自为之吧！"

第四十三章

弯弯曲曲的山路，挑起怯怯的朝阳。晨光充满萧瑟之气，不情愿地把三浦和残余的八九名日本兵送进了海阳县城。一路逃窜，吴江海累成了一条狗，他连滚带爬地跟在三浦身后，不时在他耳边嘀咕："三十六计走为上，好悬啊！三浦太君，幸好您有先见之明，说撤就撤，要不然咱们就全被他们干掉了！"

败退而归，并没有挫伤三浦的锐气，相反，他觉得因祸得福，他对虎头湾有了更直接的了解，他很快就在心中形成了新的对策。回到指挥部后，三浦就请吴江海喝酒。吴江海受宠若惊，狠心舍了半块现大洋，买来鲜活的海参，找个网兜提着就进了海阳最有名的笑霖酒馆。

吴江海本想让酒馆把海参做了当下酒菜，没想到三浦抓起来就往嘴里塞，边吃边说："这是好东西，必须生吃才有营养。在我们大日本帝国有上好的佐料，你们中国没有，如果有的话，就着吃更好！"

吴江海见人生吃螃蟹活吃虾，却从没见过生吃海参的，感到有些恶心，又不敢说，只好端起酒杯说："太君，我敬您一杯酒！"

三浦说："今天是我请你，你不能反客为主。"吴江海不知三浦葫芦里卖的什么药，一时间呆若木鸡。三浦睃了一会吴江海，这才言归正传。他分析说，吴乾坤这么快就能带人赶到虎头湾广场，只能说明一个问题，他们藏身的地方应该不是很远，不超过五公里。要想端掉吴乾坤的老巢，必须首先找到他的新巢。

吴江海不得不佩服三浦，连声附和："高人，太君真是高人，那您发现海猫藏在啥地方了？"

三浦说："不急，只要再给我点时间，早晚会知道的。"

吴江海咕哝着："真是怪了，海猫这小兔崽子藏在哪儿了呢？"

三浦说："你是地头蛇，要想弄清楚这件事不太难吧？"

吴江海说："我？不太难？太难了，我是门都没够着呀！"

三浦说："侦缉大队还剩多少人？你的兄弟里边就没有虎头湾的吗？中国人常说，一人当官，鸡犬升天。你这个大队长就没有招募重用的同乡？"

吴江海叹道："去蛇岛的十几个兄弟命都丢了，留在家里看门打杂的几十个，都是不中用的怂包，还真没有虎头湾的人，他们都不愿意出来跟我干。再说，就算是有跟我出来干的，也因为我和吴乾坤……太君，不是跟您说了嘛，他们是怕跟了我，吴乾坤早晚饶不了他们啊！"

三浦说："噢，没有姓吴的……那姓赵的呢？"

吴江海皱眉一想，说："有，姓赵的倒还真有一个！那孙子在虎头湾是个无赖，外号叫赵鲅鱼，连他爹都不愿意搭理他！要不是跟着老子出来混，早就饿死了！"

三浦意味深长地说："你们中国人有句俗话，叫火热其炕，是亲三分向。你马上提拔他，再重重赏他，派他回去给你当眼线。"

吴江海一推酒杯："太君真是高人，我让这个赵鲅鱼立马回去！"

三浦端起酒杯，说："吴桑，我敬你！"

吴江海为表示忠诚，说道："不喝了，我得尽快为太君效力去！"

三浦伸手按着吴江海的肩头让他坐下，说："很好！我就喜欢你这样雷厉风行的人。不过，我还要问，你哥哥吴乾坤除了虎头湾，还有没有常来常往的人？"

吴江海苦思冥想："这个……哎，对了，有个姓肖的老道，住在深山道观，因为他娘信那老道，吴乾坤也少不了和他常来常往！"

三浦凶相毕露，说："住在深山道观？好，很好！虎头湾的人集体谋杀了麻生中队将近一百五十名战士，我要以血还血，以牙还牙。吴桑，你立功的时候到了！"三浦郑重地给吴江海敬了一杯酒，然后才说出了他心中酝酿的最新阴谋。吴江海惊得目瞪口呆，唯一的眼珠子都不转了。

带着新主子的最新阴谋，吴江海回到办公室就赏了赵鲅鱼两摞现大洋，还提拔他当了小队长。小人得志，不可一世。赵鲅鱼得赏后连夜启程，晃着鲅鱼一样的身子，在起伏不平的山路上，兴冲冲地往虎头湾走去。

　

虎头湾早已人去镇空，吴乾坤正在大山深处搭建的帐篷里闭目养神。吴管家附在他耳边说："老爷，吴天旺还在帐篷外面跪着呢，你看怎么处置？"吴乾坤头不抬，眼不睁，一句话也不说。吴管家说："死罪可免，活罪难饶，要不然打他二十板子？"

吴乾坤说："打？他要是条好狗，我就打他，教训教训他。这个连狗都不如的东西，打他脏了手，让他滚得远远的！"

吴管家走出帐篷，喝道："吴天旺，老爷的话你听见没有，赶紧滚得远远的，别让老爷再看见你！"

绝望的吴天旺像狗一样地爬起身，一瘸一拐，漫无目的地四处蠕动。经过吴若云的帐篷时，吴若云和槐花的对话不由得拴住了他的双脚。只听吴若云说："你个傻丫头，都到这时候了你还护着他。他不值，他就是个畜生！"

槐花说："天旺哥不是小姐说的那种人，他当着您的面答应过，会一辈子对我好的！他不想要我肚子里的孩子，肯定是有难言之隐。您想啊，小姐，老爷正跟日本人干着呢，咱们吴姓族人连家都没了，我这时候要有孩子，不是拖累天旺哥吗？这不是天旺哥的错，真的不是天旺哥的错啊！"

吴若云叹了一口气："你呀你呀，叫我说什么好呢？"

吴天旺听到这里，一股无名之火烧红了他的双眼。他环顾四周，见避难的人们都睡了，便偷来一条枪，咬着牙爬进黑暗中。他心里暗骂："臭老道，肖老道，都是你出的馊主意毁了我！我宰了你！"

晨雾缭绕，肖老道走到院子中央，挥洒着拂尘。突然，他听到背后传来一声问候："无量天尊，道长一向可好？"

肖老道吓了一跳，转身一看，原来是三浦，不禁脸色阴沉地问道："你是谁？我认识你吗？"

三浦笑道："以前不认识，现在不就认识了？"

"你是怎么进来的？"肖老道朝门外喊道，"徒儿，怎么大早上的就让外人进来了？"

三浦轻蔑地摇摇头，说："别喊了，你的徒儿们都忙着呢！"

肖老道惊愕不已，连忙向大殿看去，只见徒儿们都被绑了手脚，嘴里塞满了烂布团。周围立着四五个日本兵，端着枪，雪亮的刺刀上挑着晶亮的露珠儿。肖老道见势不好，脸色立马云开雾散："这位先生，您是……日本人？"

三浦说："我是谁不重要。你不是自称可以上天入地，能看前世卜未来吗？你猜猜我是谁？"

肖老道说："先生，见笑了！不是……太君，您找我有什么事啊？"

三浦拿出一本小册子，是民国年间县政府对辖区各寺院和道观的登记册，说："听说你在这里修行，我就找来这个小册子翻了翻。这里原本的道长不姓肖，而姓韩，而这位韩道长十年前就不明不白地死了，有人说他的尸体发黑，应该是被毒死的吧？然后，你这个杀人凶手就变成了这里的道长，对不对？"

肖老道吓得扑通一声跪倒在地："高人饶我性命也！"

三浦说："起来，到你的禅房说话！"

回到禅房，肖老道从头至尾，把他如何参加北伐，如何成为流寇，又如何被韩复榘的部队消灭，为了活命才杀了韩道长，扮假道长而苟且偷生。零零碎碎，一应俱全，连汤带面，一起端到了三浦面前。

三浦鄙夷地一笑："没想到肖道长还是行伍出身，在这儿当个道长也太委屈你了。我给你一个施展本事的地方，带我去虎头湾……"

话音未落，就听见吴天旺在吵吵嚷嚷："肖老道，你出的什么狗屁主意？我没了儿子，干儿子也丢了！我今天非打碎你的脑袋不可，你给我出来！"

三浦低声问道："什么儿子干儿子的，这个疯子是谁？"

肖老道说："说来话长，他是吴乾坤的干儿子……"

三浦眼睛一亮，冲禅房外用日语大喊："给我把这人拿下，要活的！"

吴天旺愣住了，没等他反应过来，从大殿里齐刷刷地冲出四名日本兵。吴天旺想也没想，抬枪就打，冲在最前面的一名日本兵当场毙命。然而，瘸腿的吴天旺哪里是日本兵的对手，没几下就被摁倒在地。

三浦快步走出禅房，开口就问："是吴少爷吗？"

吴天旺一愣，顿顿神，发现了三浦身后站着的肖老道，心里明白了七八分，顿时骂道："少爷？谁他娘的是少爷！姓肖的，你敢跟日本人勾结陷害我？你走着瞧，老子在阎王爷那儿等着你，你早晚有来的那一天，我只要见了你，非咬死你不可！"

肖老道张了张嘴，想跟吴天旺解释，但又确实没法解释。

三浦用日语说道："人激动的时候不理智，没办法交谈，先把他吊起来，让他冷静一会儿再说！"

昆嵛山根据地的太阳比海阳虎头湾的要暖和，也明亮得多。海猫坐在政委王天凯的办公室里呼呼大睡，一脸的舒坦。王天凯从外面进来，喝道："海猫，你干啥呢？让你写个情况说明你竟然睡大觉，是不是闹情绪啊？"

海猫坐起身子，说："政委，您说得真好听，还情况说明呢，直接说检讨得了！"

王天凯说："跟你说了不是让你做检讨。林家耀同志身份特殊，他受了重伤有生命危险，要真是牺牲了，我们总得对上级组织有个交代吧。给了你一夜的时间，你就是不写，你怎么回事儿？"

海猫指着门后书桌上的几张纸说："我写完了。"

王天凯拿起那几张纸看了看："写完了也不早说，哎，有进步，不说情况说明写得咋样，错字倒是越来越少了。"

海猫突然说道，像是下了很大的决心："政委，我犯了个错误，没有勇气写出来，我口头说说吧……我没经过组织批准，就娶媳妇了，娶的是虎头湾吴姓族长吴乾坤的独生闺女吴若云……"

王天凯一愣："这个时候娶媳妇？怎么回事儿？"

于是，海猫又一五一十道来，末了，把早就想好的两个词儿甩了出来，想堵住王天凯的嘴："政委，我这是事出有因，被逼无奈！"

不料王天凯哈哈大笑道："你小子这是烧包，你当我看不出来啊？不过，这不是你的错，你又没因为娶媳妇耽误侦察任务。"

海猫一本正经地说："不，她爹是吴乾坤……"

王天凯说："吴乾坤又怎么了？"

海猫说："他不是普通的老百姓啊！"

王天凯说："噢，我知道的，吴乾坤是族长，有钱有势，大地主！"

海猫说:"对呀!谁说不是呢!"

王天凯说:"娶猪不娶圈,那怕什么?"

海猫说:"咱们不是穷苦老百姓的队伍吗?"

王天凯说:"是啊,可我们现在最重要的任务是打倒日本侵略者!不把小鬼子赶走,怎么保护老百姓?吴乾坤既然支持抗日,就是要团结的力量!"

海猫舒了一口气:"政委,照您这么说,没事儿?"

王天凯说:"我没告诉过你吗?我爹也是个大地主,可是并不妨碍我参加革命,并不妨碍我心里装的都是穷苦的工农兄弟啊!"

"是!明白!"海猫双眼一亮,起身立正。他又突然说道,"政委,既然吴乾坤是要团结的,那我们也可以团结聚龙岛和蛇岛的男女海盗,他们也是一种武装力量!如果这些力量都加在一起,为根据地打配合,我想只要抓住眼前的战机,就一定会争取更大的胜利!"

王天凯欣赏地看着海猫,感慨地说:"久旱盼甘霖,我们非常渴望一场战斗、一场胜利,如果我们打了大胜仗,整个胶东大地都会为之一振!"

"政委,我已经向您汇报过了,趁消灭麻生中队的小胜,我们扩大战果,干脆把藤田这个老鬼子也灭了,一举把鬼子赶出海阳!"海猫豪迈地说道。

王天凯摇了摇头说:"你的主意不错,可这一次跟上一次不一样。这么大的战斗,任何一丁点差错,都会让我们付出巨大代价。无论虎头湾的吴家、赵家,还是聚龙岛、蛇岛,那都不是我们的队伍,让他们担这种风险,不合适啊!"

海猫说:"大敌当前,每个中国人都有责任保护自己的家园,这四股力量中不乏真爷们儿、大英雄!打仗要死人,打胜仗要有人牺牲,这个道理谁都懂,但我想,他们都不怕,也都会愿意出力的!"

王天凯说:"上兵伐谋,你说的眼前这一仗,充其量不过是伐兵而已。所以我们必须周密谋划,尽量减少不必要的牺牲。另外,我还要告诉你一个情报,日军土肥原机关在山东最大的特务头子三浦被派到海阳来了。他是个极其狡猾、极为凶残的特务头子。据情报说,此人善于伪装,中国话说得非常好!"

"特务头子?"海猫眼前迅速闪现出在虎头湾广场被突袭的情景,淡淡地说,"政委,这个人我想我已经跟他碰过面了。"

海猫已经碰过面的特务头子三浦,只是略施手段,就让吴天旺跪在了他的面前。吴天旺磕头如捣蒜,苦苦哀求:"太君,您让我干什么都行,就是不能让我回去,我回不去了啊!我偷了枪,这是死罪!吴乾坤现在巴不得找机会要我的命,我回去不是送死吗?"

三浦说：“你是个勇士，你怎么会怕死呢？”

吴天旺如在云里雾里，说：“我？勇士？”

三浦说：“当然，你是个了不起的勇士！以你这样的出身，竟然梦想着要娶尊贵的小姐，还想得到族长家的财富，我真的很敬佩你！”

吴天旺被说得有点儿发毛，他看一眼肖老道，说：“都是他给我出的馊主意，他让我鬼迷了心窍！”

三浦说：“不，你的义兄是个天才，他是看到你有出息，才为你谋划，你应该感谢他。”肖老道在一旁听得乐开了花。“你们的想法我都明白了，你，肖道长，你希望取得财富；你，吴少爷，你希望吴乾坤的女儿嫁给你，并得到吴家的财产。我可以帮助你们！”三浦的话，如同瘟疫一般在吴天旺和肖老道的心里蔓延、疯长。

肖老道心花怒放地说：“太君，您帮助我们？”

三浦说：“言而无信，不知其可也。放心，我是个言而有信的人。”

吴天旺突然大叫道：“那您想让我帮您做什么？我们吴家的人可不能当汉奸，要是那样，我以后就更没法活了！”

三浦眼露凶光，沉沉地说道：“你不和我合作，你还能活下去吗？别忘了，你杀死我的部下——大日本帝国的军人！就凭这一点，我马上可以让他们剥了你的皮！”吴天旺看了看地上的尸体，又看了看几个凶神恶煞的日本兵，脸色惨白。“当然——”三浦话锋一转，把手放到脸旁，掌心冲外，做起誓状，“这一切我不会让别人知道，我保证！”

肖老道忙说：“富贵险中求啊，兄弟！识时务者为俊杰，三浦太君是君子，信他的没错！大半个中国都是日本人的了，谁醒得早，看得远，谁就先得富贵！兄弟，太君说得对，凭什么咱生下来是穷鬼就永远当穷鬼呀！一咬牙一瞪眼，将来你就是吴家族长！实话告诉你，我要是姓吴，逮着这机会我绝不放过！”

吴天旺心动了，脸热了，他全身趴在三浦铺在地上的一张地图上，像寻屎吃的狗一样，这看看，那看看，突然用手指戳了戳，说：“是这，应该就是这，都是林子，背后靠着山！”

三浦仔细打量着，连连叹服：“吴老贼果然是个行家，这个地方选得太好了，地势险要，易守难攻，我们的大炮都拿他没办法，看来只能请他出来了。还过，怎么才能把他请出来呢？”三浦思忖着，手里的文明棍不时地杵着。良久，他说道：“肖道长的寺院就是个好地方！吴少爷，请把你的干爹请到这里来！”

吴天旺为难地说：“可是他不会信我的，他现在不认我这干儿子了！”

三浦胸有成竹地说：“如果你告诉他，他最恨的吴江海在这里，他会来吗？”

吴天旺惊疑地问道：“吴江海还活着？这狗娘养的不是让海盗宰了吗？”

三浦说："你看，连你都这么恨他，吴乾坤要是知道了，他会不来？"

吴天旺哭丧着脸说："可是，太君，吴乾坤相信谁也不会相信我啊！"

"我知道你害怕见吴乾坤，但我向你保证，他一定会相信你的！"三浦看透了吴天旺的心思。

吴天旺还是摇头："您是不知道他的脾气啊，太君，我要是还敢回去，他指定是不会再让我活了！八成连看都不看我一眼，就让人把我毙了！"

"你不是一个人回去，"三浦一抬文明棍，指了指那具日本兵的尸体说，"你带上他，和道长一起回去！"

肖老道一拍大腿，高呼："三浦太君，妙计啊！"

大山深处的吴家驻地，气氛异常紧张。吴乾坤一巴掌抽在丢枪的族人脸上，骂道："混账！现在是在打仗，你知道吗？丢了枪是要枪毙的！"

那人惶恐不安，捂着脸，哀求着："族长大老爷饶命，这不赖我呀，我是抱着枪睡着的，一睁眼那枪就没了，真是奇了怪了！"

吴乾坤瞥了一眼一旁的吴管家，说："怎么回事儿？难道来了贼了？"

吴管家说："不可能呀！昨儿一宿我都在巡夜，十几个流动岗呢！再说了，这深山老林的，哪有人敢来啊？"

吴乾坤思忖着，说："那就是出了内贼了，挨家挨户给我搜！"

吴管家随即找出花名册，一个一个地核对搜查。查了半天没查到枪，反倒查出丢了一个人——吴天旺不见了。

"吴天旺？"吴乾坤听得管家说，气便不打一处来，骂道，"这个狗杂种，我说要宰了他，你还帮着求情，现在看清他是什么东西了吗？他居然还偷了枪！"

吴管家小心地劝道："老爷，事情已经这样了，您用不着生他的气了！"

吴乾坤说："一个狗杂种，我生他的气，犯不上！管家，虎头湾怎么样了？"

吴管家说："我在山路上加派了三道眼线，他们都回了话了，没有任何动静。看来，海阳城里的鬼子也没再敢打虎头湾的主意！"

吴乾坤点了点头："好啊，虎头湾，今儿个晚上咱们可得回去一趟了！"

平静了一天的虎头湾，到了夜里仍是平静的。广场上一股小旋风卷着几片落叶，像幽灵似的蹿到这个角落，又蹿到那个角落，尽情地宣示自己的存在。海猫肩上挎个大包，手里拎个小包，轻手轻脚地走进吴家大院，然后又轻车熟路地来到吴母的房间，借着月色，打开了机关，进了密室。

苏菲娜接过海猫的大包小包，拿出注射药，配好药，挂起输液瓶为林家耀输起液来。林家耀脸色蜡黄灰暗，没有一点血色，气若游丝。

海猫看了看，有些焦虑："怎么还没有醒啊？"

苏菲娜说："他醒过两次了，现在是又疼晕过去了。"

海猫说："那……他还活得了吗？"

苏菲娜叹道："我只能说我会尽力！"

突然，昏迷中的林家耀喃喃自语："若云！若云表妹……"海猫被吓了一跳，看着虚弱的林家耀，心里难受，脸上尴尬。

苏菲娜说："他在昏迷中，经常喊吴若云。"

海猫避开苏菲娜的目光，故作若无其事地应着："噢——吃的东西和药品都在这儿了，我得赶紧走。"

苏菲娜突然说："等一等，有件事我必须告诉你，吴乾坤来过。"

海猫一下子紧张起来："什么？他来过？"

海猫眉头紧蹙，小心翼翼地启动机关，出了密室，进了吴母房间，然后身影一闪来到吴母的小院。他脚还没站稳，突然觉得后背一阵凉风袭来，想回头看，却已经来不及了，两杆枪同时顶住了他的后脖领子。海猫连忙举起手来，说："哪路英雄，有话好好说，千万别开枪！"

来人一句话也不说，甩出黑布罩，一下子蒙在海猫的头上，把他押进亮堂堂的吴家客厅。有人大声喝道："跪下！"

"要杀就杀，二十年后老子又是一条好汉！老子不跪！"海猫的喊声更大。他伸手摸索着，没摸到枪，便索性揪下了黑布罩。他睁眼一看，客厅的官帽椅上端坐着吴乾坤。

这时，客厅里的其他人已经退下。海猫连忙起身上前，说："爹，是您啊，这事闹的，大水冲了龙王庙，一家人不认识一家人了。咋回事儿啊？"

吴乾坤说："你还问我怎么回事？"

海猫有点儿心虚，说："是，那地方对您、对吴家来说很重要，我不该让外人……我听苏医生说了，您去过了，谢谢您啊，没把他们赶走。"

吴乾坤说："少说这些客套话，知道对不起我，好好待我闺女就成了。我想了，这样下去不行。你要是都死了，若云无依无靠；我岁数大了，又带着族人乡亲走不了。你今天必须连夜带若云走！"

海猫大惊："啊？不，我不能走！"

吴乾坤说："我就知道你会这么说，可我心里是怎么想的，我也得告诉你，我必须得给我闺女找个依靠！你要是不带她走，我就只能宰了你了！反正你和若云成亲没别人知道，而且你俩压根就没圆房，你糊弄不了我！"

正在这时，吴若云跨进客厅，说："爹，你说什么呢？"

吴乾坤有些尴尬："你怎么回来得这么快？"

吴若云说："听管家说您找我，爹找闺女，我还不得快点来啊！"

吴乾坤说："爹是为了你好。海猫，若云来了，当着她的面，我再说一遍，我这条老命留下来打鬼子，你们小两口赶紧远走高飞！"

海猫用恳求的目光看着吴若云。吴若云说："爹，您这不是为难海猫吗？再说了，就算他想走我还不干呢！"

吴乾坤说："你说什么？"

"为什么要走啊？虎头湾是我的家，也是海猫的家，他爹娘都生在这里长在这里，他是回来认祖归宗的，您为什么要赶他走呢？"吴若云深明大义地说。

吴乾坤叹道："唉！咱不是得罪了小鬼子吗，这个家迟早会让他们放把火烧了。"

吴若云说："房子烧了可以再盖，再说，小鬼子有那么可怕吗？我看一点儿都不可怕！海猫编秧歌词，骂他们是活王八，他们还笑呢！再说，咱们一仗就打死一百多个鬼子，还把他们的大部队吓得缩在县城里不敢出来，真的变成了王八！我们为什么要怕他们？为什么要跑？他们要是再打过来，我还想上战场呢！花木兰替父从军，多威风！上回都怪爹给我的枪不好，离得远我都打不着鬼子！"

吴乾坤实在不知道该怎么说。海猫见状咳嗽一声，装作数落道："若云，你怎么跟爹这么说话啊？爹想让咱们走是为咱们好，你不想走就跟爹慢慢讲道理，你怎么还怪上爹了？对不住啊，爹，我替若云给您老人家赔礼。"海猫给吴乾坤鞠了一个躬。

吴乾坤看透了他俩的把戏，抱拳说："若云她个丫头片子不懂事。海猫，你要是个爷们儿，你得心疼你媳妇！我老头子求你了行吗？你快带我闺女走吧！"

海猫连忙掰开吴乾坤的双拳，说："哎哟，我的老丈人，这可使不得。若云，你进来之前我正在想，爹担心你的安全是有道理的，我有个主意，不知道合不合适？"

吴乾坤说："有啥主意你快说！"

海猫说："爹，我是真走不了，但是我想可以先送若云走。等我们取得了初步的胜利，这里安全了，再把若云接回来，怎么样？"

吴若云说："不行！你出的什么狗屁主意，我爹这么大岁数了，我必须得在他身边。爹，若云不孝，从小到大就没尽过女儿应尽的责任，您就别撵我走了，就让我留在您身边早晚尽孝吧！"

吴乾坤急了："哎呀！你……你自己还没有儿女，你不知道当爹的心哪！你走了，太平了，爹才能安心打鬼子！"

吴若云扑通一声跪在吴乾坤脚前："爹，我明知您杀敌报国，随时都有危险，难道当女儿的就能安心吗？爹，求您了，从今往后，您再也别撵我走了！"

海猫也扑通跪倒，说："就是啊，爹，既然若云这么坚持，就算了吧！"

吴乾坤一跺脚，向后退了两步，一屁股坐在椅子上，叹道："算了算了，你们小两口都在这儿，一起给我磕个头，让我也过过老丈人的瘾！"

海猫和吴若云相视一笑，双双磕头："给爹请安！"

不料，吴乾坤突然说："好，入洞房去吧！"海猫一下愣住了，啊地叫出声来。吴乾坤说："啊什么啊？已经是夫妻了，还有什么好啊的？大道山道我都派了眼线，今儿个，虎头湾太平！"

海猫只得硬着头皮答应着，拉起羞得满脸绯红的吴若云，走进吴乾坤又一次为他们布置好的洞房。进了房，海猫愣愣地站着发呆，吴若云坐在床沿，说："想什么呢？"

海猫回过神来，忙说："啊？没想什么，什么都没想。"

吴若云说："行了，我知道你会找各种理由，走吧，从后窗户走，省得让我爹抓到，打折你的腿！"

海猫讷讷地说："是，我是挺着急走的……"

吴若云说："那还不走？"

"可是……我还有话想对你说。"海猫说着慢慢走向吴若云。吴若云有些难为情，扭过头去。海猫陷于回忆之中，喃喃自语："现在想想，从我第一天见到你，你对我来说，就是个特别的人儿，记得那时候我叫你小娘儿们来着……"

"我还抽了你的嘴巴。"

"海盗又是刀又是枪的，可是我居然说要跟你一起……过后好多天我都在想，我哪儿来那么大的胆子。"

"就是，我也想过，这个叫花子胆儿可真大！"

"我的胆子是你给的。"

"我给的？我什么时候给你了？"

"你的眼睛会说话！"

"都说什么了？"

"其实，啥也没说，她就是把我的魂儿勾走了！"

"讨厌，油嘴滑舌的，这话跟几个女人说过呀？"

"我是油嘴滑舌，可我今天想跟你说实话，说心里话。我好像有一肚子话，不知道从哪儿开始说……"

吴若云坐在床沿，往边上挪了挪，示意海猫和她并排坐着说话。海猫向前挪了一步，但又缩了回来："我还是站着说吧，一坐下我更说不出口了……"吴若云更不敢看海猫了，脸色绯红，含羞带露。海猫深情地说："后来，我们就同生共死了，你喜欢我叫你小先生……再后来，我给你添了很多麻烦，让你为我受了太多的苦，尤其是被关了三年……"

　　吴若云勇敢地抬起头，眼睛闪亮，说："别说了，当时是觉得苦来着，今天想想，全值了！"

　　海猫说："可是，真的值吗？你说实话，要不你再好好想想，我真的能配得上你吗？按你的话说，我就是个穷鬼，穷鬼中的穷鬼。你们大户人家不是讲门当户对吗？照虎头湾的老规矩，我就是个孽障……"

　　吴若云打断他说："你怎么了，海猫，你说的都是什么话？你今天太怪了，说话吞吞吐吐的，一点儿都不像你！"

　　海猫吸了一口气，说："是这样，这两天我一直在想，其实我配不上你，根本配不上！尤其是跟林家耀比起来，我简直差他十万八千里！本来，你跟林家耀是有婚约的，你们俩郎才女貌，门当户对，也早就谈婚论嫁了，都是我捣的乱。不过，现在林家耀回来了，虽然他在南洋娶了媳妇，可那是被他们家里逼的，也不能算他的错。你要是在意，那是个事，你要不去想它，那就不是个事，要不你再好好想想？咱俩成亲的事也没人知道，你爹也说了，反正还没圆房，什么都来得及！"

　　吴若云听罢大怒，抡起巴掌就向海猫的脸上抽去。海猫没躲，说："我就知道你会这样，因为我看出来了，你死活不搭理林家耀非要嫁给我，就是在气头上一时想不开——"话音未落，吴若云又抡起巴掌，啪的一声抽在自己的脸上，泪水夺眶而出。海猫睁眼一看吓坏了，连忙上前拉住了她的手："你干吗打自己啊？"

　　吴若云脸上淌满了泪水，哽咽着说："我恨我自己瞎了眼，看上了你！我的一片真心都给了你，还不如喂了狗！"

　　海猫说："不是，你再好好想想。你知道吗？林家耀真的是个不错的男人，他对你重情重义，直到现在，他昏迷中还一直叫着你的名字。我真的是觉得，跟他比起来，我配不上你！"

　　吴若云说："可是我爱的是你！你懂什么是爱吗？那是这个世界上最高贵的情感，是不可以推来推去的，是不容亵渎的！"海猫被吴若云强烈的目光逼得有些发毛。吴若云说："在我被当成犯人囚禁的那三年里，我无数次想过要结束自己的生命，可是每当想起你，想起你被枪毙时的样子，我就不敢去死！冥冥之中我总觉得我要等你。你知道吗？那天我穿着大红喜袍，坐在花轿里，听到你声音的时候，我第一次相信了海神娘娘。我真的以为有神灵保佑你，让你死而复生了！

我觉得我那三年等得值！……后来林家耀回来了，我发现我的心根本没有一丝动摇，这更让我坚定了我爱的人就是你！你一次次地拒绝我，欺骗我，可是我从来都没恨过你。我一直在想，哪怕只有一点点希望，我都要等，我这一辈子只能嫁给你！终于，我们成亲了，你说了，没有唢呐，可是在我心里，鞭炮齐鸣，鼓乐喧天！是，除了你我，拜堂的时候没有别人，可我认为我是天下最幸福的新娘！你已经叫过我媳妇了，你知道吗，那是我梦寐以求的，那甚至是我活下去的理由！现在，你这是干什么？你要抛弃我吗？你要把爱你的人推给别人吗？"

吴若云声泪俱下，海猫如醍醐灌顶，蓦然大醒："没有！我绝不是这个意思！我只不过是觉得林家耀他可能也非常爱你！"

吴若云余怒未消："他爱我那是他的事，可你为什么要这么做？就是因为林家耀受伤了？他是替你挡的子弹？你觉得对不起他了？你拿你的媳妇去送人，我难道是件东西吗？"吴若云越说越伤心，她从腰间掏出枪来："给，嫁鸡随鸡，嫁狗随狗，我既然嫁给了你，我的命就是你的，你嫌我累赘不想要我，你可以一枪打死我，这样岂不是更干净！"

海猫捧住吴若云握枪的手，泪如泉涌："不是！我真不是这个意思，我求你了，媳妇，我压根没这意思！"

吴若云收回枪，又气又心疼："你认我是你媳妇？"

海猫忙说："认！我认……可我就是觉得，林家耀他确实比我强，再说你们有婚约在先，我……"

吴若云气得七窍生烟，一把拉住海猫的手，喝道："跟我走！"

吴若云拉着海猫冲进密室，推开苏菲娜，站到了病床前。似乎感觉到有人来到跟前，林家耀睁开双眼，视线由模糊变得清晰，他看到了眼前的吴若云，激动异常，脸上立刻绽放出幸福的笑容："若云表妹……我终于见到你了！"

吴若云努力抑制着情绪，说："林家耀，你醒了？正好，海猫也在，有几句话我想跟你说清楚。"林家耀嘴角动了动，有些尴尬。吴若云附在他耳畔说："当年为了救我，你中了枪，我很感激。你们林家大富大贵，作为长房大少爷，你能看得上我，我也很荣幸。后来出了些岔子，我任性，非要在海猫被枪毙的时候跟他拜堂，圆他一个心愿，你答应了，成全了我，我谢谢你。幸好出了这个岔子，你叔叔派人把你抓走了，咱俩没能成亲，要不然，我一定会后悔的，因为我从来没有爱过你，我爱的人是海猫！"

海猫大惊失色，忙阻拦着："小……小先生……"

吴若云猛地回过头来："你叫我什么？"

海猫结结巴巴地说："若云，林医生受了这么重的伤，这才醒过来……"

吴若云神态自若："我问你,你刚才叫我什么？"

海猫窘迫不已,无奈地说："哎呀,咱不是都说好了吗,我叫……"

"好了,我不难为你。"吴若云突然变得温柔起来,对海猫飞了个媚眼,转头又对林家耀说,"家耀少爷,有件大喜的事我得告诉你,我跟海猫成亲了,这回是真的,拜了天地入了洞房,我已经是他媳妇了,请你祝福我们,也请你以后忘了我吧！我祝你早日康复！"吴若云说罢,头也不回地转身就走。

林家耀眼前一黑,又一次昏厥。海猫连忙趴在病床前,低声呼唤："林医生……你醒醒啊……"

苏菲娜推开海猫,说："快去追吴若云吧！你在这里,只能影响林医生的情绪。"

海猫愣愣地看着苏菲娜。苏菲娜的眼神很干净,看不出生气,也看不出埋怨,但仿佛又有生气,又有埋怨。海猫只好避开她的目光,转身追了出去。

林家耀的大脑一片空白,两行泪水从他的眼角悄无声息地淌下来。

第四十四章

赵家在大山深处的避难地没有吴家那么讲究,在山根旮旯有少数大户富甲搭建了临时的帐篷,大多数老百姓用席子围成一圈,席地而居。

赵香月被一阵杂乱的脚步声吵醒,她翻身坐起来,见赵家花蛤儿和一名乡勇跟在赵鲅鱼身后迎面走来。她一惊,揉揉双眼,仔细地辨认着赵鲅鱼。赵鲅鱼见了赵香月,偷偷向她抛着媚眼,一路走着一路说："哎,这地儿不错啊！山清水秀,还有阴凉,谁选的,有眼光,不简单！"

花蛤儿说："你小点儿声,大伙儿还睡觉呢！"

赵鲅鱼压低声音问道："现如今咱赵家哪个老爷做主啊？"

花蛤儿说："老爷？咱们赵家现在大伙儿做主,不听哪个老爷的！"

赵鲅鱼说："哎哟,了不起！哥们儿,你们现在厉害了啊！我回来得正好,跟着你们哥儿几个混,咱们自己做主儿,想收拾谁就收拾谁！"

花蛤儿说："你闭嘴吧,谁知道你是不是奸细！"

赵鲅鱼说："哎,我说花蛤儿,咱俩可是光屁股一起长大的,怎么能怀疑我是奸细呢？"

老斧头招呼赵大橹和他的七八个兄弟刚开完会,一散会便碰上了赵鲅鱼。赵大櫓劈头问道："你是鲅鱼? 怎么回来了? "

赵鲅鱼说："赵大櫓,看样子你管事啊,我是鲅鱼啊,你不认识我了? "

赵大櫓说："扒了皮我都认识你骨头! 咱赵家穷人堆里就出了你这么一个败类,居然跟着吴江海在鬼子的侦缉大队混,你回来得正好,我提议枪毙了你这个汉奸! "

赵鲅鱼说："别啊! 咱们可都是亲戚,乡里乡亲的,你们枪毙了我,赵家的老祖宗可饶不了你们! "

正在这时,赵鲅鱼的爹娘和叔婶闻声跑来,鲅鱼娘扑到鲅鱼身上,哭道:"鲅鱼啊,你可回来了,想死娘啦! "

鲅鱼爹对赵大櫓说:"老侄呀,你别枪毙他,他跟着吴江海去侦缉大队,也是为了挣俩钱花。你们都知道他游手好闲,在虎头湾连饭都吃不上哪! "

赵鲅鱼说:"我虽然人在侦缉大队,可我什么坏事都没干过。我现在知道错了,小鬼子跟纸糊的似的,说要来打虎头湾,一下就被你们干死了一百多。我心里琢磨,我还是回来吧,要不然有一天也得完蛋! 我这叫改邪归正啊! "

鲅鱼娘说:"就是啊,我儿子他改邪归正了,大伙儿就饶了他吧! 我这当娘的替他给大伙儿下跪了! "

鲅鱼婶也在一旁帮腔,说:"乡亲们啊,我也替我侄子给你们下跪了! "

老斧头连忙搀扶起两个老人,叹道:"哎,这是干啥? 都乡里乡亲的,你们起来! "

赵大櫓说:"你们都别嚷嚷了,我就是吓唬吓唬他。臭鲅鱼从小胆儿小,见小鬼子被咱们干掉一百多,吓得不敢干了,回来找爹娘,说得过去。"

老斧头说:"我也是这个意见,这个时候团结最重要。再说,除了我老斧头,你们不都是沾亲带故的吗? "

赵大櫓笑了:"是,按辈分,臭鲅鱼还大我一辈儿呢。行了,鲅鱼,你先住下吧,可你要是奸细,我手里边的家伙饶不了你! "

赵鲅鱼贼眉鼠眼,四下打量,目光正好和赵香月相遇,被她狠狠地瞪了一眼。赵香月暗暗埋怨赵大櫓,臭鲅鱼从小就光胆小吗? 他欺男霸女,谎话连篇,难道你不知道? 怎么问这么三言两语就饶了他呢? 如果是海猫,绝对不会这么草率。赵香月和海猫已经有好几天没见了,她一直为他担心,心里就像十五只吊桶打水,七上八下的。

此刻,海猫又一次登上了聚龙岛,他手里拎着一坛子上好的大嵩卫酒,一见黑鲨就抱拳说:"大哥又救了我一命,兄弟怎么谢? "

黑鲨说："这回用不着谢了，你把鬼子引上蛇岛，让哥哥我这个当海盗的也杀了一回小鬼子，我还得谢你呢！"

海猫笑道："听说大哥当着大嫂的面宰了荣七，这回你们两口子和好了吧？哎，看样子嫂子没来聚龙岛，你也没上蛇岛团聚，难道嫂子还不原谅你？"

黑鲨哈哈大笑："我媳妇不是小心眼的人，我宰了荣七，替她的姐妹报了仇，她高兴极了！"

海猫说："太好了，恭喜大哥！请问大哥，救我的那一天，您怎么就去了虎头湾呢？"

黑鲨含糊其辞，说："我就是想你了嘛，想去看看你呗！"

海猫说："不对，大哥没说实话。我想来想去，大哥那天是去算计吴乾坤的，对不对？要不也不会那么巧……"

黑鲨脸一板："是又怎么样？杀害我父母的大仇，今生怎可不报？还有你，我知道，你已经跟吴乾坤联手了，可当大哥的我得给你提个醒，你跟我是一样的身世，你想想你爹娘的在天之灵，能不能原谅你这个当儿子的！"

海猫说："大哥说的是，家仇难忘！可如今国难当头，为国家建功立业，做一个响当当的大英雄，才对得起父母的在天之灵啊！是，吴乾坤害死了咱俩的爹娘，可是他恨鬼子，他的手里有一百多条枪，吴姓子弟几百条汉子都愿意跟着他打鬼子！这时候你杀了他，岂不是与日寇为伍？！你还不如直接去当汉奸呢！"

黑鲨急了，抬手按在腰间的枪把上："你胡说！"

海猫毫不示弱，说："这是在大哥的地盘上，要杀要剐随你，我海猫是个直性子，跟大哥不绕弯子！对了，我今天带了一坛窖藏二十年的大嵩卫酒，是我们政委王天凯同志委托我送给你的，咱哥儿俩找个地儿喝几口？"

黑鲨一愣："政委？"

"是，我们队伍的首长，他有些话让我带给你。"海猫说着，生扯硬拽地把黑鲨拉到海滩的一块礁石旁。两人席地而坐，举起酒坛子，你一口我一口地干喝起来。离海猫和黑鲨不远处，荣六和他的一个亲信偷偷看着，鬼鬼祟祟。

海猫喝得满脸通红，但他没忘这次来见黑鲨的目的，说："大哥，我可舍命陪君子了，这二十年的窖藏都喝了，就请大哥把二十年前的仇暂时忘了吧！"

"不行，我忘不了！"黑鲨起身将酒坛子摔碎，然后扑通跪倒在地，说："爹、娘，二十三年了，我直到现在都想不明白，他们有什么权力把你们沉海？就因为你们两人一个姓赵，一个姓吴，成了亲生了我？我今天再向老天发誓，我不光要杀了吴乾坤，我还要宰了赵洪胜！"

海猫说："好，大哥真是大孝子，当儿子的要替爹娘报仇，天经地义，无可厚非，但是，我相信大哥应该知道什么叫以大局为重！"

黑鲨说："我不知道，吴乾坤现在要打鬼子，我绝不能让他死在日本人手里，如果不能亲手宰了他，我就对不起我的爹娘！"

海猫恼了，冷笑道："好！那我就想办法撮合撮合，来场大会战，就在杀小日本的战场上，我倒要看看，吴乾坤冲锋陷阵的时候，你会不会打他的黑枪！"

黑鲨一愣，说："你认为我不会吗？"

海猫说："你绝对不会！在虎头湾向小日本打响的第一枪，就是黑鲨大哥开的！那一天你是奔吴乾坤去的吧？大哥，兄弟我再对你说句实话吧，吴乾坤现在是我老丈人了……"

黑鲨说："什么？你跟他闺女成亲了？我说呢，你小子倒是知道胳膊肘往哪儿拐啊！既然你跟吴乾坤是一家人了，你我的兄弟情分从此一刀两断！"

海猫笑道："虽说他现在成了我老丈人，可我跟大哥一个头磕在地上在先，我娶了他闺女在后，哪有胳膊肘往那头拐的事啊！大哥，我海猫以前没读过书，到了革命队伍里，我开始读书，还学会了写大字，慢慢也明白了很多道理。大哥，我就问你一句话，国大还是家大？"

黑鲨说："当然是国大。"

海猫说："那不就完了，没有国哪有家？小鬼子是来亡中国的国，灭中国的种的，要是让他们得了逞，不管是吴乾坤，还是你黑鲨，或者是我海猫，我们都成了亡国奴，被人踩在脚底下，连狗都不如！到那个时候，你还能想着替父母报仇？大哥，你我都是堂堂的中国爷们儿，先把日本鬼子赶出咱们中国，关上门，再处理咱们的家事，如何？"

黑鲨说："说来说去，还是替你老丈人来说情的！"

海猫说："哎，你可真说错了。我老丈人脾气比你大，人和枪也比你多，他要是知道跟你并肩作战，绝不会答应！"

黑鲨急了："这么说，我跟他吴乾坤一起打鬼子，我还得求着他不成？"

海猫说："那可不？人家年轻的时候带过兵，当过正经八百的大团长！你再英雄，也就是个海盗，你跟他并肩作战，你不掉价儿，丢人的是他！不过，如果你答应跟他一起打鬼子，我再去找他说，估计他会给我这个面子的。"

黑鲨摇摇头："你等会儿，兄弟，你这弯子兜得够大的，敢情是个激将法啊！"

海猫说："你这么说也行，就是激将法！反正是为了杀鬼子，你答不答应吧？这一仗保准比上回痛快，就是没那么好打，这次面对的可是小鬼子的大部队！所以，我还想请大哥去动员大嫂，咱们联合起来打一场大仗！"

黑鲨笑道："这个好说，那娘儿们上回打仗打上瘾了，要是听说有这么好的机会，我不带着她，她准得跟我急！"

海猫说："那太好了！不过，大哥得抓紧时间好好练练兵，而且得做好战前动员工作，仗打起来可不能一有伤亡就往后缩，那我的计划就全泡汤了。"

黑鲨说："这个你放心，打仗总要死人，更何况是打小鬼子，战死沙场那是光宗耀祖！我会跟他们讲清楚的。"

黑鲨送走海猫，回到大殿就给众海盗训话："兄弟们，没有谁生下来就是财主，没有谁生下来就该受穷，也没有人生下来就是海盗！可是，我们被逼得当了海盗，今天在场的各位都管我叫大哥，岁数最大的，跟我在这聚龙岛上待了十好几年了。虽说日子逍遥快活，可海盗毕竟是海盗，现在机会来了，小鬼子打到了咱们胶东，国家正是用人之际，咱们手里边有枪，这个时候打鬼子，将来就是国家的英雄，以后就不用当海盗了！你们愿不愿意？"

众海盗群情激奋，异口同声，高喊："愿意！愿意！"

黑鲨见荣六一言不发，神色有些古怪，便问道："怎么，老六，你不愿意？"

荣六回过神来，忙说："看大哥说的，您还不知道我，我啥时候还不是大哥怎么说我就怎么做。既然大哥想好了您就吩咐，我肯定跟着您啊！"

黑鲨说："好，既然都愿意，那有句话可得说在明处，打仗要死人，怕死的成不了英雄！可临阵脱逃的，也得吃我的枪子儿！还有句话也要说在明处，我一会儿就去跟我媳妇竹叶青商量，等把小鬼子赶走了，我就挨个儿带着你们上她的岛上提亲去，把岛上的姑娘全都给娶了，咋样？"众海盗一片欢腾。

欢腾声中，荣六低声和他的亲信交代："叫上你们哥儿几个，到老地方碰个头。"

吴乾坤沟壑纵横的脸，就如同海神庙下的大海，风一刮，层层波纹，阵阵涟漪。站在他身边的吴管家说："老爷，您都站了半天了，风大，要不回屋歇会儿吧？"

"这也算风？我现在是带兵打仗之人，老囚在屋里歇着，那我能打得过谁啊？再说，在这里看老祖宗留下的虎头湾，我是怎么看都看不够啊！"吴乾坤的豪迈中莫名地多了些许感伤。

吴管家笑着说："那您就看吧，咱们放出的眼线也都回话了，小鬼子根本不敢出县城，兴许哪，他们再也不敢来虎头湾了呢！"

吴乾坤摇摇头，心情有些沉重："这两天看似肃静，可肃静最可怕。我琢磨着，一场大仗就要来了！出不了三天，兴许虎头湾就得变成战场了！记着我上回跟你说的话，你千万别往前冲，我死了，春草儿和我没出世的儿子，全都交给你了！"

吴管家沉重地点点头，说："放心吧，老爷，我记着呢！"

这时，一名乡勇飞快地跑到吴管家跟前，附在他耳边说着什么。吴管家连忙转身对吴乾坤说："老爷……"话说了半截，又止住了。

吴乾坤问道："小鬼子有动静了？"

吴管家说："不是，海猫摇船从聚龙岛的方向回来了。"吴乾坤听了，不由得皱了皱眉头。

不大一会儿光景，海猫便快步走到吴乾坤跟前，满脸笑容地说："爹，原来您回来了啊，我还怕在深山老林找不着您呢！"

"小鬼子离得远着呢，我凭啥躲在深山老林里啊。老弱妇孺都安顿好了，我身为一族之长，得在这儿给他们看着家！怎么，你找我有事啊？"吴乾坤板着脸说。

海猫仍是一脸的笑容，说："爹，就这一两天，可能要打一场大仗！"

吴乾坤有意考验海猫，便问道："是吗？此话怎讲？"

"我有想法和主意，想跟您老人家商量商量，要是我哪儿想得不周到，您给我支支招！"海猫说着，便拉着吴乾坤蹲在地上，滔滔不绝讲述着他的计划。说到激动时，他把砖头、瓦片和大小石头摆了一片，手舞足蹈地比画着。

吴乾坤摆摆手说："我听明白了，你是想让虎头湾给你们八路军打策应！"

海猫笑道："是这意思，不过其实最重要的战场是在虎头湾！"

吴乾坤说："就是啊，小鬼子大部队都在虎头湾，你们的部队乘虚而入。我们这边不惜代价地拖住小鬼子，你们八路军才能拿下海阳城，是这意思吧？"

海猫嘿嘿笑着，说："爹不愧带过兵打过仗，我还没说完呢您就全明白了！"

吴乾坤仍然板着脸，不置可否，说："真是如意算盘。我说你们八路军的队伍怎么竟像滚雪球一样，这么几年就壮大起来了呢！"

海猫听出了他的弦外之音，说："啊，爹，您这是不愿意啊？虎头湾这边要对付鬼子的大部队，仗肯定不好打，也会带来很大伤亡，这一点部队首长也考虑到了，如果您不同意，我们再想其他办法，或者以后再寻找战机。"

"别啊，我不怕打硬仗，要是能帮女婿立功，付出点儿代价，我这个当老丈人的也心甘情愿！"

海猫没想到吴乾坤来了一个三百六十度的大转弯，有些难以置信，赶紧说："爹，军中无戏言，这么说……您答应了？"

吴乾坤突然爽快起来，说："答应。你小子会打仗，战略部署，有点儿模样。"

海猫指着假设沙盘上虎头湾与县城之间的一条防线说："爹，我的意思不知道您听清楚了没有，这条防线我想……"

吴乾坤不耐烦了，打断他："黑鲨带着两个岛的海盗打小鬼子的伏击，我听清楚了！"

海猫眨巴着双眼，迟疑着说："跟黑鲨联手……您没意见？"

吴乾坤淡淡地说："他都愿意打，又是为国立功，我有什么意见？"

海猫兴奋不已："那太好了，爹，心有灵犀一点通，我还以为我得磨烂一层嘴皮子呢，没想您老人家这么开明，居然能答应跟您的仇人打配合！"

吴乾坤说："答应，答应，这有什么不答应的！"

海猫说："还有，就是赵家的队伍会从后山下来，给您打策应！"

吴乾坤说："知道了。"

海猫简直不相信自己耳朵："爹，这个您也没意见？"

"什么吴家赵家，小鬼子来了先收拾小鬼子！"吴乾坤微微笑着，笑得很慈祥。

"爹，您真好，我真不知道该说什么好，为了国家，您能化敌为友，不计前嫌，就您的这份心胸，我得拿一辈子跟您学！"海猫是打心眼里感动了。

吴乾坤说："行了行了，一家人不说两家话！不过我得问问，仗打起来以后你在哪儿啊？"

海猫说："我想我应该跟大部队在一起，等我们那边取得了胜利，我就带着大部队增援虎头湾，彻底消灭敌人！"

吴乾坤说："好，这个好，这我就全放心了！"然而，海猫压根没有想到也顾不上去想，吴乾坤的这句话里竟藏了这么多的事。他离开虎头湾，又马不停蹄地回到海阳县城。

在海阳县城日军指挥部，三浦也是马不停蹄地穿梭在藤田和赵洪胜之间。他向藤田汇报："指挥官阁下，我都已经布置好了，我想应该用不了太久，我就可以把嘲笑您的那些刁民全部处死！"

藤田怒道："我要亲手剖开赵洪胜的胸膛，看看他肚子里藏了多少谎言！"

三浦忙说："不，赵洪胜到底是怎么样的人，我还不清楚，我去见见他，到底是该杀还是该留，我帮您做个判断。"

藤田说："也好，那就拜托三浦君了！"

三浦告辞藤田，旋即来到赵洪胜家。他见了赵洪胜，劈头就问："赵县长，你有没有对藤田指挥官撒过谎？"

赵洪胜毕竟是老江湖，本能地做出了最正确的选择，说："我有罪！我有罪！我欺骗过指挥官阁下，而且不止一次。"三浦一下子愣住了。赵洪胜说："藤田指挥官要看大秧歌，这件事情我是一直反对的，我主要考虑的就是指挥官的安全，可麻生太君急于立功，他根本不了解虎头湾的凶险啊！那些穷鬼编秧歌词骂指挥官，我只能装糊涂。你可能有所不知，虎头湾有两个大户，我身为赵姓族长，要是把这事挑明了，难道眼睁睁地看着皇军把我的族人都杀光了？还有，我怕藤田指挥官一怒之下烧了虎头湾，就编出了海神娘娘显灵的胡话来欺骗他。毕竟，那是我的家啊，我那份家业可是老祖宗留给我的。"

赵洪胜把谎话当成实话说，诳得三浦连连点头："赵县长这么坦白，难得！难能可贵啊！"

赵洪胜说："我是当着真人不说假话，您的身份我清楚，请三浦先生在指挥官面前多帮我美言，保我性命，我愿意拿我这条老命为皇军效力！"

正在这时，有下人上来奉茶："贵客，您请喝茶。"三浦有些意外，抬头瞥了一眼年轻的下人，又看着赵洪胜。赵洪胜闻声看去，吓得一哆嗦，那下人竟是海猫，他急中生智，张口骂道："混账！什么时候轮到你来给贵客上茶了，管家呢？"

"县长大老爷，您忘了吧，管家……"海猫随机应变的本事更大，把话柄还给了赵洪胜。

赵洪胜长叹一声，故作恍然，拍着脑门说："对不住，我失态了，实不相瞒，三浦先生，我的管家几天前在我家里被人杀害了！"

三浦说："有这样的事？"

赵洪胜说："千真万确，我这些日子吓得老做噩梦，大白天都恍恍惚惚。"

三浦说："请赵县长放心，以后我会派专人保护你的。"

赵洪胜说："我知道，指挥官一定会挥师平定虎头湾，我盼着这一天呢！我向先生保证，我赵姓族人都是顺民，吴姓族人个个该杀！尤其是吴乾坤，他就是谋杀麻生太君的凶手！"

三浦说："赵县长这么肯定，不是还有一个叫海猫的共产党吗？"

赵洪胜偷偷看了一眼海猫，答道："啊，对，他跟吴乾坤是一伙的！"

三浦点点头，转身离开。赵洪胜送他送到大门口，回头发现海猫一直站在他身后，便压低嗓门吼道："你好大的胆子，你知道刚才那个人是谁吗？他是土肥原机关的三浦纯一郎！"

海猫也不由愣住了："三浦？他就是三浦？你怎么不早说啊！哎，他来找你干什么？"

赵洪胜说："还能干什么？兴师问罪！完了，完了，我得赶紧走！"

海猫说："你要去哪儿？"

赵洪胜说："哪儿都行，越远越好！"

海猫冷笑道："那个三浦是土肥原机关的大特务，对吧？我想他离开你家的同时已经布下了天罗地网，你现在逃跑，就证明你刚才说的都是假话，不信你现在出去试试？你要是不幸身亡，外甥会给舅舅收尸的！"

赵洪胜大惊："哎呀，我怎么没想到呢？这可怎么好啊，我这条老命活到这把岁数不容易，我都是被你给害的！"

海猫说："开弓没有回头箭，只有我们把县城的鬼子都消灭了，你才安全。"

赵洪胜说："你还在做白日梦！三浦来了，你是他的对手吗？"

海猫说："我看他也没什么三头六臂的，刚才你不是对答如流，轻而易举地就把他糊弄走了吗？我敢说，把小日本赶出海阳城应该不会太久，机会就在眼前，我会留一个人在你身边，你只要把日本人的行动计划及时告诉我们就可以了。"赵洪胜尴尬地看着海猫。海猫说："一边是日本侵略者，一边是你的国家，你是个饱读诗书之人，我希望你做出正确的选择！"

捻匠铺外，围在倒扣在院子里的破船边，海猫、老斧头和王大壮一起，给赵大橹和他的赵家兄弟开了好一阵子会，才说服他们配合吴乾坤拖住来虎头湾的鬼子。海猫还答应赵大橹，等打完这一仗就跟政委汇报，让大伙参加八路军的队伍。

送走了赵大橹一伙人，海猫一转身便见赵香月不知什么时候已站在了他跟前。他惊喜地问道："小姨，你怎么下山了？"

赵香月指了指赵大橹一伙人的背影说："他们几个神神秘秘的，我猜是要下山来找你商量事，我就跟过来了。"

海猫说："你这是跟踪啊，小姨，你能当侦察兵了！"

赵香月说："那你就让我加入你们的队伍吧！我早就盼着这一天了。真的，海猫，我跟奶奶和爹早就说好了，你们的队伍里有女兵，那个姓苏的就是，你可别骗我，说不收女的！"

海猫为难地说："是收女兵，可是……"

赵香月说："你放心，我不会拖累你的，只要我加入了队伍，能天天看见你，我就知足了！我知道你们队伍里有规矩，不让娶媳妇，我可以等。"

海猫吓了一跳，忙说："不是，小姨，我……"

赵香月打断他，说："上次是我误会了，那个姓苏的女医生应该不是你媳妇吧？我回到家里越想越觉得不对，你海猫不是那种人，你曾经答应过我，怎么可能背着我娶别人当媳妇呢？我当时也是被吴若云气糊涂了，你别介意。"

海猫尴尬地苦笑着："不是你对不住我，是我对不住你。小姨，我当年是跟你说过想娶一个像你一样漂亮的女人当媳妇，可我没说要娶你啊……"

赵香月说："哪有直说的，那也太没羞没臊了。"

海猫硬着头皮说："咱俩不是差着辈分嘛——"

赵香月说："我早跟你说了，我跟大小姐所谓的亲戚远着呢，早就出了五服，对了，你们共产党的队伍不是不讲这些吗？"

海猫说："不是，赵大橹真的挺好的……"

赵香月说："大橹哥是个好人，要不是你活着回来了，我还真就嫁给他了。"

海猫说："现在你也应该嫁给他呀！"

赵香月说："那怎么能行？那年你被枪毙，我为你披麻戴孝当了未亡人。未亡人是什么意思，你不能装糊涂吧？"

海猫说："那不是小姨可怜我吗？"

赵香月说："不光是可怜，我就是想嫁给你！海猫，你别跟我说你早就娶了媳妇了，我不会信的。"

海猫一咬牙说："不是早就，是刚刚！"

赵香月抿嘴一笑："你天天打鬼子，忙得脚都不离地，你骗谁呢？"

海猫说："我不骗你，小姨，是真的！"

"我不信！新娘子是谁呀？吴若云？不能吧？他爹是逼死你爹娘的凶手，你跟她成亲，就是不孝！再说了，她是个飞扬跋扈的大小姐，你要娶了她，不得受一辈子罪呀？你又不是傻子，怎么可能呢？我知道你能说会道，眨一下眼就一个道道，你编，我看你还能编出什么瞎话来？我告诉你，你编出什么来我都不信！我还告诉你，我赵香月这辈子就得嫁给你！"

海猫想起吴若云跟他说她要把他们的亲事亲自告诉赵香月，便连忙搪塞道："小姨，这事还真得三头对质才能说得清，咱现在不说。你看，赵大橹来了，你快跟他们一起上山，要不然这一路上不安全。"

赵香月转身一看，赵大橹连个人影都没有，这才发现自己上当了。海猫撒腿就跑，边跑边招手说："小姨，对不住了，有些话我实在说不出口，以后我会找机会跟你说明白的，你赶紧去追赵大橹吧。"

赵香月气得直跺脚，但生气归生气，她认为海猫油嘴滑舌惯了，对他的话也并未细想，只管埋头往大山深处的赵家避难地奔去。

赵香月心急脚步快，临到山跟前见赵鲅鱼从灌木丛中蹿出来，沿着沟谷的地堰疾步小跑，便大声喊道："臭鲅鱼，你干什么去？"

赵鲅鱼闻声吓了一跳，他发现赵香月是孤身一人，便露出一副流氓嘴脸，边解裤腰带边说："你管天管地，还管我拉屎放屁啦？"

赵香月嫌恶地扭过头，急忙跑开，一口气跑回赵家避难地。赵大橹正站在高坡之上，人模人样地给大伙讲话："养兵千日，用兵一时。海猫的队伍那边已经来情报了，说小鬼子就要到虎头湾去！咱们现在都在后山等着，只要吴家那边一开火，咱们赵家就冲进虎头湾杀鬼子！"

大橹娘站在人群中听儿子讲话，脸上觉得十分光彩，不断地看看香月奶奶和赵老气他们，尽情地享受着大家投来的尊重，尤其是看老斧头时，骄傲中还带着几分羞涩。那眼神，那表情，顾盼流连，难能矜持。

　　赵大橹的话还没讲完，就听赵香月喊道："赵大橹，臭鲅鱼呢，快点点他的名，看他在不在！"

　　赵大橹喊道："赵鲅鱼，鲅鱼，臭鲅鱼，你给我站出来！"人群中一阵骚动，没人应声。

　　赵香月说："我刚才在沟谷看见他了，他说他……这个鲅鱼，我让他骗了！"

　　花蛤儿说："臭鲅鱼，他真是奸细啊？"

　　赵大橹满不在乎地说："奸细能咋的？我们先去执行任务，不管他，走！"

　　赵香月急了，喊道："你站住！"

　　赵大橹今非昔比，腰杆硬了，说话气也粗了："你怎么跟我说话呢？我在执行海猫交给我们的任务！完成好了，大伙儿都去参加队伍，你少捣乱！"

　　赵香月瞅瞅，忽然觉得赵大橹还真是个爷们儿，便说："你们拿枪的都走了，剩下的都是老人、女人和孩子，万一臭鲅鱼带小鬼子来了，大伙儿怎么办？"

　　众人一下毛了，议论声骤起，赵大橹也乱了方寸，他转头问老斧头："斧头叔，那咋办？海猫可没说这事儿呀！"

　　老斧头说："香月说的有道理，打小鬼子重要，可是乡亲们的安全更重要！这样，我们先带着乡亲们转移到安全的地方，然后再赶回虎头湾参加战斗！"

　　赵大橹说："这可往哪儿转移啊，那么多人，连老带小的。"

　　老斧头说："大橹，咱们兵分两路，我帮着大家转移，你按原计划行动，带你的兄弟先执行任务！"赵大橹如释重负，带上他的兄弟，一溜烟地跑了。

　　老斧头招呼着老幼妇孺，在一片哭叫声中，向一个沟谷的安全地带慌忙转移。一路上，多亏赵香月帮着张罗，否则，他一个外乡人的话，谁肯听呢！不说别人，鲅鱼的爹娘和叔婶就够难缠的，他们嚷着叫着不肯动身，非说鲅鱼绝不是奸细，肯定是出去解手迷路了，说什么也要等他回来一起走。赵香月倒是魄力十足，拔出老斧头腰间的枪，硬是逼着他们上了路。

　　赵香月一路逼着，一路说："你们的鲅鱼你们不了解，我可了解，就凭他平日里做的那些事，他不当奸细就不是他了！"

　　赵香月的话一点不假，狗到了天边忘不了吃屎。臭鲅鱼跑到县城就向吴江海报告了赵家的避难地。吴江海如获至宝，亲自把这个消息奉献给了三浦。三浦又立即转手奉献给了藤田。藤田连连点头说："很好，非常好！"

　　三浦胸有成竹地说："指挥官，我们一直等待的战机出现了，是不是该行动了？"

藤田说："统统马上出发，我早就等不及了！"

三浦当即对吴江海说："吴桑，我现在命令你，带着你的侦缉大队，消灭虎头湾赵姓族人的一切军事武装，把他们全部押回虎头湾！这个任务能完成吧？"

吴江海心想，消灭赵家就连他们吴家的老祖宗都盼着，现在吴乾坤煞费心机也办不成的事，让他摊上了，他能说个"不"字吗？于是乎，吴江海以从来没有过的姿势，高声答道："能，大日本帝国皇军万岁，保证完成任务！"

三浦眼珠一转，突然说道："哎，吴桑，你用不用带上赵家的族长赵洪胜？"

吴江海高兴地大嘴一咧，可没等表示同意，就被藤田打断："不！三浦君，让赵洪胜跟我去，我很想看看他见到他的族人被吴桑消灭时的表情！"

三浦说："既然指挥官有这么好的雅兴，那我亲自去通知他！"

三浦坐车来到赵洪胜的家门外。赵洪胜一听马达声，慌忙把乔装打扮的王大壮推到门后，起身跑出来迎接。三浦车都没下，探头对他说："赵县长，藤田指挥官要亲自督战，命令你跟他一起去！"

赵洪胜说："指挥官亲自督战？那是要打大仗吧？请问是去哪儿啊？"

三浦说："虎头湾，你的老家！"

赵洪胜不敢犹豫，忙点头说："噢，什么时间出发？"

"马上！"三浦从车窗口甩出两个字，车屁股冒出一股青烟，旋即离去。

赵洪胜转身回到屋里，边换衣服边对王大壮说："你什么都听到了，不用我汇报了吧，我可得马上走了！"

"你走我也走，告辞！"王大壮赶紧离开了赵家。

恰似一场暴风骤雨来临，天地风云都在一齐酝酿。然而，偏偏有一片飘零的枯叶耐不住性子，轻风一吹，便过早地赶来凑热闹了。

在一处僻静小四合院，春草儿从手上捋下个金戒指递给徐婆子，说："这个给你！"

徐婆子感激万分，又不敢拿："这可使不得，太太，我哪能要您的东西啊！"

春草儿说："拿着吧，老爷信任你，把我和肚子里的孩子都交给你了，以后啊，你还不定得受多少累呢，这是我的一点儿心意！"

徐婆子眉飞色舞地接过戒指，边瞅着春草儿隆起的肚子边说："真盼太太的肚子能争气，千万给老爷生个儿子，要不然，那边的孙少爷可就抢了风头了！"

春草儿说："你说啥，哪儿来的孙少爷？"

徐婆子这才意识到说错了话："也没，没什么……"

春草儿眉梢一挑："徐婆子，你得跟我说清楚，什么孙少爷，怎么回事？"

徐婆子吞吞吐吐地说："不是不是，也就我们几个婆子瞎说的，不一定真。太太，您就当我刚才放了一个屁，您别问了……"

春草儿从针线笸箩里拿出一把剪子，比画着，威胁道："徐婆子，今儿你要不跟我说清楚，我扎死你！"

徐婆子被吓坏了，忙说："哎，太太，我说我说，老爷这不是收了吴天旺当干儿子吗，给老太太出殡是他替老爷扛的幡。扛幡是啥意思啊，您想必懂的。他的女人要是比您早生出个儿子来，那不就成了孙少爷了？"

春草儿说："他还没娶媳妇呢，哪儿来的女人？"

徐婆子说："那不是有槐花吗？您不知道呀，槐花跟吴天旺打小就订了娃娃亲，前些日子我们几个见过那丫头恶心，还吐了，一看就是怀上了……"

春草儿说："有这样的事？这两个穷鬼，奸夫淫妇！居然胆大包天，做出这种事来，还想打我吴家家业的主意，老爷还蒙在鼓里呢！不行，我得赶紧回去，让老爷扒了这对奸夫淫妇的皮！"

徐婆子说："太太，老爷有话，无论啥时候您都不能离开这儿！"

春草儿一巴掌抽在徐婆子的脸上，骂道："滚一边儿去，你是什么东西，你还敢拦着我？难道等着穷鬼抢走家业？老爷那么大岁数了，现在又要跟日本人玩命，我和我肚子里的儿子将来指望着什么啊，滚开！"春草儿说着夺门而出。

经过天地风云的好一番酝酿，一场暴风骤雨终于来了。在通往虎头湾的大路上，藤田和他率领的日军的军靴是最先落地的雨点，那太阳旗和刺刀犹如霹雳闪电，呼呼啦啦，寒光逼人。至于三浦的小分队，以及赵鲅鱼和吴江海身后的侦缉大队，虽然跋山涉水，走的都是羊肠小路，但是，一个是斜刺里直插肖老道的道观，一个是径自奔袭赵家的避难地。

一辆搭着蓝布小棚的马车，弱不禁风似的，在茫茫林海的波峰浪谷中颠簸。坐在小棚里的春草儿，被小腹的阵痛折磨得大呼小叫，死去活来。

最先抵达道观的是三浦，他让吴天旺将那具日本兵的尸体拖上一辆平板车，说："吴少爷，你腿上有伤，让你受累了！"

吴天旺仍然心有余悸："太君，万一吴乾坤不信我呢？"

三浦挥刀在吴天旺的后背划出了一道长长的血口子，凌厉地说："对不起，只有这样，吴乾坤才会更相信你，你才能成为吴家的新族长，迎娶你的心上人！"

吴天旺看看三浦，又看看站在他身后的肖老道，只觉得后脊梁冷风嗖嗖。

另一路，吴江海率领着赵鲅鱼和侦缉大队，本想神不知鬼不觉地摸到赵家避难地，没想到被提前赶到半山腰的赵大橹和他的兄弟们发现了。花蛤儿指着在前面带路的赵鲅鱼说："大橹，你看，那不是臭鲅鱼吗？这个兔崽子，果然是个奸细！"

赵大橹顺着花蛤儿的手指看去，在赵鲅鱼的身后又发现了吴江海，心里不禁纳闷："哎，那个好像是吴江海啊，不是说这个汉奸被海盗给干死了吗？"

花蛤儿说："好人不长寿，祸害活万年，这王八蛋真命大！"

这时有人问："大橹，打不打？你说话呀！"

赵大橹从来没领人打过这样的仗，不假思索地说："咱们舍死奔命来是干什么的？当然要……"

"不要打！"赵大橹"打"字未出口，就被匆匆赶过来的老斧头厉声制止，"大橹，你也不看看，离敌人这么远，咱们的枪子儿够得着吗？"

赵大橹一愣："对呀，是够不着啊！"

赵香月不知什么时候也爬了过来，她顾不得跟赵大橹搭话，只是一边观察敌人的动向，一边暗暗清点他们的人数。

老斧头拍着赵大橹肩头说："大橹，指挥打仗一定要冷静。你要记住，把敌人放近了才能开枪。趁敌人离我们还远，你们在这里先藏好了，我还要招呼群众继续转移，等我那边的事差不多了，再赶过来和你们一起打！"

都说屋漏偏遭连阴雨，人渴硬给盐水喝。老斧头刚刚回到转移的人群中，就见大橹娘仰面朝天摔了个跟头，出溜一下向悬崖峭壁的深渊滑去。老斧头飞身扑过去，一把抓住大橹娘的手。没想到大橹娘的手直往后缩："不！男女授受不亲，别让人说闲话！"

老斧头双眼充满血丝，喝道："你糊涂啊，都啥时候了还讲这一套！"

大橹娘抬头向上张望，香月奶奶、赵老气和十老爷他们，一个个都用鼓励的目光看着她。大橹娘只好眼一闭，任凭老斧头紧紧抓住她的手将她拽上崖头。她想道声谢，可是这一阵子折腾，连气都喘不上来了，只眼含热泪地看看大伙，又看看老斧头。当然，他看老斧头的眼光是有别于大伙的。突然，一阵密集的枪声传了过来，老斧头紧张起来，赶忙搀扶起大橹娘，吩咐她赶快跟大伙走。

大橹那边枪声正急，因为他们手里的枪都是单发的，所以杀伤力并不大。赵鲅鱼说："大队长，这还没到呢，怎么就开枪了？"

吴江海说："你小子的情报不准，看我回去怎么收拾你！弟兄们，给我打！皇军说了，杀得越多赏银越多！"双方激战，枪声此起彼伏，响成一片。

趴在赵大橹身边的花蛤儿突然大叫："不好，我没子弹了！"

赵大橹拉了一下枪栓，发现自己的枪膛里也只剩下了一颗子弹，忙回头对大伙喊道："都别打了，留着点儿枪子儿，撤！"枪声立刻停下来。

吴江海一听，高兴地吆喝着："穷鬼没子弹了，都给我追！"侦缉大队嗷嗷叫着，起身就追。赵大橹初次作战，哪里有经验，他竟带人撤到吴家转移的人群后，像没头苍蝇似的乱窜。赵香月一见，几步跨到他跟前说："大橹，这个地方我熟悉，你带人一直往西，把敌人引开！"

赵大橹问："为啥往西边引？"

赵香月说："西边有个悬崖，叫吊凌凌，你忘了？咱小时候上去采过草药！"

赵大橹说："我明白了，那上面有好多大石头，没有子弹咱们就用石头砸！"

赵香月说："这回算你聪明。你先带人过去，我去找斧头叔再招呼些人，凡是有腿有胳膊的都过去，吴江海才带了二十七个人，我不信打不过他们！"

赵大橹暗暗惊叹赵香月的精明和算计，他向追兵打出枪膛里的最后一颗子弹，朝吴江海和赵鲅鱼大喊大骂，逗引他们径直往西边的吊凌凌跑去。

赵大橹带人爬上吊凌凌，就忙着指挥大家把一块块大小石头摆在各人的跟前。几乎与此同时，赵香月和老斧头也带着赵姓绝大部分族人赶到。吴江海带侦缉大队追到吊凌凌下的沟谷时，赵大橹喊声"砸"，大小石头从天而降，畅快淋漓地下了一场石头雨。

在一片惨叫声中，除了吴江海因为紧靠崖壁没被石块砸中以外，包括赵鲅鱼，侦缉大队二十六个人全被砸死砸伤。仅存的四五个轻伤者爬到吴江海跟前，问道："大队长，咱是投降还是跑啊，怎么办？"

"投降？投降那些穷鬼们还不剥了你们的皮呀，当然是跑啦！"说罢，吴江海瞅个空当，第一个掉头就跑。

赵大橹一见便喊："吴江海没死，别让他跑了，抓住他，剥了他的皮！"

吴江海吓得连忙回头开枪，根本都不敢瞄准，子弹自然落空了。赵大橹甩开长腿，正要继续去追，却被老斧头拦住："大橹，别着急追，你快带大伙儿打扫战场，搜集枪和子弹，大仗还在后头呢！"

赵大橹有了教训，赶紧刹住脚步，带人打扫战场，搜寻枪和子弹。赵鲅鱼被从尸体堆里扒拉出来，赵大橹搬起一块大石头，狠狠地将他砸死了。

如丧考妣的吴天旺，一拐一瘸地拉着日本兵的尸体，使出吃奶的劲儿在崎岖的山路上蠕动着。他不由得想起肖老道的话："你给槐花下了药，吴乾坤心里一清二楚。所以他吴乾坤不死，你在吴家永远没有出头之日，你还想娶吴若云？做梦吧！三浦太君可不是凡人，连我的底细他都摸清楚了，这回日本人要收拾的不光是一个吴乾坤，什么海猫啊，什么吴家、赵家的，凡是跟皇军作对的都得掉脑袋，包括吴若云！到时候只有你能在三浦太君面前保她的命，她能不谢你？她一个小丫头片子，要不然就得死，她还能不答应？"想到这里，他不由自主地又想起了槐花。

此时此刻，槐花正病得厉害，她在昏迷中嘟囔着："天旺哥，天旺哥……"

吴若云一面焦急不安地用手去摸她的额头，一面问身边的婆子："我让你们找的郎中怎么还没来？"

那婆子说："小姐，管家知道了您找郎中是要给槐花看病，硬是不让我们去啊！可是小姐，您也不能怪管家，可能是老爷的意思！老爷说槐花是自己作死，吴天旺走了，她不吃不喝，死了活该！"吴若云气得直跺脚。

槐花突然醒了，眼神发直："天旺哥是不是死了？我得去阴间陪他，伺候他，给他做饭，给他洗脚，赎我的罪！"

吴若云又气又可怜，一把将槐花抱在怀里，轻声哭起来。这些天发生太多的事情，太多的事情里又有太多的想不明白，她不禁一发不可收拾，越哭越伤心。其实，吴若云最想不明白和最伤心的是父亲吴乾坤，她总觉得这几天爹不是以前的爹了，说起话来阴阳怪气，瞻前顾后，真令人费解。

不但吴若云有这种感觉，身前身后跟了吴乾坤大半辈子的吴管家也感到了反常。这不，吴管家接到日本鬼子倾城出动的消息，当即向吴乾坤报告后，吴乾坤竟阴沉起脸来，说："看来穷鬼的队伍里还真有能人，海猫这小子跟了他们几年，也确实学会了打仗，鬼子的行踪还真被他给算着了！"

吴管家焦急万分，向吴乾坤请战："老爷，那我这就集合队伍去？"

吴乾坤却不慌不忙，沉声说："等一等，谁说要集合队伍了？"

吴管家一愣："老爷，那天您不是跟海猫都已经商量好了吗，咱们无论如何要拖住小鬼子啊！"

吴乾坤说："让我想想，海猫怎么说来着？他说他们部队首长的意思，是要趁这个机会解放海阳城，对吧？"

吴管家说："海猫是这么说的，他说县城那边一旦打响，藤田那个老鬼子就一定会带着他的大部队赶回去救援，只有在这个空当，八路军才会有解放海阳城的把握。所以我们要做的事，就是在虎头湾拖住日本鬼子。"

吴乾坤说："海猫还有话呢！他说一旦藤田回城救援，黑鲨和竹叶青就会半路上打他们的埋伏，然后，我们吴家和赵家再从侧翼袭击，对小日本形成三面包抄之势。"

吴管家说："对呀，这是多好的一盘棋啊！"

吴乾坤冷冷一笑："小鬼子进了虎头湾，可要烧了老祖宗给咱留下的房屋财产，但是舍不得孩子打不了狼，我今天打算按兵不动！"

吴管家大惊："老爷，那天您可是跟海猫都商量好了啊！"

吴乾坤说："兵不厌诈！海猫的如意算盘是想让吴家子弟和黑鲨，还有赵家那些穷鬼一起作战！哼，撇开黑鲨那孽障不说，虎头湾本来就是我们吴家的，老祖宗开恩，让他们赵家借住，哪承想他们就赖着不走了！几百年来吴赵两家的恩恩怨怨，这一回要是能借小鬼子的手把账清了，灭了海盗和赵姓一族，我身为吴姓族长，也是光宗耀祖的事儿！"吴乾坤的话如五雷轰顶，简直把吴管家吓傻了，竟一时无言以对。吴乾坤又说，"要说纸上谈兵，海猫的兵法可以说滴水不漏，但是想拖住藤田的大部队，哪有那么容易，需得三方竭尽全力，但结果就是死伤殆尽！我死了不怕，可我心疼吴姓子弟！再说，年轻力壮能打仗的都死了，家眷怎么办？老弱妇孺将来指着谁？"

吴管家渐渐缓过神来，说："老爷的人品我和族人们都知道，绝不是贪生怕死之辈，身为一族之长，您想得周全，您说啥就是啥，我没说的！"

吴乾坤的小算盘打得很精明："我们不出兵，小鬼子一定会灭了黑鲨和赵家的那些穷鬼，然后回县城跟共产党八路军来个硬碰硬，结果大伙儿可想而知。等他们都打够了，我带着吴姓子弟去打扫战场，这才是坐收渔翁之利，缴获的枪可以武装一支不小的队伍。有了枪，我们就能招兵买马，队伍大了，以后管他什么小鬼子、中央军还是八路军，谁也别想再打虎头湾的主意！就算虎头湾被鬼子一把火烧了，只要人在，还可以再一砖一瓦地盖起来，而且从此之后，虎头湾就只有一个姓了，那就是姓吴！"

就在这时，一个乡勇跑来报告："族长大老爷，吴天旺回来了！"

吴乾坤一愣，随即愠怒道："什么？他还敢回来？"

乡勇说："他说要见您。"

吴乾坤怒道："有没有审他？枪是不是他偷的？"

乡勇说："审了，是他偷的。"

"那还不直接给我宰了？管家，你去，我懒得看见他。"

吴管家起身欲走，就听那乡勇说："族长大老爷，他可不是一个人回来的……"

那乡勇的话还没说完，就被槐花的哭喊声打断，她冲出帐篷，边跑边喊："天旺哥！天旺哥！你可回来啦……"槐花身子太虚弱，她在吴若云的搀扶下，跌跌撞撞地来到吴天旺跟前，一见他后背鲜血直流，身边的板车上还有一具日本兵尸体，便不问东也不问西扑过去就抱住了他。

不料，吴天旺一把推开槐花："滚一边去！"

吴若云气坏了，喝道："吴天旺，你怎么这么对槐花？"吴天旺根本不看吴若云，他咬着牙，挺着胸脯，仿若英雄归来。

这时，吴乾坤、吴管家、吴四爷和吴八叔先后赶来。吴乾坤指着吴天旺怒吼："王八蛋，你还敢回来呀？"

吴天旺扑通一声跪倒在吴乾坤脚下，口中直呼："族长大老爷，我偷了枪，犯了族规，任凭您处置！"

吴四爷发现吴天旺身边车上摆着的尸体，便说："乾坤，你过来看看，这车上怎么有具日本兵的尸体？"

吴天旺连忙趁机说："是小鬼子撞到我枪口上了，我本来想多杀几个，可是这条枪里边就两发子弹，枪是我偷的，还给族长大老爷！"吴天旺说着将枪从肩头摘下，高高地举在吴乾坤跟前。

吴四爷又发现吴天旺的后背在流着血："乾坤，他受伤了，后背流血了！"吴天旺咬牙挺着，一副大义凛然的模样。

吴乾坤眉头紧皱，说："为什么偷枪去杀日本人？"

吴天旺说："因为我做错了事，该死，对不起族长大老爷！我本来是想找小鬼子同归于尽，可是……他不是我的个儿①，我把他宰了，他也没把我咋的！"

吴八叔说："瘸着一条腿宰了个鬼子，也不容易！"

吴四爷说："乾坤啊，就算他戴罪立功吧！"

吴乾坤懒得理吴天旺，扭头就走。吴天旺突然叫道："等一等，族长大老爷——"

吴乾坤圆眼一瞪，喝道："你还要干什么？蹬鼻子上脸，你还想让我赏你？"

吴天旺说："天旺不敢，可是有个事儿，我得跟您禀告，我看见吴江海了！"

吴乾坤大叫："你放屁，吴江海早死了！"

吴天旺说："没有，我看得清清楚楚，他带着十几个侦缉大队的人，就躲在肖道长的道观里！"

吴若云张了张嘴，她听海猫说过，吴江海是还活着，海猫亲眼所见。想到这，他凑到吴乾坤的耳边，说："爹，他说的可能是真的，海猫也曾向我说过，吴江海确实没死。"

吴乾坤顿时怒气冲天："奶奶的，既然海盗没宰了他，那就是老天爷开眼，这是特意留给我亲自替娘报仇啊！"

吴天旺自告奋勇，说："族长大老爷，我带您去，给老太太报仇！"

吴乾坤大喝一声："家法何在？"

吴管家说："在呢！"

---

① 个儿：方言，指可以较量一下的对手。

吴乾坤说："老八，这儿就交给你了，保护好族人！管家，抬上家法，点二十个吴姓子弟跟我进山去道观！"

春草儿不知为什么丢弃了搭着蓝布小棚的马车，也不知为什么舍了山路走上了大路。她拄着一根破木棍子正跌跌撞撞地赶路，突然就听得身后响起了马达的轰鸣声，她回过头一看，原来是大小汽车载着大队的日本兵。她吓坏了，不顾一切地向路边的荒野跑去。

坐在小车里的藤田一眼便发现了春草儿，回头对赵洪胜说："居然有个女人，穿得还挺漂亮！"

赵洪胜仔细辨认着，不禁脱口而出："是吴乾坤的小老婆！"

藤田大喜过望："吴乾坤？不就是虎头湾的吴家族长吗，去把那个女人抓来！"

几名日本兵应声追上春草儿，不由分说就将她架到了藤田的小车旁，用绳子把她拴在了车后。小车开得不快，春草儿必须得跑起来才跟得上，她边跑边喊："放开我！放开我——"

这一幕，都被吴家派出的探子看见了，他赶紧向吴乾坤报告。吴乾坤听了大惊，想不明白春草儿好好的，怎么会跑到大路上来，还被日本鬼子抓住了。吴乾坤再三问那探子："你看清楚了？"

探子说："看清楚了，小路与大路相距不远，我就趴在小路的草丛里，绝不会看错。估计这会儿应该到虎头湾了！"

吴乾坤一阵眩晕，命令道："快，回虎头湾！"

吴天旺忙说："老爷，就快到道观了，先宰了吴江海再说吧！"

吴乾坤一巴掌抽在吴天旺的脸上，骂道："放你娘的屁！我媳妇肚子里怀着我的儿子呢！你，回去告诉八老爷，集合所有人回虎头湾救我媳妇和儿子！"探子应声策马掉头，飞奔而去。

吴乾坤不敢迟疑，急忙带众人原路返回。吴天旺的如意算盘被打乱，一时不知如何是好，他不得不跟上返回的人们。因吴乾坤临时改变了主意，三浦守株待兔的计划自然落了空。

此时此刻，藤田带着日军的大部队到了虎头湾。他气势汹汹地登上广场中央的平台，用日语对翻译官说："你问问赵洪胜，还记不记得这里。"

翻译官俯身问赵洪胜："赵县长，藤田指挥官问你还记不记得这儿？"

站在台下的赵洪胜有些纳闷，说："这儿？当然记得了，这是虎头湾，我的家啊！"

翻译官用日语对藤田说："他说记得，这是他的家。"

"很好，一个人能死在自己的家里，是他的幸福。"藤田用日语说毕，伸出一个手指头向赵洪胜比画着，示意他站到平台上来。

赵洪胜一撩衣襟，登上平台，问道："指挥官阁下，您有何吩咐？"

藤田指着立在平台中间的一根柱子，示意赵洪胜靠近。赵洪胜机械地走近柱子，藤田突然拔出军刀来，刀尖直指赵洪胜。赵洪胜下意识地靠在柱子上，说："指挥官阁下，您这是干什么？"

藤田用日语对翻译官说："告诉他，我现在不会杀他，我要他亲眼看见他的族人全被杀光以后，再剖开他的胸膛。先把他绑起来！"两名日本兵不用翻译，立刻就冲了上来，不由分说把赵洪胜捆绑在柱子上。

赵洪胜大惊失色，嚷嚷道："哎，这是怎么回事儿？翻译官，指挥官是误会了吧？"

翻译官笑了笑："没误会，指挥官让你在这里等死呢！"

这时，又有日本兵将春草儿押到了藤田的面前。翻译官问藤田："指挥官，吴乾坤的老婆，您打算怎么处置？"

藤田戏谑地说："她的男人在这里侮辱了我，现在，我要侮辱她的女人！我要在虎头湾最好的房子里，享用这个中国女人！"

没等翻译官开口，又有两名日本兵立刻押起春草儿就走。春草儿听不懂日本话，连声嚷叫："抓我干什么？你们快放了我！"

赵洪胜虽然也听不懂日语，但从藤田的神色中，他已经预见到了春草儿的下场。目送春草儿挣扎的背影，看着自己被捆绑的手脚，赵洪胜不禁向镇口的大路望去，他真希望海猫这时能带人赶来。

海猫和他的同志——身经百战的八路军战士正在行军路上。海猫快步跑向行军中的王天凯，说："政委，您找我？"

王天凯指了指和他并肩而行的，当年昆嵛山红军游击大队的白队队长老白说："海猫，我想让老白配合你，带两个大队的战士去支援虎头湾！"

海猫说："咱不都商量好了吗，首先要确保拿下县城！"

王天凯说："我刚刚得到情报，县城里的大部分鬼子都被藤田带走了，再说，攻城咱不是还有大炮嘛，那可是你帮我缴获的！"

海猫说："可是解放海阳城，是上级首长给我们的最高任务啊！"

王天凯说："那虎头湾呢？吴赵两家加上聚龙岛和蛇岛的海盗，想拖住藤田的大部队太难了。他们是咱们请来帮忙的，宁愿咱这边艰苦一点，也不能让他们付出太大的代价。就这么决定了，你和老白立刻去支援，尽量减少他们的伤亡！"

军令如山倒，海猫和老白立即带领战士直奔虎头湾。令海猫没想到的是，三浦和吴江海并没有与藤田的大部队一起行动。吴江海半路上遭到赵家族人的袭击，便带着伤残喽啰径直逃向虎头湾。赵大橹一见，正中下怀，一直跟随着前往虎头湾。

埋伏在大路一侧的黑鲨和竹叶青，按照海猫的部署，几十号男女海盗一字摆开，单等藤田回头救援县城时，打他们个措手不及。只是荣六和他的十几个亲信佯装伏击，似乎出乎黑鲨意料。不过，有王大壮在他身边，黑鲨也不会有多大的闪失。正所谓万事俱备，只欠东风，只等藤田撤退海阳县城之时，一个漂亮的伏击战就会打响了。

人算不如天算，藤田半路上劫了春草儿，吴乾坤一下子乱了方寸，他带吴八叔和二十多个乡勇一头扎进虎头湾，硬碰硬地和日军大部队真刀真枪地干了起来，直杀得血肉飞溅，天昏地暗。

杀红眼的吴乾坤，在日军手榴弹爆炸的硝烟中出没，在步枪和机关枪的弹雨中穿行，他手举双枪，一齐开火，横冲直撞，如入无人之境。然而，子弹可不长眼睛，一挺日本兵的机关枪瞄准了他，亏得吴管家眼疾手快，一把将他推倒在地，否则他必死无疑，只是吴管家肩上中了一弹。

吴乾坤见状，冷冷说道："管家，我说什么来着，你不能冲在前面啊！"

吴管家捂着受伤的肩头，第一次对吴乾坤发火道："老爷，海猫说什么来着，咱不能跟鬼子硬碰硬啊！难道您答应的事都忘了吗？"

一语惊醒梦中人，吴乾坤立刻冷静了下来，对吴八叔说："老八，咱兵分几路，从各条胡同往里边摸，让大伙注意利用掩体！"

就在这间隙，藤田从吴家大院系着腰带出来了，边走出院门边问："枪声这么激烈，怎么回事？"

一直站在院门口的翻译官说："报告指挥官阁下，有一支武装试图攻进来，攻势很猛，应该是虎头湾的吴家。"

藤田冷笑一声："你喊话，告诉吴乾坤，他的女人在我手里，如果想要回去，就让他自己一个人到这里来！中国有句古话，叫擒贼先擒王，他们不过是乌合之众，只要杀了吴乾坤，剩下的自然溃不成军！"

翻译官立刻大声喊道："吴乾坤，你听着，你的女人在藤田太君手里，你要是想让她活命，你自己来，不许带枪！"

吴八叔闻声大怒，砰砰就是几枪："放屁！老子先赏你几颗子弹！"

"老八，别打了，让人把家法拿来。"吴乾坤说着将手里的枪扔在地上，抓起一个黑黢黢的类似狼牙棒的家法对吴八叔郑重地说，"小鬼子的火力猛，这么打下去，就算是吴家子弟死光了，恐怕也冲不进去！我自己去，死活你们都不用管！从现在开始，老八，你就是吴姓族长了！"躲在吴管家身后的吴天旺听了，眉一皱，直咧嘴。

吴八叔劝阻道："大哥，为个娘儿们不值啊！她死了不要紧，回头你可以再娶十个十八的！"

吴乾坤喝道："什么也别说了！老八，春草儿怀上了我的孩子，我要是不去救她，我还算什么男人？"

吴八叔啪地抽了自己一个巴掌："有这事？嫂子怀了？刚才算我放屁！"

吴乾坤拖着家法，立眉瞪眼，大步走向虎头湾广场平台。两个日本兵立刻走上来，一左一右，刺刀架在吴乾坤的身旁。

吴乾坤看到了藤田。藤田也看到了吴乾坤。两人目光汹汹，谁也不躲谁。仇人相见，分外眼红。

藤田说："没错，就是你，你的眼神我见过，那一天我就应该杀了你！"

吴乾坤懒得搭理藤田，说："我的女人呢？"

藤田哈哈大笑："你的女人累了，正在床上休息！"

"你个畜生！"吴乾坤怒吼一声，飞身跃到平台之上。他站稳脚跟，双眼巡视周围的环境。

藤田挺起指挥刀，挑衅地说："是要决斗吗？来呀！"吴乾坤脸色阴沉，一声不吭，他抡起家法，摆出决斗的架势。藤田突然笑道："你用的是什么兵器？看起来太丑了。"

"告诉你，老鬼子，这是吴家的家法，老祖宗传下来的，当年我们的祖先，就是用他杀倭寇的！"吴乾坤的话句句似铁，声声如钢。说罢，他抡起家法，虎虎生风，铺天盖地，直向藤田砸去。藤田没想到吴乾坤能有这般的爆发力，一时手忙脚乱，左躲右躲，不由得连连退让。

虎头湾方向传来的枪声刚停，和黑鲨一起埋伏的王大壮便说："大当家的，你听，枪声好像停了！"

黑鲨听了听，疑惑地说："这么快？兄弟，你知道吴乾坤手里有多少条枪吗？"

王大壮说："应该有一百来条吧。"

"一百来条？就算小鬼子再厉害，这么快也报销不了。兄弟，你赶紧去给海猫报信，我现在就去虎头湾探个虚实！"黑鲨说。王大壮也觉得有理，就赶紧离开了。

黑鲨想了想，便找到竹叶青，说："媳妇儿，我估摸是海猫的如意算盘没打对，小鬼子和吴乾坤已经干上了，咱们不能在这儿干等啊。"

竹叶青说："我是你媳妇，我听你的！"

听竹叶青这么说，黑鲨很高兴，喊道："聚龙岛的兄弟们，情况有变，想在这儿等现成的等不着了，跟大哥一起到虎头湾杀鬼子去！"海盗们一个个跃跃欲试。黑鲨笑道："都看好了，你们的大嫂带了这么多姑娘，杀小鬼子的时候可得像个爷们儿，姑娘才能看得上，才会愿意嫁给你们！怂包熊蛋，一辈子打光棍！"男女海盗一齐大笑。荣六和他身边的十几个兄弟神色诡异，荣六的眼睛一直盯着黑鲨。

竹叶青瞪着黑鲨说："老黑，你正经点儿，打仗呢，你快带人走吧！"

黑鲨站起身，刚一挥手，还没说声走，荣六突然向他开枪。幸得黑鲨反应神速，习惯性地一躲，子弹打在了他的胳膊上。几乎同时，荣六的十几个兄弟一齐开枪，立刻就有三四个男女海盗中弹倒地。

竹叶青和黑鲨大怒，立即开枪应战。男女众海盗见大当家的开了枪，一个个争先恐后，一齐向荣六和他的兄弟们开火，子弹像惊起的一群蝗虫，四处乱飞。

荣六慌了，和他的兄弟们撒腿就跑。竹叶青带着男女海盗紧追不舍。黑鲨快步追上，喊道："媳妇，不要追啦！"

竹叶青吼道："为什么？"

黑鲨说："媳妇，你想想我们是为啥来的，是要杀鬼子！说好的三方包抄，要少了咱，那两方就要吃亏，咱得以大局为重啊！"

竹叶青点点头："明白了，可是你的伤……"黑鲨忍痛把手指插进胳膊上的伤口，咬牙扒拉着，硬是把子弹头拽了出来。

竹叶青万分震惊，说话的嗓音都打着颤抖："老黑……老黑……"

黑鲨把拽出来的子弹头放到眼前看看，抬手一抛，扔出好远："去他娘的，权当叫蚊子咬了一口！媳妇，干脆，咱们一起到虎头湾杀鬼子去！"

竹叶青马上应道："我竹叶青做梦都想打这种大仗了，走，一起去！"

没等黑鲨和竹叶青带领众海盗赶到虎头湾，海猫、老白带领两个大队的八路军战士以及吴赵两家的武装力量，早已把虎头湾团团围住。日军的防守开始收缩，但因腹背受敌，内外夹击，伤亡惨重。

混战之中，吴江海带着三四个伤残喽啰，在虎头湾广场东一头西一头地乱窜。被捆绑在柱子上的赵洪胜一见他，仿佛看到了救星，忙喊道："吴大队长！快给我松绑，救救我，快救救我啊！”

吴江海扭头一看，骂道："赵洪胜？你个老东西，老子毙了你！"说着，他举枪就打。子弹正打在赵洪胜头顶上的方寸处，吓得他嗷嗷乱叫。吴江海再想开枪，王大壮已带着一队八路军战士绕过广场，从海神庙的方向开始了进攻。吴江海一见傻眼了，急忙爬到平台上，大喊："太君，八路——八路打过来了！"

和吴乾坤纠斗多时的藤田浑身是伤，喘息着，头也不回地说："胡说八道，哪来的八路，不过是一股地主武装，消灭他们，统统消灭！"

吴江海见藤田失去了理智，不敢多言，瞅个空子溜了。翻译官也似乎感觉到不妙，他举枪指着吴乾坤，说："藤田指挥官，我一枪毙了他，您出去指挥战斗吧！"

藤田失去了理智，哇哇大叫："闭嘴！我正在行使武士的尊严，我们的情报已经查清楚了，这里没有正规部队，不管来多少人都是送死的！"藤田说着又挥刀进攻。

吴乾坤借藤田说话的瞬间，积蓄起浑身的力量，决定拼死一搏。这时，又有日军军官跑来报告："报告指挥官，有八路，大批的八路！"

藤田一愣，吴乾坤趁机猛地抡起家法，霹雳闪电般地向他横扫过来。砰的一声，翻译官的枪响了，子弹打中吴乾坤的胳膊。接着又是一枪，吴乾坤举起家法，挡过子弹。他强撑摇摇晃晃的身体，双眼怒视翻译官。翻译官吓得手一哆嗦，没等打第三枪，吴乾坤一用力，就将家法甩了出去，正砸在他的脑袋上。翻译官顿时头破血流，脑浆飞溅，枪也掉在地上。吴乾坤眼疾手快，捡起枪，迅速掉转枪口，一枪打在藤田的胸口。藤田胸口鲜血汩汩，晃了晃笨重的身躯，一命呜呼。

吴乾坤用尽全身力气，又一次撑起身体，跌跌撞撞地走进自己的寝室，推门看见悬梁自尽的春草儿，号啕大哭起来。

吴乾坤哭罢，抱着春草儿的尸体走出寝室，一直走到大院门口。吴管家从广场跑来，见了他，远远地大声喊道："老爷，不好了，吴江海绑架了大小姐！"

吴乾坤将春草儿的尸体放到院门口，大喊："家法呢？我的家法！"一个家丁跑到广场平台拿过家法，匆忙递给吴乾坤。吴乾坤咬牙切齿，重振精神，拖起家法就走。

原来，吴江海料到藤田打不过吴乾坤，便换了一身破烂衣裳，想偷偷溜出虎头湾，可是没想到被吴天旺和吴若云同时发现了。吴江海狗急跳墙，便一手勒住吴若云的脖子，用枪顶住了她的脑袋。吴天旺吓坏了，一句话也说不出来。

不一会儿，黑鲨、竹叶青、老斧头、赵大橹、王大壮、吴八叔，还有八路军战士和吴赵两家的人们，全都举枪对准了吴江海。海猫沉着地拨开人群，用枪口对着吴江海，说："你的日本主子被我们全部歼灭了，你还不投降？"

吴江海冷笑道："哈哈，我吴江海命不该绝啊！吴若云，二叔谢谢你啊，要不是你送上门来，我的命一准没了！"

吴若云警觉地看着吴江海，偷偷伸手摸向自己的腰间。海猫看得一清二楚，想起吴若云也曾在洞房用枪顶过自己的脑袋，便突然大喝一声："吴江海，你有种打我呀！"吴江海下意识地抬枪指向海猫。就在这一瞬间，吴若云拔出枪，一枪打烂了吴江海的肚子。吴江海倒退几步，一头栽倒在地上，海猫上前一脚踢飞了他手里的枪。

吴天旺冲上来对着吴江海就要开枪，吴乾坤大喝一声："住手！"

吴八叔一把拉住吴天旺，斥道："滚一边儿去，轮得到你啊？"

吴乾坤拖着家法，一步一步向吴江海走来。吴江海满脸惊恐，苦苦哀求："我的亲大哥，大哥，大哥饶命啊！大哥，我可是您亲兄弟，看在咱爹的分上，您饶了我吧！"

吴乾坤抡起家法，咔嚓一声砸在吴江海的腿上："饶你？饶你我对得起吴家的祖宗吗？你坑蒙拐骗，奸淫妇女，该杀！"吴乾坤又抡起家法，咔嚓一声砸在吴江海的身上："你大逆不道，杀害长辈，该杀！"吴乾坤第三次抡起家法，咔嚓一声砸在吴江海的头上："你助纣为虐，给倭寇当汉奸走狗，更是该杀！"三次家法砸下来，吴乾坤仍然难解心中的愤怒，他抡圆了家法，没头没脑，边砸边喊："该杀！该杀！该杀！"

海猫上前抱住吴乾坤，说："爹，您已经把他砸成肉泥了，算了吧！"吴乾坤气喘吁吁，突然口吐鲜血，一阵眩晕，倒在地上。吴若云扑到吴乾坤身上大哭，众人忙成一团，有的抚摸胸口……

黑鲨在一旁目睹这一切，眼神已经不再像从前有那么多仇恨了。但是，他似乎又心有不甘，总想找个出气的地方。他转头发现了仍然被捆绑在柱子上的赵洪胜，便操起枪，径直奔了过去："赵洪胜，该你了！当年你害死我的爹娘，现在你又给日本人当汉奸县长，你也该杀！"

赵洪胜惊恐地大喊："海猫，救命啊！"

海猫连忙追上去喊道："大哥，住手！"

黑鲨回身用枪指着海猫："别过来，今天吴乾坤一直在杀鬼子，我先不找他报仇，可赵洪胜不一样，我不宰了他，对不起我二十三年前被他沉海的爹娘！"

海猫说："大哥，您万万不能开枪，听我一句。是，赵洪胜是当了汉奸县长，可他一直在帮着我们做事，今天这一仗要是没有他，我们也胜不了啊！"

黑鲨一愣："你说什么？"

赵洪胜忙说："海猫说得对呀，我一直在暗地里帮你们！"

海猫说："大哥，赵洪胜确实帮过我们，您就暂且饶他一命吧！"

黑鲨说："我不管，父母之仇，不能不报！"

海猫单腿跪下，恳求道："大哥，此一时彼一时，你想想呀，他是被日本人绑在这儿的，你杀了他，岂不是帮了日本人？大哥，您权当给我面子吧！"

黑鲨沉默着，缓缓转过身来，用枪点了点赵洪胜的脑袋，然后又无力地垂下枪口。他拉起竹叶青的手，对天长叹一声："真是便宜了他啊！我们走！"

第四十五章

三浦拄着文明棍，像热锅上的蚂蚁，在道观转了一圈又一围。肖老道小心翼翼陪在他的身边，脑袋都被转晕了。但晕归晕，他可不敢吱声。突然，三浦猛地刹住脚，伸出文明棍捅开道观的门，大声喊道："集合！"

道观门外，三十几个日本兵应声列队集合。三浦一句话都不说，拄着文明棍率先走在前面。日本兵机械地踏着军靴，紧紧跟在他的身后。肖老道想搭话，但见三浦的脸阴得快要下雨了，只好干咽一口唾沫，硬生生把话吞进了肚子里。

三浦和日本兵走到半山腰，迎面跑来的眼线报告说，藤田指挥官在虎头湾中了地主武装的埋伏，全军覆没，还说八路军大部队已经开始攻打海阳县城了。

三浦绝望地大叫："不可能！绝对不可能！"这时，从海阳县城的方向传来隆隆的炮声，惊得三浦瞠目结舌，他那布满阴云的脸立刻洒下雨点大的眼泪。三浦心里生出无比的挫败感，疯狂地咆哮着："调虎离山……调虎离山……这是我到中国以来最大的失败，是我永远的耻辱！"

此时此刻，八路军大炮仍然在继续轰炸，号手吹响了冲锋号，政委王天凯亲自带领战士们冲锋陷阵，所向披靡，势如破竹。挂在城门楼的膏药旗被换成了鲜艳的红旗。海阳解放了，到处是红旗招展，锣鼓喧天。人们又是秧歌又是戏，一直闹腾到日落西山。

海猫钻进八路军指挥部，倒头便睡。不大一会儿光景，王天凯走进来，朝海猫喊道："海猫同志，醒一醒！"

海猫睡眼惺忪，说："对不起首长，我是不是又犯错误了，我检讨……"

屋子里顿时笑声一片，王天凯也笑了，说："海猫，这回不是要批评你，是要表扬你！同志们，大家都知道，我们之所以能顺利地解放海阳城，那是因为虎头湾拖住并消灭了敌军的主力！这一战略构想是海猫提出来的，说实话，我是没他这么大胆子，也想不出这么多歪点子！这一仗最大的功臣就是海猫！"

海猫脸上立刻布满了笑容，很灿烂："政委，我下面的任务是什么？"

王天凯说："这还用说吗，我交给你的任务完成了吗？"

海猫蓦然想起来，说："对，战地医院，在虎头湾成立我们自己的战地医院！"

王天凯说："现在你有把握了吗？"

海猫思忖道："经过了这一仗，虎头湾的老百姓对咱们有了充分的信任，开展工作把握大多了。可是，成立一定规模的战地医院需要好多房子，征房子这事最难，其他还都好说。"

王天凯说："谁让你征房子了，不拿群众一针一线是我们队伍的老传统。你以为你是军阀啊，说征用就征用！"

海猫说："不征咋来啊，借呀？"

王天凯说："又不是件生产农具，借借就能还，要用人家的房子，只能租！"

海猫说："啥？租？那也得有钱啊。政委，你啥时候成了财主了？"

王天凯说："我当然不是财主，只要加入了我们的队伍，任何人都永远不可能成为财主！但是租房子的钱我们是有的。你还不知道吧，全民支援抗战的活动搞得轰轰烈烈，宋庆龄先生亲自为我们野战医院募捐，筹到了很大一笔钱呢！"

海猫笑了："真的？这宋庆龄先生真是爷们儿，了不起的人物！"

王天凯忍住笑，说："谁告诉你宋庆龄先生是爷们儿了？她是孙中山先生的夫人！"大家一阵哄笑，海猫十分尴尬，自我解嘲地摸着脑袋笑了笑。

十分尴尬的还有吴若云，她慌手慌脚给父亲包扎伤口，不是缠得紧了，就是缠得松了，手忙脚乱。苏菲娜见了，推开吴若云，说："你真是个千金大小姐，连缠个绷带都不会，一边待着去！"吴若云只好尴尬地站在一边，呆呆地看着苏菲娜又是包扎伤口，又是输液，手脚利落，有条不紊。

吴若云见父亲微微睁开了眼睛，便迫不及待地唤道："爹，爹，你醒了？"吴乾坤无力说话，又闭上了眼睛，吴若云急了，忙又唤道："爹！爹！"

苏菲娜说："别喊了，老人家太累了，让他好好睡一会儿吧！"

吴若云说："他吐血了，吐了好多血！"

苏菲娜说："我知道，我检查过了，他身上只有轻伤，就是年纪太大了，过于劳累又过于悲痛，请放心，他一定会好起来的，现在就让他好好休息吧！"吴若云的眼泪像断了线的珠子，劈里啪啦往下掉，只好坐在一旁陪护着。

也不知过了多长时间，当吴乾坤再一次睁开眼睛的时候，吴若云已经趴在他的床边睡着了。吴乾坤轻轻坐起身，输液瓶还在有规律地滴着液体，他伸出一只手，用力将另一只手背上的输液管拔了出来。他怕惊醒吴若云，蹑手蹑脚地走出病房。

天刚蒙蒙亮，吴乾坤拖着吴家家法径直来到海神庙，双膝跪在海神娘娘的塑像前，喃喃自语："海神娘娘，请您跟我娘说一声，仇我给她老人家报了！也请跟吴家的列祖列宗说一声，作为一族之长，我替吴家清理了门户！再跟我爹说一声，吴乾坤没管教好兄弟，真对不起爹了……老祖宗传下这家法，外攘倭寇，内惩家贼，我用它杀小鬼子没错，杀吴江海也没错，只是我吴乾坤有违人伦，还请海神娘娘恕罪……"吴乾坤说罢，已是老泪纵横。他起身颤颤巍巍地来到海神庙的栏杆旁，将家法高高举起，猛地扔进大海。家法入海，溅起几朵浪花，很快无影无踪。

吴乾坤转身走上海神庙栈桥，抬头发现海猫迎面走来。没等他开口，海猫便轻声叫道："爹，一大清早的您怎么就跑出来了？若云正急得四处找您呢！"

吴乾坤似乎没听到，突然说："海猫，别动，请受我吴乾坤一拜。"说着他就跪了下去。

海猫连忙上前一把托住他，说："爹，您老这是干什么呀？"

吴乾坤郑重地说道："松开我，我让你松开我！"海猫见吴乾坤板着脸，非常严肃，只得向后退了两步。吴乾坤说："海猫啊，我吴乾坤脸上羞臊啊。实不相瞒，我表面上答应了你，可根本就没想出兵。虎头湾自古吴赵两家势不两立，你是知道的；我与黑鲨仇深似海，你也清楚。我本想借小鬼子之手灭了这两个对头，我甚至还想，让你们的队伍跟鬼子的大部队硬碰硬，我坐收渔翁之利就行了！唉……思前想后，我真是没脸做人啊！没想到在我吴家危难之际，在我吴乾坤受难之时，赵家和黑鲨舍命相救，你们八路军更是来得及时，挽救了吴姓的灭族之灾啊！赵家来救我的都是穷苦人，我没法一个个找他们去道谢，黑鲨和他的兄弟都是海盗，即便我想登门拜谢，他们也不会见我！你海猫是共产党，赵家的穷苦人都听你的，黑鲨又是你的拜把兄弟，所以你必须受我这一拜，替你们队伍，也替赵家和黑鲨！"说着，吴乾坤单膝跪地，郑重一拜。

海猫连忙上前扶起吴乾坤，说："好了，好了，爹，您的心意，我一定都转告给他们，还有就是，家里的事情我都知道了，您节哀……"

吴乾坤淡然惨笑："过去的就过去了，春草儿和她……唉，这就是我的命！俗话说善有善报，恶有恶报，也许是我吴乾坤年轻的时候作恶太多了吧……"

海猫忙劝道："爹，您千万别这么说，能在国难当头之际打小鬼子，替国家出力，这就是大善。以前无论做过什么恶，都算将功补过了！"

吴乾坤说："你这张嘴啊，死人也能让你说活了！"

说着，谈论着，海猫搀扶着吴乾坤，一老一少，其乐融融。他们经过虎头湾广场时，有几个八路军战士正在拉横幅，那横幅上写着"当兵杀日寇，全家都光荣"。

吴乾坤问道："海猫啊，这是啥意思？"

海猫说："我们的队伍在征兵，虎头湾人自小习武，咱们的大秧歌更是斗文又斗武，吴赵两家的年轻子弟会打枪的不在少数，这要到了队伍上，都是好兵！您是族长，不会反对吴家子弟参加我们的队伍吧？"

吴乾坤笑道："你们的队伍刚刚救了我这条老命，我怎么会反对呢？忙你的去吧，我虽然老了，可还走得动，不用你扶着！"吴乾坤说着，推开海猫，独自一人回到客厅。

吴乾坤刚进门就被吴若云数落了一通："爹，您不说一声就跑出去了，还把针头拔了，真不像话，快让我看看！"吴若云拉过他的手，轻轻地摁着，揉着，很是心疼。

吴乾坤笑了笑："一个针头算得了什么，告诉你吧，年轻的时候打仗我也受过伤，教会医院的洋医生给我做过手术，扎过针头，咋回事儿我清楚得很！"

父女俩说话间，吴四爷和吴八叔，还有因受伤吊着半边胳膊的吴管家等吴家长辈们，先后走进屋来。吴八叔说："大哥，我把大伙儿请来了。"每逢这种场合，吴若云都会知趣地避开，这一次也不例外，她转身离去。

吴乾坤扭头问吴管家："管家，你的伤不要紧吧？"

吴管家说："放心吧，老爷，死不了，八路军的女医生帮我把弹头取出来了！都说小鬼子的枪厉害，我看也就那么回事，他们的枪子儿也没硬过我的骨头啊！"众人哈哈大笑，纷纷落座。

吴管家虽然受伤，但仍站在吴乾坤的身旁。吴乾坤瞥了他一眼，说："你都伤成这样了，也坐吧！"吴管家感动地点了点头，也找了个地方坐下来。

吴四爷捋着花白的胡子说："乾坤哪，你媳妇的事我听说了，节哀啊……"

吴乾坤一挥手，说："过去的事谁也不许提了。今儿大伙儿来有两件事，第一，八路军在征兵，我看是好事！我在这儿给大伙儿提个醒，吴姓子弟不管是谁，只要想参军，你们都别拦着！第二件事，那就是我得杀个人……这个人非杀不可，这回谁也不许拦着我！"吴乾坤的说话声大，被没走多远的吴若云听到了。好奇心令她停下脚步，暗自偷听起来。

吴乾坤说："为什么非要宰了他，我也在这儿说个明白。我已经打听了，吴江海昨天是被赵家的人从山上一直追回虎头湾的，他根本就不可能去肖老道的道观！可是，吴天旺是怎么说的，大伙儿应该还都记得吧？并非我跟一个长工过不去，现在不同往常，这是战时，谎报军情者，皆当以奸细之罪处死，以绝后患！"

吴若云听到这里，连忙转身向后院跑去。吴天旺的伤口又洇出了血，他正龇牙咧嘴，在疼痛中煎熬。吴若云冲进屋内就质问道："吴天旺，我问你，你是不是奸细？"

　　吴天旺一愣，赶紧申辩："奸细？小姐，这话从何说起？我怎么会是奸细呢？"

　　吴若云说："那你昨天为什么要谎报军情？吴江海根本就没有去过肖老道的道观，你怎么解释？"

　　吴天旺的眼珠转了转，突然冷笑起来："对啊，我现在不招人待见，我在吴家连条狗都不如，我说什么还能有人信吗？只能说我眼瞎了，我看错人了，打小我就认识的二老爷，我居然看错了，看走眼了！好吧，来，来……"吴天旺说着找出一把匕首，递向吴若云，说："小姐，求求您了，您别怕脏了您的手，您受累，把我这双连吴江海都不认识的狗眼珠子挖出来吧！"

　　吴若云厌恶地推开匕首："这么说，你真的看见吴江海了？"

　　吴天旺说："我干吗要骗人呢？我难道不知道当奸细就是个死啊？我要是想活命，我早就逃了，干吗还要回来？"

　　"既然你不是奸细，那你就快走吧！"

　　"走？往哪儿走啊？"

　　吴若云说："离开吴家，离开虎头湾，走得越远越好！"

　　"为什么？我从小就在这个家，我是跟小姐一起长大的，我生是吴家的人，死是吴家的鬼，我为什么要走？"

　　"你不走，你就真的只剩下死路一条了！我爹说你是奸细，他非要杀了你，你快走吧！"

　　吴天旺登时绝望了："那……那我也不走！老爷要我死，我死便是了！"

　　"你傻啊！你不为你自己想想，你也为槐花想想，她对你那么好，你要是死了，她会寻短见的！"

　　吴天旺声嘶力竭地吼道："别跟我提槐花！我心里只有小姐！"吴若云一愣，瞪大了吃惊的眼睛。吴天旺说："我说的是实话啊！小姐，其实从小到大我心里边只有小姐，我从来没有过槐花！是，是，我最近做了些蠢事，可我做的一切都是为了小姐！我愿意为小姐死，死多少回我都值！我九岁那年，小姐还记得吗，我差点儿没被那些坏小子打死，要不是您替我做主，我早就没命了！自打那时起，我心里就只有小姐您了，真的，真的，小姐！"

　　吴天旺竟有这样的奇怪念头，吴若云真是难以想象，她大声吼道："好了！吴天旺，我已经嫁了人，现在是别人的媳妇了，从此以后你可以死心了！"

　　吴天旺逼近吴若云，说："什么？你嫁了人？你只嫁过我，你上过我的花轿！"

吴若云转身走出门，说："我说的是真的，不信你跟我来。"吴若云和吴天旺一前一后快步走到小院，又走进洞房。不料他们被槐花看见了，她紧跟两人身后，躲在门外偷听起来。

吴天旺一进门便傻了，吴若云指着洞房的摆设说："看到了吧，这就是我的洞房，我已经和海猫拜堂成了亲，入了洞房，你可以死心了吧？"

"海猫？你跟海猫入了洞房了？吴若云，这，这本来应该是我的洞房！咱俩成亲的时候这里也被布置成这个样子，可你竟跟海猫入了洞房，他是个什么东西，他是个孽障！我就不明白，他比我吴天旺强到哪儿了？不行！你是我的，你是我的！"吴天旺歇斯底里地吼着，突然冲上去扑向吴若云："我要跟我的新娘子入洞房！我要跟我的新娘子入洞房！"

吴若云挣扎着怒斥："混蛋，吴天旺，你不想活了？"

吴天旺恶狠狠地说："反正我也是个死，就算死，我也得先做了你的新郎！"吴天旺攒起全身的劲儿，饿虎扑食似的将吴若云扑倒在床上。

吴若云伸手从床底下抓起枪，不管不顾，朝着吴天旺就是一枪。砰的一声枪响，把门外的槐花吓了一跳，她连忙冲进门去大喊："天旺哥，你干什么哪？"

骑在吴若云身上的吴天旺根本没理槐花，只是呆呆地看着吴若云。吴若云手里的枪还冒着烟，吴天旺看着她那愤怒的双眼，下意识站了起来。吴若云一翻身从床上跳到地上，举枪对准了吴天旺，厉声怒吼："吴天旺，你这个畜生，你把槐花害成那样，还想占我的便宜，我今天就替我爹毙了你！"

槐花急忙扑到吴天旺身前，回头大喊："小姐，你先毙了我吧！我不是都跟您说了吗，天旺哥之所以这样，都是被我给害的啊！"

吴若云大怒："槐花，你给我让开，你被这条狼害得还不够惨吗？我们都看错人了，他根本不是个好东西，你给我让开，让我一枪毙了他！"

槐花死死地护住吴天旺，说："天旺哥，你傻啊，还不快跑！"

吴天旺本已心灰意冷，槐花的提醒让他一下子明白过来，他旋即转身夺路而逃。没想到刚出门就被吴八叔和家丁堵个正着。吴若云追了出来，大声喊道："八叔，你来得正好，这个畜生交给你了，让我爹毙了他！"

追出来的槐花声嘶力竭地央求着："小姐，别……别啊！"

吴若云回身用枪指着槐花，斥道："槐花，你疯了，你被这个畜生逼疯了！八叔，别管这个疯女人，就按我爹的吩咐，宰了吴天旺！"

虎头湾广场正中摆了一长溜桌子，负责招募新兵的陈干事一脸的汗水，他一会儿不厌其烦地回答群众提出的问题，一会儿给已决定报名参军的人登记。老骞眼子和海螺嫂,还有香月奶奶和赵老气等吴赵族人,围在一边看热闹。

这时,吴天旺被吴家的几名家丁押着,穿过广场中的人群,径直来到海神庙前的海滩,将他摁倒在地上。吴八叔脸色肃穆,高声喊道:"吴家族人都给我听着,族长大老爷有令,让我崩了吴天旺这个奸细,清理门户,以绝后患!"吴八叔说罢,从家丁手里取过一把长枪,拉动枪栓,顶在了吴天旺的后脑勺。吴天旺觉得后背一阵凉风,脸如死灰,浑身哆嗦。

一见这情形,围在陈干事身边的人们呼啦一声拥过来。陈干事抬起头,循着人群看去,只见吴八叔的手指已经扣住了扳机,他赶紧远远地吆喝一声:"哎!等一等——"陈干事一边喊着,一边快步跑到吴八叔跟前,问道:"这是要干啥?"

吴八叔扭头看了一眼,说:"八路是吧?没你们的事,该干吗你们还干吗去,这是我们吴姓族人自己的事!"

吴天旺一见陈干事,开口就嚷:"长官救命,长官救命啊!"

吴八叔大怒,手指又扣住了扳机,骂道:"你个混账王八蛋,还想活命?"

陈干事抬起吴八叔手里的枪,大声喝道:"你给我住手!光天化日之下乱动私刑,谁给你的权力?"

吴八叔愣了,"什么?你说什么呢?乱动私刑?族长大老爷有令,怎么能叫乱动私刑呢?国有国法,族有族规,你管什么闲事!"

陈干事是个执拗的人,较起真来不管不顾:"今儿我还真就得管管闲事了!你们刚才说他是奸细,怎么回事儿啊?"

吴天旺趁机喊道:"我不是奸细!我不是奸细!他们冤枉我,冤枉我啊!长官救命,替我做主啊!"

吴八叔更是一个撞不到南墙不回头的主儿,他瞥一眼陈干事,说:"怎么回事儿我凭什么给你说啊?你算老几啊?"

这让陈干事觉得很丢人,他也恼了,挺了挺腰杆说:"我不是什么大人物,我就是八路军的一个小干事,但我绝不能看着你们随便杀人!既然你们说他是奸细,那么我请问,有没有证据?"

吴八叔说:"什么狗屁证据?族长大老爷说他是奸细,他就是奸细!"

陈干事说:"什么族长大老爷呀?他说什么就是什么,我怎么听着像个恶霸啊?"

吴八叔大怒,骂道:"什么?你红了毛了,敢说我大哥是恶霸!来人,把他们八路军全都给我赶出虎头湾!"

吴八叔话音一落,立刻就有吴家乡勇抄起枪来哄赶,陈干事身旁的几个八路军战士横枪对峙。赵大橹乘机冷嘲热讽道:"哼,可不就是恶霸嘛,他们仗着有钱有势，手里有枪，这些年可没少欺负我们赵家！"

吴八叔嘴一咧，说："呀哈，姓赵的穷鬼也敢搭茬了？赵家族长都当了汉奸了，你们还有脸活着？还有脸留在虎头湾？我要是你们，我早他娘的一头撞死了！"

赵大橹一脸的不服，说："族长当了汉奸，我们凭什么一头撞死？老子们昨天杀了好多小鬼子，脸上光彩着呢！"

吴八叔火冒三丈，骂道："真他娘的造反了啊，你也不撒泡尿照照你自己是谁，竟敢在我面前称老子？来人，把这个赵大橹和吴天旺给我一起毙了！"

赵大橹一拍胸脯，怒道："我看你们谁敢？"立刻，赵家子弟也亮出枪来。如此，吴赵两家，加上八路军战士，枪枪僵持，各不相让，整个海滩的气氛骤然紧张起来。

就在这千钧一发之际，海猫、老斧头和王大壮飞也似的跑来。海猫站在三方的枪口前大喊："都把枪放下，大水冲了龙王庙，怎么一家人不认识一家人了？"

老斧头跑到赵大橹面前，数落道："大橹，快让兄弟们把枪收起来！"

王大壮来到吴八叔面前，劝道："这位老伯，给我个面子，让您的人退一步！"

海猫对陈干事说："老陈，这到底是怎么回事啊？"

陈干事指着跪在海滩上的吴天旺说："他们说这个老乡是奸细，我让他们拿出证据来，话赶话地大家就急了，一个个都无法无天了！"

吴天旺接过陈干事的话茬，大喊大叫："对，他们无法无天！我不是奸细！我昨天还杀了一个鬼子呢，我怎么就成了奸细了？"说着，他不顾一切地站起来，哭诉道，"我是吴家的人，我打小就进了族长家当奴才，他们欺负我欺负惯了！吴乾坤的小老婆死了，他心里难受，看我不顺眼，就要枪毙我解恨哪！"

海猫严肃地说道："吴天旺，你别信口胡说，吴家族长不是这种人！"

吴天旺知道自己横竖是死，反而豁出去了："海猫，我知道你也想害死我，你跟我有仇，想当年你我就是仇人，咱俩吵过嘴，打过架。这位长官，我的事可不能让他说话，他跟吴乾坤是一伙的，他们都巴不得我死！"

陈干事说："这位老乡，别叫我长官，我们队伍里不兴叫这个，你就叫我陈同志就行了，请你一定相信我，我绝不允许任何人滥杀无辜！"

吴八叔说："海猫，我刚才可是给你面子了，你要是识相，就让你们的人别管闲事，不然，我吴老八可就只能翻脸了！我们吴家族规严得很，族长大老爷说他是奸细，他就是奸细，说他该枪毙，他就该枪毙！"

陈干事把海猫拉到一旁，低声说："海猫，你都听见了吧，这不是恶霸是什么！我们是人民的队伍，就得为人民做主，绝不允许恶霸草菅人命，滥杀无辜，更何况人家是杀过小鬼子的英雄呢！"

"行了，你别说了！"海猫有些不耐烦，转身冲吴八叔抱拳，"您先等一会儿，容我去跟吴家族长商议商议！"

海猫说罢快步进到吴家客厅，没容他说完，吴乾坤便冷笑一声，说："哎呀，我要杀一个自家的败类，你们也得管？那有一天你们要真是翻了天，我吴乾坤在这世上就没活路了吧？"

海猫说："瞧您说的，爹，您说吴天旺是奸细，有没有确凿的证据啊？"

吴乾坤说："证据？还真没有。我昨天连夜派人去了肖老道的道观，道观里面空无一人，大小老道都跑光了，我倒是想找证据来着，但没找着！"

海猫说："爹，既然没证据，要不然您就饶他一回，就当看在若云的面子上。我记着若云跟我说过，吴天旺为了她被打折了腿。还有那天，我亲眼看到天旺为了救若云又挨了一枪，还是那条瘸腿。行吗，爹？"

吴乾坤干笑两声，突然喝道："你媳妇刚才差点儿没亲手毙了他！"

"啊，有这事……"海猫无话可说了。

吴乾坤说："行了，既然你们队伍上有人不愿意，那就算了，毕竟你们刚刚救了我的命，救命恩人嘛，理应给个面子。"

海猫喜出望外："爹，您真是大人有大量，多谢爹了！"

吴乾坤扭头朝客厅外喊道："去跟八老爷说，给共产党八路军一个面子，饶吴天旺一命！从此以后，吴姓族人中没有他这一号，不允许他再姓吴了！"

事情并没有完，过了一会儿，陈干事找到海猫，说："那个吴天旺硬是要求当兵，他说他会打枪，还杀了一个小鬼子，现在正是用人之际，我的意思咱们是不是把他收下？"

海猫微微摇头说："他是个瘸子。"

陈干事说："瘸子怎么了，正所谓瘸子当兵精神好啊！"

海猫又说道："不是，你现在收下他，不是成心跟吴家作对吗？"

陈干事正色说道："作对又怎么了？他们那个族长就是个恶霸！还有刚才的那个什么吴八老爷，海猫同志，你要站稳无产阶级立场，思想上可不能出问题啊！"

海猫说："老陈，你别扯那么远行吗？虎头湾的情况很复杂，这件事情本身也很复杂。这个吴天旺啊，真是令人难以捉摸。"

陈干事说："要我看，吴天旺从小失去了爹娘，过的是再苦不过的日子，他给地主恶霸当长工，还被打成了残疾，现在人家一心想参加队伍，这种人我们不收，还收什么样的人啊？再说了，你去看看花名册，这一上午赵家报名参军的有二三十个了，吴家一个都没有！我觉得就得拿吴天旺开个头，只有这样，才能完成上级首长交给我们的征兵任务！"

海猫有些不耐烦了，抬脚就走，边走边说："征兵的事你负责，我保留个人意见。"

望着海猫的身影，陈干事皱了皱眉头，转身来到正焦急等待的吴天旺跟前，问道："老乡，会写名字吗？来，写在这上面，你以后就是我们八路军战士了。"

"真的？"吴天旺激动地双手接过毛笔，刚要写又搁下，"我咋写啊？刚才族长大老爷说了，以后不让我姓吴了，那我姓啥啊？"

陈干事说："他说不让你姓吴了，你就不能姓吴了？天下姓吴的多了！我们的队伍就是要让穷苦人翻身做主人，打倒一切剥削压迫，一切恶霸地主！你该姓什么就姓什么，用不着听他的！"

吴天旺连连点头："哎，好，我听您的，陈同志，我听您的！"吴天旺用颤抖的毛笔在新兵登记册的一张红纸上，歪歪斜斜地写下了"吴天旺"三个字。他似乎感到不过瘾，还用大拇指蘸着墨汁，按下一个指印。

大橹娘见儿子赵大橹报名参军，回到家就抹开了眼泪。赵大橹劝道："娘，您哭什么呢，是不是怕我当了兵打仗死在战场上啊？您放心吧，您儿子有本事，命也大！等把小鬼子赶走了，我就回来伺候娘，孝敬娘，给娘养老送终！"

大橹娘说："儿子参军打鬼子，娘觉得光荣，可你要当兵走了，婚事咋办？先成家后立业，你当了兵进了队伍，那就算立大业了，可是家还没成呢！"

赵大橹明白了，笑道："那能赖谁啊，当初是你不干的，死活看不上人家香月。"

大橹娘说："是，那时候娘觉得她丢人现眼，可昨天香月可真长了脸了，她一个姑娘家有脑子，要不是她带着大伙在山顶上往下扔石头，你们还不得都被吴江海突突了啊。好多人都说香月就是海神娘娘转世呢！"

听娘第一次夸赵香月，赵大橹心里也很高兴："娘，这么说亲事您答应了？"

大橹娘说："答应，当然答应！这么好的姑娘，你要是不赶紧娶了她，等你走了，上门提亲的还不踏破人家的门槛啊！"

赵大橹说："您答应了管啥用啊，人家不答应怎么办？"

"不能吧，你现在也了不得啊，这回打仗，赵家老老少少不都跟着你吗？她了不起了，我儿子就配不上她了？我找她奶奶和她爹再唠唠去！"

大橹娘说着，一阵旋风似的刮进了赵香月的家，开口就说："正好，香月不在家，他奶奶、他大叔，咱两家的亲事，还得成全了啊。这大橹马上就要当兵走了，儿女大事，咱们当老人的是不是该给他们成全了啊？"

香月奶奶说："我们家啥时候说不成全了，一直是你不干！"

大橹娘说："我现在想通了，那这事就这么定了？咱们择个日子，赶紧成亲，要不然队伍上一声令下，我儿子走了就耽误了！"

赵老气干咳了一声，说："你想通了，我还没想通呢！我家闺女又不是个物件，想要就要，不想要就不要！这些年，她可被你糟践得够呛！这会儿又看上我闺女好了？哼，你也够势利眼的啊！我闺女昨天救了赵家族人，你又想起成全这门亲事，没门儿！我不能眼睁睁地看着闺女将来受你这个恶婆婆的气！"

大橹娘说："哎，我说赵老气，我怎么就成了恶婆婆了？香月打小是我看着长大的，我稀罕还稀罕不够呢！"

赵老气说："你还稀罕？你当初是怎么骂我们家闺女来着？她差点儿没被你逼死，你知道不知道啊？我闺女也要当兵去，你没看那八路军队伍里也有女兵？我闺女这回立了大功，队伍肯定要她！我还告诉你，大伙儿都说香月是海神娘娘转世，我自己琢磨着也有点像！退一万步说，就算你拿我闺女当海神娘娘供着，天天给她磕头烧香，我也不让她嫁到你们家去！"

一席话把大橹娘差点噎死，她自己给自己找个台阶，说："现如今儿女婚事老人说了不算，等哪天有空了我找香月去！"

赵香月正在捻匠铺里给海猫做饭，锅碗瓢盆一阵响动，有鱼有虾，有干有湿，饭菜便摆在了炕桌上。赵香月像在自己家一样招呼海猫说："海猫，快上炕吃饭，都是我在海里现捞的，凉了就不好吃了。"

一直呆呆地看着赵香月做饭的海猫，终于开口说："小姨，这……"

赵香月脸一板："当初让你叫我小姨，也就是句玩笑，以后不许叫了！"

海猫迟疑半晌，说："不是啊，小姨，有些事我必须跟你说明白。"

赵香月说："不用说了，我都知道了，一回到虎头湾我见到了好多你们队伍上的人，我都打听了，你们队伍上不让随便带家里人，而且你也说过，不把小鬼子赶走，你不成家。所以我想，要想和你在一起只有一个办法，就是我也参军！其实今天我想去报名来着。可又一想，你们队伍那么大，万一没把我和你放在一块儿，那我们还是不能在一起。所以我就留了个心眼儿，直接找你报名参军，你就把我招了吧！我知道你是当官的，你能招兵！我向你保证，到了队伍里，我不跟别人说咱俩的事，我就好好当兵，打鬼子也行，给战士们洗衣服做饭也行，我啥都会，我只要能看见你就行，等把小鬼子都赶走了，我们再成亲！"

海猫顿时傻了，傻了的海猫突然想起吴若云，急忙转身跑出捻匠铺，边跑边回头嚷道："小姨，你等会儿啊，你千万别走，我一会儿就回来！"

海猫一头闯进他和吴若云的洞房，说："媳妇，你快跟我走一趟——"

吴若云丈二和尚摸不着头脑，问道："怎么了？"

海猫苦恼地说："就是我跟赵香月的事儿，这之前你说过你要当面跟她说的，现在她人就在捻匠铺，你快帮我说清楚去！"

吴若云听着直笑，便跟着海猫出了门。可临到捻匠铺门口，吴若云却打起了退堂鼓："海猫，我想这事还得你自己解决。我听人说了，赵香月带着赵家的人给汉奸设圈套，砸死了那么多狗汉奸，真了不起！再说，她对你好也不是什么恶意，谁让你以前不着调呢，脚踩两只船，哪个你都想占！"

海猫一脸苦笑，说："天地良心，我没有啊！"

吴若云仍然不为所动。都说爱情是自私的，她不信，她认为那是小心眼儿，就像掌舵的舵手，只要心里有方向，不论从哪刮来的风，都能鼓起征帆到达目的地。想到这里，她一本正经地说："海猫，解铃还须系铃人，你自己去吧，好好说，别伤着她。"

海猫望着吴若云离去的背影，只好独自一人走进捻匠铺。赵香月笑盈盈地迎上来，招呼道："你咋才回来呀？快吃，饭菜都凉了！"

海猫哪还有情绪吃饭，抓起炕桌上的饼子，咬了一口就停了下来。赵香月见了，连忙问道："咋了，海猫，我做的饼子不香？"

海猫慌乱地大嚼起来："香！小姨，真香！外甥谢谢您！"

香月一拍炕桌，怒道："海猫，你成心是吧！我很老吗？我比你小好几岁呢，你别老管我叫小姨，谁有你这么大的外甥啊！"

海猫一口饼子卡在嗓子眼里，含混不清地说："小姨，我对不住您，都是我的错，都怪我油嘴滑舌，见您长得漂亮，就跟您胡说八道，让您误会了！"

赵香月眼一瞪："我误会什么了？"

海猫说："是，我是跟你说过不该说的话，可我真的从来没有那个意思。我现在不能不说了，小姨，我娶媳妇了！"

赵香月说："什么？！你娶媳妇了？你以前可没说过，难道你撒谎，你一直骗我？"

"以前我是没娶过媳妇，是我才娶的。我已经跟吴若云进了洞房，都拜堂成亲了……"海猫鼓着勇气，一气儿把话说完了。

"你说啥？跟吴若云进了洞房了？"

海猫看也不敢看赵香月，勾着头自顾自地说："是真的，小姨，在这三年多，我脑子里反复想，我到底喜欢吴若云还是您呢？最后我想明白了，我喜欢的是她。跟您，我更多觉得您是我的亲人！都是我的错，可是错已经犯了，请小姨忘了过去那些荒唐的事吧！再说，赵大橹是个好人，他真的是个好人，他给我当小姨父，最合格！你们的事我也都知道了，小姨，我听说赵大橹报名参军了，要不你们就赶紧把婚事办了吧，也省得两家的老人都跟着着急……”

泪水从赵香月脸上落下来，她擦擦脸，说：“你真的跟吴家大小姐入了洞房，成了亲？”

海猫没敢抬头，答道：“是。”

沉默了好一阵，赵香月突然笑了起来：“好啊，多好啊，这下好了，大小姐在天之灵知道了肯定高兴！我走了，你快吃饭吧，饭菜都凉了……”

海猫无言以对，默默地目送着赵香月走出捻匠铺。捻匠铺的门开着，海猫忽然发现吴若云就站在门口，只见她对赵香月说：“哎，你比海猫长一辈，我应该跟着他叫你小姨吧？小姨，昨天的事我都听说了，你真了不起！还有，这些年因为海猫你受了不少苦，我这个当媳妇的替他给您鞠个躬，您大人不记小人过，宰相肚里能撑船，别记恨他。”

赵香月看着吴若云给自己鞠躬，心如死水，波澜不惊。许久的沉默之后，她突然问道：“你吃饭了吗？屋里有现成的，你们俩一起吃吧！”说完，赵香月扭头就走。

赵香月脚踩棉花似的，深一步浅一步，失魂落魄地向海神庙走去。经过虎头湾广场时，在招兵人群中的赵大橹发现了她，便远远地跟在她的身后，一直跟到海神庙门口。

赵香月并没有进海神庙，而是沿着海神庙旁边的围栏漫不经心地走来走去。突然，只听扑通一声，赵香月纵身跳进了大海。赵大橹吓坏了，大声喊着“香月——香月——”疯了似的快步跑去，也随之一头扎进大海。在大海深处，赵大橹游进礁石滩，穿过珊瑚丛，四处寻找，一无所获。

赵大橹水性不及赵香月，换了几次气儿，终于在一块礁石下看见了赵香月，她平静地躺在那里，一动不动。赵大橹拼命游去，伸手拉她，赵香月却连连躲避。赵大橹怎肯罢休，可如此三番几次，他给呛得只顾大张着嘴喝水，痉挛了。

赵香月一见，不禁大吃一惊，忙揪住赵大橹的头发，双脚一蹬，把他提出了海面。赵大橹缓过气来，迫不及待地说：“香月，你咋能寻死呢？”

赵香月争辩说：“谁寻死了？我什么时候说寻死了？谁告诉你我寻死了？”

赵大橹说：“不寻死你跳海干啥？”

赵香月嘴巴一噘：“我愿意！你管得着吗？哎，我问你，你是来救我的吗？有你这么救人的吗？自己都顾不了还救人？亏你是海边长大的，真丢人！”

落日的余晖把海滩染成一片金黄，赵大橹和赵香月远眺波光粼粼的大海，说不尽的悄悄话，憧憬不完的美好未来，有滋有味地在细碎的浪花中绽放。是大海那宽阔的胸襟包容了两个人的过去，包容了他们所有的是非和误会。

夜幕垂挂，晚上又是圆梦的最好时节。赵大橹和赵香月出双入对，死缠硬磨，费好大的劲儿才说服两家老人答应了他们的亲事。赵老气一高兴，非要和赵大橹喝几口不可，结果三碗酒下肚，就酩酊大醉。

赵大橹把喜事告诉了海猫，但高兴之余又犯了愁，说："按老辈子规矩，要有族长大老爷给证婚，那才是最有面子的。上回坐花轿的时候赵洪胜倒是答应了，可现在他当了大汉奸，我们还不用他了呢！香月让我问问你，你能给我们证婚不？"

海猫听了，顿时百感交集，不禁热泪盈眶："小姨父，你放心吧！既然小姨看得起我，那我就给你们证婚！"

赵大橹说："我还想把婚事弄得热闹一点，结婚那天能不能闹一场大秧歌呀？不过，穷苦人家娶媳妇闹秧歌，这在虎头湾可是开天辟地头一回！"

海猫高兴地说："这个主意好，要的就是开天辟地头一回！这一回往大里闹，不仅赵家闹，也让吴家和咱们一起闹，还有，苏医生也会扭秧歌，让她带着八路军参加进来大闹，闹出个军民同心来！"

就像卸下了一身的包袱，送走赵大橹，海猫激动得一夜未眠。第二天一大清早，他就来到被改成临时病房的赵家客厅。苏菲娜正在给十多个伤员挨个量体温，测血压。她见到海猫，说："你们小两口真有意思，一个比一个起来得早！"

海猫说："小苏，你什么意思，谁跟谁小两口？"

苏菲娜说："还能有谁？你和吴若云呗！刚才我去她家给林医生换药，你猜怎么着，人家正亲手给林医生喂饭呢！"

"喂饭？你没听他们说什么吧？"

"你想听？"

海猫迫不及待地点点头。苏菲娜便把海猫拉到室外，一五一十地说，吴若云说她和你已经拜堂成亲了，那天自己把话说得太重了，请他原谅。林医生听表妹这一说，也就彻底死心了，并对两人表示祝贺。

海猫一听，百感交集，说："林医生不愧是大家子弟，不愧是反法西斯同盟的人，心比大海宽，肚量就是大！"

苏菲娜自豪地说："哼，比有些人鸡肠狗肚强多了！"

海猫笑道："小苏，我不跟你开玩笑，这样的好男人，你可别错过了！"

苏菲娜小嘴一翘："去你的，我的事你别掺和！"

海猫忙说："行！你的事我不掺和，但我的事你无论如何可得掺和！"

于是，海猫说起婚闹秧歌的事儿。他想得远，想借闹秧歌纠正本地人的封建观念。要把虎头湾改造成胶东最大的战地医院，没有老百姓的支持是万万办不到的！照顾伤员，女人比男人强多了，可虎头湾的女人连扭秧歌都不让，到时候怎么动员她们出来照顾伤员呢？

"你是想利用扭秧歌的机会发动群众？"苏菲娜打趣道，"海猫，我怎么觉得去延安学习的是你啊，你这个想法跟党中央和毛主席都是一致的！"

"真的？那算让你蒙上了！哎，如果你同意，你就专门组织一支女子秧歌队！扭秧歌的行头，我让吴若云帮你搞！"海猫更加高兴了。

苏菲娜揶揄道："你行啊，海猫，都能给吴若云做主啦！"

海猫说："吴若云好说，她爹可是个硬茬，我得会会他去！"

海猫来到吴家客厅，一五一十地把他的想法说给吴乾坤听。吴乾坤不置可否，扭头对身边的吴管家、吴八叔说："管家、老八，这事……"

吴八叔说："穷鬼娶媳妇还要来场大秧歌？他们姓赵的真以为翻了天了？"

海猫说："哎，八叔，话可千万别这么说，你一口一个穷鬼的多难听啊！赵大橹人不赖，这次打仗，一直就是他带着赵家的队伍，他要娶的是赵香月！我这个小姨的事，你们都听说了吧？她带人利用悬崖上的大石头打垮了吴江海的侦缉队，才保证了咱们这一仗的胜利啊！新郎新娘，应该说都是功臣！"

吴八叔说："你少说这些没用的，蹬鼻子上脸，立了点儿功就不知道自己姓什么了？哼，大哥，我要枪毙吴天旺那会儿，他还想跟我动家伙呢，要不是给海猫面子，我先一枪毙了他！"海猫有些尴尬，只好以眼神求助吴乾坤。

吴乾坤仍然不置可否，只说道："人非圣贤，孰能无过？赵大橹带人给我解了围，我是要谢他的。他娶媳妇，我应该表示表示，管家，让下人们杀头猪送到赵家去！"

赵管家说："老爷，赵家的人娶媳妇，这合适吗？"

吴乾坤说："知恩就要报，这不是联手打鬼子的时候嘛。赵大橹家里穷，送他头猪，让他们穷人娶媳妇也能摆上回宴席，也就算是我谢他的救命之恩了。"吴管家无话可说了，只得点头。吴乾坤又说："海猫，我这样总可以了吧？不过想让我们吴家出秧歌队，闹大秧歌，这恐怕太过分了吧？这不年不节的，又不是我要嫁闺女，对不对？"

吴乾坤没把话说死，海猫也不敢多说，忙赔着笑脸说："好，一头猪，这礼可真够大的，我替我小姨和小姨父谢谢您了！"

转眼就到了赵大橹和赵香月成亲的日子，这一天的太阳是被吴赵两家的锣鼓同时敲起来的。灿烂的阳光下，吴赵两家秧歌队斗唱斗舞，难分难解；苏菲娜和吴若云的女子秧歌队，红绸翻飞，多姿多彩；海猫和王大壮的八路军战士秧歌队，整齐划一，严肃而又活泼；老斧头和赵发还是当初戏谑小日本那场《水斗》的戏，这一老一少，一个扮演老鳖，一个扮演渔童，引得围观人群捧腹大笑。

当然，人群中也有不笑的，那便是跟在陈干事腔前腔后的吴天旺。吴若云才不管你吴天旺笑不笑呢，她故意扭进八路军的秧歌队，偷偷靠在海猫跟前，说："看到了吧，你交给的任务我可完成了。我给爹来了个先斩后奏，他同不同意都没办法了。"

海猫感激地说："我看到了，谢谢你啊！不过，我怎么没看到爹和管家他们呀！"

吴若云说："他们又不扭秧歌，当然你看不到啦！"

海猫说："我知道，他们也总该出来看看热闹吧？"

吴乾坤和吴八叔是没来，但吴管家来了。他只看了一眼，便跑回吴家报告情况："老爷，赵家办喜事，咱送一头猪去，够给面子了，小姐还把咱吴家秧歌拉出去了，这——"

吴八叔腾地站了起来，说："赵大橹不是个好东西，赵家穷鬼们也经不得惯，我出去把咱秧歌队轰散了！"

吴乾坤说："哎，老八，你轰散秧歌队，那不成心打若云脸吗？"

吴八叔说："小姐也真是，她这是先斩后奏啊！"

吴乾坤说道："哎呀，夫唱妇随呀，若云这是在帮海猫呢。年轻人嘛，愿意热闹就让他们热闹去吧！这鬼丫头，在家里成天跟爹作对，现如今嫁了人，倒是别人的好媳妇了，知道替她爷们儿出力了！"

第四十六章

虎头湾的房屋建筑沿用了海边村镇几百年的传统风格，凡大家富户一律是青砖黑瓦，高台阶高门楼，一排拴马桩嵌在大院外墙，一对汉白玉雕琢的石狮子把门，要多气派有多气派。小家穷户摆不起排场讲实惠，他们用从海滩捡来的鹅卵石砌墙，用从大海里捞出来的海草披房顶。海草细软光滑，房顶挂不住，所以只有铺厚实了才牢固，这样一来，反倒是冬暖夏凉。

赵大橹和赵香月住的都是海草房，又没有什么高台阶高门楼，平地进平地出，为接送新娘带来了方便。大秧歌扭起来时，这边才点燃了鞭炮，新娘赵香月被几个同龄闺友簇拥着来到门口，单等新郎赵大橹前来迎亲。两家人平日就对门对户地住着，所以赵大橹一出门就看到了赵香月。两个人对望着，凝视着，眉目传情，各有一番滋味在心头。

老斧头是司仪，所以他没敢多耽搁，舞了一会儿赶紧赶来了，此刻连妆都没卸。他清清嗓子，喜上眉头，高声说："诸位乡亲们，大橹报名参了军，已经是队伍上的人了，这个队伍里啊，讲新事新办，再说咱们也没那么讲究，什么花轿了，什么盖头了，都不要了啊！现在就请新郎新娘到广场和大伙一起扭秧歌，等扭完了秧歌，再看他们拜天地！"

围在房前房后，站在胡同里外的人们一齐鼓掌，大家用掌声把赵大橹和赵香月，还有大橹娘、香月奶奶和赵老气一起送到了广场。

海螺嫂和女儿吴天霞搀扶着受伤未愈的秧歌疯子也来到了广场。老犟眼子一见秧歌疯子便嚷道："哎呀，疯子站起来了！"

海螺嫂说："可不是，八路军的医生真是神了！八老爷让他在我家养伤，正吃饭呢，一听外边锣鼓点他就不待了，非说要出来看秧歌！"

秧歌疯子憨憨地笑着，他确实一听锣鼓点就激动。由于大病初愈，秧歌疯子已经唱不出整句的秧歌词来了，只能嘴里喊着："秧歌！秧歌！大秧歌！"

有两个扮演老头的演员嘴巴上没粘胡子，他们瞅个空子跑过来，你一把我一把，从秧歌疯子的破皮袄上揪下一撮撮羊毛，边揪边说："少了你秧歌疯子，我们真装不成老头了！"

秧歌疯子心甘情愿，敞开快成光板的破皮袄，任凭他们揪。

林家耀也是听到锣鼓点，才扶着墙一步一步挪到广场边上。他远远地看着人们欢天喜地地扭秧歌，脸上洒满了阳光。能从死亡线上挣扎着活过来，他心里清楚，最感激的人不仅仅有苏菲娜，还有海猫和吴若云，甚至吴乾坤。虽然他一心追的表妹最终选择了海猫，但他却打心眼里为她祝福。

赵洪胜也来了，他自从当了县长以后，已经被搞得狼狈不堪。他知道自己是过街老鼠，所以悄然躲在院门外的树后，一来是想看看他喜欢了大半辈子的秧歌，二来也想找个机会逃出去，今非昔比，眼下的虎头湾并非是安身立命之地了。

生活就是一面镜子，笑的人给个笑脸，哭的人给个哭脸。但是不管是笑脸还是哭脸，此时此刻都被大秧歌掀起的红浪淹没了。人们一见新郎新娘来到广场，一个个唱哑了嗓子，扭断了腰，更有那跑旱船的、骑毛驴的、舞蚌精的……五花八门，千姿百态，把个红浪滚滚的海洋，闹得一片沸腾。

海猫跃身跳到广场平台，扯扯衣襟，高声说道："父老乡亲们，几天前咱们虎头湾打了个大胜仗，消灭了藤田这个老鬼子，动静大得传遍了整个胶东！碰上这么大的喜事，又赶上赵大橹和赵香月成亲，这真是双喜临门啊！现在，我为新郎新娘证婚！证婚！证婚……"

海猫突然卡壳了，十分尴尬地在人群中寻觅，希望有人能提示自己一下。在人们的哄笑声中，吴若云急忙挤到平台跟前，说："你傻呀……"

海猫鹦鹉学舌地说："你傻呀……"

吴若云连忙纠正："我是说你呢！"

海猫一时没反应过来，仍然机械地说："我是说你呢！"

这时平台下的百姓才反应过来，一齐哄笑。吴若云更是捧腹大笑，她趴在海猫耳边说："你怎么了？别紧张，证婚就说恭维话，祝福的话！"

海猫这才反应过来，重新整整衣襟，说："乡亲们，你们大概都知道吧？赵香月是我小姨，跟着小姨叫姨父，赵大橹从今以后就是我小姨父了，小姨父现在已经报名参军了，我祝小姨父在前方多打胜仗，祝小姨在后方多生孩子，生大胖小子，给咱们虎头湾长脸！"

广场如开了锅的水，一片沸腾。

沸腾终于平息下来，老斧头站上平台，说："请大家鼓掌，欢迎新郎新娘上台，也请双方喜主上台，下面拜天地！"

在一片雷动的掌声中，赵大橹和赵香月，以及大橹娘、香月奶奶和赵老气被人们簇拥着，先后走上平台。

老斧头高声喊道："新郎新娘，一拜天地——"

赵大橹和赵香月二人跪地磕头。

老斧头又高声喊道："二拜高堂——"

二人面朝三位老人跪地磕头。

老斧头再次高声喊道："夫妻对拜——"

二人有些不好意思地各自调整身姿，面对面跪地磕头。

不知何时吴若云登上了平台，她站在海猫身旁悄声说道："再热闹，我也不羡慕，在我心里，我们的拜堂最新鲜，最有味道！"

触景生情，此时彼时，海猫被吴若云的理解和包容感动得热泪盈眶。

槐花不知何时走到吴天旺身后，也悄声说道："天旺哥，真叫人眼馋，咱俩什么时候能像他们这样就好了。"

吴天旺一阵慌张，急忙四下看看，见陈干事正站在人群中和人说话，便压低声音斥道："你想得美，快走开！"

沉默片刻，槐花忍着泪水，仍然心有不甘地说："我听说你当兵了，马上就要去队伍上了，天旺哥，带我一起去吧，我想跟哥在一起！"

吴天旺低声吼道："你个脏女人，以后你少往我跟前靠，滚！滚！滚！"

又一次响起的锣鼓和人们扭秧歌的欢笑声，深深淹没了槐花伤心的抽泣。

这时，众人兴起，纷纷跳到平台上，围着旗杆闪转腾挪，狂舞劲扭。海猫突然发现有个扮演蚌精的人也爬到平台上，他那忽闪忽闪的两扇蚌贝这时紧紧关闭着，遮蔽了半个身子和整个脸。海猫正纳闷，突然看到从关闭蚌贝的隙缝里露出的小半截棍子。他若有所思，合着锣鼓点儿靠近蚌精，大声问道："哎，老乡，你演蚌精手里怎么还拿条棍子呢，哪儿捡的？来，让我看看！"

海猫说着就弯腰伸手，一把抓住了那棍子的小半截。小半截棍子滑滑的有点异样，但没等海猫反应过来，那蚌精便猛地张开蚌贝，原来是特务头子三浦！

更令海猫始料未及的是，那小半截棍子是三浦的文明棍，里面藏着机关，实际上是一把剑鞘！

随着三浦的后退撤身，短剑出鞘，寒光闪闪，锋利无比，还有四个棱的血槽。这一切都来得太突然、太快了，海猫猝不及防，短剑已经插进了他的腹腔。海猫本能地死死抓住剑柄，此刻绝不能让三浦转动剑柄，否则必死无疑。强大的信念支撑着海猫，他拼尽全身力气和三浦较着劲。

大秧歌的阵阵锣鼓声遮盖了眼前的这一切，却遮盖不了三浦的惊恐，他只好匆匆放弃与海猫的较劲，终于撒手藏进蚌贝，慌慌张张地混进人群。

海猫双手捂住剑柄，死死地盯着三浦。渐渐地，混进人群的三浦开始变得模糊虚幻起来，一阵天旋地转，海猫在平台上跟跄两步，仰面倒下。

吴若云一见，天打霹雳似的大喊："海猫——"

锣鼓声戛然而止，所有人的目光全都投向海猫。吴若云一头扑到他身旁，边哭边要拔剑，苏菲娜急忙大声喊道："那剑不能动！"

林家耀身体虚弱，爬了几次都没爬上平台，王大壮抱起他放到海猫身边，然后鸣枪高喊："都不要动！抓刺客！"

所有人听了，立马一动不动。王大壮的眼睛四处搜寻，这时，跑出人群的三浦将蚌贝一扔，撒腿就跑。

王大壮举枪就打，无奈已经来不及了，三浦的身影迅速消失在远处。

许多人围在海猫身旁，一个个泪水涟涟。吴若云紧紧握着海猫的手，轻声唤道："海猫，海猫！你醒醒啊，你醒醒！"

海猫缓缓地睁开眼，他看着吴若云，用力挤出了难看的笑容："媳妇……"

吴若云号啕大哭："海猫，你不能死！不能死呀！"

苏菲娜轻轻而又坚决地拉开吴若云，老斧头急忙招呼众人，七手八脚地抬起海猫……

硝烟滚滚，敌我双方阵地上死一般的沉寂。阳光透过硝烟，把八路军战旗染得斑驳陆离。久违两年多的海猫在战壕的壁沿上用力蹭着后背，司号员虎子跑过来，问道："连长，您的旧伤又复发了？"

海猫骂道："奶奶的，我这伤就是老天爷的情报机关，这么好的天看着不像是要下雨啊，我怎么就有反应了呢？来，把你的小号给我顶上！"

虎子连忙把小号递给海猫。海猫用它顶着后背，以解除后背难忍的痒。

王大壮猫着腰跑到海猫跟前说："连长，战场上不怕有声，就怕没声，我看情况不太妙啊……"

王大壮说着拿开小号，伸出巴掌帮海猫揉搓后背，对司号员说："你快歇会儿，把精神养足了，后边还有大仗呢！"

海猫顿时觉得浑身舒畅了："还是老战友亲，知道我哪儿痒啊！"

王大壮并不搭理他，说："我刚才检查过了，全连加在一起，步枪子弹还剩下八十几发，机关枪子弹刚好压满了两梭子，手榴弹还有六颗。"

海猫说："你还说不妙呢，这已经不错了，我们连续打退了小鬼子的三次冲锋，还剩这么多子弹和手榴弹，这不是挺富裕嘛！"

王大壮说："你还笑得出来，你拿望远镜看看，下回鬼子该动用炮兵了！"

海猫说："我早看见了，小鬼子要开炮我就不能笑了，哭着死笑着死都是个死，不管他，再使点劲儿给我揉揉，骑驴拉棍儿，舒服一阵是一阵儿！"

说话间，炮弹呼啸着飞来，海猫立刻大喊："打炮了，分散隐蔽！"

瞬间，炮弹在阵地上爆炸。海猫他们坚守的是一块高地，在纵横交错的战壕里，战士们四处隐蔽。弹着点溅起的尘土将他和王大壮几乎掩埋。海猫抖落满身的尘土，高声喊道："王大壮！王大壮！"

半晌，王大壮才从泥堆里爬出来。海猫一见乐了："炸不死的王大壮，你看，小鬼子炮弹有个屁用，一颗炮弹还不定多少钱呢，这不是白扔了？"

话音未落，炮声又接二连三响起，有几名战士被炮弹炸飞，尸体掀出战壕。海猫骂道："奶奶的，小鬼子的炮太猛了，首长让咱们守到什么时候来着？"

王大壮说："你被炸糊涂了吧？到天黑啊，你立的军令状！"

"噢，对了，我立的军令状，到天黑。别怕，小鬼子的炮厉害归厉害，但都不准，只要天黑之前我们一连还有一个战士活着，阵地就还在我们手里，首长交给我们的任务就算完成了！坚持，坚持就是胜利！"海猫给大伙儿打气。

炮火刚过，黑压压的小鬼子又一次开始进攻了。海猫大叫："哎哟，这么多小鬼子，打起来可真过瘾啊！"

王大壮嘴一撇，说："再过瘾，也是给国民党打配合！"

海猫回道："国民党怎么了？现在是国共合作，全民抗战！不管是谁的队伍，只要是真心抗战的，都是我们最亲密的战友！"

王大壮说："行了行了！我王大壮不是怕死鬼，我不过发发牢骚而已！"

海猫说："发牢骚也就是痛快嘴皮子，要想从心里痛快，咱们还得算计好了，除了打枪，还得打智慧！"

海猫边巡视着坚守的阵地，边对司号员说："虎子，你去通知同志们，都到小鬼子的炮弹坑里待着别动，炮弹不会炸同一个地方，等小鬼子靠近了再打！"

司号员应声猫腰跑去传达指示。海猫扭头对王大壮说："亏你还是副连长呢，绷那么紧干什么？咱们跟小鬼子过招又不是三回两回了，我告诉你，离咱们阵地越近他们越小心，这会儿啊，正学乌龟爬呢！"

王大壮和老战士们抬头向阵地前看去，小鬼子的推进速度确实很慢。

海猫异常镇定地说："在咱们阵地前不到四十步的地方，还有一条战壕，等大多数小鬼子过了那条战壕再打！"

王大壮急了："你疯了，那是咱们的预备战壕！"

海猫说："听我的，我是连长，都给我记住了，只要大多数小鬼子爬过预备战壕，咱们就集中力量一齐开火，把所有的子弹和手榴弹全部打光！"

海猫说罢，又伸手招呼猫腰跑回的司号员，说："虎子，只要大伙把子弹和手榴弹都打光了，你就立刻吹冲锋号！"

司号员和所有人一齐看着海猫，海猫饱含深情而又充满信心地说："同志们，我这么打眼一看，咱们剩下的这三十多个人里面，有一半是当年昆嵛山红军游击大队的老战士，行，老战士带新战士，咱们一帮一，相互照应，只要听到号声，都跟着我一起冲出去。小鬼子还算是讲规矩的，只要一冲锋，他们就会跟咱们拼刺刀。我们既要能打仗，还要会打仗，打要打得赢！这就要快速抢回咱们的预备战壕，夺过小鬼子的枪，再彻底消灭小鬼子！"

王大壮明白了海猫的作战意图，连连点头："佩服，佩服！连长，你这招够狠，我王大壮作为副连长，保证冲在最前面！"

海猫眼一瞪，说："凭啥？你要敢跑最前面，我就跟你急！准备战斗！"

大多数小鬼子缓慢而谨慎地越过预备战壕，开始失去警惕，有胆大的竟直起腰，大摇大摆地走起来。说时迟那时快，海猫喊声打，枪声和手榴弹的爆炸声同时响起来，小鬼子顿时死伤一片，活着的鬼子纷纷退回到预备战壕里。

司号员不失时机地吹响了冲锋号。于是，像下山的猛虎，大家争先恐后地跳出战壕，向后退的鬼子冲去。果然不出海猫的预料，鬼子返回头来被迫拼起了刺刀。

这一场白刃之战杀得好不惨烈，刺刀对刺刀，刀刀见血；枪托对枪托，碰撞有声；杀声对杀声，声声震耳，直杀得天昏地暗，血肉横飞。海猫手持三浦那把曾经插入自己身体的四棱军刺，专找日军军官拼杀。他也不要什么花架子，一下刺一个，直着插进去，横着拔出来，鲜血随着四棱凹槽汩汩而出，谁挨了军刺，谁就得死。

一阵肉搏之后，海猫他们迅速夺回了预备战壕，并利用敌人丢弃的武器，重新构筑阵地，一直打到落日的余晖染红了阵地。

两军交战勇者胜，伤亡在所难免。虎子不幸被流弹击中，牺牲了。海猫紧紧抱着虎子的尸体，泪如雨下，嘴里喃喃："虎子，你娘送你来当兵的时候，我说你岁数还小，可是你非得跟着我……以后见了你的爹娘，我可怎么办啊？"

王大壮统计完部队伤亡人数，猫腰来到海猫跟前，刚要开口汇报，被他挥手打断了："我不听伤亡人数，你就说还有多少人能继续战斗吧！"

王大壮说："连你我算上，一共还有十七个！"

海猫一阵钻心的疼痛，咬牙说道："坚持就是胜利，天马上就黑了，最多还有半个时辰，坚持住这半个时辰，我们就完成了任务！将来不管有名的没名的，有姓的没姓的，活着的，死了的，都是战斗英雄！"

王大壮习惯性地边给海猫揉搓后背，边说："要是能活着熬过这半个时辰，我求你了，你就回趟虎头湾吧……"

海猫一愣，笑了："虎头湾？哎，王大壮，听说虎头湾现在可好了，咱们胶东的战地医院在那里办得有声有色。林家耀当了院长，苏菲娜除了抢救伤员，还经常给当地老百姓看病。这个小苏呀，当年他哥哥把她托付了我，可我这辈子还真不知道能不能再见到她了呢！"

王大壮白了一眼海猫："你少自作多情，苏岩牺牲前那是因为离你最近，只是顺口那么一说而已。苏队长的意思是把苏菲娜托付给革命队伍，不是你一个人，再说了，你心里啥时候惦记过苏医生了，你想的都是别人！"

海猫仰望硝烟弥漫的天空，说："是啊，虎头湾确实有念想。小姨，也不知道我小姨现在咋样了，上次苏菲娜来信说她当上了民兵连长。女民兵连长，多气派啊！"

王大壮揶揄道："我警告你，赵香月可是有夫之妇，你可不能有非分之想！"

海猫笑道："好几年了，不知道她生没生孩子，我证婚的时候，还祝她多生孩子，生大胖小子呢！"

王大壮说："别提你证婚那档子事了，差点没把人笑死！"

海猫说："我还惦记老斧头，他是我的救命恩人。听说老斧头现如今工作得不赖，群众威信可高了！"

王大壮说："得了，你别绕弯子了，你小子现在最惦记的人是吴若云！你连晚上做梦都喊她的名字，你当我没听见是不是？"

海猫笑了："我真喊了？看来我还真是想她了……"

王大壮说："晚上做梦想媳妇，好事！你应该想，不想才不对呢！你说，自打你伤好以后，我劝过你多少次让你回去看看，可你就是不回去，你咋回事儿？你不会跟人拜了堂，现在又反悔了吧？"

海猫说："我是那种人吗？我啥时候不想回去了，可这能怪我吗？当年我被三浦捅伤了，是谁把我抬走的？你们要是把我留在虎头湾治伤，能有这事吗？"

王大壮说："真是好心当作驴肝肺。当时虎头湾那么多伤员，缺医少药，不把你抬走，能救回你的小命吗？"

海猫叹了口气："养伤养了大半年，胶东四处都在打仗，我一个伤员想回虎头湾我回得去啊？再说了，伤刚养好了就赶上司令员进了胶东，那家伙……"

海猫顿时得意扬扬，摇头晃脑，顺口唱出了两句秧歌词：

许世友，进胶东，
吓得鬼子腿抽风……

唱了几句，海猫感慨地说："当兵的最大的喜事是啥，就是跟对了好指挥官！你想过没有，政委派我到司令员身边工作，这机会多难得啊，我能舍得不去？要不是跟着司令员，我能有今天的水平？"

王大壮脸一板,说:"得了得了,你都吹了八百遍了,磨得我的耳朵都起老茧了。这回你要死不了,必须回虎头湾一趟,我可答应人家吴若云了……"

王大壮这辈子也不会忘记，那时因为海猫伤势太重，政委王天凯指示立即送他回根据地抢救，可吴若云又哭又闹，说什么也要陪着。后来，是他王大壮向她下了保证，一定要把海猫救活。不论什么时候，一旦伤好了，一定催他回虎头湾。

吴若云也是懂情理的人，宽慰自己说猫有九条命，海猫不会死。可林家耀死心眼儿，硬说那不是科学，惹得吴若云又闹着要陪,说海猫死也让他死在自己眼前。也是他王大壮向她下了保证，如果海猫真有那一天，就算尸首他也要送回虎头湾。

想到这些，王大壮说："你们小两口的感情，世界上找不出第二对来。吴若云当时也向我下了保证，说你要是真死了，她就把你埋在你爹娘的坟旁，天天给你烧香烧纸，一辈子给你戴孝！"

海猫一时感动无端，一句话也说不出来。

就在这时，日军的炮火像瓢泼大雨似的从天而降，阵地上顿时硝烟四起，海猫迅速抓起枪，组织队伍，寸土必争，抵挡敌人垂死的反扑。突然，一颗炮弹在海猫身旁爆炸，炸裂开来的炮弹皮子打着尖厉的呼哨，伴着被热浪掀起的滚滚泥土，铺天盖地，一瞬间就把他整个儿掩埋了……

不知过了多久，一轮残月把清冷的银光洒在遍地尸骸的阵地上，一支由七八个人组成的担架小队，默默地打扫战场。有人低声喊着："先找活的！"

秧歌疯子借着微弱的月光，在死人堆里好一阵子扒拉。他拉拉这人的胳膊，又拽拽那人的腿，然后又把耳朵贴在胸口上，直到确定没有一点气息了，才一步三回头，恋恋不舍地离开。

一会儿，秧歌疯子发现新堆起的土堆上露出一挺机关枪，便顺着枪杆扒出一具尸体，他把耳朵贴在胸口，似乎觉得还有气儿，便连忙把那人满脸的泥土拂去，仔细地辨认着。他突然大喊："大哥——"

远处，担架小队的队长问道："谁喊的？"

有队员回答道："是虎头湾的秧歌疯子！"

小队长立刻快步跑到秧歌疯子面前，说："疯子，你叫唤什么？"

秧歌疯子神志似乎比两年前清醒多了，说话也利落多了："小队长，这个人是我大哥，他叫海猫！"

听人说到"海猫"，一个苍老的声音从远处传来："海猫？在哪儿呢？我看看！"

此人正是香月的爹赵老气，他跑过来蹲下身一看："我的娘呀，真是海猫！"

秧歌疯子欣喜若狂，说："没错，就是我大哥！"

"可惜，人没气儿了——"赵老气伸手试过海猫的脉，起身对小队长说，"小队长，这个人是我和疯子的老乡，就让我们俩先给他收个尸，找个地儿埋了吧！"

小队长说："不行，先救活着的同志，万一还有战士活着呢？你们为个死人耽误工夫，要是让上头知道了，咱们小队还怎么评先进？"

赵老气无奈，走哪儿他都是个老实人。他低头看着海猫，嘴里嘟嚷着："海猫啊，香月老念叨你，没想到咱们爷儿俩还真是有缘，今儿个在这儿算是见了最后一面，你走好啊……"

赵老气说着抬脚就要走，秧歌疯子却不干了，嚷道："不！你不能走！我大哥没死，我大哥也死不了，我大哥叫海猫，他有九条命，当年他被沉了海没死，挨了枪子儿也没死，他是海神娘娘的儿子，他是活神仙！他不能死！"

秧歌疯子说着蹲下身就把海猫的胳膊搭在自己肩上,斜眼瞅着赵老气,说:"赵老气,你帮个忙,把我大哥搁我身上!"

赵老气连忙将海猫的身体搭在秧歌疯子背上,秧歌疯子忽地站起身,不管不顾,边走边说:"大哥你挺住啊,我带你回虎头湾。现在咱虎头湾的战地医院老大了,林院长,就是给我做手术那个,还有苏医生,都是神仙,他们一定会把你救活的!"

小队长埋怨道:"哎,我说赵老气,参加担架队的时候,你们虎头湾可是打了包票的,说这个人以前疯,现在不疯了,这不是又犯了吗?"

赵老气愣了一会儿神,突然说道:"不对呀,死人打挺,刚才海猫的身子没打挺啊……哎,疯子,你等会儿我!"

赵老气追上秧歌疯子,两人连夜找了一辆小推车,天还没亮就把海猫送到了虎头湾战地医院。当太阳蹦了一竿子高,性急似的跃出海神庙房顶的时候,海猫忽然睁开了眼睛,顿时全世界都亮了!

苏菲娜看着满脸都缠着绷带,只露出两只眼睛的海猫,说:"海猫,当我见到你,林医生已经给你包扎好了,他说轮廓像你,可我真的不敢相信,请回答我,是你吗,海猫?"

海猫说:"是我……我这是在哪儿啊?"

林家耀说:"你这是在虎头湾的战地医院。"

海猫说:"虎头湾……这么说我又回到虎头湾了?"

赵香月说:"是啊!我爹和秧歌疯子在战场上发现了你,开始以为你已经牺牲了,我爹说多亏了秧歌疯子,要不是他认出了你,也许你就被当作尸体……"

赵香月说着,忍不住泪水夺眶而出。

海猫断断续续地说:"小姨,你别难过,我……我这不还没死吗?"

林家耀说:"海猫,你指定死不了,我仔细地检查过了,你身上根本没有太严重的外伤,你的昏迷是烧伤造成的,但应该只在表皮。"

一直围在病床前的秧歌疯子终于有了插话的机会,忙说:"大哥,太好了,你又活了,我就说你是神仙死不了嘛,神仙还能死啊!"

海猫说:"秧歌疯子,是你救了我啊,谢谢……哎,你说话怎么这么顺溜,我记得你只能唱顺秧歌词呀!"

苏菲娜说:"最近几年林医生一直在帮他治病,他的精神比以前好多了,以后大家可不能再叫他疯子了!"

秧歌疯子说:"大哥,我不疯了,林医生把我的疯病治好了,我现如今在抗日前线担架队,有好几次我还得过大红花、大奖状呢!"

林家耀拍了拍秧歌疯子的肩,说:"快,你快去告诉吴若云,告诉她海猫回来了,让她高兴高兴！"

海猫忙说："等一等，别告诉她……"

秧歌疯子愣了，在场的人都愣了。

赵香月说："为什么？这些年你连个信都没有，可把吴若云给急坏了。"

苏菲娜说："是啊！她经常跟我打听你的消息，每一回都掉眼泪，看着真让人心疼，你既然回来了，为什么不让告诉她？"

海猫说："我……我不想让她看到我现在的这个样子！哎，林家耀，你告诉我，我什么时候能够好起来，我是说起码有个人样儿。我不想让吴若云看到一只被烤焦的半死不活的猫！我求求大家，谁也别告诉她！"

飞舞飘扬的雪花送走了残冬，迎来了漫山遍野的花海。虎头湾广场上搭起的一个个白色帐篷，帐篷的门帘上缝着一个偌大的"十"字，医护人员进进出出，步若轻云，话若春风。

海猫一身渔民打扮，衣服不是很合身，略微宽大了些，更显出大病初愈后的消瘦。他独自一人，循着海神庙内传出的读书声走去。海神庙的大殿变成了一个教室，教室两边的墙壁上，依然挂着吴赵两家列祖列宗的牌位，丝毫未损。只是在海神娘娘的塑像前竖起了两个木架子，上面架着一块长方形的黑板。

"全民抗战""抗日到底""一人参军，全家光荣"，这漂亮的板书，出自吴若云之手。她用教鞭指着黑板上的字，一字一句地带着扫盲班的学生朗诵："一人参军，全家光荣。"

扫盲班的学生有赵香月、吴天霞，甚至还有老犟眼子和赵老气，当然也有海猫不认识的。他们当中有织网兜的，有纳鞋底的，大家高一声低一声跟着念道："一人参军，全家光荣。"

"昨天有人跟我说，外面贴在墙上的标语有好多字不认识，今天我就教大家先认认……"

吴若云一边说，一边拿起粉笔，转身在黑板上写下了"胜利将永远属于人民"九个字。就在她回身拿起教鞭的瞬间，吴若云的余光似乎发现有人悄然溜进了海神庙，贴在了柱子后面，便问道："那是谁啊？干吗站在柱子后面，不是还有空座吗，来，快过去坐下！"

海猫有些不好意思地闪出身来，吴若云惊呆了，她的眼睛越瞪越大，泪水突然喷涌而出。赵香月是过来人，十分知趣地对大家说："我提议，今天的课就上到这里，大家都散了吧！"

众人纷纷离开海神庙，吴若云一头扎进海猫的怀里，竟放声大哭起来。海猫也哭了，不过他忍着没出声，只是把满眼泪水洒在了吴若云的后背上，把她的衣服浸湿了好大一片。

吴若云哭罢，不由分说拉起海猫的手，飞也似的回到二人拜堂成亲的洞房。洞房还是两年前的老样子，一切摆设仍然是那么喜庆。

吴若云说："你说了，堂都拜了，还没入洞房，亏得慌，为了不让你吃亏，这屋子我一直没动！都两年了，你个死猫，我终于把你等回来了！"

吴若云说着，举起小拳头向还在愣神的海猫一阵乱捣。海猫顺势将她紧紧地搂在了怀里。吴若云兴奋地用头在海猫的胸前蹭着，她突然闻到了什么，说："你身上怎么这么大药味？你是不是受伤了？伤哪儿了？快让我看看！"

海猫抓住吴若云的手说："没有，没有，哪儿都没伤！"

吴若云心生疑虑，说："海猫，你说实话，你是啥时候来虎头湾的？我怎么没听说有大部队要从这里过啊？"

海猫支吾半晌，说："我……我说实话，两个月前我就回来了。"

吴若云一把推开海猫："好啊！你回来两个月了，两个月都不告诉我？你什么意思？你这不是欺负人吗？"

海猫忙解释说："不，不是，若云，那时怕见了我，你会不认识我的……刚才说了，我是没受伤，可是小鬼子的炮弹就在我眼皮子底下爆炸了，那家伙一大团火，我就跟孙悟空进了太上老君的炼丹炉一样，头发全烧焦了，脸肿成那么大，不信你看，这手上的伤还没好呢！"

海猫说着把手递给吴若云。

吴若云轻轻抚摸着他手上的伤疤，心疼地流下了眼泪："你呀你呀——有苦就知道往自己肚里咽，烧伤不叫伤呀，烧伤那是最疼了！"

海猫说："我一个大男人，疼点算啥？比起牺牲的战友来，我是幸运的！"

吴若云真是把海猫当心肝宝贝似的，含在嘴里怕化了，掉在地上怕摔了，她轻轻地却又紧紧地把海猫抱在怀里，一声呜咽："你吓死我了，想死我了呀！"

两人久别重逢，一阵缠绵过后，海猫这才发现屋里屋外冷冷清清的，不像往日人来客往那般热闹，便问道："咱这家里怎么了，咋连个人影都不见呢？"

吴若云说："为什么？难道你不知道吗？"

海猫说："我都回来两个月了，怎么回事大概清楚……听说你爹不想让医院占你们家的房子，闹情绪，就离开了虎头湾，但没想到就剩下你一个人了。"

吴若云说："我不走是为了等你，但爹走可不是闹情绪！"

海猫说："若云，我只是听人风言风语说的，到底怎么回事你慢慢说嘛！"

吴若云心里冤屈，不觉又落下泪来："海猫，谁说我爹不想让医院占房子了，更何况人家不是占，而是租！你亲自经历过的，在虎头湾打鬼子，我爹是头号功臣，你比谁都清楚。为了帮你诱敌，他连金条都舍得，怎么会心疼几间房子？"

海猫点点头说："咱爹绝不是那种小肚鸡肠的人，开始我压根就不信，可是谎言千遍，有些人竟信以为真了。若云，爹到底因为什么离开了？"

吴若云欲言又止，说："主要是因为四爷爷。"

海猫说："四爷爷，就是四老太爷吗？究竟为什么，你尽管说！"

原来四老太爷家里以前有个长工，也是吴姓族人，因为偷东西挨过打，就跑了，这是十几年前的事了。后来这个长工在国民党的队伍里当了兵，虎头湾刚成立医院时，他是第一批运回来的伤员。听说伤员里有吴姓族人，吴乾坤还专门派管家给他送了些钱。哪承想这人记恨四老太爷，趁天黑摸进家，活活把他老人家捅死了。

四老太爷家的两个老妈子亲眼目睹，看得一清二楚，可这个伤员就是不认账，死活赖在医院里，说自己受伤得了梦游症，干啥也不知道！吴乾坤气不过，跑到医院，当场就把伤员给毙了！

吴若云气愤地说："可是，镇里却有人说，我爹是有意要跟共产党为敌，故意破坏国共合作，甚至说他是日本人的帮凶，还喊口号，要打倒渔霸恶霸。我爹是被逼离开虎头湾的，他不想和你们共产党闹得太僵，因此才走的。结果就有人造谣，说他是不愿意把房子腾给医院用，才逃出虎头湾，真是岂有此理！"

海猫叹道："我明白了，这里边肯定有误会，都怪我，我要是在，不可能发生这种误会。爹在哪儿，咱们这就找他去！"

吴若云说："行了行了，我爹都走了两年了，就算去找他，还差这一天呀？我马上给你做饭去，你还不知道吧，这两年我可把手艺练出来了，煎炒烹炸，样样都会，不是吹，比起赵香月也差不到哪里去！"

海猫回到医院，专门找到林家耀，把吴若云的话原原本本说给他听。林家耀叹道："若云表妹说的更贴近事实，吴世伯走了，我坚持没让医院占吴家一间房，也是怕误会越来越深。确实，吴世伯也向我说过要把房子腾出来的，可后来出了那事，就在这儿……"

林家耀指了指病房的一个角落说："他当场打死了那个伤员。为这事跟陈镇长闹得很僵！"

海猫说："陈镇长？什么陈镇长？"

林家耀说："是县里派来的，你受伤以后，他就来上任了。老陈说他认识你，还跟我抱怨过，说招兵的时候你管过他的闲事呢。"

"噢，原来是他呀……"海猫想起一个人来，不禁自言自语。

离开医院，海猫径直来到陈镇长办公室。这陈镇长就是当初的陈干事。海猫说了自己的看法后，没承想陈镇长却阴阳怪气地说："海猫同志，你是在教训我吗？你好像教训不着吧！是，我知道你受了伤又回了虎头湾，我也知道你回来两个多月了，我是没过去看你，那是因为我觉得对伤员应该一视同仁，不能因为你和我以前认识，我就对你搞特殊，怎么，挑眼了？"

海猫最看不惯这副官僚做派，不由大怒："我挑什么眼啦？我又不是什么特别人物，你看不看我能咋的？说了半天，全是吴乾坤的事，这与你看不看我有什么关系？"

陈镇长说："吴乾坤是个罪大恶极的地主、恶霸加渔霸，早晚会被人民群众打倒的，他的事还有什么好说的？"

海猫说："老陈，吴乾坤亲手杀死了鬼子的指挥官藤田，吴姓一族对我们取得那场胜利起了至关重要的作用，你怎么能这样说话呢？"

陈镇长说："什么吴姓一族？姓吴的老百姓，凭啥就得听他吴乾坤的？他凭啥对老百姓吆五喝六？他想枪毙谁就枪毙谁啊？人命关天，无论哪朝哪代乱杀人，都是犯法，更何况他杀的是从战场上下来的伤员。这种恶霸必须被打倒！"

海猫气得啪地一拍桌子，站了起来，说："那我请问，他吴乾坤为什么枪毙那个人？事情的来龙去脉，你查清楚了吗？"

陈镇长说："你什么意思？还没等我查呢，他就把人当场枪毙了，我还怎么查？再说了，他从来没把我这个镇长放在眼里！有他在虎头湾，吴姓的老百姓，没一个听招呼的。不管镇里动员什么事，都得看他吴乾坤的脸色，我早就受不了了。实话告诉你吧，就算没有这事，我还想找机会斗他呢！恶霸不除，我没有办法开展工作！"

海猫气愤不已，一摔门，扬长而去。

陈镇长追出门来，高声说："你等一等，海猫同志，我还没说完呢。我得给你提个意见，你回虎头湾是养伤的，伤好了就应该尽快回到战场上去，赖着不走想干啥？你跟吴乾坤的闺女不清不浑的我知道，现在情况不一样了，你作为一名战斗英雄，跟地主恶霸的女儿混在一起，是会给部队抹黑的！"

海猫怒眼圆瞪，大吼："老子愿意，你管不着！"

海猫从屋里出来，不想迎面碰到吴天旺。吴天旺也看见了海猫，不由愣了一下，马上又装作没看见，一瘸一拐地往屋里走。

海猫说："吴天旺？"

吴天旺这才假装认出海猫来，说："噢，我说面熟嘛，是海猫同志啊，你回来了？

还好吧？我还有工作，先走了。"

吴天旺说着不咸不淡的话，把海猫晾在那里。海猫看着吴天旺的背影，心里顿时苦辣酸甜咸，五味杂陈。

日落西山，月上中天。海猫一路上思虑再三，恍恍惚惚回到吴家，走进洞房，一声也不吭地坐在床边。这时，吴若云端了一盆热水放在海猫脚下，说："行了，别生气了，你也跟我学学，这两年我什么都适应了。"

海猫说："可是事情不应该是这样的啊。你爹帮助过我们队伍，我们应该感谢他才对。现在正是抗日战争最艰苦的时候，小鬼子还没赶走，自己人就和自己人对立起来了，这可怎么好呢？"

吴若云说："世态炎凉，这有什么想不开的？好了好了，来，过来洗脚。"

海猫弯腰就要脱鞋。吴若云忙说："别动，我给你脱。"

海猫抬脚躲着吴若云的手，连说："不行不行，这可不行。"

吴若云把海猫的双脚捉在自己的怀里，边脱鞋边说："这有什么不行的？我是你媳妇，你受了伤，我帮你洗洗脚有什么不行？听话，你今天不也看见了嘛，我给那么多人当先生教他们认字，我这个先生可不是白当的，我的学生们也教我怎么做一个好媳妇……"

海猫看着满脸温存的吴若云，一般热浪在心里翻腾。

吴若云轻言细语："她们就告诉我，胶东媳妇是天下最好的媳妇，好媳妇要会给男人蒸馍做菜，要会给男人洗脚。蒸馍做菜我已经会了，洗脚今天还是头一回，让我试试！"

海猫说："这……这多不好意思啊！"

吴若云说："怎么？你脚臭啊？"

海猫说："那倒不是……今天又没急行军，应该不臭。"

"臭也不怕！"吴若云说着，硬是把海猫的双脚按进热水盆里，"热不热？"

海猫说："不热。"

吴若云说："那是凉了？"

海猫说："也不凉，正好！"

"我说的嘛，我刚才凉水热水的兑了半天，我觉得应该正好。"

吴若云说着抬起头对着海猫幸福地笑了。

海猫又尴尬又感激，不禁说道："谢谢你，媳妇。"

吴若云说："媳妇！媳妇！这都叫了两年了，你心里还有我这个媳妇呀？"

海猫说："你这是啥话？这两年我天天晚上做梦都想着你呢！"

吴若云小声嘟囔："做梦管啥用？讨厌！"

海猫傻愣愣地说："你真是的，那还要咋样？"

吴若云脸一红，有些羞涩地说："咋样你还不知道哇？真会装傻！"

海猫突然笑了："我不傻，媳妇！我明白了，行了行了！你快点儿，洗得差不多就得了，我等不及了！"

吴若云抬手在海猫的脚背上拍了一巴掌："听话，不许你猴儿急！"

海猫出神地凝视着吴若云绯红的脸颊，呼吸变得紧张起来，浑身上下烈火烧烤似的滚烫滚烫。他情不自禁地伸出手去摸吴若云的脸，可就在这时，砰的一声枪响，海猫和吴若云听到顿时都愣了。

砰砰，又是两声枪响，海猫迅速抽出热水盆里的双脚，也顾不得擦一下，踩上鞋就往外跑。

吴若云追着直叫："海猫……"

海猫回头嘱咐道："外面不清楚什么情况，你不要出去，插好门在屋里等我！"

海猫冲出门外，循着枪声，转眼就跑到了虎头湾广场。这时，男女民兵和正在医院养伤的伤病员，以及好多渔民百姓，都先后聚集过来。

须臾，一个穿着八路军军装的汉子拽着一个女人的头发，从临海的海草房走出来。那汉子将女人往地上一扔，举枪喊道："你个臭婊子，老子崩了你！"

海猫一步蹿过去，喝道："住手！"

那汉子见海猫一身便服，毫不理睬，骂道："你算老几啊，老子的家事你管不着！"

正在这时，赵香月带着几名民兵也赶了过来，她指着那汉子问："刚才是你开的枪？告诉我，为什么开枪？"

那汉子蛮横地说："这臭娘儿们偷汉子，让老子撞上了，那奸夫是个瘸子，可跑得还挺快，老子没打着！"

海猫看了一眼赵香月，算是打了招呼，转头又看一眼那女人，原来是槐花，不禁惊叫："槐花？"

槐花也感到意外，说："海猫？是你吗？太好了，大小姐这回准高兴了！"

那汉子一脸的不屑："什么槐花桃花的，老子听说了，这个臭婊子外号叫敞半怀，千人骑万人跨的，还以为老子不知道啊！"

槐花双手叉腰，回身对那汉子吼道："敞半怀怎么了？你娶我的时候我跟你说得清清楚楚，我是个下贱女人、骚货，可你说你愿意戴绿帽子，你活该！有本事你开枪打死老娘，你开枪试试？我看看你们部队当官的会不会饶了你！"

那汉子又一次举起枪，骂道："好你个敞半怀，你以为老子不敢啊？"

海猫眼疾手快，一把抓住那汉子的手腕。那汉子吼道："你是干什么的？你也勾引我媳妇，我连你一块毙了！"

海猫夺过那汉子的枪，喝道："看你的枪，你应该不是一名普通的战士，你难道不知道吗，现在战斗的形势这么艰苦，每一颗子弹都是老百姓用血汗换回来的。我刚才听见三声枪响，你已经浪费了三颗子弹，你配穿这身军服吗？"

那汉子被震慑住了，不甘心地说："你……你到底是干什么的？"

赵香月说："他叫海猫，是胶东昆嵛山红军游击大队的老革命！"

海猫厉声质问："说，你是哪个部队的，凭什么打这个女人？"

那汉子说："她是我媳妇啊！"

海猫皱眉看着赵香月，赵香月点了点头。海猫似乎有些不相信，又回头看看槐花。槐花嘴一咧，说："没错，我是嫁给他了。"

那汉子说："她嫁给我了还偷野男人！她把门别住了，怎么敲都不开，我听见后边有动静，刚绕到房后面，那个男人就跳窗户跑了！要不是那小子跑得快，我早就一枪崩了他了！"

槐花大喊大叫："闭上你的臭嘴，谁偷男人了，你抓到了？你看见哪个男人跟你媳妇睡在一个炕上了？我告诉你，抓贼拿赃，捉奸拿双，除非你抓到男人骑在老娘身上，要不然，老娘不认，说我偷人，你是诬陷！"

槐花说着抡起巴掌抽在那汉子脸上。

海猫一愣，忙拦住槐花说："槐花，有理讲理，你一巴掌下去，把理都打没了。"

那汉子倒没还手，说："你看见了吧，我虽然不是老革命，但也上过战场受过伤立过功的，她竟然这么对我，你给我评评这个理吧！"

海猫把手里的枪还给那汉子，转身让赵香月把槐花劝回屋里，然后拉起那汉子一起来到海神庙的栈桥。他倚着栏杆，说："同志，有话好好说，你是什么时候娶的槐花？"

那汉子说："快两年了，我受了伤在这儿住院的时候，是别人给介绍的，我见这娘儿们长得还不赖，就同意了，她也说愿意，我们就成了亲。成亲那天，这么大个镇子没一个人来喝喜酒的。后来听人说她外号叫敞半怀，以前养过汉子，还怀过孩子！可你说我……我可怜她，我想连婚都结了，只要以后不给我戴绿帽子就得了呗！可是自打伤好回到队伍，我心里老放不下，老觉得她还会偷汉子，结果今晚上我一回来正好撞上了。可惜我没追上那个奸夫，但我肯定他是个瘸子，我看得清清楚楚，错不了，他就是个瘸子！"

海猫不由得想到吴天旺，但又不能说，便又问那汉子："你从队伍里回来，跟上级首长请假了吗？"

那汉子一愣。

海猫说："日本鬼子接二连三地扫荡，战友们都在前线流血牺牲，你还有闲工夫往家跑，你这是违犯军纪，我会向你的上级报告的，你就等着挨处分吧！"

那汉子忙说："海猫同志，我们部队刚接到命令，明儿一早转移，我就是不放心媳妇才回来看看的，哪承想……哎呀，我刚才也是一时糊涂。"

海猫指着广场上还未散尽的渔民百姓说："你是一名八路军的干部，一点也不注意群众影响，你这不是给队伍上抹黑吗？"

那汉子吭哧半天，说："我知道我错了，海猫同志……"

海猫说："我现在命令你，马上回你的队伍上去！"

那汉子想再回屋里看看槐花，其实他还真是不舍得她，但碍于海猫，只好把帽子戴正，整了整衣襟，咬咬牙转身离去。

海猫默默目送那汉子离去，心里不禁感慨万千。

已是夜半时分，海浪低吟，微风轻拂，给虎头湾平添了许多凉意。海猫忽然想起吴若云，便抬脚就走。

经过槐花的海草房时，他正好碰到赵香月从屋里走出来。赵香月看见他，高兴地说："也就是你吧能把槐花的男人镇住！噢，忘了告诉你了，那人姓林，这两口子打起架来，谁都拉不住。"

海猫说："小姨，我今天看见吴天旺了，他不是当兵去了吗？"

赵香月说："听说因为他腿瘸，行军打仗赶不上趟，队伍上就把他给送回来了。陈镇长让他在镇里边跑个腿，帮个忙啥的，其实就是给陈镇长端茶倒水！"

海猫说："真没看出来，这个老陈官架子还挺大的！"

赵香月叹了口气，一言难尽的样子。

海猫忙问道："怎么，你好像有话要说？"

赵香月说："算了，你伤还没好利索呢，工作的事以后再说。哎，你白天不是见了吴若云了吗，赶紧回去吧，她肯定等急了。"

这时，女民兵吴天霞跑来，报告说："队长，后山发现了奸细！"

赵香月说："怎么回事儿？你说。他是海猫连长，啥也不用和他保密！"

"海猫连长我还不认识！"吴天霞说，"刚才我在后山站岗，隐隐看见半山腰有一队人，我向他们喊话，他们也不答话，连滚带爬地跑了，我追过去就捡到了这个。"

赵香月接过吴天霞递过来的一个皮套子，转手又递给海猫。

海猫看了看，直皱眉头，说："这是望远镜的盒子，日本造的。天霞，你看见他们有几个人？"

吴天霞说："天黑，具体几个人看不清楚，估计起码有个七八个！"

海猫当机立断，说："要真是鬼子的侦察队，他们地形不熟，天又黑，应该跑不远。香月，赶紧集合民兵，把后山包围起来！"

后山，赵香月和民兵们从小就熟悉，哪儿有道坎，哪儿有道梁，哪儿的沟深，哪儿的树密，都一笔一画地写在他们心上。所以天刚蒙蒙亮，藏在山沟旮旯的荣六和他的几个亲信就被一网打尽。

在海神庙的偏房里，海猫厉声审问荣六："说！是谁派你来的？"

荣六一见海猫，早就吓得魂飞魄散，他头也不敢抬，答道："没人派我，自从跟黑鲨闹掰了以后，我就带着几个兄弟四处打野食儿。昨儿天黑迷了路，都怪我不长眼睛，我往哪儿去不好，偏偏闯进了虎头湾。"

海猫说："少废话，你说你打野食儿，背后就没有人指使吗？"

荣六抽了自己一巴掌，说："海猫啊，不管咋的，当年你上聚龙岛的时候我没往死里整你，就凭这个，咱俩就算有交情，你放我们一条生路，我背后没人指使，真的没人指使啊！"

海猫把挂在荣六脖子上的望远镜摘下来，往吴天霞捡到的空皮套里一装，不大不小，严丝合缝。他喝道："荣六，你是不见死尸不落泪啊！知道为什么追你吗？就是因为这个！这可是日本造的，好玩意儿，一般的汉奸，日本人还不给他用呢！你荣六混得不赖，连这玩意儿都混上了，什么官呀？不老实交代，可是死路一条！"

荣六早领教过海猫的厉害，双腿一软，扑通跪倒在地上。于是乎，荣六把如何投奔三浦的前后经过，以及三浦眼下的藏身之处，原原本本地交代出来。根据荣六的交代，海猫和赵香月立即组织精干民兵，准备前去围捕。这时，只见吴若云满头大汗地挑着一副担子追了过来。

海猫赶忙迎上去，接过她的担子，说："若云，你这是干什么？"

吴若云把挑来的两大篮子馒头拿出来，先塞给海猫一个，然后又一一分给众人，说："快趁热吃吧。听说你们搜山搜了大半宿，把荣六他们逮着了，我就连夜蒸了两大锅馒头，本想等你们回去再慰劳的，又听说还要接着去抓鬼子，我就送过来了。"

海猫又高兴又感动："若云，你变化太大了，谢谢你想得这么周到！"

吴若云嗔怪道："快吃你的吧，馒头都堵不住你的嘴！"

还在天刚蒙蒙亮，也就是在荣六他们被一网打尽之时，三浦冲进肖老道的帐篷，喊道："快起来，荣六到现在还没回来，一定是出事了。"

肖老道急忙爬起身，说："太君，那咱们危险了，三十六计走为上，咱们赶紧撤吧。万一荣六那小子告了密，那八路还不转眼就到啊？"

三浦点头说："肖先生，你的头脑非常好，三十六计走为上，很好！"

肖老道被夸得有点儿心虚，说："太君，那咱们往哪儿撤啊？"

"是的，往哪儿撤呢？"三浦双手拄着指挥刀，四处观察了半边，突然指着离他们隐蔽处不远的峭壁说，"帐篷的不要动，给他们留下几个小玩意儿，我们统统爬到那个峭壁顶上隐蔽！"

散落在峭壁下的帐篷依旧在，海猫和民兵来到距帐篷百米之外便潜伏起来。一同前来的荣六说："就这儿，里面一共住了三十来个人。"

海猫拿起望远镜观察着，说："奇怪，好像没人了，可他们怎么没收帐篷呢？"

赵香月说："管他有没有人，大家一起冲上去，反正咱们人多，不怕！"

海猫说："不行。你让大家做好战斗准备，我一个人先摸上去看看。"

赵香月说："不行，你的伤还没好利索呢，我去吧！"

海猫说："我是侦察兵出身，这种事怎么能让你去呢？你和大家都在这儿等着，没有我的命令，谁也不许动！"

海猫说着便弯腰向帐篷靠近，赵香月不放心，跟在了他身后。大帐篷周围还有几个小帐篷，海猫挨个侦察，发现个个空无一人，死一般的寂静。他决定最后冲进大帐篷，以探虚实。

大帐篷也是空无一人，他隐隐觉得不妙。退出来的时候，他的脚似乎触到了一根绳索，旋即隐约听见嗤嗤声，他赶紧就地一滚，嘴里喊声"卧倒"。轰的一声，炸弹的气浪掀翻了整个大帐篷。

就在海猫就地打滚的同时，他将身后的赵香月也一把按倒在地。飞溅的泥土将两人掩埋。

海猫从泥土中探出头，摇了摇，说："奶奶的，军区首长正号召我们学习推广使用地雷呢，没想到小鬼子先给老子用上了！"

峭壁之上，三浦透过望远镜观察着，疑惑地说："看他们的打扮应该是民兵啊，难道八路培养出来的民兵都有这么高的战斗素养？"

他说着顺手操起身边的狙击步枪，趴在地上就瞄准。他在瞄准镜里寻找到海猫，不禁一愣："是他？他还活着？不可能啊……我说嘛，民兵不可能有这么高的军事素养，原来他没死啊！"

肖老道凑到三浦身边问道："谁啊？太君！"

三浦说："海猫，你不陌生吧？"

肖老道忙说："啊，这小子最坏了，太君，您快崩了他！"

三浦摇了摇头说："不，他已经死在我手里一回了，可是他又活了，这就是你们中国人说的缘分。如果这么简单地把他炸死了，岂不白瞎了这么好的对手？不过，我还是得给他提个醒儿，别让他忘了带人来追我们……"

三浦说着便放低枪口，扣动扳机，子弹正打在海猫的脚下。

海猫下意识地双脚一跳，拉着赵香月连续打着滚儿向后撤退。民兵听到枪声，忍不住一齐开枪，漫无目的地射向峭崖。

海猫大声制止道："没有我的命令，谁让你们开枪了？停下，都别打了！"

海猫后怕极了，仰望着峭壁，意识到了问题的严重性。他对趴在身边的赵香月说："敌人已经有了准备，一定是那个叫三浦的鬼子，他开这一枪，就是为了让我们去追，我们不上他的当！香月，快通知大家，立即隐蔽撤退！"

海猫和赵香月带着民兵刚返回虎头湾，就遭到陈镇长没头没脑的一阵指责。他说："海猫同志，战地医院是抗战以来取得的重大胜利成果，虎头湾民兵最重要的任务就是保卫战地医院的安全，可你倒好，把精干民兵全都带走了。万一敌人乘虚而入，医院怎么办？这么多伤员怎么办？我们的胜利果实岂不是毁于一旦？"

没等海猫开口，赵香月就恼了，说："老陈，你怎么能这么说呢？海猫的伤还没有痊愈，就带着民兵抓到了敌人的奸细，又通过审讯得到了重要的线索，鬼子的特务头目就在虎头湾附近，他这才带领民兵去抓人的！难道有错吗？"

"呵，鬼子的特务头目？听起来好吓人啊，怎么，抓到了？"陈镇长不阴不阳地说道。

海猫再也忍不住了，双眉一竖，说："你什么意思？"

"哪有什么特务头目，我看你是让炮弹炸糊涂了！要么就好好当你的伤员，要是伤好了就赶紧回部队去！我是镇长，民兵该执行什么任务，应该听我的，你这算什么？"

海猫怒气冲天："你再说一遍？"

陈镇长毫不退让："我说十遍你能咋的？"

海猫气坏了，上前揪着陈镇长的脖领子，将他推到了墙角。这时，苏菲娜和林家耀快步跑来，苏菲娜大声劝道："海猫，你冷静点！"

林家耀上前用力把两人拉开，说："都是同志，怎么闹成这个样子？老陈，你先回去。"

陈镇长却不依不饶，说："我凭什么走？海猫，你跟我到县里找首长评理去！"

海猫余怒未消，气哼哼地扭头就走。林家耀紧追几步，两人边说边走上了海神庙栈桥。林家耀听海猫说了事情的经过，立即警觉起来，说："日本人派奸细侦察虎头湾，这是一个非常值得重视的信号！"

　　海猫说："是啊，老陈说了一大堆屁话，只有一句说得没错，战地医院是我们取得的重大胜利成果，不能有一点闪失。鬼子在虎头湾吃过大亏，现在又正是全国规模内的大扫荡，我担心他们会借此机会报复我们，报当年的仇！"

　　林家耀说："海猫，我们应该把这些情况向首长汇报一下。走，咱们这就走，一起去。"

　　因为海猫伤未痊愈，林家耀便找来一辆马车，两人驾车朝县城飞奔。在车上，林家耀说："海猫，告诉你一件事，我恋爱了。"

　　海猫笑道："真的吗？这可是好事啊，姑娘是哪儿的？"

　　林家耀说："这个人你认识，和你也很熟。她非常优秀，美丽大方，能歌善舞，对伤员，她有一颗慈母一样的心；对战友，她像一团火一样温暖每一个人；对老百姓，她更是深情厚爱，有求必应！在我心中，她像女神一样的美！"

　　海猫说："苏菲娜？"

　　林家耀说："这么快你就猜到了，我还没有说她的名字呢！"

　　海猫想笑，可笑容突然在脸上凝固了："林家耀，苏菲娜的亲哥哥是我在昆嵛山参加红军时候的大队长苏岩，他临死前把苏菲娜托付给了我，作为战友，也作为苏菲娜的哥哥，我警告你，你离她远点儿！"

　　林家耀不解地说："为什么？"

　　"别以为我不知道，你在南洋娶过媳妇了，你拿苏菲娜当什么人了？你想让她给你这个大少爷当小老婆啊？"

　　林家耀脸上一阵难堪，但很快又笑了："原来你是因为这个急啊。是的，我承认我曾经结过婚，虽然是被家里逼的，但是结了婚就是结了婚，正是因为这个原因，我才把我对苏医生的爱，深深埋在心里，不过你看……"

　　林家耀说着从衣兜里拽出一封信来递给海猫，海猫连忙打开信看着。

　　林家耀说："直到昨天，我才收到了家里的来信，这是两个月前从南洋寄出的，昨天才到虎头湾……经过我的再三争取，家里终于答应我离婚了，而且也说服了女方，已经办理了离婚手续……我现在有权追求苏菲娜了吧？"

　　海猫抖着信，说："你这玩意儿不会是骗人的吧？"

　　林家耀脸一板，说："海猫，请你不要侮辱我的人格，你说我什么都可以，但我林家耀这一辈子从来没骗过人！"

　　"那我问你，你对苏医生是认真的？"

林家耀一字一顿地说："我非常非常认真！"

海猫说："你不是曾经对若云……"

林家耀打断他说："那段感情已经过去了，我知道若云已经跟你结婚了，两年以来我一直在心里默默地祝福着你们。我曾经痛苦过，可是后来我发现，我和若云表妹最终没能走到一起，其实是老天眷顾我。因为和苏医生比起来，对我更合适的是苏医生。我相信我的直觉，我将有一个美满的家庭，我将获得一辈子的幸福。祝福我吧，海猫，请你祝福我！"

海猫亲昵地一拳打在林家耀的胸口上，说："说实话，林家耀，我真的拿苏菲娜当我的亲妹妹看，她要跟了别的男人，我心里还不舍得呢！不过你不一样，你配得上苏菲娜，我祝福你！"

林家耀说："太好了，那就请你帮我追求她吧！"

海猫说："你说什么？闹了半天，你还没开始追她？我以为她早答应你了呢！"

林家耀说："你拿我当什么人了？我刚才不是跟你说了嘛，我昨天才收到这封信的。在没有拿到这封信之前，我是个已婚男子，我怎么追求她呢？"

海猫说："那你让我祝福你，不是胡闹吗，万一人家看不上你呢？"

林家耀说："不可能，我有这份自信，她一定会爱上我的，一定会！"

海猫说："好吧，但愿！如果她真的看上你了再说。你个花花大少爷，还说从来不骗人，你把我骗得可够惨的！"

林家耀说："我什么时候骗你了？我从来没说过我已经开始追求苏菲娜，我也没说她接受了我的爱，都是你猜的嘛！"

海猫说："那我怎么帮啊？"

林家耀说："按中国的老话说，我跟她中间隔了一层窗户纸，我自己没办法将它捅破，所以请你转达我的心意，也把她的心意告诉我，这样就算帮我了。"

海猫说："你这是让我给你当媒人啊？"

林家耀说："大概就是这个意思。"

海猫故意卖了个关子："那我可得好好想想，先不说了，咱们快赶路吧！"

一声马鞭的脆响，唱出了海猫的满心欢畅。车轮滚滚向前，载着林家耀的美好希望。

在海阳县城王天凯的办公室，陈镇长早一步已经到了，缠着王天凯，对海猫是不依不饶，说："这事您必须得管，尽快拿主意，不然虎头湾将来的工作我就没法开展了！"

王天凯问道："这么说，你今天不光是来告海猫的状的？"

陈镇长说："您可以这么理解，但我首先是告状，海猫他太不像话了！"

王天凯又问："海猫的伤好了吗？"

陈镇长说："我看好了，他就是赖着在虎头湾不走。当然我知道，这些年他一直在打仗，好不容易有了休息的机会，在医院吃得好又住得好，还有人照顾，他想多休息几天也是可以理解的！但我就怕他不住医院，住到地主小姐的闺房里去，那影响可就更不好了啊！"

王天凯说："地主小姐，你说的是吴若云吧？"

陈镇长说："对呀！您看是不是有了风言风语，已经传到您的耳朵里来了？"

王天凯说："倒是没有什么风言风语，吴若云嘛，我很多年以前就认识她，她还救过我的命呢。那时我受重伤掉进海里，是她冒着生命危险，把我从海里捞上来的。也就是在那个时候，她才跟海猫认识的。老陈，有些事你可能不知道，海猫要是住进了吴若云的闺房，那就对了！"

陈镇长急了，说："你说啥？有你这么护犊子的吗？"

王天凯笑了："我可不是护犊子，两年前海猫就和我汇报过，他已经和吴若云成了亲！"

陈镇长瞪大了眼睛，说："什么？我怎么不知道啊？"

王天凯说："海猫要求吴若云为他的婚事保密，也要求组织为他保密，所以你才不知道啊。我提醒你，今天你知道了，以后还得继续保密。"

正当陈镇长一头雾水的时候，海猫和林家耀也到了王天凯办公室。海猫一见陈镇长便没好气地问道："哎，你怎么在这儿？"

陈镇长也没好气地回道："我怎么就不能在这儿啊？"

王天凯笑了："老陈正在告你的状呢！"

海猫说："那他告完了没有啊？要是没告完，我先出去！"

王天凯说："你看见了吧，老陈？这就是海猫，没个正形！"

陈镇长不屑地看着墙壁。

王天凯拍拍陈镇长的肩膀，说："行了，老陈，海猫和林院长一起来，肯定是无事不登三宝殿，要不你先回避？"

"我回避！"陈镇长说着扭头走了。

王天凯边打量海猫，边说："林院长，他的伤好了没有呀？"

林家耀说："按我对伤员痊愈的标准，还差得多了，但是如果有特殊需要，作为战地医院的院长，我可以批准他出院，参加战斗！"

王天凯说："那就好，海猫，党组织有新的任务要交给你。"

海猫说："只要是党交给我的任务，我绝对服从，现在虎头湾的情况复杂，为了战地医院的安全，我想请首长先听我汇报一下。"

"我不听！"王天凯说。

海猫和林家耀同时愣了。

"海猫同志，我现在命令你接替老陈的工作，配合林家耀院长，保卫战地医院，保卫伤员和人民群众的安全，彻底粉碎敌人针对虎头湾，针对战地医院的一切阴谋！"

第四十七章

紧挨虎头湾广场的一座无人居住的海草房，一名伤员拄着拐跨进了院门，正在院子里看守奸细的民兵问道："这位同志，你有什么事？"

那伤员大半边脸都包着绷带，说："没啥事，在医院待着闷得慌，出来转悠转悠。"

另一个民兵笑了："转悠？这儿押着小鬼子的奸细呢，你到海神庙那边去，那边风景好！"

那伤员瞥了一眼院子里的破水缸，说："缸里有水吗？给口水喝呗。"

"水还真有呢！"那民兵边说边放下枪，拿起水瓢就给那伤员舀水。他刚弯下腰来，就听身后一声闷响，他猛地回头，只见另一名民兵仰面朝天倒在地上。

那民兵大吃一惊，连忙丢下水瓢去抓枪，只见那伤员一个箭步就蹿到他身后，死死地卡住他的脖子。民兵挣扎了半天，活活地被勒死了。

那伤员转身冲进房内，拔出匕首割断了捆绑荣六的绳子。荣六拽掉嘴里的烂布条子，仔细一看，原来那伤员竟是三浦，他双膝跪地，感激涕零地说："谢谢三浦太君救命之恩！"

三浦低声吼道："少废话，快给他们松绑，换上这些衣服。"

他说着将一堆伤员的衣服扔到地上。

不大一会工夫，三浦仍然拄着拐，跟着几个形态各异的伤员，有独自走的，也有相互搀扶的，稀稀拉拉地向虎头湾镇口走去。老斧头带着一队民兵跟他们擦肩而过。三浦甚至和老斧头点头打招呼，老斧头也礼貌性地微笑着点头回礼，一切都是那么自然平常。

海猫和林家耀坐在返程的马车上，一切也是那么自然平常，信马由缰。王天凯向他和林家耀交代任务时的那一番话，把海猫这几天的阴霾一扫而光。王天凯说："海猫，回到虎头湾你要做好三件事：第一是保卫抗战医院；第二是团结各方力量，想法把吴乾坤请回来，还有黑鲨和竹叶青，我希望你能引导他们走上正路；第三就是随时准备战斗，消灭敌人来犯。我们已经得到准确的情报，日本侵略者集结了几万兵力，还有十几万伪军，要对胶东进行大规模的扫荡。虎头湾虽然在根据地的腹地，可是因为我们在那里消灭了藤田的整个部队，已经成为他们的眼中钉。从敌人专门派奸细侦察来看，他们很有可能会组织一支特别的部队，对虎头湾实施报复。我刚刚去司令员那里开过会，这次反扫荡的任务很艰巨，而且敌人一定会采取多点进攻、同时行动的方式。我担心到时候兵力不足，所以要想保护好虎头湾，保卫战地医院，必须动员人民群众的力量……"

　　海猫扬鞭催马，恨不得插上翅膀飞回虎头湾，然而，没等开展工作，他想飞的翅膀就像被人拔掉了一根翎毛似的心痛不已。海猫一回来便听说荣六几人跑了，还打死了两名民兵。

　　据林家耀分析，两名民兵，一名因窒息而亡，另一名是遭枪击而牺牲，而且是同时牺牲的，应该都在一个多小时之前。

　　赵香月听林家耀说其中一人是枪击而死的，怎么也不相信，说："这海草房紧靠广场，我们民兵正在那儿训练呢，根本没有人听到枪声啊，而且这里出了事，是民兵换岗时才发现的！"

　　海猫说："只有一种可能，敌人用的是无声手枪！"

　　赵香月瞪大了眼睛："无声手枪？还有没有声音的枪吗？"

　　海猫点点头说："是的，我们的对手是日本特务，他们武器先进，手段凶狠，还有很多我们想不到的……"

　　海猫正研究如何加强防范，提高警惕，陈镇长那边已经收拾好了行李。

　　吴天旺一瘸一拐地冲进屋来，说："陈镇长，您这说走就要走啊？"

　　陈镇长说："可不，海猫回来了，首长觉得他比我强，觉得虎头湾人更信任他，不信任我，那我就走呗！"

　　吴天旺说："海猫是个孽障，虎头湾人自古最恨孽障，怎么可能信任他？"

　　陈镇长说："哎，吴天旺同志，什么孽障不孽障的，你已经参加革命两年多了，怎么还说这种话呢？"

　　吴天旺忙改口说："对，对，您跟我讲过，这世界上没有鬼神，也没有什么孽障，可是凭什么海猫一回来就挤对您？您最可怜穷人，这么好的官被他顶了，我就看不过！"

大秧歌　　·550

陈镇长笑了笑，说："这穷乡僻壤的，也没啥好待头。虎头湾吴赵两家宗族观念很重，我来了两年了，虽然做了很多努力，可姓吴的除了你，其他人根本不服我！姓赵的就更不用说了，一盘散沙！其实，我都跟首长申请了好几回要走，一直没有合适的人替我。现在海猫正好回来了，他本来就是虎头湾人，这里的情况他熟悉，交给他首长又放心，我不走那就是不理智了！"

吴天旺难过得几乎落下泪来，说："可是，您走了我怎么办？"

陈镇长说："你继续工作啊！小吴，你思想上不要背任何包袱，好好配合海猫，就像配合我一样！"

吴天旺说："不行，海猫他恨我，他恨不得让我死！您不知道，吴若云本来是嫁给我的，都上了花轿了，硬生生地被他抢了。我们俩之间有仇，我要在他手底下干，他非得找个借口害死我不可！"

陈镇长说："不能吧，海猫在部队里的表现一直不错，他是这种人吗？"

吴天旺说："他就是这种人！您说，我什么出身，我打小受了多少苦，可我想当兵他都阻拦！他就是渔霸恶霸吴乾坤的帮凶，他就害怕我翻身做主人！陈镇长，如果不是您，我早就被他们压迫死了，这都是您亲眼所见哪！"

陈镇长倒背双手，踱着方步，他觉得问题是有些严重。

吴天旺又说："陈镇长，我的新生命是您给的，您要是把我留在虎头湾，就等于又把我扔回阎王殿啊！"

陈镇长啪地一拍桌子，斥道："你怎么回事儿，怎么阎王殿都出来了？"

吴天旺忙说："对对，我又忘了，您说这世上没神没鬼也没阎王爷，可理就这么个理，您不能见死不救啊！"

陈镇长有些犹豫，说："这件事，组织上有纪律，我得请示……"

吴天旺急不可耐地说："那您赶紧请示，真的，您一走，我一天都不能留在虎头湾，我有生命危险啊！"

面对可怜兮兮的吴天旺，陈镇长叹口气说："小吴呀，你的这种不安，都是常年被地主恶霸迫害造成的，看到你，我就想起了当年的我。我也是长工出身……好吧，就凭你的出身，我绝对相信你，你跟我走，到了县里，我再请示首长。"

吴天旺说："太好了，陈镇长，那咱啥时候走啊？"

陈镇长掏出怀表来看了看，说："半个钟头，半个钟头之后就走。"

"那我赶紧去拾掇拾掇！"吴天旺说着，眼珠一转，转身出门了。

吴天旺来到吴若云的小院，见她正在打扫院子，便抢过她手里的扫帚，说："这种活小姐怎么能干，我来扫。"

吴若云拗不过他，说："现在不是过去了，我自己能劳动，也能做饭，你现在也不是我们家的长工，你这样算什么？"

吴天旺说："小姐，我跟您说过，我天旺生是吴家的人，死是吴家的鬼，不管啥时候，这句话都请您记在心里！"

吴若云说："你的心我领了，你快走吧，待会儿我丈夫回来该误会了。"

吴天旺一愣，说："丈夫？"

"对呀，海猫回来了，你不知道？"吴若云说。

"我知道，你管他叫丈夫？"

吴若云说："当然，我是他的妻子，他当然是我的丈夫了。"

吴天旺突然把扫帚往地上一扔，双眼充满血丝，一步步逼近吴若云。吴若云下意识地往后退着，说："吴天旺，你又想干什么？现在不是从前了，你再敢放肆，我喊一声，外面就有民兵听得见。"

吴天旺踌躇了片刻，突然变得可怜起来，扑通一声跪倒在地上，眼中流出了两行泪水："我不管什么过去，现在，在我心里，你永远是我的主子！大小姐，我要离开虎头湾了，走之前就是想来看看您，我有几句心里话，您爱听就听，不爱听就当我放屁！"

吴若云有些不知所措。

吴天旺说："两年了，海猫的伤早好了，可他给您捎过信没有？这种男人到底咋样，您还不清楚？我从小跟着您，您心眼儿好我知道，他几句话就把您糊弄了，您醒醒吧，别再信这个骗子了！"

吴若云生气地说："海猫不是骗子，看在我们从小一起长大的分上，我不跟你计较，你赶紧走，以后不允许你说海猫半句坏话！"

吴天旺说："好，不说他，我想请问小姐，每隔三天就会有人在您这小院门口送菜送水果，隔个十天八天还会给您送鱼送肉，您知道是谁给您送来的吗？"

吴若云冷冷地说："我不知道，也不想知道！"

吴天旺说："不，您知道，有好几回您都看见我了，不是吗？您知道我为什么要这样做吗？那是因为我心里无时无刻不在念着您，想着您，爱着您！"

吴若云怒道："闭嘴！你要真有点儿良心，就对槐花好一点儿！你跟槐花怎么回事我都知道，当年因为你，她寻了多少回死！现在她已经嫁了人，你却三天两头往她家里钻，发泄你的兽欲！槐花嫁的是八路军，你就不怕连累了她？你还嫌害她害得不够吗？"

吴天旺歇斯底里地说："这跟我有啥关系？害她的人不是我，是你爹吴乾坤的小老婆春草儿，是你亲二叔吴江海！槐花，她是给你们家当丫鬟的，不是妓院里的婊子！一个黄花大闺女，你们逼她跟流氓睡觉，她才有了今天！"

吴若云简直气疯了，说："好，是我们家对不起槐花，也对不起你，那我求你以后再也不要招惹槐花！我告诉你吴天旺，要是再有一回被我知道了，我就汇报，我倒要看看，八路军怎么收拾你这个畜生！"

吴天旺冷笑道："我是畜生？大小姐，你难道忘了从小跟你一起长大的吴天旺是什么人了吗？我从小没爹没娘，随便谁都能欺负我，我现在成了畜生？那年，黑鲨在半道上劫你，我手里只有一根马鞭子，就敢跟他们拼命！刀枪架在我的脖子上，可我的腿都没软一下！来年过年，您要唱大秧歌，让槐花跟我要行头，我本来想告诉族长大老爷来着，可我想只要小姐高兴，咋都行。结果呢？是我替您挨的家法，我的腿被打折了！你答应我，要带我去南洋，不让我留在这儿受罪了，我挺高兴的，不是因为能娶槐花，是因为我一辈子能看见您，一辈子能伺候您！可是后来林家退婚了，南洋去不成了，您被关在小院里整整三年。您知道吗？那三年我天天都爬到您闺房的后窗户根睡觉啊！"

吴若云整个人都呆了。

吴天旺又说道："冬天，我差点没被冻死；夏天，又差点没被蛇咬死，真没想到后窗户根居然有条蛇！它咬了我一口，我可高兴了，我想幸好我来了，要不然这条蛇哪天钻到您屋里，把您伤了可不得了，我硬生生把那条蛇给掐死了呀！"

吴若云："你到我的后墙根睡觉干啥？"

吴天旺说："只有在那儿我才能睡得着，我听您洗脸刷牙，听您脱衣服睡觉，我就觉得是跟大小姐在一起。您酣睡的声音就是我盖的被，我想听的曲儿，要不然我心里火烧火燎地难受啊！"

吴若云大怒，骂道："你肮脏，你龌龊，你无耻，你简直不是东西！"

吴天旺说："是，我不是东西，可当年你上了我的花轿，你是我的新娘！没能跟您成亲，我认了，谁让您是大小姐呢，谁让我心里只想着您、念着您、爱着您呢！这一切我都无所谓……但是吴江海绑架了您，为了救您，我的腿上又挨了一枪，这才瘸成今天这个样子，您不会也忘了吧？"

吴若云气得转过头去，再也不看他。

吴天旺说："您可以把什么都忘了，因为您是贵人，我不怪您，但是请您记住我最后一句话，啥时候海猫死了，吴天旺还在，那个时候不管您啥样，只要招呼一声，我立马回到您的身边，天天伺候您！"

吴若云怒道："混蛋，不许你咒海猫！"

吴天旺哈哈大笑："还用得着我咒吗？他成天打仗，早晚是个死！上回没死成算他命大，可他不能回回命大吧？记住我的话，他死了，别忘了招呼我吴天旺一声，我就等着这一天，盼着这一天呢！"

吴若云气得浑身哆嗦，抄起地上的扫帚，高高举起来："吴天旺，你还咒他，信不信我打死你？"

吴天旺说："别打别打，抻了您的胳膊扭了您的腰就不好了，我这就走，我的话全说完了，我再给您磕一个头……"

吴天旺第二次受伤以后，瘸得更厉害了。他给吴若云磕了一个头，再爬起身时已是满脸泪珠。

一辆马车停在槐花的海草房门前，陈镇长把打满补丁的碎花包袱、破柳条箱子和铺盖卷，还有兜在几片破渔网的书籍文件，一样一样地装上车，然后抬头望着虎头湾，真希望有人能送送他，哪怕打个招呼也好。可是陈镇长失望了，人们远远地看到他，一个个低头躲着，绕道而去。

这时，吴天旺一拐一瘸地跑来，他瞥了一眼槐花的海草房，生怕槐花出现，便急忙赶起马车想快点离开。没想到陈镇长仍然恋恋不舍，说："小吴呀，刚才我离开办公室的时候，我告诉好几个老乡说我要走了，难道他们就没一个人过来送送？不忙走，再等一会儿！"

吴天旺说："陈镇长，虎头湾都是些没良心的玩意儿，您等也白搭，走吧！"

陈镇长一甩袖子，很不情愿地坐上马车。正在这时，身后传来浪声浪气的呼唤："哟，这不打鸣不下蛋的，看样子这是要走啊。"

陈镇长立时脸露喜色，连忙转过头来，见槐花从院里走了出来。他刚想走上前去打个招呼，不料槐花理都不理，径自来到吴天旺面前，弄得他很是尴尬。

槐花说："天旺哥，你去哪，你要离开虎头湾吗，啥时候回来？"

吴天旺一声不吭，回避着槐花。

槐花压低声音说："昨天吓着你了？你别怕，那死鬼上战场了，这回打的是硬仗，他回不来了，以后你随时来，再也没有人敢对你开枪了……"

"你说什么疯话呢？"吴天旺朝槐花一瞪眼，转身对陈镇长说，"陈镇长，这个女人疯了，别理她，咱们走！"

陈镇长本来就有些尴尬，正好借梯下台，说："那就走吧！"

"天旺哥，你再等一等！"槐花说着跑进屋，抱出一大堆东西，说，"这都是你爱吃的，饼子咸鱼，还有猪头肉，你都带上，想吃啥下次回来再跟我说！"

吴天旺不接话，也不看槐花，扬起马鞭，赶车就走。

陈镇长低声说："小吴，她就是敞半怀吧？人是放荡一些，但对你可是一往情深，你回头看看，人家还在招手送你呢！"

槐花举起的手都摇酸了，见吴天旺头也不回一下，便情不自禁地落下泪来。突然，她听身后有人咳嗽，回头见是吴若云，顿时破涕为笑："小姐，您是来看我的吗？快，到家里坐！"

吴若云见槐花衣冠不整，一副邋遢相，开口就数落道："瞧瞧你，叫你敞半怀，你还真敞着半个怀了，这像个什么样子！"

槐花五指叉开，边梳理头发边说："昨天跟那个死鬼打架来着，气得我一宿没睡，刚才补了个觉才这样，对不起啊，小姐，让你见笑了。"

吴若云说："你嫁人以后，我还没到你家看看呢，走，咱进屋说！"

吴若云跟着槐花进了屋，见炕上的被子叠都没叠，内衣内裤到处扔，连个插脚的地方都没有，便皱眉说道："槐花，你虽然已经离开了我们家，可你毕竟是从小跟我一起长大的，有些话，我不说憋在心里难受！"

槐花说："我从小就是你的丫鬟，想说啥您就说呗，骂我打我都行！"

吴若云说："你嫁的人是个当兵的，你以后能不能……能不能检点些？你说你，隔三岔五地跟人打架，昨天因为你他还开了枪，这像话吗？"

槐花满不在乎地说："噢，这事已经过去了，以后就不会了。"

吴若云说："你说话算数，以后改？"

槐花说："改？不用改了，老林马上就要上去了！上去啥意思小姐知道吧？就是上战场，就他那个怂样，我看上去他就下不来了。以后我成了寡妇，想咋样就咋样，再也没有人说三道四了，对吧，小姐？"

吴若云脸一阴，说："槐花，你怎么能说出这种话来？咒你男人死呀！早知今日，何必当初，当初你为什么要嫁给人家？"

槐花突然咆哮道："我不嫁人家，我还有别的出路吗？我脏了，天旺哥他不愿意要我了；老爷走了，家没了，你怕别人说你是地主家的小姐，压迫人剥削人，配不上海猫，你就让我也离开家。你说是给我自由，可是你想没想过我怎么活？那个时候我心里倒还挺感激老林的，起码他愿意要我……"

吴若云有些意外，说："我说给你自由，就是为了让你重新做人，好好过日子。你心里感谢老林，干吗还跟吴天旺不清不浑的？"

槐花说："咋，小姐知道了？"

吴若云说："你还好意思问呢，整个虎头湾谁不知道？"

"小姐，我也是没办法啊……老林，你看他五大三粗的，可是跟天旺哥比起来，他根本就不是个男人。其实也不是老林不行，是我的身子不骗人，我一见到天旺哥，我就觉得自己像个女人，不管他骂我、掐我、咬我，我就是想要他，想把自己给他。可跟别人，我就是不行了……唉，我跟你说这些干啥，你还是姑娘吧，你还不懂。"

吴若云勃然大怒："你……你真不知羞耻！你怎么能说出这种话来？你现在是有夫之妇，你偷男人你还有理了？我告诉你，海猫回来了，以后虎头湾他说了算，你要是再敢干那种事，他一定轻饶不了你和吴天旺！"

槐花捂着嘴笑了："我还以为小姐来，是要跟我讲守妇道呢，原来劝我别当破鞋，是为了怕我给海猫惹麻烦呀！你瞧瞧你，你和我有啥区别？女人本来就是这么回事儿，一旦你的心归了哪个男人，你这辈子不过就是那男人的一个物件了。他稀罕，天天把你捧在手心上，含在嘴里头。如果他不稀罕了，一脚把你踢开，哪怕踢到臭水沟里，你也不会恨他，没法子，这都是被命运逼的呀！"

吴若云长长地叹了口气，无奈地说："槐花，我真没想到你都堕落到这个份上了。那好，你以后爱怎么样就怎么样吧，就权当我们从来不认识！"

吴若云说罢，气得扭头走了。

槐花一屁股坐在炕沿上，想起刚才自己对命运的认识，也不知道对不对，茫然失措，浑浊的眼泪淌得满脸都是。

同样是眼泪，在海神庙里，赵香月的眼泪却透出了十分的真诚："我检讨，我们民兵放松了警惕性，没站好岗，让敌人得逞了。"

老斧头说："不，都赖我！我倒是警惕性高，连晚上睡觉都睁一只眼，可就在眼皮子底下让敌人逃了，我真是个废物，我请求处分！"

海猫说："大家不用自责了，你们都尽力了。现在讨论的关键问题是，下一步我们该怎样做，怎样保卫虎头湾，保护战地医院！"

这时民兵花蛤儿进门报告："海猫同志，外面有两个人要见你。"

海猫起身迎出去，一见来人是王大壮和赵大橹，难以置信地瞪大眼睛，喊道："王大壮？赵大橹？我的天，是你们俩呀！"

海猫拉过赵大橹，一把推到赵香月面前，说："小姨父，这里不是你说话的地儿，你跟我小姨回家去！"

然后，他转过身，紧紧拥抱着王大壮："王大壮，你还活着？"

王大壮说："活着！凭啥我就不能活着？"

海猫激动得语无伦次："王大壮，你是不知道啊，我被救过来以后，一直想找人问问……问问咱们一连，还有没有别的同志活下来……想问问你，问问你王大壮是不是光荣了……我想问，又不敢问，我怕你在九泉之下埋怨我，身为一连之长，我没有保护好同志们，我哪儿有脸问呀！"

海猫说着说着，竟呜呜哭起来。

王大壮忙劝道："海猫，你个大老爷们儿这是干啥啊？那场战斗你的指挥一点毛病都没有，一连光荣地完成了首长交给我们的任务。就算大家都牺牲了，也不能赖你啊，再说了，命大的还真不止你和我哩！"

海猫急不可耐地问道："快告诉我，咱一连还有谁活着？"

王大壮说："包括你我，还有十二名同志。"

海猫又是一阵泪下："刚进阵地咱报过数的，一共一百零一……八十九名战友牺牲了，我对不起他们啊！"

"首长说了，因为咱们一连坚持到天黑，守住了阵地，两个团的友军顺利转移，他们包抄到鬼子后面，消灭了两百多鬼子！"

海猫仍沉浸在悲痛中。

王大壮说："好了，说点儿高兴的吧。海猫，你回虎头湾养伤，我可捞着了，连长的空缺让我给堵上了，我当了一连的连长，又补齐了兵力，现在一个连的战士都被我齐刷刷地带回来了！"

海猫一愣，说："带回来了？带回虎头湾了？"

王大壮说："那是！王天凯同志亲自给我派的任务，让我们一连听你指挥调遣，保卫虎头湾，保卫战地医院！"

"好，太好了！"海猫拍着王大壮的肩膀，这才发现赵大橹和赵香月并没回家，一直站在不远的地方听他们说话，便说，"你们还杵在这里干啥，快回家去，两家的老人哪个不得去看看？"

赵大橹说："我这次回来也是王天凯交给我的任务，他命令我一切行动听你指挥，我还没正式向你汇报呢，哪能说回去就回去。"

海猫说："那我不听你汇报，我现在命令你，马上把我小姨抱回家！"

赵大橹一愣："抱回家？"

海猫大喊："这是命令！"

赵大橹看着低头偷笑的赵香月，说："还真抱呀？"

海猫忍住笑，说："服从命令！"

赵大橹一跺脚，抱起赵香月就走。赵香月边挣扎边叫："大橹，给你个棒槌当针纽呀，快放下我，放下我！"

赵大橹不管不顾，又把赵香月扛在肩上，头也不回地跑起来。

吴若云离开槐花，心里郁闷，便信步来到海神庙扫盲班的教室。她见海猫坐在地当间，将诸多的茶盘、茶碗、椅子和凳子摆在自己的四周，正模拟地形跟王大壮和老斧头等人研究战术战法，心里又高兴又庆幸。海猫不仅还是她过去的海猫，世事变化心却没变，而且在共产党的队伍里越来越出息，如果让爹吴乾坤知道了，不知有多高兴呢！

想起爹，吴若云怅然若失，心里像坠了一块铅。她怀着一颗沉重的心，悄然离开海神庙，回到家便一动也不想动地坐在床沿上，默默想着心事。也不知过了多长时间，海猫走进来时，她连饭都没做。

海猫见他心事重重，便关切地问道："媳妇，你怎么了，哪儿不舒服？"

吴若云凄惨地笑笑："今天我和槐花算是决裂了，永远也回不到以前了。她说她是被命运逼的，我就想，谁不是被命运逼的？要不是命运的捉弄，让我认识了你，我能有今天？"

海猫说："媳妇，这么说你认识我后悔了？"

吴若云眉梢一挑，嗔道："你会不会听话儿呢？谁后悔了？我庆幸都来不及呢！好了，海猫，我没事，你歇着吧，我给你做饭去。"

海猫忙说："别，媳妇，其实我做饭的手艺也不错，今天我给你做！"

"那怎么行，做饭是女人的事！"

"谁说的，男人就不能给女人做饭了？你就在床上好好歇着，今天的晚饭我来做，让你尝尝我的手艺！"

海猫找来围裙扎在腰上，迈着细碎小步，一会儿和面，一会儿切菜，灶上灶下，锅碗瓢盆，好一阵子响。当晚霞透过窗棂时，一桌散发着阵阵香味的饭菜便摆在了吴若云眼前。海猫将筷子双手送到她手上，说："来，媳妇，尝尝！"

吴若云一派大家闺秀的矜持，从裂开口的蛤儿里掏出一朵肉松放在嘴里，细细品味，说："味美汁鲜，不错嘛！"

海猫又掏出一朵肉松送到吴若云唇边，说："那就再吃一个！"

吴若云双手推回到海猫唇边："你吃，你也吃！"

两人相敬如宾，你推我让，一顿晚饭吃了好长时间，直到月亮笑弯了腰，忍不住趴在窗棂上偷看，海猫和吴若云才争着抢着收拾碗筷。

收拾罢碗筷，没承想，海猫非要给吴若云洗脚不可。吴若云死活不肯，说："自古以来，别说虎头湾，就是整个胶东，哪有男人给女人洗脚的。"

海猫却说："老皇历不管用了，毛主席说了，男女平等，今天我非洗不行！"

吴若云一心想和海猫过好新婚初夜，却又羞于启齿，只觉得海猫给她洗脚就如同油煎一样，火烧火燎似的难熬难挨。

海猫把吴若云一双纤细漂亮而富有性感的脚，抱在胸前，捧在手心，轻轻抚摸着，兜起水来淋着，洗得很慢，很慢。

终于，吴若云受不了了，说："好了，你有完没完啊？我看你是成心磨蹭！"

就在这时，突然传来咚咚的敲门声，海猫如释重负地打开房门。门外是王大壮，他对他直眨眼睛，说："怎么样，王大壮，发现敌情了？"

王大壮冲海猫嚷道："你不用给我使眼神儿，快走吧，真的发现敌情了，就在后山，少说也有一百多鬼子！"

"真的？那还不快集合部队去啊？"海猫信以为真，回头交代吴若云，"若云，你快插好门，注意保护好自己，我去了啊！"

海猫说着，跟在王大壮身后就跑。

跑出吴家大院，王大壮扑哧一声笑了："兵不厌诈，假话真说，想不到你海猫也有上当的时候！"

海猫松一口气，当胸给了王大壮一拳："你混蛋！哎，怎么才来啊？"

王大壮坏笑着说："咋，晚了？那不正好嘛！好事成了，那你得谢我啊！"

海猫说："成个屁！我就怕真成了，害我光给她洗脚了！"

王大壮一本正经地说："我真不理解，吴若云那么爱你，拜堂都拜了好几回了，人家等了你这么多年，你就是不想跟人家洞房，你到底咋回事呀？"

海猫也一本正经地说："谁说我不想跟她洞房啊，昨天要不是听到枪响，我就跟她上床了。如果真是上了床，我死了就闭不上眼了啊！"

王大壮莫名其妙，问道："为啥？你这是说反话吧？"

海猫眺望着海神庙，沉重地说："你不知道，今天真是好悬，我在明处，三浦在暗处，他开了一枪，就一枪，一枪打在我的脚底下。三浦是个训练有素的日本间谍，一定是故意压低了枪口，他不是不想打死我，他是在戏弄我！"

王大壮十分相信海猫的洞察力和直觉。

"这是一个狡猾的对手，我从来没遇到过的对手，我已经死在他手里一回了，只要他还活着，我海猫的这条小命就不是我自己的。大壮同志，你明白吗，我是跟吴若云拜了堂，我也管她叫了媳妇，可毕竟是在嘴上的，只要没入洞房，她还是个姑娘，万一我死了，也不至于让她守寡，守一辈子的寡！"

王大壮这才明白海猫的一片苦心。

三浦也真的是狡猾，他在日军指挥部挂的地图前，常常一站就是一天。这天，他把荣六叫到指挥部，指着地图上的两个岛说："这是聚龙岛，这是蛇岛，对吧？"

荣六仔细辨认着，说："对，三浦太君，您说得对！"

"目前，聚龙岛上的黑鲨和蛇岛上的竹叶青已经联姻，两股海盗现在是一伙的了。如果我们动用帝国海军的军舰袭击虎头湾，首先会受到海盗的干扰；再者，现在八路在胶东已经成了气候，他们有了大炮，就是帝国的军舰也没有十足的把握了。所以，我们必须放弃海路进攻，而虎头湾以南以北都是八路的地盘，想要为藤田指挥官报仇，就必须选择西边的山路！"

三浦说着又指着地图上的一处建筑物问肖老道："肖先生，你的道观应该就在这里吧？"

肖老道打眼一看就说："对，就是这里，贫道闭着眼睛都能找到。"

三浦说："你不用闭着眼睛，这里山路崎岖，这几天我带皇军都去侦察过了，到时候你睁着眼睛能给我们带路就行了。"

再狡猾的敌人也敌不过好的猎手，也是为保密起见，海猫招呼王大壮和老斧头在赵香月家开会。他分析说："西边的山路纵横交错，地形复杂，我们必须增加岗哨。我的意见是，把原有的岗哨再往里推进二十里，有了这二十里地，万一鬼子来了，我们就可以争取更多的时间！"

赵香月自告奋勇地请缨，说："站岗的事就交给我们民兵，大家从小在这里长大，地形熟，让他们分散在各个路口，进退都能找到路！"

王大壮说："好，消灭小鬼子的主战场就交给我们部队！"

"吴乾坤带兵打仗的本事我是领教过的，他既然带着一百多人住在西山，就一定会在附近安排眼线和岗哨，也就是说，小鬼子要想从西山进攻虎头湾，基本上是有来无回！"

海猫顿了顿，叹了口气，说："我负责和吴乾坤取得联系。民兵的力量有限，西山的路就交给他们了！斧头大叔，从明儿一早开始，你带一队民兵沿路再巡察一遍，帮助民兵选择最佳瞭望点，要求他们日夜站岗，每个岗位不能少于三个人，一旦发现敌情，最少要派两个人分不同路线赶回虎头湾报信，确保万无一失！"

老斧头点点头说："我明白，放心吧！"

海猫又说："小姨，我小姨父在部队历练了两年，立过不少功，也积累了不少战斗经验，因此除了让他协助你们站岗放哨以外，还要负责把守东边那条路。虽然小鬼子走那条路的可能性不大，但也不能掉以轻心。另外，我和王大壮负责最北边那条山路，这条路离虎头湾最近，万一发生意外，机动时间短，进入战斗快！"

赵大橹说："在许世友司令员身边待过的人就是不一样，佩服佩服！"

海猫笑道："小姨父，咱俩是亲戚，亲戚夸亲戚，省得别人夸了不是？"

赵香月揉了赵大橹一把，嗔道："你不说话，还能把你当哑巴卖了？"

王大壮笑道："我来说两句吧，别让人把我当哑巴卖了。我的意见是每隔三里地就得有个岗哨，隔三里地才能听见枪声，这样可以加快传递情报的速度。"

赵香月说："王连长，幸好你和海猫回来了，要不然我们民兵还不知道能不能打好这一仗呢。部队上能人多，这下我们可以放心了！"

海猫说："我反复考虑，要想彻底打赢这一仗，把吴乾坤请回来是关键。我们必须承认，在咱们虎头湾，吴姓族人多，尤其是经过训练的乡勇多，而且一大多半武器都掌握在他们手里。再说，吴乾坤在族人中有绝对的威信，要是能把他请回来，和咱们一起守虎头湾，那可真是固若金汤了！"

老斧头说："海猫，既然是这样，你可一定要说服吴乾坤啊！"

话长夜短，天快亮时会才结束。赵大橹和赵香月要求大家就在他们炕上睡一会儿而再走，大橹娘也声声相劝。王大壮第一个同意了，身子一歪，头挨着枕头就睡过去了。可海猫和老斧头说什么也不肯，争着抢着往捻匠铺跑。海猫隐约知道老斧头和大橹娘的事，可没想到老斧头先一步进了捻匠铺，他把门一关，硬是不让海猫进屋，嘴里直嚷："海猫，你放着吴家的洞房不去，为什么偏跟我争个破捻匠铺啊？"

海猫气得直踹门，悻悻然走了。

天亮时分，吴若云气势汹汹地闯进赵香月的家，把赵香月拉了出来，沉声说："赵香月，海猫是不是睡在你屋里了，你让他跟我回家，我就当什么都没发生过，要不然我就到他的首长面前去告他！还有你，我看你怎么当民兵队长！"

赵香月不知道该怎么解释。这时，赵大橹打着哈欠走到吴若云跟前，说："哟，这不是吴若云吗？有些日子不见了啊，您怎么来了？啊，对了，我听我媳妇说你现在进步了，不但没跟你爹走，还把家里的下人全遣散了，这都不算，你还自愿给扫盲班当先生，我媳妇说你讲得可好了，我听着都羡慕，等我仗打完了回来，也认您当先生，跟您学认字，咋样？"

赵大橹的出现让吴若云又羞又臊，她忙说："赵大橹，我不知道你回来了，对不起啊……对不起啊，香月，你权当我刚才什么都没说！"

她尴尬极了，说罢转身就走。

赵香月紧追几步，拉着她的手说："你找海猫是吧，我带你去！"

赵香月把吴若云拉到海神庙门口，说："你进去吧，应该就他一个人。"

吴若云轻轻地推开庙门，只见海猫蜷缩在用两条长凳拼起的"床"上，睡得正香。她又气又心疼，咳了一声。海猫听到响动，从"床"上滚了下来，抬头见是吴若云，忙说："媳妇，你咋来了？昨天晚上太险了，我们差一点儿就跟小鬼子交了火啊……回来的时候天都快亮了，我怕你睡熟了就没回去。这不，在这儿将就会儿，才睡！"

吴若云说："差点儿就跟鬼子交了火，鬼子多少人啊？"

海猫说：“一百多，小二百。”

“这么多鬼子，就你和王大壮两人跟人家交火了？”

海猫说：“那哪能啊，这不是政委给我派来了一个连的战士嘛！”

“一个连的战士都在老乡家睡得好好的，昨天晚上根本没有紧急集合，你以为我不知道啊？”

海猫愣了，忙说：“噢，对了，民兵心疼战士，就没让他们参加战斗！”

“民兵？民兵集合是要吹集合号的，我咋没听见？说，你为什么要骗我？你不说，我找你们政委去，让他评评理，有你这么欺负人的吗？”

海猫赶紧拉着吴若云，赔着笑：“媳妇，我啥时候欺负你了？”

吴若云说：“你自己心里明白，我给你最后一次机会，说，为什么欺负人？”

海猫明白躲是躲不过了，只好咬了咬牙，说：“好吧，我不想让你守寡！”

刹那间，泪水从吴若云的眼里夺眶而出。

海猫慌了，忙安慰着：“媳妇，媳妇，你别哭啊，我说的都是实话……因为现在我的命不在我自己的手里，这个时候我要是那什么……那就是害了你！既然你来兴师问罪，我干脆把话说明白得了，要是我死了，请你忘掉我这个老欺负你的人。你读过书，有学问，到城里的学堂当个正经八百的先生富富有余。那时候别人要是问起来，你就说在老家没成过亲，如果有好男人追你，你就嫁给他，然后一辈子都不要跟他提起曾经有个人叫海猫……”

吴若云举起巴掌就要抽海猫，但最后巴掌还是停在了半空，没有抽下去，转身跪在海神娘娘塑像前，说：“海神娘娘，我的命怎么这么苦啊，我怎么嫁给这么一个没心没肺的人呀？海神娘娘，您给我评评理，我这辈子活得值不值？”

海猫尴尬极了，说：“若云，你别这样，你起来——”

吴若云起身对海猫吼道：“海猫，你听着，就算你一辈子不跟我入洞房，我也已经是你媳妇了！如果你不喜欢我，不愿意要我，我就守一辈子活寡，我吴若云说到做到，你看着办吧！”

海猫从后面双手抱住吴若云，说：“若云，媳妇，我不是这个意思……当年算计我的那个鬼子三浦，他又来了，杀了民兵救走荣六的一定是他！昨天我差点儿死在他的手里，这个仇人不除，我真的睡不踏实啊！要不，媳妇，你再等我几天，我有一种预感，快了，我就快跟他对上面了。这一次我一定要除掉这个间谍，我向你保证！一旦我胜利了，我一定撒欢似的往家跑，不管白天还是夜里，咱们两口子立刻入洞房，行不？”

吴若云冷笑道：“你的话我还能信吗？”

海猫说：“这一次我说的是真的，昨儿是我不对，我不该骗你，可是我怕我把啥都告诉了你，你担心我，我何苦让你提心吊胆的呢！"

正说着，王大壮推门走进来。正抱在一起的海猫和吴若云连忙分开。

王大壮双手捂着自己的眼，说："哎，我可啥也没看见啊！"

海猫说："你行了吧你，看见了又咋的？你有什么事啊？"

王大壮说："昨儿晚上不是商量好的吗，一大早咱俩去帮民兵布岗啊！"

海猫转头对吴若云说，"若云，你听见了吧？我得去执行任务了。这一次我说的都是真话，绝无半句谎言！"

吴若云说："不行，你在海神娘娘面前发誓……说你爱我！"

海猫听罢，郑重其事地跪在海神娘娘塑像前，说："海神娘娘，刚才我媳妇说的话您都听见了，其实我不说您也知道，我心里边只有她，我……爱吴若云……这话说起来挺别扭的，换个说法吧，我心里贼稀罕我媳妇，可是大敌当前，不杀三浦我干啥都觉着别扭，我向您老人家保证，我刚才说的句句是心里话！我要是能亲手杀了这个大间谍，我就立刻赶回虎头湾，跟我媳妇吴若云入洞房！"

吴若云幸福地目送海猫远去，转身跪在海神娘娘前，轻声诉说道："娘娘，您说我的命是好呢还是不好？好不好的，谁让我爱上了这只猫呢……爱，是人类最伟大、最美好的感情，一旦爱了，就是一生一世，就是始终不渝。求海神娘娘保佑，让我爱的人心想事成。因为只有他心想事成了，我才能真的做他的妻子，他才能真的做我的丈夫！"

第四十八章

太阳不情愿地从日本膏药旗的一旁升起，洒下一片懒洋洋的光。三浦走进日军指挥部，突然宣布放弃先前制定的所有作战计划，重新调整战斗部署。

荣六不解，斗胆问道："放弃？您的意思是深入八路的地盘？"

三浦说："不，上次的失败是我军事生涯中最大的耻辱，藤田指挥官在虎头湾战死是日本帝国最大的耻辱！两年前参加那场战斗的所有敌人，必须得死！"

在山坳里一个凸起的高岗上，海猫用望远镜巡视绵绵起伏的群山，他发现三人一组的民兵，有的躲在树上，有的藏进丛林，还有的攀岩而上，潜伏在峭壁之巅。他边看边点头，说："不错，全都是制高点，容易发现敌情。通知大家，紧急情况下可以直接开枪，给下一个岗哨报信！"

王大壮说："这些事交给我吧，你该去见你的老丈人了！"

海猫说："老头脾气怪得很，知道我回来了不去见他，肯定挑眼，不过我心里有数，他虽然跟咱们有误会，但对我他是绝对信任。你信不信，只要我一出马，他一准能把吴家的队伍拉回虎头湾。"

这时老斧头从对面的山冈走来，一见海猫就说："海猫，还是没找到吴乾坤，不过我们发现了一个老朋友！"

海猫问道："谁？"

老斧头说："黑鲨！"

海猫说："黑鲨？太好了。海边有船接应他吗？"

老斧头说："有没有船接应不知道。我们发现他的时候，人就已经进了山了，是奔道观那个方向去的。"

花蛤儿说："他带了不少海盗，我隐约看见些女的呢！"

海猫当机立断，说："不好，他和竹叶青肯定是找吴乾坤寻仇去了，我们无论如何要阻止他们的行动，绝不允许做亲者痛，仇者快的蠢事！"

海猫的判断一点也没错，黑鲨的复仇之心一天也没有放弃过，眼看他和竹叶青的龙崽都牙牙学语了，他不想把报仇之事留给儿子。他对竹叶青说："自从离开虎头湾，吴乾坤那老东西就带着他的亲信住进了道观。你还别说，这老东西有眼光，那道观选得不错，深山老林，进可攻，退可守。道观附近站岗的、放哨的，严阵以待，排兵布阵也很有方寸！不过，老子猫了三天三宿，把所有情况摸清了，想拦得住我黑鲨，除非他是天兵天将！"

竹叶青说："我可有言在先，报了你的仇，咱就金盆洗手，好好过日子！"

黑鲨说："我这是为了咱们龙崽，我要是不能给他的爷爷奶奶报仇，将来儿子长大了问我，我怎么跟他交代？"

竹叶青不无担心地说："这毕竟不是在海上，吴乾坤藏在深山老林，就算你摸到了他的跟前，就有必胜的把握吗？一旦打的时间长了，咱们可是要吃亏的！"

黑鲨说："谁有闲工夫跟他恋战？这次报仇咱根本用不着跟吴乾坤打照面！"

竹叶青疑惑地问道："不跟吴乾坤照面，这仇还怎么报？"

"媳妇，我留了个心眼儿，没告诉你。去年冬天我做了桩买卖，有条船从我聚龙岛附近过，因为船太大，全劫下来有点儿难，兄弟们就上了船，只劫货不劫人，那货里可有不少好东西！"黑鲨说着从腰间搜出一个日本造的手雷，炫耀说，"看见没有，这玩意儿是日本造的，叫手雷。我试过了，可好用了，爷们儿给你听个响？"

没等竹叶青同意，黑鲨就打开手雷的保险，在地上一磕就扔了出去。手雷落处，立刻响起一声爆炸，一团火球扶摇升空，就像一朵蒲公英。

竹叶青吓了一跳，说："黑鲨，有你这么当爹的吗，你吓着儿子咋办？"

黑鲨回头看看仍在姑姑怀中熟睡的龙崽，不由大笑："儿子天生就像老子，这么大的动静都不怕，将来一定能成大气候！"

竹叶青说："像你我可不干，我不能让儿子也当海盗！"

"我就那么一说。哎，媳妇，这玩意儿我们劫了好几大箱子，二百来个，只要摸到道观附近，一起把手雷扔进去，用不着二百个，有几十个，吴乾坤就被炸成灰了！他死了，大仇不就报了吗，还用得着照面？"

竹叶青说："我再说一遍，扔完手雷就走人，一刻也不能停，你要是出了差错，我和龙崽以后可怎么过啊！"

黑鲨说："放心，我听媳妇的，炸死那老东西就算完事！"

竹叶青又问道："那你打算什么时候动手？"

黑鲨说："后天！明儿个后晌我带十几个兄弟从蛇岛动身，趁夜里绕过岗哨，后天天亮时分，他的死期就到了！"

竹叶青说："你不是说在龙崽爷爷奶奶忌日那天报仇吗，咋这么急？"

黑鲨说："不等了，我那兄弟回来了。"

竹叶青说："海猫？他没死？"

黑鲨说："可不，没死！他不但没死，还回虎头湾当了八路的镇长！我再不动手，这大仇还报得了吗？"

竹叶青说："这事我一直糊涂，你不是说海猫跟你一个命，他的爹娘也是被吴乾坤和赵洪胜害死的吗，为什么他回来了，你就不能报仇了？"

黑鲨说："说来话长了，这五六年间，我劫了吴若云好几回，回回都被海猫救走了。大概是为了报答他的救命之恩吧，吴乾坤就变成海猫的老丈人了。天下哪有女婿不护着老丈人的？海猫既是八路军，又是和我一个头磕在地上的兄弟，有他掺和，我再下手就难了。"

竹叶青默默无语，她和海猫见过几次面，觉得他人不错，这回要杀吴乾坤，她总觉得不忍。但是，黑鲨毕竟是丈夫，夫唱妇随，夫命妇从，也是天经地义，当下心里便也默认了。

夜晚，黑鲨和竹叶青回到蛇岛大殿住下来。竹叶青辗转反侧，怎么也睡不着。黑鲨似乎看出了她的心事，便扳过她的头，紧紧贴在自己的胸口，说："媳妇，我看出来了，你是不是不忍心杀吴乾坤？"

竹叶青叹了口气，说："杀吴乾坤是为了给龙崽的爷爷奶奶报仇，没有什么忍心不忍心的，我就是觉得这么做对不起海猫！"

黑鲨说："我明白了，你的心被海猫拴着，还藕断丝连，是不是？"

竹叶青用头撞了一下黑鲨的胸口，说："你真小心眼儿，一爷们儿还吃醋呢！"

黑鲨说："爷们儿就不能吃醋啦？我还告诉你了，我聚龙岛的兄弟们都在吃咱俩的醋呢！你啥时候一声令下，让他们也娶个媳妇，大伙就不吃醋了。"

竹叶青说："我一声令下就管事了？那得我的姐妹们愿意！"

黑鲨说："你的姐妹们还不都听你的。我说媳妇，人都有七情六欲，你就成全了他们吧！不光我的兄弟们急，你的姐妹们也急啊！"

竹叶青吼道："放屁！"

黑鲨说："放屁大家闻，不像你，被窝里放屁独吞，净顾自己美了！"

竹叶青说："你再胡说八道，我放蛇咬你！"

黑鲨翻身骑在竹叶青身上："我不怕蛇咬，更不怕你咬，来来，你咬啊！"

竹叶青一把推开黑鲨，说："不行！真的不行……"

黑鲨急了，说："我是你男人，怎么就不行了？"

竹叶青娇声娇气地说："不光今天不行，以后好几个月都不行，你急也没用！"

黑鲨一愣，说："啥意思？"

竹叶青说："你个笨蛋，这还不懂，我又有了……"

黑鲨猛地翻身坐起来，笑道："你这地就是好，扔个种子就发芽！"

竹叶青笑骂道："狗嘴吐不出象牙来，一样的话，从你嘴里吐出就变味！告诉你，这回可跟上回不一样，一口酸的不想吃，就愿吃辣椒。"

黑鲨说："酸儿辣女，应该是个小丫头！闺女好，闺女待人亲！"

竹叶青说："你亲闺女，人家吴乾坤就不亲了？你杀了他，他闺女还不知该怎么难过呢。他闺女难过，海猫指定也好受不了！唉，我思来想去，你这是作孽啊！你这就有儿有女了，我求求你，这一次报完仇，以后再不干了！"

黑鲨爽快地说："我听媳妇的，就这一次，以后说什么也不干了！"

看似平静的大海，荣六带着日军几十个水鬼却在水下兴风作浪。一个日本军官追到荣六身边，问道："那个，就是聚龙岛？"

荣六连说带比画着："没错，聚龙岛，马上就到了。"

那日本军官像驱赶牲口似的在荣六屁股上拍了一巴掌，荣六心甘情愿，两腿一蹬，乖乖地游在前面。自从三浦冒险亲自把他救回来以后，荣六就死心塌地地给三浦卖命了。他不仅仅是为了报答三浦的救命之恩，更利用这个机会，给他死去的亲弟弟荣七报仇。

三浦也早已看出荣六的忠心，一得到黑鲨不在聚龙岛的情报，他就命令荣六带着日本特工，出其不意地攻下聚龙岛，然后再把黑鲨引回来，一举歼灭他们，斩断海猫的侧翼，以绝后患。

荣六一行爬上聚龙岛，轻车熟路地摸到了岗哨附近。为了表示自己的忠诚勇敢，荣六正准备亲自动手除掉岗哨，那日本军官拦住他，对他身边的狙击手低声命令："无声射击，准备——"

两名狙击手迅速拿出消声器，旋即装在狙击步枪上，卧倒瞄准。

日本军官命令道："射击！"话音一落，狙击手扣动扳机，没有听见声音，两个海盗便中弹倒地。荣六和他身边的亲信们惊得直吐舌头。

另一处岗哨无意中发现被击毙的海盗，连忙鸣枪示警，也被狙击手射杀。枪声引来十几个海盗，那日本军官高傲地一挥手："无所谓了，统统消灭他们！"

经过训练的日军特工，出枪快，枪法准，转眼间十几个海盗全被消灭了。

荣六一马当先冲进大殿，有年长的海盗发现是荣六，破口大骂："荣六，你小子给日本人当了汉奸了！"

荣六抬手就是一枪，击毙了他。

冲进大殿的日本特工好一阵子扫射，海盗们死的死，伤的伤，有三四个没死没伤的，撒腿就跑。特工举枪欲射，被荣六拦住了，他要留几个活口去给黑鲨报信。

与此同时，海猫以最快的速度赶回吴家大院，一头闯进吴若云的闺房，迫不及待地说："若云，黑鲨进山了，你是知道的，海盗最忌讳的就是在陆地上活动。黑鲨冒这么大险为啥，恐怕只有一个原因，他想亲手杀了爹，为他的爹娘报仇！"

吴若云大惊失色："那怎么办呢？"

海猫说："咱俩兵分两路，我马上到聚龙岛走一趟，无论如何要阻止黑鲨！你呢，马上进山，让你爹有个防备。他住在哪儿，你应该知道吧？"

吴若云说："知道，其实，我去过好几次。"

海猫笑了："我想也是，当闺女的哪能不惦记爹啊！山里有野兽，夜路不好走，你可要小心！"

吴若云说："放心吧，前几回我也是夜里去的，我是怕别人知道！"

海猫点点头说："我理解，那我们走吧。"

吴若云眼泪扑簌簌落下来，扑到海猫怀里，紧紧抱住她。海猫安慰道："媳妇，你这是干啥？我是去当说客的，又不是上战场！"

吴若云说："不知道为什么，我最近总害怕，每次和你分开，我都怕！"

海猫体味着吴若云的深情，轻声说道："别怕，有我呢！哎，你记着，替我给咱爹磕个头。"

吴若云恋恋不舍地推开海猫，提着一盏写着"吴"字的灯笼，朝深沉的夜色中走去。海猫也不敢怠慢，他飞快地来到海边，跳上小船，摇起橹来，驶向大海深处。

　　正在道观周围巡夜的吴管家，发现有一盏写着"吴"字的灯笼忽明忽暗地在山路上游走，便急忙迎上去。他一看是吴若云，惊讶地问道："小姐，你怎么又大半夜的来啊？老爷上回不是说不准了吗，万一碰上野兽可咋办啊！"

　　吴若云迫不及待地说："先不说这个。管家，快带我去见我爹！"

　　吴管家带着吴若云来到道观禅房，吴若云把情况一五一十地转述给吴乾坤。吴乾坤听了毫不在乎，镇定自若。

　　"爹，海猫让我替他给您磕头呢！"吴若云说着便跪下磕了个头。

　　吴乾坤这回笑了，说："他自己不来磕，你磕了也白磕，我不认账！"

　　吴若云嗔怪道："爹……"

　　吴乾坤说："爹什么爹，有他这么当女婿的吗，给老丈人磕头还让媳妇替！"

　　吴若云有些尴尬，说："爹，刚才不是跟你说了嘛，他急着去聚龙岛了！"

　　吴乾坤说："多余！瞎掺和啥呀，这么好的机会别再给我搅和了！"

　　吴若云说："说什么呢，爹，我刚才说得还不够明白啊，他是怕黑鲨算计您！"

　　吴乾坤说："不就是个臭海盗吗？他能算计得了我？实话告诉你吧，昨天他摸到道观边上，你爹我知道！"

　　吴若云忽地站起身，说："什么？您知道？"

　　吴乾坤淡定地说道："就是知道得晚了点儿，要不然他能活着离开？你不信，是不是？老八，你进来！"

　　吴八叔甩着膀子，进门就说："小姐，那天岗哨一时疏忽，把黑鲨放进来了，等你爹和我得到信，他已经跑了！其实要是追不见得追不上，可你爹的意思……"

　　吴乾坤说："两年前在虎头湾，他黑鲨也算是我的恩人，有来无往非君子，我放他一回，也就算是扯平了。"

　　吴八叔说："明白了吧？若云，黑鲨再敢来，我们还放他进来，可进来容易，想走就没门了！这个孽障占了聚龙岛这么多年，劫过咱家的渔船，杀过咱家的渔民，这回找上门来就是送死！"

　　吴乾坤说："你八叔说得对，几十年的恩怨，这回该了结了。"

　　吴若云说："爹，当初你不是答应过海猫一心一意打鬼子吗，怎么能出尔反尔呢？"

　　吴乾坤说："我可没上聚龙岛去找麻烦，是他要来算计我，那就对不住了。再说了，自从上次你爹我亲手宰了藤田，小鬼子好像是被吓住了，这两年也不见影儿了呀！我手下这支队伍，天天练兵，夜夜擦枪，总得有用武之地吧？听说黑鲨要来，呵，咱们吴姓子弟，个个摩拳擦掌啊！"

吴若云说："爹，黑鲨人其实挺好的，我上过聚龙岛，他也没把我怎么了。爹，你可不能说下手就下手啊，他还是海猫的拜把兄弟呢！"

吴乾坤说："别说了，你是我闺女，你来给我报信，爹心里边还挺感激的。怎么，这么快就胳膊肘往外拐，替海盗说上话了？"

"反正不许杀黑鲨，他也不会来。我相信，海猫一定能拦住他！"

吴乾坤说："黑鲨要是听劝，算他命大。如果他真敢来，那就试试，我让他尝尝咱们吴家的口袋阵！"

吴若云一转眼珠，说："爹，既然您什么都知道了，我来就是多余了呗。那我就连夜回去了，省得别人知道我来了，起疑心……"

吴乾坤虎着脸说："你不许走，我怕你回去给黑鲨通风报信！"

吴若云见自己的想法被看穿，只好说："爹，你留着子弹打小鬼子不行吗？"

吴乾坤说："看来，你还真要给黑鲨通风报信啊！那你哪儿也不许去，就算你不来，我还想派人去接你呢，虎头湾最近不太平，小鬼子的奸细都摸进去了，宰了好几个废物民兵，你以为我不知道？"

吴若云说："没事的，爹，我在虎头湾安全得很，我不会通风报信的，就算我想去，我到哪儿见黑鲨啊？"

吴乾坤说："那你也不许走！爹想你了，你就留在爹身边，啥时候虎头湾太平了，啥时候再说！"

吴若云只好撒娇耍赖："爹，您想闺女，闺女常来就是了！"

"你别耍心眼了，共产党把海猫都派回来了，这回动静小不了。反正我在这深山老林啥也不怕，我倒要看看那些穷鬼能不能打得过小鬼子！"吴乾坤一脸的霸气，很明显，他对虎头湾的革命政权根本不屑一顾。

海猫将船靠上聚龙岛岸边，迅速下船观察，却不见岗哨，也不闻人声，就连空气也像凝固了似的，他觉得有些不对劲儿，顿时绷紧了神经。

望远镜里，海猫慢慢地清晰起来，荣六立即向日本军官报告道："是海猫，没等来黑鲨，海猫送上门了！太君，一枪崩了他，那可就立功了！"

那日本军官立即命令道："准备狙击！"

两名狙击手马上卧倒，调整焦距，黑洞洞的枪口一齐瞄准了海猫。海猫似乎意识到了危险，他冷不防掏出枪来，不假思索地对天打了一枪，然后掉头就跑。

一听枪声，荣六的亲信们条件反射般的一齐开枪，子弹落在海猫身前。日本军官气坏了，回身抽了荣六一耳光："八嘎，谁让你们开枪了！"

海猫一口气跑回岸边，纵身跳上船，摇橹而去。当荣六和日本特工追过来时，海猫的船已经远去。

荣六气急败坏，说："追，不能让这小子跑了，三浦先生最恨他了！"

那日本军官说："不，不行！我们的任务是在这里伏击黑鲨，而不是海猫！"

突如其来的变故，让海猫有些措手不及。难道敌人占领了聚龙岛，黑鲨被打死了？他当机立断，决定再到蛇岛上去探个究竟。

此时，竹叶青正在为黑鲨送行。黑鲨亲了一口竹叶青怀里的龙崽，说："媳妇，你回去吧，最多两天，我就回来了。我听你的，绝不恋战！"

竹叶青说："老黑，能得手就干，得不了手就算了！"

竹叶青抱着龙崽返回，迎面碰见一名女海盗从远处飞快而来，她连忙迎了上去，问道："跑得这么急，怎么了？"

那女海盗气喘吁吁，上气不接下气，说："不好了，大当家的，聚龙岛那边有人游过来了，说小鬼子占了岛，把人都杀光了！"

竹叶青放下龙崽，急忙喊住黑鲨。两人跟在那女海盗身后，三步两步就跑到浑身湿漉漉的三四个海盗跟前。黑鲨一听荣六带着小日本占领了聚龙岛，顿时火冒三丈，骂道："荣六他娘的当了汉奸了？我怎么早没看出来他是一条白眼狼呢？弟兄们，都跟我杀回聚龙岛，宰了小鬼子，扒了荣六的皮，抽了他的筋！"

海盗们群情激奋："杀回聚龙岛！"

竹叶青沉思片刻，说："等一等，老黑，你岛上留了多少兄弟？"

黑鲨说："整五十！"

竹叶青说："整整五十条汉子，就跑出来这么几个，你再数数你身边还剩几个兄弟，你现在回去不是找死吗？"

黑鲨一愣，不甘地说："那怎么办？我能让我的兄弟们白死吗？他们肯定是被荣六算计了，荣六和小鬼子在暗处，兄弟们在明处，这才吃了他们的亏！"

竹叶青说："那你现在杀回去，难道不是你在明处，荣六和鬼子在暗处？"

黑鲨又一愣："我……我有手雷，我就不信炸不死他们！走，上船！"

竹叶青说："不行，不能去！"

黑鲨猛地回头："你再娘儿们分分的，我休了你！"

竹叶青眼一瞪，喝道："你说什么？"

竹叶青眼里满含泪水。黑鲨不敢正视，只管低头说道："哎呀，你男人心里正着急呢，你女人少搭茬！"

竹叶青说："你身单力薄的，我是不想让你去送死啊！来人，挑年轻力壮的四十个姐妹，拿最好的枪，带足子弹，跟着老黑走，听他的命令！"

黑鲨感激地说："媳妇，你让……你让你爷们儿咋谢你啊？"

竹叶青说："行了，你别娘儿们兮兮了，要夺回聚龙岛，起码得带够人手啊！"

竹叶青目送黑鲨带人上了船，站在海边大声喊道："老黑，当心点儿，别忘了你是俩孩子的爹啊！"

船行海上，黑鲨和海猫不期而遇。

海猫将自己的小船靠在黑鲨的大船边，喊道："大哥，您这是要干什么去？"

黑鲨说："奶奶的，我的聚龙岛让汉奸和小鬼子占了，我去把它抢回来！"

海猫说："您知道了？我还正想给您报信去呢。刚才我去聚龙岛找您，船一靠岸就觉得不对劲儿，幸好我跑得快，不然命就丢下了！"

黑鲨问："有多少小鬼子？"

海猫说："我也不知道，他们躲在暗处，有最好的枪。大哥，别怪兄弟说丧气话，聚龙岛，您抢不回来了……"

黑鲨大吼："放屁！老子在聚龙岛上住了快三十年了，那是我的家！我有手雷，我媳妇还给我派了这么多女将，我就不信我抢不回来聚龙岛！"

海猫看着船上站满了女海盗，不禁摇头，说："大哥，大嫂给您派来这么多人，那蛇岛怎么办？"

黑鲨一愣："蛇岛？"

"对呀，日本人要打通海上航线，又怎么可能放过蛇岛呢？"

黑鲨恍然大悟，吓了一跳："不会吧？这大热的天，我媳妇养的那些宝贝漫山遍野，到处是，小鬼子要是真敢上蛇岛，那就好了！"

海猫说："大哥，大意不得，小鬼子这次派来的是个大特务，鬼得很，不怕一万，就怕万一。要我说，您先忍一忍，咱们赶紧调转船头，回去保护蛇岛！"

黑鲨说："什么大特务，我怕他个球！抢不回聚龙岛，我誓不为人！"

"大哥，你以为你这样就是英雄了吗？我听说大嫂给你生了儿子，你不为大嫂想想，难道你不想想孩子？敌人的情况我比你清楚，聚龙岛现在已经给你设下了圈套，就等着你送上门去呢！你要愿意，你带你的兄弟去聚龙岛，我带姐妹们回蛇岛！小鬼子诡计多端，我担心他们算计大嫂！"

黑鲨吼道："海猫，你敢乱我军心？"

海猫恳求道："大哥，你要还认我是你兄弟，就听我这一回，不然你会后悔的！"

肖老道和另一个日本军官带十几个汉奸和二十几个日本兵，悄然摸到蛇岛后山。肖老道战战兢兢，躲躲闪闪，双脚不敢落地，问道："看见蛇了没有？"

一个汉奸说："看见了，在草丛里出溜出溜直窜啊！"

肖老道这才松了口气："直窜，就是不敢靠身，对不对？"

那汉奸说："真是奇了怪了，蛇岛的蛇怎么不咬人了？"

肖老道说："这正是三浦太君的高明之处！"

原来三天前，三浦找肖老道，说："肖先生，我查了你的家谱，你的祖先非常了不起，曾经做过国君，在明朝年间还当过二品巡抚。"

肖老道惊道："真的？我怎么都不知道呢？"

三浦说："错不了，你的家族血统优良，天生就是统治者！去吧，把蛇岛的女海盗全部杀光，我给你记功，保荐你当海阳县的县长！"

肖老道点头哈腰："谢谢太君栽培！不过，现在不是冬天，这时候上岛，不是让我去喂蛇吗？三浦先生，我这个人最怕蛇了！"

三浦说："我也怕！不过，蛇也怕，它怕酒精，怕硫磺！你难道没听说过中国的《白蛇传》吗，故事里的白蛇很怕许仙的雄黄酒哟！"

按照三浦的指令，肖老道和所有上岛的人才全身都抹了酒精和硫磺。蛇碰到克星，岂不逃之夭夭？

肖老道大起胆子喊道："弟兄们，这岛上虽然有蛇，可咱们不怕，三浦太君神机妙算，早就掐准了它们的七寸。咱杀光了海盗，灭了这些娘儿们，就算是立功了，都给我冲啊！"

冲杀声传进蛇岛大殿，竹叶青把怀里的龙崽交给姑姑，指着跑进大殿的一个年轻女子问道："我们的小青呢？为什么没咬死他们？"

那女子说："大当家的，不知道敌人身上抹了什么，小青都躲着他们啊！"

竹叶青大惊，伸手揣出腰间的枪来，喊道："姐妹们，我们中了敌人的调虎离山之计，所有的姐妹都聚到一起，跟我来！"

竹叶青率二十几号女海盗登上蛇岛后山的险峻之处，拼命向敌人射击。不一会儿便打光了枪里的所有子弹。肖老道见状，眉飞色舞地说："太君，咱抓活的吧，全是女人！"

日本军官得意地笑着："哟西，不能让三浦知道！"

"您不说我不说，他哪能知道啊！"说罢，肖老道转身喊道，"全是漂亮女人，谁抓到算谁的，冲啊！"

竹叶青从腰间摸出两个手雷来，这是昨晚上黑鲨送给她让她防身的。当肖老道带着人抵近时，竹叶青果断地拉开一颗手雷的保险扔了出去，可那手雷没有炸响。她立即想起黑鲨抛出手雷之前还在地上磕了一下，顿时懊恼不已："哎呀，我忘了磕一下了！"

趴在地上的肖老道乐了："臭娘儿们，你还有这玩意儿哪，可惜不会用，你等一等啊，爷爷教你怎么用！"

肖老道边说边爬起身，竹叶青迅速打开第二个手雷，在地上一磕，手一扬便扔了过去。手雷轰的一声，立刻炸飞了几个汉奸和日本兵。

趁着爆炸腾起的尘土，姑姑忙把龙崽塞进竹叶青的怀里，说："大当家的，我们掩护，你带着年轻的姐妹下山，山崖下面不是藏着船吗，到了海里就算小鬼子追上了，以姐妹们的水性，他们也不是对手！"

竹叶青说："不行，我怎么能让你们掩护呢？"

姑姑说："丫头，听话，我知道你肚子里又怀了，只要上了船，你就带着姐妹们走得远远的，找个有男人的地方让她们都嫁了，要不然咱蛇岛就绝后了！"

岁数大的女人齐声附和："大当家的，别犹豫了，快走吧！我们把撒手铜都用上，和他们同归于尽！"众人说着，纷纷抬起袖口，一条条毒蛇咝咝地吐着芯子。

竹叶青泪洒衣襟，从袖中抓出小青送到姑姑手上，说："姑姑……蛇岛的长辈们，咱们来生还在一起，还在蛇岛！姐妹们，咱们走！"

竹叶青说罢抱起龙崽，招呼姐妹们转身就走。

姑姑大张两个袖口，把小青和自己豢养的毒蛇一齐甩出，带头冲进敌群。一时间，人咬蛇咬，手抓蛇缠，厮杀成一团。厮杀中不时有枪声响起，姑姑被打死了，一个个女人相继倒在血泊之中。可怜的小青和那一条条毒蛇翻着肚皮，面对酒精和硫磺，顿时失去了杀伤力。

竹叶青听到枪声，心头一震，怀里的龙崽也哇哇大哭，一种不祥的预感袭来。这时，她远远地看见海猫和黑鲨冲了过来，然而，一切都晚了。两名日本兵拽出手雷，一齐扔向竹叶青。随着巨大的爆炸声，竹叶青整个身体被炸飞了。

黑鲨冲进爆炸的烟尘中，一头扑到奄奄一息的竹叶青身上，声嘶力竭地大喊："媳妇！媳妇！媳妇——"

竹叶青惨然笑着："都怪我……从小到大就会养蛇，以为有蛇看家，就轻敌了……老黑，对不住了，我和龙崽他妹子，不能陪你们爷儿俩了……"

竹叶青说完，头一歪，就闭了眼。

黑鲨号叫一声，拽出腰间的手雷，相互磕着，然后边扔边向敌群冲去。海猫和男女海盗紧紧跟在黑鲨身后，潮水般滚滚向前，势不可当，杀得汉奸和小鬼子尸横遍野。

回到海阳县城，海猫仍然沉浸在蛇岛那场腥风血雨的拼杀中。他双眼被怒火烧红，起伏不平的胸脯像堆满了干柴，急等着燃烧！

王天凯端来一碗水递给海猫，说："海猫，你先喝碗水。那个三浦阴险狡猾，不好对付吧？"

海猫说："可以肯定，聚龙岛和蛇岛，都是三浦策划的报复行动，他最终的目标一定是虎头湾！我建议把战地医院临时转移到海阳城里来。"

王天凯摇了摇头说："敌人的大扫荡来势凶猛，海阳县城也不安全呀。虎头湾起码一个好处，在根据地的腹地，敌人轻易不敢动用飞机来轰炸。"

好像是要印证王天凯的话，防空警报突然响了起来。

王天凯说："你听，敌人的飞机说来就来，我马上去组织救援！将在外，君命有所不受，虎头湾的仗怎么打，就看你和广大群众了！"

王天凯说着冲出门外，又回身嘱咐说："海猫，记住我的话，组织群众，依靠群众，你快回吧！"

海猫目送王天凯远去，一时间愣在那里。他转过身，没想到一眼看见了王大壮，便问："哎，你怎么来了？"

王大壮说："听说你从聚龙岛回来就直奔了县城，大伙儿都惦记着，就让我过来了。咋样，政委怎么说？海上防线没了，虎头湾难守啊！"

海猫说："聚龙岛和蛇岛不光是虎头湾的海上防线，敌人一旦从海上进攻，整个胶东的形势都被动了。"

王大壮说："那赶紧让政委想办法啊！"

海猫指着满目疮痍的县城，说："你看看，天上飞机炸，地上大炮轰，政委又没有分身术，他能有什么办法呢？政委说了，虎头湾只能靠咱和广大群众了！"

海猫和王大壮甩开大步就往虎头湾赶。半路上被陈镇长骑马追上，他送来了王天凯给海猫的一封信。海猫打开信看了一眼，说："老陈，跑了这么远的路，歇会儿再走呗？"

陈镇长一脸不屑，说："算了，信送到你的手上，我就算完成任务了。政委说海上的事惊动司令员了，你小子，可真能瞎扯淡，海盗的岛让鬼子占了，这么屁大点儿事，还给弄到司令员那去了！"说罢，他策马走了。

海猫顾不上和他较劲，也赶紧往回赶。

一回到虎头湾，海猫就召集老斧头、赵大橹和赵香月几人开会。会上，他把信骄傲地展示给大家看。

老斧头接过信来看了看，转给赵大橹。赵大橹装模作样看了两眼就给了赵香月。赵香月拿着信瞄了几眼，说："给我干啥，我才学认字，我可看不懂！海猫，我听吴若云说你在队伍里早就识文断字了，你就给我们念念呗！"

海猫接过信来交给苏菲娜，林家耀也凑近了来看。

海猫趁机说："聚龙岛以前住的是海盗，他们的头目黑鲨是个有正义感的爷们儿！两年前那一仗他出过力，为保卫虎头湾流过血，应该说，这些年来聚龙岛就是胶东在海上的一道防线！小鬼子之所以不敢在海上动用军舰进攻，我想跟岛上的黑鲨不无关系。眼下他丢了聚龙岛，蛇岛也危险了。失去了海上防线，虎头湾很容易腹背受敌。为这事，我正想跟大伙儿商量对策呢。这不，政委就来信了，信上说这事许世友司令员知道了。"

老斧头、赵大橹和赵香月几人听了，脸上都放出兴奋的光彩。

海猫有些激动，说："一提许世友司令员我就激动！你们没见过司令员，他不仅有少林功夫，还有诸葛亮神机妙算的本领，那可是传奇人物，大英雄！"

林家耀插话说："政委在信上说，司令员决定从胶东军区抽调两个大队专门负责海上，凡是日本军舰有可能登陆的地方，全都部署了大炮。他下了死命令，绝不允许小鬼子从海上占胶东的便宜！"

众人高兴得直鼓掌，一个个笑逐颜开。

海猫说："司令员这么忙还想着咱们虎头湾，我们一定要组织和依靠群众，按照咱们的计划布置，保卫虎头湾，保卫战地医院！"

苏菲娜说："海猫，我怎么觉得你说话的样子像司令员啊？"

赵香月说："我看也像，司令员一来信，他就把自己当成司令员了！"

海猫一本正经地说："可别瞎说，军中无戏言，我再怎么学也学不像司令员！你们别高兴得太早了，大伙都要记住了，骄兵必败！"

骄兵必败，海猫的话是说给大伙听的，也是在警告自己。一连几天下来，他不敢有半点懈怠，一遍又一遍地到山上检查民兵的观察点，一次又一次地找王大壮交流情况，生怕发生意外。这天晚上，海猫做好了充分的思想准备，便从吴若云那里要来一盏写着"吴"字的灯笼，悄然向吴乾坤的道观走去。因为他知道吴若云每回进山，都打一盏这样的灯笼。他自然明白这是吴乾坤跟自己的闺女定下的暗号，所以一路走来，并没有什么可担心的。

可海猫万万没有想到，吴乾坤不按常规出牌，半路上派人劫了他，把他双眼一蒙，带进了道观。

吴乾坤高高地坐在椅子上，说："小子，你不是要给我磕头吗？我就坐在你的对面，你想磕头就磕吧！"

海猫一听吴乾坤的声音，便扑通跪倒在地："两年不见，老丈人在上，海猫给您磕头！"海猫说着便结结实实地磕了一个响头。

吴乾坤走上前去拽掉蒙在海猫头上的黑布，说："好小子，还真实在！我问你，你不怕我这院子里还有外人，你不是不想让别人知道吗？"

海猫说："那是以前，现在不忌讳了！"

吴乾坤说："你说的可是真话？"

海猫说："真话！"

吴乾坤笑了："哈哈，那你想怎么死吧？"

海猫一愣，说："老丈人，您什么意思呀？"

吴乾坤说："你还想糊弄我？"

"我啥时候糊弄您了？噢，对了，我一走两年，是没给若云写过信，可我心里边一直惦记着呢，谁的媳妇谁不惦记啊！"

吴乾坤说："我没说这个！"

"我知道了，您指定是在虎头湾留了眼线。是，我回来两个月了，我所以没见若云，那是因为我被烧了，不像个人样，我怕吓着她。我跟若云解释了，我媳妇她原谅我了！"

吴乾坤又笑了："我也没说这个！"

海猫傻了。

吴乾坤说："好小子，你张口媳妇闭口媳妇，你媳妇还是个大姑娘吧？有你这样的吗，就嘴皮子好使！我也是男人，打你这岁数过过，你对若云根本就不是真的！她傻，可我不傻！说吧，你是想挨枪子儿，还是想让山上的野兽咬断你的喉咙，吃了你的心肝肺？"

海猫脖子一拧："咋都行，我也不是死一回两回了，您看着办吧！"

吴乾坤腾地站了起来："好你个兔崽子，你当我跟你说笑话呢！"

海猫也腾地站了起来："我知道您没跟我说笑话，我也没跟您说笑话。您要真一枪崩了我，我还真得谢您呢，好歹落个痛快！"

吴乾坤不解，说："什么意思？"

"那年暗算我的鬼子三浦，又来了。这个人心狠手辣，诡计多端，这两天看上去挺太平，可我心里慌得很，我真不知道我这回是怎么个死法！所以，与其这样，还真不如挨老丈人的枪子儿呢！"

吴乾坤说："你混账！竟说出这种话来，你算是个爷们儿吗？早知道你这么怂，我就不把闺女嫁给你了！"

海猫说："我是真怂了，要不我能大半夜地来求您吗？"

吴乾坤一愣，继而松弛了下来，阴阳怪气地说："小子……这么两句话就把我绕进去了，本事又见长了啊！"

海猫说："关公面前耍大刀，我哪敢绕您啊！我说的句句都是实话。我不光代表我自己，我还代表我的首长，我们共产党八路军……"

吴乾坤打断他，喝道："少提这些，我不愿意听！虎头湾是祖宗留给我的基业，现在都成你们的了，你还想干什么，把我骗回去赶尽杀绝？"

海猫无言以对，也没法解释，他努力体味着吴乾坤的愤怒与委屈。

吴乾坤说："别以为我躲在深山老林就什么都不知道了，你们穷鬼的队伍打到哪儿都是这一套，把有钱人杀了，分房子分地，分渔船分渔具，就差分人了！"

海猫说："老丈人，您千万不要道听途说，轻信传言！您为抗战做过贡献，我们共产党八路军是知道感恩的！"

吴乾坤说："哼！知道感恩就乱喊口号，打倒渔霸恶霸吴乾坤吗？要不是因为若云嫁给了你，我早就把那些八路都杀光了，什么玩意儿！"

海猫说："咋回事儿我都听说了，要我说，这也怪您！"

吴乾坤恼怒道："你说什么？怪我？"

海猫说："不怪您能怪谁？既然您确定那个人是杀害四老太爷的凶手，干吗不把他交给我们，送他上军法处啊？"

吴乾坤说："我是吴姓一族之长，我就不能亲手为四老太爷报仇？"

海猫说："不能，您这是乱用私刑！"

吴乾坤说："放屁！虎头湾有虎头湾的规矩，都几百年了！"

海猫说："您别老提那些规矩了，规矩早让您自己破了！"

吴乾坤说："我什么时候破过规矩？"

海猫说："我是谁呀？您想不起来，我给您提个醒，我爹是吴明义，我娘是赵玉梅，按老规矩我是孽障啊！到现在我还活得好好的，您还非要把亲闺女嫁给我，您还说您没破过规矩？"

吴乾坤突然从腰间揣出枪来，咔嚓一声推上子弹："你……小兔崽子，我崩了你，你信不信？"

海猫嘿嘿一声，说："这就对了，我费了半天嘴皮子气您，就是为了逼您下手，快，族长大老爷，请您给我来个痛快的！"

吴乾坤气坏了，强忍怒火，万般无奈："你……"

海猫说："咋了？您不舍得下手了？那我再多说两句，虽说您有错，可是我们处理这件事的同志也太不像话了！您是谁呀？您打鬼子立过多大的功，就算有再大的错，他起码应该请上级首长到虎头湾来跟您商量！怎么能不分青红皂白，直接跟您对着干呢？"

吴乾坤总算找到了一个台阶："哎，说的就是嘛！"

海猫说："您有眼线，肯定知道，惹您生气那个，我们首长让他滚蛋了！现在，我海猫，您女婿，成了虎头湾镇的镇长了！"

吴乾坤不冷不热地说："我知道！"

"我也当不了几天镇长，要是这回能大难不死，我还得回到队伍上。我来虎头湾之前就跟首长商量过，这虎头湾还得交给虎头湾人管，最合适的，也就是您了！"

吴乾坤说："胡说八道，你们穷鬼成立的政权，能交给我？"

海猫说："吴乾坤，你别一口一个穷鬼的行不行？"

吴乾坤说："呀哈，长脾气了，还敢直呼你老丈人的名讳了？"

海猫说："这个是我不对，可您叫得这么难听，我也不高兴。因为我也穷，是个穷叫花子，穷要饭的。我们共产党就是为穷苦人做主的，可是，现阶段最重要的任务是团结一切可以团结的力量，带领整个中华民族打败日本侵略者！这话可不是我说的啊，这是毛主席说的！"

吴乾坤说："哼，你的意思是，我吴乾坤对你们还有用？"

海猫说："太有用了，眼面前的事，我这小命就在您手里呢！"

吴乾坤收起枪来，说："你少耍贫嘴，你明知道我不会对你开枪！"

海猫说："我说的不是这个。大敌当前，我琢磨着，就这几天，小鬼子一定会偷袭虎头湾！我的那个老对手三浦，就要来了。当年我是捡了一条命，这回哪还有那么幸运？"

吴乾坤说："说到底你是怕死啊！"

海猫干脆地说："怕！您不是也知道了嘛，我跟若云拜堂拜了好几年了，洞房还没入呢！"

吴乾坤说："你承认了？我问若云，她还骗我呢！"

海猫一阵感动，差点落下泪来："若云对我太好了，真是个痴情的人儿，天底下都找不到的好媳妇！"

吴乾坤说："别看你媳妇帮你藏着掖着，我其实早就看出来了！"

海猫说："爹，这事吧，是这么回事……"

"别跟我解释，我知道你有的是借口。"海猫一愣，只好把想说的咽进肚里。"今儿个在这深山老林里，你还能找到什么借口？"

海猫无言以对。吴乾坤说："你刚才的意思我听明白了，我知道小鬼子正在大扫荡，你想的是他们打到虎头湾的时候，让我给你打策应，对吧？我答应你！

不过你今夜必须和若云圆房！这院子，我早就腾空了，就等你来了！去吧，若云在等你呢！"

吴乾坤指了指亮灯的禅房，起身就走。走了两步，他又回头苦笑，说："好像我闺女没人要，当爹的逼婚似的！唉……其实我就是想，这年月，你个枪林弹雨里玩命的爷们儿……"

吴乾坤没再说下去，眼泪涔涔，拍了拍海猫的肩膀，意味深长地叹口气，迈着沉重的步子走了。

外敌入侵，战火纷飞，海猫霎时体会到了吴乾坤的心情。他迈着沉重的步子走到禅房，轻轻推开虚掩的门，走进屋。吴若云正捧着镜子梳妆，已经从镜子里看到了他，娇羞不已，小嘴轻启，吐出俩字："来了？"

海猫压抑着一颗狂跳的心，环视着屋里点起的红烛，还有贴在墙上的大红喜字，说："爹真有心，又在这儿给咱俩布置了洞房。"

吴若云说："你还夸他？他没难为你吧？"

海猫说："何止是难为，连枪都掏了！"

吴若云一愣，说："啥？"

海猫笑道："我逗你呢，咱爹是掏出枪来跟我表态，他说小鬼子要是来了，他就学当年的戚继光……"

吴若云说："你怎么不说了，老盯着人家看什么？"

海猫柔声说："你真漂亮，你刚才对着镜子，是描了眉了，还是画了眼了？"

吴若云说："谁描眉画眼了？没有！"

海猫说："没描眉画眼就这么好看，我媳妇真漂亮！"

吴若云说："别贫嘴了，你也完成任务了，快走吧……"

海猫说："走？走不了，你爹不让我走咋办？"

"你从窗户走，天一黑我就观察了，岗哨离得挺远的，咱们要是熄了灯，你跳窗户走他们应该看不见！"

吴若云说着就将屋里点着的两盏灯一一吹灭。

屋里顿时黑下来，借着月光，吴若云就要去开窗户。海猫一把拉住她的手，说："干吗这么急着让我走？"

吴若云说："你……你不是说你们队伍上有纪律吗？"

海猫说："将在外，君命有所不受。"

吴若云又说："那个日本间谍叫什么来着，你不是说他不死你睡不踏实吗？"

海猫说："今儿不是在山里吗，咱爹亲自率领好几十号吴姓子弟站岗放哨，我睡得踏实！"

吴若云说："以前我爹也给你站过岗，你不是每回都有任务吗？"

海猫说："我今儿的任务特别艰巨，是我这辈子最重要的任务，好几年前就该完成的，可硬是被我耽误到现在！"

吴若云仿佛明白了海猫的意思，娇羞地低下头。

海猫颤声叫道："小先生，若云，我的媳妇……"

吴若云抬起头，接纳着海猫深情的目光。

海猫说："嫁给我你后悔吗？"

吴若云潸然泪下："后悔……后悔嫁得太晚了！"

海猫轻轻擦拭着吴若云脸上的泪水："今夜做我的新娘好吗？"

吴若云笑了。

海猫也笑了。

海猫将额头顶在了吴若云的额头上，月光把二人深情亲吻的影子镀上一层银光。苍穹之上，一轮圆月钻出薄薄的云层，照亮了漫山遍野的花海。

海猫甩开两腿，在漫山遍野的花海中荡起双桨，一会儿跃上浪峰，一会儿踏进浪谷。他的耳畔不时传来阵阵鸟啼，恰如那海风轻拂。

徜徉花海，闻着花香，海猫兴奋不已，唱起秧歌来：

漫山遍野花儿香，

新郎官我喜洋洋。

人逢喜事精神爽，

唱着秧歌上战场！

第四十九章

日本侵略者收买中国汉奸，无怪乎金钱、美女和武力，而三浦不一样，他还会笼络人心，常施以假仁假义攫取人心。肖老道败退蛇岛，满以为三浦会兴师问罪，没想到他反倒安慰他说："肖先生，这不是你的无能，而是我们的敌人太狡猾了，因为你不是海猫的对手！"

肖老道受宠若惊，感激涕零，说："三浦先生，您饶了我一条狗命，我拿十条狗命报恩。您说吧，还让贫道干什么，我肝脑涂地，在所不惜！"

"我让你去征服一个人,难道肖先生忘了吗?"肖老道啪地立正,转身出门了。他是要去找吴天旺。

吴天旺被陈镇长带回海阳县城,好歹给他在政府大院安排了个打水扫地、跑腿打杂的闲差。当肖老道走进吴天旺的宿舍时,他正在睡觉。吴天旺从梦中醒来,睁眼一看肖老道站在自己面前,吓得灵魂出窍,失声喊道:"你怎么混进来的?你这个汉奸特务,你胆子也太大了!"

肖老道抬枪指着吴天旺,说:"瞧你混的,身上连把带火的家伙都没有吧?"

吴天旺一拧脖,说:"有枪没枪都是干革命工作,总比你投靠日本人强!"

肖老道轻蔑地说:"你说什么?我投靠日本人?你他娘的比我投靠得还早!当年你差一点儿就把吴乾坤引到我的道观,怎么着,要不你喊喊,把八路都招过来,让他们的大官审审我,让我把我知道的都告诉他们?"

吴天旺一听就慌了,忙说:"大哥,我活到今天不容易,我现在是干部啊!"

肖老道狠狠地吐了口吐沫:"呸,你今天敢给他们当干部,明天太君打回来你就得掉脑袋!"

吴天旺满脸不服。

肖老道威胁道:"怎么着?不服?那是太君的飞机来得还不够勤,我回去跟三浦太君说说,多派点飞机来,把海阳城炸成平地!"

吴天旺有些害怕了,说:"日本人真会打回来?"

"废话!你没在日本人那边待过你不知道,人家是什么枪、什么炮?那飞机、坦克,你见都没见过,中国改姓都姓日那是早晚的事!到了那一天,之前大哥跟你说的那些话,还都算数!给穷鬼当干部,你他娘的吃得上肉吗?将来我当了县长,我把虎头湾封给你!你不就惦记吴若云吗?到时候你愿意搞哪个娘儿们随你便!"

一提到吴若云,吴天旺就像中了邪似的,顿时找不着北了。

海猫每次一夸林家耀,林家耀也会常常找不着北。在月色笼罩的虎头湾广场,海猫、林家耀和苏菲娜在战地医院的帐篷间漫步。

海猫说:"这两年来战地医院救治了上千名伤员,有咱们自己队伍上的,也有友军的,还为好几百个老百姓也看过病,都没收过他们一分钱。林院长,我代表全体伤员和胶东的父老乡亲谢谢你!"

林家耀笑道:"我从小随家人去了南洋,可我是正儿八经的胶东人,这片土地养育了我,我做这一切都是应该的,你不要客气,也用不着谢我。"

苏菲娜看一眼笑模笑样的海猫，说："林院长，你还不了解海猫，他这么客气，就一定是有事要求你了。"

　　海猫笑道："还是老战友了解我。"

　　林家耀说："那有什么事你就直说吧。"

　　海猫说："我反复考虑，日本侵略者的大扫荡来势汹汹，我们应该避其锐气，留有余地。我坚信我的预感，不把战地医院迁移到山里去，会出事的！"

　　林家耀说："我也坚持我的意见，我不同意！预感？难道只是因为你的预感，就要来回折腾伤员和老百姓？没有科学根据的预感是不足信的！你以为你打了几年的仗，就是军事预言家了？"

　　海猫只挠头，说："啥叫军事预言家？我可没听说过。林院长，你批评得对，权当我没说！"

　　林家耀笑道："态度还挺好！"

　　海猫又死皮赖脸上了："你看我态度好，要不就听我一回，就这一回！"

　　林家耀立刻板起脸来："海猫，你还得寸进尺了？不行，绝对不行！如果真的发现敌情，我们再转移完全来得及，现在绝不能瞎折腾！"

　　海猫觍着脸，转头对苏菲娜说："苏医生，咱们可是昆嵛山上的老战友，你知道我的预感从来都是很灵的呀！"

　　苏菲娜说："我觉得林院长说得对，伤员是折腾不起啊！除了预感，如果你能说出别的理来，我可以帮你做林院长的工作。"

　　海猫一拍脑瓜，笑道："嘿，你们俩一唱一和，我真没办法。好吧，就听林院长的，医院不搬家！我这就召集民兵开会，大家必须做到白天枪不离身，晚上人不离枪，确保万无一失！"

　　林家耀见海猫要走，忙扯了扯他的衣角，说："等一下，我找你还有点事。"

　　苏菲娜见林家耀的神色很不自然，便说："你们聊吧！我去帮你通知民兵开会去！"

　　林家耀目送苏菲娜离开，说："海猫啊，我收到那封信已经好几天了，可你一直不肯帮忙，你打算拖到什么时候，简直急死我了！"

　　海猫故作惊讶，说："噢，想起来了，可我不明白，你追苏医生为什么要我帮忙？"

　　林家耀说："我不是跟你说了嘛，我和苏菲娜就一层窗户纸的事，我需要有人帮我捅破这层窗户纸啊！"

　　海猫说："再难的手术你都做得了，秧歌疯子伤得那么重你都能治，一层窗户纸你还要求人？你是不是个爷们儿？我告诉你，我跟我媳妇吴若云，没用任何人帮忙,我们之间的窗户纸不捅自破!"

林家耀生气地说:"你这是得了便宜还卖乖!"

海猫故作大惊小怪:"呀,怎么,听这话你还惦记着吴若云是不是?就凭这一点,你就配不上苏医生,这个忙我不能帮了!"

林家耀真急了,说:"海猫,你把话说清楚,我什么时候还惦记着若云表妹了?我看是你心里放不下苏菲娜,生怕我把她追到手吧?"

海猫说:"就算是又怎么样?"

林家耀攥起拳头,说:"你想脚踩两只船,我替若云表妹揍你,你信不信?"

海猫说:"揍我?我借给你胆子!这些年咱俩好像打过几架,你赢的时候多,还是我赢的时候多啊?你确定你是我的对手吗?"

林家耀说:"井底之蛙,夜郎自大,你就吹吧!"

海猫说:"西北风刮蒺藜,你还连讽带刺了,求人帮忙,哪有你这样的?"

林家耀愣愣地看着海猫:"如此说来,你肯帮忙了?"

海猫说:"帮忙可以,但我有个条件,你要答应把医院转移到山里去,我就指定帮你说媒!就凭我这三寸不烂之舌,保证话到事成!"

林家耀脸色陡变,怒道:"海猫,你拿这种事跟我谈条件,我绝不会答应你。苏医生的事,我也用不着你帮忙了!你说得对,再难的手术我都能做,谈个恋爱,我怎么会需要你这种人帮忙呢?咱们走着瞧,只要心诚,石头也会开花!"

海猫望着林家耀气呼呼的背影,不禁自言自语:"好一个林家耀,有头脑,有原则,配得上苏菲娜!"

既然林家耀说什么也不同意转移,海猫只好回到海神庙,连夜开会制定严格的保卫措施。他问道:"从第一次发现奸细到现在,几天了?"

赵大橹说:"四天。"

海猫说:"这四天发生了很多事,我们抓了奸细,又被人救走了;找到了敌人的宿营地,却险些被他们算计;还丢了聚龙岛,蛇岛险些失守,竹叶青也意外被敌人打死了……"

海猫心情沉重,说:"黑鲨也损兵折将,大伤元气……同志们,我在县城亲眼见过日本人的空袭,小鬼子的飞机确实厉害,首长时刻惦记着虎头湾,但也是心有余而力不足。我的意思是,从现在开始,要加强各个岗哨的力量,原来一个人的岗加到两个,两个人的岗加到四个,人多了可以互相提醒,千万不能打盹儿让鬼子钻了空子!"

赵香月说:"放心吧,我已经给民兵开过好几次会了,不会出错的!"

海猫转头对王大壮说:"王大壮同志,你回去再给一连的同志们开个会,随时做好战斗准备，要用生命保卫战地医院和虎头湾人民群众的安全！"

夜半时分，会议才告结束。海猫催赵大橹和赵香月回了家，自己才拖着疲惫的身躯来到海神庙前的栈桥上。他见苏菲娜好像早就在那里等着自己，急忙快步走过去，说："苏医生，还没睡啊？"

苏菲娜说："这不是等你散会吗，我想找你聊聊。"

海猫说："有什么事，说吧！"

苏菲娜说："我想问问，林院长都跟你说什么了？"

海猫笑道："别的没说，净说你了！"

苏菲娜脸一红，说："你又贫嘴！"

海猫说："没，我没贫嘴！他说你是个好医生，人又漂亮，他想追求你！"

苏菲娜笑道："一听就是骗人的，林院长怎么可能说出这种话！"

海猫夸张地说："真的！"

苏菲娜又笑道："你要不说这两个字吧，我还能信你，你要一说真的，那肯定就是骗我的！"

海猫跺了跺脚，说："哎，我什么时候成了骗子了？真的，他刚才还求我，让我给你们当媒人呢！说实话，我觉得他人不错，你对他有好感吗？"

苏菲娜说："他是个有情有义，有担当有骨气，果断而勇敢的人。他如果真的喜欢我，早就直接对我说了，怎么会求你当媒人？我最讨厌封建的那一套，他应该是了解的呀，不行，明天我要好好问问他！"

海猫说："你要问他什么？"

苏菲娜说："我要问他对我有没有点意思，如果有，我要大胆地追求他！"

海猫嘴一咧："啊？你女追男啊？不用，我刚才真的没骗你，他一直想追求你，就是脸皮儿薄，想找个人帮他捅开窗户纸！你是姑娘家，你千万得沉稳点儿，你主动去追人家，那算啥啊？"

苏菲娜说："我为什么就不能主动了？追求美好的爱情，就是要主动大胆！就像打仗一样，如果失去了战机，就可能会失去胜利！我已经决定了，海猫，你觉得我和林家耀还算般配吗？"

海猫说："……般配吧！"

"瞧你勉强的，我知道他很优秀，但我自己也有足够的信心，海猫，你就等着吧，我会第一个把喜糖送给你的！"苏菲娜嫣然一笑，像被一阵春风刮走了似的。

海猫打心里祝福的新人，还有赵大橹和赵香月。好事多磨，这对新人成亲以后，没在一起待多少日子，海猫催他们回来，赵香月自然是心知肚明，可赵大橹脑子不开窍，进门来非要找他娘不可。

赵大橹在屋里转悠，说："哎，这么晚了，娘咋还不回来睡啊？"

赵香月边在炕上铺被子边说："娘说了，她到我家陪我奶奶睡去了！"

"不能吧，从我记事起，娘就没在别人家睡过觉啊！"

"净胡说！咱俩刚成亲那会儿，她不是天天晚上陪奶奶睡啊！"

"可也是，那阵子娘不知怎么了，就是不愿跟咱俩待在一块！"

"咱家就这么一铺炕，娘给咱腾地方呢！你不懂，刚成亲三天你就跟队伍走了，你这一走倒是清闲，娘磨叨了我两年！"

"磨叨你啥？"

"你是真傻还是装傻？嫌我没给她怀上大孙子呗！"

"你瞧把咱娘急的，哪儿有那么准呀，这又不是打靶！"

赵香月推赵大橹一把，嗔道："瞧你说的，真难听！其实娘急，我也急，婚事耽误了这么多年，进门要不给娘生个大孙子，我这儿媳妇还合格吗？"

"合格！我娘在我跟前夸你，说你可孝敬了，还说……"

"我不听你说了，你快上炕吧！不孝有三，无后为大，娘都到我家和我奶奶住去了，你还不明白她什么心意？"

赵大橹嘿嘿笑着，吹灭油灯就爬上炕来。

挂在日军指挥部墙上的时钟，小心翼翼地敲了十二下。正在翻看《海阳县志》的三浦抬头看着时钟说："我的'狼日'来了……"

一旁打坐的肖老道不解，说："三浦太君，您说什么'日'啊？"

三浦神秘地微笑着："狼，中国人最怕的一种动物，你们平常总拿狼吓唬小孩子，'狼来了，狼来了'，说得多了，时间久了，就成了麻醉剂。可是狼真的来了，它狡猾而凶狠，一旦咬住了猎物的喉咙，绝不会松口。今天就是我的'狼日'，虎头湾、海猫、吴乾坤，还有医院……都是我最好的猎物，最丰盛的宴席！"

肖老道仍是一头雾水，说："狼日的，丰盛的有，宴席大大的！"

为了迎接三浦的"狼日"，架在聚龙岛大殿的电台，正在紧张地收发电报。日本军官从电报员手里接过电文，看完后说："荣六，三浦先生来电报了，命令我们连夜向虎头湾进发。"

荣六一愣："连夜进发？三浦先生没说派军舰来？"

军官说："没有军舰，三浦先生让我们游过去！"

荣六愣住了。

军官催促道："服从命令！让所有人把武器弹药做好防水处理，立刻出发！"

荣六不敢犹豫，立即跑到大殿外，吹响了短促急切的哨子，迅速集合好队伍，向虎头湾进军。

当晨光洒在聚龙岛的时候，黑鲨率十几条船靠了岸，几十名男女海盗在黑鲨的率领下冲进了聚龙岛大殿。然而大殿空无一人，连墙根旮旯儿都没人。

黑鲨破口大骂："奶奶的，难道他们上天入地了？"

这时，有海盗前来汇报："大当家的，后海岸发现小鬼子下水的脚印了，一色的大皮靴，并排一大溜，人不少啊！"

黑鲨冷静下来，自言自语："看来海猫说得对，敌人最终目的是虎头湾……不好，我兄弟有危险了！"

危险正从不同的方向，以不同的方式，向虎头湾袭来。海猫、王大壮和老斧头几人还没吃完早饭，就接二连三接到情报，三个路口连续三次发现敌情，但没有一份情报能确切地说明来了几个鬼子，几个伪军，一共有多少人。

"司令员常说兵不厌诈，我看敌人有诈，不急，再等一等！"

海猫口说不急，心里的弦已经绷得紧紧的。最让他焦虑的是吴乾坤把守的西山路口。

他那天在道观跟吴乾坤分析过，一共有四条山路直通虎头湾，那三条路都已经安排民兵把守了，而且小鬼子曾经派奸细摸过地形，一定知道会有安排部署，所以，他最担心的就是西山这条路。

吴乾坤听了海猫的分析，说："你说西山的路重要，交给我吴家子弟就尽管放心！小鬼子真要打我门前过，收拾他们我责无旁贷！"

海猫说："您不要跟他们硬拼，咱们山路熟，跟他们打游击战，只要拖住鬼子就行！然后您派人通知我，我来给您打策应，利用有利地形消灭敌人！"

吴乾坤大包大揽地说："杀鸡焉用宰牛刀，用不着，你不相信我？"

海猫忙说："那好，要是鬼子来一个小队就交给您了，要来的是大部队，您就按我说的，上阵父子兵，咱们爷儿俩一起消灭他们！"

吴乾坤笑道："这话说得中听，好，我会好好掂量掂量，要是用得着你，我就派人给你捎信！"

虽说吴乾坤大包大揽，但他做起事来丝毫不马虎。当哨兵报告情报时，吴乾坤第一句话就问："是鬼子的小队还是大部队？"

哨兵说："前面的消息就说发现了鬼子，没说是鬼子的小队还是大部队。"

吴乾坤骂道："混蛋！老八，你派出去的哨兵都是些废物啊？"

"大哥别着急，我亲自上去看看！"说着，吴八叔端了一脚哨兵，"丢人现眼的玩意儿，带路！"

见吴八叔和哨兵出去了，吴乾坤对吴管家说："小鬼子这次是来者不善，善者不来，待会儿我跟老八上去打鬼子，你带几个人专门保护若云。不要回虎头湾，鬼子是奔虎头湾去的，那里也不安全。"

吴管家说："老爷，那我带小姐进山。"

吴乾坤点点头："对，进山！上次咱俩不是发现个山洞嘛，易守难攻，就那儿了！"

不一会儿，吴八叔返回道观，说："大哥，不能怪岗哨，真不知是鬼子的小队还是大部队，也不知道他们葫芦里卖的什么药，看着来势汹汹，可是走到半道就拐了弯！"

吴乾坤一愣，沉吟着："拐了弯，拐走了？"

吴八叔说："拐走了，小鬼子既然派了奸细，一定知道您在这儿，估计是怕了，绕道走了呗！"

吴乾坤阴着脸，吩咐道："你去告诉族人，都要有个思想准备，今天要打仗了。"

吴八叔说："打仗？打什么仗，他们绕道走了呀！"

吴乾坤说："小鬼子这次是奔虎头湾去的，那是老祖宗留给咱们的家业！"

吴八叔说："大哥，那虎头湾现如今是在穷鬼手里啊！"

吴乾坤说："那我不管，我绝不能让它落在日本鬼子手里！"

"哎，大哥说得有道理，穷鬼再可恨那是咱中国人，祖宗留下的虎头湾是不能落在日本鬼子手里。大哥……"吴八叔说着竖起个大拇指，"大哥，您在兄弟的心里，永远都是这份的！"

吴乾坤笑道："少拍马屁，让大伙儿都吃饱了喝足了，养兵千日，用在一时，今天是咱们吴姓子弟报效国家，光宗耀祖的时候！"

吴乾坤话音刚落，吴若云提着食盒走进门来，她端出一碗米粥送到吴八叔手上，又端着一碗举在吴乾坤眼前，说："爹，喝碗粥吧。"

吴乾坤眯着眼，看着碗里的粥，说："若云，这是你熬的？"

吴若云清脆地答道："对呀！"

吴乾坤喝了一口，品了品，说："我闺女熬的米粥就是香！"

吴八叔也随声附和。

"爹，您和八叔再尝尝这个。"吴若云说着将一小盘咸菜推向吴乾坤和吴八叔。

吴乾坤夹了一筷子腌脆萝卜，放在嘴里细细品味："嗯，这咸菜的味道厨子也做不出来！看厨子手艺，你让他烧鱼炖肉，那没用，就得看他熬粥腌咸菜。嗯！香！若云呀，你这手艺真不赖，一般的厨子赶不上你！"

吴八叔也啧啧称羡："就咸菜喝粥，全胶东第一美味！"

吴若云开心地笑起来，柔情绕梁，久久不散。

吴乾坤鼻子一酸，落下泪来。熬粥腌咸菜，这本是下人们干的活，如今自己的千金大小姐都亲自动手了，他心里真不是滋味。

吴若云说："爹，您咋了？"

吴乾坤擦拭着眼睛，说："老了，眼眶子松了，若云啊，这两年跟爹受苦了！"

吴若云说："爹，瞧您说的，自己做个饭算啥受苦啊，我还挺高兴呢！小时候从来没想过自己下厨，爹，海猫也说我做得好吃，今天本来想好好露上一手，可你们这儿缺东少西的，等回家吧，回家我给您老人家蒸虾酱吃！"

吴乾坤一脸的嫌弃，说："虾酱那玩意儿是穷人吃的。"

吴若云有点不高兴，说："吃个虾酱还分啥穷人不穷人的。爹，您是没吃过，可好吃了，我不骗您！"

吴乾坤笑了："好吧，只要是我闺女做的，啥我都爱吃！"

吴若云边给吴乾坤添粥边说："爹，我刚才听见外面的动静，好像您在集合队伍，怎么，小鬼子来了？"

吴乾坤若无其事地说："没有，我是让你八叔在练兵。"

吴若云信以为真，不再多问。

吴乾坤说："丫头，爹有个事求你。有句话叫狡兔三窟，爹也想给自己再多留个后手……待会儿吃完饭，你往山里边走走，帮我再蹚摸个落脚的地儿。最好是个冬暖夏凉的山洞，我听说小鬼子扫荡厉害，烧山、放毒气，什么损招都使，我们也得有个防备啊！"

吴若云点点头说："嗯，爹想得周到。"

吴乾坤压低声音说："这事让别人去我不放心，就得交给我亲闺女。我让管家陪着你，行吗？"

吴若云想也没想，答道："行！"

吴乾坤的脸舒展开来，开心地说："来，闺女，再给爹来一碗粥。奶奶的，海猫这小兔崽子积了什么德了，想想他一辈子都喝我闺女给他熬的粥，我心里就嫉妒！"

吴若云忙给吴乾坤盛粥，父女俩相视一笑，纵有千般滋味都洒进碗里了。

海阳县城，八路军建立了简陋的情报室，几名战士正在监听敌人的电台。陈镇长走进情报室，径直来到王天凯面前，说："政委，您叫我，什么事？"

王天凯正边看破译稿边写信，见到陈镇长，便匆匆落了款，说："刚刚截获了敌人情报，你赶紧把信送到虎头湾，一定要亲自交到海猫的手里！"

陈镇长神情有些紧张，说："请首长放心，保证完成任务！"

王天凯起身拍了拍陈镇长肩头，说："老陈，多亏你建议把海猫留在虎头湾，要不我还真不放心。你主动让出镇长的位置，自己却又争着当通讯员，这种能上能下、高风亮节的精神，值得每一个人学习啊！"

陈镇长压抑着内心的激动，说："首长，您别夸我了，在虎头湾待了两年，群众基础还是不如海猫好。这说明我工作能力差，水平低。尤其是打仗，海猫是战斗英雄，这时候的虎头湾需要他！行了，我不啰唆了，我得赶紧赶路！"

说话间，空袭警报又拉响了。王天凯说："鬼子的扫荡越来越猖狂了，你告诉海猫，有紧急情况立刻向我汇报，即便是再难，我也会抽调兵力支援虎头湾的！"

陈镇长应声朝外疾步走去，翻身上马，策马在炸弹的呼啸声中飞奔。突然，一瘸一拐的吴天旺斜刺里抓住马的缰绳，说："陈镇长，你这是要去哪儿啊？"

陈镇长喊道："天旺，你快松手，我去虎头湾送信！"

吴天旺却不肯松手，说："这种小事哪能让您跑啊？您把信给我，我替您去送！"

陈镇长说："开什么玩笑，不行，这是我的工作！"

吴天旺说："鬼子到处扔炸弹，太危险啦，您对我有恩，我替您冒险！"

陈镇长一脸严肃，说："吴天旺，我跟你说了多少回了，我们都是苦出身，同志和同志之间就应该互相帮助，什么恩不恩的，别老挂在嘴上。快放手！"

吴天旺哀求道："陈镇长，您就让我替您送吧，正好我回虎头湾有事！"

"有事有事，你哪有那么多事？我好不容易给你安排了工作，你天天说有事，找个理由就往外跑，结果怎样，被人家辞了吧？你现在不是已经到救援队报到了吗，鬼子的飞机正在狂轰滥炸，作为一个救援队员，你应该干吗你不知道？我告诉你，你想报恩，就必须好好工作！"

吴天旺万般无奈，只好松开缰绳，眼睁睁看着陈镇长策马而去，眼睛急得通红。吴天旺咬咬牙，回屋掏出肖老道给他的枪，找来一匹马，不顾一切地打马跑上一条近路，飞奔而去，他到一个岔路口埋伏下来。

不出吴天旺的算计，不多久，陈镇长骑马进了射程，他咬紧牙关，心里说："恩人，对不住了，以后逢年过节我给您烧纸！"一声枪响，子弹击中了陈镇长的要害。

吴天旺不忍去看，心里又想起吴若云。这枪炮炸弹都不长眼啊！吴天旺暗叫一声，便翻身上马而去。

陈镇长并没有死，他捂着鲜血淋漓的胸口，挣扎着翻身趴在地上，四下张望，看到自己的坐骑在身边溜达。他伸手拉住缰绳，费尽力气爬到马背上，忍着伤痛，继续向虎头湾跑去。

在虎头湾海神庙里，海猫一连接到好几个民兵的报告，都说在山路上发现了鬼子，又都说鬼子不是奔虎头湾来的。老斧头、王大壮、赵大橹和赵香月等人齐刷刷地把目光投向海猫，好像怀疑是他把鬼子藏起来了。

王大壮急了，说："我估计小鬼子知道吴家乡勇的厉害，我先带一个排去增援吴乾坤吧，晚了他们可就吃亏了。"

赵大橹说："你走了，那两个排谁带？还是我去吧，虽然吴乾坤以前不怎么待见我，可现在我当兵了，他得高看我一眼！"

老斧头和赵香月也纷纷争着带民兵去，都说民兵地形熟，跑惯了山路，又是去增援自己镇上的人，责无旁贷。

海猫沉思着，突然挥手打断了大家，说："同志们，有一点可以肯定，鬼子这次行动不是奔虎头湾来的，对不对？谁有怀疑请举手！"

几个人你看我，我看你，没人举手。

海猫终于做出了判断，说："虎头湾与战场泊离得近，又差不多在同一个方位，咱们八路军胶东军区指挥部设在战场泊，司令员同志就在那里指挥战斗！"

王大壮恍然大悟，一拍大腿："嘿，我明白了，小鬼子准是奔司令员去了！"

老斧头大惊："这可是军事秘密啊，看来小鬼子是得到了情报！"

海猫说："敌中有我，我中有敌，这不奇怪。我就是担心，如果小鬼子摸到战场泊，司令员就有危险了！"

赵大橹说："海猫，快下命令吧，我们集中所有兵力去追鬼子，就是死也要拖住鬼子，绝不能让他们威胁到司令员的安全！"

赵香月说："我同意，虎头湾全体民兵都去，誓死保卫司令员！"

王大壮说："海猫，下命令吧！"

海猫思忖良久，当机立断，说："好，一连战士跟我和王大壮马上去追鬼子，赵大橹、斧头叔、小姨……不，赵香月同志，虎头湾就交给你们了！"

赵大橹说："不行啊，带一个连太少了，谁也没有司令员重要，咱整个胶东都指着他呢！跟司令员的安全比起来，虎头湾和医院算个啥啊！"

海猫眼一瞪，说："赵大橹，你说算个啥？司令员在战场泊住了两年多了，小鬼子每回派飞机扔炸弹，司令员回回先拽着房东往外走，你知道吗，对共产党人来说，什么时候都是人民群众最重要！在虎头湾养伤的伤病员，个个都是战场上的英雄，现在来到咱们战地医院养伤，你说他们算个啥？"

老斧头说："大橹，海猫讲得有道理。行了，海猫，连伤员带群众，虎头湾这两千多口子，你就放心交给我们吧！"

"放心，我完全放心！"海猫紧紧地握着老斧头和赵大橹的手，又说道，"还有一件事，我得给吴乾坤写封信，你们谁去把秧歌疯子给我找来？"

海猫说罢，埋头写道："日寇围剿，行踪诡异，为防敌声东击西，务必守好道观所在山路，无论发生任何变故，切勿回救虎头湾。海猫。"字虽不漂亮，但很工整。

须臾，海猫将写好的信郑重地交给秧歌疯子，说："兄弟，无论如何要把信亲手交给吴乾坤！如果有人不让你见，你就说是我派你去的。"

秧歌疯子说："放心吧，大哥，指定交到族长大老爷手里！"

送走了秧歌疯子，海猫和王大壮带着一连的战士迅速离开虎头湾，直奔战场泊。没走多远，海猫又回身找到林家耀，说："林院长，情况瞬息万变，如果需要，你要当机立断，马上组织转移！另外，还有件事我得告诉你，你和苏医生之间没有什么窗户纸隔着，早就不捅自破了！"林家耀高兴得直点头。

送走了海猫，林家耀三步两步就跑到医院的一顶帐篷外，透过篷布窗口，他看到苏菲娜正在阅读影印的《论持久战》，已经发黄的书页夹着一张苏岩的照片。苏菲娜看着照片，自言自语："哥，我知道，你最放心不下的就是我，我也知道，当年你把我托付给海猫的意思，海猫挺好的，真的……可是这只臭猫在认识我以前心里就有了别人了，这是改变不了的事实。有一段时间，我心里就是放不下海猫，后来我明白了，我跟海猫之间原本就是战友情谊，我拿他当弟弟看，因为那个时候我不懂得什么是爱……现在我懂了，爱，就是你每天和他在一起，哪怕他没有看你，你都会觉得幸福；爱，就是如果有一天不能在一起了，你宁愿立刻结束生命，多一秒钟都不能忍受。哥，我爱上了一个人，他叫林家耀。祝福我吧，哥，我决定今天就告诉他，我有多爱他！"

林家耀似乎看懂了苏菲娜的心声，他一把掀开帐篷的门帘，开口就说："苏菲娜同志，我有话要跟你说。"

苏菲娜深情地看着林家耀："我也有话要和你说。"

林家耀说："让我先说吧……"

"不！我先说！"

苏菲娜落落大方地说道："林家耀，我们已经在一起工作两年了，你对我应该非常了解，我自认为我也很了解你。我想说的是，我希望我和你的关系比同志关系更进一步，我可以成为你的……"

林家耀的心脏几乎停止了跳动，他静静地等待着。然而，这时偏偏进来一名护士，焦急地说："苏医生，昨天刚做手术的那个小战士吐血了，怎么也止不住，你们快去看看吧！"

林家耀和苏菲娜同时起身，跟在护士身后，匆匆而去。

秧歌疯子跋山涉水，一路急匆匆地前行。他爬上一个坡，拐过一个弯，正在路边开荒的一个老农冲他喊道："大个子，你咋还穿个破皮袄啊，你是个疯子吧？"

秧歌疯子脸色一阴，说："谁是疯子？小鬼子马上就来扫荡了，你还有心思在这里开荒，你才是疯子呢！"

那老农一听，忙毕恭毕敬地说："对不起，我是疯子，我有眼无珠，您喝口水再走吧！"

那老农说着将放在地头上的水罐提到秧歌疯子跟前，倒了一碗水给他，说："一碗白开水，不成敬意！"

秧歌疯子真是渴了，他端起泥碗，咕咚咕咚喝了个一干二净。突然，秧歌疯子觉得一阵眩晕，身子晃了晃，便一头栽倒在地。

那老农正是化了装的三浦，他在秧歌疯子身上摸来摸去，终于在贴身口袋里摸出了海猫写的那封信。三浦看完信，从怀里拿出准备好的纸和笔，匆匆写了几行字，又塞进秧歌疯子的贴身口袋里，然后转身钻进路边的树丛。

不知过了多长时间，秧歌疯子醒了，他意识到自己睡着了，也想起了海猫交给自己的信，浑身打个冷战，急忙去摸贴身口袋，然后，他长长地出了一口气，信还在！

几近昏厥的陈镇长，趴在马背上来到虎头湾镇口，再也坚持不住了，一头栽下马来。赵大橹和林家耀远远看见了，急忙跑过来。

林家耀蹲下身，边试着陈镇长的脉搏，边喊："老陈！老陈！"

陈镇长艰难地睁开眼，说："林院长，我有首长的信，我们截获了敌人的电报，首长命令我亲手交给海猫！"

赵大橹说："海猫不在虎头湾，那怎么办呢？"

陈镇长掏出沾满鲜血的信，说："不知道是哪个王八犊子打了我的黑枪，不要紧，只要我的血还没流干，我就必须完成首长交给我的任务！"

陈镇长手里紧紧攥着信，说完便昏了过去。

林家耀和赵大橹急忙把陈镇长抬到手术室，趁着护士准备手术器材，林家耀想拿过陈镇长手里的信看看，不料他死死攥着，怎么也松不开。林家耀只好伸长脖子，围着陈镇长攥紧的手，左瞅右看，费了好大的劲儿，连猜带蒙地才看懂了信的内容。

他脸色陡变，说："这是王天凯同志给海猫写的亲笔信，根据我们截获的电报，日寇正在展开'狼日'行动，他们的目标是虎头湾。政委提醒海猫千万不要上日寇的当，无论发生什么情况都要首先确保虎头湾的军民转移！"

老斧头说："'狼日'？奶奶的，小鬼子就是狼！"

赵香月说："坏了，海猫上了敌人的当了！"

林家耀说："对呀！敌人的目标是虎头湾，海猫中了声东击西之计！"

赵大橹说："怎么办？我马上去追海猫！"

老斧头说："大橹，追海猫的事就交给我！你和香月按照部署，立刻带领大伙儿转移！"

赵大橹说："好！就这么定。我和香月组织群众转移。林家耀，你通知医院所有医护人员和伤员，马上转移！"

林家耀说："可以，但我不能走。老陈已经躺在手术台上了，我必须立刻给他做手术！否则……"

赵大橹挥手打断他："林家耀，你脑子有病吧？"

林家耀说："我脑子没病，我是一名医生，就算敌人把刺刀架在我的脖子上，我也得给伤员做手术！"

这时，苏菲娜走了进来，说："林院长说得对，其实，转移和做手术不矛盾！"

赵大橹和赵香月一愣，不解地看着苏菲娜。

"你们不用再劝了，林院长不会改变他的决定，我了解他。"苏菲娜说着扭头又对林家耀说，"林院长，你准备手术吧！我先去通知大伙儿转移，然后回来配合你完成手术！"

林家耀连忙点头说："谢谢你，苏医生，你和大家马上分头组织转移！"

说声转移，战地医院的医护人员、伤病员，以及虎头湾所有的人，二话不说，军民一心，互帮互助，你搀我扶，按照事先的部署，有条不紊地进行着。

此时此刻，吴乾坤闲得发慌、发闷，在道观院子里来来回回溜达着。见秧歌疯子进来，问道："看你一头的汗，又到哪儿疯去了？"

秧歌疯子扑通一声跪在地上："族长大老爷！"

吴乾坤连忙扶起他。

秧歌疯子从怀里掏出信，双手送给吴乾坤，说："这是我大哥海猫给您写的信，他让我一定亲手交给您！"

闻听海猫来信了，吴若云立刻从禅房里跑出来："疯子来了，是海猫让你来送信的？爹，海猫都说了些啥，快给我看看！"

吴乾坤把信往袖口里一掖，说："这可不行，我答应海猫的，军事机密，绝不泄露！”

吴若云看了看周围站着的八叔和吴管家几人，小嘴一噘，说：“好吧，既然是军事机密，那就不看了！”

吴乾坤说：“其实也没啥，就是我跟海猫约好了，每隔两天互相通通消息，他告诉我，这两天太平。若云啊，你不是已经答应爹了吗，快出发吧，管家都等你半天了。”

吴管家会意，忙说：“走吧，小姐，天黑前咱还得赶回来呢！”

吴乾坤也有意催促着：“快去快回，回来给爹做顿野味，好好解解馋！”

吴若云不明就里，爽快地说：“那您等着，爹，我走了。”

吴管家点了四个精壮汉子，急忙陪吴若云走出了道观。

等他们一离开，吴乾坤脸色陡变，说：“老八，赶紧把人都集合起来，连岗哨也都给我撤回来，带上所有的子弹、手榴弹，马上出发！”

吴八叔不明就里，问道：“奔哪儿？”

吴乾坤抖出袖口的信，啪地拍在吴八叔手上。吴八叔一看，信上赫然写着：“速救虎头湾！海猫。”

吴乾坤突然扭头问秧歌疯子：“疯子，你路上没耽搁吧？”

秧歌疯子愣了一下，说：“没……没耽搁，没耽搁！”

吴乾坤又扭头说：“老八，虎头湾是老祖宗传下来的家业，咱们快去，但愿还来得及……”

多少年来，因为海盗的不断骚扰，特别近几年，还要对抗保安大队的胡作非为和小日本的烧杀掳掠，吴乾坤不惜花大价钱置办了两挺机关枪和大量军火，吴家子弟已经成为半军事化的武装力量了。他们个个训练有素，行动起来就跟正规部队似的，快如闪电，静若磐石，不折不扣。

吴乾坤一点都不像一个六十岁的老人，身手敏捷，双脚生风，年轻的小伙子不加把劲儿，还真赶不上他的趟呢！吴八叔和吴家子弟紧紧跟在吴乾坤身后，一阵急行军便甩开了深山里的道观。

正一瘸一拐赶往道观的吴天旺，远远发现迎面而来的吴家子弟，便急忙躲进路旁的灌木丛，透过枝条草叶的缝隙，瞪大双眼在队伍里寻找着吴若云。可是，眼看着队伍过完了，他也没看见他时刻惦记的大小姐。

离吴天旺不远，老农打扮的三浦也躲在大树后，他也像吴天旺一样，在寻找着一个人，他要亲自验证这是谁家的队伍。当他看到走在最前面的吴乾坤时，脸上露出了胜券在握的自信。不久，山路上又出现一支队伍，是全副武装的日军部队，和肖老道手下的几十名汉奸。三浦从树后走出来，一名日军军官见了，立即走上前去，毕恭毕敬地给三浦换上一套日军军服。

日本军官用日语说道："三浦先生，您的计划周密，一路畅通无阻！"

三浦骄傲地说："吴乾坤的队伍五分钟前刚刚从这里经过，我们继续跟踪，全速前进，为藤田指挥官报仇的时刻就要到了！"

吴天旺听不懂日语，但他意识到了三浦的阴谋。因为他发现日军正尾随着吴乾坤的队伍。他倒抽一口冷气，躲在灌木丛里一动也不敢动，苦苦思索着，吴若云究竟会在哪儿呢？

吴若云正走进吴乾坤早就为她选好的藏身山洞，抬头巡视着山洞，宽阔敞亮，冬暖夏凉。过了一会儿，她突然意识到什么，问道："管家，我爹既然已经找到了这么好的山洞，为什么还让我帮他找呢？"

吴管家搪塞道："老爷的意思，可能想让您帮他再给看看。"

吴若云越想越不对，质问道："不，不对！管家，你不会和我爹一起骗我吧？"

吴管家故作轻松地说："没有，我什么时候骗过小姐啊！"

吴若云双眉一挑，说："你一定在骗人，管家，你是个老实人，你说谎我看得出来！你说，我爹是不是有什么危险，故意把我支到这里来？"

吴管家真是实在人，经不得几下逼问，就全部招认了："小姐聪明，我骗不了您，老爷回虎头湾了，我估计是小鬼子打进去了，所以……"

"海猫的信上是怎么说的？"

吴管家说："就几个字，速救虎头湾！"

吴若云一惊，说："速救虎头湾？那一定是打起来了，海猫……我爹……不行，我得跟他们在一起！"

吴管家连忙上前阻拦："小姐，老爷的意思您应该明白，您别难为我，老爷有话，让您好好待在这里。您要是不听话，我可就只能把您绑起来了！"

吴若云大喊："我看你敢？"

吴管家避开吴若云的目光，对四名汉子说："你们几个还愣着干什么，赶紧把小姐绑起来！"

吴若云边退边从腰间掏出手枪来，说："我看你们谁敢过来？"

四个汉子全都愣住了，一齐看着吴管家。吴管家叹口气说："小姐，您这是何苦呢？您知道我在吴家当了几十年的管家，从来没有违背过老爷的命令，除非你打死我，不然，我就只能得罪了。来，把绳子给我！"

吴若云喊道："管家，你别逼我！"

吴管家也喊道："老爷的命令我不敢违抗，小姐，您也别逼我！"

吴若云转手将枪顶在了自己的太阳穴上，说："管家，就算是死，我也要跟我爹和海猫在一起，你再拦我，我就打死自己。快让开！"

吴管家大惊："小姐，您千万不要乱来呀！"

吴若云咆哮道："让开！"

就在吴管家手足无措时，吴若云夺路而逃，飞奔下山，管家和几个壮丁在后面紧紧地追着。吴若云慌不择路，来到一处山坡，坡陡路滑，她一不小心脚下一滑，摔了下去，一直滚到吴天旺隐藏的灌木丛旁。吴天旺简直不敢相信自己的眼睛，猛地一把抱住吴若云，同时捂住了她的嘴，死拖硬拽地把她拉进了灌木丛。

吴若云眼睁睁地看着吴管家等人从眼前跑过去。

吴天旺夺下了吴若云的枪，为此不得不松开捂嘴的手，吴若云乘机在吴天旺的胳膊上狠狠地咬了一口，骂道："混蛋！你要干什么？"

吴天旺忍痛又一次捂住吴若云的嘴，低声说："小姐，我是来救你的！"

吴若云挣扎着怒喊："你放屁！管家……"

吴天旺双手再次死死地捂住吴若云的嘴。

吴管家似乎听到了喊声，他侧耳再听，却什么也听不到了，他摇摇头，带着人跑了过去。

吴若云急得流下泪来，拼尽全身力气，拧脖子摇头，手抓脚蹬，却都无济于事。吴天旺双手青筋暴突，把吴若云的口鼻捂得严严实实，吴管家几人走远了，吴若云也窒息昏迷过去。

吴天旺吓坏了，连忙抱住吴若云，低声呼唤："小姐！大小姐！"

在通往八路军战场泊指挥部的山路上，海猫和王大壮率一连战士正在急行军。老斧头骑马追赶而至，海猫见是老斧头，连忙回头迎上，问道："斧头叔，什么事？"

老斧头翻身下马，把沾满了鲜血的信交给海猫，说："海猫，这是首长写给你的亲笔信！"

海猫打开信匆匆看着，嘴里念念有声："狼日行动，目标虎头湾，调动大量伪军化装成鬼子，迷惑我们……不好，我们中计了！"

大转移已近尾声，只有林家耀还在帐篷手术室为陈镇长做手术。苏菲娜一次次为林家耀擦拭着汗水，林家耀一遍遍示意她注意观察伤员血压，两人配合默契，饱含情意。

这时，赵大橹快步冲进手术室，催促道："林院长，还需要多少工夫？"

林家耀头也不抬，说："请不要打扰我做手术！"

赵大橹嚷道："山上的哨兵报信了，小鬼子马上就到了！"

林家耀平静地说："我说过，就算刺刀架在我的脖子上，我也要把手术做完！"

赵大橹没好气地嚷着："我倔，你比我还倔！"

林家耀看了苏菲娜一眼，低声说："如果不能完成手术，老陈就没命了！"

苏菲娜说："我理解！"

"你理解，我不理解！"赵大橹对苏菲娜吼了一嗓子，转身冲出手术室，对室外的十几名民兵说，"同志们，林院长的手术还需要一点时间，我们马上到镇口去堵住小鬼子，能拖多久算多久，快，跟我走！"

赵大橹带着人冲过吴家牌楼，迎头碰见吴乾坤带着吴家子弟赶到。他不由得一愣，随即夺过一挺机关枪，厉声喊道："站住！"

吴乾坤淡定自若，说："赵大橹，你不是去当兵了吗？"

"当兵专门收拾你们这种地主汉奸！"

吴八叔怒喝："谁他娘的是汉奸，你小子找死！"

吴乾坤伸手拦住吴八叔，说："赵大橹，海猫呢？"

赵大橹哼了一声："我凭什么告诉你呀？"

吴乾坤双眉紧蹙："搞什么名堂？说让我回来救虎头湾，我还以为你们跟鬼子打起来了呢，这也不像啊，虎头湾的人都到哪儿去了？"

赵大橹冷笑道："哼，你想带小鬼子到虎头湾杀人啊，没门儿！我告诉你，伤员和老百姓都转移了，就剩下这十几条汉子了，别看我们人少，哪个也不白给，民兵同志们，开枪杀汉奸！"

众民兵拉动枪栓，吴家子弟也纷纷抬起枪。吴乾坤急忙举手大喊："谁也不许动！赵大橹，我问你，为什么叫我们带着鬼子回虎头湾，怎么回事儿？"

赵大橹嚷道："吴乾坤，你装什么糊涂，我们的哨兵报信了，小鬼子马上就到，就跟在你们队伍后面来的！"

报信的哨兵是赵家的花蛤儿，他大步走到吴乾坤面前，说："族长大老爷，我刚才在山上看得清清楚楚，你们是带着小鬼子的大部队回来的！"

吴乾坤大吃一惊："什么？"

吴八叔大怒道："你个穷鬼臭狗屎，血口喷人，老子崩了你！"

花蛤儿毫不示弱，怒喝："你个臭老八，我看你敢！"

吴乾坤处事不惊，一把按下吴八叔的枪，扭头问赵大橹："小子，木不钻不透，话不说不明，你把话给我说清楚了。"

赵大橹说："还用再说吗？除了海上的路，想进虎头湾只有三条路，我们民兵把守着东边和北边两条，海猫信任你吴乾坤，把最重要的西边那条路让你把守，没想到你给鬼子带路，竟从西边的路进来了！"

吴乾坤撕心裂肺地大喊："老子没有！老子是收到海猫的信，专门回虎头湾救援的！疯子，疯子，告诉他！"

秧歌疯子走上前，怯懦地说："是，是我大哥让我给族长大老爷送的信！"

赵大橹顿时也糊涂了，回头问花蛤儿："花蛤儿，你说实话，你到底看清楚了没有，他们后边真的带着鬼子？"

花蛤儿不容置疑地说："看清楚了，好几百鬼子，我要是瞎说，让我全家都死光！"

吴乾坤略一沉思，说："坏了，老八，会不会是我们撤了岗哨，鬼子尾随而来？"

吴八叔紧皱眉头，口气不那么蛮横了，说："不能吧？"

吴乾坤不愧是打过大仗，经过大事的，当机立断，说："宁信其有，不信其无，凡是从后山能进虎头湾的路，全给我堵上，见着鬼子就狠狠地打！"

吴八叔大声命令道："后卫变前锋，前锋变后卫，给我上！"

吴乾坤一步蹿到吴八叔前面，第一个冲了上去。吴家子弟个个奋勇争先，整个队伍滚滚向前，喊声如雷。

花蛤儿一时间傻了，问道："这是真的假的？大橹，那咱们呢？"

赵大橹大喊："赶紧找地方把枪架上！"

说话之间，日军的先头部队已经赶到虎头湾镇口，与返身杀回的吴家子弟碰个正着。

也来不及构筑工事，寻找掩体，吴家子弟就地分散卧倒，匆忙与日军面对面交火，枪对枪拼杀，双方各有伤亡。

赵大橹抓紧指挥民兵架起了机枪，构筑了简单工事。这时，镇口那边的枪声越来越激烈，赵大橹看了看战地医院的帐篷，对花蛤儿说："你赶紧去问问姓林的什么时候能撤。你告诉他，海猫说过不许跟敌人硬拼！"

花蛤儿爬起身，快步冲进帐篷手术室，见林家耀仍在做手术，催促道："林院长，小鬼子打到镇口了，快撤吧！"

林家耀说："你们随时都可以撤，我是医生，必须做完这台手术！"

苏菲娜说："同志，我们医生上了手术台就跟上了战场一样，绝不可以轻易撤退。请你们尽量拖住敌人，让林医生把手术做完。"

"好吧，海猫说过不许跟敌人硬拼，我可得把话说在前面，鬼子来得多，好几百呢，撤晚了，谁也没法活着见爹娘了！"花蛤儿无奈，悻悻离去。

林家耀说："人的生命无贵贱，再说，老陈这人工作方法是不太恰当，可是个好同志，我一定要救活他！"

苏菲娜坚定地点头答道："你不用解释，我无条件支持你！"

赵大橹只好决定不撤了，他命令民兵在虎头湾广场入口处构筑临时工事，豁出性命也要拖住敌人。其实，在虎头湾镇口，吴家子弟已经在豁出性命抵抗日军的进攻了。吴八叔不停地扔手榴弹，一颗接一颗，漫无边际。对面的一个小鬼子摸到了他的规律，瞅个空当，一枪打在了他的肩头上，疼得他嗷嗷直叫。

在吴乾坤沉着冷静的指挥下，短枪、长枪和机关枪一齐开火，猛烈而密集的火力一直压得敌人抬不起头来。

一名日军副官跑到三浦面前报告："三浦先生，根据最新侦察情况，虎头湾的伤兵和老百姓已经撤离了！"

三浦合上正翻看的一本兵书，说："这怎么可能呢？他们根本想不到我们会跟在吴乾坤的身后啊！"

那副官说："可是，真的已经撤离了！"

"那为什么会有这么强的火力阻止我们？"

那副官回答道："三浦先生，是吴乾坤，他们杀了个回马枪！"

三浦啪地把书扔到地上："命令我们的超轻型迫击炮，射程三百米，以最短的时间进攻虎头湾，我要亲眼看看虎头湾的人是不是都逃走了！"

日军的三座掷弹筒同时发射，炮弹在吴家子弟的阵地上连续爆炸，吴家子弟伤亡惨重。突然，一颗炮弹在吴乾坤的身边爆炸，幸亏有族人保护，他才捡回一命。

吴八叔捂着受伤的肩头，一骨碌滚到吴乾坤身边，说："大哥，鬼子的火力太猛了，咱们不是对手！"

"打不过，那就撤！"

吴乾坤和吴八叔招呼剩余人马边打边撤。

临到虎头湾广场入口处，赵大橹从临时工事里探出身来喊道："站住，再往后退我就开枪了！"

吴八叔大叫："混蛋，没见老子受伤了吗？留着你的子弹打鬼子吧！"

赵大橹哪管这么多，扣动机关枪的扳机，一梭子子弹飞射而出。

吴乾坤眼疾手快，一把将吴八叔拉到自己身后。他冲赵大橹大喊："赵大橹，谁派你来的，是海猫吗？想灭我吴乾坤，他干吗不直接下手，用这种下三烂的阴谋诡计，算什么爷们儿啊？"

赵大橹骂道："你把小鬼子都引过来了，还说别人阴谋诡计？我不会上当的，只要你敢过来，就等着吃爷的枪子儿吧！"

这时，有乡勇前来报告："族长大老爷，鬼子追上来了！"

吴乾坤进退不得，怒喝："把命押上，给我顶住！"

打虎亲兄弟，刚才吴乾坤舍命相救，吴八叔十分感动，所以一听命令，他又毫不犹豫地带伤冲了回去。

赵香月不知什么时候来到了临时工事，她爬到赵大橹的身边，说："大橹，你坐山观虎斗啊？为什么不打小鬼子？"

赵大橹说："吴乾坤把小鬼子带进虎头湾，我要替赵家族人报仇！"

赵香月大怒，骂道："混蛋！吴乾坤为抗战立过功，你还要替赵家族人报仇？"

赵大橹固执地说："立过功？那是从前，他把小鬼子带回虎头湾，就是汉奸！"

"什么？"赵香月难以置信地说，"你见过汉奸这么拼命的吗？"

吴家子弟伤亡越来越惨重，吴八叔不得不退回来，说："大哥，我们中计了，八路和穷鬼们就是想置咱哥们儿于死地啊！"

吴乾坤双眉紧蹙，说："海猫？难道海猫想害死我？"

"我早就看出他不是个东西，当年我宰了他就好了！"

吴乾坤摇头说："不！不！不可能！准保是误会了，误会了！"

"误会不了，打不过小鬼子，我回头杀几个穷鬼也算够本儿！"

说着，吴八叔掉转枪口，朝赵大橹就开枪。

赵大橹连忙还击，两人打作一团。

秧歌疯子见状将吴八叔扑倒在地，央求道："八老爷，他们是民兵，都是自己人！"

赵香月一把将赵大橹推开，说："赵大橹，你想干什么，难道你看不出他们是在真心真意打鬼子吗？"

这边的吴八叔一把推开秧歌疯子，骂道："你给老子滚开！"

那边的赵大橹又重新端起机关枪，吼道："他们是在作假，糊弄咱们！"

"你胡说！死了那么多人，怎么能作假？"赵香月说着，大声喊道，"吴家族长，快带你的人过来，我们联起手来一起打鬼子！"

吴乾坤一愣，急忙示意吴八叔不要再开枪。秧歌疯子乐了，急忙爬到吴八叔跟前，给他拍打身上的尘土。

赵大橹再次端起机关枪，瞄准吴八叔又要开枪。赵香月一见，喝道："花蛤儿，缴了赵大橹的枪！"

花蛤儿应声爬起，控制了赵大橹的枪。赵大橹扭头喊道："你想干什么？"

"赵大橹，你太不冷静了，从现在开始，指挥权交给我！"赵香月说罢又扭头喊道，"吴家族长，请快带人过来，我们一起打鬼子，刚才是误会，误会！"

吴乾坤闻声刚要起身,吴八叔一把拉住他,说:"大哥,可别上了这小娘儿们的当,她是虎头湾的民兵队长!"

赵香月见吴乾坤不答话,腾地从工事里站起身,一步跨在一个弹药箱子上,大喊:"吴家族长,请你们相信我,要是再有人对你们打黑枪,我现在就是个活靶子,你们先打死我好了!"

吴乾坤和吴八叔对视一眼,说:"走!"

都说瘦死的骆驼比马大,吴家子弟虽然只剩下二三十人,但是他们的武器相对精良,弹药也还充足,再加上吴乾坤身经百战,指挥有方,所以吴赵两家子弟凭借临时工事,硬是压制了敌人的疯狂进攻。

就在敌人喘息的一点点空隙中,吴八叔跑到赵大橹身边质问道:"赵大橹,刚才你险些打死我,你知不知道?"

赵大橹也在气头上,回道:"怎么不知道?我就是想打死你!"

吴八叔怒了,举枪对准了赵大橹的脑袋。赵大橹也不含糊,举枪对准了吴八叔的脑袋。不得已,吴乾坤和赵香月又将二人拉开。

吴乾坤乘机问道:"姓赵的丫头,我问你,你们为什么要置我于死地?"

赵香月连连摇头:"这不可能啊,海猫很信任您,他说只要您在,我们民兵守住两条山路就可以了。可是你为什么要把鬼子引回虎头湾呢?"

吴乾坤一愣,说:"这能赖我吗?是海猫让我回来救虎头湾的!你们把伤员和穷鬼都转移了,专门画了圈套等着我钻,是不是?"

赵香月一惊,连连摇头:"什么?这怎么可能?"

这时,日军又发起了进攻。吴乾坤和赵香月发现荣六正带着一伙小鬼子和伪军从赵家牌楼纵深的大海方向登岸。

形势危急,容不得多想,吴乾坤说:"丫头,这边交给我,你顶住海那边!"

赵香月应声立即带民兵向赵家牌楼方向冲去。赵大橹从地上捡起一条长枪,也紧追了过去。赵香月和荣六一交火,火力明显不如敌人。

赵香月说:"怎么搞的?这样下去要吃亏的,海猫不是不让硬打吗?"

赵大橹说:"谁想打了?是林家耀他死活不撤,非要做手术!"

赵香月说:"那我去做他的工作,你负责挡住敌人。"

赵大橹说:"你不是夺了我的指挥权吗?"

"哎呀,这都什么时候了,你还挑眼?"

赵大橹说:"没有,我就是想说,媳妇,你脑瓜比我灵活,要不是你,我差点儿就把吴乾坤打死了,那就犯错误了,是不是?你快去找那姓林的吧!"

帐篷外枪炮交织，硝烟漫天，林家耀还在埋头做手术，苏菲娜有些着急，问道："枪声越来越激烈了，你确定还要继续吗？"

林家耀回头瞥了一眼戳在手术室角落里的一条长枪，说："已经快好了，苏菲娜，我的选择是不是错了？"

苏菲娜说："不，你说得对，作为一名医生，伤员的生命比什么都重要！"

这时，赵香月冲了进来，但没等她开口，林家耀便说："对不起，香月队长，我还需要最后三分钟！也许，我的决定是错的，但老陈是我们的战友，为了给虎头湾送信才受的伤！"

赵香月咬咬牙说："好吧，三分钟！"

肖老道主动请缨，带着二十多个侦缉队员从吴家大院的后门绕到虎头湾广场，他们一路顺着墙根，悄然摸到了吴乾坤他们的身后。吴八叔突然回头，被肖老道一枪打在胸口上，他那强壮的身体就像堵墙似的压在吴乾坤身上。

吴乾坤见是肖老道，破口大骂："姓肖的，你他娘的也当了汉奸！"

肖老道冷笑一声，举枪又打，幸存的机关枪手立即扑向吴乾坤，用自己的身体挡住了子弹。吴乾坤红了眼，抱起机关枪，发疯似的好一阵扫射。肖老道和冲在最前面的几个侦缉队员纷纷毙命。

突然，从日军进攻的方向飞来一颗子弹，正中吴乾坤的肩头。吴乾坤打了一个趔趄，单臂向敌群扫射。一梭子子弹打完了，由于肩头伤势过重，他一头栽倒在吴八叔身边。吴八叔死不瞑目，吴乾坤伸手给他合上眼睑，顿时老泪纵横："老八，大哥把你害了……海猫，你到底为什么要我死，为什么？"

秧歌疯子突然爬了过来，喊道："族长大老爷，我背您走吧！"

吴乾坤一把薅住秧歌疯子的脖领子大吼："疯子，信是你送的，我再问你一遍，那信是不是海猫写的？"

秧歌疯子吓坏了，语无伦次："是……是……"

吴乾坤仰望苍穹，撕心裂肺："老天爷啊，我明白了！我逼死了吴明义和赵玉梅，海猫是在替他爹娘报仇，杀人偿命，是这个理吧？"

秧歌疯子突然又直摇头，说："不是！不是！不是！"

吴乾坤一愣，说："你怎么知道不是？"

秧歌疯子说："我也不知道，我就觉得不是，族长大老爷，让我背您走吧！"

吴乾坤拍了拍秧歌疯子的脸，脸色有些狰狞："疯子，你从小是孤儿，活下来不容易，好不容易有人把你的疯病给治好了，你可得好好活着。听我的，快跑吧，告诉你大哥，我吴乾坤死在虎头湾了，就算他给爹娘报仇了，我不怪他！但是，他以后要是敢不好好待若云，我……我就变成厉鬼，一定会回来掐死他！"

秧歌疯子嗫嚅着："族长大老爷……"

吴乾坤大喊："滚，快滚！把话给我带到了！"

秧歌疯子迟疑不决，吴乾坤抓起吴八叔的手枪对准了他的脑袋，秧歌疯子吓得爬起来就跑。目送秧歌疯子跑远了，吴乾坤重新指挥剩余子弟，拼命抵抗鬼子的进攻。

三浦见久攻不下，担心生变，怒吼着："架炮，架炮，用炮轰！"

片刻，炮弹呼天啸地而来，连续在吴乾坤身前身后爆炸，爆炸掀起的泥土把他掩埋了，把吴赵两家的子弟掩埋了，把战地医院的帐篷掩埋了……

秧歌疯子幸亏早跑出来几步，躲过了日军的炮击。他逃出广场，拼命地向山上跑去，恰巧碰到海猫一行急行军而来，他又哭又喊："大哥，小鬼子把我们包围了，吴族长和林院长他们都被包围了……"

海猫大吃一惊，吴乾坤怎么会被包围，明明去信说好了让他死守西路。他赶忙问道："吴族长怎么会在虎头湾？兄弟，信你送到了吗？"

秧歌疯子哭着说："送到了，所以他就来了虎头湾了，小鬼子跟着来了！"

"怎么会是这样呢？"海猫顿时傻了，不知出了什么差错。

林家耀也没想到会是这样，他就差最后几针就缝合完陈镇长的伤口了，不料手术室的帐篷一下子被炸翻了，林家耀只好弯腰遮挡着纷纷落下的泥土，以最快的速度缝合伤口。赵香月没辙，急得直喊："林院长，你快点！"

这时，赵大橹冲了进来，大吼："姓林的，外面死了多少人你知道吗，再不撤，老子毙了你！"

随着赵大橹拉动枪栓的声响，林家耀猛地举起双手："完了！马上撤！"

苏菲娜欣喜若狂，急忙推了林家耀一把，说："伤员转移有我，你快撤吧！"

林家耀抓起戳在手术室角落的枪，一步冲出室外，回头对苏菲娜喊道："菲娜，你撤，决定是我做出的，牺牲了那么多同志，我不能这样离开！"

赵香月也忙对赵大橹："这里有我和苏医生，你撤吧！"

赵大橹怒道："废话，转移伤员，没人断后你们走得了吗？"

赵香月说："不行！你娘就你一个儿子，我还有个兄弟，你撤！"

赵大橹说："别婆婆妈妈的，我要是连我媳妇都保护不了，还算什么爷们儿了！你撤，快给我撤！"

赵香月死活不肯撤。

赵大橹一把将她搂在怀里，狠狠地亲了一口，吼道："叫你撤你就撤，我是当兵的，一个顶仨，我留下断后，你们几个都能活！快走！"

站在一边一直不吭声的苏菲娜，冷不防夺过赵香月的枪，说："香月，伤员就交给你了，我去陪林院长了！"

没等赵香月反应过来，苏菲娜早就冲了出去。

苏菲娜跑到林家耀身边，举枪连连射击。林家耀扭头问道："苏医生，你为什么不走？"

苏菲娜说："你忘了，我今天还有话要跟你说的！"

林家耀说："我也有话要跟你说！"

两个人还没开口，就见两个小鬼子冲到了眼前，两人一齐射击，两个小鬼子一命呜呼。

赵大橹把自己的枪送给赵香月，临时招呼两人帮着转移伤员。他则东寻西找，抓起一把大砍刀，斜刺里冲进敌群，用自己当年在莱阳二林子技击术拳馆学来的功夫好一顿砍杀。因为得到过师傅林世钦的真传，赵大橹的大砍刀出神入化，虎虎生风，但见寒光闪处，血肉飞溅，小鬼子的头如同满地的西瓜，骨碌乱滚。

林家耀和苏菲娜也不含糊，一个是受过军事训练的反法西斯同盟战线的志愿者，一个是身经百战的共产党八路军的老战士，但闻枪声响处，鬼子一个个应声倒地。

苏菲娜边打边对林家耀说："我爱你！"

林家耀一愣，忙说："我爱你！"

"我早就想过了，我一定要先向你表白，这样，即便我配不上你，我们不能在一起，我也努力过了，对得起自己了！"

"菲娜，你说什么呢？你是我心目中的女神，我早就梦寐以求那一天，我可以对你说我爱你！"

"真的吗？"

"当然了！"

"可你让我等了很久。"

"对不起，因为我怕配不上你，所以不敢轻易说……我爱你！"

"现在可以了，那你就再多说一次，我喜欢听！"

"我爱你！我爱你！"林家耀兴奋地喊着，带着几分疯狂。

"我也爱你，很爱很爱，如果有一天不能和你在一起了，我宁愿立刻结束自己的生命，多一秒钟都不能忍受！"苏菲娜眼中饱含着爱与泪水。

林家耀一把将苏菲娜搂在怀里："现在好了，我们将永远在一起了。"

苏菲娜微笑着："家耀，你说得真好，永远在一起，我觉得这很幸福！"

"菲娜，能和我最亲爱的人一起牺牲，我觉得这很浪漫！"

"小鬼子还没杀光，可惜我没有子弹了！"

林家耀含着泪，说："我也没有子弹了，那咱们一起冲锋吧！"

苏菲娜点点头，幸福地仰望着林家耀，说："对，冲锋，这样，我们就可以永远在一起了！"

林家耀和苏菲娜双双扔掉手里的枪，紧紧地手拉着手，一起朝敌群冲去！鲜血在苏菲娜和林家耀的胸前绽放出红色的花朵，两个人骄傲地并排倒在虎头湾的广场上……

海猫率一连战士从陆上，黑鲨带男女海盗自海上，双方不期而遇，一齐杀进虎头湾广场。于是，战局迅速发生变化，日伪军开始节节败退。黑鲨在败退的人群中发现了荣六，他从已经牺牲的赵大橹的身边拾起大砍刀，一甩手扔了出去，正砍在荣六腿上。黑鲨冲过去，荣六大喊："大哥饶命！"

黑鲨一句话也不说，掏出一颗手雷，在地上磕了一下，迅速塞进荣六的裤裆里。当爆炸声响起的时候，黑鲨已经转过身去，边跑边猛扔手雷，只炸得敌人鬼哭狼嚎。

爆炸声惊醒了昏迷的吴乾坤，他强撑起身体，用力睁开眼睛，举枪瞄准败退的小鬼子就打，可打了两枪就没有子弹了。他顺手从地上捡起两把钢刀，跟跟跄跄地追到一个日军军官跟前。那日本军官见是个身负重伤的小干巴老头儿，根本没把他放在眼里，拔出军刀就向他砍来。

吴乾坤挺刀架住军刀，两人相持不下，谁也不敢脱手。这时，一个日本兵冲上前来，用刺刀扎进吴乾坤的后心。吴乾坤竟凭靠刺刀的依托，双手发力，将那军官的两条胳臂硬生生给劈了下来。

奔跑中的海猫猛然看见吴乾坤晃着的身体，便急忙跑上前扶住，喊道："爹……"

吴乾坤怒吼："海猫？谁是你爹？亮出你的刀来，有本事你亲手杀死我！"

没等海猫开口，黑鲨一个箭步冲过来，大喊道："吴乾坤！"

吴乾坤哈哈大笑："黑鲨？你来得正好，你们两个都与我有不共戴天之仇，一起来，一起来吧！吴乾坤死在你们两个手里，不冤枉！不冤枉啊！"

海猫哭道："爹！"

黑鲨觉出了不对劲儿，吼道："吴乾坤，你不许死，我和你的冤仇还没了结呢！"

吴乾坤一口鲜血吐了出来，身子一侧歪，一头栽倒在地。

海猫扑通跪倒在地，放声长哭："爹——爹啊！"

吴管家刚巧看到这一幕，急忙跑来，掏枪对准黑鲨和海猫，骂道："你们两个孽障！耍阴谋诡计害死了族长大老爷，我毙了你们！"

四个家丁听吴管家这一说，也举枪对准了海猫和黑鲨。双方剑拔弩张，一触即发。

海猫忙说："管家，这里面是不是有误会啊？"

吴管家说："误会不了，我亲眼看了你给老爷写的信，你让我们回来救虎头湾，结果就是这样！海猫，老爷把小姐都许给了你，你没良心，连畜生都不如！"

海猫纵然浑身是口也说不清了，他忽地蹲下身，双拳捶着脑袋，痛心疾首地嗷嗷大叫。

与此同时，吴天旺不断地摇着昏厥过去的吴若云，哭喊着："小姐，您挺住，您可不能死，我这就带您去找郎中！"

吴天旺抱着吴若云，一瘸一拐地疯狂奔跑着，高一声低一声地哭号："小姐，都怪我手重，把你勒死了，我这个臭奴才，我该死！我真该死！"

泪水在吴天旺的脸上恣意纵横，他摸出枪来对准自己的头，哭道："小姐，您死了，我也死！我这辈子就是为了您才活着的，没想到我却害死了您！我这就和您做个伴儿，到阴曹地府我还伺候您！"

吴天旺双眼一闭，正要开枪，突然听到吴若云一声呻吟，他不由惊叫起来："小姐，你还活着呀？"

吴若云一睁眼，发现吴天旺手里拿着枪，斥道："你想干什么？"

吴天旺忙把枪揣进怀里，说："我什么也没干！小姐，您还活着？活着可真好！我还以为您……唉，我正想到黄泉路上追您去呢！"

吴若云强撑起身体，一巴掌打在吴天旺的脸上，骂道："好你个吴天旺，我看你疯了，不到黄河你不死心，你竟敢绑我的票？"

"绑票？小姐，我哪有那个胆子，我是在救您啊！"

吴天旺见吴若云活过来了，不由想起了肖老道的话：要想得到吴若云的心不难，她爹吴乾坤为什么离开虎头湾，还不是因为穷鬼们造反！只要帮皇军消灭了他们，然后再把这事赖在穷鬼身上，吴若云自然就回心转意了。

想到这，吴天旺说："小姐，我给您说实话，我在八路那得到消息了，穷鬼们设计把老爷骗回虎头湾，然后不惜跟日本人联手，一定要置老爷于死地……"

吴若云说："不可能！我爹好歹是海猫的老丈人，他们怎么能忍心害他？"

吴天旺说:"主意就是海猫出的,为了给他爹娘报仇,他什么都能干出来!"

吴若云说:"海猫?"

吴天旺说:"对呀,就是那个孽障,他说日本人可怕,渔霸恶霸吴乾坤更可怕!吴乾坤不死,吴家子弟的几十条枪还在,虎头湾就永远不可能是人民的!这些话,我是亲耳听到的,海猫就是这么说的!"

吴若云将信将疑,突然,她爬起身就向虎头湾跑去。

吴天旺一瘸一拐地追赶着,断断续续地说:"小姐,您要回虎头湾吗?我看您就别去了,现在回去也没用了,老爷估计早就被他们害死了,再说,您回去,他们对您下毒手怎么办?"

吴若云说:"吴天旺,你别胡说八道,海猫绝对不是那样的人!"

吴天旺说:"小姐,您怎么还替海猫说话啊?这个世界上只有我吴天旺对您忠心耿耿!小姐,您跟我走吧,我一辈子保护您,伺候您!"

吴若云厌恶地吼道:"滚开!"

吴天旺见无法阻止吴若云的脚步,只好大喊:"吴若云,你个不识好歹的东西,你敢回虎头湾,穷鬼们就会要你的命,他们正想赶尽杀绝呢!"

吴若云不由得放慢脚步,很明显,最后几句话她听进去了,可是她打心里惦记吴乾坤,还是不顾一切地向虎头湾飞奔而去。

虎头湾广场,硝烟还未散尽,四处都是鲜血淋漓。吴乾坤、吴八叔,还有林家耀、苏菲娜和赵大橹等几十具尸体排成一排。吴若云一看到吴乾坤的尸体,便一头扑到他胸前,轻声哭道:"爹……爹……"

吴若云心似刀绞,泪如雨下。突然,她听到身后传来一个熟悉的声音:"王大壮,我再说一遍,什么大概可能的,我海猫统统不听,吴家到底死了多少人?你给一个准确的数字!"

王大壮说:"六十六人,包括吴乾坤……这下倒好,这支地主武装算是彻底没了,以后虎头湾就只剩下人民军队了!"

说者无意,听者有心,吴若云脑袋嗡的一声,顿时一片空白。她转过身见海猫,像触电一样浑身哆嗦,她突然喊道:"打倒渔霸恶霸吴乾坤——"

海猫见到吴若云,大吃一惊:"若云,你说什么?"

吴若云说:"你们不是一直希望我爹死吗?现在他死了,虎头湾是人民的了!"

海猫伸手去拉吴若云:"若云,来……"

吴若云触电一般缩回手,声嘶力竭地喊道:"别过来!别过来……"

海猫傻了,他不敢去触碰吴若云,又不知该如何去安慰她,只好独自一人来到海神庙栈桥,像掉了魂似的,深一步浅一步地踱来踱去。夕阳西下,海猫满脸泪水，眼前余晖似血，一片凄楚。

不知过了多久，一只手搭在海猫的肩头，他转身抬头，见是王天凯，泪水又像断了线的珠子，滚流而下。王天凯悲痛地说："海猫，我什么都知道了……现在是革命最艰难的时刻，可是，无论经历什么样的挫折和失败，要想做一名合格的战士，就必须坚强地站起来！"

海猫哽咽着说："政委，道理我明白。"

王天凯说："刚才我和老斧头一起征求了群众意见，大伙儿都觉得当务之急，是让所有牺牲的人尽快入土为安。"

海猫说："是，可是……吴乾坤怎么办？他闺女吴若云……"

王天凯说："吴若云也同意让她爹尽快入土为安。刚才我去看她了，我说我代表共产党八路军，对你表示慰问，令尊是我们的朋友，他对抗战做出的贡献，我们和胶东人民会永远牢记在心的……"

海猫忙说："政委，若云她怎么说？"

王天凯说："吴若云的觉悟性还是很高的，她说有没有人记住不重要，她只想告诉我们，说她爹曾经跟她说过，一定要把他们家全都捐给我们做抗战医院，还说她爹是渔霸恶霸，人死其言也善，他这样应该算是立功了。听听，这话多有分寸，多有水平，你要好好向人家学习呀！"

海猫说："政委，您别嫌我磨叽，若云再没说什么吗？"

王天凯说："说了，她说既然她爹是打鬼子死的，后事就交给我们，不管怎么样都没意见。她说她就是有点怕……不敢闭眼睛，一闭眼睛就觉得四处都是鬼魂！她说她要走了，不敢一个人留在虎头湾！"

海猫心里一阵绞痛，他想吴若云的这些话应该是对自己说的，不过就是对自己也不该说这些话呀！他觉得吴若云话里有话，深藏着他已经隐隐感觉到却又一时说不清的许多意思。海猫痛苦地低下头，一时无语。

"海猫，你不要多想了。吴若云的精神可能出现了些问题，她想离开一段时间也好，她读过书，也经历过许多事，我想她能够慢慢调整过来的。"

海猫的心像被蜂子蜇了一下，痛得差点又落下泪来。

王天凯说："海猫，我知道你已经和吴若云结婚了，现在产生了一些误会，也可以说是很深的误会。但时间是一剂良药，可以医治伤痛，也可以改变一切！我劝你把感情的事先放在一边，虎头湾的父老乡亲相信你，我希望你能带领他们从悲痛中走出来，重建虎头湾的战地医院，用事实证明胶东人民是打不垮的！"

海猫强打精神，坚定地说道："请首长放心，海猫保证完成任务。"

"还有，我已经找黑鲨谈过话了，他愿意带着聚龙岛和蛇岛的男女海盗参加八路军，一起奔赴抗日最前线！"

海猫听了，高兴地说："是吗？那我找他去！"

海猫找了一个晚上，吴若云始终没有出现。直到第二天早上，他才见到了黑鲨。两人一见面就钻到笑霖酒馆喝酒，笑一阵哭一阵，真是酒逢知己千杯少。背在黑鲨背上的龙崽哭了，海猫说："这小子是不是也想喝酒呀？"

黑鲨笑道："你看你看，欺负我儿子不懂事呀！告诉你海猫，等龙崽长大了，我让他敬你八大碗，非把你灌醉不可！"

海猫说："大哥，当八路打鬼子，你得把脑袋别在裤腰上，随时准备牺牲！"

黑鲨说："不怕，儿子都有了，我还怕啥？真要是老天爷收我，正好去跟你大嫂团聚，到了那边我还和她成亲过日子！"

海猫忍不住鼻子一酸，趴在桌子上呜呜咽咽哭了起来。

大橹娘一得到赵大橹牺牲的消息，就哭得昏天黑地，没停过。也不知哭了多长时间，她睁眼一看，赵香月也跪在地上掉眼泪。大橹娘这才止住哭，说："媳妇，咱不哭了，人死了再哭也哭不活了。"

赵香月泪流满面，伤心欲绝，说："娘，我对不起您，是我没照顾好大橹啊！"

大橹娘说："我儿子是个了不起的胶东汉子，我当娘的骄傲！战场上是咋回事儿，我都听他们说了，我儿媳妇也不含糊，我当婆婆的骄傲！香月，你让婆婆也当民兵吧，我也要杀鬼子！"

赵香月双臂抱着大橹娘，哽咽着："娘，海猫说了，今天就给在虎头湾牺牲的英雄们下葬，咱们娘俩赶紧去吧！"

当赵香月搀扶着大橹娘来到墓地时，四处已经是白幡飞舞，香火缭绕。海猫高声说道："今天，吴赵两家死难的英雄们被葬在了一起，这在虎头湾的历史上是头一回！不管吴家还是赵家，大家都是中国人。吴家的族长吴乾坤和吴赵两家的子弟都埋在了一起！不管富人还是穷人，大家都是中国人。林院长和苏医生不是虎头湾人，他们也埋在这里，他们都是深爱着这片土地的炎黄子孙！大敌当前，日本侵略者试图吞并我们中国，所有中国人都应该团结在一起，保卫祖国！

"我，海猫，是虎头湾的儿子，我当着虎头湾父老乡亲们的面发誓，绝不再让小鬼子占到我们半点便宜，绝不！"

人群沉默着，沉默得令人窒息，这窒息的沉默中蕴含着无穷的力量。

老斧头说："海猫，你带头唱大秧歌吧，让英雄们听得见，也让我们化悲痛为力量！"

海猫慢慢转过身，望着满眼新堆起的一片坟包，悲愤地唱道：

天上下雨地上滑，

自己摔倒自己爬。

磕掉门牙肚里咽，

脑袋掉了才碗大的疤。

世事无常多变化，

花开花落知谁家。

人生一世别信命，

命里七尺敢求一丈八！

第五十章

1945 年 8 月 15 日，日本裕仁天皇发布终战诏书，宣布无条件投降。

云聚云散，潮起潮落。八年浴血奋战，中国人民终于迎来了抗日战争的全面胜利。在海阳县城的大街小巷，在虎头湾镇的广场上，人们喜气洋洋，载歌载舞，用古老的大秧歌，扭落了太阳扭月亮，迎来了新生。

末日来临，日军间谍头子三浦跪在榻榻米上，他不愿忘记过去大日本帝国的辉煌，即便天皇承认了失败，他也不能，他宁愿死。

黄昏，海猫跪在爹娘的坟前，不禁潸然泪下："爹，娘，抗战胜利了，儿子回来看你们来了。我从小以为自己是个孤儿，长大成人才知道自己还有爹娘，可是才找到爹娘，就真的变成孤儿了……爹，娘，我好想你们啊！"

林木枝头，鸟已归巢，欢声鸣唱，杂草丛中不知名的秋虫啾啾低吟。海猫说："爹，娘，现在小鬼子被赶走了，以后儿子就不用上战场了。待会儿我就回去找你们的儿媳妇，她对我有点误会，可是好几年过去了，我想误会也该消除了，以后我要和她好好过日子，给你们生一大堆孙子孙女！"

海猫恭恭敬敬地磕了三个头。他起身刚要走，却又突然想起埋在坟前的那枚玉佩。1938 年，海猫在参加昆嵛山红军游击大队前，来给爹娘告别，把他娘亲自戴到自己脖子上的玉佩解下埋在坟前。当时他想，子弹炮弹不长眼睛，万一哪天回不来了，就让玉佩陪伴二老。没想到他今天活着回来了，于是，他找来一根木棍，一边挖一边说："娘，这是您留给我的念想，以后也就是咱们家的传家宝了，我要把它传给子孙后代！"

玉佩很快被挖了出来，他一抻绳子，居然没断，又擦拭那玉佩，光亮如初，坚硬无比。他将玉佩紧紧地攥在手里，转过身对漫山遍野的坟包深深鞠了一躬，说："各位英雄们，海猫来看你们了！小姨父，我的大橹兄弟，你好吗？林家耀、苏菲娜，你们好吗？吴家族长、老爷子、爹，您也好吗？到现在我也没想明白，您怎么就中了小鬼子的圈套呢？您是聪明一世，糊涂一时吗？当然，也怪我这个当女婿的大意了，不光大意，我还粗心，那天给您下葬的时候，我都忘了哪座坟是您的了，对不住了，爹，我就在这儿再给您磕个头，您老人家接着吧！"

海猫重新跪下，又磕了三个头。

当他再一次站起身时，蓦然发现一个白衣女子正跪在一座不起眼的坟前。女子身旁，一个三岁大小的男孩到处跑着采摘野花，他把野花送到那女子手上，一口一个娘地叫着。那女子将那野花放在坟前，起身牵着男孩的手，说："小宝，走，跟娘回家。"

海猫一听这熟悉的声音，全身的血液顿时沸腾起来，那女子正是吴若云，他便急忙跑上去喊道："若云……"

不料，吴若云若无其事地催促着小孩说："小宝，快走呀！"

海猫立刻将视线转移到小宝身上，问道："你叫小宝？"

小孩认生，急忙躲在吴若云的两腿间，怯怯地看着海猫。

吴若云看也不看海猫一眼，弯腰抱起小宝，说："小宝，有娘呢，咱不怕！"

海猫刹那间明白过来，吴若云并没有原谅他。他默默地目送吴若云抱着小宝远去，心里一阵惆怅，忍不住泪流满面。

海猫赶回虎头湾，把老斧头和陈镇长约到海神庙，问道："我今天在坟地看到吴若云带了个三岁大小的男孩，你们没听说这孩子是谁的吗？"

老斧头一头雾水，说："孩子？没听说呀。"

海猫重复道："三岁大小，吴若云管他叫小宝，孩子管她叫娘。"

陈镇长说："吴若云的孩子吗？不可能吧。你不在的这两年多，逢年过节我都代表虎头湾镇政府去看望她，从来没有见过孩子呀！"

海猫问道："她现在住在哪儿？"

陈镇长说："还住在山上那个道观里。"

"那他们吴家的房子呢？"

老斧头说："战地医院伤员最多的时候，我和老陈专门去道观找过她，问她能不能借几间房子给我们做病房。她说随便，我们就租用了十几间。年初，胶东抗战的形势明朗了，上边决定把战地医院搬回海阳县城去，房子腾出来以后，我和老陈又去找她，专门告诉她这个事。她不冷不热，还说随便。"

陈镇长说："海猫同志，仗打完了，你回虎头湾工作吧，虎头湾的人民群众最信任的就是你。你回来，我还跟当年一样，把镇长立刻让给你。"

海猫忙说："可别，陈镇长，当年你那么信任我，结果我犯了错误，造成了那么大的损失，吴乾坤、赵大橹、林家耀、苏菲娜，那么多的人都牺牲了。如果不是因为我中了鬼子的圈套，他们都不会死……"

"要怪得怪我，我要是没挨那一枪，早点把情报送到你手里，咱们怎么会中了敌人的圈套？还有……林院长和苏医生，要不是为了给我做手术，他们怎么会……"陈镇长在自己的伤口处敲打着，"我真恨我自己，我当时就是昏迷了，要不然，我宁愿再给自己补上一枪，我也不能让那么多同志为了我而牺牲性命！"

老斧头说："行了行了！海猫啊，你不知道，老陈一提起这事来就激动，长好的伤口都敲出好几回血来。"

陈镇长眼泪簌簌："都是我连累了大伙儿，我对不起大伙儿啊！这辈子我在虎头湾当牛做马，也报答不了他们对我的恩情！"

老斧头说："哎呀，老陈，海猫才回来，我们不说这些伤心事了，走吧，咱仨回捻匠铺喝一口去。"

三个人说着就下了海神庙的台阶，当踏上栈桥时，在虎头湾广场的拐角，有一个黑洞洞的枪口被月光映照着，径直瞄准了陈镇长。突然，枪口仿佛犹豫了一下，又迅速移动瞄准了海猫。说时迟，那时快，枪手扣动扳机，子弹呼啸而出。

久经沙场的海猫听到枪声，第一反应就是循着枪声观察枪手的位置。然而，也正是由于这一反应，他的前胸完全暴露了，子弹正中他的胸口。

海猫仰面朝天，一下倒在了地上。老斧头和陈镇长大惊，第二颗子弹却又向陈镇长飞来。老斧头立即把陈镇长扑倒在地，子弹打空了。接着一连好几枪，也都打空了。陈镇长推开老斧头，掏出手枪，循着枪声就追。

听到枪声，纷纷赶来的民兵围着倒在地上的海猫，呼喊着他的名字。赵香月挤进人群，不顾一切地抱起海猫，风一般地朝虎头湾战地医院飞奔而去。

打黑枪的是吴天旺。都说瘸子急了跑得比常人快，他躐开一长一短两条腿，一瘸一拐地跑回深山道观，站在吴若云住的禅房门外，边拍门边说："小姐！小姐！报仇了，我给老爷报仇了！"

吴管家听了迎了出来，几年不见，他苍老了许多，头发胡子都变白了，背也驼了，从打扮上看，简直像个老仆人。吴管家说："吴天旺，这深更半夜的你嚷嚷什么？"

吴天旺已不把他放在眼里了，斥道："你知道个屁，喜事，大喜事！我来给小姐报喜，你给我滚远点儿！小姐，小姐，你开开门让我进去！"

吴管家上前推开吴天旺，说："吴天旺，小姐已经睡下了，你不得无礼！"

吴天旺回身将吴管家推倒在地，用枪对着他，说："老不死的，你给我滚开！"

吴管家用手指着吴天旺，说："你，你想干什么？"

吴天旺说："这两年都是有你这条看门狗，不然我跟小姐早就夫妻团聚了！"

吴管家气得骂道："胡说八道，你什么时候跟小姐成夫妻了？"

吴天旺说："废话！当年小姐上过我的花轿，我们当然是夫妻了！你滚不滚？你不滚老子就开枪打死你这条狗！"

屋里忽然传出吴若云的声音："不得对管家无礼！"

吴天旺听见，立刻说道："小姐，小姐，我今天真的有喜事，我非得当面告诉你不可！你开开门，让我进去，我慢慢跟你说！"

吴若云说："有话你就说吧，我听得见。管家不是外人，我爹死了以后，我一直拿他当我的亲叔叔！"

吴天旺说："那行，我就这儿说。小姐，今天我给老爷报仇了，报仇了！一枪，啊，一枪，我一枪打中了海猫的胸口！"

屋内的吴若云一听，脸上先是惊恐，然后兴奋，最后是揪心的疼。

吴管家从地上爬起来，见吴若云没说话，便又指着吴天旺说："你胡说八道，海猫早就走了，根本不在虎头湾，你做梦吧？"

"那小子回来了，我今天本想杀那姓陈的，听说他最近老怀疑我。后来见了海猫，我就先对他开了枪，结果一枪就要了他的命！"

吴管家瞅着吴天旺手里拿着一支带瞄准镜的枪，似乎相信了。

吴天旺仍然兴奋地说着："我说的是真的，我终于亲手杀了海猫，替老爷报了仇！老爷的在天之灵，一定会高兴的！好几年了，我吴天旺一片忠心，小姐您还看不出来吗？您就开开门，让我看看您吧！"

屋里沉默了半天，吴若云终于说道："事情我已经知道了，天旺，你快回吧，谢谢你替我爹报了仇。你对我的好我知道，当年要不是你拼了命拦住我，我早就和我爹一起死了！"

吴天旺兴奋不已，说："小姐，您让我进去看看您啊！"

吴若云说："今天太晚了，改天，改天你来，我亲手为你做顿饭谢你，好了吧？天旺，你先回去吧，这么晚了，要是让别人知道你这个贫协主任跑到我这儿来，不好。"

吴管家上前去拉吴天旺，说："吴天旺，小姐都说了，改天你再来，今儿太晚了，让小姐休息吧！"

"滚一边去！"吴天旺伸手把吴管家推了一个趔趄，转头又冲屋里说，"行，反正我这颗心你是知道的，哪天我再来，我还告诉你，吴若云，哪怕等一辈子，我吴天旺都等着你！"

吴若云听吴天旺走远了，一头扑倒在床前，哭道："儿子，他死了，今天你不是问我他是谁吗？娘现在告诉你，他是你爹……虽说是你爹，但他该死！"

吴若云欲哭无泪，把声音压得很低很低，她根本不是在跟孩子说，她是跟自己说。

海猫是在赵香月抱着自己去战地医院的半路上，才悄声告诉她，要她抱着回捻匠铺。一进捻匠铺，海猫便睁开眼叫道："小姨，你好大的劲呀，抱我走这么远！"

赵香月嗔怪道："到啥时你也没个正形！"

海猫说："我就说猫有九条命嘛，我哪会那么容易就死了？"

老斧头摸着海猫的胸口说："你命可真大，真算服了你了，我明明看到子弹打在你的胸口上了嘛！"

海猫掏出胸前的玉佩，说："真是可惜了，好好的玉佩让子弹给打碎了，不过这也太巧了，是我娘显灵了，替我挡了子弹！"

赵香月说："还真得谢谢大小姐，这是块好玉，不然怎么能挡得住子弹。"

没等海猫再开口，陈镇长一头撞了进来，惊呆了："海猫……看来你人没事呀！"

他见海猫没事，一屁股坐在炕沿，直擦冷汗。

海猫眉头紧蹙，说："同志们，我人没死，还有别人知道吗？"

赵香月说："你是我背回来的，除了斧头叔和陈镇长，再没人知道了！"

海猫说："好，老陈，我想封锁消息，把藏在虎头湾的特务抓出来！"

陈镇长说："君子所见略同，就这么定了！"

然而，谁也没有想到，当陈镇长开门走出捻匠铺时，门前黑压压地挤满了人。吴天霞站在人群最前面，眼含热泪，问道："陈镇长，海猫同志咋样了？"

陈镇长一愣，连忙装出一副悲痛的样子说："很不幸，海猫同志牺牲了！"

人群中响起了哭声，呜呜咽咽连成一片。他们都认识海猫，也都知道他九死一生好不容易活到今天，这怎么说走就走了呢？尤其是吴天霞，从小就听她娘海螺嫂讲海猫的故事，在吴天霞心里，海猫是个大英雄，大英雄怎么会死呢？

吴天霞这么想着，冲出人群就要进捻匠铺："我不信，海猫同志不会死，大英雄不会死，我要进去看看！"

赵香月听了，立即起身堵在捻匠铺门口，大声喝道："吴天霞，你还是不是我们民兵连的民兵了？"

吴天霞说："是！我早就参加民兵连了！"

赵香月脸一沉，说："是民兵连的民兵，你就应该服从命令。我现在命令你，马上通知全连民兵，我们要拉大网抓特务！"

吴天霞心有不甘，说："我进去看海猫一眼就走！"

陈镇长真是不比从前了，灵光一闪，说道："对海猫最大的悼念，就是尽快抓到特务，替他报仇！除了民兵连，我以镇长的名义号召大家，不管男女老幼，人人都可以参加拉大网抓特务！"

所有人听了，一个个义愤填膺，纷纷离开捻匠铺，匆忙跑回家，有的端着枪，有的点起了灯笼火把，还有的拿起了铁锨镢头，整个虎头湾顿时亮如白昼，人声鼎沸，一片嘈杂。

吴天旺打深山道观一路走来，远远地发现虎头湾灯火闪闪，人来人往，做贼心虚，不敢贸然进镇。他在镇口转悠了半天，发现槐花开的露天小饭馆还没打烊，便一头钻进去，找把条凳坐下来。

槐花从屋里飘出来，妩媚地招呼着："哎呀，是吴主任啊，天都这么晚了，您是刚工作回来吧，还没吃饭呢吧？我给您做碗热乎的去？"

"行，那就麻烦你了。"吴天旺回道。

槐花见吴天旺终于搭理自己了，喜不自禁地应道："哟，咱谁跟谁呀？吴主任，您是喝粥还是吃面？我还有块烧肉给您留着呢，我就想着您该来了，这么晚了没关火，就等您呢！"

吴天旺点了点头，连看都没看槐花一眼："吃面。"

不大一会工夫，槐花端了一碗面放在吴天旺面前，压低声音说："天旺哥，吃完面就住这儿吧，你都两天没来了，想死妹子了！"

吴天旺边吃面边说："不行，你刚才没看见民兵巡逻吗？"

槐花说："巡逻算啥，民兵还挨家挨户搜呢！说是拉大网抓特务，我有抗日战士老林撑腰，谁也不怕！天旺哥，看来还是你想得长远，要不是你把老林弄回来，咱俩想在一起可就难了，妇女主任还不得天天蹲在我家抓搞破鞋的？"

槐花一句话提醒了吴天旺，宁肯戴个搞破鞋的帽子，也不能被他们当作特务抓起来！想到这里，他不动声色地说："把面给我端到屋里去！"

槐花兴高采烈地收拾桌子，端起面，扭着屁股进了屋。

先进门的吴天旺看一眼用破布严严实实包裹着头脸的老林，心里觉得别扭。槐花一见，忙说："把他弄到外屋去吧，省得哥碍眼！"

吴天旺心灰意冷，说："槐花，要不今儿算了。"

槐花说："别呀，哥好不容易来了。"

吴天旺没好气地推开槐花，转身就走。没想到一出门，就撞见陈镇长。亏得他早有心理准备，就故意整理着衣服，装出一副尴尬相，说："陈镇长，老娘儿们就是话多，说起来没完没了……"

陈镇长毕竟还不够老练，他开口打断吴天旺，说："没完没了，进屋还不到二分钟就没完没了？"

吴天旺暗吃一惊，敢情他已经监视自己了，便急忙改口："谁说不是呢，她没完没了的我不愿听，只看了一眼老林就出来了。"

陈镇长说："这一晚上没见你人影，都干什么去了？"

"干什么？干工作啊！我现在不是贫协主任吗，像老林这样的抗日战士咱不得关心吗？对了，还有吴若云这样出身不好的人，咱不也得教育她吗？今天我去做她的工作，我说时代变了，渔霸恶霸吴乾坤被打倒了，虎头湾回到了人民的手里，人民当家做主了……"

陈镇长再一次打断吴天旺："你是怎么搞的，我跟你说过多少遍了，以后不许再说吴乾坤是渔霸恶霸！"

吴天旺说："对不住，我又忘了，当年划成分是您给他定的调子，我记忆深刻，总改不过来！"

陈镇长说："当年我不了解情况，是我犯了错误，我们共产党人知错就要改！可你呢，身为贫协主任，你难道不应该以身作则吗？很多老乡都在背地里说你闲话，你难道不知道吗？"

吴天旺说："陈镇长，刚才您也看见了，我就进去看了一眼老林。"

"脚正不怕鞋歪，"陈镇长说着拉着吴天旺一起来到虎头湾广场，一边漫步一边说，"俗话说，梨不整冠，瓜不纳履，有些事你要注意了。生活作风可不是小事，关键是因为这点小事，别人就会怀疑你。"

吴天旺顿时紧张起来："陈镇长，他们怀疑我什么？"

陈镇长说："你不知道，刚才就在这儿，有特务向海猫同志开了枪！"

吴天旺假装吃惊地说："啊？海猫！他回来了？"

"是，回来了，"陈镇长咽了口唾液，好不容易才把话憋住，"可他人一回来，就被特务打死了……如果你平时表现无可挑剔，人家能怀疑到你吗？"

吴天旺心里有底了，便理直气壮地说："怀疑我什么？怀疑我是特务？谁啊？

他娘的他眼瞎了，我可告诉你陈镇长，谁怀疑我，谁就是特务！"

陈镇长说："你急什么，实话告诉你，我早就怀疑过你！"

吴天旺申辩道："陈镇长，是您带我进革命队伍的，您怎么能怀疑我呢？"

"我就是怀疑，又没说你是，你要真是特务，我能跟你谈心吗？当年我给首长送信，半路上被人打了黑枪。海猫后来帮我分析了半天，他真不愧是侦察排长，人家那分析，就一个结论，这个奸细一定是我们内部的人，而且这个人一定对我的行动情况非常熟悉。你呀，天旺，真叫我恨铁不成钢啊！"

陈镇长的肺腑之言，竟自己把自己出卖了，因为他最终是相信吴天旺的。

最终相信吴天旺的陈镇长，被黑洞洞的枪口瞄准了，突然，枪声响起，陈镇长一头栽倒在地，鲜血溅了吴天旺一脸。紧接着断断续续又打来几枪，吓得吴天旺钻到陈镇长的尸体下，连头也不敢抬一下。

枪声传进捻匠铺，海猫从炕上蹦下来，刚要冲出去，却被老斧头一把拉住，说："你别动，不是说好了吗，你已经牺牲了。"

老斧头对赵香月使个眼色，两人飞快地来到陈镇长的身边。浑身是血的吴天旺抚掌着双手哭道："这可怎么是好哇，陈镇长被特务打死了！"

老斧头、赵香月急忙俯身察看，陈镇长已经牺牲。老斧头又进一步看了看他的伤口，说："看来子弹是从百米之外打过来的，香月，你快带民兵到百米之外寻找凶手隐蔽的地方，咱们在明处，敌人在暗处，多布暗哨，绝不能再吃这样的哑巴亏了！"

吴天旺仿佛才回过神来，趴在陈镇长的尸体上号啕大哭："陈镇长，您是我的恩人啊，是您劝我当贫协主任的，是您把我带上了革命道路。这个大恩大德我还没报答呢，您不能就这么走了啊……"

正准备去组织民兵的赵香月回头说："你别光顾得哭了，陈镇长的后事就交给你们贫协来处理了！"

"天旺，我同意香月的意见，我还有点事，我走了！"

老斧头说有事，其实是他心里没了底，不到一晚上，连续两起谋杀，老斧头不禁心惊肉跳。

他跑回捻匠铺，海猫听得肺都气炸了，说："奶奶的，我去勘查现场！"

老斧头拉住他，说："你不能出去，你既然装死就装到底。特务就在暗处藏着呢，要是知道你没死，肯定会再次暗杀！"

海猫长叹一声："真是欺人太甚！"

老斧头说："据说当时老陈正和吴天旺谈心，特务是在远处开的枪。之后又连开了几枪，看样子是想连吴天旺一起打死的。"

海猫说：“两次谋杀手段都是一样的。第一次，特务对我开枪之后，也对你和老陈进行了连续射击。这一次还是这样，看来特务是想暗杀虎头湾的所有干部！”

老斧头说：“你说的有道理，真是这么回事！”

海猫说："斧头叔，如果真是这样的话，所有虎头湾镇的干部，包括我本人，咱们都要多加小心，谁都有可能成为特务的下一个暗杀目标！"

老斧头说："看来，对吴天旺的嫌疑暂时可以排除了。海猫，自从你上次跟老陈分析了当初他被人打黑枪的事，老陈就一直怀疑是吴天旺干的。"

海猫双眉拧成了疙瘩，一句话也没说。

月亮落了，太阳还没出来，黎明前最黑暗的一段时间。正在熟睡的槐花被剧烈的敲门声吵醒，她趿拉着鞋，敞着半怀，刚一打开门，就见吴天霞带人冲了进来。槐花大叫："你们干啥，深更半夜的，老娘没搞破鞋！"

吴天霞理也不理，说声"搜"，来人便门里门外，炕头炕梢，好一阵子检查。

吴天霞走近老林，老林浑身发抖，吭哧吭哧乱叫。槐花指着吴天霞说："瞧你把他吓得，我们家老林可是战斗英雄，在战场上被炸得人不人鬼不鬼的，你还不让他睡个安稳觉啊？当个民兵你就了不起了，想来我们家搜查就搜查啊？谁让你来的，你把赵香月叫来，我要跟她去陈镇长那评理去！"

吴天霞冷冷地说："陈镇长？没法给你评理了，刚才他被特务暗杀了。"

槐花吓了一跳："啊，整个虎头湾就他一个好人，怎么会被特务杀了呢？"

吴天霞对老林说："老林同志，我们民兵连拉大网抓特务，每家每户都要搜查，你们家也不例外，打扰你睡觉了，对不起！"

槐花说："你跟他说有个屁用，就算他听明白了也说不出来。"

吴天霞不愿搭理槐花，带人转身走了。槐花朝吴天霞远去的背影吐口唾沫，想起陈镇长的死，不禁神色黯然："唉，真是好人不长寿，祸害一万年啊！"

吴天旺惊魂未定，也回到了自己的家。今非昔比，解放区第一次闹土改，吴天旺身为贫协主任，给自己分了一个家。家虽说不大，可也是大家富户的正房。吴天旺进了门，一抬头发现了三浦，他下意识地掉头想跑，被三浦一把拉住："吴桑，想去报告民兵吗？"

吴天旺立刻冷静下来，说："你……你是怎么进来的？"

三浦："怎么进来的并不重要，我现在问你，你今天晚上的任务是暗杀老陈，你怎么可以自作主张对别人开枪呢？"

吴天旺说："我做错了吗？我打死的是海猫，海猫啊！您不是最恨海猫吗？

我也恨啊！他刚回虎头湾就被我一枪打死了，是我杀了我们共同的敌人！"

三浦说："就你也配杀海猫？叫你杀老陈也是高看你！"

吴天旺一愣，说："哎，刚才是不是你，是不是你杀了老陈？"

三浦说："死在我的枪口下，算是便宜他了。怎么样，我的枪法不错吧？"

吴天旺说："你险些打死我了！"

三浦说："不是没打死吗？我不这样做，民兵早就把你抓起来了！"

吴天旺说："胡说，老陈从来没有怀疑过我！他是我的恩人，你杀了我的恩人！"

三浦说："老陈是个傻子，可是海猫不是！"

吴天旺说："海猫已经被我打死了，你为什么还要杀老陈？"

三浦说："我怕那个傻子万一有一天开了窍，你就藏不住了……见了傻子不杀有罪，我杀了他，也是为了你的安全！"

吴天旺心中燃烧起一股无名之火，他实在心烦了："海猫已经死了，你也报了仇出了气了，你可以离开虎头湾了，你快走吧！"

三浦说："那不行，我的仇人不止海猫一个！"

吴天旺无奈地说："还有谁？"

三浦幽幽地说："两千多……"

吴天旺惊道："你说什么？你要把整个虎头湾的人都杀光了啊？"

三浦说："不，我会留下你，我的同盟军，还有你的女人们！"

吴天旺愤怒地说："鬼子，鬼子，我们中国人说得一点没错，你是个鬼子，我告诉你三浦，我不是你的同盟军，你赶紧走，不然明天我就向民兵揭发！"

三浦突然笑道："好啊，那你和你的女人会跟我一起被枪毙的！"

吴天旺一下软了："我求求你了，三浦先生，我现在觉得自己都像鬼了，你们的天皇不都认输了吗，你还要干什么？"

三浦突然一拳砸在吴天旺的脸上，喝道："大日本帝国是永远不会认输的！我告诉你，你这两天老实一点，别再去找女人了！老陈死了，你应该显示出很悲伤的样子，显示出你们共产党叫做同志之间的友谊，你这个混蛋！你懂吗？"

连续几天拉大网抓特务，一无所获，海猫只好天天躲在捻匠铺装死。装死就装死，反正有老斧头和赵香月给他通风报信，不耽误他运筹帷幄。只是吴天霞不明就里，几次提出让大英雄入土为安，但都被挡了回去，说是抓不到特务，谁也不准再提这事！

然而按下葫芦起来瓢。为安葬陈镇长，吴天旺不依不饶，非要组织全镇的人们扭大秧歌为他的恩人送行。老斧头和赵香月一齐搪塞，陈镇长是县里派到虎头湾工作的，要安葬也得送到县上。可吴天旺坚持送到县上也要有人陪送，其他人不去送，他带贫协的人去，反正不能冷落了陈镇长。

听了这事，海猫当下就起了疑心，说："凡事都有个度，物极必反，吴天旺这么胡搅蛮缠，他想干什么？"

赵香月说："秃子头上的虱子明摆着，他就是想分散人们的注意力，阻挠拉大网抓特务。说句难听的，吴天旺是黄鼠狼给鸡拜年，没安好心！"

海猫突然心生一计，说："我马上写封信，你让你兄弟赵发送到县上，让我们首长派王大壮来一趟拉走陈镇长的遗体，看吴天旺还找什么借口。"

赵香月刚要起身走，又被海猫拉住了："这信我不能写，万人让人劫了，或者赵发不注意说出去，我这个死不就白装了。你让赵发送口信，就说你们要请王大壮回虎头湾主持工作。"

送走赵香月以后，等来老斧头，海猫说："斧头叔，看来咱们拉大网抓特务的行动让敌人害怕了，您再想法把动静往大里闹，敲山震虎！"

老斧头说："吴天旺天天拉人给陈镇长哭丧，这是情理之中的事，说又说不得，不说又确实牵扯好多人的精力，你说怎么办？"

海猫说："你给他压工作，一件件的要具体，比方找赵洪胜谈话，看望抗日受伤的老林，谈了多长时间的话，看望了几次老林，让他随时向你汇报！"

老斧头说："他大小是个贫协主任，我又无职无权，他肯听我的？"

海猫说："你先放出风去，就说王大壮马上就要来了，是他提前给你捎的信。另外，你一定要加紧监视吴天旺，我总觉得这人有问题！陈镇长生前一直对他有怀疑，也和我说过多次，可每一次又自己把自己否定了。陈镇长这人看人看事总往好处想，人心难测，他的牺牲绝不是偶然的！"

老斧头依计而行，没想到吴天旺倒乐此不疲。自从解放了海阳县城，赵洪胜这个伪县长自然就回到了虎头湾。赵家大院被战地医院租用了，他只好暂时住在当年关押赵香月的柴房里。

破衣烂衫的赵洪胜正往家里挑水，两个水桶跟他作对似的，一会儿这个翘到了天上，一会儿那个又触在地下，满满的两桶水，还没等挑回家，就洒了一半儿。

赵洪胜进了柴房的小院，还没等放下担子，就见吴天旺从敞开门的柴房里走出来，说："赵洪胜，你没想到会有今天吧？"

赵洪胜放下担子，一脸的谄媚，说："啊，吴主任来啦？"

"赵洪胜，我今天是来找你谈话的，你有思想问题，要老实交代！"

"我没思想问题，我早该有今天，这就是剥削阶级的下场嘛！"

吴天旺依着柴房的门框，双手抱在胸前："你的态度倒是不错！"

"是，我不光态度好，我还立功呢！当年虎头湾大捷，消灭了日本侵略者的大指挥官藤田，那是我和海猫里应外合，把他骗到虎头湾来的！"

"这个我知道，多少年的老皇历了你还提？"

"好，我不提，我不提！"

"赵洪胜，别看我姓吴你姓赵，可是我吴天旺人品咋样，到了阎王爷那儿，你好好琢磨琢磨就明白了。"

"吴主任，您啥意思，您可别吓唬我！"

"我没吓唬你，镇里刚开完会，会上说了，过两天清算地主汉奸，虎头湾会把你送到海阳县城公开枪毙的！"

"什么？为什么？我立过功，凭什么枪毙我？"

"谁让你当汉奸了？哪怕当一天汉奸也是这个下场！"

"可是，海猫当初答应过我，只要我配合他，就会将功赎罪的！"

"现在谁能为你证明？海猫死了你不知道？"

"我也是才听说，他被人打死了，这几天不正拉大网抓特务嘛！"

"他们抓不着特务就怀疑是你，所以才要枪毙你！"

"什么？我咋成特务了，我哪儿来的枪啊？"

"那你就得好好想想，你究竟得罪什么人了？"

"自从解放了海阳城，我一直安分守己，我能得罪什么人呢？"

"你可别往我们吴家想啊，都是你们赵姓族人。"

"赵……赵香月？"

"嘿，你看，不愧是读书人，脑袋瓜聪明，一下就猜到了！人家现在可是民兵队长，大权在握！"

"最毒莫过妇人心，这个小娘儿们，她是我家的家奴，当年是我还了她自由身，她竟然恩将仇报！不行，我不能坐以待毙，我找她说理去！"

"去吧，省得她找茬了，这样你会死得更快！"

赵洪胜吓得几乎哭出来："天哪，我这可怎么办呀……"

吴天旺说："你跟她是什么仇我也不知道，反正她是非要弄死你，不光是她，赵姓的穷人好像都要弄死你。哎，我虽然也是干部，可抓特务这种事，贫协主任说了也不算啊！我虽然知道他们这事做得不公道，可我又能怎么样？只能给你捎个信，让你有个准备，到阎王爷那儿你可别记我的仇啊！"

赵洪胜一屁股坐在地上，一只水桶被碰倒，水全都洒了出来，和他被吓出来的尿浸到一起，浑浑噩噩，一片阴冷。

吴天旺见自己在赵洪胜身上的铺垫已经奏效，便朝柴屋里瞅了一眼，一声不响地转身离去。

过了一会儿，三浦像幽灵一样地出现在赵洪胜面前，他把他一把拉进柴房，关上门，叫道："赵县长……别来无恙啊？"

赵洪胜从噩梦中惊醒，说："啊？你是谁？"

三浦说："赵县长健忘，我们应该是故交啊！"

赵洪胜一惊："我见过你，你是日本人，叫三浦，对不对？噢，我明白了，你就是民兵要抓的特务！你胆子太大了，小日本已经投降了，你还敢兴风作浪？"

三浦说："我能兴什么风，作什么浪？我就是来救你这个老朋友的。"

赵洪胜一愣："你救我？"

三浦说："对呀，你帮我们日本人做过事，虽然有些事没做好，那也是被逼无奈。但我们是讲交情的，不能眼睁睁地看着你被他们枪毙！"

赵洪胜喜出望外，说："你说的是真的？"

三浦抖开一张地图，说："这张图你看得懂吗？"

赵洪胜凑近看去，说："看得懂，看得懂，这是虎头湾，这是海神庙，这是通往海阳的大道，这是后面的大山，紧挨着大山是有这条山沟的。"

三浦指着山沟边的一处平坦地说："赵桑不愧是读书人，你看清了，就在这里停着一架飞机，是我们专门留下接大日本帝国朋友的。今天天黑之前，只要你能赶到，就可以上这架飞机。飞机飞往日本，到了我们的国内，我们的朋友是会受到礼遇的。快走吧，再不动身就来不及了！"

赵洪胜蹙眉说道："走？我走不了啊！三浦先生，您不知道呀，这虎头湾的民兵可厉害了，四处都是，我怕出不了镇子就被他们抓住了！"

三浦把一把枪递给了赵洪胜，说："那就看你自己的运气了，我只能帮你这些。不过不走就是个死，如果你运气好，兴许还能活命……"

也不知三浦是什么时候离开的，赵洪胜背着个小布包，慌慌张张地从柴屋里出来，刚迈出赵家大院的高门槛，就被老斧头碰个正着。赵洪胜做贼心虚，撒腿就往镇外跑。在镇口站岗的民兵见了，立即迎上来阻拦。不料，赵洪胜从小布包里掏出手枪，开枪就击中了那民兵。

老斧头没带枪，见状从地上捡起两块砖头，口中喊着"抓赵洪胜"，紧追不舍。赵洪胜回头连连开枪，但都打空了。

闻声赶来的吴天霞，稳稳地端起枪，轻轻扣动扳机，只一枪，赵洪胜便一命呜呼。

这时，赵香月也循声赶来，她低头望着赵洪胜的尸体，脸上说不清是喜还是忧。

海猫听说赵洪胜被打死了，双脚直跳："不行，我不能再装死了，再装死还不知要出多少人命呢！"

话音未落，赵发和王大壮闯了进来。赵发一见海猫，惊道："呀，王连长能掐会算，猜得真准，我说你死了，他不信，还和我打赌呢！"

王大壮笑道："小鬼，怎么样，你输了吧？"

赵发冲着赵香月嘴巴一翘，说："姐，你骗人！"

海猫拉起赵发的手，说："小舅，不是你姐骗人，这几天我装死，是想抓住凶手。其实，装死比真死了都难受，我宣布，从现在起，我海猫又活了！"

老斧头说："这下好了，特务抓到了，海猫，咱赶紧开展下一步工作吧。"

海猫和赵香月交换了一下眼神，说："小姨，暗杀我和陈镇长的凶手难道真是赵洪胜吗？我怎么觉得事情不会这么简单呢？"

赵香月皱起眉头看着老斧头，两人相视无语。

王大壮说："不管怎么说，你海猫不用躲在这儿装死了，首长指示，老陈的遗体就地安葬，他在虎头湾的工作由你接替，省得我以后受罪！"

海猫思忖片刻，说："赵洪胜呢，他毕竟是我舅舅，不管别人怎么看，亲戚的情分不能丢，我给他做口棺材。"

捻匠铺周围人头攒动，熙熙攘攘。人们听说海猫没死，又听说他为赵洪胜打棺材，一个个都来看个究竟。赵老气和香月奶奶挤进来，这个抻抻海猫的胳膊，那个摸摸他的头，异口同声地说："哟，真是海猫哎！"

海猫边刨着棺材盖边说："姨老爷，您可是我的救命恩人啊！"

赵老气笑道："都是过去的事了，别再提了，再提我可不好意思了！"

已经当了妇女主任的海螺嫂大大咧咧地说："海猫，是我闺女吴天霞一枪打死了狗特务，以后咱虎头湾就彻底太平了。哎，听说以后你当镇长，我是妇女主任，我们俩要互相帮助、互相批评。今天我可得批评你，人家贫协吴主任给陈镇长打棺材，那是知恩报恩。你呢，你给赵洪胜打棺材算什么？"

正在给海猫打下手的秧歌疯子说："大哥，她自从当了妇女主任，整个儿人就变了，你不用理她，听兔子叫还不用种豆了，快接着干！"

海螺嫂一把揪着秧歌疯子的耳朵，说："好你个疯子，你好了伤疤忘了疼了。我还没问你呢，这两天你老往西山跑什么，一去就一天，你当我不知哇？"

秧歌疯子被揪疼了，歪着头，扭着身子，龇牙咧嘴，嗷嗷大叫。围观百姓哄堂大笑。

笑声传进了吴天旺的家。三浦对魂不守舍的吴天旺说："你这下知道了吧，海猫没有死，他还活着！本来嘛，这么光荣的使命就应该交给我，只有我才有资格亲自杀了他！不过，我们配合得很好，你看，赵洪胜这么快就成了替死鬼，你我暂时安全了。海猫既然活着，我们就在虎头湾慢慢陪他玩，陪他折腾，以后的戏大大的！"

吴天旺说："三浦先生，我够了，我草鸡①了……我想……"

三浦说："怎么？你怕了？你想跑？"

吴天旺说："我还不想一个人跑……"

三浦说："你不想一个人跑，你是想带着吴若云一起跑，对不对？"

吴天旺苦笑道："三浦先生能掐会算，佩服，佩服！"

三浦说："海猫还没有死，吴若云会跟你一起跑吗？"

吴天旺一听愣了："是啊！这个问题我还没有想过。"

三浦说："你一定想过，你想坐船从海上跑吧？那你可要想清楚了，茫茫大海，你能跑到哪儿呢？你还应该想清楚了，如果你够了，你草鸡了，就一定会有人站出来揭发你，真相大白的时候，你的下场会是什么，你更应该想清楚了！不管你跑到哪儿，我都能找到你，你永远也甩不掉我……"三浦在做垂死挣扎。

日本投降了，国内的形势并不太平。为此，王天凯专门把海猫叫到县城，他说："路漫漫其修远兮，海猫同志，我们本来以为抗日胜利了，战争也该结束了，可没想到……蒋介石要打内战的野心昭然若揭。为了在胶东抢占地盘，他居然把大汉奸赵保原都收编了，你说，这算怎么回事啊？"

海猫说："赵保原在咱胶东血债累累，蒋介石居然把我们的胜利成果拱手让给这个大汉奸，人民绝不答应，我海猫也不答应！"

王天凯笑道："你好大的口气嘛，跟司令员说的话一模一样！他说他许世友也不答应，党中央也不答应！党中央已经做出了战略部署，通过胶东烟台沿海一线运兵东北，开辟东北解放区。现在中共胶东区委和胶东军区即将成立海运指挥部，司令员亲自坐镇指挥。"

海猫说："运兵东北，党中央真是有高人！这是要跟老蒋下一盘大棋啊！"

王天凯说："你小子没白在司令员身边待过，一听就明白了。"

"首长，敢问我们要运多少兵到东北？"

"用这些年胶东积蓄下来的全部革命力量去支援全国，能运多少运多少，十万二十万都不嫌多，关键要看咱们能搞到多少条船！"

---

① 草鸡：尿，无能。

海猫领命回到虎头湾，立即就召开了民兵、妇女和贫下中农骨干大会，汇报了当前形势和王天凯的谈话内容。老斧头第一个发言，说："高射炮打蚊子，这还用得着司令员亲自坐镇了？这之前渔民穷得连条船都买不起，现如今家家都有了船，那还不是因为翻身。翻身不忘共产党，所以我敢打包票，虎头湾有多少条船就能贡献多少！咱们在场的干部骨干们先表个态，同志们，队伍上需要船，大家愿不愿意借给他们运兵东北？愿意的，请举手！"

顿时，一个个拳头齐刷刷地举起来，就像倒写的一片惊叹号！每逢这种场合，海螺嫂最爱出面清点人头，她见吴天旺没有举手，丝毫不留情面，说："吴主任，你是咋回事，成心跟组织唱反调是不是？"

吴天旺说："谁唱反调了？分船的时候，我在海阳县城跟陈镇长工作，我哪分到船了？我不举手，并不能说明我不支持运兵东北！"

海螺嫂碰了钉子，尴尬地看着海猫。海猫说："借船的事本来是自愿的，没有船也没办法。散会后发动群众借船，一定不要强逼，还有，请你们告诉大伙儿，首长向我传达了司令员的命令，凡是队伍上借的船，一定是要还回来的！司令员说了，如果有机会，他一定要来虎头湾看看，慰问为抗日战争做出过突出贡献的虎头湾人民！"屋里响起了震耳的掌声，经久不息。

开完会，吴天旺回到家，把情况大肆夸张地告诉了三浦。三浦听了哈哈大笑，说："许世友要来虎头湾？这太好了，我等的就是这一天！"

吴天旺说："司令员可是个神仙，天下无敌，你还不赶紧跑？"

三浦："这个世界上要是有神仙，那也是在我们大日本帝国！要说天下无敌，还是我们大日本帝国！与强手为敌是我三浦的骄傲，我要让全胶东，全中国，不，我要让全世界都知道，只有大日本帝国才天下无敌！"

人要灭亡，先自疯狂。三浦哪里知道，他已经扣响死亡的大门。秧歌疯子指着三浦曾经假扮老农的地方对海猫说："大哥，你看，我费了好大的劲才又找到这地方，那人就是在这儿开荒种庄稼呢。"

海猫说："庄稼呢？"

秧歌疯子说："说的是啊，开荒不种庄稼那还开什么荒？怪不得我心里犯嘀咕呢，大哥，我是不是中了敌人的圈套？"

海猫说："很有可能，你想啊，谁会在这荒山野岭的开荒种庄稼？"

秧歌疯子突然号啕大哭起来，自责道："大哥，是我害死了族长大老爷啊！"

海猫劝慰说："兄弟，这事不能怪你，是我麻痹大意了。如果我没猜错，兴许那个老农是我的老对手。"

秧歌疯子说："谁？我去弄死他！"

海猫说："不忙，兄弟，沉住气，弄死他是早晚的事。你先回吧，这离道观不远，我去看看！"

海猫来到道观外，看到吴管家正担着一担柴，便客气地打招呼："管家，忙什么呢？"

吴管家把担着的柴往地上一扔："这大白天的，哪儿来的鬼？"

海猫说："管家，您听说我挨了黑枪，被人打死了，对不对？谁告诉您的啊？"

吴管家眼珠一转，说："你来干什么？小姐她是不会见你的！"

海猫说："我不是来见若云的，我主要是想看看您。我看得出来，这两年是您在一直照顾若云，您老多了……管家，请受海猫一拜！"

吴管家脸色一变，急忙托住海猫，说："别，姑爷，这可不行，我是下人。"

海猫有些意外，说："您叫我什么？"

"你不是都听见了吗？"

"谢谢您，谢谢您还拿我当自家人。"

吴管家眼睛瞪得溜圆，大声说："可你这个自家人，出卖了你自己的岳父，害死了吴家几十条汉子！海猫，人不算天算，你不得好死！"

海猫说："管家，你咒我、骂我、打我都行，可您怎么能断定，是我出卖了我的岳父，出卖了你们吴家子弟？"

吴管家说："不是你还有谁？你给老爷写的信，我都亲眼看见了！"

海猫说："我信上说得明明白白，不让你们回虎头湾，可你们不听，非要回去，怎么能怪我？"

吴管家涨红了脸，说："你胡说八道，就是你把我们骗回虎头湾的！你甭想抵赖，我告诉你，老爷死后，我找到了你那封亲笔信，有种你在这儿等着，我跟你对质！"

海猫说："好。不过，能不能先不告诉若云我来了？"

吴管家说："你放心，就算她知道你来了，也绝不会见你的！"

不一会儿，吴管家从屋里找出那封信，带着海猫来到道观旁的一条小溪畔。信纸已经有些发黄，但字迹仍然清晰。海猫捧在手里一看，顿时明白了："这不是我写的，这字乍一看很像，但真的不是我写的。昨天晚上，我把我当年写的信又写了一遍，您看看，对比一下，好不好？"

吴管家取过海猫新写的字，仔细地看着，边看边说："你甭想抵赖，那信小姐看过了，她说就是你的笔体，她见过你写字……哎，你别说，仔细看看，还真不一样哎！"

海猫懊悔万分，两手拍着脑袋："秧歌疯子，秧歌疯子，问题一定出在他身上了！"

吴管家脸一阴："哼，这么说，是秧歌疯子偷梁换柱了？海猫啊，你也是条汉子，做了见不得人的事，现在居然要赖一个疯子！"

"老人家，您这是什么意思？"海猫知道是百口莫辩，也不去争论。

"我早就猜到你会嫁祸于人，可我再也不会相信你了！你们这些穷鬼，一辈子断不了穷根，就是视我家老爷为眼中钉肉中刺，就是为了夺走老祖宗留下来的虎头湾！"

海猫噙着热泪，从怀里掏出枪来，打开保险，双手奉上，说："老人家，您要一定这么认为，就请您替吴家族长和吴姓子弟报仇吧！"

吴管家抓过枪，对准海猫的脑袋，狠狠地说："我早就想宰了你这个狼崽子了！"

海猫双眼一闭，泪水滚滚而流。

吴管家的手颤抖着："我知道，你小子诡计多端，我不会上你的当。你的枪里没有子弹，你在这附近早已布置好了民兵，然后借机把我抓起来，再枪毙我，罪名就是我对你开枪，对不对？"

"那些年打鬼子，我见您玩过枪，有没有子弹您看看就知道了。打死我以后，您也自然会知道有没有民兵埋伏。要是没有，您就把枪扔了，权当什么都没发生过，天马上就黑了，野兽会撕了我的尸体。从此以后，这世上再也没有海猫，也没有人会知道我是怎么死的。开枪吧，老人家，我不怪您！"

吴管家大叫一声，把枪往地上狠狠摔去，砰的一声，枪居然响了。

海猫说："子弹是满的，您可以把枪捡起来，照着我的脑门接着打！"

"你说的都是真的？"

海猫不再说话，闭上眼睛，任凭泪水在脸上流淌。

吴管家上前拉起海猫，老泪纵横："走，我带你去见小姐！"

海猫说："不必了，我了解她，她认定的事，没那么容易改变。"

这时，道观隐约传来小宝的啼哭，吴管家说："小宝这孩子可聪明了，能说会道，再过两月就三岁了。"

海猫想起他和吴若云在道观圆房的情景，默默地看着吴管家有些异样的眼神，说："老人家，你是想告诉我……"

吴管家忙说："我什么都没说，要让小姐知道了，她这辈子都不会原谅我！"

"老人家，多谢了！"海猫说罢，洒泪告辞吴管家。他一路奔跑着，发泄着。

海猫回到捻匠铺，大橹娘正抱着一条黑乎乎的脏被子，见到他，数落道："你看看，这被子都脏成啥样了，也不知拆洗！"

海猫笑道："大婶，您可不能偏心眼儿，被子脏那得怪我斧头叔，他天天不洗脚就上床，可不怪我！"

大橹娘说："这老东西，我早就说过被子该拆洗了，他还骗我说他自己拆洗了，好说歹说也不让我进捻匠铺的门！"

"大娘，那您今天是怎么进来的？这捻匠铺除了我，可就斧头叔有钥匙呀，难道说您现在就当了他的家了？"

大橹娘这才明白海猫是在捉弄自己，脸一板，说："海猫，你别没大没小，大婶我有句心里话，一直没好意思说出口，看来再不说你就蹬鼻子上脸了。"

海猫说："哟，那么严重，那您快说吧！"

大橹娘说："长话短说，我也不拐弯了，海猫，你给大婶当儿子吧！"

海猫说："大橹同志为革命牺牲了，我，还有队伍上的同志，都是您的儿子！"

"我不是那个意思，海猫，我知道你跟香月关系不赖，现在大橹走了，你就替他给我当儿子！"海猫顿时傻了。

大橹娘又说道："海猫，你不会嫌香月是个寡妇吧？寡妇归寡妇，她可是正儿八经的好女人，又是民兵队长，能配得上你！就这么定了吧，大婶就一个条件，你俩生的第一个儿子，得姓赵，就算是给大橹留个根儿，行不？"

大橹娘说着，忍不住哭了。

海猫实在不想再让大橹娘伤心，不忍心拒绝，万般无奈，他只好去找赵香月，和她把情况说明白。

夜幕低垂，月挂中天，赵香月一进门就跪在大橹娘的面前，说："娘，最近您儿媳妇早出晚归，没在您老跟前多尽孝，那是因为咱虎头湾出了特务，可我从来没做过不守妇道的事啊！"

大橹娘忙说："娘没怪你，现在不是从前了，娘不是老封建了！"

赵香月说："这不是封建不封建的事，娘，你是想赶儿媳妇出门吗？"

大橹娘说："娘现在拿你当亲闺女，我还想把你嫁出去呢！"

赵香月说："娘说的没错，跟大橹成亲之前，我是喜欢过海猫，可既然已经嫁了大橹，我就永远是娘的儿媳妇，您把我当亲闺女嫁人可不行！再有，海猫早就娶了吴若云了。为了工作，这事一直保着密。现在您要把我嫁给他，您这不是逼着海猫同志犯错误吗？"

大橹娘恍然大悟，说："儿媳妇，这事娘也不知道啊！"

赵香月说："娘，我早就想好了，大橹是英雄，作为英雄的妻子，我愿意替他守一辈子寡！唯一遗憾的是，我没能给您早早地生个孙子。这个我也想好了，咱们胶东那么多烈士的孤儿，我会尽快抱养一个，权当自己生的，好好地把他养大成人，让他姓赵，管您叫奶奶，您看行不？"

大橹娘感动得泪流满面："那是好，可就苦了我儿媳妇了。"

赵香月说："娘，您不也是苦了半辈子了吗？您像疼亲闺女一样疼我，我不苦，我会替大橹好好孝敬您，给您养老送终！"

大橹娘紧紧地抱着赵香月，婆媳俩哭成了一对泪人儿。

经过两个多月的组织准备，虎头湾的渔民把自家的渔船全都自愿交给了渡海部队。他们听说胶东军区司令员还要亲自到现场视察，便早早地挂出了"虎头湾人民热烈欢迎司令员同志莅临"的大红横幅，人们抑制不住满心的欢喜，把扭大秧歌的锣鼓家什敲得震天响，一时间，虎头湾广场红绸飞舞，喜气洋洋。

吴天霞从人群中拖出海猫，瞥了一眼海猫，指着栈桥，说："镇长，您看，她来了。"

海猫定睛一看，是吴若云，他喜出望外，急忙跑过去，深情喊道："若云——"

吴若云神色淡然，说："海猫同志，不，我应该叫镇长先生，或者更大的官儿？"

海猫有些尴尬："若云，你别取笑我，你回来就好，真好！"

吴若云说："我想回虎头湾，我还能回我家住吗？"

海猫说："当然，家是你的家，你随时可以回去啊！"

吴若云说道："感谢政府！"她折转身扭头就走。

海猫再次喊道："若云——"

吴若云驻足回头："海猫同志，您还有事吗？还是我应该先到民兵那里去，让他们搜查我，审讯我以后再回家？"

海猫无言以对。

这时，槐花推着一个自制的破轮椅，破轮椅上坐着老林，也一起来到了广场。海螺嫂见了，说："哟，真是少见，槐花，你咋把老林也推出来了？"

槐花嘴一撇："不让他出来他不干啊！自从听说司令要来，他天天在家叫唤，昨天叫唤了一宿，弄得老娘觉也没睡好，你说，不把他推出来咋办？"

海螺嫂说："槐花，你怎么说话呢？作为妇女主任，我得批评你，老林跟着司令员打过仗，那当然跟司令员有感情啊。受了这么重的伤，连话都说不了了，你不好好伺候他，张嘴老娘，闭嘴老娘的，你真给咱们虎头湾的革命妇女丢人！"

"行了行了，看你当个芝麻大点儿的官儿，就把你牛性得得瑟起来了，你要稀罕老林啊，推你们家伺候去！"槐花的嘴是越发没有遮拦。

海螺嫂气得一跺脚走了，槐花嘟囔道："哼，站着说话不腰疼。都让开点儿，让开点儿！老林身上臭啊，熏到你们我可不管！"

说着，槐花推着老林来到了离主席台最近的地方。老林的面部受伤，整个脸都缠上了绷带，只露出一双无神的眼睛，半睁半闭。

任谁也想不到，在海神庙的屋脊之上，吴天旺正将黑洞洞的枪口对准了主席台。昨天晚上，三浦把枪交给他，他说什么也不肯接。直到三浦告诉他说，吴若云也恨司令员许世友。吴天旺感到莫名其妙，就刨根问底问为什么。三浦这才告诉他，二十八年前他曾给吴乾坤当过副官，因为违抗上峰命令杀了几个俘虏，被当时的师长许世友知道了，非要枪毙他，是因为吴乾坤宁肯丢了团长不当，才保住了他这条命的。

吴天旺听了将信将疑。三浦说，不管是不是编瞎话，反正当他拿出自己当年和吴乾坤的照片时，吴若云看了照片，还看了她爹的亲笔签字就相信了，还管他叫浦叔叔呢。吴若云说，她爹过去丢了团长冤，现如今死得更冤！三浦还告诉吴天旺，他答应吴若云一定替她爹报仇，杀了司令员。如果她知道是他吴天旺杀了她爹的仇人，那还不得感谢他啊。三浦拍着胸脯保证，只要事情成功，他就让吴天旺和吴若云远走高飞，随便到什么地方，大日本帝国出经费！

吴天旺正想入非非，突然听到身后有动静，吓得猛一回头，吴天霞和赵发已经用枪抵在了他的后背。

吴天霞大喊："你这个特务，缴枪不杀！"

吴天旺从慌乱中冷静下来，说："误会，你们误会了，我怎么能是特务呢？我是接到了特殊任务，在这里专门保护司令员的安全！"

赵发说："谁交给你的特殊任务，我们民兵怎么不知道？"

吴天旺说："你个小毛孩子懂个啥？军事秘密，能让你们民兵知道吗？我可是老革命了，首长昨天亲自交代给我的任务！"

吴天霞说："赵发，别听他的，缴了他的枪，押他去见海猫！"

吴天旺突然喊道："海猫是特务，你们都上了他的当了！"

赵发和吴天霞一愣，吴天旺趁机纵身一跃，从海神庙屋脊直接跳进大海。早就在海边等候多时的老斧头，没费吹灰之力便把他拽上岸来。

广场上锣鼓喧天，人声鼎沸，所以吴天旺被抓的事，并没有引起多少人的注意，甚至连吴若云又重回吴家大院也浑然不知。

吴若云进了大院，经过客厅，径直走向吴母房间。她走得很慢，看上去平静，目光中却充满了眷爱。吴若云迈进吴母房间，回身紧紧插上门，这才来到祖宗的牌位前，弯腰启动开关，轻步下了地道。地道里堆满了土，有一堵墙上的石砖被她挪开，一条新的地道赫然在目。吴若云点燃一盏油灯，一头钻进去。灯光忽明忽暗，把她的身影拉得很长，也很宽。

　　地道尽头突然开阔了，里面堆满了炸药。吴若云将灯放在一旁，看了看手腕上刚戴上的表，静静地等待着。

　　在吴家大院外，海猫抱着小宝走进院子里，边走边说："小宝，到家了，可算到了！"

　　海猫和吴若云走的是同一条路径，不过他有些迫不及待。

　　小宝也急了，他搂着海猫的脖子，一个劲地问："爹，我娘在哪儿啊，怎么还不见她啊？"

　　一声吉普车的喇叭声传来，很快又被人们的欢叫声盖住了。不用说，首长已经来到虎头湾广场了。海猫快步冲到吴母房间，一推门没推开，便扯起嗓子大声喊道："若云——若云——"

　　海猫见屋内没人回答，急中生智，又大喊道："若云，快开门，我带着小宝来找你了！"

　　小宝也跟着奶声奶气地喊道："娘，我和爹都找你呀！"

　　吴若云已走进深深的地道，她什么也听不到。

　　广场已经彻底沸腾起来，司令员在大伙的簇拥下走向主席台。台下的老林哼唧着，微睁着眼睛，那是三浦的眼睛。

　　不知不觉中，槐花发现老斧头、王大壮带着民兵骨干来到了她身旁，当然，这一切也被三浦捕捉到了，他露出失望的眼神。

　　死一般沉寂的地道尽头，吴若云手腕上的秒针发出的滴答声，似乎震耳欲聋。她不由得想起和三浦的最后一次见面。三浦告诉吴若云，他已经在老地道里又挖出了一条新地道，要想杀了许世友和虎头湾的那些穷鬼，旧仇新仇一起报，还必须要吴若云配合最后一次。那就是在许世友到来那一天，请她回到吴家大院，守在新地道，这条地道才会成为通往地狱的路！

　　吴若云想到这里看看表，计算着三浦指定的时间。见尚有一刻时间，她便跪在地上，双手合十："爹，女儿给您报仇的时候就要到了，这几年咱们爷儿俩阴阳相隔，我好想您啊！这下好了，我们一家人可以团聚了，奶奶，还有我娘……"

　　吴若云潸然泪下，她不再犹豫，心一横便摘掉油灯的灯罩，把跳动的灯火挨近了事先准备好的导火索。

说时迟，那时快，她耳边突然传来海猫的大喊："吴若云——"

吴若云一愣，她不知海猫什么时候进来的，也不知是怎么进来的，但这些已经不重要了，吴若云毫不犹豫地点燃了导火索。

可是就在这一刻，吴若云听见小宝叫道："娘——"

"小宝？！"吴若云顿时傻了眼。

小宝挓挲着两只小手从海猫身后跑来，海猫一把抱起他，紧紧将他护在胸前，喊道："若云，你——"

吴若云惊恐万状，慌忙用脚去踩踏已被点燃的导火索。然而，那导火索就像草丛里快跑的响蛇，嘶嘶直往前蹿，吴若云根本没法控制。海猫一个箭步冲上前去，抓起导火索生生用牙咬断，惊魂未定的一家三口面面相觑。

吴若云突然意识到什么，她一把抓过油灯，弯腰又抓起那半截导火索，声色俱厉地喊道："海猫，你这个禽兽，为了阻止我报仇，你居然拿孩子来要挟我！好，我就跟我儿子共赴黄泉，省得我走了他变成了孤儿！"

小宝吓得哇的一声哭起来。

就在这时，吴管家弯腰跑来，说："小姐，别怨海猫，是我带着小宝来的！你把灯放下，听我跟你说，好不好？"

吴管家告诉吴若云，那姓浦的不是什么浦叔叔，也根本不是老爷当年的副官，更没有一起照相，写在照片背面的字是他模仿老爷的笔迹。三浦是个日本特务，她上了他的当。

吴若云冷笑道："管家，这些话都是海猫教给你说的吧？我从认识他那天起，他就是这么花言巧语的，我们都是上了他的当呀！"

吴管家泪流满面，说："小姐，老爷和三浦的笔迹，我都亲自查验了，还有海猫写给老爷的信，我也仔细比对了。就算我老眼昏花，看得不准，小宝被三浦卖给了人贩子，可是我亲眼所见。如果没有海猫和民兵相救，小宝还不知能不能找到呢！"

吴若云大惊："你说什么？他把小宝卖给了人贩子？"

吴管家叹口气，把小宝如何被卖给人贩子，海猫如何带民兵方圆百里到处寻找，人贩子如何折磨小宝的事实，一五一十地告诉了吴若云。末了，年过半百的吴管家扑通跪在吴若云面前，哀求说："小姐，老奴求你了，你就信海猫的吧，他值得信！"

吴若云的目光软化了，慢慢地将油灯放在地上，紧紧抱住小宝，说："小宝，娘对不住你啊！"

海猫双臂拥抱着吴若云和小宝，说："若云，三浦不光是个日本战犯，他是全人类的敌人！你想一想，他让你做的是什么？这地道上面就是广场，全虎头湾的父老乡亲都在广场上迎接我们的首长，这么多炸药一旦被点燃了，几千条人命啊！"

吴若云悔恨万分："我有罪……我有罪啊！"

海猫如释重负，说："若云，不知者不罪，你是被蒙蔽了。走，我们上去，抓真正的罪人！"

这时，大秧歌已经扭完了，百姓们都在等着首长讲话。突然，有人发现了海猫，大声喊道："海猫！大家快看，海猫来了！"

海猫抱着小宝，吴若云扶着吴管家，四人来到广场。海猫看看主席台，主席台上根本没有许世友，站在正中间的首长，是王天凯。

王天凯双手叉腰，高声说道："父老乡亲们，我是王天凯，敬爱的司令员今天没有来，那是因为海猫向我汇报，说潜伏在虎头湾的特务头子还没有抓到，为了司令员的安全，我们必须有今天的这场演习，以诱特务头子现出原形！"

全场一片哗然。

王天凯又说道："海猫同志神机妙算，他还告诉我，特务头子今天一定会出现在这里，请大家擦亮眼睛，把他揪出来示众！"

王天凯话音一落，浑身是水的吴天旺就被赵发和吴天霞押了上来。

众人七嘴八舌，议论纷纷："原来吴天旺就是特务头子呀！"

槐花一见吴天旺，不顾一切地大喊："天旺哥——"

海猫忙问赵发："小舅，吴天旺是怎么回事儿？"

赵发说："报告镇长，吴天旺是特务，他躲在海神庙的房脊上，想刺杀司令员同志，被我们当场抓住了！"

海螺嫂喊道："原来吴天旺就是特务头子啊！我说的嘛，他老跟我作对！"

海猫喝道："吴天旺，你老实交代，你是受谁的指使？"

吴天旺虽然被吓得体若筛糠，但硬是咬牙不说。

吴天霞拉动枪栓对准他，大骂："你再不说，我现在就枪毙了你！"

王天凯走下主席台，轻轻拍了拍吴天霞的肩头，说："这位民兵姑娘，你可不能随便枪毙人，等事实证据搞清楚以后，真要枪毙他的时候，就交给你！"

槐花跑过来拉着王天凯的胳膊，说："这位首长，你们不要枪毙天旺哥，他这一辈子都是被我毁的，要枪毙就枪毙我吧！"

王大壮走上前去，一把拉开槐花，说："你放手，快走开！"

槐花挣扎着喊道："天旺哥，你傻啊，是谁让你干的，你快交代啊，不然你不是死路一条嘛！"

吴若云抑制不住怒火，冲过来，一巴掌抽在吴天旺的脸上。

吴天旺愣了，喊道："小姐？"

吴若云说："别叫我小姐！我们吴家没有你这种败类叛徒，我交代……首长，乡亲们，我知道有一个大特务，他说他姓浦，他骗了我，想利用我点炸药，把这里的所有人都炸死。刚才海猫告诉我，他根本就不姓浦，他应该姓三浦，是日本鬼子的大特务！"

吴天旺忙说："三浦！没错儿，小姐说得对，他就是三浦！我也是受了他的蒙骗，我今天就是受了他的指使！"

海猫冷笑道："吴天旺，如果我没猜错，三年前打老陈黑枪的，就是你吧？"

吴天旺惊得瞠目结舌。

海猫说："你射击的技术不错啊！我刚回虎头湾的那一天，对我开枪的应该也是你！而你的目标，应该是老陈。可你意外地发现了我，为了报私仇，你就没听你主子的话，对我开了枪，是不是？我中了枪，你本来有重大嫌疑，可是就在同一天夜里，你的主子三浦为了保护你，又来了一场暗杀。"

吴天旺脸上直冒冷汗。

老斧头挤到吴天旺面前，说："吴天旺，你知道民兵为什么抓到了你吗？告诉你吧，自从你吵着安葬老陈那天起，海猫就怀疑上你了，他让我天天监视你。昨天夜里你潜伏到海神庙房脊的时候，我就一直跟着你！"

吴天旺面如死灰。

海猫说："其实，我险些放过你，就是因为老陈被杀害的时候你在场。吴天旺，你常说老陈对你有恩，可是你……你要还是个爷们儿，你就正面回答我，三年前打黑枪的到底是不是你？"

吴天旺脖子一拧，说："是又怎么样？"

海猫说："可你为了什么？"

吴天旺歇斯底里地嚷道："我为了吴若云，她上过我的花轿，应该是我的媳妇，却被你抢了。为了弄死你这个孽障，抢回我的女人，我什么都可以干！"

槐花听了有些绝望，她没有想到她的情人直到现在心里也没有自己，不禁泪如雨下："天旺哥……"

没容槐花再说下去，吴若云又一巴掌抽在了吴天旺的脸上："你个畜生！槐花对你一心一意，你却吃着碗里看着锅里，简直禽兽不如！"

吴天旺大声咆哮："我只对小姐一心一意，凭什么我吴天旺就得娶个丫鬟，还是被别人祸害过的丫鬟？槐花，我告诉你，你在我眼里连泡臭狗屎都不如！"

槐花怔住了，形同一个木头人。

吴天旺豁出去了，冷笑一声，说："吴若云，海猫就是个孽障，你凭什么能看上他，却看不上我？我告诉你，要是没有我，吴乾坤中不了日本人的圈套！谁让那老东西不拿我当人呢，他要是早把你嫁给我，他还死得了吗？事已至此，我什么都认了！我原本指望着日本人把全中国都打下来，封我当海阳县长呢！可惜小日本不争气，老子失去了出人头地的机会，可老子是个爷们儿，成不了王，败了算寇，枪毙了我认！脑袋掉了才碗大个疤！"

王天凯义愤填膺，说："丧心病狂，这是一个彻头彻尾的民族汉奸！"

海猫问道："吴天旺，你是因为当年给日本人当了汉奸，有把柄攥在三浦的手里，所以才继续沦为他的帮凶，对不对？"

吴天旺说："红口白牙，随便你怎么说！"

"那我想问你，虎头湾的民兵，是胶东最棒的民兵，你在他们的火眼金睛下，是怎么藏三浦的？"

吴天旺不屑地说："哼，猜你都猜不到，我气死你！"

海猫不再问了，走到槐花面前，说："槐花，我实话告诉你，你推着的那个男人，根本不是老林。其实，你应该早就知道，但你对吴天旺忠心耿耿，他让你干什么你就干什么。你知道吗，这些天你一直在给日本特务打掩护！"

槐花伸手指着仍坐在破轮椅上的老林，骇然惊道："海猫，你是说他？！"

王天凯说："海猫早就把老林的情况向我们汇报了，他让组织帮着查找老林的具体下落。可惜八年抗战，胶东牺牲的同志太多了，直到今天我来之前，才有了结果，老林去年在河南战场上牺牲了……临死之前，他还托战友把他生前攒下的所有钱送回虎头湾，说一定要送给他的媳妇，吴槐花。"

槐花听了，泪流满脸，无声地抽泣着。

"说了半天，那椅子上坐的到底是谁啊？"海螺嫂的话一出，人们这才发现，所谓的"老林"，已经被王大壮、秧歌疯子和民兵团团包围住。

海猫说："如果我没猜错的话，他就是日本特务三浦！吴天旺，是你伪造了老林的伤残军人证明，并说服了槐花配合你，对不对？"

吴天旺哈哈大笑："你说错了，我是伪造了证明，但槐花啥都不知道。"

槐花说："海猫你瞎说，老林连动都动不了，他怎么可能是日本特务？"

"槐花，特务的阴谋诡计多着呢，你想都想不到。就在陈镇长被暗杀的那天，吴天霞带民兵搜查你家的时候，你为什么睡得那么香，总是犯困？告诉你吧，那是特务在你喝的水里下了药，你醒着的时候，他是瘫在床上的老林，你睡着了，他就变成了飞檐走壁的杀人凶手！"

海猫又扭头对吴天旺说："要想人不知，除非己莫为。吴天旺，让三浦化装成被炸伤的老林，这个主意应该是你出的。因为你知道，无论让槐花做什么，她都会答应！你这招挺高明，要不是秧歌疯子，我也绝不会怀疑这个老林是假的！"

秧歌疯子凑了过来，说："我当初给族长大老爷送信，半路上就是喝了特务给我的水才睡着的，我一直不知道是谁干的。后来我就告诉了大哥，大哥就天天逼我想，我想啊想啊，突然有一天我就想起来。因为送特务住槐花家，吴天旺让我帮他搭把手，我打眼一看就记住了他的模样，和打扮成开荒的那个人一样。这事大哥不让我说出去，我就一直憋在肚子里，再不说我就憋死了！"

众人都笑了，海猫说："为了验证我疯子兄弟的判断，所以我才向首长汇报，请求组织帮助调查真正的那个老林。"

王天凯说："槐花，事实的真相你都明白了吧？你本来是烈士的家属，部队和父老乡亲们都会关怀照顾你的，可你却受了特务的蒙骗，成了敌人的帮凶！"

槐花气愤地走到三浦跟前，一把撕下他脸上缠的那些烂布。三浦的真面目立即暴露在光天化日之下。

海猫看着三浦，说："我们见过面。"

三浦说："对，不止一次。"

海猫指着主席台一侧，说："就在那里，你曾经用剑刺进了我的胸膛。"

三浦说："真可惜，你居然活下来了，我真的不相信你是人！"

海猫说："你那把剑很锋利，我留了很久，本想亲手还给你，可惜没留到现在。我用那把剑，宰了三个鬼子，也算够本儿了，就把它扔了！"

三浦说："你是个好对手。"

王天凯说："三浦，你们的天皇都宣布无条件投降了，你别输了不认输，你投降吧，军事法庭会给你一个公正的审判！"

三浦哈哈大笑，突然将蒙在身上的棉布掀开，手里攥着一个自制的爆炸设备。他歇斯底里地大叫："想审判我？不可能！你以为你们赢了吗？错了！看到了没有，它的杀伤半径超过二十米，你们快跑吧，不想死的，快像狗一样逃走吧！"

海猫、王大壮拼命抢过三浦手里的爆炸装置，可三浦已经拉响了导火索。海猫用力推开王大壮，只身抱起爆炸装置飞快地向大海跑去。王天凯、老斧头、赵香月、吴天霞，以及所有在场的人，一齐大喊："快扔掉，快扔掉！"

海猫转眼之间跑上海神庙栈桥的桥头，用尽全身力气将爆炸装置扔进了大海。随着一声巨响，大海里腾起一股冲天水柱。

海上日出，金光灿灿，把大海渲染得绚丽多彩。虎头湾的前海滩上架起一座长长的木栈桥，停靠在桥边的大小船只，一条挨着一条，一望无边。出兵东北的胶东子弟容光焕发，个个生龙活虎，精神抖擞。

海猫、王大壮、黑鲨各自站在船头，正整装待发。黑鲨剃去了一头的长发，人显得更精神了。

王天凯陪着大橹娘、香月奶奶和几个年长的老人，前来给大家送行。不用问，老斧头和赵香月他们肯定在秧歌队，就连赵老气说不定也参与了呢。要不他一定会早早就来的，这个病秧子，身体倒比以前好多了。

海猫向王天凯敬礼，王天凯高兴地招呼他下了船，两双大手紧紧地握着。王天凯说："海猫同志，告诉你个好消息，吴若云被无罪释放了。虎头湾的父老乡亲愿意原谅她，在给根据地司法处的证明材料上，连老带少两千多人都摁了手印。你看，她也来送你了，去跟她告个别吧！"

海猫大步走到吴若云跟前，高兴地说："你来了？"

吴若云眼泪汪汪，恋恋不舍："你走了？"

海猫说："这次出兵东北，我给大部队当先锋！"

吴若云说："祝你一帆风顺！"

海猫说："若云，谢谢你！"

吴若云把怀里抱着的小宝往海猫胸前一送，说："他有话要跟你说！"

海猫在小宝的脸上轻轻亲了一口，说："小宝，你要跟爹说什么？"

小宝比画着，示意海猫靠近。海猫凑近，小宝说："爹……"

"好儿子！"虽然小宝只叫了一个字，顿时令海猫眼泪纷飞，他把已经用铁箍箍好的玉佩交到小宝手里，说，"儿子，这是奶奶留下来的，今天爹给了你，将来，你长大了，给你儿子！"

站在一旁的吴若云破涕为笑，脸上绽放出了花儿一样的笑容。

阵阵紧锣密鼓，好几支秧歌队一齐涌来。海猫回到王天凯身边，和战士们一起观看这自古有名的海阳大秧歌。

只见老斧头、赵香月、吴天霞、秧歌疯子，还有赵老气，果然在秧歌队伍中，一个个扭腰狂舞。

王天凯说："吴天霞和赵发今儿一大早就找我了，让我批准他们去当兵，都要跟着你一起渡海去东北呢！"

海猫笑道："这可是一对好苗子，是虎头湾未来的希望！"

王天凯说："我告诉他们，想当兵是好事，可想去东北，那得排队！胶东的子弟兵几十万，都争着抢着要渡海立功去呢！对了，还有个好消息，这两个小家伙自由恋爱了！这太好了，一个姓吴，一个姓赵，他们两个不光是民兵的模范，还是破除迷信的模范！"

"首长说得对，困扰虎头湾几百年的封建陋习，终于被他们打碎了，我们应该支持！"

王天凯说："他们本来商量好了，要请你给证婚。我说你今天就走，来不及了，所以这个美差事，现在就落到我身上了！"

海猫笑道："能让首长证婚，是这两个年轻人的福气！"海猫又指着人群中的老斧头和大橹娘说，"您还得把老斧头和大橹娘的事也给解决了。一个崭新的世界马上就要来了，寡妇改嫁在虎头湾也是前所未有的，大橹娘愿意走这一步，她的儿媳妇也支持她！"

王天凯笑道："海猫同志，我保证完成任务！"海猫在人群中找到吴若云和小宝，远远地向娘儿俩招手，满心的话都被大秧歌带到了九霄云外，漫天飞舞：

> 跺跺脚呀弯弯腰，
> 肩膀头上一条道，
> 虎头湾人嗓门大，
> 浪有多高声多高。
>
> 浪再大呀声再高，
> 兵运东北第一条，
> 敢打江山坐天下，
> 神州大地红旗飘！